Miguel de Cervantes Saavedra

미겔 데 세르반테스 사아베드라

1547.9.29(?)~1616.4.23

1547년 9월 29일경 스페인 마드리드 근교의 작은 대학가 마을 알칼라 데 에나레스에서 가난한 순회 외과의사의 아들로 태어났다. 1568년 마드리드의 인문학교에서 잠시 공부한 것 외에는 정규 교육을 받은 적이 없는 것으로 알려져 있으며, 이때 처음으로 시를 썼다. 이듬해 아쿠아비바 추기경의 시종으로 이탈리아로 건너가 이탈리아 주재 스페인군에 입대, 1571년 유명한 레판토 해전에서 세 발의 총탄을 맞고 왼팔은 불구가 되어 '레판토의 외팔이'라는 별명을 얻었다. 이후 당시 르네상스의 본거지이자 인본주의의 모태인 이탈리아 각지를 돌아다니면서 훗날 주요 작품들을 집필하는 데 결정적인 역할을 한 자양분을 얻었다. 1575년 본국으로 귀국하던 도중 해적들에게 습격을 당해 5년간 알제에서 포로 생활을 했다. 네 번의 탈출 시도를 감행했으나 모두 실패하고 결국 삼위일체 수도회에서 몸값을 지불해 풀려났다. 마드리드로 돌아와 1585년 첫 소설 《라 갈라테아》를 출판했고 1587년까지 몇십 편의 희곡을 쓴 것으로 전해지나 《알제에서의 대우》와 《라 누만시아》 두 편을 제외하고 남아 있는 작품은 없다. 작품들이 기대한 반응을 얻지 못하자 1587년 문필 생활을 중단하고 해군 함대에 밀을 보급하는 일과 세금징수원 등으로 일했으나 빈곤한 생활을 벗어나지 못했고, 송사에 휘말려 여러 차례 감옥에 투옥되기도 했다. 1605년 옥중에서 구상한 《돈키호테》 1편, 《재치 있는 시골귀족 돈키호테 데 라만차》를 출간, 같은 해 6판을 발행하고 유럽 전역에서 번역 소개되는 등 커다란 반응을 불러일으켰다. 이후 중편집 《모범소설》(1613)과 장시(長詩) 《파르나소스로의 여행》(1614), 《여덟 편의 연극과 여덟 편의 막간극들》(1615)을 출간했으며, 《돈키호테》 1편을 출간한 지 10년 뒤인 1615년 《돈키호테》 2편, 《재치 있는 기사 돈키호테 데 라만차》를 출간했다. 그로부터 1년 후 일흔 살의 나이로 마드리드에서 세상을 떠났다.

SIGONGSA *design* 박지은

돈키호테
2

돈키호테 2

El Ingenioso Caballero Don Quixote de la Mancha

미겔 데 세르반테스 지음 | 박철 옮김

재치 있는 기사
돈키호테 데 라만차

시공사

일러두기

· 이 책은 1615년 미겔 데 세르반테스 사아베드라(Miguel de Cervantes Saavedra)가 출간한《돈
  키호테》 2권《재치 있는 기사 돈키호테 데 라만차(El Ingenioso Caballero Don Quijote De La
  Mancha)》를 번역한 것이다. 번역 대본은 2004년 '400주년 기념판본'으로 출간된 프란시스코 리
  코(Francisco Rico) 감수의《Don Quijote De La Mancha》를 저본으로 하고, 스페인 왕립한림원에서
  출간한 1780년 최초 판본을 참고했다.
· 본문의 삽화는 19세기 삽화가 귀스타브 도레(Gustave Doré)가 그린 것이다.
· 외래어 표기는 국립국어연구원의 규정을 기준으로 했으며, 띄어쓰기 역시 '돈키호테(Don
  Quijote)'나 '라만차(La Mancha)'처럼 원문의 두 단어라도 우리말 사전에 한 단어로 등재된 경우
  이에 따랐다. 시골귀족(Hidalgo)처럼 우리말에 없는 개념으로 원문이 한 단어인 경우는 한 단어
  로 표기했다.

차례

스페인 왕립한림원 원장
다리오 비야누에바

알프레드 노벨의 조국이자 그의 이름을 딴 노벨문학상의 본거지 스웨덴의
작가연맹은 지난 2002년 전 세계 100여 명의 작가들을 대상으로 역사상 가
장 훌륭한 소설 100편을 선정하기 위한 설문조사를 실시한 바 있습니다. 그
결과 가장 많은 지지를 얻은 작품이 바로 《돈키호테》로, 2위를 차지한 프랑
스 작가 마르셀 프루스트의 《잃어버린 시간을 찾아서》보다 50퍼센트 이상
이나 많은 표를 얻었으며, 그 뒤를 이어 러시아 작가 톨스토이의 《전쟁과 평
화》가 3위를 차지했습니다.

　하나의 문학작품이 고전의 반열에 오르기까지는 객관화하기 어려운 복
잡한 과정을 거치게 됩니다. 사실 시간과 공간의 장벽을 넘어 작품에 대한
독자의 변함없는 지지가 결정적 역할을 하는데, 앞서 기술한 스웨덴 작가연
맹의 설문조사는 이런 점을 감안할 때 좋은 지표이자 증거라 할 수 있겠습
니다.

　또한 고전이 되기 위해서는 언어, 문화, 시대의 장벽을 초월해야만 합니
다. 작가가 작품을 출간하고 수세기가 지난 이후에도 그 작품의 주제가 멀

리 떨어진 다른 나라의 남녀노소에게까지 공감을 주어 계속 회자되어야 하는 것이지요. 스페인의 철학자 호세 오르테가 이 가세트는 말하길, 모든 위대한 시인들은 우리를 모방하고 작품 속에서는 우리 자신의 이야기를 하고 있다고 했습니다. 그리고 우리는 바로 《돈키호테》에서 그런 점을 발견합니다. 그러나 또 한편 어떤 작품이 고전으로 인정받는 것은 다른 여러 작가들, 고명한 한림원 회원들, 세계 최고의 석학들 그리고 실제로 영향력 있는 비평가들이 그 작품에 대해 어떤 태도를 보이는가와도 중요한 연관이 있습니다. 그리고 분명 이런 점에서 결정적인 것은 소위 고전으로 승화해가고 있는 작품들을 다른 언어로 소개해주는 번역자들의 역할이라고 할 수 있습니다.

《돈키호테》 2편인 《재치 있는 기사 돈키호테 데 라만차》의 출간 400주년을 맞이하는 2015년, 저와는 같은 세르반테스 연구자로, 대학 총장으로 그리고 또 함께 스페인 왕립한림원 회원으로 우정을 나누어온 박철 교수가 귀중한 작업의 결실로 우리에게 선보이는 《돈키호테》 2편의 번역이 이러한 또 하나의 이정표가 된다고 생각합니다. 한국에서 'BK21 세르반테스 연구팀'을 이끌면서 2004년 스페인 문학작품 중 세계적으로 가장 많이 번역된 《돈키호테》 1편 《재치 있는 시골귀족 돈키호테 데 라만차》를 최초로 스페인어에서 한국어로 직접 완역하여 찬사를 받은 바 있는 그의 노력이 이제 《돈키호테》 2편의 성공적인 번역 출간으로 그 절정에 달하게 되었습니다.

《돈키호테》를 세계적인 고전으로 만드는 데 상당히 기여한 이러한 과업은 전 세계에서 일찍부터 이루어졌습니다. 영어로는 토머스 셸턴이 1612년과 1620년에 번역한 바 있고, 프랑스어로는 세사르 우댕이 1614년에, 프랑수아 드 로세가 1618년에 각각 번역한 바 있으며, 그로부터 훨씬 뒤 1915년에는 한국 작가 최남선이 처음으로 일본어 번역본에서 부분적으로 발췌하여 소개하였습니다.

《돈키호테》는 즐거운 작품입니다. 여러 장소를 여행하는 두 명의 주인공을 중심으로 일련의 에피소드가 전개되는 가운데 분명한 개성을 가진 이들 주인공들이 맛깔스러운 대화를 나누고 또 불운을 함께합니다. 세르반테스의 해학은 우수에 가득 차 있습니다. 매사에 서툰 시골귀족과 마음씨 좋은 종자 산초가 겪는 우여곡절 속에서, 두 주인공은 조롱당하고 돌에 맞고 담요 키질을 당하고 몽둥이세례를 받는 등 항상 웃음거리가 되면서 독창적이고 코믹한 '개그'를 이끌어내고 있는 까닭입니다. 특히 산초라는 인물은 1973년 멕시코 감독 로베르토 가발돈에 의해 제작된 영화 〈돈키호테 다시 말을 타다〉에서 멕시코의 찰리 채플린으로 불리는 국민배우 마리오 모레노, 일명 '캔틴플라스'에 의해 재창조된 바 있습니다. 그럼에도 돈키호테나 산초 판사는 독자들의 기억 속에서 고결하고 너무나도 인간적인 인물, 서민적이면서도 동시에 현학적인 지혜를 갖춘 인물들로 남아 있습니다. 결코 잊을 수 없는 인물들인 것입니다.

《돈키호테》 2편 출간 400주년을 맞아 세계적인 세르반테스 연구자이자 스페인 왕립한림원 동료인 박철 교수의 집념 덕분에 마침내 한국의 독자들께서 세르반테스라는 거장의 명작을 진정한 완역본으로 접할 수 있게 된 것에 기쁨과 함께 경의를 표하는 바입니다.

2015년 4월

다리오 비야누에바

세르반테스문화원 원장
빅토르 가르시아 데 라 콘차

미겔 데 세르반테스는 《돈키호테》 2편인 《재치 있는 기사 돈키호테 데 라만차》의 서두 〈레모스 백작님께 바치는 헌사〉에서 자신의 소설이 세계 곳곳에서 엄청난 관심을 불러일으켰다고 말하고 있습니다. 그중 가장 큰 열정을 보인 사람이 바로 '중국의 황제'인데, 그는 세르반테스에게 편지를 보내 카스티야어를 가르치는 학교를 세우고자 하는데 《돈키호테》를 교재로 쓰고 싶다면서 세르반테스에게 그 학교의 교장직을 맡아달라는 제안을 해왔다고 합니다. 이에 대해 세르반테스는, 자신은 그렇게 긴 여행을 하기에는 건강이 좋지 않으며 돈도 없다고 대답을 하지요.

미겔 데 세르반테스의 이런 환상적인 꿈은 이제 현실이 되어, 중국과 아시아 여러 나라들에 스페인어 교육과 스페인 문화 보급을 위한 문화원이 그의 이름을 내걸고 세워져 있습니다. 이런 점에서 한국은 특히 돋보이는데, 바로 이곳에서 모범적인 스페인어 문학 연구자가 《돈키호테》를 번역하여 한국 독자들에게 소개했기 때문입니다. 그러한 노력의 연장으로, 올해 출간 400주년을 맞이하는 《돈키호테》 2편의 '재치 있는 기사'가 보편적인 가치를 지닌 자신의 위대한 이상을 널리 알리면서 아름다운 한국 땅을 편력하게 되었습니다. 이로써 이 작품을 읽는 모든 사람들이 이제 그의 위대한 이상에 한층 더 빨리 친숙해질 수 있으리라 기대합니다.

스페인어와 스페인 문화 보급을 위해 전 세계 90개 도시에 세워진 세르반테스문화원의 원장으로서 저는 뛰어난 스페인어 문학 연구자인 박철 교수에게 축하와 감사의 말씀을 전하며, 우리 라만차의 기사가 이 고귀하고 아름다운 땅을 즐거이 편력하기를 간절히 기원합니다.

2015년 4월

빅토르 가르시아 데 라 콘차

SEGVNDA PARTE
DEL INGENIOSO
CAVALLERO DON
QVIXOTE DE LA
MANCHA.

Por Miguel de Ceruantes Saauedra, autor de su primera parte.

Dirigida a don Pedro Fernandez de Castro, Conde de Lemos, de Andrade, y de Villalua, Marques de Sarria, Gentilhombre de la Camara de su Magestad, Comendador de la Encomienda de Peñafiel, y la Zarça de la Orden de Alcantara, Virrey, Gouernador, y Capitan General del Reyno de Napoles, y Presidente del supremo Consejo de Italia.

Año · LVCEM · POST · TENEBRAS · SPERO · 1615

CON PRIVILEGIO.

En Madrid, Por Iuan de la Cuesta.

vendese en casa de Francisco de Robles, librero del Rey N. S.

재치 있는 기사
돈키호테 데 라만차 2편

이탈리아 최고위원회 의장이며, 나폴리 왕국의 부왕이자 통치자, 대장
군이며, 알칸타라 기사단의 사르사와 페냐피엘 시(市)의 기사단장이며,
국왕 폐하의 시종이며, 사리아의 후작이며, 레모스와 안드라데와 비야
루아의 백작이신 돈 페드로 페르난데스 데 카스트로 님께《돈키호테》
1편의 저자 미겔 데 세르반테스 사아베드라에 의해 쓰여진 이 책을 바칩
니다.

1615년

특허를 받아서 후안 데 라 쿠에스타에 의해 마드리드에서 출판
우리 국왕 폐하의 서적상 프란시스코 데 로블레스 서점에서 판매

| 가격 감정서 |

국왕 폐하의 왕실 공증인인 본인 에르난도 데 바이예호는 심의회에 상주하는 위원들의 일원으로서, 심의회 위원들이 살펴본바 국왕 폐하의 허가를 받아 인쇄된 미겔 데 세르반테스 사아베드라 저작의 《돈키호테 데 라만차 2편》이 각 장(張)당 4마라베디의 가격으로 책정되었음을 증명하고 허가하는 바이다. 이 책은 총 73장으로 되어 있으므로, 한 권의 가격은 292마라베디가 된다. 또한 이 가격을 책 첫 장에 표기해 각 권에 대해 받을 가격과 구입할 가격을 알게 함으로써, 본인의 관할하에 있는 이 판정과 이에 관한 원 법령에 분명히 밝혀져 있는 대로, 어떠한 경우라도 그 가격을 초과할 수 없게 하도록 명하였음을 공증하는 바이다. 본인은 상기된 심의회 위원들의 명령과 위의 미겔 데 세르반테스 사아베드라 측의 요청에 의거해 1615년 10월 21일 마드리드에서 이 공증을 행하는 바이다.

에르난도 데 바이예호

|오류 검증서|

미겔 데 세르반테스 사아베드라 저작의 《돈키호테 데 라만차 2편》이라 제목이 붙은 이 책을 살펴본 결과 원문에 상응하지 않는 것으로 보이는 사항이 없음을 증명하는 바이다. 1615년 10월 21일, 마드리드에서.

석사 프란시스코 무르시아 데 라 야나

| 승인서 |

심의회 위원들의 위임과 그 명령에 따라 이 청원서에 포함된 책을 검토하였는바, 신앙과 미풍양속에 반(反)하는 내용을 포함하지 않고 있으며, 오히려 합법적인 즐거움과 많은 도덕적 철학을 담고 있으므로 이 책의 출판을 승인하는 바이다. 1615년 11월 5일, 마드리드에서.

박사 구티에레 데 세티나

|승인서|

심의회 위원들의 위임과 그 명령에 따라 미겔 데 세르반테스 사아베드라 저작의 《돈키호테 데 라만차 2편》을 살펴본바, 우리의 가톨릭 신앙과 미풍양속에 반하는 내용을 포함하지 않고 있으며, 오히려 신중함과 온화함이 깃든 많은 즐거움을 담고 있는바 이는 옛사람들이 국가에 필요하다고 판단한 것들이다. 보시오가 자신의 책 《교회의 표상들에 대하여》 2권 10장에서 파우사니아스의 말을 인용한 것에 따르면, 그 엄격한 스파르타에서조차도 웃음의 동상을 세웠고, 테살리아 사람들도 웃음의 동상에게 축제를 바쳐 시든 기분과 우울한 정신에 활력을 불어넣었다고 한다. 이에 대해 키케로는 《법률에 관하여》라는 책의 첫 장에서 다음과 같이 말하고 있다.

　　그대의 근심 속에 즐거움을 뒤섞으라.

　이는 이 책의 작가가 기사도에 관한 책들을 추방하기에 적절한 사건들을 잘 고르면서, 농담에 진실을, 유용한 것에 달콤함을, 익살맞은 것에 도덕적인 것을 각각 뒤섞어 칭찬의 미끼로 비판의 낚시를 숨긴다는 것을 의미하는 바, 이 나라가 기사도에 관한 책으로부터 감염되어 겪는 고통을 아주 솜씨 좋게 씻어내고 있다. 이 책은 우리 국가의 위대한 천재성과 명예, 광휘에 걸맞을 뿐만 아니라 외국의 찬양과 부러움을 살 만한 작품이다. 이상이 본인의 견해이며 기타 문제는 제외하는 바이다. 1615년 3월 17일, 마드리드에서.

마에스트로 호세프 데 발디비엘소*

---

*매우 존경받는 톨레도의 시인이자 극작가로서, 톨레도의 대주교이며 세르반테스의 후원자인 베르나르도 데 산도발 이 로하스 추기경의 예배당 사제이다.

|승인서|

국왕 폐하의 궁전이 있는 이 도시 마드리드 주교 보좌 신부인 구티에레 데 세티나 박사의 위임으로 미겔 데 세르반테스 사아베드라의《재치 있는 기사 돈키호테 데 라만차 2편》을 본인이 살펴보았는바, 그리스도교 신앙에 비추어 부적절하거나 모범적 행동이나 예절, 도의적 미덕에 맞지 않는 점을 찾아내지 못하였다. 오히려 지나칠 정도로 널리 퍼진 무익하고 거짓투성이의 기사도에 관한 책들을 뿌리째 뽑기 위해 이야기를 아주 잘 전개하였으며, 정상적인 사람이라면 당연히 싫어하고 지겨워할 정도로 의도적인 인위적 표현으로도 손상되지 않은 매끄러운 카스티아어 사용에서 대단한 박식함과 많은 교훈적 내용을 발견하였다. 또한 일반적으로 널리 가지고 있는 기사도 책의 해독(害毒)을 교정하는 데 있어서도 유용하니, 예리한 문장을 통해 그리스도교에서 훈계하는 법규를 매우 사려 깊게 준수하고 있다. 병에 걸려 그 병을 고치려는 사람이 달콤하고 맛있는 약의 맛 때문에 아무런 역겨움과 수치심 없이 해독을 혐오하게 되는 이 이로운 약을 마시게 될 것이니* 이처럼 즐거움을 느끼게 하면서 책망하는 일은 매우 어려운 일이다.

　많은 사람들이 디오게네스의 철학적이고 현학적인 대담함을 모방하지 못하고서, 욕설이나 해대는 냉소적인 면만 모방하려 하기 때문에, 그로 인해 작품의 달콤한 것과 유용한 것을 조화시키지 못한 채 그 작업을 땅에 내팽개쳐버리는 사람들이 많이 있었다. 그리고 그들이 디오게네스를 뒤따르다가 그때까지 잘 알려지지 않았던 사실을 우연히 발견하게 되면, 그에 대한 비난자가 되는 게 아니라 오히려 그의 스승이 된다. 그러면 그들은 지식인들에게는 혐오스러운 존재가 될 것이고, 그나마 가지고 있던 국민들의 신용도 잃어버리게 될 것이다. 모든 곪은 상처가 한순간에 어떤 처방이나 치료로 효과를 보는 것이 아니듯이 말이다. 해악을 함부로 고치려 들다 보면 오히려 전보다 더 안 좋은 상태가 될 수도 있다. 오히려 어떤 이들은 약하지만 순한 약들을 더 잘 받아들인다. 사려 깊고 능력 있는 의사들은 그런 약들을 처방함으로써 치료의 목적을 달성하기도 한다. 무쇠같이 강하게 하여서 치료를 하지 못하는 것보다, 약하게 하여도 목적한 바를 이루는 게 더 나은 것이다.

　미겔 세르반테스의 이런 색다른 면들은 우리나라에서뿐 아니라 외국에서도 그렇게 느껴졌으니, 에스파냐, 프랑스, 이탈리아, 독일, 플랑드르에서 작품의 품격이나 고상함, 그리고 글의 부드러움이나 수려함으로 인해 모두 환호하며 이 책의 작가를 마치 기적을 보듯이 직접 만나보고 싶어 했다. 이는 본인이 진실되게 증명하는 바이니, 올해 1615년 2월 25일에 나의 주인이시고 톨레도의 대주교이시자 추기경이신 베르나르도 데 산도발 이 로하스

---

*여기에서 고치려고 하는 병은 기사도 책이 주는 해로움으로, 《돈키호테》 2편이 그런 책으로부터 사람들을 자유롭게 해줄 수 있을 것이라는 의미이다.

님께서 에스파냐를 방문한 프랑스 대사를 접견할 때—그들은 자기 나라 왕
자들과 에스파냐 공주들의 결혼 문제를 상의하러 온 것이었다—그들을 따
라온 많은 프랑스 신사분들을 통해서도 알 수 있었다. 그들은 아주 예의 바
른 만큼이나 문학을 좋아해서, 본인과 우리 추기경님의 다른 사제들에게 다
가와 최근 이곳에서 어떤 책이 가장 잘 나가는지를 물었다. 마침 본인이 검
열하고 있는 이 책에 대한 말이 나온바, 그들은 미겔 데 세르반테스라는 이
름을 듣자마자 프랑스와 그 주변 왕국들에서도 그의 작품이 유행이라고 치
켜세우며 그를 찬양하기 시작했다. 그들 중 한 사람은《라 갈라테아》의 첫
부분과《모범소설》을 거의 외울 정도였다. 그들의 칭찬이 어찌나 대단했
던지 본인이 그들을 데리고 가서 그 작가를 만나게 해주겠다고 하자, 그들
은 그를 꼭 만나고 싶다는 욕망을 수도 없이 나타내었다. 프랑스의 사신들
이 매우 상세하게 작가의 나이와 직업, 가문과 재산 따위를 물어 와서, 본인
이 하는 수 없이 그는 나이가 제법 들었고, 직업은 군인이며, 가문은 시골귀
족 출신이고, 재산은 별로 없다고 말해주었다. 이에 한 사람이 정중하게 "에
스파냐는 이렇게 훌륭한 사람을 국고로 지원해줘서 부자로 만들어주지 않
는지요?"라고 물었고, 이에 대해 그들 중 한 사람이 다음과 같은 예리한 생
각을 피력하였다. "그가 궁핍함 때문에 먹고 살기 위해 글을 쓸 수밖에 없다
면, 앞으로도 계속 글을 써서 다른 사람들을 풍족하게 해줄 수 있도록 이 사
람이 절대 부자가 되지 않게 해달라고 하느님께 빌어야겠군요." 이 글이 검
열을 위한 글로는 다소 길며, 또 어떤 이는 듣기 좋은 칭찬이 한계에 이르렀
다고 말할지도 모르겠다. 하지만 본인이 짧게 말하는 진실이 비평가에게는
의심을 없애고 본인에게는 걱정을 덜어준다. 또한 오늘날에는 아부하는 사
람의 입에 먹을 것을 던져주지 않으면 아무도 칭찬을 하지 않으니, 그 아부
하는 사람은 비록 정답게 거짓인 양 농담이라고 하지만 진심으로는 보상을

받고 싶어 하기 때문이다. 1615년 2월 27일에, 마드리드에서.

석사 마르케스 토레스*

---

*세르반테스의 친구로서 베르나르도 데 산도발 이 로하스 추기경의 예배당 사제를 한 후 그라나다의 왕실 예배당 사제를 지냈다.

|특허장|

그대 미겔 데 세르반테스 사아베드라는《돈키호테 데 라만차 2편》을 저술하여 우리에게 제출하였는바, 재미있고 신중한 책이고 이 책을 위해 많은 노력과 연구를 기울였으므로 이 책에 대한 인쇄를 허락하는 바이다. 또한 20년 또는 우리가 정해준 기간 동안의 특허를 내달라는 그대의 청원에 대하여 우리 심의회 위원들이 출판에 관한 법령에 의거하여 살펴본 결과, 합당한 이유가 있다 사료되므로 이에 이 증서를 보내기로 의견 일치를 보았다. 이 증서에 의거하여, 앞으로 이 증서에 기록된 날짜로부터 헤아려 10년 동안 앞서 언급된 책을 그대 또는 그대로부터 권한을 위임받은 사람이 인쇄하고 판매할 수 있는 권리를 그대에게 부여하는 바이다. 그리고 본 증서를 통하여 우리는 그대가 지명한 우리 왕국의 어떠한 인쇄업자도 앞에서 언급한 기간 동안에 우리 왕실 심의회에서 검토된 원본대로 인쇄할 수 있음을 허가하는 바이다. 또한 왕실 공증인이며 심의회 위원들 중의 한 명인 에르난도 데 바이예호의 이름 끝에 해당 도장이 찍혔고 서명이 되어 있으니, 책을 판매하기 전과 처음 판매할 때 그 책을 그들 앞에 가져와 인쇄된 책이 원본과 일치하는지 살펴볼 수 있도록 해야 할 것이다. 그렇게 하지 못할 경우 그대가 지명한 교정업자가 원본대로 수정하고 검토했다는 공증을 받도록 해야 한다. 그리고 이 책을 인쇄하는 자에게 이르노니, 앞서 언급한 수정을 위해, 또한 가격을 제대로 표기하기 위하여, 우리 심의회 위원들이 책을 교정하고 가격을 책정하기 전까지는 책의 첫 장을 인쇄하지 말 것이며 책의 작가와 인쇄 비용을 부담한 자, 그 밖에 그 어떤 사람에게도 원본과 함께 인쇄된 책 한 권 이상을 주지 말 것을 명한다. 반드시 이러한 작업들을 다 거치고 나서야 이 책의 처음 부분과 첫 장을 인쇄할 수 있으며, 그곳에 즉시 우리가 발행한 특허장과 승인서, 가격 감정서와 오류 검증서를 붙여야 한다. 지금껏 기술한 형태대로 이 책이 만들어지기 전까지는 그대나 어느 다른 사람도 이 책을 판매해서는 안 되고, 이를 위반할 경우 우리 왕국의 관련법이나 이러한 위반 사항에 대해 부과되는 법률에 의해 처벌을 받을 것이다. 그리고 언급한 기간 동안 그 누구도 허가 없이 책을 인쇄하거나 팔 수 없으며, 이를 위반하고 책을 인쇄, 판매한 사람은 그가 가지고 있는 모든 책들과 조판과 이에 필요한 물건들을 다 잃게 될 것이고, 또한 위반할 때마다 5만 마라베디의 벌금을 물릴 것인바, 이 벌금의 3분의 1은 우리의 왕실 국고로, 다른 3분의 1은 이를 선고한 판사에게로, 그리고 마지막 3분의 1은 이를 고발한 사람에게 각각 돌아갈 것이다. 또한 우리 왕실 심의회 위원들, 의장들, 우리 법정의 판사들, 시장들, 우리 왕실과 궁정, 대심원의 집행관들, 그리고 우리 왕국의 영토 내 어느 마을, 어느 곳, 어느 도시를 막론하고 어느 해당 관공서에 있는 누구든, 지금 자신이 맡은 부서나 향후 맡게 될 부서의 모든 사람들에게 고하노니, 우리가 발행한 이 증서와 그 혜택을 잘 간수하고 실행하도록 하라. 어떠한 경우에도 이를 어기지 말아야 하며, 위반할 경우 우리의 왕실 국고에 1만 마라베디의 벌금을 물어야 할 것이다.

1615년 3월 30일, 마드리드에서.

국왕 본인

우리의 군주 국왕의 명령에 의해,

페드로 데 콘트레라스

| 독자에게 바치는 서문 |

세상에, 저명하신 독자 혹은 평범한 독자여, 이 서문을 얼마나 애타게 기다리셨습니까! 이 서문에서 위작 《돈키호테 2편》에 대해, 토르데시야스에서 잉태되어 타라고나에서 태어난 것으로 말해지는 그 작품의 작가에 대한 복수와 싸움과 질책이 있을 것을 기대하면서 말입니다. 하지만 저는 그런 독자께 만족감을 드릴 수가 없습니다. 비록 모욕감이라는 게 가장 겸허한 가슴속에서도 노여움을 일깨우는 법이지만, 이러한 법칙은 저의 가슴속에서는 예외로 작용할 것이기 때문입니다. 독자께서는 제가 그 작가에게 당나귀 같은 자, 멍청하고 무례한 자라고 하기를 바라시겠지만, 저는 그럴 생각이 들지 않습니다. 그의 죄는 벌을 받을 것이고, 자기가 무엇을 하는지는 스스로 알게 되겠지요. 제가 유감스럽다고 생각지 않을 수 없는 것은, 그가 저를 늙은이에 외팔이라고 비난한 것입니다. 마치 제가 손안에 시간을 잡아놓기라도 했어야 한다는 듯이, 제가 한쪽 팔을 잃은 것이 지난 세기와 금세기를 통틀어 앞으로도 절대 볼 수 없을 가장 고귀한 기회에서 생긴 것임에도 마치 어떤 술집에서 일어난 일이라도 되는 듯이 말한 것이지요.* 저의 이 상처들이 지켜보는 사람들 눈에 빛을 발하게 하지는 않더라도 최소한 이 상처들이 어디서 연유한지를 아는 사람들이라면 이 상처들을 별것 아닌 것으로 판단하지는 못할 것입니다. 군인은 도망쳐서 자유롭기보다는 오히려 전장에서 죽는 것이 더 좋아 보인다고 저는 생각합니다. 따라서 지금은 불가능한 제의이겠지만, 저는 전쟁에 참여하지 않아 상처가 없는 것보다는 차라리 전쟁에 참여하는 것을 택하겠습니다. 군인이 얼굴과 가슴에 드러내 보이는 상처들은 다른 사람들을 명예로운 하늘나라로 인도하는 별이며 또한 정당한 칭송을 받기 바라는 사람들을 인도하는 별이 됩니다. 그리고 글은 흰머리가 아닌 지혜로 쓰는 것이며, 그 지혜는 세월이 지남에 따라 더욱 훌륭해진다는 사실을 사람들은 알아야 합니다.

또 하나 유감스러웠던 것은, 그가 저를 질투 많은 사람이라 하면서 제가 무식한 사람인 양 무엇이 질투인지를 설명해주었다는 점입니다. 사실 두 종류의 질투 중 제가 아는 것은 성스럽고 고귀하고 좋은 의도를 지닌 질투입니다. 그러하므로 저는 그 어떤 사제도 쫓아다닐 이유가 없습니다. 더군다나 그가 종교재판소의 일원이라면 더욱 그러하지요.** 만일 그가 그렇게 말했다면, 아마도 그가 그렇게 말한 게 분명한 것 같은데, 그는 모든 면에서 착각을 한 것입니다. 저는 그의 그런 재주를 존중하고, 그의 작품들과 그의

---

*세르반테스는 1571년 10월 7일 그리스 남서부 '레판토 해전'에 참전하여 싸우다가 총상을 입고 왼팔이 불구가 되었으나, 자신은 '레판토의 외팔이'라는 별명을 평생 자랑스럽게 여겼다. 위작을 쓴 아베야네다의 모욕적인 언사에 세르반테스가 불쾌감을 표시한 부분이다.
**세르반테스는 2편의 위작을 쓴 아베야네다의 정체가 당시 마드리드의 같은 거리에 살았던 극작가 로페 데 베가라고 생각했다.《돈키호테》1편 48장에서 세르반테스는 당시 인기를 끌던 로페 데 베가의 연극이 아리스토텔레스의 고전극 원칙을 지키지 않는 엉터리라고 맹렬히 비난하였는데, 이에 대한 복수로 로페 데 베가가 아베야네다라는 가명으로 돈키호테를 조롱하는 위작을 썼을 것이라는 학설이 있다. 로페 데 베가는 1608년경 종교재판소 관리로 임명되었고 1614년 사제로 서품을 받았다. 오늘날 마드리드 프라도 박물관 건너편에는 '로페 데 베가의 거리'와 '세르반테스의 거리'가 나란히 자리하고 있다.

부지런하고 고결한 업무를 찬양하니까요. 실제로 저는 이 작가에게 감사를 해야 합니다. 그가 말하길, 제 작품들이 모범적이라기보다는 오히려 풍자적이지만 훌륭하다고 했으니 말입니다. 모든 것을 갖추지 않았다면 훌륭할 수가 없겠지요.

독자께서는 제가 매우 조심을 하고 있다고 말할 것 같은데, 이는 고통스러운 사람에게 더 큰 고통을 주어서는 안 된다는 것을 제가 알고 있기에 겸손함의 한도 안에서 최대한 자제를 하고 있기 때문입니다. 그 작가는 엄청나게 큰 고통을 느끼고 있는 것이 분명한데, 왜냐하면 그가 마치 무슨 반역이나 불경죄를 저지른 것처럼, 자신의 이름을 숨기고 고향을 숨기면서 열린 세상에 용감하게 나서지 못하고 있기 때문입니다. 독자께서 혹시 그를 안다면 저는 전혀 모욕당했다고 생각하지 않는다고 말씀해주십시오. 그리고 악마의 유혹이 무엇인지 제가 알고 있다는 것도 전해주시기 바랍니다. 그중 가장 큰 유혹은 한 사람에게 많은 명예와 돈을 벌게 해주는 한 권의 책을 쓰고 출판하는 지혜를 갖도록 하는 것인데, 이는 다음의 이야기를 통해 알 수 있습니다. 독자 여러분께서 멋진 말과 재치로 그에게 이 이야기를 전해주시기 바랍니다.

세비아에 한 미치광이가 살았는데, 그는 세상에서 가장 우스운 엉터리 짓에 빠져 있었습니다. 그는 끝이 뾰족한 갈대 줄기를 하나 만들어, 길거리에서든 어디에서든 개 한 마리를 잡으면 한 발로 개의 다리 하나를 누르고 손으로는 다른 다리를 잡아 든 다음 재주를 부려 갈대 줄기를 개의 그곳에다 꽂고 입으로 바람을 불어넣어 개를 마치 공처럼 둥그렇게 만들었다지요. 그런 다음 개의 배를 두 번 손바닥으로 툭툭 치고는 놓아주면서, 주변에 모여든 많은 사람들에게 이렇게 말했답니다. "여러분들은 지금 개 한 마리를 부풀리는 게 별로 힘들지 않은 일이라고 생각하십니까?" 마찬가지로, 당신은 지금 책 한 권을 만드는 게 별로 힘들지 않은 일이라고 생각하십니까?

만일 이 이야기가 그에게 별로 효과가 없다면, 독자께서는 그에게 미치광이와 개에 대한 다음의 이야기를 해주십시오.

코르도바에 또 다른 미치광이가 있었습니다. 그는 습관처럼 대리석판 조각이나 제법 묵직한 돌 조각을 머리에 이고 다니다가, 정신을 놓고 있는 개를 우연히 만나면 그 개에게 자신이 머리에 이고 다니던 것을 모두 쏟아부었답니다. 그러면 그 개는 화가 나서 깽깽대며 이 거리 저 거리를 멈추지 않고 돌아다녔지요. 그런데 어느 날 그가 돌을 쏟아부었던 개들 중에 한 모자 제조업자의 개가 있었는데, 그 주인이 무척이나 아끼던 녀석이었습니다. 미치광이가 돌 조각을 그 개에게 쏟아붓자 머리를 얻어맞은 개는 비명을 질러댔고, 이 광경을 본 개 주인이 화가 나서 자로 쓰던 막대기를 쥐고는 그 미치광이한테 가서 뼈도 못 추리게 그를 두들겨 팼습니다. 막대기로 한 번 내리칠 때마다 그는 "이 개 같은 도둑아, 내 사냥개를? 이놈아, 내 사냥개인 게 안 보였더냐?"라고 말했지요. 수도 없이 '사냥개'라는 말을 되풀이하면서 그 미치광이를 흠씬 두들겨 팼던 겁니다. 미치광이는 아주 혼쭐이 나서 도망쳤고, 한 달 이상 광장에 나타나지 않았답니다. 한 달이 넘게 시간이 흐른 뒤 그는 더 많은 돌을 머리에 이고 다시 돌아왔는데, 전에 개가 있던 곳으로 가서 그 개를 아주 찬찬히 살피더니, 감히 그 돌을 내려놓을 엄두도 내지 못한 채 말했지요. "이 개는 사냥개야. 조심해!" 그렇습니다. 그가 만나는 모든 개들은, 맹견이든 잡종견이든, 그에게는 모두 사냥개가 되었습니다. 그리고 더 이상 돌멩이를 내려놓지 않았습니다. 아마 이 위작의 작가에게도 이와 같은 일이 벌어질 겁니다. 그는 더 이상 책 만드는 재주를 감히 쏟아붓지 않을 겁니다. 나쁜 책은 바위보다도 더 딱딱하니까요.

또한 그가 자기 책으로 저의 수입을 빼앗을 거라고 위협해봤자 저는 눈

하나 깜빡하지 않는다고 말씀해주십시오.* 저는《라 페렝덩가》라는 유명한 막간극의 대사에 맞추어, "시장님 만세, 그리스도와 우리 모두에게는 평화"라고 대답하겠습니다. 위대한 레모스 백작 만세, 그분은 그분의 널리 잘 알려진 그리스도교 정신과 관대함으로 저의 불운으로 생긴 모든 고통들에 대항할 수 있도록 저를 그분의 발아래에 두셨습니다. 고명하신 톨레도의 대주교이며 추기경이신 베르나르도 데 산도발 이 로하스 님의 드높은 자비심 만세. 만일 이 세상에 인쇄소가 없다 할지라도, 그리고 만일 밍고 레불고 시**의 시구보다도 더 많은 책들이 저를 비방하기 위해 인쇄된다 할지라도, 이 두 분의 대공들께서는 제가 아첨하거나 다른 종류의 칭송을 그분들에게 올리지 않았음에도 오직 그분들의 친절한 마음씨만으로써 저를 도와주시고 은혜를 베풀어주시는 일을 맡으셨습니다. 따라서 저는 행운이 평범한 경로를 거쳐 절정에 도달한 것보다 지금 더 행복하고 훌륭하다고 생각합니다. 가난한 사람은 명예를 가질 수 있으나 사악한 사람은 그럴 수 없습니다. 가난은 고귀함을 흐리게 할 수 있지만 그 고귀함을 완전히 어둡게 할 수는 없습니다. 그러나 덕은 스스로 빛을 발하기에 비록 빈곤함의 불편함과 작은 틈을 통한다 할지라도, 그 덕은 지고하고 고귀한 정신들로부터 인정을 받게 될 것이고, 따라서 도움을 받게 될 것입니다.

그러니까 그에게 더 이상의 말을 하지 마십시오. 그리고 저는 독자 여러분께도 더 이상의 말을 하고 싶지 않습니다. 그저 독자 여러분께 제가 드리고 싶은 말씀은 이《돈키호테》2편이 1편과 동일한 작가와 동일한 천으로부

---

*아베야네다가 위작의 서문에 '그대가 쓸《돈키호테》2편에서 벌어들일 수익을 빼앗는 본인의 작품을 원망하시라'라고 썼는데, 이에 대답하고 있는 것이다.
**15세기 스페인 최초의 민중 풍자시. 왕과 귀족 등을 풍자 조소하는 시로 당시 크게 유행했다. 밍고 레불고는 주인공 목동의 이름으로, 민중을 상징하는 인물이다.

터 재단된 것이라는 사실입니다. 그리고 저는 이 2편에서 독자들께 더욱 넓은 지역을 다니다가 마침내 죽어서 묻힌 돈키호테의 이야기를 전해드립니다. 이는 어느 누구도 감히 더 이상 새로운 증거를 들이대지 못하게 하기 위함이랍니다. 과거의 일들로 충분합니다. 그리고 한 정직한 인간이 이 신중한 광기의 소식을 전한 것으로 충분합니다. 또다시 그 광기에 휘말리는 것은 원하지 않습니다. 과하게 흘러넘치는 것은 그게 아무리 좋은 것이라 할지라도 귀하지 않게 여기는 마음을 만듭니다. 그리고 부족한 것은 그게 비록 나쁜 것일지라도 고귀한 것으로 여기도록 만들지요. 독자 여러분께 한 가지 잊은 것이 있으니, 《페르실레스》를 기다려달라는 말씀입니다. 제가 거의 끝내가고 있습니다. 《라 갈라테아》 2편도 마찬가지입니다.*

---

*《페르실레스와 시히스문다의 고난들》에서 세르반테스는 죽기 나흘 전 1616년 4월 19일 레모스 백작에게 바치는 헌사를 썼다. 이 헌사에서 《라 갈라테아》 2편의 완성을 언급했으나 작품은 출간되지 못했고, 유실되었는지 지금까지도 발견되지 않았다.

| 레모스 백작님께 바치는 헌사 |

지난번 공연되기 전에 인쇄된 제 연극들을 백작님께 보내드리면서, 제 기억이 맞는다면, 돈키호테가 백작님의 손에 입을 맞추러 가기 위해 박차를 채운 상태였다고 말씀드렸습니다. 그런데 지금은 돈키호테가 이미 박차를 가해 길을 나섰다고 말씀드립니다. 그가 거기에 도착하면, 제 생각에 백작님을 잘 모시는 것이 된다는 생각이 듭니다. 왜냐하면 《돈키호테 2편》이라는 이름으로 위장해서 세상을 돌아다니는 또 다른 돈키호테가 야기하는 기분 나쁜 맛과 역겨움을 없애기 위해 수많은 곳으로부터 백작님께 빨리 돈키호테를 보내드리라는 독촉이 심하기 때문이지요. 그 책을 가장 소망하는 분이 바로 중국의 위대하신 황제이셨습니다. 그 황제께서 한 달 전에 개인 사신을 통해 중국어로 된 편지 한 장을 보내셨는데, 그 편지에서 황제께서는 저에게 요구라기보다는 간청의 투로 《돈키호테》를 보내달라고 하셨습니다. 카스티야어를 가르치는 학교를 세우는데, 그곳에서 가르치는 책이 돈키호테의 이야기가 되기를 바라셨기 때문입니다. 이와 함께 제가 그 학교의 교장이 되었으면 하고 말씀하셨습니다. 저는 편지를 들고 온 사신에게 황제께서 저를 위해 위로금 조로 무엇인가를 보내시지 않았느냐고 물었는데, 그는 그런 것은 생각도 하지 않으셨다고 대답했습니다.

"그렇다면, 이보시게," 제가 그에게 말했습니다. "그대 나라인 중국으로 돌아가시게. 편지를 가지고 온 것처럼 매일 10레구아씩이든 20레구아씩이든 말일세. 나는 그렇게 긴 여행을 할 만큼 지금 건강하지 않다네. 몸도 안 좋은 데다 돈도 한 푼 없네그려. 황제 대 황제, 군주 대 군주로 말할 것 같으면, 나는 나폴리의 위대하신 레모스 백작을 모시고 있지. 그분께서는 학교나 교장 같은 직책 없이도 나를 먹여주시고 보호해주시고 내가 원하는 것 이상으로 은혜를 많이 내려주신다네."

이렇게 저는 그 사신을 배웅했습니다. 그리고 또한 《페르실레스와 시히스문다의 고난들》을 바치면서 백작님께도 작별을 고합니다. 하느님께서 원하신다면 넉 달 안에 이 책을 끝내게 될 것입니다. 이 책은 우리말로 된 책들 중에서 가장 나쁘거나 혹은 가장 훌륭한 책이 될 것입니다. 말하자면 재미있는 책들 중 하나가 될 거라는 말씀이지요. 가장 나쁜 책이라고 말씀드린 것은 후회가 됩니다. 제 친구들이 말하길 이 책이 앞으로 가장 훌륭한 경지에 이를 수 있을 것이라고 하기 때문입니다. 백작님께서 건강하시기를 바라옵니다. 머지않아서 《페르실레스》가 백작님의 손에 입을 맞출 것이고, 백작님의 시종으로서 저는 백작님의 발에 입맞춤을 할 것입니다. 1615년 10월의 마지막 날, 마드리드에서.

백작님의 시종,
미겔 데 세르반테스 사아베드라

제1장

신부와 이발사가 돈키호테와 그의 질병에 대해 나눈 이야기에 대하여

시데 아메테 베넹헬리는 돈키호테의 세 번째 출정을 다룬 이 이야기의 2편에서 이렇게 전하고 있다. 신부와 이발사는 지난 일들이 다시 돈키호테의 기억에 떠오르지 않게 하기 위해서 거의 한 달 동안 그를 보지 않았다. 그러나 이 때문에 그의 조카딸과 가정부를 찾는 것까지 그만둔 것은 아니고, 이두 사람에게 당부하여 심장과 뇌에 좋고 기력을 돋우는 음식들을 주어 잘보살피라고 해두었다. 잘 따져보건대, 그의 모든 불행은 바로 심장과 뇌에서 비롯된 것이기 때문이었다. 조카딸과 가정부는 이미 그렇게 하고 있고, 돈키호테가 이따금씩 제정신인 듯한 낌새들을 보이기 시작했으므로, 기꺼운 마음으로 계속 그렇게 하겠노라고 말했다. 이에 대해 돈키호테의 두 친구는 매우 만족했는데, 그 이유는 이 위대하고 거짓 한 점 없는 이야기 1편의 마지막 장에서 밝혔듯이 그를 현혹하여 소가 끄는 수레에 태워 데려온 것이 새삼 매우 잘한 일이라고 여겨졌기 때문이다. 그리하여, 비록 실제로 그리되었을 것이라고는 생각하지 않았으나, 마침내 그들은 돈키호테를 찾아가 그가 호전된 것을 확인해보기로 결정했다. 그리고 편력기사 문제는 절대 건드리지 않기로 했는데, 이는 단단히 여물지 않은 상처를 뜯어내는 것과 같은 위험을 막기 위해서였다.

마침내 두 사람이 돈키호테를 방문했다. 초록색 모직으로 만든 조끼를 걸치고 톨레도산(産) 붉은 모자를 쓴 채 침대에 앉아 있는 돈키호테는 너무나도 여위어서 꼭 미라 같았다. 돈키호테는 이들을 환대했고, 신부와 이발사는 그에게 건강은 어떠한지를 물었다. 돈키호테는 자신의 건강에 대해 아주 온전한 정신으로 매우 우아한 말을 써가며 이야기했다. 이들의 대화는 국가의 존재 이유라든지 정부의 형태들과 같은 문제로 이어졌는데, 세 사람 모두가 각기 현대판 스파르타의 리쿠르고스나 아테네의 찬란한 솔론*이라도 되는 양, 새로운 입법관이 되어 이러한 폐단은 고치고 저러한 폐단은 처벌하며, 어떤 관습은 개선하고 또 어떤 관습은 폐지시켜야 한다고 말했다. 그런 식으로 그들은 공화국을 용광로 속에 집어넣었다가 다시 꺼냈다가 하면서 뜯어고쳤다. 돈키호테가 이 모든 사안들에 대해 어찌나 분별력 있게 말했는지, 두 시험관은 이제 그가 호전되었고 제정신을 차렸다고 생각했다.

이 이야기를 듣고 있던 조카딸과 가정부는 돈키호테가 제정신을 차린 것에 대해 하느님께 무한한 감사를 드렸으나, 신부는 편력기사 이야기는 건드리지 않겠다는 애초의 의도에서 마음을 바꾸어 돈키호테가 진짜로 회복한 것인지 아닌지를 시험해보고 싶어졌다. 그래서 문득문득 궁정에서 나오는 새로운 소식들을 이야기해주었는데, 그중 하나가 터키군이 강력한 군대를 이끌고 쳐들어왔다는 것이었다. 이유도 아직 알지 못하며, 그 구름 떼처럼 많은 군대가 어디에 풀릴지도 모르는데, 이러한 두려움으로 우리와 모든 그

---

*리쿠르고스는 스파르타의 기틀을 마련한 전설적인 법률가이며, 솔론은 '솔론의 개혁'이라는 개혁 정치를 통해 빈민들을 구제한 아테네의 정치가이다.

리스도교 세력은 매년 무장을 해왔고 국왕 폐하께서도 나폴리와 시칠리아 해안과 몰타 섬에 미리 전쟁 준비를 명하셨다는 이야기였다. 이에 돈키호테가 대답했다.

"훌륭한 전사로서, 폐하께서 자신의 통치하에 있는 나라들에 미리미리 전쟁 준비령을 내리신 겁니다. 대비가 안 되었는데 적이 쳐들어오면 안 될 일이니 말입니다. 하지만 제 충고를 받아들이신다면, 지금 당장이라도 폐하께서는 생각지도 못하신 대책을 하나 조언해드릴 것입니다."

이 말을 듣자마자 신부는 혼잣말로 중얼거렸다. "하느님께서 그대의 손을 잡아주시길! 불쌍한 돈키호테여, 내가 보기에 그대는 높은 광기의 정점에서 그대의 바보스러움이 만든 깊은 나락으로 떨어지고 있소이다!"

그러나 신부와 같은 생각을 했던 이발사는 돈키호테에게 그 조언이 무엇인지를 물었다. 그것이 왕족들에게 주어지곤 하던 저 수많은 말도 안 되는 조언들 목록에 하나를 더 얹는 것일지도 모르지 않느냐는 것이었다.

"이보게, 털 깎는 양반." 돈키호테가 말했다. "나의 충고는 말도 안 되는 것이 아니라 따를 가치가 있는 것이오."

"제 말은 그게 아닙니다." 이발사가 대답했다. "폐하께 올리는 건의가 거의 대부분 실현 불가능한 것이거나 엉터리이고 오히려 폐하께 해가 되는 것들임이 증명되었기 때문에 하는 얘기지요."

"나의 조언은 불가능한 것도 엉터리도 아니오." 돈키호테가 말했다. "오히려 가장 쉽고 가장 올바르며 너무도 간단하고 효율적인, 건의를 올리는 자라면 누구라도 응당 떠올릴 수 있는 것이지."

"돈키호테 선생, 그것 하나 얘기하는 데 시간이 참 많이 걸리는구려." 신부가 말했다.

"제가 지금 여기에서 그것을 말해버리면," 돈키호테가 말했다. "내일 날이 밝으면 궁정의 국무위원들이 그것을 알게 될 것이고, 그러면 그들이 제가 한 일에 대한 보상과 감사를 다 가져가버릴 것 아닙니까."

"저 때문에 그러는 거라면," 이발사가 말했다. "이 이야기는 여기에서건 하느님 앞에서건, 왕이건 탑이건* 이 세상 누구에게도 절대로 말하지 않겠습니다. 이 같은 맹세는 어느 사제의 옛 로만세에서 배운 것인데, 그 신부는 미사 첫머리에서 자신의 돈 100도블라와 다리 힘이 좋은 노새 한 마리를 훔쳐 간 도둑의 왕에게 이리 말했다 합니다.**"

"난 그 이야기를 모르오." 돈키호테가 말했다. "하나 이발사 양반이 좋은 사람이라는 믿음이 있기에 그 맹세가 좋다는 건 알겠소이다."

"그렇지 않을 시에는," 신부가 말했다. "내가 이 양반의 보증을 서고 대신 대답하겠네. 이 경우 벙어리보다도 더 말이 많지는 않을 것이야. 그게 아니면 그에 따른 대가로 재판을 받고 처벌을 받도록 하지."

"신부님, 그러는 신부님 말은 누가 보증을 서지요?" 돈키호테가 말했다.

"내 직업이지." 신부가 대답했다. "비밀을 지키는 것이 나의 일 아닌가."

"좋습니다!" 신부의 재치 있는 답변에 돈키호테가 말했다. "폐하께서 공문을 붙여 에스파냐를 유랑하는 모든 편력기사들을 어느 한날에 궁정으로 모이라고 명하시는 것 말고 달리 무슨 방법이 있겠습니까? 비록 여섯 명밖에 오지 않는다 할지라도 그중에는 충분히 터키의 대군을 무찌를 수 있는 자가 있을 것입니다. 여러분, 제 말을 잘 들어보십시오. 편력기사 한 명이 20만 명의 군대를 마치 그들이 하나의 목을 가진 것처럼, 혹은 알페니케***로

---

*'왕'과 '탑'은 체스에서 쓰이는 말의 종류이다.
**미사에 참석한 사람들 중에 자신의 노새를 훔쳐 간 범인이 있을 거라고 생각한 사제가 재치 있게 경고했다는 옛이야기이다.
***설탕가루를 개어 만드는 전통 과자. 장식용으로 쓰이기도 하며 잘 부스러진다.

만들어지기라도 한 것처럼, 단번에 처부수는 게 설마 새로운 일이라도 된다는 말씀입니까? 아니지요. 이러한 경이로운 일들로 가득 찬 이야기들이 얼마나 많은지 말들 좀 해보십시오. 제게는 불행한 일이 되겠습니다만, 다른 이들은 말할 것도 없이 저 유명한 돈 벨리아니스나 아마디스 데 가울라의 혈통에 속한 수많은 이들 중 누구라도 있다면, 오늘 이들 중 누군가가 살아나서 터키군과 대적한다면, 단언컨대 그놈들에게 승리를 내주지는 않을 것입니다. 하느님께서 당신의 백성을 굽어살피시어, 누군가를 보내주시겠지요. 그는 예전의 편력기사들보다 덜 용맹할지는 몰라도, 최소한 용기만은 뒤지지 않을 것입니다. 하느님께서는 저를 이해하실 테니, 이제 더는 말하지 않겠습니다."

"아아!" 조카딸이 탄식하며 말했다. "우리 삼촌은 다시 편력기사가 될 거예요. 제 말이 틀리다면 제 손에 장을 지지겠어요!"

이에 돈키호테가 대답했다.

"나는 편력기사로 죽을 것이고, 터키군이 제아무리 막강한 힘으로 밀고 올라오든 내려오든 내 알 바가 아니다. 다시 한 번 말하지만 하느님께서는 나를 이해하실 것이다."

그러자 이발사가 기다렸다는 듯이 말했다.

"여러분, 제가 세비야에서 일어난 일을 간단하게 이야기해드리겠습니다. 지금 우리의 경우에 대한 선례와도 같아서 꼭 말씀드리고 싶군요."

돈키호테는 그러라고 허락했고, 신부와 그 밖의 사람들은 벌써 이발사의 말에 귀를 기울였다. 그러자 이발사는 다음과 같이 이야기를 시작했다.

"세비야의 미치광이 수용소에 한 남자가 있었습니다. 그의 친척들이 머리가 돌았다면서 보내버린 자였는데, 오수나의 대학에서 교회법을 전공한 사람이라지요. 사람들이 말하기를, 살라망카에서 공부했다고 해도 마찬가지로 미쳤을 거라고는 합니다만, 아무튼 이처럼 배운 사람이 그곳에서 몇 년 동안 갇혀 지냈는데, 그러던 어느 날 자신이 이제 제정신이 들었다고 생각하게 되어서, 곧 대주교에게 편지를 보내 아주 그럴듯한 이유를 대며 하느님의 자비로 잃어버린 제정신을 되찾았으니 그곳의 비참한 생활에서 자신을 꺼내달라고 간청했답니다. 친척들이 그가 없는 동안 그의 재산을 차지하고는 수용소에서 나오지 못하게 하고 있을 뿐 아니라, 그가 정말로 제정신이 돌아왔음에도 죽을 때까지 미치광이로 남길 바라고 있다면서요. 대주교는 그가 보낸 신중하고 논리에 맞는 수많은 편지들에 설득되어, 수하의 사제에게 그가 써 보낸 편지의 내용이 사실인지 수용소의 원장에게 문의해보고, 그 미치광이와 직접 얘기를 해본 후 정말 그의 정신이 멀쩡하다고 생각되면 수용소에서 풀어주라고 했답니다. 사제는 대주교가 시키는 대로 했고, 원장은 아직 그자가 제정신이 아니라고 보고했지요. 원장의 말에 의하면, 그는 종종 상당히 지혜로운 사람처럼 말하기도 하지만, 그와 직접 말을 해보면 알 수 있듯이, 끝에 가서는 수많은 어리석은 언행을 함으로써 결국 처음의 상태와 똑같아진다는 겁니다. 사제는 직접 그 미치광이와 이야기를 나누어봐야겠다 싶어서 실제로 한 시간이 넘도록 그와 이야기를 나누었는데, 비뚤어진 소리나 말도 안 되는 이야기를 하나도 하지 않더랍니다. 오히려 아주 조리 있게 말만 잘하기에 사제는 그의 정신이 멀쩡하다고 생각할 수밖에 없었지요. 그 미치광이가 한 말에 의하면, 원장이 자신에게 해코지를 하는 이유는 원장이 자기에 대해 간혹 정신이 돌아오긴 하지만 여전히 미쳐 있다고 말하면 자기 친척들이 선물을 주기로 한바, 그것을 잃고 싶지 않기 때문이라면서, 결국 이 모든 불행의 씨앗은 자신이 소유한 수많은 재산이고, 자신의 적들은 바로 이 재산을 노리고 있을 뿐 아니라 하느님께서 자신을 짐승에서 사람으로 만들어놓으신 그 은총도 의심하고 있다는 것이었습니다. 즉 그는 원장과 그의 친척들은 모두 탐욕스럽고 양심도 없는 사람들인 반면 자신은 매우 사려 깊은 사람이라고 여기고 있었습니다. 이에 사제는 그를 대주교 앞으로 데려가 대주교께서 그를 직접 만나보시고 진실의 손으로 직접 그를 만져보시라 말씀드리기로 마음먹었지요. 사람 좋은 사제는 이런 생각으로 원장에게 그 미치광이가 여기에 들어올 때 입고 왔던 옷을 가져오라고 부탁했는데, 이에 원장은 그는 아직 미친 게 분명하니 데려갈 수 없다고, 다시 잘 살펴보라고 했답니다. 그러나 원장의 주의와 경고는 사제에게 아무런 소용이 없었으므로 원장은 대주교의 명령이라는 말에 할 수 없이 사제의 지시에 따라 그 미치광이에게 옷을 입혀주었습니다. 모두 새것에 점잖은 것이었지요. 미치광이 옷을 벗고 멀쩡한 사람들처럼 옷을 갖춰 입게 되자 그는 사제에게 자신의 미치광이 동료들에게 작별 인사를 하러 가는 것을 허락해달라고 청했습니다. 그러자 사제는 자기도 따라가서 수용소의 미친 사람들을 한번 보고 싶다고 말했고, 같이 있던 몇몇도 올라가는 길에 따라갔지요. 그곳에 도착하자, 가방끈 긴 그 석사 양반은 한 성난 미치광이가 갇혀 있는 철장으로 다가갔는데, 그때까지만 해도 철장 안의 미치광이는 조용하고 고분고분했습니다. 그가 그 미치광이에게 말했지요. '여보시오, 형제, 난 이제 집에 가는데, 나한테 부탁할 게 있으면 말해보오. 하느님께서 보잘것없는 나를 무한한 은총과 자비로 제정신으로 돌려놓았소. 이제 나는 건강하고 정신도 멀쩡하다오. 하느님께 불가능이란 없으니 그대도 큰 희망을 갖고 주님을 믿어보시오. 나를 처음의 상태로 되돌려놓으신 것처럼, 하느님께서는 당신을 믿는 자는 누구든 그렇게 해주실 거요. 내가 그대에게 먹을 것을 좀 보낼 테니 어떻게든 먹도록 해요. 내 생각을 알려드리자면, 우리의 광기는 배 속이 비고 머리가 공기로 가득 차서 생기는 것이라오. 애쓰고 또 애쓰시오. 불행에 빠져버리면 건강이 나빠지고 죽음이 다가오게 마련이라오.' 이 모든 말들을 성난 미치광이의 맞은편 다른 철장에 갇혀 있는 또 다른 미치광이가 듣고는 벌거벗고 누워 있던 낡은 돗자리에서 일어나 큰 소리로, 정신이 멀쩡해지고 건강해져서 떠나는 자가 누구냐고 물었습니다. 가방끈 긴 석사가 대답했지요. '형씨, 나요. 내가 바로 떠나는 사람이오. 나는 이제 더 이상 여기 있을 필요가 없습니다. 내가 하느님께 무한한 감사를 드린 덕분에 이렇게 큰 은혜를 받게 되었소이다.' 그러자 미치광이가 말했습니다. '어이, 석사 양반, 무슨 말을 하는 거요? 악마가 당신을 속이지나 않길 바라는 바요. 그대 발을 잘 진정시켜서 집에 얌전히 있어야 할 거요. 그래야 여길 다시 오지 않을 테니까.' 이 말에 석사가 대꾸했습니다. '난 지금 내가 멀쩡하다는 걸 알고 있어요. 그러니 또다시 하늘에다 여기에서 나가게 해달라는 식의 기도를 드릴 일은 없을 것이오.' 이에 그 미치광이가 대답했지요. '다 나았다고? 좋아, 잘 가라고. 제우스의 위엄을 지상에서 대변하는 자로서 내 맹세하건대, 오늘 그대를 온전한 자로 여겨 이 집에서 내보냄으로써 저지른 죄만으로도 나는 이곳 세비야에 몇 세기 동안 잊히지 않을 그런 혹독한 벌을 내릴 것이다, 아멘. 이 보잘것없는 석사 양반아, 모르겠는가, 내가 무엇을 할 수 있을지를, 그리고 내가 말한 것처럼 바로 이 내가 세상을 위협하고 파괴할 타오르는 번개를 손 안에 지니고 있는 제우스라는 사실을? 하지만 나는 오로지 한 가지만으로 이 무지한 곳을 벌할 것이야. 앞으로 3년 동안 이곳 어디에도 비가 오지 않을 것이다. 이 3년이라는 시간은 나의 저주가 이루어진 지금부터 헤아려서 계산해야겠지. 그대는 자유를 얻었고 건강하며 제정신인데, 나는 미쳤고 병들었으며 이렇게 묶여 있어야 한단 말인가? 좋아, 한 스푼이라도 비를 내리게 하느니 내가 목을 매달 테다!' 사람들은 이 미치광이의 고함 소리와 하소연에 집중하고 있었는데, 그때 우리의 석사 양반이 사제에게 얼굴을 돌리고 그의 손을 움켜잡으며 말했답니다. '사제 나리, 걱정하지 마십시오. 그리고 이 미치광이 친구가 한 말도 마음에 담아두시지 마세요. 이 미친 작자가 제우스여서 비를 내리지 않게 한다면, 저는 바다의 아버지, 바다의 신 포세이돈이올시다. 제가 마음이 내킬 때마다, 그리고 필요할 때마다 항상 비를 내리게 하겠습니다.' 그러자 사제가 대꾸했지요. '포세이돈이여, 어찌 되었건, 제우스를 화나게 하는 건 좋지 않을 것 같군요. 따라서 그대는 그냥 이 집에 계시도록 하고, 다른 날 좀 더 여유가 생기면 우리가 다시 오도록 하지요.' 수용소 원장과 함께 있던 사람들이 웃었고, 그 웃음 때문에 사제는 약간 당황했지만, 아무튼 사람들은 석사의 옷을 벗겨 그를 다시 수용소에 가두는 것으로 이야기는 끝이 나지요."

"이발사 양반, 그러니까 이게 바로," 돈키호테가 말했다. "지금 상황과 딱 맞는 것이라 얘기를 안 하고는 못 배긴다던 그 이야기란 말씀이오? 아, 이 털 깎는 양반아, 털 깎는 양반아, 당연한 사실도 보지 못하는 사람이야말로 장님이 아닌가! 재주와 재주, 용기와 용기, 미모와 미모, 혈통과 혈통을 비교하는 것은 언제나 경멸의 대상이고 사람들에게도 환영받지 못한다는 사실을 진정 모른단 말이오? 이발사 양반, 나는 바다의 신 포세이돈이 아니오. 그리고 사려 깊지도 않으면서 사람들이 나를 사려 깊다고 생각하게 만들고 싶지도 않소이다. 나는 편력기사의 명령이 모든 것을 지배한 그 행복했던 시절을 지속시키지 못한 세상의 실수를 이해시키는 데 전력을 다할 뿐이오. 그러나 타락한 우리 시대는 편력기사가 왕국의 방어를 자신의 등에 짊어지고, 젊은 처녀들을 보호하며, 나이 어린 고아들과 버려진 아이들을 구해주고, 오만한 자들은 벌하고 겸허한 자들은 상을 주는, 그런 은혜로움을 즐길 자격이 없소. 요즘은 기사들이 사슬 갑옷을 입고 절그럭거리는 게 아니라, 화려한 문양의 비단과 금실 은실로 수놓은 가죽, 그 밖의 값비싼 옷감을 몸에 걸치고 버석거리는 천 소리를 내고 다닐 뿐이니. 머리에서 발끝까지 무장하고 하늘의 엄격함에 순종하며 들판에서 잠을 청하는 기사는 더 이상 존재하지 않소이다. 편력기사들이 하던 것처럼 박차에서 발을 빼지 않은 채 창을 부둥켜안고 잠을 쫓으려 머리를 흔들어대는 자들도 이제는 찾아볼 수 없고 말이오. 이 숲에서 나와 저 산으로 들어가고, 불모의 황량한 해변을 밟는 기사도 없고, 폭풍우가 몰아치기도 해서 날씨를 짐작할 수 없는 바닷가에 있다가 노도, 돛도, 돛대도, 밧줄도 없는 작은 배 한 척을 물가에서 발견하기라도 하면 대담한 용기만 믿고 배에 몸을 던져 하늘로 올라갔다 심연으로 떨어졌다 하는 깊은 바다의 파도들과 맞서는 그런 기사는 이제 없소이다. 견줄 데 없을 만큼 어마어마한 폭풍에 가슴으로 맞서다가 자기도 모르게 배를 탄 곳으로부터 3천 레구아도 더 떨어진 먼 곳으로 떠밀려가서, 낯선 육지에 뛰어내려 양피지가 아니라 청동에 새겨질 만한 일들을 겪게 되는 기사도 찾아볼 수 없다오. 요즘은 부지런함보다 게으름이 승리하고, 애씀보다는 우연이, 덕보다는 해악이, 용기보다는 오만함이, 실전보다는 황금시대에 편력기사들에 의해 빛을 발했던 무기들에 대한 이론이 더 판을 치고 있소. 그렇지 않다면, 어디 말해보시오, 누가 저 유명한 아마디스 데 가울라보다 더 정직하고 용감한지. 누가 팔메린 데 잉글라테라보다 더 신중한지. 누가 백기사 티란테보다 더 기쁨과 확신을 주는지. 누가 리수아르테 데 그레시아보다 더 멋진지. 누가 돈 벨리아니스보다 칼에 많이 찔렸고 칼을 많이 찔렀는지를. 누가 페리온 데 가울라보다 더 용감무쌍한지를. 또 누가 펠릭스마르테 데 이르카니아보다 더 위험에 아랑곳하지 않는지를. 또는 누가 에스플란디스보다 더 진실성이 있는지를. 누가 시론힐리오 데 트라시아보다 더 잘 덤비는지를. 누가 로다몬테보다 더 용감한지를. 누가 소브리노 왕보다 더 현명한지를. 누가 레이날도스보다 더 과감한지를. 누가 롤단보다 더 천하무적인지를. 그리고 누가 루헤로보다 더 늠름하고 예의 바른지를. 그리고 투르핀의 《우주형상지》*에 의하면 오늘날 페라라 공작의 조상이 바로 이 루헤로라고 하지요. 신부님, 이 모든 기사들과 그 밖에 제가 거명할 수 있는 다른 많은 기사들은 기사도의 빛과 영광이 되는 편력기사들이었습니다. 이런 사람들 중에서 바로 제 의지를 반영하는 사람들이 나오기를 원하는 바입니다. 그렇게 된다면, 폐하께서는 그들의 충성도 받으시고, 비용도 절감하실 수 있을 겁니다. 대신 터키 놈들은 수염을 잡아 뜯겠지요. 사정이 이러한데도 사제께서 저를 이 집에서 꺼내주지 않는다면, 전 제 집에 머물러 있어야 하겠군요. 그리고 이발사 양반이 말한 것처럼 제우스가 비를 내리지 않는다면, 내가 여기 있지 않소, 내가 마음이 내킬 때 비를 내리게 하리다. 내가 이런 말을 하는 건 이발사 양반이 한 말을 내가 잘 이해하고 있다는 걸 알기를 바라기 때문이오."

"돈키호테 나리, 그런 뜻으로 한 말은 아닙니다." 이발사가 말했다. "제가 좋은 뜻으로 한 말이라는 것은 하느님께서도 잘 아실 테니, 나리께서도 유감스럽게 생각하지는 말았으면 합니다."

"내가 유감인지 아닌지는 내가 알아서 판단할 일이오." 돈키호테가 대꾸했다.

이때 신부가 입을 열었다.

"함부로 입을 열지 않는 것이 좋겠다 싶어 자중하고 있었으나 가만히 있지 못하겠구먼. 돈키호테 선생이 한 말에서 비롯된 근심거리 하나가 내 생

---

*지리학과 천문학을 기반으로 우주의 형상을 지도 형태로 풀어내고자 한 학문, 혹은 그와 관련된 저서. 실제로 트루핀(프랑스 이름 트루팽)이 이 책을 집필한 것은 아니나, 샤를마뉴 대제의 열두 용사 중 지략을 담당했던 이 프랑스의 대주교는 중세시대에 종종 샤를마뉴 연대기를 비롯한 여러 전설적인 저서의 작가로 추정되곤 했다.

각을 갉고 후벼댄단 말일세."

"신부님께서는 이보다 더 많은 일들에 대해서도 말씀하실 자격이 있으십니다." 돈키호테가 대답했다. "그러니 그 근심거리를 말씀해보시지요. 근심거리를 마음에 두고 다니는 건 좋지 않습니다."

"그럼 허락해주니 얘기하겠네." 신부가 말했다. "내 근심거리는 그대가 말한 편력기사라는 무리가 실제로 세상에 존재했고 뼈와 살을 지닌 진짜 인간이라는 사실이 도저히 믿기지 않는다는 것이네. 오히려 나는 이 모든 게 다 허구이고, 지어낸 이야기, 거짓말이며, 잠에서 깨어난 사람들이거나 아니면 차라리 반쯤 잠든 사람들이 이야기해주는 꿈이라는 생각이 드네."

"그건 많은 사람들이 저지르는 또 다른 실수입니다." 돈키호테가 말했다. "많은 사람들이 이 세상에 그런 기사들은 없다고 믿습니다. 그래서 저는 수도 없이 다양한 상황에서, 세상에 널리 퍼져 있는 이 오해를 사람들에게서 끄집어내서 진실의 빛 앞에 내놓으려고 무진 애를 썼지요. 이러한 제 의도는 종종 실패하기도 했지만 또 어떤 때에는 진실이라는 어깨의 지지를 받아 제 의도를 달성하기도 했습니다. 사실 이 진실은 너무나도 확실한 것이어서 제가 이 두 눈으로 아마디스 데 가울라를 직접 보았다고 말할 정도이지요. 아마디스는 키가 크고, 얼굴은 하얗고, 검은 수염을 멋지게 기른 아주 잘생긴 모습에, 눈길은 부드러우면서도 강하고, 말수가 적고, 화를 내는 데는 더디지만 분노를 참는 데는 신속한 기사입니다. 제가 지금 아마디스에 대해 쭉 늘어놓은 방식으로, 이건 제 생각입니다만, 이야기 속에 등장하는 모든 편력기사들을 다 묘사하고 기술할 수 있을 것 같습니다. 이야기들이 전하는 바에 따라서 그들이 어떤 인물인가에 대해 제가 가지고 있는 인식으로나 또한 그들이 세운 무훈들이나 그들의 사람 됨됨이에 따라서 그들의 풍모와 얼굴빛과 체격도 매우 정확하게 추정할 수 있습니다."

"그럼 돈키호테 나리, 나리는 거인 모르간테*가 얼마나 컸다고 생각하십니까?" 이발사가 물었다.

"그런 거인들에 관해서라면," 돈키호테가 대답했다. "그들이 세상에 존재했었는지 아닌지는 의견이 분분하오. 하지만 한 점의 진실도 놓치지 않는 성경은 우리에게 필리스티아 사람 골리앗의 이야기를 통해 실제로 그런 거인이 존재했다는 걸 보여주고 있소. 골리앗의 키는 7코도** 반이 훌쩍 넘을 만큼 컸는데, 실로 엄청난 거인이라 할 수 있지요. 그리고 시칠리아 섬에서도 엄청난 크기의 정강이뼈와 등뼈들이 발견되었는데, 이는 그 뼈들의 주인이 탑만큼이나 키가 큰 거인이었다는 걸 말해주고 있소. 기하학이 이 사실을 증명할 수 있소이다. 그러나 좌우지간, 나 자신은 모르간테가 그렇게 거대하진 않았으리라 생각하오만, 그가 얼마나 컸는지는 분명하게 대답할 수가 없군요. 이렇게 생각하는 근거는 그의 공적에 대한 이야기에서 찾을 수 있소. 그 이야기에 의하면 모르간테는 자주 지붕 밑에서 잠을 잤는데, 들어갈 수 있는 집이 있었다는 것은 그가 그렇게 크지는 않았다는 것을 말해주는 것 아니겠소."

"그렇겠군." 신부가 말했다.

이런 말도 안 되는 엉터리 이야기를 듣는 것을 좋아하는 신부는 레이날도스 데 몬탈반과 돈 롤단, 그리고 나머지 열두 명의 프랑스 기사들***에 대해

---

*루이기 풀치의 15세기 이탈리아 무훈시 《모르간테》에 등장하는 거인.
**1코도는 약 45센티미터로 팔꿈치에서 손가락 끝까지 길이를 말한다. 계산하면 골리앗의 키가 3미터에 달한다.
***르노 드 몽토방(레이날도스 데 몬탈반)과 롤랑(롤단)을 비롯한 사를마뉴 대제 수하의 열두 기사들. 이들이 등장하는 중세 유럽 최대의 무훈시로 불리는 《롤랑의 노래》는 유럽 전역에 전파되면서 등장인물들 역시 각 나라에 맞는 이름으로 다양하게 불렸다. 롤랑은 이탈리아에서는 '오를란도'로, 스페인에서는 '롤단'으로, 라틴어로는 '로토란도'로 불렸으며, 르노 드 몽토방 역시 스페인에서는 '레이날도스 데 몬탈반'으로, 이탈리아에서는 '리날도 데 몬탈반' 등으로 불렸다.

어떻게 생각하는지 그에게 물었다. 그들은 모두 편력기사들이었다.

이에 돈키호테가 대답했다. "레이날도스는 얼굴이 넓적하고, 얼굴색은 주홍빛이며, 춤을 추는 듯한 눈은 약간 튀어나왔고, 상당히 옹졸하고 성미가 불같으며, 도둑과 타락한 자들의 친구와도 같은 자라고 감히 말할 수 있겠습니다. 그리고 롤단은 여러 이야기 속에서 로톨란도 또는 오를란도라고 불리기도 하는데, 제 생각에 분명한 것은 그가 중키에 어깨가 넓으며 약간 안짱다리에다 얼굴은 가무잡잡한 자로, 몸에 털이 많고 붉은 수염에 위협적인 눈빛을 지녔으며, 말수는 적으나 매우 신중하고 잘 교육받은 자라는 것이지요."

"롤단이 돈키호테 선생이 말한 것보다 더 훌륭한 자가 아니었다면," 신부가 말했다. "아름다운 앙헬리카가 그를 멸시하고 이제 갓 수염이 난 이방인의 멋과 용기와 감언이설에 반한 것도 이상할 게 없겠구먼. 거친 롤단보다는 부드러운 메도로에 반하는 것이 분별력 있는 사랑의 이치이니까."*

"신부님." 돈키호테가 말했다. "그 앙헬리카는 산만하고 변덕도 좀 있고 나돌아다니길 좋아하는 여인으로, 그녀의 미모에 대한 명성만큼이나 불미스러운 행동으로 세상을 온통 시끄럽게 만들었습니다. 수천의 남자들, 수천의 용감한 자들, 그리고 수천의 점잖은 자들을 무시했고, 친구의 우정에 감사할 줄 아는 자라는 것 외에 그 어떤 재산도 이름도 없는, 수염도 제대로 나지 않은 시종 놈이랑 놀아났습니다. 그녀의 미모를 노래한 위대한 시인 아

---

*16세기 이탈리아 시인 루도비코 아리오스토의 1532년 작 《광란의 오를란도》의 내용. 오를란도는 카타이(중국)의 공주 안젤리카(스페인 이름은 앙헬리카)에 대한 구애가 거절당하자 이성을 잃고 자신의 본분도 잊어버린 채 세상을 떠돈다. 안젤리카는 오를란도, 사크리판테를 비롯하여 많은 기사들의 마음을 빼앗으면서도 냉정한 태도를 유지하다 젊은 무어인 메도로와 사랑에 빠지고, 오를란도는 동료 기사 아스톨포의 도움으로 이성을 되찾아 완벽한 영웅으로 다시 태어난다. 이 작품은 스페인에서도 큰 인기를 얻어 《앙헬리카의 눈물》과 《앙헬리카의 아름다움》 같은 유사 작품들이 나왔다.

리오스토는 그녀가 그렇게 망가진 뒤 그녀에게 무슨 일이 일어났는지를 차마 노래하지 못했는지, 아니면 노래하기가 싫었는지, 아무튼 다음과 같이 말했지요. 그녀의 일들이 그다지 명예스러운 것은 아니었으니까 말입니다.

그리고 어떻게 카타이로부터 왕권을 받았는지는
아마도 다른 사람이 더욱 흥겹게 노래할 것이니.

이것은 틀림없이 예언과도 같았습니다. 시인은 '바테'라고도 불리는데, 이 말은 '예언자'라는 뜻이지요. 아리오스토의 이 예언은 사실이 분명한 것이 안달루시아의 한 유명한 시인이 그녀의 눈물에 슬퍼하며 노래했고, 카스티야의 유명한 다른 시인은 그녀의 미모를 노래했습니다."

"그럼 돈키호테 나리," 이발사가 말했다. "앙헬리카를 노래한 수많은 시인들 가운데, 그녀를 비꼬는 풍자시를 쓴 시인은 아무도 없다는 겁니까?"

"내 생각에는," 돈키호테가 대답했다. "사크리판테나 롤단이 시인이었다면 그리했을 것 같소이다. 현실의 귀부인이든 가상의 귀부인이든 여인에게 경멸받고 사랑을 거부당한 시인이라면 그러한 비방은 당연하고 자연스러운 것이 아니겠소. 하지만 실제로는 자기 마음속의 이상적 귀부인이라고 여겼던 여인에게 풍자와 중상모략으로써 복수한다는 게 관대한 마음을 지닌 자에게 어울리는 일은 아니지요. 세상을 온통 휘저어놓았던 앙헬리카에 반하는 그 어떤 불명예스러운 시도 나는 아직까지 알지 못한다오."

"기적이야!" 신부가 말했다.

이때 이들이 대화를 나누도록 내버려두고 나갔던 가정부와 조카딸이 마당에서 크게 외치는 소리가 들렸고, 이에 모두들 소리 나는 쪽을 향해 갔다.

제2장

산초 판사가 돈키호테의 조카딸과 가정부와 벌인
대단한 언쟁과 그 밖의 재미난 이야기들에 대하여

이야기에 따르면 돈키호테, 신부 그리고 이발사가 들은 목소리는 바로 돈키
호테의 조카딸과 가정부의 것이었다고 하는데, 산초 판사가 돈키호테를 만
나러 안으로 들어오려고 하자 그를 문에서 막아서면서 고함을 쳤던 것이다.

"이 주인 없는 개가 이 집에서 뭘 하자는 거래? 이것 보세요, 댁의 집으로
가란 말예요. 댁이 우리 주인님 정신을 쏙 빼서 길도 없는 곳으로 데리고 다
녔잖아요."

그러자 산초가 대답했다.

"이 악마 같은 가정부야, 구슬림 당하고 정신까지 쏙 빠져서 길도 없는 곳
들로 끌려다닌 사람은 당신 주인이 아니라 바로 나요. 당신 주인이란 사람
이 나를 그런 세상으로 데리고 다녔다고. 뭔가 대단히 착각을 하고 있는 모
양인데, 그분이 섬을 하나 준다고 꾀어서 나를 집에서 끌고 나왔고, 난 아직
도 그 섬 받을 날만 기다린단 말이오."

"그놈의 섬에 콱 빠져 죽으라지, 멍청한 산초 같으니." 조카딸이 응수했
다. "대체 섬이 뭔데요? 뭐 맛있는 먹을 거라도 되나요, 먹보 아저씨?"

"먹을 게 아니라." 산초가 말했다. "도시 네 개보다 더 잘, 궁정 재판관 넷보다 더 훌륭하게, 통치하고 다스리는 겁니다."

"아무튼," 가정부가 말했다. "당신 같은 사고뭉치는 여기 들어올 수 없어요. 가서 당신 집이나 통치하고 쥐꼬리만 한 당신 땅이나 갈아요. 그리고 섬인지 뭔지 하는 건 다신 꿈꾸지도 말라고요."

신부와 이발사는 세 사람의 대화를 듣고 매우 재미있어했지만, 돈키호테는 산초가 입을 함부로 놀려대다가 자신의 품위를 해칠 심술궂고 멍청한 소리들까지 쏟아낼까 봐 두려운 나머지 그를 불렀고, 조카딸과 가정부에게는 조용히 하고 그를 들여보내라고 했다. 그러자 산초가 들어왔고, 신부와 이발사는 돈키호테와 작별을 했다. 그들은 돈키호테의 건강 상태에 대해서 절망했는데, 그가 지금 얼마나 빨리 쓸모없는 헛된 망상에 젖어들었고 또한 바보 같은 기사도 놀이에 얼마나 흠뻑 빠져 있는지를 직접 보았기 때문이었다. 신부는 이발사에게 이렇게 말했다.

"두고 보게, 이 사람아, 우리의 시골귀족 양반이 우리가 생각지도 않을 때 강가에 새를 풀어놓듯 또다시 길을 나설 것이니."

"그거야 의심의 여지가 없지요." 이발사가 대답했다. "하지만 이제 기사님의 광기는 하나도 놀라울 것이 없는데, 그 종자의 어리석음도 만만치가 않습니다. 그 섬 이야기를 저렇게나 믿고 있다니. 몇 번을 속아 넘어간다 해도 섬에 대한 망상을 그 머리에서 끄집어내진 못할 것 같군요."

"그건 하느님이나 하실 수 있는 거고." 신부가 말했다. "우리는 보고만 있어야지. 그 기사에 그 종자가 만들어내는 이 엉터리 바보짓들이 어디까지 가는지 두고 보세나. 두 사람은 꼭 같은 틀로 만들어진 것 같아. 주인의 광기도 하인의 어리석음 없이는 아무 소용이 없지 않겠나."

"그렇지요." 이발사가 말했다. "그러니 지금 그 둘이 무슨 이야기를 할지 정말로 궁금합니다."

"틀림없이 조카딸이나 가정부가 나중에 우리한테 얘기해줄 걸세." 신부가 말했다. "두 사람 이야기를 듣지 않고 넘어갈 사람들이 아니지 않는가."

그때 돈키호테는 산초와 함께 자기 방에 들어갔고, 그들만 남게 되자 산초에게 말했다.

"산초야, 집에서 너를 끌어낸 사람이 바로 나라고 그리 말하니 실로 섭섭하구나. 나라고 집에만 있었던 건 아니지 않느냐. 우리는 함께 집을 나섰고, 함께 떠났고, 그리고 함께 유랑을 하지 않았느냐. 그리고 똑같은 운명이 우리 둘에게 닥친 것이지. 네가 담요 키질을 한 번 당했다면, 난 백 번을 두들겨 맞았다. 내가 너보다 훨씬 더 고생을 한 것이지."

"그건 당연한 일이지요." 산초가 대답했다. "주인님 말씀에 따르자면, 편력기사의 종자보다는 편력기사에게 더 많은 불행이 닥치는 것 아닙니까."

"네가 틀렸다, 산초." 돈키호테가 말했다. "쿠안도 카푸트 돌레트 어쩌고 하는 말도 있지 않으냐."

"저는 우리 말 말고는 알아듣지를 못합니다요." 산초가 대답했다.

"무슨 뜻인고 하면," 돈키호테가 말했다. "머리가 아프면 다른 곳도 다 아프다는 말이다. 그런고로, 내가 너란 놈의 주인이므로 네 머리이고, 너는 나의 종이므로 내 몸의 일부라는 것이지. 이러한 이유로 내가 처한 또는 처하게 될 불행은 너도 아프게 할 것이고, 너의 불행으로 나 역시 괴로워할 것이다."

"그래야 했었지요." 산초가 대꾸했다. "하지만 주인님 몸의 일부분인 제가 담요 키질을 당할 때 저의 머리이신 주인님께서는 흙담 뒤에 계셨잖습니까. 이놈이 공중으로 던져지는 걸 보시면서 아무런 고통도 느끼지 않으시는 것 같던데요. 머리가 불행할 때 몸의 일부분도 아파하는 게 당연하다면 그 머리도 몸의 아픔을 함께해야 하잖습니까요."

"산초, 네놈이 지금 네가 담요 키질을 당할 때 내가 아파하지 않았다고 말하는 것이냐?" 돈키호테가 말했다. "그런 말을 하고 있는 거라면, 말도 하지 말고 생각도 하지 말거라. 네 몸이 아플 때 난 정신적으로 더 많은 고통을 느끼고 있었으니까. 하지만 이 문제는 이제 그만 얘기하도록 하자꾸나. 다시 잘 생각해서 제대로 판단할 때가 있을 것이다. 그건 그렇고, 나의 벗 산초야, 말해보거라! 사람들이 나에 대해 무슨 말들을 하더냐? 마을 사람들, 시골귀족들, 그리고 기사들은 나에 대해 어떤 의견을 가지고 있더냐? 나의 용기와 나의 업적들, 그리고 나의 예의범절에 대해 어떤 말들을 하더냐? 이미 잊힌 기사도를 부활시켜서 세상으로 다시 되돌려놓겠다는 내 결심에 대해 무슨 말이 오가더냐? 산초야, 결론적으로 나는 이 문제에 대해 네가 들었던 모든 것을 다 나에게 말해주었으면 한다. 충실한 신하들이 주인에게 아부하기 위해 과장하거나 쓸데없는 존경심으로 축소하는 일 없이 사실대로 말해야 하듯이, 너 역시 좋은 것에 뭘 덧붙이거나 나쁜 것에 뭘 빼는 일 없이 그대로 말해야 한다. 만일 있는 그대로의 사실이 아첨의 옷을 입지 않고 왕자들의 귀에 들어갔더라면 세상은 많이 달라졌을 것이다. 지금 우리의 시대가 아니라 과거의 시대가 철의 시대로 간주되었을 것이야. 지금 우리 시대야말로 황금시대일 테니 말이다. 산초야, 이 말을 잘 새겨두고, 내가 네게 물은 것에 대해 알고 있는 사실들을 신중하고 좋은 의도로 내 귀에 전달해다오."

"기꺼이 그렇게 하겠습니다, 주인님." 산초가 대답했다. "하지만 제가 말씀드리는 것에 화를 내지 않으신다는 조건으로 말입지요. 주인님께서 제가 들은 사실을 꾸미지 않고 그대로 말씀드리라 하시니 그렇습니다."

"내 절대로 화를 내지 않겠다." 돈키호테가 말했다. "그러니 산초야, 말을 돌리지 말고 자유롭게 얘기해보아라."

"그러시다면, 제가 제일 먼저 드릴 말씀은," 산초가 말했다. "사람들이 주인님을 완전 미친 사람으로 여기고 있고, 저 역시 주인님 못지않게 멍청한 자로 본다는 겁니다. 시골귀족들은 주인님께서 시골귀족답지 않게 '돈' 자를 붙이고, 포도나무 네 그루와 2유가다* 땅밖에 없으면서도 앞뒤로 누더기를 한 개씩 걸치고는 난데없이 기사 행세를 하고 다닌다고 말들을 하고 있지요. 기사들은 또 기사들대로 시골귀족, 특히 구두에 검댕이 칠을 해 낡은 것을 감추고, 초록색 비단으로 검은색 양말 끝을 묶고 다니는 가난한 귀족들이 자기들에게 맞서는 것을 못마땅해합니다요."

"그건 나하고는 상관이 없는 얘기다." 돈키호테가 말했다. "나야 항상 옷을 잘 차려입고 다니지 않았느냐. 절대로 옷을 기워 입지는 않았다. 찢어진 곳이야 있을지 몰라도 그건 세월이 아니라 무기에 쓸린 곳이다."

"주인님의 용기, 예의범절, 업적과 사건에 관해서는요," 산초가 말을 계속했다. "여러 의견들이 있습죠. 어떤 이들은 '미쳤지만 재미있다'고 말하고, 어떤 이들은 '용감하지만 운이 없다'고 말하기도 하는데, 또 '예의가 바르지만 시건방지다'고 말하는 이들도 있습니다. 이 근방에서는 어찌나 말들이 많은지 주인님이나 저나 성한 뼈가 하나도 없을 지경이라니까요."

"보거라, 산초." 돈키호테가 말했다. "덕이라는 것은 최고의 경지에 이르면 어디서나 박해를 받는 법이다. 지나간 역사의 유명한 인물들 중에 다른 이들의 저주로 비방받지 않은 사람은 거의 없지 않느냐. 어쩌면 한 사람도 없을 것이다. 활력이 넘치고 신중하고 용감무쌍한 대장 율리우스 카이사르도 야심가라고 비난받았고, 의복과 몸가짐이 단정치 못하다고 욕을 먹었다. 훌륭한 업적으로 '대왕'이라는 별명을 얻은 알렉산드로스에 대해서도 사람

---

*소 한 쌍이 하루 동안에 밭을 갈 만한 면적의 땅을 말한다.

60

들은 술꾼이라고들 말했고, 헤라클레스에 대해서는 그가 수행한 수많은 과업에도 불구하고 음탕하고 선물만 밝히는 인물이라고들 했지. 아마디스 데 가울라의 동생인 돈 갈라오르에 대해서는 지나치게 싸움을 좋아한다고 수군거렸고, 그의 형은 울보라고 손가락질들을 했다. 그러니까, 아, 산초야! 나에 대한 욕이 네가 말한 것 이상이 아니라면, 그 수많은 위인들을 향했던 욕들 사이로 그냥 지나가도록 놔두자꾸나."

"아이고, 바로 그게 문제라니까요!" 산초가 소리쳤다.

"아니, 안 좋은 얘기가 더 있단 말이냐?" 돈키호테가 물었다.

"아직 꼬리의 껍질도 벗기지 못했는걸요." 산초가 대답했다. "지금까지 말씀드린 것은 그런대로 나쁘지는 않습니다. 하지만 주인님께서 정말로 사람들이 주인님에 관해 떠들어대는 모든 욕들을 다 알고자 하신다면 제가 그 모든 걸 빠짐없이 말해줄 사람을 곧 여기로 데리고 오겠습니다. 살라망카에서 공부를 한 바르톨로메 카라스코의 아들이 어젯밤에 도착했는데, 제가 그분을 맞이하러 갔었죠. 그런데 그분이 저에게 말씀하시기를, 주인님의 이야기가 이미 《재치 있는 시골귀족 돈키호테 데 라만차》라는 책으로 나돌고 있다는 겁니다요. 그 책에 제가 산초 판사라는 제 진짜 이름으로 나오고 둘시네아 델 토보소 공주님 일이랑 우리 둘만 겪은 여러 일들도 다 나온다지 뭡니까. 그 모든 이야기를 쓴 작가라는 사람이 어찌 그 사실을 다 알았는지, 이놈은 너무 놀라 성호를 다 긋고 말았답니다."

"산초, 내 너에게 분명히 말하지만," 돈키호테가 말했다. "우리 이야기를 쓴 자는 어떤 현명한 마법사임이 틀림없다. 그런 자들이 뭔가에 대해 쓰고 싶어 한다면 어떤 것도 감출 수가 없지."

"어떻게 현명한 자이면서 마법사일 수가 있습니까!" 산초가 말했다. "제가 말씀드린 그분이 바로 학사 산손 카라스코라고 불리는데, 그분 말씀에 따르면, 그 이야기를 쓴 사람의 이름은 시데 아메테 베렝헤나*라던데요!"

"그건 무어인 이름인데." 돈키호테가 말했다.

"그렇겠지요." 산초가 말했다. "다들 말하길 무어인은 가지를 엄청 좋아한다고 하더라고요."

"산초, 네가 잘못 안 것 같구나." 돈키호테가 말했다. "그자 이름에 있는 '시데'는 아랍어로 '나리'라는 말이다."

"그럴 수도 있겠네요." 산초가 대답했다. "아무튼 주인님께서 원하신다면 당장 그분을 모시러 가겠습니다요."

"그리 해주면 정말 기쁘겠다, 산초." 돈키호테가 말했다. "네 말을 들으니 긴장이 다 되는구나. 모든 걸 다 알 때까지 음식도 먹지 않겠다."

"그럼 전 그분을 데리러 가겠습니다." 산초가 대답했다.

산초는 주인을 남겨두고 그 학사를 찾으러 갔다. 그리고 잠시 뒤 그와 함께 돌아왔는데, 세 사람 사이에서 재미있는 대화가 이어진다.

---

*원래 이름은 '베넹헬리'인데 산초가 먹는 '가지'를 가리키는 '베렝헤나'와 혼동하고 있다.

제3장

돈키호테와 산초 판사 그리고 학사 산손 카라스코
사이에 벌어진 우스꽝스러운 토론에 대하여

산초가 말한 대로 돈키호테는 자신에 대한 책이 출간되었다는 그 소식을 들어보려고 카라스코 학사를 기다리며 깊은 생각에 잠겼다. 그는 그러한 이야기가 책으로 쓰였다는 사실이 믿기지 않았다. 죽은 적들의 피가 아직 그의 칼에서 마르지도 않았는데, 벌써 사람들이 그의 고귀한 기사 행적이 인쇄되어 세상에 돌아다니는 걸 원한다고 하니 말이다. 이 모든 것을 통해서 돈키호테는, 자신에 대해 우호적인지 적대적인지는 알 수 없으나, 어떤 현자가 마법을 이용해 그 이야기들을 인쇄했을 것이라고 상상했다. 만일 우호적인 현자라면 우리의 기사가 행한 업적들을 강조하여 가장 위대한 편력기사의 업적들 위에 올리기 위함일 것이고, 적대적인 현자라면 그 훌륭한 업적들을 철저히 무너뜨려서 가장 비천한 종자가 행한 일 아래 두어 세상에서 가장 비천한 것으로 만들어버리기 위함일 것이었다. 돈키호테는 자기 자신에게 말했다. "하지만 종자의 행적을 글로 남기는 법은 없지. 그러니 그 책이 실제 있다고 한다면 그것은 편력기사에 대한 것이어야 하고, 호탕하고, 격조 높으며, 훌륭하고, 고귀하고, 진실한 것이어야 하리라."

이렇게 생각하자 다소 위안이 되었지만, 그 작가 이름에 '시데'가 들어 있는 것으로 보아 무어인이고, 또 무어인들은 하나같이 사기꾼이고 거짓말쟁이이며 몽상가들이어서 어떠한 진실도 기대할 수 없다는 데 생각이 미치자 다시 불안해질 수밖에 없었다. 작가가 자신의 사랑 이야기를 신중하지 못하게 다루어 둘시네아 델 토보소 공주의 정절을 훼손하고 흠집을 낼까 봐 두려웠던 것이다. 그는 자신이 본능적인 욕구를 억제하고 여왕과 황후들, 모든 가문의 처녀들을 무시한 채 항상 그녀만을 위해 지켜온 충절과 품위를 작가가 제대로 표현해주기를 바랐다. 이리하여 산초와 카라스코는 이와 같은 온갖 잡다한 상상으로 뒤범벅이 된 그를 만나게 되었던 것이다. 돈키호테는 예의를 갖춰 카라스코를 맞이했다.

학사는 이름은 비록 산손*이나 그 몸집은 별로 크지 않았고, 속은 검었지만 안색은 창백했다. 머리는 총명했고, 나이는 스물넷 정도였다. 얼굴은 둥그스레하고 코는 납작했으며 입이 컸는데, 이 모든 게 심술궂은 성격에 익살스럽거나 비웃는 말을 좋아한다는 표시였다. 그가 돈키호테를 보자 그 앞에서 무릎을 꿇고 다음과 같이 말하는 것을 보아도 알 수 있었다.

"돈키호테 데 라만차 님, 제가 위대한 나리의 손을 잡으며 인사를 올리도록 해주시옵소서. 비록 교단에서 가장 낮은 계층에 속하는 저이오나 성 베드로의 차림을 하고 말씀드리옵니다. 나리께서는 이 둥근 지구에 전에도 없었고 앞으로도 없을 가장 유명한 편력기사들 중의 한 분이십니다. 시데 아메테 베넹헬리는 축복받을 겁니다. 나리의 위대한 업적을 저술하였으니까요. 그리고 세상 사람들이 모두 이해할 수 있도록 이를 아랍어에서 우리의 대중적인 카스티아어로 번역해주신 그 호기심 많은 분도 복받으실 겁니다."

---

*스페인어로는 구약성경의 '삼손'과 철자가 같다.

돈키호테가 그를 일으켜 세우며 말했다.

"정말로 나의 이야기가 쓰였으며, 그것을 쓴 자가 현명한 무어인이란 말이오?"

"그렇습니다, 나리." 산손이 말했다. "지금까지 나리의 이야기는 1만2천 권이나 인쇄되었으니, 믿지 못하시겠다면 그 이야기가 인쇄된 곳인 포르투갈, 바르셀로나, 발렌시아에 알아보십시오. 심지어 암베레스*에서도 나리의 이야기가 인쇄되고 있다 하니, 이제 나리의 이야기가 인쇄되지 않은 나라나 언어는 없다는 게 제 생각입니다."

"덕이 있고 훌륭한 사람에게 만족을 주는 일들 중의 하나가," 돈키호테가 말했다. "바로 살아 있는 동안 인쇄되고 출판되어 자신의 이름이 사람들 사이에서 좋은 명성으로 회자되는 것을 볼 때입니다. 내가 '좋은 명성으로'라고 말한 이유는 그 반대일 경우 그 어떤 죽음보다도 더 비참할 수밖에 없기 때문이지요."

"명성과 드높은 이름으로 말하자면," 산손 학사가 말했다. "나리께서 모든 편력기사들 중 최고이십니다. 왜냐하면 무어인은 자기네 나라 말로, 그리스도교도는 우리네 말로, 나리의 훌륭함을 아주 생생하게 묘사해놓았고, 위험할 때에는 용맹한 기백을, 역경에는 인내를, 부상당했을 때와 같이 불행할 때에는 고통을, 그리고 둘시네아 델 토보소 공주 마마를 향한 그 위대한 정신적 사랑에는 정절과 절제를 그려 보였답니다."

"저는 우리 둘시네아 공주님을 '마마'라고 부르는 걸 들어본 적이 없는데요." 이때 산초가 끼어들었다. "그냥 '둘시네아 델 토보소 공주'라고만 했지요. 이런 점에서 그 이야기에는 실수가 있네요."

---

*벨기에의 도시. 지금의 안트베르펜.

"그건 중요한 게 아니네." 카라스코가 대답했다.

"그렇소, 중요한 건 아니지요." 돈키호테가 말했다. "그런데 학사 선생, 말씀 좀 해보시오. 내 이야기를 다룬 그 책은 나의 어떤 업적이 가장 중요하다고 합니까?"

"그 점에 대해서는," 학사가 대답했다. "사람마다 기호가 각각이듯이 다양한 의견들이 있습니다. 어떤 사람들은 나리의 눈에 브리아레오*와 다른 거인들로 보였던 풍차의 모험이라고 하기도 하고, 또 어떤 이들은 빨래방앗간 모험이라고도 합니다. 이 사람은 처음에 두 무리의 군인들인 줄 알았다가 나중에 두 무리의 양 떼라는 걸 알게 되는 이야기라고 하고, 저 사람은 세고비아로 시신을 들고 가던 사람들 이야기라고도 하지요. 어떤 이는 갤리선 죄수들을 풀어준 이야기가 가장 낫다고 하고, 다른 이는 베네딕트 교단의 두 수도사 이야기와 용감한 비스카야인과의 결투가 가장 좋다고 하고요."

"그런데 학사 나리," 이때 산초가 물었다. "거기에 양구아스 사람들과의 모험 이야기도 들어가나요? 우리 훌륭한 로시난테가 갑자기 말도 안 되는 짓을 하고 싶어 하던 그 이야기 말입니다."

"모두 다 썼고말고." 산손이 대답했다. "그 현명한 작가의 잉크병에는 아무것도 남아 있지 않았을 만큼 모든 것을 다 썼다네. 그 착한 산초가 담요에 싸여 공중제비를 넘었던 것까지도 말이지."

"전 담요에 싸여 공중제비를 넘었던 게 아닙니다." 산초가 대답했다. "허공에서 키질을 당했던 거지요. 그것도 제가 원했던 것보다 훨씬 더 많이요."

"내가 생각하는 바로는," 돈키호테가 말했다. "세상에 부침이 없는 인간사는 없는 것 같소이다. 특히나 기사도를 다루는 이야기는 더욱 그렇지요. 기

---

*그리스 신화에 나오는 팔이 100개, 머리가 50개 달린 거인 삼형제 중 하나.

사도 이야기가 희망찬 사건들로 가득 찰 수는 없지 않겠소."

"그렇다고는 하지만," 학사가 대답했다. "이 책을 읽은 어떤 사람들은 돈키호테 님이 곳곳의 싸움에서 끊임없이 받은 몽둥이세례 중 몇 개는 이 이야기의 작가들이 좀 잊어주었으면 좋겠다고 말합니다."

"거기에 이야기의 진실이 있는데요." 산초가 말했다.

"공평성을 위해 그 부분에 대해서는 입을 다물 수도 있었겠지." 돈키호테가 말했다. "이야기의 주인공을 경멸할 것이 아니라면, 이야기 속 사실을 바꾸지 않는 행동들까지 일일이 다 기록할 이유는 없을 테니까. 사실 베르길리우스가 묘사한 것처럼 아이네이아스가 그렇게 자애롭지는 않았고, 호메로스가 얘기한 것처럼 율리시스가 그렇게 신중하지도 않았다."

"맞습니다." 산손이 대답했다. "하지만 한 사람은 시인으로서 글을 쓴 것이고, 다른 사람은 역사가로서 글을 쓴 것입니다. 즉 시인은 사실을 그대로가 아니라 그랬을 것이라는 생각으로 이야기하거나 노래하는 것이고, 역사가는 그랬을 것이라는 추측이 아니라 사실 그대로, 덧붙이거나 빼지 않고 기술하는 것이지요."

"그럼 그 무어인 작가 나리는 사실을 그대로 이야기했으니," 산초가 말했다. "우리 주인님께서 받으신 몽둥이세례 안에 제가 받은 몽둥이세례도 들어가 있겠네요. 주인님의 등짝에 떨어진 몽둥이질 중에 제 온몸이 받아내지 않은 것은 하나도 없거든요. 하지만 별로 놀랄 일도 아니지요. 왜냐하면 우리 주인님이 말씀하신 것처럼 머리가 아프면 몸의 다른 부위도 따라 아파야 하는 거니까요."

"산초, 이 간사한 녀석 같으니." 돈키호테가 말했다. "어찌 그리 기억하고 싶은 것만 잘 기억한단 말이냐."

"저야 제가 맞은 몽둥이질을 잊고 싶습니다만," 산초가 대꾸했다. "제 갈비뼈에 아직도 생생하게 남아 있는 멍들이 그러마고 하질 않습니다요."

"조용히 해라, 산초야." 돈키호테가 말했다. "그리고 학사님의 말을 막지 마라. 내가 지금 그 책에 적혀 있는 나에 대한 이야기를 해달라고 청하고 있지 않느냐."

"저에 대해서도요." 산초가 말했다. "저도 역시 그 이야기의 주요 이물들 중의 하나라고 하지 않습니까."

"산초 이 사람아, '이물'이 아니라 '인물'이네." 산손이 말했다.

"말꼬리 붙잡고 늘어지는 사람이 또 있는 겁니까?" 산초가 말했다. "이러다간 죽을 때까지도 말이 안 끝나겠네요."

"맙소사, 알았네, 산초." 학사가 대답했다. "자네는 그 이야기의 두 번째 인물이네. 이야기 전체에서 나오는 사람들 중에 자네 말을 가장 중요하게 생각하는 사람들도 참 많아. 지금 여기 계시는 돈키호테 나리가 주시겠다고 한 작은 섬의 총독 자리가 진짜라고 믿을 만큼, 자네가 남의 말을 너무 쉽게 믿는다고 하는 사람들도 있지만 말일세."

"아직 시간은 있소." 돈키호테가 말했다. "산초가 나이가 좀 더 들면 세월이 주는 경험과 함께 지금은 없는 총독에 적합한 자질과 능력을 갖게 될 겁니다."

"맙소사, 주인님." 산초가 대꾸했다. "지금 제가 이 나이에 다스리지 못할 섬이라면 앞으로 억만 년을 더 살아도 통치하지 못할 겁니다. 잘못된 것은 제게 그 섬을 통치할 재능이 부족하다는 게 아니고, 그 섬에 도착할 길이 없고, 어디에 있는지도 모른다는 거지요."

"산초야, 모든 것이 잘되기를 하느님께 빌어라." 돈키호테가 말했다. "어쩌면 네가 생각한 것보다 더 잘될 수도 있을 것이다. 하느님의 뜻 없이는 나뭇잎 하나도 움직이지 않으니까 말이다."

"맞는 말씀입니다." 산손이 말했다. "하느님께서 원하신다면 산초는 통치할 섬을 천 개라도 얻을 겁니다. 그러니 하물며 섬 하나쯤이야 말할 것도 없지요."

"저도 저기서 총독이라는 사람들을 봤는데," 산초가 말했다. "제 신발 밑창에도 못 미치겠더라고요. 그런데도 사람들이 '나리'라고 부르고, 은쟁반으로 시중을 들지 뭡니까."

"그런 자들은 섬의 총독이 아니네." 산손이 대꾸했다. "좀 더 급이 낮은 자들이지. 섬을 통치하려면 최소한 라틴어 정도는 알아야 해."

"라틴어의 '라'는 알겠는데 '틴'은 잘 몰라서 그냥 통과입니다." 산초가 말했다. "하지만 다스리는 문제는 하느님의 손에 맡겨두기로 하지요. 하느님께서 저를 가장 유용하게 쓰시려는 곳으로 저를 데려가주시겠지요. 아무튼 학사 산손 카라스코 나리께 제가 하고 싶은 말은 그 작가가 저에 대해 말한 것이 저를 기쁘게 했다는 겁니다. 저에 대해 말한 것이 기분 나쁘지가 않네요. 그리고 모범적인 종자로서 제가 한 말씀 올리자면, 저와 같은 대대손손 그리스도교도에게 전혀 어울리지 않는 일들을 저와 관련해서 이야기했다면, 그것은 귀머거리들이 우리가 하는 말을 들었다는 것처럼 터무니없는 말이다 이겁니다요."

"그렇다면 그건 기적을 만드는 일일 것이네." 산손이 말했다.

"기적이든 아니든 간에," 산초가 말했다. "사람들에 대해 쓰거나 말할 때에는 그 방법에 신경을 써야 한다는 겁니다. 처음 머리에 떠오르는 것을 그냥 되는대로 쓰면 안 된다는 말씀이죠."

"사람들이 이 이야기에 대해 실수라고 지적하는 것들 중의 하나는," 학사가 말했다. "작가가 〈무모한 호기심이 빚은 이야기〉라는 소설을 이야기 속에 집어넣었다는 것인데, 이는 그 소설이 나쁘다거나 논리가 잘못되어서가 아니라, 있을 필요가 없는데도 삽입되었고, 또한 돈키호테 나리의 훌륭한 이야기와 아무런 상관도 없기 때문이네."

"내기를 해도 좋습니다." 산초가 대답했다. "그 작가라는 사람이 아무 상관도 없는 얘기들을 바구니에 양배추 담듯 마구 섞어놓은 게 틀림없네요."

"그러고 보니," 돈키호테가 말했다. "내 이야기를 쓴 작가는 현자가 아니고 무식한 수다쟁이인 것 같구나. 아무런 기준도 없이 그냥 맹목적으로 그 이야기를 쓰기 시작했어. 우베다의 화가인 오르바네하가 그러했듯이, 그냥 생각나는 대로 쓴 거야. 그 화가는 무엇을 그리느냐는 질문에 '그냥 나오는 대로 그리는 거요'라고 대답했네. 한번은 그가 수탉을 그런 식으로 그렸는데, 얼마나 엉망이었는지 그림 옆에 '이것은 수탉입니다'라고 써놔야 했을 정도였지. 내 이야기도 분명히 그리 될 것이니, 그것을 이해하기 위해서는 설명이 필요할 것이네."

"그건 아닙니다." 산손이 대답했다. "왜냐하면 나리 이야기는 아주 분명해서 어려운 곳이 하나도 없거든요. 아이들도 그 이야기를 뒤적거리고, 젊은 이들도 읽고, 어른들은 이해하고, 노인들은 그 이야기를 좋아할 정도이지요. 결국, 나리의 이야기는 이제 너무 흔해져버린, 그러니까 너무도 많이 읽혀서 모든 종류의 사람들이 다 알게 된 것이라, 어디서 비쩍 마른 말이라도 보게 되면 '저기 로시난테가 가는군' 하고 말할 정도라니까요. 그리고 그 책을 가장 많이 읽은 것은 시동들인데, 그 주인의 문간방에는 예외 없이 《돈키호테》가 한 권쯤은 있지요. 누군가가 그 책을 보고 가면 다른 누군가가 그것을 집어 가고, 누군가가 그것을 달라 하면 다른 사람이 덤벼들어 빼앗지요. 한마디로, 그 책은 사람들이 가장 좋아하는 책이고, 지금까지 보아온 것들 중에서 가장 해악이 적은 오락거리인 셈입니다. 그 책 전체를 통해서 보아도 부도덕한 말이나 가톨릭적이지 않은 사상들이 전혀 발견되지 않았고, 발견될 조짐조차도 없기 때문이에요."

"만약 다른 식으로 썼다면," 돈키호테가 말했다. "진실을 기록한 게 아니라 거짓말을 쓰게 되었겠지요. 거짓을 말하는 역사가들은 위조화폐를 만드는 자들처럼 불에 태워야 하오. 나는 무슨 이유로 그 작가가, 나에 대해 그토록 서술할 게 많은데도 이와 상관이 없는 소설을 끼워 넣었는지 모르겠소이다. '지푸라기든 건초든 배만 채우면 된다'는 생각이었던 모양인데, 사실 나의 생각, 나의 한숨, 나의 눈물, 나의 훌륭한 욕구와 나에게 벌어진 사건들만으로도 아주 두꺼운 책 한 권이, 아니 토스타도*의 모든 책들을 다 합친 것만큼이나 방대한 책이 되었을 터인데 말이오. 학사 선생, 어떤 식으로든지 간에 역사나 책을 저술하기 위해서는 위대한 판단력과 성숙한 이해력이 필요하다는 게 내 생각입니다. 재미있는 말을 하고 뜻 깊은 경구를 쓰는 것은 위대한 재능에서 비롯되는 것이지요. 연극에서 가장 재능을 필요로 하는 것은 어릿광대 역인데, 바보스럽게 보이려는 사람이 사려 깊은 자로 여겨져서는 안 되기 때문이오. 역사는 성스러운 물건과도 같습니다. 왜냐하면 역사는 진실한 것이니까요. 그리고 진실이 있는 곳에 하느님이 계십니다. 진실과 가까운 곳에. 그럼에도 불구하고 어떤 자들은 책을 써서는 그게 튀김과자라도 되는 양 세상에 내던져버리기도 하지요."

"좋은 점이 하나도 없는 그런 나쁜 책은 없을 겁니다." 학사가 대답했다.

"그야 물론이지요." 돈키호테가 말했다. "하지만 많은 경우에, 자신의 글을 통해 합당하게 위대한 명성을 얻은 이들이 책을 출판하면서 그 명성을 잃고 명예를 훼손당한 것도 사실입니다."

"그렇게 된 이유는," 산손이 대답했다. "인쇄된 책은 천천히 살펴볼 수 있

---

*굉장히 많은 양의 철학 및 신학서를 저술했던 15세기 아빌라의 주교 알폰소 마드리갈의 별명.

으니까 실수가 쉽게 발견되고, 그 책을 쓴 작가의 명성이 위대하면 위대할수록 사람들이 더욱더 철저히 그 책을 조사하기 때문입니다. 자신의 글은 세상에 내놓지 않으면서 다른 사람들의 글을 취미나 재미 삼아 판단하는 자들은 언제나 혹은 대부분의 경우, 자기 자신의 재능으로 유명해진 사람들, 위대한 시인들, 훌륭한 역사가들을 시기하기 마련입니다."

"그건 새삼스러운 일도 아니지요." 돈키호테가 말을 이었다. "많은 신학자들이 자신의 설교는 변변치 않으면서도 다른 설교자들의 실수나 무례는 잘 지적하니까 말입니다."

"모든 게 다 그렇습니다, 돈키호테 나리." 산손이 말했다. "하지만 저는 그런 비판을 좋아하는 사람들이 자신들이 비평하는 작품의, 그 밝은 태양의 작은 점들에 얽매이지 말고 좀 더 자애롭고 조금만 덜 까다롭기를 바랍니다. '저 위대한 호메로스도 졸 때가 있다'는 말이 있지 않습니까. 작가가 최대한 결점이 적은 작품을 세상에 내놓으려고 많은 시간 깨어 있었다는 걸 사람들이 알아주길 바라는 거죠. 안 좋은 것처럼 보이는 점들이 때로는 그 얼굴의 아름다움을 돋보이게 해줄 수도 있으니까요. 아무튼 저는 책을 출판하는 사람은 커다란 위험에 노출되는 거라고 말하고 싶습니다. 책을 읽는 사람 모두를 만족시키는 건 불가능한 일이니 말입니다."

"나에 대한 책을, 좋아하는 사람은 많지 않을 겁니다." 돈키호테가 말했다.

"그 반대입니다. '바보들의 숫자는 끝이 없다'라는 말처럼 나리의 이야기를 좋아하는 사람들은 끝이 없습니다. 물론 어떤 이들은 작가가 기억력이 나쁘다며 흠을 잡기도 합니다. 누가 산초의 당나귀를 훔쳐 갔는지 말해주는 것도 잊었고, 그냥 당나귀를 도둑맞았다는 것만 언급할 뿐이니까요. 그런데 또 그러고 나서 조금 후 당나귀가 다시 돌아왔다는 말도 없이 산초가 그 당나귀를 버젓이 타고 다니지요. 또한 사람들이 말하기를, 작가가 시에라 모레나 산에서 발견한 100에스쿠도를 산초가 어떻게 했는지 쓰는 것도 잊어 버렸다고 합니다. 많은 사람들이 그 돈을 어떻게 했는지, 어디에다 썼는지 알고 싶어 하는데, 그 뒤로는 그 돈에 대한 언급이 없으니까요. 이게 바로 작품에서 가장 아쉬운 점 중의 하나입니다."

이에 산초가 대답했다.

"산손 나리, 지금 저는 생각하거나 얘기할 처지가 못 됩니다요. 제 속이 말라비틀어져 잘 숙성된 포도주 두 모금으로 치료하지 않으면 산타루치아의 가시가 될 지경입니다. 제 집에 포도주가 있고, 제 집사람이 저를 기다리고 있으니 식사를 마치고 다시 돌아와서 나리를 비롯해서 질문하고 싶어 하는 모든 분들을 만족시켜드리겠습니다. 당나귀를 잃어버린 것과 100에스쿠도를 쓴 것에 대해서 말입니다."

그러더니 자기 말에 대한 대답도 기다리지 않고 다른 말도 없이 자기 집으로 가버렸다.

돈키호테는 학사에게 이곳에 머물러 자기와 함께 식사를 하자고 청했고, 학사는 그의 초대를 받아들여 그곳에 머물렀다. 그러자 평상시의 음식에 두 마리의 새끼 비둘기 요리가 곁들여졌다. 식탁에서는 기사도 이야기에 카라스코의 유머가 이어졌고, 식사가 끝나자 그들은 낮잠을 자러 갔다. 산초가 돌아오자, 전에 하던 이야기가 다시 시작되었다.

제4장

산손 카라스코의 의문과 질문들에 대해 산초 판사가 한 대답과 사람들이 알아야 하고 이야기할 만한 다른 사건들에 대하여

산초는 돈키호테의 집으로 돌아와서 지난 이야기들에 대해 말을 이어갔다.

"산손 나리께서 누가, 어떻게, 언제 저에게서 당나귀를 훔쳐 갔는지를 알고 싶다고 하신 것에 대해 제가 대답을 드리겠습니다. 종교경찰로부터 도망쳤던 바로 그날 밤, 나리와 저는 갤리선 죄수들과의 재수 없었던 모험과 세고비아로 옮겨 가던 시신에 대한 모험을 끝내고 시에라 모레나 산속 깊숙이 들어가 있었습니다. 그곳에서 나리는 창을 꼭 붙드신 채로, 그리고 저는 제 잿빛 당나귀 위에서, 지난번 혼쭐이 났던 일로 인해 파김치가 되어서 마치 새 깃털이불을 네 장이나 깔아놓은 잠자리에 누운 것처럼 잠이 들어버렸지요. 저는 정말로 아주 깊이 잠이 들어버렸는데, 누군가가 다가와서 안장의 네 모퉁이에 말뚝을 박아놓고 거기에 저를 얹어놓은 겁니다. 그런 식으로 저를 안장 위에 그대로 앉힌 상태에서 제 밑에 있는 잿빛 당나귀를 저도 모르게 빼 간 것이지요."

"그건 쉬운 일이라서 별로 새삼스러울 것도 없군. 사크리판테에게도 같은 일이 일어났거든. 알브라카의 포위망 안에 있을 때 브루넬로라고 하는 저

유명한 도둑이 똑같은 방식을 써서 가랑이 사이로 말을 빼내어 갔지."

"동이 텄고," 산초가 하던 말을 계속했다. "제가 몸을 흔들며 일어나자 말뚝들이 뒤틀어지면서 저는 땅바닥에 쿵 하고 떨어지고 말았는데, 당나귀 쪽을 바라보니까 이미 없어졌더란 말입니다. 저는 너무 슬퍼 울고 말았지요. 만일 작가가 이 이야기를 쓰지 않았다면 정말 재미있는 사건을 쓰지 않은 것입니다. 그리고 얼마나 많은 날들이 지났는지 모르지만 미코미코나 공주를 모시고 가다가 제 당나귀를 보게 된 겁니다. 그런데 글쎄 우리 주인님과 제가 쇠사슬에서 풀어주었던 저 허풍쟁이 사악한 히네스 데 파사몬테라는 작자가 집시 복장을 한 채 제 당나귀를 타고 오는 게 아니겠습니까."

"잘못된 부분은 거기가 아니네." 산손이 말했다. "당나귀가 나타나기도 전에 자네가 동일한 당나귀를 타고 가고 있었다고 한 것이 문제야."

"그것에 대해서는 제가 뭐라고 대답해야 할지 모르겠습니다." 산초가 말했다. "작가가 실수한 것이거나, 아니면 인쇄업자가 잘못한 것이겠지요."

"그런 것 같네." 산손이 말했다. "그런데 100에스쿠도는 어떻게 되었지? 다 써버렸는가?"

이 말에 산초가 대답했다.

"저 자신과 집사람, 그리고 제 자식들을 위해 썼지요. 제가 돈키호테 나리를 시중들면서 이 길 저 길 헤매고 다니는 것을 참고 기다린 것도 다 바로 그 돈 때문이었지요. 아마 그 오랜 시간이 지나서 빈털터리로 당나귀도 없이 집으로 돌아왔다면, 저에게는 불행한 운명이 기다리고 있었을 겁니다. 저에 대해 더 알아야 할 게 있다면, 제가 여기 있으니 국왕께서 친히 물으신 듯 대답을 해드리겠습니다. 하나 그 누구도 제가 그 돈을 가져왔네 안 가져왔네, 그리고 그 돈을 썼네 안 썼네 하면서 제 이야기에 끼어들 이유는 없습니다요. 제가 이번 여행에서 맞은 몽둥이 값을 누군가가 돈으로 치러준다면, 한

대에 4마라베디씩 쳐도 100에스쿠도라야 그 절반에도 못 미치니까요. 가슴에 손을 얹고, 검은 것을 희다 하고 흰 것을 검다 하는 일은 없어야지요. 모든 사람은 하느님께서 만드신 그대로인데, 그보다 악해지는 경우도 많더라고요."

"내가 그 이야기의 작가에게 실수한 것을 주지시켜서," 카라스코가 말했다. "다음에 다시 인쇄할 때에는 착한 산초가 한 말을 잊지 않도록 하겠네. 그러면 이야기가 지금보다 한 뼘만큼은 더 나아지겠지."

"학사 선생, 그 이야기에서 수정할 것이 더 있습니까?" 돈키호테가 물었다.

"네, 있기는 합니다." 그가 대답했다. "하지만 지금 이야기된 것보다 더 중요한 것은 없습니다."

"혹시 그 작가가 후편을 낸다고 약속하였답니까?" 돈키호테가 물었다.

"약속했지요." 산손이 대답했다. "하지만 아직 후편을 본 사람은 없고, 누가 후편을 가지고 있는지도 모른다고 합니다. 따라서 후편이 나올지 여부는 아직 확실치 않은 것이지요. 이러한 이유로, 어떤 이들은 '후편이 더 좋았던 적은 없다'라고 말하는가 하면, 다른 이들은 '돈키호테에 관한 일들은 이미 쓰인 것만으로도 충분해'라고 말하기도 하면서 후편이 나올 것을 믿지 않습니다. 비록 유쾌한 심성을 가진 몇몇 사람들은 '돈키호테의 정신 나간 짓을 더 보고 싶다! 돈키호테야 돌진하라, 산초 판사야 더 지껄여라. 어찌 됐든, 그래야 우리가 더 즐겁지'라고 말하기도 하지만 말입니다."

"그렇다면 작가는 무엇에 신경을 쓰고 있는 것이오?"

"그가 지금 특별히 신경 쓰며 찾고 있는 이야기를 발견하기만 하면 곧장 인쇄로 넘길 것입니다." 산손이 대답했다. "다른 어떤 칭찬보다도 빨리 출판하는 것이 그가 관심을 두고 있는 일입니다."

이에 대해 산초가 말했다.

"그 작가가 돈과 이익을 바란단 말씀입니까? 그게 성공한다면 기적일 겁니다. 부활절 전날 양복장이가 하듯 일들을 얼렁뚱땅 대충 할 텐데 그렇게 해서야 제대로 만들어지는 것이 있겠습니까요. 그 무어인 나리인가 뭔가 하는 작가는 자기가 하는 일에 신경을 써야 할 것입니다. 저와 제 주인님이 후편뿐만 아니라 백 편의 작품을 더 쓸 수 있을 만큼의 갖가지 모험과 사건들의 적당한 재료들을 그에게 줄 거거든요. 틀림없이 그 맘씨 착한 양반은 우리가 지금 긴장을 늦추고 있다고 생각할 테지만, 직접 와서 보면 알게 될 겁니다. 제가 지금 말할 수 있는 것은, 우리 주인님께서 제 충고를 받아들인다면 훌륭한 편력기사들이 늘 그러하듯이 이미 들판으로 나가 모욕을 무찌르고 잘못된 일을 바로잡고 있었을 것이라는 겁니다."

산초의 말이 끝나기도 전에 로시난테의 울음소리가 그들의 귀에 들려왔는데, 돈키호테는 그 울음소리를 좋은 징조로 받아들이고, 사나흘 안으로 다시 집을 나서기로 결심했다. 그리고 자신의 결심을 학사에게 알리면서 자신의 여정을 어디에서부터 시작하면 좋을지 조언을 부탁했다. 이에 대해 학사는 아라곤 왕국의 사라고사라는 도시로 갈 것을 권하면서, 그곳에서 며칠 후 산 호르헤* 축제를 기념하는 아주 장엄한 기마 창 시합이 벌어질 것인데, 그 시합에서 아라곤 기사들을 모두 이겨 이름을 떨치면 세상 모든 기사들 사이에 으뜸가는 명성을 얻게 되는 것이라고 말해주었다. 또한 그의 결심이 아주 명예롭고 용감한 것이라고 말하며, 앞으로는 위험을 향해 돌진할 때 더더욱 조심해야 한다고 충고했다. 왜냐하면 돈키호테의 목숨은 이제 그 자신만의 것이 아니고 불행 속에서 그의 구원과 보호를 기다리는 자들을 위해 필요하기 때문이었다.

---

*아라곤 지방의 수호성인으로 4월 23일 축제가 개최된다.

"산손 나리," 이때 산초가 말했다. "우리 주인님께서 단것을 좋아하는 아이가 멜론에 달려들 듯 무장한 백 명의 남자들에게 돌격해야 한다면, 저는 반대입니다요. 하느님 맙소사, 학사 나리! 공격할 때도 있고, 물러날 때도 있는 법인데, 모든 게 다 '산티아고,* 공격하라, 에스파냐여!'일 수는 없지 않겠습니까. 그리고 우리 주인님한테서 들은 것인데, 제 기억이 틀리지 않는다면, 끝내주는 겁쟁이와 너무 겁이 없는 자 바로 그 중간쯤에 미덕이 있다고 하셨습지요. 그 말이 맞다면 저는 도망갈 이유가 없는데도 도망간다든지, 다른 일까지 이루어내려는 지나친 욕심 때문에 공격을 한다든지 하는 일은 원하지 않을 겁니다요. 그러나 무엇보다 제가 주인님께 알려드리고 싶은 건요, 만일 저를 데려가실 거라면 조건이 하나 있다는 겁니다. 모든 싸움은 주인님이 하시는 거고, 저는 청소를 한다든지 편의를 돌봐드린다든지 하는 주인님의 개인적인 일들만 책임진다는 것인데, 물론 이런 일들은 제가 알아서 미리 다 해드릴 겁니다. 그러니 도끼와 가죽 모자를 쓴 사악한 촌놈 앞에서일지라도 제가 행여나 칼을 집어 들 거라 생각하신다면 그건 쓸데없는 일이지요. 산손 나리, 저는 용감한 사람으로 이름을 날릴 생각이 쥐꼬리만큼도 없습니다. 그저 편력기사의 시중을 든 종자들 중에 가장 충실한 종자가 되고 싶을 뿐이지요. 저의 주인님이신 돈키호테 나리께서 저의 충성스러운 봉사에 보답하고자 주인님께서 말씀하신 것처럼 가다 보면 만나게 된다는 수많은 작은 섬들 중에 하나를 저에게 주신다면 감사히 받겠습니다. 하지만 섬을 주시지 않는다 해도, 제 팔자가 뭐 언제는 좋았던가요, 사람은 다른 이들이 아닌 하느님의 보호 아래 사는 것이니 하는 수 없지요. 그리고

---

*열두 사도 중 하나인 야고보의 스페인 이름으로, 스페인 땅에서 복음을 전파했고 그의 무덤이 스페인 북부 산티아고 데 콤포스텔라(오늘날 산티아고 길)에 있다. 스페인의 수호성인으로 무어인들과 전쟁을 치를 때 그의 이름을 부르며 진격했다고 한다.

총독일 때 먹는 빵보다 그렇지 않을 때 먹는 빵이 제게는 더 맛이 좋을 수도 있으니까요. 혹시 그 작은 섬에 악마가 끼어들어 저에게 발이라도 걸어 넘어뜨려서 제 어금니를 부러뜨릴지 어찌 알겠습니까? 저는 산초로 태어났으니 산초로 죽을 생각입니다. 그러나 이 모든 것으로써, 많은 부탁이나 큰 어려움 없이 하늘이 저에게 어떤 작은 섬 또는 그와 비슷한 것을 기꺼이 내주신다면, 제가 또 그것을 거부할 만큼 그렇게 어리석지는 않습니다. '암송아지를 받으면 고삐 잡고 뛰어라', 또 '행운이 다가오면 우선 네 집에 집어넣어라'라고들 하지 않습니까."

"산초, 자네는 마치 대학교수처럼 말을 하는군." 카라스코가 말했다. "아무리 그렇다 해도 하느님과 자네 주인 돈키호테 나리를 믿어야 하네. 그러면 자네 주인께서 자네에게 작은 섬이 아니라 왕국 전체를 주실 걸세."

"더 많은 것이나 더 적은 것이나 매한가지지요." 산초가 대답했다. "제가 카라스코 나리께 말씀드릴 수 있는 것은, 우리 주인님께서 왕국을 주시겠다고 하신 게 허투루 한 약속이 아니며, 제 맥박을 짚어보니 왕국을 통치하고 작은 섬을 다스릴 만큼은 건강하다는 겁니다. 제가 건강하다는 건 주인님께도 여러 번 말씀드렸지요."

"여보게, 산초," 산손이 말했다. "직업이 습관도 바꾼다고 하는데, 자네 총독이 되고 나면 낳아준 어머니도 몰라보는 것 아닌가."

"그건 천박하게 태어난 자들에게나 가능한 것이고요," 산초가 대답했다. "저처럼 뼛속까지 그리스도교도인 사람들은 절대 그럴 수가 없지요. 저의 처지를 잘 살펴보세요. 제가 그럴 놈인지 아시게 될 테니까요!"

"하느님께서 다 해주실 것이다." 돈키호테가 말했다. "그리고 그 통치가 언제 가능할지도 곧 알게 될 것이야. 내 생각엔 머지않은 것 같군."

이 말을 마치고 그는 학사에게 혹시 시인이라면 둘시네아 델 토보소 공주에게 앞으로 자신이 고할 작별을 다루는 시를 몇 구 지어달라고 부탁했다. 그리고 시가 다 완성되어 첫 글자들을 모아서 볼 때 '둘시네아 델 토보소(Dulcinea del Toboso)'가 될 수 있도록 해달라고 했다. 이에 학사는 자신은 유명한 시인은 아니지만, 하기야 에스파냐에 유명한 시인이라고 해야 서넛밖에 되지 않지만, 짓는 데 상당한 어려움이 따르는 그러한 운율의 시구를 포기하지 않고 써보겠노라고 대답했다. 아울러 그는, 그 이름이 열일곱 자로 되어 있는데, 이것을 8음절의 4행시 네 개로 된 카스티야 형식으로 지으면 한 글자가 남게 되고, '데시마'나 '레돈디야'라 불리는 형식으로 5행시를 지으면 세 글자가 모자라나, 아무튼 가급적 한 글자를 잘 흡수해서 네 개의 4행시 안에 둘시네아 델 토보소라는 이름이 다 포함될 수 있도록 해보겠다고 말했다.

"아무튼 그렇게 되어야 합니다." 돈키호테가 말했다. "이름이 분명하게 나타나지 않는데 자기를 위해 그 시를 지었다고 생각할 여자는 없을 테니까 말이오."

그들은 시에 대해 이렇게 약속을 했고, 여드레째 되는 날에 떠나기로 했다. 돈키호테는 학사에게 자신의 출발을 비밀에 부쳐달라고 당부했다. 특히 신부님과 이발사 니콜라스 선생, 그리고 조카딸과 가정부에게는 더더욱 비밀을 지켜달라고 했다. 그들이 자신의 영광스럽고 용기 있는 결정을 망쳐버릴 수도 있기 때문이었다. 카라스코는 이 모든 것을 약속했고, 이와 함께 작별을 고하면서 돈키호테에게 앞으로 사정이 허락하면 일어났던 모든 좋은 일들과 나쁜 일들을 자기에게 다 알려달라고 당부했다. 이렇게 그들은 서로 작별을 고했고, 산초는 여행에 필요한 것을 준비하러 갔다.

제5장

산초 판사와 그의 아내 테레사 판사가 나누었던 신중하고 우스운 대화와 그 밖에 유쾌하게 기억에 남을 만한 사건들에 대하여

이 이야기의 번역자는* 5장을 시작하면서 이 장의 원본의 출처가 의심스럽다고 말하고 있다. 왜냐하면 이 장에서는 산초가 그의 짧은 기지에 걸맞았던 말투와는 전혀 다른 방식으로 말하고 아주 세세한 일들에 대해 이야기하는데, 그가 보기에는 산초가 그리 할 수 있을 것 같지가 않다는 것이다. 하지만 자기의 직업이 갖는 의무를 이행하려면 이 장을 번역하지 않을 수는 없는 일, 그래서 그는 다음과 같이 말을 이어나갔다.

산초는 아주 기뻐하며 즐거운 마음으로 자기 집에 도착했다. 그 기뻐하는 모습을 멀리에서도 알아볼 수 있을 정도여서, 그의 아내는 그에게 물어보지 않을 수 없었다.

"이렇게 기뻐서 돌아오다니, 무슨 일이에요, 여보?"

이 말에 산초가 대답했다.

---

*《돈키호테》 1편 9장에서 작가는 톨레도의 알카나 시장에서 무어인 작가 시데 아메테 베넹헬리가 아랍어로 쓴 돈키호테의 이야기를 구입해서 모리스코인에게 스페인어로 번역을 의뢰했다고 적고 있다.

"마누라, 하느님께서 원하신다면, 난 지금처럼 내가 기뻐하지 않는 것으로도 기뻐할 거요."

"무슨 말인지 하나도 모르겠네." 그녀가 대답했다. "하느님이 원하시면 기뻐하지 않는 것으로 기뻐하겠다니 그게 무슨 말이에요? 내가 바보라서 그런지 몰라도, 기쁨을 갖지 않는 것에서 누가 기쁨을 느낀다는 건지 도통 모르겠네요."

"여보, 테레사, 난 지금 나의 주인님 돈키호테 나리를 다시 모시기로 결심해서 기쁘다는 거야. 나리께서 모험을 찾아 세 번째 출정을 하고 싶어 하시거든. 그래서 나도 그분과 함께 다시 떠나기로 했지. 이렇게 쪼들리니 어쩔 수 없는 것도 있고, 우리가 다 써버린 그 100에스쿠도처럼, 그런 돈을 또 한 번 얻을 수도 있다 생각하니 희망에 들떠 기분이 좋아. 당신이나 자식들과 떨어지는 건 슬프긴 하지만 말이야. 하느님께서 집에서 편안하게 먹을 수 있도록 나에게 은혜를 베풀어주시고 험한 산길이나 십자로로 끌고 가시지 않는다면, 원하는 걸 별로 힘들이지 않고 할 수 있겠지. 하지만 지금 나의 기쁨은 당신을 두고 떠나야 한다는 슬픔과 섞여 있고, 그래서 더욱더 굳건해질 거라는 건 분명한 일이야. 그래서 내가 하느님께서 원하신다면 기쁘지 않은 것에서 기쁨을 느낄 수 있다고 말한 것이지."

"여보, 산초." 테레사가 대답했다. "편력기사와 어울려 다니면서부터 그렇게 말을 돌려서 하니 누가 당신 말을 알아듣겠어요."

"사람 참, 하느님께서 알아들으시면 그걸로 된 게지." 산초가 말했다. "하느님은 만물을 다 이해하시는 분이니까. 이 얘기는 여기에서 그만하자고. 그런데 여보, 당신이 알아둘 것이 있는데, 요 사흘간 당신이 우리 잿빛 나귀를 좀 돌봐줘야겠어. 나귀가 무기들을 나를 수 있도록 건초도 두 배로 주고, 안장이랑 또 다른 것들도 잘 준비해줘. 우린 지금 결혼식장에 가는 게 아니라 세상을 한번 둘러보고, 거인들, 괴물들, 요괴들과 싸우러 가는 것이야. 휘파람 소리, 고함 소리, 울부짖는 소리, 비명 소리를 들으러 가는 거라고. 만일 우리가 양구아스 녀석들이나 마법에 걸린 무어인들과 상대하지만 않는다면 이 모든 것들은 라벤더 꽃들에 불과하겠지만 말이야.*"

"그건 나도 알아요, 여보." 테레사가 말했다. "편력종자들이 아무 일도 하지 않고 빵을 먹는 게 아니라는 건 잘 알죠. 그러니 하느님께 당신을 그토록 험악한 불행에서 하루빨리 꺼내달라고 기도할게요."

"여보, 내 말해두는데," 산초가 말했다. "머지않아 작은 섬의 총독이 되지 못할 요량이면 난 차라리 여기에서 그냥 쓰러져 죽어버릴 거야."

"여보, 그건 안 돼요." 테레사가 말했다. "닭의 혀에 종기가 나더라도 이승이 낫다고, 살아야지요. 세상에 있다는 그놈의 총독 자리들은 악마나 가져가라고 해요. 총독 자리 없이도 어머니 배 속에서 나왔고, 총독 자리 없이도 지금까지 잘 살아왔고, 총독 자리 없이도 하느님이 부르시면 당신은 무덤으로 갈 거예요. 아니 누군가가 무덤까지 데려다주겠지요. 세상에는 총독 자리 없이 사는 사람들이 많지만, 그 사람들이 그것 때문에 죽거나 사람이길 포기하지는 않아요. 시장이 제일 좋은 반찬이라고들 하잖아요. 그리고 가난한 사람들은 늘 배가 고프니까, 그래서 언제나 맛나게 먹는 거라고요. 하지만 여보, 혹시라도 운이 좋아 총독 자리를 얻는다면 나와 당신 자식들을 잊으면 안 돼요. 당신 아들 산치코가 벌써 열다섯 살이라는 걸 명심해요. 그 아이 삼촌인 수도사가 그 아이를 교회 사람으로 만들 생각이라면 학교에 보내는 게 맞는다는 걸 알아두세요. 당신 딸 마리 산차도 시집을 못 보내면 죽어버릴 기세예요. 당신이 총독이 되고 싶어 안달하는 것처럼 그 애도 남편

---

*들판에 가장 흔한 꽃인 라벤더에 비유해, 흔하고 별것 아니라는 의미로 쓰이는 관용구이다.

을 얻고 싶어 죽겠다는 얼굴인걸요. 한마디로, 남자랑 정분이 나는 꼴을 보느니 잘못한 결혼이라도 결혼한 딸이 더 낫다 이 말이죠."

"분명코 하느님께서 나에게 총독 자리를 허락해주신다면," 산초가 대답했다. "마리 산차는 아주 높은 곳으로 시집을 보낼 거야. '마님'이라고 부르지 않으면 그 애를 만날 수도 없을걸."

"그럴 필요까지는 없고요." 테레사가 말했다. "그냥 우리 신분에 어울리게 시집을 보내야지요. 나막신 신던 아이한테 코르크 뒷굽을 단 고급 신발을 신기고, 시커먼 삼베옷 입던 아이한테 비단옷을 입히고, '마리카'나 '이년'이라고 부르던 애를 '아씨'니 '마님'이니 바꿔 부르면, 익숙지가 않아서 한 발 걸을 때마다 오만 가지 실수를 다 하지 않겠어요? 비천하고 거친 자기 본래 모습이 다 드러나고 말 거라고요."

"이런 정신 나간 여편네 같으니, 입 다물어." 산초가 말했다. "이삼 년만 지내고 나면 다 괜찮아져. 귀족 티와 위엄이란 것도 틀에 맞는 것처럼 따라오기 마련이라고. 또 그렇지 않은들, 뭔 상관이야? 우리 딸이 귀족이 되면, 그다음엔 알게 뭐야."

"산초, 당신 신분에 맞게 굴어야지." 테레사가 말했다. "더 높은 곳으로 올라가려는 건 그만두고, '옆집에 아들이 있으면 코 닦아서 당신 집에 들여놓아라'*라는 속담이나 명심하라고요. 우리 마리아를 백작이나 기사와 결혼시켰다가 그놈이 마음 내키는 대로 우리 딸을 모욕하고 촌년, 가난한 집 딸년이라고 부르면 참 좋기도 하겠네요! 내가 살아 있는 동안에는 절대 안 되지! 그러려고 딸 키운 게 아니라고요! 그러니까 여보, 당신은 돈만 가져와요. 그러면 우리 딸 결혼시키는 건 내가 알아서 할 테니. 저기 후안 토초의 아들 로

---

*비슷한 조건에 있는 남자와 당신 딸을 결혼시키라는 의미이다.

페 토초가 있잖아요. 건장하고 튼튼하고, 우리 모두 그 녀석을 잘 알고 있고
요. 난 그놈이 우리 딸을 나쁘게 보고 있지 않다는 것도 잘 알아요. 우리 딸
이 우리랑 같은 신분인 그 녀석과 결혼하면 얼마나 좋겠어요. 그러면 항상
우리 눈앞에 두고 볼 수 있고, 부모, 자식, 손자와 사위로 우리는 모두 한 식
구처럼 지내겠죠. 또 우리들 사이에는 하느님의 평화와 축복이 항상 함께할
거예요. 그러니 여보, 지금 나에게 우리 딸을 궁정이나 성에서 결혼시킨다
는 말은 하지도 마요. 그 사람들도 우리 딸을 이해하지 못할 거고, 우리 애
도 그곳 생활을 이해하지 못할 거라고요."

"이것 봐, 이 짐승 같고 날강도 같은 여자야." 산초가 대꾸했다. "내 손자
들을 '나리'라고 부르게 해줄 남자와 내 딸을 결혼시키겠다는데, 당신은 왜
이유도 없이 방해만 하는 거야? 이봐, 테레사, 나는 어른들한테 항상 이런
말을 들어왔어. '행운이 찾아올 때 그것을 즐길 줄 모르는 사람은 그 행운이
그냥 지나쳤다고 불평할 자격도 없다.' 지금 행운이 우리 대문을 두드리고
있는데 문을 닫아버리는 것은 잘하는 일이 아니지. 이 순풍에 그냥 몸을 맡
겨보자고."

이같이 말하는 방식이나 앞으로 계속해서 산초가 말하는 방식으로 보아,
이 이야기의 번역자는 이 장이 원본과 다른 가짜 같다고 말했던 것이다.

"이 무식한 여편네야." 산초가 계속했다. "내가 총독 자리를 꿰차고 앉아
이 진흙탕에서 발을 빼는 것이 좋지 않다는 거야? 내가 원하는 사람과 마리
산차를 결혼시켜봐. 그럼 사람들이 당신을 도냐 테레사 판사라고 부를걸?
그리고 교회에서도, 시골귀족 부인들이야 배가 아프겠지만, 양털과 비단으
로 만든 화려한 장식의 양탄자와 방석 위에 앉게 된다고. 됐어, 관두라고.
커지지도 말고 작아지지도 말고 태피스트리 무늬처럼 매양 똑같이 남아 있
으라고! 이제 이 문제에 대해서는 더 이상 말 말자고. 산치카는 당신이 아무

리 우겨도 백작부인이 될 거니까."

"여보, 당신 무슨 말을 하는지나 알고 그러는 거예요?" 테레사가 대꾸했다. "당신이 아무리 그래도 백작부인이 되는 건 우리 딸이 망하는 일이 될 거라고요. 당신은 우리 딸을 공작부인으로 만들든지 공주로 만들든지 마음대로 해요. 하지만 그건 내 뜻도 아니고 내가 그러자고 한 것도 아니라는 것만은 명심해요. 여보, 나도 누구나 똑같이 대접하려고 하는 사람이에요. 그래서 이유도 없이 우쭐거리는 건 눈 뜨고 못 봐요. '테레사'는 내 세례명이고, '돈'이니 '도냐'니 하는 꾸밈말이나 덧붙이는 말 없는 산뜻한 이름이라고요. 우리 아버지 이름은 '카스카호'이고, 난 당신의 아내가 되면서 '테레사 판사'가 되었지요(물론 '테레사 카스카호'라고 불렸던 것이 옳았지만, 법이 가는 곳에 왕이 따라가니까요*). 이름 앞에 '돈' 같은 걸 붙이지 않아도 난 이 이름으로 만족해요. 그런 건 너무 무거워서 달고 다닐 수가 없어요. 그리고 사람들이 백작님네 마나님처럼 아니면 총독부인처럼 옷을 입고 다니는 날 보면 아마 이렇게 한마디씩 할걸요. '저 돼지 같은 차림새의 여편네 좀 봐! 어제는 죽도록 삼베로 실을 잣고서는 지겹지도 않은지 망토 대신 삼베 치마를 머리에 뒤집어쓰고 미사에 가더니, 오늘은 고급 통치마에 브로치를 달고 으스대며 가는데. 뭐, 그럼 우리가 자길 못 알아볼까 봐?' 하느님께서 오감이건 칠감이건 제대로 주신 것이 맞다면, 나는 그렇게 곤란한 처지에 놓이는 걸 원하지 않아요. 당신은 섬의 총독이든 장독이든 하고 싶은 대로 해요. 당신 마음대로 으스대며 다니라고요. 하지만 우리 딸도 나도 절대로 우리 마을에서 단 한 발자국도 나가지 않을 거예요. 정숙한 아내와 다리가 부러진 사람은 집에 있어야 하는 것이고, 정숙한 처녀는 무엇을 해도 즐겁다

---

* '왕이 가는 곳에 법이 따라간다'는 속담을 테레사가 거꾸로 쓴 것이다.

고 하는데, 당신은 당신의 돈키호테 님과 함께 모험을 떠나시구려. 그리고 우리는 우리들의 불행과 함께 그냥 놔두고요. 우리 딸과 내가 착한 사람이라면 하느님께서 우리의 불행을 좀 더 좋은 것으로 만들어주시겠지요. 그런데 누가 돈키호테 어르신한테 '돈'이라는 호칭을 붙인 건지 알 수가 없네요. 그 호칭은 어르신 부모님도 할머님 할아버님도 없었는데 말예요."

"이제 보니 당신은 몸속에 악마가 있구먼." 산초가 말했다. "하느님 맙소사! 이 여자야, 대체 무슨 말을 얼마나 지껄여댄 거야! 도대체 내가 말한 거랑 카스카호, 브로치, 속담, 으스대는 것들이 무슨 상관이 있다는 거야? 이리 와, 이 무식한 여편네야. 당신이 내 말을 알아듣지 못하고 행복을 피해서 달아나려고 하니, 내가 당신을 이렇게 부를 수밖에. 내가 만일 우리 딸에게 탑에서 아래로 뛰어내리라든가, 또는 우라카 공주*가 했던 것처럼 세상을 떠돌아다니라고 했다면 내 의견에 동의하지 않겠다는 당신의 생각이 옳을 수도 있어. 그런데 한순간에, 그리고 눈을 한 번 깜빡이는 순간보다도 더 짧은 시간 안에 우리 딸에게 '돈'이나 '도냐'를 붙여주고, 험한 시골 일들에서 구제해주어 화려하고 높은 대좌 위에 올려놓겠다는데, 무어인들의 알모하드 왕가가 가졌던 것보다 더 많은 비로드 방석이 있는 연단에** 앉게 해주겠다는데, 당신은 왜 내가 바라는 것에 맞장구치며 좋아해주지 않는 거야?"

"왜 그런지 알아요, 여보?" 테레사가 대꾸했다. "너를 감춰준 사람이 너를 신고한다'라는 속담 때문이에요. 사람들은 가난한 사람에게는 눈길도 잘 안 주면서 부자에게는 시선을 집중하죠. 그런데 그 부자가 한때 가난했다면

---

*11세기 페르난도 1세 국왕이 죽으며 우라카 공주에게 사모라 지역을 물려주었으나 형제간의 왕권 싸움에 말려들어 레온의 수도원에서 사망했다.
**12세기 스페인을 침공했던 알모하드(Almohad) 왕과 스페인어로 '베개', '방석'에 해당하는 단어 'almohada'의 철자가 같은 것을 이용한 말장난이다.

그것만으로도 수군대고 헐뜯고, 욕쟁이들은 아주 집요하게 욕을 계속해대는데, 그런 사람들은 벌 떼처럼 거리에 넘쳐나요."

"테레사, 내 말 잘 들어봐." 산초가 말했다. "아마 지금 내가 하는 말은 당신 평생에 한 번도 들어본 적이 없는 걸 거야. 이건 내 얘기가 아니야. 지금 내가 하려는 말은 마을에서 지난 사순절 때 신부님이 하신 설교 내용인데, 내 기억이 틀리지 않다면 그분은 우리가 지금 눈으로 보고 있는 현재의 사물들은 지난 과거의 사물들보다 훨씬 잘, 그리고 훨씬 더 생생하게 우리의 기억 속에 간직된다고 하셨어."

여기에서 산초가 설명하고 있는 이 모든 논리들은 산초의 이해력을 넘어서는 것인데, 이 부분이 바로 번역자가 이 장이 원본과 다른 가짜라고 말하는 두 번째 근거이다. 산초가 계속 말을 이었다.

"그렇기 때문에, 어떤 사람이 비싼 옷으로 잘 차려입고 화려한 하인들을 거느린 것을 보면, 어쩔 수 없이 우리의 마음이 움직여서 그를 존중하는 마음이 생기는 거야. 비록 우리의 기억이 과거에 그 사람에게서 보았던 어떤 천박한 느낌을 일깨워주고 있다 해도 말이야. 그런 불명예스러운 느낌은 빈곤이나 가문에서부터 비롯되는 것이지만, 그 사람에게선 이미 지나간 과거이고, 지금은 그렇지 않으니까. 현재 우리가 보고 있는 것만 중요할 뿐이야. 또한 행운이 비천함에서 그를 끌어내어(신부님도 같은 논리로 이를 말씀하셨지) 출세와 번영의 높은 자리로 올려놓음으로써, 그가 교육을 잘 받고, 모든 사람들에게 관대하고 예의가 바른 사람이 되었다면, 그리고 그저 연공서열로 귀족이 된 자들과 논쟁을 벌이지 않는다면, 테레사, 그 사람의 과거를 기억하는 사람은 없을 것이고, 오히려 현재의 모습을 존경할 뿐이야. 하지만 이건 그 사람들이 시기심이 없을 경우에 그렇고, 만일 시샘을 하는 경우에는 제아무리 번창하는 운이라도 잘되기가 어렵지."

"여보, 난 당신 말을 도통 알아들을 수가 없네요." 테레사가 말했다. "이해가 안 가요. 그냥 당신 하고 싶은 대로 하고, 당신의 그 청산유수 번드르르한 말로 더 이상 내 골치나 아프게 하지 마시구려. 그리고 당신이 말한 걸 하기로 절심했다면……."

"이 사람아, '절심'이 아니라 '결심'이야." 산초가 말했다.

"나랑 말씨름할 생각일랑 마요." 테레사가 말했다. "난 하느님을 모시는 것처럼 말할 뿐이니, 이제 더는 말잔치에 엮이고 싶지 않아요. 그리고 계속해서 총독이 되고 싶다 고집을 부릴 양이면 당신 아들을 데려가서 지금부터라도 총독이 되는 법을 가르쳐요. 아들이 자기 부모의 직업을 물려받고 배우는 건 좋은 일이잖아요."

"총독이 되자마자 내 서둘러 그 앨 부르러 사람을 보낼 거요." 산초가 말했다. "그리고 당신에게는 돈을 보낼 거고. 나야 돈이 부족하진 않겠지. 총독이 돈이 없다면 빌려주겠다는 사람은 줄을 설 테니까. 그러면 당신은 우리 아들놈이 지금의 신분이 아니라 앞으로의 신분에 어울리도록 옷을 잘 입히도록 해."

"돈만 보내요." 테레사가 말했다. "그럼 우리 아들을 기생오라비처럼 잘 입혀 보낼 테니까."

"그럼 이제, 우리 딸이 백작부인이 되는 것에만 합의하면 되겠네." 산초가 말했다.

"난 우리 딸이 백작부인이 되는 날 그 앨 땅에 묻은 거로 생각할 테니 그리 알아요." 테레사가 대답했다. "하지만 다시 말하는데, 당신 하고 싶은 대로 해요. 우리 여자들은 남편에게 복종해야 하는 짐을 짊어지고 태어났으니까. 그 남편이 비록 멍청이라 할지라도 말예요."

그러고 나서 산초의 아내는 마치 자기 딸 산치카가 죽었거나 땅에 매장이라도 된 것처럼 정말로 울기 시작했다. 산초는 그녀를 위로하며, 이제 산치카가 백작부인이 될 것인 이상 최대한 이를 늦추겠다고 말했다. 이로써 그들의 대화는 끝이 났고, 산초는 여정을 준비하기 위해 다시 돈키호테를 만났다.

제6장

돈키호테와 그의 조카딸,
가정부에게 일어난 일에 대하여,
이 장은 이야기 전체를 통해
가장 중요한 장들 중 하나이다

산초와 그의 아내 테레사 카스카호가 앞서 이야기한, 그들에게는 어울리지도 않는 대화를 하는 동안에 돈키호테의 조카딸과 가정부도 쉴 틈이 없었다. 수많은 징후들이 자신의 삼촌, 그리고 주인님이 세 번째로 가출해서 빌어먹을 그 기사도 수행을 다시 하려 한다는 걸 알려주고 있었기 때문이다. 이들은 가능한 모든 방법을 총동원해서 그가 그 사악한 생각을 떨쳐내게 하려고 했지만, 그것은 사막에서 설교하는 것이며, 식어버린 쇳덩이를 두드리는 것처럼 다 소용없는 짓이었다. 어쨌든 돈키호테와 주고받았던 여러 말들 가운데, 가정부는 그에게 다음과 같은 말을 했다.

"주인님, 진실로, 진실로 말씀드리는데, 나리께서는 조용히 집에 머물러 차분하게 계시지 않고, 저는 불행이라 부르고 사람들은 모험이라고 부르는 것을 찾아 마치 구천을 떠도는 죽은 영혼처럼 산으로 골짜기로 헤매며 돌아다니는 걸 멈추질 않으시니, 저는 큰 소리로 하느님과 국왕 폐하께 제발 좀 이 문제를 해결해달라고 하소연을 할 생각이에요."

이에 돈키호테가 대답했다.

"여보게, 하느님께서 자네의 불평에 뭐라고 대답하실지, 국왕 폐하께서 뭐라고 말씀하실지 난 모르겠네. 그저 내가 유일하게 알고 있는 건, 내가 만일 국왕이라면 매일매일 사람들이 올리는 말도 안 되는 수많은 청원들에 답하는 일이 결코 즐겁진 않으리라는 사실이네. 국왕들이 해야 할 갖가지 일들 중에서 가장 중요한 업무 중의 하나가 모든 이들의 말을 경청하고 또 모든 이들에게 답변을 해줘야 한다는 것이기는 하지만 말이지. 그렇기 때문에, 나까지 내 문제들을 가지고 국왕에게 폐를 끼치고 싶지는 않아."

그러자 가정부가 말했다.

"나리, 말씀해보세요. 폐하의 궁정에는 기사가 없답니까?"

"있지, 왜 없겠나." 돈키호테가 대답했다. "그것도 아주 많지. 왕자들의 위엄을 치장하고 국왕의 권위를 과시하기 위해서 기사들이 필요할 것 아닌가."

"그럼 나리께서 궁정에 머무시면서 조용히 국왕이자 주군이신 분을 받드는 그 사람들 중의 한 명이 되실 수는 없나요?" 가정부가 말했다.

"여보게," 돈키호테가 대답했다. "모든 기사들이 궁정신하가 될 수는 없는 거고, 또 모든 궁정신하들이 편력기사가 될 수도 없고 되어서도 안 되는 거라네. 세상에는 각자가 할 일이 다 있는 거야. 비록 다 기사라고는 해도, 기사들마다 큰 차이가 있는 법이지. 왜냐하면 궁정신하라는 작자들은 자기 방이나 궁정의 문턱도 벗어나보지 않은 채 지도 한 장만 쳐다보며 온 세상을 다 돌아다닌단 말이야. 돈 한 푼 안 쓰고, 더위나 추위, 배고픔과 목마름도 겪지 않고 말이지. 하지만 우리 같은 진정한 편력기사들은 햇빛, 추위, 바람, 하늘의 무자비함에도 굴하지 않고 밤낮으로 걷기도 하고 말도 타면서, 우리 자신의 발로 직접 모든 대지를 헤아리거든. 그리고 우리는 그림 속의 적들뿐만 아니라 실제의 적들도 알고 있고, 어떤 상황이나 어떤 경우에도 하찮은 짓이나 결투의 법칙 따윈 생각지도 않고 그 실제 적들을 공격해야 해. 적이 창 또는 칼을 들었는지 안 들었는지, 들었으면 더 짧은지 그렇지 않은지, 몸에 성물을 지니고 다니는지, 또는 어떤 속임수를 숨겨놓았는지, 결투를 할 때 햇빛을 누구 쪽에 두고 싸울지, 결투는 궁정 방식으로 할지 여부 등은 일대일의 개인적인 결투에서 사용되는 이러한 종류의 다른 의식과 함께 꼭 알아야 할 것들인데, 나는 이것들을 알고 있지만, 자네는 몰라. 그리고 자네가 더 알아둬야 할 게 있네. 훌륭한 편력기사는 머리가 구름에 닿을 뿐만 아니라 구름을 뚫고 나갈 정도로 어마어마하게 큰 거인 열을 만나도 놀라지 않는다는 거야. 두 개의 커다란 탑들이 그 거인의 두 다리이고, 팔은 거칠고 강력한 군함의 돛대처럼 크며, 커다란 맷돌 같은 두 눈은 유리를 녹이는 화덕보다도 더 이글거리지. 그래도 이자들은 편력기사의 늠름한 모습 앞에서는 위협이 되지 않는다네. 그리고 편력기사는 두려움을 모르는 심장을 가지고 그 거인들을 공격하고 습격해야 해. 가능하면 눈 깜짝할 사이에 이자들을 무너뜨리고 괴멸시켜야 하지. 비록 그들이 다이아몬드보다도 더 튼튼하다고들 말하는 어떤 물고기 껍데기로 무장을 하고 온다 하더라도 말일세. 나도 여러 번 보았지만, 이자들은 검 대신에 다마스쿠스의 강철로 만든 날카로운 칼과 뾰족뾰족한 못이 박힌 쇠구슬로 무장을 하지. 여보게, 내가 이 모든 걸 얘기한 이유는 기사들도 다 똑같은 기사들이 아니라는 걸 알아두라는 거야. 따라서 후자에 속하는 기사, 그러니까 일급 편력기사를 존중하지 않는 왕자는 있을 수 없다는 건데, 우리가 그들의 이야기에서 읽은 바에 의하면, 그들 중에는 왕국 하나가 아니라 수많은 왕국을 구한 이들도 있었다네."

"아, 삼촌!" 이때 조카딸이 말했다. "그 모든 게 다 지어낸 이야기이고 거짓말들이라는 걸 왜 모르세요. 그것들을 다 태워버리지 않았다면 책 한 권한 권에 종교재판소 죄인들에게 입히는 가운을 씌우던가, 아니면 미풍양속을 해치는 책이라고 알아볼 수 있도록 어떤 표시라도 했어야 했다고요."

"나를 지지해주시는 하느님을 두고 말하겠다." 돈키호테가 말했다. "네가 만일 나의 친조카딸, 즉 내 누이의 딸만 아니라면, 네가 한 중상모략에 대해 온 세상에 다 울려 퍼질 정도로 심한 벌을 내렸을 것이다. 뜨개바늘 열두 개도 제대로 끼워 넣을 줄 모르는 어린 계집애가 어찌 감히 그 혓바닥을 놀려서 편력기사들의 이야기를 검열한단 말이냐? 이 사실을 아마디스 기사님께서 들으셨다면 뭐라고 하셨을까? 하지만 그분께서는 너를 용서하셨을 것이다. 당시 가장 겸허하고 예의 바른 기사셨고, 더군다나 어린 처녀들의 위대한 보호자이셨으니까 말이다. 아무튼 너에게서 그런 얘기를 들었다면 너도 좋을 게 없었을 거야. 기사들이라고 다 예의 바르고 칭송을 받는 건 아니니, 게으르고 시건방진 이들도 있어. 모두가 다 완벽한 기사일 수는 없는 거야. 어떤 이들은 금과 같이 훌륭한 반면에, 또 어떤 이들은 가짜 금처럼 가치가 없기도 하지. 모두가 다 기사처럼 보이지만 그 모든 이들이 다 진정한 기사의 시험을 통과할 수는 없는 법이다. 기사처럼 보이려고 애를 쓰는 천한 사람이 있고, 천하게 보이려고 죽도록 애쓰는 고귀한 기사도 있단다. 앞의 경우는 야심으로 가득 차서 덕이 있는 척 스스로를 치켜세우는 자들이고, 뒤의 경우는 결점과 약점이 있는 척 스스로를 낮추는 자들이라 할 수 있지. 우리는 이토록 이름에서는 비슷하지만 행동에서는 확연한 차이가 나는 두 가지 형태의 기사들을 구별하기 위해 사려 깊은 해당 지식들을 잘 이용할 필요가 있는 거야."

"세상에나!" 조카딸이 말했다. "삼촌, 삼촌은 아시는 게 참 많네요! 만일 필요하다면 강단에 오르셔도 되겠고, 길가에서 설교를 하고 다니셔도 되겠어요. 그런데 어쩌다가 완전히 눈이 멀고 이토록 바보가 되셔서, 노인이면서도 용맹하다고 생각하시고, 아파도 힘이 있고, 등이 굽을 나이인데도 굽은 것을 곧추세우고, 무엇보다도 기사가 아니면서 기사라고 믿으시니. 물론 시골귀족도 기사가 될 수는 있지만 그것도 돈 없이는 안 되는 일인데……!"

"조카야, 네 얘기는 다 맞는 말이다." 돈키호테가 대답했다. "너를 놀라게 할 귀족 가문의 혈통에 대해 말해줄 수 있지만, 신성한 것과 인간적인 것을 뒤섞지 않기 위해 내가 말하지 않는 거다. 하지만 여기 두 사람은 내가 하는 말을 잘 들어두어라. 세상의 수많은 혈통들은 크게 네 가지로 요약할 수 있는데, 첫 번째는, 처음에는 그 신분이 미천하였지만 나중에 아주 위대한 신분에 이를 만큼 그 세력이 확장된 경우이고, 두 번째는, 처음부터 고귀한 신분이었는데 그 고귀함을 잘 보존하고 유지시킨 것이고, 세 번째는, 처음에는 아주 훌륭한 가문이었지만 점점 작아지고 전멸되어서 마지막에는 피라미드의 꼭대기처럼 한 점으로밖에 남지 않고 그 주춧돌이 완전히 없어진 경우이며, 마지막으로 네 번째는, 평민이나 서민들처럼 처음에도 별 볼일 없고 중간에도 썩 시원치는 않았으며 결말도 아무런 이름도 남기지 못한 경우이지. 처음에 말한, 시작은 미천했지만 위대한 가문의 자리에 올라 지금까지 유지하고 있는 자들에 대해서는 오토만 가문이 좋은 예가 될 것이다. 그 오토만 가문은 처음에는 비천한 목동의 신분이었지만 우리가 보듯 지금은 최정상에 있지 않느냐. 이미 위대한 가문으로 시작하여 그 고귀함을 더 이상 올리지 않고 잘 보존하기만 한 두 번째 가문에 대해서는 세습으로 왕자가 된 많은 이들이 그 예가 될 수 있지. 그들은 자신들의 신분이 갖는 한도 내에서 평화롭게 머물며 더 높이 오르지도 더 낮게 떨어지지도 않고 세습을 통해 얻은 자신의 고귀한 신분을 잘 유지할 수 있었으니까. 시작은 위대했으나 그 끝은 한 점으로 끝나버린 경우에 대해서는 정말 셀 수 없는 예들이 존재한다. 이집트의 모든 파라오와 프톨레마이오스 왕조, 로마의 황제들, (이런 말을 써도 되는지 모르겠다만) 모든 잡동사니 왕자들, 군주들, 영주들, 메디아 사람들, 아시리아 사람들, 페르시아 사람들, 그리스 사람들, 야만인들 등등 이와 같은 종류의 모든 혈통들은 마지막이 한 점으로 끝나서 아무것도 남지 않게 되었지. 그 혈통을 처음 열었던 이들이 그렇게 된 것이다. 그들의 자손은 지금 어디에도 없고, 있다 하더라도 미천한 신분의 사람일 뿐이야. 평민의 혈통에 대해서는 별로 할 말이 없고 그저 명성이나 위대함이 없이 살아 있는 자들의 숫자가 늘었다는 얘기일 뿐이지. 이 바보 같은 여인네들아, 내가 한 이 모든 말들 중에서 이 사실만은 꼭 명심하란 말이다. 가문들이란 엉망으로 뒤엉켜 있기 때문에 오직 그 주인이 덕과 부를 갖추고 관대함을 보일 수 있는 가문들만이 위대함과 명성을 얻을 수 있는 것이야. 내가 덕과 부와 관대함을 말한 것은, 고귀한 신분의 사람일지라도 사악하면 사악한 귀족일 뿐이고, 관대하지 못한 부자는 욕심 많은 거지일 뿐이기 때문이다. 부를 가진 자는 그 부를 가졌다는 사실만으로는 행복해지지 않아. 그 부를 쓸 때 행복을 느끼는 건데, 그렇다고 아무렇게나 낭비해서는 안 되고, 유용하게 잘 써야 비로소 행복해지는 거지. 가난한 기사가 자기가 기사라는 걸 증명하는 방법은 덕을 통하는 것 외에 다른 길은 없다. 상냥하고 교양 있고 예의 바르며 신중하고 부지런해야지, 우쭐대고 거만하고 불평불만만 해서는 안 돼. 그리고 무엇보다도 자비로워야 하는데, 단 2마라베디라도 가난한 자들에게 기꺼이 적선한다면 종을 치면서 요란하게 적선을 하는 사람만큼이나 그의 관대함을 보여줄 수 있는 것이다. 비록 그 사람을 잘 모른다 할지라도, 그가 우리가 말한 덕을 갖춘 사람이라고 여기지 않는 이가 없을 것이고, 훌륭한 가문 출신이라 생각지 않는 이가 없을 거야. 그 사람이 그런 가문의 사람이 아니라면 그건 기적인 것이지. 또한 칭찬은 미덕에 따라오는 보상이니, 그래서 덕을 갖춘 사람들이 항상 칭찬을 받게 되는 것이야. 여보게들, 부유하고 영예로운 사람이 되는 길은 두 가지가 있다네. 하나는 문(文)의 길이고, 다른 하나는 무(武)의 길인데, 나는 문보다는 무에 더 자질이 있지. 무에 대한 나의 선호로 보건대, 나는 전쟁의 신의 영향 아래 태어났고, 그래서 부득이하게 무의 길을 갈 수밖에 없는 것이야. 따라서 나는 세상 사람들의 반대에도 불구하고 이 길을 가야만 해. 그러니까 하늘이 원하고, 운명이 내게 명하며, 이성이 요구하는바, 무엇보다 나의 의지가 욕망하는 것을 따르지 말라고 자네들이 나를 설득하는 건 괜한 헛수고일 뿐이야. 나는 편력기사도에 속하는 수많은 일에 대해 잘 알고 있듯이, 또한 그 편력기사도와 함께 이룰 수 있는 행복도 역시 헤아릴 수 없을 만큼 많다는 것을, 그리고 미덕의 길은 좁고 악의 길은 넓다는 것을 잘 알고 있다. 각기 종착지도 가는 길들도 다르다는 것 역시 잘 알고 있어. 사악의 길은 널찍하지만 죽음으로 끝이 나고, 미덕의 길은 고통스럽고 힘들지만 생명으로 끝이 나지. 그리고 그 생명은 유한한 생명이 아니라 영원한 생명을 말하는 것이야. 우리 위대한 카스티야의 시인이 노래했듯이 말이야.

이 험난한 길들을 걸어서
불멸의 고귀한 자리로 올라가노라.
거기서 떨어진 자는
절대로 다시 오르지 못하는 곳으로.”

“아, 불행한 내 신세여.” 조카딸이 말했다. “이제 우리 삼촌은 시인까지 되셨네! 모든 걸 다 아시고, 모든 걸 다 이루시네요. 제가 장담하지만 만약 우리 삼촌이 미장이가 되고 싶어 하신다면, 새장 짓듯 집 한 채도 그냥 지으실 걸요.”

"애야, 내 너에게 약속하는데," 돈키호테가 대답했다. "이 기사도에 대한 생각에 내 모든 감각이 붙들려 있지 않다면 내가 하지 못할 일이 아마 없을 것이고, 내 손에서 나오지 않은 신기한 물건이 하나도 없을 게다. 특히 새장이나 이쑤시개 따위는 말이다."

이때 누군가가 문을 두드렸고, 누구냐고 묻자 산초 판사라고 대답했다. 가정부는 누군지 알자마자 그를 보지 않으려고 뛰어가 숨어버렸는데, 그만큼 그를 싫어했던 것이다. 조카딸이 문을 열어주자, 돈키호테는 나가서 두 팔을 벌려 그를 맞이했다. 그리고 두 사람은 돈키호테의 방에 틀어박혀 지난번만큼이나 흥미로운 대화를 나누었다.

제7장

돈키호테가 자신의 종자와 나눈 이야기와
또 다른 아주 유명한 사건들에 대하여

가정부는 산초 판사가 주인과 함께 틀어박혀 있는 것을 보자마자 두 사람 사이에 어떤 대화가 오가는지 즉각 알아챘고, 그 논의를 하고 나면 주인님이 세 번째 가출을 결심할 것이라고 생각하여 고뇌와 비탄에 빠진 채 망토를 쓰고서 학사 산손 카라스코를 찾아 나섰다. 학사가 언변도 매우 좋고 주인님이 새로 사귄 친구이기 때문에 황당한 계획을 그만두도록 설득할 수 있을 것으로 여겼던 것이다.

앞마당을 산책하고 있던 그를 보자마자 가정부는 식은땀을 흘리면서 괴로운 듯이 학사의 발밑에 쓰러져버렸다. 카라스코는 놀란 기색으로 괴로워하는 가정부를 보고 말했다.

"아주머니, 무슨 일인가요? 무슨 일 있어요? 누가 아주머니 영혼을 뽑아가기라도 하는 것 같은 모습입니다."

"다른 게 아니고요, 산손 나리, 제 주인 어른이 새어 나가신답니다. 틀림없이 새어 나가실 거라고요!"

"새어 나가다니, 어디로?" 산손이 물었다. "그 어른 몸이 어디 깨지기라도 했단 말인가요?"

"그게 아니라," 가정부가 대답했다. "광기의 문으로 새어 나간다고요. 그러니까 제 말은, 제 영혼과 같은 학사님, 주인님이 다시 가출을 한다는 말이지요. 이게 세 번째가 될 거예요. 세상을 다니면서 '행운'*이라고 부르는 것을 찾는다는데, 어떻게 그런 이름을 붙였는지 저는 죽었다 깨어나도 모르겠습니다. 첫 번째는 몽둥이로 얻어맞아 녹초가 된 채 당나귀에 실려 돌아오셨고, 두 번째는 소가 끄는 짐수레의 우리에 갇혀서 오셨는데, 본인은 마법에 걸렸다고만 생각하고 계시니 원. 얼마나 비참한 모습인지, 낳아준 어머니라도 알아보지 못할 만큼 비쩍 마르고 얼굴은 누렇게 뜨고 두 눈은 뇌의 마지막 골까지 쑥 꺼져 들어갔다니까요. 제가 주인님을 조금이나마 다시 옛 모습으로 만들려고 계란을 600개도 넘게 썼습니다. 하느님도 아시고 온 세상도 다 알고, 제 암탉들도 제가 거짓말을 하도록 내버려두지 않을 거예요."

"그건 나도 확실히 믿어요." 학사가 말했다. "그 암탉들은 정말 훌륭하고, 살도 찌고 아주 잘 키운 것이라서 만일 누가 시비를 걸어도 다른 말을 하지 못할 거요. 그것 말고 다른 일은? 돈키호테 님이 하려는 일 중 아주머니가 걱정하는 것 말고 다른 심각한 일은 없는 거지요?"

"없어요, 학사님." 가정부가 대답했다.

"그러면 걱정 마세요." 학사가 말했다. "안심하고 집으로 돌아가 날 위해 뭐 좀 따뜻한 것으로 점심이나 준비해둬요. 가는 길에 혹시 알고 있다면 산타 아폴로니아의 기도문**이나 외고 가시고. 나는 나중에 따라갈 테니까. 기막히게 놀라운 것을 보게 될 겁니다."

---

*가정부가 철자가 비슷한 '모험(aventura)'과 '행운(ventura)'을 혼동해서 말한 것이다.
**이가 아플 때 외우는 기도문.

"아이고, 내 팔자야!" 가정부가 말했다. "학사님, 절더러 산타 아폴로니아 기도문을 외라고 하셨어요? 만약 제 주인님이 이가 아프시다면 그렇게 했겠지요. 하지만 아픈 데는 머리통인데요."

"아주머니, 내가 무슨 말을 하는지는 잘 알고 있으니 말씨름 마시고 가세요. 내가 살라망카 출신 학사인 것을 알잖아요. 더 이상 긴 말씀 마시고요." 카라스코가 대답했다.

그러자 가정부는 집으로 돌아갔고, 학사도 곧이어 신부를 찾으러 떠났는데, 때가 오면 알게 될 일들을 그와 의논하기 위해서였다.

두 사람이 방에 틀어박혀 있는 동안에 돈키호테와 산초는 얘기를 나누었는데 이것을 이 이야기는 아주 정확하게, 사실대로 전하고 있다.

산초가 그의 주인에게 말했다.

"주인님, 이미 저는 주인님께서 저를 데려가고 싶은 곳으로 함께 따라가겠다고 제 마누라를 살득했습니다."

"'살득'이 아니라 '설득'이다, 산초야." 돈키호테가 말했다.

"제 기억이 틀리지 않는다면," 산초가 대답했다. "만약 주인님께서 제가 하려는 말을 이해하신다면, 제게 단어를 고쳐주는 일은 하지 마시라고 한 번인가 두 번 간청한 것으로 압니다. 그리고 단어의 뜻을 이해하지 못하실 때에는 '산초, 이 악마야, 무슨 말인지 모르겠다'라고 말씀하시라고요. 그러고도 만일 제가 설명을 못 하면, 그때 단어를 고쳐주십사 했지요. 저는 아주 언순한 사람입니다."

"산초야, 네 말을 알아듣지 못하겠다." 돈키호테가 말했다. "'언순한' 사람이라는 게 무슨 말인지 모르겠구나."

"언순한 사람이라는 것은," 산초가 말했다. "제가 바로 그렇고 그런 사람이라는 것입지요."

"더 못 알아듣겠구나." 돈키호테가 말했다.

"그래도 모르시겠다면," 산초가 말했다. "저도 어떻게 말할지 모르겠습니다. 하느님이 저와 함께해주시기를 바랄 밖에요."

"아, 이제 무슨 말인지 알았다." 돈키호테가 대답했다. "네 말은 그러니까 네가 아주 '온순하고' 부드럽고 말을 잘 듣는 사람이라서, 내가 너에게 말하는 것을 존중하고 가르치는 것을 따르겠다는 것이렷다."

"제가 장담하는데요," 산초가 말했다. "주인님은 애당초부터 제 마음을 알아채고 무슨 말인지 아셨으면서 그런데도 저를 당혹스럽게 만들어서는 또 다른 200개의 엉터리 말을 들으려고 하신 거지요."

"그럴 수도 있지." 돈키호테가 대답했다. "그런데 정말로 테레사는 무어라 하더냐?"

"테레사가 말하기를, 주인님께 봉사하는 대가를 확실하게 해두라고 하던 걸요." 산초가 말했다. "말로만 하지 말고 글로 확실히 해두라고요. 카드 패를 떼는 사람이 카드 패를 돌리는 법은 없지 않느냐는 겁니다. 그리고 두 개를 준다는 약속보다 한 개를 받는 게 더 값어치 있다고도 했습니다. 여하간 제가 드리려는 말씀은 마누라가 충고를 하는 일이 드물기는 해도, 그 충고를 듣지 않는 자는 미친놈이라는 것이지요."

"내 말이 그 말이다." 돈키호테가 대답했다. "말해봐라, 나의 벗 산초야, 계속해봐, 오늘 네 말이 아주 진주알 같구나."

"그러니까 그건 말입니다," 산초가 대답했다. "주인님께서 더 잘 아시지만, 우리 인간은 모두 죽게 되지요. 오늘 우리가 살았다고 내일도 그런 것은 아니지 않습니까. 새끼 양도 어미 양처럼 한순간에 죽고, 이 세상 누구도 하느님이 주신 생명의 시간보다 더 많은 시간을 약속할 순 없습니다. 왜냐하면 죽음은 귀머거리인 데다 우리 목숨의 문을 두드리러 왔다가 항상 서둘러서 가버리기 때문에, 사람들이 하는 말이나 설교대에서 하는 말을 들어보면, 어떤 간청도 권력도, 국왕의 지팡이도 주교의 모자도 죽음을 붙들어두지 못하는 것이지요."

"네 말은 모두 사실이다." 돈키호테가 말했다. "그런데 네 말이 어디서 멈출지 도무지 모르겠구나."

"여기에서 멈추지요." 산초가 말했다. "제가 주인님을 모시는 기간 동안 매달 저에게 주실 고정된 보수를 알려주시면요. 그리고 그 급료는 주인님의 재산에서 주세요. 되는대로 주시는 것은 싫습니다. 어떤 때는 늦게 주거나, 액수가 적거나, 한 푼도 안 주기도 하니까요. 제 몫이 있으면 하느님도 도우실 겁니다.* 그러니까 저는, 액수가 많든 적든 간에 급료를 얼마나 받을지 알고 싶다는 겁니다. 암탉도 알이 있는 데다 알을 낳고, 작은 것이 모이면 많아지고, 무엇이든 버는 동안에는 잃는 것이 없는 법이니까요. 저에게 약속하신 섬을 진짜로 주시리라고는 믿지도 기대하지도 않지만, 만약 그렇게 된다면 그 섬의 수입이 얼마나 되는지 계산을 해보고도 제 월급에서 '고양이로 나누어' 빼가는 것을 싫어할 만큼 이놈이 그렇게 무례하고 인색하지는 않습니다."

"나의 벗 산초야," 돈키호테가 말했다. "넌 '골고루 나누어'를 '고양이로 나누어'라고 쓰는구나."

"알겠습니다." 산초가 말했다. "제가 '고양이로 나누어'가 아니라 '골고루 나누어'라고 말했어야 했다 이 말씀이지요? 한데 그게 무슨 상관입니까, 주인님께서는 제 말을 알아들으셨는데요."

"잘 알아들었다." 돈키호테가 대답했다. "네 생각의 밑바닥까지 알아들었

---

*남한테는 신세 지거나 빚 지지 않겠다는 산초의 의지를 표명한 것이다.

어. 그리고 네가 쉴 새 없이 쏘아대는 속담의 화살이 겨냥하는 과녁도 잘 알겠다. 이봐라, 산초, 만일 편력기사의 이야기들 중에서 종자들이 매달 혹은 매년 급료를 받았다는 것을 아주 작은 틈새를 통해서라도 밝히거나 보여주는 예를 찾았더라면 내 너에게 흔쾌히 급료를 정해줄 것이다. 그러나 내가 편력기사의 이야기를 거의 모두 읽어보았는데 어떤 편력기사도 종자에게 일정한 보수를 정해주었다는 이야기를 본 기억이 없구나. 단지 내가 알고 있는 사실은 모든 종자들이 무보수로 봉사했다는 것이지. 그리고 종자들이 생각지도 않고 있을 때, 주인에게 행운이 깃들게 된다면, 섬을 상으로 주었거나 혹은 이에 상응하는 것으로 보상을 해주었지. 그렇게 해서 최소한 작위와 귀족 호칭을 받았던 것이다. 산초여, 그대가* 만약 이러한 희망과 부산물을 기대해서 나를 위해 다시 봉사해준다면 다행스러운 일이네. 그러나 내가 편력기사도의 옛 관습의 상궤에서 벗어나야 한다는 얘기라면 그것은 당치 않은 생각이다. 그러니 나의 산초여, 집으로 돌아가서 테레사에게 내 뜻을 밝혀주게. 그대 아내가 만일 좋다고 하고 그대도 나와 함께 무보수로 지내고자 하면 매우 좋은 일이고, 만약 싫다고 하면 이전처럼 좋은 친구로 지내세. 비둘기 집에 먹이가 부족하지 않으면, 비둘기도 부족하지 않는 법이네.** 천박한 소유보다 훌륭한 희망이 더 가치 있고, 선한 탄식이 악한 급료보다 좋은 것이라는 걸 명심하게. 산초, 나도 자네처럼 속담을 비 오듯 퍼부을 수 있다는 걸 알려주려고 이렇게 말하는 것이네. 그리고 결론적으로 말하는데 만약 자네가 무보수로 함께 가기를 원하지 않고 내가 누리는 행운을 함께 누리고 싶지 않다면, 하느님이 자네와 함께 남아 자네를 성자로 만들

---

*여기에서 돈키호테는 산초에게 '그대' '자네'라고 호칭을 바꿈으로써 산초의 마음을 사려고 하고 있다.
**'돈이 있는 곳에 하인들이 모여든다'는 뜻.

어 줄 걸세. 나에게는 더 순종적이고, 더 열성적이고, 자네처럼 엉터리가 아니고 말도 많지 않은 종자들이 얼마든지 있을 거라고 말해두고 싶네.”

주인의 확고한 결심을 듣자, 산초는 눈앞의 하늘이 먹구름으로 덮이고 심장의 날개가 꺾이는 기분이었다. 왜냐하면 주인님이 자기 없이는 이 세상 어디라도 가지 않을 것이라고 굳게 믿었었기 때문이다. 그래서 멍한 채 생각에 잠겨 있을 때 산손 카라스코가 가정부와 조카딸과 함께 들어왔다. 두 여인은 산손이 어떤 이유를 대가면서 자기 주인이 다시 모험을 찾아 나서지 않도록 설득할지 듣고 싶은 마음이었다. 꾀가 많기로 이름난 산손은 마치 처음 만나는 것처럼 돈키호테를 얼싸안고 상기된 목소리로 말했다.

“오, 편력기사의 꽃이여! 오, 무(武)의 찬란한 빛이여! 오, 에스파냐 국민의 명예이며 본보기여! 당신의 세 번째 출발을 방해하려는 사람이나 혹은 저지하는 사람들이 자신의 욕망의 미로에서 출구를 찾지 못하게 하시고, 그들의 나쁜 갈망이 결코 이루어지지 못하도록 전지전능하신 하느님께 기원하나이다.”

그러고서 가정부에게 몸을 돌리고 말했다.

“이제 더 이상 산타 아폴로니아 기도문을 외우지 않아도 되겠어요. 돈키호테 님이 자신의 높고 새로운 생각을 다시금 실행에 옮기려고 하는 것은 명백한 하늘의 결정이라는 것을 잘 알겠으니. 그리고 만약 이 기사가 가진 단단한 팔의 힘과 용맹스러운 영혼의 선함이 더 이상 움츠리고 억압되어 있지 않도록 요구하고 설득하지 못한다면 나는 엄청난 양심의 가책을 느끼게 될 겁니다. 왜냐하면 그것이 지연되면 될수록 불의를 바로잡는 일과, 고아들을 보호하고, 처녀들의 정조를 보호하고, 과부들과 유부녀들을 보호하는 등 수많은 이런 성질의 일들을 세상으로부터 앗아가는 것이 될 테니까요. 이 모든 일이 편력기사도의 임무에 관련되고 속하는 것이라면, 자, 미모와 용맹을 갖추신 나의 돈키호테 님, 내일보다 더 빨리, 바로 오늘 위대한 기사님께서는 길을 나서십시오. 그리고 만약 기사님이 실행을 하는 데 부족한 것이 있으시다면 제 몸과 재산으로 그것을 보충하기 위하여 여기 있겠습니다. 만일 당신의 위대한 위업을 모실 종자가 필요하시다면, 제가 그렇게 할 최고의 행운을 갖겠습니다."

그때에 산초를 돌아보면서 돈키호테가 말했다.

"산초야, 내 너에게 말하지 않았느냐? 내 시중을 들 종자들이 남아돌아간다고. 누가 시종이 되겠다고 제안을 하는지 봐라, 바로 전대미문의 학사 산손 카라스코이다. 언제나 즐거움을 주고, 살라망카 대학 안뜰에서 웃음을 선사하고, 심성이 건전하고, 사지가 민첩하며, 입이 무겁고, 더위와 추위를 잘 견디며, 목마름이나 배고픔을 잘 참고, 편력기사의 시종이 되기 위해 요구되는 모든 자질을 갖추신 분이다. 그러나 나의 즐거움을 위하여 학문의 대들보를 베어버리고, 지식의 그릇을 깨버리고, 훌륭한 교양학문의 크나큰 야자수를 베어버린다면 하늘이 용서치 않겠지. 새로운 산손*은 자기 고향에 남아계시라. 그래서 고향의 자랑이 되고, 아울러 노쇠한 부모님의 백발을 명예롭게 해주기를. 나는 어떤 종자하고라도 흔쾌히 가겠소. 산초가 나와 함께 가지 않겠다고 하니."

"아닙니다, 가겠습니다." 마음이 약해진 산초가 눈물을 글썽이며 말했다. "주인님, '빵은 먹어치우고 딴소리하는' 놈이라고 부르진 말아주세요. 암요, 저는 그런 배은망덕한 혈통이 아니랍니다. 세상 사람들, 특히 우리 마을 사람들은 다 압니다. 판사 집안사람들이 어떤 사람들인지, 제가 태어난 집안이 어떤 곳인지요. 그리고 저는 주인님의 수많은 훌륭한 위업과, 값진 충고

---

*구약성경의 삼손이 아니라 여기 등장하는 동명이인이라서 새롭다고 표현한 것이다.

와 주인님께서 제게 호의를 베풀어주시려는 마음을 잘 알고 또 새겨두고 있습니다. 그리고 만약 제가 급료에 관하여 흥정을 하려고 했다면, 그건 제 마누라를 즐겁게 해주려고 한 짓이지요. 제 마누라가 무슨 일이든 한번 집착하기 시작하면 당해낼 재간이 없거든요. 나무통에다 테를 꽉 조이는 망치도 그 여편네만큼 쪼아대지는 않을 겁니다. 그러나 사실 남자는 남자다워야 하고, 여자는 여자다워야 하지요. 저는 어디에 있든지 남자입니다. 이건 부정할 수 없습니다. 모든 어려움을 무릅쓰고 저는 제 집에서 남자로 지내고 싶으니, 다른 것은 할 필요 없고 다만 주인님께서 유언장에다 말한 것을 뒤엎을 수 없도록 부속서를 정리해주셨으면 합니다. 그리고 바로 우리는 길을 떠나지요. 왜냐하면 산손 나리의 영혼이 고통받지 않도록 해야 하니까요. 그분은 자기 양심이 말하기를 주인님께서 세상으로 세 번째 출정을 나가시도록 설득하라고 한답니다. 그리고 저도 다시금 주인님을 위하여 충실하게 정식으로 모실 것을 자청합니다. 과거에서 현재까지 편력기사들을 모셨던 모든 종자들보다 더 훌륭하게 잘 모실 겁니다."

학사는 산초 판사의 화법이나 말씨를 듣고서 감탄했다. 그의 주인에 대한 첫 번째 책을 읽기는 했지만 산초가 거기서 묘사한 것만큼 그렇게 재치 있으리라고는 믿지 않았었다. 그러나 '유언장에 말한 것을 무효화할 수 없는 부속서'라고 말하는 대신에 '유언장에 말한 것을 뒤엎을 수 없는 부속서'라고* 지금 말하는 것을 듣고서는 산초에 대해 읽은 것들이 모두 사실이라고 믿게 되었으며, 또한 우리 시대에 가장 거드름 피우는 바보들 중의 하나임을 확인하고서 혼잣말로 이처럼 두 미치광이가 주인과 시종으로 만나는 일은 세상에 다시없을 것이라고 중얼거렸다.

---

* '무효화하다(revocar)'와 '뒤엎다(revolcar)'의 철자가 비슷한 것을 이용한 산초의 말장난이다.

마침내 돈키호테와 산초는 서로 얼싸안고 친구로 남기로 했다. 그리고 그 당시 돈키호테에게는 신탁과도 같았던 카라스코의 의견과 승인에 따라, 그 때부터 사흘 이내에 출발을 하도록 준비했다. 그 기간은 여행을 위해 필요한 것들을 구하고, 무슨 일이 있어도 돈키호테가 가져가야만 한다고 말한 천으로 만든 투구를 구할 말미를 얻기 위함이었다. 그 일은 산손이 맡겠다고 나섰다. 그것을 가지고 있는 자기 친구에게 달라고 하면 거절을 하지 않을 것을 이미 알고 있었으니, 그 투구가 광택이 나는 쇠로 만든 깨끗하고 반짝이는 것이 아니라 곰팡이에 녹이 슬어 거무튀튀했던 까닭이었다.

가정부와 조카딸 두 여인이 학사에게 퍼부은 저주는 헤아릴 수가 없을 지경이었다. 자신들의 머리카락을 쥐어뜯고, 얼굴을 할퀴고, 그 당시 유행하던 장례식에서 곡을 해주는 여인들같이 마치 주인이 죽기라도 한 것처럼 출발을 슬퍼했다. 돈키호테에게 다시 한 번 모험을 떠나라고 설득했던 산손의 계획은 앞으로 이야기가 전개되는 것을 만들어나가는 것인데, 이 모든 것은 산손이 사전에 만나 얘기를 나누었던 신부와 이발사의 조언을 따른 것이었다.

결국 그 사흘 동안 돈키호테와 산초는 자신들에게 필요해 보이는 것들을 준비했으며, 산초는 마누라를 달래고 돈키호테는 조카딸과 가정부를 달래었다. 해가 지자 두 사람은 마을에서 반 레구아 거리까지 함께 가겠다는 학사 이외에는 어느 누구의 눈에도 띄지 않은 채 엘 토보소로 가는 길에 올랐다. 돈키호테는 자신의 착한 로시난테를 타고, 산초는 자신의 오랜 친구인 잿빛 나귀를 탔는데 안장 양편의 자루에는 식량들이 채워져 있었고, 주머니에는 돈키호테가 필요할 때 쓸 돈을 넣었다. 산손은 돈키호테를 얼싸안으며 우정의 법칙들이 요구하는 바대로, 기쁜 소식에는 즐거워하고 나쁜 소식에는 슬퍼할 수 있도록 좋은 소식이든 나쁜 소식이든 자신에게 알려줄 것을 부탁했다. 돈키호테가 그렇게 하기로 약속하자 산손은 마을로 돌아갔고, 두 사람은 위대한 도시 엘 토보소를 향해 길을 떠났다.

제8장

여기에서는 둘시네아 델 토보소 공주를
만나러 가는 길에 돈키호테에게 일어난 일들에
대하여 이야기한다

"전능하신 알라여, 축복받으소서!"라고 말하며 아메테 베넹헬리는 이 8장을 시작한다. '알라여, 축복받으소서!' 이렇게 세 번 반복하는데, 이러한 축복을 주는 것은 돈키호테와 산초가 이미 출정을 하였고, 그들의 기분 좋은 이야기를 읽는 독자들이 이 순간부터 돈키호테와 그의 종자가 이룩할 위업과 재미있는 대화가 시작된다는 것을 알 수 있게 하려는 것이라고 한다. 이제 재치 있는 시골귀족의 지난 기사도 이야기는 잊어버리고 앞으로 벌어질 기사도 이야기에 눈을 돌리기를 독자들에게 권하면서, 그는 지난번 몬티엘 평야에서 이야기를 시작한 것처럼, 이번에는 엘 토보소로 가는 길에서 시작한다고, 또 작가가 약속한 것에 비해서 요구하는 것은 그다지 많지 않다고 말한다. 그러고는 다음과 같이 이야기를 계속한다.

돈키호테와 산초 두 사람만 남게 되었다. 산손이 멀리 가자마자 로시난테가 울부짖기 시작했고 나귀도 한숨을 내쉬었다. 기사와 종자 두 사람은 이를 좋은 징조로, 아주 행복한 전조로 여겼다. 그런데 사실을 말하자면 로시난테의 울부짖음보다 나귀의 한숨 소리와 울음소리가 더 컸으므로, 이에 산초는 자신의 운이 주인님의 운을 앞지르고 훨씬 우위에 있다고 추단했다. 이렇게 생각하는 근거는 이 이야기에서 밝히고 있지 않기 때문에 산초가 잘 아는 점성학에서 근거한 것인지 어떤지 나는 잘 모르겠다. 다만 나귀가 부딪치거나 넘어지면 집에서 외출하지 않는 것이 좋은데, 왜냐하면 부딪치고 넘어져서 생기는 일은 구두가 찢어지거나 갈비뼈가 부러지거나 하는 것이기 때문이라고 산초가 말하는 것을 들었다고들 한다. 비록 머리는 모자라지만 이러한 문제에 대해서는 정도를 많이 벗어나지 않았던 것이다. 돈키호테가 말했다.

"나의 벗 산초야, 밤이 서둘러 다가오고 있으니, 낮이 밝을 때 엘 토보소 마을을 바라보려면 이 어둠을 헤치고 가야 할 것 같구나. 다른 모험을 하기 전에 나는 엘 토보소로 갈 작정이다. 거기서 세상에 둘도 없는 둘시네아의 축복과 친절한 허락을 얻을 것이니, 공주님의 허락을 받고 나면 모든 위험한 모험을 확실하게 매듭짓고 행복하게 완수할 수 있을 것이라 생각한다. 기사들에게는 자신의 귀부인으로부터 호의를 받는 것보다 더 가치 있는 것은 이 세상에 아무것도 없기 때문이다."

"저도 그렇게 믿습니다요." 산초가 대답했다. "그런데 저는 주인님이 그분과 말을 하거나 만나는 것이 어려울 것 같습니다. 가축우리의 담벼락 사이로가 아니라면, 적어도 그 아가씨의 축복을 받는 것은 어렵지요. 바로 그곳에서 저도 처음으로 그분을 보았는데, 그때 시에라 모레나 산속에서 주인님이 행하신 어리석고 정신 나간 일들을 적은 편지를 제가 그분께 전달하지 않았습니까요."

"산초, 네게는 그것이 가축우리의 담벼락으로 보였느냐?" 돈키호테가 말했다. "그곳에서, 아니 그 너머로 아무리 찬양을 해도 모자라는 고귀함과 아름다움을 지닌 그분을 보았다고? 아니, 필시 그곳은 사람들이 말하는 호화롭고 위풍당당한 왕궁에 있는 회랑이나 복도 혹은 현관이었을 게다."

"그랬을 수도 있지요." 산초가 대답했다. "하지만 제 기억력이 모자라는 게 아니라면, 제게는 그냥 담벼락으로 보였습니다."

"그만하고 그리로 가자꾸나, 산초." 돈키호테가 말했다. "그분을 볼 수만 있다면, 담벼락이든, 창문이든, 문 틈새든, 정원의 울타리 너머든 난 상관없다. 내 두 눈에 와 닿는 그녀 아름다움의 태양 같은 빛은 나의 지성을 밝게 해주고 나의 용기를 더욱 강하게 해줄 것이다. 그리하여 나의 분별력과 용맹은 이 세상에서 유일하고 누구와도 비교할 수 없게 될 것이야."

"사실을 말씀드리면요, 주인님," 산초가 대답했다. "제가 둘시네아 델 토보소 님을 보았을 때, 태양 같은 어떤 빛을 발산할 만큼 그렇게 밝지가 않았습니다요. 말씀드렸다시피 밀을 키질하고 계셨기 때문에 거기서 나오는 먼지가 얼굴 앞에 구름처럼 피어나서 어두워졌던 모양입니다."

"산초, 너는 아직도 그렇게 생각하느냐!" 돈키호테가 말했다. "나의 둘시네아 공주님이 밀을 키질하고 있었다고 생각하고, 믿고, 고집을 부리느냐! 키질하는 것은 지체 높은 사람들이 하거나, 반드시 해야 하는 모든 것들과는 거리가 있는 작업이고 일이다. 멀리서 보아도 고귀함이 드러나는 지체 높은 여인들은 그와는 다른 작업들이나 놀이를 위하여 교육을 받고 준비하는 법이야. 오, 산초야! 너는 우리의 시인*이 쓴 시구절도 기억하지 못하는구나. 사랑하는 타호 강에 모습을 드러낸 네 명의 요정들이 수정으로 만든 방에서 일하고 있는 것을 우리에게 묘사한 구절을 모른단 말이냐. 그 천재 시인은 초록의 초원에 앉아서 황금, 비단, 진주를 엮어서 짠 훌륭한 천에다 수를 놓고 있는 네 요정들의 모습을 우리에게 묘사해주었지. 아마 네가 그

---

*목가시를 많이 썼던, 16세기 스페인 국민시인 '가르실라소 데 라 베가'를 말한다.

분을 보았을 때, 나의 공주님도 그런 모습이셨을 것이다. 아니라면 어떤 사악한 마법사가 내 일을 질투하여 나에게 즐거움을 가져다줄 모든 것을 원래 가지고 있던 모습과는 다르게 바꾸어놓은 게지. 내가 이룩한 무훈들에 대하여 인쇄되어 돌아다닌다는 이야기도, 혹여 그 작가가 나의 원수인 어떤 현자여서, 진실한 이야기를 이어나가는 데 필요한 것과는 거리가 먼 일들을 신나게 떠들어대면서 하나의 진실을 천 개의 거짓말과 뒤섞어 이것을 저것으로 바꾸어놓지 않았을까 걱정이구나. 오, 시기심이여! 모든 악의 근원이며 덕행을 좀먹는 벌레! 산초야, 모르긴 해도 모든 악습은 다소 즐거움을 가져다주지만, 시기심은 오로지 불쾌감과 원한과 분노만을 가져다줄 뿐이다."

"제 말이 바로 그 말입니다." 산초가 대답했다. "카라스코 학사가 저희에 대한 것을 보았다고 말한 그 이야기인지 전설 속에서, 저의 명예는 돼지새끼 몰 듯 끌려나와 사람들 말마따나 거리의 바닥을 쓸며 여기저기로 끌려다니고 있는가 봅니다. 맹세코 저는 어떤 마법사에 대해서도 나쁜 말을 한 적이 없고, 시기를 받을 만큼 재산이 많지도 않은데요. 진실을 말씀드리자면 약간 심술궂고 좀 교활한 면도 있긴 하지만, 항상 순수하고 결코 꾸미지 않은 저의 우직함이, 그 커다란 망토가 모든 것을 덮어주지 않습니까요. 가진 것이라고는 믿음뿐, 다른 것은 아무것도 없습니다. 저는 항상 하느님과 신성한 로마 가톨릭 교회가 믿고 가지고 있는 모든 것을 진심으로 굳게 믿습니다. 그리고 제 본성대로 유대인들과는 숙명적으로 원수이니까 이야기꾼들은 제게 자비심을 베풀어 저에 대해 잘 써주어야 합니다. 하지만 저들이 자기들 원하는 대로 말한다고 해도, 이놈은 벌거숭이로 태어났고 지금도 벌거숭이이니, 잃은 것도 얻은 것도 없지요. 설사 책 속에 제가 나오고, 이 손저 손을 거쳐 세상으로 떠돌아다닌다 해도, 저들이 원하는 대로 저에 대해 무슨 말을 하건 간에 이놈은 상관없습니다."

"산초야, 내가 보기에," 돈키호테가 말했다. "그건 이 시대의 한 유명한 시인에게 일어났던 일 같구나. 그는 고급 매춘부들에 대하여 악의적인 풍자시를 썼는데, 그 작품에서 매춘부인지 아닌지 의심스러운 한 여인에 대하여 이름도 아무 언급도 하지 않았다. 그런데 그 여인이 매춘부들의 목록에 자신의 이름이 없는 것을 알고서 시인에게 불평을 했다는구나. 그녀는 시인에게 무엇 때문에 다른 여인들의 이름 사이에 자기 이름이 올라가지 못했느냐면서 풍자시를 늘여서 자기 이름도 올려달라고 했지. 그러지 않으면 그 결과에 대해 책임을 지게 될 거라고 하면서 말이야. 그래서 시인은 그렇게 해주었고, 그녀를 비하하여 많은 비난을 했는데, 불명예스러웠어도 자신이 유명해지자 만족해했다는구나. 세계 일곱 가지 불가사의 중 하나인 아르테미스 신전에 불을 낸 목동의 이야기도 있는데, 그놈이 불을 지른 이유가 오직 다가올 시대에 자기의 이름을 남기기 위해서였다지. 그래서 그의 소원이 이루어지지 못하도록 어느 누구도 기록에 그의 이름을 언급하거나 부르지 못하도록 명령했음에도 그자가 '에로스트라토'라 불린다는 게 널리 알려졌지. 위대한 황제 카를로스 5세와 로마의 한 기사 사이에 일어난 일 역시 이것에 빗대어 이야기되곤 한다. 황제께서, 옛날에는 모든 신들의 신전으로 불렸고 이제는 더 좋은 칭호로 모든 성자들의 신전이라고 하는, 저 유명한 산타 마리아 델라 로툰다 신전을 보고 싶어 하셨어. 이 신전은 이교도들이 로마에 세운 건물들 중에서 가장 온전하게 남아 있는 건물로, 설립자들의 위대함, 그리고 그 웅장한 명성이 잘 보존되어 있지. 오렌지 반쪽처럼 생긴 외양에 엄청나게 거대한 이 신전은 빛이 창문 하나로 들어올 뿐인데도 안이 아주 밝았던 것이 꼭대기에 둥근 채광창이 있는 까닭이었다. 그곳에서 황제께서 건물을 바라보고 있었는데, 황제가 계시는 그 옆에서 로마의 기사가 저 위대한 건물, 기념비적인 건축의 우아함과 섬세함을 설명하고 그 채광창에서 물러서면서 황제께 말했지. '성스러운 폐하, 저는 이 세상에 제 명성을 영원히 남기기 위하여 천 번이나 폐하를 껴안고서 저 채광창 아래로 함께 몸을 던지고 싶은 욕망을 가졌습니다.' 그러자 황제가 대답했지. '고맙군. 그런 나쁜 생각을 실행에 옮기지 않았으니 말일세. 그리고 앞으로 자네의 충성심을 다시 시험할 기회를 주지 않을 테니, 명령하건대 짐에게 결코 말을 하거나 짐이 있는 곳에 있어서도 안 될 것이네.' 이렇게 말을 하고, 황제는 그에게 큰 은혜를 베풀었지. 산초야, 다시 말해서, 명성을 얻고자 하는 욕망은 그토록 대단히 생생한 것이다. 완전무장을 한 호라티우스*를 다리에서 밀어 그 아래 티베르 강 깊은 곳으로 던져버린 자가 너는 누구라고 생각하느냐? 무티우스**의 손과 팔을 불태운 것이 누구이더냐? 쿠르티우스***가 로마 한가운데 불타는 심연에 몸을 던지게 한 것이 누구더냐? 모든 징조가 반대로 나오는 데도 카이사르가 루비콘 강을 건너게 만든 것이 무엇이더냐? 좀 더 가까운 예를 들자면 신대륙에서 배에 구멍을 내고 가라앉혀 지극히 예의 바른 코르테스****가 이끈 용맹스러운 에스파냐 사람들을 고립시킨 것이 무엇 때문이더냐? 이 모든 업적들과 또 다른 위대한 업적들은 지난날에도, 현재나 미래에도 명예를 위한 노력인 것이다. 언젠간 죽어야 하는 인간은 그 보상으로 자신이 이룩한 업적들의 명성이 불멸하기를 원하며, 그리스도교도들이나, 가톨릭 신도들이나 편력기사들은 종말이 다가올 지금 시대에서 얻는 명

---

*로마 시대에 티베르 강을 건너는 다리에서 에트루리아 군대와 홀로 대치하다가 강물로 뛰어든 인물.
**로마인의 기질을 보여주기 위해 화로에 자신의 손을 넣어서 용맹을 증명한 인물.
***기원전 4세기 로마 광장에 땅이 꺼지면서 깊은 구멍이 생겼을 때 무장을 하고 말에 올라 구멍으로 뛰어들자 구멍이 메워지면서 그곳에 작은 호수가 생겼다는 전설의 인물.
****스페인 병사들을 이끌고 멕시코 해안에 도착했을 때 병사들이 도망가지 못하도록 배를 좌초시켜서 싸운 정복자.

성의 공허함보다는, 하늘나라에서 영원히 지속될 미래의 영광을 더 소중히 여겨야지. 그 현세의 명성이 아무리 오래 지속된다 하더라도 정해진 종말이 있는 이 세상과 함께 결국 끝나게 되는 것이니 말이다. 그러니 오, 산초야! 우리의 업적들은 우리가 신봉하는 그리스도교가 정해놓은 한계를 벗어날 수 없는 것이다. 우리는 거인들에게서 오만함을 앗아야 하며, 관대함과 선한 마음씨 속에서 시기심을 없애고, 차분한 절제와 마음의 고요함 속에서 분노를 없애고, 절식을 하고 밤샘을 하는 가운데 과식과 잠을 피하고, 보호할 귀부인을 향한 충성심에서 우리 마음속 음욕과 음탕함을 없애고, 우리를 그리스도교도이자 유명한 기사로 만들어줄 수 있는 기회를 찾아 이 세상 모든 곳을 편력하면서 나태함을 피해야 한다. 산초야, 최고의 찬사를 받으며 좋은 명성을 얻는 방법들을 너도 이제 알겠느냐."

"지금까지 말씀하신 모든 것은 아주 잘 이해했습니다." 산초가 말했다. "그렇긴 한데, 지금 이 순간 제 머리에 떠오르는 의문이 있어 주인님께서 해골해주셨으면 합니다요."

"'해결'해달라는 말이겠지, 산초야." 돈키호테가 말했다. "언제든지 원하는 때에 말하거라. 그러면 네가 알고 싶어 하는 것을 대답해주마."

"그럼 좀 알려주세요, 주인님." 산초가 말을 이었다. "칠월인지 팔월인지 하는,* 주인님께서 말씀하신 그 공적을 많이 세운 기사들 말입니다, 그 사람들은 이미 죽었을 텐데, 지금 모두 어디에 있나요?"

"이교도들은 의심할 여지없이 지옥에 있고 그리스도교도들은, 착한 사람이라면 연옥이나 천당에 있지." 돈키호테가 대답했다.

---

*율리우스 카이사르의 스페인식 표기인 훌리오 세사르(Julio Cesar)와 7월(Julio)의 철자가 같고 아우구스투스(Augusto)와 8월(Agosto)의 발음이 유사한 것을 이용한 말장난.

"그렇군요." 산초가 말했다. "한데 제가 지금 알고 싶은 것은요, 그 훌륭한 분들의 시체가 있는 무덤들 말인데, 그 무덤 앞에 은으로 만든 등잔이라도 있는지요? 아니면 그 예배당의 벽면에는 목발이나 수의나 머리카락이나 밀랍으로 만든 다리나 눈 같은 것들이 장식되어 있습니까?* 그게 아니라면, 무엇이 장식되어 있을까요?"

이 말에 돈키호테가 대답했다.

"이교도들의 무덤은 대부분 호화스러운 사원들이었다. 율리우스 카이사르의 유골은 거대한 돌 피라미드 위에 놓여 있는데, 오늘날 로마에서는 '성 베드로의 바늘'**이라 부르는 곳이지. 하드리아누스 황제를 위해서는 마을 하나 크기의 커다란 성을 무덤으로 만들었고 이걸 '하드리아누스의 푹신한 뭉치'라고 불렀는데, 바로 오늘날 로마에 있는 산탄젤로 성이다. 또 아르테미시아 여왕은 자신의 남편 마우솔레오를 세계 일곱 가지 불가사의 중 하나인 무덤***에 매장을 했다. 그러나 이교도들이 묻혀 있는 이러한 무덤들이나 다른 곳 어디에도 그곳에 묻힌 사람이 성자였다는 것을 보여주는 수의나 다른 헌납물이나 표식들이 장식되지는 않아."

"바로 그겁니다요." 산초가 말했다. "주인님, 말씀해보세요, 죽은 사람을 부활시키는 것과 거인을 죽이는 것 중에 어느 것이 더 가치가 있는 일입니까?"

"대답은 명확하지." 돈키호테가 대답했다. "죽은 사람을 부활시키는 것이 더 가치 있는 일이다."

---

*병이 치유된 것에 대한 감사의 표시로 교회에 전시된 헌납품을 말한다.
**기원전 13세기경 세워진 오벨리스크로 15세기에 바티칸의 성 베드로 광장으로 옮겨졌고, 당시 이 오벨리스크 꼭대기에 카이사르의 유골이 묻혀 있다는 소문이 퍼져 있었다.
***마우솔레움. 마우솔레오 국왕의 이름을 딴 거대한 무덤이다.

"알겠습니다." 산초가 말했다. "그러면 죽은 사람을 부활시키고, 장님의 눈을 뜨게 해주고, 절름발이가 똑바로 걷게 해주고 병자들에게 건강을 찾아주었던 까닭에 그 무덤 앞에는 등잔불이 밝혀 있고 무릎 꿇고 유물에 경배하는 신자들로 교회당이 가득 차는 그분의 명성이, 이승에서나 저승에서나 지금까지 이 땅에 살아온 모든 이교도 황제들과 편력기사들이 남긴 혹은 앞으로 남길 명성보다 나은 거로군요."

"나도 그것을 진리로 믿고 있다." 돈키호테가 대답했다.

"그러면 사람들이 말하는 것처럼, 성자들의 유해와 유물이 이런 명성과 은총과 특권을 지니고 있는 것이겠네요." 산초가 말했다. "우리의 성스러운 어머니이신 교회의 승인과 허가를 얻어서 등잔, 초, 수의, 목발, 그림, 머리카락, 눈, 다리로 장식된 것들로 신앙심을 높이고 그리스도교의 명성을 위대하게 만드는 것이고요. 왕들도 성인의 유해나 유물들을 어깨에 메고서 그 유골 조각에 입 맞추며 그것으로 자신의 기도실과 더 소중한 제단을 치장하고 훌륭하게 만드는 것이고요."

"넌 그런 말들을 해서 무얼 얻자는 것이냐, 산초?" 돈키호테가 말했다.

"제가 하고자 하는 말은요." 산초가 말했다. "우리도 성자가 되자는 겁니다. 그러면 우리가 찾던 그 훌륭한 명성도 금방 얻게 되지 않겠습니까. 그리고 주인님, 어젠가 그젠가(어차피 얼마 되지 않은 시간은 이렇게 말해도 되니까요) 맨발의 신부 두 사람이 시성식인가 시복식을 했답니다. 그 신부들의 몸을 동여매 고통을 주던 쇠사슬이 지금은 그것에 입맞춤을 하고 만지는 사람에게 커다란 행운을 준다고들 하네요. 사람들 하는 말이, 하느님의 가호 아래 있는 우리의 군주이신 국왕의 무기고에 있는 롤단의 칼보다 그 쇠사슬이 훨씬 더 존경을 받는답니다. 그래서요, 주인님, 용맹스러운 편력기사보다 무슨 교단 소속이든 간에 말단 사제가 훨씬 더 낫다는 겁니다. 거인이나 괴물이나 요괴들을 창으로 2천 번 찌르는 것보다 고행의 매질을 열두 번씩 두 번 맞는 것이 훨씬 더 빨리 하느님께 도달한다니까요."

"그건 그렇지." 돈키호테가 대답했다. "그러나 모든 사람이 사제가 될 순 없지 않느냐. 그리고 하느님께서 사람들을 하늘로 인도하는 길은 아주 많아. 기사도는 종교이며, 천국에는 성자가 된 기사들이 있단 말이다."

"그렇지요." 산초가 대답했다. "하지만 제가 듣기로 하늘에는 편력기사들보다 사제들이 훨씬 더 많다는데요."

"그도 그렇구나." 돈키호테가 대답했다. "기사들의 수보다 성직자들의 수가 더 많으니까."

"편력기사들도 많은데요." 산초가 말했다.

"많지." 돈키호테가 대답했다. "그러나 기사라는 이름을 받을 만한 자는 많지 않다."

이러한 말들, 그리고 비슷한 다른 대화들을 나누며, 딱히 적어둘 어떠한 일도 일어나지 않은 채 그날 저녁과 다음 날이 지나갔다. 이것이 돈키호테에게는 적지 않은 부담이 되었다. 마침내 다음 날 해가 질 무렵, 두 사람은 위대한 도시 엘 토보소를 발견했다. 이를 본 돈키호테의 마음은 기뻤고, 산초의 마음은 슬퍼졌다. 왜냐하면 둘시네아의 집을 몰랐던 데다, 그의 주인이 그녀를 본 적이 없듯이 자신도 생전에 그녀를 본 적이 없기 때문이었다. 그래서 한 사람은 그녀를 만나고 싶어서, 또 한 사람은 그녀를 본 적이 없기 때문에 마음이 초조했다. 산초는 주인이 자기를 엘 토보소로 심부름 보낸다면 어떻게 해야 할지 알 수가 없었다. 마침내 돈키호테는 밤이 오면 도시로 들어가자고 했고, 시간이 될 때까지 두 사람은 엘 토보소 근처에 있던 떡갈나무들 사이에 머물렀다. 그리고 정해진 시간이 되자 마을로 들어갔는데, 그곳에서 두 사람에게 아주 중대한 일들이 벌어졌다.

제9장

여기에서는 앞으로 일어날 일들을 이야기한다

자정, 정확히 한밤중, 아니 어쩌면 자정 조금 전후 무렵일 수도 있는 시각에 돈키호테와 산초는 산을 뒤로한 채 엘 토보소로 들어섰다. 마을은 차분한 정적 속에 잠겨 있었다. 주민 모두가 그야말로 두 다리 쭉 편 채로 늘어지게 잠들어 있었기 때문이다. 산초는 차라리 주위가 칠흑처럼 깜깜해서 어둠 속에 숨어 자신의 미련함을 감춰버리고 싶었지만 주변은 희뿌옇게 어둠이 내려앉아 있을 뿐이었다. 고요한 가운데 요란한 개 짖는 소리만이 돈키호테의 귓전을 울려대고 산초의 심장을 온통 뒤흔들어댔다. 가끔씩은 나귀가 울어대기도 하고 돼지가 꿀꿀거리거나 고양이가 야옹거리기도 했는데, 한밤의 정적 때문에 그 울음소리가 다른 소리와는 달리 유난히도 크게 느껴졌다. 이런 모든 주변 상황이 사랑에 빠진 기사 돈키호테에게는 어딘가 불길한 징조로 보였는데, 그럼에도 그는 산초에게 이렇게 말했다.

"산초야, 둘시네아 공주님의 궁전으로 길을 안내하여라. 모르긴 해도, 어쩌면 그분이 잠 못 들고 있을지도 모를 일이다."

"대체 무슨 궁전으로 안내하라는 겁니까?" 산초가 대답했다. "제가 그

분을 본 곳은 손바닥만 한 집이었는데 말입니다."

"그때는 잠시 궁을 비우셨던 것이겠지." 돈키호테가 말했다. "아마도 시녀들과 성 어디 작은 별채에라도 가 계셨던 게 아니겠느냐. 지체 높은 귀부인들이나 공주님들이 자주 그러하듯이 말이다."

"주인님." 산초가 말했다. "제가 아무리 아니라고 말씀드려도 주인님께서 둘시네아 공주님의 집이 성이라 하시니 어쩔 수 없네요. 하지만 지금 이 시간에 과연 문이 열려 있기나 하겠습니까? 그렇다고 요란하게 문고리를 두들겨 대서 첫소리에 문을 열게 하는 게 잘하는 짓인지도 모르겠고요. 사람들이 온통 정신없이 우왕좌왕할 텐데요. 늦은 시간이고 뭐고 상관없이 아무 때나 문 두들기고 들어가는 바람난 서방들 모양으로 애인 집 문고리를 두들겨 대는 것도 아니잖습니까?"

"일단은 성부터 찾자." 돈키호테가 말했다. "성부터 찾은 뒤에 다음 일을 어떻게 하는 게 좋을지 결정하겠다. 그런데, 산초야! 내가 정확히 보이지가 않아서 그러는데, 잘 좀 보거라. 저기 저만치 보이는 시커멓고 거대한 그림자가 분명 둘시네아 공주님의 성일 것 같은데 말이다."

"그럼 주인님께서 앞장서시지요." 산초가 대답했다. "어쩌면 그럴지도 모르니까요. 제가 이 두 눈으로 보고, 두 손으로 만져보기 전에는 믿지 못하는 사람이라서 말입니다."

결국 돈키호테가 앞장서 200보쯤 가니 아까 시커먼 그림자처럼 보이던 형상이 드러났다. 먼저 거대한 종탑이 보이고 뒤이어 건물도 보였는데, 알고 보니 성이 아니라 엘 토보소 마을의 대성당이었다. 돈키호테가 말했다.

"우리가 맞닥뜨린 게 성당이었구나, 산초야."

"그런 모양입니다." 산초가 대답했다. "부디 우리 두 사람의 무덤을 맞닥뜨리지는 않게 해달라고 기도하세요. 이런 야심한 시각에 공동묘지*를 지나는 게 좋은 징조는 아니거든요. 그리고 내친 김에 한 말씀 더 드리자면, 제 기억이 틀리지 않는 한 그분의 집은 분명히 막다른 골목 끝 어디에 있을 겁니다."

"이런 아둔한 놈을 보았나!" 돈키호테가 소리쳤다. "세상에 성이나 왕궁을 막다른 골목 끝에 짓는 데가 어디 있더냐?"

"주인님," 산초가 대답했다. "지역마다 나름의 방식이 있는 거 아니겠습니까. 혹시 압니까? 여기 엘 토보소에서는 궁전이나 거대한 건물을 막다른 골목에 짓는지. 그러니 부디 이쪽 길이나 골목들을 뒤져보도록 허락해주세요. 혹시 어느 구석에서 그 성인지 뭔지를 찾아낼지도 모르니까요. 둘이 같이 이리 뛰어다니고 저리 끌려다니니, 그 궁인지 뭔지 개들이 먹어치웠으면 좋겠습니다요."

"공주님 이야기를 할 때에는 말을 좀 가려서 하거라, 산초야." 돈키호테가 말했다. "이제 서로 마음을 좀 가라앉히고, 두레박 던지다가 밧줄까지 놓치는 짓은 하지 말자꾸나."

"조심하겠습니다." 산초가 대답했다. "하지만 제가 아무리 참으려 해도, 평생 한 번밖에 못 본 분의 집을 늘 잘 기억하고 있어야 할 뿐 아니라 한밤중에 찾아내라 하시는 건 도저히 안 되겠습니다. 주인님은 수천 번 보고도 못 찾으시지 않습니까?"

"도무지 말귀를 알아듣지 못하는구나, 산초." 돈키호테가 말했다. "이리 와 보거라. 내가 귀가 닳도록 얘기했지 않느냐? 난 평생 단 한 번도 세상에 비할 바 없는 둘시네아 공주를 본 적 없다고. 아니, 심지어 그분이 살고 있는 궁전의 문턱조차 넘어본 적이 없단 말이다. 내가 공주를 사랑하게 된 건

---

*보통 성당 근처에 공동묘지가 있다.

순전히 들은 풍월과 그녀의 아름다움과 조신함에 대한 명성 때문이다."

"이제 알아들었습니다." 산초가 대답했다. "그리고 주인님께서 그분을 한 번도 본 적 없다고 말씀하시니까 말인데요, 저도 본 적이 없습니다."

"그게 말이 되느냐." 돈키호테가 말했다. "최소한 지난번에 내가 보낸 서찰의 답신을 받아 왔을 때, 분명히 밀을 키질하고 있는 공주를 보았다고 하지 않았더냐?"

"그건 별것 아닙니다, 주인님." 산초가 대답했다. "그분을 찾아간 것도, 제가 받아온 답신도 다 들은 풍월로 된 거라는 걸 주인님께 이제야 알려드립니다. 사실 누가 둘시네아 공주님인지 제가 알게 뭡니까. 그건 마치 하늘에다가 주먹질하는 꼴인데요.*"

"산초, 산초야." 돈키호테가 말했다. "농을 할 때가 따로 있는 법. 때로는 농을 하는 것이 마땅치 않고 나빠 보일 때도 있는 것이다. 내 진심을 다 바친 공주님을 한 번도 만난 적도, 이야기 나누어본 적도 없다고 해서 사실과는 정반대로 너조차 말해본 적도 본 적도 없다고 하는 것은 안 될 말이다."

두 사람이 이런 이야기를 나누고 있는 사이 그 옆으로 웬 사내가 노새 두 마리를 끌고 지나는 것이 보였다. 바닥에 쟁기 끌리는 소리가 나는 것으로 보아 동도 트기 전에 밭일을 하러 나가는 농부인 듯했다. 사실 그 남자는 정말 농부였다. 농부는 이런 로만세를 흥얼거리고 있었다.

프랑스인들이여! 그날은 운이 없었던 것,
론세스바예스 전투가 있었던 그날은.

---

*불가능한 일을 한다는 의미.

"오늘 밤 뭔가 좋은 일이 벌어지지 않는다면, 산초야." 농부의 노랫소리를 듣고는 돈키호테가 말했다. "내 손에 장을 지지겠다. 저기 저 농부가 불러대는 콧노래가 들리지 않느냐?"

"들리긴 들리지요." 산초가 대답했다. "그런데 그게 우리의 일과 론세스바예스 전투와 무슨 상관이 있습니까? 어차피 우리 앞길에는 좋은 일이 있건 나쁜 일이 있건 매한가지일 텐데, 〈칼라이노스의 로만세〉를 흥얼댄다고 달라질 건 없지요."*

어느새 농부가 두 사람 옆을 지나게 되자, 돈키호테가 물었다.

"이보시오, 신의 은총이 함께하기를 비네. 혹시 세상 비길 데 없는 둘시네아 델 토보소 공주님이 사시는 성이 이쪽 어디쯤에 있는지 아시는가?"

"기사님," 젊은이가 대답했다. "전 외지인으로 이 마을에 온 지 며칠 되지 않습니다. 어느 부유한 농부의 밭에서 일손을 돕고 있지요. 요 앞에 있는 집에 신부님과 성당 성물지기가 살고 있는데, 두 사람이, 아니면 둘 중 누구 하나라도 그 공주님에 대해 알려주실 겁니다. 엘 토보소 마을 전체 주민 명부를 가지고 계시니까요. 제가 알기로는 이 마을에 공주님은 없습니다. 여인네들은 많지만요. 하긴, 좀 있는 집 여인네들이라면 각기 자기 집에서 공주 행세를 할 수는 있겠네요."

"이보게, 그렇다면 그 여인네들 중에 내가 찾고 있는 그분이 있을 걸세." 돈키호테가 말했다.

"그럴지도 모르지요." 젊은이가 대답했다. "그럼 안녕히 가십시오. 벌써 동이 터옵니다."

---

*당시 스페인에서는 로만세를 낱장으로 만들어 광장이나 시장에서 일반인들에게 팔았다. 글을 읽지 못하는 산초가 로만세 운운하는 것은 《돈키호테》 2편에서 그의 성격이 변했음을 드러내는 것으로 보인다.

그러고는 더는 질문 같은 건 관심 없다는 듯 노새를 몰고 가버렸다. 산초는 무척 언짢고 당혹스러운 표정을 짓고 있는 돈키호테를 보고 말했다.

"주인님, 벌써 저만치 날이 밝아올 조짐이 보입니다. 이대로 길바닥에서 아침을 맞을 수는 없지 않습니까. 일단은 마을을 벗어나서 주인님은 근처 어디 숲 속에 숨어 계시는 게 좋겠습니다. 낮 동안에 저 혼자 와서 우리 공주님께서 사실 만한 곳이라면 집이고 성이고 궁전이고 온 동네를 한 군데도 빠짐없이 뒤져보겠습니다. 그러고도 못 찾으면 그야말로 운이 지지리도 없는 걸 거고, 만일 발견한다면 찾아뵙고 주인님께서 공주님의 명예와 명성에 조그만 흠집도 내지 않으면서 뵈려면 어찌하는 게 좋을지 명과 지침을 내려주시기를 기다리며, 어디에 어떻게 계시는지 말씀 여쭙겠습니다."

"참으로 짧은 말 속에 천 가지 금언들을 담아내고 있구나, 산초." 돈키호테가 말했다. "지금 네가 한 그 조언, 마음에 드는구나. 내 기꺼이 받아들이도록 하겠다. 어서 가자, 산초. 얼른 내가 몸을 숨길 곳을 찾아보자. 그런 뒤네 말대로 너 혼자 돌아와 나의 공주님을 찾아뵙고 아뢰도록 하여라. 기적과도 같은 호의보다는 그분의 분별과 예절이 더 많이 기대되는구나."

산초는 어떻게 해서든 자기의 주인 돈키호테가 마을을 벗어나게 하려고 안간힘을 썼다. 일전에 둘시네아에게 받았다며 시에라 모레나 산의 돈키호테에게 전해준 가짜 답신이 탄로 나면 큰일이기 때문이었다. 그래서 부지런히 서둘러, 결국 마을에서 2밀라* 떨어진 곳에 있는 숲인지 수풀인지 모를 곳을 발견했고, 돈키호테는 그곳에 몸을 숨겼다. 그사이 산초는 엘 토보소 마을로 돌아와 둘시네아에게 전언을 하기로 했는데, 이 중요한 임무를 수행하는 길에 산초에게는 새로운 주의와 믿음을 요하는 많은 일들이 일어났다.

---

*1478.5미터에 해당하는 로마 사람들의 거리 단위.

제 10 장

여기에서는 산초가 둘시네아 공주에게 마법을 걸기 위해 사용한 꾀와 너무나도 우스꽝스럽지만 사실인 또 다른 사건들에 대하여 이야기한다

이 방대한 이야기의 작가는 이번 장에서 벌어지는 사건에 대해 들려줄 시점에 다다르자, 돈키호테의 광기가 상상할 수 있는 한계의 끝에 달했을 뿐 아니라 그 지점을 지나쳐 큰 활을 두 번 연거푸 쏜 거리만큼 더 나가다 보니, 혹시나 아무도 믿으려 들지 않으면 어쩌나 하는 걱정에 차라리 이야기하지 않는 게 낫지 않을까 생각했다고 한다. 하지만 결국 이런 두려움과 우려에도 지금까지와 마찬가지로 진실에 한 점 덧붙임도 누락도 없이 돈키호테의 광기에 대해 써내려갔다. 그를 거짓말쟁이라고 부를 만한 여지는 전혀 없을 터였다. 그리고 그의 판단은 옳았다. 진실이라는 것은 왜소해질 수는 있으나 꺾이지는 않는 법이며, 물 위에 뜬 기름처럼 거짓말 위에 존재하기 때문이다.

그리하여 작가는 이런 이야기를 들려준다. 돈키호테는 위대한 엘 토보소 마을 옆에 있는 산속인지 떡갈나무 숲인지 밀림이지 모를 어떤 곳으로 숨어든 뒤, 산초를 마을로 돌려보내면서, 자기 대신 공주님을 만나 인사를 여쭌 뒤 사랑의 포로가 되어버린 자신이 공주를 뵐 수 있도록 허락받을 것과, 장차 부딪칠 사건들과 험난한 과업에서 더할 나위 없는 성공을 거둘 수 있도록 그녀로부터 축복을 받기 전까지는 절대로 돌아오지 말라고 했다. 산초는 분부대로 하겠다며, 처음 심부름했을 때 받아 왔던 것과 마찬가지로 좋은 답을 들고 오겠다고 했다.

"어서 가보거라." 돈키호테가 말했다. "그리고 네가 지금 찾아 나서려는 그 아름다운 태양의 빛과 마주하더라도 당황하지 말거라. 너는 이 세상 모든 종자들 중에서도 가장 복받은 종자다. 그러니 기억력을 총 동원해 공주님이 너를 맞이하는 장면 하나하나를 놓치지 말거라. 나의 사신인 너를 맞이하시는 동안 안색이 바뀌시지는 않는지, 내 이름을 들으시는 순간 당황해 좌불안석하시지는 않는지, 응접실에 앉아 계시다면 지체에 걸맞은 호화로운 응접실에 앉아 계시는지, 혹 서 계시다면 한쪽 다리에 체중을 싣고 있다가 다른 쪽으로 옮기시지는 않는지, 네게 대답을 하면서 두세 번 되풀이하시지는 않는지, 부드러운 표정을 지으시다가 까칠한 표정을 지으시지는 않는지, 새초롬한 표정을 지으시다가 사랑스러운 표정을 지으시지는 않는지, 공연히 손을 들어 흘러내리지도 않은 머리칼을 쓸어 올리시지는 않는지 말이다. 다시 말하자면, 산초야, 공주님의 일거수일투족을 잘 살피라는 거다. 그렇게 있는 그대로 네가 내게 묘사해주면, 공주님 가슴속 은밀한 곳에 꼭꼭 숨겨놓은 내 사랑에 대한 그분의 생각을 끄집어낼 수 있을 것이기 때문이다. 산초야, 혹시 네가 몰랐다면 이 참에 알아두어야 할 것이 있다. 사랑할 때는 사랑하는 연인들 간에 겉으로 내보이는 일거수일투족이야말로 영혼의 내면에서 일고 있는 새로운 움직임을 드러내는 가장 정확한 소통의 수단이라는 것 말이다. 어서 가라, 산초야, 부디 나보다 더 좋은 행운이 네게 깃들기를 바란다. 그리고 네가 나를 두고 가는 이 쓰디쓴 고독 속에서 두려움에 떨며 기다리고 있는 나에게 좋은 소식을 가지고 돌아오너라."

"그럼 얼른 다녀오겠습니다." 산초가 말했다. "그러니 주인님께서는 쪼그라든 가슴을 좀 활짝 펴세요. 지금 같아서는 주인님 가슴이 개암나무 열매만도 못할 것 같습니다. 착한 마음을 가지면 불운도 쫓아낸다는 말이 있고, 절인 돼지고기가 없으면 고기 걸어놓을 말뚝도 없다는 말이 있잖습니까.* 생각지도 않았던 곳에서 토끼가 튀어나온다는 말도 있고요. 제가 이런 말씀을 드리는 이유는, 지난밤 내내 공주님이 사시는 궁전이나 성 같은 걸 찾지 못했지만, 지금은 낮이니 생각지도 못했던 곳에서 찾을 수도 있다는 생각이 들어섭니다. 그리고 일단 찾아내기만 하면, 공주님은 제가 알아서 하겠습니다."

"참 신통하구나, 산초야." 돈키호테가 대꾸했다. "하느님께서는 내가 원하는 것보다 더 좋은 행운을 주시더니만, 너는 늘 우리가 말하는 얘기에 딱 들어맞는 격언들만 쏙 끄집어내는구나."

돈키호테의 말을 끝으로 산초는 뒤돌아서서 나귀 등을 후려쳤다. 말 등에 올라앉은 돈키호테는 등자에 발을 얹고 바닥에 세운 창에 기댄 채 쉬는 자세를 취했지만, 머릿속은 온통 슬픔과 혼란스러운 상상으로 가득했다. 그러나 돈키호테는 잠시 놓아두고, 우리는 산초 판사와 함께 가보도록 한다. 산초 역시 혼란스럽고 생각이 복잡하기는 매한가지였다. 그래서 주인을 뒤로하고 길을 떠났지만, 숲을 벗어나자 뒤돌아보고 돈키호테의 모습이 시야에서 사라진 걸 확인하기가 무섭게 당나귀에서 내려 나무 밑에 주저앉아 혼잣말을 중얼대기 시작했다.

"산초, 이 사람아, 그래, 지금 어딜 가신다고? 잃어버린 당나귀라도 찾아나서신 건가? 아니, 천만의 말씀. 그렇다면, 도대체 뭘 찾아 가시는 건가?

---

*'말뚝이 있는 곳에 항상 돼지고기가 있는 것은 아니다'라는 속담을 산초가 마음대로 바꾸어 말한 것이다. 이 말은 "겉으로 보이는 모양과 실제가 항상 똑같지는 않다'라는 뜻이다.

두말할 것도 없이 공주님이지. 아름다운 태양과 더불어 모든 천체가 깃들어 있는 그런 공주님. 그래, 그런 공주님을 어디서 찾아내실 건가, 산초? 어디냐고? 그야 위대한 엘 토보소 마을이지. 그래? 그렇다면 도대체 누구 명으로 그분을 찾아가신다는 건가? 이름난 기사 돈키호테 데 라만차 님의 명이지. 불의를 타파하고, 목마른 자에게는 먹을 것을, 굶주린 자에게는 물을 주시는 그런 분 말이야. 그래, 다 좋다 치자. 그런데 도대체 공주님의 집이 어딘지는 아시는가, 산초? 주인님 말씀이 궁전이나 거대한 성 안에 사실 거라던데. 우연히 한 번이라도 그분을 뵌 적은 있으신가? 나도, 우리 주인님도 공주님을 뵌 적은 없지. 그렇다면, 엘 토보소 마을의 사람들이 그대가 이 마을 공주님들을 꼬드겨내고 귀부인들의 마음을 흔들어놓으려 마음먹고 이곳에 왔다 생각하고 몰려와서, 갈비뼈가 모조리 박살나고 성한 뼛조각 하나 남지 않도록 몽둥이질을 해댄다 하더라도 잘한 일이고 잘된 일이라고들 생각지 않겠는가? 그도 그럴 것 같기는 하군. 사실 내가 명을 받고 왔다는 걸 염두에 두지만 않는다면 사람들 말이 일리가 있지. 이런 노래도 있잖은가?

이보게, 자네는 심부름꾼.
그러니 자네는 죄가 없어. 아무런 죄도.*

그런 노랫말 따위는 믿지 마시게나, 산초! 라만차 사람들이 정직한 만큼 성질이 불같은 면도 있어서, 누가 깐족거리면 못 참거든. 조금이라도 냄새가 난다 싶으면, 그야말로 경을 친다는 말씀이야. 훠이! 벼락아, 떨어지려거

---

*전설적인 기사 페르난 곤살레스와 베르나르도 델 카르피오를 노래하는 로만세에 반복적으로 등장하는 시구.

든 저쪽에나 떨어져라! 난 아니다! 난 그야말로 남 좋은 일 하느라 다리 셋 달린 고양이 찾아다니는 신세니까! 게다가 엘 토보소에서 둘시네아를 찾는 일은 라베나에서 마리카를 찾고 살라망카에서 학사를 찾는 격인데. 아이고, 악마의 농간이지, 하필이면 이런 일에 코가 꿰다니!"

산초는 이렇게 혼잣말을 중얼거리더니, 결국 다시 이렇게 읊조렸다.

"뭐 여하튼 좋아. 명이 다하게 되면 제아무리 싫다 해도 결국 우리 모두 죽음이라는 멍에를 쓰지 않을 수 없는 법이지만, 죽는 것만 아니라면 언제나 달아날 구멍이 있는 법. 우리 주인님이라는 양반, 어느 모로 보나 영락없는 미치광이인데, 나는 그 양반보다 더 아둔할 뿐만 아니라 그 양반의 뒤를 좇으며 섬기고 있으니 나도 절대 빠지지 않지. 이런 속담도 있지 않던가. '누구와 어울리는지 말해보라, 그러면 네가 누구인지 알 수 있으니.' 또 이런 속담도 있지. '어느 부모 밑에 태어났는가가 아니라, 누구와 함께 풀을 뜯어 먹고 있느냐가 문제다.' 결국 주인님이 미치광이니 나도 미치광이가 아닐 수 없네. 주인님은 툭하면 사물을 다른 것으로 보고, 검은 것을 희다 하고 흰 것을 검다 하는 광기를 부리지. 풍차를 거인이라 하고, 수도사들이 타고 온 노새를 낙타라 하고, 양 떼를 적의 군대라 우기는 걸 봐도 미치광인 게 틀림없어. 그런 일들이 한두 가지가 아니니, 지나가다 제일 먼저 만나는 시골 아낙을 두고 둘시네아 공주님이라고 믿게 하는 것도 그리 어려운 일은 아닐 듯싶군. 주인님이 선뜻 믿지 않으시면 내가 맹세코 그렇다고 우기면 되고, 주인님이 맹세코 우기면 내가 또다시 우기면 돼. 말싸움이라도 일어날라 치면 내가 더 강하게 나가면 돼. 그렇게 내 식대로 밀고 나가다 보면, 결국 내 뜻대로 될 테니까. 이런 식으로 고집을 피우면 결국 주인님도 나를 다시 심부름꾼으로 보내는 일은 하지 않으실 거야. 나를 보내봐야 그리 쓸만한 전갈을 가져오지 못한다는 걸 아시게 될 테니까. 그도 아니면, 내 상상처럼, 결국 우리 주인님을 저주하는 어떤 사악한 마법사가 주인님에게 상처 주기 위해 마법을 걸어 공주님의 겉모습을 바꿔버렸다고 믿으시겠지.”

산초 판사는 이렇게 생각하고 나자 마음이 편해지면서 해야 할 일을 다 마친 것 같은 생각이 들어, 결국 돈키호테가 이 정도면 마을까지 다녀왔을 거라고 생각할 정도의 시간이 흐르도록 늦게까지 그곳에 머물러 있었다. 게다가 일이 잘 되려다 보니, 마침 당나귀 등에 막 올라타려는데 엘 토보소 쪽에서 산초가 있는 곳으로 수컷인지 암컷인지 모를 당나귀를 탄 시골 아낙 셋이 오고 있는 게 보였다. 사실 작가는 그 당나귀들이 수컷인지 암컷인지 명확히 하고 있지 않다. 물론 통상적으로 여인네들은 암컷을 타고 다니니 암나귀일 공산이 크지만, 그게 그리 중요한 문제는 아닌 만큼 그걸 확인하려고 시간을 끌 필요는 없을 것 같다. 결국 산초는 시골 아낙들을 보자마자 재빨리 주인인 돈키호테를 찾아 걸음을 되돌렸다. 주인을 찾아오니 돈키호테는 한숨을 몰아쉬며 갖가지 사랑의 탄식을 쏟아내고 있었다. 산초를 발견한 돈키호테가 말했다.

“어찌 되었느냐, 산초야? 오늘에 흰 돌을 놓으랴, 검은 돌을 놓으랴?*”

“그보다는,” 산초가 대답했다. “교수 자리에 임용된 사람의 이름을 적는 빨간색이 좋을 것 같습니다. 그게 사람들 눈에 제일 잘 띌 테니까요.”

“그 정도로 좋은 소식을 가져온 게냐?” 돈키호테가 물었다.

“좋다마다요.” 산초가 대답했다. “주인님은 다른 일은 할 것 없으시고, 그저 로시난테에게 박차를 가해 숲 밖으로 나가 주인님을 만나시기 위해 다른 두 귀부인과 이리로 오고 계시는 둘시네아 델 토보소 공주님을 맞이하시면 됩니다.”

---

*로마의 관습에 따르면 흰 돌은 행복한 날을, 검은 돌은 불운한 날을 의미한다.

"오 세상에! 지금 뭐라 했느냐, 산초야?" 돈키호테가 물었다. "날 속이려는 것이냐? 거짓 기쁨으로 나의 진실한 슬픔을 누그러뜨리려고 해서는 안 된다."

"제가 뭐 하러 주인님을 속이겠습니까?" 산초가 되물었다. "금방 들통 날 일을요. 얼른 박차를 가하세요, 주인님. 가보시면 그분의 지체에 알맞게 차려입으신 공주님을 만나실 수 있을 겁니다. 공주님도, 함께 오시는 귀부인들도 모두 황금처럼 찬란하시고, 진주를 꿰어놓은 것 같으며, 하나같이 다이아몬드 같고, 루비 같으며, 수십 땀 수를 놓은 비단 같으십니다. 등 뒤로 늘어뜨린 기다란 머리카락은 한 올 한 올이 햇살과도 같아 바람에 흩날리며, 특히 얼룩무늬가 있는 졸랑말에 올라타고 오시는데, 그야말로 직접 보는 것 말고는 답이 없다니까요."

"'조랑말'이겠지, 산초야."*

"졸랑말이나 조랑말이나 별 차이 없잖습니까." 산초가 대답했다. "여하튼 뭘 타고 오시든지 간에 세 분 모두 기대 이상으로 멋지십니다. 특히 둘시네아 공주님은 입이 떡 벌어질 정도고요."

"어서 가자, 산초야." 돈키호테가 말했다. "그리고 기대하지도 않았던 좋은 소식을 가져다준 대가로 향후 있을 최초의 모험에서 얻게 될 전리품 중 최고의 것을 네게 하사토록 하마. 그것으로 성에 차지 않는다면, 새끼를 낳기 위해 지금 우리 마을 공동 목초지에 가 있는 내 암말 세 마리가 금년에 낳게 될 새끼 망아지들도 모두 너에게 주겠다."

"망아지들로 하지요." 산초가 대답했다. "첫 번째 모험에서 얻게 될 전리품이 좋을지 어떨지 확실치가 않으니까요."

---

*당시 조랑말은 신분이 높은 여인들이 주로 탔다.

이런 이야기를 나누는 사이 어느새 두 사람은 숲 밖으로 나왔고, 시골 아낙 셋이 오는 게 보였다. 돈키호테는 저 멀리 엘 토보소 마을로 이어지는 길을 쳐다보았지만 시골 아낙 셋 말고 보이는 게 없자 몹시 당혹스러워하며 산초에게 공주님 일행을 혹시 마을 어귀에 놓아두고 온 건 아닌지 물었다.

"마을 어귀라니요?" 산초가 대답했다. "아니, 주인님 눈은 목에 걸어두고 계신 겁니까? 바로 저기 한낮의 태양처럼 밝은 빛을 뿌리며 오고 계시는 여자분들이 안 보이신다니요?"

"나귀 등에 올라탄 세 명의 시골 아낙 말고는 아무것도 안 보이는구나, 산초야." 돈키호테가 말했다.

"아이고, 속 터져 죽겠네!" 산초가 탄식했다. "눈처럼 흰 조랑말인지 무슨 말인지가 당나귀로 보이신다니, 이게 가당키나 한 말입니까? 정말 그렇다면 당장이라도 이 턱수염이 홀라당 뜯겨져 나가도 좋습니다."

"하지만, 나의 벗 산초야." 돈키호테가 말했다. "내가 돈키호테고 네가 산초 판사인 것만큼이나, 수컷인지 암컷인지는 알 수 없다만, 저것은 당나귀인 게 틀림없다. 최소한, 내 눈에는 그리 보인다."

"제발 그만하세요, 주인님." 산초가 말했다. "그런 말씀 마시고, 눈을 비비세요. 그리고 코앞까지 오신 그리운 공주님께 예를 갖추셔야지요."

이렇게 말하면서 산초가 얼른 세 여인을 맞으러 앞서 나갔다. 나귀에서 내린 산초는 아낙네 중 한 명의 나귀 고삐를 잡아채고는 바닥에 무릎을 꿇고 앉아 말했다.

"더 없이 고결하고 고귀하신 아름다움의 여왕이시자 공주님이신 공작부인님이시여, 부디 자애로움과 넓은 아량으로 공주님의 아름다운 모습에 어쩔 줄 몰라 심장까지 멎어버리고 대리석처럼 굳어버려 저기 당신의 포로가 된 기사를 맞아주시기 바랍니다. 저는 종자 산초 판사이며, 저 헬쑥한 얼굴을 하신 분은 돈키호테 데 라만차, 일명 슬픈 얼굴의 기사입니다."

이즈음에는 이미 돈키호테도 산초와 나란히 무릎을 꿇은 채 당혹스러운 눈빛과 떨리는 시선으로 산초가 여왕님, 귀부인님이라고 부르는 여자를 바라보고 있었다. 하지만 아무리 보아도 그저 시골 아낙네일 뿐, 둥글넓적한 얼굴에 코도 납작한, 예쁜 구석이라고는 전혀 없는 여자였으므로 경악하고 넋이 빠져 입을 뗄 기력조차 없었다. 넋이 나가기는 여자들도 마찬가지였다. 서로 너무나도 달라 보이는 남자 둘이 나타나 길을 막아선 채 한 여자 앞에 무릎을 꿇고 지나가지 못하게 했기 때문이다. 결국 길을 막힌 여자가 정적을 가르며 거친 음성으로 볼멘소리를 했다.

"거기, 당장 비켜요. 우리 바빠서 빨리 가야 된다고요."

이 말에 산초가 대답했다.

"오, 세상에서 고귀하신 엘 토보소의 공주님! 하염없이 넓은 마음을 가지신 분이 어찌 고귀하신 공주님 앞에 무릎 꿇고 앉은, 편력기사도의 기둥이자 버팀목인 분을 보시면서도 그리 야속하게 구십니까?"

이 말에 기다리고 있던 두 여자 중 한 명이 말했다.

"얼씨구! 어이, 이 늙어빠진 당나귀 같으니! 감히 어디서 이런 시원찮은 사내들이 나타나 여염집 아낙들을 농락하려 들어? 우린 저희들처럼 막말 못 할 줄 아나 보지? 당신네들은 가던 길 가고, 우리도 우리 가던 길 가게 놓아두시지! 안 그러면 무사하지 못할 테니."

"일어나라, 산초야." 그때 돈키호테가 말했다. "나의 불행에 아직도 만족하지 못하는 운명이, 아무래도 육신에 갇힌 이 가여운 영혼을 기쁘게 할 뭔가가 지나오는 모든 길을 가로막고 있는 모양이다. 그러나 오, 바랄 수 있는 최상의 가치인 그대여! 사람이 갖출 수 있는 고귀함의 극치인 그대여! 그대를 사랑하는 비탄에 잠긴 이 마음을 다스릴 유일한 처방인 그대여! 끝없이

내 뒤를 추격하는 사악한 마법사가 내 눈에 구름과 암막을 드리워, 다른 사람들 눈에는 모르겠지만 내 눈에는 그대의 비할 바 없는 아름다움이 사라지고 가난한 시골 아낙의 얼굴로 변형되어버렸습니다. 혹 나의 모습 역시 그대의 눈에 증오의 대상으로 비추게 하기 위해 괴물로 바꿔버린 것이 아니라면, 변형된 아름다움 앞에서도 사랑하는 마음으로 당신 앞에 무릎 꿇고 복종하는 나를 향해 부디 부드럽고 사랑스러운 시선을 거두지 말아주십시오."

"별꼴을 다 보겠네!" 아낙이 대꾸했다. "나는 그런 사탕 발린 말을 들을 만한 여자가 아니니 저리 비켜요! 지나가게 해주면 고마워하지요."

산초는 재빨리 옆으로 물러나 여자가 지나가게 하고는, 자신의 계략이 딱 들어맞아 기분이 좋았다.

졸지에 둘시네아 역할을 했던 시골 아낙은 풀려나자마자 자신이 올라탄 '졸랑말'의 등짝을 뾰족한 막대기 끝으로 쿡쿡 찔러대며 앞으로 펼쳐진 초원 쪽으로 달려 나갔다. 막대기 끝이 평소보다 훨씬 날카롭게 파고들자 나귀가 등을 활처럼 구부리며 펄쩍이기 시작했고, 급기야는 둘시네아를 바닥으로 떨어뜨리고야 말았다. 이를 본 돈키호테가 그녀를 일으켜 세우러 쏜살같이 달려갔고, 산초는 당나귀 배 밑으로 흘러내린 안장을 바로잡고 뱃대끈을 단단히 조이러 나귀 쪽으로 다가갔다. 그렇게 안장이 제자리를 잡고 나자 돈키호테는 마법에 걸린 그의 공주를 두 팔로 안아 나귀 등에 앉혀주려 했으나, 그럴 필요도 없었다. 그녀가 혼자 툭툭 털고 일어나, 나귀 뒤쪽으로 가 두어 걸음 뛰는가 싶더니 두 손을 나귀 엉덩이에 대고 펄쩍 뛰어올라 사내라도 된 듯 매보다도 가볍게 나귀 등에 올라앉았기 때문이었다. 그 모습을 본 산초가 말했다.

"우리 공주님은 매보다도 가뿐하시네요! 저 정도면 승마의 귀재라는 코르도바나 멕시코 태생 기수들에게 말 등에 올라타는 기술을 전수하셔도 되겠어요. 한 번 펄쩍 뛰어올라서는 안장 뒤쪽을 훌쩍 타 넘는가 하면, 박차도 없이 조랑말을 얼룩말이라도 되는 듯 질주하게 하시니 말입니다. 함께 온 귀부인들도 그에 못지않네요. 하나같이 바람처럼 달려 나가잖습니까."

그 말은 틀리지 않았다. 둘시네아가 나귀 등에 올라타자 모두들 뒤이어 나귀 등을 찔러대 반 레구아 이상 갈 때까지 뒤 한 번 돌아보지 않고 달렸던 것이다. 돈키호테의 시선이 여자들을 뒤따랐고, 마침내 여자들의 모습이 시야에서 사라져버리자 산초를 바라보며 돈키호테가 말했다.

"산초야, 마법사들이 얼마나 나를 미워하는지 이제 알겠느냐? 그들이 내게 품고 있는 앙심과 원한이 도대체 어디까지 뻗어 있는지 보거라. 심지어 내가 사랑하는 공주님의 모습을 바라보며 느낄 수 있는 기쁨마저도 빼앗아 가려 하니 말이다. 진정 나는 불행한 이의 표본이 되고, 불운이라는 화살이 날아와 맞히는 표적이자 과녁이 될 운명으로 태어난 모양이다. 뿐만 아니다, 산초야, 그 마법사들은 둘시네아 공주의 모습을 달리 변모시키는 것만으로는 부족해 조금 전의 그 시골 아낙네처럼 천박하고 못생긴 모습으로 바꿔버렸고, 아울러 늘 용연향과 꽃들 사이를 거닐기에 몸에 밴 좋은 향기마저 빼앗아버렸다. 내가 왜 이런 말을 하는고 하니, 조금 전에 내가 둘시네아 공주를 나귀 등에 태워주러 갔을 때, 네 말대로라면 조랑말이겠지만, 여하튼 그러려고 가까이 갔을 때 생마늘 냄새가 어찌나 풍기던지 내 영혼이 손상되어 통째로 중독되어버린 듯했구나."

"저런, 비열한 마법사 놈들!" 산초가 소리쳐댔다. "아, 음흉하고 사악한 마법사들 같으니, 왕골에 정어리를 줄줄이 꿰어놓은 것처럼 그놈들 아가미를 줄줄이 꿰어놓고 싶습니다! 아는 것이 많으니 할 수 있는 것도 많겠지만, 그보다 훨씬 더 많은 짓을 하고 다니네요. 분명 비열한 자들이 틀림없습니다요. 우리 공주님의 진주알 같은 눈동자를 코르크나무에서 빼낸 송진 덩어리로 만들어버리고, 아름다운 황금빛 머리카락을 황소 꼬리털같이 억세게 만드는가 하면, 급기야는 모든 아름다운 면모들을 형편없이 일그러뜨리고, 심지어 향기에까지 손을 댔으니 말입니다. 향기라도 남아 있었다면 그 추한 껍데기 아래 감추어진 모습을 알아볼 수도 있었을 텐데요. 하지만 사실 저는 그분에게서 추함은 발견하지 못했고, 오로지 아름다움만을 보았으며, 그 아름다움을 한결 돋보이게 만든 오른쪽 입술 위에 난 검은 점까지 보았지만 말입니다. 그 점에서 마치 수염이라도 자란 듯이 한 뼘이 넘는 길이의 금사 일곱 개인가 여덟 개가 기다랗게 자라나 있었지요."

"그 점에 대해 말하자면 말이다," 돈키호테가 말했다. "사람은 얼굴에 있는 점에 상응하는 또 다른 점이 몸에도 있기 마련이니, 아마도 둘시네아 공주께서는 얼굴에 있는 점과 같은 점이 사타구니 안쪽 지점에 있을 게 틀림없다. 그렇지만 네가 말한 어마어마한 털 길이는 점에 난 털치고는 너무 길다는 생각이 든다."

"그렇기는 하지만," 산초가 말했다. "타고난 듯 그분에게 꼭 어울렸다는 것만은 분명했습니다요."

"그건 나도 동감이다, 산초야." 돈키호테가 대답했다. "자연의 섭리가 둘시네아 공주께 완벽하지 않은 무엇, 제대로 마무리되지 않은 무엇인가를 줄 리가 없으니까. 그러니 설사 네가 말하는 그런 점이 그분께 백 개쯤 있다 해도 그건 더 이상 점이 아니라 달이거나 찬란히 빛나는 별일 게다. 그런데 산초야, 네가 아까 고쳐 매었던 그것 말이다, 내 눈에는 투박한 안장으로 보이던데, 길이 잘 든 반질반질한 부인용 등받이 안장이더냐?"

"아니요." 산초가 대답했다. "그건 등자까지 달려 있어 올라타기 쉬운 안장이었습니다. 거기에 말 궁둥이를 덮는 덮개까지 달려 있었는데, 고급스러운 게 왕국 값어치의 절반은 족히 나가겠다 싶던걸요."

"그런 게 다 내 눈에는 안 보이더구나, 산초야!" 돈키호테가 말했다. "그래서 다시 한 번, 아니 천 번이라도 다시 말하는데, 난 이 세상에서 가장 박복한 인간이니라."

너무나도 완벽하게 속아 넘어간 주인의 미련한 넋두리를 들으며 산초는 터져 나오는 웃음을 참기 위해 애를 써야 했다. 그렇게 많은 대화를 나눈 끝에 결국 두 사람은 다시 말과 나귀 등에 올라타고 사라고사로 이어지는 길을 재촉했다. 이름난 그 도시에서 해마다 벌어지는 장엄한 축제에 때맞춰 도착하기 위해서였다. 하지만 사라고사에 도착하기도 전에 이미 두 사람에게 많은 일들이 일어났고, 그 가운데 많은 사건들이 중대하고 새로운, 기록으로 남겨 훗날 두고두고 읽게 할 만한 것들이었다.

제11장

'죽음의 궁정' 손수레인지 달구지인지와 맞닥뜨린 용감한 돈키호테에게 일어난 기이한 모험에 대하여

돈키호테는 둘시네아 공주의 모습을 형편없는 시골 아낙의 모습으로 바꿔버리는 식으로 마법사들이 그에게 행한 못된 장난질에 대해 생각하며 심각한 표정으로 길을 가고 있었다. 어떻게 하면 공주의 본모습을 되찾게 할 수 있을지 방도도 떠오르지 않았다. 이렇게 골똘히 생각 속으로 빠져들다 보니 저도 모르게 로시난테의 고삐를 늦추어버렸고, 모처럼 자유를 만끽하게 된 로시난테는 한 걸음 내디딜 때마다 발을 멈추고는 지천에 흐드러진 푸른 풀을 뜯곤 했다. 주인이 너무 정신이 나가 있자 산초 판사가 주의를 환기시켰다.

"주인님, 슬픔이라는 것이 원래 짐승이 아닌 사람만이 느끼는 감정이라지만, 슬픔이 과하면 사람도 짐승이 되어버리는 법입니다. 그러니 감정을 억누르시고 본래의 주인님으로 돌아오세요. 로시난테의 고삐를 잡으시고, 자, 힘내시고 정신 바짝 차리세요. 편력기사들이 지닌 그 늠름함을 보여주셔야죠. 이게 도대체 뭡니까? 이렇게 약한 모습 보이시면 어떡합니까? 여기가 에스파냐지 프랑스입니까? 악마더러 이 세상에 있는 온갖 둘시네아들을 다 데려가라 하세요. 우리에게 중요한 건 편력기사 단 한 분의 건강이지 이 세상 그 어떤 마법이나 둔갑이 아니거든요."

"시끄럽다, 산초야." 돈키호테가 제법 기력 넘치는 목소리로 말했다. "다시 말하지만, 입 다물어라. 마법에 걸린 둘시네아 공주님을 모독하는 발언은 하지 말거라. 그분이 불운과 불행을 겪는 것도 다 내 탓이니까. 못된 것들이 나를 시샘한 탓에 그분이 그런 일을 겪는 게 아니냐."

"제 말이 바로 그 말이라니까요." 산초가 말했다. "전에 공주님을 보았던 사람이라면 어떻게 가슴이 찢어지지 않을 수 있겠습니까?"

"너는 그런 말을 할 수 있을 것이다, 산초." 돈키호테가 말했다. "너는 공주님의 완벽한 아름다움을 그대로 목격했으니 말이다. 마법이 네 눈은 현혹시키지 못했고, 그분의 아름다움을 볼 수 없도록 가리지도 않았던 것이지. 그들의 독의 힘이 오로지 나와 내 눈만을 사로잡은 것이다. 여하튼, 그건 그거고, 내가 한 가지 깨닫게 된 게 있다. 네가 공주님의 아름다운 모습을 잘못 묘사했다는 점이다. 내 기억이 맞는다면, 너는 그분의 눈동자를 진주와 같다고 했는데, 전에 본 진주 같은 눈동자는 귀부인의 눈동자가 아니라 도미의 생선 눈깔이었다. 내 생각에는, 둘시네아 공주님의 눈동자는 큼지막한 초록빛 에메랄드 같고, 눈썹은 하늘에 걸린 두 개의 아치처럼 있어야 한다. 그러니 그 진주 운운하는 것은 눈동자가 아니라 치아에 갖다 붙이는 게 좋겠다. 분명 산초 네가 착각해 치아를 눈동자로 잘못 생각한 것일 것이다."

"그럴 것도 같습니다." 산초가 대답했다. "왜냐하면, 주인님께서 그분의 못난 외모에 놀라 자빠지셨던 것처럼 저 역시 그분의 아름다운 자태에 넋이 빠졌었거든요. 하지만 모두 다 하느님께 맡기기로 하시죠. 그분만이 이 눈물의 계곡, 이 사악한 세상에서 벌어지는 모든 일을 다 아시니까요. 사악함과 속임수와 비열함이 섞이지 않은 게 하나도 없는 이 사악한 세상에서 말입니다. 다만, 한 가지 마음에 걸리는 일이 있는데요, 주인님. 예전에 주인님께서 거인인지 어떤 기사인지를 무찌르고 그자에게 아름다운 둘시네아 공주님을 찾아뵈라고 명하셨을 때, 그 불쌍한 거인인지 가엾고 처량한 패배한 기사인지 모를 그자가 과연 어디에서 공주님을 찾아냈어야 했던 걸까 하는 겁니다. 둘시네아 공주님을 찾아 하릴없이 엘 토보소 마을을 찾아 헤매는 그들의 모습이 눈에 선해서요. 설령 공주님을 길바닥 한가운데서 맞닥뜨린다 해도 우리 아버지를 못 알아보듯 공주님을 못 알아볼 텐데 말입니다."

"산초야," 돈키호테가 말했다. "아마도 마법의 힘이 결투에서 패배해 공주님을 찾아 나선 거인들이나 기사들의 눈까지 현혹시키지는 않았을 거다. 다만 이 참에 앞으로는 내게 패해 공주님을 뵈러 가는 기사 한둘에게 공주님을 뵈었건 그러지 못했건 일단 돌아와서 어떤 일이 있었는지 보고하도록 해야겠다."

"그런데 주인님," 산초가 말했다. "제 생각에는 방금 주인님께서 하신 말씀도 다 옳아 보이고, 또 그런 방법을 쓰면 우리가 원하는 정보를 얻을 수 있을 것 같습니다. 다만, 공주님을 알아볼 수 없는 게 오지 주인님뿐이시라면 공주님보다는 주인님이 더 큰 불행을 느끼실 거라는 게 문제네요. 그러니 둘시네아 공주님께서 무탈하시고 평안하시다면, 우리는 이쯤에서 신경 끄고, 그냥 되는대로 놓아두고 세월에 모든 것을 맡겨둔 채 우리의 모험을 찾아 나서는 게 어떨까 싶습니다. 세월이야말로 이런 소소한 증상뿐 아니라 심각한 병증까지 치유하는 최고의 명의니까요."

돈키호테는 이런 산초 판사의 발언에 대꾸하려 했지만, 바로 그때 짐수레한 대가 길을 가로질러 나타나는 바람에 멈추었다. 수레에는 상상 가능한 갖가지 형상의 기이한 모습을 한 사람들이 타고 있었다. 노새를 몰고 있는 몰이꾼은 보기에도 흉측한 악마의 모습이었고, 수레는 뚜껑도 덮개도 없이 짐칸을 그대로 노출시키고 있었다. 돈키호테의 눈에 제일 먼저 들어온 것은 다름 아닌 인간의 얼굴 형상을 한 '죽음'의 여신이었다. 그 옆에는 색깔이 있는 거대한 날개를 가진 천사가 있었고, 또 다른 한쪽에는 머리 위에 황금으로 만든 것으로 보이는 왕관을 쓴 황제가 있었다. 죽음의 여신 발치에는 눈은 가리지 않았지만 활과 화살, 화살 통을 든 큐피드가 있었다. 그런가 하면 기사도 한 명 있었는데, 그 기사는 완벽하게 무장을 했지만 얼굴 가리개와 투구 대신 머리 위에 알록달록한 깃털이 잔뜩 꽂힌 모자를 쓰고 있었다. 이들 외에도 수레에는 서로 다른 분장을 하고 서로 다른 복장을 한 사람들이 여럿 더 있었다. 느닷없이 이런 모습을 맞닥뜨리자 돈키호테는 다소 어리둥절해했고, 산초는 가슴이 쪼그라드는 것 같았다. 그러나 잠시 후 돈키호테는 새롭고 위험천만한 모험이 찾아온 것이라는 생각에 절로 신이 났다. 그는 어떤 위험도 불사하겠다는 각오로 수레 앞을 가로막고 서서 위협적인 목소리로 소리쳤다.

"수레 몰이꾼인지 마차꾼인지 아니면 악마인지 모를 자여! 당장 그대가 누구이며, 어디로 가는지, 수레에 탄 사람들은 누구인지 밝혀라! 보아하니 사람들이 타고 있는 저것은 수레라기보다 카론*의 나룻배 같다마는."

돈키호테의 호령에 악마가 온순하게 수레를 멈추더니 대답했다.

"기사님, 우리는 앙굴로 엘 말로 극단 소속의 배우들입니다. 저기 저 언덕 너머에 있는 마을에서 오늘 아침에 성체절 8일째를 기념하기 위해 〈죽음의 궁정〉이라는 종교극을 상연하고 오는 길입니다. 오후에 다시 저기 보이는 저 마을에서 같은 공연을 해야 하고요. 두 마을이 서로 가깝기도 하고, 의상을 벗었다가 다시 입는 일도 번거롭고 해서 각자 맡은 배역의 복장을 그대

---

*그리스 신화에 나오는 죽은 자들을 저승으로 실어 나르는 뱃사공.

로 한 채 가고 있는 중이지요. 저기 있는 청년이 죽음의 여신이고, 그 옆의 청년이 천사 역을 맡은 사람입니다. 그 옆의 여자분은 우리 극단주 부인이신데 여왕 역을 맡고 있지요. 또 한 사람은 병사, 저기 저 사람은 황제, 그리고 저는 악마 역을 맡았는데, 이번 극의 주역 중 하나입니다. 제가 원래 이 극단에서 제법 중요한 역할을 하고 있거든요. 혹시 궁금하신 게 더 있으시면 말씀하십시오. 정확히 말씀드릴 테니까요. 제가 악마이니 모를 일이 없잖습니까."

"편력기사로서 맹세컨대," 돈키호테가 말했다. "이 수레를 처음 보자마자 뭔가 엄청난 모험이 다가왔다는 생각이 들었소이다. 그래서 허상이 아니라는 확신이 필요했기에 직접 손으로 만져봐야겠다는 생각을 했지요. 자, 그만 가시오, 선량하신 여러분. 부디 멋진 축제를 즐기시기 바랍니다. 혹 나의 도움이 필요하다 생각되면 말씀만 하시오. 기꺼이, 흔쾌히 해드리리다. 사실 내가 어려서부터 가면극을 좋아했고, 젊은 시절에는 유랑극단을 쫓아 다니곤 했다오."

이런 대화를 나누고 있는 중에 운명의 장난인지 여기저기 방울을 단 순회 악극단 복장의 배우가 막대기 끝에 빵빵하게 부풀린 소 오줌통으로 만든 공 세 개를 매달고 나타났다. 그 배우는 익살꾼으로, 돈키호테 앞으로 나오더니 막대기를 칼처럼 휘두르고 소 오줌통으로 땅바닥을 두들기며 펄쩍펄쩍 뛰기 시작했다. 뛸 때마다 방울 소리가 요란하게 울려댔다. 그 기괴한 모습에 로시난테가 깜짝 놀랐고, 돈키호테가 어찌 말려볼 틈도 없이 재갈을 물고는 뼈만 앙상한 형상으로는 도저히 상상도 못 할 빠른 속도로 넙다 평원을 내달리기 시작했다. 주인이 낙마할 수도 있다고 생각한 산초는 얼른 당나귀에서 뛰어내려 재빨리 주인을 지키러 갔다. 하지만 산초가 갔을 때 돈키호테는 이미 땅바닥에 나동그라져 있었고, 그 옆에는 로시난테가 주인과

더불어 쓰러져 있었다. 로시난테의 씩씩함과 무모함이 빚어낸 당연한 결과이자 결말이었다.

산초가 자신의 잿빛 당나귀를 내버려둔 채 돈키호테에게 달려간 사이 소오줌보를 들고 춤을 추던 못된 인간이 당나귀 등에 올라타 오줌통으로 당나귀 등짝을 후려쳤다. 아픔보다는 요란한 소리에 겁을 먹은 당나귀가 축제가 열릴 예정이라는 마을 쪽으로 미친 듯이 내달리기 시작했다. 산초는 자기 당나귀가 정신없이 달려가고 주인은 땅바닥에 나동그라져 있는 모습을 보면서 어느 쪽으로 가야 할지 결정을 내릴 수 없었다. 그러나 기본적으로 선량한 종자이자 충실한 하인이었던 산초는 당나귀에 대한 애정보다 주인을 향한 사랑이 더욱 컸다. 그럼에도 소 오줌통이 허공에서 흔들거리다가 자기 당나귀 엉덩이 위로 떨어져 내릴 때는 매번 극심한 고통과 죽을 것만 같은 두려움을 느끼면서, 그 충격으로 당나귀의 꼬리털 한 올이라도 다치기보다는 차라리 제 눈동자를 얻어맞는 게 낫겠다는 생각을 했지만 말이다. 이런 어찌할 바 모를 괴로움을 느끼며 돈키호테가 있는 곳에 다다라 보니, 주인의 상태가 예상보다 훨씬 처참했다. 산초는 돈키호테를 부축해 로시난테 등에 올라앉게 한 뒤 말했다.

"주인님, 그 악마가 제 당나귀를 타고 내뺐습니다."

"악마라니, 무슨 악마 말이냐?" 돈키호테가 물었다.

"소 오줌통을 든 작자 말입니다요." 산초가 대답했다.

"내가 꼭 되찾아주겠다." 돈키호테가 말했다. "설사 그자가 지옥의 깊고 깊은 어두운 토굴 속에 당나귀와 함께 숨어 있다 해도 말이다. 날 따르거라, 산초야. 그리고 수레가 천천히 가니까 일단 수레 끄는 노새를 네 당나귀 대신 타도록 해라."

"그렇게까지는 안 해도 되겠습니다, 주인님." 산초가 말했다. "일단 화는 좀 식히시고요. 그 악마가 이미 제 당나귀를 놓아준 모양입니다. 저기 돌아오는 걸 보니 말이죠."

정말 그랬다. 돈키호테와 로시난테가 그랬던 것 그대로 악마와 당나귀도 바닥에 나동그라진 뒤, 결국 악마는 일어나 마을로 걸어갔고, 당나귀는 주인에게 돌아온 것이다.

"이리 되기는 했다만," 돈키호테가 말했다. "그 악마의 무례함에 대한 벌은 수레에 타고 있는 사람들 중 누군가가 받아야 할 것이다. 설혹 그자가 황제라도 말이다."

"그런 생각은 꿈에라도 하지 마세요." 산초가 말했다. "부디 제 말씀 새겨들으셔서, 만인이 좋아하는 극단 배우들을 어떻게 해보실 생각일랑은 마시라고요. 예전에 사람을 둘이나 죽여서 붙들려 간 배우를 본 적이 있었는데, 결국 아무런 벌도 받지 않고 풀려났지요. 저들은 사람들을 즐겁게 해주고 기쁘게 해주니 모두가 좋아하고, 모두가 아끼며, 모두가 지지하고 존중합니다. 더욱이 왕실 극단이나 황실이 후원하는 극단의 경우에는 더 하지요. 그런 사람들은 하나같이 옷차림이나 행동거지가 왕족이기라도 한 것 같다고요."

"그렇지만 제아무리 사람들이 좋아한다 해도 악마 광대가 저렇게 우쭐거리고 다니는 걸 두고 볼 수는 없다." 돈키호테가 말했다.

그러고는 이미 마을 언저리까지 가 있는 수레 쪽을 향해 돌아선 뒤 소리 높여 외쳤다.

"멈추어라, 거기 서라! 신나서 흥겹게 떠들어대는 네놈들에게 편력기사의 종자가 타고 다니는 당나귀와 가축들을 어떻게 대해야 하는지 가르쳐주마."

돈키호테의 호령이 어찌나 쩌렁쩌렁했던지 수레에 타고 있던 사람들 모두 그 소리를 잘 듣고 이해할 수 있었다. 돈키호테의 호령으로 미루어 그 의도를 파악한 죽음의 여신이 재빨리 수레에서 뛰어내렸고, 그 뒤를 이어 황제와 악마 복장의 몰이꾼과 천사, 심지어 여왕과 큐피드까지 뛰어내려 주변의 돌멩이들을 주워 모은 뒤 반원형을 그리고 늘어서서, 언제든 돌팔매질을 할 요량으로 돈키호테를 기다렸다. 팔을 쳐들고 만반의 준비를 한 채 너무도 완벽한 진영을 구축하고 있는 사람들을 보고, 돈키호테는 로시난테의 고삐를 당기며 어떻게 하면 다칠 위험을 최소화하면서 적을 칠 수 있을지 생각했다. 이렇게 잠시 멈춰 서 있는데 산초가 다가와, 완벽 대오를 형성하고 있는 적진을 향해 돌진할 태세를 보이는 그의 주인에게 말했다.

"이런 무모한 행동은 미친 짓입니다. 생각해보세요, 주인님. 모자가 벗겨지도록 힘껏 돌팔매질을 해대는 데에는, 청동 종이라도 있어 그 속에 몸을 숨기거나 숨어들지 않는 한 어떻게 막아볼 방도가 없어요. 더구나, 죽음의 여신이 함께하고 황제들이 직접 나와 전투에 참여하는 데다 착한 천사고 나쁜 천사고 간에 여하튼 천사들이 돕는 그런 군대와 혈혈단신으로 대적하는 건 용기라기보다는 무모한 짓이라는 걸 생각하셔야죠. 그런 생각을 하시고도 참지 못하시겠다면, 저기 있는 사람들을 보면 왕이나 왕자, 황제들인 것 같지만 최소한 편력기사는 하나도 없다는 걸 기억하셔야 할 겁니다."

"이번에는 제대로 맞는 말을 한 것 같구나." 돈키호테가 말했다. "이미 정해진 내 결심을 바꿀 수 있게 하는, 아니 바꿔야만 하도록 만드는 그런 말 말이다. 전에도 누차 말했지만, 나는 무장한 기사를 상대로 하는 게 아니라면 절대로 검을 뽑을 수도, 뽑아서도 안 된다. 그러니 산초 네 당나귀가 당한 치욕에 대해 복수하고 싶다면 네가 직접 하도록 해라. 난 이곳에서 함성과 적절한 조언으로 널 지원할 테니."

"그런 건 필요 없습니다, 주인님." 산초가 대답했다. "치욕을 당했다고 누군가에게 복수를 해서는 신실한 그리스도교도가 될 수 없으니까요. 그보다

는 차라리 제 당나귀에게 그 녀석이 당한 치욕에 대한 처분을 이 주인의 의지에 맡겨달라고 설득해볼 생각입니다. 뭐 제 의지라는 건, 하늘이 허락한 여생 동안 평화롭게 살아가는 거고요."

"그것이 너의 결심이라면," 돈키호테가 말했다. "착하고 신중하고 독실하고 성실한 산초야, 이 허깨비들은 내버려두고 다시 더 멋지고 더 나은 모험을 찾아 나서자꾸나. 이 고장에서는 갖가지 불가사의한 모험들이 끊이지 않을 것 같으니 말이다."

그렇게 돈키호테가 말고삐를 돌리자 산초도 자기 당나귀를 잡으러 갔고, 죽음의 여신도 모든 병력을 거두어 수레로 돌아간 뒤 다시 가던 길을 갔다. 결국 산초 판사가 주인에게 유익한 충고를 한 덕분에 험악할 뻔했던 모험이 행복한 결말을 맞이하게 되었다. 그러나 바로 다음 날에는 사랑에 빠져버린 편력기사를 만나게 되면서 전날의 모험에 못지않은 놀라운 사건이 벌어지게 된다.

제 12 장

용맹스러운 거울의 기사와 만나면서 용감한 돈키호테 앞에 펼쳐진 기이한 모험에 대하여

죽음의 여신과 맞닥뜨렸던 그날 밤, 돈키호테와 그의 종자는 장대같이 커서 그늘을 만드는 커다란 나무들 아래서 밤을 보내게 되었다. 돈키호테가 산초의 설득에 잿빛 당나귀에 싣고 온 음식을 먹고 있는데, 저녁을 먹다가 산초가 주인에게 말했다.

"주인님, 지난번에 좋은 소식 가져왔다며 선물을 주신다 했을 때 세 마리의 암말들이 낳을 망아지들 대신에 첫 번째 모험에서 취한 전리품을 골랐더라면 정말 바보짓을 할 뻔했습니다. 그러고 보면, 허공을 날고 있는 독수리보다 손안의 참새 한 마리가 훨씬 낫다는 말이 참말인 것 같네요."

"그도 맞는 말이다만," 돈키호테가 말했다. "산초 네가 내 바람대로 공격하는 것을 말리지 않았더라면 전리품을 얻었을 것이다. 최소한 황후의 황금 왕관과 큐피드의 천연색 날개들은 무력으로라도 빼앗아 네 손에 쥐여줄 생각이었으니까."

"그 황제 행세를 하는 배우들이 가진 지팡이와 왕관은 순금이 아니고, 놋쇠나 양철 같은 걸로 만든 겁니다." 산초 판사가 말했다.

"맞는 말이다." 돈키호테가 말했다. "연극에 등장하는 소품들이 가짜나 모조품이 아니라 진품이라면 온당치 못한 일이 될 테니까. 그러기는 연극도 마찬가지지. 산초야, 나는 네가 연극을 즐기고, 연극에 대해 좋게 생각하고, 그 때문에 연극에 등장하는 배우들이나 희곡을 쓰는 작가들에 대해서도 호감을 가졌으면 싶다. 이런 사람들이야말로 우리 앞길에 거울을 놓아주어 그것을 통해 인간사의 이모저모를 생생하게 관찰할 수 있게 해서 공화국에 크나큰 기여를 하는 도구이기 때문이다. 연극보다 우리를 더 생생하게 재현하는 것도 없고, 연극과 배우들만큼 우리가 어떤 사람이어야 하는가를 잘 보여주는 것도 없을 것이다. 혹 있거든 말해봐라, 산초야. 혹여 왕과 황제, 교황, 기사, 귀부인을 비롯해 다양한 사람들이 총출동하는 연극을 본 적 없느냐? 어떤 배우는 건달 역을 하고, 또 어떤 배우는 허풍선이 역을 하고, 이 배우가 상인 역을 하면 저 배우는 병사 역을 하고, 또 어떤 배우는 겉만 멀쩡하지 실은 어리석은 자 역을 하고, 또 다른 배우는 정신없이 사랑에 빠진 역을 하지. 그러나 연극이 끝나 무대의상을 벗고 나면 그저 다 똑같은 배우일 뿐이다."

"저도 본 적이 있습니다요." 산초가 대답했다.

"연극에서 일어나는 바로 그런 일이 실제에서도 행해지고 있다." 돈키호테가 말했다. "어떤 이는 황제 역을 맡고, 또 어떤 이는 교황 역을 맡고 있는데, 알고 보면 모두 연극에 등장하는 인물일 뿐이지. 그래서 막이 내릴 때, 다시 말해 생명이 다했을 즈음에는 서로를 구별 지었던 의상들을 죽음이 벗겨내고 무덤 속에 모두를 평등하게 만들어버리는 것이야."

"근사한 비유네요." 산초가 말했다. "여러 번 들어보지 못했다 할 만큼 참신한 비유는 아니지만요. 체스 경기 비유도 매한가지지요. 경기를 하는 동안에는 말 하나하나가 저마다의 역할을 다하지만 일단 게임이 끝나버리고

나면 모조리 뒤섞여서는 죽어서 무덤에 묻히듯이 한꺼번에 주머니 속으로 쓸어 담겨버리니 말입니다."

"하루가 다르게 네 우둔함이 사라지고 점점 총명해지는 것 같구나." 돈키호테가 말했다.

"아무래도 주인님의 총기가 얼마간 제게로 옮겨 붙은 게 아닌가 싶네요." 산초가 대답했다. "메마른 불모의 땅도 거름을 주고 가꾸면 소출이 생기는 법입지요. 다시 말해, 주인님의 말씀 하나하나가 마른 땅처럼 말라비틀어진 제 머리에 거름처럼 뿌려졌다 이 말씀입니다. 주인님을 모시면서 지껄여댄 시간은 그 불모의 땅을 가꾼 것에 해당하고요. 그리고 그 결과로 저도 소출을 낼 수 있기 바랍니다. 그럴 수만 있다면 다 하느님의 축복이겠지만, 여하튼 제 말라비틀어진 사리분별력을 키워주시려는 주인님의 그 가르침의 길에서 탈피하거나 벗어나지 않는 것으로 말이지요."

돈키호테는 거드름을 피워대는 산초를 보며 실소가 터져 나왔지만 전에 비해 나아졌다는 말 자체는 사실이라는 생각이 들었다. 가끔씩은 탄복할 만한 말들을 했기 때문이다. 물론 많은, 아니 대부분의 경우에는 정반대였지만 말이다. 산초는 정색을 하고 말을 해도 결국에는 단순무식이라는 산꼭대기에서 무지함이라는 심연으로 떨어져 내리곤 했다. 그 와중에 그나마 그가 조금이라도 그럴듯해 보이거나 기억력 좋아 보일 때라고는, 이 책을 읽는 독자 여러분도 이미 보아 알아차렸겠지만, 맞거나 그렇지 않거나 속담을 마구 가져다 붙일 때뿐이었다.

이런저런 이야기를 나누는 사이 밤도 꽤 깊어졌다. 산초는 잠이 자고 싶을 때면 늘 하는 말대로, 눈꺼풀이 대문을 닫아걸려 들자 잿빛 당나귀의 마구들을 모두 내려놓고 지천에 널린 풀을 자유롭게 뜯어 먹으라고 풀어주었다. 그렇지만 로시난테의 등에서는 안장을 떼어내지 않았는데, 들판에서 야영을 하거나 제대로 된 지붕 아래서 잠들 수 없을 때에는 로시난테의 마구를 떼어내서는 안 된다는 주인님의 명이 있었기 때문이었다. 예로부터 편력기사들이 지켜온 바에 따라, 재갈은 거두어 안장틀에 걸어둘 수 있지만 안장을 떼어내는 것은 안 될 말이었다! 그래서 산초는 그대로 따른 뒤 로시난테도 당나귀처럼 자유롭게 풀어주었다. 잿빛 당나귀와 로시난테 사이에는 보기 드물고 견고한 우정이 싹텄고, 그래서 이 거짓 한 점 없는 이야기를 써내려간 작가가 그 우정을 담아낸 일화를 몇 장에 걸쳐 기록했으나, 이 이야기가 참으로 영웅적인 이야기로 길이 남아야 하기에 결국 삽입하지 않았다는 풍문이 대대손손으로 전해져 내려오고 있다. 그럼에도 불구하고, 간혹 그걸 깜빡 잊고 이 두 동물이 함께 놀면서 서로 몸을 비벼댔다든지, 기분이 좋거나 고단할 때면 로시난테가 당나귀의 목덜미 위에 제 목을 올려놓았다든지(로시난테의 목이 당나귀 목보다 반 바라* 정도 더 길었기 때문이다), 둘이 함께 땅바닥을 바라보고 섰는데 그대로 내버려두면, 허기가 져서 뭔가 먹을 것을 찾아 나서야 하는 경우가 아니라면 사흘은 꼼짝 않을 기세였다는 식의 묘사를 한 적은 있다. 사람들의 말에 따르면 작가는 이 두 동물의 우정을 니소스와 에우리알로스의 우정**, 필라데스와 오레스테스의 우정***에 견줄 만했다고 썼다고 한다. 이 모든 게 사실이라면, 온순한 이 두 동물의 우정이 얼마나 확고한 것이었는지 확인할 수 있을 것이며, 이는 모두가 탄복할 일임과 동시에 서로 간에 우정 같은 건 등한시하며 살아가는 인간들이 당혹스러워해야 할 일이다. 이런 인간들에 관해서는 이런 말이 있다.

---

*길이 단위로, 1바라는 약 1미터.
**베르길리우스의 《아이네이스》에 나오는 두 젊은이로, 트로이 전쟁에서 함께 죽음으로써 우정을 지켰다.
***그리스 신화에 나오는 사촌지간으로, 필라데스는 오레스테스의 복수를 도와주었다.

갈대도 창이 되는 마당에,
친구 같은 건 없다.

또 이런 시구도 있다.

친구도 믿을 수 없다, 눈에 가시를 박을 뿐이니.

이렇게 두 마리 동물의 우정과 인간의 우정을 비교했다고 해서 작가가 원래 가야 할 길을 벗어나지는 않은 것으로 보이는데, 이는 동물들을 통해 인간은 많은 교훈을 얻고 중요한 것들을 배우기 때문이다. 예를 들어, 황새에게서는 관장하기를, 개에게서는 구토와 감사를, 학에게서는 경계심을, 개미에게서는 섭리를, 코끼리에게서는 성실함을, 말에게서는 충성심을 말이다.

마침내 산초는 코르크나무 아래서, 돈키호테는 아름드리 떡갈나무 아래서 잠이 들었다. 그러나 돈키호테는 얼마 지나지 않아 뒤쪽에서 무슨 소리가 나는 바람에 퍼뜩 잠에서 깨어나 도대체 어디서 나는 소린가 싶어 주변을 돌아보았다. 그러자 말을 타고 오는 남자 둘이 보였는데, 그중 한 명이 말에서 내리더니 다른 사람에게 말했다.

"이보게, 내리게나. 말들도 재갈을 벗겨주고. 말들이 뜯을 풀도 넉넉하고 조용한 데다 고즈넉하기도 하니 연애담이나 늘어놓아보세."

이렇게 말하는 것과 동시에 남자가 바닥에 드러누웠는데, 마치 갑옷이라도 입고 있는 듯한 소리가 났다. 돈키호테는 그 소리에 상대가 편력기사임을 확신했다. 그래서 잠들어 있는 산초에게 다가가 팔을 잡아 흔들었다. 한참 흔든 후에야 겨우 산초가 잠에서 깨어나자 돈키호테가 나지막이 말했다.

"산초야, 드디어 모험이 찾아왔다."

"부디 멋진 모험이면 좋겠습니다." 산초가 대답했다. "그런데, 주인님, 그 모험님이 도대체 어디에 계시나요?"

"어디라니?" 돈키호테가 되물었다. "눈을 들어 봐라. 저기 저쪽에 편력기사가 누워 있지 않으냐. 내가 보기에 그다지 기분이 좋은 상태는 아닌 것 같다. 아까 말에서 내려 몸을 내던지듯이 철퍼덕 땅바닥에 드러눕는 걸 보았는데, 뭔가 원망에 찬 모습이었다. 그리고 땅에 누울 때 무기들이 부딪치는 소리가 났단 말이다."

"그런데 왜 이것이 모험이라고 생각하셨습니까?" 산초가 말했다.

"이것이 모험의 전부라고 한 건 아니다." 돈키호테가 대답했다. "다만 모험이 시작되는 시발점이라고 보는 거지. 잘 들어봐라. 라우드인지 비우엘라*인지를 조율하고 있는 모양이다. 가래침까지 뱉어내는 걸 보면 노래라도 부를 심산인 게지."

"분명 그래 보이네요." 산초가 대답했다. "아마도 사랑에 빠진 기사겠지요."

"편력기사치고 사랑에 빠지지 않은 기사가 어디 있겠느냐." 돈키호테가 말했다. "아무튼 저 사람의 노래를 잘 들어보자. 가슴이 터질 듯하면 혀로 말을 뱉어내는 법이니. 노래를 부르거든 그 시를 더듬어가서 저자가 가진 생각의 실타래를 풀어낼 수 있을 것이다."

산초가 주인에게 뭔가 대꾸를 하려는 찰나, 썩 훌륭하지는 않지만 그렇다고 형편없는 정도도 아닌 '숲의 기사'의 노랫소리가 울려 퍼지기 시작해 말을 멈추었다. 두 사람은 멍하니 노래를 감상했다.

---

*라우드와 비우엘라는 당시 스페인에서 유행하던 만돌린 같은 악기들이다.

소네트

오, 여인이여! 그대가 정하고
걸어갈 그 길을 내게 알려주오.
나 역시 그 길을 가리니,
한 치의 벗어남도 없으리다.

고통을 말하지 않은 채 나 죽기를 원하신다면,
말해주오, 그렇게 죽을지니.
하릴없이 그 고통을 그대에게 털어놓으라 하신다면,
내 안의 사랑이 털어놓는 그 말을 그대에게 고백하리오.

말랑한 밀랍 같거나 단단한 다이아몬드 같은
갖가지 고초들로 나 자신이 단련되었으니
나의 영혼은 사랑의 규범을 따른다오.

내 마음이 말랑하든 딱딱하든, 이 가슴을 바치오니
그대가 원하는 것을 그 위에 새기시오.
나 영원히 그것을 지키리다.

가슴속 저 깊은 곳에서 터져 나오는 아! 하는 탄식과 함께 숲의 기사의 노래가 끝났다. 그러나 곧이어 기사의 처절하고 안타까운 목소리가 들려왔다.
"오, 이 세상에서 가장 아름답고 차가운 여인, 냉정한 카실데아 데 반달리아여! 어찌하여 그대의 사랑의 포로가 되어버린 이 기사가 끊임없는 순례와 어렵고 험난한 고난에 지쳐 스러져가는 것을 그대는 보고만 있는 것이오? 나바라의 모든 기사들, 레온의 모든 기사들, 안달루시아의 모든 기사들, 카스티야와 더 나아가 라만차의 모든 기사들로 하여금 그대가 세상에서 가장 아름다운 여인임을 고백토록 했건만, 그래도 부족하다는 것이오?"

"저건 거짓말이야." 그 순간 돈키호테가 끼어들었다. "내가 바로 라만차의 기사인데, 결코 저런 고백은 한 적이 없다. 나의 공주님의 아름다움에 흠집을 내는 그런 고백은 할 수도 없고, 해서도 안 되지. 너도 보다시피 저 기사가 잘못 알고 있는 거다. 하지만 더 들어보자꾸나. 아마도 다른 소리를 할 것 같으니까 말이다."

"예, 그러지요." 산초가 말했다. "보아하니 한 달은 구시렁대며 살아온 것 같으니까요."

그런데 일이 그렇게 되지는 않았다. 워낙 가까이서 이야기를 했던 터라 숲의 기사의 귀에도 말소리가 들렸던 것이다. 기사는 여전히 비탄에서 벗어나지 못한 채 자리에서 일어나 낭랑한 목소리로 정중하게 물었다.

"거기 뉘시오? 누군가 계시오? 행복하신 분이십니까, 아니면 슬픔에 젖은 분이십니까?"

"슬픔에 젖은 사람들이오." 돈키호테가 대답했다.

"그럼 이리 나오십시오." 숲의 기사가 청했다. "그러면 아시게 될 겁니다. 당신들과 똑같은 슬픔과 애통함을 가진 사람이 여기 있다는 것을요."

돈키호테는 상대가 아주 정중하고 온화하게 말하자 그가 있는 곳으로 나갔다. 물론 산초도 똑같이 했다.

비탄에 잠긴 기사가 돈키호테의 두 팔을 붙들고 말했다.

"여기 앉으십시오, 기사님. 댁이 기사이시고, 더욱이 편력기사도를 받드는 분이라는 것은 자연이 준 편력기사의 잠자리이자 본연의 터전인 고독과 고요함만이 감도는 이런 곳에 계시다는 사실만으로도 충분히 알 수 있을 것 같습니다."

이 말에 돈키호테가 대답했다.

"나는 기사가 맞고, 그대가 말씀하신 바로 그것을 받드는 자요. 그래서 내 영혼에도 슬픔과 고난과 불행이 늘 도사리고 있지만 그럼에도 그로 인해 불운한 타인에 대한 연민이 사라져버리지는 않았소. 조금 전에 부르신 노래로 미루어볼 때, 그대는 사랑에 빠진, 즉 그대의 노래 속에 등장했던 그 아름답고 냉정한 여인을 사랑하는 기사인 듯싶소."

이런 이야기를 나눌 무렵 두 사람은 이미 단단한 바닥에 함께 앉아 화기애애한 분위기를 만들고 있었으므로, 아침이 밝아오면 서로 머리통을 두 쪽 내는 일이 벌어질 거라고는 생각도 하지 못했다.

"기사님," 숲의 기사가 돈키호테에게 물었다. "혹시 기사님도 사랑에 빠지셨습니까?"

"안타깝게도 나도 그렇소이다." 돈키호테가 대답했다. "그러나 누군가에게 마음을 바침으로써 생겨나는 아픔이라면 불행이라기보다는 은총이라 하는 게 맞겠지요."

"멸시가 우리의 이성과 판단력을 뒤흔들지만 않는다면 그 말씀이 옳을 겁니다." 숲의 기사가 말했다. "그러나 그것이 과하면 마치 보복처럼 느껴지지요."

"나는 나의 공주님으로부터 멸시받은 적이 없소." 돈키호테가 말했다.

"그럼요, 절대로 없고말고요." 바로 옆에 있던 산초가 거들었다. "우리 공주님은 새끼 양처럼 온순하시고, 버터보다도 더 말랑말랑하시거든요."

"이자가 종자입니까?" 숲의 기사가 물었다.

"그렇소이다." 돈키호테가 대답했다.

"지금껏 주인이 이야기하고 있는데 감히 끼어드는 종자를 본 적이 없어서 말이지요." 숲의 기사가 말했다. "저기 있는 저자는 제 종자인데, 제 아비만큼 몸집은 큽니다만 제가 말하고 있는데 입을 여는 건 그 누구도 본 적이 없을 겁니다."

"제가 끼어든 건 맞습니다만," 산초가 말했다. "얼마든지 끼어들 수 있지 않겠습니까, 이런 사람 앞이라면……. 에잇, 그만두지요, 말해봐야 일만 커지니."

그러자 숲의 기사의 종자가 산초의 팔을 낚아채며 말했다.

"우리는 종자끼리 하고 싶은 말을 얼마든지 할 수 있는 곳으로 갑시다. 여기 주인님 두 분은 또 두 분끼리 연애담을 나누시며 말싸움을 이어가시도록 놓아두고요. 분명 날이 새도록 이야기가 안 끝날 걸요."

"딱 잘되었네요." 산초가 말했다. "그럼 나는 나대로 그쪽에게 내가 누군지 설명하도록 합시다. 아마도 말 잘하는 열두 명의 종자에 들어갈 수 있다는 걸 알게 될 거요."

그러면서 두 종자는 조금 떨어진 곳으로 걸어가 매우 즐거운 대화를 이어갔고, 반면 주인들도 그에 못지않은 심각한 대화를 나누었다.

제13장

여기에서는 종자들 간에 오간 비밀스럽고, 새롭고, 다정스러운 대화와 더불어 숲의 기사의 모험이 이어진다

기사들과 종자들로 나뉜 상태에서 종자들은 자신들의 인생을, 기사들은 연애담을 이야기했다. 그러나 이 책에서는 먼저 종자들의 이야기를 소개하고, 그 뒤를 이어 주인들의 이야기를 하려고 한다. 그리하여, 먼저 주인들에게서 떨어져 나온 숲의 기사의 종자가 산초에게 이렇게 말했다고 쓰고 있다.

"이봐요, 형씨, 고달픈 인생이라는 건 바로 편력기사의 종자인 우리들이 지내며 경험하는 삶이 아닌가 싶어요. 태초에 하느님이 조상님들에게 퍼부은 저주처럼, 정말로 얼굴에서 흘린 땀으로 빵을 먹고 사니 말입니다."

"이런 말도 되겠지요." 산초가 덧붙였다. "온몸을 꽁꽁 얼려 먹고산다고요. 세상에 누가 편력기사의 불쌍한 종자들보다 더 덥고 추운 가운데 살겠습니까? 그나마 빵이라도 먹으면 다행이지요. 슬픔도 빵이 있으면 좀 덜한법이니까요. 하지만 툭하면 그저 불어오는 바람이나 맞을 뿐, 하루고 이틀이고 아무것도 먹지 못한 채 보내기도 하잖아요."

"이런 것들도 상을 받을 수 있다는 희망만 있다면야 전부 참고 견딜 수 있지요." 숲의 기사의 종자가 말했다. "종자가 모시는 편력기사가 지나치게 불운하지만 않다면 몇 차례의 결투만 치러내도 멋진 섬을 하나 다스리게 되거나 그럴듯해 보이는 백작령 하나는 얻어낼 수 있으니까요."

"나는 말입니다." 산초가 말했다. "우리 주인님께 섬 하나 정도 다스릴 수 있으면 좋겠다고 이미 말씀드려놓았어요. 고매하고 너그러우신 우리 주인님도 몇 번씩 약속해주셨고요."

"나도 말입니다." 숲의 기사의 종자가 말했다. "성당지기 급료 정도만 줘도 내 일에 대한 대가로 충분하다고 생각하고, 또 우리 주인님도 그러마고 하셨어요. 하지만 그게 어떻게 가능하겠냐고요!"

"댁의 주인은 교회와 관련이 있는 양반인 모양입니다." 산초가 말했다. "그러니 훌륭한 종자에게 그런 은혜를 베풀 수 있는 거지요. 우리 주인님은 그냥 평범한 세속 사람이에요. 물론 사람들이 그 양반에게 성직자가 되라고 조언했던 시절도 기억하고는 있지만 말이에요. 솔직히 사람들이 우리 주인님더러 대주교가 되라 하는 건 제가 보기로는 사악한 의도로 보였지만, 다행히 우리 주인님은 황제가 되고 싶어 했지요. 그때만 해도 주인님이 교회 쪽으로 가시면 어쩌나 얼마나 떨었는지. 나 같은 경우에는 교회 일을 해서 밥벌이를 할 만한 자격이 안 되거든요. 왜 이런 말을 하느냐 하면, 형씨가 보기에는 내가 사람으로 보이겠지만 교회 쪽 사람들 눈에는 짐승이나 다름없기 때문이에요."

"솔직히 말하면, 형씨가 잘못 생각하고 있는 것 같은데요." 숲의 기사의 종자가 말했다. "섬을 다스리는 사람이라고 해서 모두 다 자격을 갖춘 자들은 아니거든요. 어떤 이들은 성격이 뒤틀렸고, 어떤 이들은 가난하고, 어떤 이들은 우울하지요. 가장 곧고 준비된 사람이라도, 생각해야 할 일도 많고 불편부당한 일들도 많아서 두 어깨에 짊어진 건 온통 불운뿐이랍니다. 그러고 보면 염병할 종자 일이지만, 우리 같은 사람들은 일이 끝나면 집으로 돌아가 사냥을 하거나 고기를 잡는 훨씬 편안한 일을 할 수 있지요. 세상에 제 마을에서 유유자적하는 데 쓸 비쩍 마른 말 한 마리, 개 두 마리, 낚싯대 한 자루 없는 종자가 어디 있겠어요?"

"나도 그런 건 다 있긴 해요." 산초가 대답했다. "아니, 솔직히 말하자면 말은 없지만, 대신에 우리 주인님이 타시는 말의 두 배 값어치는 족히 나갈 만한 당나귀를 갖고 있지요. 만일 우리 주인님이 자기 말에 보리 4파네가를 더 얹어준다 해도 내가 그 말과 당나귀를 바꿀 일은 없습니다. 그랬다간 사순절에, 그것도 바로 이번 사순절에 벌을 받는다 해도 좋아요. 형씨는 내 당나귀의 가치를 잘 모를 겁니다. 털 색깔이 잿빛이지요. 개는 뭐, 우리 마을에 남아도는 게 그놈들이기 때문에 아쉬울 게 없고요. 사실 가장 즐거운 사냥은 남의 집 개를 데리고 할 때잖아요."

"그건 정말 맞는 말이에요." 숲의 기사의 종자가 말했다. "종자 양반, 나는 사실 기사를 따라다니는 이 터무니없는 짓을 관두고 그만 낙향하기로 마음먹었습니다. 거기서 자식 놈들이나 키우려고요. 동양의 진주 세 알 같은 애들이 셋 있거든요."

"나는 둘이요." 산초가 말했다. "둘 다 교황님께 직접 보여드려도 될 만한 애들이랍니다. 특히 큰 딸은 하느님만 허락하신다면 마누라가 뭐라 하든 간에 백작부인으로 키워볼 생각이고요."

"백작부인으로 키우려는 그 딸은 지금 몇 살인데요?" 숲의 기사의 종자가 물었다.

"열다섯이요. 두어 살 덜 되었거나 더 되었을 수도 있지만." 산초가 대답했다. "여하튼 창 자루만큼 호리호리하고, 4월의 아침처럼 싱그러우며, 막일 하는 장정만큼 기운도 세답니다."

"그 정도면 백작부인이 아니라 푸른 숲의 요정이라도 될 법하네요." 숲의

H. PISAN.

기사의 종자가 말했다. "오, 염병할 계집애! 고 영악한 것이 힘까지 세다 이거지요?"

그 말에 산초가 언짢은 표정으로 대꾸했다.

"걔는 염병할 계집애가 아니고, 걔 어미도 그건 아니오. 하느님의 가호로 내가 살아 있는 한은 둘 모두 염병할 계집 같은 건 될 일 없고. 예절 그 자체라 할 수 있는 편력기사들 속에서 살아왔으면 말 좀 가려서 하시오. 그런 표현은 적절치 않으니까."

"아, 뭔가 오해를 하신 모양이오!" 숲의 기사의 종자가 말했다. "난 칭찬을 돌려 말한 겁니다, 종자 양반! 예를 들어, 기사가 광장에서 창을 던져 정통으로 투우를 쓰러뜨리거나, 어떤 사람이 무슨 일을 아주 멋들어지게 끝냈을 때, 보통 사람들은 '와, 염병할 놈이 진짜 잘하네!'라고 말하는 거 모르시오? '염병할 놈'이라는 표현이 언뜻 듣기에는 욕처럼 들릴 수 있겠지만, 이런 경우에는 엄청난 칭찬이란 말입니다. 부모에게 그런 찬사를 받게 할 만한 일을 하지 못하는 자식이라면 자식으로 인정조차 하지 말아야지요."

"물론 인정하지 말아야지요." 산초가 대답했다. "그런 의미와 이유였다면, 나나 내 자식들, 내 마누라한테 얼마든지 염병할 인간들이라고 해도 좋소이다. 내 식솔들은 하나같이 말과 행동 모두에서 그런 찬사를 받기에 부족하지 않으니까. 그런 식솔들을 다시 볼 수 있도록 나는 날마다 하느님께 죽을죄를 짓지 않게 해달라고 기도하고 있어요. 물론 종자라는 위험천만한 일을 그만두게 된다면 자연스럽게 그리되겠지만 말입니다. 나는 벌써 두 번째로 종자 일에 나섰는데, 그게 다 시에라 모레나 산 한가운데서 언젠가 100두카도가 든 돈 자루를 발견하고는 그것에 홀려 눈이 멀어버렸기 때문이라오. 게다가 악마라는 놈이 도블론*이 가득 든 주머니를 여기다, 조기다, 거기다, 아니 저쪽이다 하면서 눈앞에서 흔들어 보였고요. 그러다 보니 한 걸음 한 걸음 내디딜 때마다 마치 그 금화 자루를 내 손으로 어루만지거나 끌어안고서 집으로 가져오는 것 같은 기분이 들기도 하고, 그걸 밑천으로 이자놀이를 해서 황태자처럼 살아가는 느낌이 들기도 하지요. 그런 기분이 들 때면 우리 주인님이 벌이는 황당무계한 일들에 엮이는 것도 대수롭지 않고 견딜 만하다고 생각되는 겁니다. 사실 내가 알기로, 우리 주인님은 기사라기보다는 미치광이에 가깝거든요."

"그래서 사람들이 탐욕이 자루를 찢는다고 말하는 거지요." 숲의 기사의 종자가 말했다. "그리고 미치광이 이야기가 나왔으니 말인데, 이 세상에 우리 주인님보다 더 미쳐버린 사람은 없을 거요. 우리 주인님이야말로 바로 '다른 사람 걱정하다가 자기 당나귀 죽인다'는 사람이니까. 정신 나간 다른 기사를 정신 차리게 하려다가 자신이 미쳐버려서는 만나봐야 다치기만 할 누군가를 찾아다니는 그런 양반이라니까요."

"누군가를 사랑하시는 거요?"

"맞아요." 숲의 기사의 종자가 대답했다. "카실데아 데 반달리아라는 아가씨인데, 이 세상의 아가씨들 중에 가장 잔인하고 성질 더러운 여자라더군요. 문제는 잔인할 뿐 아니라 뱃속에 시커먼 간계가 똬리를 틀고 있다는 거지요. 그 이야기는 머잖아 들려드리리다."

"발끝에 걸리적거리는 것 없고 웅덩이 없는 길은 세상에 없는 법이지요." 산초가 말했다. "남의 집에서 냄비에 콩을 쪄대면 우리 집은 가마솥에 몇 솥씩 콩을 쪄대기 마련이고요. 길동무도 종자도 점잖은 사람보다는 정신 나간 사람에게 더 잘 생기는 모양입니다. 그렇지만 동료가 함께하면 힘든 일도 훨씬 수월하게 느껴진다는 사람들 말대로, 형씨가 있어 나도 위로가 됩니다.

---

*옛 스페인의 금화.

형씨 역시 나 못지않게 아둔한 양반을 모시고 있으니 말이에요."

"아둔하기는 하지만 용감한 것도 사실이에요." 숲의 기사의 종자가 말했다. "더 나아가서는 아둔하고 용감하기도 하지만 그보다는 교활한 양반이고요."

"우리 주인님은 그렇지 않은데." 산초가 말했다. "내 말은 엉큼한 구석은 전혀 없다는 말이오. 오히려 마음 하나는 양동이처럼 엄청 넓답니다. 다른 사람에게 해코지 같은 건 할 줄 모르고 선행만 베풀지요. 심술도 부릴 줄 모르고, 심지어 어린애조차도 그 양반에게는 한낮을 밤이라고 속일 수 있을 정도인데, 그렇게 순진하다 보니 내가 그 양반을 내 심장보다 더 사랑하게 되어버렸지 뭡니까. 그래서 제아무리 황당무계한 행동을 해도 그분을 도저히 버릴 수가 없지요."

"아무리 그렇다 하더라도," 숲의 기사의 종자가 말했다. "장님이 장님을 이끌다가는 두 사람 다 구덩이에 빠지는 법이라오. 그러니 우리 둘 다 두 발이 성할 때 그만두고 집으로 돌아가는 게 나을 것 같아요. 모험을 찾아 나선 사람들이 늘 멋진 모험만 맞닥뜨리는 건 아니니까."

이야기를 나누는 동안 산초는 다소 마른 느낌이 드는 끈적끈적한 침 같은 것을 뱉어대곤 했는데, 그 모습을 본 마음씨 좋은 숲의 기사의 종자가 말했다.

"이런저런 이야기들을 해대다 보니 둘 다 혓바닥이 입천장에 들러붙어버릴 지경이네요. 그렇잖아도 혓바닥을 떼어줄 제법 괜찮은 녀석을 안장에 매달고 왔는데."

그러고는 일어서더니 잠시 후 안장에서 포도주가 든 큼지막한 가죽 술부대와 길이가 반 바라는 족히 되는 엠파나다*를 가져왔다. 이건 절대 과장이

---

*스페인 전통 만두.

아닌 것이, 무지막지하게 큰 흰 토끼로 속을 넣은 것이었기 때문이다. 사실 산초는 엠파나다를 만져보고는 새끼 산양도 아니고 다 큰 숫산양으로 속을 채운 게 아닌가 싶었을 정도였다. 그런 엠파나다를 보고 산초가 말했다.

"형씨는 이런 것도 가지고 다니오?"

"그럼 그러지 않을 걸로 생각했소?" 숲의 기사의 종자가 되물었다. "그렇게 생각도 없는 시원찮은 사람인 줄 안 거요? 난 장군이 길 떠날 때 가지고 다닐 만한 것들보다 더 좋은 식량을 내 말 안장에 매달고 다녀요."

산초는 상대가 음식을 권하기도 전에 크게 한 입 베어 물어 꿀꺽 삼키고는 말했다.

"이 음식만 봐도 형씨는 진짜 성실하고 충실하고 모든 것을 다 갖춘, 훌륭하고 근사한 종자인 것 같소. 마술을 부려 여기에 온 게 아닐 텐데도 마치 그래 보이는 게, 운도 없고 쩨쩨한 나하고는 완전히 다르네요. 나 같은 사람은 자루 속에 거인 머리통이라도 깨버릴 만큼 딱딱한 치즈 한 조각에 쥐엄나무 열매 마흔네 알, 개암과 호두도 겨우 그만큼 넣어 가지고 다니니까요. 하긴 그게 다 우리 주인님 주머니 사정이 변변치 않기도 하고, 또 그 양반이 약간의 견과류와 들판의 풀로 끼니를 해결해야 한다는 편력기사도를 신봉하고 있기 때문이기도 하지만요."

"이봐요, 형씨." 숲의 기사의 종자가 말했다. "나란 사람의 위장은 엉겅퀴나물이나 야생 배, 들풀 뿌리 같은 것을 먹도록 생겨먹지 않았어요. 주인님들은 기사도인지 그 양반들 생각인지에 따라서 먹고 싶은 걸 먹으라고 해요. 대신 나는 만일의 경우에 대비해 소시지 바구니와 이 술부대를 안장에 매달아 가지고 다닐 거니까. 난 이 가죽 술부대가 너무 좋아서 틈만 나면 끌어안고 수천 번 입을 맞춘답니다."

이런 말을 하며 숲의 기사의 종자가 가죽 술부대를 산초에게 넘겨주었다.

산초는 술부대를 거꾸로 쳐들고 주둥이에 입을 대더니 한 15분 동안 밤하늘의 별을 올려다보며 술을 들이켰다. 그리고 다 마신 뒤 고개를 한쪽으로 떨구면서 크게 한숨을 내쉬고 말했다.

"이런 염병할 것이 있나! 이거 완전 진짠데?"

"내가 뭐랬소?" 숲의 기사의 종자가 산초의 '염병할'이라는 표현을 듣고 말했다. "지금 염병할이라고 한 건 포도주가 좋다는 말이지요?"

"사실 나도," 산초가 대답했다. "'염병할'이라는 표현이 칭찬의 뜻이라는 걸 아는 사람한테는 그런 말을 해도 괜찮다는 걸 알고 있었어요. 그런데 형씨, 한 가지 물어봅시다. 하늘에 맹세코, 이 포도주 시우다드 데 레알*산이 맞지요?"

"포도주 감정사를 해도 되겠는데요!" 숲의 기사의 종자가 말했다. "이거 진짜 거기 술인 데다 제법 해묵은 거요."

"내가 뭘 한다고요?" 산초가 되물었다. "하긴, 내 포도주 식견도 그쪽 못지않긴 하지요. 못 믿을지 모르겠지만, 난 포도주 감정에 엄청난 감각을 타고 났다오. 그래서 냄새 한 번 맡은 것만으로도 포도주의 산지와 종류, 맛, 연수, 술통 교체 시기를 비롯해 해당 포도주와 관련된 모든 것들을 맞출 수 있지요. 그렇다고 놀랄 건 없어요. 우리 아버지 쪽 혈통으로 오래전부터 라만차 지역에 널리 알려졌던 유명한 포도주 감정사가 둘이나 있었으니까. 얼마나 대단했는지 지금부터 그 증거가 될 만한 이야기를 들려드리지요. 한 번은 어떤 사람이 그 두 분에게 술통에 든 포도주 감정을 부탁하면서 상태는 어떤지, 품질은 어떤지, 좋은지 나쁜지 알려달라고 했어요. 한 분이 먼저 혀끝으로 포도주 맛을 보았고, 다른 한 분은 술잔을 코끝으로 가져갔지요.

---

*라만차 지방의 포도 산지 중 하나.

첫 번째 분은 포도주에서 쇠 맛이 난다고 했고, 두 번째 분은 산양가죽 냄새가 더 강하다고 했어요. 그렇지만 술통 주인은 술통이 깨끗했기 때문에 쇠 맛이나 산양가죽 맛이 날 턱이 없다고 했지요. 그럼에도 그 두 감정사는 말을 바꾸지 않았어요. 그렇게 세월이 흘렀고 포도주도 다 팔려서 술통 주인이 비어버린 술통을 씻으려는데, 글쎄 그 안에 산양가죽 끈이 달린 열쇠가 들어 있었다는 겁니다. 이런 혈통을 가진 사람이 비슷한 능력을 발휘한다면 역시 같은 이유가 아닐까요, 형씨가 보기에는 어떻소?"

"내 말이 바로 그거요." 숲의 기사의 종자가 말했다. "이제 우리 모험을 찾아 떠나는 일 같은 건 접읍시다. 큼지막한 빵 덩어리가 있는데 굳이 손바닥만 한 빵 조각을 찾아다닐 게 뭐냐고요. 고향으로 돌아갑시다. 하느님이 돌봐주신다면 못 할 것도 없지요."

"우리 주인님이 사라고사에 당도하실 때까지는 그냥 모실 생각이에요. 그 다음에는 얘기를 해서 합의를 봐야 하고요."

마침내 한참을 떠들고 잔뜩 마신 탓에 두 선량한 종자에게는 혀를 묶어버리고 갈증을 잠재울 졸음이 몰려왔다. 그러나 갈증을 완전히 식혀버리는 것은 불가능했다. 그리하여 두 사람은 거의 비어버린 술부대를 사이에 놓고 마주 누워 입안에는 씹다 만 음식을 그대로 머금은 채 잠 속으로 빠져들었다. 그러면 이제 이 두 종자는 잠시 놓아두고, 숲의 기사와 슬픈 얼굴의 기사가 나눈 이야기를 알아보기로 한다.

제14장

여기에서는 숲의 기사의 모험이 계속된다

돈키호테와 숲의 기사가 나눈 수많은 말들 중에 이 책은 숲의 기사가 돈키호테에게 다음과 같이 말했다고 전한다.

"기사님, 결국 이 세상에 비길 데 없는 카실데아 데 반달리아를 제가 사랑하게 된 것이 저의 운명이며, 좀 더 잘 말하자면 저의 선택이라는 것을 알아주시기 바랍니다. 제가 그분을 세상에 비길 데 없다고 하는 것은 그녀의 거대한 체구와 대단한 신분과 아름다움이 그 무엇과도 비할 수 없기 때문입니다. 제가 말하고 있는 카실데아라는 여인은, 헤라클레스의 계모처럼* 여러 가지 다양한 위험 속에서도 매번 위험이 끝날 때마다 이 위험이 끝나면 제가 희망하던 것이 이루어질 것이라고 약속을 해주면서, 제가 일에 몰두하도록 올바른 생각과 신중한 욕망을 주었답니다. 그러나 이런 식으로 저의 고난은 셀 수 없이 줄줄이 이어졌지요. 저의 훌륭한 소망을 이루어줄 마지막

---

*남편 제우스가 인간과의 사이에서 얻은 헤라클레스를 맡아 키운 헤라를 말한다. 남편의 외도로 태어난 헤라클레스를 못마땅하게 여겨 평생 여러 가지 역경을 겪게 만들었다.

고난이 무엇이 될지는 모르겠습니다. 한번은 제게 '히랄다'라고 불리는 세비야의 저 유명한 여자 거인*에게 도전하라고 명령하셨는데, 그 거인은 청동으로 만들어져서 아주 용맹하고 강인했으며, 결코 자리를 옮기지 않으면서도 이 세상에서 가장 변덕스럽고 변하기 쉬운 여인이었답니다. 왔노라, 보았노라, 이겼노라.** 저는 그 여인을 그 자리에서 얌전히 있게 만들어버렸습니다. 일주일 넘게 북풍만 불었으니까요. 그분은 또, 용맹스러운 토로스 데 기산도의 고대 석상들*** 무게를 재어 오라는 명령도 하셨습니다. 이런 일은 기사가 해야 할 일이라기보다는 길거리 인부에게나 맡겨야 할 일이지만요. 그리고 또 제게 명령하기를, 카브라의 깊은 동굴**** 속으로 뛰어 들어가라고 했는데, 이 일은 두렵기도 하고, 생전 겪어보지 못한 위험한 일이었지요. 그분은 그 동굴의 깊고 어두운 바닥에 무엇이 들어앉아 있는지 상세히 조사하여 오라고 명령하셨답니다. 저는 히랄다에 있는 풍향기의 움직임을 멈추게 했고, 토로스 데 기산도의 무게를 재었고, 동굴에 들어가서 그 바닥에 숨어 있던 것들을 세상에 알렸습니다. 그러나 제 희망은 죽고 또 죽어버렸고, 그분의 명령과 경멸은 더욱더 기세등등했지요. 결국 그분은 마지막으로 제게 명령하기를, 에스파냐의 모든 지방들을 돌아다니며 그곳을 배회하는 편력기사들에게 오직 그녀만이 오늘날 살아 있는 모든 여인 중에서 가장 아름답고, 제가 이 세상의 기사들 중에서 가장 용맹스럽고 가장 사랑에 심취한 기사라는 것을 고백하도록 하셨습니다. 그분의 요청을 수행하기 위해 저

---

*스페인 남부 안달루시아의 중심 도시 세비야의 대성당 종탑을 '히랄다'라고 부르는데, 그 종탑 꼭대기에 청동으로 만든 거대한 여인 모양의 풍향기가 있다.
**로마 시대 카이사르가 전쟁에서 승리하고 남긴 명언.
***스페인 북부 아빌라 지방 토로스 데 기산도라는 곳에 구석기 시대에 만든 황소 모양의 석상들이 있다.
****스페인 남부 코르도바 지방 카브라 마을에 있는 동굴로, '지옥의 문'이 있다고 전해진다.

는 이미 에스파냐의 전역을 다녔으며, 그러던 중 저에게 감히 반기를 든 수 많은 기사들을 무찔렀답니다. 그러나 제가 가장 의기양양하고 뽐낼 수 있는 일은 저 유명한 기사 돈키호테 데 라만차를 개인적인 결투에서 물리친 것입 니다. 그리고 이 세상에서 가장 아름다운 여인이 그의 둘시네아가 아니라 저의 카실데아라는 것을 고백하게 만든 것입니다. 이 승리만 보아도 제가 이 세상 모든 기사를 물리쳤다는 사실을 알 수 있습니다. 왜냐하면 제가 말 한 그 돈키호테라는 자는 이 세상의 모든 기사들을 물리쳤기에, 제가 그자 에게 승리함으로써 그의 영광과 명성, 그리고 명예가 모두 저에게 옮겨 온 거지요.

　　싸움에 패배한 자의 명성이 높을수록
　　승자에게는 더욱더 큰 영광이 주어지네.

　이리하여 앞서 언급한 돈키호테의 수많은 무훈들이 저에게 모두 넘어와 다 제 업적이 되었답니다."
　숲의 기사의 말을 듣고서 놀란 돈키호테는 천 번이라도 그가 거짓말을 하 고 있다고 말하려고 했다. '거짓말 말라'는 말이 혀끝까지 나왔지만, 그 기 사 자신의 입으로 거짓을 고백하게 만들기 위해서, 돈키호테는 최대한 자제 를 했다. 그래서 조용히 그에게 말했다.
　"기사 양반, 당신이 에스파냐뿐만 아니라 온 세상의 거의 모든 기사들을 패배시켰다고 하는 것에 대해서는 아무 말도 하지 않겠습니다만, 돈키호테 데 라만차를 무찔렀다고 하는 것에 대해서는 믿을 수가 없습니다. 비록 그분 과 닮은 사람이 거의 없다고는 해도, 비슷한 다른 사람이 있을 수는 있겠지 요."

"그게 무슨 말인지요?" 숲의 기사가 대답했다. "우리를 보호하고 있는 하늘을 두고 맹세하지만, 저는 돈키호테와 싸워서 그를 패배시키고, 항복시켰습니다. 그분은 큰 키에 얼굴은 마르고, 사지는 길고 가늘었으며, 반백의 머리에 매부리코는 약간 구부러졌고, 아래로 처진 검고 무성한 콧수염을 하고 있었습니다. '슬픈 얼굴의 기사'라는 이름으로 싸웠으며 산초 판사라고 부르는 시골 농부를 종자로 데리고 다녔지요. 그리고 로시난테라고 부르는 유명한 말의 등을 압박하여 고삐를 잡으며, 제가 모시는 공주가 안달루시아 출신으로 카실다라고 불렸기 때문에 지금 카실데아 데 반달리아라고 부르는 것처럼, 한때는 알돈사 로렌소라고 불리던 둘시네아 델 토보소라는 여인을 자신의 공주로 모시고 있지요. 만일 이 모든 증거들과 제 말이 진실이라는 것을 보증하지 못한다면, 여기 제 칼이 있습니다. 이것이 불신을 믿음으로 만들어줄 겁니다."

"기사 양반, 진정하시오." 돈키호테가 말했다. "진정하시고, 내가 하려는 말을 잘 들으시오. 그대가 말하는 그 돈키호테는 이 세상에서 나의 가장 절친한 친구라는 걸 알아야 하오. 나 자신의 그림자라고 생각해도 될 만큼 가까운 사이지요. 그의 이목구비에 대해 정확히 말한 것을 보면, 그대가 패배시킨 사람과 똑같은 사람이라고 생각할 수 있겠지만, 또 한편으로는 그대 눈으로 직접 보고 손으로 만져보았어도 그가 진짜 돈키호테라는 것은 불가능한 일이오. 돈키호테에게는 수많은 마법사 적들이 있고, 특히 그를 항상 따라다니는 한 마법사는 이 땅의 구석구석을 쫓아다니면서 돈키호테가 획득하고 쟁취한 높은 기사도의 명성을 훼손시키려 하는데, 아마도 그들 중 하나가 돈키호테의 모습을 하고서 싸움에 져준 건지도 모릅니다. 그리고 이를 증명하기 위해 그대가 알아주었으면 하는 것은, 그러한 마법사 적들이 이틀 전쯤 아름다운 둘시네아 델 토보소의 모습과 인품을 품위 없고 천박한 시골 아낙으로 바꾸어버렸다는 사실이오. 이런 식으로 돈키호테의 모습도 바꾸었을 겁니다. 그리고 만일 내가 말하는 이 진실이 그대가 납득하기에 충분하지 않다면, 바로 여기 그 돈키호테가 있소이다. 그는 걷거나 말을 타거나 갑옷을 입고서, 아니면 그대의 마음에 들 어떤 방법으로라도 진실을 증명할 것이오."

그러고는 벌떡 일어나 칼을 꽉 잡고서 숲의 기사가 어떤 결심을 할지를 기다렸다. 그러자 숲의 기사도 차분한 목소리로 대답을 했다.

"돈을 잘 갚는 사람에게는 담보물 걱정이 없는 법이지. 돈키호테 님, 당신의 모습으로 변신한 돈키호테를 한 번 이겼던 사람은, 진짜 돈키호테도 패배시킬 수 있다는 희망을 얼마든지 가질 수 있을 겁니다. 그러나 기사들이 도둑놈들이나 불한당들처럼 어둠 속에서 싸워서는 안 될 일, 태양이 우리의 대결을 볼 수 있도록 날이 새기를 기다립시다. 그리고 명령하는 것들이 기사의 체면을 손상하는 것만 아니라면, 승자가 원하는 모든 것을 패자가 따르는 것이 우리 결투의 조건이 되어야만 할 것입니다."

"나는 그 조건과 협정에 매우 만족하는 바요." 돈키호테가 대답했다.

이렇게 말하면서 두 사람은 그들의 종자가 있는 곳으로 갔다. 두 종자는 잠이 그들을 엄습했을 때의 모습 그대로 코를 골고 있었다. 해가 뜨면 두 사람은 피범벅이 될 기상천외한 결투를 해야 했으므로, 종자들을 깨워서 말을 준비하라고 명령했다. 그 소식을 듣고서 산초는 깜짝 놀라 정신을 잃을 지경이었다. 숲의 기사의 종자로부터 그의 주인의 용맹에 대하여 들었기 때문에 자기 주인의 안전이 염려되었던 것이다. 그러나 아무 말도 하지 않고서 두 종자는 그들의 말을 찾으러 갔는데, 세 마리의 말과 잿빛 당나귀는 이미 낌새를 채고서 모두 함께 몰려 있었다.

길을 가면서 숲의 기사의 종자가 산초에게 말했다.

"이봐요, 형씨, 안달루시아의 싸움꾼들은 어떤 결투의 증인이 될 때 당사자들이 싸우는 동안에 팔짱을 끼고서 빈둥거리고만 있지 않는다는 것을 알아두시오. 내가 이 말을 하는 이유는 우리 주인들이 싸우는 동안 우리들도 역시 몸이 부서지도록 싸워야만 하기 때문이오."

"종자 양반," 산초가 대답했다. "그런 관습은 형씨가 말한 그 동네 건달이나 싸움꾼들에게나 통하는 일이지 편력기사의 종자에게는 생각도 할 수 없는 일이오. 적어도 우리 주인님은 편력기사도의 법도들을 모두 기억하고 계시는데, 우리 주인님이 그런 관습 비슷한 걸 말하는 것을 난 들어보지 못했단 말이지. 설령 주인들이 싸우는 동안 종자들도 싸워야 하는 것이 명백한 사실이고 규정이라는 것을 내가 인정한다 하더라도, 나는 지키고 싶지 않소. 차라리 싸움을 하지 않는 종자들에게 부과되는 벌금을 지불하는 게 낫지. 양초 2리브라*면 충분할 것이오. 그 정도는 내가 지불하고도 남지요. 머리통이 갈라져서 두 쪽이 나면, 그걸 치료하는 데 드는 붕대 값이 더 들지 않겠소. 그리고 또 나는 칼이 없으니 싸울 수도 없어요. 내 평생 동안 칼을 차본 적이 없다 이 말이오."

"그렇다면 내가 좋은 방법 하나를 알고 있다오." 숲의 기사의 종자가 말했다. "내가 여기 아마포 자루를 두 개 가져왔소. 똑같은 크기이니, 형씨가 하나 들고 내가 하나를 들고서 무기로 싸우는 것처럼 우리는 자루로 싸우기로 하십시다."

"그런 식이라면 다행이오." 산초가 대답했다. "그런 싸움은 상처를 입기보다는 오히려 먼지나 털어줄 테니 말입니다."

"그렇게는 안 되지요." 다른 종자가 말했다. "왜냐하면 바람에 날아가지

---

*옛 카스티야 지방의 무게 단위. 1리브라는 450그램 정도이다.

않도록 그 자루에다가 반질반질한 예쁜 돌멩이를 여섯 개씩 넣어야 하거든 요. 무게는 똑같이 나가게 하는데, 이렇게 하면 우리는 상처나 해를 입지 않고서 자루 싸움을 할 수 있을 거라 이 말이오."

"제기랄!" 산초가 대답했다. "머리통이 깨지지 않게 하거나 뼈다귀가 가루가 되지 않으려면 자루 속에 흑담비 털이나 보풀이 인 솜뭉치를 넣어야지! 아무튼 종자 양반, 속에 누에고치를 채운다 할지라도 나는 싸우지 않을 거라는 걸 알아두시오. 주인들이나 싸우라 하고, 저들이 싸우고 있을 때 우리는 포도주나 마십시다. 시간이 다 알아서 우리 목숨을 앗아 갈 텐데, 구태여 때가 되고 목숨이 다 되어 바닥에 떨어지기 전에 우리 스스로 목숨을 끝내려고 찾아다닐 필요는 없지 않소."

"그래도 역시 우린 반시간이라도 싸워야 하는데." 숲의 기사의 종자가 말했다.

"그건 안 되오." 산초가 말했다. "나는 그렇게 예의 없고 은혜도 모르는 사람이 될 순 없소. 같이 밥을 먹고 술을 마신 사람과 아무리 작더라도 어떤 문제에 얽히는 것은 안 될 말이지. 더구나 화가 나거나 성질이 난 것도 아닌데, 아무 이유 없이 싸움을 하는 척하는 게 무슨 꼴이란 말이오?"

"그렇다면 내가 적절한 방법을 제시하지요." 숲의 기사 종자가 말했다. "우리가 싸움을 시작하기 전에 내가 아무도 모르게 아주 감쪽같이 형씨에게 다가가서 뺨을 서너 대 때려 쓰러뜨리리다. 이렇게 하면 설사 형씨가 겨울잠 자는 쥐보다 더 깊이 잠들어 있다 하더라도 몹시 화가 날 게 아니겠소."

"그건 말도 안 되고," 산초가 대답했다. "형씨의 제안에 뒤지지 않을 다른 방안을 내가 알고 있소. 내가 몽둥이를 하나 들고서, 형씨가 내 화를 돋우기 전에 몽둥이찜질로 형씨의 화를 잠재워버리면 어떻겠소. 그러면 저승에 가서나 깨어날 수 있을 거요. 저승에서도 나는 어느 누구도 내 얼굴에 손을 대도록 내버려두는 사람이 아니라고 알려져 있어요. 사람들은 각자 자기가 해야 할 일을 스스로 걱정하는 법이니, 자신의 화를 잠재우는 것도 스스로 알아서 하는 게 가장 확실하오. 다른 사람의 영혼은 잘 알지 못하는 법이라서 양털을 사러 갔다가 자기 털을 깎이고 돌아온다 하지 않소. 하느님은 평화를 축복하셨고 싸움을 저주했어요. 왜냐하면 쫓기던 고양이도 갇혀서 위험에 처하면 사자로 바뀌는 법인데, 인간인 내가 지금 무엇으로 바뀔지는 하느님만이 아실 거요. 그러니 지금부터는, 종자 양반, 경고하는데 우리끼리의 싸움에서 발생할 모든 불행과 손해는 형씨의 책임이오."

"좋소." 숲의 기사의 종자가 말했다. "하느님이 날을 밝게 해주시면, 그때 두고 봅시다."

이때 나무 위에서 형형색색의 다채로운 새들이 지저귀기 시작했다. 새들의 즐거운 지저귐은 신선한 여명을 축하하고 인사하는 것처럼 보였다. 여명이 동녘의 문과 발코니를 통해 아름다운 얼굴을 드러내고 있었는데, 머리칼을 흔들자 셀 수 없을 만큼 많은 진주 이슬들이 뿌려져서, 그 부드러운 이슬로 풀잎들이 목욕을 하니 마치 새싹이 다시 돋아나고, 희고 작은 진주들이 비처럼 쏟아지는 듯 보였다. 수양버들은 맛있는 감로주를 증류하고, 샘물은 웃음을 머금고, 개울물은 속삭이듯 졸졸 흐르고, 숲 속은 환희에 차서 여명과 함께 초원의 화려함을 더하고 있었다. 그러나 사물들을 분간해서 볼 수 있을 만큼 날이 밝아지자마자, 산초의 눈에 제일 먼저 들어온 것은 숲의 기사 종자의 코였는데, 얼마나 컸는지 그림자로 그의 온몸이 가려질 정도였다. 사실대로 이야기를 하자면, 코가 엄청나게 컸으며, 코 중간이 구부러지고 가지처럼 검붉은색을 띤 사마귀들이 가득 뒤덮고 있었는데, 그 코가 입아래로 손가락 두 개 길이만큼 늘어져 있었다. 그 거대함이나 색깔, 사마귀, 그리고 구부러진 모습이 얼굴을 추악하게 만들었고, 산초는 그 모습을 보자

184

마자 마치 간질병에 걸린 아이처럼 손발을 떨기 시작했다. 그래서 그는 마음속으로 화를 돋우어 저 괴물과 싸울 마음이 들기 전에 그냥 뺨을 200대 때리도록 내버려두리라 생각했다.

돈키호테는 자신의 상대를 바라보았다. 이미 투구를 쓰고 얼굴 가리개를 내려서 얼굴을 볼 수 없었으나 체구가 건장하고 키는 아주 크지 않다는 것을 알 수 있었다. 갑옷 위에는 매우 고운 금실 천으로 만든 연미복인지 외투를 걸치고 있었다. 그 위로 작은 달 모양의 반짝이는 거울들이 박혀 있었는데, 이것이 기사를 엄청나게 풍채 당당하고 화려해 보이게 만들었다. 투구 위에는 초록색, 노란색, 흰색 깃털이 수없이 날렸고, 나무에 기대놓은 창은 아주 크고 굵었으며, 한 뼘 이상 되는 단단한 쇠가 달려 있었다.

이 모든 것을 살펴본 돈키호테는 이 기사가 아주 힘이 셀 것이 틀림없다고 판단했다. 그러나 그렇다고 산초 판사처럼 두려워하지 않았다. 오히려 아주 점잖고 대담하게 '거울의 기사'에게 말했다.

"기사 양반, 만일 싸우고 싶은 지나친 의욕으로 예의를 저버리지 않았다면, 예의를 갖추어 투구 가리개를 약간 올려주기를 간청하는 바이오. 그대 얼굴의 늠름함이 용모와 일치하는지 보고 싶어 그럽니다."

"이 대결에서 패자가 되든 승자가 되든 간에, 기사여," 거울의 기사가 대답했다. "나를 볼 시간과 여유는 충분할 것이오. 지금 청을 들어주지 못하는 이유는, 이미 아시는 바와 같이 내가 바라는 사실을 당신이 고백하게 하지도 못한 채 투구 가리개나 올리는 데 시간이 지체되는 것은 아름다운 카실데아 데 반달리아 아가씨에게 커다란 모욕이 될 것 같기 때문이오."

"그러면 우리가 말에 오르는 동안," 돈키호테가 말했다. "그대가 무찔렀다는 그 돈키호테가 바로 나인지 아닌지를 말해주시오."

"그 질문에는 답을 드리지요." 거울의 기사가 말했다. "이 달걀과 저 달걀

이 닮았듯이, 내가 무찌른 기사와 당신도 닮았습니다. 그러나 당신의 말에 따르면 마법사들이 당신을 쫓아다닌다고 하니, 귀공이 바로 그 사람인지 아닌지를 내가 감히 확신하지는 못하겠습니다."

"그대가 속았다는 것을 내가 믿는 데는 그 정도로 충분하오." 돈키호테가 대답했다. "그러나 그대를 그 속임수에서 완전히 깨어나게 하기 위해서, 자 이제 말에 오릅시다. 그대가 투구 가리개를 올리는 데 드는 시간보다도 짧은 시간에, 만일 하느님과 나의 공주님, 나의 팔이 보살펴준다면, 나는 그대의 얼굴을 보게 될 것이며, 그대가 이겼다고 생각했던 돈키호테가 내가 아니라는 것을 알게 될 것이오."

이것으로 대화를 중단하고 그들은 말에 올랐다. 돈키호테는 상대방과 맞부딪히기 위한 적합한 거리를 잡기 위해 로시난테의 엉덩이를 뒤로 돌렸다. 거울의 기사도 마찬가지로 하였다. 그러나 돈키호테가 스무 걸음도 가지 않았을 때에 거울의 기사가 부르는 소리가 들렸다. 두 사람이 길을 가다가 멈춰 섰을 때 거울의 기사가 말했다.

"기사님, 앞서 말씀드렸듯이 패자는 승자의 재량에 따라야 하는 것이 우리 결투의 조건이라는 것을 명심하십시오."

"잘 알고 있소이다." 돈키호테가 대답했다. "패자에게 부과되고 명령되는 것이 기사도의 도리를 벗어나지 않는다는 조건이라면 말이오."

"그렇게 알고 있습니다." 거울의 기사가 대답했다.

이때 그 종자의 괴상한 코가 돈키호테의 눈에 들어왔는데, 그 역시도 산초 못지않게 깜짝 놀랐다. 그 코가 얼마나 컸던지 무슨 괴물이나 아니면 이 세상에서는 보지 못하는 무슨 새로운 인간으로 여겨질 정도였다. 주인이 결투를 위해 출발하는 것을 본 산초는 그 코가 큰 종자와 단둘이 남아 있고 싶지가 않았다. 그 종자가 큰 코로 자기 코를 단 한 번 내려치기만 해도 싸움은 끝나버리고, 그 타격이나 아니면 두려움 때문에 자신이 땅바닥에 드러누워 버릴 것 같아 두려웠기 때문이다. 그래서 산초는 로시난테의 등자 가죽 끈을 붙잡고 주인의 뒤를 따라갔다. 말을 다시 뒤로 돌릴 때가 되었을 때 산초가 주인에게 말했다.

"주인님, 주인님께 청이 있습니다. 결투를 위해 말을 돌리기 전에 저를 저기 있는 코르크나무 위에 올라가게 도와주세요. 거기에서라면 땅바닥에서 보는 것보다 훨씬 더 잘, 제 입맛대로 주인님이 저 기사와 벌일 늠름한 결투를 볼 수 있을 것 같습니다."

"그보다는," 돈키호테가 말했다. "마치 네가 안전한 자리에서 투우를 보기 위해 관람대로 올라가기를 원하는 것처럼 보이는구나."

"사실대로 말씀드리자면," 산초가 대답했다. "저 종자의 거대한 코를 보니 망연자실하고 너무 무서워서 감히 저놈과 함께 있지 못하겠습니다."

"그거라면 그럴 수 있다." 돈키호테가 말했다. "나 역시도 내가 아니었더라면 놀라 자빠졌을 거다. 그렇다면, 이리 오너라, 네가 말하는 곳으로 올라가도록 도와주마."

산초를 코르크나무에 올려주려고 돈키호테가 멈춰 서 있는 동안 거울의 기사는 자신에게 필요하다고 생각되는 장소에 자리를 잡았다. 그리고 돈키호테도 똑같이 자리를 잡았을 것으로 믿고는 결투를 알리는 나팔 소리나 다른 신호를 기다리지 않고서, 로시난테보다 더 날렵하지도 훌륭해 보이지도 않는 자신의 말의 고삐를 돌리고서 전속력이라 해봐야 보통 걸음의 속도로 적과 정면으로 대결하기 위해 달려갔다. 그러다가 돈키호테가 산초가 나무에 오르는 것을 도와주는 데 정신을 팔고 있는 것을 보고서 고삐를 멈추고 결투장의 중간에 멈춰 섰다. 더 이상 몸을 움직이고 싶지 않던 말에게는 너무나도 고마운 일이었다. 돈키호테는 그의 적이 이미 날듯이 달려오는 것처럼 보여서 로시난테의 피골이 상접한 옆구리에 아주 강하게 박차를 가했다. 이렇게 말을 흥분시키자, 단 한 번의 박차로 로시난테가 얼마간 달린 것으로 알려졌다고 이야기는 기술하고 있다. 왜냐하면 다른 경우에는 박차를 가해도 걸음을 좀 놀리는 데 불과했었기 때문이다. 이렇게 하여 이전에 본 적이 없는 분노로 거울의 기사가 있는 곳으로 달려갔는데, 거울의 기사는 박차에 달린 금속 조각이 살에 박히도록 박차를 가했지만, 달리다가 멈춰버린 말은 그 자리에서 단 한 치도 움직이지 않았다.

돈키호테에게는 절호의 기회였는데, 말 때문에 적이 어쩔 줄 몰라 하느라 창받이에 창을 꽂을 여유가 없거나 아니면 제대로 꽂지도 못하고 있었던 것이다. 돈키호테는 적이 그런 궁지에 빠져 있는 것을 인식하지 못한 채 안전하게 아무런 위험 없이 거울의 기사에게 달려가 엄청난 힘으로 충돌했고 그러자 불쌍하게도 거울의 기사는 말 궁둥이로 굴러 땅에 떨어져버렸다. 얼마나 세게 떨어졌는지 손과 발을 움직이지 않는 것으로 보아서 죽은 것만 같았다.

산초는 거울의 기사가 땅에 떨어지는 것을 보자마자, 코르크나무에서 미끄러져 내려와서 전 속력으로 주인이 있는 곳으로 왔다. 돈키호테는 로시난테에서 내려와 거울의 기사에게로 갔고, 그가 죽었는지 보기 위해, 만일 아직 살아 있다면 공기로 숨을 쉴 수 있도록 해주기 위해 기사가 쓴 투구의 매듭을 풀었다. 그때 그가 본 것을…… 누가 놀라움과 경탄과 경악을 담지 않고 말할 수 있었겠는가. 이야기가 기술하기를, 그가 본 얼굴은 바로 학사 산손 카라스코의 얼굴이었다. 생김새와 용모, 인상, 외견이 똑같았다. 그런 모습을 보고서 돈키호테는 큰 소리로 말했다.

"산초야, 이리 와서 네 눈에 보이는 게 무엇인지 보아라, 그러나 그것을 믿지는 마라! 이놈아, 어서 와서 마법이 할 수 있는 짓을 보라니까! 요술쟁

이와 마법사들이 할 수 있는 짓을!"

산초가 도착해 카라스코 학사의 얼굴을 보고는 천 번이나 성호를 긋고 다시 또 수천 번 성호를 그었다. 그러는 동안에도 쓰러진 기사가 살아 있다는 기미를 보이지 않자 산초가 돈키호테에게 말했다.

"주인님, 제 생각으로는 아무튼 주인님께서 학사 산손 카라스코로 보이는 이 사람의 입에 칼을 꽂아 넣으시는 게 좋겠습니다. 그렇게 하면 아마 주인님의 원수인 마법사들 중에 하나를 죽이는 게 될 겁니다."

"네 말이 틀리지는 않다." 돈키호테가 말했다. "적은 적으면 적을수록 좋은 법이니까."

산초의 충고와 경고를 실천하기 위해 칼을 뽑아 들었을 때 거울의 기사 종자가 당도했다. 그를 그토록 추악하게 만들었던 큰 코가 이미 사라진 채였다. 그는 큰 소리로 말했다.

"지금 무슨 짓을 하시려는 겁니까, 돈키호테 기사님. 기사님 발밑에 있는 사람은 바로 기사님의 친구인 산손 카라스코이며, 그리고 저는 그분의 종자입니다."

처음 보았던 추악한 모습이 사라진 그를 보고서 산초가 말했다.

"그 큰 코는 어디 있소?"

이에 그가 대답했다.

"여기 호주머니 속에 있소."

그러고는 오른쪽 호주머니에 손을 넣어 마분지 반죽 덩어리와 안료를 가지고 이미 언급한 형상으로 만든 가짜 코를 꺼냈다. 산초는 그것을 바라보고 또 보고 나서는 놀란 목소리로 크게 말했다.

"오, 성모 마리아님, 맙소사! 내 이웃이자 대부이신 토메 세시알이 아닙니까?"

"바로, 나일세!" 이제 코가 납작해진 종자가 대답했다. "나는 토메 세시알, 산초 판사의 대부이며 친구지. 나중에 자네에게 내가 여기에 오게 된 숨겨진 사정과 속임수를 말해주겠네. 그전에 자네 주인님께 발밑에 있는 거울의 기사에게 손을 대거나 상처를 입혀서도, 그를 거칠게 다루거나 죽여서도 안 된다고 말씀드려주게. 왜냐하면 이 사람은 충고를 잘 안 듣고 무모한 우리의 고향 사람인 학사 산손 카라스코가 틀림없기 때문이네."

이때 거울의 기사가 의식을 되찾았다. 그를 보자 돈키호테는 칼끝을 그의 얼굴에 대고서 말했다.

"기사여, 만일 이 세상에 비할 데 없는 둘시네아 델 토보소 공주가 그대의 카실데아 데 반달리아보다 아름다움에서 앞선다는 것을 그대가 실토하지 않는다면, 그대는 죽은 목숨이오. 이 외에도 이 결투와 패배에서 그대가 목숨을 유지하려 한다면, 엘 토보소 마을로 가서 그분의 면전에 내 안부를 전하면서 그분의 처분대로 그대를 맡긴다고 한 다음, 만일 그분이 그대를 자유롭게 풀어주거든 즉시 나를 다시 찾아서 돌아와야만 하오. 내가 어디에 있더라도 내 무훈의 흔적들이 그대를 나에게 데려다줄 길잡이가 되어줄 것이오. 그리고 내게 돌아와서는 둘시네아 공주님을 만나서 일어난 일들을 나에게 말해주어야 할 것이오. 우리가 결투하기 전에 정했던 조건에 따른 것이며 편력기사도의 도리를 벗어나지 않는 조건들이오."

"둘시네아 델 토보소의 해지고 더러운 신발이 카실데아의 깨끗하지만 잘 빗지 않은 머리칼보다 훨씬 낫다고 고백합니다." 패배한 기사가 말했다. "그리고 기사님의 공주님을 알현한 다음에 기사님에게 돌아올 것을 약속드리며, 제게 요청한 것들을 전부 상세하게 기사님에게 보고할 것을 약속드립니다."

"또한 그대가 이겼다고 하는 그 기사가," 돈키호테가 덧붙여 말했다. "돈키호테 데 라만차가 아니고 그렇게 될 수도 없으며, 그와 닮은 다른 사람이었다고 고백하고 믿어주어야만 할 것이오. 그대가 학사 산손 카라스코와 닮았을지라도, 그대는 그분이 아니라 그분과 닮은 다른 사람이고, 나의 적들이 여기에 그분의 형상으로 바꾸어놓은 다른 사람이오. 그 이유는 내 분노의 충동을 약화시키고 저지하기 위함이며 그래서 내 승리의 영광을 약화시키기 위해서라오."

"기사님이 그렇게 믿고, 판단하고, 느끼는 대로." 지칠 대로 지친 기사가 대답했다. "저 역시 모든 것을 고백하고, 판단하고, 믿습니다. 말에서 떨어질 때 충격이 너무나 컸는데 그럼에도 만일 일어나는 게 허락된다면, 기사님께서 제가 일어서도록 도와줄 것을 부탁드리오."

돈키호테는 그가 일어서도록 도왔고, 산초 판사는 그의 종자 토메 세시알에게서 시선을 떼지 않은 채 그자가 말한 대로 진짜 토메 세시알인지 확인하기 위해 질문을 퍼부으며 그가 대답에서 명확한 증거를 보여주기를 바라고 있었다. 그러나 마법사들이 거울의 기사를 카라스코 학사로 바꾸어버렸다는 주인의 말에 산초는 마음이 불안해져서, 자신의 눈으로 보고 있는 진실에 대해서도 스스로를 믿지 못했다. 결국 주인과 종자 두 사람은 이렇게 잘못 생각하고 말았으며, 거울의 기사와 그의 종자는 서글프고 불운한 마음으로, 갈비뼈에 고약을 바르고 버팀목을 대기 위한 적절한 장소를 찾을 생각으로 돈키호테와 산초의 곁을 떠나갔다. 돈키호테와 산초는 다시 사라고사로 가는 길을 계속 갔다. 거울의 기사와 그의 코가 큰 종자가 누구였는지에 대해 설명을 하기 위해, 그들에 대한 이야기는 여기에서 잠시 접어두기로 한다.

제15장

여기에서는 거울의 기사와 그의 종자가 누구인지에 관해 이야기하며 알려준다

돈키호테는 거울의 기사라고 상상했던 매우 용맹스러운 기사에게 승리를 거두었기 때문에 극도로 흡족하고 우쭐대며 자만심에 차 있었다. 그리고 그 거울의 기사가 했던 약속이 있으니 자신의 공주님이 여전히 마법에 걸려 있는지를 알게 될 것이라고 기대했다. 왜냐하면 그 패배한 기사가 둘시네아와 만나서 일어난 일을 돈키호테에게 보고하기 위해 기사직을 걸고서 반드시 다시 돌아올 것이기 때문이었다. 그러나 돈키호테가 생각하는 것과 거울의 기사가 생각하는 것은 달랐다. 이미 말했던 것처럼 그 당시 거울의 기사는 고약을 바를 장소를 찾을 생각뿐이었다. 이야기가 말하기를 학사 산손 카라스코가 돈키호테에게 멈추었던 기사도를 다시 계속하기를 충고했을 때, 이미 먼저 신부와 이발사를 만나서 돈키호테가 잘못 시도한 모험들이 그를 혼란스럽게 하지 않고, 평온하고 조용히 자신의 집에서 지낼 수 있도록 돈키호테를 설득하기 위해서 어떤 방법을 써야 할지 모의를 했던 것이다. 그리고 결론은, 모두의 동의에 따라 이의 없이 카라스코의 각별한 의견을 따르기로 했는데, 그것은 돈키호테가 다시 집을 나서도록 내버려두자는 것이었다. 그를 만류하는 것은 불가능해 보였던 데다, 산손이 편력기사로 길을 나서서 돈키호테와 싸워 이길 심산이었으니, 싸울 구실은 얼마든 있었고 이기는 것 또한 쉬울 것이라 생각했던 것이다. 여기에 패배자는 승리자의 의지대로 따른다는 계약과 합의를 덧붙여, 돈키호테가 패하면 학사 기사는 돈키호테에게 자신의 고향 집으로 돌아가서 앞으로 2년 동안 혹은 학사가 다른 일을 돈키호테에게 명령하기 전까지는 집을 나가지 못하게 하려 했다. 돈키호테는 기사도의 규율을 어기거나 역행하지는 않을 것이기 때문에 이 모든 것을 의심의 여지없이 지킬 것이 분명했다. 그리고 그가 감금되어 있는 시간 동안 자신의 허황된 꿈을 잊어버리거나 혹은 그의 광기를 고칠 적절한 처방을 찾을 기회가 생길 것으로 보았다.

카라스코는 제안을 받아들였다. 그리고 산초 판사의 대부이자 이웃이며, 낙천적이나 방정맞고 주책스러운 토메 세시알이 기사의 종자가 되겠다고 나섰다. 언급한 바대로 산손이 무장을 했고 토메 세시알은 자신의 진짜 코 위에다가 이미 언급한 가짜 코와 가면을 썼다. 서로 만났을 때 자신의 대자가 알아보지 못하게 하려 그랬던 것이다. 그리하여 돈키호테가 가는 길과 똑같은 여정을 따라갔다. 죽음의 수레 모험 때에는 거의 만날 뻔했다가 마침내 숲 속에서 만나게 되어, 그곳에서 현명한 독자께서 읽으신 모든 일들이 일어났다. 그리고 만일 그때 학사를 학사가 아니라고 생각한 돈키호테의 터무니없는 생각이 아니었더라면, 학사는 영원히 석사 학위를 받는 일이 불가능했을 것이다. 새를 발견하리라 생각한 곳에서 새 둥지도 찾지 못했으니 말이다. 토메 세시알은 자신들의 계획이 실패하고 그들의 여정이 불행한 종말을 맞게 된 것을 알고서 학사에게 말했다.

"산손 카라스코 님, 우리가 벌을 받은 것이 분명합니다. 너무 쉽게 생각하고 일을 저질렀는데, 그러나 많은 경우 거기서 빠져나오는 것이 더 어렵지요. 돈키호테는 미친 사람이고 우리는 제정신인데, 그는 멀쩡히 웃음을 띠고 있고 학사님은 만신창이가 되어 서글픈 처지에 계시니, 불가피하게 미치게 된 사람과 자신의 의지로 미친 사람 중에서 누가 더 미친 사람인지 모르겠습니다."

이에 산손이 대답했다.

"이 두 미치광이들 사이의 차이점은, 필연적으로 미친 사람은 항상 미치광이로 있으며 자진해서 미치광이가 된 사람은 자신이 원하면 그만둘 수 있다는 것이네."

"그건 그렇지요." 토메 세시알이 말했다. "저는 학사님의 종자가 되기를 원했을 때 제 의사대로 미치광이가 되었지요. 그리고 이제 제 의지에 따라서 미치광이가 되는 것을 그만두고 집으로 돌아가고 싶습니다."

"편한 대로 하시게." 산손이 대답했다. "내가 돈키호테를 몽둥이로 만신창이로 만들 때까지 집으로 돌아가겠다는 생각을 품는 것은 있을 수 없는 일이네. 그리고 지금 내가 그분을 찾아 나선다면 그건 그분이 제정신을 회복하게 하려는 것이 아니라, 그분에게 복수하려는 생각에서일 뿐일세. 갈비뼈가 너무나 아파서 좀 더 자비심을 갖고 얘기하는 것을 허락하지 않는군."

이런 얘기를 주고받으면서 두 사람은 어느 한 마을에 도착했는데, 그곳에서 운 좋게도 접골 의사를 만났다. 그 의사는 불쌍한 산손을 치료했다. 토메 세시알은 산손을 남겨두고 집으로 돌아갔다. 산손은 복수를 생각했다. 그러나 지금은 돈키호테와 즐거움을 나누는 일을 그만둘 수 없기 때문에, 산손에 대한 이야기는 때가 되면 다시 말하게 될 것이다.

제16장

돈키호테와 라만차의 어느 분별 있는
기사 사이에 일어난 일에 대하여

앞서 말했듯이 돈키호테는, 지난번 승리로 당대 세상에서 가장 용맹스러운 편력기사가 되었다고 생각하며 기쁨과 흡족함과 자만심에 차서 자신의 여정을 계속하고 있었다. 앞으로 그에게 닥쳐올 모든 모험들이 행복한 결말을 가져올 것이라 생각되었고, 마법과 마법사들도 별것 아닌 양 여겨졌다. 기사도를 행하는 동안 얻어맞은 셀 수 없는 몽둥이질도 기억나지 않았고, 이가 절반은 나간 돌팔매질도, 갤리선 죄수들의 배은망덕도, 양구아스인들의 무례함과 몽둥이세례도 기억 속에서 사라졌다. 끝으로, 만약 자신이 둘시네아 공주님을 마법에서 풀어낼 기술이나 방법을 찾는다면, 지난 세기에 가장 운이 좋았던 편력기사들이 가졌거나 혹은 가질 수 있었던 가장 큰 행운도 부럽지 않을 것이라고 혼잣말로 중얼거렸다. 이런 생각들로 머리가 가득 차서 길을 가고 있을 때 산초가 그에게 말했다.

"주인님, 아직도 제 대부인 토메 세시알의 터무니없이 커다란 코가 눈앞에 어른거리는데 괜찮을까요?"

"산초야, 설마 거울의 기사가 학사 카라스코이고 그의 종자가 네 대부인 토메 세시알이었다고 믿는 게냐?"

"제게 무슨 얘기를 하시는 건지 잘 모르겠지만," 산초가 대답했다. "제 집과 마누라, 또 아이들에 대해 들이댔던 증거들로 보면 세시알이 틀림없습니다. 마을에서 수없이 본 얼굴인 데다 제 집과는 벽을 맞대고 살아서 아주 잘 알지요. 가짜 코를 떼어낸 얼굴은 영락없는 토메 세시알이에요. 목소리도 꼭 같고요."

"산초야, 그 문제에 대해 말해보자." 돈키호테가 말했다. "이리로 와보거라. 학사 산손 카라스코가 나와 싸우기 위해 공격과 수비에 필요한 무기로 무장을 하고 편력기사로 나타난다는 게 말이 되느냐? 설마 내가 그의 적이라도 된단 말이더냐? 나는 그가 원한을 가질 만한 아무런 동기도 제공한 적이 없는데도? 아니면 내가 그의 경쟁자라서? 내가 기사도로 얻은 명성을 시기한 그가 자신의 기사직을 과시라도 한다는 것이냐?"

"그렇게 말씀하시니 무슨 말을 해야 할지 모르겠네요, 주인님." 산초가 대답했다. "그 기사가 누구이든 간에 카라스코 학사와 매우 닮았으며, 그의 종자는 제 대부인 토메 세시알과 닮았으니 말입니다. 주인님께서 말씀하신 대로 만일 그것이 마법이라 해도, 세상에 두 사람이 다 똑같이 닮을 수는 없지 않을까요?"

"모든 것이 속임수이고 계략이다." 돈키호테가 대답했다. "나를 쫓아다니는 사악한 마법사들의 짓이야. 싸움에서 내가 승리자가 될 것을 알고, 패배한 기사를 내 친구 학사의 얼굴로 보이게 미리 준비한 것이지. 그와 맺은 내 우정이 내 칼날과 팔의 강인함 사이에 끼어서 내 마음의 당연한 분노를 약하게 했으니 말이다. 그런 식의 마법과 거짓으로 내 목숨을 노리던 자는 목숨을 부지할 수 있었던 것이야. 오, 산초야! 너는 이미 경험을 하였으니 거짓말을 하거나 남을 속이지는 않겠지. 마법사들이 아름다운 것을 추하게 만들고 추한 것을 아름답게 만들면서, 얼마나 쉽게 한 사람의 얼굴을 다른 얼굴로 바꾸어놓는지 보았으니 말이다. 이틀 전, 네가 두 눈으로 직접 이 세상에 비할 데 없는 둘시네아의 아름다움과 늠름함을 그 완전무결하고 자연스러운 용모 속에서 보고 있었음에도, 내게는 그 모습이 백내장을 앓고 입에서는 악취가 나는 촌스러운 시골 아낙의 추하고 저질스러운 모습으로 보일 뿐이었지 않느냐. 이처럼 악랄한 변형을 저지른 사악한 마법사에게는 내 손으로 얻은 승리의 영광을 빼앗아 가기 위해 상대의 모습을 산손 카라스코와 너의 대부로 바꾸어놓는 일쯤은 아무것도 아닐 것이다. 그러나 나는 괜찮다. 겉모습이야 어찌 되었든, 결국 나는 적을 물리친 승리자이니까."

"하느님께서는 모든 일의 진실을 아시겠지요." 산초가 대답했다.

산초는 둘시네아 공주에게 걸린 마법은 바로 자신의 계략이고 속임수라는 것을 알고 있었기에 주인의 망상을 납득하지 못했다. 그러나 더 말을 하다가는 자신의 속임수가 발각될까 두려워 반박은 하지 않았다.

이런 말을 하고 있을 때, 그들의 뒤편에서 같은 길을 따라오던 한 남자가 그들을 따라잡았다. 남자는 매우 아름다운 희고 검은색 털을 가진 암말을 타고 붉은색 벨벳 천을 삼각형 조각으로 덧댄 초록색 고급 천으로 만든 외투를 입고 있었으며, 똑같은 비로드 천으로 만든 정장 모자를 쓰고 있었다. 암말의 장신구는 들판을 여행하는 기마식으로 검붉은 초록색이었고, 무어인의 짧고 구부러진 칼을 초록과 황금빛의 넓은 허리띠에 찼으며, 가죽으로 만든 승마용 장화를 신고 있었다. 박차는 금이 아니라 초록색 광택을 입힌 것으로 매우 윤이 나고 번들번들했는데, 그의 복장과 어우러져서 순금으로 만든 것보다 더 좋아 보였다. 나그네는 그들과 가까워지자 정중하게 인사를 건네고, 암말에 박차를 가해 그들을 지나쳤다. 돈키호테가 그에게 말했다.

"신사 양반, 선생께서도 우리와 같은 길을 가시는 것이라면, 또 그다지 서

두르지 않아도 된다면, 우리와 함께 가시면 고맙겠습니다."

"사실을 말하자면," 암말을 탄 남자가 말했다. "제 암말 때문에 그쪽 말이 소란을 피우지 않을까 하는 두려움만 아니었다면 이렇게 훌쩍 지나치지 않았을 겁니다."

"괜찮을 겁니다, 나리." 이때 산초가 대답했다. "암말의 고삐만 잘 잡고 계시면 문제없어요. 우리 말은 세상에서 가장 정결하고 분별 있는 말이거든요. 이와 비슷한 경우에 결코 천박한 짓을 한 적이 없는데, 단 한 번 탈선을 했다가 주인님과 제가 일곱 배로 배상했었지요. 다시 말씀드리지만 나리께서 원하시면 같이 가세요. 맛있는 음식으로 유혹하더라도 우리 로시난테는 쳐다보지도 않을 것을 제가 확신합니다."

나그네는 고삐를 당기며 돈키호테의 우아한 태도와 얼굴을 보고 감탄했다. 돈키호테는 투구를 쓰지 않은 채 가고 있었는데, 투구는 산초의 당나귀 안장틀 앞쪽에 가방처럼 매달려 있었다. 녹색 외투의 신사가 돈키호테를 한참 바라보았다면, 돈키호테는 녹색 외투의 신사를 그보다 더 오래 쳐다보았다. 그는 근엄한 사람으로 보였다. 쉰 살 즈음 되어 보였는데 흰머리가 조금 있었고, 얼굴은 갸름한 데다 눈빛은 명랑하기도 하고 진지해 보이기도 했다. 결론적으로 의복과 태도로 볼 때 좋은 집안의 출신 같았다. 녹색 외투를 입은 이가 돈키호테를 보고 판단한 것은 이와 비슷한 차림새와 용모를 가진 사람을 결코 본 적이 없다는 것이었다. 돈키호테의 삐쩍 마른 말과 그의 큰 키, 누렇고 여윈 얼굴, 그의 무기와 몸짓과 의복을 보고 놀랐던 것이 그의 용모와 행색은 그 고장에서 오래전부터 보지 못했던 것이었기 때문이다. 돈키호테는 나그네가 자신을 관심 있게 바라보고 있다는 것을 알아차리고는, 그의 놀라움에서 자신에 대한 호기심을 짐작했다. 돈키호테는 매우 예의 바르고 모두에게 즐거움을 주는 사람이기 때문에 상대가 그에게 무엇을 묻기 전에 미리 선수를 쳐서 말해주었다.

"귀공께서 보신 제 모습이 아주 생소하고, 일반적으로 익숙했던 것들과는 매우 다르므로 귀공께서 이상하게 생각하셨더라도 놀랄 일이 아닙니다. 그러나 귀공에게 제가 바로 그 기사라는 것을 말씀드리면, 더는 놀라시지 않을 겁니다.

　사람들이 말하네,
　편력기사들은 모험을 찾아 나선다고.

　저는 고향을 떠나서 재산을 저당 잡히고, 편안한 삶을 버리고 제가 더욱 더 봉사할 곳으로 인도해주실 운명의 두 팔에 저를 맡겼습니다. 이미 사라진 편력기사도를 다시 부활시키고 싶었고, 여러 날 전에 여기에서 마주치고 저기서 쓰러지고, 여기에서 굴러떨어지면 저기서 일어서면서 제가 소망하는 대부분을 성취했습니다. 과부를 구해주고 처녀를 보호하고 유부녀, 고아, 불쌍한 사람들을 도와주었는데 그게 편력기사들의 고유한 임무이지요. 그리하여 저의 용맹스럽고 그리스도교도다운 수많은 공적들이 인정을 받아서 제 이야기가 이미 세계 곳곳에서, 모든 나라에서 출판되어 나돌아다니는 영광을 얻었습니다. 저에 대한 이야기가 3만 권이나 인쇄되었으며,* 만일 하늘이 가로막지만 않는다면, 천 권의 3만 배를 인쇄하게 될 겁니다. 마지막으로 모든 것을 짧게 요약하자면 아니 한마디로 말하자면, 저는 돈키호테 데 라만차이며 일명 '슬픈 얼굴의 기사'라고 불립니다. 비록 자화자찬은 천박하다 하나 때때로 저의 칭찬을 할 수밖에 없고, 더구나 그런 칭찬의 말

---

*3장에서 1만 2천 권이 인쇄되었다고 했는데 그사이 2배 이상 증가했음을 알 수 있다.

을 할 사람이 이 자리에 없으니 제가 이러는 것도 이해되실 겁니다. 그러니 점잖으신 신사여, 이 말, 이 창, 이 방패와 종자, 이 모든 무기들, 제 누런 얼굴과 삐쩍 마른 제 몸도, 이제 제가 누구인지 무슨 직업을 가졌는지 아시었으니 더는 놀랍지 않으실 겁니다."

이렇게 말하고서 돈키호테는 입을 다물었다. 녹색 외투의 신사는 그 말에 아무런 대꾸를 못 하고 미적거렸는데, 무슨 대답을 해야 할지 모르는 듯 보였다. 그러나 조금 지나자 돈키호테에게 말했다.

"기사님, 제가 머뭇대는 것을 보시고 제 의중을 알아맞히셨군요. 그러나 당신을 보고서 제 마음에 생긴 놀라움을 아주 없애주지는 못하셨습니다. 기사님이 누구인지 알게 되면 더는 놀라지 않을 거라 말씀하셨지만, 그렇지 않습니다. 오히려 그 말씀을 들은 지금 저는 더 혼란스럽고 놀라울 따름입니다. 요즘 세상에 어떻게 편력기사들이 존재한다는 것인지요? 그리고 진정한 기사도를 인쇄한 이야기들이 있다는 말입니까? 제가 납득할 수 없는 것은, 오늘 이 땅에 진정 과부를 돕고, 처녀들을 보호하고, 유부녀를 지키고, 고아들을 구원하는 사람이 있는가 하는 것입니다. 만일 제 눈으로 직접 기사님을 보지 않았더라면 믿지 못했겠지요. 하늘의 축복이 있으시기를! 기사님이 말씀하신 대로 고귀하고 진정한 기사도에 대한 이야기가 인쇄되어 나오는 덕에 그간 좋은 풍속들에 해가 되고, 좋은 이야기들에 손해와 불신만을 심어준 이 세상에 가득한 거짓 편력기사들의 이야기가 사라지게 될 것이라니 말씀입니다."

"편력기사들에 대한 이야기들이 거짓인지 아닌지에 대해서는 할 얘기가 많습니다." 돈키호테가 대답했다.

"그러면 그런 이야기들이 거짓이 아니라고 믿는 사람이 있단 말입니까?" 녹색 외투의 신사가 말했다.

"저는 거짓이 아니라고 생각합니다." 돈키호테가 대답했다. "이 이야기는 여기에서 그만하기로 하지요. 만일 우리의 여정이 계속된다면, 기사 이야기가 진실이 아니라고 확신하는 사람들의 주장을 그대로 받아들이는 것은 잘못임을 귀공이 깨닫게 되기를 하느님께 기원합니다."

이 말을 듣고서 나그네는 돈키호테가 약간 정신이 이상하다는 것을 짐작했으나, 다른 말로 확신을 갖기 전까지는 그 생각을 미뤄두기로 했다. 그리고 다른 이야기로 화제를 바꾸기 전에, 돈키호테가 나그네에게 그가 누구인지 말해줄 것을 간청했다. 이미 자신은 자신의 신분과 인생에 대해 그에게 말해주지 않았느냐는 것이었다. 이에 녹색 외투의 신사가 대답하였다.

"슬픈 얼굴의 기사님, 저는 하느님께서 허락하신다면, 오늘 우리가 점심을 먹으러 가게 될 마을 출신의 시골귀족입니다. 중간 이상의 재산을 가지고 있으며, 이름은 돈 디에고 데 미란다로, 제 아내와 아들과 친구들과 살아가며 낚시와 사냥을 즐깁니다. 그러나 사냥매나 사냥개는 없고, 잘 길들인 자고새와 대담한 족제비를 가지고 있습니다. 책은 72권 정도 있는데, 주로 로망스어*와 라틴어로 된 책들이고, 역사책들과 종교서적들이 주를 이루지요. 기사도 책들은 아직 우리 집 문턱을 넘어오지 않았습니다. 저는 신앙과 관련된 서적보다는 세속적인 책을 더 자주 펼칩니다. 정당한 오락서적으로 어휘를 통해 즐거움을 주고, 창의성으로 놀라움과 찬사를 주는 것이기만 하다면요. 에스파냐에는 이런 유의 책들이 아주 적습니다. 때로는 이웃들이나 친구들과 식사를 하는데 많은 경우에 제가 그들을 초대합니다. 제 초대는 깔끔하고 청결하며 인색하지 않지요. 저는 남을 험담하는 것을 좋아하지 않

---

*라틴어를 모어로 하여 발전된 여러 언어의 총칭. 여기에서는 스페인어, 독일어, 이탈리아어 등 전통적으로 지식인이 사용하던 라틴어를 제외한 다른 유럽어들을 말한다.

고, 또 제 앞에서 험담하는 것도 좋아하지 않습니다. 이웃 사람들의 생활을 조사하는 것도 타인의 행동을 감시하는 것도 좋아하지 않아요. 매일 미사에 가고, 매우 신중한 사람의 마음도 부드럽게 사로잡는 적들인 위선과 허영이 제 마음속으로 들어오지 않도록 선행을 자랑하지 않습니다. 가난한 자들과 저의 재산을 나누어 가지며, 제가 아는 사람들이 사이가 틀어져 있다면 화해시키고자 애를 씁니다. 저는 성모님께 귀의하였고 우리 주님이신 하느님의 무한한 자비를 항상 믿습니다."

산초는 귀족의 생활과 취미에 대한 이야기를 아주 유심히 들었는데, 자신이 보기에도 유익하고 성스럽게 보였기 때문이다. 나아가 그런 생활을 하는 사람은 기적도 행할 것처럼 생각되어서 그는 당나귀에서 내려 재빠르게 귀족에게 달려가 그의 오른쪽 박차를 붙들고 경건한 마음으로, 거의 눈물을 흘리면서 그의 발에 수없이 입을 맞추었다. 그 모습을 본 귀족이 산초에게 말했다.

"무얼 하는 거요? 형제여, 이게 무슨 입맞춤입니까?"

"입맞춤하게 해주십시오." 산초가 대답했다. "어르신께서는 제가 살아온 평생에 처음 보는 말을 탄 성인이시니까요."

"나는 성자가 아니라 아주 죄 많은 사람이라네." 귀족이 대답했다. "형제여, 자네야말로 그렇구먼. 자네의 순박함을 보니 좋은 사람이 틀림없네."

산초는 다시 나귀의 안장 위로 올라갔다. 깊은 우수에 잠겨 있던 그의 주인은 미소를 지었고, 돈 디에고는 다시 한 번 경탄을 했다. 돈키호테는 그에게 자식은 몇 명이나 있는지 물으면서 말하기를 하느님에 대한 진정한 인식이 부족했던 고대 철학자들이 최고의 행복으로 간주하는 것들 중 하나는 자연이 주는 행복과 운명이 주는 행복으로, 많은 친구를 갖는 것과 착한 자식을 많이 갖는 것이라 했다.

"돈키호테 님," 귀족이 대답했다. "저는 아들이 하나 있습니다. 그러나 만일 자식을 갖지 않았더라면 아마 훨씬 더 행복했을 거라고 생각합니다. 제 자식이 행실이 나빠서가 아니라 제가 바라는 것만큼 훌륭하지 못하기 때문입니다. 나이는 열여덟 살인데, 6년은 살라망카에서 라틴어와 그리스어를 배우면서 자랐습니다. 저는 자식이 다른 학문을 공부하기를 원했는데 그 아이를 보니 시학에(그것도 학문이라고 부를 수 있을지 모르겠지만) 매우 몰입해 있는 것 아니겠습니까. 그래서 제가 원했던 법률 방면으로 공부하게 하는 것이 불가능했고, 모든 학문의 여왕인 신학을 하는 것도 불가능했습니다. 저는 아들이 가문의 영광이 되기를 바랐지요. 왜냐하면 우리 국왕께서는 덕망 있고 훌륭한 학문을 높이 평가하시니까요. 덕이 없는 학문은 쓰레기 더미 속의 진주일 뿐이지요. 하루 종일 호메로스의 《일리아드》 시구절에서 좋고 나쁜 것을 연구하면서 지낸답니다. 마르시알도 무슨 풍자시에서 경박한지 아닌지를 연구하고, 베르길리우스의 이런저런 시구들을 어떤 방식으로 이해해야 하는지를 연구하지요. 결국 아들의 모든 이야기들은 앞에 언급한 시인들의 작품들, 호라티우스, 페르시우스, 유베날리스, 티불루스의 작품들에 관한 것들이랍니다. 현대 로망스어 작가들에 대해서는 그다지 관심이 없고요. 그런데 로망스어로 쓴 시에 대해서 관심을 보이지 않던 아들이 지금은 살라망카에서 보내온 네 구절의 시를 글로사*로 만드는 데 골머리를 앓고 있더군요. 제 생각으로는 무슨 문학경연대회인 것 같습니다."

이 말에 돈키호테가 대답했다.

"선생, 자식이란 부모의 오장육부의 한 부분이지요. 그래서 착하든 악하든 간에 우리에게 생명을 부여한 영혼을 사랑하는 것처럼 사랑할 수밖에 없

---

*스페인 시작품 중에서 운을 따라서 시를 짓는 형식.

습니다. 어릴 적부터 미덕과, 훌륭한 가정교육과 훌륭한 그리스도교 풍습을 배우도록 길을 가르쳐주는 것은 부모의 몫입니다. 그래서 성인이 되었을 때 부모의 노후에 지팡이가 되고 후손들에게 영광으로 남아주기를 바라는 것이지요. 그런데 자식에게 이 학문을 해라 저 학문을 해라 강요하는 것은, 비록 자식을 설득하는 일이 해로운 것은 아닐지라도, 저는 잘하는 일이 아니라고 봅니다. 자식이 운이 좋아서 하늘이 부모에게 먹고살기에 충분한 양식을 주었다 할지라도, 호구지책으로 공부를 해야만 하는 것이 아니라면, 제 생각으로는 자식이 더 좋아하는 학문을 계속하도록 두는 것이 좋을 듯합니다. 비록 시학은 유용하다기보다는 즐거운 것이지만, 그것을 공부하는 사람을 종종 불명예스럽게 하는 그런 학문은 아닙니다. 선생, 시학은 제 생각으로는 순진하고 나이가 어린 아주 아름다운 여인과 같습니다. 다른 많은 여인들, 즉 다른 학문들이 시학을 풍요롭게 하고, 치장하고, 아름답게 장식해주어야만 합니다. 시학은 모든 학문에 도움이 되며, 모든 학문들은 시학과 함께 권위를 부여받게 됩니다. 그러나 이 시학이라는 여인은 마음대로 만지거나, 거리로 끌려 나오거나, 광장의 모퉁이나 궁전의 은밀한 곳에서 공개되는 것을 싫어합니다. 시학은 덕성이라는 연금술로 만들어져, 그것을 다룰 줄 아는 사람은 값을 매길 수 없을 만큼 귀한 순수한 황금으로 만들 겁니다. 시학을 하는 사람은 정당한 범위 내에서만 해야 하며, 엉터리 풍자시나 양심이 없는 소네트가 유행하게 내버려둬서는 안 됩니다. 영웅적인 시들이나, 처절한 비극이나, 즐겁고 기교를 부린 희극들이 아니면 어떤 경우라도 시학은 물건처럼 팔려서는 안 되며 불량배들이나, 시학에 숨겨진 보물을 알지도 못하고 존중할 능력도 안 되는 무지한 속인들이 만지도록 내버려두어서는 안 됩니다. 선생, 제가 지금 오직 신분이 낮은 일반 평민들을 속인들이라고 부른다고 생각하지 마십시오. 귀족과 군주일지라도 이런 사실을 알지 못하는 사람들은 모두 속인에 포함될 수 있고, 포함되어야만 합니다. 그래서 제가 말씀드린 요건들을 갖추어서 시를 쓰고 대하는 사람은, 이 세계 모든 문명국가들에 그의 이름이 알려지고 존경받게 될 겁니다. 그런데, 선생의 자제분이 로망스어로 쓴 시를 그다지 존중하지 않는다고 말씀하셨는데, 아드님이 초점을 잘 맞추지 못한 것이라고 저는 이해합니다. 그 이유는 다음과 같습니다. 위대한 호메로스는 라틴어로 작품을 쓰지 않았는데, 그 이유는 그가 그리스 사람이었기 때문입니다. 또 베르길리우스는 그리스어로 쓰지 않았는데 그가 로마 사람이었기 때문이지요. 결론적으로 모든 고대의 시인들이 젖 먹던 시절의 모국어로 작품을 썼으며 자신의 위대한 사고력을 보여주기 위해서 외국어를 찾지 않았습니다. 이런 사정을 볼 때 모든 나라에 이러한 관습이 퍼져나가야 마땅합니다. 독일 시인이 자기 언어로 작품을 쓴다고 무시당하지 않으며, 우리 카스티야 사람들이나, 자신들의 언어를 사용하는 비스카야인*들도 무시당하지 않을 겁니다. 그러나 선생, 제가 생각하기로는, 귀공의 자제는 로망스어로 쓴 시를 싫어하는 게 아니라, 자신의 자연스러운 영감을 소중히 여기고, 깨우쳐주고, 도와주는 다른 학문들이나 언어를 알지 못한 채 단순히 로망스어만 아는 시인들이 싫다는 말일 것입니다. 그러나 여기에도 실수는 있을 수 있지요. 왜냐하면 진실한 의견에 의하면 시인은 타고난다고, 다시 말해서 천부적인 시인은 어머니의 배 속에서부터 시인으로 태어난다고 하니, 공부나 학예의 도움 없이 하늘이 부여한 천성만을 가지고 '신은 우리의 마음속에 계시다'라고 말한 이**가 진정한 시인이 될 수 있었던 것입니다. 또한 학예의 도움을 받은 천부적인 시인은 오로

---

*비스키야를 비롯한 스페인 북부 바스크 자치 지역 주민들은 예로부터 일반적인 스페인어 즉 카스티아어와는 언어 체계가 전혀 다른, 독립적인 언어를 사용해왔다.
**법정변론에서도 '말이 저절로 시가 되었다'고 하는 로마의 천재적 시인 오비디우스를 말한다.

지 학예만을 배워서 시인이 되고자 하는 사람보다 훨씬 훌륭하고 뛰어납니다. 학예는 천성보다 뛰어나지 못하며, 단지 천성을 완벽하게 해줄 뿐이기 때문이지요. 그리하여 천성에 학예를 가미하고, 학예에 천성이 보태져서 완벽한 시인이 탄생하는 것입니다. 선생, 결론적으로 말하자면, 귀공께서 아드님을 그의 운명이 부르는 길로 가도록 하신 것입니다. 아드님은 기대한 만큼 아주 훌륭한 학생이고, 이미 언어라는 학문의 첫 단계를 성공적으로 올라갔으므로 이를 토대로 혼자 힘으로 인문학의 정상에 오를 겁니다. 인문학은 망토와 검을 찬 기사에게 아주 유용한 학문이며, 그래서 주교가 쓰는 모자처럼, 혹은 노련한 법률가들이 입는 법복처럼, 사람을 치장하고 명예롭게 하고 위대하게 만들어주지요. 만약 아드님이 다른 사람의 명예를 해치는 풍자시를 쓴다면 귀공께서 나무라시고, 벌하시고, 그것을 찢어버리십시오. 그러나 호라티우스 양식으로 아주 우아하게 일반적인 악행을 비난하는 설교시를 쓴다면, 칭찬을 해주십시오. 시기와 질투를 비난하고, 시기하는 자들의 악행과 악습들을 그 인물이 누구인지를 밝히지 않고 시구절에 쓰는 것은 시인에게는 정당한 일이니까요. 그러나 나쁜 악행을 말한 대가로 폰토 섬으로 추방될 위험에 처한 시인*도 있습니다. 만약 시인의 인생이 순수하다면, 그의 시 역시 그럴 겁니다. 펜은 영혼의 혀이지요. 그 영혼 속에서 잉태된 생각들이 무엇이냐에 따라서 작품도 그런 것이 될 겁니다. 국왕이나 왕자들도 신중하고 덕망 있고 신중한 인물들 가운데 놀랄 만한 시학의 재능을 발견하면, 그들에게 영예를 주고 상을 주고 부자가 되게 해주며 심지어는 벼락도 범하지 않는 나뭇잎으로 월계관을 씌워줍니다. 어느 누구에게도 모욕이나 공격을 당하지 않는다는 표식으로 이마를 장식하는 월계관을 머

---

*오비디우스의 작품들이 풍속을 해친다고 하여 폰토 섬으로 추방되었던 사건을 말한다.

리에 쓰는 것이지요."

녹색 외투의 신사는 돈키호테의 이론에 감탄해, 애초에 가졌던 정신 나간 사람이라는 생각을 털어버렸다. 그러나 산초에게는 이러한 이야기가 별 재미가 없었으므로 대화 중간에 길에서 빠져나와 근처에서 양젖을 짜고 있던 목동들에게 우유를 조금 달라고 청했다. 돈키호테의 훌륭한 이야기와 분별력에 극도로 만족한 귀족이 다시 이야기를 시작하려 할 때 돈키호테는 고개를 들고 그들이 가고 있는 길 쪽에서 국왕의 깃발들을 가득 꽂은 수레가 오고 있는 것을 보았다. 돈키호테는 이것이 어떤 새로운 모험일 거라고 믿고는 산초에게 얼굴 가리개가 달린 투구를 가져오라고 큰 소리로 외쳤다. 자기를 부르는 소리에 산초는 목동들을 내버려둔 채 급히 나귀에 박차를 가하여 주인이 있는 곳에 도착했고, 이로 인해 주인에게는 무시무시하고 분별없는 모험이 일어났다.

제17장

여기에서는 행복하게 끝난 사자와의 모험과
돈키호테의 전대미문의 용기가 어디까지 도달했고,
도달할 수 있었는지 그 정점이 밝혀진다

이야기는 전하기를, 돈키호테가 산초에게 투구를 가져오라고 소리쳤을 때 그는 목동들이 파는 물같이 연한 치즈를 사고 있었다. 돈키호테의 성급한 재촉에 산초는 연한 치즈를 어떻게 처리해야 할지, 어디에 담아서 가져갈지 몰라서, 이미 값을 지불한 치즈를 버리고 가지 않으려고 그의 주인의 투구 속에 넣었다. 산초는 매우 안전하게 치즈를 처리하고 주인이 자신을 찾는 이유를 알기 위해 돌아왔다. 산초가 도착하자 돈키호테가 말했다.

"그 투구를 다오, 벗이여. 내가 모험에 대해 아는 것이 적다면 또 모를까 저기 보이는 것은 나를 필요로 한다. 내가 무장을 해야만 하는 모험이 틀림없다."

녹색 외투의 신사는 이 말을 듣고 사방으로 시선을 뻗어보았으나 그들을 향해 다가오는 수레 한 대 말고는 아무것도 발견하지 못했다. 수레에는 두세 개의 작은 깃발이 달려 있었는데, 아마도 국왕의 재산을 운반하는 것으로 보였다. 그래서 돈키호테에게 그렇게 말해주었으나 돈키호테는 항상 자신에게 일어나는 모든 일은 모험, 또 모험뿐이라고 생각하고 믿었기 때문에, 신사의 말을 믿지 않고 이렇게 대답했다.

"미리 준비한 사람은 싸움에서 절반은 승리한 것입니다. 내가 지금 대비를 한다고 해서 잃을 것이나 손해 볼 것은 아무것도 없지요. 나는 경험을 통해 보이는 적과 보이지 않는 적이 있다는 것을 알고 있습니다. 언제, 어디에서, 어느 순간에, 어떤 모습으로 나를 습격할지 모를 뿐이지요."

그러고는 산초에게 몸을 돌리면서 투구를 달라고 했다. 물같이 연한 치즈를 꺼낼 만한 기회가 없었던 산초는 그대로 투구를 건네줘야만 했다. 돈키호테는 투구를 받아 들고 안에 있는 것을 보지도 않은 채 황급하게 머리에 눌러썼다. 그러자 치즈가 눌려 으깨지면서 돈키호테의 온 얼굴과 수염에 흘러내리기 시작했다. 이에 깜짝 놀란 돈키호테가 산초에게 말했다.

"이게 무엇이냐, 산초야? 내 두개골이 물컹해지거나 뇌수가 녹고 있는 것 같구나. 아니면 머리부터 발끝까지 땀이 나고 있는 것이냐? 만일 내가 땀을 흘리고 있는 것이라면, 분명히 무서워서 흘리는 것은 아니지만, 의심할 여지없이 오늘 나에게 일어날 모험은 무시무시하겠구나. 산초야, 닦을 것을 좀 다오. 흥건한 땀에 눈이 보이지 않는구나."

산초는 조용히 입을 다물고 주인에게 수건을 주었다. 그리고 하느님께 자신의 주인이 사실을 눈치채지 못한 것에 감사를 드렸다. 돈키호테는 얼굴을 닦고 나서 자기 머리를 차갑게 한 것이 무엇인지 알기 위해 투구를 벗었다. 그리고 투구 안의 하얀 우유죽 같은 것을 보고서, 그것을 자신의 코에 갖다 대고 냄새를 맡으며 말했다.

"나의 공주님이신 둘시네아 델 토보소의 목숨을 걸고 확언하건대, 네놈이 여기에 넣은 것은 물같이 연한 치즈로구나. 이 배신자, 망나니, 버릇없는 종자 녀석아."

이에 산초는 태연하게 능청을 떨며 대답했다.

"치즈라면 제게 주세요, 주인님, 제가 먹어치우겠습니다. 하지만 그것은 악마에게 먹이셔야 할 겁니다. 틀림없이 그놈이 거기에 치즈를 넣었을 테니까요. 제가 어찌 감히 주인님의 투구를 더럽힐 수 있겠습니까? 전 그럴 배짱도 없습니다! 주인님, 제 믿음과 하느님께서 제게 주신 가르침을 걸고 말하는데, 주인님의 수족인 저를 괴롭히는 마법사들이 있는 것이 틀림없습니다. 주인님이 인내심을 잃고 화내시게 만들어서, 늘 그러셨던 것처럼 제 갈빗대를 으스러지게 하도록 마법사들이 그 더러운 것을 투구에 넣은 겁니다. 하지만 이번에는 분명코 헛된 짓을 한 겁니다. 주인님께서 현명한 판단을 하실 테니 말입니다. 전 주인님께서 제가 연한 치즈나 우유나 그 비슷한 것도 갖고 있지 않다는 것을 알아주실 거라 믿습니다. 만일 그런 것이 있었다면 진즉에 투구가 아니라 배 속에 집어넣었겠죠."

"그럴 수도 있겠구나." 돈키호테가 말했다.

한편, 같이 있던 시골귀족은 모든 것을 지켜보고 나서 깜짝 놀랐다. 특히 돈키호테가 머리와 얼굴, 수염, 투구를 닦고 나서 다시 그것을 뒤집어쓰고 말 등자에 몸을 잘 고정시킨 뒤 검을 확인해보고 창을 움켜쥐고서 말을 했을 때는 그저 놀랄 뿐이었다.

"자, 올 테면 와 봐라. 마왕이 직접 나타난다 해도 그와 싸울 용기를 갖고서 내 여기 있노라."

이때 깃발 달린 수레가 다가왔다. 수레에는 수레를 끄는 노새에 올라탄 마부와 수레 앞쪽에 앉은 남자 한 명만이 있었다. 돈키호테는 수레를 가로막고 서서 말했다.

"어디로 가시는가, 형제들? 이건 무슨 수레인가? 어떤 물건을 운반하며 이 깃발들은 무엇인가?"

이에 마부가 대답했다.

"수레는 제 것인데, 우리 안에 갇힌 사나운 사자 두 마리를 운반하고 있는 중입니다. 오랑*의 장군이 국왕 전하께 바치기 위해 왕궁에 보내는 것이지요. 깃발은 국왕 전하의 깃발로, 그분의 물건이 실려 있다는 징표이고요."

"사자는 아주 큰가?" 돈키호테가 물었다.

"매우 큽니다." 수레 앞쪽에 있던 남자가 대답했다. "아프리카에서 에스파냐로 건너온 사자들 중에 이놈들보다 더 크거나 이놈들만큼 좋은 사자는 없습니다. 저는 사자 사육사라서 여러 사자를 끌고 와봤지만 이런 놈들은 처음입니다. 암컷과 수컷인데 수컷은 이쪽 첫 번째 우리에, 암컷은 그 뒤쪽 우리에 있습니다. 두 놈 다 오늘 먹지를 못해서 굶주려 있으니 기사님께서는 길을 비켜주십시오. 사자들에게 먹이를 주는 곳까지 서둘러 가야만 합니다."

이에 돈키호테는 미소를 지으며 말했다.

"나에게 사자 새끼들을? 감히 지금 사자 새끼들을 나에게 보내? 하느님께 맹세하건대, 사자를 여기에 보낸 자들은 내가 사자를 무서워하는지 아닌지 보게 될 것이다! 내려오게, 이 양반아, 자네는 사자 사육사이니 우리를 열고 그 짐승들을 밖으로 풀어놓게. 마법사들이 나에게 사자를 보냈으니 이 들판 한가운데서 내 그자들에게 돈키호테 데 라만차가 어떤 사람인지 알게 해주겠네."

"이런, 이런!" 시골귀족이 혼잣말로 말했다. "우리의 훌륭한 기사님께서 자기가 누구인지 이제 증거를 보여주시네. 확실히 연한 치즈가 두개골을 말랑말랑하게 하고 뇌수를 녹여놓았나 보군."

이때 산초가 그에게 다가와 말했다.

---

*1509년 스페인이 정복한 알제리 해안에 있는 도시.

"나리, 하느님을 위해서라도 제발 돈키호테 주인님이 사자와 싸우지 않도록 해주세요. 주인님이 사자와 싸우면, 사자들이 여기 있는 우리 모두를 찢어발길 겁니다."

"자네 주인이 그 정도로 미쳤다는 건가?" 시골귀족이 말했다. "저렇게 무서운 짐승과 싸울 거라고 자네가 믿고 두려워할 정도로?"

"미치지는 않았고요." 산초가 대답했다. "대범하신 거지요."

"그럼 내가 자네 주인이 대범해지지 않게 해보지." 시골귀족이 말했다.

그러고는 우리를 열라고 사육사를 재촉하는 돈키호테에게 다가갔다.

"기사님, 편력기사는 성공할 것이라는 희망을 주는 모험을 하셔야지 희망을 완전히 앗아 가는 모험을 해서는 안 됩니다. 무모함의 범주에 들어가는 용기는 강인함이 아닌 미친 짓입니다. 이 사자들은 기사님을 공격하러 여기에 온 것이 아니고 그럴 꿈도 꾸지 않고 있습니다. 이놈들은 국왕 전하께 바치는 진상품이니 이를 막거나 지체시키는 것은 옳지 않다고 봅니다."

"비키시오, 시골귀족 양반." 돈키호테가 대답했다. "당신은 온순한 자고새와 대담한 족제비하고나 잘 해보시오. 그리고 사람마다 각자 할 일이 따로 있으니 내버려두시오. 이게 바로 내가 할 일이오. 저 사자들이 귀공을 습격하지는 않을 것이라는 걸 난 잘 압니다."

그러고는 사육사에게 돌아가 말했다.

"이 악당 녀석아, 빨리 우리를 열지 않으면 이 창으로 네놈을 수레에 꽂아버리겠다!"

마부는 갑옷을 입은 유령 같은 이의 결연한 태도에 이렇게 말했다.

"기사님, 소원이오니 자비를 베푸시어, 사자들을 꺼내기 전에 노새들의 멍에를 풀어서 노새들과 제가 피신하도록 해주십쇼. 이 노새들이 다 죽으면 제 인생도 파산입니다. 이 수레와 노새들은 저의 전 재산이랍니다."

"오 믿음이 없는 자여!" 돈키호테가 대답했다. "내려오게, 그리고 멍에를 풀고 자네 하고 싶은 대로 하게나. 자네가 쓸데없는 짓을 한 것을 곧 알게 될 걸세. 이런 고생은 하지 않았어도 됐을 텐데 하면서 말이지."

마부는 노새에서 내려와 재빨리 멍에를 풀었다. 그러자 사육사가 큰 소리로 외쳤다.

"제 의사가 아닌 강압으로 사자 우리를 열고 사자들을 풀어주었다는 사실에 여기 계시는 모든 분들이 증인이 되어주십시오. 그리고 이 짐승들이 저지르게 될 모든 손해와 불행은 그분이 부담해야 하고 아울러 제 봉급과 권리금까지도 부담해줄 것을 제가 이 기사님께 선언했다는 사실에도 증인이 되어주십시오. 존경하는 여러분, 어르신들, 제가 문을 열기 전에 피하십시오. 사자들이 제게는 상처를 입히지 않을 거라고 확신합니다."

시골귀족이 다시 한 번 돈키호테를 설득하여 그런 엉터리 같은 짓을 하는 것은 하느님을 시험하는 일이니 그런 짓은 제발 하지 말라고 말했다. 이에 돈키호테는 자기가 하는 일은 자신이 잘 알고 있다고 대답했다. 그러자 시골귀족은 돈키호테에게 잘 생각해보라고 하면서 지금 실수하고 있는 거라고 말했다.

"자, 이제," 돈키호테가 대답했다. "만일 귀공의 생각으로 비극이 될 것 같은 이 모험에 증인이 되어주기를 원치 않는다면, 암말에 박차를 가해서 피신하시지요."

이 말을 들은 산초는 눈물을 글썽이면서 그런 모험을 그만둘 것을 돈키호테에게 간청했다. 풍차의 모험과 빨래방앗간 모험의 두려움, 끝으로 주인님이 평생 동안 겪으신 모든 무훈들도 지금 이것과 비교하면 식은 죽 먹기였다고 하면서.

"저 좀 보세요, 주인님," 산초가 말했다. "여기는 마법도 없고 그와 비슷한 것도 없습니다. 제가 쇠창살과 우리의 틈새 사이로 진짜 사자 발톱을 봤다니까요. 그 정도 발톱을 가진 사자라면 산보다 더 큰 사자일 텐데요."

"무서워하는 너에게는 아마 이 세상 절반보다도 더 크게 보였을 것이다." 돈키호테가 대답했다. "물러서라, 산초야. 그리고 상관하지 마라. 만일 내가 여기에서 죽거든, 우리의 옛 약속을 잘 알고 있겠지. 둘시네아 아가씨에게 가서……내 더 이상은 말하지 않겠다."

여기에서 돈키호테가 또 다른 이유들을 말하자 그의 터무니없는 계획을 중단시킬 수 있는 희망은 이제 사라져버렸다. 녹색 외투의 신사가 그를 막 아보려고 했지만, 무기에 차이가 있었고 미치광이와 싸우는 것이 현명해 보이지도 않았다. 돈키호테는 이미 완전히 미친 사람으로 보였다. 그는 사자 사육사에게 다시 한 번 재촉하고 위협을 되풀이하면서, 사자들이 우리에서 나오기 전에 시골귀족은 암말에 박차를 가하고, 산초는 당나귀를, 그리고 마부는 노새들을 가능한 한 수레에서 멀리 떨어뜨려놓을 기회를 주었다.

산초는 주인의 죽음을 슬퍼하여 울었다. 의심할 여지없이 이번에는 사자들의 발톱에 죽게 되리라 믿었고, 자신의 운명을 저주하며 주인님을 다시 모시겠다고 생각했던 때를 어리석었다고 단정했다. 그러나 울고 탄식을 하면서도 산초는 수레에서 멀리 떨어지기 위해 당나귀를 재촉하는 것을 멈추지 않았다. 사육사는 도망간 사람들이 상당히 멀리 피신한 것을 보고서야 돈키호테에게 이미 요청하고 경고했던 것을 다시 한 번 요청하고 경고했다. 돈키호테는 이미 그 얘기는 들었다고 대답했고 더 이상 요구와 경고는 신경 쓰지 않으며 소용도 없을 것이니 빨리 서둘러 열기나 하라고 대답했다.

사육사가 첫 번째 우리를 열고 있는 동안에 돈키호테는 말을 타는 것보다 서서 싸우는 편이 낫겠다는 생각을 했다. 게다가 로시난테가 사자를 보면 놀랄 것이니, 마침내 서서 싸우기로 결심을 했다. 그리하여 말에서 뛰어

내려, 창을 던져버리고 방패를 팔에 고정시키고 칼을 뽑은 다음 하느님에게 진심으로 가호를 빌고 나서 둘시네아 공주님에게도 가호를 빌고, 한 걸음 한 걸음 놀라운 담력과 용맹스러운 기백으로 수레 앞으로 다가갔다.

이 난국에 이르렀을 때 이 한 점 거짓 없는 이야기의 작가가 소리를 지르며 다음과 같이 말한 것을 알아두어야 하겠다. "오 강인하고 특히 활기찬 간청을 하시는 돈키호테 데 라만차 님이여, 이 세상의 모든 용맹한 자들이 본받을 수 있는 거울이여, 제2의 새로운 돈 마누엘 데 레온*이시여, 에스파냐 기사들의 영광이며 자랑이로다! 무슨 말로써 이토록 무시무시한 위업을 말할 수 있을까! 혹은 무슨 말로써 앞으로 다가올 시대에 그 위업을 믿을 수 있게 할 수 있을까! 아니면 모든 과장들을 넘어서, 아무리 과장을 하더라도 그대에게 부합하고 합치되지 않을 찬사가 있을 것인가? 그대는 홀로 서서, 대담하고, 대범하게, 강아지 표식의 검**이 아닌 보통 검 한 자루만으로, 반짝이지 않는 수수한 쇠로 만든 방패를 들고서, 아프리카 밀림에서 결코 기르지 못한 두 마리의 가장 사나운 사자들을 기다리고 있구나. 용맹스러운 라만차의 기사여, 그대가 이룩한 업적들 자체가 그대를 찬양하게 하는 것들이며, 그것들을 찬양할 수 있는 말들이 부족하여서 나는 여기에서 이 정도로 찬사를 마치겠노라."

여기에서 작가는 찬사를 중단하고 이야기의 실타래를 계속해서 풀어간다. 사육사는 돈키호테가 이미 싸울 준비 자세를 취하고 있는 것을 보고서, 우리의 문을 열지 않으면 무모한 기사가 불같이 성을 낼 것이 분명하므로 숫사자를 풀어주지 않을 수 없었다. 사육사는 첫 번째 우리를 활짝 열었다.

---

*이사벨 여왕 시대에 귀부인이 떨뜨린 장갑을 사자 우리에 들어가 가져온 기사.
**15세기 훌리안 델 레이가 만든 명품 검에는 작은 강아지 표시가 새겨져 있었다.

그 우리에는 앞서 말했듯이 어마어마하게 크고 무시무시하고 못생긴 얼굴의 사자가 있었다. 사자가 제일 먼저 한 행동은 누워 있던 우리에서 몸을 한 번 휙 돌려 돌아눕고는 발톱을 쭉 뻗으면서 크게 기지개를 켜는 것이었다. 그러고 나서 입을 벌리고 매우 천천히 하품을 했고, 거의 두 뼘이나 되는 혀를 입 밖으로 내밀어서 눈곱을 닦고 얼굴을 닦았다. 그런 다음 우리 밖으로 머리를 내밀고서 숯불처럼 이글거리는 눈으로 사방을 바라보았다. 공포 자체라도 벌벌 떨게 할 만한 눈빛과 몸짓이었다. 오직 돈키호테만이 조심스럽게 사자를 노려보고 있었다. 그는 사자가 수레에서 뛰어내려 자신과 싸움을 한판 하기를 바랐다. 돈키호테는 사자를 두 손 사이에서 산산조각 내버릴 작정이었다.

지금까지 한 번도 보지 못한 그의 광기가 극에 달했다. 그러나 너그러운 사자는, 거만하다기보다 조심스러워서 돈키호테의 어린애 같은 짓과 엄포에 관심을 두지 않았다. 앞에서 말했듯이 이쪽저쪽을 둘러본 다음 등을 돌리고 돈키호테에게 자신의 엉덩이를 보였다. 그리고 천천히 느린 몸짓으로 조용히 우리로 다시 들어갔다. 그것을 본 돈키호테는 사육사에게 사자가 우리 바깥으로 나오도록 몽둥이로 때려 화를 내게 하라고 했다.

"저는 그런 짓은 못 합니다." 사육사가 대답했다. "제가 사자를 자극하면 제일 먼저 갈기갈기 찢어놓을 사람이 바로 저일 테니까요. 존경하는 기사님, 지금 한 것으로 만족하시지요. 그 이상 용기라고 부를 수 있는 것이 무엇이겠습니까. 두 번씩이나 운을 시험하는 짓은 하지 마십시오. 사자 우리는 열려 있습니다. 우리를 나오고 안 나오고는 사자에게 달려 있는데, 지금까지 나오지 않은 걸 보면 하루 종일 기다려도 나오지 않을 겁니다. 기사님용기의 위대함은 이미 훌륭하게 판정이 났습니다. 제가 아는 바로는, 어느 용맹스러운 투사도 적에게 도전장을 내고서는 들판에서 기다리면 되었지

그 이상의 것을 할 의무는 없습니다. 그리고 만일 상대방이 나타나지 않으면, 그건 상대방에게 불명예로 남는 것이고, 기다리던 투사는 승리의 왕관을 얻게 되지요."

"그건 사실일세." 돈키호테가 대답했다. "친구여, 우리 문을 닫으시게. 그리고 여기에서 내가 한 행동을 자네가 본 대로 할 수 있는 한 가장 좋은 방식으로 증언해주게. 다시 말해 자네가 사자에게 문을 열어주었고, 나는 사자를 기다렸으나 사자는 나오지 않았고, 그래서 다시 사자를 기다렸으나 결국 나오지 않고 자리에 다시 누워버렸다고. 그러니 이건 더 이상 내 책임이 아니라고 말이지. 마법은 사라져라. 하느님께서 이성과 진실 그리고 진정한 기사도를 위해 도와주소서. 앞서 말한 대로, 사자 우리 문을 닫게. 그사이에 나는, 도망쳐서 여기 없는 사람들에게 신호를 하여 그 사람들이 이 위업을 자네 입을 통해 알게 만들겠네."

이에 사육사는 그렇게 했고, 돈키호테는 연한 치즈가 비 오듯 쏟아졌던 얼굴을 닦은 수건을 창끝에 매달고서, 줄곧 뒤도 돌아보지도 않고 시골귀족을 따라 떼 지어서 도망쳤던 사람들을 부르기 시작했다. 산초가 하얀색 수건의 표식을 보고 나서 말했다.

"우리 주인님이 사나운 짐승들에게 승리를 하지 않았다면 제 손에 장을 지질 겁니다. 분명 우리들을 부르고 있네요."

모든 사람들이 멈춰 섰고, 신호를 하는 사람이 돈키호테라는 것을 알았다. 두려움을 조금씩 떨쳐버리고 그들을 부르는 돈키호테의 목소리가 확실하게 들리는 곳까지 다가왔을 때 마침 수레에 당도하였고, 도착하자 돈키호테가 마부에게 말했다.

"이보게, 그대의 노새에 멍에를 다시 채우고 갈 길을 계속 가시오. 그리고 산초야, 나 때문에 지체한 것에 대한 보상으로 2에스쿠도를 마부와 사육사에게 지불하여라."

"그건 흔쾌히 주겠습니다." 산초가 대답했다. "그런데 사자들은 어떻게 되었나요? 죽었나요, 살았나요?"

그러자 사육사가 그가 할 수 있고 알고 있는 한 가장 상세하고 차근차근히, 돈키호테의 용기를 최고로 과장하면서 말했다. 돈키호테를 본 사자가 겁을 먹고, 사자 우리 문을 계속 열어놓았는데도 나오기를 원하지 않았으며 감히 나오려 하지도 않았다고 말이다. 그리고 돈키호테가 사자를 화나게 하라고 했으나, 사자를 나오게 하기 위해 억지로 사자의 화를 돋우는 것은 하느님을 시험하는 것이라고 자신이 기사님에게 말했기 때문에, 기사님께서 기분이 나쁘고 본인의 의지에 반하는 것이었지만, 사자 우리 문을 닫는 것을 허락해주셨다고 말했다.

"네게는 어떻게 보이느냐, 산초야?" 돈키호테가 말했다. "진정한 용기에 대적할 만한 마법이 있겠느냐? 마법사들이 내게서 행운을 빼앗아 갈 수 있을지는 몰라도, 노력과 용기를 빼앗아 가는 것은 불가능할 것이다."

산초가 에스쿠도 금화를 주자, 마부는 노새에 멍에를 씌우고 사육사는 돈키호테의 호의에 대한 감사의 표시로 그의 손에 입맞춤을 했다. 그리고 궁정에서 국왕 전하를 만나면 이 용맹스러운 무훈을 국왕께 말씀드릴 것을 돈키호테에게 약속했다.

"그런데 만일 국왕 전하께서 누가 그 무훈을 행하였느냐고 물으신다면, '사자의 기사'라고 말해주게. 나는 지금까지 '슬픈 얼굴의 기사'로 불려왔으나 앞으로는 이 이름으로 바꾸고 싶네. 이는 편력기사들의 옛날 관습을 따르는 것으로, 그들은 자신들이 원하거나 적절하다고 여기면 이름을 바꾸었다네."

수레는 가던 길을 갔으며, 돈키호테와 산초, 녹색 외투의 신사는 자신들의 길을 계속 갔다.

그러는 동안 돈 디에고 데 미란다는 아무 말도 하지 않고서 돈키호테의 행동과 말을 유심히 보고 관찰을 했는데, 그가 보기로는 돈키호테가 광기를 가진 신중한 사람 같기도 하고, 신중함을 내버린 미친 사람처럼 보이기도 했다. 그는 아직까지 돈키호테 이야기 1편을 들어본 적이 없었던 것이다. 만일 그것을 읽었더라면 그의 광기의 성질을 알았을 것이고, 그의 행동과 그의 언행에 대하여 감탄하지 않았을 것인데, 그것을 알지 못했기에 그는 돈키호테를 신중한 사람으로도 생각하고 때로는 미친 사람으로도 생각했다. 알다시피 그가 말하는 것들은 조리가 있고 우아했으며 언변 또한 좋았던 반면, 그가 하는 행동은 터무니없고 무모하고 바보스러운 것이었다. 돈 디에고가 혼잣말로 중얼거렸다. "투구에 연한 치즈를 가득 채워 넣은 것을 마법사들이 자기의 두개골을 물렁하게 만들어버렸다고 생각하는 것보다 더한 광기가 있을까? 억지로 사자들과 한판 하려 하는 것보다 더한 무모함이, 어리 석은 짓이 있을까?"

이러한 생각으로 혼잣말을 하고 있는 신사에게 돈키호테가 말했다.

"돈 디에고 데 미란다 선생, 귀공께서 저를 터무니없고 미친 사람이라고 생각하지 않을 거라 생각할 사람이 누가 있습니까? 그렇게 생각하는 것도 무리는 아닙니다. 왜냐하면 제가 하는 일들이 그렇지 않다는 증거를 주지 못하니까요. 그러나 이제 말씀드릴 모든 것들로 미루어, 제가 귀공께 보였던 것처럼 미치거나 멍청하지 않다는 것을 알아주시기를 바랍니다. 대광장 한가운데 국왕 전하가 보는 눈앞에서 사나운 투우 소에게 멋지게 창을 꽂는 용맹스러운 기사는 늠름해 보일 겁니다. 귀부인들 앞에서 벌어지는 멋진 창시합을 위하여 번쩍이는 갑옷으로 무장한 기사가 천으로 장식된 경기장을 들어갈 때의 그 모습은 얼마나 위풍당당하게 보입니까. 혹은 기사들이 군사

훈련이나 그와 유사한 구경거리로 즐겁게 해주고, 다시 말해 자신들이 모시는 왕자들의 궁정을 명예롭게 해주면, 저 기사들이 얼마나 멋져 보입니까. 그러나 이런 모든 기사들보다도 더 훌륭한 편력기사가 있으니, 그는 사막과 숲 속, 사람들이 모이는 사거리와 밀림과 산맥을 떠돌면서 사람들을 위해 행복하고 아주 성공적으로 임무를 완결할 마음을 갖고, 오로지 영광스럽고 영원한 명성을 얻고자 위험한 모험을 찾아다닙니다. 말하자면 궁정에서 아가씨에게 사랑을 청하는 궁정기사보다 인적이 드문 곳에서 과부를 구해주는 편력기사가 훨씬 더 훌륭해 보이지요. 모든 기사들은 각자 고유한 임무를 가지고 있습니다. 궁정기사는 귀부인을 모시고, 멋진 제복을 입고 국왕 전하의 궁정을 권위 있게 하고, 가난한 기사들에게 자신의 식탁에서 훌륭한 음식을 대접하고, 창 시합을 심판하거나 마상 대회를 운영하며, 위대하고 관대하고 의젓하게 보여야 하는데, 무엇보다도 훌륭한 그리스도교도임을 보여줘야 합니다. 이런 식으로 궁정기사들은 자신의 의무를 정확히 수행하지요. 그러나 편력기사는 세상 구석구석을 찾아다니며, 아주 복잡한 미로에까지 들어가 매 걸음마다 불가능한 것을 공격하며, 한여름 인적 없는 황무지에서도 이글거리는 태양을 버텨야 하고, 겨울에는 바람과 얼음의 힘든 시련을 견뎌야 합니다. 사자에게 겁먹지 않으며, 요괴를 두려워하지 않고, 반인반수의 괴물을 무서워하지 않으며, 이것들을 찾아내고 저것들을 공격하고 모든 것들을 물리치는 것이 기사도의 진정한 주요 임무들입니다. 그래서 저도 편력기사의 한 사람이 되는 행운을 얻었기에 제 임무의 영역에 속하는 것으로 보이면 모든 것들을 공격하지 않을 수가 없는 것입니다. 그리하여 제가 정당하게 사자들을 공격한 것은, 터무니없이 무모한 것으로 보이겠지만, 제가 해야 할 일이었습니다. 왜냐하면 용기란 비겁함과 무모함처럼, 두 개의 극단적인 악덕 사이에 놓여 있는 미덕이라는 것을 잘 알기 때문입니다. 그러나 용기 있는 사람이 무모함의 경지로 올라가는 것이 비겁함의 경지로 내려가는 것보다 낫지요. 마찬가지로 인색한 사람보다는 낭비벽이 있는 자가 관대해지기가 더 쉽습니다. 마찬가지로 무모한 사람이 진정한 용기 있는 사람이 되기가 쉬운 법이며, 비겁한 사람은 진정 용기 있는 경지에 올라가지 못합니다. 그래서 모험에 나선다는 것은, 돈 디에고 선생, 제 말을 믿어주시오. 지더라도 낮은 패보다는 높은 패로 지는 것이 낫다는 것입니다. '아무개 기사가 겁이 많고 비겁하다'라는 말보다 '아무개 기사는 무모하고 저돌적이다'라는 말이 귓전에 더 좋게 울리니 말입니다."

"돈키호테 기사님," 돈 디에고가 대답했다. "기사님께서 하신 말씀과 행동 모두가 사리에 맞게 균형을 이루고 있다고 말씀드립니다. 그리고 만일 편력 기사의 법도와 규칙들이 사라졌다 해도 기사님의 가슴속에 마치 문서보관소에 있는 것처럼 보존되어 있음을 알겠습니다. 자, 더 늦기 전에 서두르시지요. 우리 마을과 집에 도착하면, 그곳에서 지난날의 피로를 잊고 휴식을 취하십시오. 육체의 피로가 아니더라도 정신적인 피로가 있을 것이고, 흔히 그것은 육체적인 피로가 되지요."

"돈 디에고 선생, 그 큰 호의와 은혜를 기꺼이 받아들이겠습니다." 돈키호테가 대답했다.

그리고 지금까지보다 더욱 박차를 가하여 오후 2시경 돈 디에고의 마을과 집에 도착했다. 이제 돈키호테는 그를 '녹색 외투의 기사'라고 불렀다.

제18장

녹색 외투의 기사의 저택 혹은 성에서 돈키호테에게
일어난 일과 또 다른 황당한 일들에 대하여

돈키호테는 돈 디에고 데 미란다의 집이 시골집치고는 꽤나 넓다는 것을 알
게 되었다. 거친 돌로 만들어졌지만 가문의 문장이 길가 쪽의 대문에 걸려
있으며, 안마당에 술창고가 있고, 지하광은 입구 문간에 있었다. 배가 불룩
한 여러 개의 항아리들은 엘 토보소에서 만든 것이라, 돈키호테에게 마법에
걸려 변신한 둘시네아에 대한 기억을 되살려주었다. 그는 한숨을 쉬면서,
자신이 무슨 말을 하는지 모른 채, 앞에 누가 서 있는지도 모른 채 말했다.

"오, 이제는 볼 수 없는 다정한 여인이여,
 하느님이 원하실 때에는 다정하고 즐거웠는데!

 오, 엘 토보소의 거대한 항아리여, 나에게 크나큰 아픔을 주었던 다정한
여인을 생각나게 하는구나!"
 돈 디에고의 아들인 학생 시인이 어머니와 함께 돈키호테를 맞이하러 나
오다가 이 소리를 들었다. 어머니와 아들은 돈키호테의 이상한 모습을 보고

서 정신이 멍해졌다. 돈키호테는 로시난테에서 내려와 아주 정중하게 부인의 손에 입맞춤을 청하였다. 그러자 돈 디에고가 말했다.

"부인, 평소대로 반갑게 돈키호테 데 라만차 님을 맞아주시오. 당신 앞에 계신 분은 편력기사로서 이 세상에서 가장 용맹스럽고 사려 깊은 분이라오."

도냐 크리스티나라 불리는 부인이 큰 애정을 보이며 예의를 갖춰 그를 맞이하자, 돈키호테도 상당히 신중하고 조심스러운 말로 부인을 대했다. 학생에게도 똑같이 정중하게 인사를 했는데, 돈키호테가 말하는 것을 들은 학생은 그가 신중하고 재치 있는 사람이라고 생각했다.

여기에서 작가는 돈 디에고의 저택의 모습을 모두 묘사하였으니, 이로써 부유한 농촌 신사의 저택에 있는 모든 것들을 우리에게 전하고 있다. 그러나 이 이야기의 번역자는 이런 것들과 유사한 또 다른 사소한 것들은 조용히 그냥 지나치는 게 좋다고 생각했다. 왜냐하면 그것들이 이야기의 주요 줄거리와는 상관이 없으며, 이 이야기는 관심 없는 여담보다는 진실에 더 역점을 두어야 하기 때문이었다.

돈키호테는 어느 방으로 안내되었다. 산초가 그의 갑옷을 벗겨주자, 돈키호테는 통이 넓은 바지에 양가죽 조끼 차림이 되었는데, 무기의 기름때 때문에 온통 더러웠으며, 학생풍으로 크고 넓은 옷깃은 풀을 먹이지 않았고 레이스도 없었다. 끈을 매어 신는 신발은 짙은 밤색으로 가죽에 양초를 칠해두었고, 물개 가죽으로 만든 허리띠에 훌륭한 칼을 찼는데, 여러 해 동안 신장병을 앓아 그렇다는 얘기가 있다.* 이제 돈키호테는 황갈색의 좋은 천으로 만든 짧은 망토를 걸치고, 양동이 크기는 약간의 차이가 있지만 어쨌거나 다섯 내지는 여섯 양동이의 물로 머리와 얼굴을 씻었다. 그래도 계속

---

*당시 물개 가죽이 신장병에 좋다는 속설이 있었다.

물이 우윳빛이었던 것은 식탁 때문에 연한 치즈를 샀던 산초 덕분에 주인이 새하얗게 변했던 까닭이다. 앞서 기술한 치장을 하고 점잖고 늠름한 용모를 한 돈키호테는 다른 방으로 건너갔다. 그곳에는, 식사를 준비하는 동안에 그를 접대하기 위하여 학생이 기다리고 있었다. 도냐 크리스티나는 이토록 귀한 손님이 자기 집을 방문하자, 자기도 손님을 환대하는 법을 알고 있다는 것을 보여주고 싶어 했다.

돈키호테가 갑옷을 벗는 동안에 돈 디에고의 아들인 돈 로렌소는 아버지와 잠시 이야기를 나누었다.

"아버님, 아버님께서 우리 집에 모셔 온 이 기사가 누구신지요? 이름과 용모와 편력기사라고 말하는 것 모두가 저와 어머니에게는 얼떨떨합니다."

"너에게 무슨 말을 해야 할지 모르겠구나, 아들아." 돈 디에고가 대답했다. "그 사람이 이 세상에서 가장 미친 짓을 하는 것을 보았다고 말할 수 있을 것이다만, 또 너무나 사려 깊은 말을 해서 그 미친 행동들을 지워버리고 사라지게 해버렸다. 네가 가서 말을 걸어보아라. 너는 분별력이 있으니 그가 제정신일 때에 분별력이 있는지 우둔한지를 판단할 수 있을 게다. 사실대로 말하자면 나는 그 사람이 사려 깊다기보다는 미친 사람 같구나."

이렇게 하여 앞서 말한 것처럼 돈 로렌소가 돈키호테를 접대하기 위해 갔고, 두 사람은 여러 대화를 나누었다. 돈키호테가 돈 로렌소에게 말했다.

"귀공의 부친이신 돈 디에고 데 미란다 님이 그대가 가지고 있는 훌륭한 재능과 섬세한 재주에 대하여 말해주며, 특히 그대가 아주 훌륭한 시인이라 말씀하셨네."

"뭐, 시인이라고 말할 수 있지요." 돈 로렌소가 대답했다. "그런데 훌륭한 시인이라고는 생각해보지 않았는데요. 사실 저는 어느 정도 시를 좋아합니다. 그리고 훌륭한 시인들의 시 읽는 것을 좋아하지요. 그러나 아버지가 말씀하신 것처럼 훌륭한 시인이라고 이름을 붙일 수 있는 정도는 아닙니다."

"그런 겸손함은 나쁘지 않군." 돈키호테가 대답했다. "거만하지 않은 시인은 없으며 또한, 자기 자신이 세상에서 가장 위대한 시인이라고 생각하지 않는 시인이 없으니 말일세."

"예외 없는 법칙은 없지요." 돈 로렌소가 대답했다. "그리고 훌륭한 시인이면서도 그렇게 생각하지 않는 사람도 있을 것입니다."

"아주 드물지." 돈키호테가 대답했다. "그러나 말해보시게. 지금 손에 가져온 것들은 무슨 시인가? 부친께서 말씀하신 바로는 시 때문에 무언가 초조하고 사색에 잠긴다고 하던데? 만일 주석시라면, 내가 주석시에 대해서는 조금 알고 있으니, 한번 보고 싶네. 그리고 만약 문학경연대회에 나간다면, 그대는 2등을 하도록 애쓰시게. 1등은 항상 청탁에 의해서이거나 신분이 고귀한 사람에게 주어지고, 2등이야말로 정당한 보상으로 주어지니 말일세. 그래서 3등은 2등이 되고, 1등은 이런 계산으로 3등이 되는 거라네. 대학에서 주어지는 평점과 같은 것인데, 그렇다고는 해도 1등이라는 이름은 위대한 것이긴 하지."

"아직까지는," 돈 로렌소가 혼잣말을 했다. "이분을 미치광이로 간주할 수가 없군. 좀 더 지켜봐야겠어." 그러고는 말했다.

"제가 알기로는 기사님께서 학교를 졸업하신 것으로 아는데, 무엇을 공부하셨는지요?"

"편력기사학을 했네." 돈키호테가 대답했다. "시처럼 좋은 학문이지. 아니, 조금 더 좋다고 할 수도 있겠군."

"그게 무슨 학문인지 저는 모르겠습니다." 돈 로렌소가 대답했다. "지금까지 들어본 적이 없는 것 같은데요."

"그것은," 돈키호테가 말했다. "이 세상 대부분의 학문들 아니 모든 학문들을 포용하고 있는 학문일세. 편력기사학을 수학하는 사람은 법률가가 되어야 하며, 또한 각각의 개인에게 자신의 소유물과 자신에게 합당한 것을 제공해주기 위해 배분법과 교환계약법을 알아야만 하지. 그리고 어디에 가든지 요청을 받으면 명확하고 분명하게 그리스도의 법을 설명할 수 있도록 신학자가 되어야 하네. 또한 의학도 알아야 하는데, 특히 편력기사는 언제나 자신의 상처를 고쳐줄 사람을 찾아다닐 수 없기 때문에 사막이나 사람이 살지 않는 곳 한가운데에서 상처를 고쳐줄 효험이 있는 풀들을 알아볼 수 있도록 약용 식물 전문가가 되어야 하네. 또한 천문학자도 되어야 하니, 별을 보고서 밤 시간이 얼마나 되었는지, 자신이 세상 어느 곳에 있으며 날씨는 또 어떻게 변할지를 알아야 하기 때문이라네. 물론 수학도 알아야만 하지. 어느 곳에 가건 수학은 필요하니까. 신학적인 모든 덕성들*과 기본적으로 갖추어야 할 모든 덕성들**은 차치하고, 다른 세세한 것들에 대해 언급하자면, 물고기 니콜라스인지 니콜라오스***인지처럼 사람은 헤엄칠 줄도 알아야 하네. 말발굽을 고치고 안장과 고삐를 수선하는 것도 알아야 하며, 그리고 다시 앞에 언급했던 얘기로 돌아가, 하느님과 자신의 귀부인에 대한 믿음을 지켜야 하고, 또한 생각은 순수하고, 말은 정직하게 하고, 행동은 관대하고, 모험은 용맹스럽게 하며, 고난은 견디고, 어려운 자들에게는 자비롭고, 마지막으로 진실의 수호자가 되어 목숨을 걸고서라도 진실을 지켜야 하는 거라네. 이런 크고 작은 것들이 훌륭한 편력기사를 만드는 것이지. 그러니 돈 로렌소, 기사가 공부하고 신봉하는 것이 어린아이같이 유치한 학문인지 아니면 대학교나 학교에서 배우는 아주 권위 있는 학문들과 대적할 만한

---

*믿음, 희망, 자선.
**분별력, 정의, 강인함, 절제.
***시칠리아 사람으로 깊은 바다에서 수일간도 지냈다는 전설의 주인공.

것인지 그대가 생각해보시게."

"만일 그렇다고 하면," 돈 로렌소가 말했다. "그 학문은 모든 학문을 능가하는 것이라 할 수 있겠네요."

"'만일 그렇다고 하면'이라니?" 돈키호테가 물었다.

"제가 말씀드리는 것은," 돈 로렌소가 대답했다. "그토록 많은 미덕을 지닌 편력기사들이 과거에 존재했는지, 혹은 지금은 존재하는지 의심스럽다는 말이지요."

"내가 지금 다시 말하려는 것은 벌써 여러 번 했던 말이네." 돈키호테가 말했다. "이 세상 대부분의 사람들은 편력기사들이 이 세상에 존재하지 않았다고 생각하지. 그리고 내 생각으로는 만약 하늘이 기적적으로 과거에도 편력기사들이 존재했고 지금도 존재한다는 사실을 이해시켜주지 않는다면 어떠한 노력을 하더라도 헛수고가 될 것이야. 과거의 경험이 수없이 나에게 가르쳐준 것처럼, 나는 많은 사람들이 잘못 생각하고 있는 오류에서 그대를 구해내기 위한 노력을 계속하고 싶네. 내가 생각하는 일은 하늘에 빌어서 그대를 잘못된 길에서 구해내고, 과거 세기 동안 편력기사들이 얼마나 유익했고 필요한 존재였으며, 현세에도 그들을 이용한다면 얼마나 유용한지를 알게 하는 것이네. 그러나 지금은 하느님 앞에 사람들이 저지른 죄로 말미암아 게으름, 나태함, 과식과 향응이 득세하고 있지."

"잘도 빠져나가시네." 돈 로렌소가 혼잣말로 중얼거렸다. "그러나 모든 것으로 미루어보아 참 묘한 미치광이로군. 만일 내가 그렇게 믿지 않는다면, 나도 약간 정신 나간 사람이 될 것 같아."

식사하라고 부르는 소리에 이들의 대화는 여기에서 끝이 났다. 돈 디에고가 아들에게 그 손님의 재능에 대해 어떤 결론을 내렸느냐고 물었다. 이에 아들이 대답했다.

"이 세상의 모든 의사들과 훌륭한 서기들도 그를 광기에서 구해내지 못할 겁니다. 그 사람은 제정신이 드는 때가 꽤 많은 절반만 미친 사람입니다."

모두들 식사를 하러 갔으며, 음식은 돈 디에고가 오는 길에서 말한 대로였다. 늘 손님들에게 내놓는 음식들처럼 청결하고, 풍성하고 맛있는 음식들이었다. 그러나 돈키호테를 가장 흡족하게 한 것은 카르토시오 수도원*에 비할 만큼 온 집 안에 예사롭지 않은 고요함이 흐르는 것이었다. 식탁보를 걷고 나서 하느님께 감사 기도를 하고 손을 씻고 난 다음, 돈키호테는 돈 로렌소에게 문학경연대회에 나갈 시를 들려달라고 집요하게 청했다. 그러자 그는 자신은 시를 읽어달라고 청할 때 거절하는 시인들이나 청하지도 않았는데 시를 토해내는 시인들처럼은 되기 싫다면서 말했다. "제가 주석시를 들려드리지요. 이 시로 저는 어떤 상도 바라지 않습니다. 단지 재능을 시험하기 위해 시를 써보았을 뿐입니다."

"사려 깊은 한 친구가 있었는데," 돈키호테가 말했다. "그 사람 생각으로는 주석시를 쓰는 것은 사람을 피곤하게 하지 않을 수 없는 것이라더군. 그 이유는, 주석시는 결코 원문에 따라갈 수 없기 때문이라고 하네. 그리고 많은 경우에 주석시는 원래 요구하는 의도와 목적에서 벗어난다고 하였지. 더구나 규칙이 지나치게 엄격해서 의문형은 안 되고, '말했다', '말할 것이다'라고도 쓸 수 없으며, 동사를 명사형으로 쓸 수 없고, 단어의 의미를 바꾸지도 못한다는 것이네. 아마 그대도 알고 있겠지만, 주석시를 쓰는 사람들은 그 외 다른 제약과 까다로움에 묶여 있는 것이지."

"사실입니다, 돈키호테 님." 돈 로렌소가 말했다. "기사님께서 말씀하시는 도중에 뭔가 결점을 잡아내고 싶었지만 할 수가 없군요. 기사님은 마치 뱀

---

*산 부르노가 11세기에 창설한 계율이 엄격한 교단.

장어처럼 두 손 사이로 빠져나가십니다."

"무슨 말을 하는지 알 수가 없군." 돈키호테가 대답했다. "내가 빠져나간다고 하는데 그게 무슨 뜻인지 모르겠네."

"나중에 설명해드리겠습니다." 돈 로렌소가 대답했다. "그러니 지금은 운을 맞춘 주석시에 귀 기울여주십시오.

  만일 나의 '과거'가 '현재'로 돌아온다면,
  더 이상 '미래'가 되기를 바라지 않으리,
  행여나 이미 지나가버린 시간이 다시 돌아온다면
  그다음에 올 세상에 대하여……!*

주석시

  마침내 모든 것이 사라져가듯
  운명이 나에게 준 행운도
  사라졌고, 행복한 시간도 사라졌네,
  그리고 결코 나에게 돌아오지 않았네,
  많든 적든 간에.
  수세기 동안 나를 보고 있는
  운명이여, 당신의 발밑에 있는 나를
  다시 한 번 복받게 해주기를,
  그러면 나 행복해질 것이니

---

*16세기에 유행한 시구절.

만일 나의 '과거'가 '현재'로 돌아온다면.

나는 다른 즐거움이나 영광도
또 다른 칭찬이나 상도
또 다른 개선, 또 다른 승리도 원치 않고
예전의 행복으로 돌아가네.
기억하는 것이 고통스럽지.
만약 나를 그곳으로 돌아가게 해준다면,
운명이여, 내 가혹한 모든
열정이 잠잠해지리라,
그리고 만일 이 행운이 다시 가버리면,
더 이상 '미래'가 되기를 바라지 않으리.

나는 불가능한 것들을 요청하노라,
한번 지나가버린
시간을 다시 돌아오게 하는 것을
그처럼 할 수 있는 힘은
이 세상에 없도다.
시간은 달리고, 날아서
가볍게 가버린다. 그리고 돌아오지 않으리라.
우리 인간은 실수를 하지,
시간이 빨리 지나가버리라고,
행여나 이미 지나가버린 시간이 다시 돌아온다면.

당혹스러운 인생을 사는 것

한편 기대를 하면서, 또 한편 두려움을 갖고서,

죽음은 누구나 아는 것이니

고통의 출구를 찾으면서

죽어가는 것이 훨씬 나으리라.

나에게는 생을 마치는 것이

흥미로우나, 그러나 그것은 아니야,

왜냐하면 좋은 생각을 하다 보면

인생은 나에게 두려움을 주지,

그다음에 올 세상에 대하여.

　　돈 로렌소가 자신의 주석시를 다 읽자, 돈키호테가 일어섰다. 그리고 고함처럼 들리는 격앙된 목소리로 돈 로렌소의 오른팔을 붙잡고 말했다.

　　"이 세상 가장 높은 곳에 있는 하늘 만세! 고결한 젊은이여, 그대는 이 세상에서 가장 훌륭한 시인이로다. 하느님이 용서하신 시인이 말했던 것처럼, 키프로스나 가에타로부터 월계관을 받을 것이 아니라 지금도 세상에 남아 있다면 아테네의 아카데미아로부터 그리고 오늘날 존재하는 파리, 볼로냐, 살라망카의 아카데미아로부터 받을 만한 가치가 있도다! 하늘에 기원하기를 그대에게서 1등상을 빼앗는 심사위원들에게는 아폴론이 화살을 쏠 것이며 뮤즈의 여신들이 그들 집의 현관으로 결코 들어가지 않을 것이네. 돈 로렌소, 괜찮다면 좀 긴 시를 들려주기 바라네. 그대의 놀라운 재능을 완전히 알아보고 싶군."

　　비록 돈키호테를 미치광이로 여겼지만, 돈 로렌소는 그로부터 칭찬을 받고서 기분이 좋았다고 전해진다. 좋은 일이 아닌가? 오, 아첨의 위력이여,

그대는 얼마나 멀리 뻗어나가며, 또 그대의 기분 좋은 위력이 미치는 그 경계는 얼마나 광활한지! 이 진리를 돈 로렌소가 입증해주었으니 그는 피라모스와 티스베의 우화 또는 이야기를 소네트로 낭독하면서 돈키호테의 요청을 받아들여 소원을 들어주었다.

소네트

피라모스의 용맹스러운 마음을 열게 한
아름다운 처녀가 담장을 부수네,
사랑의 신이 키프로스 섬을 떠나
좁고 경이로운 작은 균열을 보기 위해 곧장 가네.

거기에서는 침묵이 말하네, 왜냐하면
목소리도 그토록 좁은 해협으로 감히 들어가지 못하니까.
그러나 영혼은 들어가네, 사랑은 사실상
가장 어려운 일도 손쉽게 하니.

욕망이 지나쳐서 경솔한 처녀의
발자국이 기꺼이 자신의 죽음을 청하니
이 무슨 이야기인가.

오, 기이한 사건이여! 한곳에서 두 사람을,
죽이고, 숨기고, 부활시키니
한 칼에, 하나의 무덤에, 하나의 회상.

"하느님의 축복이 있을지어다!" 돈 로렌소의 소네트를 듣고서 돈키호테가 말했다. "이 세상에 그런저런 수많은 시인들 중 그대와 같은 완벽한 시인을 보다니. 이렇게 소네트의 기교를 나에게 알게 해주다니!"

돈키호테는 나흘이나 돈 디에고의 집에서 최고로 즐거운 시간을 지냈는데, 나흘이 지나는 날에 그의 집에서 받았던 호의와 좋은 대접에 감사의 말을 전하면서 떠나겠노라 허락을 구했다. 편력기사들은 긴 시간 동안 한가롭게 향응을 받는 것이 좋지 않기 때문에 모험을 찾는 자신의 임무를 수행하기 위해 떠나야 한다는 것이었다. 주인으로부터 그 지방에는 모험할 것이 풍부하다고 들었으므로 자신의 목적지인 사라고사에서 열리는 기마 창 시합 날이 다가올 때까지 그 지방에서 시간을 보낼 생각이었다. 그래서 가장 먼저 몬테시노스 동굴에 들어가볼 예정이었다. 그 주변 일대에는 아주 놀라운 이야기들이 무수히 전해지고 있었다. 돈키호테는 보통 루이데라라고 불리는 일곱 개의 호수가 탄생하는 진정한 근원지를 탐색하여 알고 싶었다. 돈 디에고와 그의 아들은 돈키호테의 훌륭한 결정을 칭찬하면서 그에게 자신의 집과 재산 중에서 마음에 드는 것은 무엇이든 가져가라고, 가능한 모든 호의를 갖고 모실 것이라 말했다. 그러면서 이것은 돈키호테의 훌륭한 사람됨과 영예로운 과업이 그들로 하여금 그렇게 하도록 만들기 때문이라고 덧붙였다.

마침내 출발의 날이 왔다. 돈키호테에게는 매우 즐거웠으나, 돈 디에고의 댁에서 풍족하게 잘 지내다가 사람이 살지 않는 장소로, 숲 속에서 겪는 배고픔과 제대로 식량 준비도 안 된 궁핍한 생활로 돌아가고 싶지 않은 산초에게는 슬프고 불행한 일이었다. 그리하여 산초는 안장 자루에다가 가장 필요하다고 생각되는 것들을 가득 채웠다. 작별을 하면서 돈키호테가 돈 로렌소에게 말했다.

"내가 그대에게 말을 했는지 모르겠지만, 만일 얘기를 했다고 해도 다시 한 번 하도록 하겠네. 그대가 명성의 여신이 사는 전당의 그 누구도 접근하기 어려운 정상에 조금이라도 빨리 도달하고자 한다면 좁은 시학의 길을 팽개치고 편력기사도의 험난한 길을 택해야만 하네. 그러면 눈 깜짝할 사이에 그대를 황제로 만들어줄 테니까."

이러한 논리로 돈키호테는 광기에 찬 연설을 마치고서 몇 가지를 덧붙여 말했다.

"나와 함께 돈 로렌소를 데려가서 굴복하는 사람들을 어떻게 용서하고, 오만한 사람들을 어떻게 제압하고 공박하는지를, 다시 말해서 내가 신봉하는 이 과업의 고유한 미덕을 가르쳐주고 싶은 심정을 하느님도 아실 거요. 그러나 그대의 나이가 어려서 그리하라고 청하지 않을 것이고, 그대의 찬양할 만한 시 작법 때문에 그것을 허락하지 않을 겁니다. 따라서 나는 다음의 것을 그대에게 알려드리는 것으로 만족하겠소. 시인으로서 자신의 의견보다 남의 의견을 더 잘 따른다면 유명한 시인이 될 것이오. 왜냐하면 자신의 자식이 못생겼다고 여기는 부모는 없으며, 지성이 낳은 산물의 경우에 이런 실수를 더 많이 하기 때문이라오."

다시 한 번 아버지와 아들은 때로는 분별력 있고 때로는 터무니없는 돈키호테의 공연한 말참견에 감탄을 했다. 또한 돈키호테가 자기 소망의 목표이자 표적으로 여기는 불운한 모험들을 모조리 찾아다니는 집념과 고집에 놀랐다. 그들은 무엇이든지 제공하겠다는 의사를 거듭 정중하게 말하였고, 마침내 돈키호테와 산초는 이 성의 안주인의 허가를 얻어 로시난테와 잿빛 나귀를 타고 길을 떠났다.

제 19 장

여기에서는 사랑에 빠진 목동의 모험과 정말 재미있는 사건들에 대하여 이야기한다

돈 디에고의 마을을 떠나서 멀리 가지 않았을 때, 돈키호테는 각각 네 마리의 당나귀를 타고 오는 수도사인지 학생인지 잘 분간이 안 되는 두 사람과 두 명의 농부 일행과 마주쳤다. 학생 중 한 명은 얼핏 보기에 초록색 리넨으로 만든 끈이 달린 가방에다가 하얀색 모포와 양털로 짠 양말 두 켤레를 넣어 들고 있었다. 또 다른 학생은 가죽으로 칼끝 보호대를 씌운, 새것으로 보이는 광택을 내지 않은 검술용 검 두 자루를 지니고 있었다. 농부들은 어떤 큰 마을에서 구입한 것으로 보이는 물건들을 자기들 마을로 가져가는 중이었다. 돈키호테를 처음 만나게 되는 모든 사람들이 그렇듯, 학생들이나 농부들도 경이로운 느낌을 갖게 되었고 보통사람들과는 유난히 달라 보이는 돈키호테가 어떤 사람인지 알고 싶어서 죽을 지경이었다.

돈키호테가 일행에게 먼저 인사를 했고, 그들이 가는 길이 자신과 같다는 것을 알고서 함께 갈 것을 제안했다. 일행의 당나귀들이 자신의 말보다 빠르기에 돈키호테는 속도를 늦추기를 당부하면서, 자신의 말을 따르게 하기 위해 자신이 누구이며 어떤 소임을 가지고 있는지, 즉 이 세상 모든 곳으로 모험을 찾아가는 편력기사임을 간략히 알려주었다. 그러면서 자신의 이름은 본래 돈키호테 데 라만차이고, 별칭으로 '사자의 기사'라고 불린다고도 했다. 돈키호테의 말이 농부들에게는 무슨 그리스어나 은어처럼 황당하게 들렸지만, 학생들은 돈키호테의 정신 상태에 문제가 있다는 것을 알아차렸다. 어쨌든 그들은 놀라움과 존경의 눈빛으로 돈키호테를 쳐다보았고, 그러다 일행 중 한 명이 말했다.

"존경하는 기사님, 모험을 찾아다니는 사람들이 응당 그러하듯이, 기사는 정해진 길을 가지 않는 줄로 압니다. 기사님이 저희와 함께 가시겠다면, 라만차 지방과 그 일대에서 지금까지 거행된 그 어떤 결혼식보다 훌륭하고 풍요로운 결혼식을 보게 되실 것입니다."

그 정도라면 무슨 왕자의 결혼식이냐고 돈키호테가 물었다.

"아닙니다." 학생이 대답했다. "시골 농부와 처녀의 결혼식이온데, 신랑은 이 지방에서 가장 부자이고 신부는 지금껏 본 중 가장 아름다운 여인이지요. 결혼식 무대도 아주 새롭고 대단합니다. 신부의 마을 옆에 있는 초원에서 거행할 예정이거든요. 다들 신부를 부를 때는 '아름다운 키테리아'라고 하고 신랑은 '부자 카마초'라고 하는데, 신부는 열여덟 살, 신랑은 스물두 살로 실로 천생연분입니다. 이 세상 모든 사람들의 혈통을 기억하는 호기심 많은 사람들은 아름다운 키테리아의 혈통이 카마초의 혈통보다 좋다 하긴 하지만요. 그러나 이제 혈통 따위에 누가 신경을 쓰나요. 부귀영화야말로 어떤 흠이나 상처도 메울 수 있는데요. 카마초란 사람은 실로 통이 커서 초원 전체를 덮을 만한 지붕을 나뭇가지로 만들 작정이랍니다. 대지를 뒤덮고 있는 초록색 풀들 위로 햇빛이 도달하기 힘들 만큼 대단할 겁니다. 칼춤과 방울춤도 준비해두었는데, 마을에는 방울을 멋지게 잘 다루는 사람이 있지요. 흥을 돋우는 가수들을 굳이 부를 필요가 없는 것이, 모여든 마을 사람들로도 충분하기 때문입니다. 하지만 이미 말씀드린 것들 중에 어느 것도, 그리고 언급하지 못할 일들 중에 어느 것도, 실연당한 청년 바실리오가 이 결혼식에 나타나서 저지를 일들보다 더 상상하기 힘든 일은 없을 겁니다. 바실리오는 키테리아와 같은 마을에 사는 이웃 청년인데 키테리아 부모님의 집과 벽 하나 건너 집에 살고 있습니다. 둘은 잊혀진 옛날 피라모스와 티스베 사이의 사랑을 되살려낸 듯한 사랑을 하였지요. 바실리오는 어릴 적 소꿉장난 시절부터 키테리아를 사랑했고 키테리아도 천 번의 진실된 호의로 그 사랑에 응했기에, 마을에서는 바실리오와 키테리아라는 두 선남선녀의 사랑을 즐거운 대화거리로 삼곤 했습니다. 그러나 나이가 차면서 키테리아의 아버지는 자유롭게 집에 드나들던 바실리오에게 출입을 금하고는, 불안감과 의구심을 떨치기 위해서 키테리아에게 부자 카마초와 결혼할 것을 명령했답니다. 재산도 없고 신분도 낮은 바실리오와 딸을 결혼시킬 생각이 사라졌던 것이지요. 하지만 질투심 없이 진실을 말한다면, 바실리오는 우리가 아는 사람 중에 가장 민첩하고, 막대 던지기를 가장 잘하고, 뛰어난 씨름꾼이며, 최고의 공치기 선수입니다. 사슴처럼 빨리 달리고, 산양보다 더 높이 뛰고, 요술처럼 공을 잘 굴리며, 노래하는 것은 종달새 같고, 기타가 말을 하는 것처럼 기타를 잘 치지요. 또 칼은 어찌나 그림같이 잘 다루는지요."

"그중 한 가지 재주만으로도," 이즈음에 돈키호테가 입을 열었다. "그 젊은이는 아름다운 키테리아와 결혼하기에 충분하며, 지금까지 살아 있다면 말이지만, 능히 히네브라 왕비와도 결혼할 수 있을 것이네. 란사로테*와 다른 훼방꾼들이 있다고 해도 말이야."

---

*아서 왕의 부인 기네비어(스페인 이름 히네브라) 왕비를 사모한 전설적인 원탁기사 랜슬롯의 스페인 이름이다.

"제 마누라에게 물어본다면!" 그때까지 조용히 듣고만 있던 산초 판사가 말했다. "'양도 각각 제 짝이 있다'는 속담처럼, 사람은 누구나 자기와 비슷한 사람과 결혼하는 법이라고 말할 겁니다! 제가 바라는 바는, 벌써 제 마음에 쏙 드는 착한 바실리오가 키테리아 처녀와 결혼하면 좋겠다는 겁니다요. 서로 좋아하는 사람들끼리 결혼하는 것을 훼방 놓는 자들은 잘 먹고 잘 살라지요(사실은 정반대로 말하려고 했습니다)."

"만일 서로 사랑하는 사람들끼리 문제없이 모두 결혼하게 된다면," 돈키호테가 말했다. "부모는 자기 자식을 언제 누구와 결혼시켜야 할지 선택할 권리와 권한을 빼앗기게 된다. 남편을 고르는 일을 딸의 의사에 맡겨버리면 아버지의 하인을 선택할 수도 있고 길에서 만난, 겉보기에는 용감하고 멋져 보이는 남자더라도 사실은 쓸데없이 칼을 휘둘러대는 건달에게 마음을 줄 수도 있는 것이지. 사랑과 호의는 적합한 사회적 신분을 지닌 사람을 고르는 데 필요한 이성의 눈을 쉽게 멀게 만들지 않느냐. 그러면 결혼이 잘못된 길로 갈 위험에 직면하는 것이다. 그래서 좋은 신랑감을 고르기 위해서는 훌륭한 직감과 하늘의 특별한 은총이 필요하지. 긴 여행을 하려는 사람은, 그가 만일 신중하다면, 여정을 시작하기 전에 함께 동반해줄 믿을 만하고 온화한 성격의 동반자를 찾는 법이다. 그러면 죽을 때까지 평생을 함께할 사람도 똑같이 해야 하는 것 아니겠느냐? 하물며 남편과 함께하는 일생 동안이라면 잠자리건, 식탁이건, 어디라도 함께 동행해야 하는데 말이다. 여자의 인생은 한 번 선택되면 다시 무르거나 다른 것으로 바꿀 수 있는 물건이 아니다. 인생이 지속되는 동안에는 뒤바꿀 수 없는 일이니까. 일단 자신의 목에 감기게 되면 고르디우스의 매듭*이 되어 죽음의 도구가 그것을 잘라버리지 않으면 풀 수가 없거든. 이 문제에 대해서는 더 많은 것을 말할 수 있지만, 바실리오 총각의 사연에 대해 석사께서 더 할 얘기가 있는지 몹시 알고 싶으니 그만하기로 하지."

그러자 돈키호테가 부르기라도 한 것처럼 학사인지 석사인지 하는 사람이 이렇게 대답했다.

"제가 하고 싶은 말은, 아름다운 키테리아가 돈 많은 카마초와 결혼한다는 것을 알게 된 순간부터 바실리오가 웃거나 조리 있게 말하는 것을 보지 못했다는 것입니다. 항상 생각에 잠겨 슬픈 모습이었고, 혼자서 중얼거리는 것으로 보아서 판단력을 잃어버린 사람 같았습니다. 음식을 먹지도 않고 잠도 자지 않았지요. 먹는 거라곤 오직 과일뿐이고 잠을 자더라도 들짐승처럼 차가운 들판에서 눈을 붙입니다. 때때로 시선을 먼 하늘에 두기도 하고 때로는 땅바닥을 들여다보기도 하면서 거의 넋을 잃은 사람이 되었는데, 그 모습은 석상에다가 옷을 입혀놓은 것처럼 바람결에 옷자락이 조금씩 움직일 뿐입니다. 이렇게 바실리오가 가슴이 터질 듯한 심정으로 있으니, 그를 알고 있는 우리들은 내일 아름다운 키테리아가 카마초와의 혼인을 승낙하는 '예'라는 말을 하는 것이 그에게는 사형을 선고하는 것이 될까 걱정하고 있습니다."

"하느님께서 알아서 하실 테지요." 산초가 말했다. "그분은 병도 주고 약도 주시니 말입니다. 아무도 무슨 일이 벌어질지 모르는 겁니다. 지금부터 내일까지는 아직 많은 시간이 있으니까요. 한순간에도 집이 무너지고, 비가 내리는 동안에도 햇볕이 비치는 일이 동시에 벌어지잖습니까. 건강한 모습으로 잠자리에 들었는데 다음 날 몸을 움직일 수 없는 일도 있고요. 행여나 운명의 수레바퀴에 못을 박아서 자신이 행운을 독차지한다고 자랑하는

---

*왕의 전차에 매달린 아무도 풀지 못하는 매듭을 알렉산드로스 대왕이 칼로 잘라 풀었다는 전설 속의 매듭.

사람이 있을까요? 말해보세요. 물론 그런 사람은 없습니다. 저는요, 신부의 '예'와 '아니오'라는 대답 사이로 가느다란 바늘 끝도 끼워 넣을 자신이 없습니다. 왜냐하면 들어갈 까닭이 없으니까요. 키테리아가 진정 마음속으로 바실리오를 사랑했으면 좋겠습니다. 그러면 바실리오는 행운의 복주머니를 가지게 되는 거지요. 제가 들은 바로는 사랑은 간절한 마음이 생기면 구리를 금으로 보이게 하고, 가난뱅이를 부자로 보이게 하고 눈곱을 진주로 보이게 한다고 합니다."

"산초 이 빌어먹을 녀석아, 무슨 얘기를 하려는 것이냐?" 돈키호테가 말했다. "네가 속담과 이야기를 주워 담기 시작하면 유다가 네놈을 데려갈 때까지 기다릴 수밖에 없구나. 말해봐라, 무식한 놈아, 네가 못이니 수레바퀴니 어쩌고저쩌고 하는데 무얼 알고 하는 말이더냐?"

"아이고, 만약 제 말을 사람들이 이해 못 한다면," 산초가 대꾸했다. "제가 말한 속담들을 상식에서 벗어난 것으로 본다 해도 놀랄 일이 아니네요. 그러나 상관없습니다. 저는 제 말을 이해하니까요. 그리고 제가 한 말이 바보 같은 게 아니라는 걸 압니다. 주인님께서만 항상 제가 하는 말과 행동에 대해 검참관 역할을 하십니다요."

"'검찰관'이다," 돈키호테가 말했다. "검참관이 아니라. 좋은 말을 배임하는 네놈을 하느님이 꾸짖으실 게다."

"말꼬리 좀 잡지 마세요." 산초가 대꾸했다. "전 궁정에서 자라지도 않았고 살라망카에서 공부를 한 적도 없으니, 단어에 어떤 글자를 넣고 빼야 하는지 알 수가 없습니다. 이거야, 참! 사야고 시골 사람한테 톨레도 사람처럼* 말하라는 겁니까? 톨레도 사람들도 정확하게 재빨리 대꾸하지 못하는 경우도

---

*사야고는 사모라 지방의 시골로 사투리를 사용하며, 톨레도는 스페인의 옛 수도이다.

있습니다."

"그건 그렇습니다." 석사가 말했다. "왜냐하면 다 같은 톨레도 사람들이라도 테네리아스와 소코도베르 거리*에서 가죽 가공하는 사람들이 하루 종일 대성당 복도를 거니는 사람들처럼 멋지게 말할 수는 없기 때문이지요. 설령 마하다온다** 태생일지라도 순수하고, 적절하며, 우아하고, 명확한 말은 분별력 있는 궁정 사람들이 구사하지요. 제가 '분별력 있는'이라고 말한 것은 그렇지 못한 사람들이 많기 때문입니다. 분별력은 훌륭한 언어를 구사하는 데 동반되는 문법 같은 것입니다. 여러분, 저는 제 업보로 살라망카에서 교회법을 공부했습니다. 그래서 제 논리를 말하고자 할 때에는 명확하고, 분명하고 의미 있는 단어들로 하지요."

"세치 혀를 놀리기보다 지니고 있는 검은색 검을 더 잘 다룰 줄 안다고 떠벌리지만 않았던들," 다른 학생이 말했다. "대학에서 꼴찌가 아니라 일등을 하고도 남았을걸."

"이봐, 학사," 석사가 대답했다. "자넨 검을 잘 쓰는 것은 헛되다 생각하는 세상의 엉터리 같은 말을 따르나 보군."

"내가 보기에 그건 의견이라기보다 객관적 사실일세." 코르추엘로 학사가 대답했다. "실제로 보고 싶다면 검을 가져오게나. 나는 기술과 힘도 있으며 만만치 않게 의욕도 넘치니 자네에게 내가 거짓말을 하는 것이 아니라는 것을 보여주겠네. 나귀에서 내려와 검술 자세로 두 발 간격을 유지하고 원을 그리느니 각도를 잡느니 하는 자네의 그 이론을 써보시게. 나는 최신의 무서운 기술로 자네 눈에서 불이 나게 해주겠네. 하느님을 제외하고 내가 등

---

*톨레도의 하층민들이 사는 거리 이름.
**마드리드 근교의 마을.

을 보이고 도망가게 할 사람이 나타나기를 기대하고 있네. 이 세상에서 내 검에 쓰러지지 않을 자는 없어."

"자네가 등을 보이든 안 보이든 내가 상관할 바가 아니지." 검술가가 대답했다. "처음 땅을 밟은 그 자리가 자네 무덤이 될 테니까. 다시 말해서, 그 자리에서 자네가 얕잡아본 내 검술에 죽게 될 것이네."

"두고 보자고." 코르추엘로가 대꾸했다.

그리고 아주 날렵하게 당나귀 등에서 내려오면서 석사는 지니고 있었던 칼 중에 하나를 무섭게 빼어 들었다.

"그래서는 안 되지." 이때 돈키호테가 나서면서 말했다. "내가 검술의 원로로서 많은 경우에 해명되지 못한 문제를 명쾌하게 할 심판이 되어주겠네."

그리고는 로시난테에서 내려와 자신의 창을 손에 꽉 쥐고서 길 한가운데에 섰다. 그때 석사가 세련된 몸놀림과 발자세를 취하면서 코르추엘로를 공격했고, 상대방도 흔히 말해 눈에서 불꽃이 튀길 기세로 맞섰다. 일행 중 다른 두 명의 농부는 자신들의 작달막한 나귀에서 내려오지도 않은 채 목숨을 건 비극적 싸움에 구경꾼 역할만 했다. 코르추엘로는 셀 수 없을 만큼 찌르기, 베기, 내려치기, 왼쪽에서 오른쪽으로 내려치기, 칼로 내려치기 등을 하였다. 우박보다 더 정신 못 차리게 쉴 틈 없이 공격하는 것이 마치 성난 사자와 같았다. 그러나 석사의 칼끝 보호대 가죽이 코르추엘로의 입에 닿자 사납게 날뛰던 것을 멈추고 마치 유물에 키스하듯 석사의 칼끝에 입을 맞추고 말았으니, 보통 경건한 마음으로 유물에 입 맞출 때 그러하듯이 정중한 모습은 아니었다.

마침내 석사 검술가는 코르추엘로 학사가 입고 있던 짧은 제복의 단추들을 칼끝으로 하나씩 센 후, 옷자락을 문어다리처럼 갈기갈기 찢어버렸다.

그리고 코르추엘로가 쓰고 있던 모자를 두 번이나 땅에 떨어뜨렸다. 맥이 빠져 지쳐버린 코르추엘로는 분노와 절망과 실망감으로 칼의 손잡이를 쥐고 있는 힘을 다해서 허공으로 던져버렸다. 그 자리에 있던 농부 중 한 명은 공증인으로 칼을 주우러 갔는데, 나중에 한 증언에 따르면 칼이 4분의 3레구아*나 멀리 날아갔다고 한다. 이런 증언은 힘이 아무리 세도 기술에는 이기지 못한다는 진실을 보고 알게 하는 데 큰 기여를 했다.

지칠 대로 지친 코르추엘로가 땅바닥에 주저앉자, 산초가 그에게 다가가 말했다.

"학사 나리, 진심으로 나리께서 제 충고를 들으신다면, 앞으로는 누구와도 칼싸움은 하지 마십시오. 그 대신 씨름이나 막대기 던지기를 하세요. 나리는 나이도 젊고 힘도 넘치지 않습니까. 제가 듣기로 검술가라는 자들은 칼끝을 바늘귀에도 넣는다고 합디다."

"나는 불만 없소." 코르추엘로가 대답했다. "내가 실수한 것을 깨닫게 되었으니까. 그간 세상물정 모르고 살았다는 것도 경험으로 알게 되었고 말이오."

그리고 다시 일어나서는 석사를 껴안았고, 두 사람은 전보다 더욱 친한 친구가 되었다. 던져버린 칼을 찾으러 간 공증인 농부가 시간이 많이 걸릴 것이라고 생각한 그들은 그를 기다리지 않고 가던 길을 계속 가기로 했다. 네 사람의 고향인 키테리아의 마을에 빨리 도착하기를 모두 바랐기 때문이었다.

마을까지 가는 남은 시간 동안 석사는 검술의 우수함을 일행들에게 말해주었는데 수많은 실증적 이유와 실제적 인물들과 수학적 증명을 곁들여 말

---

*1레구아는 약 5.5킬로미터로, 표현이 과장된 것을 볼 수 있다.

했으므로 모두가 검술의 좋은 점을 이해하게 되었고, 코르추엘로도 자신의 고집을 접게 되었다.

　해가 지고 있었다. 마을에 도착하기도 전에 하늘에 수많은 찬란한 별들이 일행들 눈앞에 나타났다. 동시에 플루트, 탬버린, 하프, 풀피리, 작은북, 소나하 등 여러 악기들이 내는 혼란스럽지만 감미로운 소리가 들려왔다. 마을 가까이 갔을 때 일행은 마을 입구에서 일일이 손으로 나뭇가지에 등을 달아 놓은 것을 보았다. 바람이 전혀 불지 않았기 때문에 나뭇잎조차 움직이지 않을 정도로 평온했다. 악사들은 결혼식의 흥을 돋우기 위해 삼삼오오 모여 즐거운 식장 사이를 누비면서 춤을 추거나 노래를 하거나 앞서 언급한 다양한 악기들을 연주했다. 사실 초원 위 모든 곳에 환희와 행복만이 넘쳐나는 것같이 보였다.

　많은 사람들이 다음 날 춤과 공연을 편안하게 볼 수 있도록 관람석을 만드느라 분주히 오갔는데, 바로 그곳이 부자 카마초의 결혼식과 바실리오의 장례가 엄숙히 거행될 장소였다. 농부와 학사가 간청을 했지만 돈키호테는 그 장소에 들어가기를 원치 않았다. 돈키호테는 황금으로 된 지붕일지라도 마을에서가 아니라 들판이나 숲 속에서 자는 것이 편력기사들의 관습이라고 충분한 이유를 들어서 일행에게 양해를 구했다. 그런 후 돈키호테는 가던 길에서 약간 벗어났다. 그러나 이것은 산초의 바람과는 정반대였는데, 돈 디에고의 성 혹은 저택에서 누렸던 훌륭한 잠자리가 산초의 기억에 떠올랐던 것이다.

제 20 장

여기에서는 부자 카마초의 결혼식과 가난뱅이 바실리오에게 일어난 사건에 대해 이야기한다

찬란한 태양의 강렬하고 뜨거운 햇살이 황금색 머리카락에 촉촉한 진주 방울을 마르게 할 즈음에 돈키호테는 나른한 몸을 일으켜 두 발로 서서 산초를 불렀다. 아직까지 코를 골면서 자고 있는 산초의 모습을 보고서 돈키호테는 그를 깨우기에 앞서 이렇게 말했다.

"오, 너야말로 대지의 표면에 사는 사람들 중에 축복받은 자로구나! 남을 시기하지도 않고, 시기를 받을 필요도 없이 조용한 마음으로 잠자니 말이다. 마법사들이 너를 귀찮게 하지도 않고 마법에 놀랄 일도 없는 자여, 다시 말하자면, 잠이나 자거라. 백 번이라도 말하노라. 네 부인의 질투 때문에 밤 새워야 할 일도 없고, 빚을 갚아야 할 걱정으로 밤을 지셀 일도 없으며, 다음 날 너와 네 새끼들과 옹색한 가족의 끼니를 걱정하는 일로 잠 못 이룰 일도 없구나. 야망이 너를 불안하게 하지 않을 것이며, 세상의 헛된 영화가 너를 피곤하게 하지 않을 것이니, 네 소망의 한계가 나귀에게 먹이 주는 것을 넘어서지 않기 때문이리라. 자연과 관습이 주인들에게 부과하는 책임과 짐으로서, 너는 내 어깨 위에 얹혀 살아가는 것이다. 하인은 잠을 자고 주인은

밤을 새우면서 어떻게 먹여 살리고, 더 잘 살게 해주고, 은혜를 베풀어줄지를 생각하지. 하늘이 이슬을 대지에 적절히 내려주지 않고 구리처럼 되는 것을 보게 되는 고통도 하인에게는 근심거리가 아니고 주인에게만 괴로움이 되니, 흉년이 들면 주인은 풍년에 농사를 도운 하인을 부양해야 하기 때문이다."

산초는 아무런 대꾸를 하지 않았다. 잠을 자고 있었고, 돈키호테가 창끝으로 정신을 차리게 하지 않았다면 금방 깨어나지도 않았을 터였다. 마침내 잠이 덜 깬 졸린 표정으로 눈을 뜬 산초가 사방을 두리번거리며 말했다.

"제가 잘못 안 것이 아니라면, 저 나뭇가지로 장식을 한 방향에서 수선화와 백리향 냄새가 아니라 절인 돼지고기 굽는 냄새와 연기가 납니다. 이런 냄새로 시작하는 결혼식이라면 틀림없이 먹을 것이 풍성하고, 인심 좋은 혼례가 될 것입니다요."

"그만해라, 이 먹보 같으니." 돈키호테가 말했다. "이리 와서 결혼식을 보러 가자. 버림받은 바실리오가 무슨 짓을 할지 궁금하구나."

"하고 싶은 대로 하라지요." 산초가 대답했다. "바실리오가 가난뱅이만 아니더라도 키테리아와 결혼할 수 있었을 텐데요. 하지만 무일푼 주제에 구름 위로 올라가려고요? 주인님, 이놈 생각으로는 가난한 사람은 자신의 처지에 만족해야지, 바닷속에서 감자를 달라고 해서는 안 되는 법입니다. 제 팔을 걸고 말씀드리는데, 카마초는 바실리오를 돈더미에 빠지게 할 수도 있습니다. 그런 식이라면, 뭐 당연히 그렇게 될 일입니다만, 키테리아가 바보가 아니고서야 바실리오의 막대 던지기와 검술 시합에 눈길을 주면서 카마초가 주는, 아니 줄 수 있는 보석이나 훌륭한 예복을 거절할 수 있을까요. 막대를 잘 던지고 칼솜씨가 아무리 좋다 하더라도 선술집에서 포도주 반 쿠아르티요도 얻어 마시지 못할 텐데요. 그런 기술과 매력은, 디를로스 백작*이

가지고 있는 것이라 해도 살 사람이 없습니다. 하지만 돈 많은 사람이 그런 우아함을 가지면, 제 팔자가 그렇듯 멋지겠지요. 좋은 터가 있어야 좋은 건물을 세울 수 있는데, 이 세상에서 가장 좋은 토대와 도랑이 바로 돈이거든요."

"하느님을 위해서라도, 산초야," 이때 돈키호테가 말했다. "넉살은 그만 떨어라. 네가 일이 있을 때마다 시작하는 장광설을 내가 내버려둔다면 밥 먹을 시간도 잠잘 시간도 남지 않겠구나. 넉살 떠는 데에 모든 시간을 다 써버리고 말겠다."

"주인님께서 기억력이 좋으시다면," 산초가 대꾸했다. "이번에 집을 떠나기 전에 약속하신 협약 조항들을 기억하실 겁니다. 그중 하나가 남을 해치거나 주인님의 권위에 도전하지만 않는다면, 제가 말하고자 할 때 원하는 대로 모두 말하도록 내버려둔다는 거였지요. 그리고 지금까지 저는 그러한 협약을 어기지 않았다고 봅니다."

"나는 그런 조항이 기억조차 안 나는구나, 산초야." 돈키호테가 대답했다. "설령 그렇다고 해도, 입 다물고 이리 오너라. 엊저녁 우리가 들었던 악기 소리들이 다시 골짜기마다 즐겁게 울려 퍼지니, 결혼식은 무더운 오후가 아니라 선선한 오전 중에 거행될 것이 틀림없어 보인다."

산초는 주인이 시키는 대로 했다. 로시난테에 안장을 놓고 자신의 잿빛 나귀에도 안장을 올리고는 두 사람이 각각 올라타서 나뭇가지로 장식한 쪽으로 한 걸음씩 들어갔다.

산초의 눈앞에 제일 먼저 보인 것은 느릅나무를 통째로 뽑아 만든 꼬챙이에 송아지 한 마리를 끼워서 굽는 것이었다. 고기를 굽는 불에는 장작을 산

---

*중세 역사시에 등장하는 영웅으로, 샤를마뉴 황제를 모시던 기사 두란다르테의 동생.

더미같이 쌓았고, 장작불 주변에 있는 여섯 개의 가마솥은 보통의 틀로 만든 일반 가마솥들과는 전혀 달랐다. 솥 하나가 정육시장에서 팔리는 고기가 다 들어갈 만큼 컸는데, 양 한 마리를 무슨 새끼 비둘기 고기를 요리하는 것처럼 통째로 넣어서 끓이고 있었다. 가마솥에 넣기를 기다리며 나뭇가지에 매달아놓고 껍질을 벗긴 산토끼들과 깃털을 뽑은 암탉들이 셀 수 없을 만큼 많았고, 수없이 많은 갖가지 새들과 사냥으로 잡은 다양한 짐승들이 바람에 말리느라 나무에 매달려 있었다.

산초가 헤아려보니 2아로바 이상 나가는 가죽 부대들이 60개가 넘었는데, 나중에 알고 보니 모든 가죽 부대에는 햇수가 꽤 묵은 포도주가 가득 들어 있었다. 탈곡장에 밀알이 산더미처럼 쌓여 있듯이 새하얀 빵이 여러 무더기 쌓여 있었고, 벽돌을 십자로 쌓듯 쌓아놓은 치즈들이 성벽을 이룰 정도였다. 염색 통보다 더 큰 올리브유를 담은 냄비 두 개가 반죽한 음식들을 튀기는 데 쓰였는데, 두 개의 커다란 부지깽이로 튀김을 꺼내서 바로 옆에 준비된 꿀이 들어 있는 냄비 속으로 집어넣었다.

남녀 요리사 숫자만 쉰 명이 넘었고, 모두 깨끗하고, 부지런하고, 흡족한 듯 보였다. 송아지의 널찍한 배 속에다가 열두 마리의 어린 새끼 돼지를 집어넣고서 윗부분을 꿰매놓았는데, 이는 고기맛과 육질을 부드럽게 하기 위해서였다. 갖가지 향신료들은 리브라 단위로 조금씩 산 것도 아니고 아로바 단위로 대량으로 샀는지 모두 거대한 궤짝에 들어 있었다. 결론적으로, 결혼식은 시골식으로 거행되지만 일개 부대라도 먹일 수 있을 만큼 풍족했다.

산초는 모든 것을 둘러보고서 매우 흡족했다. 가장 먼저 산초의 마음을 사로잡고 욕망을 중지시킨 것은 솥에 든 요리들로, 반 솥 정도만 먹었으면 싶었다. 그다음으로는 포도주가 든 가죽 부대에 마음이 끌렸고, 마지막으로, 만일 아주 볼록하게 생긴 냄비들을 기름솥이라고 부를 수 있다면, 기름솥에서 요리한 튀김과자였다. 배고픔을 참을 수도 없고 자신의 손으로 뭔가를 만들 수도 없는 산초는 열심히 일하는 요리사들 중 한 사람에게 다가가 예의 바르게 배고픈 말투로 그 냄비들 중 하나에다가 빵 조각 하나를 적시게 해줄 것을 간청했다. 그러자 요리사가 대꾸하였다.

"형제여, 부유하신 카마초 어른의 호의 덕분에 오늘은 배고픔을 겪는 사람들이 있어서는 안 되는 날이네. 내려와서 저기 국자가 있는지 찾아보구려. 그리고 삶은 암탉 한두 마리 건져 맛있게 먹게나."

"아무것도 안 보이는데요." 산초가 대답했다.

"기다려보게." 요리사가 말했다. "아이고, 내 팔자야, 그렇게 수줍고 빌빌거려서 어쩌려고 그러나!"

이렇게 말한 후 요리사는 둥그런 냄비를 하나 움켜쥐고서 중간 크기 항아리들 중 하나에서 암탉 세 마리와 거위 두 마리를 꺼냈다. 그리고 산초에게 말했다.

"친구여, 먹게. 나중에 피로연 시간이 될 때까지 이것으로 아침 요기나 하게나."

"음식을 담을 데가 없습니다." 산초가 대답했다.

"숟가락과 그릇째로 모두 가져가게." 요리사가 말했다. "카마초의 부와 행복이 모든 것을 다 제공한다네."

산초에게 이런 일이 일어나고 있을 때 돈키호테는 나뭇가지로 장식한 길쪽으로 열두 명의 농부들이 최고로 아름다운 열두 마리 암말을 타고 들어오는 것을 바라보고 있었다. 훌륭한 마구로 화려하게 치장한 암말들은 앞가슴에 수많은 방울을 달고 있었다. 농부들도 경사스러운 날의 축제 의상을 입고, 질서정연하게 기쁨의 환호성을 지르면서 초원 위를 한 번이 아니라 수없이 달렸다.

"카마초와 키테리아 만세! 부자 신랑과 미녀 신부 만세! 이 세상에서 가장 아름다운 신부 만세!"

왁자지껄 떠드는 소리를 듣고서 돈키호테가 혼잣말로 중얼거렸다.

"이 사람들이 내 사랑 둘시네아 델 토보소를 보지 못했구나. 만약 그녀를 보았더라면 키테리아를 저토록 찬양하지 못할 텐데."

잠시 후 다양한 춤을 추면서 많은 사람들이 나뭇가지 장식을 한 식장으로 사방을 통해 들어오기 시작했다. 그들 중에 칼춤을 추는 무리가 있었는데, 스물네 명의 늠름한 모습을 한 젊은이들로서 모두 얇고 하얀 아마포로 만든 옷을 입고 다양한 색깔의 고운 비단으로 지은 두건을 쓰고 있었다. 춤꾼들을 인솔하던 몸짓이 날렵한 청년에게 암말을 타고 오던 사람 중 하나가 무용수들 가운데 다친 사람이 없는지를 물었다.

"하느님의 은총 덕분에 지금까지는 아무도 다치지 않고 모두가 건강합니다."

그러고는 다른 동료들과 한데 섞여 수없이 빙빙 돌면서 최고의 기술을 선보이니, 이러한 춤과 비슷한 것을 많이 보아온 돈키호테도 그토록 훌륭한 춤은 본 적이 없었다.

이때 매우 젊고 너무나 아름다운 처녀들로 구성된 또 다른 무리가 나타났는데, 겉으로 보기에 열네 살에서 열여덟 살 사이로 모두가 초록색 천으로 만든 옷을 입고 있었고, 머리는 반쪽을 풀어 내리고 또 다른 반쪽은 땋았는데 모두가 금발이라서 햇살과도 경쟁할 만큼 눈이 부셨다. 금발 위에다 재스민과 장미, 색비름과 인동덩굴로 만든 화관을 쓰고 있었다. 이들을 이끌고 있는 사람은 존경스러워 보이는 노인과 나이가 지긋한 여자로서 나이에 비해서는 날렵하고 몸이 가벼워 보였다. 사모라 지방의 가죽 피리가 반주 역할을 하며 그들을 이끌었는데, 여인들의 얼굴과 눈동자에 정숙함이 담겼

고 다리는 가볍게 움직이는 것이 세상에서 가장 훌륭한 춤꾼들로 보였다.

이 무리가 지나자 또 다른 재주를 가진 춤꾼들이 들어왔으니, 춤을 추면서 시를 읊어대는 이들이었다. 모두 여덟 명의 요정들로, 두 줄로 나뉘어 '큐피드' 신이 한 줄을 이끌었고, 또 다른 줄은 '이익'의 신이 주도했다. 큐피드 신은 날개와 활, 화살 통과 화살로 장식했고, 이익의 신은 다양한 색깔의 값비싼 비단과 금으로 만든 옷을 입고 있었다. 사랑의 신, 즉 큐피드를 따르는 요정들은 등에다 자신의 이름이 적힌 흰색 양피지를 달고 있었다. 첫 번째 요정의 이름은 '시(詩)'이고, 두 번째 요정은 '분별', 세 번째 요정은 '좋은 가문'이고, 네 번째 요정은 '용기'였다. 이익의 신이 이끄는 줄도 마찬가지로, 첫 번째 요정은 '관대함'이라 하였고, 두 번째 요정은 '선물', 세 번째는 '보물', 네 번째가 '평화로운 소유'였다. 요정들 앞에서는 네 명의 야만인들이 나무로 만든 성(城)을 끌고 왔는데, 이들은 모두 초록색으로 물들인 대마와 덩굴로 짠 옷을 입고 있었다. 너무나 자연 그대로여서 산초마저 놀랄 뻔했다. 성의 정면과 사방 모두에 '정결한 성'이라고 쓰여 있었고, 작은 북과 피리를 연주하는 네 명의 악사들의 반주에 맞추어 행진을 했다.

큐피드가 춤을 추기 시작했고 장단을 두 번 정도 맞추어 춤을 추고 나서는 눈을 치켜뜨고 성의 보루 사이에 서 있는 처녀를 향해 화살을 겨누고 이렇게 말했다.

하늘과 땅에서,
파도치는 광활한 바다에서
깊은 심연 속
공포스러운 지옥에서도
나는 힘이 있는 신이오.

두려움이 무언지 결코 모르며
내가 원하는 것은 모두 할 수 있소.
불가능한 것을 내가 원한다 할지라도
모두가 가능할 것이오.
나는 명령하고, 빼앗고, 베풀고, 금지하오.

노래가 끝나자 성곽 꼭대기로 화살을 쏘고는 자기 자리로 돌아갔다. 이어 이익의 신이 나와서 두 번 정도 장단을 맞추어 춤을 추고서, 북소리를 조용하게 한 후 말했다.

나는 사랑의 신보다 더 강력하다오.
사랑의 신이 나를 인도하지만
나는 하늘이 대지에서 기른
가장 훌륭한 혈통이오.
내가 더 유명하고 위대하다오.
나는 이익의 신으로
이익을 얻으려 열심히 일하는 사람은 적으나,
내가 없이 열심히 하는 것은 기적이오.
당신을 위해 내 몸을 바치겠소.
영원히, 아멘.

이익의 신이 물러가고 시의 요정이 앞으로 나와서, 앞선 사람들처럼 두 번 장단에 맞춰 춤을 추고서 성곽에 있는 처녀에게 눈길을 주면서 말했다.

숭고하고 진지하고 신중하고
가장 달콤한 문장으로
가장 달콤한 시의 요정이
당신에게 천 개의 소네트를
만들어 제 영혼을 드립니다.
저의 집념이 행여나
당신을 괴롭히지 않는다면
다른 사람들이 부러워하는
당신의 행복을
제가 저 달 위에 높이 세울 겁니다.

시의 요정이 물러가자 이익의 신 쪽에서 관대함의 요정이 나와서 박자에 맞춰 춤을 추고 나서 말했다.

방탕함을 피하고
다른 한편 미약한 의지를 나무라는 것을
사람들은 관대함이라고 부릅니다.
그러나 당신을 위대하게 만들기 위해
오늘부터 저는
더욱더 낭비꾼이 될 것입니다.
그것이 비록 악습일지라도
명예로운 악습일 뿐,
관대함을 베풀면
사랑하는 마음을 눈치채지요.

이런 식으로 양쪽의 모든 요정들이 나왔다가 들어갔다. 요정들은 각각 장단에 맞추어 춤을 춘 후에 시를 읊었는데 어떤 것은 우아하고 또 어떤 것은 익살스러웠다. 돈키호테가 기억한 시들은 이미 앞서 언급한 것들이었다. 그러고 나서는 모든 요정들이 하나로 섞여서 세련되고 쾌활한 몸짓과 표정으로 서로서로 짝을 지었다 풀었다 하면서 신나게 놀았다. 사랑의 신 큐피드는 성 앞으로 지나가면서 화살을 하늘 높이 쏘았고, 이익의 신은 금화가 가득 든 헌금함을 성에다가 깨버렸다.

마침내 이익의 신이 한참 동안 춤을 추고 나서 큰 자루를 꺼냈다. 줄무늬가 있는 고양이 가죽으로 만든 그 자루에는 돈이 가득 들어 있는 듯했다. 자루를 성에 던지자 그 충격으로 나무판자들이 부서져 땅에 떨어졌고 처녀는 아무 보호도 받지 못한 채 모습을 드러냈다.

이익의 신이 자기편 요정들과 함께 와서 여인의 목에 커다란 황금 고리를 채우면서 그녀를 사로잡아서 항복시키고 포로로 잡는 시늉을 했다. 사랑의 신과 그의 요정들이 이것을 보고서 황금 고리를 풀어주려 했고, 이 모든 공연은 작은 북들의 리듬에 맞추어 질서정연하게 춤을 추면서 거행되었다. 야만인들이 모두를 진정시키고 민첩하게 성의 판자들을 다시 짜맞추자 여인은 다시 그 속에 갇혔고, 이것으로 춤 공연이 끝나자 구경하던 사람들은 아주 흡족해했다.

돈키호테가 요정 하나에게 누가 이 춤 공연을 만들고 기획했는지 물었다. 그러자 대답하기를 이와 같은 것을 창작하는 데 굉장한 능력을 지닌 마을의 연금 받는 성직자라고 했다.

"내 장담하건대, 학사인지 연금 받는 성직자인지 하는 자는 틀림없이 바실리오의 친구라기보다는 카마초의 친구일 것이다." 돈키호테가 말했다. "그리고 기도보다는 풍자를 좋아하는 사람일 게야. 춤 공연 속에 바실리오

의 재능과 카마초의 부유함을 잘 끼워 넣었더군!"

산초 판사가 그 모든 것을 듣고서 말했다.

"내 닭이 왕이지요.* 저는 카마초 편입니다요."

"이 촌뜨기 산초야." 돈키호테가 말했다. "결국 너도 '힘센 자 만세!' 라는
거로구나."

"제가 어느 편에 드는지는 모르겠지만," 산초가 대꾸했다. "바실리오의 가
마솥에서는 카마초의 솥에서 꺼내 먹은 것 같은 훌륭한 음식은 결코 꺼낼
수 없다는 것은 아닙니다."

그러고는 거위와 암탉이 가득 찬 냄비를 가리키고, 암탉 하나를 손에 쥐
고는 기분 좋게 먹으면서 말을 이었다.

"바실리오의 재주에 보상이라도 해주기를! 사람의 가치는 돈을 얼마나
갖고 있느냐에 달린 거지요. 돈이 많을수록 가치도 높아집니다. 저희 할머
니가 그러셨지요, 세상에는 오직 두 종류의 가문이 있다고요. 가진 가문과
못 가진 가문. 비록 저의 할머니는 좀 가진 집안이었지만요. 주인님, 요즘에
는 지식을 쌓는 일보다 재산을 쌓는 걸 더 알아준답니다. 안장 없은 말보다
는 황금 없은 당나귀가 더 좋은 거지요. 그래서 다시 말씀드리지만 저는 카
마초 편이에요. 그 사람의 가마솥에는 거위, 암탉, 산토끼와 집토끼 요리가
넘치니까요. 그렇지만 바실리오 가마솥에는 더러운 물밖에 없을 겁니다."

"장광설은 끝났느냐, 산초?" 돈키호테가 말했다.

"끝난 걸로 하지요." 산초가 대꾸했다. "주인님께서 제가 입만 열면 걱정
을 하시니. 중간에 말을 끊지 않았다면 저는 사흘 동안도 얘기할 거리가 충
분했을 겁니다."

---

*힘센 강자에게 내기를 건다는 의미이다.

"맙소사, 산초야." 돈키호테가 말했다. "내가 죽기 전에 네가 벙어리 되는 꼴을 보고 싶구나."

"우리가 이렇게 지낸다면," 산초가 대꾸했다. "주인님께서 돌아가시기 전에 제 입에 먼저 진흙이 들어갈 겁니다. 그러면 이 세상이 끝날 때까지, 아니 최소한 최후의 심판 날까지 말 한마디 하지 않고 벙어리로 지낼 수 있겠지요."

"그런 일이 벌어지더라도, 산초야," 돈키호테가 대답했다. "너의 침묵은 지금까지 떠들어댔고, 지금도 떠들고 있고, 앞으로도 네 목숨이 있는 한 떠들어댈 것에 비하면 아무것도 아닐 것이다! 더구나 너보다 내가 죽는 날이 먼저 올 것은 자연의 당연한 이치이니, 네가 술을 마시거나 잠을 잘 때를 제외하고는 결코 조용히 있는 꼴을 보지 못할 것 같구나."

"주인님, 맹세코," 산초가 대답했다. "해골, 그러니까 죽음은 믿을 것이 못 됩니다. 새끼 양이건 어미 양이건 가리지 않고 잡아먹으니까요. 우리 신부님한테 들었습니다만, 죽음은 가난한 자의 오막살이에나 임금의 성채에나 똑같이 찾아온다고 합니다. 죽음은 달콤함보다 더 큰 힘을 가지고 있지요. 메스꺼워하는 것 없이 무엇이든 다 먹고, 다 합니다. 온갖 종류의 사람들, 나이에 상관없이 신분을 가리지 않고 자신의 보따리를 채워 넣지요. 그놈은 한가롭게 낮잠을 자는 농부가 아닙니다. 스물네 시간 풀을 베는데, 말라빠진 풀이든 초록색 풀이든 다 자른다니까요. 씹지도 않고, 앞에 놓인 것은 무엇이든 통째로 삼켜버리지요. 너무 배고파서 먹는 데 지치는 적이 없답니다. 비록 창자가 없을지라도, 냉수 한 주전자를 들이켜는 사람처럼, 오로지 살아 있는 사람들의 생명만을 게걸스럽게 마시는 것 같습니다."

"그만해라, 산초." 이때 돈키호테가 말했다. "정신을 좀 차리고 더 이상 비관하지 마라. 네가 거친 말투로 죽음에 대해 말한 것은 사실 훌륭한 설교가

들이라면 할 수 있는 말이었다. 네게 말하지만 산초, 만일 네가 좋은 천성과 분별력을 지녔다면, 손에 설교단을 들고 세상을 다니면서 떠들고 할 수 있을 것이다."

"잘 사는 사람이 설교도 잘하지요." 산초가 대답했다. "한데 저는 신학 따위는 모릅니다요."

"그런 것은 네게 필요하지 않다." 돈키호테가 말했다. "그러나 지혜의 기본이 하느님을 두려워하는 것인데, 너는 하느님보다 도마뱀을 더 무서워하는 자가 아는 것은 어찌 그리 많은지 도무지 이해가 안 되는구나."

"주인님은 기사도에 대해서나 판단하시고요." 산초가 대꾸했다. "다른 사람의 두려움이나 용기에 대해서는 간섭하지 마세요. 저는 이웃에 사는 아들처럼 하느님에 대해 두려움을 지닌 자거든요. 그리고 제가 이 음식이나 먹도록 내버려두세요. 그 밖의 말들은 다 잔소리일 뿐이고, 저승에나 가서 우리에게 청구서를 요구할 거니까요."

이렇게 말하고서 산초는 냄비에 있는 음식을 다시 먹기 시작했는데 얼마나 맛있게 먹던지 돈키호테의 식욕까지 자극했다. 아마 계속 이야기할 불가피한 일만 생기지 않았더라면 분명히 돈키호테도 음식을 먹었을 것이다.

제21장

───◆❖◆───

여기에서는 카마초의 결혼식과 함께
다른 재미있는 사건들이 펼쳐진다

돈키호테와 산초가 앞 장에서 말씨름을 하고 있을 때, 크게 떠드는 소리와 엄청난 소음이 들려왔다. 암말들을 타고 온 사람들이 바로 고함을 지르며 소란을 일으킨 주인공들인데, 길게 행렬을 만들어 함성을 지르면서 신랑과 신부를 맞이하고 있었다. 수천 가지 악기와 장식에 둘러싸인 신랑과 신부는 마을 신부님과 양가 친척들, 인근 마을에서 온 가장 좋은 가문 사람들에게 둘러싸였고, 모두가 축제 의상을 입고 있었다. 산초가 신부를 쳐다보면서 말했다.

"정말이지 시골 농사꾼 차림새가 아니라 어여쁜 궁정 복장이네. 세상에, 앞가슴에 단 브로치는 귀한 산호로 만들었고, 쿠엔카산 초록색 옷감은 삼십 수의 실로 짠 비로드야! 하얀 레이스 장식, 저건 비단으로 만든 게 틀림없겠는데! 그리고 두 손에 낀 저 검은색 호박 반지들! 저것들이 진짜 순금이 아니라면 내 손에 장을 지지지. 우유 방울같이 박혀 있는 하얀 진주들은 한 개가 사람 눈알 하나 값은 되겠네. 야, 이런 염병할 것이 있나! 저 머리카락 좀 봐, 저게 가발이 아니라면 내 평생에 저렇게 긴 금발 머리칼은 본 적이 없다고! 아니, 저 몸매와 자태, 흠 잡을 것이 없구나. 대추야자 열매를 주렁주렁 단 야자수에 비할까, 신부 머리카락과 목에 달린 장식들이 대추야자 나무에 달린 열매들과 똑같잖아! 내 영혼에 맹세코 정말 대단한 여자로군. 플랑드르의 여울이라도 건널 수 있겠는걸.*"

돈키호테는 산초 판사의 촌스러운 찬사를 비웃었다. 하지만 그 역시 둘시네아 델 토보소를 제외하고는 이 세상에서 그보다 아름다운 여인을 보지 못했다. 아름다운 신부 키테리아의 얼굴은 약간 창백했는데, 신부들이 결혼식을 앞두고 그러하듯 몸치장을 하느라 제대로 잠을 이루지 못하여 그런 듯했다. 돈키호테와 산초는 초원 한쪽에 있는 양탄자와 꽃다발로 치장된 무대를 향해 다가갔다. 그곳에서 결혼식이 거행될 것이며, 춤과 여러 가지 놀이들을 구경할 것이었다. 그 장소에 막 도착할 즈음, 등 뒤에서 커다랗게 웅성대는 소리가 들리더니 그중 하나가 말했다.

"잠깐 기다리시오, 성급하고 경솔한 자들이여!"

모든 사람들이 고함 소리가 나는 쪽으로 고개를 돌려, 진홍색 천으로 길게 덧댄 검은 외투를 입은 남자가 소리 지르는 것을 보았다. 찬찬히 보니 그 남자는 손에 큰 지팡이를 들고 머리에는 불길한 사이프러스** 나뭇가지로 만든 관을 쓰고 있었다. 더 가까이 다가오자 그가 바로 늠름한 청년 바실리오라는 것을 모두가 알게 되었다. 그러자 사람들은 바실리오의 고함 소리가 어떤 결과를 가져올지 기다리며, 또 이러한 때에 그가 나타남으로써 어떤 불행한 일이 일어날지 두려워하며 모두 꼼짝 않고 있었다.

마침내 기진맥진한 바실리오가 다가와서 신랑 신부 앞에 섰다. 그러고는

---

*플랑드르 해안의 항해를 어렵게 하는 모래여울을 가리키며, 결혼 생활의 어떠한 어려움도 이겨낼 수 있으리라는 의미이다.
**주로 무덤에 심는 나무로 죽음을 상징한다.

끝에 색이 바랜 뾰족한 쇠가 달린 지팡이를 땅에 꽂고서, 키테리아에게 시선을 둔 채 떨리는 쉰 목소리로 이렇게 말했다.

"무정한 키테리아, 우리가 맺은 신성한 언약에 따라서 내가 살아 있는 한 당신이 남편을 얻을 수 없다는 것을 잘 알 거요. 그리고 시간이 흘러 내 근면함이 내게 큰 재산을 만들어줄 것을 믿고, 그때까지 당신의 명예를 위해서 정조를 지켜주려 했다는 것을 당신이 모르지는 않겠지. 그러나 당신은 나의 순수한 희망에 부응해 지켜야 할 모든 의무들을 잊어버리고 내가 차지할 주인 자리를 다른 남자에게 주려 하고 있소. 그 남자의 재산은 그에게 좋은 운수뿐만이 아니라 최고의 행운까지도 만들어주었구려. 그 자신이 그만한 가치가 있어서가 아니라, 하늘이 그에게 그것을 내려준 것이라고 나는 생각하오. 아무튼 당신에게 행운이 철철 넘치도록 나는 이쯤에서 내 손으로 내 목숨을 끊어 당신에게 방해될 수 있는 장애물과 불편함을 없애주겠소. 돈 많은 카마초와 무정한 키테리아여, 오랫동안 행복하게 살기를! 그리고 불쌍한 바실리오는 죽어라, 죽어버려라, 그의 가난이 행복의 날개를 꺾어서 그를 무덤에 묻었도다!"

이렇게 말하고서 바실리오가 땅에 꽂혀 있던 지팡이를 움켜쥐었다. 그리고 땅에서 지팡이를 절반쯤 빼냈을 때 칼집처럼 그 안에서 숨겨져 있던 중간 크기의 칼이 나왔다. 그리고 칼자루라고 할 쪽을 땅에 놓고서 바실리오는 가벼운 몸놀림과 결연한 의지로 칼끝 위로 몸을 날렸다. 그러자 날카로운 칼의 절반과 함께 순간적으로 피가 묻은 칼끝이 등 쪽으로 나왔다. 자신의 칼에 관통을 당한 가련한 바실리오는 피로 범벅이 된 채 땅에 나동그라졌다.

그러자 그의 비참함과 가엾은 불행에 마음 아파하며 친구들이 그를 구하러 달려갔다. 돈키호테도 로시난테를 버려두고 그를 도우러 달려가서는 자신의 팔에 바실리오를 안았는데 아직은 숨이 끊어지지 않았다. 사람들이 그에게서 칼을 빼내려 했지만 그 자리에 있던 마을 신부가 고해성사를 해주기 전에는 칼을 빼지 말라고 만류했다. 칼을 빼자마자 금방 숨이 끊어질 것이었기 때문이다. 의식이 약간 돌아오자 바실리오는 꺼질 듯한 고통스러운 목소리로 말했다.

"비정한 키테리아, 이 마지막 불가항력의 순간에 당신이 내 아내가 되기를 원한다면, 내 무모함이 그나마 핑곗거리를 얻게 될 것이오. 그렇게 함으로써 당신의 것이 되는 행복을 얻는다면 말이오."

마을 신부는 이 말을 듣고서 그에게 이르기를, 육체의 즐거움보다 영혼의 건강을 돌보라고 하면서, 진실로 하느님께 스스로의 죄와 자살을 하려는 결심에 대해 용서를 빌라고 했다. 바실리오는 신부의 말에 대답하기를, 먼저 키테리아가 자신의 아내가 되어주기를 약속하지 않는다면 절대 고해성사를 하지 않을 것이며, 그런 기쁨만이 자신의 마음을 바꾸게 하고 고해성사를 할 수 있는 기운을 줄 것이라고 했다.

돈키호테는 상처 입은 바실리오의 요청을 듣고 큰 목소리로, 바실리오가 매우 정당하고 이치에 맞는 것을 요구했으며 더욱이 매우 실현 가능한 일이니, 카마초 님도 마치 그녀의 아버지로부터 그녀를 맞이하는 것처럼 용감한 바실리오의 미망인이 된 키테리아 아가씨를 아내로 맞아준다면 매우 영예로울 것이라고 말했다.

"여기에는 '예'라는 대답 이외의 것은 있을 수 없소. 그리고 이 일은 말로 답하는 것 이외에 아무런 다른 효과는 없을 것이오. 이 결혼식의 초야가 치러질 곳은 무덤이 될 테니까 말이오."

카마초는 이 모든 것을 듣고 있었다. 그는 무엇을 해야 할지, 뭐라고 말해야 할지 모른 채 어리둥절하고 혼란스러울 뿐이었다. 그러나 바실리오 친구들의 고함 소리가 키테리아에게 아내가 되겠다고 허락해야 한다고 요구하고 있었다. 바실리오의 영혼이 이 세상을 떠나면서 절망하여 길을 잃고 방황해서는 안 된다는 것이었다. 바실리오의 친구들은 만일 키테리아가 바실리오에게 청혼하기를 원한다면 카마초도 동의하고 승낙해주어야 한다면서 그를 설득하고 강요했는데, 그렇게 한다 해도 카마초에게는 자신의 소망을 이루는 데 있어 잠시 결혼식이 지연되는 것뿐이지 않느냐는 것이었다.

그러자 모든 사람들이 키테리아에게로 가서 어떤 이는 간청을 하고 또 어떤 이는 눈물로 호소를 했고, 또 어떤 이들은 매우 일리 있는 말로 불쌍한 바실리오에게 청혼해줄 것을 권유했다. 대리석보다 강하고 조각상보다 입이 무거운 그녀는 대답할 줄도 몰랐고, 대답할 수도 없었으며, 대답하고 싶지도 않았다. 만약 마을 신부가 그녀에게 어떻게 할지 빨리 결심하라고 재촉하지 않았더라면 끝내 대답하지 않았을 것이다. 바실리오는 이미 숨이 끊어질 지경에 이르렀기에 더 이상 과단성 없는 결심을 기다릴 여지가 없었기 때문이었다.

그때 아리따운 키테리아가 아무 말도 하지 않고 당혹한 듯, 혹은 비탄에 빠져 고통스러운 듯 바실리오가 있는 곳으로 갔다. 그는 이미 눈이 뒤집혀 있었고, 숨을 짧게 몰아쉬면서 입속으로 키테리아의 이름을 중얼거리며 그리스도교도로서가 아닌 이교도로서 죽을 참이었다. 마침내 키테리아가 그 앞에 가서 무릎을 꿇고 말이 아니라 몸짓으로 그에게 청혼했다. 그러자 바실리오의 눈빛이 달라져 그녀를 애절하게 바라보면서 말했다.

"오, 키테리아! 당신의 자비심이 내 목숨을 끊는 칼날이 되는 순간에 때맞추어 자비로운 여인으로 나타나주었군. 이제 나는 당신이 나를 남편으로 선택해주는 이 영광을 누릴 수 있는 기력조차 없으며, 죽음의 무서운 그림자가 이토록 빨리 나의 두 눈을 덮치는 이 고통을 멈추게 할 힘조차 없소. 오,

내 숙명의 별이여! 내가 당신에게 간청하는 것은, 당신이 나에게 청혼을 하는 것이 의무로서가 아니라, 또다시 나를 속이기 위해서가 아니라, 강압이 아닌 당신의 의지에 따라 나를 당신의 합법적인 남편으로 맞이하여 순순히 당신의 몸을 맡기고 아내가 되겠다고 고백하고 말해주는 것뿐이오. 지금과 같은 상황에서 나를 속이는 것은 온당치 않소. 그동안 당신과 수많은 진실들을 함께해온 나에게 거짓 속임수를 쓰는 것은 옳지 않은 짓이오."

이렇게 말이 오가는 사이에도 바실리오는 계속하여 의식을 잃곤 했는데, 그 자리에 있던 모든 사람들은 그가 기절할 때마다 그대로 숨이 아주 끊어지는 것이 아닌가 생각했다. 새삼 정숙하고 부끄러운 표정으로 키테리아는 자신의 오른손으로 바실리오의 손을 꽉 쥐고서 그에게 말했다.

"어떤 힘으로도 제 의지를 굽히게 할 수 없어요. 그러니 제 자신의 가장 자유로운 의지로 당신의 합법적인 아내가 되겠어요. 만일 당신의 자유로운 의지로 저에게 청혼해주신다면, 당신의 어리석은 행동이 야기한 이 불행을 혼란하게 하거나 대항하지 않고 당신의 청혼을 받아들이겠어요."

"그리하겠소." 바실리오가 대답했다. "주저하거나 흔들림이 없이 하늘이 나에게 주신 명석한 분별력으로 당신의 남편으로 나를 당신에게 바치오."

"저도 저를 당신의 아내로 바칩니다." 키테리아가 대답했다. "오랫동안 사시기를, 부디 제 품안에서 무덤으로 당신을 데려가게 하소서."

"저렇게 큰 상처를 입은 청년이 말은 많이도 하네." 이때 산초 판사가 나서서 말했다. "사랑의 속삭임은 그만하고 자신의 영혼이나 잘 돌보시길. 내가 보기에는 영혼을 이 사이가 아닌 혓바닥 위에 두었구려."

바실리오와 키테리아가 손을 꼭 잡고 있을 때 마을 신부는 나약하고 울먹이는 소리로 그들에게 축복을 내리고 새 신랑의 영혼에 평안한 휴식을 주시기를 하늘에 청했다. 마을 신부의 축복을 받자마자 신랑은 아주 날렵하게 몸을 일으켜서 이전에 볼 수 없던 뻔뻔스러움으로 자신의 몸에서 칼을 빼냈다. 그의 몸이 칼집의 역할을 한 것이었다. 모든 사람들이 감탄을 했고, 어떤 사람들은 신기해하기보다는 멍해져서 큰 소리로 말했다.

"기적이다, 기적!"

그러나 바실리오가 반박했다.

"기적, 기적이 아니라 계략, 계략을 쓴 거요!"

어리둥절하고 넋이 나간 마을 신부는 두 손으로 상처를 살펴보고서 칼이 바실리오의 살과 갈비뼈를 관통한 것이 아니라 쇠로 만든 관을 통과한 것을 발견했다. 나중에 알게 된 것이지만, 그 관에는 굳지 않도록 미리 준비해둔 피가 채워져 있었다.

결국 마을 신부와 카마초 그리고 주변에 있던 모든 사람들이 농락당하고 조롱당한 셈이었다. 키테리아는 조롱당한 것에 괴로운 표정을 하지 않았다. 속임수로 이루어진 그 결혼이 무효라고 하는 소리를 듣고서 다시 확인을 하겠다고 말하기까지 했다. 이 사실로 미루어 모든 사람들은 이 사건을 두 사람이 서로 합의하고 동의하여 만든 것이라고 추정했다. 이에 너무나 난처해진 카마초와 그의 동료들은 손짓으로 복수를 표시하며 다들 칼을 뽑아 들고 바실리오에게 덤벼들었다. 바실리오를 편드는 사람들도 동시에 수많은 칼을 뽑아 들었다. 이때 돈키호테가 팔에는 창을 들고 몸은 방패로 잘 가리고 말을 탄 채로 앞으로 나서면서 모두를 물러서게 하였다. 이와 유사한 싸움들을 결코 즐기거나 기뻐한 적이 없는 산초는 맛있는 음식 거품을 만들어내던 큰 항아리들 곁으로 피했다. 산초에게는 그 장소가 존경심을 갖게 할 만큼 성스러운 곳으로 여겨졌다. 돈키호테는 큰 소리로 말했다.

"여러분, 멈추시오, 멈추시오. 사랑이 우리에게 저지른 모욕에 복수하는 것은 옳지 않소. 사랑과 전쟁은 똑같은 것이오. 전쟁에서 적에게 이기기 위해 계략과 전략을 사용하는 것이 익숙하고 정당한 일인 것처럼, 불명예나 명예 훼손이 아니라면 사랑 싸움이나 경쟁에서도 원하는 목표를 얻기 위해 쓰는 속임수나 계략은 좋은 일로 간주되오. 하늘이 준 정당하고 호의적인 결정으로 키테리아는 바실리오의 것이며, 바실리오는 키테리아의 것이오. 카마초는 부자이고 언제 어디서든 본인이 원하면 자신의 즐거움을 살 수 있을 것이나 바실리오는 이 양 한 마리뿐이기에, 아무리 힘이 있는 자일지라도 그에게서 그 양을 빼앗아 갈 수 없는 거요. 하느님이 합쳐준 두 사람을 인간이 갈라놓을 수는 없소이다. 그것을 시도하려는 자가 있다면 우선 이 창끝을 통과해야 할 것이오."

그러고는 창을 어찌나 힘차고 노련하게 휘둘렀는지 그를 잘 알지 못했던 모든 사람들은 두려움에 가득 찼다. 그리고 카마초의 머릿속에 키테리아에 대한 경멸이 얼마나 강하게 각인되었는지 한순간에 그녀에 대한 추억도 지워져버렸다. 마을 신부도 카마초를 설득했으니, 신부도 분별 있고 사심이 없는 사람인지라 그의 설득 덕분에 카마초와 그의 동료와 일행들 모두가 평온을 되찾고 조용해졌다. 그 증거로 그들은 자신의 칼을 다시 칼집에 꽂았으며, 바실리오의 교묘한 술책보다 키테리아의 가벼운 행동을 더 탓했다. 카마초는 만일 키테리아가 처녀 시절에 바실리오를 그토록 사랑했다면 결혼 후에도 역시 그를 사랑할 것이라고 말하면서, 그녀를 얻는 것보다는 오히려 그녀를 자신에게서 빼앗아 간 것에 대해 하늘에 감사해야 할 것이라고 말했다.

그리하여 카마초와 그의 일행들이 모두 마음을 달래고 진정하였으며, 바실리오의 일행도 모두 잠잠해졌다. 부자 카마초는 자신이 조롱당하지도 않았고 아무 일도 아니라는 것을 보여주기 위해, 마치 결혼식을 진짜 하는 것처럼 잔치를 계속하기 바랐다. 그러나 바실리오나 그의 부인 그리고 일행들은 잔치에 참가하기를 원치 않았으므로 바실리오의 마을로 가버렸다. 부자들에게는 아첨하고 따르는 자가 있는 것처럼, 덕이 있고 분별 있는 가난한 자들에게도 그들을 따르고, 존경하고, 보호해주는 사람들이 생기기 마련인 것이다.

그들은 돈키호테를 용기 있고 가슴에 털이 있는* 사람으로 여기며, 자신들과 함께 모셔 갔다. 다만 산초는 마음이 어두웠는데 저녁까지 계속될 카마초의 잔치와 훌륭한 음식들을 기대할 수 없어졌기 때문이었다. 그래서 머쓱하고 슬픈 표정으로 바실리오 일행과 함께 주인을 따라갔다. 이렇게 산초는 이집트의 솥단지들**을 뒤로하고 머릿속에만 간직한 채로 길을 떠났다. 거의 다 먹어치운 냄비 속의 음식들은 사라져버린 부의 영광과 영화를 보여주는 것 같았다. 비록 배는 고프지 않았지만 슬픔에 젖어 사색에 잠긴 산초는 나귀 등에서 내려오지도 않고 로시난테의 뒤를 따라갔다.

---

*용감한 사람을 표현할 때 사용하는 관용구.
**성경에 나오는 구절로, 풍요로웠던 옛날을 의미한다.

제22장

라만차의 중심부에 있는 몬테시노스 동굴의
대모험과 여기에서 용감한 돈키호테 데 라만차가
이룩한 행복한 결말에 대하여

갓 결혼한 부부는 돈키호테가 자신들의 편을 들어준 것에 감사하며 그를 지극정성으로 환대했다. 그의 용기와 더불어 분별력도 높이 평가하면서, 그를 무예에 있어서는 엘 시드*로, 웅변에서는 키케로로 모셨다. 선량한 산초도 사흘 동안 젊은 부부의 헌신으로 실컷 즐겼고, 두 사람은 거짓 자살 사건은 아름다운 키테리아와 사전에 합의하여 꾸민 일이 아니라 바실리오가 앞서 보았던 것과 같은 결말을 기대하면서 벌인 계략이었다는 사실을 알게 되었다. 또한 필요한 때에 자신의 의도를 따라주고 속임수를 지원해주도록, 친구들 중 몇몇에게 자신의 생각을 알려주었다는 바실리오의 고백도 있었다.

"덕망 있는 목표를 위해 한 일을," 돈키호테가 말했다. "속임수라고 부를 수는 없으며, 불러서도 안 되지요."

그리고 사랑하는 사람들끼리 결혼을 하는 것이야말로 가장 훌륭한 목표이나, 사랑의 최대 적은 배고픔과 가난임을 경고했다. 왜냐하면 사랑 자체

---

*11세기 스페인의 영웅적 기사. 기사도의 상징과도 같은 인물이다.

는 전부가 즐거움이고 기쁨이며 만족인데, 이는 사랑하는 남자가 사랑하는 여인을 자신의 것으로 만들었을 때 더욱 그렇지만, 남자에게 궁핍과 가난은 너무나 명백한 적이 될 수밖에 없기 때문이었다. 바실리오에게 명성은 주었지만 금전은 주지 않았던 명석한 꾀를 부리는 짓들은 이제 그만두고, 사려 있고 부지런한 사람이라면 누구나 갖추고 있는 올바르고 근면한 자세로 재산을 만드는 데 열중하라고 돈키호테가 의도적으로 한 말이었다.

"명예로운 가난뱅이가 (만약 가난한 자가 명예로울 수가 있다면) 아름다운 여인을 가진다는 것은 보물을 갖는 것이며, 그에게서 그 여인을 빼앗는다면 그의 명예를 빼앗고 그를 죽이는 것이 된다오. 아름답고 정숙한 여인이 가난한 남편을 선택한다면 정복과 승리의 월계관과 야자수로 만든 관을 머리에 쓸 가치가 있소. 아름다움은 그 자체만으로, 여인을 보았거나 그녀를 아는 모든 사람들의 마음을 사로잡으며, 궁정의 독수리들과 하늘 높이 나는 새들*은 맛있는 미끼라도 되듯 그녀를 쓰러뜨릴 것이오. 그런데 이러한 아름다운 여인에게 궁핍함과 가난까지 합쳐지면, 까마귀니 솔개, 잡동사니 맹금류들까지 덤벼들지. 그토록 많은 공격에도 흔들리지 않는 여인은 남편의 왕관이라고 불려 마땅하다오. 이보게, 분별 있는 바실리오." 돈키호테가 덧붙여 말했다. "어떤 현자가 말했는지는 모르겠지만, 이 세상에 훌륭한 여자는 단 한 명밖에 없다고 했소. 그리고 그 현자는 충고하기를 남편들 각자는 그 유일한 여자가 바로 자기 아내라고 생각하고 믿어야 하는데, 그러면 행복하게 살 거라고 하오. 나는 미혼이고 아직까지도 결혼에 대하여 생각해본 적은 없지만, 그럼에도 충고를 한마디 하자면 결혼은 반드시 원하는 사람과 해야 한다는 것이오. 무엇보다 먼저, 상대방의 재산보다는 훌륭한

---

*궁정의 귀족들과 지체 높은 상류계층을 빗대어 표현하고 있다.

평판을 중요시하기를 충고하겠소. 훌륭한 여인이란 훌륭하다는 것만으로 좋은 평판을 얻는 것이 아니라 남에게 그렇게 비쳐져야만 하는 것이므로 몰래 행하는 악행보다도 여러 사람들 앞에서 저지르는 방종과 자유분방한 행동이 여인들의 평판을 더 많이 훼손하는 것이오. 만약 자네가 훌륭한 여인을 집으로 모셔 온다면 여인을 잘 지키고 심지어는 그러한 착한 성품을 더 좋아지게 할 수도 있지만, 만약 반대로 나쁜 여인을 데려온다면 그 여인의 품행을 바꾸는 데에 큰 힘이 들 것이니, 이는 이쪽 끝에서 저쪽 끝으로 바꾼다는 것은 그리 쉬운 일이 아니기 때문이오. 그러니까 내 말은, 그것이 불가능한 것은 아니지만 힘이 든다는 것이오."

모든 얘기를 듣고서 산초가 혼잣말을 했다.

"우리 주인님은 내가 무슨 뼈 있는 말을 하면 내 손으로 설교대를 들고 여기저기 다니면서 잡소리나 하라고 말씀하시는데, 주인님이야말로 이렇게 유식한 격언을 쓰거나 충고를 할 때면 두 손에 설교대를 드는 것으로는 모자라니 손가락마다 설교대를 두 개씩 들고서 여기저기 광장을 돌아다니시라고 말씀드리고 싶구먼. 세상에, 어쩌면 저렇게 아는 것도 많은 편력기사가 있을까! 나는 주인님이 기사도에 관한 것들만 알고 있다고 생각했는데, 당최 모르는 게 없고 관여하지 않는 일이 없으시네."

산초가 이렇게 중얼거리는데, 그의 주인이 듣고서 그에게 물었다.

"무슨 말을 중얼거리는 거냐, 산초?"

"아무 말도 안 했고, 중얼거리지도 않았습니다." 산초가 대꾸했다. "단지 주인님께서 말씀하신 것을 제가 결혼 전에 들었더라면 좋았을 거라고 혼잣말하고 있었지요. 그러면 지금 제가 '풀어놓은 황소는 잘도 핥는다'*고 말했

---

*자유로운 자는 무엇이라도 할 수 있다는 의미의 속담.

을 텐데요."

"테레사가 그토록 나쁜 여자인 것이냐, 산초?" 돈키호테가 물었다.

"아주 나쁜 여자는 아닙니다." 산초가 대답했다. "하지만 아주 착한 여자도 아니지요. 적어도 제가 원한 만큼 착한 여자는 아닙니다요."

"네 아이들의 친엄마인 아내를 나쁘게 말하는 것은 네가 잘못하는 것이다." 돈키호테가 말했다.

"우리는 서로 잘못이 없습니다." 산초가 대답했다. "마찬가지로 제 마누라도 하고 싶을 때는 저에 대해 나쁘게 말하거든요. 특히 질투를 할 때면, 사탄이라고 해도 말릴 수 없을걸요."

결국 그들은 신혼부부와 사흘 동안을 지내면서 왕처럼 환대와 시중을 받았다. 돈키호테는 석사 검술가에게 몬테시노스 동굴로 길을 안내해줄 수 있는 사람을 구해달라고 부탁했다. 그 일대에서 떠돌고 있는 동굴에 대한 불가사의한 소문들을 자기 눈으로 직접 확인하고 싶은 소망이 컸기 때문이었다. 석사는 돈키호테에게 기사도 책 읽기를 매우 좋아하는 명망 있는 학생인 자신의 사촌 하나를 소개하겠다며, 그 학생이 동굴 입구까지 기꺼이 모실 것이며 라만차 지방에서, 아니 에스파냐 전역에서도 이름 높은 루이데라 호수를 보여드릴 것이라고 말했다. 그 청년은 책을 출판해서 지체 높은 분들에게 바칠 줄도 알기 때문에 돈키호테와 유쾌한 시간을 보낼 것이라는 얘기였다. 마침내 사촌이 새끼를 밴 작은 나귀를 끌고 왔는데, 나귀의 안장에는 줄무늬 천으로 덮개가 씌워져 있었다. 산초는 로시난테에게 안장을 얹고 자신의 잿빛 당나귀도 준비를 시켰으며, 자루들에 식량을 채웠다. 거기에 사촌이 잘 준비한 자루들도 함께 실었다. 하느님에게 가호를 빌며 모두에게 작별 인사를 하고 나서, 몬테시노스 동굴을 향하여 길을 떠났다.

길을 가면서 돈키호테는 사촌에게 그가 하는 일과 직업과 공부가 어떤 종류이며 어떤 상태인지를 물었다. 이에 그는 대답하기를 직업은 인문학자이며, 하는 일과 공부는 출판하기 위하여 책을 쓰는데, 모두가 공화국에 유익하고 재미도 적지 않은 것들이라고 했다. 그중 하나의 제목이 《제복의 책》인데, 여기에는 703가지 제복들이 그려져 있고, 각 제복의 색깔, 휘장, 도안까지 있어서, 축제나 행사 때에 궁정기사들이 누구를 찾아가 애걸하거나 이 궁리 저 궁리 할 필요 없이, 자신의 의도와 뜻하는 바대로 옷을 골라 입을 수 있다고 했다.

"질투심 많은 사람이든 사랑에 버림받은 사람이든, 잊혀지거나 별거 중인 사람이든 저마다에게 적절하고 잘 어울리는 옷을 골라주기 때문입니다. 다른 책 하나는 《변신》혹은 《에스파냐의 오비디우스》라고 이름을 붙이려고 하는데, 이 책은 좀 새롭고 특이한 창작물이지요. 이 책에서는 오비디우스를 해학적으로 흉내 내면서, 세비야의 히랄다가 누구였으며, 막달레나의 천사는 누구였으며, 코르도바의 베싱게라 수로는 누구였으며, 로스 토로스 데 기산도는 어떤 자였으며, 시에라 모레나 산맥, 마드리드에 있는 레가니토스와 라바피에스의 우물은 어떤 자들이었느냐를 제가 기술했습니다. 또한 피오호의 우물과 카뇨 도라도와 프리오라 우물도 잊지 않고 설명했지요. 이러한 것들에다가 알레고리와 은유, 전의를 사용하여 즐겁게 하고, 놀라게도 하고, 가르침도 주는 책입니다. 또 다른 책은 《사물의 발명에 관한 베르길리우스 폴리도로의 부록》이라 불리는데, 아주 해박하고 연구를 많이 한 책으로, 사려 깊은 폴리도로가 미처 언급하지 않은 것들에 대해 제가 연구하여 세련된 양식으로 정리한 것이지요. 세상에서 처음으로 코감기에 걸린 사람이 누구이며, 매독을 고치기 위하여 연고를 처음 바른 사람이 누구인지, 베르길리우스가 잊고 발표하지 않은 것을 제가 글자 그대로 규명하였고 스물다섯 명이나 되는 저자들과 함께 그것을 확인하였습니다. 그러니 기사님께서 제가 제대로 한 것인지, 이 책들이 세상 모든 사람들에게 유용할 것인지 봐주셨으면 합니다."

사촌이 하는 이야기를 주의 깊게 듣고 있던 산초가 그에게 말했다.

"나리, 나리 책들이 인쇄되어 하느님께서 큰 행운을 주시길 빕니다. 그리고 모든 것을 잘 아시니까 당연히 잘 아실 텐데, 머리를 처음으로 긁적거린 사람이 누군가요? 제 생각으로는 우리의 아버지이신 아담 같은데요?"

"그럴 수 있소, 형제여." 사촌이 대답했다. "아담에게 머리와 머리칼이 있다는 것은 의심할 여지가 없으니까. 그가 이 세상의 첫 번째 사람이니까 아마 머리를 몇 번은 긁적거렸을 겁니다."

"저도 그렇게 믿습니다." 산초가 응대했다. "그러면 이번에는 누가 이 세상 최초의 곡예사였는지 좀 말씀해주시지요."

"사실은, 형제여," 사촌이 대답했다. "연구해보기 전까지는 지금 당장 누구라 단정할 수 없소이다. 내 책들이 있는 곳으로 가면 그것을 조사해보도록 하겠소. 그리고 우리가 다시 만날 때 궁금증을 풀어드리리다. 이번이 마지막 만남은 아닐 테니까."

"그렇다면, 나리," 산초가 대답했다. "이 질문은 내버려두시죠. 제가 나리께 물었던 것을 지금 알게 되었습니다. 이 세상 최초의 곡예사는 바로 루시퍼입니다. 그를 하늘에서 쫓아내어 던져버렸을 때, 지옥까지 굴러떨어지지 않았습니까."

"일리 있는 말이로군요." 사촌이 말했다.

그러자 돈키호테가 말했다.

"산초, 그 질문과 대답은 네가 고안한 것이 아니다. 누군가 하는 말을 네가 들었을 게야."

"가만 계세요, 주인님." 산초가 대꾸했다. "맹세코 만일 제가 질문하고 대답하는 것을 한다 하면, 지금부터 아침까지 해도 끝나지 않을 겁니다. 그렇지요. 어리석은 질문을 하고 엉터리 같은 대답을 하는 데는 다른 사람의 도움이 필요하지 않으니까요."

"네가 아는 것보다 말을 더 많이 하는구나, 산초." 돈키호테가 말했다. "일단 알고 나서나 연구한 후에 보면, 사람들의 지식이나 기억에 아무런 도움이 되지 않는 것을 헛되이 알려고 하고 연구하려고 힘을 쏟았던 일들이 있지."

이런저런 즐거운 대화가 오가면서 그날이 지나갔고 저녁이 되어 어느 작은 마을에서 묵게 되었다. 거기서 사촌이 돈키호테에게 말하기를 여기에서부터 몬테시노스 동굴까지는 2레구아도 남지 않았다고 했다. 또 만일 동굴에 들어갈 결심이라면, 바닥까지 내려가기 위해서는 몸을 묶을 밧줄이 필요할 것이라고 했다.

돈키호테는 끝없는 심연으로 이어지는 것이라 할지라도, 어디에서 멈추는지를 꼭 보아야겠다고 말했고, 그리하여 밧줄을 거의 100브라사*나 샀다. 그리고 다음 날 오후 2시경에 동굴에 도착했다. 동굴의 입구는 공간이 넓은 편이었으나 야생무화과나무와 다양한 관목들, 가시나무와 덤불들이 빽빽하게 뒤엉킨 채로 가득 차서 동굴 입구를 완전히 덮고 있었다. 그 광경을 보면서 사촌과 산초 그리고 돈키호테가 말에서 내렸고, 두 사람은 돈키호테를 밧줄로 힘껏 묶었다. 그의 몸에 밧줄을 둘러서 동여매고 있을 때 산초가 말했다.

"주인님, 저 좀 보세요, 지금 무얼 하시는 겁니까? 산 채로 묻힐 생각이십니까? 우물 같은 곳에 빠져 체온이 떨어지면 안 되니까 병처럼 생긴 곳에는 가지 마세요. 그럼요, 주인님께서 지하 감옥보다 더 열악한 이 동굴의 탐험

---

*1브라사는 170센티미터이다.

가가 되어야 할 까닭이 없지요."

"입 다물고 밧줄이나 묶어라." 돈키호테가 말했다. "이와 같은 과업은, 산초야, 나를 위해 마련되어 있는 것이다."

그때에 안내자가 말했다.

"돈키호테 기사님, 제가 청하고 싶은 것은, 백 개의 눈으로 그 안에 있는 것을 잘 보시고 관찰해달라는 겁니다. 아마도 저의 책 《변형》에 넣을 것들이 있을 겁니다."

"악기를 잘 다루는 사람 손에 탬버린을 맡겼네요."* 산초 판사가 대답했다.

그러고는 돈키호테를 묶는 일을 마쳤는데, 갑옷 위가 아니라 안쪽의 가죽 조끼 위를 묶었다. 돈키호테가 말했다.

"우리가 부주의하여 작은 종을 하나 준비하지 못했구나. 그 종을 밧줄과 함께 내 몸에 달아놓으면 그 종소리로 인해 내가 내려가는 것을 알 수 있고 아직 살아 있다는 것을 알 수 있었을 텐데. 그러나 이제는 어쩔 수 없는 일이니, 하느님의 손이 나를 인도해주기를 바랄 뿐이다."

그런 다음 무릎을 꿇고서 하늘을 향해 낮은 목소리로 기도를 올렸다. 겉으로 보기에도 위험하고 새로운 이 모험에서 자신을 도와주고 좋은 결말을 달라고 하느님에게 빌었다. 그러고 나서 큰 소리로 말했다.

"오, 내 모든 행동과 움직임을 관장하는 귀부인이시여, 가장 눈부시며 세상에 비할 데 없는 둘시네아 델 토보소 공주님! 만약 당신의 축복받은 연인이 하는 기도와 소원이 당신의 귀에 도달할 수만 있다면, 당신의 전대미문의 아름다움으로 그것을 들어주기를 간청하오. 그것은 다름 아니라 지금 나에게 간절히 필요한 당신의 호의와 도움을 거절하지 말아달란 것이오. 나는

---

*무엇을 해야 할지 잘 알고 있는 사람이라는 의미의 속담.

여기 내 앞에 있는 심연 속으로 굴러떨어지고, 그곳으로 흘러들어서 가라앉으려 하오. 이는 오로지, 만약 당신이 나를 보호해준다면 내가 싸워서 물리치지 못할 것이 없다는 것을 세상이 알도록 하기 위함이오."

이렇게 말하고서 동굴로 다가갔는데, 만약 두 팔이나 칼로 베지 않는다면 밧줄을 타고 내려가는 것은커녕 입구로 들어가는 것조차 불가능했다. 그래서 돈키호테는 손에 칼을 들고서 동굴 입구에 있는 가시덤불들을 치고 자르기 시작하였다. 그 소음과 울림 때문에 동굴에서 커다란 까마귀들과 새들이 셀 수 없이 나왔는데, 한꺼번에 얼마나 많이 쏟아져 나왔는지 그만 돈키호테가 땅바닥에 쓰러져버렸다. 만일 그가 신실한 가톨릭 신자이지만 미신을 믿는 자였다면 그것을 나쁜 징조로 보고 그런 장소에 들어가는 것을 거절했을 것이다.

마침내 그가 일어나서 더 이상 까마귀나 박쥐 같은 다른 야행성 새들이 나오지 않는 것을 보았고, 사촌과 산초는 돈키호테가 동굴의 바닥으로 들어갈 수 있도록 밧줄 묶음을 서서히 풀었다. 돈키호테가 들어갈 때, 산초는 축복을 빌고 그에게 천 번이나 성호를 그으면서 말했다.

"편력기사들의 꽃이시며 최고의 기사에게 하느님의 인도와 가에타의 삼위일체, 페냐 데 프란시아의 가호가 있으시기를! 강철 같은 심장과 청동의 팔을 가지신 세상에서 가장 용맹스러운 기사가 저기에 가신다! 다시 한 번 하느님의 가호를 빕니다! 당신께서 원하여 어둠 속에 은거하려고 버리고 갔던 이 세상의 빛으로 자유롭고 건강하게, 몸값을 지불하지도 않고서 돌아오시기를!"*

---

*세르반테스는 알제에 포로로 잡혔다가 삼위일체 교회의 도움으로 몸값을 치르고 조국으로 돌아온 경험이 있다.

288

거의 똑같은 기도와 간청을 사촌도 하였다.

돈키호테는 밧줄을 더 풀어달라고 고함을 지르면서 내려갔다. 동굴 벽을 통해 울려 나오던 목소리가 더 이상 들리지 않았을 때, 그들은 이미 100브라사가 넘게 밧줄을 푼 상태였기에 돈키호테를 다시 끌어올리려고 생각했다. 더는 풀어줄 밧줄이 없었기 때문이다. 이런 상태로 그들은 30분가량 멈춰 있다가 다시금 아주 쉽게 아무런 무게도 느끼지 못하며 밧줄을 끌어올렸다. 그러자 돈키호테가 동굴 안에 계속 머물러 있는 게 아닌가 하는 생각이 들었고, 이를 믿어버린 산초는 슬프게 울면서 신속하게 그리고 그런 생각을 떨치고 정신을 차리기 위해 밧줄을 당겼다. 약 80브라사 정도가 조금 넘었다 생각될 즈음 무게가 느껴져, 두 사람은 매우 기뻐하였다. 마침내 10브라사쯤 남았을 때 매우 분명하게 돈키호테의 모습이 눈에 들어왔다. 산초는 소리를 지르며 말했다.

"아이고 주인님, 잘 돌아오셨습니다. 우리는 주인님이 그곳에 영원히 머무르시는 줄 알았지 뭡니까요."

그러나 돈키호테는 아무런 대꾸도 하지 않았다. 그를 완전히 끌어올려보니, 두 눈이 감겨 있는 게 틀림없이 잠을 자고 있는 듯했다. 두 사람은 그를 땅바닥에 눕히고 밧줄을 풀었다. 이렇게 해도 그는 눈을 뜨지 않았다. 그러나 몇 번이나 몸을 돌리고 뒤집고 두드리고 흔들어대자 한참 시간이 지난 후에 그는 마치 깊고 심각한 꿈에서 깨어나는 것처럼 기지개를 켜면서 정신을 되찾았다. 그리고 이쪽저쪽을 쳐다보면서 겁에 질린 사람처럼 말했다.

"하느님께서 그대들을 용서하기를. 친구들이여, 이 세상 어느 누구도 보지 못하고 겪어보지도 못한 달콤하고 유쾌한 삶과 광경으로부터 그대들이 나를 깨어나게 해버렸군. 인생의 모든 즐거움이 꿈처럼 그림자처럼 사라지거나 들판의 꽃들처럼 시들어버린다는 것을 나는 이제 막 알게 되었네. 오, 불행한

몬테시노스여! 오, 상처 입은 두란다르테여! 오, 불운한 벨레르마여! 오, 눈물을 흘리는 과디아나여! 그리고 너희들, 불행한 루이데라 연못의 딸들이여, 아름다운 눈에서 흘러내린 눈물을 너희들의 연못에서 보여주는구나!"

사촌과 산초는 돈키호테가 하는 말들에 주의 깊게 귀를 기울였다. 그는 마치 오장육부에서 그 말들을 끄집어내는 것처럼 고통스러워하며 말했다. 두 사람은 그가 한 말이 무슨 의미인지를 알려달라고 하면서, 그 지옥에서 보았던 것을 말해달라고 청했다.

"지옥이라고 했나?" 돈키호테가 말했다. "그런 이름이 어울리지 않는다네. 자네들도 나중에 알게 되겠지만 그렇게 부를 만한 가치가 없어."

그러면서 먹을 것을 좀 달라고 했는데, 엄청나게 배가 고팠던 까닭이었다. 그들은 초원 위에 사촌의 넓은 보자기를 펼치고 자신들의 자루에 있는 음식들을 꺼내 와서, 세 사람이 모두 함께 앉아 화기애애하게 저녁을 들었다. 보자기를 걷으면서 돈키호테 데 라만차가 말했다.

"아무도 자리에서 일어나지 말게. 그리고 여러분, 내 말을 귀담아들어보게나."

제23장

————◆◄█►◆————

완전무결한 돈키호테가 깊은 몬테시노스 동굴에서 보았다고 기술한 놀라운 일들과, 그 불가능함과 방대함으로 이 모험을 거짓으로 여기게 만든 것에 대하여

오후 4시쯤 되었을까, 태양이 구름에 가려 더위가 한풀 꺾인 따사로운 빛을 내리쬐었던 까닭에 돈키호테가 더위에 괴로워하지 않고 두 명의 명석한 청중에게 그가 몬테시노스 동굴에서 보았던 것을 말하게 할 구실을 주었다. 그는 다음과 같이 말을 시작했다.

"이 깊은 동굴 밑으로 12내지 14에스타도*를 내려갔을 때 오른편으로 노새가 끄는 커다란 마차가 들어갈 수 있을 만큼 오목한 공간이 만들어져 있었네. 멀리 있는 땅 표면에 뚫린 구멍이나 틈새를 통해 아주 가는 빛 한 줄기가 들어왔지. 내가 밧줄에 매달려서 어디로 가는지 확실한 방향도 모른채 암흑 속으로 내려가는 데 슬슬 지치고 서글픈 느낌이 들 무렵에 이 오목한 공간을 보았고, 그래서 나는 그 속으로 들어가서 조금 쉬기로 결심했지. 자네들에게 내가 말할 때까지 더 이상 밧줄을 풀지 말라고 고함을 질렀으나 자네들은 듣지 못한 듯해. 나는 자네들이 풀어주는 밧줄을 모아서 동그랗

---

*거리 단위로, 1에스타도는 약 1.7미터 정도이다.

게 똬리를 만들고 그 위에 앉아서 누가 나를 도와줄 사람도 없는데, 동굴 밑바닥까지 내려가기 위해 해야만 할 것을 숙고하면서 아주 깊은 사색에 빠졌다네. 이러한 생각과 혼란 속에 있을 때, 갑자기 의도하지도 않았는데 깊은 잠에 빠져버렸네. 그리고 미처 생각하지도 못하고 어떻게 된 것인지도 알지 못한 채 잠에서 깨어났고, 인간의 가장 분별력 있는 상상력도 꿈꿀 수 없는, 자연이 탄생시킬 수 있는 가장 아름답고 가장 유쾌하고 가장 즐거운 초원 한가운데 내가 있다는 걸 알게 된 것이지. 나는 두 눈을 크게 뜨고 비빈 후다시 보았네. 나는 잠들어 있는 게 아니라 실제로 깨어 있었던 거야. 이 모든 것에도 나는 거기에 서 있는 것이 나 자신인지, 아니면 허황된 거짓 유령인지를 확인하려고 내 머리와 가슴을 만져보았지. 그러나 촉감이나 기분이나 내가 혼잣말로 했던 조리 있는 생각들이 지금 바로 이 자리에 있는 내가, 당시 그때 거기에 있었다는 것을 증명해주었네. 그리고 눈앞에 화려한 왕궁인지 성인지 하는 것이 나타났지. 그 성벽들과 벽들은 투명한 수정으로 만든 것처럼 보였고, 거기서 커다란 문 두 개가 열리자 덕망 있는 노인 한 분이 나를 향해 왔는데, 땅에 끌릴 만큼 긴 검붉은색의 가운을 입고 있었네. 어깨에서 가슴으로 초록색 융단으로 된 휘장을 둘렀으며, 머리에는 검은색의 밀라노식 둥근 모자를 썼는데, 백발의 수염이 허리춤까지 내려와 있었지. 무기는 아무것도 지니지 않았고 손에는 묵주를 들고 있었는데, 그 알은 보통의 호두알보다 큰 데다 열 번째마다 있는 큰 묵주알은 타조알만큼 컸다네. 풍모와 발걸음, 무게감이나 고상한 모습이 하나하나를 보거나 모두를 한꺼번에 보더라도 나를 멍하고 감탄하게 만들었네. 그가 나에게 다가와서 제일 먼저 한 일은 나를 친밀하게 껴안은 것이야. 그러고 나서 이렇게 말했지. '용맹스러운 기사 돈키호테 데 라만차 님, 마법에 걸려 이 외로운 곳에 있는 우리들은 오랜 세월 동안 귀공을 만나길 기다려왔소. 우리가 귀공이 들어온 몬테시노스 동굴이라고 불리는 이 깊은 동굴에 갇혀 있다는 것을 온 세상에 알려주기 바라오. 이러한 무훈은 오직 귀공과 같이 무적의 심장과 놀라운 담력을 가진 분에 의해서만 이루어질 수 있는 것이오. 영민하신 기사님, 나와 함께 가시지요. 이 투명한 성이 감추고 있는 신비스러운 일들을 귀공에게 보여드리고 싶소. 나는 이 성의 성주이자 평생 성을 지키는 자라오. 내가 바로 몬테시노스이며, 이 동굴의 이름도 바로 내 이름을 따서 만들었다오.'

그분이 자신을 몬테시노스라고 소개하자마자, 나는 예전 세상에서 말하던 것들이 사실이었는지를 그에게 물었네. 또한 그가 단검으로 자신의 위대한 친구 두란다르테의 가슴 한가운데에서 심장을 떼어내, 그가 숨을 거두기 전에 명령한 대로, 그것을 벨레르마 아가씨에게 가져간 것이 사실인지를 물어보았지. 그는 나에게 그 모든 것이 사실이라고 대답하면서, 다만 단검이 아니라 끝이 뾰족한 송곳보다 더 날카로운 칼이었다고 했지."

"그런 칼이라면," 산초가 말했다. "세비야의 라몬 데 오세스가 만든 것일 겁니다."

"잘 모르겠구나." 돈키호테가 계속했다. "그러나 그 사람은 아닐 것이다. 왜냐하면 라몬 데 오세스는 어제의 사람이고, 이러한 불행한 일이 일어난 론세스바예스의 싸움은 먼 옛날의 일이니까 말이다. 그 칼을 누가 만들었느냐 하는 것은 중요하지 않다. 그것이 역사의 진실이나 내용을 바꾸거나 혼란하게 하지는 않는다."

"그렇습니다." 사촌이 대답했다. "존경하는 돈키호테 기사님, 계속하세요. 세상에서 가장 재미있게 기사님 얘기를 듣고 있습니다."

"나도 적지 않은 즐거움으로 이야기하고 있네." 돈키호테가 대답했다. "그래서 말을 계속하자면 존경스러운 몬테시노스는 나를 수정 궁전으로 안내했는데, 거기 설화석고로 만든 아주 상쾌하고 잘 지은 낮은 거실이 있었고,

그 안에 최고의 솜씨로 만든 대리석 무덤이 있어 한 기사가 길게 누워 있었지. 흔히 다른 무덤들이 그렇듯 청동이나 대리석, 비취로 만든 것이 아니라 순수하게 살과 뼈로 만들어진 것이었네. 그는 오른손을 가슴 위에 얹고 있었지(그 기사가 아주 힘이 센 사람이라는 증거로, 손에 털이 많았고 근육질이었다네). 내가 무덤을 보고 어찌할 바를 모르자 몬테시노스가 말했지. '이 친구가 그 시대에 가장 용감하고 가장 사랑받았던, 기사들 중의 꽃이요 거울인 두란다르테 바로 그 사람이오. 나를 비롯해 많은 다른 사람들이 그런 것처럼 그도 여기에서 세상이 악마의 아들이라고 말하는 프랑스의 마법사 메를린*의 마법에 걸려 있는데, 내가 믿는 바로는 그는 악마의 아들이 아니라 세상 사람들이 알고 말하듯이 악마보다 한 수 더 총명한 자라오. 그가 어떻게, 무엇 때문에 우리들에게 마법을 걸었는지 아무도 모르지요. 내 짐작으로는 시간이 흐르면 머지않아 알게 될 것 같소. 내가 놀라지 않을 수 없는 일은, 지금이 환한 대낮이라는 사실을 알고 있는 것만큼이나 분명하게 두란다르테가 내 양팔에서 숨을 거두었고 죽은 다음에 내 손으로 직접 그의 심장을 꺼냈다는 것이오. 사실 그 심장은 아마 2리브라쯤 나갔는데, 자연과학자들에 따르면 큰 심장을 가진 사람이 작은 것을 가진 사람보다 더 큰 용기를 타고났다고 하지요. 그런데 어떻게 이 기사가 실제로 죽었는데도 마치 살아 있는 것처럼 때때로 탄식을 하고 지금도 한숨을 쉬고 하는지 모르겠소.' 이렇게 말하자 가련한 두란다르테가 큰 소리로 말하는 게 아닌가.

　오, 나의 사촌인 몬테시노스여!

---

*원래 메를린(멀린)은 아서 왕 이야기에 나오는 현인인데, 여기에서는 가울라 지방의 프랑스인 마법사를 말한다.

그대에게 간청했던 마지막 말은

내가 죽어서

내 영혼도 사라질 때

내 심장을

단검이든 비수로든

내 가슴에서 꺼내어

벨레르마가 있는 곳으로 가져가달라는 것이었지.

이 말을 듣자 존경하는 몬테시노스는 상처 입은 기사 앞에 무릎을 꿇고 눈물을 흘리면서 말하더군. '두란다르테, 나의 가장 소중한 사촌이여, 우리가 패배한 불운한 날 나는 그대가 나에게 명한 것을 수행했네. 가슴에 아주 작은 조각 하나 남기지 않고 최선을 다해 심장을 도려냈지. 그리고 레이스 달린 손수건으로 깨끗이 닦은 후, 그것을 들고 프랑스를 향해 떠났다네. 그 전에 먼저, 그대를 땅속 깊이 묻을 때 내가 얼마나 많은 눈물을 흘렸는지 그대의 내장을 더듬으면서 손에 묻은 피를 다 씻어 깨끗하게 할 정도였다는 걸 알아주게. 내 말의 좀 더 확실한 증거를 위하여, 내 영혼의 사촌이여, 론세스바예스를 빠져나오면서 내가 처음 마주친 마을에서 그대의 심장에 소금을 약간 뿌린 것은, 벨레르마 아가씨 면전에서 나쁜 냄새가 나지 않아야 하며, 싱싱하지는 않을지언정 최소한 바싹 마른 물건이 되어야 했기 때문이네. 벨레르마 아가씨는 그대와 나와 함께, 그리고 그대의 시종 과디아나, 루이데라 시녀장과 그녀의 일곱 딸들과 두 명의 조카, 그대의 수많은 지인들과 친구들 모두와 함께 오래전에 이 자리에서 현자 메를린의 마법에 걸렸다네. 그리고 500년이 지났는데도 우리 중에 아무도 죽지 않았지. 오직 루이데라와 그녀의 일곱 딸들, 그리고 여자 조카들만이 사라졌는데, 아마도 그

녀들이 울어대자 동정심 때문에 메를린이 그녀들을 여러 개의 호수로 만들었던 것 같네. 지금 세상 사람들과 라만차 지방에서 그것들을 루이데라 호수라고 부르지. 일곱 딸의 호수는 에스파냐 국왕 부처의 소유이며, 두 개는 산 후안이라 부르는 아주 신성한 기사단의 기사들 소유가 되었네. 그대의 불운을 탄식하던 시종 과디아나도 자신의 이름과 똑같이 불리는 강이 되었는데, 이 강이 대지의 표면에 도달하여 또 다른 하늘의 태양을 보았을 때 그대를 뒤에 남겨두고 온 것을 알고 느낀 고통이 얼마나 컸는지 강이 땅속 깊은 곳으로 내려앉고 말았다네. 그러나 강은 자연의 흐름을 따르지 않는 것이 불가능하여, 때때로 대지 위로 나타나서 태양과 사람들의 눈앞에 모습을 보이곤 하지. 이미 말했던 호수들이 이 강에 물을 공급해주고 있는데, 이 강물과 다른 많은 물들이 모두 합쳐져서 웅장하고 거대하게 포르투갈로 흘러든다네. 그러나 이 강물은 어디로 흐르더라도 슬픔과 우수를 보여주지. 그리고 자신의 강물에 값비싸고 훌륭한 고기들을 키우려는 자만심은 없고, 싸고 맛없는 고기들을 키우는데, 황금빛 타호 강의 물고기와는 아주 다르다네. 지금 내가 그대에게 하는 말들은, 오 나의 사촌이여, 이미 그대에게 수없이 말했던 것! 그러나 나에게 대답을 해주지 않았기에, 나를 믿지 않거나 내 말을 듣지 않은 것으로 상상했다네. 이로 인해 나는 하느님만이 아실 엄청난 고통을 받았지. 지금 나는 그대에게 몇 가지 새로운 사실을 알리고 싶네. 그것이 그대의 고통을 더는 데 위안이 되지는 않을지라도 결코 고통을 더 무겁게 하지는 않을 것일세. 여기 그대의 면전에 있는 사람을 아는가? 눈을 크게 뜨고 저기 위대한 기사를 보게나. 이분이 바로 현인 메를린이 그토록 많은 것을 예언했던 돈키호테 데 라만차 님이네. 말하자면, 이미 잊혀진 편력기사도를 과거의 세기에서보다 더 많은 장점을 갖고서 다시금 현시대에 부활시킨 분이지. 그분의 중개와 호의로 우리가 마법에서 풀려나는 것이 가능할 것이네. 위대한 사람들을 위하여 위대한 공훈들이 기다리고 있는 법.' '그렇게 이루어지지 않더라도,' 비탄에 잠긴 두란다르테가 아주 작고 힘없는 소리로 대꾸했지. '그렇게 이루어지지 않더라도, 오 사촌이여! 인내심을 갖고 카드 패를 섞으시오.'* 그리고는 옆으로 돌아누우면서 더 이상 말을 하지 않고 다시금 이전의 침묵으로 돌아갔네. 이때 깊은 신음 소리와 고뇌에 찬 흐느낌과 함께 큰 비명과 울음소리가 들려왔지. 고개를 돌려보니, 모두가 상복을 입고 머리에는 터키식으로 흰 터번을 쓴 아름다운 아가씨들이 두 줄로 행진을 하며 다른 방으로 지나가고 있는 것이 수정 벽을 통해 보였어. 행렬의 제일 끝에는 위엄 있어 보이는 한 여인이 오고 있었는데 역시 검은 상복을 입었고, 머리에는 땅에 끌릴 정도로 길게 늘어뜨린 하얀 두건을 두르고 있었지. 그녀의 터번은 다른 여인들의 것들 중 가장 큰 것보다도 두 배는 더 컸네. 그녀는 미간이 좁았고, 코는 납작한 편이고, 큰 입에 입술은 붉었으며, 드러나는 치아들은 사이가 떴고 고르지 못했지만 껍질을 벗긴 아몬드 열매처럼 하얀색이었지. 그녀는 양손에 얇은 천을 들었는데, 그 안에 든 말라비틀어져 미라가 되어버린 심장을 멀리서 볼 수 있었네. 몬테시노스가 나에게 저기 가는 모든 여인들은 두란다르테와 벨레르마의 시종들로서 그녀들의 두 주인과 함께 모두 마법에 걸려 있다고 했네. 손에 천으로 싸인 심장을 들고 온 마지막 여인은 벨레르마 아가씨이며, 그녀는 일주일에 나흘씩이나 시녀들과 함께 행렬을 했는데, 그녀의 사촌의 시신과 한스러운 심장에 대한 조가를 불렀다고, 아니 조가를 울먹였다고 말하는 편이 나을 거라고 했지. 그리고 만일 명성만큼 아름답지가 않고 오히려 좀 추하게

---

*어떤 상황에서 신중한 해결 방법은 사건이 어떻게 진행되는지를 보면서 기다리는 것이라는 의미의 속담.

보인다면 그것은 그녀의 눈언저리의 검은 그림자와 창백한 안색을 보면 알 수 있듯이, 그녀가 마법에 걸려서 지냈던 불운한 밤들과 더 고통스러운 한낮의 고생 때문이라고 말해주더군. '그녀의 나쁜 안색과 눈가의 검은 그림자들은 여성들에게 흔히 있는 월경 불순 때문이 아니라오. 왜냐하면 그런 것은 수개월 아니 수년 전부터 그녀에게는 문제가 되지 않았으며, 그보다는 지속적으로 그녀가 손에 받쳐 들고 있던 그의 심장이 느끼는 고통과 자신의 불운한 연인의 죽음에 대한 추억이 되살아나 기억에 남기는 고통 때문이지요. 만일 이것만 아니었더라면, 그녀의 아름다움과 우아함, 활기참은 이 인근 지역은 물론 온 세상이 그토록 칭송하는 위대한 둘시네아 델 토보소와도 비교하기 어려웠을 것이오.' '조용히 하시오. 그만하시오.' 그때 내가 말했지. '귀하신 몬테시노스 님, 귀공께서는 이야기를 있는 그대로 말하셔야지요. 모든 비교는 혐오스러운 것이라는 것을 귀공도 잘 아실 겁니다. 그러니 무엇 때문에 누구와 누구를 비교하겠습니까? 이 세상 비길 데 없는 둘시네아는 둘시네아일 뿐이며, 벨레르마 아가씨는 전에도 그랬고 지금도 그렇듯 벨레르마 아가씨일 뿐이지요.' 이때 그가 나에게 대답했네. '돈키호테 님, 용서하십시오. 내가 잘못했음을 고백하겠소. 둘시네아 공주님이 벨레르마와 비교가 안 된다고 말한 것은 내가 잘못 말한 것이오. 귀공이 둘시네아 님의 기사라는 것을 짐작으로라도 알았더라면, 내가 그녀를 하늘이 아닌 다른 여인과 비교하기 전에 먼저 내 혀를 깨물었을 것이외다.' 위대한 몬테시노스가 나에게 한 해명으로 나는 둘시네아 공주님을 벨레르마와 비교하는 것을 듣고서 받았던 충격에서 가슴을 진정시켰네."

"제가 아직도 놀라는 것은요," 산초가 말했다. "어떻게 주인님께서 그 늙은이에게 덤벼들어 욕지거리를 퍼부으면서 온몸의 뼈들을 가루로 만들고, 수염 한 올도 남기지 않고 다 뽑아버리지 않으셨느냐는 겁니다."

"이 사람, 산초, 그건 아니지." 돈키호테가 대답했다. "내가 그렇게 행동하는 것은 옳지 않아. 왜냐하면 우리는 상대가 기사가 아닐지라도 노인을 공경해야만 하며, 특히 기사이면서 마법에 걸린 사람이라면 더 그러하지. 우리 둘 사이에 오간 수많은 질문과 대답들에서 우리는 아무것도 서로에게 빚진 것이 없다는 것을 나 자신이 잘 알고 있다."

이때 사촌이 입을 열었다.

"돈키호테 님, 기사님께서 어떻게 저 아래로 내려가 있는 아주 짧은 시간에 그토록 많은 것을 보고 그토록 많은 말을 하고 대답을 하셨는지 저는 모르겠군요."

"내가 얼마나 내려가 있었지?" 돈키호테가 물었다.

"한 시간이 조금 더 되지요." 산초가 대답했다.

"그럴 리가 없다." 돈키호테가 대꾸했다. "왜냐하면 거기서 나는 밤을 새웠고 아침을 맞았는데, 무려 세 번이나 밤과 아침을 맞았다. 따라서 내 계산으로는 우리 시야에서 보이지 않는 저 멀리 숨겨진 곳에서 내가 사흘이나 있었던 것이다."

"우리 주인님이 아마도 사실을 말씀하신 걸 겁니다." 산초가 말했다. "주인님께 일어나는 모든 일들은 마법에 의한 것이니까, 아마도 우리에게 한 시간으로 보인 것이 거기에서는 사흘 낮과 밤으로 보였겠지요."

"그런 모양이다." 돈키호테가 대답했다.

"그런데 기사님, 그동안 식사는 하셨나요?" 사촌이 물었다.

"조반 한술도 뜨지 않았네." 돈키호테가 대답했다. "그런데 아직도 시장하지 않고 생각조차 들지 않는군."

"마법에 걸린 사람들도 식사를 하던가요?" 사촌이 물었다.

"먹지 않지." 돈키호테가 대답했다. "볼일도 보지 않아. 그러나 손톱과 수염과 머리카락은 자란다고들 생각하네."

"그러면 마법에 걸린 사람들은 잠은 자나요, 주인님?" 산초가 물었다.

"물론, 자지 않지." 돈키호테가 대답했다. "적어도 내가 그들과 함께 있었던 사흘간은 아무도 눈을 붙이지 않았고, 나도 자지 않았다."

"여기에 잘 맞는 속담이 있네요." 산초가 말했다. "'누구와 어울리는지 말해보라, 그러면 네가 누구인지 알 수 있으니.' 주인님께서는 마법에 걸려서 밥도 안 먹고 잠도 안 자는 사람들과 지내셨지요. 그들과 지내는 동안에 주인님도 먹지 않고 잠도 자지 않은 것이 대단하다는 말입니다. 그러나 주인님, 이놈을 용서하세요. 주인님께서 지금 말씀하신 것들 중 어느 하나라도 제가 사실로 믿는다면, 악마가 말한다고 하더라도, 하느님께 저를 데려가달라고 말할 겁니다."

"어떻게 못 믿는단 말이오?" 사촌이 말했다. "돈키호테 님이 거짓말을 했다는 거요? 설령 그렇다고 해도 수백만 개의 거짓말을 지어내고 상상할 시간조차 없었는데?"

"저도 주인님이 거짓말을 한다고는 생각 안 해요." 산초가 대답했다.

"그게 아니라면 넌 뭘 믿는다는 것이냐?" 돈키호테가 물었다.

"그러니까," 산초가 대답했다. "주인님께서 저 아래에서 만나 얘기를 나누었다고 말한 모든 군상들은, 즉 주인님이 우리에게 말해주었고 또 앞으로 말해주려고 하는 모든 것들은, 메를린인지 뭔지 하는 그 마법사가 주인님의 상상이나 기억 속에다 장치를 만들어 집어넣은 것들이라 이거지요."

"얼마든지 그럴 수 있다." 돈키호테가 말했다. "하나 산초야, 사실은 그런 것이 아니다. 왜냐하면 내가 말해준 것들은 내 눈으로 직접 본 것들이며 내 손으로 직접 만져본 것들이기 때문이야. 몬테시노스가 나에게 보여주었던 수많은 일들과 기적들은 모두 앞으로 우리가 여행하며 하게 될 대화에서 너에게 천천히 때맞추어 말해주려 한다만, 그중에서도 세상에서 가장 쾌적한 들판에서 산양처럼 깡충깡충 뛰어다니는 세 명의 시골 아가씨들을 그가 어떻게 나에게 소개했는지 지금 여기에서 너에게 말한다면 네가 무슨 말을 할지 모르겠구나. 그 아가씨들을 보자마자 나는 그중 하나가 비할 바 없는 둘시네아 델 토보소이고, 다른 두 명의 시골 아가씨들은 우리가 엘 토보소 마을을 떠날 때 말을 걸었던, 둘시네아와 함께 왔던 바로 그 아가씨들인 것을 알아챘지. 몬테시노스에게 저 여인들을 아는지 물었더니, 모른다고 대답하더구나. 아마 마법에 걸린 상류층 사람일 텐데 저 초원에 나타난 것은 불과 며칠밖에 안 되었다고 했지. 나는 그 말을 듣고도 별로 놀라지 않았는데, 왜냐하면 그곳에서는 과거 시대에서나 현재 시대에서나 수많은 여성들이 마법에 걸려서 온갖 기이한 모습으로 나타나고 있기 때문이야. 그런 여인들 가운데 그분이 알아본 사람으로는 히네브라 왕비와 란사로테가 브르타뉴 지방에서 왔을 때 그에게 포도주를 따라주었던 노시녀 킨타뇨나도 있었다고 했지."

산초 판사는 주인의 말을 듣고서 자신이 이성을 잃거나 아니면 웃음이 나서 죽을 것 같다는 생각을 했다. 둘시네아를 거짓으로 마법에 걸리게 했던 사실을 그 자신이 너무 잘 알고 있을 뿐 아니라 바로 자신이 마법사인 데다 증인 역할까지 한 때문이었는데, 이제 그는 의심할 여지없이 자신의 주인이 제정신이 아니고 거의 미치광이가 된 지경에 이르렀음을 알게 되었다. 그래서 그는 돈키호테에게 말했다.

"제 소중한 주인님께서는 나쁜 기회에, 최악의 순간에, 불길한 날에 다른 세계로 내려가신 겁니다. 그리고 좋지 않은 시점에 몬테시노스 님을 우연히 만나셨는데, 그분이 주인님을 이런 모습으로 우리에게 돌려보내셨네요. 주인님께서 이곳 지상의 세상에 계실 때는 하느님이 베풀어주신 온전한 분별력으로 가시는 걸음마다 금언들과 충고들을 주셨는데, 지금은 아닙니다. 이 세상에서 상상할 수 있는 가장 엉터리 얘기를 하고 계시니까요."

"산초야, 내가 너라는 놈을 알기 때문에," 돈키호테가 말했다. "네가 하는 말에는 신경을 쓰지 않겠다."

"저도 주인님 말씀에 신경 쓰지 않을 겁니다요." 산초가 대꾸했다. "만일 주인님이 하신 말을 고치거나 잘못된 것을 수정하지 않으신다면, 제가 드린 말씀이나 혹은 드리려는 말 때문에 저를 해치거나 심지어 죽이더라도 상관하지 않겠습니다. 그러나 주인님, 아직은 우리가 평화로운 상황에 있으니까, 어떻게, 무엇으로 그 아가씨가 우리의 둘시네아라는 것을 아셨는지 말씀해주세요. 그리고 만일 아가씨와 얘기를 하셨다면 무어라 하셨으며, 주인님께 무어라 답하셨는지요?"

"그건," 돈키호테가 대답했다. "네가 나에게 그분을 알려주었을 때 입고 있던 것과 똑같은 옷을 입고 있어서 알아볼 수 있었지. 내가 말을 걸었지만 그분은 아무 대답도 없이, 아니 그보다 먼저 나에게 등을 보이며 얼마나 빨리 도망쳤는지, 투창이라도 따라갈 수 없었을 것이다. 그래도 나는 그분을 따라가려고 했는데, 만일 몬테시노스가 그건 헛된 일이니 그런 데에 힘쓰지 말라고 충고하지 않았더라면 그렇게 했을 것이야. 그때 내가 동굴에서 다시 나가야 할 시간이 되고 말았다. 그리고 몬테시노스가 나에게 말하기를 시간이 흐르면 자신과 벨레르마, 두란다르테, 그리고 그곳에 있는 모든 사람들이 어떻게 하면 마법에서 풀려날 수 있는지를 나에게 통고할 것이라고 하였지. 그러나 거기서 내가 본 것, 내 주의를 끈 것들 중에 나에게 가장 큰 고통을 준 것은, 몬테시노스가 나에게 이같이 말하고 있을 때, 알지도 못하는 사이 내 불운한 둘시네아와 함께 있던 두 여인 중 하나가 내 곁으로 와, 눈에는 눈물이 가득한 채 떨리는 낮은 목소리로 나에게 말한 것이다. '저의 주인 둘시네아 델 토보소 공주님이 기사님의 손에 입을 맞추며, 기사님께서 안녕하신지 안부를 청하셨습니다. 그리고 매우 궁핍한 상황에 계시기 때문에, 제가 여기에 가져온 면으로 만든 새 속치마를 담보로 6레알이나 아니면 기사님이 지금 가지고 계신 만큼이라도 돈을 빌려주시기를 간절히 청하셨으며, 아주 빠른 시일 내에 갚겠다고 약속을 하셨습니다.' 그런 전갈에 나는 멍해져서 몬테시노스를 바라보면서 물었지. '몬테시노스 님, 마법에 걸린 귀하신 분들도 궁핍함을 겪습니까?' 그러자 그분은 이렇게 대답하셨다. '돈키호테 데 라만차 기사님, 궁핍이라는 것은 어디를 가더라도 있고, 누구에게나 생기는 것이라오. 마법에 걸린 사람들도 피할 수 없는 것이지요. 그래서 둘시네아 델 토보소 공주님도 6레알을 부탁하기 위해 사람을 보냈고, 물건이 보기에 좋으니 돈을 주어도 좋겠소. 의심할 여지없이 매우 어려운 처지에 놓여 있는 것 같으니 말이오.' '나는 담보는 받지 않겠습니다.' 내가 대답했지. '그리고 요구한 돈도 다 줄 수가 없으니, 왜냐하면 가진 게 4레알밖에 없기 때문입니다.' 그러고는 4레알을 주었다. (그 돈은 바로 산초 네놈이 지난날 길에서 마주친 가난한 사람들에게 동냥을 주라고 나에게 주었던 것이다.) 그런 다음 말했지. '나의 벗이여, 공주님께 그분의 고초가 내 영혼을 괴롭게 하며, 이 궁핍을 보상하기 위해 후카르*가 되고 싶은 심정이라고 말해주십시오. 그리고 공주님의 즐거운 얼굴을 보지 못하고 사려 깊은 대화를 할 수 없다면 나는 건강하게 살아갈 수가 없다고 전해주십시오. 그분의 포로가 되어 해쓱해진 기사에게 얼굴을 보여주시고, 이야기를 나누어주시길 간절히 바란다고 전해주세요. 또한 만투아 후작이 산속에서 거의 숨이 넘어가는 자기 조카 발도비노스를 발견하고 복수를 맹세한 것처럼, 내가 어떻게

---

*당시 재벌 금융가의 이름이다.

굳은 맹세와 언약을 했는지에 대해 사람들이 말하는 것을, 그분이 생각지도 않을 때에 듣게 될 것이라고 말해주십시오. 만투아 후작은 복수할 때까지 식탁보를 씌운 식탁에서 빵을 먹지 않았으며, 거기에 딸린 여러 사소한 것까지도 하지 않았습니다. 나도 그런 식으로 가만히만 있지는 않을 것이니, 그분이 마법에서 풀려날 때까지 포르투갈의 돈 페드로 왕자가 세상의 일곱 부분을 다 밟았던 것보다 더 정확하게 이 세상 방방곡곡을 다닐 것입니다.'
'기사님께서는 우리 아가씨에게 이것보다 좀 더 많은 빚을 지고 계십니다.' 여인이 대답하고는 4레알을 받은 뒤 나에게 인사를 하는 대신에 공중제비를 돌았는데 하늘로 2바라는 뛰어오르더구나."

"아이고, 하느님!" 산초가 큰 소리로 말했다. "세상에 이런 일이 다 있습니까? 마법사들이나 마법의 힘이 얼마나 강하기에 우리 주인님의 훌륭한 판단력을 이토록 황당하게 망쳐놓을 수가 있나요? 아이고, 주인님, 주인님, 제발 자신을 돌아보시고, 주인님의 명예도 다시 찾으셔야죠. 주인님의 머리를 약하게 하고 모자라게 한 그런 헛소리들을 믿으시면 안 됩니다!"

"산초, 너는 나를 사랑하기 때문에 그런 식으로 말하는 것이다." 돈키호테가 말했다. "네가 이 세상 일들에 경험이 없기 때문에, 좀 어려움이 있어 보이는 모든 일은 불가능한 것으로 보이는 게야. 그러나 시간이 흐르면, 내가 앞서 말했듯이, 저 동굴 밑에서 보았던 몇 가지를 네게 말해주마. 그러면 여기에서 내가 한 얘기들은 모두 진실로서, 반론도 논쟁도 필요 없음을 알게 될 것이야."

제24장

───◆◈◆───

여기에서는 이 위대한 이야기의 진정한 이해를 위하여 필요하지만, 관계없는 천 개나 되는 하찮은 일들에 대하여 이야기한다

이 위대한 이야기의 첫 번째 작가 시데 아메테 베넹헬리가 쓴 원작을 번역한 사람이 말하기를, 몬테시노스 동굴의 모험을 다루는 장에 이르렀을 때 아메테가 자필로 원고 가장자리에다 아래와 같은 말들을 적어놓았다고 한다.

"용감한 돈키호테에게 앞 장에서 쓰인 모든 일들이 정확히 그대로 일어났던 것인지, 저는 이해할 수 없으며 납득할 수도 없습니다. 지금까지 일어났던 모든 모험들은 가능한 것들이며 있을 법한 일들이었습니다. 그러나 동굴의 모험에서는 합리적인 한계를 너무 벗어났기 때문에 그것을 진실이라고 판단할 어떤 실마리도 찾아볼 수 없습니다. 그렇기는 하나, 당대 가장 진실한 귀족이자 가장 고귀한 기사인 돈키호테가 거짓말을 했다고 생각하는 것은 불가능하며, 그로 말하자면 화살을 겨눈다 해도 결코 거짓을 말할 사람이 아닙니다. 다른 한편으로는 그가 앞에서 기술한 모든 상황들에 곁들여서 그 모험을 기술하고 있으니 그토록 좁은 공간에서 저토록 이치에 닿지도 않는 커다란 공상을 만들어낼 수는 없다고 봅니다. 만약 이 모험이 거짓으로 보인다 해도 저의 책임은 아니므로 거짓인지 사실인지 그것을 확인하지 않고 그 모험을 적습니다. 독자 여러분, 분별력 있으신 여러분들께서 보이는 대로 판단하시기 바랍니다. 저는 이에 대해 책임이 없으며 더 이상 책임질 수도 없습니다. 왜냐하면 이야기의 끝에서 죽음에 이르는 돈키호테는 이 모험 이야기를 취소했으며, 그가 읽었던 이야기들에서 나온 모험들과 잘 맞아떨어진다고 생각하여 동굴의 모험을 만들어내었다고 말했기 때문입니다."

그리고 이야기는 계속된다.

그때에 사촌은 산초 판사의 당돌함과 그 주인의 인내에 놀랐다. 비록 마법에 걸린 상태이긴 했으나 둘시네아 델 토보소를 보았다는 만족감 때문에 그런 부드러운 성품이 나왔다고 사촌은 판단했다. 만약 그렇지 않았더라면 산초가 주인에게 한 말들과 이유로 댄 것들은 몽둥이로 호되게 두들겨 맞기에 합당했던 것이, 사실 사촌에게도 산초가 자기 주인에게 불손하게 행동한 것으로 보였기 때문이다. 이에 사촌이 말했다.

"돈키호테 데 라만차 님, 기사님과 함께하는 여정에 저는 최고로 만족합니다. 왜냐하면 이 여정에서 저는 네 가지 소득을 얻었기 때문입니다. 첫 번째는 기사님을 알게 된 것이며, 이로써 저는 가장 큰 행복을 누리고 있습니다. 두 번째는, 몬테시노스 동굴에 갇혀 있던 것들과 과디아나 강과 루이데라 호수의 변신을 알게 된 것으로 제가 쓰고 있는 책《에스파냐의 오비디우스》에 도움이 될 것입니다. 세 번째는 카드놀이의 오랜 역사를 알게 된 것인데, 최소한 샤를마뉴 황제 시대에 이미 사용했던 것으로 보이는 것이, 한참 만에 눈을 뜬 두란다르테가 몬테시노스에게 '인내심을 갖고 카드 패를 섞으시오'라고 했다는 기사님의 말씀에 따르면 그렇습니다. 이러한 논리나 말하는 기법을 마법에 걸리고 나서 배울 수는 없으니, 마법에 걸리지 않았을 때, 샤를마뉴 황제 시절 프랑스에서 배웠을 겁니다. 그리고 이 연구는 제가 지금 편집 중에 있는 또 다른 책《고대 발명품 속 푸블리우스 베르길리우스의 부록》에 아주 어울리는 것입니다. 지금 제가 하려는 것처럼 카드 이야기를 집어넣을 생각을 원저자는 하지 못한 것으로 보입니다. 하지만 제게는 무척 중요한 사항인 데다가 두란다르테와 같은 진지하고 진실한 인물의 말을 인용한다면 한층 더 그러할 것입니다. 네 번째는 지금까지 사람들에게 알려져 있지 않았던 과디아나 강의 기원에 대하여 확실하게 알게 된 것입니다."

"자네 말이 맞네." 돈키호테가 말했다. "그러나 하느님의 은총으로 자네가 그 책들의 출판 허가를 얻는다 해도, 그것도 좀 의구심이 드네만, 누구에게 그 책들을 바칠지, 나는 그것이 알고 싶네."

"에스파냐에는 책을 바칠 수 있는 높은 분들이 많습니다." 사촌이 말했다.

"그리 많지는 않지." 돈키호테가 대답했다. "그 책들이 그만한 가치가 없다기보다 그것들을 받아주고자 하는 사람이 적은 것인데, 그 이유는 책을 쓴 저자들의 노고와 호의에 상응하는 보상을 해줄 수 없기 때문이네. 내가 잘 아는 귀족 한 분은 많은 장점을 가지시어 다른 귀족들의 결점까지도 보상할 수 있는 분인데, 만약 내가 감히 그것을 다 말한다면, 아마도 네 분 이상의 너그러운 가슴에다가 질투심을 불러일으킬 걸세. 이 이야기는 좀 더 한가할 때 하기로 하고 여기에서 그만하지. 그리고 오늘 저녁은 어디서 우리를 맞이해줄지 찾아보세."

"여기에서 멀지 않은 곳에," 사촌이 대답했다. "작은 암자가 있는데, 그곳에 한 은자가 살고 계십니다. 들리기로는 군인이었다고 하는데 매우 독실한 그리스도교도이며, 사려 깊고, 자비로운 사람이라고 합니다. 암자 옆에는 작은 집이 있는데, 그분 자신이 지은 집으로 매우 작지만 손님을 받을 정도는 됩니다."

"그 은자도 아마 암탉을 기르겠지요?" 산초가 물었다.

"닭을 기르지 않는 은자가 어디 있더냐." 돈키호테가 대답했다. "지금의 은자들은 이집트 사막의 은자들처럼 야자수 잎으로 몸을 가리고, 땅에서 뿌리나 캐 먹던 사람들과는 다르다. 그렇다고 내가 옛날의 은자들을 칭찬하고 요즈음 사람들을 비난하는 것으로 생각지는 말거라. 그저 오늘날 은자들의 고행이 옛날 사람들의 엄격함과 궁핍함에는 도달하지 못한다는 뜻이니까. 요즘 사람들이 모두 좋지 않다는 것도 아니다. 적어도 나는 훌륭한 분들로 생각하고 있으니, 세상이 혼란스러울 때에는 공공연한 죄인보다는 착한 사람인 체하는 위선자가 덜 나쁜 법이지."

이런 와중에 이들이 있는 쪽을 향하여 한 사람이 걸어오는 것이 보였다. 노새에다가 긴 창과 미늘창들을 싣고서 채찍질을 하며 서둘러 걷고 있었는데, 일행들이 있는 곳까지 왔을 때 인사만 하고서는 그냥 지나쳐버리자 돈키호테가 그에게 말했다.

"이보시오, 가는 길을 멈추시오. 그 노새의 발걸음보다 더 급하게 가려는 것 같소이다."

"저는 멈출 수가 없습니다." 그 사람이 대답했다. "여기 제가 가져가는 이 무기들은 내일 필요한 것들이라서요. 안녕히 가십시오. 그러나 제가 왜 이 것들을 가져가는지 알고 싶으시다면, 저는 암자 조금 위쪽에 있는 주막에서 오늘 저녁을 머물 생각이니, 만약 여러분들도 같은 길을 가신다면 거기서 저를 보게 될 것입니다. 그러면 그때 제가 여러분의 궁금증을 풀어드리지요. 다시 한 번 안녕히 가시기를."

그런 식으로 노새를 재촉해 몰았기 때문에, 돈키호테는 자신들에게 말해 주려는 것이 무엇인지를 물어볼 겨를도 없었다. 호기심이 많고 새로운 것을 알고 싶어 하는 욕망에 항상 시달리는 그인지라 돈키호테는 당장 출발하여 사촌이 묵기를 원했던 암자가 아닌 주막에서 묵을 것을 명령했다.

그렇게 하여 모두들 말에 올랐고 세 사람은 주막으로 가는 길을 곧장 따라가 저녁 해가 지기 직전에 주막에 도착했다. 사촌이 돈키호테에게 포도주나 한잔하기 위해 암자에 들르자고 말하니, 산초 판사는 이 말을 듣자마자 자신의 잿빛 당나귀를 암자로 향하도록 했고, 돈키호테와 사촌도 똑같이 했다. 그러나 산초의 불운이 은자가 집에 없도록 명령이라도 했는지, 암자에 있던 은자의 하녀는 그들에게 은자의 부재를 알렸다. 일행은 하녀에게 좋은 포도주를 달라고 하였으나 하녀는 자신의 주인은 포도주를 갖고 있지 않다면서 값싼 물을 원하신다면 기꺼이 드리겠다고 했다.

"만일 내가 목이 말랐다면," 산초가 대답했다. "오는 도중에 우물에서 실컷 마셨겠지요. 아, 카마초의 결혼식과 돈 디에고 댁의 풍성한 음식이 정말 그립구나!"

이로써 암자를 뒤로하고, 일행은 주막을 향하여 박차를 가했다. 얼마 안 가서 일행은 그들보다 앞서 유유히 걸어가는 젊은 청년을 보고서 곧 따라잡았다. 젊은이는 어깨 위에다 칼을 메고 옷가지들을 넣은 보따리를 그 칼에 걸치고 있었는데, 그 안에는 속옷들과 통 넓은 반바지들, 어깨에 걸치는 짧은 망토와 셔츠 몇 장이 들어 있는 것 같았다. 그는 반짝거리는 광택이 도는 비로드 반코트를 걸치고 있었으며 셔츠는 밖으로 비어져 나와 있었다. 그리고 비단으로 만든 긴 양말과 사각형으로 각진 도시풍의 구두를 신고 있었다. 나이는 열여덟이나 열아홉 정도이며 밝은 얼굴에 한눈에도 민첩해 보였다. 젊은이는 여정의 피로를 달래기 위해 세기디야스*를 부르고 있었던 모양으로, 일행이 그에게 다다랐을 때는 막 노래 한 곡을 끝낸 참이었다. 사촌이 그 노래 구절을 외웠는데, 다음과 같았다.

---

*4행 혹은 7행으로 구성된 스페인의 전통적 민요시. 라만차 지방에서는 이 노래에 맞추어 춤을 추었다.

나의 가난이
나를 전쟁터로 데려갔네.
만일 내가 돈이 많았더라면
정말 가지 않았을 걸세.

제일 먼저 젊은이에게 말을 건 사람은 돈키호테였다.

"젊은이, 가벼운 옷차림으로 어디 가는 길이오? 만일 실례가 안 된다면 알고 싶구려."

이에 젊은이가 대답했다.

"가벼운 옷차림을 한 것은 더워서 그런 것이며 또한 가난 때문이지요. 제가 지금 가는 곳은 전쟁터랍니다."

"가난 때문이라니?" 돈키호테가 물었다. "더워서 그런 차림을 한 것으로 보이네만."

"나리," 젊은이가 대답했다. "저는 이 보따리에 이 반코트와 한 벌로 짝이 되는 비로드 바지 몇 벌을 가져가는데, 만약 제가 이 옷들을 길에서 입어버리면 도시에서 멋지게 차려입을 수가 없을 겁니다. 다른 옷을 살 능력도 없고요. 그래서 저는 바깥바람을 쐬러 나가듯이, 여기에서부터 12레구아가 조금 안 되는 보병 중대에 도착할 때까지 이런 복장으로 가려 합니다. 그곳에서 입대를 하면, 승선지까지는, 들리는 바로는 카르타헤나*라고 하는데, 짐노새를 타고 가도 충분할 것입니다. 저는 수도에서 가난뱅이를 모시는 것보다는 전쟁터에서 국왕을 주인이나 주군으로 모시기를 원합니다."

"그렇게 하면 혹시 추가 수당을 받습니까?" 사촌이 물었다.

---

*스페인 남부 지중해의 항구.

"만약 제가 나라의 높은 분이나 중요한 분을 모셨더라면," 젊은이가 대답했다. "틀림없이 상당한 추가 수당을 받았을 겁니다. 그런 건 훌륭한 분들을 섬길 때나 받는 거지요. 하인들의 식당에서도 초급 장교나 대위가 배출되기도 하고, 넉넉한 연금을 받는 경우도 나오곤 하지요. 그러나 운도 지지리 없는 저는 항상 봉급이나 연금이 아주 보잘것없고 궁정에서 일거리나 찾는 사람들과 외지에서 온 분들을 섬겼기에 늘 셔츠 깃에 풀 먹이는 데 봉급의 절반을 썼습니다. 그러니 모험을 좋아하는 시동이 그럴듯한 행운을 잡는다는 것은 기적이라는 게 제 생각입니다."

"젊은 친구, 그대의 생활에 대해 말 좀 해보시게. 주인을 모셨던 수년 동안 제복 하나 얻을 수 없었다는 게 가능한 일인가?" 돈키호테가 물었다.

"두 벌을 받았지요." 시동이 말했다. "그러나 수도사가 되기 전에 중도에 교단을 떠나는 사람에게는 수도사의 의복을 빼앗은 다음에 예전에 입었던 원래 자신의 옷을 돌려주듯이, 제가 섬겼던 주인들도 저에게 그런 식으로 했답니다. 궁정에 와서 하던 과업을 끝내고 나서 주인들은 집으로 돌아갈 때에 오로지 자신을 과시하기 위해 저에게 제공해주었던 제복을 거두어 갔던 거지요."

"이탈리아 말로 하자면 엄청난 '스필로르체리아'*로군." 돈키호테가 말했다. "그러나 이 모든 것으로 보아 자네가 그토록 훌륭한 생각을 갖고 궁정을 빠져나왔으니 행운이 함께할 것이네. 하느님을 모시는 것보다 더 명예롭고 이로운 것은 이 세상에 없으며, 그다음 가는 것이 국왕이신 군주를 모시는 일인데, 특히 군에 복무하는 경우에 더욱 그러하다네. 내가 여러 차례 언급했었지만 무(武)에 종사하면 재물을 얻지 못하지만, 문(文)에 종사하는 사람

---

*인색함, 구두쇠를 뜻하는 단어.

보다 더 큰 명예를 누리게 되지. 문이 무보다 더 많은 상속재산을 마련했다고는 하나 여전히 무에 종사하는 이들은, 그들 속에 발견되는, 모두에 앞서는 그 광채로 말미암아 문에 종사하는 이보다 얼마만큼은 더 특별하다는 말이지. 지금 내가 하는 말을 머릿속에 간직하게나. 그러면 업무를 할 때에 큰 도움과 위안이 될 것이네. 앞으로 자네에게 닥쳐올 수 있는 상상도 할 수 없는 그 모든 험난한 사건들 가운데 최악의 것은 죽음이네. 하나 죽음이 좋을 수 있다면, 모든 일들 중에 가장 좋은 것이 죽는 일이지. 저 용감한 로마의 황제 율리우스 카이사르에게 어떤 죽음이 가장 훌륭한 것이냐고 묻자, 그는 생각지도 못한 죽음, 갑작스럽고 예상치 못한 죽음이라고 했다는군. 비록 진정한 하느님을 알지 못하는 이교도로서 대답을 한 것이지만, 이 같은 대답은 인간의 감정에서 벗어나기 위해서는 유용한 답변이지. 이제 그대가 첫 번째 전투나 충돌에서 전사할지도 모르며, 아니면 대포 한 방이나 지뢰에 날아가버리는 경우가 생긴다 한들 무슨 상관이겠나? 모두가 죽기 마련이네. 모든 공적도 사라지기 마련이고. 테렌티우스*는 '전쟁에서 목숨을 잃는 자는 도망쳐서 목숨을 구한 자보다 훌륭하다'고 했지. 훌륭한 군인은 자신의 대장이나 명령을 내리는 사람에게 복종하면 할수록 그 명성이 더 커지는 법이라네. 이보게, 군인에게는 사향 냄새보다 화약 냄새가 더 향기로운 법. 그리고 이 명예로운 군대에서 자네가 노년을 맞더라도, 비록 상처투성이에 병신, 절름발이가 될지라도, 최소한 명예롭게 맞아들일 수 있을 것이야. 그리고 가난이 자네의 명예를 떨어뜨리지도 않을 것이니, 하물며 나이 들고 몸이 망가진 병사들을 즐겁게 해주고 구제하라는 명령이 이미 시달되고 있다네. 이런 군인들을 늙었거나 시중을 들 수 없게 될 때 해방을 시키거나 자

---

*로마 시대의 극작가.

유로이 풀어주는 검둥이들과 비교하는 것은 온당치 않아. 그들을 해방이라는 명분으로 집에서 내쫓는 것은 그들을 굶주림의 노예로 만드는 것이며, 해방시키는 것이 아니라 죽음으로 내모는 것이라고 생각하네. 자, 여기에서 더 이야기할 게 아니라 어서 내 말 엉덩이에 올라타 함께 주막으로 가세. 거기서 나와 함께 저녁이나 먹고 아침에 길을 떠나세나. 자네의 소원들은 이루어질 만한 가치가 있으니, 하느님께서 아주 좋은 축복을 주시기를 기원하겠네."

시동은 말 궁둥이에 올라타라는 제안은 거절했으나 주막에서 저녁을 먹는 것에는 응했다. 이 무렵 산초 판사는 혼잣말로 이렇게 중얼거렸다고 전해진다. "이런 일도 있나! 바로 여기에서 말씀하신 것처럼 훌륭하게 이 수많은 것을 말씀하실 줄 아시는 분이 몬테시노스 동굴에 관해 이야기할 때는 불가능하고 이치에 맞지 않는 것들을 보았다고 말하다니. 좋다, 뭐 이제부터 알게 되겠지."

이때에 일행은 주막에 도착했으며 거의 해가 질 무렵이었다. 그의 주인이 전에 그랬듯이 주막을 성으로 생각하지 않고 진짜 주막집으로 여기는 것을 보고서 산초는 여간 기쁘지 않았다. 일행들이 들어가자마자 돈키호테는 긴 창과 미늘창들을 운반하던 사람에 관해 주막집 주인에게 물었다. 주인은 마구간에서 노새를 돌보고 있다고 대답했다. 사촌과 산초도 마찬가지로 자신들의 당나귀를 돌보았으며, 로시난테에게는 가장 좋은 구유통과 마구간에서 제일 좋은 자리를 마련해주었다.

제25장

여기에서는 당나귀 울음소리 모험과
점쟁이 원숭이의 기억할 만한 점치기,
그리고 인형극 놀이꾼의 익살맞은 모험에
대해 이야기한다

돈키호테는 무기를 나르던 남자가 말해주겠다고 약속한 놀라운 이야기를 들어서 알게 될 때까지는 시쳇말로 조바심이 나서 빵이 구워질 때까지 기다릴 수 없을 지경이었다. 그리하여 주막집 주인이 그가 있다고 말해준 장소로 찾아갔다. 그리고 그를 보자마자 길에서 물었던 것에 대해 나중에 말해주겠다고 한 것을 아무튼 즉시 말해달라고 그에게 청했다. 남자가 돈키호테에게 대답했다.

"너무 서두르지 마십시오. 제가 할 놀라운 이야기들을 서서 할 수는 없지 않습니까. 선량하신 나리께서 제 노새에게 먹이 주는 일을 끝내게 해주신다면 나리를 놀라게 할 일들을 말씀드리겠습니다."

"그건 걱정 마시오." 돈키호테가 말했다. "내가 다 도와드리리다."

그러고서 그는 보리를 체로 치고 구유통을 씻었다. 이렇듯 겸손한 행동에 사내는 기꺼이 돈키호테가 요구한 이야기를 하지 않을 수가 없었다. 그가 벤치에 앉자 돈키호테는 그 옆에 앉았고, 사촌, 시동, 산초 판사 그리고 주막집 주인을 청중으로 삼아서 그는 이렇게 이야기를 시작했다.

"이 주막에서 4레구아 반 떨어진 곳에 있는 한 마을의 시의원에게 일어난 일인데, 그 모든 것이 그를 모시는 하녀의 꾀와 속임수 때문에 일어난 일이라는 걸 먼저 알아두십시오. 이야기를 하자면 좀 깁니다. 시의원이 당나귀를 잃어버렸는데, 그 당나귀를 찾기 위해 백방으로 온갖 노력을 다했지만 찾지 못했지요. 당나귀를 잃어버린 지 보름이 지났을 때, 소문에 의하면, 나귀를 잃은 시의원에게 마을 광장에서 같은 마을의 다른 시의원 한 분이 이렇게 말했답니다. '한턱내도록 하시오, 친구, 당신의 나귀가 나타났다오.' '답례를 하겠소, 친구, 그것도 크게 말이오.' 그가 대꾸했답니다. '그런데 어디에 나타났는지 알고 싶구려.' '산속이오, 오늘 아침에 보았는데 안장도 마구도 없었고, 삐쩍 말라 보기에도 애처로웠소. 내 앞에서 나귀를 붙잡아 당신에게 끌고 오려고 했지만, 이미 거칠고 난폭해진 데다가, 사람을 싫어해서 내가 접근하자 도망쳐서 산속 깊은 곳으로 들어가버렸다오. 만약 우리 둘이서 나귀를 다시 찾으러 가기를 원한다면, 내 암탕나귀를 집에다 갖다두고서 돌아오리라.' '기쁘기 짝이 없군요.' 나귀 주인 시의원이 말했답니다. '그리고 당신에게 당나귀 값만큼 보상을 해드리겠소.' 이 같은 모든 상황들을 내가 이야기하는 것과 똑같은 방식으로, 그 마을 사람들도 모두 이 사건의 진실을 잘 인식하고서 얘기들을 했답니다. 결국 두 시의원은 손을 잡고 함께 산으로 걸어갔다는군요. 당나귀를 발견하리라 생각했던 장소에 도착했지만 찾지를 못했고, 두 사람은 그 주변을 좀 더 둘러보며 찾았지만 보이지가 않았습니다. 그러자 당나귀를 보았다고 말했던 시의원이 다른 시의원에게 말했습니다. '이보시오, 친구, 나에게 묘안이 떠올랐는데, 이 방법을 쓰기만 하면 산속이 아니라 땅속 깊은 곳에 숨어 있을지라도 확실하게 당나귀를 찾아낼 수 있을 것이오. 내가 당나귀 울음소리를 상당히 잘 내는데, 만약 당신도 좀 할 줄 안다면, 이 일은 해결이 났다고 봅니다.' '울음소리

를 좀 낸다고 말씀하셨소, 친구?' 당나귀 주인인 시의원이 말했습니다. '맙
소사, 어느 누구도 나보다 더 잘하지 못할 겁니다. 당나귀들조차도요.' '그
러면 어디 한번 해봅시다.' 다른 시의원이 대꾸했지요. '왜냐하면 내가 작정
한 묘안은 당신이 산 한쪽으로 올라가면 나는 다른 쪽 산으로 올라가서, 그
런 식으로 당나귀를 포위해 사방으로 좁혀가는 겁니다. 그리고 곳곳에서 당
신이 당나귀 울음소리를 내고, 나도 울음소리를 낼 겁니다. 만약 당나귀가
산에만 있다면, 우리의 울음소리를 듣고 이에 대꾸를 하지 않을 수 없을 겁
니다.' 이 묘안에 당나귀 주인이 맞장구를 쳤습니다. '친구여, 아주 훌륭한
계책이구려. 정말 재능이 뛰어나오.' 합의에 따라서 두 사람은 두 편으로 갈
라져 거의 동시에 당나귀 울음소리를 내기 시작했는데 두 시의원은 각자가
상대방의 당나귀 울음소리에 속아서 당나귀가 나타난 줄로 생각을 하고 달
려 나갔습니다. 서로 마주치게 되자 당나귀를 잃어버린 시의원이 말했답니
다. '친구여, 울음소리를 낸 것이 바로 내 나귀가 아니었소?' '내가 그랬소이
다.' 다른 시의원이 대답했죠. 그러자 당나귀 주인이 말했습니다. '친구여,
당나귀 울음소리를 내는 것에 관해서는 당신과 당나귀 사이에 어떤 차이도
없구려. 왜냐하면 내 평생에 그렇게 당나귀 울음소리를 똑같이 내는 것은
보지도 듣지도 못했소.' 이에 묘안을 낸 시의원이 대꾸했지요. '그러한 칭찬
과 치켜세우기는 나보다 오히려 당신에게 합당할 것이오. 나를 창조하신 하
느님을 걸고 말하는데, 세상에서 당나귀 울음소리를 가장 잘 내는 명수보
다 울음소리가 두 배나 더 크고 노련하십니다. 당신이 내는 울음소리는 높
고, 속도와 박자에 맞춰 음정을 잘 유지하고, 울음소리의 조절을 여러 번 하
면서도 다급하게 잘 내었지요. 결론적으로 울음소리에서는 내가 졌습니다.
당신에게 박수를 보내며 진귀한 기술의 깃발을 바칩니다.' '앞으로 나도 자
신을 높이 평가하고 자부심을 가져야겠군요. 나도 재능을 좀 가지고 있다고

생각은 합니다.' 당나귀 주인이 대답을 했답니다. '그러나 당나귀 울음소리
를 잘 내었다고 생각은 했지만, 당신의 말처럼 결코 내가 최고라고는 생각
지 않았소.' 다른 시의원이 대답했지요. '세상에는 드러나지 않은 귀한 재능
들이 있으며, 또 그런 재능들을 이용할 줄도 모르는 사람들 사이에서 그것
이 나쁘게 이용된다는 것을 지금 말해두는 바이오.' 그러자 나귀 주인이 말
했습니다. '우리의 재능도 만일 지금 우리의 양손에서 벌어지고 있는 일처
럼, 비슷한 경우가 아니라면, 다른 경우에서는 우리에게 아무 소용이 없을
거라오. 이 경우에는 하느님께 간청하여 우리에게 그 재능이 쓸모가 있기를
바라는 바입니다.' 이렇게 말하고 두 사람은 다시 두 편으로 갈라져서 나귀
울음소리를 내기 시작했습니다. 그리고 매번 서로에게 속아서 다시 마주치
곤 했는데, 마침내 울음소리가 당나귀가 아니라 자신들의 것임을 식별하기
위해 나귀 울음소리를 번갈아서 두 번 연속 우는 것으로 신호를 정했지요.
이리하여 매 걸음마다 두 번씩 울음소리를 내면서 모든 산을 헤집고 다녔지
만 잃어버린 나귀는 대답이 없었고 흔적조차 없었습니다. 그도 그럴 것이
나귀는 숲 속 가장 깊은 곳에서 늑대들의 밥이 되어버린 채로 발견됐으니,
어떻게 그 불쌍하고 운 나쁜 당나귀가 대답을 할 수 있었겠습니까? 이에 주
인이 말했지요. '나귀가 대답이 없는 것이 이상했습니다. 죽지 않았다면, 우
리가 우는 소리를 듣고 따라 울지 않을 리가 없을 테니까 말이오. 그렇지 않
다면 당나귀가 아니지. 이보게 친구, 당신이 당나귀 울음소리를 그렇게 훌
륭하게 내는 것을 들을 수 있어서, 비록 죽은 채로 발견을 했지만, 내가 나
귀를 찾으러 다닌 수고에 보답이 되었소.' '당신이 최고로소이다, 친구.' 다
른 시의원이 대꾸했습니다. '수도원장이 찬송을 잘하면, 복사도 따라서 잘
하는 법이지요.' 이리하여 두 사람은 침통한 모습으로 목소리도 쉰 채로 자
신의 마을로 돌아왔습니다. 그곳에서 그들은 친구들, 이웃사람들, 아는 사

람들에게 당나귀를 찾으면서 일어난 모든 일들을 말해주었지요. 당나귀 울음소리를 내는 데 서로 상대편이 잘했다고 과장을 하여 치켜세웠는데, 이 모든 일들이 인근 마을까지 알려지고 소문이 퍼졌습니다. 그런데 잠을 자지 않는 악마라는 놈은 바람 속에서 야단법석을 일으키고 쓸모없는 일에서 커다란 싸움을 야기시켜, 어디에서든 언쟁과 불화를 만들어 뿌리고 다니는 법. 그놈이 다른 마을 사람들이 우리 마을 사람들을 만나면, 우리 마을 시의원들의 당나귀 울음소리를 내면서 그들을 모욕하도록 만들었습니다. 아이들까지 거기에 가세를 하였고, 이는 지옥에 있는 모든 악마들의 손과 입으로 옮겨진 것과 같았으니, 당나귀 울음소리 흉내가 그런 식으로 이 마을에서 저 마을로 퍼져나가게 되었지 뭡니까. 마치 흑인과 백인을 구분하고 차별하는 것처럼, 우리들은 당나귀 울음소리를 내는 마을 사람들로 알려지게 되었지요. 이러한 놀림의 불행은 아주 심각한 지경이 되어서, 손에 무기를 들고 부대를 만들어서 조롱을 받은 사람들이 조롱하는 사람들과 전쟁을 벌이기 위해 수차례 출병을 하기까지 이르렀습니다. 그러나 아무도 이 싸움을 저지하지 못했고, 이제는 두려움도 수치심도 없어졌습니다. 제가 보기로는 내일이나 모레쯤 우리 마을 사람들이, 당나귀 울음소리를 내는 우리 마을을 가장 괴롭히면서 쫓아다니는 여기에서 2레구아쯤 떨어진 마을로 출병을 할 겁니다. 만반의 준비를 갖추고 출병하도록 제가 여러분들이 보시듯이 긴 창과 미늘창들을 구입해서 가져가는 길입니다. 이것이 바로 여러분들에게 말씀드리려 했던 기이한 일입니다. 만약 여러분들에게 기이하게 보이지 않더라도 저는 다른 얘기는 모릅니다."

이로써 착한 사람은 그의 이야기를 마쳤다. 이때 온통 가죽으로 만든 옷을 걸치고 긴 양말과 통이 큰 바지에 조끼를 입은 한 남자가 주막으로 들어와 격앙된 목소리로 말했다.

"주인장, 방 있소? 여기 점치는 원숭이와 〈멜리센드라의 자유〉라는 인형극이 왔소이다."

"이게 누구신가!" 주막집 주인이 말했다. "마에세 페드로*가 이곳에 오셨네. 즐거운 저녁 시간이 되겠구려."

내가 깜박 잊고 말하지 않은 것이 있으니, 이 페드로라는 사람은 왼쪽 눈에 가리개를 하고 거의 뺨의 절반을 초록색 천으로 가리고 있었는데, 이는 그 부분 전체에 상처가 있다는 표식이었다. 주막집 주인이 계속해서 말을 이었다.

"마에세 페드로, 아주 잘 오셨습니다. 그런데 원숭이와 인형극 무대는 어디에 있나요? 보이지가 않는데요?"

"거의 다 도착했소." 가죽옷을 입은 남자가 대답했다. "빈 방이 있는지 알아보려고 내가 먼저 왔소이다."

"나리가 방을 구한다면야 알바 공작 방이라도 빼앗아 드려야지요." 주막집 주인이 대답했다. "원숭이도 인형극 무대도 어서 오라 해요. 오늘 저녁에는 원숭이의 재주와 인형극을 보기 위하여 돈을 낼 손님이 많습니다."

"제때에 잘 왔군." 얼굴을 천으로 가린 남자가 말했다. "오늘은 구경 값을 잘 매겨서, 공연으로 번 돈으로 숙박비나 지불해야겠소. 내가 가서 원숭이와 인형극 무대를 싣고 오는 수레를 이리로 불러오리다."

그러고는 주막집을 다시 나갔다.

그러자 돈키호테는 주막집 주인에게 마에세 페드로가 어떤 사람인지, 무슨 인형극을 하며, 어떤 원숭이를 데려왔는지 물었다. 주막집 주인이 대답

---

*'마에세'는 이름 앞에 붙이는 호칭으로, 영어의 마스터(master)와 같다. 비속어로는 '손장난을 하는 사람'이라는 의미도 있다.

했다.

"저분은 유명한 인형극 놀이꾼으로, 며칠 전부터 아라곤의 라만차 지방*을 돌아다니면서 저 이름 높은 돈 가이페로스가 부인을 구출하는 인형극 〈멜리센드라의 자유〉를 공연하고 있습니다. 몇 년 전부터 우리 지방에서 공연된 인형극 중에서 가장 훌륭하고 가장 잘된 이야기라 할 수 있지요. 또 원숭이를 한 마리 데리고 다니는데, 원숭이들 중에서도 가장 진귀한 원숭이여서, 사람들이 상상할 수 없는 그런 재주를 지녔답니다. 사람들이 그놈에게 뭘 물으면, 그걸 잘 듣고 있다가 주인의 어깨로 올라가서는 주인의 귀에다 질문에 대한 답을 말해주지요. 그러면 마에세 페드로가 그것을 사람들에게 말해주고요. 앞으로 일어날 일보다는 지나간 일에 대해 더 잘 말하는데, 모든 것을 항상 다 맞추는 건 아니지만 틀리는 일도 별로 없는지라 그놈 몸속에 악마가 들어 있다고 믿게 할 정도랍니다. 원숭이가 알아맞히면, 다시 말해 주인의 귀에다가 원숭이가 말을 해준 다음에 주인이 대신해 대답을 해주면, 질문 한 번에 2레알을 받지요. 그래서 사람들은 마에세 페드로가 아주 부자이며 분별력 있는 사람이라고 생각합니다. 이탈리아어로 '본 콘파노**'인 데다가, 세상에서 가장 행복한 사람이라고 말이지요. 말은 여섯 명보다 더 많이 하고 술은 열두 사람보다 더 많이 마시는데, 이것은 그의 혀, 그의 원숭이 그리고 그의 인형극 덕분이라고들 하지요."

이때에 마에세 페드로가 돌아왔다. 수레에다가 인형극 무대와 몸집이 크고 꼬리가 없는 원숭이를 데려왔는데, 원숭이는 엉덩이가 벗겨져 있고 인상은 나쁘지 않았다. 돈키호테가 원숭이를 보자마자 질문을 던졌다.

---

*돈키호테 일행이 머물고 있는 라만차의 동쪽 지역(현재의 쿠엔카와 알바세테)이 15세기 이전에는 아라곤 왕국의 영토였기에 이렇게 부른다.
**'좋은 사람'이라는 의미.

"점쟁이 양반, 나에게 말해주시오. 우리가 무슨 고기를 잡을 것 같소? 다시 말해 우리에게 무슨 좋은 일이 생길 것 같소? 자, 여기 2레알이 있소."

그리고 산초에게 돈을 마에세 페드로에게 주라고 했고, 페드로는 원숭이를 대신해 대답을 했다.

"나리, 이 동물은 앞으로 일어날 일들에 대해서는 대답도 못 하고 얘기도 못 해줍니다. 하나 지나간 일들에 관해서는 조금 알고, 현재의 일들에 관해서도 웬만큼은 알지요."

"이런 제기랄!" 산초가 말했다. "그럼 동전 한 닢도 줄 가치가 없지. 나에게 일어났던 일들을 말해준다니! 그거야 나보다 더 잘 아는 사람이 누가 있겠소? 내가 아는 것을 나에게 말해준다고 돈을 주다니 그거야말로 가장 멍청한 일이지요. 하지만 현재의 일들을 안다 하니, 여기 내 돈 2레알이 있소. 원숭이 선생, 내 마누라 테레사 판사는 지금 무엇을 하고 있으며 무엇을 하며 시간을 보내는지 말해주구려."

마에세 페드로는 돈을 받으려 하지 않았다.

"일을 하지도 않고서 돈을 미리 받고 싶지 않소이다."

그가 오른손으로 자신의 왼쪽 어깨를 두 번 두드리자, 원숭이가 깡충 뛰어 그 위로 올라왔고, 주인의 귀에 입을 대고서는 아주 빠르게 이빨들을 덜덜 부딪쳤다. 그러자 마에세 페드로는 엄청난 속도로 즉각 돈키호테 앞으로 가서 무릎을 꿇었다. 그리고 그의 다리를 껴안고서 말했다.

"헤라클레스의 두 기둥을 껴안는 것처럼 이 다리를 껴안습니다. 이미 망각 속에 묻힌 편력기사도를 부활시킨 고귀한 분이시여! 오, 돈키호테 데 라만차 님은 그동안 결코 제대로 찬양받지 못하셨네. 기절한 자들에게 힘을 주시고, 쓰러지려 하는 자들에게 의지가 되어주시고, 목숨을 잃은 자들의 팔이시며, 모든 불행을 겪은 기사들의 지팡이시며 위안이시여!"

돈키호테는 멍한 표정이었고, 산초도 어리둥절하고, 사촌도 제정신이 아니었고, 시동은 망연자실했고, 당나귀 울음소리를 내는 마을 남자는 바보가 되었고, 주막 주인은 혼란스러워했다. 결국 인형극 놀이꾼의 조리 있는 말을 들은 모든 사람들은 놀라버렸다. 그는 다시 말을 이었다.

"오, 마음씨 착한 산초 판사여! 당신은 이 세상에서 가장 훌륭한 기사의 제일가는 종자입니다. 기뻐하시기를, 당신의 착한 아내 테레사는 잘 있으며, 지금 이 시각에 아마포 1리브라를 써레질하고 있지요. 좀 더 증거를 대자면, 그녀의 왼편에 놓인 이 빠진 항아리에는 포도주가 가득 차 있는데, 일을 하면서 포도주로 기분 전환을 합니다."

"정말 그럴 겁니다." 산초가 대답했다. "제 마누라는 운이 좋은 여자니까요. 질투심만 아니라면 거인 여자 안단도나*와도 바꾸지 않을 겁니다. 제 주인님의 말씀에 의하면, 안단도나는 정말 완전무결하고 훌륭한 여성이라네요. 그런데 제 마누라는 후손들에게 부담이 될지언정 궁핍하게 살아가는 그런 여자가 아니랍니다."

"내 말하노니," 돈키호테가 말했다. "책을 많이 읽고 많이 다닌 사람이 보는 것도 많고 아는 것도 많다는 것을 알아야 하오. 내가 이런 말을 하는 이유는, 지금 내 눈으로 똑똑히 보았듯이 점을 치는 원숭이가 이 세상에 있다는 것에 대해 어떤 설명으로 나를 설득할 수 있겠느냐는 것이오. 이 영리한 동물이 말한 돈키호테 데 라만차가 바로 나인 건 맞소. 나에 대한 칭송도 상당히 잘했다고 보이고 말이오. 그런데 내가 누구든 간에, 나는 모든 사람들에게 항상 선행을 베풀고 악행은 행하지 않으며, 인정이 많고 부드러운 심성을 타고나게 해주신 하늘에 감사를 드린다오."

---

*《아마디스 데 가울라》에 나오는 흉측한 얼굴의 거인 여자.

"나도 돈이 있다면," 시동이 말했다. "이 순례길에서 무슨 일이 일어날지 원숭이 나리에게 물어나 보면 좋을 텐데."

이 말을 듣자 돈키호테의 발밑에서 진즉 일어나 있던 마에세 페드로가 대답했다.

"이 작은 짐승은 미래에 일어날 일에 대해서는 대답을 하지 않는다고 이미 말씀드렸습니다만, 설령 답을 하더라도 돈은 문제가 안 될 겁니다. 여기 계시는 돈키호테 님을 위해서라면 이 세상 어떤 재물도 포기할 수 있으니까요. 제가 이분께 진 빚도 있으니, 인형극 무대를 설치해 이 주막에 계신 모든 분들을 공짜로 즐겁게 해드리지요."

이 말을 들은 주막집 주인이 아주 즐거워하며 인형극 무대를 설치할 수 있는 장소를 정해주었고, 이에 순식간에 무대가 만들어졌다.

돈키호테는 원숭이가 미래의 일이든 과거의 일이든 간에 점을 친다는 것이 아무래도 믿기지 않았기 때문에 원숭이 점이라는 게 썩 마뜩치 않았다. 그래서 마에세 페드로가 인형극 무대를 설치하는 동안 산초와 함께 마구간 구석으로 가서 아무도 듣지 못하게 은밀히 말했다.

"이봐라, 산초야. 이 원숭이의 기이한 재주에 대하여 잘 생각해보았는데, 내 생각에는 원숭이 주인 마에세 페드로가 의심할 여지없이 악마와 무언의 약속이나 분명한 협약을 했을 것으로 본다."

"만약 협탁이 좁고 악마의 것이라면," 산초가 말했다. "의심할 여지없이 아주 더러울 겁니다요. 그런데 마에세 페드로가 그런 협탁을 갖는다고 무슨 이득이 있겠습니까?"

"산초야, 내 말을 이해하지 못하는구나. 내가 말하는 것은 페드로가 악마와 어떤 '협약'을 맺은 것 같다는 거다. 원숭이에게 기이한 재주를 부리게 해 그것으로 먹고살다가, 부자가 된 다음에는 악마에게 영혼까지도 내주어야 하는 거지. 그것이 인류의 적인 악마가 인간의 영혼을 갖기 위해 하는 짓이다. 원숭이가 과거의 일이나 현재의 일에만 대답을 하는 것을 보니 더욱 그런 생각이 드는구나. 악마의 지혜로는 그 이상을 알 수가 없거든. 만약 어림짐작이 아니라면 미래에 대한 일은 알지도 못하고, 또 모든 일을 다 알지도 못하지. 오직 하느님만이 모든 시간과 순간을 아시는 능력을 가지고 계신다. 하느님에게는 과거도 미래도 없으며, 모든 것은 현재일 뿐이거든. 사실이 이러하니, 이런 점에서 이 원숭이는 악마의 방식으로 말하는 것이 확실하다. 그런데 어떻게 그자를 종교재판소에 고발하지도 않고, 조사를 해서 어느 악마의 덕으로 점을 치는지 뿌리째 알아내지 않았는지 이상하구나. 이 원숭이는 점성술사도 아니고, 그 주인이나 원숭이도 별자리점에 등장하는 상징들을 알지 못하는 것이 확실한데 말이다. 지금 에스파냐에서는 별자리점이 대유행이라서, 동네 아낙네건 시동이건 늙은 구두 수선공이건 마치 바닥에서 잭 카드를 뽑듯이 별자리 패 같은 걸 집어 들고서 우쭐대지 않는 사람이 없으니, 과학의 경이로운 진리를 거짓과 무지로 다 망쳐버리는 일이 허다하지. 내가 아는 한 부인이 자신이 애지중지하는 몸집이 작은 개가 새끼를 가질지, 가진다면 몇 마리나 낳고, 태어날 새끼들은 어떤 색깔일지에 대해한 점성술사에게 물었더니 그 점성술사 선생이 별자리 패 하나를 뽑은 다음 대답하기를 그 암캐는 임신을 할 것이며, 새끼를 세 마리 낳을 것이고, 새끼중 한 놈은 초록색, 다른 두 놈은 붉은색과 얼룩이일 것이라 했다지. 다만 이를 위해서는 암캐가 낮이나 밤 11시에서 12시 사이에 교미를 해야 하고 월요일이나 토요일이어야 한다고 했는데, 그 암캐가 이틀 후에 소화불량으로 죽어버렸지 뭐냐. 그런데 그 점성술사 선생은, 모든 아니 대개의 점성술사들이 그렇듯이, 마을에서 점괘를 잘 맞히는 점성술사로 신임을 얻었다."

"그렇다 하더라도," 산초가 말했다. "저는 주인님께서 마에세 페드로에게 부탁하셔서 몬테시노스 동굴에서 주인님께 일어났던 일들이 사실인지 원숭이에게 물어봐달라고 하시면 좋겠습니다. 주인님께 용서를 빌어야 할 일이지만, 제 생각으로는 모든 게 거짓말이고 속임수이고, 아니면 적어도 주인님이 꿈을 꾸신 것만 같아서요."

"그럴 수도 있지." 돈키호테가 대답했다. "네가 충고한 대로 하마. 어쩐지 나도 좀 근심이 되니 말이다."

이때 마에세 페드로가 돈키호테를 찾아와, 인형극 준비가 다 되었으며 볼 만한 가치가 있으니 보러 오라고 청했다. 돈키호테는 자신의 생각을 그에게 전하고 부탁하기를, 몬테시노스 동굴에서 일어난 일들이 꿈이었는지 실제로 일어난 것인지를 나중에 원숭이에게 물어봐달라고 했다. 왜냐하면 돈키호테에게는 모든 일이 실제로 일어났던 것 같았기 때문이다. 마에세 페드로는 대답을 하지 않고 원숭이를 다시 데려왔다. 그리고 돈키호테와 산초 앞에 놓고서 말했다.

"이보게, 원숭이 선생, 이 기사님께서 몬테시노스라 불리는 동굴에서 자신에게 일어난 일들이 거짓인지 사실인지를 알고 싶어 하시네."

습관대로 신호를 하자 원숭이가 왼편 어깨 위로 올라왔다. 그리고 귀에다 대고 말하는 것 같았다. 그러고 나서 마에세 페드로가 말했다.

"원숭이가 말하기를, 기사님께서 말씀하신 동굴에서 보았거나 겪었던 일들이 일부는 거짓이고 일부는 사실이라고 하네요. 이것이 전부입니다. 질문하신 것에 대해 다른 말은 없습니다. 그래도 기사님께서 더 알고 싶으시다면, 물으시는 것에 대해 다음 주 금요일에 대답을 드리지요. 왜냐하면 지금은 점치는 능력이 바닥이 나서 다음 금요일까지는 말씀드렸듯이 능력이 안 됩니다."

"제가 말하지 않았습니까요." 산초가 말했다. "주인님께서 동굴에서 일어난 사건들에 관해 말씀하신 모든 것을 저는 받아들이기가 어렵다고요. 아니, 그 절반도 어렵습니다."

"지나보면 알게 될 일이다, 산초야." 돈키호테가 대답했다. "모든 일들을 밝혀내는 규명자인 시간은, 그것이 아무리 땅속 깊은 곳에 숨어 있을지라도 태양빛 아래로 끌어내지 않고 내버려두는 일이 없으니 말이다. 그러나 지금은 이 정도로 해두고 훌륭한 마에세 페드로의 인형극을 보러 가자꾸나. 내가 보기에 뭔가 새로운 일이 좀 생길 것 같으니."

"좀이라고요?" 마에세 페드로가 말했다. "제 인형극에는 6만 개의 이야기들이 들어 있습니다. 존경하는 돈키호테 기사님께 말씀을 드리자면, 이 세상에서 오늘 꼭 보아야 하는 이야기들 중 하나일 겁니다. '오페리부스 크레디테, 에트 논 베르비스*'라는 말이 있지요. 자, 인형극을 시작합시다. 시간은 늦어지는데 우리들이 행동하고, 말하고, 보여줄 것은 많습니다."

돈키호테와 산초는 그의 말에 따라 인형극 무대가 설치된 곳으로 왔다. 사방에 불 켜진 작은 촛대가 설치되어 화려하고 눈이 부셨다. 도착할 즈음에 마에세 페드로는 무대 안으로 들어갔다. 인형들을 조종하는 사람이 바로 그였기 때문이다. 그리고 바깥에는 마에세 페드로의 하인인 소년이 있었는데, 그가 손에 든 채찍으로 인형들을 가리키며, 인형극의 줄거리를 해설하고 설명해주는 역할을 했다.

주막집에 있던 모든 사람이 각자 자리를 잡았다. 어떤 이는 인형극 무대 앞에 서 있었고, 돈키호테와 산초, 시동과 사촌은 가장 좋은 자리를 차지했다. 마침내 해설을 맡은 소년이 다음 장을 듣거나 보는 사람들이 듣고 보게 될 바를 말하기 시작했다.

---

*말을 믿지 말고 행동을 믿으라.

제26장

재미있는 인형극 모험이 계속되고
정말 재미난 다른 일들이 벌어진다

"티로스 사람들과 트로이 사람들 모두가 입을 다물었도다."* 다시 말하자면, 인형극을 보고 있던 모든 사람이 그 경이로운 이야기를 해설하는 사람의 입만 바라보고 있었다는 것이다. 이 무렵에 큰 북들과 트럼펫들의 요란한 소리가 인형극 무대에서 울려 나왔고, 큰 대포를 발사하는 소리까지 들렸다. 이내 그 소리가 잦아들자 소년은 목소리를 한껏 높여서 말했다.

"여기 여러분에게 소개하는 공연의 이 진실된 이야기는 거리를 오가는 사람들과 젊은이들의 입에서 입으로 옮겨지던 에스파냐 로만세와 프랑스의 역사 연대기에서 따온 것입니다. 돈 가이페로스가 산수에냐에서 무어인들의 손에 포로로 붙잡혀 있던 자신의 부인 멜리센드라를 구해내 자유롭게 한 이야기로, 이 산수에냐는 오늘날 에스파냐에서 사라고사라고 불리지요. 여러분, 돈 가이페로스가 어떻게 주사위 놀이를 하는지 보시기 바랍니다. 배

---

*베르길리우스의 서사시 《아이네이스》에 등장하는 구절로, 이 말을 시작으로 아이네이아스가 디도 여왕에게 트로이 함락의 이야기를 들려준다.

우들은 이렇게 노래합니다.

　멜리센드라를 벌써 잊어버렸는가,
　돈 가이페로스는 주사위 놀이만 하고 있네.

　그리고 저기 머리에 왕관을 쓰고 손에는 왕의 지팡이를 들고 나타난 저 사람이 샤를마뉴 황제로 멜리센드라의 아버지라고 불리는 사람입니다. 황제는 사위의 나태하고 무관심한 모습을 보고는 불쾌하여 그를 꾸짖기 위해 다가옵니다. 황제가 그의 사위를 어찌나 호되게 나무라는지 보십시오. 왕의 지팡이로 여섯 번이나 머리를 후려치려는 듯 보였는데, 황제가 진짜로 머리를 후려쳤으며 그것도 아주 세게 때렸다고 말하는 작가들도 있습니다. 황제는 사위에게 아내를 구하려 하지 않는다면 그의 명예가 위험에 처할 것이라고 수없이 충고한 후에 다음과 같이 말했습니다. '귀공에게 지겨울 만큼 얘기했으니 두고 보겠네.' 여러분, 황제가 돈 가이페로스에게 실망하여 등을 돌리는 모습을 보십시오. 돈 가이페로스는 분노가 치밀어서 주사위판과 말판들을 멀리 던져버립니다. 그리고 서둘러 무기를 찾아 자신의 사촌 돈 롤단에게 명검 두린다나를 빌려달라고 합니다. 보십시오, 검을 빌려주고 싶지 않은 돈 롤단은 앞으로 전개되는 힘든 작전에 자신이 함께 가겠노라고 제안을 합니다. 그러자 화가 난 용맹스러운 돈 가이페로스는 그 제안을 수락하지 않고, 자신의 아내가 땅속 가장 깊은 곳에 갇혀 있다고 하더라도 자신은 혼자 힘으로 아내를 구출해내기에 충분하다고 말합니다. 이렇게 말을 하고서 그는 잠시 후 길을 떠나기 위해 무장을 하러 들어갑니다. 여러분, 저기보이는 저 탑으로 시선을 돌리십시오. 오늘날 알하페리아라고 불리는 사라고사의 성채 탑들 중 하나로 짐작되는데, 저 발코니에 무어인 복장을 하고 있는 저 귀부인이 바로 멜리센드라입니다. 저곳에서 그녀는 프랑스로 가는 길을 하염없이 바라보며, 파리와 자신의 남편에 대한 생각으로 포로 생활에 위안을 삼았습니다. 여러분, 이전에 결코 보지 못했던 새로운 일이 지금 벌어지고 있으니 주목하십시오. 저기 무어인이 입에 손가락을 대고 한 걸음 한 걸음 조용히 멜리센드라의 등 뒤로 다가가는 것이 보이십니까? 저자가 그녀의 입술 한가운데에 키스하는 걸 보십시오. 그러자 그녀가 재빨리 침을 뱉고 자기 셔츠의 하얀 소매로 입술을 닦습니다. 그러고는 마치 저주의 책임이 자신의 머리칼에 있기라도 하는 듯 탄식을 하며 비탄에 젖어 아름다운 머리카락을 쥐어뜯습니다. 저기 복도에서 심각한 표정을 짓고 있는 무어인이 바로 산수에냐의 마르실리오 국왕입니다. 왕은 무어인의 무례한 행동을 보고서, 자신의 친척이며 훌륭한 가신이었던 그자를 체포하라고 명령합니다. 왕은 그자에게 200대의 매를 때리게 했으며, 도시의 알려진 거리들로 조리돌림을 하게 했습니다.

  앞에는 죄를 외고 다니는 사람들,
  뒤에는 매를 치는 집행관들.

  여기 죄를 저지르자마자 곧바로 형을 집행하기 위하여 나오는 것이 보이십니까. 무어인들은 우리와 달리 '피고와 원고에게 고발과 변론을 통보'하지도 않거니와 '선고를 내리기 전에 새로운 증거를 기다리며 잠정적인 판결'을 하지도 않습니다."

  "꼬마야, 꼬마야." 이때 돈키호테가 큰 소리로 말했다. "옆길로 빠지거나 말을 빙빙 돌리지 말고 하던 이야기나 똑바로 하거라. 진실을 올바르게 밝혀내기 위해서는 많은 증거와 재검토가 필요한 법이다."

마에세 페드로도 무대 안쪽에서 말했다.

"이 녀석, 딴 그림 그리지 말고 어르신이 시키는 대로 해. 그게 제일 확실한 방법이다. 하던 대로 계속 읊어대고, 쓸데없이 대위법 같은 건 쓰지 말아. 그러다간 목소리만 갈라질 뿐이니까."

"그럴게요." 소년이 대답했다. 그리고 계속해서 말을 이었다. "여기 말을 타고 가스코뉴풍 망토를 걸치고 나타난 이 인형이 바로 돈 가이페로스입니다. 그리고 여기, 그의 아내는 자신을 흠모한 무어인의 무례함에 복수하고서 훨씬 아름답고 차분한 얼굴로 탑의 전망대에 나와, 지나가는 어느 행인인 줄 알고서 자신의 남편과 얘기를 나눕니다. 그와 나눈 모든 대화와 이야기들을 로만세는 다음과 같이 노래합니다.

기사님, 만약 프랑스에 가시면,
가이페로스의 소식을 알아봐주세요.

지금 이 노래를 모두 읊지는 않을 겁니다. 지나치게 장황한 것은 지루할 뿐이니까요. 돈 가이페로스가 나타나자, 멜리센드라가 보여준 즐거운 몸짓으로 그녀가 남편을 알아보았다는 것을 아시기만 하면 됩니다. 그리고 지금은 그녀가 착한 남편의 말 엉덩이에 오르기 위해 발코니에서 밧줄을 타고 내려오는 것을 여러분들은 보고 계십니다. 그러나 아, 불운하구나! 발코니의 쇠창살 하나에 속치마 자락이 걸려 땅에 닿지도 못하고 공중에 매달려버리고 말았습니다. 그러나 여러분들은 자비로운 하늘이 어떻게 극도의 위험 속에서 구원을 이루는지 보시게 될 겁니다. 돈 가이페로스가 다가와서 값비싼 속옷이 찢어지든 말든 상관치 않고서 그녀를 꽉 잡아당겨 간신히 땅으로 내려오도록 한 후에 눈 깜짝할 사이에 그녀를 자신의 말 엉덩이에 남자처럼 걸터앉히고서, 아내에게 힘껏 버티면서 자신의 등으로 두 팔을 뻗어 가슴에 깍지를 끼도록 했습니다. 멜리센드라는 이와 같은 말타기에 익숙하지 않으므로 말에서 떨어지지 않도록 하기 위한 것이었지요. 자신의 주인과 그 부인을 모시는 것이 용감하고 아름다운 의무로서 흡족한 말이 울음소리로 그러한 마음을 나타내는군요. 여러분, 두 사람이 등을 돌려서 도시를 빠져나가 환호성을 지르며 즐겁게 파리로 향하는 것을 보십시오. 부디 무사히 가시기를, 오, 세상에 둘도 없는 진정한 연인들이여! 당신들의 행복한 여행에 운명이 어떤 방해물도 주지 않고서 원하시는 조국에 무사히 도착하시기를 빕니다! 여생 동안 (네스토르*처럼) 두 분이 순탄하고 평화로운 삶을 즐기시는 것을 당신의 친구와 친지들이 보기를 기원합니다!"

이때 마에세 페드로가 다시금 목소리를 높여 말했다.

"진정해라, 애야, 너무 흥분하지 마. 지나치게 꾸미면 언제나 더 나빠지기 마련이다."

해설하는 소년은 아무런 대답도 하지 않고서 이전처럼 계속 말했다.

"어느 때고 모든 것을 지켜보는 한가로운 눈들이 있는 법이니, 멜리센드라가 발코니에서 내려와 말을 타는 것을 본 누군가가 마르실리오 왕에게 고하고 맙니다. 왕이 전투 준비를 명령하니, 얼마나 빨리들 움직이는지 보십시오. 이미 회교 사원들의 모든 탑에서 종소리가 울려 퍼져서 도시가 꺼져버릴 지경입니다."

"그렇지 않아!" 이때 돈키호테가 말했다. "종소리를 내다니 마에세 페드로가 아주 잘못하고 있는 것이다. 무어인들은 종을 사용하지 않고 북이나 우리의 피리와 비슷한 나팔피리를 사용한다네. 산수에냐에서 종소리가 울

---

*그리스 필로스의 왕으로 3대에 걸쳐 장수한 것으로 알려져 있다.

리다니 분명 말이 안 되는 이야기야."

마에세 페드로가 그 말을 듣고서 종 치는 것을 멈추고 말했다.

"돈키호테 님, 제발 어린애같이 유치한 짓 하지 마십시오. 보이지 않는 작은 일까지 따지지 마시라고요. 여기저기서 수천 개의 말도 안 되고 엉터리 같은 이야기들로 가득 찬 연극들이 아무렇지도 않게 공연되고 있지 않습니까? 그런데도 아주 잘나가고 박수갈채는 물론 감탄까지도 들리고 있다고요. 애야, 그냥 계속해라. 내 돈주머니를 가득 채운다면 태양의 미립자보다 부적절한 것이 더 많이 있어도 공연은 해야지."

"그것도 사실이네." 돈키호테가 대꾸했다.

그러자 해설을 하던 소년이 말했다.

"보십시오, 얼마나 많고 대단한 기병대가 두 명의 가톨릭 연인들을 쫓으려 도시를 나서는지. 울려 퍼지는 트럼펫 소리, 수없이 불어대는 피리 소리, 울려 퍼지는 큰북과 작은북 소리. 기병대가 그들을 따라잡아서 자신들 말꼬리에 묶어 돌아올까 겁이 납니다. 그 얼마나 끔찍한 장면이겠습니까."

그토록 많은 무어인들과의 소란법석을 보고 들은 돈키호테는 도주하는 연인들을 도와주는 것이 좋겠다고 생각해 벌떡 일어나서 큰 소리로 말했다.

"내 생전에, 나의 면전에서, 돈 가이페로스처럼 유명한 기사이자 용감한 연인에게 모욕적인 행위를 하는 것을 나는 용인할 수 없노라. 멈춰 서라, 이 나쁜 악당들아. 그를 쫓지 마라. 만일 멈추지 않는다면 나와 전투를 치러야 할 것이다!"

이렇게 말하고서 행동으로 옮기니, 돈키호테는 칼을 빼 들고서 인형극 무대 옆으로 펄쩍 뛰어올라 이전에 결코 볼 수 없던 분노로 신속하게 무어인 인형들 위로 비 오듯 칼질을 퍼붓기 시작했다. 어떤 것은 쓰러뜨리고, 다른 것은 머리를 잘라버리고, 어떤 것은 불구로 만들어버리고, 다른 것은 베어버렸다. 그리하여 수없이 칼을 휘두르는 중에 한번은 위에서 아래로 칼을 내려쳤는데, 만약 이때 마에세 페드로가 몸을 낮추고 바짝 웅크리지 않았다면, 마사판*보다 더 쉽게 그의 머리가 잘려 나갔을 것이다. 마에세 페드로가 고함을 쳤다.

"돈키호테 님, 제발 멈추세요. 어르신께서 무너뜨리고 자르고 죽인 이것들은 모두 진짜 무어인들이 아니라 반죽으로 만든 작은 인형들이라고요. 보세요, 아이고 내 팔자야! 나를 망치고 전 재산을 모두 망가뜨리셨네."

그러나 그것으로도 돈키호테의 칼질을 멈출 수는 없었으니, 비가 퍼붓듯이 칼로 내려치기, 받아치기, 올려치기를 하였다. 마침내 잠깐 사이에 모든 무대 장치와 인형들이 산산조각이 나면서 인형극 무대가 전부 땅바닥으로 무너졌다. 마르실리오 왕은 심하게 상처를 입고 샤를마뉴 황제는 왕관과 목이 두 조각이 났다. 구경꾼들도 대혼란에 빠졌고 원숭이는 주막집 지붕으로 도망쳤다. 사촌은 겁에 질리고 시동도 두려움에 떨고, 산초 판사까지도 엄청난 공포에 떨었는데, 왜냐하면 이 엄청난 폭풍이 지나고 난 다음 그가 맹세한 것처럼, 자신의 주인이 그토록 이성을 잃고 분노한 것을 이제껏 한 번도 보지 못했기 때문이었다. 인형극 무대가 완전히 파괴되고 나서야 돈키호테는 다소 진정을 하고서 말했다.

"나는 지금 이 세상에서 편력기사들이 얼마나 유익한지 믿지 않거나 믿으려고도 하지 않는 자들을 모두 이 자리로 끌어오고 싶소. 여러분, 만약 내가 여기 이 자리에 없었더라면 선량한 돈 가이페로스와 아름다운 멜리센드라가 어찌 되었겠습니까. 틀림없이 지금쯤 이 무어인 놈들이 그들을 붙잡아 난폭한 짓을 저질렀을 것이오. 이 지상에 오늘날 살고 있는 모든 것들 위에

---

*아몬드와 설탕, 꿀로 만든 스페인의 전통 과자.

편력기사도는 영원하리라!"

"맙소사!" 마에세 페드로가 죽어가는 소리로 말했다. "이제 나는 죽었구나! 지지리 운도 없는 나는 돈 로드리고 왕*과 같은 신세가 되었네.

어제는 에스파냐의 군주였거늘,
오늘은 내 것이라고 말할 수 있는
성채 하나 없구나.

불과 반시간 전에, 아니 조금 전까지만 해도 나는 왕들과 황제들의 주인이었고, 내 마구간과 가방과 자루에는 셀 수 없을 만큼 많은 말들과 수많은 예복이 가득 차 있었는데, 지금은 슬프고 맥 빠진 가난뱅이 거지가 되어버렸네. 그리고 무엇보다 원숭이도 없어졌으니, 그놈을 다시 내 수중으로 데려오려면 이에서 땀이 날 만큼 힘든 일이 되겠지. 이 모든 것이 저 기사 양반의 잘못된 분노 때문에 생긴 일. 떠도는 이야기로는, 기사란 고아들을 보호하고 사팔뜨기의 눈도 똑바로 잡아주고, 그 밖에 여러 가지 자선을 베푼다고 하는데, 나에게는 그의 자비로운 의지가 오다가 힘이 빠져버렸나 봅니다. 저기 하늘 가장 높은 곳에 자리를 잡은 분들은 축복받고 찬양받으소서. 결국 '슬픈 얼굴의 기사'가 내 얼굴을 슬프게 만들어버렸구나."

마에세 페드로의 사리에 맞는 넋두리를 듣고서 산초 판사는 눈물을 글썽이며 말했다.

"울지 마세요, 마에세 페드로, 탄식도 하지 말고요. 내 심장도 찢어질 것 같습니다. 내 주인이신 돈키호테 님은 가톨릭 신자일 뿐만 아니라 신실한

---

*스페인 서고트 왕조의 마지막 왕으로 무어인들에 의해 멸망했다.

그리스도교도시라는 걸 알려드리죠. 그러니 만약 주인님이 당신에게 어떤 손해를 끼쳤다는 걸 알게 된다면, 당신이 만족할 만큼 많은 보상금을 지불하실 거라는 것도 알아주셨으면 합니다."

"돈키호테 님이 망가뜨린 내 물건들의 일부분만이라도 보상을 해주신다면 나는 만족할 것이고, 기사님도 자신의 양심을 구원할 수 있을 겁니다. 주인의 뜻을 어기고 남의 물건을 취하고 그것을 되돌려주지 않는 자는 구원받을 수 없으니까요."

"맞는 말이오." 돈키호테가 말했다. "한데 마에세 페드로, 지금까지 나는 그대의 것은 그 어떤 것도 빼앗은 게 없소."

"하나도 없다니요?" 마에세 페드로가 대답했다. "그러면 여기 단단하고 메마른 땅바닥에 펼쳐진 유해들은 누가 팽개치고 못쓰게 만들었단 말입니까? 그 강한 팔의 무적의 힘을 누가 휘둘렀지요? 이 망가진 인형들이 내 것이 아니면 누구의 것입니까? 나는 그동안 이것들을 갖고서 먹고살아왔는데?"

"이제야 알겠소." 이때 돈키호테가 말했다. "이전에 수없이 생각했던 것을 지금 다시 믿게 되었소. 나를 계속 쫓아다니는 저 마법사들이 내 눈앞에 인형들을 세워놓고서, 그들이 원하는 대로 그것들을 변형시키고 변화시키는 거요. 내 진심으로 말씀드리건대, 내 말을 듣고 있는 여러분, 나의 눈에는 여기에서 일어났던 모든 것들이 문자 그대로 사실로 일어난 것으로 보였소. 멜리센드라는 멜리센드라였고, 돈 가이페로스는 돈 가이페로스였으며, 마르실리오도 마르실리오였고, 샤를마뉴 황제도 샤를마뉴 황제였소. 그래서 나는 분노가 치밀어서 편력기사의 소명을 완수하기 위해 도망가던 두 사람을 도와주려 했던 것이오. 이렇게 좋은 의도를 갖고서 여러분들이 본 것을 내가 실행한 거외다. 만약 그런 내 뜻과는 반대의 결과가 나왔더라도 그것은 내 잘못이 아니라 나를 쫓아다니는 사악한 자들 탓이오. 그러나 이 모든 일에 있어 내 과실이 비록 악의적으로 일어난 것이 아니라 해도, 보상금을 지불하여 나의 죗값을 치르고 싶소. 마에세 페드로, 부서진 인형 값이 얼마든 간에, 나는 현재 통용되는 훌륭한 카스티야 화폐로 이를 곧 지불할 것을 제의하는 바요."

이에 마에세 페드로가 허리를 굽히며 말했다.

"모든 궁핍한 자들과 떠돌이 가난뱅이들의 진정한 구원자이며 후원자이신 용맹한 돈키호테 데 라만차 님이 전대미문의 그리스도교 정신을 보이실 것을 이 몸 알고 있었습니다. 여기 주막집 주인과 위대한 산초가 이미 파괴된 인형들이 얼마나 값이 나가는지, 기사님과 저 사이에 중개인 겸 조정자 역할을 해줄 것입니다."

주막집 주인과 산초는 그렇게 하겠다고 말했고, 마에세 페드로는 곧바로 땅바닥에서 머리가 없는 사라고사의 마르실리오 왕을 주워 올렸다.

"보시다시피 이 왕을 처음의 모습으로 되돌리는 것은 불가능합니다. 그래서 제 생각으로는, 더 좋은 판단이 없다면, 왕의 죽음과 종말, 폐기에 대하여 4.5레알을 지불해주시기 바랍니다."

"계속하시오." 돈키호테가 말했다.

"위에서 아래로 갈라졌으니," 마에세 페드로가 부서진 샤를마뉴 황제 인형의 손을 들고서 말했다. "5레알 25마라베디를 요구하더라도 과하지는 않을 겁니다."

"적지는 않지요." 산초가 말했다.

"많지도 않구먼." 주막집 주인이 대꾸했다. "꼬리를 잘라서 그냥 5레알로 쳐주구려."

"5레알 25마라베디를 다 주어라." 돈키호테가 말했다. "이렇게 큰 불행의 보상금일진대, 25마라베디가 많든 적든 문제는 아니지. 그리고 마에세 페드로, 어서 끝내시게. 저녁 먹을 시간도 되었고, 시장기가 도는군."

"이 인형은," 마에세 페드로가 말했다. "코도 부서지고 눈도 하나 없어졌습니다. 아름다운 멜리센드라 인형인데, 정확히 2레알 12마라베디는 되어야겠습니다."

"말도 안 되는 소리." 돈키호테가 말했다. "멜리센드라는 자신의 남편과 못해도 프랑스 국경까지는 가 있을 거요. 그들이 타고 간 말은 내가 보기에는 달린다기보다는 날아가는 것 같더이다. 진짜 멜리센드라는 지금쯤 프랑스에서 자신의 남편과 다리를 쭉 뻗고서 즐거울 텐데, 여기 코가 떨어진 멜리센드라를 들이밀며 내게 토끼 대신 고양이를 팔려고 한단 말이오. 마에세 페드로, 하느님은 각자가 가진 만큼 도와주시는 법이오. 우리 모두 건강한 다리와 건강한 정신으로 함께 걸어갑시다. 자, 계속하시오."

돈키호테가 정신이 오락가락한다는 것을 알아챈 마에세 페드로는 이 기회가 날아갈까 봐 다음과 같이 말했다.

"이것은 멜리센드라가 아니라 그녀를 섬겼던 하녀들 중에 하나일 뿐이군요. 그러니 60마라베디만 주신다면 저는 만족하며, 충분한 보상이 되겠습니다."

이런 식으로 다른 인형들도 모두 값을 매겼으며, 그런 후에 두 심판관이 양쪽이 만족할 수 있도록 조정하여 40레알 75마라베디가 최종 값으로 매겨졌다. 산초가 그 금액을 지불하자 마에세 페드로는 그것 이외에 원숭이를 잡는 수고비로 2레알을 더 요구했다.

"산초, 그 돈도 지불하거라." 돈키호테가 말했다. "원숭이를 구슬리는 값이 아니라 술값이겠지.* 도냐 멜리센드라와 돈 가이페로스가 지금쯤 프랑스

---

*원숭이(mono)와 술값(mona)의 발음이 유사한 것을 이용한 말장난.

에서 가족들과 함께 있을 거라고 확신을 가지고 나에게 말해주는 사람이 있다면 답례금으로 200레알을 당장 지불하겠네."

"그거라면 제 원숭이보다 더 잘 말할 수 있는 자는 아무도 없을 겁니다." 마에세 페드로가 말했다. "그러나 지금 어느 귀신이 그놈을 잡아 오겠습니까. 배고픔과 그리움 때문에 오늘 밤 저를 찾아오게 될 것 같습니다만, 아무튼 곧 아침이 밝아오니 두고 보지요."

마침내 인형극 무대의 폭풍이 막을 내렸고, 모두가 평화롭게 화기애애한 분위기로 저녁을 먹었다. 이 모든 것이 극단적으로 관대한 돈키호테 덕분이었다.

날이 밝기 전에 창과 미늘창을 운반하던 사람이 떠났고, 그 후 아침 해가 밝자 사촌과 시동이 돈키호테에게 작별 인사를 하기 위해 왔다. 한 사람은 자기 고향으로 돌아가고 다른 이는 계속 여행을 할 것이었는데, 돈키호테는 그에게 노잣돈으로 12레알이나 주었다. 마에세 페드로는 돈키호테란 사람을 익히 잘 아는 터라 더 이상 그와 논쟁을 하고 싶지 않아, 해가 뜨기 전 아침 일찍 일어나 자기 인형들의 유해와 원숭이를 챙겨서 모험을 찾아 떠나버렸다. 돈키호테를 잘 알지 못하는 주막집 주인은 그의 광기를 관대함으로 생각하며 감동했다. 끝으로 산초는 그의 주인의 지시로 숙박료를 후하게 지불하고서 작별을 고했다. 아침 8시경이 되어 두 사람은 주막을 나와서 길을 가기 시작했다. 여기에서 우리는 두 사람이 길을 가도록 내버려둘 것이다. 그리하는 것이 이 유명한 이야기를 적어나가는 데 필요한 다른 사건들을 이야기할 빌미를 줄 것이기 때문이다.

제27장

여기에서는 마에세 페드로와 그의 원숭이의 정체는 무엇이었는지, 또 돈키호테가 원하고 생각한 바대로 끝나지 않은 당나귀 울음소리 모험에서 겪은 불행한 사건에 대하여 이야기한다

이 위대한 이야기의 작가인 시데 아메테는 이 장을 다음과 같은 말로 시작한다. "나는 그리스도교를 믿는 가톨릭 신자로서 맹세하건대……" 이 부분에 대해 번역자는 시데 아메테가 의심할 여지없이 무어인임에도 가톨릭 신자로서 맹세한다고 한 것은, 가톨릭 신자가 맹세할 때는 진실만을 말할 것을 맹세하거나 맹세해야 하므로 자신 역시 가톨릭 신자처럼 진실만을 말하겠다는 의미라고 한다. 따라서 그가 돈키호테에 관하여 쓰기를 원하는 모든 것, 특히 마에세 페드로의 정체와 모든 마을 사람들을 점괘로 놀라게 한 점치는 원숭이에 대해 쓰려고 할 때는 마치 가톨릭 신자로서 맹세하는 것처럼 진실을 말했다는 것이다.

그는 또, 이 이야기의 1편을 읽은 사람은 히네스 데 파사몬테를 기억할 것이라고 한다. 히네스 데 파사몬테는 돈키호테가 시에라 모레나에서 해방시켜 준 갤리선의 노 젓는 죄수들 중 하나로, 천성이 악당이고 후천적으로 배운 버릇도 좋지 않아서 돈키호테의 은혜를 원수로 갚은 자였다. 돈키호테는 이 히네스 데 파사몬테를 '히네시요 데 파라피야'라고 불렀는데,* 그는 산초의 당나귀를 훔친 장본인이기도 했다. 1편에서 그 사건이 일어난 시기와 방법을 인쇄공이 실수로 인쇄하지 않은 탓에 많은 독자들이 곤혹스러워했고, 결국 독자들은 이 인쇄 실수를 작가의 기억력이 나쁜 탓으로 돌렸다. 하지만 산초가 당나귀 등에서 잠들었을 때 히네스가 당나귀를 훔친 것은 사실이며, 알브라카 성 공격에서 사크리판테의 말을 그의 가랑이 사이로 훔쳐냈던 브루넬로의 계획과 그 방법을 본뜬 것이었다. 앞에서 말했듯이, 나중에 산초는 당나귀를 되찾았다. 이 히네스란 작자는 끝도 없는 만행과 범죄 때문에 수배 대상자가 되었으며, 자신의 악행을 스스로 기록한 것이 두꺼운 책이 되었을 정도였다. 종교경찰에게 잡힐까 두려워한 히네스는 아라곤 왕국으로 거처를 옮길 결심을 했다. 그는 왼쪽 눈에 안대를 해 변장을 하고, 꼭두각시 인형극을 배워서 인형극과 손그림자 놀이를 상당히 능숙해질 때까지 익혔다.

그 후 베르베리아**로부터 풀려나서 돌아온 몇몇의 그리스도교 포로들로부터 그 원숭이를 샀다. 그리고 어떤 신호를 보내면 원숭이가 그의 어깨 위로 올라와서 그에게 속삭이든가 아니면 속삭이는 것처럼 보이게 하도록 훈련시켰다. 이렇게 한 후 히네스는 자신의 인형극 세트와 원숭이를 싣고 어느 마을에 들어가기 전에 그 마을에서 가장 가까운 마을 또는 그가 보기에 가장 적합한 소식통으로부터 마을 사람들에게 일어난 구체적인 사건들의 정보를 얻어냈다. 그리고 그 정보들을 잘 암기한 다음 마을로 들어가서 가장 먼저 하는 일이 인형극 공연이었다. 인형극의 내용은 날에 따라서 이런저런 이야기에서 가져왔는데, 여하튼 모두 즐겁고 기쁘며 잘 알려진 내용이

---

*돈키호테가 아니라 호송관들이 파라피야라는 실존 악당의 이름으로 그를 소개했다.
**북아프리카 지방으로 무어인들이 사는 지역.

었다. 공연이 끝나면 관객들에게 자기 원숭이의 영험함을 내세우면서, 원숭이에게 미래를 보는 능력은 없으나 관객들의 과거와 현재의 모든 일들을 맞힐 수 있다고 호언장담했다. 관객의 질문 하나에 답을 해주는 데 2레알을 받았으며 어떤 경우에는 질문자에 따라서 눈치껏 요금을 깎아주기도 했다. 그 집에 사는 사람들에게 일어났던 일을 미리 알고 있던 집에 들어가면, 사람들이 돈을 내기 싫어서 질문을 하지 않더라도 히네스가 먼저 원숭이에게 신호를 한 후에 원숭이가 이런저런 일들을 점쳤다고 말해주었다. 당연히 원숭이 점은 실제 있었던 사건들과 맞아떨어졌기 때문에 이로 인해 그는 확실한 신용을 쌓게 되었고, 모두들 그를 따라다니기에 이르렀다. 어떤 경우에는 교묘하게 질문에 들어맞을 수밖에 없는 이현령비현령 점괘를 내놓기도 했다. 어느 누구도 원숭이가 어떻게 점치는지를 캐묻거나 추궁하지 않았기 때문에 그는 모든 사람들을 바보로 만들고 자기 주머니를 채울 수 있었다.

히네스는 주막에 들어갔을 때 돈키호테와 산초를 알아봤다. 이들에 대한 사전 지식이 있었기 때문에 돈키호테와 산초, 주막 사람들을 경탄하게 만드는 것은 어려운 일이 아니었다. 그러나 그러기는커녕 바로 앞 장에 썼듯이 돈키호테가 마르실리오 왕의 목을 베어버리고, 그 기마병들을 모두 박살 내는 난리통에 돈키호테가 칼 잡은 손을 조금만 더 밑으로 휘둘렀다면 히네스는 상당히 비싼 대가를 치를 뻔했다.

이상이 마에세 페드로와 그의 원숭이에 대해 반드시 언급해야 할 이야기이다.

이제 돈키호테 데 라만차에게로 돌아가보자. 주막에서 나온 돈키호테는 사라고사에 들어가기 전에 우선 에브로 강변과 그 주변을 구경하기로 했다. 사라고사의 기마 창 시합 경기까지는 시간이 넉넉히 남아 있었기 때문이다. 시간을 보낼 요량으로 길을 따라 걸었는데 이틀 동안은 기록할 만한 일이 일어나지 않았다. 사흘째가 되는 날 언덕을 오르는데 북과 트럼펫, 화승총 소리가 크게 울려 퍼졌다. 처음에는 한 연대쯤 되는 군인들이 지나가는 것으로 생각하고, 그들을 보려고 로시난테에 박차를 가해 언덕 꼭대기로 올라갔다. 정상에 오른 돈키호테가 말에서 내려 언덕 밑을 보니, 200명은 족히 넘는 무장한 남자들이 창기병의 창, 석궁, 미늘창, 투창, 화승총 등과 수많은 둥근 방패 같은 다양한 무기들로 무장한 모습이었다. 다시 비탈길을 내려와서 그들이 들고 있는 깃발들이 선명하게 보일 정도로 가깝게 무리 곁으로 다가갔다. 돈키호테는 그 깃발들을 색깔과 문장으로 구별할 수 있었다. 특히 기병의 군기거나 아니면 끝이 삼각형으로 갈라진 해군의 군기 같은 그런 깃발 하나가 두드러졌는데, 하얀 공단으로 만든 그 깃발에는 사르디니아산 작은 당나귀가 살아 있는 것처럼 생생하게 그려져 있었다. 당나귀는 머리를 들고 입을 벌리고 혀를 내밀고 울부짖는 듯한 몸짓과 자세를 하고 있었고, 당나귀를 둘러싸고 두 행의 구절이 큰 글자로 쓰여 있었다.

이 마을과 저 마을 시장님들께서
당나귀 울음소리를 헛되이 낸 것은 아니었네.

이 깃발을 보고 돈키호테는 이 무리가 당나귀 울음소리 동네로 놀림 받는 마을 출신임이 틀림없다고 결론짓고, 깃발에 적힌 것을 산초에게 설명하면서 이 사실을 말해주었다. 또한 일전에 그 사건에 대한 이야기를 돈키호테와 산초에게 들려주었던 사람이 당나귀 울음소리를 낸 이들의 신분을 시의원이라고 했지만, 깃발에 적힌 구절을 보면 이들은 시의원이 아니라 시장이라고 정정해주었다. 그러자 산초는 돈키호테에게 이렇게 대꾸했다.
"주인님, 그 점에 있어서는 고칠 필요가 없습니다. 당나귀 울음소리를 흉내 냈던 시의원들이 훗날 그 마을의 시장이 되었을 수도 있으니까요. 그랬다면 두 가지 모두 가능한 거지요. 게다가 그분들이 앞서거니 뒤서거니 당나귀 울음소리를 낸 것이 맞다면, 그분들이 시장이냐 시의원이냐 하는 것은 이야기의 진실과는 관련이 없습니다. 당나귀 울음소리를 흉내 내는 건 시장이나 시의원이나 매한가지 아닙니까."

그 마을 사람들이 어찌하여 좋은 이웃이 되기 위해 지켜야 할 한계와 도를 넘어선 모욕을 준 이웃들과 싸우러 나왔는지를 돈키호테와 산초는 일찍이 들어서 알고 있었다.

돈키호테는 이런 종류의 모험을 즐기지 않는 산초의 걱정에는 아랑곳하지 않고 그들에게 다가갔다. 무장한 무리들은 돈키호테를 자기편으로 믿고 그를 무리 가운데로 받아들였다. 돈키호테는 투구의 가리개를 올리고 기품을 잃지 않은 침착한 모습으로 당나귀 깃발이 있는 곳까지 들어갔다. 무리의 핵심 인물들 모두가 돈키호테를 보기 위해 그의 주위를 에워쌌는데, 돈키호테를 처음 보는 이들이 통상 그러하듯 다들 돈키호테를 놀란 눈으로 응시했다. 막상 말도 못 붙이고 질문도 꺼내지 못한 채 자신을 주시하고 있는 그들을 보자 돈키호테는 이 정적을 활용하겠다는 생각에 고요함을 깨고 목소리를 높여 연설을 시작했다.

"훌륭하신 여러분, 내가 할 수 있는 모든 간절함을 담아 여러분께 간청드리니, 여러분이 마음에 들지 않거나 화가 날 때가 아니라면 지금부터 여러분께 드리려는 내 말을 중간에 끊지 말아주십시오. 만일 듣기 거북한 말이라도 있다면, 약간의 신호만 보내주어도 스스로 입을 봉인하고 재갈을 물도록 하겠소이다."

모든 사람들이 그에게 하고 싶은 대로 말을 하라면서 기꺼운 마음으로 듣겠다고 수긍해주었다. 허락을 받은 돈키호테는 이렇게 말을 꺼냈다.

"친애하는 여러분, 저는 편력기사이며 저의 소명 또한 기사의 소명입니다. 그리고 기사의 소명은 도움을 필요로 하는 자를 도와주고 곤궁한 자를 불의에서 구해주는 것입니다. 며칠 전 저는 여러분의 불행을 알게 되었고, 여러분이 적들에게 복수하기 위하여 빈번히 무장하는 이유도 알게 되었습니다. 그래서 여러분의 문제에 대해 몇 번이고 숙고해봤습니다. 그러고 나서 깨닫게 된 것은, 여러분 스스로 모욕당했다고 여기는 것이 결투의 법칙에 따르자면 착각이라는 것입니다. 왜냐하면 마을 전체가 반역자이기에 맞서는 경우가 아니라면 어떤 개인도 마을 전체를 모욕할 수 없기 때문입니다. 실제로 이런 예가 있으니 돈 디에고 오르도녜스 데 라라가 그 주인공입니다. 그는 사모라 마을 전체에 결투를 신청했습니다. 왜냐하면 그는 자신의 국왕을 죽이는 배신을 저지른 것이 베이도 돌포스* 혼자만의 소행임을 몰랐기 때문입니다. 그래서 그는 사모라의 모든 이들에게 맞서기로 결심했고, 모든 이들에게 국왕의 죽음에 대한 보복과 응전을 감행하려 했습니다. 돈 디에고가 지나쳤다는 것은 사실이고 그의 복수가 한계를 훨씬 넘어섰던 것도 사실입니다. 로만세에 기록된바, 이미 죽은 자들이나 식수, 빵, 앞으로 태어날 아이들, 그리고 다른 모든 것들까지 다 죽이겠다고 공언했으나, 그렇게까지 복수할 필요는 없었습니다. 하나 그의 말과 분노는 그저 흘러가도록 둡시다. 분노가 격해질 때는 아버지도, 스승도, 재갈도 그 혀를 저지할 수 없는 법이니까요. 이 사건은 그렇다 하더라도 한 개인이 왕국이나 지방, 도시, 공화국, 마을 전체를 모욕할 수는 없습니다. 또한 그런 모욕으로 도발하는 것에 대해 복수를 할 이유도 없다는 게 명백한 사실입니다. 왜냐하면

---

*카스티야 왕국의 국왕 산초 2세를 사모라에서 암살한 자로, 스페인 역사에서 배신자의 상징으로 기억되고 있다.

그건 모욕이 아니니까요. '시계 마을'* 사람들이 자기네를 그렇게 부르는 자와 매번 서로 죽이려 든다면 어떻겠습니까? 아이들이나 어른들의 입을 거쳐 구전되는 진짜와 다른 이름이나 별명으로, 그러니까 '여자 일에 간섭하는 사람', '가지 파는 사람', '고래 새끼', '비누 장수'** 등의 별명으로 다른 마을 사람을 부른다고 모욕이라 해야겠습니까! 이 모든 이름난 마을 사람들이 서로 으르렁거리며 복수를 하고, 사소한 언쟁에도 그때마다 트롬본의 슬라이드를 넣었다 뺐다 하듯 칼을 넣었다 뺐다 계속한다면 참으로 멋지겠습니다! 아니죠, 절대 아닙니다! 하느님이 허락하시지도, 좋아하시지도 않을 일입니다! 신중한 남자들과 훌륭한 공화국에서는 다음 네 가지를 위해서만 무기를 들고 칼을 뽑아 자기 백성과 목숨과 재산을 걸고 위험을 감수합니다. 첫째는 가톨릭 신앙을 지키기 위해서입니다. 두 번째는 그의 생명을 지키기 위함인데 이는 자연의 법칙과 하느님의 법에 따른 것입니다. 세 번째는 그의 명예와 가족, 재산을 지키기 위함이고, 네 번째는 정당한 전쟁에서 자신의 왕에 대해 봉사하기 위함입니다. 다섯 번째를 첨가하자면, 두 번째 항목에 해당할 수도 있는 항목입니다만, 그의 조국을 지키기 위해서입니다. 이 다섯 가지 주요한 이유 외에도 공평 타당한 다른 이유를 덧붙일 수도 있고 이로 인해 무장할 수도 있을 것입니다. 하지만 사소한 이유로 무기를 들거나, 모욕이라기보다는 농담과 심심풀이 장난에 불과한 일에 무력으로 복수하려 드는 것은 이성적 사고력이 떨어지는 사람이기 때문이라 생각됩니다. 사실 어떤 복수에든 정의가 깃들 리 만무한 데다, 정의롭지도 않은 복수를 감행하는 것은 우리가 믿는 하느님의 성스러운 법에도 정면으로 배치되

---

*세비야의 에스파르티나스 마을의 별명.
**각각 바야돌리드 사람, 톨레도 사람, 마드리드 사람, 세비야 사람을 부르는 별명.

는 일입니다. 성경에서는 원수에게 선을 행하고 우리를 미워하는 자를 사랑하라고 하는데, 이는 행하기 어려워 보이나 그리 어렵지 않습니다. 하느님보다 속세에 속하고 영보다 육에 속한 이들에게나 어려운 것입니다. 예수님과 하느님과 진실한 사람은 거짓말을 한 적이 없고, 할 수도 없었고 하지도 못하기 때문이지요. 우리에게 신성한 법을 주신 이가 말씀하시길, 자신의 멍에는 부드럽고 짐은 가볍다고 하셨습니다. 그분은 우리에게 불가능한 일을 명하지 않으십니다. 그러니 여러분, 신성한 법으로 봐도 그렇고 인간의 법으로 봐도 그러니, 그만 화를 누그러뜨리고 평안을 찾으시길 바랍니다."

"악마가 나를 데려가려나 보네." 산초가 중얼거렸다. "우리 주인님이 신학자가 아니긴 하지만, 이것 참, 이 계란과 저 계란이 다 똑같아 보이는 것처럼 영락없이 신학자처럼 보이니 말이야."

돈키호테는 잠깐 숨을 고르고, 자신의 말을 조용히 경청하는 사람들을 보며 이야기를 계속하고자 했다. 그런데 산초의 날카로운 말이 중간에 끼어들었다. 산초는 돈키호테가 말을 멈춘 것을 보고 돈키호테의 말을 받았다.

"제 주인님 돈키호테 데 라만차 님은 한때 '슬픈 얼굴의 기사'라고 불렸는데 지금은 '사자의 기사'라고 불립니다. 주인님은 매우 점잖으신 시골귀족이며 학자처럼 라틴어와 로만세에도 능하지요. 모든 충고와 모든 일들을 아주 훌륭하게 군인처럼 처리하십니다. 그리고 결투라는 것도 그 규칙과 순서를 세세히 알고 계시기에 주인님 말씀대로 따르기만 하면 됩니다. 만일 틀린 것이 있다면 제가 책임을 지지요. 그리고 말입니다, 당나귀 울음소리를 듣는 것만으로 도가 지나치게 반응한다면 다들 바보라고 합니다. 소생의 기억으로는 제가 어렸을 때, 하고 싶을 때마다 당나귀 울음소리를 냈는데 감히 절 따라올 자가 없었죠. 너무도 재주 좋게 흉내 냈기 때문에 마을의 모든 당나귀들이 제 당나귀 울음소리를 따라 울었습니다. 제가 부모님의 자식이라 그런 피를 받은 건 아닙니다. 부모님은 점잖으신 분이었으니까요. 비록 이런 제 능력을 우리 마을의 잘난 척하는 놈들 넷 이상이 시기했지만 저는 그들의 놀림에 신경도 쓰지 않았습니다. 제 말이 사실이란 걸 보여드리고자 하니 기다리고 들어보시죠. 이런 솜씨는 수영하는 것과 같아서 한번 익히면 잊어버리지도 않는답니다."

그러고 나서 손을 코에 대고 당나귀 울음소리를 내기 시작했는데 소리가 너무 커서 근처의 계곡까지 울려 퍼졌다. 그러자 같이 있던 사람들 중 하나가 자신들을 놀린다고 믿고 손에 들고 있던 두껍고 긴 몽둥이를 들어 산초를 두들겨 팼고 피할 겨를도 없던 산초 판사는 바닥에 뒹굴었다. 산초가 심하게 맞는 것을 본 돈키호테는 손에 든 창을 휘두르며 산초를 구타하는 이를 덮치려 했으나 많은 사람들이 가로막아 복수할 수가 없었다. 오히려 돈키호테를 향해 돌멩이가 우박처럼 쏟아지고 수많은 화살촉들이 그를 향하고 그보다 적지 않은 화승총이 그를 조준하자 로시난테의 고삐를 돌려 가능한 한 힘껏 박차를 가하면서 그들 사이에서 빠져나왔다. 말발굽이 울릴 때마다 총알이 자신의 등을 관통하여 가슴으로 나올까, 숨을 들이쉬고 내쉴 때마다 숨이 끊어질까 두려워하며, 하느님의 가호가 함께하셔서 이 위험으로부터 그를 구해주실 것을 간구했다.

그러나 이들 무리는 돈키호테에게 총은 쏘지 않고 그저 그가 도망가는 걸 보는 것으로 만족했다. 그들은 산초가 정신을 차리자마자 당나귀에 태워 자기 주인을 쫓아가도록 했는데 산초가 제정신으로 당나귀를 몰고 간 것이 아니라 당나귀가 로시난테의 발자국을 따라간 것이었다. 이렇듯 당나귀는 한순간도 로시난테와 떨어지지 않았다. 돈키호테는 멀리 내빼고 나서야 머리를 돌려 산초가 저 멀리서 오는 것을 보았고, 산초를 따라오는 사람이 없는 걸 알고서야 그를 기다렸다.

마을 사람들은 밤까지 거기에 머물렀고 자신들의 적이 전쟁터로 나오지 않자 기뻐하며 의기양양하게 마을로 돌아갔다. 만일 그들이 그리스인들의 오랜 관습을 알았더라면 에브로 강변의 바로 그 장소에 승전 기념비를 세웠을 것이다.

제28장

만일 주의 깊게 읽는다면 알게 될 것이라고 베넹헬리가 말하는 일에 대하여

속임수가 명백할 때에는 용맹한 사람도 피신해야 하고, 사려 깊은 사내라면 더 좋은 기회를 기다릴 줄 안다. 이러한 진리가 돈키호테에게서 증명되었으니, 그는 마을 사람들의 분노와 성난 군중의 나쁜 의도를 피해 내달리며, 산초를 챙길 생각은커녕 그가 위험에 처해 있다는 것도 잊은 채 충분히 안전하다고 여길 만한 곳까지 달아났다. 이미 말한 대로 산초는 당나귀 등에 걸쳐진 채로 주인을 따라왔다. 마침내 제정신이 돌아온 산초는 주인에게 이르자마자 당나귀 등에서 로시난테의 발밑으로 떨어져버렸다. 온통 두들겨 맞아 만신창이가 된 것에 안타까운 마음으로, 돈키호테는 산초의 상처를 살피기 위해 말에서 내렸으나 발끝에서 머리까지 멀쩡한 것을 확인하고는 크게 화를 내며 말했다.

"산초, 이놈아, 하필 그때 당나귀 울음소리를 낸단 말이냐! 교수형 당한 사람 집에서 밧줄 이야기 하는 것은 대체 어디서 배웠느냐? 당나귀 울음 가락에 몽둥이질 말고 뭘로 장단을 맞추겠느냐? 하느님께 감사드려라, 산초야. 그 사람들이 몽둥이로 십자만 그었지 신월도로 얼굴에 칼자국을 내진 않았으니 말이다."

"저는 지금 말할 기분이 아닙니다요." 산초가 대답했다. "등에서 상처가 입을 여는 것 같으니까요. 말에 올라타세요. 여기에서 멀리 떨어져야지요. 당나귀 울음소리라면 저는 이제 입을 다물겠습니다. 하지만 편력기사들이 적의 수중에서 맷돌에 갈려 가루가 되고 과일 껍질처럼 짓이겨진 자신의 충실한 종자를 내버려두고 도망간다는 얘긴 안 할 수가 없겠네요."

"도망가는 것이 아니라 후퇴하는 것이다." 돈키호테가 말했다. "네가 알아둬야 할 것은 산초야, 신중함이라는 초석 위에 세워지지 않은 용기는 무모함이라 부르며, 무모한 자의 업적은 그의 용기가 아니라 행운 덕분이라는 것이다. 그런 의미에서 내가 후퇴한 것은 인정하마. 그러나 도망친 것은 아니야. 이 경우 나는, 좋은 기회가 올 때까지 기다렸던 많은 용맹한 이들을 본받은 것이다. 이와 관련된 이야기들은 많지만 그 이야기들은 네게 득도 안 되고 즐겁지도 않으니 지금 언급하지는 않겠다."

이때 산초는 돈키호테의 도움으로 이미 나귀에 올랐고, 돈키호테 자신도 로시난테에 올라탔다. 그리고 4분의 1레구아 정도 앞에 보이는 포플러나무 숲으로 천천히 숨어 들어갔다. 이따금씩 산초는 아주 깊은 한숨을 쉬었고 고통스러운 신음 소리도 냈다. 돈키호테가 그토록 고통스러운 이유가 뭐냐고 묻자 산초는 척추 끝부분부터 머리 아래 목덜미까지 정신을 잃을 정도로 아프다고 대답했다.

"그 고통의 원인은 아마도," 돈키호테가 말했다. "너를 때린 몽둥이가 길고 곧은 것이라 등 전체를 다 맞았기 때문일 게다. 매를 맞은 자리가 모조리 아픈 것이지. 네가 더 많이 두들겨 맞았더라면 훨씬 더 아팠을 것이다."

"이거야, 참!" 산초가 말했다. "주인님께서 이놈이 가진 큰 궁금증을 없애주시고, 아름다운 말로 세세히 밝혀주시네요! 아이고, 내 팔자야! 제 고통의 이유가 그렇게 비밀스러운 것이었습니까? 몽둥이가 닿은 부분이 다 아프다는 것을 말로 설명해주시게요? 제 복사뼈가 아프다면 왜 거기가 아픈지 알아볼 필요가 있겠습니다. 하지만 몽둥이찜질을 당하여 아픈 것은 열심히 알아볼 일이 아니지요. 아이고, 주인님, 남이 아픈 것은 쉽게 잊는다고, 주인님을 모시며 함께 다녀도 제가 의지할 것이 거의 없다는 것을 매일 깨닫고 있습니다. 이번에는 제가 몽둥이찜질을 당하도록 내버려두셨지만, 다른 때에는 백번은 더 내던져졌던 예전의 담요 키질이나 또 다른 고약한 일들을 당하게 두시겠지요. 지금이야 제 등짝이 봉변을 당했지만, 다음에는 제 눈이 봉변을 당할지 어찌 압니까. 제가 이렇게 무식한 놈이 아니었더라면 훨씬 더 나았겠지요. 앞으로도 이놈이 주인님께 득될 일은 없을 겁니다. 다시말해 저는 집과, 마누라와 자식들에게로 돌아가 하느님께서 제게 베풀어주신 것으로 마누라를 먹여 살리고 자식들을 키우는 일을 하는 게 훨씬 더 나았을 거란 말입니다. 그러면 질 나쁜 포도주를 마시고 형편없는 음식을 먹으면서, 길도 없는 길을, 오솔길이나 걸을 수 있는 길도 없는 곳으로 기사님을 따라다니지 않아도 되고요. 잠자는 거야 말해 무엇 합니까! 여봐라 종자야, 땅은 일곱 자로 잡거라. 원한다면 일곱 자 더 잡아도 좋다. 네가 편한 만큼 하여 기분 좋게 몸을 뻗어라. 편력기사도에 발을 디딘 첫 번째 사람, 아니 과거 모든 편력기사들같이 우둔한 기사들의 종자가 되기를 원했던 첫 번째 친구를 화형시켜 재가 되는 것을 제 눈으로 보았으면 합니다요. 오늘날의 기사들에 대해서는 아무 말도 않겠습니다. 주인님도 그들 중에 한 분이니, 존경해야지요. 주인님이 말씀하시고 생각하시는 것이 귀신보다도 한 발 더 앞서신다는 걸 이놈도 알고 있습니다."

"산초야, 내 너에게 장담하마." 돈키호테가 말했다. "지금 아무도 너를 막지 않고 혼자 지껄이니, 몸이 아픈 곳이 하나도 없으렸다? 이놈아, 말해보아라. 네 머릿속에 떠오르는 생각과 입에서 나오는 대로 무엇이든지 해. 그걸로 네가 아무 데도 아프지 않다고 한다면, 내게 무례를 저지른다 해도 그 화를 기쁨으로 받아들이마. 그리고 네가 그토록 네 마누라와 자식들이 있는 집으로 돌아가고 싶다면, 내가 그것을 막는 것을 하느님이 허락하시지 않을 것이다. 네가 내 돈을 가지고 있으니 우리가 세 번째로 고향을 떠난 지 얼마나 되었는지를 보고 매달 네가 받을 수 있는, 아니 꼭 받아야 하는 금액을 가늠해보아라. 그리고 네 손으로 너에게 지불하거라."

"제가 학사 산손 카라스코의 아버지 토메 카라스코를 모실 때에는," 산초가 대답했다. "주인님도 잘 아시는 분인데, 매달 먹는 것은 빼고 2두카도씩을 받았습니다. 주인님께는 얼마를 받아야 할지 모르겠습니다. 시골 농부를 모시는 종자보다는 편력기사를 모시는 종자가 더 일이 많다는 것은 알고 있습니다만. 어찌 되었든 낮에는 아무리 일이 많고 힘들지라도 시골 농부를 모시는 사람은 저녁에는 고기와 야채를 끓인 음식을 먹고 잠도 침대에서 자니까요. 그런데 주인님을 모시고부터는 침대에서 자본 적이 없습니다. 돈 디에고 데 라 미란다 댁에서 잠시 머물렀던 것이나 카마초의 가마솥에서 음식을 꺼내 먹었던 잔칫날, 바실리오의 집에서 먹고 마시고 했던 짧은 시간 말고는 거의 언제나 소위 말하는 하늘의 혹독함에 몸을 맡기고 열린 하늘 아래 딱딱한 땅바닥에서 잤습니다. 치즈 조각과 빵 부스러기로 연명하면서 우리가 가는 거친 길에서 만난 개울물이나 샘물을 마셨지요."

"네가 하는 말을 모두 인정하마, 산초야." 돈키호테가 말했다. "그래, 토메 카라스코가 네게 주었던 것보다 얼마나 더 지불하면 되겠느냐?"

"제 생각으로는," 산초가 말했다. "매달 2레알 정도 더 얹어주신다면 아주 잘 받는 셈이 될 것 같습니다. 이것은 제가 일한 것에 대한 봉급이고요, 주인님이 섬의 통치를 제가 하도록 해주신다고 한 말씀과 약속을 지키시려면

6레알을 더 얹어주시는 게 합당합니다. 그러면 모두 30레알이 되겠지요."

"좋다." 돈키호테가 대답했다. "네가 정한 것에 따르면 네 봉급은, 우리 마을을 떠난 지가 25일 되었으니, 산초야, 얼마나 되는지 계산을 해보아라. 그리고 앞서 내가 말했듯이 네 손으로 지불해야 할 돈을 네게 지급하거라."

"아이고, 맙소사!" 산초가 말했다. "계산을 한참 잘못하고 계시잖습니까. 섬에 대한 약속은 주인님이 제게 약속한 날로부터 지금 이 시간까지를 계산하셔야죠."

"그래, 그럼 내가 너에게 약속을 한 지가 얼마나 되었느냐, 산초?" 돈키호테가 말했다.

"제 기억이 틀리지 않았다면," 산초가 대답했다. "20년하고도 사흘이 더 되었지요."

돈키호테는 손바닥으로 크게 이마를 때리고는 재미있다는 듯이 웃으며 말했다.

"시에라 모레나 산중에서 보낸 시간과 우리가 집을 나온 후 지나간 시간을 모두 합쳐도 겨우 두 달 정도인데, 산초야, 내가 네게 섬을 약속한 지 20년이 되었다고? 내가 보기로는, 지금 네가 가지고 있는 내 돈을 네 봉급으로 고스란히 다 써버리고 싶다는 말인 것 같구나. 만일 그렇다면, 그리고 네가 그것을 원한다면, 지금 이 자리에서 주마. 잘 먹고 잘 살아라. 이따위 나쁜 종자와 사느니 돈 한 푼 없이 가난하게 사는 게 훨씬 즐겁겠다. 편력기사의 종자가 지켜야 할 법도를 어긴 배신자야, 편력기사의 종자가 자기 주인에게 '당신을 모시면 매달 봉급은 얼마나 줄 겁니까?' 하고 값을 매기고 흥정했다는 얘기를 보거나 들은 적이 있더냐? 들어가보거라, 들어가봐, 뭐가 되었든 이놈아, 편력기사 이야기의 대양(大洋)으로 들어가보란 말이다. 만일 네가 여기에서 말한 것과 마찬가지로 생각하고 말한 종자를 하나라도 찾아 내 앞에 데려오면 네 말을 인정하고, 그것 말고도 내 얼굴을 네 번씩이나 손바닥으로 때릴 수 있게 해주겠다. 당나귀에 고삐 아니 밧줄을 매어서 네 집으로 돌아가거라. 여기에서부터는 단 한 걸음도 나와 함께 앞으로 나갈 생각 말거라. 이 배은망덕한 녀석, 약속도 안 지키는 놈, 사람이 아닌 짐승 같은 놈! 나는 너를 네 마누라가 뭐라 하든 사람들이 '나리'라고 부를 정도의 자리에 앉히려고 생각했는데, 가버리겠다고? 진실로 내가 너를 이 세상에서 가장 좋은 섬의 총독을 만들어주려고 확고하게 마음을 먹고 있는데, 지금 네가 떠난다고? 결국 네놈이 여러 차례 말했듯이 '당나귀 입에 꿀' 등등이로다. 네놈이 바로 그 당나귀다. 당나귀가 될 게 틀림없어. 네가 생을 마감해도, 너는 당나귀로 남을 것이야. 네가 짐승이라는 것을 깨닫기도 전에 죽음이 네게 닥치리라는 것을 내 장담하마."

돈키호테가 산초에게 온갖 욕설을 퍼붓는 동안 산초는 돈키호테를 뚫어지게 쳐다보고 있었다. 후회가 밀려오는 까닭에 두 눈에 눈물을 흘리면서 고통스럽고 아픈 목소리로 주인에게 말했다.

"주인님, 제가 실토하자면 저는 꼬리 하나만 모자랐지 당나귀나 다름없습니다요. 주인님께서 저에게 꼬리를 붙여주시겠다면 감사히 받고 제 남은 일생 동안에 매일같이 당나귀처럼 주인님을 모실 겁니다. 주인님, 부디 저를 용서해주시고, 제가 경험이 부족함을 불쌍히 여겨주세요. 제가 아는 게 없고 말을 많이 하는 것은 나쁜 뜻이 있어서가 아니라 그게 다 제 병이라 그렇습니다. 하지만 실수를 해도 회개하는 사람은 하느님도 받아주신다 하지 않습니까."

"산초야, 그래, 네가 하는 말 속에 속담 나부랭이를 섞지 않는다면 그게 더 이상한 일일 테지. 자, 좋다. 네가 회개한다면 내 너를 용서하겠다. 앞으로는 네 이익만 챙기는 사람이 되지 말고 마음을 넓게 하여 내가 한 약속이,

설령 늦어지더라도 불가능하지는 않을 것이니, 실현될 때까지 힘을 내고 기운을 차리거라."

산초는 미약한 힘이나마 다 꺼내서라도 그렇게 하겠다고 대답했다.

그러고 나서 두 사람은 포플러나무 숲으로 들어갔다. 돈키호테는 느릅나무 밑에 산초는 너도밤나무 밑에 자리를 잡았다. 이러한 나무들과 이와 유사한 다른 나무들은 항상 줄기는 많지만 잎은 별로 없는지라, 산초는 밤이 깊어지자 몽둥이로 맞은 상처가 더욱 아파 고통스러운 밤을 보냈다. 돈키호테는 이런저런 회상에 잠겨 밤을 보냈다. 그러나 결국은 모두 잠이 들었다. 아침이 밝아오자 유명한 에브로 강의 강변을 찾아서 길을 계속 갔는데, 그곳에서 다음 장에서 이야기할 사건들이 그들에게 벌어졌다.

제29장

마법에 걸린 배의 유명한 모험에 대하여

일정한 걸음걸이로 포플러나무 숲을 떠난 지 이틀 후에 돈키호테와 산초는 에브로 강에 도착했다. 이 강을 보는 것은 돈키호테에게 커다란 기쁨이었으니, 강가의 아늑함과 눈부신 강물, 고요한 흐름, 유리알같이 맑은 물의 풍요로움을 바라보고 또 바라보는 동안 그 즐거운 광경이 그의 기억 속에 수천 가지의 정감 어린 생각들을 떠오르게 하였기 때문이다. 특히 몬테시노스의 동굴에서 보았던 것들이 하나둘씩 생각났고, 마에세 페드로의 원숭이가 동굴에서 일어난 일들 가운데 일부는 사실이고 일부는 거짓이라고 말했지만 모두가 거짓말이라고 생각했던 산초와는 정반대로 돈키호테는 거짓보다는 사실인 쪽으로 생각이 기울었다.

이런 생각을 하며 가고 있는데, 노도 없고 다른 어구도 없는 작은 배 하나가 그의 시야에 들어왔다. 그 배는 강가에 있는 어느 나무의 몸통에 매여 강변에 떠 있었다. 돈키호테가 사방을 둘러보았으나 사람은 발견하지 못했다. 그러자 돈키호테는 무조건 로시난테에서 내리며 산초에게도 당나귀에서 내려오라고 명령했다. 그리고 두 짐승을 거기에 있던 포플러나무인지 버드

나무인지의 몸통에 함께 잘 붙잡아 매어두라고 시켰다. 산초는 돈키호테에게 갑작스레 말에서 내려 짐승들을 매어두게 한 이유를 물었다. 돈키호테가 대답했다.

"산초야, 잘 알아두어라. 여기 있는 이 배는 분명, 지금 달리 생각할 여지도 없이 나를 부르고 있다. 이 배를 타고 어떤 기사나 혹은 큰 곤경에 빠져 도움이 필요한 게 틀림없는 중요한 분을 구하기 위해 나더러 가자고 부르고 있다는 말이다. 기사들의 이야기와 그 속에 끼어들어 참견하고 지껄여대는 마법사들에 관한 책을 보면 다 이렇게 되어 있다. 어떤 기사가 곤경에 처해 있는데 다른 기사의 도움 없이는 그 곤경에서 풀려나올 수 없을 때, 두 기사들이 서로 2천 레구아나 3천 레구아 멀리 떨어져 있더라도 그를 구름 속으로 끌어들이거나 그에게 배를 마련해주고 그 속으로 들어가게 하여, 눈 깜짝할 사이에 원하는 곳이나 기사의 도움이 필요로 하는 곳으로 공중으로나 바다를 통해 데려간단다. 그런 식으로, 오, 산초야! 이 배가 여기에 이와 똑같은 목적으로 있는 것이다. 내 말은 지금이 대낮이라는 사실만큼 명백한 것이다. 그러니 대낮이 지나기 전에 당나귀와 로시난테를 함께 묶어두고, 하느님이 우리를 인도하시는 대로 맡기도록 하자. 맨발의 수도사들이 나를 막는다 해도 이 배를 타야겠다."

"그러시다면," 산초가 대답했다. "제가 터무니없는 짓이라고 불러야 할지 어떨지 모르겠는 이런 일들을 주인님께서는 초지일관 하시려고 하니, '네 주인이 시키는 대로 하고, 주인과 같이 밥상에 앉아라'라는 속담대로 주인님 말씀에 복종하고 고개를 숙일밖에요. 설령 그렇다 해도, 제 양심의 짐을 덜어주기 위해 주인님께 한 말씀 드려야겠습니다. 제가 보기로는 이 배는 마법에 걸린 배가 아니라 이 강에 사는 어느 어부의 배입니다. 왜냐하면 이 강에서는 세상에서 가장 좋은 송어가 잡히니까요."

로시난테와 당나귀를 마법사들의 보호와 보살핌에 맡기는 것이 너무도 가슴 아팠던 산초는 두 마리를 묶어두며 이렇게 말했다. 돈키호테는 산초에게 저 짐승들을 내버려두고 간다고 괴로워하지 말라면서 자신들을 멀고 아득한 길과 지방으로 데려갈 마법사가 그들을 잘 거두어줄 거라고 말했다.

"저는 그 '멀고 아득한'이란 말을 알아듣지 못하겠습니다." 산초가 말했다. "평생 동안 그런 말은 들어본 적이 없습니다요."

"'멀고 아득한'이란 '멀리 떨어져 있다'라는 뜻이지." 돈키호테가 대답했다. "네가 그 단어를 이해하지 못한다 해도 놀랄 일은 아니다. 라틴어를 모르면서 아는 척하는 사람들처럼 네가 라틴어를 꼭 알아야 할 의무도 없지."

"다 묶었습니다." 산초가 말했다. "이제 무엇을 해야 하지요?"

"무엇이라니?" 돈키호테가 말했다. "성호를 긋고 돛을 올려라. 그러니까 배를 타고서 이 배를 묶어놓은 밧줄을 끊으란 말이다."

돈키호테는 배에 뛰어올랐고 산초도 그 뒤를 따라가면서 밧줄을 끊었다. 그러자 배는 조금씩 강변에서 멀어졌다. 강 안쪽으로 대략 2바라쯤 가자 산초는 표류할 것이 두려워 몸을 떨기 시작했다. 그러나 산초에게는 자신의 당나귀가 우는 소리를 듣는 것과 로시난테가 묶어놓은 줄을 풀려고 애쓰는 것을 보는 고통보다 더한 고통은 없었다. 그래서 산초는 주인에게 말했다.

"제 나귀가 우리가 없어 고통스러워 울고 있고, 로시난테는 우리를 따라서 강물로 몸을 던지기 위해 자유로운 몸이 되려고 애쓰고 있습니다요. 오, 사랑스러운 친구들아, 무사히 있어라! 너희 곁을 떠나게 한 이 미친 짓이 실망으로 바뀌어서, 우리가 너희 곁으로 돌아가게 되기를 빈다!"

그러고 나서 너무도 구슬프게 울기 시작하자, 서글프기도 하고 화도 난 돈키호테가 그에게 말했다.

"무얼 두려워하느냐, 비겁한 인간아? 무엇 때문에 우느냐, 이 심장이 물

러터진 녀석아? 누가 너를 못살게 하느냐 아니면 귀찮게 하느냐, 집구석의 생쥐 같은 놈아? 아니면 무엇이 부족한 것이냐, 배가 불러터진 가난뱅이 녀석아? 네가 지금 리페이 산*을 맨발로 걸어서 가기라도 하고 있느냐? 무슨 대공이나 된 것처럼 널빤지 위에 앉아서 이 상쾌한 강의 조용한 흐름을 따라가면 잠시 후에는 광활한 바다로 나갈 텐데. 이미 최소한 700레구아나 800레구아는 떠나왔을 것이다. 만일 위도를 잴 수 있는 천체 관측기를 가졌더라면 우리가 온 거리를 말해줄 텐데 말이다. 비록 내 잘 알지는 못한다만 우리는 적도를 이미 지났거나 곧 지나게 될 것이다. 적도란 북극과 남극에서 똑같은 거리로 양분하고 자른 선이지."

"그러면 주인님께서 말씀하시는 그 적도 선에 도착하려면," 산초가 물었다. "얼마나 가야 하는 건가요?"

"많이 가야 하지." 돈키호테가 대답했다. "세상에 알려진 최고의 천문학자인 프톨레마이오스의 계산에 따르면 물과 흙으로 된 지구는 360도로 되어 있어서 내가 말한 선까지 도착하려면 지구의 절반을 가야 한다."

"이거야 참," 산초가 말했다. "주인님께서는 '푸토'니 '가포'니 하는 이교도들의 이름을 저에게 증인으로 대시는데, 호색가니 손가락이 굽은 사람이니, 여기다가 '메온'인지 '메오'인지 하는 오줌싸개는 또 뭔지. 저는 도통 무슨 말인지 모르겠습니다요."**

천문학자 프톨레마이오스의 이름과 계산에 대한 산초의 해석을 듣고서 돈키호테는 소리 내어 웃었다. 그리고 산초에게 말했다.

---

*흑해와 카스피 해 북동 지방에 있는 산.
**프톨레마이오스(Ptolomeo)가 누군지 모르는 산초에게는 '푸토' '메오'라고 들렸고, 천문학자(cosmógrafo) 역시 '가포'로만 들렸다. 스페인어로 푸토(puto)는 호색가, 가포(gafo)는 손가락이 굽은 사람, 메온(meón)은 오줌싸개라는 뜻이다.

"산초야, 너도 알아두어라. 동인도로 가기 위해 카디스 항구를 떠나는 에스파냐 사람들은 조금 전 네게 말해주었던 그 적도를 지났는지 알아보는 방법 중 하나로 배에 탄 사람들의 몸에 있던 이들이 죽는지를 살펴보았다 한다. 설령 금값으로 쳐준다 해도 찾지 못할 정도로, 온 배를 뒤져도 이 한 마리 찾지 못한다는구나. 그러니 산초야, 사타구니에 손을 넣어 만져보거라. 뭔가 살아 있는 것이 있으면 이 의문이 해결되는 것이고, 없다면 우리가 이미 적도를 지났다고 할 수 있다."

"그건 절대로 못 믿겠네요." 산초가 대답했다. "아무튼 주인님이 시키시는 대로 하겠습니다만, 도대체 그런 실험을 무엇 때문에 해야 하는지 모르겠습니다. 제 눈으로는 우리가 강변에서 5바라도 미처 못 왔는데요. 로시난테와 제 당나귀가 그 자리에 그대로 있는 걸 보면, 우리 짐승들이 있는 곳에서도 2바라밖에 떨어져 있지 않습니다. 제가 지금 하는 것처럼 조준을 하고 봐도, 맹세컨대 우리는 개미 걸음만큼도 움직이지 않았고 오지도 못했습니다."

"산초야, 내가 말한 대로 살펴보거라, 다른 일에는 신경 쓰지 말고. 너는 천체와 지구를 구성하고 있는 사계선, 경선, 위선, 12궁, 황도, 극점, 하지, 동지, 춘분, 추분, 행성, 천문의 궁, 방위, 측량이 무엇인지 모르지 않느냐. 만일 네가 이 모든 것을, 아니 그 일부라도 안다면 우리가 위도를 얼마나 지났는지, 어느 궁을 보았는지, 무슨 별자리를 지나쳤고 지금 지나고 있는지를 명확하게 알 것이다. 다시 한 번 말하지만, 네 몸을 더듬어 이를 잡아보거라. 내 장담컨대, 네 피부가 매끄럽고 하얀 종잇장보다 더 깨끗할 것이야."

산초는 왼쪽 사타구니 쪽으로 조심스럽게 손으로 더듬어보더니 고개를 들고 주인을 바라보면서 말했다.

"그 실험이 엉터리거나 주인님이 말씀하시는 곳까지 우리가 오질 못했나 봅니다. 여러 레구아를 온 것은 더더욱 아니고요."

"그러면," 돈키호테가 물었다. "무언가 손에 잡힌 게 있는 것이냐?"

"있고말고요!" 산초가 대답했다.

그러고는 손가락을 털고 강물에 손을 넣어 씻었다. 배는 조용히 강물 한 가운데로 미끄러졌고 비밀스러운 어떤 힘이나 숨어 있던 마법사가 배를 움직이는 것이 아니라 부드럽고 평온한 강물의 흐름으로 움직이고 있었다.

이때 강 한가운데에 커다란 물레방앗간이 나타났는데, 돈키호테는 이것을 보자마자 큰 소리로 산초에게 말했다.

"오, 산초야! 저기 보이지 않느냐? 도시나 성채, 요새가 아니더냐. 저곳에는 틀림없이 억압받는 기사나 곤경에 처한 왕비나 공주나 왕녀가 있을 것이다. 그들을 구원하라고 여기에 나를 불러온 것이야."

"대체 뭘 보고 도시니 요새니 성채니 하시는 겁니까, 주인님?" 산초가 말했다. "저건 그냥 강에 있는 밀을 빻는 물레방앗간인 게 안 보이십니까?"

"닥쳐라, 산초야." 돈키호테가 말했다. "물레방앗간처럼 보이지만 그게 아니다. 내 이미 너에게 말하지 않았더냐. 모든 사물들은 변하고 마법이 본래의 모습을 바꾼다고 말이다. 내 말은 사물을 다른 것으로 진짜 바꾼다는 게 아니라, 그렇게 보이게 된다는 것이다. 내 희망의 유일한 안식처인 둘시네아를 변신시킨 일에서 이미 보지 않았느냐."

이때 배가 강의 조류 한가운데로 가까워지자 지금까지처럼 천천히 움직이는 대신 물레방아의 급류로 휩쓸려 들기 시작했다. 이를 본 물레방앗간 사람들이 긴 막대기로 배를 저지하기 위하여 황급히 달려 나왔는데, 얼굴이며 옷에 온통 밀가루를 덮어써서 흉한 몰골이었다. 이들이 큰 소리로 외쳤다.

"이 악마 같은 사람들아! 대체 어디로 가는 거요? 당신들 세상을 포기했소? 여기 물에 빠져 이 물레방아에 갈기갈기 찢겨 죽으려고 그러나?"

"내가 말하지 않았느냐, 산초야?" 이때 돈키호테가 말했다. "내 팔의 용맹이 어디까지 닿는지를 보여줄 수 있는 곳에 우리가 도달하였구나. 사악한 악당들과 비열한 자들이 나에게 도전하기 위해 나오는 것을 보아라. 얼마나 많은 요괴들이 나에게 맞서는지, 얼마나 많은 흉악한 얼굴들이 우리를 무섭게 노려보고 있는지 보란 말이다. 그래, 이 교활한 자들아, 어디 맛 좀 보겠느냐!"

그러고는 배에서 일어나 큰 소리를 지르면서 물레방앗간 사람들에게 이렇게 위협하기 시작했다.

"이 사악하고 지각없는 악당들아, 너희의 요새나 감옥에 감금하고 있는 그 사람을, 신분이 낮든 높든 간에 풀어주고 자유를 주어라. 나는 사자의 기사로 불리는 돈키호테 데 라만차이시다. 저 높은 하늘의 명령으로 이 모험을 행복하게 끝내는 임무가 내게 맡겨져 있다."

이렇게 말하고는 칼을 뽑아서 물레방앗간 사람들을 향해 허공으로 칼을 휘두르기 시작했다. 그들은 돈키호테의 어리석은 말을 듣긴 하였으나 무슨 말인지 알지 못한 채, 막대기를 들고서 배가 물레방아 물길의 격류 속으로 빨려드는 것을 막으려 하고 있었다.

산초는 무릎을 꿇고서 이 황당한 위험에서 자신을 구원해달라고 하늘에 간절히 기도를 올렸다. 물레방앗간 사람들이 부지런하고 민첩한 행동으로 막대기로 배를 가로막아 그 기도를 들어주었으나, 배가 전복되는 것을 막지는 못하여서 돈키호테와 산초는 강물 속으로 빠지고 말았다. 그러나 다행스럽게도 돈키호테는 거위처럼 헤엄을 칠 줄 알았다. 비록 갑옷과 무기들의 무게 때문에 두 번씩이나 물 밑으로 가라앉기는 하였지만 말이다. 물속으로 뛰어든 물레방앗간 사람들이 두 사람을 끌어안아 꺼내주지 않았더라면, 그

곳이 두 사람에게 불운한 트로이의 전장이 되어버렸을 것이다.

그리하여 두 사람은 목이 말라서 죽은 사람들보다 더 흠뻑 젖은 채로 땅 위에 올라왔다. 산초는 무릎을 꿇고서 두 손을 모으고 두 눈은 하늘을 응시하며 하느님께 길고도 경건한 기도를 올리며 앞으로는 자기 주인님의 무모한 욕망과 공격으로부터 자신을 해방시켜달라고 빌었다.

이즈음 물레방아 바퀴에 산산조각이 나버린 배의 주인인 어부들이 도착했다. 부서진 배를 본 그들은 산초의 옷을 벗기려 하였고 돈키호테에게는 배를 보상해줄 것을 요구했다. 돈키호테는 마치 자신에게 아무런 일도 없었다는 듯이 매우 평온한 태도로 물레방앗간 사람들과 어부들에게 기꺼이 배값을 지불하겠노라고 말했다. 대신 그 조건으로 그 성에 감금되어 있던 사람들을 지체 없이 풀어줄 것을 요구했다.

"무슨 사람들, 무슨 성을 말하는 거요, 이 정신 나간 사람아?" 물레방앗간 사람들 중 하나가 말했다. "혹시 여기 물레방앗간에 밀 빻으러 오는 사람들을 데려가겠다는 거요?"

"됐다." 돈키호테가 혼잣말로 중얼거렸다. "이런 간청으로 저 악당이 선을 행하기를 바라는 것은 사막에서 설교하는 것이나 다름없지. 이번 모험에서는 두 명의 용감한 마법사들을 만난 것이 틀림없구나. 한 마법사가 나에게 배를 주었고 또 다른 마법사는 그걸 뒤집어버렸지. 한 명이 다른 마법사가 시도하는 일을 방해하고 있어. 하느님께서 해결해주시길 바랄밖에. 세상에는 온통 서로 맞서고 대립하는 책략과 속임수뿐이니, 나도 더 이상은 어쩔 수가 없구나."

그는 목소리를 높여 말을 이으며 물레방앗간을 바라보았다.

"이 감옥에 감금되어 있는 친구들이여, 그대들이 누구든지 간에 나를 용서하시오. 나의 불운과 그대들의 불운으로 내가 그대들을 슬픔에서 구해줄 수가 없구려. 이 모험은 다른 기사를 기다리게 될 모양이오."

이렇게 말을 하고서 어부들과 합의하여 배 값으로 50레알을 지불했다. 산초는 못마땅해하면서 그 돈을 지불하고 말했다.

"이런 뱃놀이를 두 번만 했다간 우리 주머니가 바닥나겠습니다요."

어부들과 물레방앗간 사람들은 겉보기에도 보통 사람과는 확연히 다른 이 둘을 바라보면서 놀랄 뿐이었다. 그들은 돈키호테가 자신들에게 한 질문들과 말들이 도대체 어디를 향하는 것인지 무슨 말인지 이해하지 못했고 그저 그들을 정신 나간 사람으로 간주하여 그 자리에 내버려둔 채, 물레방앗간 사람들은 물레방앗간으로 들어갔으며 어부들은 자신들의 일터로 돌아갔다. 자신들의 짐승에게로 돌아온 돈키호테와 산초는 다시 슬픔에 빠졌다. 마법에 걸린 배의 모험은 이렇게 끝이 난다.

제30장

아름다운 사냥꾼 여인과
돈키호테에게 일어난 일에 대하여

기사와 그의 종자는 매우 울적하고 언짢은 기분으로 자신의 짐승들에게 돌아왔다. 특히 산초에게 돈 문제를 건드리는 것은 영혼을 건드리는 것과 같아서, 돈을 빼앗아 가는 일이라면 어떤 일이건 두 눈에서 눈동자를 꺼내 가는 것처럼 느껴졌다. 마침내 두 사람은 아무 말도 하지 않은 채 말과 당나귀에 올라 그 유명한 강을 뒤로하고 길을 떠났다. 돈키호테는 사랑의 생각에 파묻혔고 산초는 부자가 될 생각에 잠겨 있었는데, 그때로서는 재산이 늘어날 희망이 멀게만 느껴졌다. 산초가 비록 멍청하긴 하였으나, 주인의 행동이 전부는 아니더라도 거의 대부분 터무니없는 짓이라는 것을 그도 알아차렸기 때문이었다. 그래서 주인의 사정을 생각하거나 작별 인사를 하지도 않고 어느 날 슬그머니 갈라져서 자신의 집으로 가버릴 기회를 엿보고 있었다. 그러나 운명은 그가 우려했던 것과는 정반대로 일을 만들고 있었다.

이튿날 해가 질 무렵 숲 속을 빠져나오는데 푸른 초원이 돈키호테의 눈앞에 펼쳐졌다. 멀리 그 초원 끝에 사람들이 있었고, 가까이 다가가 보자 그들이 매사냥을 하는 사냥꾼이라는 것을 알 수 있었다. 좀 더 가까이 가니 사람들

사이로, 녹색 마구에 은으로 된 안장을 단 새하얀 빛깔의 승용마인지 조랑말 인지를 탄 위엄 있는 귀부인이 보였다. 부인도 녹색 옷을 입었는데, 얼마나 화려하고 고급스러운지 호화스러움 그 자체가 여인으로 변한 것만 같았다. 왼손에 매를 한 마리 들고 있는 것을 보고 돈키호테는 그 여인이 지체 높은 귀부인이라는 것을 알아차렸다. 그녀가 이 매사냥꾼들의 여주인이 분명하다고 여겼는데, 그것이 사실이었다. 그러자 돈키호테가 산초에게 말했다.

"산초, 이놈아, 뛰어가거라. 저 귀한 말 위에 앉아 매를 들고 있는 귀부인께 '사자의 기사'인 내가 부인의 위대한 아름다움을 기리며 손에 입맞춤을 하겠다고 말씀드려라. 귀부인께서 허락하신다면 내가 입맞춤을 하러 갈 것이며 내 힘이 닿는 데까지, 그리고 귀부인께서 분부하시는 대로 모실 것이라고 말씀드려. 산초야, 말투에 조심하고 또 전갈을 하면서 네가 잘하는 속담 같은 걸 끼워 넣는 일은 삼가도록 해라."

"끼워 넣는 사람 하난 제대로 찾으셨네요!" 산초가 대답했다. "제게 그런 말씀을 하시다니! 예, 그리하지요. 제 생전에 지체 높은 귀부인에게 전갈을 가져가는 일이 이번이 처음도 아니지 않습니까!"

"둘시네아 공주님께 전갈한 일 말고." 돈키호테가 말했다. "적어도 네가 나를 모시는 동안에는 다른 전갈을 한 일이 없는 것으로 아는데."

"그건 사실입니다." 산초가 대답했다. "하지만 돈을 잘 갚는 사람에게는 담보가 걱정되지 않고, 넉넉한 집에서는 저녁 준비도 빠르다지요. 제가 말씀드리는 뜻은 저에게 아무 말씀 안 하셔도, 아무런 주의를 주지 않으셔도 된다는 말입니다. 제가 뭐든 조금씩은 갖고 있고 또 뭐든 조금씩은 알고 있잖습니까."

"나도 그리 믿고 있다, 산초야." 돈키호테가 말했다. "그럼 잘 다녀오너라. 하느님께서 너를 인도해주기를 기원하마."

산초는 당나귀를 재촉하여 서둘러 출발했다. 그리고 아름다운 사냥꾼 귀부인이 있는 곳에 도착하자 당나귀에서 내려 그녀 앞에 무릎을 꿇고 말했다.

"아름다운 귀부인이시여, 저기 보이는 저 기사님은 '사자의 기사'라고 불리는 제 주인이시며 저는 종자로 그분의 집에서는 산초 판사라고 부릅니다. 이 사자의 기사님은 얼마 전까지는 '슬픈 얼굴의 기사'라고 불렸는데, 고귀하신 부인께 가서 부인의 의지와 승인으로 기사님이 자신의 소망을 실행하러 올 수 있도록 허락해주십사 말씀드리라고 저를 보내셨습니다. 그 소망이란 다름이 아니라, 제 주인님의 말씀과 제 생각에 따르면, 부인의 고매한 매사냥과 아름다움에 봉사하는 것입니다. 고귀하신 부인께서 그것을 허락하여주신다면, 기사님이 부인을 위해서 좋은 일을 하실 것이며 기사님도 엄청난 은혜와 만족을 얻게 될 것입니다."

"물론이에요, 착한 종자여." 귀부인이 대답했다. "그대는 이런 전갈들이 요구하는 모든 조건들을 잘 갖추어서 임무를 다하였어요. 바닥에서 일어나세요. 이곳에서도 이미 많은 소식을 듣고 있는 슬픈 얼굴의 기사님처럼 위대한 기사의 종자가 무릎을 꿇고 있는 것은 옳지 않지요. 자, 일어나요. 그리고 그대의 기사님께 여기 우리가 가지고 있는 별장에서 나와 내 남편이신 공작님이 모실 수 있도록 아주 흔쾌히 오시라고 말씀 전해줘요."

산초는 훌륭한 귀부인의 아름다움은 물론 그녀의 예절과 공손함에 감탄을 하면서 땅바닥에서 일어났다. 그리고 자신의 주인이신 슬픈 얼굴의 기사에 대하여 소식을 듣고 있다고 말한 사실에 더욱 놀랐다. 귀부인이 그를 사자의 기사라고 부르지 않은 것은 그 이름을 붙인 것이 아주 최근의 일이었기 때문인 게 분명했다. 공작부인이(그녀의 작위는 아직 밝혀지지 않은 상태였지만) 그에게 물었다.

"종자 양반, 말해보세요. 《재치 있는 시골귀족 돈키호테 데 라만차》라 불리는 이야기가 인쇄되어 다니는데, 그대의 주인이 혹시 그 주인공이 아니신가요? 둘시네아 델 토보소인가를 자신의 영혼의 여인으로 두신?"

"바로 그분입니다, 귀부인 마님." 산초가 대답했다. "그 이야기에서 산초 판사로 나오는, 아니 나와야만 하는 그분의 종자가 바로 접니다. 만일 원본에서 저를 바꿔치기하지 않았다면 말입니다. 다시 말해서 인쇄를 하면서 제 이름을 바꿔치기하지 않았다면 말이지요."

"정말 기쁘군요." 공작부인이 말했다. "판사, 그대는 가서 그대의 주인에게 전해요. 우리 영지에 아주 잘 오셨고 그분을 환영한다고. 그리고 나에게 이보다 더 큰 기쁨을 줄 일은 아무것도 없다고 말해줘요."

산초는 이렇게 즐거운 대답을 가지고 아주 만족하여 주인에게 돌아와서 훌륭한 귀부인이 말한 모든 것을 주인에게 전해주었다. 그녀의 뛰어난 미모와 고상함과 훌륭한 예절을 산초의 거친 말투로 하늘까지 치켜세웠다. 돈키호테는 안장에 늠름하게 앉아서 등자에 발을 잘 놓고 투구 가리개를 매만진 다음 로시난테에 박차를 가하였다. 그리고 품위 있는 기상으로 공작부인의 손에 입맞춤을 하기 위하여 갔다. 공작부인은 자신의 남편인 공작을 불러서, 돈키호테가 도착하는 동안 기사의 모든 전갈을 남편에게 말해주었다. 두 부부는 돈키호테의 이야기 1편을 읽었고, 이를 통해 돈키호테의 터무니 없는 우스꽝스러움을 알고 있었기 때문에 대단히 즐거워하며 기대를 갖고서 그를 기다렸다. 그들은 돈키호테가 우스꽝스러운 일을 계속하도록 하고, 또 돈키호테가 말하는 모든 것에 맞장구를 쳐주어서, 그들과 함께 지내는 동안 자신들이 아주 즐거이 읽었던 기사도 책에 나오는 모든 의식들을 함께 거행하면서 그를 편력기사로 대우하기로 했다.

이때에 돈키호테가 도착했다. 투구 가리개를 올리고 말에서 내려올 기미를 보이자 산초가 등자를 잡기 위해 나타났다. 그러나 운이 나쁘게도 산초

가 당나귀에서 내려오다가 안장에 있던 밧줄에 한쪽 발이 걸려버렸고, 밧줄이 풀리지 않아 입과 가슴이 땅바닥에 닿으면서 거꾸로 밧줄에 매달린 꼴이되었다. 등자를 붙들어주지 않으면 말에서 내리지 못하는 습관이 있는 돈키호테는 이미 산초가 등자를 붙잡고 있다고 생각하고서 갑자기 몸을 내렸는데 말의 뱃대끈을 잘못 매었던지 로시난테의 안장이 그를 따라 내려와 안장과 돈키호테가 수치스럽게도 함께 땅바닥으로 떨어졌다. 그는 뒤엉킨 밧줄에 아직까지 발이 걸려 있는 불운한 산초에게 입속으로 투덜거리며 수많은욕설을 퍼부었다.

공작은 그의 사냥꾼들에게 기사와 종자에게 가보라고 명령했다. 그들은말에서 떨어져 혼이 난 돈키호테를 일으켰고, 돈키호테는 절룩거리면서 할수 있는 한 공작 부처 앞에서 무릎을 꿇으려 했다. 그러나 공작은 결코 그렇게 하는 것을 허락하지 않았고, 먼저 자신이 말에서 내려와 돈키호테를 포옹하면서 말했다.

"슬픈 얼굴의 기사님, 제 영지에서 기사님이 당하신 첫 번째 일이 방금 보았듯이 아주 불운하여 제 마음이 아프답니다. 그러나 종자들의 부주의는 이보다 더 불운한 사건의 원인이 되는 일이 많지요."

"고귀하신 대공 어르신, 대공을 뵈려다가 제게 일어난 사건은 나쁘다고만할 수 없습니다." 돈키호테가 대답했다. "제가 지옥의 밑바닥까지 떨어지게내버려두지 않았으니 말입니다. 설령 그곳에서라도 저는 일어나서 대공을뵙게 되는 영광을 갖기 위해 빠져나왔을 겁니다. 하느님이 저주하실 제 종자는 말안장이 단단히 고정되도록 뱃대끈을 매고 조이는 것보다는 나쁜 말을 지껄이기 위해 혀를 놀리는 것을 더 잘하지요. 그러나 제가 땅에 떨어지든 일어서든 걷든 말을 타든, 제가 어디에 있더라도 항상 대공과 아름답고고귀하고 예의 바른 귀부인이시고 세계적인 공주님이시며 대공의 고결한 배우자이시고, 귀부인이신 공작부인께 제가 봉사할 것입니다."

"천천히 하십시다, 나의 기사 돈키호테 데 라만차시여!" 공작이 말했다. "귀부인이신 둘시네아 델 토보소가 계시는 곳에서는 다른 아름다운 여인을 찬양하는 것은 옳지 않습니다."

이 무렵 산초 판사는 밧줄에서 빠져나와 자유롭게 그곳 가까이에 와 있었기에 그의 주인이 대답하기도 전에 자신이 먼저 말했다. "귀부인 둘시네아 델 토보소 님이 아주 아름답다는 것은 부정할 수 없는 사실입니다. 그러나 생각하지 못하는 곳에서 토끼가 뛰어나오지요. 자연이라고 불리는 것이 진흙으로 그릇을 만드는 도공 같다고 말하는 것을 들었습니다. 아름다운 그릇을 하나 만든 도공은 두 개, 세 개, 그리고 백 개도 만들 수 있습니다. 제가 이것을 말씀드리는 이유는 귀부인이신 공작부인이 결코 저의 주인 아가씨이신 둘시네아 델 토보소 님에게 뒤지지 않기 때문입니다."

돈키호테가 공작부인을 돌아보면서 말했다.

"위대하신 공작부인, 이 세상에 어느 편력기사도 저를 따라다니는 이놈보다 말이 많고 넉살 좋은 종자를 데리고 다니지는 않는다고 생각해주십시오. 제가 며칠 동안 위대하신 공작부인을 모신다면 제 말이 사실이라는 것을 아시게 될 겁니다."

이에 공작부인이 대답했다.

"나는 착한 산초가 익살스러운 것을 매우 높이 평가합니다. 왜냐하면 그것은 재치 있다는 증거니까요. 돈키호테 님, 기사님도 잘 아시겠지만, 재미있는 신소리와 경구는 둔한 머리에서 나오지 않습니다. 그런데 착한 산초는 익살스럽고 말도 잘하니 지금부터는 재치 있는 사람이라고 생각해야겠군요."

"그리고 수다쟁이이지요." 돈키호테가 덧붙였다.

"그러면 더 좋습니다." 공작이 말했다. "말을 적게 해서는 익살을 많이 부릴 수가 없으니까요. 그런데 말하다가 시간을 다 허비할 것이 아니라, 자, 위대한 슬픈 얼굴의 기사님……."

"'사자의 기사'라고 말씀하셔야지요, 공작님." 산초가 말했다. "이제 슬픈 얼굴은 없으며 상상하지도 못합니다."

"그럼 사자의 기사님이라 하지요." 공작이 말을 계속했다. "사자의 기사님께 이곳 가까이에 있는 제 성으로 가실 것을 청하고자 합니다. 그곳에서 이토록 높으신 분에게 합당한 환대를 베풀 것이니, 이는 저와 공작부인이 우리 성에 오시는 모든 편력기사들에게 언제나 하는 환대이지요."

이때에 산초는 이미 로시난테의 안장을 준비하고 잘 묶어놓았다. 그러자 돈키호테는 말에 올랐고, 공작도 아름다운 말에 올라 공작부인을 가운데 두고서 성을 향해 길을 떠났다. 공작부인은 산초에게 곁으로 오라고 명령했다. 그의 재치 있는 말을 듣는 것을 너무도 좋아했기 때문이었다. 산초는 요청을 기다리지도 않고 세 사람 사이로 끼어들어서 네 사람이 대화를 하게 되었다. 공작부인과 공작은 자신들의 성에 이런 편력기사와 편력종자가 머물게 되는 것을 커다란 행운으로 여기며 매우 즐거워했다.

제31장

여러 가지 중요한 일들에 대하여

자신이 공작부인의 총애를 받고 있다고 생각되자 산초의 기쁨은 이루 말할수 없이 컸다. 돈 디에고와 바실리오의 집에서 누렸던 안락함을 공작의 성에서 되찾을 것으로 생각했기 때문이다. 언제나 잘 먹고 잘 사는 것이 좋았던 산초는 기회가 주어질 때마다 어김없이 그것을 놓치지 않았다.

이야기가 전하는 바로는 사람들이 별장인지 성인지에 도착하기 전에 공작이 먼저 가서 돈키호테를 모시는 방법에 관해 그의 모든 하인들에게 지침을 내려두었다고 한다. 돈키호테가 공작부인과 성문에 도착하자마자 곧바로 두 명의 하인인지 마부인지가 성에서 마중을 나왔는데, 발끝까지 아주고운 진홍색 융단으로 만든 레반타르라는 긴 가운을 입고 있었다. 그들은재빨리 돈키호테를 두 팔로 잡으면서 말했다.

"위대한 기사님께서 저희 공작부인 마님을 말에서 내려주십시오."

돈키호테는 그렇게 하였는데 두 사람 사이에 이 일을 두고서 대단한 예절공방이 있었다. 결국 공작부인의 고집이 이겼으니, 이처럼 훌륭하신 기사에게 하찮은 부담을 지워드릴 가치가 없다고 말하면서 자신은 공작의 두 팔

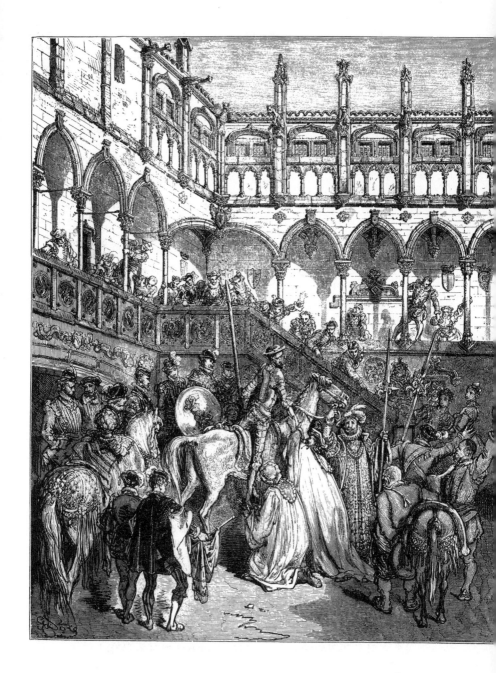

이 아니라면 말에서 내려가지 않겠다고 한 것이었다. 마침내 공작이 나와서 그녀를 말에서 내려주었고, 그렇게 넓은 안마당으로 들어가자 두 명의 아름다운 처녀들이 와서는 돈키호테의 두 어깨에 아주 고운 주홍색 천으로 만든 커다란 망토를 걸쳐주었다. 그러자 순식간에 공작 부처의 하인들과 하녀들이 안뜰의 모든 복도를 가득 채우고는 큰 소리로 말했다.

"편력기사들의 꽃이며 정수이신 기사님 환영합니다!"

그리고 모두가 아니, 거의 전부가 돈키호테와 공작 부처에게 작은 향수병에 든 향수를 뿌렸다. 돈키호테는 이 모든 것에 감탄을 연발했다. 책으로 읽었던, 지난 세기의 기사들을 대우했던 것과 똑같은 방식으로 자신을 대우하는 것을 보고서 그는 그날 처음으로 자신이 환상 속에서가 아니라 현실에서 진짜 편력기사가 된 것을 알았으며 그렇게 완전히 믿게 되었다.

산초는 자신의 잿빛 나귀를 버려둔 채 공작부인에게 달라붙어서 성으로 들어갔다가, 나귀를 홀로 내버려두고 온 것이 양심에 가책이 되어서 공작부인을 마중하러 다른 시녀들과 함께 나왔던 존경스러운 노시녀*에게 다가가 낮은 목소리로 말했다.

"곤살레스 부인, 아니면 이름이 어찌 되시는지……."

"도냐 로드리게스 데 그리할바라고 합니다." 노시녀가 대답했다. "하명하실 일이 무엇인가요?"

이에 산초가 대꾸했다.

"저 대신 성문에 나가주십사 부탁 좀 드리려고요. 거기 제 잿빛 당나귀가 있을 텐데, 그 녀석을 마구간에 넣어주도록 시키시든가 아니면 손수 넣어

---

*결혼을 안 하고 나이가 들거나 과부가 된 고참시녀로서 귀족 집안의 젊은 하녀들을 감독, 관장하는 시녀를 일컫는다.

주시면 좋겠습니다. 그 불쌍한 것이 겁이 좀 많고, 어떤 일이 있더라도 혼자 있는 것이 익숙하지가 않거든요."

"그 주인 양반도 이 종자처럼 분별 있는 사람이라면," 노시녀가 대답했다. "난리 났네! 저리 비켜요, 당신이나 당신을 이리 데려온 사람이나 정말 재수가 없으려니까! 그리고 당신 당나귀는 당신이 챙기시지요. 이 집 노시녀들은 그따위 일에는 익숙하지 않답니다."

"그런데 사실," 산초가 대답했다. "우리 주인님으로 말할 것 같으면 수많은 이야기들에 정통하신 분으로, 그중 란사로테 이야기를 하실 때 이렇게 말씀하셨거든요.

> 브르타뉴에서 왔을 때
> 귀부인들은 그를 돌보았고,
> 노시녀들은 그의 말을 돌보았다네.

그런데 제 당나귀에 대해 말씀드리자면 란사로테 님의 말과도 바꿀 수 없는 것이라서요."

"이봐요, 당신이 뭐 음유시인이라도 돼요?" 노시녀가 대꾸했다. "그 신소리일랑 잘 간직했다가 당신한테 노래 값 주는 그럴듯한 곳에나 가서 하시지. 나한테서는 무화과 열매나 가져가라* 소리밖에 못 들을 테니."

"좋지요!" 산초가 대답했다. "기왕이면 잘 익은 것으로 주시오. 그런데 당신 나이가 키놀라** 점수보다 적지는 않겠구려."

---

*주먹을 쥐고 검지와 중지 사이로 엄지를 내밀어 상대방을 모욕할 때 쓰는 말이다.
**스페인 전통 카드놀이로, 카드 네 장을 같은 그림으로 맞추면 가장 낮은 점수로 40점을 얻는다.

"이 염병할 자식아." 이미 불붙은 분노로 노시녀가 말했다. "내가 늙었건 아니건, 그건 네가 아니라 하느님께서 상관하실 일이다. 이 버릇없는 놈아."

너무나 큰 소리로 말했기 때문에 공작부인이 그 소리를 들었다. 공작부인은 눈까지 벌게져서 소란을 피우는 노시녀를 돌아보면서 누구와 싸우고 있느냐고 물었다.

"여기에서 이 순진한 사람과 말다툼을 하고 있었습니다." 노시녀가 대답했다. "이 사람이 성문에 있는 자기 당나귀를 마구간에 넣어달라고 애걸복걸하는데, 저는 어디인지도 모르는 곳에서 무슨 란사로테라는 사람을 귀부인들이 돌보고 그의 말은 노시녀들이 돌본 예가 있네 어쩌네 하지 않겠습니까. 게다가 다른 건 둘째치고, 에두른 말로 저에게 노파라는 말을 했습니다."

"그 어떤 말보다도." 공작부인이 대답했다. "모욕적으로 여겨졌겠구나."

그리고 산초에게 이렇게 말했다.

"이봐요, 산초, 도냐 로드리게스는 아주 젊어요. 저 머리에 쓴 모자는 나이 때문이 아니라 관습에 따른 것이고 권위를 나타내는 것임을 알아주길 바라요."

"제가 그런 뜻으로 말했다면," 산초가 대답했다. "남은 여생 동안 천벌을 받을 겁니다요. 그저 제 당나귀에 대한 애정이 너무 커서 한 말일 뿐입니다. 그걸 부탁할 사람으로는 도냐 로드리게스보다 더 자비로운 사람은 없을 것으로 생각했습지요."

모든 것을 듣고 있던 돈키호테가 그에게 말했다.

"산초야, 이런 자리에서 어찌 그런 말을 했단 말이냐?"

"주인님," 산초가 대답했다. "어디에 있든지 간에 사람은 각자 자신이 필요한 일을 말하는 것 아니겠습니까. 전 여기에서 제 당나귀 생각이 났으니 여기에서 그 얘기를 한 것뿐입니다. 만일 마구간에서 생각이 났더라면 거기서 했겠죠."

이에 공작이 말했다.

"산초의 말이 다 맞습니다. 그러니 그를 탓할 일이 아니지요. 소원했던 대로 당나귀에게 필요한 것을 제공할 것이니 걱정 말게나, 산초. 당나귀도 자네와 같은 대우를 받게 될 것이네."

돈키호테를 제외한 모든 사람들에게 기분 좋은 결론을 내고서 성의 높은 곳에 도착하자, 돈키호테는 황금과 비단으로 만든 아주 화려한 천으로 장식된 방에 모셔졌다. 여섯 명의 처녀들이 시종처럼 갑옷을 벗기고 그를 모셨다. 이 모든 것은 돈키호테가 자신이 편력기사로 대우받는다고 여길 수 있도록 공작과 공작부인이 그를 어떻게 대접하고 그 앞에서 어떻게 행동해야 할지 미리 지시한 바에 따른 것이었다. 갑옷을 벗고 나자 돈키호테는 통이 넓은 바지와 양가죽 조끼만 걸친 모습이 되었다. 몸은 여위고, 훌쩍 큰 키에, 양쪽 턱뼈는 입안에서 서로 입맞춤을 하듯 쑥 들어간 그 몰골에, 만약 웃음을 참으면서 모셔야 한다는 지시에 유의하지 않았더라면(이 또한 공작 부처가 그들에게 하달한 세밀한 지시들 중 하나였다) 하녀들 모두 웃음이 터져버렸을 것이다.

셔츠를 입혀드릴 테니 옷을 모두 벗으라고 하였지만, 그는 정숙함은 편력기사들에게 용기만큼이나 중요한 것이라고 말하면서 결코 허락하지 않았다. 그러고는 그것을 산초에게 주라고 한 후, 값비싼 침대가 놓여 있는 침실에 산초와 같이 들어가서 옷을 벗고 셔츠를 입었다. 산초와 단둘이 되자 돈키호테가 그에게 말했다.

"말해보아라, 오늘은 어릿광대에 어제는 멍청한 녀석아. 저분처럼 존경받고 공경받을 만한 노시녀를 모욕하고 망신을 준 것이 너는 잘한 일이라고 보느냐? 그때가 네가 당나귀를 챙길 때였더냐? 아니면 그분들이 주인들을 그토록 우아하게 대접하면서 그 짐승들은 함부로 대할 분들 같았더냐? 하느님을 위해서라도, 산초야, 자중 좀 하여라. 네가 천성이 거친 시골 촌놈이란 게 다 드러나게 하지 말고. 아, 죄 많은 내 신세여, 하인들 가문이 좋고 정직할수록 주인은 더 큰 존경을 받는다는 것을 알아두거라. 대공들이 일반 사람들보다 더 크게 되는 이유 중에 하나가 그들만큼 훌륭한 하인들이 시중을 들기 때문이거늘. 이 죄 많은 친구야, 불행한 내 신세여, 사람들이 너를 천박한 시골 촌놈이나 우스꽝스러운 정신병자라고 생각한다면, 나까지 거짓말을 퍼뜨리고 다니는 야바위꾼이나 사기꾼 기사로 생각할 거라는 것을 왜 모르느냐? 안 된다, 안 돼, 산초 이놈아, 그런 폐가 되는 무례한 짓은 하지 마라, 하지 마. 수다쟁이나 어릿광대로 빠지면, 한 번 실수에 불운한 어릿광대가 되어버리니까. 네 혀에 재갈을 물리고, 입 밖으로 말이 나가기 전에 생각하고 또 생각하거라. 그리고 하느님의 은총과 내 팔의 용기로 우리가 지금 명예와 부를 최대한 누릴 수 있는 곳에 와 있다는 것을 명심하거라.”

산초는 주인이 시키는 대로 신중하지 않거나 의도에 맞지 않는 말을 하기 전에 자신의 입을 꿰매버리거나 혀를 깨물어버리겠다고 진심을 다해 약속했다. 또 자기로 인해 그들의 신분이 발각되는 일은 없도록 할 것이니 그 점에 대해서는 염려 말라고 했다.

돈키호테는 옷을 입고서 칼과 검대를 차고, 주홍색 망토를 등에 걸치고, 하녀들이 그에게 준 초록색 융단으로 만든 정장 모자를 썼다. 이렇게 치장을 하고서 큰 거실로 나가니, 하녀들이 날개 모양으로 양쪽에 서 있었다. 모든 하녀들이 돈키호테에게 손 씻을 물을 주기 위해 준비를 하고 있다가 존경하는 마음으로 예를 다해 그에게 바쳤다.

그러고 나자 열두 명의 시종들이 시종장과 함께 도착해 돈키호테를 식사 자리로 모셔 갔다. 공작 부처가 이미 그를 기다리고 있었던 것이다. 하인들은 돈키호테를 가운데 세우고 성대하고 위엄 있는 의식에 따라 그를 다른 방으로 안내했다. 그곳에는 오직 네 사람을 위한 호화로운 식탁이 차려져 있었고, 공작부인과 공작은 그를 맞이하기 위해 방문 앞으로 나왔다. 대공들의 집안을 관장하는 엄숙해 보이는 성직자가 함께였다. 자신이 대공으로 태어나지 않은고로 실제 대공들이 어떠해야 하는지 가르칠 수 없으며, 대공들의 위대함을 자신들의 편협한 마음으로 재고 싶어 하거나, 자기가 관장하는 이들 앞에서 자기가 신중하다는 것을 보여주고 싶은 마음에 자신을 비참한 존재로 만드는 그런 족속 말이다. 내 말은 공작 부처와 함께 돈키호테를 맞으러 나온 성직자가 바로 이런 자들 중 하나였음이 틀림없었다는 것이다. 그들은 온갖 예의범절을 갖추어 인사를 한 후 마침내 돈키호테를 가운데 모시고 식탁으로 향했다.

공작은 돈키호테를 식탁의 상석으로 안내했으나, 돈키호테는 한사코 거절했다. 하지만 공작의 끈질긴 청이 계속되어서 결국 그 자리에 앉게 되었다. 성직자는 정면에 앉았고 공작과 공작부인이 양옆에 앉았다.

이 자리에 산초가 함께 머물러 있었는데, 자기 주인에게 지체 높은 분들이 하는 체면치레를 보고서 정신이 멍하고 어리둥절했다. 돈키호테를 식탁의 상석에 앉히기 위해 공작과 돈키호테 사이에 오간 수많은 예의 바른 행동과 권유들을 보고서 산초가 입을 열었다.

"만일 나리들께서 저에게 허락을 해주신다면, 이런 자리 문제로 우리 마을에서 일어난 일화를 하나 얘기해드리겠습니다."

산초가 이렇게 말을 하자마자 돈키호테는 의심할 여지없이 또 무슨 바보 같은 소리를 할 것이라는 생각에 몸을 떨었다. 그 모습을 본 산초는 주인의 마음을 헤아리고 말했다.

"걱정 마세요, 주인님. 주인님 말씀을 어기거나 무례한 일을 거르지 않고 말하는 일은 없을 겁니다. 조금 전 주인님께서 제게 말을 많이 하거나 조금 하는 것, 말을 잘하는 것과 잘못하는 것에 대해 해주신 충고들을 잊지 않고 있습니다."

"나는 아무것도 기억나지 않는다, 산초야." 돈키호테가 대답했다. "네가 하고 싶은 말을 해봐라. 허나 서둘러야 한다."

"제가 말하려고 하는 건 진짜 사실입니다." 산초가 말했다. "여기 계시는 제 주인 돈키호테 님께서 제가 거짓을 말하게 두실 리가 없거든요."

"나를 위해서라면, 산초야," 돈키호테가 말했다. "네가 원하는 만큼 마음대로 거짓말을 해도 좋다. 면박을 주지 않으마. 하지만 네가 무슨 말을 하려는지 잘 살펴야 한다."

"살피고 또 살폈습니다. 종을 치는 자는 아주 안전하게 있으니* 결과만 보시지요."

"고귀하신 분들께서는," 돈키호테가 말했다. "이 바보를 여기에서 쫓아내도록 명령하시는 게 좋을 것 같습니다. 천 가지 우스꽝스러운 얘기를 할 놈이니 말입니다."

"공작님을 위해서라도," 공작부인이 말했다. "산초는 한순간도 제 곁을 떠나지 못합니다. 저는 이 사람을 무척 좋아하는데, 그가 매우 분별력 있다는 것을 알기 때문입니다."

"저한테 그런 것은 없지만," 산초가 말했다. "성스러운 공작부인께서 저를 이토록 신임해주시니, 부디 사려 깊은 나날들을 보내시길 기원합니다. 제가 말씀드리고자 하는 일화는 이것입니다. 매우 부유하고 저희 마을의 중요한 인물인 시골귀족 어른이 초청을 하였습니다. 그러니까 이분은 메디나 델 캄

---

*충고를 해주는 사람은 일의 결과와 무관하니까 무슨 말이라도 마음대로 한다는 의미이다.

포의 로스 알라모스 출신으로, 도냐 멘시아 데 키뇨네스와 결혼을 했는데, 그녀는 산티아고 기사단의 기사인 돈 알론소 데 마라뇬의 딸입니다. 그의 아버지는 에라두라 항구에서 물에 빠져 죽었는데, 그분 때문에 몇 해 전 우리 마을에서 싸움이 일어났고, 제가 알기로는 저의 주인이신 돈키호테 님도 그 싸움에 개입하였습죠. 그 싸움에서 대장장이 발바스트로의 아들 토마실요 엘 트라비에소가 부상을 당했고요……. 이 모두가 사실이지요, 주인님? 제발 말씀해주세요. 여기 계시는 어르신들이 저를 거짓말하는 수다쟁이로 생각하시면 안 될 일이잖습니까."

"지금까지 자네는 거짓말쟁이라기보다는 수다쟁이로 보이는군." 성직자가 말했다. "앞으로는 뭐라 생각할지 모르겠네만."

"산초야, 네가 그토록 많은 증인과 고향 사람 이름들을 대니 나는 네가 사실만을 말하는 것이 틀림없다고 말할 수밖에 없다. 계속 말하되 얘기를 좀 짧게 하거라. 그러다가는 이틀이 걸려도 끝이 안 나겠구나."

"얘기를 일부러 짧게 할 필요는 없어요." 공작부인이 말했다. "저를 기쁘게 해주려면 말이지요. 엿새 동안 다 끝나지 않는다 하더라도 아는 대로 다 이야기하는 게 좋아요. 그렇게 여러 날 동안 계속된다면, 제 생애에 가장 행복한 날들이 될 테니까요."

"여러 높으신 나리들," 산초가 계속 말했다. "저는 그 시골귀족을 제 손바닥처럼 알고 있다는 것을 말씀드립니다. 왜 그런고 하니 제 집과 그분 집은 화살이 닿을 거리거든요. 하여간 그 귀족분이 가난하지만 정직한 농부를 식사에 초대하였지요."

"어서 하게, 이 사람아." 이때 성직자가 말했다. "저세상 갈 때까지도 자네 얘기가 끝나지 않을 것 같네."

"하느님의 가호가 있다면," 산초가 대답했다. "그 절반도 가기 전에 이야기를 끝낼 겁니다. 그래서 말씀드리자면 그 농부가 자기를 초대한 시골귀족의 집에 도착했는데, 그런데 지금은 그 귀족이 이미 사망하셨으니까, 그의 영혼이 평안히 안식하시기를, 여러 가지 증거로 볼 때 사람들은 그분이 천사처럼 평안하게 죽었다고 말합니다. 저는 그 자리에 없었지요. 그 무렵 저는 템블라케 마을로 추수를 하러……."

"이보게, 제발 템블라케에서 어서 돌아와주게." 성직자가 말했다. "여기에서 장례를 또 치를 생각이 아니라면, 그 시골귀족을 매장하는 것은 그만두고 자네 얘기나 좀 끝을 내게."

"그래서 사실을 말씀드리자면," 산초가 대답했다. "두 사람이 식탁에 앉으려고 하는데, 지금도 어느 때보다 그들이 눈에 선하네……."

산초가 얘기를 지연하고 중단하는 것에 착한 성직자는 언짢아했고, 공작 부처는 크게 즐거워했다. 그리고 돈키호테는 속이 터지고 화가 치밀어 죽을 지경이었다.

"이야기를 계속하자면," 산초가 말했다. "제가 말씀드린 것처럼 두 사람이 식탁에 앉으려 할 때에 농부는 시골귀족이 식탁의 상석에 앉기를 고집했고, 시골귀족은 또 농부가 상석에 앉기를 고집했지요. 시골귀족은 자신의 집에서는 자기가 명령하는 대로 해야 한다고 했지만, 농부는 예의범절을 갖추고 가정교육을 잘 받았다고 자부하였기에 결코 따르지 않았던 것입니다. 그래서 화가 난 시골귀족이 두 손으로 농부의 어깨를 눌러서 억지로 앉게 하면서 말했답니다. '이 멍청한 사람아, 앉으시게, 내가 앉는 자리가 어디건 거기가 상석이니까.' 이게 제 얘기입니다. 의도에 맞지 않는 이야기를 제가 여기에 끌어왔다고는 생각되지 않네요."

돈키호테의 안색이 천 가지 색깔이 되었고, 가무잡잡한 얼굴이 벽옥색으로 변한 듯했다. 공작 부처는 애써 웃음을 감추었는데, 그 이유는 돈키호테가 산초의 교활한 의도를 알아차리고서 부끄러워하지 않도록 하기 위함이었다. 그리고 산초가 또 다른 엉뚱한 짓을 계속하지 못하도록 공작부인이 화제를 돌려 돈키호테에게 둘시네아 공주님에게 무슨 새로운 소식이 있느냐고 물어보았다. 덧붙여 최근에도 수많은 거인들과 악당들을 물리치고 나서, 그들을 둘시네아 공주님에게 보냈는지 물었다. 이에 돈키호테가 대답했다.

"부인, 저의 불운은 시작은 있을지라도 결코 끝이 없습니다. 저는 거인들과 건달과 악당들을 물리쳤으며, 그들을 공주님께 보냈습니다. 그러나 만일 그분이 마법에 걸려서 상상도 할 수 없는 가장 추한 외모의 시골 아낙으로 바뀌어버렸다면, 어디에 가서 그분을 만난단 말입니까?"

"저는 모르겠습니다." 산초 판사가 말했다. "제 눈에는 이 세상에서 가장 아름다운 분으로 보였으니까요. 적어도 몸이 날렵하고, 깡충깡충 뛰어오르는 것에서는 곡예사 못지않으시더군요. 공작부인 마님, 땅에서 새끼 당나귀 등으로 뛰어오르는 모습이 마치 고양이 같답니다."

"그분이 마법에 걸린 것을 자네가 직접 보았는가, 산초?" 공작이 물었다.

"보았고말고요!" 산초가 대답했다. "제가 아니면 대체 어떤 귀신이 마법의 흉계에 맨 먼저 빠져들었겠습니까? 제 아비 일처럼 분명히 아는데 그분은 정말 마법에 걸려 있습니다!"

성직자는 거인이니 건달이니 마법이니 말하는 것을 듣고서 저자가 바로 돈키호테 데 라만차임이 틀림없다고 알아차렸다. 평소에도 공작은 돈키호테의 이야기를 즐겨 읽었는데, 성직자는 그런 엉터리 이야기를 읽는 것은 정신 빠진 일이라고 말하면서 여러 차례 그것을 비난했었다. 자신이 의심했던 것이 사실로 드러나자 화가 날 대로 난 그가 공작에게 이렇게 말했다.

"공작 각하, 각하께서는 이런 자가 한 일들을 하느님께 알려드려야만 합니다. 이 돈키호테인지 돈 톤토*인지, 아니면 무어라 부르든지, 제 생각으로는 공작 각하께서 그가 바보짓과 터무니없는 말을 계속할 수 있도록 스스로 이런 기회를 제공하실 만큼 저자가 아주 정신 나간 반편이는 아닌 것 같습니다."

그리고 돈키호테에게로 화제를 돌려 그에게 말했다.

"이 멍청한 양반아, 누가 당신 머릿속에 당신이 편력기사이며 거인들을 물리치고 악당들을 사로잡았다는 말도 안 되는 생각을 집어넣은 것인가? 이렇게 좋게 말할 때 떠나시게. '당신의 집으로 돌아가서, 만일 자식이 있으면 자식들을 키우고, 아니면 재산이나 돌보시오. 시간을 허비하면서 당신을 아는 사람에게든 알지 못하는 사람에게든 웃음거리가 되면서 세상을 배회하는 짓은 그만두시오.' 도대체 편력기사가 있었다느니, 지금도 있다느니 하는 것을 되지 않게 어디서 들먹인단 말인가? 에스파냐 어디에 거인들이 있으며, 라만차에 악당들이 어디 있는가? 마법에 걸린 둘시네아는 또 어디 있으며, 당신에 대해 떠들어대는 그 많은 어리석은 일들이 세상 어디에 있단 말이오?"

돈키호테는 존경해야 할 성직자가 하는 말에 귀 기울이고 있다가 이제 말을 마치고 조용해진 것을 알자, 화가 난 표정으로 얼굴은 일그러져서 공작 부처에 대한 존경심도 내던지고 벌떡 일어서서 말을 하는데…….

그러나 이 답변은 또 하나의 장으로 이루어질 만한 것이다.

---

*스페인어로 톤토(tonto)는 '바보'라는 뜻이다.

제 32 장

돈키호테가 자신을 비난한 자에게 한 답변과 다른 심각하고도 우스꽝스러운 사건들에 대하여

벌떡 일어선 돈키호테는 발끝에서 머리까지 수은에 중독된 사람처럼 바들바들 떨면서 다급하고 더듬거리는 어조로 말했다.

"지금 이 장소와 내 앞에 계시는 분들과 귀하가 수행하는 신분에 대하여 내가 항상 가졌었고 지금도 갖고 있는 존경심이 나의 정당한 분노를 붙잡아 매고 있소이다. 그래서 이전에 말씀드린 바 있듯이, 사제복을 입은 분들의 무기가 여성들의 무기와 똑같은 혀라는 것을 모든 사람이 알고 있는 것처럼 나 역시 알고 있기에, 내 혀로 귀하와 대등한 싸움을 하려 하오. 애초에 나는 귀하에게 이같이 모욕적인 비난보다는 훌륭한 충고들을 기대하고 있었소. 성스러운 선의의 비난들은 이와는 다른 상황과 다른 관점을 토대로 하지요. 최소한, 여러 사람 앞에서 그토록 신랄하게 나에게 퍼부은 비난은 선의의 비난의 모든 한계를 넘어선 것이었소. 선의의 비난일지라도 가혹하게 하는 것보다는 부드러운 어투로 하는 것이 더 합당할 것이며, 비난하려는 죄에 대해 이유도 모른 채 사람을 지각없이 무조건 우둔하다거나 바보라고 하는 것은 옳지 않소이다. 만일 그렇지 않다면, 귀하께서 말씀해보시오. 내게서 어떤 우둔하고 바보스러운 짓을 보았기에 나를 비난하고 욕하고, 집에 돌아가서 집과 처자식이나 잘 돌보라고 명령하는 거요? 더구나 내게 처자식이 있는지 없는지 알지도 못하면서. 남의 집에 허락도 없이 함부로 들어가서 그 집 주인을 다스리겠다는 것이오? 옹색한 기숙사에서 어렵게 생활한 사람이, 겨우 그곳의 20내지 30레구아 이내 구역에서만 살면서 넓은 세상은 보지도 못하고 자란 사람이, 존경심도 없이 편력기사도의 규율을 제시하고 편력기사들을 주제넘게 비판한단 말이오? 이 세상을 돌아다니면서 안락함을 찾지 않고 험한 길을 통해 불멸의 자리에 오르고자 하는 훌륭한 사람들이 가는 길을, 설마 헛된 일이고 시간만 낭비하는 일이라고 하는 것이오? 만일 기사님들이나 높으신 분들이나 관대한 분들이나 귀족으로 태어나신 분들이 나를 바보라고 생각한다면, 나에게 그것은 돌이킬 수 없는 모욕이 될 것이오. 그러나 기사도의 길에 들어오거나 결코 그 길을 밟은 적도 없는 학생*이 나를 멍청하다고 한다면, 그건 나에게 아무것도 아닐 것이오. 나는 기사이고, 만일 하느님께서 기뻐하신다면 기사로 생을 마칠 겁니다. 어떤 사람들은 오만한 야심을 가진 넓은 길을 갈 것이며, 어떤 사람들은 아첨과 아부의 저속하고 비굴한 길을 가며, 또 어떤 자는 거짓과 위선의 길을 가고, 또 다른 자는 진정한 성직자의 길을 가기도 하지요. 그러나 나는 내 운명에 따라서 편력기사도의 좁은 길을 갈 것이오. 그 길을 가자면 재물을 멀리하고 명예를 중하게 여겨야 하오. 나는 모욕을 갚고, 명예훼손을 바로잡고, 무례함을 벌하고, 거인들을 물리치고, 요괴들을 짓밟아버렸소. 나는 사랑을 하고 있소이다. 그건 편력기사들에게 피할 수 없는 숙명이기 때문이오. 그렇더라도 그건 타락한 사랑이 아니라 순수한 정신적인 사랑이오. 내

---

*성직자가 될 신학생들을 말하는 것이다.

의도는 항상 좋은 결말을 위해 준비되어 있소. 즉 모든 사람들에게 선을 행하고 어느 누구에게도 해를 끼치지 않는 것이지요. 이것을 이해하고, 행동하고, 이를 위해 애쓰는 사람을 바보라고 불러야만 하는지, 높으시고 훌륭하신 공작 각하, 그리고 공작부인께서 말씀 좀 해주십시오."

"잘하셨어요, 이거야 참!" 산초가 말했다. "우리 주인님, 우리 기사님, 더 이상 말씀하지 마세요. 더 이상 말씀하실 필요도 생각하실 필요도, 더 이상 참으실 필요도 없으십니다. 그리고 이 성직자께서는 앞서 말씀하셨듯이, 이 세상에 편력기사들이 과거에도 존재하지 않았고 지금도 존재하지 않는다고 극구 부인하시면서도, 자신이 말한 일들에 대해서 아무것도 아는 바가 없으니 거 참, 무어라 할지요?"

"이보게, 혹시 자네가," 성직자가 말했다. "자네 주인이 섬을 준다고 약속을 했다고 말하는 바로 그 산초 판사인가?"

"예, 그렇습죠." 산초가 대답했다. "다른 이들처럼 저도 그런 좋은 것을 받을 만한 사람입니다. 저는 '좋은 사람들과 함께 다니면 너도 그들 중에 하나가 될 것이다'라는 쪽이고, '누구와 함께 태어났느냐보다는 누구와 함께 풀을 뜯어 먹고 있느냐'라는 사람 중 하나이며, '좋은 나무에 기대는 사람이 좋은 그늘에 가려진다'고 믿는 사람 중 하나입니다. 저는 훌륭한 주인에게 붙어서 몇 개월 전부터 함께 다니고 있지요. 하느님이 보살피시면 반드시 저도 주인님처럼 될 겁니다. 그분도 오래 사시고, 저도 오래 살기를 빌면서요. 그럼 주인님이 다스릴 제국이 없지 않을 것처럼, 제가 다스릴 섬도 없지 않겠지요."

"물론이네, 친애하는 산초." 이때 공작이 말했다. "기사 돈키호테의 이름으로 내가 가지고 있는 나쁘지 않은 섬 하나를 자네가 통치하도록 명하겠네."

"산초, 무릎을 꿇어라." 돈키호테가 말했다. "그리고 너에게 베풀어주신 은혜에 감사하며 공작 각하의 발에 입을 맞추어라."

산초는 주인의 말대로 했고, 그것을 본 성직자는 화가 나 식탁에서 일어나며 말했다.

"제가 입고 있는 이 옷을 걸고서 각하께서도 이 인간들처럼 아주 어리석다고 말씀드리고자 합니다. 이들이 미친 사람들인지 아닌지 잘 보십시오! 정신이 제대로 박인 사람들은 다들 이들이 미쳤다고 시인합니다! 공작 각하께서는 이들과 함께 계십시오. 이들이 이 집에 머무는 동안에 저는 제 집에 틀어박혀 있을 겁니다. 그리고 제 손으로 바로 고칠 수도 없는 것을 비방하는 일은 피하도록 하지요."

그러고는 더 이상 아무 말 없이 식사도 하지 않고 가버렸는데, 공작 부처가 간청을 해도 말릴 수가 없었다. 공작은 그가 무모하게 화를 내는 것 때문에 웃음이 나오는 것을 참느라고 많은 얘기를 하지 못했지만, 마침내 웃음을 터뜨리면서 돈키호테에게 말했다.

"사자의 기사님, 기사님께서는 자신을 위해 아주 훌륭하게 답변을 하셨으니 그것으로 만족해도 좋을 겁니다. 비록 모욕으로 보였을지라도 전혀 그렇지 않아요. 왜냐하면 기사님께서도 잘 아시겠지만, 여인들의 말이 모욕을 주지 않는 것처럼 성직자들의 말도 모욕을 주지 않기 때문입니다."

"그렇기는 하지요." 돈키호테가 대답했다. "그 이유는 모욕을 당할 수 없는 사람은 아무도 모욕할 수 없기 때문입니다. 여인들과 어린이, 성직자들은 창피를 당해도 자신을 방어할 수 없기 때문에 모욕을 당할 수 없지요. 왜냐하면 모욕과 수치심 사이에는, 공작께서 더 잘 아시겠지만, 다음과 같은 차이가 있기 때문입니다. 모욕은 모욕을 줄 수 있고, 모욕을 주며, 그 모욕을 무기로 방어하는 사람으로부터 오지요. 반면에 수치는 모욕을 당하지 않고도 어디에서나 당할 수 있습니다. 예를 들자면, 어느 사람이 길에서 방심하고 있을 때 열 명이 손에 무기를 들고 와서 그를 몽둥이로 때리자 그 사람도 칼을 잡고서 자신을 방어합니다. 그러나 숫자가 많은 상대편이 그를 저지하기 때문에 그 의도를 이루지 못하지요. 이때 이 사람은 수치를 당했지만 모욕은 당하지 않은 겁니다. 또 다른 예를 들어서 확실하게 해보지요. 어느 한 사람이 등을 돌리고 있는데 다른 사람이 와서 그를 몽둥이로 때렸습니다. 그러고 나서 기다리지 않고 도망을 치자 다른 사람이 그를 쫓아갔지만 잡지 못하였다면, 몽둥이를 맞은 사람은 수치를 당했지만 모욕을 당하지는 않은 것이지요. 왜냐하면 모욕은 반드시 무기로 방어를 해야만 하는 것이니까요. 만일 그에게 몽둥이질을 한 사람이 살그머니 몰래 했을지라도, 손에 칼을 쥐고서 상대방의 얼굴을 마주 보면서 대결을 하게 된다면, 몽둥이로 맞은 사람은 수치와 모욕을 함께 당한 것이 됩니다. 수치를 당한 것은 기습적으로 그를 공격했기 때문이고, 모욕을 받은 것은 그를 공격한 사람이 도망가지 않고 그 자리에 남아서 자신이 한 행동을 정당화하려고 했기 때문입니다. 그래서 빌어먹을 결투법에 따르면 저는 수치를 당했지만 모욕은 당하지 않은 것이 되지요. 왜냐하면 어린아이들이나 여인들은 유감스럽게 생각하지도 않고, 도망을 가지도 않으며, 무엇 때문에 기다려야 하는지도 모르니까요. 성스러운 종교에 몸담은 성직자들도 마찬가지입니다. 이 세 종류의 사람들은 공격을 위한 것이든 방어를 위한 것이든 무기를 지니고 있지 않습니다. 그래서 자연스럽게 자기 자신을 방어해야만 하는 경우에도 그들은 아무도 공격을 하지 못합니다. 조금 전에 제가 수치를 당했다고 말했지만, 지금은 절대로 그렇지 않다고 말씀드립니다. 왜냐하면 모욕을 당할 수 없는 사람이 모욕을 줄 수는 없으니까요. 이런 이유로 저는 저 선량한 성직자가 제게 한 말을 유감으로 생각해서도 안 되고, 또 그리 생각하지도 않습니다. 다만 그분이 조금만 더 기다려주었더라면, 이 세상에 편력기사들이 과거에 존재하지도 않았고 현재도 존재하지 않는다고 생각하고 말하는 것이 잘못임을 제가 깨우쳐줄 수 있었을 것입니다. 아마디스나 그 혈통의 무수한 후손들 중 하나가 그 얘기를 들었더라면, 그분의 신상에도 좋지는 않을 테지요."

"그건 제가 장담합니다요." 산초가 말했다. "그분들이 성직자에게 칼질을 했더라면, 석류나 잘 익은 멜론같이 위에서 아래로 쫙 갈라놓았을 겁니다. 그런 같잖은 소리를 그분들이 착하게 참고 계셨겠습니까! 제가 맹세하는데요, 만일 레이날도스 데 몬탈반이 그런 이야기를 들었더라면 그 사람의 입을 봉해서 앞으로 한 삼 년은 말을 못 하게 했을 겁니다. 암요, 그분들 손에 붙잡혔더라면, 그 손에서 어떻게 빠져나올지 참 볼만할 겁니다."

산초가 말하는 것을 들고서 공작부인은 웃음이 나와서 죽을 지경이었다. 부인의 생각으로는 산초가 그의 주인보다 더 웃기고 더 미친 것 같았다. 그 당시에는 많은 사람들이 같은 생각을 가지고 있었다. 마침내 돈키호테도 잠잠해졌고, 식사도 끝났다. 식탁보를 치울 즈음에 네 명의 하녀가 도착했는데, 하녀 한 명이 은접시를 들고 왔고, 다른 하녀는 마찬가지로 은으로 만든 물주전자를 들고 왔으며, 또 다른 하녀는 어깨에 아주 하얗고 고급스러운 수건들을 걸쳤고, 네 번째 하녀는 두 팔을 중간 정도까지 걷어 올리고 하얀 두 손에—분명히 하얀 손이었을 것이다—둥근 모양의 나폴리산 비누 덩어리를 들고 있었다. 은접시를 든 하녀가 와서는 품위 있는 표정과 쾌활한 태도로 돈키호테의 수염 밑에 은접시를 꼭 맞게 대었다. 돈키호테는 아무 말도 하지 않고서 손 대신에 수염을 씻어주는 것이 이 고장의 관습일 것이라고 믿으면서 이 같은 예식에 놀란 채 할 수 있는 한 최대한으로 자신의 수염을 내밀었다. 그러자 동시에 물주전자에서 물이 떨어지기 시작했으며 비누를 든 하녀가 아주 황급히 수염을 마구 주무르자 눈송이 같은 거품이 나면서 수염뿐만 아니라 고분고분한 기사의 얼굴 전체와 눈에도 비누 거품이 하얗게 생겼다. 그러자 돈키호테는 어쩔 수 없이 눈을 감아야 했다. 공작과 공작부인은 이번 일에 대해서는 전혀 아는 바가 없었기에 이토록 괴상한 세수가 어떻게 끝날지 지켜보고 있었다. 비누 거품이 손가락 길이만큼이나 생겼을 때, 수염 씻기를 맡은 하녀가 씻을 물이 다 떨어진 척 돈키호테를 기다리게 하고서 물주전자를 가진 하녀에게 물을 가져오라고 했다. 그러자 돈키호테는 가장 기이한 모습을 한 채로 있게 되었는데, 상상할 수도 없을 만큼 웃음이 나오는 몰골이었다.

그 자리에 있던 수많은 사람들이 모두 돈키호테를 바라보고 있었다. 보통 사람보다 조금 더 가무잡잡한 목을 반 바라쯤 뺀 돈키호테가 눈을 감은 채 수염이 온통 비누 거품으로 덮여 있는 그 모습을 보고서 웃음을 참을 수 있었다는 것은 실로 경이로운 일이고 사려 깊은 태도였다 할 것이다. 돈키호테를 조롱하던 하녀들은 감히 자기 주인들에게 시선을 주지 못하고 눈을 내리깔았다. 공작 부처는 몸속에서 분노와 웃음이 오락가락 교차해서 어떻게 해야 할지를 몰랐다. 하녀들의 무례함에 벌을 주어야 할지, 아니면 그런 모습의 돈키호테를 보면서 얻은 즐거움에 대해 상을 주어야 할지 말이다. 마침내 물주전자를 든 하녀가 왔으며, 모두가 함께 돈키호테를 씻어주는 일을 마쳤다. 수건을 가져온 하녀가 차분하게 그를 깨끗이 닦아주었다. 그러고 나서 네 명의 하녀가 모두 함께 아주 정중하게 진심으로 고개를 숙여 인사를 하고서 물러가려고 했을 때, 공작은 돈키호테가 자신이 조롱당했다는 것을 알지 못하도록 접시를 든 하녀를 불러서 말했다.

"이리 와서 나를 좀 씻겨다오. 단, 물을 다 쓰지 않도록 주의하고."

기민하고 부지런한 하녀가 공작에게 가서 돈키호테에게 한 것처럼 접시를 들이대자, 모든 하녀들이 아주 빠르게 그를 씻어주었고 비누칠도 아주 잘 해주었다. 그러고 나서 깨끗이 닦아주고는 인사를 하고 가버렸다. 나중에 알게 된 일이지만 공작은 만일 돈키호테에게 한 것처럼 자신에게도 해주지 않았더라면 하녀들의 몰염치한 짓을 벌주려고 했었다. 그러나 공작에게 비누칠을 하는 것으로 조심스럽게 마음을 바꾸어 먹었던 것이다.

이 수염 씻기 의식을 골똘히 지켜보던 산초가 혼잣말로 중얼거렸다.

"이것 참! 이 마을에서는 기사들에게 하듯이 종자들 수염도 씻어주는 풍습이 있는 것 아닐까? 그런 거라면 맹세코 나도 좀 필요한데 말이지. 면도칼로 수염을 깎아준다면 더 좋고."

"뭘 중얼거리나요, 산초?" 공작부인이 물었다.

"공작 마님, 말씀을 드리자면요." 산초가 대답했다. "다른 대공들의 궁정에서는 식탁보를 치우고 나서 항상 손을 씻는 물을 주지만, 수염 씻을 잿물을 준다는 얘기는 들어보지 못했거든요. 오래 살면 좋은 이유가 많은 것을 보게 된다더니. 하지만 '오래 사는 사람은 어려움도 많이 겪는다'라는 말도 있지요. 그래도 이런 세수를 한번 해보는 것은 고생이라기보다 오히려 즐거움일 거 같습니다."

"걱정 말아요, 산초." 공작부인이 말했다. "내 하녀들에게 그대를 씻겨주도록 할 테니. 그리고 필요하다면 아예 잿물 통에 넣어달라고 하지요."

"지금 당장은 수염이면 충분합니다요." 산초가 대답했다. "시간이 흐르면 또 어찌 될지는 하느님만이 아실 일이지만요."

"이봐요, 시종장," 공작부인이 말했다. "착한 산초가 요구하는 것을 문자 그대로, 뜻대로 해주시구려."

시종장은 무슨 일이든 산초를 잘 모실 거라고 대답했다. 그렇게 말하고서 식사를 하러 가면서 산초를 함께 데리고 물러났다. 식탁에는 공작 부처와 돈키호테만이 남아서 여러 가지 다양한 일들에 대해 이야기를 했는데, 많은 얘기가 주로 무기와 편력기사도에 관한 것이었다.

공작부인은 돈키호테가 좋은 기억력을 가진 것 같다며 둘시네아 델 토보소 공주님의 아름다운 용모를 그림 그리듯 기술해주기를 간청했다. 그녀의 아름다움에 대하여 떠도는 평판에 따르면 둘시네아가 이 세상에서, 아니면 적어도 라만차에서 가장 아름다운 분임이 틀림없다고 알고 있다는 것이었다. 공작부인이 자신에게 부탁하는 것을 듣고서 돈키호테는 한숨을 쉬면서 말했다.

"만일 제가 심장을 꺼내서 위대하신 공작부인의 면전에, 여기 이 식탁과 접시 위에 놓을 수만 있다면, 거의 생각조차 할 수 없는 것들을 제 혀로 말해야 하는 수고를 덜 수 있었을 것입니다. 위대하신 부인께서 그 심장에 그녀의 모습이 그려져 있는 것을 보실 수 있을 테니 말이지요. 그러나 무엇 때문에 제가 이 세상에 비길 데 없는 둘시네아의 아름다움을 하나하나 부분부분 그리고 기술해야 하겠습니까? 그런 짐은 저보다는 다른 사람의 어깨에 지워져야 마땅하니 파라시우스나 티만투스 그리고 아펠레스의 화필로 판자에 그리거나, 리시푸스의 끌로 대리석이나 청동에 새기고* 키케로니아나와 데모스테니아로 그분을 찬양해야만 하지 않겠습니까?"

"데모스테니아가 무슨 말이지요, 돈키호테 기사님?" 공작부인이 물었다. "그런 말은 제 평생에 들어본 적이 없는데?"

"데모스테니아란," 돈키호테가 대답했다. "데모스테네스의 수사학이란 말이며, 키케로니아나는 키케로의 수사학이라는 것인데, 이 두 사람은 세상

---

*파라시우스, 티만투스, 아펠레스는 고대 그리스의 화가이고, 리시푸스는 알렉산드로스 시대의 조각가이다.

에서 가장 훌륭한 수사학자들이지요."

"그렇지요." 공작이 말했다. "그런 걸 질문하다니 부인께서 잠시 정신이 나갔었나 보오. 아무튼, 돈키호테 님이 우리에게 공주님을 그려준다면 큰 즐거움이 될 겁니다. 확신컨대 스케치나 윤곽만이라도 그려서 그녀의 모습이 나오면 세상의 가장 아름답다는 여인들도 질투심을 가질 테지요."

"분명 그랬을 겁니다." 돈키호테가 대답했다. "만일 얼마 전에 일어난 불행한 일이 머릿속에서 지워지지만 않았더라면 말이지요. 그분의 모습을 기술하자니 오히려 저는 울고 싶은 심정입니다. 얼마 전 세 번째 출정을 위하여 그분의 손에 입맞춤을 하고 그분의 축복과 허가와 승인을 받기 위하여 갔는데 제가 찾던 그분이 아닌 다른 여인을 발견했던 것입니다. 공주가 마법에 걸려 시골 아낙으로 변하고, 아름다운 여인이 추녀로, 천사가 악마로, 향기로운 여인이 고약한 냄새가 나는 여인으로, 훌륭한 말솜씨가 거친 말투로, 차분한 여인이 까부는 여인으로, 빛이 암흑으로 바뀌어버리고, 결국에는 둘시네아 델 토보소 공주님이 사야고의 시골뜨기 여인이 되어버렸답니다."

"이런 맙소사!" 이때 공작이 큰 소리로 말했다. "세상에 그토록 못된 짓을 한 자가 누구란 말입니까? 세상을 기쁘게 해주는 아름다움과, 세상을 즐겁게 해주는 자태와 세상을 지켜주는 정숙함을 누가 빼앗아 갔단 말입니까?"

"누구냐고요?" 돈키호테가 대답했다. "저를 쫓아다니며 질투를 하는 수많은 무리 중 어느 사악한 마법사가 아니면 누구겠습니까? 이 나쁜 족속은 착한 사람들의 무훈을 흐리게 하여 말살하고, 사악한 자들의 행적은 빛나게 하여 높이 치켜세우기 위해 이 세상에 태어난 자들입니다. 그런 마법사들이 저를 쫓아다녔고 지금도 쫓아다니고 있으며, 저의 고상한 기사도가 망각의 깊은 심연으로 던져질 때까지 저를 쫓아다닐 겁니다. 그리고 그들은 제가 가장 슬퍼하는 것을 알아내고서 그곳에 해를 끼치고 제게 상처를 입히지요. 편력기사에게 그가 연모하는 귀부인을 빼앗아 가는 것은 사물을 보는 눈을 빼앗는 것이며, 빛을 밝혀주는 태양을, 생명을 지키는 식량을 빼앗아 가는 것입니다. 그동안 수없이 얘기를 했습니다만 지금 다시 말씀을 드리자면, 귀부인 없는 편력기사는 잎사귀 없는 나무요, 기초가 없는 건물이며, 실체가 없는 그림자와 같습니다."

"더 말씀 않으셔도 됩니다." 공작부인이 말했다. "그렇지만 얼마전에 많은 사람들의 박수갈채를 받으면서 이 세상에 출간된 돈키호테 님에 대한 이야기에 따르자면, 제가 잘못 기억하는 것이 아니라면 말이지요, 기사님께서는 결코 둘시네아 공주님을 본 적이 없으며, 그리고 그분은 이 세상에 존재하는 분이 아니고 기사님의 머릿속에서 만들고 잉태한 환상 속의 귀부인이라 더군요. 기사님께서 원하시는 바대로 모든 우아함과 완벽함을 지닌 그녀를 그려내신 거라 하더이다."

"그 점에 대해서는 얘기할 것이 많습니다." 돈키호테가 대답했다. "둘시네아가 이 세상에 존재하는지 아닌지, 혹은 가공의 여인인지 아닌지는 하느님이 아십니다. 이런 일은 끝까지 사실 여부를 규명할 일은 아니지요. 제가 머리로 그분을 잉태하고 낳은 것이 아닙니다. 물론 세상 모든 여인들 중에서 그분을 단연 돋보이게 만드는 점들을 모두 갖추고 있는 진정한 귀부인으로 생각하고 있기는 합니다. 그러니까 흠 한 점 없이 아름다우며, 거만하지 않고 정중하고, 순결하면서도 사랑스럽고, 예의 바르게 감사할 줄 알고, 좋은 가정교육을 받아 공손하며, 끝으로 혈통이 높은 그런 여인으로 말입니다. 아름다움이란 좋은 혈통 위에서 눈부시게 빛나며, 미천한 신분으로 태어난 여자보다 좋은 집안 여자의 아름다움이 그 완성도가 높기 때문입니다."

"그건 그렇지요." 공작이 말했다. "한데 내가 귀공의 무훈에 대하여 읽고 말하지 않을 수 없는 이야기가 있으니, 돈키호테 님께서 모쪼록 허락해주시기 바랍니다. 그 이야기에서 언급한 대로 둘시네아가 엘 토보소에 혹은 다른 곳에 실재하며 기사님이 우리에게 그려준 것처럼 엄청나게 아름답다는 것은 인정하더라도, 높은 혈통에 있어서는 오리아나 가문이나 알라스트라하레아 가문, 마다시마 가문과는 비교가 되지 않습니다. 또한 기사님께서 잘 아시는 이야기들을 가득 채우고 있는 이런 부류의 가문들과도 비교가 되지 않으리라 생각합니다."

"그 점에 대해서는 제가 말씀드릴 수 있습니다." 돈키호테가 대답했다. "둘시네아는 자기 자신의 노력으로 자수성가한 분이지요.* 미덕이 혈통을 빛나게 해주는 법입니다. 신분이 높지만 사악한 자보다는 신분이 낮다 해도 덕성 있는 사람을 더 존경하고 존중해야 합니다. 더욱이 둘시네아는 왕관과 왕의 지팡이를 든 여왕이 될 수 있는 자질을 지니고 있습니다. 아름답고 덕성을 갖춘 여인으로서의 공덕은 더 큰 기적을 이룰 경지에 달해 있으며, 형식적이 아닌 실제로의 커다란 행운을 스스로 지니고 있는 분입니다."

"돈키호테 기사님," 공작부인이 말했다. "기사님께서 하시는 말씀은 모두 신중하고, 말씀을 하실 때에는 언제나 아주 조심스럽고 매우 천천히 하시는 편이라고 하겠네요. 지금부터 저는 이 집의 모든 사람들과 필요하다면 제 남편이신 공작까지도, 둘시네아 님이 엘 토보소에 있으며 지금도 살고 있고, 아름답고 고귀한 집안에서 태어났으며, 돈키호테 님 같은 기사님이 모실 만한 분이라고 믿게 할 겁니다. 그것이 제가 할 수 있는 최선이랍니다. 하지만 저는 산초 판사와 관련하여 무언지 모를 의심과 거부감을 떨쳐버리지 못하고 있답니다. 의심되는 부분이란, 앞서 출간된 이야기에서 말하기를 산초 판사라는 친구가 기사님의 심부름으로 편지를 전해주러 갔을 때 둘시

---

*1편에 이어 2편에서도 '땀이 혈통을 만든다'는 세르반테스의 근대사상이 드러난다.

네아라고 하는 아가씨를 만났는데 밀 한 가마니를 키질하고 있더라는 것이에요. 더 확실한 증거로 그게 아주 질이 낮은 붉은 밀이었다고 말하는 것을 볼 때, 그녀의 혈통이 고귀하다는 것에 대해 의심을 품게 되는 거지요."

이에 대하여 돈키호테가 대답했다.

"공작부인, 저에게 일어나는 모든, 아니 대부분의 일들은 다른 편력기사들에게 일어나는 일들처럼 예사로운 조건을 벗어나는 것임을 고귀하신 부인께서도 아실 겁니다. 운명의 불가해한 의지에 의하여 벌어지거나 아니면 어느 시기심 많은 마법사의 사악함에 의해 벌어지는 일들이지요. 이미 연구된 것처럼 대부분의 유명한 편력기사들 중에 어떤 자는 마법에 걸리지 않는 신의 힘을 가졌고, 어떤 자는 프랑스의 열두 용사들 중 하나인 그 유명한 롤단이 그랬듯이 상처를 입지 않도록 뚫을 수 없는 살을 가지고 있는데, 전하는 바에 따르면 그분은 왼쪽 발바닥을 제외하고는 상처를 전혀 입지 않는다고 합니다. 그것도 굵은 바늘 끝으로가 아니면 그 어떤 종류의 무기로도 상처를 입힐 수 없었다고 하지요. 그래서 베르나르도 델 카르피오가 론세스바예스에서 그를 죽일 때, 헤라클레스가 대지의 아들이라고 칭하는 사나운 거인 안테온을 죽인 것을 기억하면서, 칼로는 상처를 줄 수 없다는 것을 알고서 롤단을 두 팔로 땅에서 들어 올려서 목 졸라 죽였지요. 지금 말씀드린 것으로 추론해보자면, 저도 어떤 종류의 능력을 가질 수 있다고 봅니다. 그렇다고 상처를 입지 않는 것은 아닌 것이, 제가 뚫을 수 없는 살이 아닌 부드러운 살을 가졌다는 것을 수많은 경험을 통해서 알게 된 것입니다. 마법에 걸리지 않을 능력도 없으니, 이미 마법의 힘이 아니었다면 누구도 저를 가둘 수 없는 우리에 갇힌 바 있기 때문이지요. 그러나 제가 그 우리에서 탈출을 했으니, 이제는 제게 해를 끼칠 자가 없다고 저는 믿고 싶습니다. 그리하여 그 마법사들이 제게는 사악한 흉계를 쓸 수 없게 되자 제가 가장 사랑하는 것에 복수를 하는 겁니다. 제가 둘시네아를 위해 살고 있으니까 그녀를 학대함으로써 제 목숨을 빼앗으려 하는 거지요. 그렇기에 저의 종자가 그녀에게 전갈을 들고 갔을 때 마법사들이 그녀를 천박한 시골 아낙으로 둔갑시켜 밀을 키질하는 것 같은 아주 천박한 일을 하게 했다고 저는 믿습니다. 하지만 그 밀은 질이 나쁜 붉은 밀도 아니고 진짜 밀도 아니며 동양의 진주알이었다고 제가 진즉 말씀드렸지요. 이것이 사실임을 증명하기 위해서 제가 공작 부처께 말씀드리고 싶은 것은, 얼마 전 제가 엘 토보소 마을에 갔을 때 둘시네아의 저택을 결코 발견하지 못했으며, 다음 날 저의 종자 산초가 세상에서 가장 아름다운 그녀의 실제 모습을 보았지만 제게는 촌스럽고 추악한 시골 아낙으로 보였다는 겁니다. 그리고 세상에서 가장 사려 깊은 분이 이성과 논리가 없는 분으로 되어버렸지요. 제가 훌륭한 사고력으로 마법에 걸리지 않고 걸릴 수도 없으니까, 그녀가 마법에 걸리고 모욕을 당하고 모습이 바뀌고 변형되었는데, 저의 적들이 그녀를 통해 제게 복수를 하였으니 저는 그분의 원래 모습을 볼 때까지 영원히 눈물 속에 살아갈 것입니다. 제가 이 모든 것을 말씀드린 이유는 둘시네아가 밀을 키질하고 있었다고 산초가 말한 것에 마음을 쓰지 마시라는 겁니다. 그 마법사가 제 눈에 비친 그분을 변형시켰는데, 산초의 눈에 그분이 다르게 보이도록 바꾼 것은 놀랄 일이 아니지요. 둘시네아는 귀한 가문의 후손으로 좋은 집안에서 태어났습니다. 엘 토보소에 많이 있는, 오래되고 훌륭한 귀족 집안 출신이지요. 이 세상 비길 데 없는 둘시네아가 그런 가문의 일원임은 분명합니다. 헬레네로 인해 트로이가, 카바로 인해 에스파냐가 유명해진 것처럼* 둘시네아로 인해

---

*파리스 왕자가 헬레네를 납치해 옴으로써 트로이 전쟁과 멸망을 초래했고, 스페인 서고트 왕조의 마지막 국왕 돈 로드리고가 백작의 딸 카바를 보고 마음을 빼앗겨 강제로 카바를 데려감으로써 백작이 조국을 배신하고 아프리카 무어족에게 스페인을 정복하도록 했다.

다가올 시대에는 엘 토보소가 그 이름을 널리 알리게 될 겁니다. 아니, 더 훌륭한 칭호와 더 높은 명성이겠지요. 또 한편 고귀하신 공작 부처께서 이해해주시기를 바라는 바는, 산초 판사가 편력기사들을 섬긴 종자들 가운데 가장 재치 있는 종자 중 하나라는 겁니다. 때때로 아주 재치 있는 순진함을 지니고 있어서, 이 친구가 바보인지 재치 있는 자인지 판단하는 일은 적지 않은 즐거움을 주곤 합니다. 그러나 교활한 놈이라 비난받을 만한 못된 생각을 품기도 하고, 바보라고 할 만한 실수나 부주의를 저지르기도 하지요. 모든 것을 의심하다가도 모든 것을 다 믿어버리니까요. 제가 이놈이 진짜 바보구나 단정하려 치면, 이 친구는 하늘을 향해 올라갈 만한 분별력을 보여준답니다. 요컨대 저는 도시 하나를 덤으로 붙여서 준다 할지라도 산초를 다른 종자와 바꾸지 않을 겁니다. 그래서 저는 고귀하신 공작님께서 그에게 은혜로 베풀어주시는 섬의 통치에 대하여, 비록 섬을 다스릴 만한 자질을 그에게서 찾아볼 수 있을지라도, 그를 보내는 것이 좋을지에 대해서는 의문을 갖고 있습니다. 그의 분별력을 조금만 바로잡아준다면 국왕이 세금을 매기는 것처럼 어떤 통치라도 잘할 겁니다. 더구나 우리는 수많은 경험을 통해 섬의 총독이 되기 위해서는 그다지 많은 능력이나 학식이 필요하지 않다는 것을 알지 않습니까. 글을 읽지 못하면서도 매처럼 통치를 하는 사람이 주변에 수백 명이나 있습니다. 가장 중요한 것은 선의를 가지고 모든 일을 어김없이 해내겠다는 마음에 있지요. 고문관을 두고 판결을 하는 학식 없는 기사 출신의 통치자들처럼, 그들에게 충고를 해줄 사람이나, 반드시 해야 할 것들을 지도해줄 사람들은 결코 부족하지 않습니다. 저는 산초에게 뇌물을 받지 말고, 자신에게 주어진 권리를 포기하지 말라고 충고할 겁니다. 그리고 제 속에 남아 있는 자질구레한 충고들은 산초에게 유익하고 통치할 섬의 이익을 위해 적합한 때에 맞추어 나오게 될 겁니다."

공작과 공작부인 그리고 돈키호테의 대화가 이쯤 되었을 때, 저택 안에서 많은 사람들이 소란스럽게 외치는 소리가 들려왔다. 그리고 별안간 산초가 겁에 질려서 턱받이에 잿물을 거르는 천을 두르고 방으로 들어왔다. 그를 따라서 많은 젊은이들이, 다시 말해서 식당에서 심부름하는 사람들과 온갖 대수롭지 않은 자들이 몰려왔는데, 그중 한 사람은 부엌에 있는 개수통을 들고 있었다. 그 물의 색깔과 더러움으로 보아서 그릇을 씻은 물이라는 것을 알 수 있었다. 개수통을 든 사람이 산초를 계속 쫓아다니면서 수염 밑에 그것을 대고 꼭 끼워 넣으려고 열심히 애를 썼다. 그리고 또 다른 장난꾸러기가 산초의 수염을 씻으려고 애쓰는 모습을 보였다.

"자네들 이게 무슨 일인가?" 공작부인이 물었다. "대체 이 무슨 일이란 말인가? 이 착한 사람에게 무슨 짓을 하려는 게야? 이분이 총독으로 선임된 것을 자네들은 잊었단 말인가?"

이에 짓궂은 이발사가 대답했다.

"이분이 수염을 깨끗하게 씻는 것을 마다하시지 않습니까. 이곳 관습에 따라서 공작님과 이분의 주인께서도 수염을 씻으셨는데 말입니다."

"아니, 저도 원하는 바입니다." 산초가 대답했다. "하지만 좀 더 깨끗한 수건과 좀 더 깨끗한 잿물과 더럽지 않은 손으로 해주기를 원하지요. 주인님과 저를 이리 차별하시면 어쩝니까. 주인님은 향기가 가득한 천사의 물로 씻겨주시고 제는 악마의 잿물로 씻기시니 말입니다. 이 지방의 풍습이건 대공 저택에서의 예절이건 괴로움을 주지 않을수록 더 좋은 겁니다. 한데 여기 세수 예법은 자기 몸에 채찍을 때리는 수도사의 고행보다 더 고약하네요. 저는 지금 수염이 깨끗하니까 그따위 기분전환은 필요 없습니다요. 제 수염을 씻으려고 하는 자나 머리털 한 가닥이라도, 아니 수염 한 가닥이라도 만지려고 하는 자는, 제가 응분의 대가로 머리통에다가 제 주먹을 새겨

넣을 겁니다. 이 같은 수염 씻기 '이식'이나 비누칠하기는 손님을 대접하기보다는 오히려 조롱하는 것 같아 보이니까요."

산초가 화를 내는 모습을 보고 또 그의 말을 들으면서 공작부인은 우스워 죽을 지경이었다. 그러나 돈키호테는 얼룩덜룩한 더러운 수건과 주방의 수많은 장난꾸러기들에게 둘러싸여 아주 고약하게 조롱받는 산초를 보니 기분이 매우 언짢았다. 그리하여 공작 부처에게 발언하기 위해 허가를 요청할 때처럼 아주 공손하게 인사를 하면서 가라앉은 목소리로 그 망나니들에게 말했다.

"이보게, 점잖으신 분들! 그 사람은 놓아두고 자네들이 왔던 곳으로나 아니면 마음 내키는 곳으로 돌아가시게. 내 종자는 다른 사람만큼 깨끗하고, 그 개수통은 내 종자에게는 입구가 너무 좁고 맞지 않는구려. 내 충고를 받아들이고 그를 놓아주시게. 그 사람이나 나나 사람을 조롱하는 짓은 모르는 사람들이라네."

산초가 주인의 말을 받아서 계속 이어나갔다.

"아닙니다, 집도 주인도 없는 이 사람을 조롱해보라지요! 이 캄캄한 밤의 고통을 겪듯이 견딜 것이니까요! 빗도 가져오라 해요. 아니, 원한다면 쇠 말빗으로 내 수염을 빗겨보시구려. 그래서 깨끗하지 못한 것이 나오면 쥐가 뜯어 먹는 것처럼 내 수염을 뜯어놓으란 말입니다."

이때 웃음을 참지 못하고 공작부인이 말했다.

"산초 판사가 말한 것이 모두 옳아요. 그리고 무엇을 말한다 해도 모두 옳을 겁니다. 왜냐하면 이 양반은 순진하니까요. 그리고 그가 말하는 것처럼 씻을 필요가 없는 분이지요. 만일 우리의 관습이 그에게 맞지 않는다면 그의 의사대로 하게 두세요. 게다가 수염 씻기를 책임진 사람들, 자네들은 지나치게 우유부단하고 부주의하게 행동하였네. 이런 분의 수염을 씻는 데 순금으로 만든 접시와 물주전자, 독일제 수건 대신에 그릇이나 닦는 개수통과 주방에서 쓰는 걸레를 가져오다니, 무례한 자들이라고 해야 할지 뭐라 말해야 할지 모르겠구나. 근본이 나쁜 천박한 것들, 그렇게 돼먹지 못했으니 편력기사의 종자에게 악의를 감추지 못하는 게지."

수염 씻기를 맡은 망나니들과 그들과 같이 왔던 시종장까지도 공작부인이 진실로 말하고 있다고 믿었고, 그리하여 그들은 산초의 가슴에서 잿물 거르는 천을 떼어내고 모두가 어리둥절해서 산초를 버려두고 뛰어가버렸다. 산초는 자신이 극도로 위험해 보였던 상황에서 벗어난 것을 알자 공작부인 앞에 무릎을 꿇고 말했다.

"지체 높은 부인 마님에게서 고귀한 은혜가 나오는 법이지요. 오늘 고귀하신 마님께서 베풀어주신 은혜를 갚기 위해서는 제 평생을 바쳐서 고귀하신 마님을 섬기기 위해 편력기사로 무장을 하는 것밖에 없겠습니다요. 저는 농사꾼으로 산초 판사라고 합니다. 결혼을 해서 자식이 둘이고 기사의 종자로서 봉사하고 있습지요. 만일 이러한 일들로서 제가 귀하신 마님을 모실 수가 있다면, 마님께서 명령하시는 것에 저는 즉시 복종할 것입니다."

"산초, 그대는 이 같은 예절을 가르치는 학교에서 예의 바르게 되는 법을 배우기라도 한 것 같네요." 공작부인이 대답했다. "돈키호테 님의 품속에서 자라고 교육받은 것이 보인다는 말이지요. 기사님은 분명 예절과 정중함의 진수이시며, 그대가 말한 대로 이식인지 의식인지를 갖추는 일에 꽃이라고 하겠으니, 그 주인에 그 하인이로군요. 한 사람은 편력기사도의 길잡이시고 또 한 사람은 종자의 충성심의 별이라. 나의 친구 산초, 일어나요. 내 그대의 예절에 보답하기 위해서 나의 남편인 공작께 말하여 할 수 있는 한 빨리 총독의 자리를 주겠다는 약속을 이행하시도록 하겠어요."

이로써 대화가 끝이 났다. 돈키호테는 낮잠을 자러 갔고, 공작부인은 산초에게 졸리지 않으면 아주 시원한 방에서 자신과 하녀들과 오후 시간을 함께 보내자고 청했다. 산초는 사실 자신은 여름철이면 네다섯 시간 낮잠을 자는 것이 습관이지만 공작부인의 호의를 받들기 위해 그날은 억지로라도 잠을 자지 않도록 애쓸 것이라고 대답했고, 공작부인의 명령을 따르기 위해 나섰다. 공작은 새로운 명령을 내려, 옛날 기사들을 대우했다고 기술되는 방식을 하나도 빠짐없이 그대로 사용하여 돈키호테를 편력기사로 대우하도록 했다.

제33장

───◆◆◆───

공작부인과 그 시녀들이 산초 판사와 나눈
읽을 만하고 주목할 가치가 있는 즐거운 대화에 대하여

이야기가 기술하는 바에 의하면 산초는 그날 낮잠을 자지 않았으며 자신의 약속을 지키기 위해 점심을 먹고서 공작부인을 만나러 갔다. 공작부인은 산초의 이야기를 듣는 것이 즐거웠으므로 그에게 자신의 바로 옆에 낮은 등받이가 있는 의자에 앉기를 권했다. 순수하고 가정교육을 잘 받은 산초가 사양을 했으나, 공작부인은 섬의 총독처럼 앉아서 종자처럼 말하라고 했다. 왜냐하면 산초는 두 가지 사유로 승리자 엘 시드 루이 디아스의 귀중한 의자*에도 앉을 자격이 있기 때문이었다.

산초는 어깨를 움츠리면서 공작부인의 말에 따라 자리에 앉았다. 공작부인의 모든 노시녀들과 하녀들이 그를 조심스레 둘러싸고 아주 조용히 산초가 할 말에 귀를 기울였다. 그러나 제일 먼저 입을 연 것은 공작부인이었다.

"자, 여기에는 우리들뿐이고 아무도 우리 말을 엿듣지 않으니, 이미 시중

---

*스페인 기사의 상징적 영웅인 엘 시드(루이 디아스 데 비바르)는 무어인을 정복하고 그 왕의 의자를 자신의 왕 알폰소에게 전리품으로 바쳤는데, 후일 엘 시드가 왕을 알현하러 가자 왕이 그 의자를 내어주며 앉게 했다고 한다.

에 나도는 위대한 돈키호테 님의 이야기에 대해 내가 궁금해하는 몇 가지를 총독님께서 풀어주셨으면 해요. 그 궁금증들 중 하나가 정말 착한 산초가 둘시네아를, 다시 말해 둘시네아 델 토보소 공주님을 결코 만난 적이 없으며, 돈키호테 님의 전갈을 그녀에게 전달하지도 않았는가 하는 것이지요. 왜냐하면 그 전갈은 시에라 모레나 산속에 있는 수첩에 남아 있었거든요. 어떻게 감히 답장을 받은 척하고, 그분이 밀을 키질하고 있는 것을 보았다고 할 수 있는지. 이 모든 것이 조롱이자 거짓말로, 세상에 비할 데 없는 둘시네아 님의 훌륭한 이름을 더럽히는 일인데 말이지요. 모두가 훌륭한 종자의 자질과 충성심에는 부합되지 않는 일들 아닌가요."

이러한 말에 아무 대꾸도 하지 않은 채 의자에서 일어난 산초는 조용한 발걸음으로, 몸을 구부린 채 손가락을 입술에 갖다 대고 커튼을 들추면서 온 방 안을 돌아보고 나서는 다시 제자리에 앉은 후에 말했다.

"공작부인 마님, 여기 있는 사람들 말고는 아무도 몰래 숨어서 우리 이야기를 엿듣지 않는 것 같습니다. 이제 두려워하거나 겁먹지 않고서 제게 물어보신 것들과 물어보실 모든 것들에 대해 답을 드리지요. 가장 먼저 말씀 드릴 것은 제가 제 주인이신 돈키호테 님을 구제할 수 없는 미치광이라고 생각한다는 겁니다. 때론 그분의 말씀이 제가 보기로나 그 말을 듣는 모든 사람들이 보기에 매우 분별 있고 바른 길로 인도해주는 것이라서, 악마라도 그보다 더 잘 말할 수는 없을 것 같기도 합니다요. 하지만, 그럼에도 사실 저는 아무 주저함 없이 그분은 뭔가 좀 모자란 분이라고 생각하거든요. 제 머릿속에 이런 생각이 들어 있어서, 그 편지의 답장 같은 말이 되지 않는 일을 감히 주인님이 믿게 만든 것이지요. 또 하나는 엿새인지 여드레 전에 일어난 일인데, 그 이야기책에는 아직 들어 있지 않을 것입니다만, 바로 우리 둘시네아 공주님이 마법에 걸린 사건입니다. 이 이야기도 사실과는 거리가 멀지만 제가 주인님으로 하여금 그분이 마법에 걸렸다고 믿게 만든 것이지요."

공작부인은 산초에게 그 마법인지 조롱인지에 대해 말해달라고 청했다. 산초는 자초지종을 같은 방식으로 부인에게 말해주었는데 듣는 사람들이 모두 적잖이 즐거워했다. 대화를 계속하는 가운데 공작부인이 말했다.

"착한 산초가 내게 말해준 것들로부터 걱정거리 하나가 튀어나와 내 머릿속을 돌아다니네요. 그게 내 귓전에다 속삭이기를, '돈키호테 데 라만차 님은 미치광이이며, 겁이 많고, 바보다. 그의 종자 산초 판사는 그런 것을 알고 있는데, 그럼에도 그분을 받들고 따라다니며 주인의 허황된 약속들을 믿는다. 의심할 나위 없이 산초는 그의 주인보다 더 미치광이에 바보임이 틀림없고, 사실이 그렇다면, 공작부인, 산초 판사 같은 친구에게 다스릴 섬을 주는 것은 잘못된 일이 아닌가? 자기 자신도 다스릴 줄 모르는 자가 어떻게 다른 사람을 통치할 수 있겠는가?'라고 하는군요."

"하느님께 맹세코, 마님." 산초가 말했다. "그런 걱정은 당연히 하실 수 있습니다만, 그놈에게 말은 제대로 하라고 하세요. 아니, 지껄이고 싶은 대로 하라지요. 그놈이 사실을 말하고 있다는 걸 저도 알긴 압니다. 만일 제가 분별이 있는 놈이었더라면 며칠 전에 제 주인님을 버리고 떠났겠지요. 그러나 이게 제 운명이고 제 불행이고 팔자인걸요. 그러니 주인님을 따라다닐 수밖에 없습지요. 우리는 같은 고향 사람이고, 저는 그분의 빵을 먹고 살아가는 만큼 그분을 아주 좋아합니다. 그분도 고마워하며 저에게 당나귀 새끼들도 주셨고, 그리고 무엇보다 제가 충직하지요. 삽이나 곡괭이를 쓰는 일*이 아니고서는 그 어떤 일로도 우리를 갈라놓을 수 없을 겁니다. 공작 나리께서

---

*죽어서 땅에 묻히는 일을 말한다.

약속하신 섬의 총독 자리를 저에게 주시기를 원치 않으신다면, 애초에 하느님께서 빈손으로 세상에 보내셨으니 섬의 총독 자리를 못 받는 게 제 양심을 위해서는 더 나을지도 모르겠습니다. 제가 우둔하긴 하지만 '개미에게 날개가 생기면 불행해진다'*는 속담 정도는 알고 있거든요. 그리고 총독 산초보다는 종자 산초가 훨씬 더 쉽게 천당에 갈 수 있답니다. 여기에서도 프랑스처럼 아주 맛있는 빵을 만들 수 있고, 밤이 되면 고양이가 쥐 색깔이 되고, 오후 2시에도 아침을 먹지 못한 사람은 참으로 불행한 사람이며, 세상에 남보다 위가 한 뼘 이상 큰 사람이 없고, 항상 하는 말이지만 짚과 건초만으로도 배는 채울 수가 있지요. 들판의 작은 새들은 하느님을 식품 조달자나 보급자로 모시고, 세고비아의 고급 나사 4바라보다 쿠엔카 지방의 일반 모포 4바라가 더 따뜻한 법입니다요. 이 세상을 하직하고 땅속으로 들어가 묻힐 때에는 대공이나 날품팔이꾼이나 다들 좁은 길로 들어가고요, 비록 신분에는 아래위가 있지만 성당지기의 몸뚱어리보다 교황님의 몸뚱어리가 땅을 더 많이 차지하지도 않습니다. 묘 구덩이에 들어갈 때에는 누구든 묘에 맞추어 몸을 오므리게 되는 법. 제아무리 싫다 해도 오므리게 하여 파묻고는 작별 인사를 해버리지요. 그러니, 다시 말씀드리건대 공작 나리께서 제가 멍청이라서 섬을 맡기기가 꺼려지신다면, 저도 분별이 있는 놈이니 아무 것도 받지 않을 줄도 안다는 말씀입니다. 십자가 뒤에는 악마가 있고, 번쩍이는 것이 다 금은 아니라 하지요. 농부 밤바**를 소와 쟁기와 멍에 사이에서 끌어내어 에스파냐의 왕으로 만들기도 하고, 금실로 수놓은 비단과 즐거운

---

*날개가 생겨서 날아다니게 되면 새들에게 잡혀 먹힌다는 뜻이다.
**서고트 왕국의 국왕인 왐바를 말한다. 자신이 왕가의 자손임을 모르고 농부의 아들로 자랐으나 후일 스페인 서고트 왕국의 국왕이 되었다.

여흥, 부귀함 속에서 로드리고*를 끌어내어 구렁이의 먹이로 만들기도 합니다. 저 옛날 로만세의 가사가 거짓을 말하지 않았다면요."

"그게 어찌 거짓이겠어요!" 이때 그 자리에 있던 사람 중 하나인 노시녀 도냐 로드리게스가 말했다. "어느 로만세에서 말하기를 로드리고 국왕을 산 채로 두꺼비와 구렁이, 도마뱀으로 가득 찬 무덤에 묻었는데, 그 후로 이틀 동안이나 무덤 속에서 이렇게 말하는 왕의 고통스러운 목소리가 희미하게 들려오더랍니다.

> 나를 뜯어 먹네, 나를 뜯어 먹네
> 가장 죄 많이 지은 그곳을.

로만세가 말한 대로, 이런 벌레들에게 뜯어 먹힐 운명이라면 국왕보다는 농부가 되겠다는 이분 말도 매우 지당하다 사료되옵니다."

노시녀가 순진하게 말하는 것을 듣고서 공작부인은 웃음을 참을 수가 없었으며, 산초의 일리 있는 말과 속담들을 듣고서는 다시금 놀라움을 금하지 못했다. 부인이 산초에게 말했다.

"착한 산초도 이미 알고 있겠지만 기사란 목숨을 잃더라도 한번 약속한 것을 지키기 위해 애쓰지요. 나의 주인이시고 남편인 공작께서는 비록 편력 기사는 아닐지라도 기사임은 분명하니, 세상의 질투와 악의에도 불구하고 섬에 대한 약속은 꼭 이행하실 겁니다. 산초, 힘을 내기 바랍니다. 생각지도 않았을 때 그 섬의 옥좌에, 그 영지의 통치자 자리에 앉아 다스리게 될 테니

---

*서고트 왕국의 마지막 왕. 여인에게 정신이 팔려 713년 무어족의 침공을 야기함으로써 자신의 나라를 멸망의 길로 이끈 비운의 왕이다.

422

까요. 그러고는 추후에 더 좋은 자리로 옮기느라 그 자리를 그만두겠지요. 내가 부탁하고 싶은 것은, 그대의 신하들이 모두 충성스럽고 좋은 집안 출신이라는 것을 염두에 두고서 어떻게 그들을 다스릴 것인지 생각해두라는 것뿐이에요."

"신하들을 잘 다스리는 문제는 제게 굳이 부탁하실 것까지야 없습니다." 산초가 대답했다. "제가 본시 제 식솔들에게 자비롭고, 가난한 자들을 가엾이 여기거든요. 밀가루를 반죽해 굽는 사람에게서 빵을 훔치지 말라고 하지요. 맹세코 신하들이 저를 속일 수는 없을 겁니다. 저로 말할 것 같으면 산전수전 다 겪은 늙은 개라서 달콤한 말로 부르는 속임수에 안 넘어갑니다. 그리고 적절한 때에 기민하게 움직일 줄도 알아서 눈앞에서 땅쥐가 돌아다니는 것을 두고 보지도 않습니다. 제 신발이 어디가 꼭 끼는지를 안다는 말씀이지요. 다시 말하자면, 착한 사람들은 손을 잡고 환영하지만 못된 인간들은 문간에 발도 못 들이게 할 겁니다. 제 생각으로는 통치라고 하는 것을 일단 시작해보면 될 일이니, 보름만 그 자리에 있으면 직무를 수행하는 것이 손에 익어서 제가 자라면서부터 해온 농사일보다 통치를 더 많이 알게 될 것 같습니다."

"그대 말이 옳아요, 산초." 공작부인이 말했다. "태어날 때부터 배워서 나온 사람은 아무도 없고, 주교도 사람들 가운데에서 되는 거지 돌멩이가 주교가 되지는 않으니까요. 아무튼 다시 둘시네아 공주님이 걸린 마법에 대해 조금 전에 했던 이야기로 돌아가면, 내가 연구도 해보고 또 확신을 하게 된 것이 있어요. 산초가 시골 아낙을 둘시네아라고 하며 주인을 속여 그것을 믿게 하고, 주인이 그녀를 알아보지 못한 것은 둘시네아가 마법에 걸렸기 때문이라고 둘러대게 했던 그 상상력, 그것 자체가 돈키호테 님을 따라다니는 마법사들 중 하나가 고안한 일이라는 것이에요. 나는 새끼 당나귀 위로 뛰어오른 시골 아낙이 진짜 둘시네아 델 토보소였다고 진정으로 확신하고 있거든요. 그러니까 속임수를 썼다고 생각한 착한 산초도 사실은 속은 것이지요. 우리가 결코 한 번도 보지 못한 일들이나 이것이 사실이라는 데에 있어서는 더 이상 의심을 품어서는 안 됩니다. 그리고 산초 판사도 꼭 알아야 할 것이 우리들을 아주 좋아하는, 그래서 아무런 조작이나 속임수 없이 세상에서 일어나고 있는 일들을 순수하고 단순하게 우리에게 말해주는 마법사들도 있다는 사실이에요. 당나귀에 뛰어올라 탄 시골 아낙이 진짜 둘시네아 델 토보소였고, 그녀가 마법에 걸려 있다는 것은 그녀의 어머니가 그녀를 낳은 사실만큼이나 분명하다는 제 말을 산초도 믿어야만 합니다. 그리고 우리가 생각지도 않을 때 그녀의 원래 모습을 보게 될 것이며, 그러면 산초도 그때까지 자신이 속아서 살았다는 것을 알게 될 겁니다."

"정말 그렇게 된 것일 수도 있겠네요." 산초 판사가 말했다. "제 주인님이 몬테시노스 동굴에서 보았다고 한 것을 저도 이제야 믿을 수 있겠습니다. 그곳에서 제가 그냥 장난으로 마법에 걸린 그분을 보았다고 했을 때와 똑같은 옷을 입고 똑같이 행동하는 둘시네아 델 토보소 공주님을 보았다고 말씀하셨거든요. 그러면 고귀하신 부인 마님께서 말씀하신 것처럼 모든 것이 반대일 수도 있겠습니다. 사실 저 같은 천박한 재능으로는 한순간에 그토록 기묘한 속임수를 만들어낼 수도 없고 그래서도 안 될 일이지요. 또한 제 주인님이 진짜 미쳐서 저 같은 놈의 엉성하고 실속 없는 설득으로 모든 범주를 벗어난 그런 일을 믿으셨을 거라고는 생각하지 않습니다. 하지만 부인 마님, 마님께서는 이것으로 저를 악한이라고 생각하시면 안 됩니다. 저 같은 멍청이에게는 극악한 마법사들의 생각이나 사악함을 알아차릴 재주가 전혀 없기 때문이지요. 저는 그저 돈키호테 주인님의 분노를 피하기 위해 일을 꾸몄을 뿐, 주인님을 욕보일 의도는 없었습니다. 그러나 만일 정반대의 결과가 나왔다면, 우리의 마음을 심판하시는 하느님이 하늘에 계시지 않습니까."

"그건 그렇지요." 공작부인이 말했다. "그런데 산초, 그 몬테시노스 동굴에 대한 이야기는 무엇이지요? 몹시 궁금하네요."

그러자 산초 판사는 몬테시노스 동굴의 모험에 대해 앞서 기술한 것을 하나하나 공작부인에게 말해주었다. 그 얘기를 듣고서 공작부인은 말했다.

"이 사건으로 미루어보면, 산초가 엘 토보소 마을 입구에서 보았던 것과 똑같은 시골 아낙을 위대한 돈키호테 님이 보았으니 의심할 여지없이 그녀가 둘시네아 본인이라고 결론지을 수 있겠네요. 이 주변에는 매우 영리하고 지나치게 호기심 많은 마법사들이 돌아다니는군요."

"제 말이 그 말입니다." 산초 판사가 말했다. "하지만 둘시네아 델 토보소 공주님께서 마법에 걸렸다면 그건 그분의 문제지요. 그자들은 숫자도 많고 나쁜 녀석들이 분명하니까요. 저는 제 주인님의 적들과 싸울 생각이 없습니다. 그리고 제가 시골 아낙을 본 것은 사실이고, 시골 아낙이 있으니까 그대로 시골 아낙이라고 판단한 겁니다. 그 여인이 둘시네아 님이었다면, 그건 제 탓이 아니며 제가 책임질 일도 아니지요. 저를 비난해서는 안 되고, 저는 잘못도 없습니다. 없고말고요. 그런데도 매번 저에게 이 말 저 말을 하면서, '산초가 이렇게 말했어, 산초가 저렇게 했어, 산초가 돌아왔어, 산초가 다시 갔어' 하고 입방아들을 찧습니다. 뭐 산초가 무슨 동네북인 것처럼, 그러니까 산손 카라스코가 말했듯이 이미 책으로 세상에 나와서 돌아다니는 바로 그 산초 판사가 아닌 것처럼 말이지요. 그분은 적어도 살라망카에서 학사학위를 받은 분으로, 그런 사람들은 타당한 이유도 없고 아무 생각도 없이 거짓말을 하진 않습니다. 그러니 저와 다툴 이유가 없지요. 저도 나름대로 좋은 평판을 가지고 있으며, 제 주인님이 하시는 말을 들은 바로는 많은 재산보다는 훌륭한 명성이 더 가치 있다고 하시던데, 저를 그 총독 자리에 한 번 앉혀보세요. 그러면 놀라실 만한 일을 보실 겁니다. 훌륭한 종자가 훌륭한 통치자가 될 테니까요."

"여기에서 착한 산초가 말한 모든 것은," 공작부인이 말했다. "카톤의 금언들, 아니면 적어도 '꽃다운 나이에 죽은' 미카엘 베리노의 오장육부에서 꺼낸 말과 같은 것이군요. 결국, 결론적으로 그대의 방식대로 표현하자면, '변변찮은 망토 아래 훌륭한 술친구'가 있었던 것이지요."

"사실입니다, 마님." 산초가 대답했다. "저는 평생 취하기 위해 술을 마신 적이 없습니다. 목이 마를 때는 그럴 수도 있지요. 저는 조금도 위선자 같은 데가 없어서 마시고 싶으면 마시고, 마시고 싶은 생각이 없을 때 술을 주면 샌님 같거나 버릇없어 보일까 봐 마십니다. 친구가 한잔하자는데, 그것을 마다할 대리석 같은 심장이 되어서야 쓰겠습니까? 하지만 저는 술을 먹더라도 바지를 더럽히지는 않습니다. 더구나 편력기사의 종자들은 거의 대부분 물만 마시는데, 항상 숲이나 밀림, 초원, 산악과 바위 속으로 다니기 때문에 눈 한쪽과 바꾸어 먹겠다 해도 포도주의 자비를 구할 수가 없답니다."

"나도 그렇게 생각해요." 공작부인이 대답했다. "하지만 지금은 가서 좀 쉬도록 해요. 나중에 더 얘기합시다. 그리고 말씀처럼 그대를 그 섬의 총독 자리에 빨리 끼워 넣도록 명령을 해야겠어요."

산초는 다시 한 번 공작부인의 손에 입을 맞추고서, 자신의 잿빛 녀석을 잘 돌봐달라고 간청했다. 그 녀석은 자기 눈의 빛과도 같다고 하면서.

"잿빛 녀석이라니요?" 공작부인이 물었다.

"제 당나귀 말입니다." 산초가 대답했다. "그놈에게 이름을 붙이지 않아서 저는 '잿빛 녀석'이라고 부르곤 한답니다. 제가 이 성에 들어올 때 이 노시녀에게 그놈을 돌보아달라고 간청을 했었지요. 그런데 마치 제가 못생기고 늙었다고 말한 것처럼 화를 냈잖습니까. 노시녀 본연의 임무는 방에 장식품처럼 있는 게 아니라 당나귀를 챙기는 것일 텐데요. 오, 맙소사, 저희 마을의 시골귀족 어르신들도 이런 여인들과 어찌나 옥신각신하던지요!"

"아마도 그냥 시골뜨기였겠지요." 노시녀 도냐 로드리게스가 말했다. "그 시골귀족이 상류 계급이었더라면, 노시녀들을 달처럼 높이 떠받들었을 겁니다."

"그만." 공작부인이 말했다. "이제 그만들 해요. 도냐 로드리게스도 입 다물고, 판사 님도 진정해요. 잿빛 녀석의 뒷바라지는 내가 맡을 거니까. 산초의 보물이니 내 눈에 넣어도 아깝지 않은 아이처럼 보살필 겁니다."

"마구간에 두시면 충분합니다." 산초가 대답했다. "당나귀나 저나 한순간이라도 귀하신 마님의 눈 속에 넣어도 아프지 않을 아이처럼 머무를 가치가 없습니다. 그러니 제 몸에 칼이 들어온다 해도 제가 어찌 그것을 허락할 수 있겠습니까. 비록 제 주인님께서 말씀하시기를 카드놀이도 숫자가 적은 것보다 많은 것으로 지는 것이 예의라고 하셨지만, 나귀에 관해서는 기한을 정해서 일을 어김없이 할 필요가 있습니다."

"통치하러 갈 때도 데리고 가도록 해요, 산초." 공작부인이 말했다. "그러면 거기서 원하는 대로 즐겁게 해줄 수 있고, 일을 하지 않아도 되도록 은퇴를 시킬 수도 있지요."

"고귀하신 공작부인 마님, 주제넘은 말이라 생각진 말아주세요." 산초가 말했다. "저는 통치할 곳으로 따라가는 당나귀를 두 마리도 넘게 보았거든요. 그러니 제가 제 나귀를 데려가는 건 새로운 일도 아닐 겁니다."

산초의 이 같은 말은 공작부인에게 또다시 웃음과 즐거움을 가져다주었다. 산초를 쉬러 보내고 나서 부인은 공작에게 산초와 있었던 일들을 말해주러 갔다. 두 사람은 돈키호테를 놀려주기 위해 아주 재미있고 기사도 양식에도 잘 어울리는 속임수를 꾸밀 계획과 순서를 의논했다. 그 속에는 아주 독특하고 사려 깊은 것들이 많았는데, 그것들이 이 위대한 이야기 속에 수록된 가장 훌륭한 모험들이다.

제 34 장

이 책에서 가장 유명한 모험 중의 하나인, 세상에 비할 데 없는 둘시네아 델 토보소를 어떻게 마법에서 풀 것인가에 대한 소식을 이야기한다

공작과 공작부인이 돈키호테나 산초 판사와 나눈 대화에서 얻어낸 즐거움은 상당했다. 그리하여 두 사람에게 겉으로는 실제 모험처럼 보이는 장난을 치기로 마음을 굳힌 공작 부처는 돈키호테를 더 유명하게 해줄 작정으로 그가 얘기해준 몬테시노스 동굴의 모험에서 장난칠 거리를 찾았다. 그러나 공작부인을 가장 놀라게 했던 것은 산초의 순진함으로, 자기 자신이 마법사였고 그 속임수를 꾸민 장본인이었음에도 둘시네아 델 토보소가 마법에 걸렸다는 것을 의심의 여지가 없는 사실이라고 믿어버린 것이다. 그래서 공작 부처는 하인들에게 그들이 해야 할 모든 일들을 단단히 일러두고, 그날부터 엿새 후 왕관을 쓴 국왕이나 동원할 수 있을 만큼 엄청난 규모의 사냥꾼과 몰이꾼들을 대동하고 돈키호테를 사냥터로 데려갔다. 돈키호테에게는 사냥복을 주었고 산초에게는 아주 고급 실로 짠 녹색 옷을 주었다. 그러나 돈키호테는 나중에 자신은 다시 무기를 사용하는 힘든 일로 돌아가야 하는데 옷가지며 식기를 종류별로 다 몸에 지니고 다닐 수 없지 않느냐면서 사냥복을 입지 않겠다고 했다. 산초는 자신에게 준 옷을 당연히 입었는데, 기회가 오는 대로 제일 먼저 팔아버릴 생각이었다.

　드디어 기다리던 날이 와서 돈키호테는 갑옷에 무장을 하고 산초는 새옷을 입었다. 산초에게도 말을 한 마리 주었지만 자신의 잿빛 나귀를 내버려두고 갈 수가 없어서 나귀 등에 올라타고 몰이꾼들 무리에 끼어들었다. 공작부인이 늠름하게 차려입고 나오자 돈키호테는, 공작이 그렇게 하는 것을 원치 않았음에도 불구하고, 아주 정중하게 예를 갖추어 공작부인의 말고삐를 잡았다. 마침내 모두가 두 개의 아주 높은 산 사이에 있는 숲에 도착했다. 여기에서 동물들을 기다릴 장소와 사냥꾼들이 매복할 장소를 정해주고, 각자가 맡게 될 길목들을 정하고서는 위치로 흩어졌다. 그리고 엄청난 야단법석, 외침과 고함으로 사냥이 시작되었다. 사냥개들이 짖는 소리와 사냥뿔피리 소리 때문에 사람들은 서로가 하는 얘기를 알아들을 수가 없었다.

　공작부인은 말에서 내려 손에는 날카로운 투창을 들고 자신이 알고 있는 멧돼지들이 잘 나타나는 장소에 자리를 잡았다. 공작과 돈키호테도 역시 말에서 내려 공작부인의 양쪽에 섰다. 산초는 자신의 잿빛 나귀 등에서 내리지 않은 채 모든 사람들의 뒤쪽에 자리 잡았다. 나귀에게 무슨 나쁜 일이 생기지 않을까 하여 감히 자신으로부터 떼어놓을 생각을 하지 못했던 것이다. 이렇게 그들이 수많은 하인들과 함께 날개 모양으로 대열을 이루자마자 사냥개들에게 쫓기고 사냥꾼들의 추적을 받은 거대한 멧돼지 한 마리가 송곳니와 이빨을 갈고 입에서 거품을 내뿜으며 그들을 향해 돌진해 오는 것이 보였다. 이것을 보고서 돈키호테는 방패를 팔에 고정시키고 손에 칼을 쥐고서 멧돼지와 맞부딪치기 위해 앞으로 나아갔다. 공작도 투창을 들고 마찬가지로 나섰는데, 만약 공작이 부인을 가로막지 않았더라면 공작부인이 누구보다도 앞장섰을 것이었다. 오직 산초만이 거대한 멧돼지를 보고서 잿빛 나귀를 내팽개치고는 힘껏 도망쳤다. 그리고 높은 떡갈나무 위로 올라가려 했지만 그럴 수가 없었다. 나무 꼭대기로 올라가기 위해 안간힘을 쓰면서 나뭇가지 하나를 꼭 붙들고 떡갈나무 중간쯤 올라갔을 때, 운이 모자랐던지 나뭇가지가 부러져 땅으로 떨어지다가 떡갈나무의 갈고리 모양 가지에 걸려 땅에 닿지도 못한 채 공중에 매달리고 말았다. 이러는 사이 초록색 겉옷이 찢어졌고, 이제 그 맹수가 이쪽으로 오면 자기에게 닿겠다 생각한 산초는 고래고래 소리를 지르며 살려달라고 애걸하기 시작했다. 그 소리만 듣고 모습을 보지 못한 사람들은 산초가 어떤 맹수의 이빨에 물려 있는 것이라고 믿었다.

마침내 거대한 송곳니를 가진 멧돼지는 앞쪽에서 공격한 수많은 투창의 칼날에 관통을 당했다. 돈키호테는 고함을 질러대는 자가 산초인 것을 알아채고 그쪽을 향해 고개를 돌렸다. 떡갈나무에 머리를 거꾸로 한 채 매달려 있는 산초와, 불행에 빠진 주인을 버리지 않고 그의 곁에 서 있는 잿빛 나귀가 보였다. 시데 아메테는 말하기를 잿빛 나귀를 보지 못한 채 산초 판사를 볼 수 없으며 산초를 보지 못하고 잿빛 나귀를 볼 수 없다고 했는데, 둘 사이에 쌓아온 우정과 신뢰는 이토록 깊었다.

돈키호테가 당도해서 산초를 내려놓았다. 자유롭게 된 산초는 땅바닥에서 사냥복의 찢어진 부분을 들여다보고는 몹시도 마음 아파했다. 이 옷을 상속재산쯤으로 생각했던 것이다. 사람들은 힘이 엄청난 멧돼지를 짐을 나르는 노새 등에 싣고서 그 위에 로메로*와 향기로운 들풀 가지를 덮은 다음 마치 승리의 전리품인 양 숲 속 한가운데에 자리 잡은 커다란 천막들이 있는 곳으로 운반했다. 그곳에는 잘 정돈된 식탁들과 준비된 음식이 있었는데, 얼마나 화려하고 훌륭했는지 이를 마련한 사람의 위세와 높은 신분을

---

*라만차 들판에 자생하는 상징적인 들풀로, '로즈메리'를 말한다.

짐작하기에 충분했다. 산초는 공작부인에게 자신의 찢어진 옷자락을 보여주면서 말했다.

"만일 이 사냥이 산토끼와 작은 새들을 잡는 것이었다 해도, 제 옷이 이런 모진 꼴을 당했을까요. 송곳니가 귀하신 몸에 닿기만 하면 목숨도 잃어버릴 수 있는데, 그런 짐승이 오기를 기다리는 게 뭐가 즐거운지 저는 모르겠네요. 이렇게 노래하는 옛 로만세를 들은 적이 있지요.

당신도 곰의 먹이가 되려나
상속자 파빌라처럼."

"서고트 왕조의 왕이었지." 돈키호테가 말했다. "멧돼지 사냥을 갔다가 곰에게 잡아먹혔다."

"제 말씀이 바로 그겁니다." 산초가 대꾸했다. "저는 군주들과 국왕께서 별 즐거움이 될 것으로 보이지 않는 재미를 위해 그런 위험에 몸을 맡기는 것이 영 좋아 보이지 않습니다. 아무런 잘못도 저지르지 않은 짐승을 죽이는 일이잖습니까."

"그건 자네가 잘못 알고 있는 것이네, 산초." 공작이 대답했다. "국왕과 군주에게 사냥은 다른 어떤 것보다도 가장 안성맞춤이고 필요한 운동이지. 사냥은 전쟁을 흉내 낸 것이니, 적을 안전하게 물리치기 위해서는 작전과 계략이 있어야 하고, 함정도 팔 수 있어야 해. 사냥을 하려면 엄청난 추위와 참기 힘든 더위를 견뎌야 하고, 여유 시간과 잠도 줄여야 하네. 또 사냥은 힘이 나게 하며, 사냥에 쓰는 사지를 민첩하게 한다네. 결론적으로 아무에게도 해를 끼치지 않고 많은 사람들이 즐거움을 갖고 할 수 있는 운동인 것이지. 그리고 멧돼지 사냥의 가장 큰 장점은, 다른 여러 종류의 사냥들과는 달리, 누구나 할 수 있는 것이 아니라는 데 있다네. 매사냥의 경우는 예외적으로 국왕 부처나 높으신 귀족 분들만을 위한 것이네만. 그러니 산초여, 생각을 바꾸게나. 자네가 섬의 총독이 되거든 사냥도 해보게. 거기서 얼마나 유익한 것을 얻는지 알게 될 것이네."

"그건 안 됩니다." 산초가 대답했다. "훌륭한 총독과 다리가 부러진 사람은 집에 남아 있는 게 좋습니다.* 용무가 있어서 문제를 들고 총독을 찾아왔는데, 산에서 한가로이 사냥이나 하고 있다면 그게 좋은 일일까요? 그렇게 되면 통치가 잘도 굴러가겠습니다요! 공작 나리, 제 신념으로는 사냥과 오락은 섬의 총독에게보단 게으름뱅이들에게 더 어울리는 일입니다. 제가 심심할 때 오락거리로 생각하는 것은 이따금 카드놀이를 하거나, 일요일이나 축제날에 공놀이를 하는 것이지요. 그 사냥인지 사기인지 제 신분으로는 아니라고 봅니다. 또 제 양심에도 걸리고요."

"산초, 꼭 그렇게 되기를 하느님께 기도하겠네. 말로 한 것을 행동으로 옮기기까지는 그 거리가 만만치 않은 법이니 말일세."

"거리가 있든지 없든지 간에," 산초가 대답했다. "금전 관계가 좋은 사람은 누구나 환영을 하고, 아침에 일찍 일어나는 사람보다 하느님이 돕는 사람이 더 나은 법입니다. 배고픔을 채워야 다리가 움직여지지 다리가 움직인다고 배가 채워지는 것은 아니고요. 그러니까 제 말은 하느님이 저를 도와주신다면 제가 좋은 의도를 갖고 하고자 하는 일을 이룰 수 있을 것이고, 의심할 나위 없이 매보다도 더 잘 다스릴 거라는 것이지요. 제 입에 손가락을 넣어보세요, 그러면 제가 그것을 물지 안 물지 알게 될 겁니다!**"

---

*'정숙한 여인과 다리가 부러진 사람은 집에 남아 있는 것이 좋다'는 속담을 변형한 것이다.
**자신이 바보인지 아닌지 시험해보라는 의미이다.

"하느님과 모든 성자의 이름으로 저주받을 녀석, 이 사악한 산초야!" 돈키호테가 말했다. "내가 수없이 얘기해왔듯이 네가 속담을 쓰지 않고 보통 사람처럼 질서정연한 이성으로 말하는 것을 보는 날이 언제나 올까! 공작 부처께서 이 멍청이를 그대로 내버려두시면, 두 개가 아니라 2천 개의 속담을 꺼내서 두 분의 영혼을 진저리치게 만들 겁니다. 그 속담이라는 것도 하느님이 산초에게, 그리고 산초의 말을 들어보고자 할 때 제게 내리시는 구원과는 참으로 거리가 먼 것을 어찌 그리 척척 갖다 대는지요."

"산초 판사의 속담들이," 공작부인이 말했다. "그리스 기사단장*이 쓴 속담들보다 훨씬 더 많다 해도, 또 그 속담들이 짧다고 해서 평가를 낮게 할 수는 없지요. 저에게는 산초의 속담들이 다른 속담들보다 훨씬 더 재미있답니다. 그 속담들이 아무리 더 잘 인용되고 알맞은 것들이라고 해도 말이지요."

이런 얘기와 또 다른 재미있는 대화를 하면서 일행은 천막에서 나와서 숲 속으로 떠났다. 그리고 매복할 장소들을 살펴보면서 하루가 저물고 밤이 찾아왔다. 한여름 날씨치고는 예년과 달리 맑고 평온하지 않은, 어두운 그림자가 드리운 날씨라서 공작 부처가 의도하는 일에 크게 도움이 되었다. 황혼이 지기 바로 직전, 어둑해지기 시작하자마자 갑자기 숲 전체에서 사방으로 불길이 솟아오르는 것 같았다. 그리고 얼마 후 숲 속 여기저기에서 마치 수많은 기병대가 숲을 통과하는 것처럼 셀 수 없는 나팔 소리와 다른 군악기 소리가 들려왔다. 불꽃과 군악기 소리에 주변에 있던 사람들은 물론 숲 속에 있던 모든 사람들이 눈이 멀고 귀가 먹는 것 같았다.

---

*산티아고 기사단의 단장이자 알칼라와 살라망카에서 그리스어 교수를 역임했던 에르난 누녜스 데 구스만으로,《로만세어로 된 속담과 금언》이라는 방대한 속담집의 저자이다.

잠시 후 무어인들이 전쟁을 시작할 때 내는 '렐릴리' 하는 함성 소리*가 들렸다. 크고 작은 나팔 소리가 울렸고, 북소리가 사방으로 울려 퍼지고, 나무 피리 소리가 울렸는데, 거의 모든 악기가 동시에 소리를 내며 끊어지지 않고 다급하게 울려서 여러 악기의 혼란스러운 소리 때문에 감각을 잃지 않았던 사람도 정신을 잃을 정도였다. 공작은 겁에 질려서 얼어붙었고, 공작부인은 멍하니 정신을 잃고, 돈키호테도 놀란 표정이었으며, 산초 판사는 벌벌 떨었다. 그리고 두려움의 원인을 미리 알고 있는 사람들까지도 무서워했다. 두려움과 함께 침묵이 그들을 엄습했다. 악마 복장을 한 파발꾼 하나가 그들 앞으로 지나갔는데, 그가 뿔피리 대신에 속이 빈 커다란 뿔을 부니 무시무시하고 거친 소리가 울렸다.

"이보게, 파발꾼." 공작이 말했다. "자네는 누구이며, 어디로 가는가? 그리고 이 숲을 가로질러 가는 자들은 무슨 전쟁을 하는 사람들인가?"

쩡쩡하게 울려 퍼지는 목소리로 파발꾼이 대답을 했다.

"나는 악마다. 돈키호테 데 라만차를 찾으러 왔다. 이곳으로 온 사람들은 여섯 무리의 마법사 부대로, 개선 마차 위에 이 세상에 비할 데 없는 둘시네아 델 토보소를 싣고 왔다. 마법에 걸린 이와 함께 프랑스의 늠름한 기사 몬테시노스가 오신 것은, 어떻게 하면 둘시네아가 마법에서 풀려날 수 있는지를 돈키호테에게 설명해주기 위해서다."

"자네가 말한 대로, 그리고 자네의 모습이 보여주듯이, 만약 자네가 악마라고 한다면 이미 그 기사 돈키호테 데 라만차를 알아보았어야 한다. 바로 자네 면전에 있으니까."

---

*무어인들이 전투를 시작할 때 쓰는 표현인 '이 세상에 알라 신밖에 없다(le ilah ile alah)'를 스페인어로 따라 한 것이다.

"하느님과 내 양심을 걸고," 악마가 말했다. "그대를 미처 알아보지 못했구나. 수많은 일에 정신이 팔리는 바람에, 내가 온 본래의 목적을 잊어버렸노라."

"분명히," 산초가 말했다. "이 악마는 착하고 선량한 그리스도교도일 겁니다. 만일 그렇지 않다면 '하느님과 내 양심을 걸고'라고 맹세했을 리가 없잖습니까. 이제 저는 지옥에도 착한 사람이 있다는 것을 알게 되었습니다."

그러자 악마는 말에서 내리지도 않고 돈키호테에게 시선을 돌리면서 말했다.

"사자의 기사여, 불운하지만 용맹스러운 기사 몬테시노스가 사자의 발톱 사이에 있다는 그대에게 나를 보냈노라. 몬테시노스 님께서 직접 둘시네아 델 토보소라는 여인을 데리고 오셔서 그녀를 마법에서 풀려나게 하는 데 필요한 바를 설명해주실 터이니, 나를 만난 이 자리에서 기다리라는 말씀을 전하라 하셨다. 이것 말고는 여기에 온 이유가 없으므로, 더는 머무를 필요도 없다. 나와 같은 악마들은 그대와 함께 있고, 착한 천사들은 공작 부처와 함께하기를."

이렇게 말하고서 악마는 아주 큰 뿔을 불더니 누구의 대답도 기다리지 않은 채 등을 돌려 떠나버렸다.

모든 사람들이 다시 한 번 놀랐는데, 특히 산초와 돈키호테가 그랬다. 산초는 모두가 진실을 무시한 채 둘시네아가 마법에 걸려 있다고 여기는 것을 보았기 때문이고, 돈키호테는 몬테시노스 동굴에서 그에게 일어났던 것들이 사실인지 아닌지를 확신하지 못했기 때문이었다. 이런 생각에 몰두해 있을 때 공작이 말했다.

"돈키호테 님, 기다리실 생각입니까?"

"기다려야지요." 그가 대답했다. "지옥 전체가 나를 공격해 오더라도 여기에서 당당하게 기다릴 겁니다."

"다른 악마를 보고 아까 같은 뿔 소리를 또 듣게 되더라도, 저 역시 플랑드르에 있는 것처럼 여기에서 기다릴 겁니다." 산초가 말했다.

이즈음 밤은 더 깊어졌고 수많은 불빛들이 숲 속을 돌아다니기 시작했다. 그것은 땅 위의 메마른 수증기가 하늘로 올라가는 것으로, 우리 눈에는 유성처럼 보였다. 동시에 무시무시한 소음이 들렸는데, 이는 소들이 끄는 짐수레의 단단한 수레바퀴가 내는 소리였다. 끊이지 않고 날카롭게 삐걱거리는 굉음 때문에 늑대와 곰도 짐수레가 옆으로 지나가면 도망친다고들 한다. 이러한 대소란에 모든 것을 한층 더 증대시키는 또 다른 폭풍이 더해져, 숲 속 사방에서는 실제로 전투와 싸움이 벌어진 것처럼 보였다. 저쪽에서는 가공할 대포의 무거운 굉음이 울렸고, 이쪽에서는 쉴 새 없이 소총이 발사되었다. 그리고 가까운 곳에서 전투원들의 함성이 들렸고, 멀리서는 무어인들의 함성이 들려왔다.

마침내 뿔피리, 뿔, 나팔, 작은 나팔, 트럼펫, 북, 대포 소리, 소총 소리, 그리고 특히 무서운 짐수레 소리가 모두 한꺼번에 울려서 아주 혼란스럽고 무시무시한 소리를 만들어냈는데, 돈키호테는 그 소리를 견뎌내기 위해 혼신의 힘을 다하였으나 산초는 땅바닥으로 떨어져 공작부인의 치마 위에서 기절해버렸다. 공작부인은 산초를 치마 위에 두고서 재빨리 그의 얼굴에 물을 뿌리라고 명령했다. 그렇게 물을 뿌리고 나서, 요란스러운 수레바퀴를 단 짐수레가 그곳에 도달할 즈음에 산초는 제정신으로 돌아왔다.

검은색 장식으로 온몸을 덮은 네 마리의 굼뜬 황소가 수레를 끌고 있었고, 각각 뿔에는 대형 촛불이 매달려 있었다. 그리고 짐수레 위쪽에 마련된 높은 자리에는 눈보다 희고 기다란 수염이 허리까지 내려온 점잖은 노인이 앉아 있었다. 노인은 검은색 삼베로 된 긴 의복을 입고 있었는데, 수많은 촛불들을 매단 짐수레가 다가오자 그 위에 있는 물건들이 잘 보여서 식별할 수 있었다. 아주 못생긴 얼굴에 검은색 삼베옷을 입은 두 명의 흉측한 악마가 짐수레를 몰았는데, 산초는 그들을 한 번 보고는 두 번 다시 보지 않으려고 눈을 감아버렸다. 수레가 매복하고 있던 장소에 다다르자 점잖은 노인이 높은 자리에서 일어나 큰 소리로 말했다.

"나는 현자 리르간데오*이다."

그러고는 더 이상 말을 하지 않고 수레가 지나갔다. 이 수레가 지나자 또 다른 수레가 높은 자리에 다른 노인을 태우고 같은 식으로 지나갔다. 이 노인은 수레를 멈추게 하고서, 앞의 노인보다는 덜 엄숙한 목소리로 말했다.

"나는 얼굴이 알려지지 않은 우르간다의 절친 현자 알키페**이다."

그리고 앞으로 나갔다.

그러고 나서 같은 방식으로 다른 수레가 왔는데, 여기에는 높은 자리에 앞서처럼 노인이 아닌 인상이 나쁜 매우 건장한 체구의 남자가 앉아 있었다. 수레가 도착하자 다른 사람처럼 자리에서 일어나서는 아주 추악하고 쉰 목소리로 말했다.

"나는 아마디스 데 가울라와 그 친족들의 철천지원수인 마법사 아르칼라우스이다."

그리고 앞으로 지나갔다. 거기서 조금 길을 벗어나서 세 대의 수레가 멈춰 섰고, 그러자 불쾌한 바퀴 소리도 멈추었다. 이번에는 소음이 아닌 아주 부드럽고 화음이 맞는 음악 소리가 들려왔다. 이에 산초가 즐거워하며 좋은 징조로 여겼다. 그래서 한순간도 옆에서 떨어지지 않고 있던 공작부인에게

---

*《태양의 기사》에서 주인공의 스승이자 연대기 기록자. 페르시아 왕의 아들로 황금 섬의 주인이다.
**《아마디스 데 가울라》에 나오는 마법사. 주인공 아마디스의 조력자인 얼굴이 알려지지 않은 우르간다의 남편이다.

말했다.

"마님, 음악이 있는 곳에는 나쁜 일이 생길 수 없는 법입니다."

"빛이 있고 밝은 곳에도 나쁜 일이 생기지 않지요." 공작부인이 대답했다.

이에 산초가 대꾸했다.

"불은 빛을 주고, 모닥불은 밝음을 줍니다. 우리를 둘러싸고 있는 불들을 보면 알 수 있지요. 하지만 불은 우리를 불태울 수도 있습니다. 그러나 음악은 언제나 즐거움과 축제의 표시이지요."

"그건 두고 보아야지." 모든 얘기를 듣고 있던 돈키호테가 말했다.

그리고 다음 장에서 증명되듯이 그의 말이 옳았다.

제35장

여기에서는 둘시네아를 마법에서 푸는 것에 대하여
돈키호테가 듣게 된 소식들과
또 다른 놀라운 사건들이 계속된다

듣기 좋은 음악 소리에 맞추어 여섯 마리의 거무스름한 노새가 끄는 개선
마차라 불리는 수레 하나가 그들을 향하여 오고 있었다. 노새들은 흰색의
아마포로 몸을 덮었으며,* 각각의 노새 등에는 마찬가지로 하얀색 옷을 입
고 손에는 커다란 양초로 만든 횃불을 든 빛의 고행자가 타고 있었다. 이 수
레는 이전에 지나간 것들보다 두 배, 아니 세 배 이상 더 크고, 수레 위와 양
쪽으로는 눈처럼 하얀 열두 명의 고행자들이 모두 횃불을 들고 있었는데,
그 모습이 경탄스럽기도 하고 두렵기도 했다. 그리고 높이 세워진 옥좌에는
은색 베일을 천 번이나 두른 옷을 입은 요정이 앉아 있었는데, 옷에는 온통
셀 수 없을 만큼 많은 금박 장식들이 반짝여서, 그녀를 부자는 아니라도 적
어도 눈부시게 보이게 만들었다. 얼굴은 투명하고 매우 고운 비단으로 가리
고 있었지만 비단 실오라기들이 가리지 않을 때면 그 사이사이로 처녀의 매
우 아름다운 얼굴이 드러나곤 했다. 수많은 불빛들 덕에 여인의 아름다움과

---

*앞 장에 등장하는 검은 장식을 한 황소들과 대비되는 좋은 소식을 상징한다.

제35장 **441**

나이를 짐작할 수 있었으니, 스무 살은 안 되었고 열일곱 살은 넘어 보였다.

　이 요정 옆에는 검은 베일로 얼굴을 가리고 발끝까지 닿는 로사간테*를 입은 사람이 타고 있었다. 공작 부처와 돈키호테의 바로 정면에 수레가 도달할 시점에 피리 소리가 멈추었고, 수레에서 울리던 하프와 라우드 소리도 중단되었다. 그러자 긴 망토를 입은 자가 일어나서 옷을 양쪽으로 펼치고 얼굴의 베일을 벗어, 뼈가 앙상한 추악한 사자(死者)의 모습을 그대로 드러내었다. 이를 보자 돈키호테는 괴로워했고 산초는 두려움을 느꼈으며, 공작 부처 역시 무언가 두려운 모습이었다. 이 살아 있는 죽음의 형상은 벌떡 일어서서 아직 잠에서 온전히 깨어나지 못한 듯 혀가 굳는 목소리로 이렇게 말했다.

　　나는 메를린, 이야기들이 말하길
　　악마를 아비로 두었다고 하는 바로 그 사람,
　　이것은 세월이 만든 거짓말이니,
　　나는 마법의 왕자, 조로아스터**가 만든
　　그 지혜의 군주이자 보고(寶庫)이다.
　　내가 큰 애정을 품었고, 지금도 품고 있는
　　용맹한 편력기사들의 무용담들을
　　감추어버리려고 하는
　　저 세월과 시간들을 나는 증오한다.
　　마법사들, 마술사들,

---

*옛 왕족들이 입었던 화려하고 긴 망토.
**조로아스터교의 창시자인 고대 페르시아의 현인. 신화나 민담에서는 마법의 창시자로 알려져 있기도 하다.

요술쟁이들의 성질이 거칠고
가혹하고, 모질다고 하나
나는 부드럽고, 순수하고, 상냥하며,
모든 사람들을 돕는 어진 사람이다.

디테*의 어두운 동굴 속에서
즐거운 내 영혼이
마법의 기호와 형상을 만들고 있을 때
비할 데 없이 아름다운 여인,
둘시네아 델 토보소의
고통스러운 목소리가 들려왔다.
그녀가 걸린 마법과 그녀가 처한 불운,
그 우아한 귀부인이 촌뜨기 시골 아낙으로 바뀐 것을 알고
안타까워하며, 나는 내 영혼을
이 무섭고 사나운 해골의 공동 속에 넣고서
악마가 씌운 아둔한 지식을 담은
십만 권의 책을 다 뒤져본 후에
그토록 큰 고통과 불행을 치유할
처방을 가지고 이곳에 왔도다.

오, 그대는 강철과 다이아몬드로 만든
긴 가운을 입은 자들의 영광이며, 명예로다.

---

*지옥의 신 플루톤의 다른 이름.

허황된 꿈과 게으른 펜을 버리고,

피투성이의 무거운 무기를 들고

참지 못하고 휘두르겠다고 작정한

기사들의 빛이며, 등대,

그리고 오솔길이며, 길잡이, 안내자여!

그대에게 말하노라. 오, 한 번도 찬양받지

못한 용사여! 용맹하고 사려 깊은 그대 돈키호테,

라만차의 빛, 에스파냐의 별이여,

세상에 비할 데 없는 둘시네아 델 토보소를

원래의 모습으로 되돌리기 위해서는

그대의 종자 산초가 3천3백 대의 매질을

그의 용맹한 양쪽 엉덩이에

스스로 내리쳐야 하리라.

하늘에 드러내놓고서 때려야 하며,

불에 댄 듯이 아프고, 고통스럽고, 성나게 해야 한다.

그리하면 그 불행의 원흉이던

모든 문제들이 해결될 것이니,

바로 이 때문에 내가 여기 온 것이다.

　"하느님 맙소사!" 이때 산초가 말했다. "3천 대가 아니라 세 대만 맞아도 칼로 세 번 찌르는 것 같을 겁니다. 마법을 풀기 위해 악마에게 의존하다니! 내 엉덩이와 마법이 무슨 상관이 있는지 도무지 모르겠네요! 만약 메를린 나리께서 둘시네아 델 토보소 공주님을 마법에서 풀어주는 다른 방법을 찾지 못했다면, 하느님께 맹세코, 공주님은 마법에 걸린 채 무덤까지 가야 할 겁니다!"

"이 버릇없는 시골 촌놈아," 돈키호테가 말했다. "내가 너를 붙잡아서, 네 어미가 너를 낳을 때처럼 벌거벗겨 나무에 붙들어 매고서, 3천3백 대가 아니라 6천6백 대의 매질을 하겠다. 3천3백 대로는 네가 쓰러지지 않을 테니 아주 잘 때려줄 테다. 그리고 나에게 말대꾸하지 마라, 그랬다간 네 영혼을 뿌리째 뽑아버릴 테니."

메를린이 그것을 듣고서 말했다.

"그렇게 해서는 안 되지. 착한 산초가 맞아야 할 매는 자신의 의사에 따라야 하는 것, 강제로 해서는 안 된다. 기간을 정해놓은 것이 아니니 산초가 원하는 시간에 하되, 만약 산초가 이 매질의 고통을 절반으로 줄이길 원한다면, 더 힘들겠지만 다른 사람의 손으로 매질을 할 수 있도록 허락하겠다."

"남의 손이든 내 손이든 다 소용없고," 산초가 말했다. "힘들지 않고, 고통이 없더라도, 아무도 제 몸에 손댈 수 없습니다. 그녀의 눈이 저지른 죄를 제 엉덩이가 갚아야 하다니, 아니 둘시네아 델 토보소 공주님을 제가 낳기라도 했습니까? 제 주인님이라면 그분의 일부이니까 그럴 수도 있지요. 그리고 틈만 나면 '내 생명', '내 영혼'이라고 부르고, 그분의 기둥이며 지지대를 자처하는 분이니까 응당 그분을 위해 매를 맞아야 하고, 그분이 마법에서 풀려날 수 있는 일이라면 모든 노력을 다하셔야 하지요. 그런데 제가 매를 맞는다고요……? 사절입니다요!"

산초가 이렇게 말을 하자마자, 메를린의 영혼을 따라왔던 은빛 요정이 자리에서 일어나 얼굴에서 얇은 베일을 걷어내며 모습을 드러냈는데, 모든 사람들이 지나치게 아름답다 하는 것 이상으로 아름다웠다. 요정은 사내처럼 호탕하고 다소 귀부인답지 않은 목소리로 산초 판사에게 직접 말을 걸었다.

"오, 불운한 종자여, 몰인정한 사람, 코르크나무 같은 심장*을 가진 자여, 돌처럼 딱딱한 마음을 지닌 자여! 이 철면피한 사람아, 만일 누가 자네를 높은 탑에서 땅으로 떨어지라고 명령을 한다면, 인간의 원수 녀석아, 만약 누가 자네에게 두꺼비 열두 마리, 도마뱀 두 마리, 구렁이 세 마리를 먹으라고 요구한다면, 그리고 만일 예리하고 소름 끼치는 신월도로 자네 마누라와 아이들을 죽이라고 설득한다면, 자네가 걱정스럽고 냉담한 모습을 보여도 놀랄 일이 아닐 거야. 혹독하다 하지만 고아원에 있는 어린아이들 중에도 매달 그 정도로 매를 맞지 않는 아이는 없어. 그런데 3천3백 대의 매질에 신경을 곤두세운다니, 그 말을 들으면 자비심 많은 사람들의 마음조차 놀라게 하고 경악하게 할 것이다. 시간이 흘러서 나중에 그 일에 대해 알려고 하는 사람들은 말할 것도 없지. 오, 불쌍하고 냉혹한 짐승 같은 사람아! 겁 많은 어린 노새 같은 너의 두 눈을 반짝이는 별들에 비유할 어린 소녀 같은 내 눈동자에 맞추어보아라. 내 아름다운 두 뺨 위로 고랑을 만들고 길을 만들면서 쉼 없이 흐르는 눈물방울이 보이지 않느냐. 비열하고 사악한 괴물아, 아직도 열몇 살, 아직 스무 살이 되지 않은 열아홉 살 너무나도 꽃다운 나이에 촌뜨기 시골 아낙의 허울 아래에서 늙고 시들어가는 것을 보아라. 만약 지금 네 눈에 내가 그렇게 보이지 않는다면, 그건 이 자리에 계시는 메를린 나리께서 베풀어준 특별한 배려일 것이다. 나의 아름다움만이 너를 고분고분하게 할 것이라 생각하신 것이지. 슬픔에 빠진 아름다운 여인의 눈물은 바위를 솜으로 만들고, 호랑이를 양으로 만들어주니 말이다. 이 길들지 않은 짐승아, 그 살가죽에 매질을 하여라. 오직 먹고 또 먹는 것에만 매달리는 너의 게으름을 떨쳐버리고 활기를 찾아라. 그리하여 내 순수한 육체, 내 온화

---

*속이 좁은 사람이라는 의미이다.

한 성격, 내 아름다운 얼굴을 자유롭게 해다오. 만일 나로서는 네가 인정을 베풀거나 합당한 결론을 내릴 조건이 되지 않는다면, 네 곁에 있는 저 가련한 기사를 위해 해주기 바란다. 너의 주인님을 위해 말이다. 내 눈엔 그 입술에서 손가락 열 개 거리도 안 되는 목구멍에 그의 영혼이 걸려 있는 것이 보인다. 네 결심이 강경하든 아니든 간에 답을 해주어야 그것이 입을 통해 나오든 다시 배 속으로 들어가든 할 것 아니더냐."

이 말을 듣자 돈키호테는 목을 만지면서 공작을 향해 말했다.

"하느님께 맹세코, 공작님, 둘시네아가 진실을 말했습니다. 여기에 제 영혼이 마치 큰 활의 조임새처럼 목구멍에 걸려 있습니다."

"이 문제를 어떻게 생각하시는가, 산초?" 공작부인이 물었다.

"마님, 저는 할 말을 다 했습니다. 매질에 대해서는 사잘입니다." 산초가 대답했다.

"'사절'이라고 해야지, 그렇게 말하면 안 되네, 산초." 공작이 말했다.

"공작 나리, 저를 그냥 내버려두세요." 산초가 대답했다. "제가 지금 말이나 이러쿵저러쿵 세세하게 따지고 있을 처지가 아닙니다. 매를 맞거나 아니면 스스로 매질을 해야 한다는데, 너무도 혼란스러워서 제가 무슨 말을 하는지도 무엇을 하는지도 모르겠습니다. 하지만 우리 마님이신 둘시네아 델 토보소 공주님이 어디에서 그렇게 부탁하는 방법을 배웠는지는 물어보고 싶네요. 매를 맞아 살이 찢겨 나가게 하라는 부탁을 하러 와서는, 저더러 '냉담한 사람'이니 '길들지 않은 짐승'이니 악마도 고통스러워할 모욕적인 말들을 줄줄이 늘어놓으시니 말입니다. 제 몸이라고 설마 무슨 청동으로 만들어졌겠습니까? 게다가 마법에서 풀려나든 말든 그게 저와 무슨 상관이 있습니까? 제가 쓰지도 않는 하얀색 옷, 셔츠, 머리에 쓰는 수건과 양말들을 담은 광주리를 갖다놓고서는 마음을 풀라고요? 그래놓고선 싫다 한다고 뭐라 하시는 겁니까? '황금을 등에 진 당나귀는 산도 가볍게 오른다', '선물은 바위도 깨뜨린다', '열심히 일하면서 하느님께 간청해야 한다', '두 개 준다는 말보다 하나 받는 게 낫다' 같은, 사람들이 이런 데 쓰는 속담들은 알기나 하시는 겁니까? 그런데 또 우리 주인님은 제 목덜미를 어루만져주고, 제가 잘 빗은 양털이나 솜같이 부드러워지게 달래주셔야 할 양반이 저를 잡아서 벌거벗긴 채 나무에 묶어 매질을 갑절로 할 거라고 말씀하시다니요. 자기 종자에게 매질을 하라고 할 뿐만 아니라 섬의 총독이 될 사람에게도 매질을 하라고 명령하는 이 가련한 어른들을 보세요. 이거야말로 '앵두 넣어 한잔한다'*고 하는 겁니다. 좀 배우세요, 제발. 상황이 좋지 않을 때 부탁하고, 간청하고, 예의를 갖추는 법을 많이 배우시라고요. 사람들이 다 똑같지도 않고, 모든 사람이 항상 기분 좋은 건 아니지 않겠습니까. 제 초록색 옷이 찢어진 것을 보니 저는 지금 슬픔으로 가슴이 터질 것만 같습니다. 그런 절더러 스스로 매질을 하라고 부탁하러 오시다니. 매질이라니 인디오들의 족장이 되는 것만큼이나 눈곱만큼도 관심 없습니다."

"그런데 산초, 사실," 공작이 말했다. "만약 자네가 잘 익은 무화과보다 더 부드럽지 않으면, 통치하는 일을 잘 수행하지 못할 걸세. 내가 섬의 주민들에게, 비탄에 잠긴 여인들의 눈물에도 굽히지 않고, 사려 깊고 위엄 있고 경륜 있는 마법사들과 현자들의 요청에도 응하지 않는 냉혹한 마음을 가진 잔인한 총독을 보내야 하겠나! 산초, 결론적으로 말하면, 자네가 매질을 당하든가, 아니면 스스로 매질을 하든가, 아니면 섬의 총독이 되지 말든가 하게."

"공작님," 산초가 대답했다. "제게 무엇이 더 좋을지 생각하도록 이틀만

---

*상황이 좋든 나쁘든 간에 극단으로 몰고 간다는 의미이다.

시간을 주시면 안 될까요?"

"안 된다." 메를린이 말했다. "여기에서, 지금 이 자리에서 이 일을 어찌할지 결정해야 한다. 둘시네아가 몬테시노스 동굴로 돌아가서 본래의 시골 아낙이 될지, 아니면 지금의 상태로 엘리세오 들판*으로 가서 그곳에서 매질의 숫자가 다 채워질 때까지 기다릴지 말이다."

"자, 착한 산초," 공작부인이 말했다. "용기를 내요. 그대가 돈키호테 님에게 얻어먹은 빵에 제대로 보답을 해야지요. 그분의 훌륭한 성품이나 고상한 기사도를 생각할 때 모두의 섬김과 봉사를 받으셔야 마땅하시잖아요. 자, 그 매질을 하겠다고 해요, 그리고 우리 모두 평화롭게 축제나 하는 거예요. 두려움은 야비한 자들에게나 줘버려요. 그대도 잘 알고 있겠지만 착한 마음이 불운을 물리치니까."

이때 산초는 엉뚱한 소리를 하면서 메를린에게 말을 걸었다.

"고귀하신 메를린 나리, 말씀 좀 해주세요. 이곳에 악마의 파발꾼이 도착해서 몬테시노스 님의 전갈을 전해주고는, 제 주인님께 그분이 오실 때까지 기다리라고 그분의 이름으로 명령했지요. 둘시네아 델 토보소 공주님을 마법에서 풀어줄 방도를 전하기 위해 오신다는 말씀이었는데, 지금까지도 몬테시노스 님은 물론 그분과 비슷한 사람도 보지 못했습니다."

이에 메를린이 대답했다.

"봐라, 산초, 악마는 무지하고 아주 사악한 자다. 내가 너의 주인님을 찾기 위해 보냈고, 몬테시노스 님의 전갈이 아니라 내 전갈을 가져갔다. 몬테시노스 님은 자신의 동굴에서 자신의 마법이 풀리기를 희망하면서 기다리고 있으니, 이는 아직 가장 어려운 부분이 풀리지 않고 있기 때문이다. 만약

---

*선한 사람들이 간다고 하는 지상 낙원.

네가 그분에게 신세를 지거나 혹은 그분과 협상할 일이 있다면, 내가 그분을 모셔 와서 네가 가장 원하는 장소에 모실 것이다. 그러하니 지금은 당장 이 매질을 받아들이겠다고 대답을 해라. 그러면 너의 영혼과 육체에 매우 이익이 될 것이니 내 말을 믿어라. 영혼으로 말하면 그 자비심이 덕이 될 것이며, 육체적으로도, 네가 다혈질이라는 것을 이미 알고 있는바, 피를 조금 흘리더라도 몸에 해가 되지는 않을 것이다."

"세상에 의사들이 많기도 하네요, 마법사들까지 의사라니." 산초가 대답했다. "저는 아무래도 그렇게 보지 않지만 다들 그렇게 말을 하니, 아무튼 날짜와 시간을 정하지 않고 제가 원하는 시간에 매를 맞는 조건이라면, 3천 3백 대의 매를 맞기로 하는 데 동의한다고 말씀드립니다. 그리고 저도 가능한 한 빨리 이 빚을 갚도록 애쓸 것입니다. 그래야 둘시네아 델 토보소 공주님의 아름다움을 모두가 향유할 것 아니겠습니까. 제가 보니 그동안 제가 생각했던 것과는 반대로 실제로 공주님은 아름다우십니다. 단, 매질을 한다 해도 제가 반드시 피를 흘릴 필요는 없고, 모기를 잡는 것처럼 아주 약한 것일지라도 횟수에 넣어주어야 한다는 조건입니다. 그 외에 만일 제가 매질 횟수를 헷갈리더라도 메를린 나리께서는 다 알고 계실 테니 숫자를 계산하는 데 관심을 기울여주시고 저에게 몇 대가 남았는지 혹은 넘었는지를 알려주시기 바랍니다."

"남은 횟수를 알려줄 필요는 없을 것이다." 메를린이 대답했다. "정확한 횟수가 되면, 둘시네아 공주님이 예고 없이 마법에서 풀려나게 될 것이기 때문이다. 그러면 고마운 마음으로 착한 산초를 찾아와 감사를 표하고 선한 행동에 상도 내려줄 것이다. 그러니 매질이 모자라거나 남는 것에 대해 걱정할 필요는 없다. 머리카락 한 올이라도 내가 속이는 것을 하늘이 허락하지 않을 것이니."

"예, 그러면 하느님의 손에 맡기지요!" 산초가 말했다. "제 불운에 동의합니다. 다시 말해, 앞서 말한 조건들을 붙여서 매질을 수락한다는 말입니다."

산초가 이 마지막 말을 하자마자 피리 소리가 다시 울리기 시작하고 수많은 화승총이 다시 발사되었다. 돈키호테는 산초의 목덜미를 끌어안고서 이마와 양 뺨에 수천 번 입을 맞추었다. 공작부인과 공작 그리고 주변에 있던 모든 사람들이 지극히 만족한 표정이었으며, 수레는 다시 움직이기 시작했다. 아름다운 둘시네아 공주가 지나면서 공작 부처에게 머리를 숙였고 산초에게는 더 크게 머리를 숙여 인사를 했다.

이즈음 벌써 즐겁고 기쁨에 찬 새벽이 밝아오고 있었다. 들판의 작은 꽃들이 고개를 들고 솟아오르고 작은 시냇가의 수정 같은 물이 흰색 조약돌과 거무스름한 조약돌 사이로 속삭이듯 흐르면서, 그들을 기다리는 강을 향해 조공을 바치러 가는 것 같았다. 즐거운 대지, 밝은 하늘, 맑은 공기, 고요한 빛이 각자로나 모두 함께 어울려서나, 여명의 옷자락을 밟고서 밝아오는 이날이 평온하고 청명할 것이라는 확실한 징후를 보여주었다. 공작 부처는 사냥과 자신들의 의도가 은밀하고 행복하게 결말이 난 것에 만족했으며, 또 다른 장난을 계속할 생각으로 성으로 돌아갔다. 공작 부처에게는 이보다 더 큰 즐거움을 주는 일은 없었다.

제36장

여기에서는 산초 판사가 아내 테레사 판사에게 쓴 편지와 트리팔디 백작부인이라 불리는 슬픔에 잠긴 노시녀의 상상도 할 수 없는 기이한 모험에 대하여 이야기한다

공작은 성품이 익살스럽고 스스럼없는 집사를 하나 두고 있었는데, 이 집사가 지난 모험에서 메를린 역할을 맡았었다. 모험의 모든 장비를 챙기고, 시를 짓고, 시동을 변장시켜 둘시네아로 만든 것도 이 집사로, 마침내는 자기 주인들의 도움을 받아 상상할 수 있는 가장 재미나고 신기한 또 다른 모험을 준비하기에 이른다.

공작부인이 다음 날 산초에게 둘시네아를 마법에서 풀려나게 하기 위한 고행의 의무를 시작했느냐고 묻자 산초는 그렇다고 하면서 지난밤 이미 다섯 대를 맞았노라고 답했다. 공작부인이 그럼 무엇으로 매질을 했느냐고 묻자 산초는 손으로 했노라고 답했다.

"그건," 공작부인이 말했다. "매질이라기보다는 손뼉치기가 아닌가요. 내 생각엔 현자 메를린은 그렇게 부드러운 형벌로는 만족하지 않을 것 같군요. 착한 산초는 엉겅퀴로 된 채찍을 하나 만들 필요가 있겠어요. 아니면 꼬아서 땋아 내린 채찍이든지. 그래야 아픔을 느끼지요. 피를 흘리며 글자를 익힌다는 말도 있거니와, 둘시네아 님처럼 고귀한 아가씨가 자유를 얻게 되는

데 그리 헐값에, 값어치 없이 자유가 주어질 수는 없는 거지요. 산초, 명심해요, 미지근하게, 엉성하게 하는 자선은 미덕도 가치도 없답니다."

이에 산초가 이렇게 대답했다.

"적당한 채찍이나 밧줄 같은 것이 있으시면 주세요, 마님. 너무 아프지만 않다면 그것으로 매질을 합지요. 한데 제가 촌놈이기는 하지만 속살만은 동아줄 억새풀이라기보다는 보드라운 솜 같다는 걸 마님께서 알아주셨으면 합니다. 게다가 남 좋은 일 하자고 제 몸을 망칠 수는 없는 노릇 아닙니까요."

"그건 그렇네요." 공작부인이 대답했다. "내일은 내가 그대에게 딱 맞는, 그 부드러운 속살과 친누이처럼 잘 어울리는 적당한 채찍을 하나 드리지요."

이에 산초가 말했다.

"고귀하신 공작부인 마님, 제 영혼의 귀부인이시여, 제가 제 마누라 테레사 판사에게 편지를 한 장 썼습니다. 마누라 품을 떠나온 뒤 제게 일어났던 일을 모두 알리려는 것인데, 여기 품속에 써두었고 이제 겉봉만 적으면 됩니다. 바라옵건대, 현명하신 마님께서 한번 읽어봐주셨으면 합니다. 제가 보기에는 총독에 걸맞은, 다시 말해 총독들이 쓰는 방식대로 쓴 것 같아 보이기는 합니다만."

"누가 그 편지를 썼단 말인가요?" 공작부인이 물었다.

"죄 많은 이놈이 아니면 누가 썼겠습니까?" 산초가 대답했다.

"그대가 글을 썼다고요?" 공작부인이 말했다.

"그건 생각도 못 하지요." 산초가 대답했다. "저는 글을 쓸 줄도 읽을 줄도 모르는데요. 서명이라면 할 수 있지만요."

"어디 한번 봅시다." 공작부인이 말했다. "분명 편지 속에 그대의 품격과 넘치는 재치가 담겨 있겠지요."

산초는 품속에서 펼쳐진 편지를 한 장 꺼내 들었고 이 편지를 받아 든 공작부인이 보니 이렇게 말하고 있었다.

산초 판사가

아내 테레사 판사에게 보내는 편지

나는 매를 잘 맞으면서 훌륭한 기사가 되어가고 있다오. 그러니 내가 총독직을 얻는다면 엄청난 매 값이 들었다는 말이지. 여보, 테레사, 당신은 지금은 이게 무슨 말인지 모를 거야. 하지만 언젠가는 알게 되겠지. 테레사, 내가 이제부턴 당신을 마차에 태워 다니기로 결심했으니 잘 알아둬. 그러지 않고 돌아다니는 것은 죄다 고양이처럼 기어 다니는 거나 마찬가지거든. 당신은 이제 총독의 안사람이야. 두고 봐, 앞으론 아무도 당신 없는 곳에서 당신 험담을 할 수 없을 테니. 여기 공작부인께서 하사하신 녹색 사냥 옷을 보내니, 잘 만져서 우리 딸아이 치마랑 윗옷을 만드는 데 쓰구려. 우리 돈키호테 주인님은 이 부근에서 내가 들은 바에 따르면 신중한 미치광이라고도 하고 재미있는 멍청이라고도 하는데, 또 그런 점에서는 나도 뒤지지 않는다고들 하는군. 그리고 주인님과 함께 몬테시노스 동굴에 다녀왔는데, 현인 메를린이 나를 둘시네아 델 토보소 공주님의 마법을 푸는 도구로 사용하신다잖겠어. 그 동네에서는 알돈사 로렌소라 부르는 그 처녀 말이야. 3천3백 번에서 다섯 번 빠지는 매질을 당해야 하는데 그러면 그분 어머니가 낳으셨을 때 모습 그대로 마법에서 풀려나실 거라 하는군. 이 일은 아무에게도 말하지 마오. 사람들 앞에 내놓았다간 누구는 희다 하고 누구는 검다 할 테니. 이제 며칠 안 있으면 통치를 하러 떠날 거야. 막대한 돈을 모을 수 있으리라는 원대한 희망을 가지고 가는 거지. 모두들 그러는데 새로운 총독은 다들 이런 꿈을 가지고 있다 하더군. 일단 맥을 좀 짚어보고 당신이 나와 함께 지내러 오는 게 좋을지 어떨지 알려주리다. 잿빛 녀석은 잘 있어. 당신한테 안부 전하라는군. 나를 터키의 술탄으로 모셔 간다고 해도 이 녀석은 두고 가지 않을 생각이야. 공작부인께서 당신 손에 천 번의 입맞춤을 보내시니 당신은 2천 번으로 갚아드리게. 우리 주인님 말씀에 따르자면 예의 바른 말만큼 힘도 들지 않고 돈이 안 드는 것은 없다고 하시니까. 하느님은 아직도 지난번 100에스쿠도가 들어 있는 가방 같은 건 주시지 않았지만, 슬퍼할 것 없어, 테레사, 종을 치는 자는 무사하고, 또 총독 자리에 관한 것도 다 잘될 테니까. 딱 한 가지 걱정되는 건, 사람들이 그러는데 일단 총독 자리 맛을 한번 보고 나면 그 뒤에는 계속 제 손을 뜯어먹는다는 거야. 그렇게 되면 그 자리 값이 절대 싼 게 아니잖아. 그래도 불구가 된 자들이나 외팔이들도 구걸만 잘하면 제법 벌이가 된다고 하니, 이런 방도로든 저런 방도로든 당신은 부자로 살게 될 거야. 부디 하느님께서 당신에게 할 수 있는 한 많은 것을 내려주시기를, 그리고 내가 오래도록 당신을 돌볼 수 있게 해주시기를.

1614년 7월 20일, 이곳 성에서
당신의 남편이자 총독
산초 판사

편지를 다 읽고 나서 공작부인이 산초에게 말했다.

"훌륭한 총독님, 딱 두 군데에서 약간 길을 비켜 간 것 같네요. 하나는 이 총독의 직분이 앞으로 맞게 될 그 매질 때문에 주어졌다고 말한, 아니 그렇게 알고 계신 점입니다. 우리 주인 공작께서 총독직을 약속하셨을 때는 이 세상에 매질이라는 것이 있다는 것조차 꿈에도 알지 못하셨는데 말이지요. 또 한 가지는 이 편지 속에서 그대가 아주 탐욕스러운 사람으로 보인다는 겁니다. 난 총독의 직책이 그대를 부유하게 하는 데 이용되기를 바라지는 않았어요. 탐욕은 자루도 찢는다고 하지요. 그리고 탐욕스러운 총독은 정의를 거꾸로 뒤집어엎는답니다."

"그래서 드린 말씀이 아닙니다, 마님." 산초가 대답했다. "만일 마님이 보시기에 적당치 않다고 하시면 찢어버리고 새로 쓰면 그만이지요. 제 사리분별에 맡겨두었다간 더 나빠질 수도 있겠습니다."

"아니, 아니요." 공작부인이 말했다. "잘 쓴 편지예요. 공작님께도 보여드리고 싶네요."

그런 다음, 두 사람은 그날 식사를 하기로 되어 있던 정원으로 나갔다. 공작부인은 공작에게 산초의 편지를 보여주었는데, 공작은 그 편지를 읽고 아주 흡족해했다. 식사를 마치고 식탁보를 모두 걷어 간 뒤, 산초와 맛난 대화를 한동안 즐기고 있는데 갑자기 구슬픈 피리 소리와 쉰 목소리 같은 불협화음의 북소리가 들려왔다. 모두들 이 혼란스럽고 슬픈 화음에 당황하는 것처럼 보였는데, 특히 돈키호테는 제자리에 가만히 앉아 있지 못하고 안절부절못했다. 산초는 말할 필요도 없는 것이 너무나 두려워한 나머지 그가 늘 피난처로 삼고 있는 공작부인의 곁, 그 치마 밑으로 숨어들었으니, 정말로 산초에게는 들려오는 그 소리가 너무나 슬프고 음울했기 때문이다.

그렇게 모두들 얼떨떨해하고 있는데, 바닥에 질질 끌리는 치렁치렁하고 널찍한 상복을 입은 사람 둘이 정원으로 들어오는 것이 보였다. 그들은 각기 검은색으로 뒤덮인 큰 북을 치며 걸어왔고, 그 옆에는 나머지 두 명과 마찬가지로 까무잡잡하고 햇볕에 탄 듯 검은 사람이 피리를 불고 있었다. 그리고 이 셋을 뒤따라 터무니없이 넓은 치맛자락에 새카만 빛깔의 가운을, 입었다기보다는 차라리 담요처럼 뒤집어쓴 듯한 어마어마하게 몸집이 큰 사람이 들어왔다. 옷 위로는 역시 검은 빛깔의 널찍한 검대를 둘렀고, 거기에는 검은색 칼집으로 장식을 한 커다란 신월도가 매달려 있었다. 얼굴은 검은색의 투명한 베일에 가려져 있었는데, 그 베일 사이로 눈처럼 흰 아주 긴 수염이 드러나 보였다. 그는 북소리에 맞춰 장중하고 엄숙하게 걸음을 옮겼다. 한마디로 그 장대함, 어깨와 엉덩이를 흔들며 걷는 걸음걸이와 온통 검은 복장, 기이한 동반자들이 만드는 분위기가 그가 누군지도 모르고 그를 바라보고 있던 사람들을 모두 멍하게 만들어버렸다.

천천히 그리고 엄숙하게 다가온 그 사람이 다른 이들과 함께 거기서 선 채로 그를 맞이하고 있던 공작 앞에 무릎을 꿇었다. 공작은 그가 완전히 일어설 때까지 어떤 말도 허락하지 않았다. 그렇게 해서 일어선 그 불가사의한 허수아비가 얼굴을 가린 베일을 들어 올리고 사람들이 본 중 가장 기이한 소름 끼치도록 길고 하얀, 그리고 너무나 숱이 많은 그 수염을 드러내보였다. 그는 공작에게 눈길을 두면서 그 넓고 한껏 부풀어 오른 가슴으로부터 무겁고도 멀리 울리는 목소리를 끄집어내어 이렇게 말했다.

"이 세상에 가장 높고 강대하신 분이시여, 제 이름은 '흰 수염 트리팔딘'이며 '슬픔에 잠긴 노시녀'라고도 불리는 트리팔디 백작부인의 종자입니다. 저는 그분의 명을 받아 전갈을 가지고 공작님 앞에 왔습니다. 부디, 관대하신 나리께서는, 그분이 이 자리에 들어오셔서 이 땅 위에서 상상할 수 있는 가장 슬프고 통탄할 일보다 더욱 새롭고 놀라운, 그분의 불운에 대하여 이야기할 수 있는 자격을 주시고 허락해주시기를 청하는 바입니다. 무엇보다 그분께서는 공작님의 성에 용감하고 한 번도 패배한 일이 없는 기사 돈키호테 데 라만차 님이 계신지 알고 싶어 하십니다. 그분을 찾아 칸다야 왕국으로부터 걸어서, 조반도 거른 채 공작님의 영지까지 오신 것입니다. 이것은 참으로 기적이 아니면 마법의 힘으로나 될 법한, 아니 그럼에 틀림없는 일입니다. 노시녀님께서는 이 요새, 이 들판 위의 성문 앞에 머물며 공작님의 허가가 있기만을 애태워 기다리고 계십니다. 이것이 제가 전해드릴 말씀의 전부입니다."

그러고는 기침을 하더니 양손으로 수염을 위아래로 어루만지면서 평온하게 공작의 대답을 기다렸다. 이에 공작이 대답했다.

"훌륭한 종자, 흰 수염의 트리팔딘이여, 이미 여러 날 전에 마법사들이 '슬픔에 잠긴 노시녀'라고 부른다는 트리팔디 백작부인의 불운한 소식에 대해 듣고 있었다네. 뛰어난 종자여, 그분께 들어오시라고 말씀드리게. 그리고 여기 용감한 기사 돈키호테 데 라만차 님이 계시며, 그분의 관대한 성품으로 보아 분명 모든 지원과 도움을 아끼지 않으실 것이라 말씀드리게. 뿐만 아니라 만일 내 편에서 어떠한 도움이라도 필요하다고 하신다면 그 또한 당연히 받게 되실 것일세. 기사란 모름지기 숙녀의 모든 운명을, 특히 그대의 주인이신 부인처럼 미망인인 데다가 명예가 땅에 떨어진, 슬픔에 빠진 노시녀의 운명을 돌보아야 하는 것, 나 또한 그러한 의무를 소홀히 하지 않을 것이네."

이 말을 들은 트리팔딘은 바닥에 무릎을 꿇고 피리와 북을 향해 악기를 울리라는 눈짓을 보내고는 들어올 때와 같은 리듬으로, 그리고 같은 걸음으로 정원을 나갔고 이에 모두는 그의 존재감과 절도 있는 행동에 감탄했다. 이때 공작이 돈키호테를 돌아보며 말했다.

"결국, 고명하신 기사여, 사악함과 무지의 어둠이 용기와 미덕의 빛을 가릴 수도 어둡게 할 수도 없군요. 제가 이런 말씀을 드리는 이유는 기사님께서 이 성에 머무신 지 고작 엿새가 되었을 뿐인데 벌써 그 멀고 먼 땅으로부터 사륜마차를 탄 것도 아니고 단봉낙타를 탄 것도 아니고 두 발로 걸어서, 식음을 전폐한 채 슬픔에 젖은 자들, 비탄에 빠진 자들이 자신들의 슬픈 운명과 고난을 이겨낼 방도를 그대의 굳건한 두 팔에서 찾을 수 있으리라 확신하여 그대를 찾으러 오고 있으니 말입니다. 이는 모두 이 땅 위에 낱낱이 밝혀져 알려지게 된 그대의 위대한 업적 덕분일 것이오."

"공작님," 돈키호테가 답했다. "저로서는 지난번 식사에서 편력기사들에 대해 그토록 인색하고 사악한 악의를 지닌 모습을 보이신 그 축복받은 성직자분이 이 자리에 계셔서 두 눈으로 직접 이 세상에 편력기사들이 필요하다는 사실을 확인했다면 좋았을 것이라는 생각입니다. 이렇게 비통에 빠져 위로받지 못하는 이들이 위중한 일, 엄청난 불행을 겪을 때 그것을 치유할 방법을 찾으러 가는 곳이 학자들의 집도 아니고 마을 성물지기의 집도 아니고, 제 울타리 밖을 벗어나본 일이 없는 기사의 집도 아니며, 다른 사람들이 입으로 말하며 기록에 남길 만한 업적과 무훈을 세우려 애쓰기보다는 오히려 자기 스스로 이야기하고 떠벌리기 위해 새로운 일들을 찾아다니는 게으른 궁정기사들의 집도 아니라는 사실을 직접 손으로 만져 알게 되었으면 합니다. 불행을 치유하고 궁핍에서 구제하고 아가씨들을 비호하고 미망인을 위로하는 일은 편력기사가 아니면 다른 어떤 사람에게서도 결코 찾아볼 수 없습니다. 기사된 자로서 저는 하늘에 무한히 감사를 드리며, 너무나 영예로운 이러한 일을 행하는 데 있어 제게 일어날 수도 있는 모든 불행과 어떠한 어려움도 기꺼이 감당할 작정입니다. 부인께 오셔서 원하는 것을 청하라 하십시오. 제가 제 두 팔의 힘으로, 또 활기 넘치는 정신의 대담한 결의로써 어떤 방도든 만들어드리겠습니다."

제 37 장

여기에서는 그 유명한 슬픔에 잠긴 노시녀의 모험이 계속된다

돈키호테가 자신들의 의도에 얼마나 잘 걸려드는지를 보고 공작과 공작부인이 극도로 즐거워하자, 이를 본 산초가 말했다.

"그 노시녀 되시는 부인이 제게 총독직을 약속하신 것에 걸림돌이 되는 일은 없었으면 싶네요. 일전에 말솜씨가 뛰어난 톨레도의 한 약제사가 말하기를 노시녀들이 끼어든 일치고 좋은 일이 없다고 하던걸요. 맙소사, 그 약제사라는 사람, 노시녀들과는 그야말로 철천지원수였죠! 그걸 보면서 제가 생각한 것은 노시녀들은 그야말로 그 신분과 여건이 어떠하든 간에 지긋지긋하고 주제넘게 건방지다는 것입니다. 치맛단 세 자락인지 꼬리가 셋인지 하는 그 백작부인이* 말씀들 하신 것처럼 그렇게 슬픔에 잠기시기까지 했다니 대체 어떻겠습니까? 뭐 우리 고향에서는 치마가 꼬리이고 꼬리가 치마이고 다 같은 하나로 봅니다만."

---

*백작부인의 이름 트리팔디(Trifaldi)는 '치맛단 세 자락(tres faldas)'이라는 의미이며, '세 꼬리(tres colas)'와는 발음이 유사하다. 또한 꼬리라는 단어에는 철면피라는 의미도 담겨 있다.

"입 다물어라, 산초." 돈키호테가 말했다. "그토록 먼 땅에서 나를 찾아오신 이 노시녀께서 그 약제사가 거명한 그런 이들일 리가 없다. 게다가 이분은 백작부인이시다. 백작부인이신 분께서 노시녀라 하시니 그분이 섬기는 분은 왕비님이나 황후님이실 터이고 또 부인 자신도 댁에서는 또 다른 시녀의 섬김을 받으실 것이야."

이에 그 자리에 있던 도냐 로드리게스가 말했다.

"우리 공작부인 마님께서도 운명이 허락만 하였더라면 백작부인이 될 수도 있었을 그런 노시녀들의 섬김을 받고 계십니다. 하지만 법은 국왕께서 원하는 곳으로 따라가기 마련이지요. 그러니 어느 누구도 노시녀를 욕하지 못한답니다. 나아가 나이가 많은데도 아직 처녀인 노시녀 흥은 절대 보는 것이 아니지요. 제가 그렇지는 않지만 미망인 노시녀보다는 처녀 노시녀가 더 나은 점이 있다는 것은 저도 납득하고 추측하는 바입니다. 우리 머리카락을 자른 사람이 가위를 손에서 뗄 리 있겠습니까.*"

"아무리 그렇다 해도," 산초가 대답했다. "저희 이발사 말에 따르면, 노시녀들에게는 잘라내야 할 것이 너무 많아서, 밥이 타 들어가든 말든 내버려두는 편이 낫다던데요."

"종자들이란 항상," 도냐 로드리게스가 대답했다. "우리의 적이었습니다. 대기실에 있는 귀신들처럼 한 걸음 뗄 때마다 우리를 지켜보고, 기도하는 시간을 제외하고는 언제나 우리에 대해 종알거리면서 험담이나 하고 이름에 먹칠하는 일로 시간을 보내지요. 어차피 기도하는 시간도 많지 않지만요. 그래서 저는 그런 자들은 갤리선에서 노나 저으라고 보내버리라 합니다. 그들에게는 안된 일이지만, 부활절 행렬이 있는 날 태피스트리로 오물

---

*노시녀를 헐뜯은 사람이 누군들 헐뜯지 않겠냐는 의미이다.

통을 덮어놓듯이 검은색 수녀복으로 우리의 연약한 살을, 아니 연약하지 못한 살을 감싸고서 배고파 죽을 지경이라 해도 우리는 이 세상에, 그리고 이 대저택에 살아야 하니까요. 제게 시간을 허락해주신다면 여기 계신 분들에게, 뿐만 아니라 온 세상 사람들에게, 노시녀가 갖추지 않은 미덕이란 하나도 없다는 사실을 알려드릴 텐데 말입니다."

"나는," 공작부인이 말했다. "나의 착한 도냐 로드리게스의 말이 옳다고, 정말 옳은 말이라고 생각해요. 하지만 그대 자신을 위해서뿐만 아니라 다른 노시녀들을 위해서, 저 사악한 약제사의 악한 생각에 망신을 주고, 우리의 위대한 산초 판사의 가슴속에 심어둔 생각을 뿌리 뽑기 위해서는, 좀 더 때를 기다리는 편이 좋겠어."

이에 산초는 이렇게 대답했다.

"제가 총독으로서의 자부심을 갖게 된 이후로는 종자들의 그 울렁증이 사라져버려서, 아무리 노시녀들이 많다 해도 제게는 야생무화과 열매 정도로밖에 보이지 않습니다."

만일 이때 슬픔에 잠긴 노시녀가 들어오고 있다는 피리 소리와 북소리가 다시 울리지 않았더라면 노시녀에 대한 대화는 계속되었을 것이다. 공작부인은 공작에게 그녀가 백작부인인 데다 고귀한 분이시니 영접을 나가는 것이 좋지 않겠느냐고 물었다.

"백작부인이라는 것을 생각하면," 공작이 미처 답하기 전에 산초가 말했다. "저도 고귀하신 공작 나리께서 맞이하러 나가시는 것에 찬성입니다. 하지만 노시녀라는 점을 생각하면 한 발짝도 움직여서는 안 된다는 게 제 생각입니다."

"누가 너더러 끼어들라 하더냐, 산초." 돈키호테가 물었다.

"누구라뇨, 주인님?" 산초가 대답했다. "제가 그런 것입죠. 모든 궁정에서 가장 예절 바르고 가장 잘 교육받은 기사이신 주인님의 가르침 속에서 예절의 모든 법도를 배운 종자로서 말입니다. 저는 그럴 수 있지요. 게다가 이런 일에는, 제가 주인님 말씀을 들은 바에 따르면, 숫자가 많은 카드를 내놓으나 숫자가 적은 카드를 내놓으나 지는 것은 마찬가지입니다. 말귀를 잘 알아듣는 사람에게는 여러 말이 필요 없는 법이죠."

"산초가 말한 대로입니다." 공작이 말했다. "백작부인의 행색을 보고 그에 따라 어떤 예의법도가 마땅한지 생각해보도록 합시다."

이러는 중에 지난번과 마찬가지로 북과 피리 소리가 먼저 들어왔다.

여기에서 작가는 이 장을 짧게 마무리하고, 모든 이야기들 중 가장 뛰어난 이야기 중 하나인 노시녀의 모험에 대해 다음 장에서 이야기를 계속한다.

제38장

여기에서는 슬픔에 잠긴 노시녀가 말한
자신의 불행에 대하여 이야기한다

구슬픈 음악을 연주하는 악사들을 따라서 열두 명이나 되는 노시녀들이 두 줄로 나뉘어 정원으로 들어왔다. 모두 올이 촘촘한 가는 양모 천으로 만든 단이 넓은 수녀복 같은 것을 입고, 얇은 면으로 만든 하얀색 두건을 머리에 썼는데 그것이 어쩌나 길던지 옷자락의 테두리만 간신히 보일 정도였다. 노시녀들 뒤로, 트리팔디 백작부인이 종자 흰 수염 트리팔딘의 손에 의지하여 들어오고 있었다. 부인은 아직 보풀이 일지 않은 질 좋은 천으로 된 검은 옷을 입었는데, 느슨하게 짜인 그 천에 일단 보풀이 일기 시작하면 적어도 보풀 하나가 마르토스 지방에서 나오는 유명한 이집트콩 콩알만 해질 것이 분명했다. 꼬리인지 치마인지 부르고 싶은 대로 불러도 좋은 그것은 끝이 뾰족한 세 자락으로 나뉘었는데 역시 상복을 입은 세 명의 시동이 각각 그 끝자락을 받들어 세 끝자락이 예각의 눈부신 기하학적 모양을 이루고 있었다. 그 뾰족한 치맛자락을 본 모든 이들이 어째서 이 부인이 트리팔디 백작부인, 그러니까 '치맛단 세 자락 부인'이라고 불리는지 깨달았다. 또 원작자인 베넹헬리 역시 그것이 사실이라고 하는바, 본래의 성을 따르자면 로부나 백

작부인이라 불려야 마땅했는데, 이는 그 영지에 늑대가 많이 살고 있는 까닭이었으니, 만일 늑대가 아니라 여우가 많았다면 소루나 백작부인이라 불렸을 것이었다.* 그 지역에서는 귀족들이 자신의 영지에 가장 풍부한 것, 혹은 그러한 몇 가지에서 호칭을 따오는 것이 관습이었던 것이다. 그러나 이 백작부인은 자신의 치맛단이 가진 진기함을 높이 사기 위해 로부나라는 이름을 버리고 트리팔디라는 이름을 택했다고 한다.

열두 명의 노시녀와 부인이 부활절 행렬처럼 줄지어 걸어오는데, 트리팔딘의 것과는 달리 전혀 비치지 않는 올이 촘촘한 검은 베일로 얼굴을 가려 아무것도 들여다보이지 않았다.

이렇게 노시녀들의 행렬이 모두 모습을 드러내자 공작과 공작부인 그리고 돈키호테는 일어섰고, 천천히 들어오는 그 행렬을 바라보던 다른 모든 이들도 따라서 일어섰다. 열두 노시녀들이 걸음을 멈추고는 길을 만들자 그 길을 따라 슬픔에 잠긴 노시녀가 트리팔딘의 손을 놓지 않은 채 앞으로 나왔다. 이를 본 공작과 공작부인 그리고 돈키호테는 백작부인을 맞이하러 대략 열두 걸음 정도 앞으로 나왔다. 그러자 백작부인은 바닥에 무릎을 꿇은 채 부드럽고 섬세하기보다는 투박하고 거친 목소리로 이렇게 말했다.

"부디 고귀하신 분들께서는 그대들의 종, 이 여종에게 그토록 예를 갖추지 말아주십사 말씀드리는 바입니다. 제가 슬픔에 잠겨 있는 연유로 마땅히 갖추어야 할 예의로 제대로 응대할 수 없기 때문입니다. 지금까지 결코 한 번도 본 일 없는 기이한 불운이 저의 분별력을 제게서 멀리 가져가버린 까닭이지요. 아무리 찾아도, 찾을수록 더 보이지가 않으니 아마도 아주 멀리

가버린 것이 분명하답니다."

"오히려 분별이 없는 자는," 이에 공작이 답했다. "백작부인, 부인을 직접 보고도 부인의 가치를 깨닫지 못하는 사람일 것입니다. 부인의 가치는, 더 보지 않아도 알 수 있듯이 모든 집약된 예의범절과 잘 준비된 의식의 정수를 누리실 만합니다."

그러고는 손을 잡아 부인을 일으킨 다음 공작부인 옆자리로 데려갔는데, 공작부인 역시 모든 예의를 갖춰 부인을 맞이했다.

돈키호테는 조용히 있었지만 산초는 트리팔디 부인과 그 많은 노시녀 중 누구 한 사람의 얼굴이라도 보고 싶어 죽을 지경이었다. 하지만 그것은 그녀들이 스스로의 뜻과 의지로 얼굴을 드러내기까지는 불가능한 일이었다.

모두들 쥐 죽은 듯 침묵을 지키며 누군가 이 침묵을 깨주기를 기다리고 있을 때 바로 슬픔에 잠긴 노시녀가 이런 말로 그 일을 해냈다.

"가장 강대하신 나리, 더없이 아름다우신 부인, 그리고 사려 깊으신 그 밖의 여러분들, 저의 너무나 불행한 운명이 여러분의 너무나 고귀한 가슴에서 너그럽고도 가슴 아픈, 그리고 또 이토록 평안한 환대를 받으리라 믿어 의심치 않았습니다. 왜냐하면 저의 불행한 운명은 대리석이라도 부드럽게 할 만한, 다이아몬드라도 연하게 할 만한, 또 세상에 가장 단단한 강철 심장을 지닌 이라도 녹일 만큼 애절한 것이기 때문입니다. 하오나 여러분들의 귓전에(차마 귀라고 말씀드릴 수 없어서) 제 말이 도달하기 전에, 이곳에 모인 분들 중에 혹시 라만차에서 가장 순수한 기사 돈키호테 님과 그의 최고의 종자 판사 님이 계신지 알려주셨으면 합니다."

"판사는," 다른 이가 대답하기 전에 산초가 나섰다. "여기 있습니다. 그리고 가장 돈키호테 같은 분도 여기 계시고요. 그러니 슬픔에 잠긴 가장 노시녀 같은 부인께서는 가장 바라시는 것을 이제 말씀하셔도 됩니다. 우리 모두가 노시녀님의 가장 진실한 충복이 되어드릴 준비가 되어 있거든요.”

이 말에 돈키호테가 일어나, 슬픔에 잠긴 노시녀를 향해 이렇게 말했다.

“괴로움에 빠지신 부인, 만일 부인의 불행한 운명이 편력기사의 용기나 힘으로 인해 달리 방도를 찾을 어떤 희망이라도 있다면, 바로 여기 저의 힘과 용기가 있으니, 비록 저의 힘과 용기가 연약하고 부족하나 모두를 부인을 위해 쏟아부으렵니다. 저는 돈키호테 데 라만차이며 곤궁에 빠진 이들을 구하기 위해 달려가는 것이 저의 소임입니다. 일이 이러하고 또한 사실이 그러하므로, 자비를 구하실 필요도 없고 서론을 이야기하실 필요도 없습니다. 단순하게, 말을 돌리지 마시고, 부인이 겪은 불운을 이야기하십시오. 부인의 이야기에 귀를 기울인 자들은 달리 방도를 찾을 수 없을지라도 그 불운을 함께 아파해줄 수는 있을 것입니다.”

이 말을 듣고 슬픔에 잠긴 노시녀는 돈키호테의 발아래 몸을 던지려는 자세를 취하더니, 실제로 몸을 던져 그 발을 안으려고 몸부림을 치며 이렇게 말했다.

“오, 패배를 모르는 기사님! 편력기사들의 초석이 되시고 기둥이 되시기에 이 발과 이 다리 앞에 제 몸을 던집니다. 저는 이 발에 입 맞추고 싶습니다. 저의 불운을 해결할 방도가 모두 그 발걸음에 달려 있으니까요. 오, 용맹한 편력기사여! 당신의 진정한 업적은 아마디스와 에스플란디스, 그리고 벨리아니스의 터무니없는 공적을 모두 뒤로 물러나게 하고 그 빛을 앗아 갔습니다!”

그러고는 돈키호테를 두고 산초 판사에게로 몸을 돌려 그의 두 손을 잡으며 이렇게 말했다.

“오, 그대, 현재에도 과거 수세기 전에도 어떤 편력기사도 받아본 적 없는 섬김으로 충성을 바치는 종자여! 여기 이 자리에 있는 나의 수행원 트리팔딘의 수염보다 더 긴 착한 마음을 가진 이여, 그대가 위대하신 돈키호테 님을 섬기는 것은 이 세상 무기를 다루는 모든 기사들을 하나로 모아 섬기고 있는 것과 같으니 분명 자랑스러워해도 될 것입니다. 너무나 충실한 그대의 착한 마음으로 그대 주인과 나 사이에 좋은 중개자가 되어 이 가장 비천하고도 불행한 백작부인에게 호의를 베풀어주기를 진심으로 부탁드립니다."

이 말에 산초가 답했다.

"부인, 제 착한 마음이 부인의 종자 수염만큼 길든 아니든 전 상관없습니다. 중요한 건 이 세상을 떠날 때 제 영혼이 턱수염이며 콧수염을 제대로 달고 있느냐지요.* 이승의 수염에 대해서는 저는 조금도, 아니 하나도 관심이 없습니다. 하지만 그런 협박이나 기원이 아니더라도 제가 주인님께 간청은 드리겠습니다요. 주인님이 저를 좋아라 하시고 지금은 또 어떤 일 때문에 제가 필요하시니까, 있는 힘껏 부인을 도와주시고 보살펴주시라고 졸라봅지요. 그러니까 부인, 부인의 불운에 대해 다 털어놓으세요. 우리가 알아들을 수 있도록 말입니다."

모험을 꾸민 장본인인 공작 부처는 이 상황을 보고 우스워 어쩔 줄 몰라 하며 서로의 재치와 트리팔디의 능청스러움에 칭찬을 아끼지 않았다. 그때 트리팔디가 다시 자리에 앉으며 말했다.

"위대한 트라포바나와 난하이 사이 코모린 곶**에서 2레구아 떨어진 곳에 있는 그 유명한 칸다야 왕국의 왕비이신 도냐 마군시아는 국왕 아르치피엘라의 미망인으로 이 결혼에서 왕국의 계승자 안토노마시아 공주님을 얻

---

*육신이 아니라 영혼을 가꾸는 것이 중요하다는 교훈을 담은 민담에서 따온 말.
**인도 반도 남단에 실재하는 곳으로 힌두교의 성지이다. 로마 시대 지리서에부터 등장하는 지명이지만 트라포바나(스리랑카)와 난하이(남중국해에 면한 중국 연안지방)까지 언급한 것은 가장 거짓말 같은 이야기와 구체적인 사실을 한데 섞는 세르반테스의 재치라고 볼 수 있다.

으셨습니다. 공주님은 저의 보호와 훈육 아래 자라셨는데 이는 제가 어머님 되시는 왕비님의 가장 나이 많고 신분이 높은 노시녀였기 때문이었습니다. 그러던 중 날이 가고 또 날이 오고 어린 소녀였던 안토노마시아 공주님이 어느덧 열네 살이 되시자 자연이 더 이상 잘할 수 없을 만큼 그렇게 완벽한 아름다움을 지니시게 되었습니다. 그렇다면 이제 분별력이 코흘리개 수준일 거라고 말해야 하겠지만! 천만에요. 아름다움만큼 분별력도 뛰어나셨고, 세상에서 가장 아름다우셨으니 만일 시기심 많은 운명이, 마음이 딱딱해진 운명의 세 여신이 생명줄을 끊어놓지만 않았어도 지금도 그러하실 것입니다. 하지만 땅 위의 가장 아름다운 포도나무에 달린 아직 채 익지 않은 포도송이를 가져가는 것 같은 그런 불행은 하늘이 허락하시지 않을 일이며 허락하지도 않으셨답니다. 그 아름다움, 제 둔한 혀로는 어찌 치켜세울 수도 없는 그 아름다움에 나라 안팎의 셀 수 없이 많은 왕자님들이 사랑에 빠지셨고, 궁정에 있던 어느 기사 하나가 자신의 젊음과 용맹함, 다양한 재능과 기품, 그리고 축복이라 할 기지와 임기응변을 믿고 감히 너무나 큰 아름다움을 얻고자 하늘에 기원하기에 이르렀습니다. 여러분께서 역정을 내지만 않으신다면 이 사실을 알려드리고 싶습니다. 이 젊은이는 기타를 마치 사람처럼 노래하게 하고, 가무에서는 시인과 춤꾼 그 이상이었으며 또 새장을 잘 만들었는데, 생활이 궁핍해지면 그 일만으로도 생계를 유지할 수 있을 정도였습니다. 이런 모든 것들에 기품이 더해져 산을 하나 무너뜨리기에 충분하였으니 섬세한 아가씨 하나쯤은 말할 것도 없었지요. 하지만 그의 모든 늠름함과 기지, 그 기품과 재주도 우리 공주님의 요새를 무너뜨리기에는 역부족이었을 것입니다. 그 뻔뻔스러운 도둑이 그것들로 저를 먼저 무너뜨리는 방책을 사용하지 않았더라면 말이지요. 그 사악하고 피도 눈물도 없는 작자는 먼저 제 마음을 얻고 난 다음, 아첨으로 저의 마음을 매수하여 못난

문지기인 제가 지키고 있던 요새의 열쇠를 내주도록 만들었습니다. 결국, 그는 도대체 무엇인지 알 수도 없는 작은 보석들, 작은 장신구들로 제 분별력을 현혹하고 제 의지를 꺾어버렸던 것입니다. 하지만 무엇보다도 저를 무력하게 만들어 바닥으로 쓰러뜨린 것은 어느 날 밤 그가 사는 거리를 향해 난 창의 창살로부터 들려온 그자의 시 한 구절이었는데, 제 기억이 틀리지 않다면 이런 것이었습니다.

　　나의 원수 다정한 그녀로 인해
　　내 영혼을 아프게 하는 병이 생겼다네,
　　아무리 탄식이 깊어져도 그대는
　　슬픔 속에 아무 말도 하지 말라 한다네.

　그 곡조는 마치 진주알과도 같았고 목소리는 당밀처럼 달콤했습니다. 그 이후로 아니 바로 그 순간부터 이러한, 그리고 이와 유사한 시 구절로 인해 제가 빠진 불행을 보며, 플라톤의 충고대로 선량하고 질서가 잡힌 공화국에서라면 시인들, 적어도 외설스러운 시인들은 추방해야 한다고 생각하게 되었습니다. 왜냐하면 어린아이들과 여성을 즐겁게 하고 눈물짓게 하는 만투아 후작의 시들과는 달리, 부드러운 가시인 양 영혼을 관통하여 마치 번개처럼 겉옷은 그대로 내버려둔 채 그 영혼 속에 상처를 입히니까요. 또 이렇게도 노래했습니다.

　　죽음이여 오라, 살며시
　　그대 오는 것을 느끼지 못하도록,
　　죽음의 희열이 다시 내게

삶을 되돌려주지 못하도록.

　이런 식의 사랑 시들은 노래로 부르면 사람을 매혹시키고 글로 쓰면 황홀감에 빠지게 합니다. 그러니 당시 칸다야 왕국에서 부르곤 했던 세기디야 같은 종류의 시구를 겸손하게 지어낼 때는 대체 어떻겠습니까? 바로 그곳으로부터 영혼은 펄쩍 뛰어오르고, 드높은 웃음소리가 들려옵니다. 몸은 차분히 있지 못하고 마침내 모든 감각이 수은처럼 쉬이 끓어오르지요. 그러하니 여러분, 음유시인이라는 이름을 지닌 그런 자들은 라가르토* 섬으로 추방해버리는 것이 마땅합니다. 하지만 사실 이들 잘못은 아닙니다. 단지 그 시구들을 찬양하고 그것을 믿는 바보 같은 여자들의 잘못이지요. 제가 마땅히 그래야 했던바, 좋은 노시녀라면 그 앞뒤가 맞지 않는 말에 마음이 움직이지도 않았을 것이고 '죽어가며 살고 있다' 느니, '얼음 속에서 타오른다' 느니, '불 속에서 떨고 있다' 느니, '희망 없이 바라고 있다' 느니 '떠나며 남는다' 느니 하는, 그의 글을 가득 채운 이런 종류의 불가능한 것을 말할 때 그것을 진실이라고 믿지는 않았을 것입니다. 그러니 아라비아의 불사조와, 아리아드네의 왕관과 태양신의 명마와 남방의 진주, 티바르의 황금과 판카야의 향유 같은 것을 약속할 때 어떻게 되겠습니까? 바로 여기가 그분들이 펜을 가장 오래 붙들고 있는 곳이랍니다. 지킬 생각도 없고 지킬 수도 없는 것을 약속하는 것은 별로 힘든 일이 아니니까요. 그런데 제가 지금 어디로 빗나가고 있는 거지요? 아아, 이런 불행을 겪은 저라는 사람은! 스스로의 잘못에 대해서만도 너무도 할 말이 많은데 다른 사람의 결점을 말하고 있으

---

*안토니오 데 토르케마다의 《기이한 꽃들의 정원》에 등장하는 섬으로 기후가 험악한, 추방지의 전형 같은 곳이다. 라가르토는 스페인어로 '도마뱀'이라는 뜻이다.

니 이 얼마나 미친 짓이고 용렬한 일입니까? 아아, 또 한 번 생각해도 불운한 저라는 사람은! 저를 굴복시킨 것은 그 시구절들이 아니라 저 자신의 단순함이었고, 저를 녹아내리게 한 것은 음악이 아니라 저의 경박함이었습니다. 저의 무지와 부주의로 돈 클라비호, 이것이 제가 말씀드린 그 기사의 이름입니다. 그의 발걸음에 길을 열어주고 오솔길에 장애물을 치워준 것입니다. 그렇게 제가 뚜쟁이가 되어 그 젊은이는 한 번, 그리고 너무나 여러 번, 그가 아니라 바로 제게 속임을 당한 안토노마시아 공주님의 처소에 드나들게 되었던 것입니다. 참된 남편이라는 명목으로 말이지요. 제가 아무리 죄 많은 여인네라고 해도 남편이 아니고서는 공주님 신발 바닥의 가죽 끈에라도 닿는 것을 허락할 수 없지요. 아니, 아니, 그것이 아니었습니다. 제가 주선하고 나선 이런 일은 그 무엇보다도 결혼이 먼저 이루어져야 하는 것이었습니다. 그런데 한 가지 문제가 있었으니, 바로 신분의 차이였습니다. 돈 클라비호는 일개 기사에 지나지 않았고 안토노마시아 공주님은 이미 말씀드린 대로 왕국의 계승자셨으니까요. 얼마간은 제가 신중하고 총명하게 움직여 이 얽히고설킨 거짓을 은밀히 숨길 수 있었지만 종국에 가서는 어쩐 일인지 안토노마시아 님의 배가 불러와 곧 발각될 것처럼 보였고 또한 공주님이 너무나 두려워하시어, 우리 셋은 비밀리에 논의를 하기에 이르렀습니다. 그리고 그 결과, 이 나쁜 소식이 만천하에 드러나기 전에 돈 클라비호가 공주님이 그의 부인이 되기를 허락했다는 증명서를 증거로 하여 담당 사제 앞에서 안토노마시아 님을 부인으로 청하기로 하고, 그 증명서는 제가 온 힘을 다해 지혜를 짜내어 삼손의 힘으로도 절대 찢어놓을 수 없도록 구술하였답니다. 이제 이 모든 절차를 행하여 담당 사제는 증명서를 보았고, 그 사제가 공주님의 고해성사를 보았는데, 공주님은 모든 것을 있는 대로 말씀하셨지요. 그리하여 사제는 공주님을 명망 있는 관리의 집으로 보내기에 이르렀습니다……."

이때 산초가 말했다.

"칸다야 왕국에도 왕실 관리가 있고 시인도, 세기디야도 있으니 분명 이
세상은 하나라고 생각해도 된다고 맹세할 수 있겠습니다. 그런데, 트리팔디
부인, 이미 너무 늦었고 저는 그 긴 이야기의 결말을 알고 싶어 죽을 지경이
니 어서 좀 서둘러주세요."

"예, 그렇게 하지요." 백작부인이 대답했다.

제39장

트리팔디 부인이 그 희한하고도 기억할 만한 이야기를 계속한다

산초가 무슨 말을 하든 간에 공작부인의 맘에 들었으니 그만큼 돈키호테는 초조하기 이를 데 없었다. 이에 산초에게 입을 좀 다물라 명하였고, 슬픔에 잠긴 노시녀는 말을 이어갔다.

"결국에 가서는 수차례에 걸친 질의와 답변이 이어지는 가운데 공주님은 끝까지 고집을 꺾지 않으시고 처음의 진술에서 한 발짝도 움직이지 않으셨습니다. 담당 사제는 돈 클라비호 편을 들어주는 판결을 내리게 되었고 공주님을 그의 합법적인 아내로 인도하기에 이르렀습니다. 하지만 그 일은 안토노마시아 공주님의 어머니 되시는 도냐 마군시아 여왕님의 엄청난 분노를 일으켰고, 결국 사흘째 되는 날 여왕님을 묻어드리기에 이른 것입니다."

"돌아가신 게 틀림없지요, 그렇지요?" 산초가 말했다.

"당연합니다." 트리팔딘이 대답했다. "칸다야 왕국에서는 살아 있는 사람이 아니라 죽은 사람을 묻습니다!"

"제가 그런 일을 본 적이 있습니다, 종자 나리." 산초가 대답했다. "기절해 있었을 뿐인데 죽은 줄 알고 묻어버린 거지요. 마군시아 여왕님께서는 돌아가시기 전에 기절부터 하셨어야 하지 않나 싶어 그럽니다. 목숨이 붙어 있으면 달리 어찌해볼 방도가 있을 테고, 또 공주님이 저지른 엉뚱한 일이 뭐 그렇게까지 심정을 상하게 할 만큼 중대한 일도 아닌 것 같아서요. 공주님이 시동이나, 아니면 댁의 하인과 결혼했다면 또 모를까. 제가 들은 바에 따르면 실제로 그런 경우도 많으니까요. 그때에는 달리 방도가 없는 것이 사실이긴 하지만, 지금 이 자리에서 우리에게 설명하신 것처럼 그렇게 사람 좋고 또 해박하기까지 한 기사와의 일이라면, 좀 어리석은 행동이기는 하지만 그렇다고 생각하시는 것만큼 그렇게 엄청난 일은 아닌 걸로 보이네요. 왜냐하면 지금 여기 계신, 제가 거짓말하는 것을 절대 용납지 않으실 우리 주인님의 법도에 따르면 학식이 있는 자가 주교가 되듯이, 기사는, 더욱이 편력기사는 왕도 황제도 될 수 있는 것이라고 하니까요."

"맞는 말이다, 산초." 돈키호테가 말했다. "편력기사는 손가락 두 개만큼의 행운만 있어도 세상에서 가장 높은 자의 지위에 가까이 가게 되지. 그건 그렇고 슬픔에 잠긴 노시녀님, 어서 말씀을 계속하시지요. 아마도 지금부터는 달콤했던 이야기의 가장 쓰디쓴 대목이 남아 있는 듯싶습니다만."

"그렇죠, 쓰디쓴 대목이 남아 있지요!" 백작부인이 대답했다. "너무나 쓰디쓴 나머지 그에 비하면 투에라도 달콤하고 아델파도 맛있다고* 할 수 있을 것입니다. 돌아가신, 그러니까 기절하신 게 아니었던 여왕님을 매장하면서 흙을 덮고 마지막 인사를 드리자마자 이런 소리가 들려왔습니다.

"키스 탈리아 판도 템페레테 아 라크리미스?"**

---

* '투에라'와 '아델파'는 스페인에서 자라는, 매우 쓰고 독이 있는 풀이다.
** '그런 말을 하는데 누가 눈물을 참을 수 있으리오?' 베르길리우스의 《아이네이스》에 나오는 구절이다.

마군시아 여왕님의 사촌인 거인 말람브루노가 목마를 타고 여왕님의 무덤 위에 나타난 것이었습니다. 잔인한 성품의 마법사인 그는 사촌누이의 죽음에 대한 복수로, 또 돈 클라비호의 무모함과 안토노마시아 공주님의 무례함에 대한 벌로, 두 사람을 무덤 위에 마법에 걸린 채 서 있게 만들었습니다. 그렇게 공주님은 청동원숭이로 변했고 돈 클라비호는 알지도 못하는 금속으로 된 악어로 변해버렸지요. 그리고 그 둘 사이에는 역시 금속으로 된 비문을 하나 세웠는데 그 안에는 고대 시리아 말로 글자가 새겨져 있었습니다. 칸다야 말로 옮겨진 그 말을 지금 다시 카스티야 말로 바꾸자면, "이 두 무모한 연인들은 용감한 라만차의 그자가 와서 나와 한번 붙지 않고는 본래의 모습을 되찾을 수 없으리라. 운명은 이 전대미문의 모험을 오직 그 위대한 용기를 위해 보전하노니"라는 판결로 마무리 짓고 있었습니다. 그러고 나서 칼집에서 폭이 넓고 무시무시하게 큰 신월도를 뽑아 들더니 저의 머리채를 휘어잡고는 제 목을 베어버리겠다는 시늉을 하였습니다. 저는 겁에 질려 목소리가 목구멍에 달라붙은 듯 나오질 않고 극도의 절망에 빠져버렸지만 그래도 어쨌거나 있는 힘을 다해 비통하고 떨리는 목소리로 이러저러한 숱한 것들을 이야기했고 그래서 그 가혹한 처형만은 미루어둘 수 있었습니다. 그는 마침내 자기 앞에 궁의 모든 노시녀들을 대령하게 하였으니, 여기 있는 이들이 바로 그때의 노시녀들입니다. 그는 우리의 잘못을 부풀려 이야기하고 노시녀들의 자질과 나쁜 행동거지, 더 나쁜 계략들을 격렬히 비판한 다음, 오로지 저의 잘못인 것을 이들에게까지 뒤집어씌워 이들을 사형에 처하고 싶지는 않으니 대신에 느리고 긴 형벌을 주어서 시민으로서 죽음에 이른 것과 마찬가지의 벌을 내리노라 했습니다. 그리고 그 말을 마치자마자 바로 그 순간 그 자리에서 우리 모두는 얼굴의 땀구멍이 모두 열리면서 얼굴 전체가 바늘로 찔리는 듯한 느낌을 받게 되었습니다. 그리고 얼굴로 손을 만져보니 지금 보시는 것과 같이 되어 있었던 것입니다."

그러고는 슬픔에 잠긴 노시녀와 다른 노시녀들이 모두 얼굴을 가리고 있던 베일을 들어 올리자 수염으로 가득 찬 얼굴이 드러났다. 그 수염이라는 것이 어떤 이의 것은 금발이고 어떤 이의 것은 검고, 어떤 것은 백발이고 또 어떤 것은 희끗희끗해서 이것을 본 공작과 공작부인은 깜짝 놀랐고 돈키호테와 산초는 입이 헤벌어졌으며 그곳에 있던 모두는 망연자실했다.

그러자 트리팔디가 말을 이었다.

"이렇게, 그 거만하고도 악의에 찬 말람브루노가 저희의 부드럽고 연약한 얼굴을 돼지같이 뻣뻣하게 만들어버리는 벌을 내렸으니, 이렇게 얼굴을 뒤덮은 산양의 털로 그 빛을 가리는 것보다 차라리 그 어마어마한 신월도로 저희의 머리를 베어버리는 편이 고마웠을 것입니다. 생각해보십시오, 여러분, (지금 제가 이야기하고자 하는 것들은 제 눈이 샘물이 되어야 마땅할 것이지만 저희가 겪은 불행과 지금까지 비 오듯 흘러내린 바다가 이제는 삼부스러기처럼 바싹 말라버렸으니 저는 이 모든 일들을 눈물 없이 말하렵니다) 수염이 난 노시녀가 어디를 갈 수 있겠습니까? 어느 아버지 어머니가 그녀를 위해 가슴 아파하겠습니까? 누가 도움을 줄까요? 살결이 고운 피부에다 수천 가지 화장품과 치장으로 얼굴을 고생시켰을 때도 자기를 좋아해줄 사람을 찾지 못했던 마당에, 이렇게 풀숲이 되어버린 얼굴을 보면 어떻겠습니까? 오, 노시녀들, 내 동료들, 불운의 때에 태어나다니, 우리 부모는 운이 기울어가는 시절에 우리를 낳으셨구나!"

이 말을 하면서 부인은 금방이라도 졸도할 듯이 보였다.

제 40 장

이 모험과 기억할 만한 이야기에 관련된 일들에 대하여

사실 이와 유사한 이야기들을 좋아하는 모든 이들은 이 작품의 원작자인 시데 아메테에게, 그 이야기의 세세한 것들을 아무리 사소해 보이는 것이라 해도 빛 아래 드러내지 않고 넘어가는 일 없이 모두 우리에게 명확히 이야기해준 세심함에 감사를 표해야 할 것이다. 생각을 그려내고 상상을 서술하고 말하지 않은 것에도 답을 하며 의심스러운 점을 분명히 하고 사건을 해결하니, 결국 가장 궁금해하는 욕망의 미세한 부분까지 보여주고 있는 것이다. 오, 명성 드높은 작가여! 오, 행운이 함께하는 돈키호테여! 오, 유명한 둘시네아여! 오, 재치가 넘치는 산초여! 모두 함께, 그리고 또 각자가 수백 년을 끝없이 살아, 모든 살아 있는 자들의 즐거움과 일상의 위안이 되어주길 바라는 바이다.

이야기는 다시 시작되어서, 슬픔에 잠긴 노시녀가 혼절하는 것을 본 산초가 이렇게 말했다고 전한다.

"착한 사람의 믿음과 또 우리 판사 집안 대대로 내려온 모든 조상의 이름까지도 걸고서 맹세하건대, 이와 같은 모험은 듣도 보도 못했고 우리 주인님이 말씀해주신 적도 없으며 아마 그런 생각조차 해보시지 않았을 겁니다. 이런 빌어먹을, 마법사에다가 거인이라는 말람브루노를 저주할 수도 없고. 이 천 마리 악마들아, 이 죄 많은 여인들에게 털이 나게 하는 것 말고는 내릴 벌이 없더냐? 이렇게 수염을 달아버리느니, 코맹맹이 소리가 될지언정 코를 반으로 베어버리는 게 더 낫겠다, 이놈아. 내 장담하는데, 그 사람들은 털 깎을 돈도 없을 거다."

"정말입니다." 열두 명의 노시녀 중 하나가 말했다. "우리는 이 털을 깎을 만한 재산이 없습니다. 그래서 돈도 아낄 겸 우리 중 몇몇은 고약이나 끈적 끈적한 천 조각을 사용하는 방도를 택하기도 했지요. 그것을 얼굴에 붙였다가 단숨에 떼어내면 돌 절구통 바닥처럼 평탄하고 매끄러워지거든요. 칸다야에는 이 집 저 집을 다니며 털을 뽑아주고 눈썹을 다듬어주고 또 여자들을 위한 화장품을 만들어주는 여자들이 있긴 하지만 우리 노시녀들은 한 번도 그런 것을 받아들여본 일이 없었습니다. 왜냐하면 이런 여자들은 자신들의 사랑을 포기하고서 다른 사람들의 사랑을 위하여 일하는 뚜쟁이 냄새가 너무 나기 때문이지요. 그러니 돈키호테 님이 우리를 구해주지 않으신다면, 우리에게는 달리 방도가 없습니다. 이 수염을 무덤까지 지니고 가야지요."

"내가 만일 그대들에게 아무런 도움도 되지 못한다면 나 스스로 무어인들의 땅에서 수염을 깎으리라."* 돈키호테가 말했다.

이때 트리팔디 부인이 깨어나 말했다.

"용감한 기사이시여, 그 약속의 말씀이 혼절해 있는 중에도 제 귀에 들어와 그 덕에 제가 이렇게 깨어나 제정신을 찾았습니다. 그러니 다시 그대에게 청하건대, 고명하신 편력의 기사요, 백절불굴의 주인이시여, 그대의 은

---

*아랍인들에게는 수염을 깎는 일이 큰 모욕임을 생각하며 한 말이다.

혜로운 약속을 실행해주시길 애원합니다."

"저로 인해 약속이 지켜지지 않는 일은 없을 것입니다." 돈키호테가 대답했다. "보십시오, 부인, 제가 무엇을 해야 하겠습니까? 그대를 위해 봉사하려는 제 의기는 충천해 있습니다."

"말씀드리지요." 슬픔에 잠긴 노시녀가 대답했다. "여기에서 칸다야 왕국까지는 육지로 가면 5천 레구아에서 2레구아 정도 더하거나 덜합니다만, 하늘로 일직선으로 가게 되면 3227레구아가 됩니다. 또 한 가지 알아두셔야 할 것은, 말람브루노가 말하기를 제가 운이 따라 우리의 해방자가 되실 기사를 만나게 되면 세를 주고 빌린 말보다 훨씬 좋고 말썽도 덜 부리는 짐승을 탈 것으로 보내겠다고 했습니다. 저 용맹한 피에레스가 아름다운 마갈로나를 납치해 태우고 간 바로 그 목마를 말이지요. 그 말은 이마에 있는 나사로 조정하는데, 너무나 가볍게 공중을 날기 때문에 꼭 악마들이 말을 데리고 가는 것처럼 보인답니다. 예로부터 전해오는 말에 따르면 저 현인 메를린이 조립하여 자기 친구인 피에레스에게 빌려주었는데, 그는 이 말을 타고 멀리 날아가서는 앞에서 말한 대로 땅에서 보고 있는 사람들이 멍해 있는 사이 미녀 마갈로나를 말 궁둥이에 태워 데려왔다지요. 게다가 메를린은 자기 맘에 드는 사람이나 비싼 값을 지불하는 사람에게만 이 말을 빌려주었으므로 그 위대한 피에레스 님 이후로 지금까지 누군가 그 위에 올라탄 일이 있는지는 우리가 알지 못합니다. 말람브루노는 그 자리에서 마법으로 말을 끌어내어 자기 수중에 두고 여행을 다닐 때 사용한다고 하는데, 오늘은 여기, 내일은 프랑스, 또 다음 날은 포토시*, 이렇듯 세상 곳곳을 누빈다 합니다. 이 말의 좋은 점은 말이면서도 먹지도 잠들지도 말굽이 닳지도 않는

---

*당시 유명한 은광이 있었던 신대륙 볼리비아에 소재한 광산도시.

다는 것입니다. 게다가 공중에서도 날개 없이 보행이 규칙적이고 일정하여 그 위에 타고 있는 자가 한 손에 물이 가득 찬 잔을 들고 있다 해도 한 방울 흘리지 않을 정도로 너무나 평탄하고 차분하게 걷는다 하지요. 그래서 미녀 마갈로나가 그 말을 타고 다니는 것을 아주 좋아했답니다."

이 말을 들은 산초가 말했다.

"평탄하고 차분하게 걷는 거라면, 제 잿빛 나귀도 있습지요. 하늘을 날 수는 없지만 땅에서 걷는 거라면 어떤 탈것과도 겨뤄볼 만합니다."

모두들 웃음을 터뜨렸지만 슬픔에 잠긴 노시녀는 말을 이어갔다.

"그리고 이 말은, 만일 말람브루노가 우리의 불행을 종식시키기를 원한다면, 어두워진 후 반시간이 되기 전에 우리 앞에 나타나게 될 것입니다. 왜냐하면 제가 찾고 있는 그 기사님을 발견했다는 것을 알게 되는 대로 그가 표식을 보낼 것인데, 그 표식이 바로 그 편안하고도 날렵하게 달리는 말을 제게 보내라는 것이기 때문입니다."

"그런데 그 말에는 몇이나 탈 수 있나요?" 산초가 물었다.

슬픔에 잠긴 노시녀가 대답했다.

"두 사람이죠. 한 사람은 안장에 한 사람은 말 궁둥이에 타는데 대부분 기사와 종자가 짝을 이루지요. 납치한 아가씨가 없을 경우에 말입니다."

"제가 궁금한 것은요, 슬픔에 잠기신 부인." 산초가 말했다. "그 말의 이름이 무어냐 하는 겁니다."

"이름은," 슬픔에 잠긴 노시녀가 대답했다. "벨레로폰의 말 페가수스도, 알렉산드로스 대왕의 말 부케팔로스도, 성난 오를란도의 말 브리야도로도 아니고, 레이날도스 데 몬탈반의 말 바야르도와는 더더욱 같지 않으며, 루헤로의 프론티노도, 태양 신의 말들 부테스와 피리토우스*도 아니며, 서고트족의 마지막 왕인 불운한 로드리고가 목숨을 잃고 왕국도 잃게 되는 그 전투에 타고 들어간 오렐리아 역시 아닙니다."

"그토록 잘 알려진 이름들이 전부 아니라면," 산초가 말했다. "우리 주인님의 말 이름인 로시난테도 아닌 게 분명하네요. 적합한 걸로 따지자면 앞에서 거명하신 모든 이름을 능가합니다만."

"그렇습니다." 수염 달린 백작부인이 말했다. "하지만 지금의 이름도 썩 걸맞은 것이랍니다. 클라빌레뇨 엘 알리헤로라고 부르니까요. 목재로 만들어진 데다가 이마에는 쐐기 같은 나사가 달려 있고 그 가벼운 걸음걸이까지,** 어쨌든 이름에 관해서는 그 유명한 로시난테와도 겨뤄볼 만합니다."

"이름에 불만이 있는 것은 아니지만요," 산초가 대답했다. "어떤 고삐나 마구로 말을 부리시는지요?"

"이미 말씀드렸다시피," 트리팔디 부인이 대답했다. "말을 타고 있는 기사분이 나사를 가지고 이리저리 돌리면서 원하는 대로 달리도록 하실 수 있습니다. 공중으로 나를 수도 있으며, 땅을 스치듯 지나거나 쓸고 지나가실 수도 있고, 그 중간으로 가실 수도 있지요. 질서정연한 행동을 하실 요량이라면 누구나 다 그렇게 생각하듯 꼭 필요한 중간 정도를 택하시겠지만요."

"어서 보고 싶네요." 산초가 말했다. "하지만 안장 위건 엉덩이 위건 제가 그 말에 올라탈 거라고 생각하는 건 느릅나무에서 배가 열리길 기다리는 격입니다. 제 잿빛 나귀 위에, 비단보다 더 보드라운 안장 위에도 간신히 올라타는 마당에 이제 저보고 방석도 깔개도 없는 나무 엉덩이 위로 올라가라고요? 천만에 말씀! 누구 수염 뽑자고 제가 망가질 생각은 추호도 없습니다.

---

*백작부인은 태양 신의 네 마리 말인 퓌로이스, 에오우스, 아에톤, 플레곤을 테세우스의 친구인 영웅 피리토우스, 그리고 별자리 이름 부테스(목동자리)와 혼동하고 있다.
**쐐기는 스페인어로 '클라비하(clavija)'이고, 또 알리헤로는 가볍다는 의미의 '리헤로(ligero)'와 발음이 비슷하다.

각자 자기 목적에 맞게 자기가 털을 깎으면 될 일 아닙니까. 저는 그 긴 여행에 주인님을 따라갈 생각이 없다니다요. 둘시네아 공주님의 마법을 푸는 일만큼이나 이 수염 깎는 일도 저랑은 아무런 관계가 없지요, 암요."

"아니, 그렇지 않아요, 산초." 트리팔디 부인이 대답했다. "아주 관계가 많습니다. 그리고 그대가 없으면 우리는 아무것도 할 수 없다고 알고 있습니다."

"왕의 신하들, 여기 와보시오!"* 산초가 말했다. "대체 종자들이 그 주인들이 하는 모험과 무슨 관계가 있다는 말씀이십니까? 모험이 끝나면 그 명성은 모두 주인이 가져가는데 그 고생은 우리가 다 하라고요? 됐습니다요! 이야기의 작가들이 '아무개 기사가 이러저러한 모험을 완수하였으나 그의 종자 아무개의 도움으로 이룬 일이니 그 도움이 없었더라면 불가능했을 터……' 뭐 이렇게 써준다면 또 몰라도 말입니다. 하지만 달랑 '돈 파랄리포메논 데 라스 트레스 에스트레야스가 괴물 여섯을 무찌르는 모험을 마쳤도다' 이렇게만 쓰고 모험의 처음부터 끝까지 함께했던 그 종자는 마치 세상에 없었던 것처럼 언급조차 하지 않던걸요. 이제 주인님들, 제가 다시 말씀드리건대 우리 주인님은 혼자 가실 수 있고, 또 좋은 일이 많으실 겁니다. 저는 여기 공작부인 곁에 머물겠습니다. 그리고 돌아오시면 둘시네아 공주님과 관련한 그 소명이 최고로 잘되어 있음을 보시게 될 겁니다. 여가가 나거나 한가할 때면 순번에 따라 제 몸에 매질을 해서, 결국 상처가 난 자리에 털 한 올 나지 않게 만들 생각이니까요."

"아무리 그렇다고 해도, 착한 산초, 필요한 경우라면 함께 가야 합니다. 왜냐하면 중요한 분들이 부탁하는 것이니까요. 그대의 그 쓸모없는 두려움

---

*왕의 사람들. 국록을 먹는 경찰이나 사법 책임자들을 부르는 소리로, '와서 살려달라'는 의미이다.

때문에 이 숙녀분들 얼굴에 수염을 그대로 둘 수는 없는 일이지요. 그건 분명 옳지 않은 일이에요."

"왕의 신하들, 여기 다시 와보시오!" 산초가 대답했다. "그 자선이 감금된 처녀들이나 고아원의 어린 여자애들을 위한 것이라면 사람된 도리로 어떤 수고를 하더라도 모험을 해야지요. 하지만 노시녀들의 수염을 뽑기 위해 그 수고를 한다? 아무렴요, 차라리 그냥 수염을 달고 있는 꼴을 보고 말겠습니다요. 젊은 아가씨들부터 나이 든 부인들까지, 애교 넘치는 여자들부터 가장 으스대는 여자들까지 모두 다요."

"노시녀들에게 못되게 구는군요, 산초." 공작부인이 말했다. "그 톨레도의 약제사 의견을 너무 따르네요. 맹세코 그대 말은 옳지 않아요. 우리 집만 해도 노시녀의 모범이라고 할 만한 노시녀들이 많답니다. 여기 도냐 로드리게스도 있잖아요. 내가 달리 말할 필요도 없죠."

"마님께서 그리 말씀해주시기도 했지만," 로드리게스가 말했다. "하느님은 모든 진실을 알고 계십니다. 우리 노시녀들이 선하든 악하든, 수염이 났든 털이라곤 하나도 없든, 우리도 역시 다른 여자들과 마찬가지로 우리의 어머님이 낳으셨다는 것을요. 하느님께서 우리를 세상에 보내셨고, 무엇을 위해 그리하셨는지도 아십니다. 저는 그분의 자비에 의지할 뿐 그 누구의 수염에도 의지하지 않습니다."

"로드리게스 부인," 돈키호테가 말했다. "그리고 트리팔디 부인을 비롯한 함께 오신 여러분들, 하늘이 여러분의 고통을 너그러이 돌봐주시기를 바랍니다. 산초는 제가 명하는 바를 행할 것입니다. 어서 클라빌레뇨가 와서 말람브루노와 마주하고 싶군요! 거인 말람브루노의 머리를 어깨에서 베어버릴 제 검보다 그대들의 털을 더 쉽게 깎아줄 면도날은 아마도 없을 것으로 압니다. 하느님께서 악인들을 참고는 계시지만 영영 그렇게 하지는 않으실 겁니다."

"아아!" 그때에 슬픔에 잠긴 노시녀가 말했다. "하늘의 모든 별들이 그대의 위대함을 다정한 눈으로 바라봐주시기를, 용감한 기사님, 그리하여 약제사들에게는 증오의 대상이 되고, 종자들에게는 뒷말을 듣고, 시동에게는 속임을 당하는, 꽃다운 시절에 수녀가 되는 데 먼저 몸 바치지 않고 노시녀가된 교활한 것들이라고 비난받고 낙담한 이 노시녀라는 여인들의 방패가 되어 비호해주실 용기와 힘을 그대에게 불러일으켜주시기를 바라는 바입니다. 우리 불행한 노시녀들, 우리가 아무리 트로이의 바로 그 헥토르에게서 피를 이어받아 남성에서 남성으로 곧바로 이어져 내려왔다 한들, 우리 마님들은 우리를 '너희'라고 부르시며 업신여기는 것을 멈추지 않으실 것입니다. 자기들이 여왕이나 된 것으로 생각하시니까요. 오, 거인 말람브루노, 비록 마법사이긴 하나 그대는 약속에는 분명한 자이니까, 우리의 불행이 그만그치도록 어서 이 세상에 비할 데 없는 클라빌레뇨를 보내주세요! 이제 날씨가 더워지고 있으니 이 수염이 그대로 간다면, 아, 우리의 서글픈 운명이여!"

트리팔디 부인이 너무나 통한에 차서 이 말을 한 나머지 그 주변에 있던 모든 이들의 눈에서 눈물을 뽑아냈을 뿐 아니라 산초의 눈마저 눈물로 가득채웠고, 그의 가슴속에 세상 끝이라도, 그것이 존경스러운 그 얼굴들에서 털을 뽑아내는 일이라고 해도 주인을 따라가겠다는 마음이 샘솟았다.

제41장

클라빌레뇨의 도착과
이 기나긴 모험의 결말에 대하여

그러는 사이 밤이 되었고 그 유명한 말 클라빌레뇨가 오기로 했던 바로 그 시각이 되었다. 그러나 도착이 늦어지자 돈키호테는 지쳐갔으니, 말람브루노가 그에게 말을 보내는 데 시간이 오래 걸리는 것이 돈키호테가 이 모험이 기다리는 기사가 아니거나, 아니면 말람브루노가 그와 이 진기한 결투를 하는 것을 두려워하는 것으로 보였기 때문이다. 하지만 그대들이여, 여기 보라! 갑자기 녹색 풀잎으로 온몸을 두른, 난폭하게 생긴 네 명의 남자들이 어깨 위에 거대한 목마를 메고 정원으로 들어왔으니! 목마를 바닥에 세워 놓은 다음 그들 중 하나가 말했다.

"그럴 만한 용기가 있는 자 이 말에 오르시오!"

"여기," 산초가 말했다. "저는 오르지 않겠습니다요. 저는 용기도 없고 기사도 아니니까요."

그러자 난폭하게 생긴 사내가 계속 말을 이었다.

"그리고 만일 종자가 있다면 그는 엉덩이에 자리를 잡으시오. 그리고 용기 넘치는 말람브루노를 믿으시오. 그의 검으로 인한 것이 아니라면 어떤

다른 검으로도, 어떤 다른 악행으로부터도 공격을 받지 않을 것이오. 이 목에 붙어 있는 나사를 돌리기만 하면 그대들을 공중으로 데리고 올라가 말람브루노가 기다리고 있는 곳으로 데려다줄 거요. 하지만 가는 길이 높고 그 아래가 장대하니 현기증이 나지 않도록, 말이 울부짖어 여행이 모두 끝났음을 알리는 신호를 줄 때까지 눈을 가리고 있어야 할 거요."

이 말을 남기고 그들은 클라빌레뇨를 그 자리에 둔 채 늠름한 태도로 들어왔던 길로 다시 나가버렸다. 슬픔에 잠긴 노시녀는 그렇게 말을 보고 나서는 거의 눈물을 흘리며 돈키호테에게 말했다.

"용감하신 기사님이시여, 말람브루노의 약속은 확실한 것이었습니다. 목마가 우리가 있는 이곳에 있고 우리 수염은 자라고 있으니, 우리 한 사람 한 사람이, 그 수염의 한 올 한 올이 기사님께 우리의 수염을 밀어내 깎아달라고 애원합니다. 그저 기사님의 종자와 더불어 목마에 오르셔서 행복하게 여행을 시작하시기만 하면 그만이니까요."

"그렇게 하겠습니다, 트리팔디 백작부인. 기꺼이, 즐거운 마음으로. 방석을 깔거나 박차를 가하느라 시간을 지체하지도 않겠습니다. 부인, 부인뿐만 아니라 이 모든 노시녀들이 털 하나도 없이 매끈해진 모습을 어서 보고 싶은 제 마음이 이리도 큽니다."

"저는 그렇게 하지 않을 겁니다." 산초가 말했다. "기분이 좋든 나쁘든 간에 안 합니다, 절대로. 만일 제가 말 엉덩이에 올라타지 않아서 그 털 깎는 일을 이룰 수 없다고 하면 우리 주인님께서 함께 갈 다른 종자를 구하시면 될 일입니다. 아니면 이 부인들께서 얼굴을 반반하게 할 다른 방도를 구하시든지요. 저는 마법사도 아니니 하늘을 걸어 다니는 것을 좋아할 리 만무합니다요. 게다가 자기네 총독이 바람 속을 거닐며 다니는 자라는 사실을 알게 되면 제 섬 주민들이 뭐라고 하겠습니까? 그리고 한 가지 더, 여기에서부터 칸다야까지 3천 몇 레구아라는데 만일 그 말이 지치기라도 하면, 혹은 그 거인이 화가 나기라도 하면, 다시 돌아오는 데 적어도 6년은 족히 걸릴 일입니다. 그리고 그때가 되면 이미 이 세상에 섬은 물론 저를 아는 섬사람 하나 없을 것이고요. 그래서 흔히들 시간을 끌면 위험이 닥친다든지, 어린 암송아지를 준다고 하거든 머리털을 꼰 끈이라도 들고 가라든지 하는 거지요. 그러니 수염 난 부인들, 부디 저를 용서하세요. 성 베드로는 로마에 계시는 것이 좋습니다. 그러니까 제 말은, 제게 이토록 자비를 베풀어주시고 그 주인께서 저를 총독으로 만들어주시는 이 집에 그대로 있는 것이 제게는 좋다는 말씀입니다요."

이 말에 공작이 말했다.

"나의 친구 산초여, 내가 자네에게 약속한 섬은 움직이지도 않고 쉽사리 사라지는 것도 아닐세. 뿌리가 아주 깊어 땅속 깊이까지 뿌리내리고 있으니 아무리 잡아당겨도 뽑아낼 수 없고 움직일 수 없을 것이야. 그리고 자네도 알고 나도 알다시피 세상의 중요한 직분 그 어느 것도 많든 적든 간에, 뒷돈 없이 얻어지는 것은 없는 법. 이 총독 자리를 걸고 내가 받고 싶은 것은 바로 자네가 자네의 주인인 돈키호테 님과 함께 이 잊을 수 없는 모험의 대미를 장식하는 것이니, 이제 자네가 그 가벼운 발걸음이 약속하는 것처럼 순식간에 클라빌레뇨를 타고 돌아오거나 아니면 그와는 반대의 운명이 자네로 하여금 순례자가 되게 하여 이 술집에서 저 술집으로 이 주막집에서 저 주막집으로 다니며 걸어 돌아오든 간에, 돌아오기만 하면 자네의 섬은 자네가 두고 간 그곳에 있을 것이네. 그리고 자네의 섬 주민들 역시 언제나 지니고 있던 그 소망 그대로 자네를 총독으로 받아들이기를 바라고 있네. 나의 뜻도 이와 같으니, 이러한 사실에 의심을 품지 말게, 산초. 그것은 자네를 위해 베풀고자 하는 나의 마음에 대해 명백히 모욕이 되는 일이야."

"그만하세요, 공작님." 산초가 말했다. "일개 종자에 불과한 저에게 그토록 예의를 차리시니 몸 둘 바를 모르겠습니다요. 주인님, 말에 오르시지요. 그리고 제 눈을 좀 가려주세요. 하느님께 저를 의탁한다고 빌어주시고 우리가 높이 올라가게 되면 제게 좀 알려주세요. 그러면 제가 우리 주님께 저를 맡기든지, 아니면 저를 특별히 돌보아주시는 천사들을 부르든지 할 수 있을 테니까요."

이 말에 트리팔디가 대답했다.

"산초, 하느님이든 누구든 원하는 이에게 그대의 가호를 청해도 됩니다. 왜냐하면 말람브루노는 마법사이기는 하지만 그리스도교도이고, 또 너무나도 총명하게 그리고 아주 조심스럽게 마법을 행하니 누구도 이를 방해할 수 없답니다."

"에, 그렇다면," 산초가 말했다. "하느님께서 저를 도우시길, 그리고 가에타의 성삼위일체 교회에서도 말입니다."

"그 잊지 못할 빨래방앗간 모험 이후로," 돈키호테가 말했다. "산초가 이토록 두려워하는 것은 본 일이 없군요. 만일 제가 다른 이들처럼 미신을 믿었더라면 그의 소심함이 저의 용기를 다소 꺾었을지도 모르겠습니다. 하지만 산초, 이리 오너라. 여기 계신 이분들이 허락하신다면 너와 단둘이서 두 마디만 나누어야겠다."

그러고는 산초를 정원의 나무들 사이로 데려가 두 손을 잡고 말했다.

"봐라, 산초야, 이제 긴 여행이 우리를 기다리니, 우리가 언제 그 여행에서 돌아오게 될지는 하느님만이 아시는 일이다. 이 일에서 어떠한 편의도 시간도 낼 수 없을 터이니, 너는 여정에 필요한 것들을 찾으러 가는 척하고 너의 방으로 돌아가 눈 깜짝할 새 서둘러 네가 맞아야 할 3천3백 대의 매질 중 우선 선불한다 치고 5백 대라도 맞도록 해라. 어떤 일을 시작하는 것은 이미 절반을 마친 것과 같다 하니 말이다."

"맙소사!" 산초가 말했다. "주인님은 정신이 나가신 모양입니다! 이게 바로 '배부른 여자를 보고서도 처녀 운운하느냐'*는 형국이네요. 이제 저는 딱딱한 널빤지 위에 올라타고 가야 하는데 주인님은 진정 제 엉덩이에 상처가 나기를 바라시는 겁니까? 정말이지 주인님은 옳지 않으십니다. 지금은 이 노시녀들의 털이나 뽑아주러 가자고요. 그리고 돌아와서, 제가 주인님에게 약속드리건대, 제가 이런 사람이니, 속히 저의 의무를 마쳐서 주인님을 만족시켜드리도록 하겠습니다. 저는 더 이상 아무 말도 않겠습니다."

그러자 돈키호테가 대답했다.

"그렇다면 착한 산초야, 나는 그 약속을 위안으로 삼고 가도록 하겠다. 그리고 네가 그 말을 지킬 것이라 생각한다. 사실 모자라기는 하지만 너는 진실한 자이니 말이다."

"저는 푸르뎅뎅하지 않고 거무죽죽한데요."** 산초가 말했다. "하지만 색이 좀 여러 가지라고 해도 여하튼 제 말은 지킵니다."

이렇게 말을 마치고 두 사람은 클라빌레뇨가 있는 곳으로 돌아갔다. 말에 올라타며 돈키호테가 말했다.

"눈을 가려라, 산초야, 그리고 올라오너라. 그토록 멀리 떨어진 땅에서 우리를 위해 이 말을 보내준 사람이 우리를 속이려고 했을 리 없으니, 자기를 믿는 사람을 속이는 데서 얻는 영광은 적으니라. 게다가 모든 것이 내가 상상한 것과는 정반대로 이루어진다 해도 이러한 위업에 착수했다는 그 영광은 어느 사악함도 흐리게 할 수 없을 것이다."

---

*어려움에 빠져 있는 것을 보면서도 별 중요치 않은 일에만 신경을 쓴다는 의미의 속담.
**애송이가 아니라 잘 익은 사람이라는 뜻. 여기에서도 산초는 '진실한(veridico)'이라는 단어를 '초록색(verde)'으로 받아 말장난을 하고 있다.

"가십시다, 주인님." 산초가 말했다. "이 부인들의 수염과 눈물이 제 가슴에 박혀 있으니, 저는 이 부인들의 원래 반질한 얼굴을 보게 되기까지는 한 입도 먹지 않겠습니다. 주인님, 오르세요. 그리고 먼저 눈을 가리세요. 제가 말 엉덩이에 앉아야 하는 거라면 안장에 앉으실 분이 먼저 타야 하는 것이 분명하지요."

"맞는 말이다." 돈키호테가 대답했다.

그러고는 호주머니에서 손수건을 하나 꺼내 슬픔에 잠긴 노시녀에게 자기 눈을 잘 가려달라고 부탁했다. 눈을 가려주자, 다시 수건을 벗기더니 이렇게 말했다.

"제 기억이 틀리지 않다면, 제가 베르길리우스의 글에서 트로이의 팔라디움에 대해 읽었는데, 그 글에서 그리스인들이 여신 팔라스에게 바친 게 바로 목마였습니다. 그 목마는 배 속에 무장한 기사들을 넣어 갔고 결국 그로 인해 트로이가 완전히 멸망해버리고 말았지요. 그러니 먼저 클라빌레뇨가 그 배 속에 무엇을 가져왔는지를 살펴보는 편이 좋겠습니다."

"그럴 이유가 없습니다." 슬픔에 잠긴 노시녀가 말했다. "저는 그 목마를 믿습니다. 그리고 말람브루노는 어떤 사악한 점도 없고 배신을 할 사람이 아니라는 것도 잘 알고 있습니다. 그러니 돈키호테 님, 염려놓으시고 어서 말에 오르시지요. 무슨 일이 일어나면 해를 입는 것은 제 몫일 테니까요."

돈키호테에게는 무엇이라도 안전을 살피는 듯한 말을 하는 것은 자신의 용맹함을 훼손하는 것으로 보였다. 그래서 더 이상 입씨름하지 않고 클라빌레뇨에 올라탔다. 나사를 만지작거리자 쉽게 돌아갔다. 등자도 없고 다리가 대롱대롱 매달려 있었으므로 플랑드르 지방의 태피스트리에 그려지거나 직물로 짜인 로마 시대 기마상의 인물처럼 보였다. 산초는 썩 좋지 않은 기분으로 천천히 조금씩 말에 올랐고, 말 엉덩이에서 할 수 있는 한 편안히 자리를 잡아보려 했으나 보드라운 곳이라고는 조금도 없이 모두 딱딱하기만 했다. 그래서 공작에게 그 말의 엉덩이는 나무로 되었다기보다는 차라리 대리석으로 된 것 같다며, 가능하다면 공작부인의 응접실 용이건 어느 시동의 침상용이건 방석이나 베개를 하나 달라고 청했다. 이 말을 들은 트리팔디 부인은 클라빌레뇨는 자기 위에 갈기를 엮는 끈 장식이나 어떠한 종류의 장신구도 올려놓는 것을 참지 못한다고 말했다. 할 수 있는 일이라고는 숙녀처럼 옆으로 앉아 다리를 모으는 것밖에는 없으며, 그렇게 하면 딱딱함을 덜 느낄 것이라고 말했다. 산초는 그 말을 따랐고, "모두들 안녕히!"라고 말한 후 눈을 가리도록 했다. 눈을 가려주자 다시 가리개를 풀더니 순진한 눈빛으로 눈물을 글썽이며 정원에 있는 모두를 바라보면서, 각자가 주기도문과 성모송을 한 번씩 외워 곤경에 처한 자신을 도와달라고, 그리하면 하느님께서 그들이 위기의 순간에 있을 때 그들을 위해 같은 일을 해주실 거라고 말했다. 이에 돈키호테가 말했다.

"이런 도적놈, 그런 기도를 해달라 하다니 네가 교수형에라도 처해질 운명이더냐? 아니면 명이 다하기라도 했다는 것이냐? 이 이야기가 거짓을 말하는 것이 아니라면, 이 양심 없는 겁쟁이 놈아, 네가 차지한 자리는 바로 미녀 마갈로나가 있던 자리이다. 그분은 그 자리에서 무덤으로 떨어진 것도 아니고 프랑스 여왕의 자리로 내려가지 않았더냐? 그리고 네 옆에 가는 나로 말하자면, 내가 지금 있는 이 자리에 앉았던 그 용감한 피에레스와 견줄 만하지 않더냐. 눈을 가려라, 눈을 가려, 이 겁 많은 짐승아. 그리고 적어도 내가 있는 곳에서는 두렵다는 말을 입 밖에 내지 말거라."

"가려주세요." 산초가 대답했다. "하느님의 가호를 빌어주고 싶어 하시지도 않고 빌지도 못하게 하시니, 페랄비요*의 마귀 떼거리들이 이 주변에 돌아다닐까 봐 무서워하는 것이 뭐 그리 잘못된 일입니까?"

이렇게 이들의 눈이 가려지자, 돈키호테는 있어야 할 자리에 있다는 기분으로 나사를 돌렸고 그 위에 손가락을 대기가 무섭게 노시녀들과 그 자리에 있던 모든 이들이 목소리를 높여 이렇게 말했다.

"하느님이 그대를 이끄시기를, 용감하신 기사님!"

"하느님이 그대와 함께하시기를, 두려움을 모르는 종자님!"

"화살보다 더 빨리 허공을 가르며 공중으로 올라가기 시작하셨네요!"

"땅에서부터 그대들을 바라보는 이들을 놀라고 감탄하게 하십니다!"

"조심해요, 산초, 몸이 흔들리고 있어요! 이봐요, 떨어지면 안 돼요. 떨어지면 자기 아버지의 태양 수레를 끌어보려 했던 그 무모한 젊은이**가 그랬던 것보다 더 심한 꼴을 당할 겁니다!"

이 목소리들을 들은 산초는 주인을 꼭 부여잡고는 두 팔로 주인을 안으면서 말했다.

"주인님, 어찌 저들이 우리가 높이 날고 있다고 하는 걸까요? 여기까지 저들의 목소리가 와 닿고 바로 우리 옆에서 말하는 것 같기만 한데 말이지요."

"마음 쓰지 마라, 산초야. 이 일은, 이 비행은 보통의 범주를 벗어난 일이니, 1천 레구아 떨어진 곳에서도 원하는 것을 보고 들을 수 있을 것이야. 그리고 날 좀 그렇게 옥죄어 잡지 마라. 날 떨어뜨리려는 것이냐. 게다가, 사실 나는 네가 무엇 때문에 당황하는지, 무엇 때문에 놀라는지 알 수가 없구나. 내가 감히 맹세하건대 내 일생에 이보다 더 평탄한 걸음을 걷는 짐승은 타본 일이 없다. 꼭 한 자리에서 움직이지 않는 것 같구나. 두려움을 쫓아버

---

*종교재판에 의해 사형 선고를 받은 이들이 처형되던 라만차 지방의 마을.
**그리스 신화에 나오는 태양신 헬리오스의 아들 파에톤. 아버지의 전차를 몰고 하늘의 궤도를 벗어나 달리다가 제우스의 벼락에 맞아 죽었다.

리거라, 산초야. 일이 제대로 가야 할 방향으로 가고 있고 바람도 순풍에 돛을 단 듯하구나."

"그건 사실입니다요." 산초가 대답했다. "이쪽으로는 바람이 어찌나 강한지 풀무 천 개를 가지고 제게로 바람을 보내는 것만 같습니다."

사실이 그러했으니, 커다란 풀무 몇 개로 바람을 만들어내는 참이었다. 공작과 공작부인 그리고 집사가 이 모험의 계획을 어찌나 잘 짜두었던지, 완벽하게 모험을 꾸며내는 데 조금도 부족함이 없었다.

돈키호테도 바람이 불어오는 것을 느끼고 말했다.

"산초야, 우박과 눈을 만들어내는 대기권의 두 번째 공기층에 도달한 것이 틀림없다. 천둥 번개와 벼락은 세 번째 공기층에서 만들어지는 것이지. 그리고 만일 이런 식으로 계속 올라가면 곧 불의 지대에 들어가게 될 것인데, 우리를 불살라버릴 그곳으로 올라가지 않게 하려면 이 나사를 어떻게 돌려야 할지 알 수가 없구나."

이때 사람들이 불이 잘 붙고 끄기도 쉬운 삼 부스러기를 막대에 매달아 멀리에서 둘의 얼굴을 뜨겁게 했다. 그 열기를 느낀 산초가 말했다.

"우리가 그 불의 지대, 혹은 그 가까이에 온 것이 아니라면 이놈을 죽이셔도 좋습니다. 제 수염이 지금 몽땅 타버린 모양입니다요. 주인님, 저는 이제 막 눈가리개를 풀어 우리가 어디쯤 있는지 볼 참입니다."

"그러지 마라." 돈키호테가 대답했다. "악마들이 막대에 태워 공중으로 쏜 살같이 데리고 갔다는 토랄바 석사*의 진짜 이야기를 기억해보아라. 그자는 두 눈을 감은 채 막대에 타고 열두 시간 만에 로마에 당도하여 토리 디 노나 거리에 내렸는데, 그곳이 도시의 거리 한복판이었고 이곳에서 부르봉의

---

*1528년 쿠엔카의 종교재판소에서 마법사로 처벌받았던 인물.

파괴와 습격, 죽음을 목격하고는* 다음 날 아침에 마드리드로 돌아와 본 것을 모두 알려주었다지 않느냐. 그가 또 말하기를 공중을 날고 있을 때 악마가 눈을 뜨라고 명령을 내리기에 눈을 떴더니 자기가 보기에는 달의 끝부분에 아주 가까이 있어 손으로 잡을 수도 있을 것 같았고, 실신할 것이 두려워 감히 땅은 내려다보지 못했다는구나. 그러니 산초야, 눈가리개를 풀 필요가 없는 것이 우리를 맡고 있는 그자가 우리를 살필 것이다. 황갈색 매나 큰 매가 아주 멀리 올라가 있다가 해오라기를 잡으러 단숨에 내려오듯이 아마도 그렇게 우리를 칸다야 왕국에 떨어지게 하려고 빙글빙글 돌면서 올라가는 모양이다. 그리고 우리가 정원을 떠난 지 반시간도 지나지 않은 것처럼 보이기는 하지만, 분명 먼 길을 왔음이 틀림없으니 너도 믿거라."

"저는 모르겠습니다." 산초 판사가 대답했다. "제가 할 수 있는 말은 그저 그 마가야네스인지 마갈로나인지 하는 마님이 이 목마의 엉덩이에 만족해하셨다니, 그분의 살이 보드랍지는 않으셨던 게 틀림없단 겁니다."

이 두 용감한 자들의 모든 대화를 공작과 공작부인 그리고 정원에 있던 자들이 듣고는 무척 즐거워했다. 그러고는 이 잘 짜인 해괴한 모험의 대미를 장식할 목적으로 클라빌레뇨의 꼬리에 삼 부스러기로 불을 붙이자, 천둥 같은 소리를 내는 폭죽으로 가득 차 있던 그 말이 엄청난 소리를 내며 공중으로 날아가버렸고 돈키호테와 산초 판사는 절반쯤 그을린 채 바닥에 내동댕이쳐지고 말았다.

이때 정원에 있던 트리팔디를 비롯한 수염 난 노시녀들 무리는 모두 사라져버린 후였고, 정원에 있던 이들은 바닥에 널브러져 기절한 척하고 있었

---

*1527년 스페인 카를로스 5세 황제의 군대가 로마를 습격하고 약탈한 사건을 언급하고 있다. 이 약탈을 주도한 카를로스 데 부르봉은 약탈을 하던 중 사망했다.

다. 돈키호테와 산초가 참혹한 모습으로 자리에서 일어나 사방을 돌아보고는 그들이 출발했던 바로 그 정원에 자신들이 와 있고, 또 그토록 많은 사람들이 땅바닥에 늘어져 있는 것을 보고 어안이 벙벙해졌다. 정원 한쪽 편에는 거대한 창 하나가 바닥에 단단히 꽂혀 있었고 그 창에 초록색 비단 끈 두 줄로 하얗고 반들반들한 양피지가 묶여 있는데, 두 사람은 그 속에 커다란 황금빛 글씨로 다음과 같이 쓰여 있는 것을 보고는 더욱 놀랄 수밖에 없었다.

저명한 기사 돈키호테 데 라만차가 트리팔디 백작부인, 다른 이름으로는 슬픔에 잠긴 노시녀와 그녀의 동료들을 위한 모험을 그대로 시도하여 완전히 수행한 후 종결지었도다.

말람브루노는 진심으로 이에 만족하고 또 만족하여 수염 난 노시녀들은 이제 털이 하나도 없이 말끔해졌고 돈 클라비호와 안토노마시아 여왕 부처는 이전의 처음 상태로 돌아갔노라. 그리고 종자의 매질이 모두 달성되면 흰 비둘기는 그를 쫓는 고약한 매에게서 벗어나 자유로워질 것이며 사랑하는 이의 품속에서 달콤한 노래를 들으리라. 마법사들 중 최고의 마법사 현인 메를린이 명령한 그대로이다.

양피지의 이 글을 읽고 돈키호테는 그것이 둘시네아의 마법을 푸는 것에 관한 이야기라는 것을 분명히 알 수 있었다. 또한 별 위험에 처하지 않고도 그토록 위대한 일을 해내게 되어 이미 보이지도 않는, 존경할 만한 노시녀들의 얼굴을 원래의 피부로 되돌려놓을 수 있게 해주신 하늘에 무한한 감사를 드렸다. 그러고는 공작과 공작부인이 정신을 잃고 있는 곳으로 가 공작의 손을 꼭 붙들고 이렇게 말했다.

"이런, 이런, 공작님, 기운을 내십시오, 기운을 내세요. 아무것도 아닙니다! 저기 적힌 글들이 분명히 보여주는 것처럼 모험은 제삼자에게 해를 입히지 않고 다 끝이 났습니다."

공작은 마치 무거운 꿈에서 깨어나는 사람처럼 조금씩 정신을 차렸고 그와 같은 방식으로 공작부인과 정원에 누워 있던 모두가 다 그리하였다. 황홀해하며 깜짝 놀라는 모습을 어찌나 잘 꾸며대었던지 속임수로 놀리려고 하는 일임을 너무나 잘 알고 있음에도 마치 진짜로 일어난 것처럼 보였다. 공작은 반쯤 눈을 감은 채 글을 읽고 나서는 두 팔을 벌려 돈키호테를 얼싸안으며 그가 어느 세기에도 보지 못한 가장 훌륭한 기사라고 말했다.

산초는 슬픔에 잠긴 노시녀를 찾아다녔는데, 부인의 수염 없는 얼굴을 보고 수염이 없다면 부인의 빼어난 기품이 약속하듯이 그렇게 아름다운지 확인하려는 것이었다. 하지만 모두들 그에게 말하길, 클라빌레뇨가 불이 붙은 채 공중에서 내려와 땅에 부딪히는 순간 트리팔디를 비롯한 노시녀 일행이 모두 사라져버렸으며 그때 이미 털이 전부 깎인 상태였고 깎인 털의 부스러기도 남아 있지 않았다고 했다. 공작부인이 산초에게 기나긴 여행이 어땠는지 묻자 산초는 이렇게 대답했다.

"저는요, 마님, 우리 주인님이 말씀하신 것처럼 불의 지대를 날아가고 있다고 느꼈습니다. 그래서 눈을 가린 것을 살짝 풀고 싶은 마음이 들어 주인님께 허락을 구했더니, 안 된다고 하시지 뭡니까. 하지만 저는 글쎄 뭐랄까 약간 호기심이 있다고 해야 할지, 방해를 하거나 말리는 것은 더 알고 싶어져서 말이지요. 아닌 척하면서 아무도 보지 않는 사이에 제 눈을 가리고 있는 수건의 코 옆 부분을 아주 조금 들췄습죠. 그리고 거기서부터 땅을 내려다보았더니 땅 전체가 겨자씨보다 크지 않더란 말입니다. 그리고 그 땅 위를 걷는 사람들은 개암 열매보다 조금 크고 말이지요. 그러니 그때 우리는 얼마나 높이 날고 있었는지 모르지요."

이 말에 공작부인이 대답했다.

"친애하는 산초, 그대가 한 말을 좀 생각해봐요. 아마 그대는 땅은 보지 않고 그 위를 걷는 사람들만 본 모양이네요. 땅이 겨자씨만 하게 보였고 사람 하나하나가 개암 열매만 하게 보였다면 사람 하나만 가지고도 땅이 전부 가려질 텐데요."

"그건 맞습지요." 산초가 대답했다. "하지만 그렇다고 해도 한쪽만 살짝 들고 봤는데도 전부 다 봤는걸요."

"이봐요, 산초." 공작부인이 말했다. "한쪽으로 보이는 것들이 전부는 아니에요."

"그 보이는 것들에 대해서는 저는 잘 모르겠습니다." 산초가 대답했다. "그저 마님께서 우리가 마법으로 인해 날 수 있었고, 또 그 마법으로 인해 땅 전체와 보는 곳 어디에서든지 모든 사람들을 볼 수 있었다는 것을 알아주셨으면 좋겠습니다. 만일 이 일에서도 저를 믿어주지 않으신다면 마님께서는 제가 눈썹 옆까지 수건을 들추고 하늘 아주 가까이 간 것을 보았다는 것도 믿지 못하실 것 아닙니까요? 너무 가까워 저와 하늘 사이의 거리가 한 뼘 반도 안 되었고, 맹세하건대, 마님, 정말 아주 컸습니다. 그리고 또 무슨 일이 있었는고 하니, 우리가 일곱 마리 새끼 산양*이 있는 곳을 지나는데, 하느님과 제 영혼을 걸고 말씀드리자면, 제가 어렸을 때 고향에서 산양 치는 목동이어서 그런지 새끼 산양들을 보니 잠시 녀석들과 놀고 싶어지지 뭡니까요. 그 소원을 이루지 못하는 날에는 병에 걸리게 생긴 겁니다. 그래서 에라, 어쩌겠느냐 하고, 아무에게도, 우리 주인님에게도 말하지 않고서 조용히 그리고 천천히 클라빌레뇨에서 내려 그 비단향꽃무 같기도 하고 또 꽃

---

*별자리를 말한다.

같기도 한 산양 녀석들과 거의 서너 시간을 놀았지요. 그래도 클라빌레뇨는 그 자리에서 한 발자국도 앞으로 나아가지 않고 꼼짝도 않던걸요."

"그러면 착한 산초가 양들과 노는 동안," 공작이 물었다. "돈키호테 님께서는 무엇을 하며 즐기고 계셨습니까?"

이 말에 돈키호테가 대답했다.

"이 모든 일과 그런 모든 사건들은 자연스러운 질서에 벗어나는 일이므로 산초가 하는 말이 그다지 대단할 것도 없습니다. 저로 말씀드리자면 높은 곳에서건 낮은 곳에서건 눈가리개를 들추지 않았고 하늘도 땅도 바다도 모래도 보지 않았습니다. 대기권을 지나, 불의 지대 가까이까지 갔다고 느낀 것은 사실이나 우리가 정말 그곳을 지났는지는 확신할 수가 없습니다. 대기권의 마지막 공기층과 달이 있는 하늘 사이에 불의 지대가 있으니 어찌 우리가 활활 타버리지 않고 산초가 말하는 새끼 산양 일곱 마리가 있는 하늘에 당도할 수 있었겠습니까. 그러니 개의치 마십시오. 산초가 거짓말을 하든 꿈을 꾸든 말입니다."

"저는 거짓말을 하는 것도 꿈을 꾸는 것도 아닙니다요." 산초가 대답했다. "제게 그 산양들이 어땠냐고 물어보세요. 그러면 제가 진실을 말하는 것인지 아닌지 아실 것 아닙니까."

"그렇다면 말해봐요, 산초." 공작부인이 말했다.

"그러니까," 산초가 답했다. "그중 둘은 초록색이고, 둘은 연한 살색이고, 또 둘은 파란색, 그리고 하나는 색이 섞여 있었습니다."

"그건 새로운 종류의 양들이로군." 공작이 말했다. "여기 지상에 있는 우리 지역에서는 그런 색들을 별로 사용하지 않으니까. 그러니까 내 말은 그런 색의 산양들은 별로 없으니까."

"그건 분명합니다." 산초가 말했다. "그렇지요, 하늘의 산양과 땅의 산양은 차이가 있어야 되는 것 아니겠습니까."

"말해보게, 산초." 공작이 말했다. "그 산양들 사이에 바람피우는 놈도 있던가?"

"아니요, 공작님." 산초가 대답했다. "어느 놈도 그런 짓을 할 생각도 하지 못했다는 말은 들었습니다요."

그들은 더 이상 그 여행에 대해 묻고 싶어 하지 않았으니, 정원에서 한 발짝도 움직이지 않은 산초가 하늘 구석구석을 모두 돌아다닌 것처럼 그곳에서 일어난 일들을 알려주려 할 것 같아 보였기 때문이었다.

결국 이렇게 해서 슬픔에 잠긴 노시녀의 모험은 마무리된다. 이 모험으로 공작 부처는 당시뿐만 아니라 일생에 걸쳐 웃을 거리가 생겼으며, 산초도 수백 년 동안 이야기할 거리가 생긴 셈이었다. 물론 그가 수백 년을 산다면 말이다. 돈키호테는 산초에게 다가가서 귀에 대고 이렇게 말했다.

"산초야, 그러게 너도 네가 하늘에서 보았다고 하는 것을 사람들이 믿어줬으면 하지 않느냐. 나도 내가 몬테시노스 동굴에서 봤다고 하는 것을 네가 믿어주었으면 한다. 그러면 더 이상 아무 말 않겠다."

제 42 장

돈키호테가 산초 판사에게 섬을 통치하러 가기 전에 해준 충고들과 다른 사려 깊은 일들에 대하여

슬픔에 잠긴 노시녀의 모험이 행복하고 유쾌하게 끝맺음된 것이 매우 만족스러웠던 공작 부처는 진짜처럼 보이기에 적절한 장난거리를 찾아서 앞으로도 이런 장난을 계속할 작정을 하고, 하인들과 가신들을 불러 산초에게 약속했던 섬의 통치를 위한 계책과 명령을 전달했다. 클라빌레뇨 목마의 비행이 있은 다음 날, 공작은 산초에게 말하기를 총독이 되기 위해 의복을 갖추고 단정하게 하라고 했다. 섬 주민들이 산초가 오기를 오월에 단비처럼 기다린다는 것이었다. 산초는 공작 앞에 무릎을 꿇고 말했다.

"제가 하늘에서 내려온 후부터, 하늘 높은 곳에서 땅을 내려다본 그 후부터 땅이 얼마나 작게 보이던지, 총독이 되고자 하는 커다란 욕망이 제 마음속에서 오그라들고 말았습니다. 겨자 알맹이만 한 곳을 통치하는 것이 무슨 위대한 일이 되겠으며, 제가 보기로는 온 세상에 개암 같은 크기의 사람들이 여섯 명밖에 없는데 그들을 통치하는 것이 무슨 위엄 있고 권위 있는 일이겠습니까? 만일 공작님께서 제게 하늘의 작은 일부분을 떼어주시기로 한다면, 이 세상에서 가장 큰 섬을 주시는 것보다 더 흔쾌히 받을 것입니다."

"이보게, 산초." 공작이 대꾸했다. "나는 어느 누구에게도 하늘의 일부를 줄 수 없다네. 비록 그것이 손톱보다 크지 않을지라도 말일세. 오직 하느님만이 그러한 은혜와 은총을 지니고 계시지. 나는 자네에게 줄 수 있는 것을 줄 뿐이네. 그것은 완벽한 섬이며, 둥글고 잘 균형 잡혔으며, 아주 비옥하고 풍요로운 섬이라네. 거기서 자네가 지혜를 잘 발휘한다면, 지상의 부를 갖고서 하늘의 부를 얻을 수 있을 것이네."

"좋습니다요." 산초는 대꾸했다. "그 섬을 제게 주세요. 악당들이 얼마가 있더라도 천국에 갈 수 있는 총독이 되기 위해 애써봅지요. 제가 이리 하는 것은 보잘것없는 집에서 빠져나오거나 더 중요한 사람이 되고자 하는 탐욕 때문이 아니라, 총독이 되는 것이 어떤 것인지 한번 맛보고 싶은 소원이 있기 때문입니다."

"산초, 통치라는 것을 한번 맛보고 나면," 공작이 말했다. "명령을 하고 복종을 받는 일이라는 것이 어찌나 달콤한지 그 후에도 계속 손을 빨고 다닐 걸세. 내 확신하네만, 자네 주인이 황제가 된다면, 지금 일이 되어가는 것을 보면 의심할 여지없이 그렇게 되겠지만, 누구도 그분을 쉽게 그 자리에서 끌어내지 못할 것이야. 그러나 그 자리를 언젠가 그만두게 될 때에는 마음속 깊이 아픔을 느끼실 걸세."

"공작님," 산초가 대꾸했다. "제 생각엔 말입니다, 설령 가축 떼라 할지라도 통치하는 건 멋진 일인 것 같습니다."

"나도 자네와 함께 땅에 묻히고 싶다네,* 산초. 자네는 모르는 게 없으니 말이야." 공작이 대답했다. "자네의 분별력에 걸맞은 그런 총독이 될 것으로 나는 기대하네. 이 얘기는 여기에서 그만하고, 내일이 바로 자네가 섬의 총

---

*상대의 말에 동의한다는 표현이다.

독으로 가는 날이라는 걸 잊지 말게나. 오늘 오후에 자네가 입을 적당한 옷과 출발하는 데 필요한 모든 물건들을 준비해줄 것이네."

"원하시는 대로 입혀주세요." 산초가 말했다. "어떤 옷을 입는다 하더라도 저는 산초 판사니까요."

"그건 사실이지." 공작이 말했다. "그러나 의복은 자신의 직업과 권위에 맞아야 하는 법이네. 법관이 군인처럼 입거나 군인이 신부처럼 입어서는 안 되지. 이보게 산초, 자네는 한편으로는 문관의 복장을 하고 다른 한편으로는 무관의 복장을 해야 할 걸세. 내가 자네에게 베푸는 섬에서는 문(文)처럼 무(武)가 필요하고, 무처럼 문이 필요하니까."

"문이라면," 산초가 대답했다. "아는 게 별로 없습니다요. 저는 알파벳도 모르거든요. 그러나 훌륭한 총독이 되기 위해서는 '크리스투스'*만 지니고 있으면 충분하다고 봅니다. 무기라고 하면 저에게 주는 것은 모두 잘 다룰 겁니다. 그리고 하느님이 저를 보호하시겠죠."

"그토록 기억력이 좋으니," 공작이 말했다. "산초 자네는 아무런 실수도 하지 않을 걸세."

이때 돈키호테가 도착했다. 그동안 일어난 일과 산초가 통치를 위해 서둘러 떠나야 한다는 것을 알고서, 공작의 허락을 구한 후 산초의 손을 잡고 산초에게 총독직을 어떻게 수행해야 할지 충고해주기 위해 그의 방으로 갔다.

그는 방에 들어가자 문을 꼭 잠그고 거의 강압적으로 산초가 자신의 옆에 앉도록 한 후 침착한 목소리로 말했다.

"나의 벗 산초야, 나는 하늘에 무한한 감사를 드린다. 내가 어떤 행운을

---

*당시 학교에서 알파벳을 처음 배우는 데 사용했던 작은 책자에 인쇄되어 있는 '십자가 표식'을 말한다. 통치에 있어서 더 중요한 것은 학문이 아니라 하느님에 대한 깊은 믿음이라는 의미이다.

만나기도 전에 네게 그 행운이 당도하였으니 말이다. 너의 봉사에 대한 대가를 지불하기 위해 그저 나의 행운만 믿고 있던 나는 이제 겨우 조금씩 나아지기 시작하고 있는데, 너는 때가 되기도 전에, 도리와 기대에 어긋나게도 소망을 이루는 보상을 받게 되었구나. 다른 사람들은 뇌물을 바치고, 성가시게 조르고 청탁하고, 아침에 일찍 일어나서 간청을 하고, 끈질기게 고집을 부리지만 그들이 의도하는 바를 달성하지 못하였다. 그런데 누군가가 자초지종도 잘 알지 못하고 떡하니 나타나서, 수많은 사람들이 얻고자 시도했던 그 직무와 일을 얻게 되었으니, 소원을 이루는 데도 행운과 불운이 있다는 말이 이 경우에 꼭 들어맞는구나. 내가 보기에는 의심할 여지없이 어리석기 짝이 없으며, 아침에 일찍 일어나지도 않고, 밤을 새워 일하지도 않고, 부지런하지도 않은데, 오직 편력기사도가 네게 미친 기운 덕분으로 덜컥 섬의 총독이 된 것이야. 오 산초야, 내가 너에게 이 모든 것을 말하는 것은 네가 받은 이 은혜가 너의 공적으로 인해 얻어진 것이라 생각하지 말고, 모든 일을 순조롭게 해준 하늘에 감사하라고 이르는 말이다. 그다음에는 편력기사도의 직에 내재되어 있는 위대함에도 감사해야 한다. 그리고 내가 너에게 말한 것을 믿을 마음 자세가 되어 있다면, 오, 산초야, 여기 너의 카토*의 말에 주목해라. 그것이 네가 가는 길에 안내자가 될 것이며, 또한 비바람 부는 바다에서 빠져나와 안전한 항구로 가도록 길잡이가 되어줄 것이다. 큰 직책과 업무는 혼란과 혼돈의 깊은 바다 같은 것이니까.

산초야, 첫째로, 무엇보다 하느님을 두려워해야 할 것이다. 하느님을 두려워하는 속에 지혜가 있으며, 지혜로운 자는 잘못을 저지르지 않는 법이

---

*중세 때 어린아이들은 로마의 웅변가 카토의 훌륭한 경구를 통해 배웠다. 여기에서 돈키호테는 자신을 카토에 견주어 산초에게 조언하고 있다.

다.

둘째로, 너 자신을 알고자 노력하면서, 네가 누구인지에 대해 눈을 떠야만 한다. 이것은 사람이 생각할 수 있는 가장 힘든 인식이지. 자기 자신을 안다면, 개구리가 황소와 맞먹으려고 몸집을 부풀리는 일은 하지 말아야 할 것이다. 네가 개구리처럼 그런 생각을 한다면, 고향에서 돼지를 길렀다는 사실을 명심하는 것이 너의 미친 짓을 막아줄 공작의 꼬리 아래 추한 다리가 될 것이다.*"

"그건 사실이지요." 산초가 대답했다. "하지만 다 어린 시절의 일이고, 어른이 되고서는 돼지가 아니라 거위를 길렀는데요. 하지만 제가 보기에는 아무 상관없어 보입니다. 통치를 하는 사람들이 다 왕족의 피를 가진 것은 아니니까요."

"그건 그렇지." 돈키호테가 대답했다. "그래서 귀족 가문이 아닌 자들은 직무에 엄중하더라도 부드러운 온화함을 함께 가지고 있어야 하고, 신중함을 가지면 모면하기 힘든 상황에 처한 사람도 악의적인 험구로부터 자유로워질 수 있다.

산초, 너의 비천한 혈통을 자랑하거라. 그리고 네가 농부 출신이라고 말하는 것을 부끄러워하지 말거라. 네 스스로가 부끄러워하지 않는 것을 보면 아무도 네게 수치를 주지 않을 것이야. 오만한 죄인이 되기보다는 겸손한 덕망을 가진 사람이 되는 것을 더 자랑스럽게 여겨라. 천민의 가계에서 태어나 교황 성하나 황제의 자리에까지 오른 사람들이 수없이 많다. 이것이 사실이라는 예를 네가 지겨워할 만큼 수도 없이 들어줄 수 있단다.

---

*공작의 화려하게 펼쳐진 꼬리 깃털 아래 추한 다리가 감추어져 있듯이. 총독직의 화려함 아래 숨겨진 본인의 본모습을 떠올려 분수에 넘치는 일을 하지 말라는 말이다.

봐라, 산초야. 네가 미덕을 중용으로 생각하고, 후덕한 행동을 하는 것을 자랑으로 삼는다면, 군주나 귀족을 아버지와 할아버지로 둔 사람들을 부러워할 까닭이 없다. 혈통은 세습되지만 미덕은 얻어지는 것이며, 그리고 미덕은 그 자체만으로도 혈통이 갖지 못하는 가치를 지니고 있다.

이런 점을 생각해서 만일 네가 통치하는 섬에 있을 때 친척들 중에 누군가 찾아오거든, 그를 쫓아버려서도 안 되고 모욕을 주어서도 안 된다. 그러기 전에 반갑게 맞이하고, 숙소도 주며, 선물도 주어라. 그것이야말로 하늘의 뜻에 부합하는 것이다. 하늘은 자신이 만든 것을 어느 누구도 깔보는 것을 좋아하지 않으며, 또한 아주 조화로운 자연에 네가 진 빚에 보답하는 일이 될 것이다.

만약 너의 아내를 데리고 간다면(왜냐하면 오랫동안 통치를 하는 사람이 아내 없이 지내는 것은 좋지 않으니까), 아내를 잘 가르치고, 교리도 가르치고, 천성적인 촌스러움도 없애도록 해라. 분별 있는 총독이 얻은 모든 것을 흔히 거칠고 어리석은 아내가 잃어버리고 망쳐버리기 때문이지.

만약 네가 홀아비가 되는 경우가 생긴다면, 이런 경우는 흔히 일어날 수 있으니까 말이다. 총독이라는 직책 때문에 배우자를 쉽게 얻을 수 있지만, 너를 낚싯바늘이나 낚싯대로 삼을 여자는 얻어서는 안 된다.* 그리고 '당신 두건은 싫고요'** 하는 여자도 얻지 말거라. 판관의 아내가 받은 모든 것은 남편의 재산 신고서에 기록되어야 하니,*** 그곳에서는 죽은 후에라도 생전에 책임지지 않았던 액수보다 네 배나 되는 금액을 갚아야 하는 법이다.

---

* '낚싯바늘도 낚싯대도 아니고 미끼에 낚인다'는 속담에서 가져온 말로, 여기에서는 높은 직책에 있는 남편을 이용하여 부당한 이득을 취하는 아내를 말한다.
** 역시 속담에서 가져온 말로 '당신 두건은 싫고 내 두건에 넣어 달라'는, 즉 앞으로는 거절하나 뒤로 챙긴다는 의미이다.
*** 공직에 있으면서 부정한 뇌물을 받았는지 확인하기 위한 조사에 해당한다.

결코 자의적인 판단으로 법 집행을 하지 말거라. 그것은 자신이 예리하다고 착각하는 어리석은 자들이 흔히 저지르는 실수이다.

네 마음속에서 가난한 자의 눈물에 더 많은 동정심을 갖거라. 그러나 부자의 진술보다 더 많은 정의를 가졌다고는 생각지 마라.

가난한 사람의 흐느낌과 애걸에서처럼, 부자의 약속과 선물에서도 진실을 발견하도록 애쓰기 바란다.

공정하게 판결을 해야 할 때, 형법을 너무 엄하게 적용하지 말거라. 동정심을 가진 재판관의 명성보다 엄한 재판관의 명성이 더 좋지는 않다.

만약 네가 정의의 지팡이를 구부려야 하는 경우가 생긴다면, 선물의 무게에 따르지 말고 자비의 무게에 따라야 한다. 너와 적대 관계에 있는 자가 소송에 걸리는 일이 생길 때, 네가 겪었던 모욕의 상처를 기억하지 말고 사건의 진실만을 생각해야 한다.

타인의 소송에 자신의 감정으로 눈을 멀게 하지 마라. 그 소송에서 네가 저지르는 잘못에는 거의 대책이 없을 것이며, 만일 대책이 있더라도 네 신용과 심지어는 재산에도 희생과 대가가 따를 것이다.

만일 아름다운 여인이 재판을 요구하러 온다면, 여인의 눈물과 비명에 귀를 기울이지 마라. 여인의 울음소리에 네 이성이, 여인의 탄식 속에 네 호의가 빠져드는 것을 원치 않는다면, 여인이 요구하는 바의 본질을 심사숙고하여라.

노역으로 벌을 주어야 할 사람에게 말로 모욕을 주지 마라. 나쁜 이유들을 추가하지 않아도, 불운한 자에게는 형벌의 고통을 주는 것으로 충분하니까. 네 재판권 아래에 있는 죄인들은 우리의 타락한 본성에 휘둘리는 가엾은 사람들이라고 생각하거라. 그리고 할 수 있는 한 피고를 모욕하지 말고, 그에게 자비심과 관용을 보여주거라. 하느님 속성은 모든 사람들이 평등한 것이기는 해도, 우리의 눈에 정의의 속성보다 자비의 속성이 더 빛나고 나은 법이니까.

산초야, 네가 이 모든 교훈과 법칙을 따른다면, 너의 통치는 오랫동안 지속될 것이다. 또한 네 명성도 영원할 것이고, 보상이 철철 넘치고, 행복은 말로 표현할 수 없을 만큼 커질 것이며, 네 자식들은 원하는 대로 결혼할 것이고, 그들과 손자들까지도 귀족 작위를 얻고, 사람들의 인정을 받고 평화롭게 살게 될 것이다. 그리고 인생의 남은 기간을 살다가 평탄하고 원숙한 노년에 죽음이 너를 찾아오면, 네 증손자들이 부드럽고 섬세한 손으로 네 눈을 감겨줄 것이다. 지금까지 네게 말해준 것은 너의 영혼을 가꾸어줄 충고였으니, 이제부터는 네 몸을 가꾸는 데 도움이 되는 것들을 들어보아라."

제 43 장

돈키호테가 산초 판사에게 한
두 번째 충고들에 대하여

지난번 돈키호테의 조리 있는 충고들을 들었다면 누가 그를 매우 사려 깊고 훌륭한 의도를 가진 사람이 아니라고 말할 수 있겠는가? 그러나 이 위대한 이야기가 진행되는 가운데 여러 차례 기술했던 것처럼, 그는 오직 기사도에 관하여 다룰 때에만 터무니없는 짓을 했을 뿐, 그 밖의 다른 장광설에서는 매우 명확하고 명석한 판단력을 보여주었다. 그런 식으로 매번 그의 행동이 그의 판단력을 의심케 하였고, 그의 판단력이 행동을 의심하게 만들었다. 그러나 산초에게 해준 이 두 번째의 충고들에서는 그가 대단한 기지를 지니고 있으며, 분별력과 광기에 있어서는 한층 높은 경지에 이르게 되었음을 보여주었다.

산초는 아주 주의 깊게 청취를 하였으며, 그 충고를 잘 따라서 자신에게 주어진 통치라는 잉태에서 훌륭한 옥동자를 얻기 위해 주인의 충고를 머릿속에 남기려 애를 썼다. 돈키호테가 계속해서 말했다.

"어떻게 네 자신과 네 집을 다스릴 것인가 하는 문제에 있어서, 산초야, 첫째로 부탁하는 바는 몸을 깨끗이 하고, 손톱을 자라는 대로 두지 말고 깎으라는 것이다. 어떤 자들은 무지로 인하여 긴 손톱이 손을 아름답게 해준다고 생각하고, 손톱을 깎지 않고 내버려두어서 생긴 군살이나 혹이 마치 자기 손톱인 것처럼 여기는데, 이는 도마뱀이나 잡아먹는 황조롱이의 발톱처럼 불결하고 괴상한 사치이니라.

산초, 옷을 풀어헤치거나 느슨하게 입고 다니지 말아라. 만약 풀어헤친 느슨한 복장이, 율리우스 카이사르처럼 의도된 교활함에서 하는 것이 아니라면, 단정하지 못한 의복은 단정하지 못한 마음을 보여주는 것이다.

네 직책으로 할 수 있는 일들을 신중하게 생각하거라. 만약 네 하인들에게 제복을 입힐 수 있다면, 겉으로 화려하고 눈부신 옷보다는 정결하고 유용한 옷을 준비하여라. 그리고 네 하인들과 가난한 사람들에게 그것을 고루 나누어주거라. 다시 말해서 여섯 명의 하인들에게 입힐 옷이 있다면, 세 벌은 하인들에게 주고 나머지 세 벌은 가난한 사람들에게 주라는 것이다. 그렇게 하면 너는 하늘과 땅에 하인을 갖게 될 것이다. 이같이 의복을 나누어주는 새로운 방법은 허영에 들뜬 자들은 꿈도 꾸지 못하는 일이다.

마늘과 양파를 먹지 말거라. 그 냄새 때문에 너의 비천함이 탄로 나지 않도록 하라는 말이다.

천천히 걷고 말할 때는 차분히 하되, 혼자만 알아듣듯이 말하지 말거라. 그리고 어떤 것이 되었건 척하는 것은 옳지 않다.

식사는 조금씩 하되 저녁은 더욱 적게 먹어라. 육체의 건강은 위의 운동으로부터 만들어진다.

포도주를 지나치게 마시면 비밀을 지키지 못하며 약속도 이행하지 못하게 된다는 것을 고려해서 음주는 절도 있게 하기 바란다.

그리고 산초, 음식을 게걸스럽게 먹지 말고, 사람들 면전에서 애기(噯氣)를 내뿜지 않도록 조심해라.”

"'애기'가 뭡니까요?" 산초가 말했다.

그러자 돈키호테가 말했다.

"산초, '애기'라는 것은 '트림'과 같은 말이다. 이 단어는 매우 의미 있는 것이지만 카스티야 말 중에서 가장 입에 담기 어려운 어휘들 중 하나지. 그래서 점잖은 사람들은 '트림한다'는 말 대신에 라틴어를 사용해서 '애기를 내뿜다'라고 하고, '트림' 대신에 '애기'라고 하는 것이다. 알아듣지 못하는 사람들이 있어도 그건 문제가 되지 않는다. 쓰다 보면 시간이 흐르면서 점점 알려지게 될 것이고, 사람들도 쉽게 이해하게 될 것이야. 이렇게 해서 일반 서민들이 사용하고 또 그 주인이 되는 우리말도 더 풍성해지는 것이고 말이다."

"맞습니다. 주인님." 산초가 말했다. "제가 머릿속에 꼭 넣어두어야 할 충고와 주의 사항 중 하나가 바로 트림을 하지 말아야 한다는 것입니다. 제가 아주 자주 트림을 하는 습관이 있거든요."

"'애기를 내뿜는' 것이다, 산초야, 트림을 하는 것이 아니라." 돈키호테가 말했다.

"앞으로는 '애기를 내뿜다'고 하겠습니다." 산초가 대답했다. "맹세코 잊지 않을 겁니다."

"산초, 말할 때마다 습관적으로 너무 많은 속담을 섞어 말하는 것도 하지 말거라. 속담이라는 것은 간결한 경구일진대, 네가 되지도 않게 몇 번이고 억지로 끌어들이니 경구라기보다는 오히려 엉터리 말장난 같아 보인다."

"그건 오직 하느님만이 고칠 수 있을 텐데요." 산초가 대답했다. "제가 워낙에 책 한 권보다 많은 속담을 알고 있다 보니, 말을 할 때면 그 많은 속담들이 모두 떠올라서는 입가에서 먼저 나가려고 서로 뒤엉켜 싸움박질을 하거든요. 그러다 보면 실은 적절치 않더라도 혀에 제일 먼저 와 닿는 것을 내

뱉게 되지요. 하지만 앞으로는 제 직책의 무게에 적합한 속담을 하도록 주의하겠습니다. 집안이 풍성하면 저녁 준비가 빨리 되고, 카드를 떼는 사람이 카드를 섞지 않는 법이며, 종을 치는 사람이 제일 안전하고, 재산을 관리하고 자비를 베푸는 데에도 지혜가 필요한 법이니까요."

"바로 그거 말이다, 산초!" 돈키호테가 말했다. "속담을 실로 꿰어 늘어놓는 짓은 도무지 너를 따라갈 자가 없구나! 아비가 야단을 치건 말건 나는 우습다 이것이냐! 속담을 삼가라고 말하기가 무섭게, 네놈은 그 자리에서 순식간에 속담의 기도문을 내뱉는구나. 이런 우베다 언덕*을 보았나. 지금껏 한 말에 동문서답이라니. 잘 들어라, 산초야, 네가 안성맞춤으로 끌어오는 속담을 나쁘다고 말하는 것이 아니다. 엉터리로 끌어다가 아무렇게나 지껄여대는 속담이 대화를 맥 빠지게 하고 천박하게 만들어버린다는 얘기다.

말을 탈 때도 몸을 안장 뒤쪽으로 젖히지 말 것이며, 다리를 말의 배에서 떨어뜨린 채 꼿꼿하게 뻗지 말거라. 그리고 겁에 질린 모습을 하지 마라. 그러면 당나귀를 타고 가는 것처럼 보일 테니까. 어떤 사람은 말을 타면 기사로 보이고, 또 어떤 사람은 마부처럼 보이지.

잠은 적당히 자도록 해라. 아침에 해가 뜰 때 일찍 일어나지 않는 자는 낮시간을 즐기지 못하는 법, 오, 산초야! 근면은 행운의 어머니이며, 게으름은 그 반대이니 결코 좋은 소망을 이루어주지 못한다.

내가 너에게 지금 주고 싶은 이 마지막 충고를, 비록 몸을 잘 가꾸는 데에는 도움이 되지 않지만, 머릿속에 잘 기억해두기 바란다. 지금까지 네게 해준 충고들보다 결코 덜 유익하지 않을 것이다. 가문들끼리 서로 비교하면서

---

*우베다는 스페인 남부 하엔 지방에 있는 마을로 '우베다의 언덕'이라는 표현은 '아무 관련이 없는 일'이나 '일이 엉뚱한 방향으로 나가는 것'을 말할 때 쓰는 표현이다.

혈통에 대하여 논쟁하는 일은 없도록 해라. 비교를 하게 되면 필연적으로 어느 한쪽이 훌륭하다 하게 될 것인데, 그렇게 되면 다른 쪽으로부터는 필시 미움을 받게 된다. 그렇다고 네가 손을 들어준 쪽에서도 결코 네게 상을 주는 일은 없을 것이다.

복장은 긴 양말이 붙어 있는 반바지와 긴 소매가 있는 상의, 약간 긴 망토가 좋다. 통이 넓은 바지는 입을 생각도 하지 말 것이니, 그것은 기사들에게도 총독에게도 어울리지 않기 때문이다. 산초야, 지금으로서는 이것이 내가 네게 해주려는 충고의 전부이다. 시간이 흐르면서 그리고 기회가 생길 때마다, 네가 처해 있는 상황을 내게 알려주는 데 신경을 쓴다면 그에 적합한 내 충고가 전달될 것이다."

"주인님," 산초가 대답했다. "주인님께서 저에게 하신 말씀은 모두 훌륭하고, 성스럽고, 유익하다고 봅니다. 하지만 기억을 못 한다면 무슨 소용이 있겠습니까? 사실인즉, 손톱이 길게 자라도록 내버려두지 않는 것과 기회가 주어진다면 결혼을 다시 한 번 한다는 것은 제 기억에서 사라지지 않을 겁니다. 나머지 치장에 관련된 것이나 이것저것 잡동사니 가르침들은 지금도 기억이 안 나고, 앞으로도 예전에 본 구름보다 더 기억을 못 할 것 같습니다요. 그러니 글로 써주세요. 저는 비록 글을 읽지도 쓰지도 못하지만, 필요할 때 제 고해신부님께 드려서 제가 기억할 수 있게 해달라고 하겠습니다."

"아, 죄 많은 내 신세여!" 돈키호테가 대답했다. "총독이란 자가 글을 읽을 줄도 쓸 줄도 모른다니 이 얼마나 불행한 일인가! 오, 산초야, 알아두거라. 사람이 글을 읽을 줄 모르거나 왼손잡이라면 둘 중 하나이니라. 비천하고 신분이 낮은 부모의 자식으로 태어났거나, 혹은 너무 품행이 나빠서 좋은 습관이나 훌륭한 교육이 통하지 않았기 때문이지. 네가 지니고 있는 결점은 매우 심각한 것이다. 그러니 나는 네가 서명하는 법이라도 배웠으면 좋겠구나."

"제 이름 정도는 쓸 줄 압니다." 산초가 대꾸했다. "교회 모임의 집사를 했을 때, 짐짝에 표식을 하는 것처럼 글자로 표시하는 것을 배웠는데 그것이 제 이름이라고 사람들이 그러더군요. 그리고 오른손이 불구인 척하면서 다른 사람이 대신 서명을 해주도록 할 수도 있지요. 죽는 것만 아니라면 만사에 다 해결 방법이 있으니까요. 그리고 저는 명령할 수 있는 권한과 권력의 지팡이를 가지고 있으니까, 제가 원하는 대로 할 겁니다. 게다가 아버지가 시장이라면……* 하는 말도 있잖습니다. 저는 시장보다도 더 높은 총독이니까 이렇게 말할 수도 있지요. '자네들, 이리 와서 일이 어떻게 되는지 보게! 아니, 그보다 나를 깔보고 경멸하려거든 해보시게들. 양털을 사러 왔다가 털을 깎이고 돌아갈 걸세.' 하느님이 진정 사랑하는 사람은, 그가 사는 집도 아시는 법이지요.** 부자의 아둔함도 세상에서는 격언이 되니, 저도 부자이고, 제가 뜻하는 대로 너그러운 총독으로서 부족한 것이 없을 겁니다. 꿀을 만들어놓으면 파리가 달려들어 빨아먹을 테니까요.*** 제 할머니가 말씀하시기를, 가진 만큼 가치도 커진다고 했습지요. 세력이 있는 자에게는 복수도 할 수 없는 법이고요."

"이런 빌어먹을, 산초야!" 돈키호테가 말했다. "6만 마리 악마가 와서 너와 네 속담을 가져가버렸으면 싶구나! 한 시간 동안이나 속담들을 실에 꿰어 그 하나하나로 나를 고문하고 있으니. 내 확신하건대 이 속담들이 언젠가 너를 교수대로 데려갈 것이다. 그로 인하여 네 가신들이 너를 통치자 자리에서 쫓아내거나 폭동을 일으키면 어쩌려고 그러느냐. 산초 이 무식한 놈

---

* '아버지가 시장이라면 재판에 가서 해결한다'는 속담으로 영향력을 가진 사람은 자신이 원하는 바를 합법적으로 얻는다는 뜻이다.
** 행운이 따르는 자는 걱정할 것이 없다는 의미의 속담.
*** 약점을 보이면 이용을 당한다는 의미의 속담.

아, 도대체 그런 속담들은 다 어디서 찾는 것이냐? 그리고 이 멍청아, 그걸 대체 어디에 쓰는 게야? 나조차도 속담 하나를 잘 쓰려면 마치 땅을 파는 것처럼 땀을 흘리면서 애를 쓰는데."

"하느님 맙소사, 주인님." 산초가 대꾸했다. "주인님은 별것도 아닌 일에 역정을 내십니다. 제가 가진 재산이라고는 다른 재물도 없고 오직 속담들뿐인데 그것을 좀 쓴다고 왜 화를 내십니까? 지금도 과일 광주리에 배를 따서 넣는 것처럼 딱 어울리는 속담 네 개가 떠오르는데, 말하지 않겠습니다. 침묵을 잘 지키는 자를 산초라고 부른다 하지 않습니까.*"

"여기에서 말하는 산초는 네가 아니다." 돈키호테가 말했다. "왜냐하면 너는 훌륭하게 침묵을 지키지도 않을뿐더러 말도 좋지 않게 하고 좋지 않게 고집스러우니 말이다. 그건 그렇고 네 머릿속에 떠올랐다는 그 안성맞춤인 네 가지 속담이 무언지 알고 싶구나. 나도 내가 갖고 있는 속담을 찾아보고 있는데 더 좋은 속담이 아무것도 떠오르지 않는다."

"들어보세요." 산초가 말했다. "'두 사랑니 사이에 엄지손가락을 넣지 마라'**, '내 집에서 나가라와 내 마누라와 무슨 볼일이냐는 말에는 토 달지 마라'***, '물 항아리가 돌에 부딪치건 돌이 물 항아리에 부딪치건 물 항아리만 불행해진다'**** 전부 다 적절한 속담들 아닙니까? 아무도 자기네 총독이나 통치하는 사람에게는 맞서지 말아야지요. 사랑니 사이에 손가락을 넣는 자처럼 다치게 될 테니까요. 사랑니가 아니고 어금니라 할지라도 상관없습니다. '내 집에서 나가라'와 '내 마누라와 무슨 볼일이냐', 그렇지요, 총독이 말하

---

*원래 속담에는 '산초'가 아니라 '산토(santo)' 즉 '성인'이라는 뜻인데, 산초가 말장난을 하고 있는 것이다.
**위험이 내재된 상황에 들어가지 말라는 의미의 속담.
***상식적이고 타당한 명령과 상황에서는 이를 따르고 복종하라는 의미의 속담.
****약한 자가 아무리 정당성이 있더라도 강한 자와 맞서 성공하는 것은 불가능하다는 의미의 속담.

는 것에 토를 달아선 안 되지요. 물 항아리와 돌 부딪치는 이야기야 장님도 알 수 있을 겁니다. 마찬가지로 남의 눈에 있는 티를 보는 사람은 자기 눈에는 대들보가 있다는 것도 보아야 하지요. 그렇지 않으면 '죽음의 신이 목 잘려 죽은 여인 보고 놀란다'는 말을 듣게 될 테니까요. 주인님께서도 잘 아시지만 남의 집에 영리한 자보다 자기 집에 있는 우둔한 자가 더 아는 게 많은 법 아니겠습니까."

"그건 그렇지 않다, 산초야." 돈키호테가 대꾸했다. "우둔함의 기초 위에서는 사려 깊은 건물이 세워질 수 없는 법, 우둔한 자는 자신의 집에서나 남의 집에서나 아는 게 하나도 없는 것이다. 이 문제는 여기에서 그만하기로 하자, 산초. 만약 네가 통치를 잘하지 못한다면 그 책임은 너에게 있다 해도 그 수치는 나에게 돌아올 것이다. 그나마 위안이 되는 것은 내가 할 수 있는 한 진실과 분별력을 가지고 너에게 충고해주어야 할 것들을 해주었다는 것이지. 이로써 나는 내 의무와 약속을 완수하였다. 산초야, 하느님께서 너를 인도해주시기를. 그리고 통치하는 일에도 너를 인도하시어, 네가 섬 전체를 엉망으로 만들어버릴 것이라는 근심으로부터 나를 구원해주시기를! 그게 아니라면 내가 공작님께 너는 그저 뚱뚱한 비곗살덩이일 뿐인 속 좁은 소인배로서 속담들과 교활함으로 가득 찬 자루에 지나지 않는다고 말씀드리고, 공작님이 네가 어떤 인간인지 아시게 해서 용서를 구해야 하겠지."

"주인님," 산초가 말했다. "만약 주인님이 보시기에 제가 이 섬을 통치할 능력이 없다고 하신다면 당장 그만두겠습니다. 제 몸뚱어리 전체보다 손톱에 작은 점 하나만 한 제 영혼을 저는 더 사랑하니까요. 총독이 메추리고기와 닭고기로 식사를 한다고 하지만 저는 오직 빵과 양파로 연명해나가겠습니다. 더욱이 지체 높은 귀족이나 서민들이나, 가난뱅이나 부자들이나 잠을 잘 때는 모두 평등하니까요. 그리고 주인님, 잘 살펴보시면, 저를 총독 자리에 앉힌 것은 바로 주인님이십니다. 저는 독수리보다도 섬의 통치에 대하여 아는 게 없습니다. 만약 제가 총독이 됨으로써 악마가 저를 데려갈 것이라고 생각하신다면, 총독이 되어 지옥으로 가는 것보다 인간 산초로서 천당에 가고 싶습니다."

"천만의 말씀이다, 산초." 돈키호테가 말했다. "네가 말한 마지막 이유들만으로도 나는 네가 천 개의 섬도 다스릴 수 있다고 본다. 너는 좋은 천성을 가졌어. 이것 없이는 아무리 학문을 해봐야 소용이 없지. 하느님의 가호가 있기를 빌어라. 그리고 처음 마음먹은 일에서 우왕좌왕하지 않도록 해라. 무슨 말이냐 하면 너에게 주어진 모든 업무들을 잘 해결하려는 확고한 의지와 의도를 항상 언제까지나 지켜나가야 한다는 것이다. 하늘은 언제나 착한 마음의 편이니 말이다. 그러면 이제 식사하러 가자꾸나. 벌써부터 공작 부처께서 우리를 기다리고 있을 테니."

제44장

산초 판사가 섬의 총독으로 부임하게 된 과정과
공작 부처의 성에서 돈키호테에게 일어난
기이한 모험에 대하여

이 이야기의 원전에서 시데 아메테는, 이 장을 쓰는 대목에 이르러 번역자
는 원작자가 쓴 대로 번역하지 않았다고 말하고 있다. 이것은 돈키호테 이
야기처럼 아주 무미건조하고 한정된 소재를 다루고 있는 것에 대해 무어
인 작가 스스로가 불만을 토로한 것이었다. 그의 생각으로는 좀 더 심각하
고 재미있는 일화나 여담들을 과감하게 펼치지 못하고 항상 돈키호테와 산
초에 대해서만 이야기를 하는 것같이 보였기 때문이다. 그런 까닭으로 오직
하나의 주제에 대해 몇 명 안 되는 인물들이 말하는 것을 기술하는 일에 온
정신을 몰입하여 손에 펜을 잡는 일은 참을 수 없는 작업이라고 말하고 있
다. 게다가 그러한 작업의 결과도 원작자가 생각하는 것이 되지 못했다. 따
라서 이러한 불편함을 피하기 위해서 작가는 1편에서 이야기와는 상관없
는 〈무모한 호기심이 빚은 이야기〉나 〈포로 대위 이야기〉 같은 짧은 이야기
를 삽입하는 기교를 썼던 것이다. 물론 그 외에 다른 이야기들은 바로 돈키
호테 자신에게 일어난 사건들이라서 쓰지 않을 수가 없었지만 말이다. 또한
작가는, 그 자신 이렇게 말하고 있는데, 돈키호테의 무훈에 관심을 두는 많

은 사람들은 삽입된 이야기에는 관심을 주지 않거나, 그런 이야기에 포함된 우아함이나 기교를 알아차리지 못하고 그냥 지나치거나 혹은 짜증을 내면서 넘어가버린다고 생각했다. 돈키호테의 광기나 산초의 우둔한 짓들에 의존하지 않고 그 자체만으로 출간이 되었더라면 그러한 기교가 숨김없이 잘 드러났을 것이다. 그래서 이번 2편에서는 독립된 이야기나 곁가지 이야기들을 삽입하지 않고 진실을 제공하는 사건들에서 생겨난 것으로 보이는 일화들만을 넣으려 한다. 그리고 이것마저도 그 이야기들을 기술하는 데 충분한 몇 마디 말만 사용하여 제한적으로 할 것이다. 작가는 천지만물을 모두 다룰 수 있는 재능과 능력과 지력을 가지고 있으면서도 이야기라는 좁은 세계 속에 스스로를 한정하고 있는 것이므로, 자신의 노고를 가벼이 여기지 말고 자신이 쓴 것에 대해서보다는 쓰지 않은 이야기들에 대해 치하해주기를 바라고 있는 것이다.

그러고 나서 이야기는 이렇게 계속된다. 산초에게 충고를 해주었던 날, 점심 식사를 마치고서 그날 오후에 돈키호테는 그것들을 글로 써서 주었으므로, 나중에 산초는 그것을 읽어줄 사람을 찾기만 하면 되었다. 그러나 산초가 그것을 받자마자 땅에 떨어뜨리는 바람에 공작의 손에 들어가기에 이르렀다. 공작은 그 사실을 공작부인에게 알렸으며, 두 사람은 돈키호테의 광기와 재치 있는 생각에 다시 한 번 놀랐다. 그리하여 자신들의 장난을 계속하기 위해 그날 오후 산초를 많은 수행원들과 함께 그가 섬이라고 생각할 법한 곳으로 보냈다.

산초를 모셔 가는 책임을 맡은 사람은 공작의 집사였는데, 그는 매우 사려 깊고 재치 있는—사려 깊지 않으면 재치도 없는 법이다—사람으로, 바로 트리팔디 백작부인 역할을 맡았던 자였으며, 앞서 말한 대로 그 역을 매우 그럴싸하게 해내었다. 그런 인물인 데다 주인인 공작 부처로부터 산초에게 어떻게 처신해야 할지를 지시받았기 때문에 공작 부처의 의도를 놀랄 만큼 잘 실행에 옮겼다. 그런데 산초가 그런 집사를 보자마자 트리팔디의 얼굴을 떠올리며 자신의 주인을 향해 말했다.

"주인님, 악마가 지금 이곳에서 당장 저를 데려가든지, 아니면 이곳에 있는 공작님의 집사 얼굴이 '슬픔에 잠긴 노시녀'와 똑같다고 주인님께서 제게 고백을 해주시든지 둘 중 하나입니다."

돈키호테가 주의 깊게 집사를 바라보고 나서 산초에게 말했다.

"산초야, 악마가 지금 당장 너를 잡아갈 이유를 모르겠구나. 네가 무슨 말을 하는지 모르겠다. 집사의 얼굴이 슬픔에 잠긴 노시녀의 얼굴과 같기는 하다만 그렇다고 집사가 슬픔에 잠긴 노시녀가 될 수는 없질 않느냐. 만일 그렇다고 한다면 아주 큰 모순일 것이다. 그리고 지금은 그런 것을 조사하고 확인할 시간이 아니니, 자칫하다간 복잡한 미로 속으로 들어가게 될 수 있다. 이 친구야, 내 말을 믿고 우리를 사악한 요술쟁이와 사악한 마법사들로부터 자유롭게 해달라고 하느님께 진심으로 간청해야 할 것이야."

"농담이 아닙니다, 주인님." 산초가 대답했다. "전에 그 사람이 말하는 것을 들었는데, 트리팔디 부인의 목소리가 제 귓전에 울리는 것 같았단 말입니다. 좋습니다. 제가 입을 다물지요. 하지만 지금부터는 제 의구심을 풀어주거나 확인시켜줄 다른 증거를 찾기 위해 빈틈없이 주의를 기울일 것입니다."

"그렇게 하거라, 산초야." 돈키호테가 말했다. "그리고 이 문제에 대해 네가 알게 되는 것은 모두 나에게 알려주기 바란다. 또한 섬의 총독을 하면서 일어나는 모든 일에 대해서도 내게 알려다오."

마침내 산초는 학식 있는 사람처럼 옷차림을 하고 많은 사람들의 수행을 받으며 떠났다. 산초는 양가죽으로 지은 물방울무늬가 있는 품이 넓은 외투

에 머리에는 같은 감으로 만든 정장 모자를 쓰고, 등자를 짧게 한 노새를 타고 갔는데, 그 뒤를 공작의 명령에 따라서 산초의 잿빛 당나귀가 비단 마구와 반짝이는 장식들을 달고서 따라갔다. 산초는 자신의 잿빛 나귀를 바라보기 위해 때때로 고개를 돌렸고, 자신의 나귀와 함께 가는 것이 너무도 흡족하여 독일의 황제 자리를 준다 해도 맞바꾸지 않았을 것이다.

그리고 공작 부처와 작별을 하면서 그들의 손에 입맞춤을 하였고 자신의 주인에게서는 축복을 받았다. 돈키호테는 눈물을 흘리면서 축복을 해주었고, 산초도 울먹이며 축복을 받았다.

친애하는 독자여, 이제 착한 산초는 평안하게 가도록 두고, 그가 자신의 직책에서 어떻게 처신을 하는지 알게 되면 웃음을 2파네가는 족히 터뜨리게 될 것이니 기대하시라. 그러는 동안에 그의 주인에게 그날 저녁 일어난 일을 살펴보자. 만일 웃지 않는다 하더라도, 최소한 원숭이의 미소처럼 입술을 쭉 내밀게 될 것이니, 돈키호테에게 일어나는 사건들은 응당 놀라움을 주든가 웃음을 주기 때문이다.

전하는 이야기에 따르면 산초가 떠나자마자 돈키호테는 산초를 그리워했다고 하며, 만일 그 임무를 철회하고 총독직을 그만두게 할 수만 있었다면 그렇게 했을 것이다. 공작부인은 그의 우울한 기분을 알고서 무엇 때문에 슬픈지를 물어보았다. 만일 산초가 없어서 그런 거라면, 돈키호테가 원하는 것을 아주 흡족하게 해줄 수 있는 종자와 노시녀와 하녀가 저택에 많이 있다고 했다.

"공작부인, 산초가 없어서 서운한 것은 사실입니다." 돈키호테가 대답했다. "그러나 저를 슬프게 하는 주된 이유는 그것이 아닙니다. 고귀하신 부인께서 제게 베풀어주시는 수많은 호의 중 저는 그 마음만을 받아들이고 싶습니다. 그 외의 것은 물려주시고, 고귀하신 부인께 간청하오니 제 방 안에서 제 시중을 드는 자는 저 하나로 해주시기 바랍니다."

"돈키호테 님, 진실로 그렇게 하셔서는 안 됩니다." 공작부인이 말했다. "제 하녀들 중 꽃처럼 아름다운 네 명의 아가씨가 기사님의 시중을 들 겁니다."

"그 하녀들은 제게 꽃과 같다기보다는 제 영혼을 찌르는 가시 같습니다." 돈키호테가 말했다. "그래서 그 하녀들이 제 방에 들어온다면, 그렇게 할 수는 없겠지만, 날아가버릴 겁니다. 만일 고귀하신 부인께서 받을 가치도 없는 제게 계속 과분한 호의를 베풀어주시기를 원한다면, 제가 하고 싶은 대로 내버려두시고, 제 방 안에서는 제가 스스로 제 시중을 들게 해주십시오. 저는 제 욕망과 정결함 사이에 성벽을 쌓아놓을 겁니다. 고귀하신 부인께서 제게 보여주시고자 하는 관대함으로 인하여 제 습관을 포기하고 싶지는 않습니다. 결론적으로 저는 누가 제 옷을 벗기는 것을 허락하기보다는 옷을 입고 자는 쪽을 택하렵니다."

"그만하세요, 그만, 돈키호테 님." 공작부인이 대답했다. "맹세코 말씀드리건대, 기사님의 방에 하녀는 물론이고 파리 한 마리도 들어가지 않도록 명령하겠습니다. 저는 돈키호테 님의 고상한 품위를 저 때문에 망가뜨릴 사람이 아닙니다. 제가 추측하기로도 기사님의 수많은 미덕들 중에서 가장 뛰어난 것이 바로 정결함입니다. 원하시면 언제라도 기사님 혼자서 자신의 방식대로 옷을 벗고 입으세요. 그걸 방해할 사람은 아무도 없습니다. 기사님의 방 안에는 문을 걸고 주무실 때에 꼭 필요한 요강만 두도록 하지요. 자연의 욕구로 인하여 방문을 여셔야 하는 일이 없도록 말입니다. 위대한 둘시네아 델 토보소 공주님께서 만수무강하시기를! 그리고 그분의 이름이 이 땅의 모든 곳으로 퍼져나가기를 빕니다. 왜냐하면 이토록 용맹스럽고 정결하신 기사님의 사랑을 받을 만한 분이니까요. 인자하신 하늘이 우리의 총독이신 산초 판사의 마음에 그 채찍질을 하루속히 끝낼 수 있는 욕망을 불러일으켜주어, 이토록 위대한 공주님의 아름다움을 온 세상이 다시 즐길 수 있도록 해주시기 바랍니다."

이에 돈키호테가 말했다.

"높으신 부인께서는 품격에 맞는 말씀을 하셨습니다. 훌륭하신 귀부인의 입에서는 어떤 나쁜 말도 나오지 않는 법이지요. 세상에서 가장 훌륭한 웅변가들이 할 수 있는 그 모든 찬양들보다 더 고귀한 부인의 찬양을 받았으니, 둘시네아 님은 진실로 축복받으셨으며 그 이름을 더욱 널리 알리시게 되었습니다."

"자, 좋아요, 돈키호테 님." 공작부인이 대답했다. "저녁 드실 시간이 되었으니 공작께서 기다리고 계실 겁니다. 기사님도 가셔서 함께 저녁을 드시지요. 그리고 일찍 잠자리에 드세요. 어제 하신 칸다야 여행이 그렇게 짧은 것이 아니어서 다소 피곤하실 겁니다."

"전혀 아무렇지 않습니다, 부인." 돈키호테가 대답했다. "제 평생에 클라빌레뇨보다 더 안락하고 잘 달리는 짐승 위에 올라타본 적이 없다는 것을 고귀하신 부인께 감히 맹세하겠습니다. 제가 알 수 없는 일은 무엇 때문에 말람브루노가 그렇게 가볍게 달리는 온순한 말을 부셔버리고, 생각 없이 그것을 불태워버렸는가 하는 것입니다."

"그 일에 대해서는 이렇게 생각할 수 있지요." 공작부인이 대답했다. "트리팔디와 일행들, 그리고 다른 사람들에게 저지른 나쁜 짓과 주술사나 마법사로서 저질렀을 악행들을 뉘우치고, 그런 일에 사용한 모든 도구들을 없애버리고 싶었던 거지요. 가장 중요한 도구이자 이 땅 저 땅으로 배회하면서 그에게 가장 큰 불안감을 가져다준 클라빌레뇨를 불태웠으니, 그 타버린 재와 명성이라는 전리품으로 인해 위대한 돈키호테 데 라만차의 용기는 영원히 기억될 겁니다."

다시 한 번 돈키호테는 공작부인에게 감사를 드렸고, 저녁 식사를 마치고 자신의 방으로 혼자 돌아가 아무도 그의 허락 없이는 시중을 들기 위하여 방 안으로 들어오지 못하도록 했다. 둘시네아 공주님을 위해 스스로 지켜온 명예로운 순결을 잃지 않도록, 그를 유혹하거나 강요하는 기회들과 마주칠까 두려워하며 편력기사들의 꽃이며 거울인 아마디스의 선행을 다시금 되새기는 것이었다. 돈키호테는 등 뒤로 문을 닫고서 두 개의 촛불 아래서 옷을 벗고 신발도 벗었다. 오, 이런 분에게 어울리지 않는 불행이라니! 그에게서 튀어나온 것은 한숨도 아니고 그의 가계의 순수함을 추락시킬 일도 아니었으니, 구멍이 마흔여덟 개나 생겨서 그물망처럼 되어버린 양말이었다. 지극한 비탄에 잠긴 이 선량한 양반은 거기에 약간의 초록색 비단을 댈 수만 있었더라면(초록색 비단이라 한 것은 양말이 초록색이기 때문이다) 은 1온스라도 주었을 것이 틀림없다.

여기에서 원작자 베넹헬리는 탄성을 지르며 이렇게 적는다. "오 가난이여, 가난이여! 저 코르도바의 위대한 시인이 무슨 이유로 가난을 '배은망덕한 성스러운 선물'이라고 불렀는지 모르겠구나! 내 비록 무어인일지라도 그리스도교도들과의 교제를 통하여 성스러움이란 자비, 겸손, 믿음, 복종 그리고 가난을 포용한다는 것을 잘 알고 있다. 그럼에도 하느님의 위대한 성인들 중 하나가 '모든 것을 갖지 않은 것처럼 모든 것을 가져라'라고 한 것과 같은 방식의 가난이 아니라면, 가난한 것에 만족하는 사람은 하느님의 축복을 받은 자라고 나는 말할 것이다. 이때의 가난을 사람들은 정신적인 가난이라 한다. 그러나 너, 내가 말하는 제2의 가난, 너는 왜 다른 사람도 아니고 시골귀족과 집안이 좋은 사람들을 산산조각 내려고 하느냐? 무엇 때문에 구두에 그을음을 칠하게 하고*, 외투의 단추들을 어떤 것은 비단으로 만들고 다른 것은 뻣뻣한 돼지 털로 만들고 다른 것은 유리로 만들게 하느냐? 왜 그들의 옷깃은 물결 모양으로 가지런히 본을 떠 풀을 먹이는 대신 풀도 먹이지 않고 들쑥날쑥하게 주름져 있는가? 여기에서 보니 옷깃에 풀을 먹이고 옷깃을 열어놓는 것이 옛 풍습이라는 것을 알 수 있을 것이다." 계속해서 작가는 이렇게 말한다. "자신의 명예와 체면을 유지하기 위하여 문을 꼭 닫고서 음식도 제대로 먹지 못하는 비참한 양반들! 이를 쑤셔야 할 만큼 음식을 먹지도 못하고서 이쑤시개를 물고 거리로 나가는 위선적 행동을 하는 비참한 양반들! 수선한 구두나 땀에 찌든 모자, 어깨에 걸친 낡아빠진 망토, 그리고 배 속의 굶주림이 발각될까 봐 1레구아 거리에서부터 벌써 주눅이 드는 명예를 가진 저 비참한 사람들!"

이 모든 생각이 돈키호테에게 되살아난 것은 양말의 실들이 풀어진 까닭이었다. 그러나 산초가 여행용 장화를 두고 간 것을 알고서 다음 날 그걸 신을 생각을 하니 위안이 되었다. 마침내 돈키호테는 산초가 곁에 없다는 사실과 복구되기 힘든 자기 양말의 불운으로 괴로워하며 이런저런 생각에 잠겨 침대에 드러누웠다. 다른 색깔 천을 덧댄다고 해도 그것은 이 시골양반의 수많은 궁상들 중 가장 큰 궁핍의 표식이 될 터였다. 그는 촛불을 껐다. 날씨가 더워 쉽게 잠이 들지 못하고 침상에서 다시 일어나서 아름다운 정원을 향해 있는 쇠창살의 창문을 조금 열었다. 문을 열자마자 정원에서 사람들의 말소리와 인기척이 들렸다. 돈키호테는 유심히 귀를 기울였다. 밑에 있는 사람들이 목소리를 높여서 말했으므로 이들의 말을 들을 수 있었다.

"오, 에메렌시아! 날더러 자꾸 노래하라고 하지 마. 그 외지분이 성에 오시고 나의 눈이 그분을 바라본 그 순간부터 노래보다는 울고 싶어졌다는 걸

---

*당시 가난한 사람들은 구두가 낡아서 해진 부분을 연기 그을음으로 수선했다.

너도 알면서 그러는구나. 더구나 우리 주인마님은 깊이 잠이 들지 않고 선잠을 주무시잖니. 세상의 모든 보물을 준다 해도 여기에 있는 것을 들키고 싶지 않아. 설령 마님이 깨어나지 않으신다 해도, 새로운 아이네이아스*가 잠이 들어 노래를 듣지 못하신다면 헛일이잖아. 그분은 나를 조롱하기 위해 여기까지 오신 셈이지."

"그런 건 신경 쓰지 마, 내 친구 알티시도라." 다른 이가 말했다. "분명 공작부인 마님과 집 안의 모든 사람들은 잠이 들었어. 네 영혼을 일깨워주고, 네 마음을 차지하고 있는 그분만 빼고 말이야. 지금 그분이 머무는 쇠창살 창문이 열리는 것 같았거든. 그러니 그분은 깨어 있는 것이 틀림없어. 나의 가엾은 친구야, 노래해, 어서. 낮고 부드러운 목소리로, 너의 하프 소리에 맞추어서. 공작부인께서 알게 되면 더운 날씨 탓으로 돌리지 뭐."

"오 에메렌시아! 그게 문제가 아니라," 알티시도라가 대답했다. "노래를 부르면 내 마음을 들킬까 봐 싫어. 사랑의 강력한 힘을 잘 알지 못하는 사람들이 나를 변덕스럽고 가벼운 여자로 여기게 되는 것도 달갑지 않고. 하지만 될 대로 되라지. 마음속 상처보다는 얼굴에 나타나는 부끄러움이 더 낫다잖아."

그러고는 부드럽게 하프를 연주하는 소리가 들려왔다. 그것을 듣고서 돈키호테는 정신이 멍해졌다. 왜냐하면 그 순간 무분별한 기사도 책 속에서 읽었던 창문들, 쇠창살과 정원, 음악, 사랑의 속삭임과 교만함 같은 이와 유사한 수많은 모험들이 그의 머릿속에 떠올랐기 때문이다. 돈키호테는 공작부인의 한 하녀가 자기를 사랑하고 있다고 상상했고, 여인의 정절이 그녀로

---

*베르길리우스의 《아이네이스》에 등장하는 아이네이아스와 디도의 이야기를 빗댄 표현이다. 모험 도중 여왕 디도가 다스리는 카르타고에 몸을 의탁하게 된 아이네이아스는 디도와 사랑에 빠지지만 결국 자신의 임무를 위해 그녀를 버리고 떠난다. 이에 절망한 디도는 자살로 생을 마감한다.

하여금 자신의 마음을 비밀로 숨기도록 하고 있다고 생각하면서, 그녀에게 굴복하게 될까 두려워하며 마음속으로 절대 정복당하지 않을 것을 다짐했다. 그리고 모든 정신과 기력을 다하여 둘시네아 델 토보소 공주님에게 자신을 돌보아주기를 빌면서 그 음악을 듣기로 결심했다. 그러면서 자기가 그곳에 있다는 것을 알게 하기 위해 거짓 재채기를 하자 아가씨들은 매우 기뻐했으니, 돈키호테가 자기들의 말을 들어주기만 바라고 있던 까닭이었다. 하프 줄을 손가락으로 고르면서, 알티시도라는 로만세를 노래하기 시작하였다.

오 그대여, 침상에 누워,
네덜란드산 침대 시트를 덮고
다리를 쭉 뻗고서 주무시네
저녁부터 아침까지,

라만차가 배출한
가장 용맹한 기사님,
아라비아의 황금보다
더 순수하고 축복받으신 분,

훌륭하게 자랐지만 불운해진
이 비통한 처녀의 이야길 들어보세요,
그대의 두 눈동자, 그 빛에서
영혼이 불타오르는 것을 느끼네.

그대는 모험을 찾아가서
남의 불행을 발견하며,
상처를 주고서는
치료할 처방은 거절하시는군요.

용감한 젊은이여, 제게 말해주세요,
그대가 리비아에서 자랐는지,
하카*의 산속에서 자랐는지.
하느님께서 그대의 갈망을 이루어주시기를.

그대는 뱀의 젖을 먹었는지,
운 좋게 그대를 키운 유모가
가혹한 밀림이었나
무서운 산악이었나.

둘시네아는 아주 훌륭하지요,
몸집이 크고 건강한 아가씨,
호랑이도 용감한 맹수도
굴복시켜 의기양양하고.

그리하여 그 이름 유명해지리,
에나레스에서 하라마까지

---

*스페인 북부 피레네 산악에 있는 도시.

타호 강에서 만사나레스 강까지
피수에르가부터 아를란사까지.

그녀와 바꿀 수 있다면
제가 가진 가장 장식이 많이 달린
금술 장식으로 치장한
치마를 주련마는.

오, 누가 그대의 품에 안길는지,
안기지 못한다면, 그대의 침상 곁에서
그대의 머리를 빗기며
비듬을 깨끗이 해주리라.

이 몸 너무 많은 것을 바라지만,
그대의 큰 은혜를 받을 자격이 없으니,
그대 발만이라도 어루만지고 싶네,
비천한 제게는 그것으로 충분하리니.

오, 어떤 모자를 그대에게 드릴까요,
은으로 만든 신발을 드릴까요,
비단으로 만든 양말을 드릴까요,
네덜란드산 망토를 드릴까요!

아주 고운 진주를 드릴까요,

한 알 한 알이 나무옹이 같고,
똑같은 것이 하나도 없어서
'고독'*이라고 이름 붙인 그 진주를.

그대의 타르페아 바위**에서
제 마음이 불타는 것을 보지 마세요.
라만차의 네로 황제여,
그대의 분노로 불타오르게 하지 마세요.

저는 소녀, 연약한 여인,
제 나이 열다섯이 채 되지 않은,
열네 살하고 세 달.
하느님과 제 영혼을 걸고 맹세합니다.

저는 다리를 절지 않고, 절름발이도 아니며,
외팔이도 아니지요.
백합 같은 머리카락은,
서 있으면 땅바닥에 끌릴 정도랍니다.

비록 제 입이 독수리 부리 같고,
코는 얼마간 납작하고,

---

*오스트리아 황실에서 가지고 있던 유명한 진주.
**네로 황제가 로마가 불타는 것을 구경한 장소.

치아는 누런색을 띤다 해도,

제 아름다움은 하늘이 칭송할 만하답니다.

듣고 계신다면 아시겠지만, 제 목소리는

가장 달콤한 목소리와도 겨룰 만하고,

제 몸집은 중간보다는

조금 작은 편이지요.

이런저런 저의 우아함들은

당신 사랑의 전리품이며,

저는 이 집의 하녀,

제 이름은 알티시도라랍니다.

상심한 알티시도라의 노래가 이렇게 끝이 나자, 사랑의 구애를 받은 돈키호테의 놀라움이 시작되었다. 크게 탄식하며 그는 혼잣말을 했다. "나를 보면 사랑에 빠지지 않는 아가씨가 없으니 이 얼마나 불운한 편력기사의 신세란 말인가! 누구와도 비교할 수 없는 나의 확고한 지조를 홀로 누리게 내버려두지 않으니, 세상에 비할 데 없는 둘시네아 델 토보소는 얼마나 불운한 여인인가! 그분에게 무엇을 원하시는 것이오, 여왕님들? 황후님들이여, 무엇 때문에 그녀를 쫓아다니시오. 열네 살이나 열다섯 살 된 여인들이 무엇 때문에 그분을 못살게 구시오. 제발 가엾은 그분을 내버려두시오, 내버려두시오. 사랑의 신이 그분에게 제 마음을 굴복시키고 제 영혼을 바치게 하였으니, 가엾으신 그분이 승리를 홀로 즐기고 뽐낼 수 있도록 내버려두시오. 사랑에 빠진 이들이여, 나는 오직 둘시네아를 위한 비스킷과 사탕과자이며,

그 밖의 다른 모든 여인들에게는 단단한 돌멩이일 뿐이오. 둘시네아에게 나는 달콤한 꿀이지만 그대들에게는 쓰디쓴 알로에 즙일 뿐이라오. 오직 둘시네아 공주님만이 나에게 아름답고, 사려 깊고, 정결하고, 늠름하고 집안이 좋은 아가씨라오. 다른 아가씨들은 모두 내게 못생기고, 멍청하고, 경박하고, 천박한 가문의 여인일 뿐이오. 다른 여인이 아닌 그분의 것이 되기 위해 자연이 나를 이 세상에 보냈으니, 알티시도라여, 울든 노래를 하든 마음대로 하시오. 마법에 걸린 무어인의 성에서 내가 매를 맞는 원인이 되었던 그 귀부인께서도 절망하시기를!* 이 세상 모든 마법의 힘에도 불구하고, 삶아지든 구워지든 나는 순수하고, 교양 있고, 정결하며, 둘시네아의 것이 되어야 하오."

이렇게 말하고서 그는 갑자기 창문을 닫아버렸다. 그리고 마치 무슨 큰 불행이라도 닥친 것처럼 절망하며 고통스럽게 자신의 침상에 몸을 뉘었다. 지금 당장은 그를 그곳에 내버려두기로 하겠다. 왜냐하면 위대한 산초가 자신의 유명한 통치를 시작하고 싶어서 우리들을 부르고 있기 때문이다.

---

*《돈키호테》 1편 16장에서 나온 주막집 하녀 마리토르네스를 말한다.

제 45 장

위대한 산초 판사가 어떻게 섬을 차지했고, 또 통치하기 시작했는지에 대하여

오, 지구 대차점을 영원히 밝혀주는 빛이여, 이 세상의 횃불이여, 하늘의 눈이여, 물통의 달콤한 유혹이여, 여기에서는 팀브리오, 저기서는 페보, 여기에서는 활을 쏘는 궁수, 저기서는 의사, 시의 아버지, 음악의 창시자, 그대는 항상 떠올라서, 결코 지지 않는 자!* 그대에게 말하노라, 오 태양이여, 그대의 도움을 빌려서 인간이 인간을 낳게 해주소서! 그대에게 말하노라, 위대한 산초 판사의 통치를 이야기하는 데 질서정연하게 서술할 수 있도록 부디 호의를 베풀어주시고, 저의 어두운 재능을 밝게 해주소서. 그대 없이 저는 소심하고, 무기력하며, 혼란스럽기만 하니.

이제 이야기를 시작해보면, 산초는 그의 모든 수행원들과 함께 주민이 천 명에 이르는, 공작의 영지 중에서 가장 훌륭한 마을에 도착했다. 산초에게는 이 섬의 이름을 '바라타리아 섬'이라고 알려주었는데, 그것은 그 마을의 이름이 실제로 '바라타리오'였거나 산초에게 그 섬의 통치를 싸구려로 맡겼

---

*모두 예술의 신이자 태양의 신 아폴론을 지칭하는 별칭들이다.

다는 의미였을 것이다.* 성벽으로 둘러싸인 마을의 입구에 도착하자 시의원들이 마중을 나왔다. 그들은 종을 울렸고 모든 마을 주민들이 널리 즐거워했다. 그리고 긴 행렬을 이루며 하느님께 감사를 드리기 위해 산초를 대성당으로 모셨다. 그런 다음 몇 가지 익살스러운 의식을 하고 나서 그에게 마을의 열쇠를 넘겨주었으며 그를 바라타리아 섬의 종신 총독으로 승인했다.

새로운 총독의 의상, 턱수염, 뚱뚱하고 작은 체구가 이야기의 내막을 모르는 모든 마을 사람들을 놀라게 했는데, 심지어는 적지 않게 내막을 아는 사람들까지도 놀랐다. 마침내 산초를 성당에서 데리고 나와 총독의 자리가 있는 곳으로 가 자리에 앉히고는 공작의 집사가 말했다.

"총독님, 이 섬에는 오래된 관습이 있는데 이 유명한 섬에 부임하시는 분에게는 다소 복잡하고 어려울 수 있는 질문을 해서 반드시 답변을 하도록 하는 것입니다. 마을 사람들은 그 답변으로 신임 총독의 지혜를 가늠해보고 총독의 부임을 기뻐하거나 슬퍼하거나 한답니다."

집사가 산초에게 이렇게 말하는 동안 산초는 자신의 의자 앞 벽면에 쓰여 있는 아주 큰 글자들을 바라보고 있었다. 그는 글을 읽을 줄 몰랐으므로 저기 벽에 있는 저 그림들이 무엇이냐고 물었다. 대답이 돌아왔다.

"총독님, 저기에는 나리께서 이 섬에 부임한 날짜가 적혀 있습니다. 그 현판에 쓰여 있기를, '오늘 모년 모월 모일에 돈 산초 판사 님께서 이 섬에 부임하셨도다. 오랫동안 그 자리를 누리소서'라고 되어 있습니다."

"돈 산초 판사가 누구를 말하는 거요?" 산초가 물었다.

"총독님이지요." 집사가 대답했다. "그 의자에 앉아 계신 분 말고는 다른

---

*바라타리아(barataria)는 '싸구려'라는 의미의 '바라토(barato)'에 장소를 나타내는 접미사를 붙인 말이다.

산초는 이 섬에 들어온 적이 없습니다."

"그러면, 형제여, 알아두시오." 산초가 말했다. "내 이름에는 '돈'을 붙이지 않고, 우리 집안에도 그런 분은 없었다오. 나는 그저 산초 판사라고 불릴 뿐이오. 내 아버지도 산초라고 불렸고, 할아버지 이름도 산초였지. '도네스'니 '도나스'*니 하는 것을 붙이지 않고 그저 산초라고 불렸다 이 말이오. 내 생각에, 이 섬에는 돌멩이보다 도네스가 더 많은 게 틀림없나 보오. 그러나 이제는 충분하니까. 하느님도 나를 이해하실 테지만, 만일 내가 이 섬을 나 홀간 다스린다면 많은 사람들을 괴롭히는 게 틀림없는 파리들보다 이런 도네스를 먼저 뿌리 뽑아버릴 거외다. 집사 선생, 그 질문이라는 것을 계속하시오. 그러면 마을 사람들이 슬퍼하든 슬퍼하지 않든 내가 아는 대로 최선을 다해 답변하겠소."

그러자 두 사람이 재판정에 들어왔다. 한 사람은 농부 복장이었으며, 다른 사람은 손에 가위를 들고 있는 것으로 보아 양복 재단사인 것 같았다. 재단사가 말했다.

"총독님, 저와 이 농부가 나리께 용건이 있어서 왔습니다. 이 사람이 어제 제 가게에 와서는, 이 자리에 계신 분들께 양해를 구하며 말씀드리자면 저는 하느님의 축복으로 공인 시험에 합격한 재단사인데, 제 손에 천 한 조각을 올려놓으면서 이렇게 묻지 않겠습니까. '선생님, 이 넉넉한 천으로 고깔모자를 하나 만들어주겠습니까?' 저는 천의 치수를 재면서 만들어줄 수 있다고 대답했지요. 이 사람은 그때 제가 지금 생각하는 것을 생각하고 있던 모양입니다. 결국 제 생각이 맞았지요. 그러니까 남을 의심하는 성격 때문이건 재단사들에 대한 나쁜 선입관 때문이건, 아무튼 제가 틀림없이 그

---

*돈(don)을 복수형으로 도네스(dones), 도나스(donas)라고 하면 '선물', '뇌물'이라는 뜻이 된다.

천을 일부 훔칠 것이라고 생각한 것이지요. 그래서 저에게 그 천으로 두 개를 만들 수 있는지 살펴보라고 했습니다. 저는 이 사람의 생각을 짐작하고는 그렇게 할 수 있다고 대답했습니다. 그러자 처음부터 잘못되고 왜곡된 생각을 가진 이 작자가 고깔모자 수를 계속 늘려가지 뭡니까. 저도 계속 할 수 있다고 했지요. 그 바람에 모자를 다섯 개까지 만들게 되었습니다. 그리고 바로 지금, 그것을 찾으러 왔기에 내어주었습니다. 그런데 제게 공임을 지불할 수 없다면서 그 전에 그 천 값을 물어내든 천을 돌려주든 하라는 겁니다."

"이보게, 이 말이 모두 사실인가?" 산초가 물었다.

"예, 총독님." 농부가 말했다. "하지만 제게 만들어준 다섯 개의 고깔모자를 한번 보자고 해주십시오."

"기꺼이 보여드리겠습니다." 재단사가 대답했다.

그러고는 즉각 망토 밑에서 손을 꺼내어 다섯 개의 손가락 끝에 씌워져 있는 다섯 개의 고깔모자를 보여주었다.

"여기 이 사람이 제게 부탁한 다섯 개의 고깔모자가 있습니다. 하느님과 제 양심을 걸고서 남은 천은 하나도 없습니다. 그리고 이 작품을 감독관들 앞에 내놓을 수 있습니다."

그 자리에 있던 모든 사람이 고깔모자의 숫자와 새로운 소송에 웃음을 터뜨렸다. 산초는 잠시 생각을 하고서 말을 했다.

"내 생각으로는 이 송사는 길게 지체할 일이 아니라 선량한 사람의 판단으로 가릴 수 있다고 보네. 내가 판결을 내리도록 하겠네. 재단사는 공임을 손해 보고, 농부는 천을 손해 보고, 고깔모자는 감옥의 죄수들에게 가져다주게. 그리고 더 이상 논하지 마시게."

목축업자의 지갑에 대한 지난번 판결이 참석자들에게 감동을 불러일으켰다면,* 이번 판결은 사람들에게 웃음을 자아냈으나, 결국 총독이 명령한 대로 이루어졌다. 이어 총독 앞에 두 사람의 늙은이가 나타났다. 한 사람은 갈대를 지팡이 삼아 짚고 왔는데, 지팡이 없는 다른 노인이 말했다.

"총독 나리, 며칠 전 제가 이 양반에게 좋은 일을 한다는 생각과 기쁨을 준다는 생각으로 금화 10에스쿠도를 빌려주었습니다. 제가 그 돈을 요구하면 되돌려준다는 조건으로 말이지요. 저는 제가 돈을 돌려달라고 하면 이 양반이 돈을 빌릴 때보다도 더 궁핍해질까 봐서 여러 날이 지나도록 돈을 돌려달라는 말을 하지 않았습니다. 한데 이 양반이 돈을 갚을 생각을 전혀 하지 않는 것 같아서 여러 번 돈을 갚으라고 말을 하게 되었지요. 그랬더니 이자가 돈을 돌려주지 않는 것은 물론, 그 일 자체를 부정하는 게 아니겠습니까. 그리고 말하기를, 제가 결코 10에스쿠도를 빌려주지도 않았고, 설령 빌려주었더라도 이미 갚았다는 겁니다. 제가 돈을 빌려준 것에 대해서도, 돌려받은 것에 대해서도 증인은 없습니다. 제가 돈을 돌려받지를 않았으니까요. 총독님께서 이자에게 맹세를 하게 해주십시오. 만일 저에게 돈을 갚았다고 맹세를 한다면, 이 자리에서 그리고 하느님 앞에서 이자를 용서하겠습니다."

"그대, 지팡이를 짚은 노인께서는 여기에 대해 뭐라 하시겠소?" 산초가 물었다.

이에 노인이 말했다.

"총독님, 저는 이 양반이 제게 돈을 빌려주었다는 사실을 고백합니다. 총독 나리께서 그 권위의 지팡이를 내려주시면 제가 거기에 대고 맹세하겠습

---

*목축업자 판결은 앞부분이 아니라 뒤에 나온다. 아마도 여러 개의 판결을 기술하면서 순서를 착각한 것으로 보인다.

니다. 제가 맹세를 하면 용서를 한다고 하니, 저는 그 돈을 돌려주었고 정말 갚았다고 진심으로 맹세하도록 하겠습니다."

총독이 권위의 지팡이를 내려주자, 갈대 지팡이를 든 노인은 마치 자기 지팡이가 매우 방해가 된다는 것처럼 맹세를 하는 동안 다른 노인에게 그것을 가지고 있어달라면서 지팡이를 건넸다. 그러고 나서 총독의 지팡이에 새겨진 십자가에 손을 올리고 10에스쿠도를 빌린 것이 사실이며 그러나 자신의 손에서 빌려준 이의 손으로 돈을 돌려주었는데도 그것을 기억하지 못하고 상대는 계속 돌려달라고 요구한다고 말했다. 이것을 본 위대한 총독은 돈을 빌려준 사람에게 상대방이 말한 것에 대해 무어라 대답할 것인지를 물었다. 그러자 채권자는 돈을 빌려간 사람은 착한 사람이고 훌륭한 그리스도교도이기 때문에 틀림없이 진실을 말했을 거라고 하면서, 아마도 자신이 어떻게, 언제 돈을 돌려받았는지를 잊어버린 것 같다며 앞으로는 결코 그에게 아무것도 요구하지 않을 것이라 했다. 채무자는 자신의 갈대 지팡이를 돌려받고서 고개를 숙이고 법정을 나갔다. 황급히 나가버린 채무자와, 애써 참고 있는 채권자의 모습을 본 산초는 머리를 가슴 쪽으로 숙이고 오른손 검지를 눈썹과 코 위에 대고 잠시 동안 생각에 잠겨 있더니 다시 머리를 들고서 이미 가버린, 갈대 지팡이를 든 노인을 불러오도록 명령했다. 그 노인을 데려오자 산초는 그를 바라보면서 말했다.

"이보시오, 내가 필요하니 그 지팡이를 내게 주시오."

"기꺼이 드리지요." 노인이 대답했다. "총독님, 여기 있습니다."

그러고는 지팡이를 산초의 손에 주자, 산초는 그것을 받아서 다른 노인에게 건네며 말했다.

"안녕히 돌아가시오. 이제 돈을 돌려받으셨소."

"제가 말입니까, 총독님?" 노인이 대답했다. "이 갈대로 만든 지팡이가 10에스쿠도나 나갑니까?"

"그렇소." 총독이 말했다. "그렇지 않다면, 나는 세상에서 가장 어리석은 바보일 것이오. 자, 그리고 이제 여러분은 내가 과연 왕국을 다스릴 수 있는 능력이 있는지 보게 될 거요."

그러고 나서 거기에 있던 모든 사람들 앞에서 갈대로 만든 지팡이를 부수어 열어보라고 명령했다. 그러자 그 속에서 금화 10에스쿠도가 나왔다. 모두가 깜짝 놀라, 자신들의 총독을 새로운 솔로몬이라고 여기게 되었다.

사람들은 산초에게 그 갈대로 만든 지팡이 속에 10에스쿠도가 들어 있다는 것을 어떻게 알았는지 물었다. 그러자 대답하기를, 맹세를 한 노인이 돈을 진짜 돌려주었다고 맹세를 하는 동안에 지팡이를 상대방에게 주었다가 맹세를 마치자마자 지팡이를 다시 돌려달라고 요구하는 것을 보고 그 지팡이 속에 요구하는 돈이 들어 있을 거라는 생각이 떠올랐다고 했다. 이번 일을 보면, 통치를 하는 사람이 비록 좀 모자란다 할지라도 때때로 하느님이 그의 판단을 잘 인도해준다는 것을 알 수 있으며, 더구나 산초는 자기 마을의 신부가 이 사건과 비슷한 사건에 대해 말하는 것을 들은 적이 있다고 했다. 산초는 워낙에 기억력이 좋았기 때문에 자신이 기억하고 싶은 것들은 모두 잊지 않았고, 이 섬 전체에서 그만한 기억력을 가진 사람은 없었다. 마침내 무안해하는 노인과 돈을 돌려받은 또 다른 노인이 떠났다. 그리고 남아 있는 모두가 감탄을 했고, 산초의 말과 행동과 몸짓을 기록하는 사람은 그를 바보라고 해야 할지 아니면 사려 깊은 사람이라 해야 할지 결정을 내리지 못했다.

이 송사가 끝나자 다음으로 한 여인이 부유한 목축업자 차림을 한 남자를 거칠게 붙들고 재판정에 들어왔다. 그 여인은 크게 고함을 지르면서 들어와 말했다.

"총독님, 올바르게 재판해주세요, 재판 말입니다! 만일 이 땅에서 할 수 없다면 하늘에 가서라도 재판을 할 겁니다. 제 영혼의 총독님, 이 악당이 저 들판 한가운데에서 저를 붙잡아 마치 빨지 않아 더러운 걸레처럼 제 몸을 더럽혔습니다. 아, 불행한 내 팔자야! 23년 동안 지켜온 제 순결을 빼앗아 갔습니다. 무어인이나 그리스도교도들에게서나 우리 마을 사람들이나 외지 사람들에게서나 한결같이 저 자신을 지켜왔는데 말이에요. 저는 항상 코르크나무처럼 단단해서 불 속에 살았다는 불도마뱀이나 가시나무 속의 양털처럼 온전하게 저를 지켜왔는데, 이 작자가 그럴 자격도 없이 저를 멋대로 주물러버린 겁니다."

"그것은 조사를 해보아야 알 수 있겠지. 이 젊은이의 손이 깨끗한지 더러운지는." 산초가 말했다.

그러고는 남자를 향해 저 여인의 고발에 대해 무엇이라고 말할지 대답해보라고 했다. 남자는 당황스러운 듯이 말했다.

"어르신들, 저는 암퇘지를 기르는 가난한 목축업자입니다. 오늘 아침, 실례되는 말씀이지만 돼지새끼 네 마리를 팔고 나서 이 마을을 떠났습죠. 사실 돼지를 판 돈보다 조금 적은 액수를 세금이네 수수료네 하며 다 가져가버렸지만요. 저희 마을로 돌아가던 중 길에서 이 여인네를 만났습니다. 그리고 모든 일을 복잡하게 휘저어 곪아 터지게 하는 악마가 우리 두 사람이 잠자리를 하도록 만들어버렸지요. 저는 충분한 돈을 지불했는데, 이 여인이 불만을 품고서 저를 꽉 붙들고는 이 자리에 올 때까지 놔주지를 않는 겁니다. 제가 자기를 강제로 범했다고 하는데, 저 자신을 걸고서 말씀드리지만 맹세코 거짓말입니다. 이건 빵 부스러기 하나도 부족함 없는 사실입니다."

총독은 그에게 은화로 돈을 얼마나 지니고 있는지를 물어보았다. 그러자 남자는 20두카도를 가죽 주머니에 넣어서 가슴에 지니고 있다고 말했다. 산초는 그것을 꺼내서 있는 그대로 불만스러운 여자에게 넘겨주라고 명령했고, 남자는 몸을 떨면서 그렇게 했다. 여자는 그것을 받고 모든 사람들에게 절을 천 번이나 하고서, 생활이 어려운 고아들과 처녀들을 보살펴주시는 총독님의 만수무강을 하느님께 빈 다음, 두 손으로 돈지갑을 꽉 쥐고서 법정을 빠져나갔는데, 그 전에 먼저 그 안에 있는 것이 은화인지 아닌지를 확인했다.

여인네가 나가자마자 눈물을 흘리며 눈과 마음으로 자신의 돈지갑을 쫓고 있던 목축업자에게 산초가 말했다.

"이보게, 저 여인의 뒤를 쫓아가서 여인이 원치 않더라도 돈지갑을 빼앗아서 이곳으로 함께 돌아오게."

산초가 그것을 바보나 귀머거리에게 말한 것이 아니었기에 그자는 번개처럼 그 자리를 뛰쳐나가 자신이 명령받은 것을 하러 달려갔다. 그 자리에 있던 모든 사람이 소송의 결말을 기다리면서 멍하게 있자니, 얼마 안 되어서 그 남자와 여자가 처음보다 훨씬 더 손을 꽉 쥐고 서로 매달린 채 돌아왔다. 여자는 치마를 추켜올려서 돈지갑을 그 사이에 감추었고, 남자는 그것을 빼앗기 위해 안달을 부렸다. 그러나 여자가 그것을 빼앗기지 않으려고 안간힘을 다했기에 불가능했다. 여자는 고함을 지르며 말했다.

"하느님의 심판과 이 세상의 재판을 해주세요! 총독 나리, 이것 좀 보세요, 이 염치도 양심도 없는 자가 두려움도 없이 마을 한복판, 이 길 한가운데서 나리가 제게 주신 돈지갑을 빼앗아 가려고 합니다."

"그래서 그것을 빼앗겼는가?" 총독이 물었다.

"어떻게 빼앗기겠어요?" 여인이 대답했다. "제게서 지갑을 빼앗아 가느니 제 목숨을 앗아 가는 편이 쉽지요. 제가 무슨 예쁘장한 계집아이랍디까? 이 천하고 역겨운 자가 아니라 다른 고양이들이 제 턱에 달려들라지요. 부젓가락이든 방망이든, 큰 망치나 정으로도 제 손에서 돈지갑을 빼앗아 갈 수는 없을 겁니다! 사자의 발톱이라 해도 안 되지! 그 전에 제 몸 한가운데서 영혼을 빼앗아 가라죠!"

"이 여자 말이 맞습니다." 남자가 말했다. "저는 힘도 없고 그만 항복하겠습니다. 제 힘으로는 빼앗을 수가 없다는 것을 인정합니다. 이 여인이 돈지갑을 가져가도록 내버려두렵니다."

그러자 총독이 여인에게 말했다.

"정숙하고 용감한 여인이여, 그 주머니를 이리 보여주게나."

여인은 총독에게 그것을 주었다. 그러자 총독은 주머니를 남자에게 돌려주었다. 그리고 총독은 힘으로 제압당하기에는 너무나 힘이 넘치는 여인에게 말했다.

"이보시오, 여인아, 그대가 이 돈지갑을 빼앗기지 않으려고 보여준 그 힘과 용기를 바로 저 남자에게 보여주었더라면, 아니 그 절반만이라도 몸을 지키기 위해 보여주었더라면, 헤라클라스의 힘이라도 절대 당해낼 수 없었을 것 아닌가. 냉큼 꺼지게, 재수 없는 여인 같으니. 그대는 이 섬 어느 곳에도 머물러서는 안 되며, 이 섬 주변 6레구아 안에 들어오면 200대의 매질을 당하게 될 것이야. 이 수다스럽고 뻔뻔한 거짓말쟁이 여인아, 빨리 꺼져라!"

겁을 먹은 여인은 고개를 푹 숙이고 실망한 채 가버렸다. 그러자 총독은 남자에게 말했다.

"이보게나, 이 돈을 가지고 자네 고향으로 돌아가게. 그리고 돈을 잃고 싶지 않다면 앞으로는 아무하고나 잠자리를 같이하지 않도록 조심하게."

남자는 당황한 채 총독에게 감사를 드리고 떠나갔다. 그리고 그 자리에 남아 있던 사람들은 다시 한 번 새로운 총독의 판단력과 판결에 감탄을 했다. 이 모든 일은 산초의 기록자에 의해 기록되어서 간절히 소식을 기다리고 있던 공작에게 즉시 보내졌다.

　그럼, 착한 산초는 여기 잠시 남겨두고, 알티시도라의 노래에 당황한 그의 주인이 서둘러 우리를 부르고 있으니 그리 가보고자 한다.

제46장

━━━━◆❖◆━━━━

사랑에 빠진 알티시도라의 호소와 돈키호테가 겪은 무서운 고양이의 공포와 방울 소리에 대하여

우리는 돈키호테가 사랑에 빠진 처녀 알티시도라의 노래가 불러일으킨 생각에 잠겨 있도록 내버려두었다. 잠자리에 들긴 했지만 그런 생각들이 마치 벼룩처럼 그를 잠 못 들게 했고 또 잠시도 쉬도록 내버려두지 않았다. 설상가상으로 양말에 난 구멍들이 그를 괴롭혔다. 그러나 시간은 가볍게 흘러가고, 그것을 멈추게 할 방어벽이 없는지라 돈키호테도 시간 속을 달려, 아주 순식간에 아침이 찾아왔다. 이를 본 돈키호테는 부드러운 깃털 이불을 차버리고는 게으름 부리지 않고 서둘러 양가죽으로 만든 옷을 입었다. 그리고 양말에 난 구멍들을 감추기 위해 여행용 장화를 신었다. 주홍색 천으로 만든 넓은 망토를 위에 걸치고 머리에는 은장식들이 달린 녹색 정장 모자를 썼다. 훌륭하게 날이 선 칼을 넣은 검대를 어깨에 걸쳤고, 항상 지니고 다니던 커다란 묵주 하나를 손에 쥐고서 몹시 으스대면서 어깨와 엉덩이를 크게 흔들며 응접실로 나갔다. 그곳에서는 공작과 공작부인이 이미 의복을 다 갖춘 채 그를 기다리고 있었다. 그가 복도를 지나는 때에 알티시도라와 동료 하녀가 일부러 돈키호테를 기다리고 있었다. 알티시도라가 돈키호테를 보자마자 기절하는 척하자 친구인 하녀가 치마에 그녀를 받아서는 아주 재빠르게 가슴을 풀어헤쳤다. 그것을 본 돈키호테는 그들에게 다가가서 말했다.

"이런 사고가 발생한 이유를 나는 알고 있습니다."

"무슨 이유 때문인지 저는 모르겠네요." 친구 하녀가 말했다. "왜냐하면 알티시도라는 이 댁에서 가장 건강한 하녀거든요. 이 애를 알고 난 이후 한번도 한숨짓는 것을 본 적이 없답니다. 만일 편력기사들이 다들 이리 매정하다면, 이 세상에 편력기사들은 모두 나쁜 사람들입니다. 돈키호테 나리, 제발 가버리세요. 기사님이 여기에 계시는 동안은 이 가련한 여인은 제정신을 차리지 못할 겁니다."

이에 돈키호테가 대답했다.

"고귀하신 아가씨, 청컨대 오늘 저녁 제 방에 라우드를 하나 가져다주세요. 이 가련한 여인을 제가 할 수 있는 한 최선을 다해 위로할 겁니다. 사랑의 초기에는 서둘러 그 환상에서 깨어나는 것이 좋은 처방이 될 수 있지요."

그러고 나서는 그 자리에 있던 사람들이 알아챌까 두려워 서둘러 자리를 떠났다. 돈키호테가 사라지자마자 기절했던 알티시도라는 의식을 찾고서 동료 하녀에게 말했다.

"그분에게 라우드를 마련해줘야겠어. 분명 우리에게 음악을 들려주려 하시는 것 같은데, 그분이 하시는 일이니 그다지 나쁘지는 않을 거야."

그러고 나서 하녀들은 지금까지 일어난 일들과 돈키호테가 요청한 라우드에 대해 공작부인에게 알리러 갔다. 공작부인은 굉장히 기뻐하며 공작과 하녀들과 더불어 돈키호테에게 해를 끼치지 않으면서 골려줄 즐거운 장난을 하기로 합의한 후 아주 흡족한 마음으로 밤이 오기를 기다렸다. 낮이 그랬던 것같이 밤도 빨리 다가왔다. 공작 부처는 돈키호테와 유쾌한 대화를 나누면서 낮 시간을 보냈다. 그리고 공작부인은 그날 자신의 시동 하나

를―숲 속에서 마법에 걸린 둘시네아 역할을 하던 자였다―테레사 판사에게 보냈는데, 그녀의 남편 산초 판사의 편지와 산초가 마누라에게 보내달라고 맡겨두었던 옷 꾸러미를 딸려 보낸 것이었다. 또한 그 시동에게 테레사 판사와 나눈 모든 대화를 자신에게 잘 보고하는 임무를 맡겼다.

　이 모든 것이 진행된 후 밤 11시가 되었을 때 돈키호테는 자신의 방에서 라우드를 발견했다. 그것을 한번 조율해보고서 창문을 열자, 안뜰에서 사람이 거니는 인기척이 느껴졌다. 그는 라우드의 줄들을 이리저리 고르고 할 수 있는 한 가장 잘 조율한 다음, 침을 한 번 뱉고 목청을 가다듬어 음은 맞추었으나 다소 쉰 목소리로 다음과 같은 로만세를 불렀다. 그 자신이 그날 몸소 작곡한 노래였다.

　　"사랑의 힘은 흔히
　　한가로움을
　　도구로 삼으면서
　　인간의 영혼을 혼란스럽게 한다네.

　　바느질하고 수놓는 일로
　　항상 바쁘게 지내면
　　사랑을 갈망하는
　　마음의 독을 예방하는데.

　　결혼하기를 갈망하며
　　은둔하여 지내는 처녀들에게
　　정결함은 지참금이자

칭찬의 목소리.

편력기사들과 궁정기사들은
자유분방한 여인들에게
달콤한 말로 아부하지만
결혼은 정결한 여인과 한다네.

뜨내기 나그네들 사이에서
아침에 싹튼 사랑은
저녁이면 곧 시들어버리나니,
떠나가면 끝나는 사랑이라.

막 이루어진 사랑이
오늘 왔다 내일 떠나가네,
영혼 속에는 그 여인의 모습이
흔적도 남지 않은 채.

그림 위에 다시 그리면
표시도 없고 보이지도 않지.
첫사랑의 아름다움이 있는 곳에
두 번째 사랑은 흔적이 없는 법.

순수한 화판에 그려진
내 영혼의 둘시네아 델 토보소

지워버리는 것이 불가능하도록
나는 그녀를 그렸네.

연인들 사이에는 변치 않는 마음이
가장 가치 있는 것,
이를 위해 사랑은 기적을 만들고
사랑에 기적을 세워준다네."

돈키호테가 여기까지 노래를 불렀을 때는 이미 공작과 공작부인, 알티시
도라와 성 안의 거의 모든 사람들이 듣고 있었다. 그때 갑자기 회랑 위쪽으
로부터 돈키호테가 있던 창문 쇠창살 위로 백 개 이상의 방울이 달린 끈이
하나 내려왔다. 그 방울들에 이어 고양이를 담은 커다란 자루도 내려왔는
데, 고양이들 꼬리에는 작은 방울이 매달려 있었다. 방울 소리와 고양이들
의 울음소리가 너무도 커서 이 장난을 꾸민 공작 부처조차도 깜짝 놀랐으며
돈키호테는 겁에 질려서 얼어붙어버렸다. 그리고 운명의 장난으로 두세 마
리의 고양이가 창문 쇠창살 사이로 방 안에 들어와서는 이곳저곳을 휘젓고
다녔는데, 마치 귀신의 몸뚱이가 각각 분리되어 다니는 것 같았다. 방 안의
촛불이 꺼진 탓에 그놈들이 빠져나갈 구멍을 찾고 있었던 것이다. 커다란
방울들이 달린 끈은 풀렸다가 다시 올라갔다 하기를 멈추지 않았고, 성 안
의 사람들 대부분이 이 사건의 진실을 알지 못한 채 얼떨떨해하며 놀랄 뿐
이었다.

이때 돈키호테가 일어나 손에 칼을 쥐고 쇠창살 사이로 휘두르면서 큰 소
리로 말했다.

"꺼져버려라, 이 사악한 마법사들아! 이 마법에 걸린 망나니들아, 꺼져

라! 나는 돈키호테 데 라만차다! 너희들의 사악한 뜻이 내게는 아무런 가치도 힘도 갖지 못할 것이다!"

그러고 나서 방 안을 돌아다니던 고양이들을 향하여 수없이 칼을 휘둘렀다. 고양이들은 다들 쇠창살 사이로 빠져나갔지만 돈키호테의 칼질에 쫓기던 한 녀석만은 그의 얼굴에 달려들어 발톱과 이빨로 그의 코를 잡고 늘어졌다. 그 고통에 돈키호테는 할 수 있는 한 가장 큰 비명을 지르기 시작했다. 그 소리를 듣고서 공작과 공작부인은 무슨 일이 일어난 것으로 생각하여 황급히 그가 있는 곳으로 가서는 열쇠로 문을 열었고 얼굴에서 고양이를 떼어내기 위해 온 힘을 다해서 싸우고 있는 불쌍한 기사를 보게 되었다. 등불을 가지고 들어간 공작 부처가 이 불공평한 싸움을 보았고, 공작이 싸움을 말리기 위해 다가가자 돈키호테가 큰 소리로 말했다.

"어느 누구도 이놈을 떼어놓지 마시오! 이 악마와 이 마법사와 이 요술쟁이와 내가 일대일로 싸우도록 내버려두시오! 이자에게 내가 누구인지, 돈키호테 데 라만차가 누구인지 알게 해줄 것이오!"

그러나 고양이는 이러한 위협에 아랑곳하지 않고 울음소리를 내며 압박했고, 결국 공작이 그에게서 고양이를 떼어내서는 쇠창살 사이로 던져버렸다.

얼굴은 상처투성이가 되었으며 코도 그다지 온전하지 않았으나, 저 사악한 마법사와 벌인 싸움을 혼자 힘으로 끝내게 내버려두지 않았다며 돈키호테는 매우 화가 나 있었다. 공작 부처는 아파리시오 기름*을 가져오도록 했고 알티시도라가 손수 새하얀 손으로 모든 상처 부위에 붕대를 감아주면서 낮은 목소리로 그에게 말했다.

---

*아파리시오 데 수비아가 만든 상처 치료 기름. 대단히 고가의 기름으로 '아파리시오 기름처럼 비싸다'라는 말이 있을 정도였다.

"냉담한 기사님, 이 모든 불운이 당신의 무정함과 고집 때문에 일어난 것입니다. 당신의 종자 산초가 스스로 매질하는 것을 잊어버리기를 하느님께 기원하세요. 적어도 당신을 흠모하는 제가 살아 있는 한, 그토록 사랑하는 당신의 둘시네아는 마법에서 결코 풀려나오지 못하고, 당신은 그분을 소유하지도 못하며, 그분과 신혼의 잠자리를 하지도 못할 테니까요."

이 모든 말에 돈키호테는 아무런 대꾸도 하지 않고, 깊은 한숨만 내쉬었다. 그러고 나서 공작 부처의 호의에 감사하면서 자신의 침상에 몸을 뉘었다. 그 이유는 마법에 걸려 방울 소리를 내는 저 고양이 같기도 한 악당이 무서워서가 아니라, 그가 자신을 구원해내려는 좋은 의도를 가지고 왔다는 사실을 깨달았기 때문이었다. 공작 부처는 그를 조용히 내버려두었으며 그 장난이 좋지 않은 결과로 끝난 것에 대해 괴로워하면서 가버렸다. 그들은 돈키호테가 그 모험으로 인해 그토록 힘겹고 값비싼 대가를 치러서 닷새 동안이나 방 안에 틀어박혀 침대에서 지내리라고는 생각지 못했다. 그곳에서 지난 모험보다 더욱 재미있는 모험이 그에게 일어났지만, 이 모험에 대해 작가는 지금 당장 얘기하고 싶지 않다. 왜냐하면 섬의 통치에 무진 애를 쓰면서 재미있게 지내고 있는 산초에게 가보아야 하기 때문이다.

제47장

───◆▶◀◆───

여기에서는 산초 판사가 총독의 자리에서
어떻게 처신했는지에 대한 이야기가 이어진다

이야기가 기술하기를 사람들이 산초 판사를 재판정으로부터 호화로운 궁전으로 모셔 갔는데, 그곳의 커다란 홀에는 훌륭하고 아주 깨끗한 식탁이 놓여 있었다. 산초가 홀에 들어가자마자 피리 소리가 울렸으며 네 명의 하인들이 손 씻을 물을 가져왔다. 산초는 아주 엄숙하게 그것을 받았다.

음악이 멈추고 산초가 식탁의 주빈 자리에 앉았다. 자리가 그곳밖에 없었으며 다른 곳에는 식기 세트도 없었다. 그 옆에 한 사람이 서 있었는데, 손에 고래수염으로 만든 가느다란 막대를 들고 있었던 그는 나중에 의사로 밝혀졌다. 과일들과 아주 다양한 음식들이 담긴 접시들을 덮고 있던 아주 고급스러운 하얀색 냅킨이 벗겨지자 신학생으로 보이는 한 사람이 감사 기도를 하고 하인 한 명이 산초에게 레이스 장식을 한 턱받이를 해주었다. 그리고 우두머리 시종직을 맡은 사람이 과일 접시를 산초 앞으로 가지고 왔다. 산초가 한 입 먹자마자 막대를 든 사람이 접시에 든 과일을 막대로 두드렸고, 그러자 아주 신속하게 앞에 있던 접시를 치워 가버렸다. 시종장은 다른 음식을 담은 접시를 가져왔다. 산초가 음식을 맛보려고 했으나 접시에 다가

가서 맛을 보기도 전에, 막대가 접시를 건드리자 과일 접시에 했던 것처럼 하인이 아주 재빠르게 가져가버렸다. 그런 모습을 본 산초가 멍한 채로 모든 사람들을 바라보면서 저 음식을 요술쟁이의 손놀림같이 빨리 먹어야 하는지 물었다. 그러자 막대를 든 사람이 대답했다.

"총독 나리, 다른 섬들에서 총독님들이 하시는 습관과 예식을 따라야 하며 그 외의 음식은 드셔서는 안 됩니다. 나리, 제 직업은 의사이며, 이 섬 총독님의 주치의로서 섬으로부터 봉급을 받고 있습니다. 그렇기에 저는 총독님이 병에 걸렸을 때 제대로 치료하기 위해 총독님의 안색을 살피고 밤낮으로 연구하며 제 몸보다 총독님의 건강을 더 중히 보살피고 있습니다. 제가 해야 할 주요 업무는 총독님의 점심과 저녁 식사에 입회하는 것이며, 나리에게 괜찮다고 생각되는 것을 드시게 하고, 위에 해가 되거나 독이 있다고 생각되는 것은 못 드시게 하는 겁니다. 과일 접시는 지나치게 수분이 많기에 치워버리라 명령했지요. 그리고 다른 음식 접시는 너무 뜨겁고 향신료가 많이 들어가서 갈증을 더하기 때문에 치워버리도록 했습니다. 술은 너무 마시면 생명을 구성하는 체액을 희석시켜 없앨 수 있기 때문에 치우라고 했습니다."

"그런 이유라면, 저기 구운 메추리고기가 아주 맛있어 보이는데, 저건 내게 해가 되지 않을 거 같군."

이에 의사가 대답했다.

"제가 살아 있는 한, 총독님께서는 저런 것은 드실 수 없습니다."

"왜 안 된다는 거지?" 산초가 말했다.

의사가 대답했다.

"왜냐하면 의학의 길잡이이시며 빛이신 우리의 스승 히포크라테스께서 자신의 금언에서 말씀하기를, '옴니스 사투라시오 말라, 페르디치스 아우템

페시마'라 했는데, 이 말은 '모든 포식은 나쁘며, 메추리고기 포식이 가장 나쁘다'*라는 뜻입니다."

"만일 그게 사실이라면," 산초가 말했다. "의사 선생께서는 이 식탁에 있는 모든 음식 중에서 어떤 것이 나에게 가장 이롭고, 어떤 것이 덜 해로운 것인지 봐주시게. 그리고 막대로 접시를 건드리지 말고 내가 먹도록 내버려두게. 총독의 목숨을 걸고서, 하느님의 목숨도 걸고서 내가 음식을 좀 즐길 수 있게 해주게나. 배가 고파 죽을 지경이야. 이렇게 음식을 먹지 못하게 하면, 의사 선생이 힘들여 더 많은 조언을 해줄지라도 목숨을 연장하기는커녕 그전에 내 숨통이 끊어지게 될 걸세."

"나리의 말씀이 맞습니다, 총독님." 의사가 대답했다. "그러므로 저기 있는 토끼고기 요리는 드시지 말라는 것이 저의 소견입니다. 왜냐하면 부드러운 털이 있는 음식이니까요. 그리고 저기 있는 송아지고기는 굽지 않고 스튜로 했더라면 맛은 볼 수 있었을 텐데, 뭐 이제는 소용없는 일이지요."

그러자 산초가 말했다.

"맨 앞에 있는, 김이 모락모락 나는 저 큰 접시는 내가 보기로는 고기와 야채 등을 섞은 요리 같은데, 이런 잡탕 요리 속에는 다양한 재료가 들어 있기 때문에 내가 좋아하고 몸에도 이로운 것을 맛볼 수 있을 것 같소."

"삼가주십시오!" 의사가 말했다. "그런 나쁜 생각은 우리 곁에서 사라져버리기를 바랍니다. 이 세상에 잡탕 요리보다 더 나쁜 음식은 없습니다. 잡탕 요리는 저기 교회법 신부들이나 학교 교장들이나 시골 농부들의 결혼식에서나 먹으라 하십시오. 이런 건 우아하고 정성을 다한 것들만 나와야 할 총독님들의 식탁에 올려서는 안 됩니다. 그 이유를 말할 것 같으면 여러 가

---

*라틴어 금언으로 원문에서는 '메추리'가 아니라 '빵'으로 기술되어 있다.

지를 혼합한 약들보다 한 가지로 만든 단순한 약이 어디서나 누구에게든지 존중을 받기 때문이지요. 단순하게 만든 약은 잘못될 수가 없지만, 혼합하여 만든 약은 혼합한 재료들의 분량을 바꾸기만 해도 잘못될 수 있습니다. 총독님의 건강을 보전하고 기운을 돋우기 위해서 지금 총독님이 드셔야 한다고 제가 알고 있는 것은 가는 막대과자 백 개와 마르멜로 과자를 얇게 썬 것들입니다. 이런 음식들은 위를 편하게 하고 소화를 도와주지요."

이 말을 들으면서 산초는 의자의 등받이에 몸을 기대고서 그 의사란 자를 뚫어지게 바라보았다. 그리고 엄숙한 목소리로 이름이 무엇이며 어디서 공부를 했는지 물었다. 그러자 의사가 대답했다.

"저로 말할 것 같으면, 총독 나리, 페드로 레시오 데 아구에로 박사라고 하며, 제 출생지는 티르테아푸에라인데 카라쿠엘에서 알모도바르 델 캄포로 가는 길 오른쪽에 있습니다. 그리고 오수나 대학에서* 박사 학위를 받았지요."

이에 분노가 극에 달한 산초가 말했다.

"그래, 카라쿠엘에서 알모도바르 델 캄포로 가는 길 오른쪽에 위치한 티르테아푸에라 출신으로 오수나에서 학위를 받은 페드로 레시오 데 말 아구에로 박사**, 내 앞에서 썩 꺼져버리게. 만약 그러지 않는다면, 내 태양에 맹세하건대 몽둥이를 들고서 자네부터 몽둥이찜질을 해서 적어도 내가 보기에 무식하다고 생각되는 의사들은 이 섬에 남아 있지 못하게 하고, 학식 있고, 사려 깊고, 분별력 있는 의사들을 내 머리 위에 받들어 존경하고 성인으

---

*실제로 오수나 대학교에는 의과대학이 없었다.
**티르테아푸에라는 스페인 남부의 아주 작은 마을로, 그 이름에 '시골로 가다'라는 뜻이 있어 '촌뜨기'라는 의미로 쓰인다. 또한 산초는 여기에서 의사의 이름 아구에로('징조'라는 뜻)에 나쁘다는 의미의 '말(mal)'을 덧붙여 다시 의사를 희롱하고 있다.

로 예의를 다할 것이야. 다시 말하지만, 페드로 레시오, 여기에서 썩 사라져 버리게. 그러지 않으면 내가 지금 앉아 있는 의자를 집어서 그 머리통을 부쉬버릴 테니. 그리고 내 임기가 끝날 때 재판정에서 그 이유를 알려주지. 공화국의 냉혈한인 악덕 의사를 죽여서 하느님께 봉사했다고 말함으로써 죄를 면할 것이야. 내게 먹을 것을 줘. 그럴 수 없다면 총독 자리도 가져가라. 자기 주인에게 먹을 것도 주지 않는 직책은 콩 두 알만큼의 가치도 없으니까."

총독이 그토록 화를 내는 것을 보고서 의사는 당황하여 그 방에서 도망쳐 나오고 싶었지만, 그 순간 길가에서 파발꾼의 나팔 소리가 울렸다. 시종장이 창문으로 목을 내밀어 보고서는 고개를 돌려 말했다.

"우리 주인이신 공작님의 전갈입니다. 무언가 중요한 소식을 가져온 게 틀림없습니다."

파발꾼이 땀을 흘리며 허둥지둥 들어와, 가슴에서 종이 한 장을 꺼내 총독의 손에 쥐여주었다. 산초는 그것을 집사에게 주면서 그에게 수취인 이름을 읽어보라고 명령했다. 그것은 다음과 같았다. "바라타리아 섬의 총독 돈 산초 판사에게, 그에게 직접 전달하거나 혹은 그의 비서에게 전달." 그것을 듣고서 산초는 말했다.

"여기에서 누가 내 비서란 말이오?"

그러자 그 자리에 있던 사람들 중에 하나가 대답했다.

"나리, 접니다. 제가 글을 읽고 쓸 줄 알고 또 비스카야 출신이라 그렇습니다.*"

"그 말을 들어보니 황제의 시종이라도 잘할 수 있겠군." 산초가 말했다.

---

*비스카야를 비롯한 바스크 지방 출신 비서들은 특히 충성심이 깊고 유능한 것으로 이름이 높았다.

"이 접힌 종이를 열고 무슨 말을 하는지 보게."

막 임명된 비서가 종이를 펴 편지에 쓰인 것을 읽고 나서 말하기를, 이 일은 혼자만 아셔야 할 일이라고 했다. 산초는 방을 비우라고 명령하면서 집사와 시종장만 남고 방에서 다 나가라고 했다. 그리하여 나머지 사람들과 의사가 떠나버리자 비서가 편지를 읽었는데, 그 내용은 다음과 같다.

돈 산초 판사 님, 내게 당도한 소식에 따르면 그 섬과 나에게 원한을 품은 몇몇 적들이 어느 날 밤일지는 모르지만 격렬한 공격을 가할 것이라고 하니, 불시의 기습에 대비하여 감시를 철저히 하고 밤새 경계를 서기 바라오. 믿을 만한 첩자들에 의하면 귀공의 목숨을 노리는 자들 넷이 변장을 하고 그 섬에 잠입하였다고 하오. 이는 귀공의 재능을 두려워한 때문이니, 눈을 크게 뜨고 누군가 말을 걸기 위해 접근하는지 신경을 쓰고, 선물로 가져오는 것들은 먹지 말기 바라오. 만일 귀공이 곤궁에 빠지게 되면 나는 귀공을 구해내기 위해 최선을 다할 것이오. 모든 일에 귀공의 판단력을 기대하니 잘 처신하기 바라오. 8월 16일, 오전 4시, 이곳에서.

당신의 친구
공작으로부터

산초는 얼이 빠져 망연자실했고 주변에 있던 사람들도 마찬가지로 어리둥절했다. 산초가 집사를 향해 몸을 돌리고 말했다.

"지금 해야 할 일, 그것도 반드시 해야 할 일은 레시오 박사를 감옥에 집어넣는 것이오. 누군가 나를 죽이려는 자가 있다면 바로 그자일 테니. 굶겨서 사람을 죽게 하려 하다니, 이것은 암살의 방법 중에서도 가장 극악한 것이 아닌가."

"제 생각으로도," 시종장이 말했다. "역시 총독님께서 이 식탁 위에 있는 모든 음식을 드시지 말아야 할 것 같습니다. 이것들은 수녀 몇 분이 선물한 것이거든요. 십자가 뒤에 악마가 있다고들 하지요."

"그 말을 부정하지는 않겠소." 산초가 대답했다. "지금 당장 내게 빵 한 조각과 포도 4리브라를 주시오. 거기에는 독약이 들어 있을 수가 없지. 사실 나는 먹지 않고는 지낼 수가 없고, 만약 우리를 위협하는 이 싸움을 준비해야만 한다면 우선 든든하게 먹어둬야 할 필요가 있을 거요. 배가 불러야 기력이 나지, 기력이 배를 부르게 하지는 않으니까. 그리고 이보게 비서, 우리의 주인이신 공작님께 답장을 하게. 한 치의 빈틈도 없이 명령하신 대로 분부한 것을 실천할 것이라고 말하게나. 그리고 내가 주인마님이신 공작부인의 손에 입맞춤을 보낸다고 하게. 또 부인께 간청하기를 내 마누라 테레사 판사에게 내 편지와 내 짐 꾸러미를 하인을 시켜서 보내줄 것을 잊지 마시라고 전하게. 그렇게 해주시면 내가 큰 은혜를 입게 되니, 내 온 힘을 다해 그분을 위해 일할 것이라고 적어주시게. 하는 김에 나의 주인이신 돈키호테 데 라만차 님의 손에도 입맞춤을 전해주게. 먹여주신 빵에 내가 감사할 줄 아는 사람이란 걸 아시도록 말이야. 그리고 자네는 훌륭한 비서이자 훌륭한 비스카야 출신이니까, 자네가 원하는 것들에 더 적절하다고 생각하는 것들을 적당히 덧붙여 적도록 하게나. 그리고 이 식탁보를 걷어버리고 내게 먹을 것을 주게. 얼마나 많은 첩자들과 살인자들, 마법사들이 내게, 이 섬에 쳐들어오더라도 내가 처리할 것이네."

이때 하인이 들어와서 말했다.

"여기 나리께 상담하기를 원하는 소송인 농부가 와 있습니다. 본인의 말에 따르면 아주 중요한 일이랍니다."

"이상한 일이로구먼." 산초가 말했다. "소송인이라는데, 이런 시간에 소송을 제기하러 오는 것이 적합하지 않다는 것을 모를 만큼 멍청할 수가 있을까? 설마 섬을 다스리거나 재판을 하는 우리가 필요할 때에 휴식을 해야 하는 살과 뼈를 가진 사람이 아니라, 대리석으로 만들어져 있는 줄 아는 것인가? 하느님과 내 양심에 맹세하는데, 만약 내 총독 자리가 오래간다면, 내가 추측하기로는 그리 오래가지 않을 것이지만, 소송 당사자들을 단단히 꾸짖어줄 것이네. 자, 그럼 그 양반을 들어오라고 하게. 그러나 먼저 첩자나 혹은 나를 죽이러 온 자가 아닌지 잘 살피게."

"그럴 리 없습니다. 나리." 하인이 대답했다. "아주 호인 같았습니다. 제가 잘은 모르지만 좋은 빵처럼 착해 보입니다."

"두려워하지 않으셔도 됩니다." 집사가 말했다. "저희가 모두 여기 있잖습니까."

"시종장, 지금 이 자리에 페드로 레시오 박사가 없으니까 빵 한 조각과 양파 하나라도 좋으니 뭐 든든하고 영양가 있는 것 좀 먹을 수 없을까?"

"오늘 밤 저녁 식사 때 점심에 못 드신 것까지 마저 드시면 됩니다. 만족하실 만큼 보상을 받게 되실 겁니다." 시종장이 말했다.

"부디 하느님께서 그리해주시기를." 산초가 대꾸했다.

이때 농부가 들어왔는데 아주 말끔한 외모에 1천 레구아 밖에서 보아도 착하고 좋은 영혼을 가진 사람으로 보였다. 그가 처음 한 말은 이랬다.

"여기 누가 총독님이신가요?"

"누구일 것 같소?" 비서가 대답했다. "의자에 앉아 계시는 바로 이분 아니면 말이오."

"총독님께 머리 숙여 인사드립니다." 농부가 말했다.

그리고 무릎을 꿇고서, 총독의 손에 입맞춤을 청했다. 산초는 이를 거절하고서 일어나라고 명령을 한 후 원하는 것을 말해보라고 했다. 농부는 시키는 대로 하고서 입을 열었다.

"나리, 저는 미겔 투라 출신의 농사꾼입니다. 시우다드 레알에서 2레구아 떨어진 마을이지요."

"또 티르테아푸에라인가!" 산초가 말했다. "자, 말해보게, 내가 자네에게 말할 수 있는 것은 내가 미겔 투라 마을을 잘 알고 있다는 사실과 우리 고향에서 멀지 않다는 것일세."

"사실을 말씀드리자면," 농부가 말을 계속했다. "하느님의 자비로 저는 성스러운 로마 가톨릭 교회에서 법과 관습에 따라 결혼을 하여, 학교에 다니는 두 아들을 두고 있습니다. 작은 녀석은 학사 과정에 있고 큰 아이는 석사를 하고 있습니다. 마누라는 죽어서 저는 홀아비이고요. 말씀드리자면 돌팔이 의사가 임신한 제 마누라에게 설사약을 먹여서 죽게 한 것이지요. 만약 하느님의 도움으로 출산을 해서 아들을 낳았더라면 그 녀석은 박사를 만들려고 했습니다. 학사와 석사를 하는 형들을 부러워하지 않도록 말이지요."

"그러니까," 산초가 말했다. "자네 마누라가 죽지 않았더라면, 아니 죽임을 당하지 않았더라면, 자네가 지금 홀아비는 면했을 것이다?"

"아니, 결코 그렇지는 않습니다." 농부가 대답했다.

"큰일 났구먼!" 산초가 대꾸했다. "계속 말해보게, 지금은 그런 얘기를 할 게 아니라 자야 할 시간이네만."

"그러면 말씀드리지요." 농부가 말했다. "학사 공부를 하는 제 아들놈이 같은 마을에 사는 클라라 페를레리나라는 아가씨와 사랑에 빠졌답니다. 아주 부자 농부인 안드레스 페를레리노의 딸이지요. 페를레리네스*라는 이름

---

*스페인어로 '페르레시아'는 '마비'라는 뜻이다.

은 조상이나 혈통으로 이어져 내려오는 것이 아니라 이 가문의 사람들이 모두 몸이 마비되는 병을 앓았기 때문입니다. 그래서 이름을 좋게 하기 위해 페를레리네스라고 부르지요. 사실을 말씀드리자면 그 아가씨는 동양의 진주 같으며, 오른쪽에서 쳐다보면 들에 핀 꽃과 같지요. 그런데 왼쪽에서 바라보면 그렇지가 않습니다. 왜냐하면 그쪽 눈이 없거든요. 천연두에 걸려서 눈이 빠져버렸다지요. 그리고 얼굴에는 천연두 자국들이 크고 많은데, 그녀를 사랑하는 남자들은 그것이 곰보 자국이 아니라 그녀를 사랑하는 남자들의 영혼을 묻은 무덤이라고들 합니다. 그 여인은 아주 깔끔 맞아서 얼굴을 더럽히지 않으려고, 사람들 말에 따르면 얼굴을 위로 치켜들고 있다는데, 그 모습이 마치 코가 입에서 도망쳐 가는 것같이 보인답니다. 그렇지만 꽤 괜찮게 생겼습니다. 입이 커다래서 열 개 내지 열두 개의 이와 어금니만 빠지지 않았더라면 가장 잘생긴 여인들과 한번 겨루어볼 수 있을 것이고요, 입술에 관해서는 언급할 필요가 없지요. 어찌나 얇고 가는지 말입니다. 만일 입술을 실패에 감는다면 실처럼 감을 수도 있을 겁니다. 그러나 보통 입술과는 색깔이 달라서 경이롭게 보인답니다. 그 색깔이 푸른색과 초록색과 가지색으로 혼합된 벽옥 같으니까요. 총독님, 만일 제가 결국에는 제 며느리가 될 그 애의 얼굴을 하나하나 상세하게 묘사하고 있다면 용서하세요. 저는 그 애를 아주 사랑하며, 제게는 전혀 못생겨 보이지 않는답니다."

"원하는 만큼 설명해보게." 산초가 말했다. "자네가 설명하는 것을 나는 즐기고 있으니, 만일 내가 식사를 했더라면 자네의 초상화 묘사보다 더 훌륭한 디저트는 없었을 것이네."

"디저트도 나와야지요." 농부가 말했다. "지금은 아니지만 곧 나옵니다요. 그래서 말씀인데요, 나리, 제가 만일 그 아이의 우아한 자태와 키를 말씀드린다면 정말 놀라실 겁니다. 그 애 몸이 굽고 쪼그라져 있어서 무릎이 입가에 닿을 정도이니 말씀드리기가 여간 어려운 게 아니지만요. 그렇지만 몸을 일으킬 수만 있다면 머리가 천장에 닿을 정도라는 걸 쉽게 아실 수 있습니다. 그 애가 손가락이 오그라져 펼 수가 없어서 그렇지, 그것만 아니라면 벌써 학사 공부하는 제 아들의 청혼을 받아들이겠다고 손을 내밀었을 겁니다. 아무튼 도랑 모양의 긴 손톱만 보더라도 얼마나 친절하고 착한 아이인지를 알 수 있지요."

"좋아." 산초가 말했다. "이보게, 자네가 이미 그 애의 발끝부터 머리까지 묘사했다는 것을 셈에 넣게나. 그래서 자네가 지금 원하는 게 뭔가? 말을 돌리거나 옆길로 빠지지 말고, 사족 붙이지 말고 본론만 말하게."

"나리," 농부가 대답했다. "이놈은 나리께 제 사돈에게 이 결혼이 이루어지기를 간청하는 추천장을 하나 써주시는 호의를 부탁드리고자 합니다. 왜냐하면 우리 두 집안은 재산에도 차이가 없으며, 두 아이의 본성에도 차이가 없기 때문이지요. 사실대로 말씀드리자면, 총독 나리, 제 아들 녀석에게 악마가 씌어서 하루에도 서너 번씩 악령에게 고통을 당하지 않는 날이 없습니다. 한번은 불 속에 떨어져서 얼굴이 양피지처럼 쭈글쭈글해졌고, 두 눈은 샘물같이 눈물이 나와 늘 축축하지요. 그러나 천사와 같은 성격이라서, 자기 스스로 매질을 하거나 주먹질을 하는 고행을 하지만 않는다면 축복받은 아이라고 할 수 있지요."

"이보게, 달리 원하는 것은 없는가?" 산초가 대답했다.

"다른 게 있긴 합니다만," 농부가 말했다. "감히 말씀드릴 수가 없네요. 이를 어쩌나, 그래, 되든 안 되든 간에, 내 가슴속에다 그냥 썩힐 수는 없지. 나리, 말씀을 드리자면 학사 공부를 하는 제 아들의 결혼 지참금에 도움이 되도록 제게 300두카도나 600두카도를 주셨으면 합니다. 집을 사는 데 도움을 줄까 해서요. 장인 장모의 무례한 간섭에 놀아나지 않고서 자신들끼리만 살아가야 하니까요."

"또 다른 부탁은 없는지 살펴보게나." 산초가 말했다. "소심하거나 부끄러워서 말하지 못할 것은 없으니."

"아니요, 없습니다." 농부가 말했다.

그가 이렇게 말을 마치자마자, 총독은 자리에서 일어나서 자신이 앉아 있던 의자를 손에 움켜쥐고 말했다.

"이런 빌어먹을! 이 천박하고 버릇없는 시골뜨기야! 내 앞에서 당장 꺼져버리지 않으면, 내가 이 의자로 네놈의 대갈통을 부숴 열어버리겠다! 이 교활한 화냥년의 자식아, 악마의 환쟁이야! 이 시간에 나한테 600두카도를 뜯어내려고 왔단 말이냐? 내게 그런 돈이 어딨겠느냐, 이 구역질 나는 놈아? 설령 그 돈을 갖고 있다 치더라도 무엇 때문에 내가 너에게 그 돈을 주어야 한단 말이냐, 이 뱃속이 시커멓고 정신 나간 놈아? 미겔 투라나 페를레리네스의 가문이 나에게 무엇을 해준 게 있다고, 응? 썩 꺼져버려라! 그러지 않으면, 우리 주인이신 공작님의 목숨을 걸고서라도 내가 말한 것을 행하고 말 것이야! 네놈은 틀림없이 미겔 투라 출신이 아니라 나를 유혹하기 위해 저승사자가 보낸 악당일 게다. 말해봐라, 이 양심도 없는 놈아, 내가 통치를 한 지 하루하고 반나절밖에 안 되었는데 벌써 내가 600두카도씩이나 갖고 있기를 바란단 말이냐?"*

시종장이 농부에게 방에서 나가라고 신호를 했다. 그러자 농부는 고개를 떨구었는데 겉보기에는 총독이 분노를 행동으로 옮길까 겁에 질린 모습이었지만, 사실 이 교활한 자는 자신의 역할을 잘 수행하고 있었던 것이다.

---

*산초가 자신이 총독이 되고 하루 반나절 만에 600두카도나 뇌물을 받았겠느냐라고 반문하는 것이다.

그러면 우리는 분노에 찬 산초를 내버려두기로 하고, 쑥덕거림 속에 평화가 있기를 바라며, 돈키호테에게로 돌아가보자. 고양이에게 당한 상처 때문에 얼굴에 붕대를 감고 치료를 받았는데, 그 상처가 여드레가 지나도 낫지 않았으며, 그 여러 날들 중 어느 날 시데 아메테가 아무리 사소한 일이라도 이 이야기의 사건들을 쭉 기술해왔듯이 정확하고 사실대로 기술하기를 약속한 일이 돈키호테에게 일어났다.

제 48 장

—◆◆—

공작부인의 노시녀 도냐 로드리게스와 돈키호테에게 일어난 일과 기록에 남겨 영원히 기억할 만한 또 다른 사건들에 대하여

하느님의 손이 아니라 고양이의 발톱에 의한 상처로 얼굴에 붕대를 감고 있는 돈키호테는 상당히 서글프고 우울했는데, 이는 편력기사도에는 부수적으로 따라다니는 불행들이었다. 그는 엿새 동안이나 사람들 앞에 나서지 않고 있었다. 그러던 어느 날 밤, 잠에서 깬 돈키호테가 다시 잠을 이루지 못하고 자신의 불운과 알티시도라의 구애에 대해 생각하고 있는데 누군가 자신의 방문을 열쇠로 여는 인기척이 느껴졌다. 그러자 돈키호테는 사랑에 빠진 처녀가 자신의 순결을 빼앗고 둘시네아 델 토보소 공주님을 섬겨야 하는 자신의 신념을 무너뜨리기 위해 온 것으로 생각했다.

"안 되지." 그는 자신이 상상했던 것을 믿으며 누구나 들을 수 있는 목소리로 말했다. "내 마음 한가운데와 내 오장육부 가장 깊숙한 곳에 새겨져 있는 그분을 예찬하지 못하도록 하기 위해 이 땅에서 가장 아름다운 여인이 나타난다 해도 내 마음을 사로잡지 못할 것이오. 내 사랑이여, 당신이 양파같이 뚱뚱한 시골 아낙으로 변했을지라도, 아니면 황금과 비단이 섞인 천을 짜고 있는 금빛 타호 강의 요정이 되었을지라도, 아니면 메를린이나 몬테시

노스가 그들이 원하는 곳에 당신을 붙잡아두고 있더라도 상관없소. 그대가 어디에 있더라도, 내가 어디에 있더라도, 나는 그대의 것이오."

이런 이야기를 마치는 것과 동시에 방문이 열렸다. 돈키호테는 침대에서 일어났다. 노란색 천으로 된 침대 시트로 몸 전체를 감싸고서 머리에는 잠 잘 때 쓰는 두 귀를 덮는 모자를 썼고, 얼굴과 콧수염까지 붕대로 감겨 있었는데, 얼굴은 고양이가 할퀸 자국 때문이고, 콧수염은 힘이 빠져 아래로 처지지 않도록 하기 위해서였다. 그런 모양을 하고 있으니 인간이 상상할 수 있는 가장 기묘한 유령같이 보였다.

두 눈을 방문에 고정시키고서 지치고 상심한 알티시도라가 그 문으로 들어오는 것을 보려고 기다리고 있자니, 가장자리에 수를 놓은 흰색 두건을 쓴 매우 존경받는 노시녀가 들어오는 것이 보였다. 그 두건이 얼마나 긴지 머리에서 발끝까지 온몸을 뒤덮었고, 왼손으로 반쯤 불을 밝힌 초를 들고 오른손으로는 불을 가리면서 자신의 눈에 불빛이 닿지 않도록 했는데, 눈에는 매우 커다란 안경을 쓰고 있었다. 그녀는 발을 가볍게 움직이며 조용히 걸었다.

돈키호테는 자신의 침대에서 그녀를 바라보았다. 그리고 그녀의 차림새나 그녀가 침묵하고 있는 점에 근거하여, 어떤 마녀나 요괴가 그런 복장을 하고서 자신에게 사악한 마법을 걸려고 온 것으로 생각했다. 그래서 황급히 성호를 긋기 시작했다. 그 환영은 조금씩 다가오다가 방 한가운데까지 오자 눈을 치켜뜨고서 돈키호테가 황급히 십자가를 긋고 있는 것을 보았다. 돈키호테가 그녀를 보고서 벌벌 떨고 있었다면, 그녀도 그의 모습을 보고서 겁에 질려버렸다. 붕대를 감고 침대 시트를 뒤집어써서 형체를 알 수 없는 데다 너무나 크고 온통 누런 모습이라, 그녀는 큰 소리를 지르고 말았다.

"하느님 맙소사! 내가 보고 있는 게 뭐지?"

놀라서 손에 든 촛불을 떨어뜨린 그녀는 방이 캄캄해지자 등을 돌려 나가려 했는데, 너무 겁에 질린 나머지 자신의 치마를 밟고 넘어져버렸다. 겁에 질린 돈키호테가 입을 열었다.

"유령이든 무엇이든 간에 맹세컨대 네가 누구이며 또한 나에게 원하는 것이 무엇인지 말하라. 만일 네가 형벌을 받는 영혼이라면 내게 말하라, 내 힘이 미치는 데까지 너를 위해 애쓸 것이니. 나로 말할 것 같으면 독실한 가톨릭 신자이며 이 세상 모든 이들에게 선을 행하는 것을 좋아하는 사람이다. 이를 실천하기 위해 내가 신봉하는 기사도의 길을 선택했으며, 연옥에 있는 영혼들에게까지 선을 행할 만큼 널리 굽어보고 있다."

주저앉아 있던 노시녀가 돈키호테가 하는 말을 듣고서 자신이 이토록 두려운 것으로 미루어보아 돈키호테도 두려움에 차 있을 거라고 짐작하면서 슬프고 낮은 목소리로 대답했다.

"돈키호테 님, 혹시라도 나리가 돈키호테 님이시라면, 저는 나리께서 생각하신 것같이 유령도 아니고 환영도 아니며, 연옥에 있는 영혼도 아닙니다. 저는 제 주인이신 공작부인의 명예로운 노시녀 도냐 로드리게스랍니다. 나리께서 늘 문제를 잘 해결해주신다고 해서 제가 한 가지 어려운 일을 가지고 온 것입니다."

"도냐 로드리게스, 말씀하시오." 돈키호테가 말했다. "설마 무슨 뚜쟁이 역할을 하려고 온 것은 아니겠지요? 나는 이 세상에 비할 데 없는 둘시네아 델 토보소 공주님의 아름다움으로 인해 어느 여인에게도 소용이 닿지 않는 사람이라는 것을 알아주기 바라오. 도냐 로드리게스, 그러니까 그대가 그 모든 사랑의 전갈을 버려두시겠다면, 다시 촛불을 켜고 돌아오셔도 좋소. 그러면 명령하시고 싶은 모든 것들, 원하시는 것들에 대해 이야기를 나누어봅시다. 말씀드린 대로 자극적인 민감한 이야기만은 제외하고 말입니다."

"제가 누구의 전갈이나 가지고 다니는 사람으로 보이시나요, 기사님?" 노시녀가 대답했다. "나리께서 저를 잘못 보셨군요. 그래요, 제가 아직 그렇게 오래 산 사람이 아니니, 그런 어린애 같은 짓에 호소할 수도 있겠지요. 하느님의 축복으로 제 영혼을 아직 제 몸에 잘 간직하고 있고, 모든 치아와 어금니들도 입 안에 잘 간직하고 있으니까요. 다만 몇 번 감기 때문에 이가 서너 개 빠진 것을 제외하고는 말입니다. 이 아라곤 지방에서는 흔한 일이지요. 그런데 나리, 조금만 기다려주세요. 촛불을 켜러 나갔다 올게요. 금방 와서 이 세상 모든 걱정거리를 다 해결해주시는 나리에게 제 고민거리를 말씀드리도록 하겠습니다."

그러고는 대답을 기다리지도 않고서 방을 나가버렸다. 돈키호테는 조용히 생각에 잠겨 그녀를 기다리고 있었다. 그러나 곧 이 새로운 모험에 대하여 수천 가지의 상념들이 그를 엄습했다. 자신의 둘시네아에게 약속한 신념을 깰지도 모르는 위험에 처하는 것은 나쁜 일이며, 그런 생각을 하는 것은 더 나쁜 것이라는 생각에 이르자 그는 혼자서 중얼거렸다.

"빈틈없고 교활한 악마가 황후나 왕비, 공작부인, 후작부인, 백작부인들로도 할 수 없었던 일을 지금 노시녀를 시켜서 하려고 하는지 누가 알겠는가? 분별력 있는 사람들에게 수차례 들었듯이 악마란 자는 할 수만 있다면, 매부리코를 가진 여자보다는 납작코를 가진 여자를 먼저 준다지 않는가.* 이 고독과 이 기회, 이 고요함이 잠자고 있는 내 욕망을 깨워서 이 늦은 나이에 지금껏 결코 부딪쳐보지 못한 곳에 빠져버리게 만들지 어찌 안단 말인가. 이런 경우에는 싸우기를 기다리느니 도망치는 것이 더 낫지. 그건 그렇고 내가 정말 제정신이 아닌 모양이군. 이토록 정신 빠진 생각을 하고 또 그

---

*좋은 여인보다는 나쁜 여인을 먼저 보여준다는 의미이다.

걸 말로 하고 있다니. 길고 하얀 두건을 머리에 쓰고 안경을 쓴 노시녀가 이 세상에서 가장 무정한 가슴에 음란한 생각을 불어넣는 일이 가능하기나 하겠는가? 이 세상에 훌륭한 몸매를 가진 노시녀가 있던가? 이 지구상에 뻔뻔하지 않고, 인상을 찌푸리지 않고, 까다롭게 굴지 않는 노시녀가 있던가? 꺼져라, 시녀 무리들아, 인간적으로 위안이 되기에는 무용지물인 것들아! 어느 부인은 응접실 한쪽 구석에서 안경을 쓰고 바느질 방석에 마치 수를 놓고 있는 것처럼 앉아 있는 두 명의 노시녀 조각상을 놓아두고 있었다고 하는데, 오! 그 얼마나 현명한 처사인가! 조각상들을 가지고도 진짜 노시녀들을 두고 있듯이 방 안의 권위를 살리는 데 모자람이 없었을 것이니!"

그러고는 도냐 로드리게스가 들어오지 못하게 방문을 닫으려고 침대에서 내려왔다. 그러나 문을 잠그려고 할 때는 이미 도냐 로드리게스가 하얀 초에 불을 밝혀서 돌아와 있었다. 더 가까이에서, 침대 시트로 몸을 감싸고 얼굴에 붕대를 감고 귀마개가 달린 잠자리 모자를 쓰고 있는 돈키호테를 보게 된 그녀는 다시금 두려움을 느껴서 두 발자국 정도 뒤로 물러섰다.

"안심해도 괜찮을까요, 기사님? 나리께서 침상에서 일어나신 것이 그다지 신중한 행동으로 생각되지 않는군요."

"그건 바로 내가 묻고 싶은 것입니다, 부인." 돈키호테가 대답했다. "그래서 묻는 것인데, 만약이라도 내가 공격을 당하여 순결을 빼앗길 우려가 없으리라는 보장이 있느냐는 겁니다."

"그 보장이라는 것이, 기사님, 누구에게 보장을 하시겠다는 건가요, 아니면 보장을 받으시겠다는 건가요?" 노시녀가 말했다.

"그대에게 보장하고, 보장을 받겠다는 것입니다." 돈키호테가 대답했다. "나는 대리석이 아니며 그대 또한 놋쇠로 만들어진 것이 아닌 데다, 지금은 한낮 12시가 아니라 한밤 자정이니 말입니다. 아니, 내 생각으로는 그보다 조금 늦은 시각인데, 뻔뻔스러운 배신자 아이네이아스가 아름답고 정숙한 디도를 욕보였던 동굴도 아마도 이처럼 아주 밀폐되고 은밀한 곳이었지요. 그러나 부인, 그대 손을 이리 주시오. 내 자제력과 신중함이 보장하는 것보다, 또한 이 존경스러운 두건들이 보여주는 것보다 더욱 안전한 것은 없습니다."

이렇게 말하고서 그는 오른손에 입맞춤을 하였으며, 그녀에게 자신의 손을 쥐여주자 그녀도 마찬가지 예법으로 입맞춤을 하였다.

여기에서 작가 시데 아메테는 한 가지를 덧붙여서 말하기를, 이렇게 두 사람이 손을 꽉 붙잡고 방문에서 침상까지 가는 모양을 보기 위해서라면, 마호메트를 걸고서 이야기하건대 자신이 가지고 있던 무어인들이 쓰는 긴 망토 두 개 중 좋은 것을 내줄 정도였다고 했다.

마침내 돈키호테는 자신의 침상으로 들어갔고 도냐 로드리게스는 침대에서 약간 비껴난 자리에 있는 의자에 앉았다. 그녀는 안경을 벗지 않고 촛불도 끄지 않았고, 돈키호테는 몸을 웅크린 채 온몸을 시트로 뒤덮어 얼굴만 내놓은 상태였다. 두 사람은 그렇게 서로 아무 말도 하지 않고 있었는데, 먼저 침묵을 깬 사람은 돈키호테였다.

"자 이제, 도냐 로드리게스, 입을 열어 당신의 슬픈 가슴과 상심한 오장육부 속에 가지고 있는 모든 것을 다 털어놓으시오. 그러면 내 순결한 귀로 듣고 자비로운 행동으로 도와드리겠소이다."

"저도 그렇게 믿습니다." 노시녀가 대답했다. "기사님의 품위 있고 쾌활한 모습을 보니 그처럼 그리스도교도다운 대답 말고는 다른 것을 기대할 수가 없군요. 돈키호테 님, 사실을 말씀드리자면 노시녀의 옷을 입고서 여기 아라곤 왕국의 한가운데, 이 의자에 앉아 있는 엉망이 되고 해쓱해진 저를 바라보고 계시지만, 저는 아스투리아스의 오비에도 출신이랍니다. 그 지방에서도 아주 훌륭한 사람들이 많이 배출된 가문에서 태어났지요. 그러나 제운이 나쁘고 무관심한 부모를 둔 덕에 제가 철이 들기도 전에 영문도 모른 채 가난해졌고, 그러자 부모님은 저를 왕궁이 있는 마드리드로 데려와 그곳에서 더 큰 불행을 겪지 않고 평화롭게 살아가도록 저를 어느 귀부인 집에서 바느질을 하는 하녀로 일하도록 해주었습니다. 나리께서 알아주시기를 바라는 것은 하얀 레이스 수를 놓는 일에는 제 평생에 아무도 저와 겨룰 사람이 없었다는 겁니다. 제 부모는 저를 시중드는 일에 내버려두고 고향으로 돌아가셨는데 그곳에서 몇 년 안 되어서 천국으로 가버리셨답니다. 아주 훌륭한 가톨릭 신자였으니까요. 저는 고아가 되었고 보통 큰 저택에서 하잘것없는 하녀들에게 주는 비참한 급료와 고통스러운 대우를 받으며 지냈지요. 그러다 이 무렵에 뜻하지도 않게 이 댁에서 일하는 시종 하나가 저를 사랑하게 되었답니다. 그 사람은 나이도 많았고, 수염투성이로 풍채가 좋았지요. 무엇보다도 몬타냐 출신으로* 국왕과 마찬가지로 양반이었습니다. 우리의 사랑은 그다지 비밀도 아니어서 제 마님의 귀에 들어가지 않을 수가 없었지요. 이런저런 말이 나오는 것을 피하기 위해 마님은 우리들을 로마 가톨릭 교회의 법에 따라 결혼을 시켜주셨습니다. 그리고 그 결혼에서 딸을 하나 얻는 것으로 저의 행운은 끝이 나고 말았습니다. 행운이라는 게 있었다면 말이지요. 이렇게 말씀드리는 것은 제가 출산하다가 죽었기 때문이 아니라, 그로부터 얼마 안 가서 제 남편이 무엇인가에 놀라서 죽고 말았기 때문입니다. 지금 나리에게 그 이유를 말씀드리면 깜짝 놀라실 겁니다."

여기에서 그녀는 아주 조용히 흐느끼다가 다시 말을 이었다.

---

*스페인 북부 '아스투리아스' 산악 지방을 일컫는 말로, 무어족들이 718년 침공하였을 때에도 이 산악 지방은 점령하지 못했기 때문에 이 지역 출신들은 특히 자부심이 강하다.

"돈키호테 기사님, 저를 용서하세요. 더 이상 참을 수가 없네요. 운이 없는 제 남편을 생각할 때마다 저도 모르게 눈에서 눈물이 나서요. 흑옥같이 새까만 힘센 노새의 엉덩이에 우리 마님을 태우고 얼마나 위엄 있게 다녔는지! 지금은 그렇게들 한다고 하지만, 당시에 귀부인들은 마차나 가마를 타지 않고, 종자 궁둥이 쪽에 타고 앉아 다녔답니다. 적어도 이것은 말씀드리지 않을 수 없습니다. 왜냐하면 제 착한 남편의 예절과 정확함을 중시하는 기질을 아셔야 하니까요. 마드리드에 있는 산티아고 거리로 들어섰을 때였습니다. 마침 길이 좁았는데, 마드리드 시장님이 두 명의 사법관을 앞세우고 거리로 나오던 참이었습니다. 제 착한 남편이 그를 보자마자 노새의 고삐를 돌리면서, 먼저 시장님이 지나가도록 존경의 손짓을 했지요. 노새 엉덩이에 앉아서 가던 우리 마님이 나지막한 소리로 남편에게 말했습니다. '이 딱한 사람아, 무슨 짓을 하는 겐가? 내가 여기 가고 있는 걸 모르느냐?' 예의 바른 시장님은 말의 고삐를 잡고서 말씀하셨답니다. '그대가 먼저 가시오, 나는 도냐 카실다 마님을 잘 모셔야만 하는 사람이니까.' 우리 마님 성함이 카실다였지요. 그럼에도 제 남편은 손에 모자를 벗어 들고서 시장님이 먼저 가기를 바라며 고집을 부렸답니다. 이 꼴을 마님이 보고서는 화가 치밀어서 큰 바늘을 하나 뽑아서, 제가 보기로는 상자에 있던 돗바늘 같은 게 아니었나 싶은데, 제 남편의 등을 찔렀지 뭡니까. 그러자 제 남편은 큰 비명을 지르면서 마님이 땅에 떨어지실 정도로 크게 몸을 뒤틀었습니다. 두 명의 마부가 마님을 일으켜 세우기 위해 달려왔고, 시장과 사법관들도 마찬가지로 거들었죠. 구아달라하라 문*에서 큰 소동이 일었답니다. 그러니까 제 말씀은, 그 주변에 있던 할 일 없던 사람들이 소동을 벌였다는거지요.

---

*우리의 남대문과 같은, 마드리드 중심지에 있는 문이다.

마님은 걸어서 돌아오셨지만 제 남편은 이발사를 찾아갔는데,* 바늘이 배를 관통했다고 하더군요. 제 남편의 행동에 대한 말들이 널리 퍼져서 어린아이들이 골목으로 그를 귀찮게 따라다니면서 놀려댔지요. 이 문제로 또 제 남편이 시력이 나빠지자 마님은 그를 해고했답니다. 의심할 여지없이 저는 그로 인한 고통이 남편에게 죽음이라는 불행을 안겨주었다고 생각한답니다. 저는 과부가 되었고 의지할 데도 없이 홀로 딸을 키우게 되었는데, 그 애는 바다의 파도 거품처럼 하루하루 아름다워져갔지요. 마침내 제가 훌륭한 바느질꾼으로 소문이 나서 지금 제 마님이신 공작부인께서 그 당시 막 공작어른과 결혼을 한 신혼 때에 바로 이 아라곤 지방으로 저와 제 딸을 같이 데려오셨답니다. 날이 가고 해가 감에 따라 이곳에서 제 딸은 잘 자랐고 세상 모든 우아함을 다 지니게 되었지요. 종달새처럼 노래하고, 생각하는 것처럼 춤을 추고, 뭣에 홀린 사람처럼 둥근 원을 돌고, 학교 선생님처럼 책을 읽고 글을 쓰며, 수전노처럼 셈을 잘하지요. 그 아이의 청결함에 대해서는 더 이상 말씀드리지 않겠습니다. 흐르는 시냇물도 제 딸보다 더 맑지는 못할 겁니다. 제 기억이 잘못되지 않는다면 그 애가 지금 열여섯 살하고 오 개월에 사흘 되었을 텐데, 하루 정도는 차이가 날지도 모르겠네요. 결국 여기에서 멀지 않은 곳에 우리의 주인이신 공작님의 영지에 있는 아주 부자인 농부의 아들이 제 딸아이를 사랑하게 되었답니다. 사실 어떻게 된 것인지 저도 잘 모르는 사이에 두 사람은 서로 잠자리를 함께했는데, 그 녀석이 제 딸애의 남편이 되겠다고 맹세를 한 후 그 애를 희롱하고서는 그 언약을 지키지 않습니다. 심지어 제 주인이신 공작님도 그 사실을 아신답니다. 제가 한 번도 아니고, 여러 차례 그에 대한 불만을 말했고 그 녀석이 제 딸과 결혼하도

---

*당시에는 이발사가 외과의사를 겸직하였다. 세르반테스의 아버지도 이런 유의 이발사였다.

록 명령해주십사 공작님께 부탁도 했지요. 그런데도 공작님은 들은 척도 하지 않으셨고 제 말을 들으려고도 하지 않으십니다. 그 이유인즉 제 딸을 농락한 놈의 아버지가 아주 부자여서, 공작님께 돈을 빌려주고 또 오랫동안 갚지 못한 빚의 보증을 서주기도 하기 때문에, 어떤 경우라도 그자를 불쾌하게 하거나 걱정을 끼치지 않으시려는 거지요. 그러니 저의 기사님, 나리께 이 모욕을 씻어주기를 부탁드리고 싶습니다. 간청을 하시든지 무력을 사용하시든지 간에 말입니다. 모든 사람들이 말하기를 기사님은 그런 자들을 응징하고, 모욕을 바로잡아주시고, 가엾은 사람들을 도와주시기 위해 이 땅에 태어나셨다고 합니다. 그리고 기사님에게 제가 말씀드린 제 딸의 훌륭한 점들과 제 딸애가 아비도 없지만, 상냥하고, 아직은 어리다는 것을 생각해주시길 간청합니다. 하느님과 제 양심을 걸고서 말씀드리지만 제 마님이 거느린 모든 처녀들 가운데에서 그 누구도 우리 아이의 신발 밑창에도 미치지 못할 겁니다. 알티시도라라고 부르는 아이가 하나 있는데, 아주 명랑하고 씩씩하다고 하지만 제 딸과 비교를 하면 2레구아는 멀리 떨어져 있다고 봅니다. 반짝이는 것이 다 금은 아니라는 것을 기사님도 아시잖습니까. 이 알티시도라라는 아이는 아름답다기보다는 우쭐거리고, 얌전하다기보다는 자유분방하지요. 더욱이 몸도 건강하지 못하여 뭔가 호흡하는 데 어려움이 있다 합니다. 그래서 그 애 옆에서는 잠시라도 같이 있을 수가 없지요. 그리고 제 마님이신 공작부인은…… 제가 말을 말아야지요. 흔히 벽에도 귀가 있다고들 하니까요."

"나의 고귀하신 공작부인께 무슨 일이 있는 겁니까, 도냐 로드리게스?" 돈키호테가 물었다.

"그렇게 간청을 하시니," 노시녀가 대답했다. "제게 물으신 것에 사실대로 대답하지 않을 수가 없네요. 돈키호테 님, 나리께서도 제 주인마님이신 공작부인의 아름다움을 보셨지요? 얼굴빛은 반질반질하게 광이 나는 칼날 같고 두 볼은 우윳빛으로 발그스레한데, 한쪽 볼은 태양, 다른 쪽 볼은 달과 같지요. 그리고 땅을 밟기보다는 땅을 무시하듯이 걸으시며, 지나가는 곳마다 건강을 뿌리고 다니시는 저 늠름함은 또 어떤지요. 기사님께서 아셔야할 것은, 마님께서는 무엇보다 하느님께 감사를 드려야 하고 그다음으로는 두 다리에 가지고 있는 두 개의 궤양에 감사드려야 한다는 겁니다. 그곳으로, 의사들이 몸에 가득 차 있다고 말하는 나쁜 체액을 뽑아내신답니다."

"성모 마리아시여!" 돈키호테가 말했다. "나의 고귀하신 공작부인께서 몸에 그런 배수관을 갖고 계시다니? 맨발의 수도사들이 말한다 해도 믿기가어려운 일이로군요. 그러나 도냐 로드리게스 님이 얘기하셨으니 그게 사실이겠지요. 하지만 그런 곳에 자리한 궤양에서라면 체액이 아니라 액체로 된호박(琥珀) 보석이 흘러내릴 겁니다. 몸에 이런 배수관을 만드는 것이 건강을 위해 유용하다는 것을 지금에야 알았습니다."

돈키호테가 이 말을 끝내자마자, 누군가의 엄청난 힘으로 방문이 활짝 열렸다. 그 충격에 놀란 도냐 로드리게스는 손에 든 촛불을 떨어뜨렸고, 그러자 방 안은 흔히 말하듯 늑대의 입속처럼 깜깜해졌다. 그러고 나자 가련한노시녀는 누군가 두 손으로 자신의 목을 조르는 것을 느꼈다. 어찌나 강하게 목을 졸랐는지 비명조차 지를 수가 없었다. 또 다른 사람은 민첩하게 아무 말도 없이 그녀의 치마를 걷어 올리고서 슬리퍼 같은 걸로 그녀를 수없이 두들겨 패기 시작했는데 실로 불쌍하기 짝이 없었다. 돈키호테도 그녀가가엾다 생각했으나 침상에서 움직이지 않았고, 이게 무슨 일 때문인지 알지못해서 입을 다물고 조용히 있을 따름이었다. 그러면서 자신에게도 무수한매질이 가해지지 않을까 두려워했다. 사실 그 두려움은 공연한 것이 아니었다. 왜냐하면 침묵의 집행자들이 노시녀를 녹초가 되게 만들어서 감히 불만조차 말하지 못하게 한 다음에 돈키호테에게로 와서는 그가 덮고 있던 침대 시트와 이불을 벗기고 그를 계속해서 아주 세게 꼬집어서, 돈키호테는 주먹을 휘둘러 자신을 방어하지 않을 수가 없었다. 이 모든 것이 경이롭게도 침묵 속에서 이루어졌고, 이런 싸움이 거의 30분이나 계속된 후에 그 유령들이 방을 나갔다. 도냐 로드리게스는 자신의 치마를 다시 집어 들고서 자신의 불운을 탄식하면서 돈키호테에게는 아무 말도 하지 않고 문밖으로 나가 버렸다. 심하게 꼬집혀서 고통스러운 돈키호테는 혼란스러운 마음으로 생각에 잠긴 채 혼자 남았다. 여기에서 우리는 자신을 이렇게 만든 사악한 마법사가 누구였는지 알고 싶어 하는 돈키호테를 그냥 내버려둘 것이다. 그것은 시간이 되면 알게 될 것이고, 지금은 산초 판사가 우리를 찾고 있으니, 이야기의 알맞은 균형을 위해 그에 따라야 할 것이다.

제 49 장

산초 판사가 자신의 섬을 순시하면서 일어난 일에 대하여

우리는 열심히 묘사를 해대던 엉큼한 농부 때문에 화가 나 기분이 상한 위대한 총독을 두고 왔는데, 그 사정은 사실 그 농부가 공작의 지시를 받은 집사로부터 다시 지시를 받아 산초를 골탕 먹인 것이었다. 산초는 비록 바보스럽고, 거칠고, 뚱뚱했지만 모든 일에 자신의 고집을 밀어붙였다. 그래서 산초는 그곳에 있던 사람들과 페드로 레시오 박사에게 말했다. 페드로 레시오 박사는 공작 편지와 관련된 비밀스러운 논의가 끝났기에 다시 방으로 돌아와 있었다.

"재판관이나 총독이 소송인들의 끈질긴 간청에 발끈하지 않으려면 청동으로 만들어졌거나 아니면 틀림없이 그렇게 되어야 한다는 걸 이제야 진실로 알게 되었소. 그자들은 시도 때도 없이 찾아와서는 오직 자기 소송만 들이대며 자신의 말을 들어주고 무슨 희생을 치르고서라도 그 일을 처리해주기를 바라니까. 만일 가련한 재판관이 그리할 수 없는 상황이거나 접견을 위해 정해진 시간이 아니기 때문에 그 소송을 들어주고 처리해주지 못한다면, 그들은 뒤에서 저주를 하고 악담을 하고 다닌다오. 심지어는 재판관에 대한 험담을 하고 다니거나 족보까지 들춰낸다니까. 멍청한 소송인아, 얼빠진 소송인아, 그렇게 서두르지 마라. 소송도 때와 상황을 가려야지, 밥 먹을 시간과 잠잘 시간에는 찾아오는 게 아니야. 재판관도 당연히 살과 뼈를 가진 인간이니 자연이 요구하는 욕구를 들어주어야지. 만일 내가 아니라 내 앞에 있는 페드로 레시오 티르테아푸에라 박사 말대로 먹을 것을 주지 않는다면, 그건 굶어 죽으라는 거 아닌가. 그리고 이렇게 굶어 죽는 것이 인생이라고 하니, 그런 것은 하느님께서 그자나 그 집안사람들에게나 베푸실 일이지. 그러니까 내 말은 악덕 의사들 말이오. 착한 의사들은 종려나무와 월계수 관을 받아야지."

산초 판사를 알던 사람들은 모두 그가 그토록 세련되게 말하는 것을 듣고서 감탄했다. 중요한 직책이나 일이 사람의 분별력을 세련되게 하거나 무디게 하는 것이 아니라면 도대체 이것을 무엇 때문이라 해야 할 것인가. 마침내 페드로 레시오 아구에로 데 티르테아푸에라 박사는 히포크라테스의 모든 금언들을 어기더라도 그날 밤 산초에게 저녁 식사를 주겠다고 약속했다. 이로써 총독은 만족했고 조바심 내며 어서 저녁이 되어 식사 시간이 오기를 기다렸다. 그가 보기에는 시간이 한 장소에서 움직이지 않고 머물러 있는 것만 같았다. 어느덧 그토록 바라던 시간이 되었고, 저녁 식사로 양파를 곁들인 암소고기 요리와 약간은 너무 자란 삶은 송아지 다리가 나왔다. 산초는 마치 밀라노의 메추리고기, 로마의 꿩, 소렌토의 송아지고기, 모론의 메추리고기나 라바호스의 거위 요리가 나온 것보다도 더 맛있게 모든 음식들을 먹어치웠다. 저녁 식사 도중에 그는 박사에게 고개를 돌려 말했다.

"이보게, 의사 양반, 지금부터는 내게 즐거운 음식이나 진귀한 요리를 주려고 신경 쓰지 마시오. 그런 것들은 오히려 내 위를 자극할 거요. 내 위는 염소고기, 암소고기, 소금에 절인 돼지고기, 육포, 무와 양파에 길들여져 있어서, 행여라도 대저택의 호사스러운 요리가 들어가면 그것을 아첨으로 받기도 하지만 때로는 메스꺼워하게 된다오. 시종장이 할 일은 고기를 많이 넣고 끓인 냄비 요리를 내게 갖다주는 거요. 고기를 많이 넣을수록 냄새가 더 좋지. 그 요리에는 먹을 수 있는 거라면 무엇이든 시종장이 원하는 것은 모두 넣어도 좋소. 그러면 내가 감사해할 테고 언젠가는 사례를 할 거요. 아무도 나를 비웃지 마시오. 있는 그대로, 우리 모두 함께 지내고 함께 살아가면서 평화롭게 모두 함께 음식을 먹도록 합시다. 하느님이 아침 동이 트게 하면, 모든 사람에게 아침이 오는 법. 나는 내 권한을 포기하지도 않고 뇌물도 받지 않고 이 섬을 다스릴 생각이오. 그러니까 모두들 눈을 똑바로 뜨고서 정신을 잘 차려야 할 것이오. 악마는 칸틸야나에 있으니* 내게 기회를 준다면 다들 놀랄 만한 일을 해 보이겠소. 하나 자네들이 달콤한 꿀이 되어버리면 파리들이 먹으러 달려들게 될 거요."

"명심하겠습니다, 총독님." 시종장이 말했다. "나리께서 하신 말씀은 모두 지당합니다. 저는 이 섬의 모든 주민들의 이름으로 나리를 사랑과 애정으로 충실히 모실 것을 약속드립니다. 총독님께서 처음에 보여주신 부드러운 통치가 나리를 귀찮게 하거나 그럴 생각을 할 구실을 모두 없애버렸답니다."

"나도 그렇게 믿소." 산초가 대답했다. "다른 짓을 하거나 그럴 생각을 한다면 멍청한 자들인 게지. 다시 말하지만 나와 내 잿빛 나귀의 음식에 신경을 써주기 바라오. 그것이 바로 이번 일에서 가장 중요하고도 또 매우 적절한 일이거든. 그리고 시간이 되었으니 섬을 순시하러 갑시다. 모든 종류의 부정한 요소들을, 부랑자들, 게으른 자들, 그리고 나쁜 윤락녀들을 이 섬에

---

* '악마는 칸틸야나에 있고 교황은 브레네스에 있다'는 속담에서 따온 것으로, 매우 혼란한 상황을 뜻한다.

서 정화하는 게 내 뜻이라오. 여러분, 쓸모없고 게으른 인간들은 공화국이라는 벌집에서 일벌들이 만들어놓은 꿀을 먹어치우는 수벌들과 마찬가지라는 사실을 알아주기 바라오. 나는 농부들을 도와주고, 귀족들의 특권을 지켜줄 것이며, 덕망 있는 사람들에게는 상을 내리고, 특히 종교와 종교인들의 명예를 존중할 생각이오. 여러분, 이걸 어떻게 생각하시오? 내가 한 말이 옳은 것이오, 아니면 멍청한 소리오?"

"총독님, 나리께서 그렇게 말씀을 하시니," 집사가 말했다. "나리같이 배우지도 못하신 분이, 제가 알기로는 공부를 전혀 안 하신 것으로 아는데, 그토록 금언들과 충고로 가득 찬 말씀을 하시는 것을 보니 존경스럽습니다. 더구나 우리들을 이곳에 보낸 분들이나 여기 있는 사람들이나 모두가 예상했던 나리의 재능과는 아주 다른 것을 보고서 놀랐습니다. 이 세상에는 매일같이 새로운 일이 생기지요. 장난이 진실이 되고 조롱하던 사람들이 조롱을 받게 됩니다."

밤이 되었고, 레시오 박사의 허가로 저녁 식사를 마친 총독은 순시를 나갈 준비를 하고 집사와 비서와 시종장, 그리고 총독의 행적을 기록할 기록관, 경찰, 서기 등 모두 기병 중대의 절반은 될 만큼 사람들을 거느리고 길을 나섰다. 산초는 총독을 상징하는 지팡이를 들고서 중간쯤에 가고 있었는데 참으로 볼만한 광경이었다. 얼마 가지 않아서 칼싸움하는 소리가 들렸다. 모두가 그리로 달려가 서로 싸우고 있는 두 남자를 보았다. 그들은 경찰이 오는 것을 보고서 조용해졌는데 그들 중 하나가 말했다.

"여기 하느님과 국왕이 계신데! 어떻게 이 마을 사람이 사는 곳에서 도둑질을 하고 거리 한복판에서 습격하는 것을 보고 참을 수 있단 말입니까?"

"이보시오, 침착하고," 산초가 말했다. "이 다툼의 이유가 무언지 내게 말해보시게. 내가 이 섬의 총독이오."

또 다른 상대방이 말했다.

"총독님, 제가 짧게 말씀드리지요. 먼저, 여기 이 잘생긴 사내가 맞은편에 있는 도박장에서 지금 막 1천 레알 이상을 땄다는 것을 나리께서 아셔야 합니다. 어떻게 땄는지 하느님은 아실 겁니다. 저도 그 자리에 있었는데, 제 양심에 반하면서까지 한 번 이상이나 의문스러운 놀이로 이 사람에게 돈을 따게 해주었지요. 그런데 이자가 딴 돈을 모두 가지고 달아났습니다. 노름판에서 좋은 일이나 나쁜 일에 도움을 주고, 엉터리 짓을 돕고, 싸움을 피하도록 해주는, 저같이 중요한 사람들에게는 개평을 주는 게 관습이고 일반적인 일이기 때문에 적어도 개평으로 몇 에스쿠도는 주리라고 기대를 했는데, 이자는 돈을 챙겨서 그대로 도박장을 나가버리는 게 아니겠습니까. 그래서 앙심을 품고 따라왔지요. 그리고 예의 바른 말로 좋게 적어도 8레알을 제게 줄 것을 요구했습니다. 저는 정직한 사람이고 직업이나 수입도 없다는 것을 이자도 알고 있습니다. 제 부모님은 제게 교육을 시키지도 않았고, 제게 남겨준 것도 없거든요. 그런데 카코 같은 도둑놈에 안드라디야 같은 야바위꾼인 이 뱃속 검은 자가 제게 4레알 이상은 주지 않겠다고 했으니…… 총독님, 나리께서도 이자가 얼마나 부끄러움도 없고 양심도 없는 자인지 아셨을 겁니다! 만일 나리께서 나타나지 않았더라면, 분명코 저는 이자가 딴 돈을 토해내게 하고 대가를 치르게 했을 겁니다."

"자네는 이에 대해 뭐라 하겠는가?" 산초가 물었다.

그러자 다른 남자는 상대방이 말한 것이 모두 사실이라고 대답하면서 여러 차례 그에게 돈을 주었으므로 4레알 이상은 주고 싶지 않았다고 했다. 개평을 바라는 사람은 공손해야 하고 받을 때도 즐거운 얼굴로 받아야지, 어떻게 땄는지 확실히 알지도 못하면서 야바위라느니 노름에서 부정하게 땄느니 하면서 돈을 딴 사람에게 트집을 잡아서는 안 된다는 것이었다. 자신은 그가 말한 것처럼 도둑이 아니라 선량한 사람이며, 그 증거로 자신이 저 사람에게 개평을 한 푼도 주기 싫어했다는 것보다 더 확실한 것이 없다고 했다. 사기꾼들은 자신을 알아보는 구경꾼에게 항상 돈을 바치기 때문이라는 것이었다.

"그건 그렇지." 집사가 말했다. "총독님, 나리께서 이 사람들을 어떻게 해야 할지 알려주시지요."

"이 일은 이렇게 해야 할 것이네." 산초가 대답했다. "자네, 돈을 딴 사람, 자네가 좋은 사람인지 나쁜 사람인지 이도저도 아닌지는 상관없으니 자네에게 칼을 휘두른 이자에게 100레알을 주게. 그리고 감옥에 있는 불쌍한 사람들에게 30레알을 더 지불하게. 그리고 직업도 수입도 없이, 이 섬에서 빈둥거린다는 자네, 자네는 100레알을 받고서 즉시 내일 중으로 이 섬을 떠나게. 10년 동안 추방이야. 만일 그것을 어길 시에는 내가 손수 자네 목을 베어 기둥에 매달아놓든지, 아니면 사형 집행관에게 명령해서 그리하게 할 테니. 아무도 내게 항변하지 말도록. 그랬다간 내 직접 혼을 내줄 테니까."

한 사람은 돈을 지불했고 다른 사람은 받았다. 돈을 받은 자는 섬을 떠났고 다른 사람은 집으로 갔다. 그러자 총독은 말했다.

"자, 이제 이 도박장을 부수어버리세. 그것도 못 한다면 내가 할 수 있는 게 뭐가 있겠나. 내게는 저런 곳들이 무척 유해해 보이거든."

"적어도 이 도박장은 없앨 수 없으십니다." 서기가 말했다. "아주 높으신 분의 것이거든요. 게다가 일 년 동안 그분이 카드놀이로 잃은 돈이 딴 돈과 비교할 수도 없이 많답니다. 하지만 규모가 작은 다른 도박장들이라면 나리의 힘을 보여주실 수 있을 겁니다. 사실 그것들이 더 많은 해를 끼치고 더 많은 부정을 감추고 있지요. 높으신 기사님들이나 귀족들의 집에서는 유명한 야바위꾼들도 감히 속임수를 쓰지 못합니다. 게다가 도박하는 악습이 일반적인 놀이가 되어버렸으니, 전문적인 도박장에서보다는 높으신 분들의 집에서 하는 게 더 낫지요. 전문적인 도박장에서는 자정이 지나서 재수 없는 사람이 걸리기라도 하면 산 채로 껍데기를 벗겨버리니까요."

"좋소, 서기 양반," 산초가 말했다. "그 문제에 대해 할 얘기가 많다는 것을 잘 알겠소."

이때 한 경찰이 젊은 청년을 붙잡아서 데려왔다.

"총독님, 이 청년이 우리를 향하여 오다가 경찰인 것을 알아채자마자 등을 돌리고서 사슴처럼 달아나기 시작했습니다. 틀림없이 무슨 범죄자라는 증거지요. 그래서 제가 그자를 따라갔는데 만약 어딘가 부딪쳐서 넘어지지 않았더라면 결코 붙잡지 못할 뻔했습니다."

"이보게, 왜 달아난 건가?" 산초가 물었다.

이에 젊은이가 대답했다.

"경찰이 하는 수많은 질문들에 대답하는 것을 피하기 위해섭니다, 나리."

"직업이 뭔가?"

"직물 짜는 사람입니다."

"무슨 천을 짜는고?"

"총독님께서 허락만 해주신다면 창끝의 쇠라도 짜지요."

"지금 나에게 농담을 하는 것이냐? 신소리라도 늘어놓겠다는 것이야? 좋다! 그런데 지금 어디로 가던 길이었느냐?"

"바람이나 좀 쐬려고 했습니다."

"이 섬에선 어디로 가면 바람을 쐬일 수 있는가?"

"바람이 부는 곳이지요."

"좋아, 아주 대답을 척척 잘하는구나! 젊은이, 재치가 있어. 하지만 내가 바람이니, 뒤에서 바람을 불어 자네를 감옥으로 가게 하지. 그리 알게. 이봐라, 이자를 붙잡아서 데려가거라. 오늘 밤에는 바람 없이 거기서 자게 만들어줄 테다!"

"맙소사." 젊은이가 말했다. "그런 식으로 나리가 왕이 되시기라도 한 것처럼 저를 감옥에서 자게 하시겠다고요?"

"어째서 내가 자네를 감옥에서 자게 만들 수 없다는 거지?" 산초가 말했다. "자네를 붙잡고 또 언제든지 내가 원할 때 풀어줄 권한이 내게 없단 말이냐?"

"나리께서 아무리 많은 권한을 갖고 있다 해도 저를 감옥에서 자게 만들 만큼 충분하지는 못할 겁니다."

"어째서 안 된다는 것이냐?" 산초가 말했다. "당장 이자가 자신의 눈으로 잘못을 깨우치도록 감옥으로 데려가거라. 설사 간수장이 이자에게 관대함을 베풀어주려고 할지라도, 감옥에서 한 발자국만이라도 나오게 해준다면 2천 두카도의 벌금을 물게 할 것이다."

"그 모든 것은 웃음거리일 뿐입니다." 젊은이가 대답했다. "목숨이 붙어 있는 사람이라면 그 누구도 저를 감옥에서 자게 하지는 못할 테니까요."

"말해봐라, 이 악마야." 산초가 말했다. "너를 그곳에서 꺼내주고 내가 채운 족쇄를 풀어줄 천사라도 있단 말이냐?"

"자, 총독님," 젊은이가 아주 애교스럽게 대답했다. "이제 우리 이성을 갖고서 본론으로 들어가 보실까요. 나리께서 저를 감옥으로 데려가도록 명령하고 그곳에서 족쇄와 쇠사슬을 채워서 독방에 처넣습니다. 그러고는 만일 저를 풀어주면 간수장에게 중벌을 내릴 거라고 하시지요. 그리고 간수장이 명령하신 대로 임무를 수행한다, 이렇게 가정을 해보지요. 그런데 만일 제가 잠을 자기가 싫어서 밤새도록 눈꺼풀을 붙이지 않고 깨어 있는다면 어떨까요? 제가 자기 싫다는데 나리의 권한을 다 동원한다 한들 저를 자게 만들 수 있을까요?"

"물론, 안 되겠지요." 비서가 말했다. "이 사람 말이 맞습니다."

"그러니까," 산초가 말했다. "자네는 자네의 의지가 아닌 다른 것 때문에 잠들지는 않겠다는 말이군. 내 의지에 반하려고 그러는 것이 아니라?"

"그렇습니다. 나리." 젊은이가 말했다. "그럴 생각은 해보지도 않았습니다."

"좋아, 잘 가게나." 산초가 말했다. "잠은 자네 집에 가서 자게. 하느님이 자네가 푹 자도록 해주시기를. 자네의 잠을 빼앗을 생각은 없었네. 그러나 앞으로는 경찰을 우습게 보지 말라고 충고함세. 그러지 않았다간 자네 머리통에 경을 칠 경찰을 만나게 될 테니까."

젊은이가 떠나자 총독은 순시를 계속했다. 거기서 얼마 가지 않아 한 남자를 붙잡아서 데려오는 두 명의 경찰을 만났다.

"총독님, 남자같이 보이는 이자는 남자가 아니라 여자입니다. 남자의 복장을 하고서 왔는데 못생기지도 않았습니다."

그의 눈에 두 서너 개의 등불을 가져다대니, 그 빛에 한 여인의 얼굴이 드러났다. 열여섯 살이나 그보다 조금 더 되어 보였고, 머리카락은 금과 초록색 비단으로 만든 수천 개의 진주처럼 아름다운 머리그물로 감싸고 있었다. 사람들은 그녀를 위아래로 훑어보았다. 그녀는 황금과 작은 진주를 박은 술장식과 하얀색 호박단으로 장식한 리본이 달린 진분홍색 비단으로 만든 긴 양말을 신고 있었다. 금실을 섞어서 짠 초록색 천으로 된 통 넓은 바지에, 같은 옷감으로 만든 무릎까지 내려오는 짧은 망토를 입었는데 그 안에는 금실로 수를 놓은 하얀색의 아주 고운 비단으로 만든 조끼를 입고 있었다. 신발 역시 흰색으로 남자 신발이었다. 칼은 차지 않았지만 대신에 아주 훌륭한 단검을 지녔고, 손가락에는 아주 멋진 반지들을 여러 개 끼고 있었다. 결

국 이 어린 여인은 모든 사람의 호감을 산 것 같았으나, 그들 중 누구도 그녀를 알지 못했다. 그 마을 토박이들도 그녀가 누구인지 짐작조차 할 수 없다고 말했다. 가장 많이 놀란 사람들은 산초를 놀려먹으려고 했던 공모자들이었다. 왜냐하면 이 사건은 원래 그들이 짜놓은 것이 아니었기 때문이다. 그래서 일이 어떻게 끝나게 될지 궁금해하며 지켜보고 있었는데, 산초가 여인의 아름다움에 얼이 빠진 채로 그녀가 누구이며, 어디로 가는 길이며, 무슨 사유로 남자 옷을 입고서 나오게 되었는지 물었다. 그녀는 시선을 땅바닥에 두고서 순수하고 수줍은 태도로 대답했다.

"나리, 제가 아주 중요하게 비밀로 여겨온 것을 이렇게 여러 사람들 앞에서 말할 수는 없습니다. 한 가지만 이해해주시기 바랍니다. 저는 도둑이 아니고 불량배도 아니며 불운한 소녀입니다. 질투심 때문에 정숙해야 할 품격을 깨뜨리고 말았지요."

이 말을 듣고서 집사가 산초에게 말했다.

"총독님, 사람들에게 물러가라고 하시지요. 그래야 이 아가씨가 부끄러움을 덜고서 자신이 원하는 바를 말할 수 있을 테니까요."

그리하여 총독은 그렇게 명령했고, 집사, 시종장, 비서만 남고서 모든 사람들이 물러갔다. 이들만 남게 되자 여인은 계속 말을 이었다.

"높으신 여러분, 저는 이 지방에서 양모세를 받는 페드로 페레스 마소르카의 딸입니다. 그분은 종종 제 아버지의 집에 오시곤 하지요."

"그게 무슨 말이오, 아가씨?" 집사가 말했다. "내가 페드로 페레스를 잘 아는데 그분은 아들이든 딸이든 자식이 없소. 그리고 그분이 자신의 아버지라고 말하고선 곧이어 덧붙이기를 아버지의 집에 자주 오곤 한다니."

"나도 진작 그런 생각을 했네." 산초가 말했다.

"여러분, 저도 지금 정신이 혼미해서 제가 무슨 말을 했는지 모르겠습니다." 여인이 말했다. "사실은 저는 디에고 데 라 야나의 딸입니다. 아마 이 자리에 계신 모든 분들이 틀림없이 아시는 분이리라 봅니다."

"이제 말이 되는군." 집사가 말했다. "디에고 데 라 야나라면 저도 아는 분으로 슬하에 1남 1녀를 두고 있는 부유한 귀족이십니다. 부인이 죽은 후에는 이 마을에서 그분 따님 얼굴을 보았다는 사람이 아무도 없습니다. 딸을 아주 꽁꽁 가둬두어서 태양조차도 그녀를 볼 수 없다고 하는데, 소문으로는 엄청난 미인이라고 하지요."

"그건 사실입니다." 여인이 대답했다. "그 딸이 바로 접니다. 제 미모에 대한 소문이 거짓인지 아닌지는 이미 여러분들이 저를 보셨으니까 아실 것입니다."

그러고서는 가냘프게 흐느끼기 시작했다. 그것을 보고서 비서는 시종장에게 다가가서 귀에 대고 나지막하게 말했다.

"의심할 여지없이 이 불쌍한 여인에게 뭔가 중대한 일이 일어난 게 틀림없네. 귀족 집안의 자제가 이 시간에 저런 복장으로, 집 밖으로 나와서 배회하다니."

"그건 의심할 여지가 없구먼." 시종장이 대답했다. "더구나 그녀의 눈물이 그런 의혹을 더 확실하게 해주고 있어."

산초는 자신이 알고 있는 가장 좋은 말들로 그녀를 위로했고, 두려워하지 말고 그녀에게 일어난 일을 말해보라고 했다. 모든 사람들이 가능한 한 모든 방법으로 진심을 다해 도와줄 것이라는 말도 덧붙였다.

"여러분, 사실," 그녀가 대답했다. "제 아버지는 저를 10년 동안이나 감금하셨습니다. 제 어머니가 흙 속에 묻힌 것과 똑같은 기간이지요. 미사도 집에 있는 훌륭한 기도실에서 드렸기에, 이 기간 동안 저는 낮 하늘에 떠 있는 태양과 밤하늘에 떠 있는 달과 별만 보며 지냈지요. 거리니 광장이니 사원이니 하는 것도 알지 못했고, 남자라고는 아버지와 남동생, 그리고 페드로 페레스 씨밖에는 알지 못했습니다. 그분은 양모세를 받는 분으로 저희 집에 정기적으로 드나드셨는데, 제가 제 아버지의 이름을 밝히지 않으려는 마음에 대신 그분 이름을 말해버린 모양이에요. 이런 감금 생활과 집 밖에 나가지 못하게 하는 것, 심지어는 여러 날, 여러 달 동안 성당조차도 가지 못하게 해서 저를 아주 우울하게 만들었지요. 저는 세상을 보고 싶었고, 적어도 제가 태어난 마을이라도 보고 싶었습니다. 이런 욕망이 양갓집 규수가 스스로 잘 지켜나가야 할 훌륭한 품격에 반하는 것은 아니라고 생각했습니다. 투우나 마상 경기가 있거나, 연극 공연이 있다는 얘기를 들으면 저보다 한 살 아래인 남동생에게 그것들이 무엇이냐고 묻기도 했고, 제가 지금까지 보지 못했던 많은 것들에 대해서도 물어보았지요. 남동생은 그 애가 아는 최선의 방법으로 저에게 설명을 해주었지만, 그 모두가 오히려 그것들을 보고 싶다는 욕망에 불을 붙여버렸답니다. 끝으로 제 타락의 얘기를 간단히 요약하자면, 제가 남동생에게 간청하고 요청하고 말았던 것 때문에, 결코 그런 요청과 간청은 하지 말았어야 했는데……."

그러고는 다시 흐느끼기 시작했다. 이에 집사가 말했다.

"얘기를 계속해야 합니다, 아가씨. 당신에게 일어난 일을 마저 얘기해주세요. 당신의 말과 눈물이 우리 모두를 어리둥절하게 하고 있으니까요."

"드릴 말씀은 조금밖에 없습니다, 흘릴 눈물은 아직 많이 남았지만." 여인이 대답했다. "잘못된 욕망은 제게 이런 부정적인 결과 말고 다른 것을 가져다주지 못하니까요."

시종장의 마음속에 여인의 아름다움이 자리 잡고 말아서 그는 한 번 더 여인을 보기 위하여 자신의 등잔을 다시 갖다 댔다. 그에게는 그녀가 흘리는 눈물이 진주알이나 초원의 아침이슬 같아 보였고, 좀 더 가까이서 바라보니 동양의 진주 같았다. 그는 그녀의 흐느낌과 탄식이 보여주는 것만큼 여인의 불행이 크지 않기만을 바랐다. 총독은 그녀가 이야기를 질질 끌면서 시간이 지체되는 것에 초조해져서, 사람들을 더 이상 얼떨떨하게 하지 말고 어서 이야기를 끝내라고 말했다. 밤도 늦었고 아직 마을을 순시할 데가 남았다는 것이었다. 그녀는 이따금씩 흐느낌을 멈추기도 하고 보기 딱한 한숨을 쉬면서도 말문을 열었다.

"제 불행과 불운은 다른 것이 아니라 제가 남동생에게 부탁해서 그가 입던 옷들 중에서 하나를 골라 제게 남자 옷을 입혀달라고 한 것입니다. 그리고 아버지가 잠든 어느 날 저녁, 저를 데리고 가 마을 전체를 구경시켜달라고 했지요. 제 간청에 못 이긴 남동생이 제 소원을 들어주었습니다. 이 옷을 제게 입히고 남동생은 제 옷을 입었는데, 아주 잘 맞았어요. 그 애는 턱수염이 없어서 그냥 아름다운 여인같이 보였지요. 오늘 밤, 대략 한 시간쯤 전이었을 것 같은데, 집을 나온 우리는 젊고 바보스러운 생각에 이끌려서 온 마을을 배회했답니다. 그리고 집으로 돌아가려는 참에 많은 사람들이 웅성거리며 오는 것을 보았지요. 남동생은 제게 '누나, 저건 야경단이 틀림없어. 걸음을 빨리 해야 해. 발에 날개를 달고 내 뒤를 따라와. 우리를 알아보지 못하게 해야지 들키면 큰일이니까' 하고는 등을 돌려 달린다기보다는 날아가기 시작했습니다. 그런데 저는 여섯 걸음도 못 가서 놀라 넘어지고 말았지요. 그때 법 집행관이 당도하여 저를 나리들 앞으로 데려온 것입니다. 저의 나쁜 행실과 변덕스러움 때문에 이렇게 많은 분들 앞에 있는 제가 창피스럽기만 합니다."

"아가씨, 사실상 다른 불운은 일어나지 않았던 것이오?" 산초가 말했다. "아가씨가 애초에 자신의 신상에 대해 얘기했을 때처럼, 질투심이 아가씨를 집에서 나오게 하지는 않았단 말이지?"

"아무 일도 일어나지 않았어요. 저를 집에서 나오게 한 것은 질투심이 아니라 세상을 구경하고 싶은 욕망이랍니다. 그 세상이라는 게 이 마을의 거리들을 보는 것이 고작이었지만요."

남동생을 체포한 경찰들이 와서 그녀가 말한 것이 모두 사실로 판명이 되었다. 누나가 있던 곳에서 도망을 치다가 경찰들 중 하나에게 붙잡혔던 것이다. 값비싼 짧은 치마를 입고 순금 장식을 단 푸른색 비단 망토를 걸친 동생은 모자도 쓰지 않았고, 머리칼 말고는 다른 장식은 전혀 하지 않았는데, 금발에 곱슬머리여서 황금색 반지로 장식을 해놓은 것 같았다. 총독과 집사, 시종장이 그를 데리고 좀 떨어진 곳으로 가서 그의 누이가 말소리를 듣지 못하도록 하고서는 그에게 어떻게 그런 복장을 하고 왔는지 물었다. 그러자 동생은 매우 부끄럽고 수줍은 표정으로 자신의 누이가 말했던 것과 똑같은 것을 말했다. 사랑에 빠진 시종장은 이 말을 듣고서 매우 기뻐했다. 총독이 그들에게 말했다.

"여러분, 이건 정말 어린애 같은 짓이었소. 이런 어리석고 무모한 일을 얘기하는 데 그 많은 눈물과 탄식 따윈 필요 없었던 거요. 그냥 '우리는 아무개 아무개인데, 다른 의도는 없었고 그냥 호기심에 기분 전환을 하려고 부모님 집을 나왔다'고 하면 끝날 것을, 무엇 하러 그렇게 신음을 하고 눈물을 질질 짰는지."

"정말 그렇습니다." 여인이 대답했다. "하지만 제가 너무나 정신이 혼란스러워서 절제하지 못한 것을 높으신 분들께서 이해해주세요."

"아가씨는 아무것도 잃은 것이 없어요." 산초가 대답했다. "아버님이 계신 집으로 갑시다. 아마도 그대들이 없어진 것도 모르고 계실 거요. 앞으로는 어린애 같은 모습을 보이지 말고 세상을 보려는 욕망도 거두시오. 여인과 암탉은 돌아다니면 금방 몸을 망치는 법. 정숙한 여인은 다리를 부러뜨려서라도 집 안에 두어야 하지. 구경하기 좋아하는 여인은 자기 자신도 보여주고 싶어 하게 마련이니, 더 이상 긴 말 않겠소."

젊은이는 자신들을 집으로 돌아가도록 해준 호의에 대해 총독에게 감사를 드렸다. 그리고 나서 집을 향하여 갔는데 거기에서 그다지 멀지 않은 곳이었다. 집에 도착하자 남동생이 작은 돌멩이를 창살문으로 던졌다. 그러자 기다리고 있던 하녀가 내려와 문을 열어주었고 남매는 집 안으로 들어갔다. 그곳을 떠나면서 모두들 처녀의 우아함과 아름다움에 감탄했으며, 또한 마을을 벗어나지 않고서 한밤중에 세상을 보겠다는 그들의 소망에도 놀랐지만 이것은 그저 그들의 나이가 어린 탓이었다.

사랑에 심장을 꿰뚫린 시종장은 다음 날 즉시 그녀의 아버지를 찾아가 따님을 아내로 맞게 해달라고 청할 결심을 했다. 자신은 공작의 시종이니 거절을 하지는 않으리라 확신하면서 말이다. 산초도 그 젊은이를 자신의 딸산치카와 결혼시키고자 하는 소망을 갖게 되었고, 어느 신랑감도 총독의 따님을 거절하지 않으리라고 생각하면서 적당한 때에 그것을 실행에 옮길 작정을 했다.

이로써 그날 저녁의 순시는 끝이 났고 앞으로 보게 될 것이지만, 그로부터 이틀 후에 그의 통치도 끝나버렸는데, 이와 함께 그의 모든 계획들도 좌절되었다.

제50장

여기에서는 노시녀를 매질하고 돈키호테를
꼬집고 할퀸 마법사와 집행인이 누구였는지 밝혀지고,
산초 판사의 아내 테레사 산차*에게 편지를 가져간
하인에게 일어난 일들이 펼쳐진다

이 거짓 한 점 없는 이야기를 하나하나 아주 세밀하고 자세하게 기록하는 시데 아메테가 말하기를, 도냐 로드리게스가 돈키호테의 거처로 가기 위해서 자신의 방을 나섰던 시간에, 그녀와 함께 잠을 자고 있던 또 다른 노시녀가 인기척을 느꼈다고 한다. 모든 노시녀들은 알고 싶어 안달하고, 상관하고 싶어 하고, 냄새 맡기를 좋아하는지라, 그녀도 아주 조용히 로드리게스를 따라갔는데 착한 로드리게스는 그것을 알아차리지 못했다. 그리하여 그 노시녀는 돈키호테의 거처로 도냐 로드리게스가 들어가는 것을 보았다. 노시녀라면 누구나 가지고 있는 남 험담하기 좋아하는 기질이 그녀에게도 절대 모자라지 않았으므로, 그 순간 자기의 주인인 공작부인에게 달려가서 도냐 로드리게스가 돈키호테의 방에 있다는 것을 고자질하였다.

공작부인은 공작에게 이 사실을 말했고, 자기와 알티시도라가 저 노시녀가 돈키호테와 무얼 하는지를 보러 갈 수 있도록 허락해달라고 청했다. 공

---

*'산초'의 여성형으로, 산초댁 같은 의미이다.

작이 허락하자 두 여인은 아주 조용히, 살금살금 다가가 방문 옆에 섰다. 거리가 매우 가까워서 안에서 두 사람이 말하는 소리를 다 들을 수 있었다. 공작부인은 로드리게스가 자신의 궤양이 아랑후에스 거리에 솟구치는 분수* 같다고 알리는 것을 듣고서 참을 수가 없었고, 알티시도라도 자신의 이야기에 분을 참지 못했다. 두 여인은 분노와 복수심에 불타서 불쑥 안으로 들어가 돈키호테를 상처투성이로 만들었고, 앞서 얘기한 대로 노시녀를 두들겨 팼다. 여인들의 아름다움과 자부심에 정면으로 가해진 모욕은 엄청난 분노를 불러일으켜서 복수심에 불을 지르기 마련인 것이다.

공작부인은 자신에게 일어난 일을 공작에게 말해주었는데, 공작도 무척 즐거워했다. 공작부인은 돈키호테를 계속해서 놀려주고 심심풀이로 삼을 심산으로, 둘시네아를 마술에서 풀려나게 하는 협상에서(산초 판사는 섬의 총독 업무로 바빠 완전히 잊어버리고 있다) 둘시네아의 역할을 했던 시동을 산초의 마누라 테레사 판사에게 보내서 산초의 편지와 자신의 편지, 그리고 값비싼 산호로 만든 큰 묵주를 선물로 함께 전하게 했다.

이야기가 말하는 것에 따르면 이 시동은 매우 사려 깊고 영리하며, 자신의 주인인 공작 부처를 잘 모시려는 마음을 가진 자로, 아주 기쁜 마음으로 산초의 고향으로 출발했다. 마을에 들어가기 전에 그는 개울가에서 빨래를 하는 한 무리의 여인들을 발견했다. 그중 한 여인에게 그 마을에 돈키호테 데 라만차라고 부르는 기사의 종자로 산초 판사인지 하는 사람의 부인인 테레사 판사라고 부르는 여자가 있는지 물어보았다. 질문을 하자마자 빨래를 하던 한 젊은 여자가 일어나 말했다.

"그 테레사 판사가 제 어머니인데요. 산초라는 분은 제 아버지이고, 그 기

---

*마드리드 남쪽 근교에 위치한 여름 궁전으로, 분수들이 유명하다.

사라는 분은 우리 주인님이시지요."

"아가씨, 그럼 함께 가서," 시동이 말했다. "어머님을 좀 뵙게 해주십시오. 어머님께 드릴 편지와 아버지 되시는 분의 선물을 가져왔습니다."

"기꺼이 해드리지요, 나리." 열네 살 전후로 보이는 어린 여자아이가 대답했다.

그러고는 빨고 있던 옷을 옆 사람에게 맡기고서 모자도 안 쓰고 신발도 없이 맨발로 머리는 엉클어진 채, 시동의 말 앞에서 깡충깡충 뛰면서 말했다.

"어서 오세요, 나리, 우리 집은 마을 입구에 있답니다. 어머니는 집에 계시는데, 아버지 소식을 오랫동안 듣지 못해서 슬퍼하고 계세요."

"그렇다면 하느님께 감사드리셔야겠는데요." 시동이 말했다. "제가 어머니에게 아주 좋은 소식을 가져왔으니까요."

마침내 뛰고, 달리고, 깡충깡충 뛰면서 소녀는 마을에 도착했고 자기 집에 들어가기 전에 문에서부터 고함을 질렀다.

"엄마, 나와 보세요, 나오세요, 여기 아버지의 편지와 선물들을 가져온 분이 오셨어요."

이 소리를 듣고서 그녀의 어머니 테레사 판사가 나왔다. 한 뭉치의 삼실을 뽑고 있다가 치마 바람으로 나왔는데, 황갈색 치마가 너무 짧아 부끄러운 부분이 보일 정도였고, 마찬가지로 갈색인 속옷에 윗옷을 걸쳐 입고 있었다. 나이가 아주 많지는 않았지만 마흔은 넘어 보였고, 건장하고, 튼튼하며, 신경은 무디고, 마른 몸집이었다. 테레사가 자기 딸과 말을 탄 시동을 보더니 물었다.

"얘야, 이게 뭐냐? 이분은 또 누구시고?"

"도냐 테레사 판사 마님을 섬기는 사람이옵니다." 시동이 대답했다.

이렇게 말하고는 말에서 내려와서 아주 공손하게 테레사 부인 앞에 무릎을 끓었다.

"입맞춤을 하도록 손을 주십시오, 도냐 테레사 마님. 바라타리아 섬의 총독이신 돈 산초 판사 님의 합법적인 부인이시이여."

"아이고, 나리, 거기서 물러서세요, 그런 짓은 하지 마세요!" 테레사가 대답했다. "저는 궁정과는 아무 상관없는 불쌍한 농사꾼 여인이며, 시골 막노동꾼의 딸로서 떠돌이 종자의 마누라일 뿐 무슨 총독의 부인이 아니에요!"

"마님께서는," 시동이 대답했다. "매우 존엄하신 총독님의 고명한 부인이십니다. 이런 사실을 증명하는 이 편지와 선물을 받아주시기 바랍니다."

그러면서 즉시 옆구리에 찬 주머니에서 아주 굵직한 황금이 달린 산호 묵주를 꺼내 그녀의 목에 걸어주었다.

"이 편지는 총독님의 것이며, 제가 가져온 다른 서한과 이 산호들은 저를 마님께 보내신 저의 주인 공작부인 마님께서 보내신 것입니다."

테레사는 얼어붙었고 그녀의 딸도 마찬가지였다. 소녀가 말했다.

"우리의 주인이신 돈키호테 님이 애를 쓰신 게 아니라면 제 손에 장을 지지겠어요. 그분이 우리 아버지에게 수도 없이 약속했던 섬의 총독인지 영지인지를 하사한 게 틀림없어요."

"사실입니다." 시동이 대답했다. "돈키호테 님에 대한 경의의 표현으로 산초 님이 지금 바라타리아 섬의 총독으로 계시지요. 이 서한을 보시면 아실 겁니다."

"시동 나리, 편지 좀 읽어주시구려." 테레사가 말했다. "제가 실은 뽑을 줄 알아도 저 빵 쪼가리 같은 글씨들은 읽을 줄 몰라요."

"저도 읽을 줄 몰라요." 산치카가 끼어들었다. "여기에서 좀 기다리세요. 제가 글을 읽을 줄 아는 사람을 불러올게요. 신부님이든 산손 카라스코 학사님이든 우리 아버지의 소식을 알고 싶어서 금세 와주실 거예요."

"아무도 불러올 필요 없습니다. 저는 실 뽑는 것은 몰라도 글은 읽을 줄 아니까 제가 편지를 읽지요."

그리하여 산초의 편지를 모두 읽었는데, 이미 언급한 내용이므로 여기에서는 적지 않겠다. 다음으로 시동은 공작부인의 편지를 꺼냈는데 그 내용은 다음과 같았다.

친애하는 테레사, 당신의 남편 산초의 선량함과 재능이 나를 감동시켜, 나의 남편인 공작님에게 그분이 가지고 계신 여러 영지들 중 섬 하나를 통치하는 총독 자리를 하사하도록 부탁하지 않을 수가 없었어요. 사냥을 잘하는 매처럼 통치를 잘한다는 소식을 듣고서 나는 매우 기뻐하고 있으며, 내 남편이신 공작도 결과에 흡족해하신답니다. 내가 그를 총독으로 선택한 것이 실수가 아니었다는 것에 하늘에 깊이 감사드리고 있어요. 테레사 부인, 이 세상에서 훌륭한 통치자를 찾는다는 것이 얼마나 어려운지 부인도 알아주셨으면 해요. 그리고 산초가 통치하는 것처럼 하느님께서 나를 그렇게 대해주시기를 기원한답니다.

친애하는 부인, 여기에 아주 굵직한 황금이 달린 산호 묵주를 보내드립니다. 동양의 진주라면 더 기쁘겠지만, 당신에게 뼈를 선물하는 사람이 당신이 죽기를 바라서 하는 것은 아니라는* 걸 알아주세요. 우리가 서로 만나서 얘기를 나눌 때가 올 것이에요. 언제가 될지는 하느님이 아시겠지만요. 따님 산치카에게도 안부 전해주세요. 생각지도 않은 때에 내가 좋은 혼처를 마련할지도 모르니 준비를 하라고 일러주시고요.

사람들이 내게 말하기를 그곳에서 알이 굵은 도토리가 난다고 하던데,

---

*변변치 않은 선물일지라도 주는 사람의 감사의 마음을 담고 있다는 의미.

스물네 개 정도만 보내주세요. 그대의 손으로 딴 것이면 아주 감사히 여기겠습니다. 그리고 내게 상세한 편지를 써주세요. 그대의 건강과 어찌 지내는지에 대해 알려주셨으면 해요. 그리고 만일 무엇이든 필요한 것이 있으면 입을 열기만 하세요. 말하는 대로 채워질 것입니다. 하느님의 가호를 빌면서.

이 마을에서, 그대를 아주 사랑하는 친구
공작부인

"아이고!" 편지를 다 듣고서 테레사가 말했다. "이 얼마나 훌륭하고, 소탈하고, 겸손한 마님이신가! 이런 분이라면 땅속에 같이 묻혀도 좋겠네. 이 마을에 사는 시골귀족 마님들은 사양하지만 말이야. 귀부인이랍시고 바람도 스치면 안 된다고 생각하고, 마치 자기가 여왕이라도 된 것처럼 으스대면서 성당에 가는 이 마나님들은 시골 아낙네를 만나는 것만으로도 불명예라고 여기지요. 그런데 이 훌륭한 마님은 공작부인이시면서도 저를 친구라고 부르시고 저를 자기와 동등한 신분인 것처럼 대하시니. 제게는 라만차에 있는 가장 높은 종탑만큼이나 높으신 분인데. 그리고 나리, 도토리라면 제가 마님에게 1셀레민*을 보낼 겁니다. 아주 알이 굵은 것으로, 보기만 해도 놀랄 만한 것으로 골라서 보내지요. 산치카야, 이제 이분이 좀 쉬실 수 있도록 모셔라. 말부터 잘 챙겨드리고, 마구간에서 달걀 좀 꺼내 오렴. 소금에 절인 돼지고기도 넉넉하게 잘라라. 왕자님처럼 대접해드려야지. 우리에게 좋은 소식을 가져온 분이고 또 그런 대접을 받기에 부족함이 없는 아주 좋은 인

---

*약 4.5리터.

상을 가지셨구나. 그동안에 나는 이웃들에게 가서 이 기쁜 소식을 전해줘야 겠다. 신부님과 예나 지금이나 네 아버지의 가장 가까운 친구인 이발사 니 콜라스에게도 말이야."

"예, 어머니, 그렇게 할게요." 산치카가 대답했다. "그런데 그 산호 묵주의 절반은 제게 주셔야 해요. 공작부인 마님이 그것을 몽땅 어머니에게 보낼 만큼 바보는 아니실 거예요."

"다 네가 가져라, 애야." 테레사가 대답했다. "며칠 동안만 내가 목에 걸고 다니마. 정말로 내 심장까지 즐겁게 해주는구나."

"이 가방에 넣어 온 옷 보따리를 보면 더욱 즐거우실 겁니다." 시동이 말 했다. "총독님이 사냥하는 날 하루 입었던, 아주 훌륭한 천으로 만든 옷인 데, 모두 산치카 아가씨 앞으로 보내셨습니다."

"제발 아버지가 천 년 동안 사시기를." 산치카가 대답했다. "그리고 이것을 가져온 분도 그만큼 사시기를. 아니 필요하다면 2천 년이라도 사시기를."

그러는 사이 테레사는 편지를 가지고 집 밖으로 나갔다. 목에는 묵주를 걸고 마치 그 편지들이 탬버린이라도 되는 것처럼 흔들어대다가 우연히 신 부와 산손 카라스코를 만나자 춤을 추기 시작하며 말했다.

"자, 이제 가난한 친척은 없네요! 우리도 총독 나리가 생겼거든요! 아니, 그 잘난 시골귀족 마님, 나하고 한번 겨뤄보자고 해, 내가 창피를 주고 말거 야!"

"그게 무슨 말이오, 테레사 판사? 웬 미친 짓이오? 이 종이는 또 뭐고?"

"이건 미친 짓이 아니라, 바로 공작부인과 총독의 편지들이지요. 목에 달 고 온 이 작은 것은 고급 산호이며 큰 것들은 순금이고요. 그리고 저는 총독 부인이랍니다."

"하느님 말고는 아무도 당신 말을 이해하지 못하겠구려, 테레사. 도통 무슨 말을 하는 것인지 알아들을 수가 없소."

"여기 이걸 보면 아시게 될 거예요." 테레사가 대답했다.

그러고는 그들에게 편지를 건네주었다. 신부는 산손 카라스코가 들을 수 있게 편지를 읽었고, 산손과 신부는 그들이 읽은 것에 놀라서 서로 얼굴을 바라보았다. 마침내 학사가 누가 그 편지들을 가져왔는지 물었다. 테레사는 자기 집에 오면 황금 소나무같이 잘생긴 젊은 심부름꾼을 볼 수 있을 것이며 그가 아주 값비싼 다른 선물도 가져왔다고 했다. 신부는 그녀의 목에서 산호를 벗겨서 바라보고 또 바라보았다. 그리고 그것이 아주 질이 좋은 것임을 확인하고서 다시금 놀라면서 말했다.

"내가 입고 있는 사제복을 걸고 말하는데, 이 편지와 선물들에 대해 뭐라고 말하고 무슨 생각을 해야 할지 모르겠군. 한편으로는 이 훌륭한 산호를 눈으로 보고 만져도 보았으며, 또 다른 한편으로는 도토리 스물네 개를 보내달라는 공작부인의 편지를 읽고 있으니."

"이런 말도 안 되는 일이!" 카라스코가 말했다. "자 그럼, 이 편지를 가져온 사람을 만나보기로 하지요. 그 사람을 통해 우리가 처해 있는 문제를 해결할 실마리를 찾을 수 있을 겁니다."

그렇게 해서 테레사는 두 사람과 함께 집으로 돌아왔다. 집으로 가보니 시동은 자신의 말에게 먹일 보리를 체로 치고 있었고, 산치카는 시동에게 줄 튀김을 만들기 위해 계란 옷을 입힐 돼지고기를 자르고 있었다. 시동의 외모와 훌륭한 차림새가 두 사람을 흡족하게 했다. 정중하게 그에게 인사를 하자, 그도 이들에게 인사를 했다. 이에 산손이 돈키호테와 산초 판사의 소식을 들려달라고 요청했다. 산초와 공작부인의 편지를 읽기는 했으나 아직도 정신이 혼란스럽고 산초가 섬의 총독이 되었다는 것이 무슨 말인지 제대로 납득이 가지 않는다는 것이었다. 더욱이 섬의 통치에 대해서는, 지중해에 있는 모든 섬들이 모두 국왕 폐하의 소유인만큼 더욱 납득이 가지 않는 다고 말했다. 이에 시종이 대답했다.

"산초 판사 님이 총독이라는 것에는 조금도 의심할 여지가 없습니다. 그분이 다스리는 곳이 섬인지 아닌지에 대해서는 제가 참견하지 않겠습니다. 어쨌든 천 명 이상 주민들이 사는 마을인 것으로 충분하지요. 그리고 도토리에 관해서는 제 주인이신 공작부인 마님께서 아주 서민적이고 겸손하신 분이라서……(시골 아낙네에게 도토리를 달라고 하려고 자신을 보냈다고는 말하지 않았으나, 이웃집 여인에게 빗을 빌리러 보낸 적은 있었다) 아무튼 여러분들께서 알아두셔야 할 것은 아라곤 지방의 부인네들은 비록 지체가 높은 분들일지라도, 카스티야 지방의 부인들처럼 체면을 중시하고 거드름을 피우지 않고 아주 서민적으로 사람들을 대한다는 겁니다."

이런 대화가 이루어지고 있는데 산치카가 치마에 달걀을 담고 뛰어나오면서 시동에게 물었다.

"나리, 말 좀 해주세요. 혹시 제 아버님*이 총독이 되신 후에 조끼에 끈을 매단 짧고 불룩한 바지를 입고 계시나요?"

"그건 보지 못했어요." 시동이 대답했다. "그러나 아마도 그렇게 입으셨을 겁니다."

"아이고, 하느님!" 산치카가 대답했다. "제 아버지가 그런 조끼에 끈을 매단 바지를 입은 모습을 볼 수만 있다면! 태어난 이후부터 줄곧 아버지가 그런 바지를 입으신 모습을 보는 게 제 소원이었는데 얼마나 좋아요?"

"아가씨가 살아만 계신다면 언제든지 그런 모습을 보게 될 겁니다." 시동

---

*총독이 된 산초를 자랑스럽게 생각하는 딸이 '아버님'으로 깍듯이 부르고 있다.

이 대답했다. "하느님께 맹세코, 총독직을 단 두 달만 하게 되면 파파이고*를 쓰고서 다니게 되지요."

신부와 학사는 시동이 의뭉스럽게 말하고 있다는 것을 금방 알아차렸지만 고급스러운 산호와 산초가 보낸 사냥 옷이 그런 생각을 모두 무너뜨렸다 (테레사가 벌써 그들에게 옷가지를 보여주었던 것이다). 하지만 산치카의 소망에 대해서는 웃음을 참지 못했다. 테레사가 이렇게 말을 했을 때는 더욱 그랬다.

"신부님, 마드리드나 톨레도에 가는 사람이 누가 있는지 한번 물어봐주세요. 제게 종 모양의 통이 넓은 속치마를 하나 사다 주었으면 하는데, 가능하면 요즈음 유행하는 제일 좋은 것으로 말이에요. 정말이지, 정말이지 제가 할 수 있는 데까지 제 남편의 총독 자리를 명예롭게 해야 하니까, 제가 속이 터지더라도 관저로 가야겠지요. 다른 여자들처럼 이제 마차도 써야 하고요. 남편을 총독으로 둔 부인은 마차 정도는 충분히 굴릴 수 있어야겠지요."

"물론이지요, 어머니!" 산치카가 말했다. "내일이 아니라 오늘 당장 그랬으면 좋겠어요. 그 마차에 어머니랑 함께 앉아서 가는 저를 본 사람들이 '저것 봐, 그 쓸모없는, 마늘만 지겹게 먹던 애가, 마치 여자 교황이라도 된 것처럼 마차에 앉아서 다리를 쩍 벌리고 가네!' 이렇게 말할 테죠. 그런 사람들이야 진흙탕이나 밟으라지. 난 땅에서 두 발을 들고 마차를 타고 갈 거니까. 세상 남 험담하는 사람들에게는 몇 달이고 몇 년이고 나쁜 일만 있었으면 좋겠네요! 사람들이 웃건 말건 난 따뜻한 자리로 갈 테니까!** 말 잘했죠, 어머니?"

---

*목과 얼굴을 가리는 두건 모자.
**다른 사람들의 생각에 연연하지 말고 자신의 이익을 우선시하라는, 17세기 공고라 시인의 시에 나오는 유명한 금언이다.

"애야, 어쩜 그렇게 말을 잘하니!" 테레사가 대답했다. "이 모든 행운들과 앞으로 올 더 큰 행운들에 대해 나의 훌륭한 남편 산초께서 이미 내게 예언해두셨단다. 애야, 너도 알게 되겠지만, 그 행운은 내가 백작부인이 될 때까지 멈추지 않을 거야. 이제 운이 오기 시작하니까. 내가 네 훌륭한 아버지가 여러 번 말하는 것을 들었다만, 그분은 네 아버지이면서 속담의 아버지이시지. 너에게 암송아지를 준다면 고삐를 잡고 뛰어라. 총독 자리를 준다면 받고 백작령을 준다면 꽉 잡아라. 좋은 선물을 준다고 너를 강아지 부르듯 투스, 투스* 해도, 선물은 챙겨 자루에 넣어라. 그러지 않을 거면 집 앞에서 부르는 행운에는 대꾸도 하지 말고 잠이나 자라!"

"내가 우쭐대며 거만하게 보인다고," 산치카가 끼어들었다. "'개가 삼나무로 만든 바지를 입으면 자신의 옛 친구를 못 알아본다'**라고 사람들이 떠들어댄다 해도 그게 무슨 상관이래요?"

이에 신부가 말했다.

"이 판사 집안 사람들은 저마다 몸속에 커다란 속담 자루를 하나씩 가지고 태어나는 모양이오. 말만 했다 하면 하루 종일 속담을 풀어놓지 않는 사람을 보질 못했으니."

"그건 사실입니다." 시동이 말했다. "산초 총독님도 한 걸음 걸을 때마다 속담을 말하시지요. 많은 속담들이 안성맞춤으로 나오지는 않을지라도 재미는 주기 때문에, 제 주인이신 공작부인과 공작님은 그것을 몹시 칭찬하신답니다."

"선생께서는," 학사가 말했다. "산초가 섬의 총독이 된 게 사실이고, 테레

---

*강아지를 부를 때 쓰는 스페인어 표현이다.
**사람이 출세를 했을 때 자신의 옛날 동료를 잊어버리는 것을 빗댄 속담.

사에게 선물을 보내고 편지까지 쓴 공작부인이 실제로 있다고 계속 우기실 생각이로군요. 우리가 선물을 만져보고 편지도 읽어보았지만 믿을 수는 없습니다. 우리 생각으로는 이 동네 사람 돈키호테가 관련된 사건 중 하나이지 않나 싶습니다. 그분은 모든 사건이 마법에 의해 생긴다고 생각하지요. 그래서 당신이 환상의 심부름꾼인지 아니면 살과 뼈를 가진 사람인지 한번 만져보고 더듬어보고 싶다는 말을 막 하려던 참입니다."

"여러분, 저는 저에 대한 것 말고는 모릅니다." 시동이 말했다. "저는 진짜 사절로 왔으며, 산초 판사 님은 실제 총독이십니다. 그리고 저의 주인이신 공작님과 공작부인은 그런 총독 자리를 줄 수 있는 분들이고 또 실제로 주셨답니다. 그리고 산초 판사라는 분이 아주 용감하게 총독직을 잘 수행한다고 말하는 것을 들었습니다. 이 일에 마법이 끼어 있는지 어떤지는, 여러분들끼리 따로 가려보실 일입니다. 지금도 살아 계시며 제가 좋아하고 사랑하는 제 부모님의 목숨을 걸고 맹세하는데, 저는 다른 일은 알지 못합니다."

"그럴 수도 있겠군요." 학사가 대답했다. "그러나 '아우구스티누스도 의심한다'*고 하지 않습니까."

"의심하는 자는 의심을 하지요." 시동이 대꾸했다. "제가 말씀드린 것은 모두 사실입니다. 진실이란 물 위에 뜬 기름처럼 거짓말 위로 떠오르기 마련이지요. 그게 아니라면, '말보다 행동에 믿음을 두어라'라는 말이 있지요. 여러분 중 누구라도 저와 함께 간다면, 들어서 믿을 수 없는 것을 눈으로 보게 될 것입니다."

"제가 갔으면 하는데요." 산치카가 말했다. "나리, 저를 말 엉덩이에 태워

---

*'모든 것을 의심할 수 있다 해도 내가 의심하고 있다는 사실은 의심할 수 없다'는 말을 한 중세 철학자 아우구스티누스는 끊임없는 의심을 통해 신의 존재에 대한 확신에 도달했다. 철학이나 신학을 공부하는 학생들이 자주 인용하는 문구이다.

주세요. 아버지 만나러 꼭 가고 싶어요."

"총독의 따님들은 혼자서 길을 가면 안 됩니다. 호화로운 마차와 가마, 수많은 하인들을 거느려야지요."

"저런, 어쩌나?" 산차가 말했다. "암나귀에 타고서도 마차에 탄 것처럼 잘 갈 수 있어요. 저는 뭐 그다지 우쭐대는 아이는 아니거든요."

"조용히 해라, 애야." 테레사가 말했다. "네가 지금 무슨 말을 하는지나 아는 거냐. 나리 말씀이 맞다. 때에 맞추어 처신을 해야 하는 법이야. 아버지가 그냥 산초일 때는 너도 그냥 산차지만, 총독일 때는 아가씨가 되는 거란다. 내가 설명을 잘한 건지 모르겠네."

"생각보다 테레사 마님이 말씀을 잘하시네요." 시동이 말했다. "그런데 먹을 것을 좀 주시고 바로 떠날 수 있게 해주실 수 있을까요? 오늘 오후에는 돌아갈 생각입니다만."

이에 신부가 말했다.

"선생은 나와 함께 고행이나 하러 가시는 게 어떻겠소.* 테레사 마님은 이렇게 훌륭한 손님을 접대하고자 하는 의지는 넘치지만 그만한 살림살이를 갖추고 계시지는 않으니 말이오."

시동은 일단 거절했으나 생각해보니 자신을 위해서는 그 편이 더 나았다. 신부는 돈키호테와 그의 무훈들에 관해 물어볼 생각으로 기꺼이 그를 데려갔다.

학사는 테레사에게 편지 답장을 써주겠다고 제안을 했다. 그러나 그녀는 학사가 자신의 일에 끼어드는 것을 원치 않는데, 그가 좀 장난기가 있는 사람이라고 생각했기 때문이었다. 그래서 글을 쓸 줄 아는 복사에게 빵 한

---

*사람을 식사에 초대하는 데 쓰이는 정중한 표현이다.

덩어리와 달걀 두 개를 주었고, 그는 두 통의 편지를 테레사에게 써주었다. 한 통은 그녀의 남편에게 다른 한 통은 공작부인에게 썼는데 그녀 자신의 통찰력이 반영된 것이었다. 그 편지들은 이 위대한 이야기 속에 소개된 글 중 가장 나쁜 축에 속하는 것도 아니므로 이어지는 장에서 보게 될 것이다.

제51장

산초 판사의 통치가 나아진 것과
그 밖의 좋은 일들에 대하여

총독이 섬을 순회한 저녁이 지나고 날이 밝았다. 시종장은 잠을 자지 못하고 밤을 지새웠는데, 남장을 한 젊은 여인의 아름다움과 생기발랄한 얼굴이 머릿속에 꽉 차 있었기 때문이다. 그리고 집사는 산초 판사가 말하고 행동한 것들을 공작 부처에게 편지로 쓰는 일에 남은 밤을 보냈다. 분별력과 바보스러움이 뒤섞여 있는 산초의 말과 행동들이 실로 놀라웠기 때문이었다.

마침내 총독 나리가 잠에서 깼고 페드로 레시오 박사의 지시로 설탕에 절인 과일 약간과 찬물 네 숟가락으로 아침을 드시도록 하였다. 산초로서는 빵 한 조각과 포도 한 송이와 맞바꾸고 싶은 마음이었다. 그러나 그것이 선택이 아니라 강제라는 것을 알고는 마음이 매우 고통스럽고 위가 괴로워도 참았다. 페드로 레시오는 양은 적지만 맛있는 음식이 재능을 왕성하게 한다고 산초를 설득했는데, 이는 육체적 힘뿐만 아니라 머리를 많이 써야 하는 중요한 직책이나 지휘를 해야 하는 사람들에게 가장 적합한 것이라 했다.

이런 궤변 때문에 산초는 배고픔에 시달렸으니, 마음속으로는 총독직을 저주하고 심지어 자기에게 그 자리를 준 사람까지 저주할 정도였다. 아무튼 빈약한 음식으로 배고픔을 달랜 채 그날의 재판이 시작되었다. 집사와 나머지 모든 시종들이 참석해 있는 가운데 이루어진 첫 번째 판결은 한 외지인이 가져온 질문에 대한 것이었다.

"나리, 강물이 많은 강 하나가 한 영지를 두 부분으로 나누고 있는데……총독님께서 잘 들어보십시오, 왜냐하면 이 사건은 아주 중대하고 뭐 좀 골치가 아픕니다. 그 이유를 말씀드리자면, 이 강 위에 다리가 하나 있고 다리 끝에는 교수대와 재판소 같은 것이 있는데, 거기에는 보통 네 명의 재판관이 있어 강과 다리와 영지의 주인이 정한 법에 따라 판결을 내립니다. 그 법령은 이렇습니다. '누구든 이 다리를 한쪽 끝에서 다른 쪽으로 건너는 사람은, 먼저 어디로 가며, 무엇 때문에 가는지를 서약해야 한다. 그래서 사실을 말하면 다리를 지나가게 할 것이며, 거짓을 말한 사람은 어떤 사면도 없이 저기 보이는 교수대에서 교수형에 처할 것이다.' 이러한 법령과 혹독한 조건을 알고서도 많은 사람들이 다리를 지나갔습니다. 맹세를 한 것이 사실임을 알 수 있는 자들은 재판관들도 자유로이 지나게 했지요. 그런데 한 남자가 자신은 다른 어느 것도 아닌 바로 자신의 맹세로 인해 저기 있는 저 교수대에서 죽을 것이라고 맹세해버린 겁니다. 재판관들은 그 맹세를 검토하고 이렇게 말했지요. '만일 이 사람이 자유로이 다리를 건너게 내버려둔다면, 그가 거짓 맹세를 한 것이 되니 법령에 따라 죽어야만 한다. 그리고 만일 그를 교수형에 처한다면, 교수대에서 죽겠다고 한 그의 맹세가 진실이 되므로 법령에 따라서 그를 자유로이 지나게 해주어야 한다.' 총독 나리, 재판관들이 그 남자를 어떻게 해야 할지 나리께 여쭤보고자 합니다. 모두들 지금까지도 당황하여 어찌할 바를 모르고 있다가 나리의 예리하고 고귀한 판단에 대한 소식을 듣고서, 저를 보내어 이 복잡하고 혼란스러운 문제에 대한 나리의 의견을 청하는 것입니다."

이에 산초가 대답했다.

"그 재판관들이 자네를 내게 보낸 것은 쓸데없는 일이었네. 왜냐하면 나는 예리하다기보다 오히려 우둔하기 짝이 없는 사람이니까. 그렇기는 하나 내가 잘 이해하도록 다시 한 번 그 사건을 얘기해보시게. 혹시라도 정곡을 찌를 수 있을지 모르니."

질문을 한 사람은 처음에 했던 이야기를 몇 번이고 되풀이했다. 그러자 산초가 말했다.

"내 생각으로는 이 사건은 한마디로 이렇게 정리할 수 있네. 그 사람은 교수대에서 죽을 거라고 맹세를 했으니, 만일 교수대에서 죽으면 진실을 맹세한 것이며, 법령에 따라서 자유로이 다리를 지나게 해야 하지. 그런데 만일 그를 교수형에 처하지 않는다면, 거짓을 맹세한 것이 되니, 법령에 따라서 그를 교수형에 처해야 하네."

"총독님이 말하시는 대로입니다." 전달꾼이 말했다. "이 사건의 파악이나 이해에 관해서 더 이상 요구할 것도 의심할 것도 없습니다."

"그렇다면 내 말은," 산초가 대답했다. "그 남자가 진실을 맹세한 부분은 지나가게 하고, 거짓을 말한 부분은 교수형을 시키라는 것이오. 이런 식으로 하면 다리를 통과하는 조건에 대한 법령을 글자 그대로 이행하게 되는 것이지."

"그렇다면, 총독님," 질문자가 대답했다. "그 남자를 거짓과 진실의 두 부분으로 나누어야 한다는 말씀이십니까. 사람을 둘로 나누면 필연적으로 죽게 되어 있는데, 그렇게 되면 법령이 요구하는 것은 아무것도 이루어지지 못합니다. 법령은 분명코 지키는 것인데요."

"이리 와보시게." 산초가 대답했다. "내가 우둔한 게 아니라면, 자네가 말한 그 통행자는 죽어야 할 이유만큼이나 살아서 다리를 건널 이유도 있네.

진실이 그자를 구원한다면 마찬가지로 거짓말이 그를 처형할 것이고 말이야. 사정이 그러하니 내 생각으로는 자네를 내게 보낸 그 재판관들에게 이렇게 말해주는 것이 좋겠네. 그자를 벌하거나 용서하거나 그 이유가 저울의 눈금에서 동일하니 그자를 자유롭게 통과시키도록 하라고 말일세. 나쁘게 실행하는 것보다는 좋게 실행하는 것이 언제나 더 찬양받을 일 아니겠나. 만일 내가 서명을 할 줄 안다면 내 이름으로 서명을 해주겠네. 이것은 내 생각에서 나온 말이 아니라, 이 섬에 총독으로 오기 전날 밤 내 주인이신 돈키호테 님이 해주신 많은 충고들 중에서 하나를 기억해낸 것이라네. 판결에 확신이 안 가고 의심스러울 때에는 자비심 쪽으로 옮겨 가서 받아들이라는 말씀이셨지. 이 사건이 판에 박은 듯이 딱 맞아떨어지니 하느님께서 지금 내게 생각나게 해주신 게지."

"그렇군요." 집사가 대답했다. "스파르타 사람들에게 법률을 만들어준 위대하신 리쿠르고스도 판사 님보다 더 훌륭한 판결을 하지 못했을 거라고 저는 생각합니다. 이것으로 오늘 아침의 법정을 마치시지요. 총독님께서 점심을 즐겁게 드실 수 있도록 제가 명령을 해두겠습니다."

"그러길 바라네. 속임수를 쓰지 말고 제대로 하도록 하세." 산초가 말했다. "내게 먹을 것을 준 다음, 사건이나 의문들을 비처럼 쏟아부으시게나. 그러면 내가 단숨에 그것들을 해결할 테니."

집사는 약속을 지켰다. 이토록 분별 있는 총독을 배고픔으로 죽게 한다는 것은 양심의 가책이 될 것이기 때문이었다. 더구나, 산초에게 자신이 책임을 맡은 마지막 장난질로 그날 저녁을 끝맺을 생각이었던 것이다.

그렇게 티르테아푸에라 박사의 처방과 경구에 모두 위배되는 식사를 하고 나서 식탁보를 치우려고 할 때 파발꾼이 돈키호테가 총독에게 보낸 편지를 한 통 가지고 들어왔다. 산초는 비서를 시켜 그것을 읽어달라고 하면서,

만일 편지에 비밀로 할 만한 일이 없으면 큰 소리로 읽으라고 했다. 비서는 시키는 대로 편지를 먼저 훑어보고 말했다.

"큰 소리로 읽어도 좋을 것 같군요. 돈키호테 님이 나리께 쓴 글은 황금 문자로 써서 인쇄해놓을 만한 가치가 있습니다. 이렇게 말씀하십니다."

돈키호테 데 라만차가
바라타리아 섬의 총독 산초 판사에게 보내는 편지

자네의 부주의와 무례함에 대한 소식을 들을까 걱정하고 있던 중에, 산초 이 친구야, 자네의 사리분별에 대해 듣고서, 나는 하늘에 개인적으로 감사를 드렸네. 하늘은 분뇨 통에서 가난한 자를 끌어올리실 줄을 아시고, 멍청한 사람을 분별 있는 자로 만들 줄 아신다네. 자네는 정말 사람답게 통치를 하고, 또 자신을 돌봄에 있어 그 겸손함이, 사람이면서도 마치 짐승이라도 된 듯하다고들 하더군. 그런데 산초, 자네에게 일러둘 것이 있으니, 직무의 권위를 위해 때로는 자네의 겸손한 마음에 반하는 일을 하는 것이 적합하고 필요할 때가 있다네. 중요한 직책을 맡은 사람의 복장은 그 업무가 요구하는 것에 따라야 하는 법, 자네의 비천한 천성이 내키는 대로 입어서는 안 되는 것일세. 옷은 잘 차려입게. 치장을 한 막대기는 막대기같이 보이지 않는다 하지 않는가. 보석을 달거나 화려한 옷을 입으라는 말이 아니네. 재판관이면서 군인처럼 입지 말고, 자네의 직책이 요구하는 의복으로 깨끗하고 아주 단정하게 차려입으라는 거네.

자네가 다스리는 마을의 인심을 얻기 위해서는 무엇보다 우선적으로 다음 두 가지를 해야 할 것이네. 첫째, 내가 이전에도 말했지만 모든 사람에게 훌륭하게 봉사하는 사람이 되고, 둘째, 물자에 부족함이 없도록 하

게. 굶주림과 생필품 부족보다 가난한 사람들의 마음을 지치게 하는 것은 없으니까.

법령은 많이 만들지 말게. 만일 법을 만든다면, 좋은 법령을 만들도록 애쓰기 바라네. 무엇보다 사람들이 지키고 실행하는 것이어야 하니, 잘 지키지 않는 법령은 없는 것과 다름없다네. 오히려 법령을 만들 분별력과 권위를 가진 군주가 사람들이 법을 지키게 만들 용기는 가지지 못했다고 생각하게 할 뿐이지. 그러니 겁만 주고 실행되지 않는 법령은 개구리들의 왕인 대들보 같은 것에 지나지 않아. 처음에는 개구리들이 그 대들보를 두려워했지만 시간이 감에 따라서 그것을 무시하고 그 위로 기어 올라가지 않았나.*

미덕의 아버지가 되고 악습의 계부가 되기 바라네. 항상 엄격하기만 해서는 안 되며, 항상 물러서도 안 되네. 이 두 극단의 중간을 선택하게나. 바로 여기에 사리분별의 자리가 있네. 감옥, 가축 도살장, 시장을 방문하게. 그런 곳에 총독이 나타나는 것은 매우 중요한 일이네. 빨리 자신의 사건이 처리되기를 기대하는 죄수들을 위로해주게. 푸줏간 주인들에게는 무서운 유령이 되게. 그리하면 저울의 눈금을 제대로 맞추어놓을 것이니. 같은 이유로 시장의 장사꾼 여인들에게 참새 쫓는 허수아비가 되도록 하게. 설사 자네가 탐욕스럽고, 여자를 밝히고, 대식가라 하더라도, 물론 나는 절대 자네가 그렇다고는 생각지 않지만, 자네가 그렇다는 것을 드러내서는 안 되네. 백성들이나 자네와 가까이 지내는 사람들이 자네의 특정한 성향을 알게 되면 자네를 그쪽으로 공격하여 파멸의 심연으로 떨어뜨릴

---

*이솝 우화에 나오는 이야기로, 개구리들이 제우스에게 자신들을 다스릴 왕을 보내달라고 하자 대들보를 보냈다.

것이네.

자네가 총독으로 부임하러 떠나기 전에 여기에서 글로 써서 주었던 조언과 충고들을 보고 또 보고, 검토하고 또 검토하기 바라네. 그것을 잘 간수하면 그 속에서 매 걸음마다 총독들에게 야기되는 곤란과 어려움들을 이겨내는 방안들을 찾을 수 있을 것이야. 공작 부처에게 편지를 써 그분께 감사하는 마음을 보여드리게. 배은망덕은 오만함의 아들이며, 우리가 아는 가장 큰 죄악들 중에 하나라네. 자신에게 은혜를 베풀어준 사람들에게 감사할 줄 아는 사람은 인간에게 그토록 많은 축복을 베풀어주었고, 앞으로도 계속 베풀어주실 하느님에게도 감사할 줄 안다는 증거를 가진 셈이지.

공작부인께서 자네의 의복을 선물과 함께 자네 부인 테레사 판사에게 보냈는데, 지금 우리는 그 답장을 기다리고 있네.

나는 그다지 적절하지 않은 일로 고양이에게 코를 할퀴어 몸 상태가 약간은 좋지 않다네. 그러나 별일 아닐세. 나를 괴롭히는 마법사들이 있다면, 마찬가지로 나를 지켜주는 마법사들도 있으니 말이야.

자네와 함께 있는 집사가, 자네가 의심했듯이, 트리팔디 부인 사건과 관련이 있었는지 내게 알려주기 바라네. 그리고 자네에게 일어나는 모든 일을 내게 알려주게나. 한걸음이면 달려올 짧은 거리 아닌가. 하루속히 지금 내가 처해 있는 이런 나태한 생활을 그만둘 생각이네. 이런 생활을 하려고 내가 이 세상에 태어난 것은 아니니 말일세.

내가 부탁받은 일이 하나 있는데, 그것이 공작 부처를 불행하게 할 것 같다는 생각이 드네. 그러나 그로 인해 내게 심각한 일이 일어난다 해도 개의치 않을 작정이네. 종국에는 그분들을 즐겁게 하기보다는 내 임무를 수행하는 게 우선이니까. 흔히 말하는 이런 경구가 있지. '아미쿠스 플라토 세드 마기스 아미카 베리타스.'* 내가 자네에게 라틴어로 말하는 것은 자네도 총독이 되어서 라틴어를 배울 것이라고 생각해서라네. 하느님의 가호로 아무도 자네에게 연민의 감정을 갖게 되지 않기를 바라며.

그대의 친구
돈키호테 데 라만차

산초는 주의를 기울여 편지를 들었고, 함께 듣고 있던 사람들도 모두 사려 깊다고 판단하고 칭찬을 했다. 그러자 산초는 식탁에서 일어나 비서를 부르더니, 더 이상 미루지 않고 자신의 주인이신 돈키호테 님께 바로 답장을 하고 싶다며 비서와 함께 방에 처박혀버렸다. 비서에게 자기가 말하는 대로 한 자도 빼거나 덧붙이지 말고 쓰라고 지시했는데, 그는 그 말대로 했으며, 답장은 다음과 같은 내용이었다.

돈키호테 데 라만차에게 보내는
산초 판사의 편지

제 업무가 얼마나 많은지 머리를 긁을 틈도 없으며 심지어는 손톱을 깎을 시간도 없습니다. 그래서 손톱이 얼마나 자랐는지 하느님께서 도와주셔야 할 정도이지요. 제 영혼의 주인이시여, 제가 이 말씀을 드리는 것은 지금까지 여기 총독직을 수행하면서 좋고 나쁜 일들을 주인님께 알리지 못했더라도 놀라지 마시라는 겁니다. 이 자리에 있으면서 저는 주인님과

---

* '플라톤이 친구라 해도, 더 좋은 친구는 진리이다.'

둘이서 숲 속과 사람이 살지 않는 곳으로 돌아다닐 때보다 더 심한 배고 픔을 겪고 있답니다.

제가 모시는 공작께서 지난번 제게 편지를 써서 저를 죽이기 위해 이 섬에 잠입한 첩자가 있다고 알려주셨는데, 지금까지는 이곳에 부임하는 모든 총독들을 죽일 작정으로 이 섬에 고용된 어떤 의사 외에는 아무도 발견하지 못했습니다. 그자는 페드로 레시오 박사라고 하며 티르테아푸 에라 마을 출신입니다. 그자의 손에 제가 죽을 걸 두려워하지 않아도 될 지 주인님께서 그자의 이름을 보아주십시오. 이 의사란 자는 스스로 말하 기를 자신은 병이 나면 병을 고치는 게 아니라 그 병이 오지 못하도록 미 리 예방하는 사람이라고 합니다. 그가 사용하는 약이란 음식을 덜 먹게 하는 절식으로, 마치 열병보다 비쩍 마르는 것이 더 큰 병이 아니라는 듯 뼈만 남을 때까지 절식을 시킵니다. 결국 그자는 저를 굶겨 죽이려고 하 는 것이고, 저는 절망으로 죽어가고 있지요. 제가 이 섬에 총독으로 올 때 에는 따뜻한 음식을 먹고, 시원한 물을 마시며, 깃털로 만든 이불 위에서 네덜란드산 침대보를 덮고 몸을 즐겁게 하리라 생각했는데, 이건 마치 수 도사처럼 고행을 하러 온 것이 되었으니, 제 의지대로 이 짓을 하는 게 아 니라 결국은 악마가 저를 데려온 것 아닌가 하는 생각까지 든답니다.

지금까지 세금에는 손도 대지 않고 뇌물도 받지 않았습니다. 이게 앞으 로 어떻게 될지 저도 잘 모르겠습니다. 여기 사람들이 말하기로는, 이 섬 에 오는 총독들이 섬에 들어오기 전에 주민들이 보통 총독에게 많은 돈을 주거나 빌려주었답니다. 이게 이 섬뿐만 아니라 통치하러 가는 다른 사람 들에게도 일반적인 관례라고 합니다.

어제저녁에는 섬을 순시하면서 남장을 한 아름다운 아가씨와 여장을 한 그 아가씨의 남동생을 우연히 만났습니다. 제 시종장이 그 여인에게 반해서, 그의 말에 따르면 그 아가씨를 자기 부인으로 삼을 공상을 하였답니다. 그리고 저는 그 젊은이를 제 사윗감으로 골랐습니다. 오늘은 우리 두 사람이 그 아버지와 만나서 우리의 생각을 논의할 작정입니다. 그는 디에고 데 라 야냐라는 사람으로 시골귀족이고 아주 순수한 그리스도교도랍니다.

주인님께서 제게 충고하신 대로 저는 시장을 방문합니다. 어제는 새로 나온 개암을 팔고 있는 여주인을 발견했는데, 조사 결과 속이 비고 썩고 오래된 개암과 새 개암을 1파네가씩 섞어둔 것을 알게 되었습니다. 저는 그것들을 모두 고아원에 있는 아이들에게 주었습니다. 그 아이들은 좋은 것을 구별할 줄 안답니다. 그리고 그 여주인은 보름 동안 시장에 들어오지 못하도록 판결을 했지요. 사람들이 제가 그 일을 아주 잘 처리했다고들 합니다. 제가 주인님께 말씀드릴 수 있는 것은, 이 마을에 떠도는 소문에 의하면 시장 여자 상인들보다 더 나쁜 사람은 없다는 것입니다. 다들 뻔뻔스럽고, 양심도 없고, 무모하다는 것인데, 제가 다른 마을에서 보아온 것들로 봐도 그런 것 같습니다.

저의 귀부인이신 공작부인께서 제 아내 테레사 판사에게 편지를 쓰셨으며 주인님이 말씀하신 선물을 보내셨다니 저는 매우 만족하며, 때가 되면 감사를 표하도록 노력할 겁니다. 주인님께서 공작부인의 손에 제 이름으로 입맞춤을 해주시고, 저를 구멍 뚫린 자루에 넣지 않으셨다는 것*을 앞으로 제가 행할 업적으로 알게 되시리라고 말씀드려주세요.

주인님께서 공작 부처와 불행한 논쟁을 갖는 것을 저는 원치 않습니다.

---

*산초를 총독으로 임명하도록 한 공작부인의 결정이 헛된 것이 아닌 현명한 판단이라는 것을 자신하는 말이다.

주인님이 그분들께 화를 낸다면, 그 화가 제게 올 것은 분명합니다. 그리고 제게 감사할 줄 알라고 충고를 해주셨으니, 주인님께서도 그토록 많은 은혜를 베풀고 자신들의 성에서 환대해주신 공작 부처에게 감사할 줄 모르신다면 옳은 일은 아닐 겁니다.

고양이에게 할퀴셨다는 건 무슨 말씀이신지 모르겠습니다. 하지만 사악한 마법사들이 주인님께 저지르곤 하는 나쁜 장난들 중에 하나일 거라고 생각합니다. 우리가 만나게 되면 알게 되겠지요.

제가 주인님께 뭔가 좀 보내드리고 싶은데, 이 섬에서 방광에 쓴다고 만들었다는 아주 신기한 관장용 작은 대롱들 말고는 뭘 보내드려야 할지 모르겠습니다. 제가 이 직무를 더 하게 된다면 이런저런 보낼 것들을 찾아보지요.

만일 제 마누라 테레사 판사가 제게 편지를 보내온다면, 주인님께서 비용을 지불하시더라도 제게 편지를 보내주시기 바랍니다. 제 집과 마누라와 자식들의 소식을 알고 싶은 소망이 이루 말할 수 없을 만큼 크답니다. 그러면 이것으로 글을 마치며, 하느님께서 주인님을 사악한 마법사들로부터 해방되게 하시고, 제게도 이 총독직을 행복하고 평화롭게 마치도록 해주시기를 빕니다. 그런데 정말 그럴 수 있을까 의문이 드는 것이 페드로 레시오 박사가 저를 대하는 걸 보면, 아직 살아 있을 때 그만두는 게 낫겠다 싶습니다.

주인님의 종자
총독 산초 판사

비서는 편지를 봉하고는 곧바로 파발꾼을 보냈다. 그런 다음 산초에게 장난을 쳤던 사람들이 함께 모여서 어떻게 그를 총독 자리에서 쫓아낼지 궁리를 했다. 산초는 자신이 섬이라고 생각하는 그 마을의 훌륭한 통치를 위해 몇 가지 법령을 만드는 데 그날 오후를 보냈다. 먼저 공화국에서 생필품에 투기하는 자들을 없애도록 명령했다. 그리고 섬에서 원하는 곳 어디에서든 포도주를 들여올 수 있게 하는데, 포도주의 평가, 품질, 명성에 따라서 가격을 정할 수 있도록 원산지를 밝히는 이름표를 붙이도록 했다. 또한 포도주에 물을 타거나 이름표를 바꾸는 자는 그것으로 목숨을 잃게 될 것이라고 엄명을 내렸다.

또한 모든 신발들의 가격을 조정했는데, 특히 구두의 가격이 지나치게 올랐다고 생각한 때문이었다. 그리고 자기들에게 유리한 길로 고삐가 풀린 채 치솟는 하인들의 봉급에도 기준을 만들었으며, 밤이나 낮이나 음탕하고 난잡한 노래를 부르는 사람들에게는 아주 무거운 벌을 내렸다. 어떠한 장님도 진짜 장님이라는 증명서를 지니지 않은 채 가사에 기적을 넣어 노래하면 안 되게 명령했는데, 이는 노래를 부르는 장님들 가운데 가짜가 더 많아서 진짜 장님들에게 손해를 끼친다고 생각했기 때문이다.

또한 가난한 사람들을 위한 집행관을 두었는데, 그들을 쫓기 위해서가 아니라 그들이 실제 사정이 어떤지 조사하기 위해서였다. 왜냐하면 가짜 외팔이와 거짓 궤양을 핑계 삼아 도둑이 활개치고 사지 멀쩡한 술주정꾼이 돌아다닐 것이기 때문이었다. 결론적으로 그는 아주 훌륭한 법령을 만들었고 오늘날까지 그 마을에서 지켜지고 있으니, 이를 '위대한 총독 산초 판사의 법령'이라 한다.

제52장

여기에서는 슬픔에 잠긴 두 번째 노시녀,
혹은 고통스러운 노시녀,
다른 이름으로는 도냐 로드리게스라 하는 여인의
모험에 대해 이야기한다

시데 아메테가 말하기를, 돈키호테는 고양이에게 할퀸 상처가 이미 나아서 공작의 성에서 지내는 생활이 자신이 맹세한 기사도의 모든 법도에 어긋난다고 생각하고, 공작 부처에게 허락을 얻어 사라고사로 떠날 결심을 했다. 축제 날짜가 가까웠으니 그곳에서 개최되는 기마 창 시합에서 우승을 하면 주어지는 갑옷을 차지할 생각이었다.

　어느 날 공작 부처와 식탁에 앉았을 때 돈키호테가 자신의 뜻을 실행하기 위해 허락을 청하려고 하는데, 갑자기 큰 홀의 문으로 두 명의 여인들이 들어오는 것이 보였다. 찬찬히 보았더니 두 사람 모두 발끝부터 머리까지 상복을 두르고 있었는데, 그중 한 여인이 돈키호테에게 다가와서는 그의 발아래 쓰러져 몸을 길게 뻗고서 돈키호테의 발에 입을 대고 신음 소리를 내는 것이었다. 매우 슬프고 깊이 가라앉을 듯이 고통스러운 그 소리에 바라보고 있던 모든 사람들이 당혹스러워했다. 공작 부처는 자신의 하인들이 돈키호테에게 하는 장난의 하나일 것이라고 생각했다가, 그 여인이 한숨을 쉬고 신음을 하며 우는 것이 너무도 절절하여 좀 의심이 들고 얼떨떨했다. 마침내 인정 많은 돈키호테가 그녀를 땅에서 일으키고서 우는 얼굴을 덮은 가리 개를 벗게 했다.

여인은 그대로 하였고 그러자 아무도 결코 생각할 수 없었던 실체가 드러났다. 이 저택의 노시녀 도냐 로드리게스의 얼굴이 드러난 것이었다. 상복을 입은 여인은 다른 부유한 농부의 아들에게 농락을 당한 그녀의 딸이었다. 그녀를 알던 모든 사람이 깜짝 놀라고 말았는데, 누구보다 놀란 사람은 공작 부처였다. 그들은 도냐 로드리게스가 바보스럽고 성질이 유순하다고 여겼으므로 이런 미친 짓을 하리라고는 생각지도 못했던 것이다. 마침내 도냐 로드리게스가 공작 부처를 향해 몸을 돌리고 말했다.

"고귀하신 분들께서는 제가 이 기사님과 잠시 얘기를 나누도록 허락해주시기 바랍니다. 왜냐하면 악의에 찬 시골 건달이 무례하게 제게 저지른 일을 잘 해결하기 위해서 그렇게 할 필요가 있기 때문입니다."

공작은 그녀에게 허락한다고 말하고 돈키호테 님과 원하는 만큼 이야기를 나누라고 했다. 그녀는 목소리를 가다듬고 돈키호테를 바라보며 말했다.

"용감하신 기사님, 며칠 전 어느 사악한 농부가 제가 사랑하고 아끼는 딸에게 저지른 무분별한 짓과 배신에 대해 나리께 설명해드렸지요. 여기 있는 아이가 바로 불쌍한 제 딸년입니다. 기사님께서는 그가 저지른 일 때문에 비틀어진 것들을 바로잡아 이 애의 명예를 지켜주시겠다고 제게 약속하셨습니다. 그런데 하느님께서 나리에게 명하신 훌륭한 모험들을 찾아서 이 성을 떠나시려 한다는 소식을 방금 들었습니다. 그래서 기사님께서 그런 길로 떠나시기 전에 이 참을 수 없는 시골 촌놈과 결투를 하여, 그자가 처음 제 딸과 잠자리를 하면서 남편이 되겠다고 약속한 말을 지켜 제 딸과 결혼하게 해주시기를 바랍니다. 왜냐하면 일전에 기사님에게 은밀하게 말씀드렸던 대로 제 주인이신 공작님이 법의 심판을 해주시는 일은 느릅나무에서 배가 열리기를 바라는 것과 같기 때문입니다. 우리 주님께서 기사님의 건강을 돌보아주시고, 우리들을 버리지 않으시기를 빕니다."

이러한 말을 듣고서 돈키호테가 아주 위엄 있게 으스대면서 대답했다.

"선량하신 노시녀여, 그만 눈물을 그치시지요. 아니, 눈물을 닦고 한숨을 거두십시오. 내가 그대 딸의 문제 해결에 책임을 지겠습니다. 사랑에 빠진 남자들의 약속을 그렇게 쉽게 믿지 않았더라면 좋았을 것. 대부분 그런 약속은 가볍게 하지만, 그것을 지키는 것은 매우 힘든 일이지요. 그러면 나의 주인이신 공작님의 허락을 얻어서 그 양심이 없는 젊은이를 찾아 바로 떠나도록 하겠습니다. 그를 찾아내 결투를 하여 약속한 말을 지키려 하지 않고 변명을 할 시에는 죽여버리겠습니다. 편력기사의 주된 임무는 겸손한 사람은 용서하고 거만한 자에게는 벌을 주는 것이지요. 다시 말해 불쌍한 사람들을 구해내고 가혹한 사람들은 쳐부수는 것입니다."

"그럴 필요 없습니다." 공작이 대답했다. "기사님은 이 착한 노시녀가 억울함을 호소하는 그 시골 친구를 찾으려 수고할 필요도 없으며 또한 그자와 결투를 하려고 내게 허가를 요구할 필요도 없소이다. 나는 귀공이 결투를 신청한 것으로 인정하고 그자에게 이 결투 신청을 알릴 임무를 맡아, 나의 성으로 와서 결투에 직접 응하도록 할 것입니다. 자신의 영지에서 결투를 하는 사람들에게 아낌없이 장소를 제공하고 각자에게 똑같이 정당한 권리를 지켜주어야 하는 대공의 소임에 따라, 그러한 결투에서 흔히 지켜야 할 조건과 반드시 지켜야만 하는 모든 조건들을 준수하면서, 이 성 안에 두 사람의 결투장을 제공할 것입니다."

"그렇다면 그런 보증과 공작님의 허락으로," 돈키호테가 대답했다. "지금부터 저는 시골귀족의 지위를 포기하고 그 명예를 더럽힌 자의 신분에 맞추어 평민이 됨으로써 그자에게 나와 결투를 할 수 있는 자격을 줄 것입니다.

이것으로 지금 이 자리에 없는 그자에게, 원래 처녀였던 이 불쌍한 여인의 몸을 망친 것에 대하여 결투를 신청하고 도전하는 바입니다. 그자는 자신의 잘못으로 이제 처녀가 아닌 이 여인에게 합법적인 남편이 되겠다는 약속을 지키거나 아니면 결투에서 죽어야 할 것입니다."

그리고 즉시 장갑 하나를 벗어서 홀 한가운데로 던졌다. 그러자 공작이 그것을 집어 들고는, 이미 그가 앞에서 말했듯이, 자신의 신하 이름으로 그 결투를 받아들인다고 말했다. 그날부터 엿새 되는 날로 날을 정하고, 장소는 성의 광장, 무기는 기사들의 관례에 따라 창과 방패, 신체 다른 부분들과 이어지는 갑옷으로 하되, 속임수와 사기, 미신과 관련된 그 어떤 것도 금하며, 결투장의 심판관들이 이를 직접 눈으로 보고 검사할 것이라고 했다.

"그러나 이 모든 것에 앞서 이 선량한 노시녀와 불운한 아가씨가 돈키호테 기사님의 손에 자신들의 정의를 심판할 권리를 맡겨야 하네. 그러지 않으면 아무것도 시행될 수 없으며 결투 또한 정당성을 잃게 될 것이야."

"예, 맡기겠습니다." 노시녀가 대답했다.

"저도 마찬가지예요." 너무 울어댄 데다 부끄러움에 안색이 엉망이 된 딸이 덧붙여 말했다.

지적한 모든 것이 받아들여지자 공작은 이 경우에 자신이 해야 할 것에 대해 생각을 했으며, 상복을 입은 여인들은 물러났다. 그리고 공작부인은 지금부터는 두 여인을 자신의 하녀가 아니라 이 집에 정의의 심판을 요구하러 온 용감한 여인들로 대접하라고 명령했다. 그리하여 두 사람에게 따로 방을 마련해주고 외부에서 온 손님으로 대우하여 시중을 들게 했다. 나머지 하녀들은 도냐 로드리게스와 그녀의 불운한 딸의 어리석은 짓과 뻔뻔함이 어디에서 끝나게 될지 몰라 그저 놀라워할 뿐이었다.

여기에 이르러, 축제의 즐거움을 잘 마무리하고 식사도 잘 마치기 위해서

이기라도 한듯 총독 산초 판사의 아내 테레사 판사에게 편지와 선물을 전달하러 갔던 심부름꾼이 방으로 들어왔다. 공작 부처는 크게 흡족해하며 그를 맞이했다. 그들은 심부름꾼의 여행에서 발생한 일들에 대해 알고 싶어 안달이 났다. 그에게 소식을 묻자 시동은 이렇게 많은 사람 앞에서 간단히 말씀드릴 수가 없으니, 단독으로 말하도록 공작 부처께서 선처해주시고 그사이 그 편지들은 재밌게 읽으시는 것이 어떠냐고 했다. 시동이 두 통의 편지를 꺼내서 공작부인의 손에 그것을 쥐여주었다. 한 통의 겉봉에는 "어디 사시는지 모르는 공작부인 마님께"라고 쓰여 있었고, 또 다른 편지에는 "하느님께서 저보다 더 오랫동안 번영케 해주실 바라타리아 섬의 총독, 제 남편 산초 판사에게"라고 적혀 있었다. 그녀의 편지를 읽고 싶은 공작부인은, 그야말로 빵이 다 구워지길 기다릴 수 없을 지경이었다. 그녀는 편지를 열어 혼자서 읽고 난 후, 공작과 주변 사람들이 들을 수 있도록 큰 소리로 읽어도 되겠다고 생각해서 이렇게 읽어나갔다.

공작부인에게 보내는

테레사 판사의 편지

마님께서 제게 보내주신 편지가 큰 기쁨을 주었답니다. 제가 정말 바라던 편지였거든요. 산호 묵주는 매우 훌륭하고, 제 남편의 사냥복은 그 사람에게 뒤지지 않네요. 마님께서 제 남편 산초를 총독으로 만들어주셔서 온 마을이 다 기뻐했답니다. 그 사실을 믿는 사람은 아무도 없었는데, 특히 신부님과 이발사 니콜라스, 그리고 학사 산손 카라스코가 그랬지요. 하지만 저는 아무래도 상관없습니다. 그분들이야 그렇게 생각하고, 각자 원하는 대로 떠들라고 하지요. 사실을 말씀드리자면, 산호와 옷 선물이

오지 않았다면 저도 믿지 않았을 겁니다. 마을의 모든 사람들이 제 남편을 바보로 알고 있으니까요. 산양 떼를 다스리는 것 말고 무슨 통치를 제대로 할 거라고는 상상도 못 하지요. 하느님께서 그리해주시기를 빌며, 자식들을 위해서라도 그렇게 인도해주시기를 빕니다.

제 영혼의 마님, 마님이 허락해주신다면, 저는 이 기회를 이용하기로 결심했습니다. 저를 질투하는 수천 개의 눈들이 다 뒤집히도록 마차를 타고 드러누워서 궁정으로 갈 겁니다. 그래서 고귀하신 마님께 간청하오니 제게 돈을 좀 보내주라고 제 남편에게 명령해주셨으면 합니다. 궁정에는 물가가 비싸서 빵 한 개에 1레알을 하고, 고기 1리브라에 30마라베디나 한다네요. 믿을 수가 없습니다. 만일 제가 가지 않기를 원하신다면, 미리 알려주세요. 제 발이 길을 떠나고 싶어 꿈틀꿈틀하고 있거든요. 제 친구들과 이웃들이 말하기를, 만일 저와 제 딸이 화려하게 차려입고서 궁정을 의기양양 걸어 다니면, 제가 남편 때문에가 아니라 남편이 제 덕분에 더 유명해질 거라고 하네요. 많은 사람들이 이렇게 물어보지 않을 수 없으니까요. '저 마차에 타고 가는 마님들이 누구지?' 그러면 제 하인 하나가 대답하기를 '바라타리아 섬의 총독이신 산초 판사의 따님과 부인입니다' 하겠지요. 이런 식으로 남편이 유명해지고 저는 모든 어려움을 물리치고 존경을 받게 될 거라고 하네요.

금년에 우리 마을에서 도토리를 많이 수확하지 못해 제 가슴이 얼마나 아픈지 모릅니다. 그래도 고귀하신 마님께 반 셀레민 정도를 보냅니다. 하나하나 제가 산에 가서 골라 딴 겁니다. 저는 타조 알만큼 큰 것을 원했는데 그보다 더 큰 것을 찾지 못했습니다.

눈부신 마님, 제게 편지를 쓰시는 것을 잊지 말아주세요. 저도 제 건강과 이 마을에 관한 소식을 모두 알려드리면서 답장을 쓰도록 신경을 쓰겠습니다. 저는 이 마을에서 우리 주님께서 마님을 지켜주시기를, 마님이 저를 잊지 않기를 기도하겠습니다. 제 딸 산차와 제 아들이 마님의 손에 입맞춤을 합니다.

편지를 쓰기보다는 마님을 뵙기를 더 바라는 당신의 시녀
테레사 판사

테레사 판사의 편지를 들은 모든 사람들이, 특히 공작 부처는 매우 즐거워했다. 공작부인은 총독에게 보내온 편지가 더 재미있을 거라고 생각하고는, 열어보아도 좋을지 돈키호테에게 의견을 물었다. 돈키호테는 모두에게 즐거움을 주기 위해 자기가 편지를 열겠다고 말했다. 그리하여 편지를 열고 다음과 같이 읽어나갔다.

남편 산초 판사에게 보내는
테레사 판사의 편지

나의 영혼인 산초, 당신의 편지를 받았어요. 그리스도교도이자 가톨릭 신자로서 당신에게 약속하고 맹세하지만, 너무 기뻐서 미쳐버릴 뻔했어요. 여보, 당신이 총독이 되었다는 소식을 들었을 때는, 어찌나 기쁜지 그 자리에서 넘어져 그냥 죽어버리는 줄 알았지 뭐예요. 당신도 잘 알다시피 큰 고통과 마찬가지로 갑작스러운 기쁨도 사람을 죽게 한다고들 하잖아요. 당신 딸 산치카는 너무 좋아서 자기도 모르게 오줌을 싸버리고 말았다네요. 당신이 보낸 옷을 앞에 두고, 공작부인 마님께서 보내주신 산호들을 목에 걸고, 편지는 손에 들고, 그것들을 가져온 사람도 그 자리에

있었지만, 내가 보고 만진 것들이 모두 꿈이라고 생각하고 그리 믿었어요. 산양을 치던 목동이 섬의 총독이 될 것이라고 누가 생각이나 하겠어요? 여보, 당신도 알다시피 우리 엄마가 많은 것을 보려면 오래 살아야 한다고 말씀하셨잖아요. 이번에는 내가 그렇게 말해야겠어요. 오래 살면 더 많은 것을 보게 된다고요. 왜냐하면 난 당신이 지주가 되거나 세금 징수원이 되는 것을 볼 때까지 죽지 않을 작정이거든요. 그런 직책들을 악용하는 자들은 악마가 잡아간다 하지만, 결국에는 항상 돈을 굴리고 돈을 버는 자리잖아요. 공작부인 마님께서 내가 궁정에 가고 싶어 한다고 당신에게 말씀하실 거예요. 생각해보고 당신 생각을 알려줘요. 그곳에 가면 내가 마차를 타고 다니면서 당신을 영예롭게 해주려고 애쓸 작정이에요.

신부님, 이발사, 학사 그리고 성물지기까지, 당신이 총독이 된 것을 믿을 수 없다며 말하기를 모든 게 허풍이거나, 당신의 주인 돈키호테 님에게 일어나는 모든 일들이 그렇듯이 마법의 짓이라고 해요. 산손은 아예 당신을 찾아가서는 머릿속에서 총독이라는 것을 빼내고 돈키호테 님의 두개골에서 광기를 빼내겠다고 하네요. 나는 그냥 묵주를 바라보면서 웃고, 당신의 옷으로 우리 딸의 옷을 만들어줄 궁리도 하고 그래요.

공작부인 마님에게 보낸 도토리가 황금이었다면 얼마나 좋을까 생각해요. 여보, 섬에 많으면 진주알 묵주나 좀 보내줘요.

마을 소식을 좀 전하자면, 라 베루에카 부인이 뭐든 그리겠다고 마을을 찾아온 형편없는 환쟁이와 자기 딸을 결혼시켰어요. 마을의회에서 국왕 폐하의 문장(紋章)을 마을청사 문에 그려줄 것을 명령했는데, 2두카도를 달라고 해서 선금으로 받고는 여드레 동안 작업을 했지요. 기일이 다 지났는데 아무것도 그리지 않고서는 수많은 작은 문양들을 정확히 그릴 수가 없다고 하면서 돈을 돌려주었대요. 그렇지만 어쨌든 환쟁이 명함을 가지고 결혼을 했잖겠어요. 사실은 붓은 일찌감치 놓고서 곡괭이나 들고 팔자 좋게 들판으로 가는데 말이에요. 페드로 데 로보의 아들이 사제가 되려고 삭발식을 하고 하위 서품을 받았답니다. 밍고 실바토의 조카딸 밍길야가 그것을 알고서 자기와 결혼을 언약했다며 그 사람을 고소했어요. 나쁜 소문들이 말하기를 그 아이가 남자의 애를 가졌다고 하는데, 남자 쪽은 절대 아니라고 하고 있어요.

올해는 올리브 열매가 안 나요. 온 마을을 다 뒤져도 식초 한 방울 없다니까요. 한 부대의 군인들이 이곳을 지나갔는데, 마을 처녀 셋이 따라나섰다네요. 그게 누구누구인지는 당신에게 말하지 않겠어요. 아마도 돌아올 거고, 흠이 있든 없든 간에 그 애들을 부인으로 삼을 사람은 있을 테니까요.

산치카는 레이스를 짜서 매일같이 깨끗한 돈 8마라베디를 벌어서, 그 돈을 자기 혼수 준비하는 데 쓰려고 저금통에 넣는답니다. 하지만 이제는 총독의 딸이니까, 그 아이가 일을 하지 않아도 당신이 지참금을 주겠지요. 광장의 우물이 말라버렸고, 죄인을 처형하는 효수장의 기둥에 벼락이 떨어졌어요. 난 별일 없고요.

이 편지와 내가 궁정으로 가겠다고 한 것에 대해 답장을 보내주세요. 그럼 이만하고, 하느님께서 저보다 당신을 더 오래 지켜주시기를 빌어요. 아니면 똑같이 지켜주시기를! 이 세상에 나 없이 당신만 남겨두고 싶지 않으니까요.

당신의 아내
테레사 판사

편지는 엄숙하고, 우습고, 소중하고 그리고 놀라웠다. 그리고 막 봉인을 하려고 할 때에 산초가 돈키호테에게 보낸 편지를 가지고 파발꾼이 도착했다. 이것 역시도 공개적으로 읽혔는데, 이를 들은 모두는 산초가 정말로 어리석은지에 대해 의심을 품게 되었다.

산초의 마을에서 무슨 일이 일어났는지 듣기 위해 공작부인이 자리를 떴다. 시동은 언급하지 않은 것이 하나도 없이 아주 상세하게 내용을 전했고 도토리와 테레사가 준 치즈도 전달했다. 치즈는 아주 훌륭해서 트론촌 치즈보다 좋았다. 대단히 흡족해하며 그것을 받아 든 공작부인은 내버려두도록 하자. 이제 모든 섬의 총독들의 꽃이며 거울인 위대한 산초 판사의 통치가 어떠한 결말을 맞았는지 이야기해야 하니 말이다.

제53장

산초 판사의 통치에 다가온 피곤한 결말에 대하여

"인생에서 사물들이 항상 동일한 상태로 지속될 거라고 생각하는 것은 잘 못이다. 오히려 인생은 모두 둥그렇게, 그러니까 원을 그리며 돌아가는 것 같이 보인다. 봄이 가면 여름이 오고, 여름이 가면 한여름이 오고, 한여름이 가면 가을이 오고, 가을이 가면 겨울이 오며, 겨울이 가면 봄이 온다.* 이처 럼 시간은 계속되는 바퀴를 타고 돌고 또 도는 것이다. 인생을 제한하는 경 계가 없는 내세에서가 아니라면 다시 반복되기를 기대하지 못하고, 인간의 생명만이 바람보다 더 빠르게 종말을 향하여 뛰어간다." 이슬람 철학자 시 데 아메테는 이렇게 말하고 있다. 현세의 삶이 빨리 지나가고 불안정하다는 것, 또 내세의 영원한 삶이 지닌 영속성을 이해하는 것은 많은 경우 믿음의 빛이 아니라 이성의 빛을 통해서였다. 그러나 여기에서 우리의 작가는 산초 의 통치가 그림자와 연기처럼 빨리 끝나고 소멸되어 사라져버렸다는 것을

---

*스페인에서는 농사에 맞추어, 전통적으로 1년을 5계절로 나눈다. 가장 무더운 '한여름'을 따로 두 고 있다.

말하고 있다.

통치 이레째가 되는 날 밤, 산초는 빵과 포도주에 싫증이 난 게 아니라, 재판을 하고 의견을 내고 법령들과 칙령들을 만드는 일이 지겨워서 자신의 침대에 있었다. 배가 고픔에도 불구하고 졸음 때문에 눈꺼풀이 닫히기 시작했을 때, 엄청나게 시끄러운 종소리와 고함 소리가 들려왔다. 그 소리가 얼마나 컸는지 섬 전체가 가라앉는 것 같았다. 산초는 침대에서 일어나 앉으면서 이토록 큰 소란의 원인이 될 만한 것을 찾기 위해 귀를 기울였다. 그러나 무슨 일인지 알 수 없었을 뿐만 아니라, 쉴 새 없는 나팔 소리와 북소리가 종소리와 고함 소리에 더해져 혼란과 두려움, 공포가 가득했다. 산초는 자리에서 일어나면서 실내복이나 그와 비슷한 것도 걸치지 않고서 방문으로 나갔다. 축축한 방바닥 때문에 슬리퍼는 신고 있었다. 그때 스무 명도 넘는 사람들이 손에 횃불을 들고 칼집에서 칼을 빼들고서 고함을 지르며 복도를 통해 오는 것이 보였다.

"비상, 비상사태입니다, 총독 나리! 섬에 수많은 적들이 침입했습니다. 총독님의 지혜와 용기가 구원해주지 않으면 우리 모두 망하고 말 겁니다!"

이 같은 고함 소리와 소란이 산초가 있는 곳까지 왔는데, 자신이 보고 들은 것에 정신을 잃고 망연자실한 산초에게 한 사람이 다가와서 말했다.

"총독 나리, 섬 전체를 빼앗기지 않으려면 즉시 무장을 하셔야 합니다!"

"내가 무엇으로 무장한다는 말인가?" 산초가 대꾸했다. "무기와 구원에 대해 내가 뭘 안다고. 이런 일들은 내 주인이신 돈키호테 님에게 맡겨야 하는데. 그럼 즉시 그자들을 몰아내고 해결하실 텐데. 나는 하느님께 죄를 많이 지어서 이와 같은 사태에 대해 아무것도 모른다네."

"아이고, 총독 나리," 다른 사람이 말했다. "그렇게 지체하시면 어쩌시려고요? 나리, 무장을 하세요. 제가 공격과 방어에 필요한 무기를 이곳으로 가져오겠습니다. 광장으로 나가셔서 우리들을 인도하여 대장이 되어주십시오. 우리들의 총독이시니까 그렇게 되실 권리가 있으십니다."

"그러면 나를 무장시켜다오." 산초가 대답했다.

그 순간 준비해두었던 온몸을 가리는 두 개의 방패를 그에게 가져와서는, 다른 옷을 입을 여유도 주지 않고 셔츠만 입은 위에다가 하나는 앞에 대고 다른 하나는 뒤에 대어 이미 만들어놓은 오목한 부분으로 두 팔을 꺼낸 뒤, 끈으로 단단히 묶어버렸다. 그러자 산초는 무슨 실을 감는 방추처럼 되어버렸다. 두 개의 똑바로 세운 판자 사이에 낀 형국이라 무릎을 구부릴 수도 없고 한 발짝도 움직일 수가 없었는데, 손에 창을 쥐여주자 그것에 기대어 겨우 서 있을 수 있었다. 이렇게 해놓고서는 그에게 걸어 나가 그들을 인도하여, 모두에게 용기를 돋우어달라고 했다. 그가 그들의 북극성이 되어주고, 그들의 등불과 샛별이 되어준다면, 이 일이 좋은 결말을 맞을 수도 있다는 것이었다.

"이토록 가련한 몰골의 내가 어떻게 걸을 수 있겠나?" 산초가 대답했다. "내 살에 꿰매놓은 이 판자들이 방해하는 통에 무릎 관절을 움직일 수가 없다네. 자네들이 해야 할 것은 나를 팔로 안아서 어느 성문에 가로로 눕히거나 세워놓는 거야. 그러면 내가 이 창이나 내 몸으로 성문을 지키겠네."

"한번 해보세요, 총독 나리." 다른 사람이 말했다. "나리의 걸음을 방해하는 것은 판자가 아니라 두려움일 겁니다. 두려움을 버리고 몸을 움직여보세요. 이미 늦었습니다. 적들의 수는 늘어만 가고, 함성 소리는 점점 커져가니, 위험이 시시각각 다가오고 있습니다."

그들의 설득과 비난으로 불쌍한 총독은 다시 몸을 움직여보려고 했으나 그만 엄청난 소리를 내며 땅바닥으로 넘어지고 말았다. 산초는 몸이 박살났을 거라고 생각했다. 산초는 마치 껍질에 덮여 몸을 감춘 큰 거북 같기도 하

고, 구멍 뚫린 나무 사이에 끼워놓은 반쯤 절인 돼지고기 같기도 하고, 아니면 모래사장에 거꾸로 처박힌 나룻배 같기도 했다. 산초가 넘어져 있는 것을 본 짓궂은 사람들은 그에게 어떤 동정심도 갖지 않았다. 오히려 횃불을 끄고서 고함 소리를 더 높이면서, "비상사태다!"라고 아주 황급하게 반복하고, 또 칼로 둥근 방패 위를 수없이 찌르면서 불쌍한 산초의 몸 위를 지나갔다. 만일 그가 몸을 웅크리고 둥근 방패 사이로 머리를 집어넣지 않았더라면 불쌍한 총독은 아주 큰 변을 당했을 것이다. 산초는 몸을 웅크리고 꽉 끼어 답답한 가운데 계속해서 땀을 흘리면서 이 위험에서 자신을 구원해달라고 하느님께 진심으로 빌었다.

어떤 사람들은 산초에게 부딪쳤고 또 다른 사람들은 걸려 넘어졌다. 또 어떤 사람은 산초의 몸 위에 한동안 올라타서는 망루에서 하는 것처럼 군대를 지휘하며 큰 소리로 말했다.

"여기 있는 우리 병사들! 이쪽으로 적들이 더 많이 공격을 하네! 저기 작은 문을 지키고, 저 문은 닫아라! 저 사다리를 성벽에서 떼어놓아라! 화염탄과 불타는 기름 냄비에 넣은 송진을 가져와! 거리에 침대로 엄호물을 만들어라!"

마침내 그는 도시를 공격으로부터 방어하는 데 흔히 필요한 자질구레한 물건들, 기구들과 무기와 탄약들의 이름을 열심히 열거했다. 녹초가 된 산초는 그것을 듣고 고통을 참으면서 혼잣말로 중얼거렸다. "오, 만일 하느님께서 이 섬이 이미 점령되도록 하셨다면 저를 죽게 하거나 아니면 이 커다란 고통에서 저를 빠져나오게 해주소서!" 하늘이 그의 요청을 들어주었다. 그래서 기대를 하지 않았을 때, 다음과 같이 외치는 소리가 들렸다.

"승리다, 승리, 적들을 물리쳤다! 자, 총독 나리, 어서 일어나서 승리를 즐기시고, 그 무적 팔의 용기로 적들에게서 빼앗은 전리품을 나누어주십시오!"

"나를 일으켜다오." 고통스러운 산초가 괴로운 목소리로 말했다.

사람들이 그를 일으켜주자 두 발로 선 산초가 말했다.

"내가 무찔러 이긴 적이 있다면 내 이마에다가 박아주기 바란다.* 적들의 전리품을 나누어주기보다는, 내게 친구가 있다면 누구에게라도 청하고 싶구나. 목이 마르니 포도주 한 모금만 다오. 그리고 온몸이 젖었으니 이 땀을 좀 닦아주게."

사람들이 그를 깨끗이 닦아주고 포도주를 가져오고, 방패를 벗겨주었다. 산초는 너무나 놀라고 두려웠던 데다가 심하게 고생을 한 탓에 침대에 앉자마자 그만 기절해버렸다. 사람들은 너무 과한 장난을 친 것에 마음이 무거웠으나, 산초가 다시 정신을 되찾자 마음이 좀 가벼워졌다. 산초는 몇 시인지 물었고 사람들은 그에게 벌써 동이 텄다고 대답했다. 그는 조용히, 아무 말 없이 침묵 속에서 옷을 입기 시작했다. 모두가 그를 바라보았고, 어찌하려고 저리 서둘러 옷을 입는가 생각하며 기다렸다. 마침내 옷을 다 입은 산초는 몸이 녹초가 되어 빨리 걷지도 못하는 까닭에 천천히 마구간으로 갔다. 거기에 있던 모든 사람들이 그를 쫓아갔다. 산초는 잿빛 나귀에게 가서는 포옹을 하면서 이마에 사랑의 키스를 하였다. 그리고 눈물을 글썽이면서 말했다.

"잿빛 녀석아, 이리 오너라, 나의 동반자, 나의 친구여, 고생과 어려움을 함께한 나귀야, 너와 함께 다니면서 네 마구를 수선하고 네 작은 몸을 먹여 살리는 데 신경을 쓰는 것 말고는 아무 생각도 하지 않았을 때, 시시각각 매일매일 그리고 여러 해 동안 행복했다. 그러나 내가 너를 내버려두고 야망과 교만의 탑에 오른 후에는, 내 영혼 속으로 수천 가지의 고통과 고난들,

---

*있을 리 없는 일을 두고 하는 말.

그리고 수만 가지의 불안이 들어오는구나."

이런 말을 하면서 산초가 나귀에 안장을 얹는 동안에, 아무도 그에게 말을 하지 않았다. 안장을 다 얹고서 산초는 아주 고통스럽고 비통한 마음으로 나귀에 올라탔다. 그러고는 집사, 비서, 시종장 그리고 페드로 레시오 박사와 그 자리에 있던 다른 사람들에게 자신의 심정을 알리면서 말했다.

"여러분, 길을 여시오, 그리고 나를 자유로웠던 시절로 돌아가게 내버려두기 바라오. 현재의 죽음과 같은 생활에서 부활하기 위해서 내가 옛날의 생활로 돌아가도록 놓아주시오. 나는 총독이 되기 위해 태어나지도 않았고, 공격해오는 적들로부터 섬이나 도시를 방어하기 위해 태어나지도 않았소. 나는 법령을 만들거나 마을과 왕국을 방어하는 것보다 밭을 갈고, 땅을 파고, 포도나무 가지를 쳐내고 또 휘묻이 하는 일을 더 잘 알고 있다오. 성 베드로는 로마에 계시는 것이 좋지. 그러니까 저마다 자신이 타고난 대로 직업을 택하여 사는 것이 좋다는 말이오. 나는 총독을 상징하는 지팡이보다 손에 낫을 드는 것이 좋으며, 나를 굶주려 죽게 만드는 무분별한 의사 선생의 인색함에 시달리는 것보다 가스파초*를 지겹도록 실컷 먹는 것이 더 좋소. 네덜란드산 침대보와 담비 털로 만든 옷을 입고서 통치 업무에 시달리다가 잠자리에 드는 것보다, 여름에는 참나무 그늘 아래에 드러눕고, 겨울에는 내 마음대로 2년산 새끼 양가죽으로 만든 옷을 입는 게 훨씬 낫소. 여러분들은 하느님의 가호와 함께 잘 지내기 바라오. 그리고 공작 나리에게 나는 벌거숭이로 태어났고 지금도 벌거숭이이므로, 손해도 이득도 본 것이 없다고 말씀 전해주시오. 다시 말하자면 나는 한 푼도 없이 이 섬의 총독이 되었다가 이제 다시 빈손으로 떠나오. 흔히 다른 섬의 총독들이 떠날 때와

---

*스페인 남부 지방의 전통 수프로 토마토를 주 원료로 차게 만들어 주로 무더운 여름에 먹는다.

는 정반대의 모양새요. 그러니 물러서시오. 나를 떠나게 해주오. 그리고 나는 고약을 바르기 위해 갑니다. 오늘 저녁 나를 밟고 지나간 적들 때문에 갈비뼈가 모조리 내려앉은 것 같구려."

"그러시면 안 됩니다, 총독님." 레시오 박사가 말했다. "나리께 타박상과 피로를 낫게 할 물약을 하나 드리겠습니다. 즉시 원래의 원기를 완벽하게 되찾게 해줄 것입니다. 그리고 식사에 관해서는 원하시는 것은 무엇이든 풍족하게 드실 수 있도록 제가 마음을 고쳐먹을 것을 나리께 약속드립니다."

"후회하기에는 늦었네!" 산초가 대답했다. "그렇게 해서 내가 떠나지 않는다면 터키 놈*과 뭐가 다르겠소. 이 같은 장난질은 두 번 다시 해서는 안 되네. 이거 참, 날개도 없이 하늘을 나는 것 같은 음식**을 준다 할지라도 이곳에 남거나 다른 통치를 받아들이지 않을 거네. 나는 판사 가문 사람이며, 우리 집안사람들은 모두 완고한 성격이라서, 한번 홀수라고 말하면, 세상 모든 사람이 뭐라 하건, 그것이 설령 짝수일지라도, 홀수일 뿐이야. 제비나 다른 새들의 먹이가 되도록 나를 허공으로 끌어올린 개미 날개는 마구간에 남아 있으라고 하시오. 이제 나는 다시 지상에서 두 발로 걸을 것이오. 만일 산양가죽으로 만든 코도반 구두를 신지 못한다 해도 끈으로 만든 조잡한 샌들조차 없지는 않을 것이니. 염소도 각자 짝이 있는 법이고, 침대보가 아무리 길다고 해도 다리를 그 이상 뻗지 말아야 하는 게요.*** 자, 나를 가게 내버려두시오. 시간이 지체되었구려."

이 말을 듣고서 집사가 말했다.

---

*당시 터키와 스페인은 지중해 해상권을 두고 한창 다툼을 벌이고 있었기 때문에 터키 놈이라 하는 것은 심한 욕에 해당했다.
**구하기 힘들 정도로 값비싼 음식.
***자기 능력 이상으로 더 이상 욕심을 부리지 말라는 속담.

"총독님, 저희는 기꺼이 나리를 보내드릴 겁니다. 나리의 지혜와 그리스도교도다운 행동으로 말미암아 저희가 나리를 간절히 원하지 않을 수가 없고, 나리를 잃는다는 것이 매우 가슴 아픈 일이지만 말입니다. 그러나 잘 아시겠지만 모든 총독은 자기가 통치하던 곳을 떠나기 전에 먼저 자기가 한 업적에 대해 설명해야 할 의무가 있습니다. 나리께서는 열흘 동안 통치를 하셨으니 그에 대한 설명을 해주시고 평안하게 가십시오."

"아무도 그런 것을 요구할 수 없네." 산초가 대답했다. "만일 그것을 명령한 분이 공작 어르신이 아니라면 말이야. 내가 그분을 만나보겠네. 그리고 그분에게 모든 것을 완벽하게 설명해드리겠네. 내가 지금 나가는 것처럼 벌거벗고 나간다면 내가 천사처럼 통치했다는 것을 알게 할 다른 증거는 필요치 않을 것이야."

"정말 위대한 산초님의 말씀이 맞습니다." 의사 레시오가 말했다. "저도 나리를 보내드려야 한다고 생각합니다. 왜냐하면 공작님이 나리를 만나시면 한없이 즐거워하실 테니까요."

모든 사람들이 그 의견에 동의했다. 그리고 먼저 수행을 하겠다고 나서기도 하고 여행에 필요한 물품과 개인적으로 선물을 주고 싶은 사람들도 나섰다. 산초는 말하기를 당나귀를 위한 보리 조금과 자신을 위한 치즈 반쪽과 빵 반 조각 이상은 필요 없다고 했다. 여정이 아주 짧아서 더 많은 식량과 더 좋은 음식이 필요 없었기 때문이다. 모든 사람들이 그를 포옹했고, 산초도 울면서 모두와 포옹을 했다. 산초의 말뿐만 아니라 아주 단호하고 분별 있는 결심은 모든 사람들을 놀라게 했다.

제54장

다른 어떤 것도 아닌 바로 이 이야기와
관련된 일들을 이야기한다

공작과 공작부인은 돈키호테가 앞서 언급한 이유로 자신의 가신에게 신청한 결투를 진행하기로 결심했다. 그 젊은이가 도냐 로드리게스를 장모로 삼지 않으려고 플랑드르로 도망가 있었기 때문에, 토실로스라고 불리는 가스코뉴 주* 출신의 하인에게 그를 대신해 결투에 나가도록 명령하고 먼저 그가 해야 할 모든 것들을 아주 자세히 가르쳤다.

그로부터 이틀 뒤 공작은 돈키호테에게 앞으로 나흘 후에 결투 상대가 올 것이며 기사로 무장을 하고 결투장에 나타날 것이라고 했다. 그리고, 만일 여자가 그 젊은이가 결혼 약속을 했다고 끝까지 우긴다면 젊은이는 수염의 절반을 걸고서라도, 아니 수염 전부를 걸고서라도 그 여자가 거짓말을 한다고 항변할 것이라고 말해주었다. 돈키호테는 그 소식을 기꺼이 받아들이면서, 이번 일에서 모두를 놀라게 해주리라고 스스로에게 다짐했다. 그리

---

*프랑스 남서부의 옛 지명으로, 당시 스페인에는 무역을 위해 왕래하는 프랑스인들이 많았고 이들 중 고용인으로 정착하는 경우도 드물지 않았다.

고 자신의 강력한 팔의 힘이 어디까지 도달하는지 공작 부처에게 보여줄 수 있는 기회가 주어진 것을 큰 행운으로 여겼다. 그리하여 돈키호테는 즐겁고 흡족한 마음으로 나흘이 가기를 기다렸는데, 기다리는 마음으로 헤아린다면 그 나흘이 400년은 족히 되는 것 같았다.

과거에 다른 일들을 내버려두고 지나쳤던 것처럼, 이번 일들도 일단 내버려두기로 하자. 그리고 즐거운 마음과 슬픈 마음 사이에서 당나귀를 타고 자신의 주인을 찾아 길을 가고 있는 산초에게로 가보도록 하자. 이 세상 모든 섬들의 총독이 되는 것보다 주인과 다시 함께 다니게 된다는 것이 그에게는 훨씬 기쁜 일이었다.

산초가 자신이 통치하던 섬으로부터 그리 멀지 않은 곳을 지나고 있을 때 (그는 자기가 통치했던 곳이 섬인지 도시인지 마을인지 시골인지 결코 알아보지 않았다) 길 반대편에서 지팡이를 짚고 걸어오는 여섯 명의 순례자들이 보였다. 노래 부르며 동냥하는 외국인 무리였는데, 그들은 산초에게 다가와 일렬로 서서 모두 함께 소리 높여 자신들의 언어로 노래하기 시작했다. 산초는 '동냥'이라고 또렷하게 발음하는 단어 말고는 알아들을 수가 없었지만 이것을 통해 그들이 노래에서 요구하는 것이 동냥이라는 것을 이해했다. 시데 아메테의 말에 따르면, 산초는 지나치게 동정심이 많아, 그가 준비해 온 빵 반 덩이와 치즈 반 조각을 자루에서 꺼내 그들에게 내주었다. 그러고는 이것 말고는 줄 것이 아무것도 없다는 몸짓을 했다. 그들은 아주 기꺼이 그것을 받으며 말했다.

"겔트, 겔트."*

"무슨 말인지 못 알아듣겠구먼." 산초가 대답했다. "내게 원하는 것이 무

---

*독일어나 네덜란드어의 '돈(geld)'의 속어식 표현이다.

엇이오, 이 양반들아?"

그들 중 한 사람이 가슴에서 지갑을 꺼내 산초에게 돈을 보여주자, 산초는 그들이 돈을 요구한다는 것을 이해했다. 이에 산초는 엄지손가락을 목에 갖다 대고 손을 위로 펼치면서 동전 한 닢도 없다고 그들에게 알려주었다. 그러고는 당나귀에 박차를 가해 그들 사이를 헤치며 길을 열고 지나가는데, 그들 중 한 사람이 산초를 아주 유심히 바라보다가 그에게 달려들어 그의 허리를 두 팔로 붙잡고는 또렷한 카스티아어로 소리 높여 말했다.

"하느님 맙소사! 이게 누구신가? 내 팔에 있는 이가 내 절친한 친구이자 훌륭한 이웃인 산초 판사라니, 이게 가능한 일인가? 그래 맞아, 의심할 여지가 없구먼. 나는 지금 꿈을 꾸는 것도 아니고, 술에 취한 것도 아니니까."

산초는 외국인 순례자가 자기를 얼싸안고 자신의 이름을 부르자 놀라서 아무 말도 할 수 없었다. 그자가 누구인지 주의 깊게 바라보았지만 결코 알아볼 수가 없었다. 하지만 순례자는 어리둥절해하는 산초를 보고 말했다.

"산초 판사, 이 사람아, 자네 이웃이고 가게 주인이자 모리스코인* 리코테를 어떻게 알아보지 못할 수가 있는가?"

산초는 그를 좀 더 주의 깊게 들여다보고 조금씩 알아보기 시작하다가 마침내 정확히 알아보았다. 그리고 당나귀에 올라탄 채 그의 목을 두 팔로 감싸면서 말했다.

"이런 빌어먹을, 리코테, 그런 괴상한 옷을 걸치고 있으면 어느 귀신이 알아본단 말인가? 말해보게나, 누가 자네를 이런 외국인으로 만들었는지. 그리고 또 어떻게 감히 에스파냐로 돌아올 생각을 했는지 말이야. 누가 자네를 알아봐서 붙잡히기라도 하면 아주 험한 꼴을 겪을 텐데."

---

*그리스도교도로 개종한 무어인.

"산초, 자네만 들추어내지 않는다면," 순례자가 말했다. "이런 옷을 입은 나를 알아볼 사람은 아무도 없을 거네. 그러니 큰길을 벗어나서 저기 보이는 포플러나무 숲으로 가세. 거기서 내 동료들이 밥을 먹고 휴식을 취하기를 원하니, 자네도 함께하지. 아주 유순한 사람들이야. 자네도 들었겠지만, 불운한 우리 동포들에게 혹독하게 위협을 가했던 국왕 폐하의 포고*에 복종하기 위해 고향을 떠난 이후 내게 일어난 일들을 자네에게 얘기할 기회가 되겠구먼."

산초는 그의 말을 따랐고 리코테는 나머지 동료들에게 말을 하면서 큰길에서 멀찌감치 떨어진 포플러나무 숲으로 들어갔다. 그들이 지팡이를 내던지고, 가운이나 어깨에 걸치는 망토를 벗어버리고 셔츠만 걸친 차림이 되니, 나이가 꽤 든 리코테 말고는 모두가 젊고 잘생긴 청년들이었다. 모두가 식량 자루를 지니고 있었는데, 적어도 식욕을 돋우는 음식들과 2레구아 밖에서도 침이 넘어갈 음식들을 잘 준비해 온 것으로 보였다. 그들은 땅 위에 자리를 잡고 풀을 식탁보로 삼아 그 위에 빵, 소금, 칼과 포크, 호두, 작게 자른 치즈, 털 없이 매끈한 하몬**을 통째로 차려놓았다. 하몬은 잘 씹히지 않으면 핥아먹을 수도 있었다. 그리고 캐비어라 불리는 검은색의 음식을 놓았는데, 포도주가 당기게 만드는 생선 알로 만든 것이었다. 올리브 열매도 역시 빠지지 않았는데 물도 없이 빡빡했지만 맛도 있고 식욕도 당겼다. 그러나 그 잔치 자리에서 가장 돋보였던 것은 포도주를 담은 여섯 개의 가죽 술

---

*16세기 말 종교적 통일을 꾀하던 스페인은 자국 내에 살고 있는 이교도들에게 가톨릭으로 개종할 것은 요구하며 이를 따르지 않을 시 스페인을 떠나도록 했다. 이들 중에는 추방당하지 않기 위해 거짓 개종을 한 경우도 많았다. 이들이 남부 지방 곳곳에서 반란을 일으키자 당시 스페인 국왕이었던 펠리페 3세는 1609년 추방령을 내리기에 이른다. 이 추방령은 1613년까지 계속되었으며 당시 스페인에 살고 있던 30만 명의 모리스코인들이 스페인을 떠나야 했다.
**스페인의 전통 음식으로 돼지 뒷다리를 훈제한 햄.

부대였다. 각자가 자신의 식량 자루에서 가죽 술부대를 꺼냈고, 모리스코인에서 독일 사람인지 색슨 족인지로 변장한 선한 리코테까지도 자신의 술부대를 꺼냈다. 크기로 봐서도 나머지 다섯 개와 대적할 만했다.

그들은 대단히 즐겁게 그리고 아주 천천히 음식을 먹기 시작했다. 포크 끝으로 음식마다 조금씩 찍어서 한 입씩 맛을 음미했고, 그런 다음에는 모두가 하늘을 향해 눈을 고정시키고 팔로 가죽 술부대를 허공에 들어 술부대 주둥이를 입에 갖다 댔는데, 그 모습이 마치 하늘을 향해 총을 조준하는 것 같았다. 이런 식으로 머리를 이쪽에서 저쪽으로 흔드니, 이는 그들이 즐겁게 마시고 있음을 표현하는 몸짓이었다. 그렇게 그들은 한동안 위 속에 가죽 부대의 내용물을 부어 넣었다.

산초는 이 모든 것을 바라보았는데 전혀 마음이 아프지 않았다. 그보다는 '로마에 가면 로마법을 따르라'는 그가 너무나 잘 아는 속담을 실천에 옮기기 위해 리코테에게 가죽 술부대를 달라고 하여 다른 사람들처럼 하늘을 향해 총을 조준하는 자세를 취하면서 그들 못지않게 즐거워했다.

네 번이나 가죽 술부대를 들어 올렸지만 다섯 번째는 그럴 수가 없었는데, 왜냐하면 부대가 지푸라기보다 더 바싹 말라붙어버렸기 때문이었다. 그러자 그때까지 보여주었던 즐거움이 시들해졌다. 이따금씩 한 사람이 자신의 오른손으로 산초의 손을 붙잡고 말했다.

"에스파냐 사람과 독일 사람, 모두 하나, 좋은 친구."*

그러자 산초가 대답했다.

"좋은 친구지, 하느님께 맹세코."

그러고는 한 시간 동안이나 웃음을 터뜨렸으며, 그 순간만큼은 자신이 섬

---

*술에 취한 모리스코인이 서툰 스페인어로 술주정하듯 말하고 있다.

의 총독으로 있는 동안 일어났던 일들에 대해 조금도 생각하지 않았다. 음식을 먹고 술을 마시는 동안에는 걱정이 끼어들 틈이 없었기 때문이다. 마침내 포도주가 완전히 바닥나자 모두 식탁과 식탁보로 삼았던 그 자리에서 곯아떨어졌다. 오로지 리코테와 산초만이 깨어 있었는데, 밥은 많이 먹었으나 술은 덜 마신 탓이었다. 단잠에 빠진 순례자들을 내버려두고 리코테는 산초를 멀리 떨어진 곳으로 데려가 너도밤나무 밑에 함께 앉았다. 리코테는 모리스코 말은 전혀 하지 않고, 순수한 카스티야어로 다음과 같이 말했다.

"아, 내 이웃이며 친구 산초 판사! 자네도 알겠지만, 국왕 폐하께서 우리 동포들에게 추방령을 내리고 이를 포고문으로 널리 알리자, 우리 모두는 충격과 공포에 빠졌지. 적어도 나는 큰 두려움에 빠져, 우리에게 에스파냐를 떠나라고 주어진 기한이 되기도 전에 벌써 나와 내 자식들에게 가혹한 형벌이 내려진 것 같은 기분이 들었다네. 그리하여 내 딴으로는 용의주도하게, 그 기한이 되어 살던 집을 빼앗기기 전에 이사 갈 다른 집을 준비해야겠다고 생각했지. 말하자면 가족들은 남겨두고 나 먼저 마을을 떠나 가족이 편히 있을 만한 곳을 찾아보려고 한 거야. 다른 사람들처럼 황급하게 떠나고 싶지는 않았으니까. 나도 그랬지만, 우리 선조들은 그런 포고문이, 몇몇 사람들이 말하듯 단순한 협박이 아니라, 정해진 날짜가 되면 가차 없이 실행될 진정한 법령이라는 것을 잘 알고 있었거든. 우리 동포들이 품었던 천박하고 정신 나간 계획들을 알고 있었기 때문에 더욱 그리 생각했던 거지. 국왕 폐하가 그토록 훌륭한 결심을 실행에 옮기시게 만든 것은 하느님의 영감이었다고 나도 생각하였다네. 우리 모리스코 사람 모두가 죄인이라는 얘기가 아니야. 어떤 사람들은 확고하고 진정한 그리스도교도였으나 그 수가 매우 적어 그렇지 않은 사람들과 비교할 수가 없었던 거지. 집 안에 적을 그대로 두고 보면서 속으로만 뱀을 키우는 건 좋지 않으니, 결국 정당한 이유로 우리는 추방이라는 형벌을 받게 된 거라네. 어떤 사람에게는 가볍고 부드러운 형벌이라지만 우리에게는 가장 끔직한 형벌이었어. 어디에 있더라도 에스파냐가 그리워 울곤 했다네. 이곳에서 태어났으니 결국 에스파냐가 우리의 조국이었던 게지. 우리의 불운 때문에, 기대했던 환대는 어디서도 찾을 수가 없었고, 우리를 받아주고 환대하고 위로해줄 것으로 기대했던 베르베리아나 다른 아프리카 모든 지역에서 오히려 더 큰 모욕을 당하고 학대를 당했지. 행복을 잃어버릴 때까지 그 행복의 소중함을 알지 못했던 거였네. 거의 모든 동포들이 에스파냐로 돌아가고 싶어 했다네. 나처럼 카스티야어를 아는 사람들이 많았는데, 그들 대부분이 해외에 의지할 데 없는 부인과 자식들을 남겨두고서 에스파냐로 돌아오고 있다네. 에스파냐에 대한 사랑이 그만큼 큰 것이지. 이제야 나는 흔히들 말하는 조국에 대한 사랑이 달콤하다는 것을 깨닫고 또 몸소 체험하고 있네. 사실을 말하자면 나는 고향을 떠나서 프랑스로 들어갔는데, 거기서 매우 환대를 받긴 했지만, 다른 곳도 모두 돌아보자 싶어서 이탈리아를 지나 독일에 이르렀다네. 그곳 주민들은 우리에 대해 그다지 까다롭게 굴지 않았기 때문에 좀 더 자유를 누리며 살 수 있을 거라 생각했던 거지. 거기 사람들은 각자 원하는 대로 살며, 그들 대부분은 양심의 자유*를 누리며 살고 있네. 아우크스부르크 옆에 있는 한 마을에 집을 샀는데, 거기서 저 순례자들을 만난 거야. 저들은 일상적으로 에스파냐를 드나드는데, 그중 많은 사람들이 매년 에스파냐의 성지들을 방문한다더군. 돈벌이도 확실하고 수입도 꽤 되기 때문에, 성지를 무슨 자신들의 신대륙쯤 되는 것으로 생각하지. 에스파냐 전 지역을 돌아다니는데, 흔히 말하듯이 먹을 것과 마실 것을 주지 않는 마을이 하나도 없다는 거

---

*가톨릭 왕국인 스페인에서는 '양심의 자유'가 없었음을 암시하고 있다.

야. 그리고 적어도 동전으로 1레알은 벌고, 그래서 한 바퀴 돌고 나면 100에 스쿠도 이상은 남는다지. 그것을 금으로 바꾸거나, 지팡이의 빈 틈새나 어깨에 걸치는 망토의 옷소매 사이나 아무튼 할 수 있는 한 꾀를 써서 잘 감춘 후, 국경 초소나 감시소를 무사히 통과해 이 왕국의 돈을 자신들이 사는 땅으로 빼내어 가져간다고 해. 아무튼 산초, 지금 나는 내가 파묻어둔 보물을 파내려고 하네. 마을 외곽에 있어서 아무 위험 없이 할 수 있을 거야. 그러고 나서 발렌시아에서 지금 알제에 있을 내 마누라와 딸에게 편지를 쓰거나 직접 가려고 해. 거기에서 프랑스의 어느 항구까지 식구들을 데려간 다음 그곳에서 독일까지 갈 궁리를 하고 있네. 그곳에서는 하느님이 우리에게 하시는 대로 살아가기를 기대하고 있지. 결론적으로 산초, 난 내 딸 리코타와 내 마누라 프란시스카가 그리스도교 가톨릭 신자라는 것을 확실히 아네. 비록 나는 아직 그 정도까지는 아니지만 그래도 무어인보다는 그리스도교도에 가깝지. 그래서 하느님께 항상 간청하기를 나에게 분별의 눈을 뜨게 해주시고 하느님을 어떻게 섬겨야 하는지 가르쳐주시기를 바란다네. 내가 지금 놀랍기도 하고 또 알 수 없는 것은 무엇 때문에 내 마누라와 내 딸이 그리스도교도로 살아갈 수 있는 프랑스가 아니라 베르베리아로 갔는가 하는 것이야."

이에 산초가 대답했다.

"이봐, 리코테, 그건 자네 부인이 결정한 것이 아니야. 자네 처남 후안 티오피에요가 그들을 데려갔거든. 그 사람은 순수한 무어인이 틀림없으니까 아마 가장 좋은 곳으로 갔겠지. 그리고 또 하나 자네에게 해줄 말이 있는데, 자네가 묻어두었다는 걸 찾으러 가는 일은 허사라는 거야. 검문을 했을 때 자네 처남과 부인한테서 많은 진주와 상당한 양의 금화를 압수했다는 소식을 들었거든."

"그럴 수도 있었겠군." 리코테가 대답했다. "그러나 산초, 내가 묻어놓았던 건 손대지 않았을 게 확실하네. 무슨 불운이 생길까 두려워서 식구들에게는 어디에 묻었는지 알려주지 않았거든. 그래서 만일, 산초, 자네가 나와 함께 가서 그것을 파내어 숨기는 것을 도와준다면 자네에게 200에스쿠도를 주겠네. 그것으로 자네의 궁핍함을 해결할 수 있을 걸세. 자네의 궁핍함에 대해서는 내가 잘 알고 있으니까."

"그렇게 하면 좋겠지만." 산초가 대답했다. "나는 돈에 욕심이 전혀 없는 사람이야. 오늘 아침 난 여섯 달 안에 집의 벽을 금으로 만들고 은으로 만든 접시에서 음식을 먹게 해줄 직책을 내 손으로 버렸단 말이야. 뿐만이 아니라 적에게 호의를 베푸는 것은 국왕에 대한 반역이 될 것이니, 자네가 약속한 200에스쿠도가 아니라 지금 당장 현금으로 400에스쿠도를 준다고 해도 자네와 함께 가지 않을 것이네."

"대관절 무슨 직책을 그만두었다는 건가, 산초?" 리코테가 물었다.

"어느 섬의 총독 자리를 그만두었지." 산초가 대답했다. "아무리 노력해도 그런 섬을 찾을 수 없을 거라네."

"어디 있는 섬인데?" 리코테가 물었다.

"어디냐고?" 산초가 대답했다. "여기에서 2레구아 떨어진 곳에 있는 바라타리아 섬이라고 부르는 곳이지."

"그런 소리 말게, 산초." 리코테가 말했다. "섬들은 저기 바다에 있지 육지에 있지 않아."

"왜 없다는 건가?" 산초가 대답했다. "리코테, 이 친구야, 내가 오늘 아침 그 섬을 떠났고, 어제는 거기서 켄타우로스처럼 기분 내키는 대로 통치하고 있었다니까. 그렇지만 총독 자리가 위험해 보여서 그만둬버렸지."

"그러면 총독을 하면서 무엇을 얻었나?" 리코테가 물었다.

"얻은 것은," 산초가 대답했다. "내가 가축 떼를 거느리는 것 말고는 통치하는 일에 썩 훌륭하지 못하다는 것을 안 것이지. 이 같은 섬의 총독 자리에서 번 돈은 쉬지도 못하고, 잠도 못 자고 심지어는 먹을 것도 제대로 먹지 못하고 얻어지는 것이란 걸 알았네. 섬의 총독은 음식도 조금씩만 먹어야 하고, 특히 건강을 돌보는 의사가 있다면 더욱 그래."

"통 이해가 안 가는구먼, 산초." 리코테가 말했다. "내 보기에는 자네 말이 모두 엉터리 같아. 도대체 누가 자네에게 통치할 섬을 주었단 말인가? 이 세상에 총독을 할 만한, 자네보다 더 영리한 사람이 없단 말인가? 산초, 이 사람아, 그만하고 정신 차리게. 말했듯이 나를 도와 내가 숨겨둔 보물을 찾을 생각이나 해보세(정말 많아서 보물이라고 부를 수 있을 정도란 말이네). 자네가 살아갈 만큼 돈을 줄 테니."

"말하지 않았나, 리코테." 산초가 말했다. "난 원하지 않아. 나 때문에 들키는 일은 없을 테니 그것으로 만족하게. 그리고 무사히 자네 길을 계속 가게. 나도 내 갈 길을 갈 것이니. 제대로 번 것도 잃게 되는데, 나쁘게 번 것은 돈뿐만 아니라 그 주인까지도 패가망신하게 된다는 걸 나는 잘 알고 있다네."

"나도 고집 부리진 않겠네, 산초." 리코테가 말했다. "그러나 한 가지만 말해주게. 자네가 고향을 떠날 때 내 마누라와 딸과 처남을 거기서 보았는가?"

"그럼, 보았고말고." 산초가 대답했다. "내가 자네에게 말할 수 있는 건 자네의 그 예쁜 딸이 떠날 때 마을에 있던 모든 사람들이 자네 딸을 보려고 거리로 나왔다는 거야. 모두들 입을 모아 세상에서 가장 어여쁜 여인이라고 했지. 그 아이는 눈물을 흘리면서 모든 친구들과 지인들, 심지어 그 아이를 보려고 온 모든 사람들과 포옹을 했다네. 그리고 모두에게 청하기를 하느님과 어머니 성모 마리아께 가호를 빌어달라고 했지. 이 모든 것이 얼마나 슬펐는지 좀처럼 울지 않는 나까지도 눈물을 흘렸다니까. 사실 많은 사람들이 그 아이를 숨겨주고 싶어 했고 그래서 길목에서 그 아이를 빼돌리려고 뛰쳐나간 사람도 있던 게 분명해. 그러나 국왕의 포고문을 어긴다는 두려움이 그런 행동을 그만두게 했다네. 특히 자네가 알고 있는 그 돈 많은 부잣집 큰아들 돈 페드로 그레고리오가 가장 안타까워했는데, 사람들 말로는 자네 딸을 매우 사랑했고, 그 애가 떠난 이후에는 더 이상 우리 마을에 얼굴을 비치지 않았다는군. 모두들 그 친구가 자네 딸을 쫓아가서 납치했을 거라고 생각하지만, 아직까지 아무 소식은 없구먼."

"늘 그런 불길한 생각이 들긴 했지." 리코테가 말했다. "하지만 그 청년이 내 딸을 미친 듯이 사랑한다 해도, 난 내 딸 리코타의 품행을 믿으니 조금도 걱정하지 않았네. 산초, 자네도 들어서 알겠지만 모리스코 여인들이 사랑 때문에 순수 그리스도교도에게 몸을 허락하는 일은 드물고, 아니 거의 없다고 봐야지. 내 딸은 사랑에 빠지는 일보다는 그리스도교도가 되는 일에 더 신경을 쓸 테니, 그 장남 도련님의 구애에는 별로 신경 쓰지 않았을 거야."

"하느님이 알아서 하시겠지." 산초가 대답했다. "그건 두 사람에게도 나쁜 일이 될 테니까. 자, 그럼 리코테 이 친구야, 난 여기에서 그만 가겠네. 오늘 저녁 안으로 내 주인 돈키호테 님이 계시는 곳에 도착하고 싶거든."

"하느님의 가호가 있기를, 산초 형제. 내 동료들도 벌써 움직이기 시작했으니 우리도 갈 길을 가야 할 시간이네."

그러고 나서 두 사람은 서로 포옹한 뒤, 산초는 자신의 잿빛 당나귀에 올랐고 리코테는 지팡이에 몸을 의지했다. 이렇게 두 사람은 서로 멀어져갔다.

제 55 장

길을 가면서 산초에게 일어난 일들과 꼭 알아야 할 다른 사건들에 대하여

리코테와 만나 시간을 지체한 까닭에 산초는 그날 저녁 공작의 성에 도착하지 못했다. 성에서 반 레구아 떨어진 곳에 도착했을 때 날이 저물어서 꽤 어두워졌던 것이다. 그러나 여름이라 크게 두렵지는 않았던 산초는 아침이 올 때까지 기다리기 위해 큰길을 벗어나 편히 쉴 만한 장소를 찾다가, 그만 오래된 건물 사이에 있던 깊고 컴컴한 구덩이로 당나귀와 함께 떨어지는 불운을 맞이하고 말았다. 떨어지는 순간 산초는 심연의 바닥까지 도달하는 것을 멈출 수 없을 거라고 생각하면서 진심으로 하느님께 가호를 빌었다. 그러나 그렇게 되지는 않았는데, 사람 키의 세 배가 조금 더 되는 정도에서 잿빛 당나귀가 바닥에 닿았으며, 산초도 아무런 상처나 피해를 입지 않고서 나귀 위에 올라탄 채로 떨어졌던 것이다.

산초는 자신이 무사한지 아니면 어딘가에 구멍이라도 났는지 살피기 위해 온몸을 더듬어보고는 한숨을 돌렸다. 몸이 멀쩡하고 완벽하게 무사한 것을 알고서는 하느님께서 자신에게 베풀어주신 은혜에 지칠 때까지 감사하고 또 감사했다. 의심할 여지없이 자신의 몸이 수천 조각이 날 것이라고 생각했기 때문이다. 산초는 다른 사람의 도움 없이도 구덩이에서 나가는 것이 가능한지를 보기 위하여 사방의 벽들을 손으로 더듬었다. 그러나 벽은 반들반들하고 손으로 잡을 만한 곳도 없었다. 이에 산초는 매우 슬퍼했는데, 잿빛 나귀가 가냘프고 고통스럽게 탄식하는 소리를 듣고서 더욱 그랬다. 사실 산초가 슬퍼하는 것은 이상한 일도 아니었고 그저 습관적으로 탄식을 늘어놓은 것도 아니었다. 그만큼 상황이 좋지 않은 것이 사실이었다.

"아아!" 산초 판사가 말했다. "이 비참한 세상에 살고 있는 사람들에게 매 발걸음마다 생각지도 않은 일이 얼마나 많이 일어나는지! 어제까지만 해도 섬의 총독 자리에 앉아 하인들과 부하들에게 명령하던 사람이, 오늘은 구해줄 이 하나 없고, 구해주러 달려올 하인도 부하도 없는 처지가 될 거라고 누가 알았겠는가? 나와 내 당나귀는 여기에서 굶어 죽게 될 거야. 만일 그 전에 나귀는 녹초가 되어 죽고 나는 괴로워서 죽지 않는다면 말이지. 적어도 우리 주인 돈키호테 데 라만차 님이 그 마법에 걸린 몬테시노스 동굴에 갔을 때처럼 행복해질 일은 없을 거야. 그곳에서 주인님은 집에 있을 때보다 더 좋은 대접을 해준 사람을 만났고, 주인님께 식탁도 차려주었고 침대도 준비해주었지. 거기서 주인님은 아름답고 상냥한 환상을 보셨지만 나는 여기에서 두꺼비와 구렁이를 보게 될 것 같구나. 불쌍한 내 신세야, 내 광기와 환상은 언제 끝날 것인지! 하늘의 은총으로 사람들이 나를 발견할 때면 여기에서 피부도 살점도 없는 흰 백골만을 줍게 될 것이고, 내 착한 당나귀의 백골도 꺼내게 되겠지. 장소를 미루어보아 우리가 누구인지를 알아내고, 적어도 사람들은 산초 판사가 자신의 나귀와 헤어지지 않았고 나귀도 산초 판사 곁을 떠나지 않았다는 소식을 듣게 될 거야. 다시 한 번 말하지만, 비참한 우리 신세야, 애꿎은 운명은 우리가 고향에서 죽지도 못하게 하고, 가족들이 보는 앞에서 죽는 것도 허락하지 않는구나! 고향이라면 우리의 불행에 구제책을 찾아보지는 못하겠지만, 우리 불행을 슬퍼해주고, 우리가 목숨을 거두는 마지막 순간에 우리의 눈을 감겨줄 사람은 없지 않을 텐데! 아, 나의 동반자, 나의 친구야, 그토록 훌륭히 봉사해준 너에게 나는 몹쓸 대가를 치르게 하는구나! 나를 용서해다오. 그리고 네가 알고 있는 가장 좋은 방법으로 운명의 신에게 요청하여 우리 둘이 처해 있는 이 비참한 시련에서 우리를 구해달라고 해보렴. 네 머리에 월계관을 씌워준다고 약속하마. 그러면 아마 계관시인처럼 보이겠지. 그리고 여물도 두 배로 주도록 하마."

이렇게 산초 판사는 탄식을 하였지만, 그의 나귀는 아무런 반응도 없이 그가 하는 말을 듣고만 있었다. 불쌍한 나귀도 그만큼 궁지에 빠져 고통스러웠던 것이다. 그날 밤을 가련한 불평과 한탄으로 보내고 나서 마침내 날이 밝았다. 아침나절 밝은 햇빛이 비치자 산초는 다른 사람의 도움 없이는 그 구덩이에서 빠져나가는 일이 아주 불가능하다는 것을 깨닫고, 누구라도 자기 목소리를 들을 수 있을까 하여 고함을 지르고 탄식을 하기 시작했다. 그러나 그의 모든 고함들은 사막을 가로지르는 것이었으니, 그 주변에 그의 소리를 들을 수 있는 사람은 보이지 않았다. 결국 산초는 자기가 죽은 목숨이라 생각하기에 이르렀다.

하늘을 향하고 누워 있는 나귀는 산초 판사가 일으켜 세우려 해도 거의 서 있을 수가 없었다. 산초는 같은 운명으로 바닥으로 함께 떨어진 식량 자루에서 빵 한 조각을 꺼내어 나귀에게 주었다. 나귀에게 해롭지 않다는 것을 보고서, 산초는 마치 나귀가 알아듣기라도 한다는 듯 말했다.

"빵이 있으면 어떤 고생도 견딜 만하지?"

이때 산초는 구덩이 한쪽에서 사람 한 명이 웅크리면 들어갈 만한 크기의 구멍을 발견했다. 산초 판사가 그 앞으로 가 몸을 쭈그리고 안으로 들어가 보니, 안쪽으로 넓은 공간이 보였다. 천장이라고 부를 만한 곳으로 모든 것

을 밝혀주는 한 줄기 햇빛이 들어오고 있었기 때문에 이 모든 것들을 볼 수 있었다. 또한 앞이 훤히 트인 움푹한 곳으로 공간이 더 길게 펼쳐져 있다는 것도 알 수 있었다. 산초는 당나귀가 있던 곳으로 돌아와, 돌멩이를 하나 들고 틈새 구멍의 흙을 파기 시작했다. 그런 식으로 잠깐 사이에 나귀가 쉽게 들어갈 수 있을 만큼의 공간을 만들었다. 산초는 나귀의 고삐를 잡고 다른 쪽에 출구가 있는지 찾아보기 위해 구덩이 앞쪽을 향하여 걷기 시작했다. 때때로 어두운 길을 갔으며, 때로는 햇빛도 없이 갔지만, 결코 두려움은 없었다.

"전지전능하신 하느님, 저를 보살펴주소서!" 산초는 혼자 중얼거렸다. "이것은 내게는 불행이지만, 내 주인이신 돈키호테 님에게는 행운이 되었을 거야. 그분이라면 이 같은 심연과 지하 감옥을 꽃이 만발한 정원과 갈리아나의 궁전*으로 생각하셨을 거고, 이 어둠과 좁은 공간을 빠져나가 꽃이 만발한 어느 들판에 이르기를 기대하셨겠지. 그러나 운도 없는 나는, 충고해줄 사람도 없고 사기도 떨어져서, 매 걸음 내디딜 때마다 갑자기 발밑으로 이보다 더 깊은 심연이 열려 예고 없이 나를 삼켜버릴 것 같구나. 만일 불행도 혼자 온다면, 어서 오너라."

이런 생각을 하면서 반 레구아 이상을 걸어간 듯했을 때, 동굴 끝에서 희미한 빛을 발견했다. 그것은 대낮의 햇살 같았는데, 어디론가 빛이 들어오는 것을 보면 다른 쪽 끝이 열려 있다는 증거였지만, 산초에게는 그 길이 저승으로 가는 길로 보였다.

시데 아메테 베넹헬리는 여기에서 그를 내버려두고 다시 돈키호테에 대

---

*톨레도 외곽 타호 강가에 있는 궁전들로, 샤를마뉴 황제가 무어인 공주 갈리아나를 위해 지은 것이라고 한다. 상상할 수 있는 가장 호화로운 궁전이라는 의미로 흔히 쓰는 표현이다.

한 이야기로 돌아간다. 돈키호테는 도냐 로드리게스의 딸의 명예를 훔쳐 간 자와 결투를 갖게 될 날짜를 즐겁고 만족스러운 마음으로 기다리고 있었다. 그녀에게 저지른 사악한 모욕과 무례를 바로잡아줄 생각을 하고 있었기 때문이었다.

그리하여 어느 날 아침 집 밖으로 나와, 로시난테가 전속력으로 달릴 때까지 박차를 가하면서 언젠가 닥치리라 생각한 위기 상황에 대비해 훈련을 하고 있을 때였다. 어느 순간 말의 발길이 구덩이 가까이에 가 닿았고, 힘껏 고삐를 당기지 않았더라면 그 속으로 떨어지지 않기란 불가능했을 터였다. 결국 돈키호테는 로시난테를 멈추게 했고 떨어지지 않았다. 그리고 말에 올라탄 채 좀 더 가까이 다가가 그 깊은 구덩이를 들여다보았다. 그런데 구덩이 속에서 큰 고함 소리가 들려왔다. 좀 더 주의 깊게 듣자 소리를 지르는 사람이 말하는 것을 알아들을 수 있었다.

"아아, 그 위에 누구 없나요! 내 말을 들어줄 그리스도교도 없어요? 아니면 산 채로 파묻혀 있는 이 죄인을 동정하여, 이 불운하고 통치도 잘 못 한 총독에게 자비를 베풀어줄 기사라도 없어요?"

돈키호테는 산초 판사의 목소리가 들린 것 같았다. 그래서 깜짝 놀라고 어리둥절하여 목청을 높일 수 있는 데까지 높여 말했다.

"거기 아래에 있는 사람이 누구요? 누가 탄식을 하는 거요?"

"여기 있으면서 탄식을 할 사람이 누구겠습니까?" 대답이 들려왔다. "자신의 죄와 불운 때문에 바라타리아 섬의 총독이 되었던, 그 유명한 돈키호테 데 라만차 기사님의 종자인 산초 판사가 아니면 누구겠습니까?"

돈키호테는 이 말을 듣고서 놀라움이 배로 커졌고 전율이 일었다. 틀림없이 산초 판사가 죽어서 그의 영혼이 고통을 받고 있는 거라 생각했던 것이다. 이런 상상을 하면서 그가 말했다.

"가톨릭 신자로서 할 수 있는 모든 것을 걸고 맹세컨대 그대가 누구인지 말해주기를 부탁하오. 만일 그대가 고통 받고 있는 영혼이라면 당신을 위해 내가 무엇을 해주기를 원하는지 말하시오. 이 세상에서 어려움을 겪는 자들을 돕고 구해주는 것이 내 직업이니까. 또한 저승에서 도움이 필요한 사람들에게도, 자기 스스로 구원받을 수 없다면 내가 구원과 도움을 줄 것이오."

"그런 식으로 제게 말하는 어르신은," 대답이 들려왔다. "틀림없이 제 주인이신 돈키호테 데 라만차 님이실 겁니다. 목소리의 울림으로 보아도 결코 다른 분이 될 수가 없습니다."

"나는 돈키호테다." 돈키호테가 대답했다. "산 사람들이나 죽은 사람들이 위험에 처해 있을 때 구원하고 도와주는 것이 직업인 사람이다. 그러니 그대가 누구인지 말하라. 그대는 나를 어리둥절하게 하는구나. 만일 그대가 내 종자인 산초 판사이고 이미 죽었다면, 악마들이 그대를 데려가지 않도록 하느님의 자비로 그대를 연옥에 머물게 하고, 그대가 겪고 있는 고통에서 구원하기에 충분한 우리의 성모 로마 가톨릭 교회가 기도를 할 것이다. 그리고 나도 내 재산이 미치는 데까지 교회와 함께 그것을 위해 기원할 것이니, 그대가 누구인지를 말하고 정체를 밝혀라."

"이런 일이 있나!" 대답이 들려왔다. "돈키호테 데 라만차 님, 기사님께서 원하시는 분의 가문을 걸고 맹세하건대 저는 나리의 종자 산초 판사올시다. 제 평생에 저는 결코 죽은 적이 없으며, 좀 더 여유를 갖고 말씀드릴 필요가 있는 사건들 때문에 총독직을 버렸는데, 어제저녁 지금 있는 구덩이에 당나귀와 함께 떨어졌습니다. 제가 거짓말을 하도록 당나귀가 내버려두지 않을 테니, 그런 증거로 여기 저와 함께 나귀가 있지 않습니까."

게다가 당나귀가 산초의 말을 알아들었는지, 그 순간 크게 울기 시작하여 구덩이 전체가 울렸다.

"훌륭한 증인이로구나!" 돈키호테가 말했다. "마치 내가 낳은 아이처럼 그 울음소리를 알겠다. 그리고 나의 산초야, 네 목소리도 들린다. 기다려라. 내가 여기에서 가까운 공작의 성으로 가서, 이 심연으로부터 너를 구출해줄 사람을 데려오도록 하마. 아마 네놈이 죄를 많이 지어서 그곳에 떨어진 모양이다."

"다녀오세요." 산초가 말했다. "빨리 돌아오셔야 합니다. 이거 참, 여기 산 채로 묻혀 있는 걸 더는 참을 수가 없어요. 무서워서 죽을 것만 같다고요."

돈키호테는 그를 남겨두고 공작 부처에게 산초 판사의 사건을 말하기 위해 성으로 갔다. 그들은 그다지 놀라지 않았는데, 아마 먼 옛날부터 그곳에 만들어져 있던 구덩이의 다른 입구로 떨어졌을 거라고 이해했던 것이다. 그러나 공작 부처는 산초가 온다는 소식을 알리지도 않은 채 왜 총독 자리를 그만두었는지 이해할 수가 없었다. 마침내 사람들 말대로 밧줄과 동아줄을 가지고 가서 많은 사람들의 헌신과 노고 끝에 당나귀와 산초 판사를 그 암흑으로부터 태양의 빛 아래로 끌어내었다. 한 학생이 그를 보고서 말했다.

"내가 보기로는, 이 죄인이 심연의 구덩이에서 굶어 죽을 뻔하고 창백한 얼굴에 무일푼으로 나온 것처럼, 이런 식으로 모든 사악한 총독들을 그 자리에서 물러나게 해야 할 것 같군."

이 말을 듣고서 산초가 말했다.

"이보게, 불평하는 친구, 나는 여드레인가 열흘 전에 내게 주어진 섬을 통치하게 되었는데, 그 기간 동안 단 한 시간도 빵을 싫증나도록 먹어보지 못했네. 의사들이 나를 따라다니고, 적들이 내 뼈를 가루로 만들었지. 뇌물을 받거나 세금을 거둘 일도 생기지 않았네. 사실이 이러하니, 내 생각으로는 내가 이런 식으로 나와야 할 처지는 아니지. 그러나 인간이 내맡기면 하느님이 처분하시는 법. 하느님은 제일 좋은 것을 아시고 우리 각자 각자에게 잘 맞는 일을 알고 계시겠지. 무슨 일이든 때에 따라서 행동할 일이지 어느 누구도 '이 물은 마시지 않겠다' 말하면 안 되지. 소금에 절인 돼지고기가 있다고 생각하는 곳에 말뚝이 없는 법이네. 하느님은 내 말을 이해하시니 그걸로 충분해. 더 할 수 있지만, 더 이상 말하지 않겠네."

"화내지 말거라, 산초. 무슨 말을 듣더라도 괴로워하지 마라. 그러지 않으면 결코 끝이 없으니까. 마음을 차분하게 갖고, 무슨 말을 하더라도 그냥 하라고 해. 악담하는 사람의 혀를 묶는 것은 들판에 대문을 세우고 싶어 하는 것과 같다고들 하지 않더냐. 만일 총독이 부자가 되어 자리에서 나온다면 사람들은 그에 대해 도둑놈이라고 말할 것이고, 가난뱅이로 나온다면 무능하고 멍청한 놈이라고 하겠지."

"확실한 건," 산초가 대답했다. "이번에는 저를 도둑놈이라기보다 얼간이라고 부를 거라는 겁니다."

이런 대화를 하면서 두 사람은 사내아이들과 다른 많은 사람들에 둘러싸여서 성에 도착했다. 그곳 회랑에는 이미 공작과 공작부인이 돈키호테와 산초를 기다리고 있었다. 산초는 먼저 자신의 잿빛 당나귀에게 마구간에 편한 자리를 마련해주지 않고서는 공작을 보러 올라가지 않으려 했는데, 지난밤 구덩이에서 아주 불편한 저녁을 보낸 까닭이었다. 그러고 나서 산초는 공작 부처를 만나러 올라갔고, 그들 앞에 무릎을 꿇고 말했다.

"공작님, 마님, 원하시는 대로 저는 아무런 공적도 없이 나리의 영지인 바라타리아 섬을 다스리기 위해 갔습니다. 저는 맨몸으로 그 섬에 들어갔으며 지금도 맨몸이니, 잃은 것도 얻은 것도 없습니다. 제가 통치를 잘했는지 못했는지, 앞에 계시는 증인들이 원하시는 것을 말씀드릴 겁니다. 저는 의혹을 밝혔고, 송사들에 판결을 내렸는데, 항상 배가 고파서 죽을 지경이었습니다. 그 섬의 의사이자 총독의 주치의인 티르테아푸에라 출신의 페드로 레시오 박사가 그렇게 하기를 원했기 때문입니다. 밤에는 적들이 우리들을 습격해서 궁지에 몰았지만, 제 팔의 용기 덕분에 승리하고 섬 사람들이 자유롭게 풀려났다고 사람들이 말합니다. 그들이 진실을 말하니 하느님께서 그들에게 구원을 내려주시기를 빕니다. 결론적으로 말씀드리자면 그때 저는 제게 부여된 업무들과 의무와 통치에 대해 알게 되었고, 제 어깨에 그것을 짊어질 수 없다는 것을 알게 되었으며, 제 갈비뼈로도 그 무게를 감당하지 못하고 화살통의 화살 무게도 감당할 수 없다는 것을 알게 되었습니다. 그래서 총독 자리가 제 옆구리를 치기 전에 제가 총독 자리를 그만두고 싶었던 겁니다. 어제 아침 저는 제가 섬을 보았던 그대로 섬을 두고 나왔습니다. 제가 섬에 들어갔을 때 있던 대로 똑같은 거리와 집과 지붕이었지요. 저는 아무에게도 돈을 빌리지 않았고, 돈벌이에 끼어들지도 않았습니다. 유익한 법령들을 만들어볼 생각도 해보았지만, 사람들이 지키지 않을까 두려워서 만들지 않았습니다. 지키지 않는다면 법령을 만든다 해도 안 만든 것과 똑같으니까요. 말씀드린 대로 저는 제 당나귀 말고는 아무도 동반하지 않고 섬을 떠났다가 구덩이에 떨어졌고, 오늘 아침 햇빛과 함께 출구를 발견할 때까지 계속 앞을 향해 왔습니다. 그러나 그렇게 쉽지는 않았답니다. 하늘이 제 주인이신 돈키호테 님을 제게 보내주지 않았다면, 저는 세상이 끝날 때까지 거기에 있었을 겁니다. 이렇게 해서 공작님, 공작부인 마님, 여기에 두 분의 총독인 산초 판사가 왔습니다. 총독 자리에 오른 지 단 열흘 만에, 제가 하나의 섬이 아니라 전 세계의 총독이 된다고 해도 아무 소용이 없다는 것을 알게 되었습니다. 이런 뜻에서 두 어르신들의 발에 입맞춤을 하면서, 아이들이 놀이에서 하듯 '깡충 뛰어, 내게 그것을 찾아줘'* 하는 것을

---

*한편이 숨겨둔 물건을 다른 편 아이들이 찾아내는 놀이.

흉내 내어 저도 총독 자리에서 깡충 뛰어 내려와 제 주인 돈키호테 님을 모시는 일을 하겠습니다. 결국 이분을 모시면, 놀라면서 빵을 먹을지라도 적어도 배불리 먹을 수는 있으니까요. 배불리 먹을 수만 있다면, 제게는 메추리고기든 당근이든 마찬가지입니다."

이렇게 산초는 장광설을 마쳤고, 돈키호테는 내내 산초가 수많은 엉터리 얘기를 늘어놓을까 봐 걱정했다. 그러나 산초가 그나마 짧게 얘기를 마치자 하늘에 감사를 드렸다. 공작은 산초를 포옹하며 말하기를, 그토록 빨리 총독직을 그만둔 것에 마음이 아프지만 자기 영지에서 힘이 덜 들고 수입이 더 많은 다른 직책을 주겠다고 했다. 공작부인도 마찬가지로 그를 포옹하면서, 몸이 완전히 녹초가 되어 엉망인 모습을 보고 그를 잘 돌봐주라고 명령했다.

제56장

———◆❖◆———

노시녀 도냐 로드리게스의 딸을 변호하기 위해 돈키호테 데 라만차와 하인 토실로스 사이에 벌어진 어처구니없고, 지금껏 본 적 없는 결투에 대하여

산초 판사를 총독 자리에 앉히고 조롱한 일에 대해 공작 부처는 후회하지 않았다. 더구나 그의 집사가 같은 날 와서, 통치하는 동안 산초가 말하고 행동한 것을 거의 모두 조목조목 그들에게 말해주며 마침내 섬의 습격과 산초의 두려움, 그의 작별을 신나게 떠들어댔는데, 이에 대해 공작 부처는 적잖이 즐거워하였다.

이러한 일이 있은 후, 정해진 결투의 날이 다가왔다고 이야기는 말하고 있다. 공작은 그의 하인 토실로스에게 돈키호테를 상처 입히거나 죽이지 않으면서 어떻게 이길 수 있는지, 한 번이 아니라 여러 번 알려주면서 창끝의 쇠붙이를 없애라고 명령했다. 또한 돈키호테에게는 그토록 높이 우러르는 그리스도교의 교리가 목숨을 잃게 될 위험을 감수해야 하는 결투를 허락하지 않는다고 말하면서, 그런 결투를 금지하는 교황청 공의회의 칙령을 위반하면서까지 자신의 영지에 자유로운 결투장을 제공하니 그것으로 만족해야 할 것이며, 격렬한 싸움이 너무 가혹하게 벌어지는 것은 원하지 않는다고 했다.

돈키호테는 공작 각하가 원하시는 대로 결투의 세부 사항을 마련하시라고 말하면서, 자신은 모든 것을 따르겠다고 했다. 드디어 그 공포의 날이 왔다. 공작은 성의 광장 앞에 넓은 단상을 만들도록 명령했다. 그곳에 결투의 심판관들, 노시녀들, 그리고 원고인 노시녀 모녀가 자리 잡도록 했다. 이웃해 있는 모든 마을에서 수없이 많은 사람들이 그 새로운 결투를 보기 위해 몰려왔다. 그 땅에서 살았던 사람들이나 죽은 사람들도 이전에 결코 본 적 없고, 말하는 것도 들어보지 못한 싸움이었다.

의식의 책임자가 제일 먼저 들어와 결투장을 살펴보고 모든 곳을 돌아보았다. 어떤 속임수나 부딪쳐서 넘어지게 하려고 숨겨둔 물건이 있어서는 안 되기 때문이었다. 그러고 나서 노시녀와 그 딸이 들어와 자리에 앉았다. 두 사람 모두 적지 않은 슬픔의 표시로 눈까지, 심지어 가슴까지 망토를 덮고 있었다. 돈키호테가 결투장에 나타나고 얼마 되지 않아, 광장 한편으로 늠름한 말을 탄 덩치 큰 하인 토실로스가 망사로 된 투구 덮개와 견고하고 번쩍이는 무기를 들고서 수많은 나팔수들을 대동하고 광장을 무너뜨릴 기세로 등장했다. 잿빛의 말은 프리시아산*으로 덩치가 크고 앞발과 뒷발 모두 1아로바는 될 만큼 긴 털로 덮여 있었다.

자신의 주인인 공작으로부터 용감한 돈키호테 데 라만차에 맞서 어떻게 행동해야 할지 가르침을 받은 용맹한 전사는, 어떤 경우라도 그를 죽여서는 안 되며 첫 번째 대결에서는 죽음의 위험을 핑계로 도망치라는 지시를 받았다. 만일 직접 대적했다면 그렇게 될 것이 확실했기 때문이었다. 그는 광장을 돌아다녔다. 노시녀들이 있는 곳에 도달했을 때, 자기에게 남편이 되어줄 것을 요구한 여인에게 한동안 시선을 주었다. 결투의 심판관이 이

---

*네덜란드 프리시아 지방에서 기른 말로서 몸이 크고 털이 많은 명마.

미 광장에 나와 있던 돈키호테를 불렀다. 그리고 토실로스와 함께 노시녀와 그 딸에게 말하기를, 돈키호테 데 라만차에게 그녀들의 권리를 넘기는 것을 허락하는지를 물었다. 그녀들은 그렇다고 말했고, 그 결투에서 돈키호테가 하는 모든 행동이 정당하고, 확실하게 효력을 갖는 것으로 하겠다고 말했다.

이때 이미 공작과 공작부인은 결투장 위에 설치된 관람석에 자리를 잡고 내려다보고 있었는데, 결투장 울타리 뒤편으로는 결코 본 적이 없는 이 가혹한 결투를 보고 싶어 하는 수많은 사람들로 가득 차 있었다. 결투의 조건은 만일 돈키호테가 승리하면 그의 상대방이 도냐 로드리게스의 딸과 결혼을 해야 하고, 만일 돈키호테가 진다면 상대방은 아무런 배상 없이 그에게 요구한 약속으로부터 자유로워지는 것이었다.

이 의식의 책임자가 두 사람에게 햇빛을 공평하게 양분하고서*, 두 사람이 각자 자신의 자리에 서도록 위치를 정했다. 북소리가 울렸고 나팔 소리가 하늘을 가득 채웠다. 발밑의 땅이 흔들렸다. 구경꾼들의 마음은 어찌할 바를 몰랐는데, 어떤 사람들은 겁에 질려 있었고, 또 다른 무리는 그 결투의 좋은 결말이나 불행한 결말을 기다리고 있었다. 마침내 돈키호테는 우리의 주 하느님과 둘시네아 델 토보소 공주님에게 진심으로 가호를 빌면서 공격의 정확한 신호가 주어지기를 기다리고 있었다. 그러나 우리의 하인은 다른 생각을 하고 있었다. 그는 내가 지금 말하게 될 것만을 생각하고 있었던 것이다.

자신의 적이라는 여인을 바라보았을 때 그에게 그 여인은 지금껏 본 중 가장 아름다운 여인으로 보였으니, 이는 보통 거리에서 '아모르'라고 불리

---

*당시 결투에서는 누구에게도 햇빛이 시야에 불리하게 작용하지 않도록 자리를 배정했다.

는 눈먼 어린아이*가 이 하인의 영혼을 정복하고 승리하여 자기의 전리품 목록에 올릴 기회를 놓치지 않았던 까닭이었다. 아모르는 아무도 모르게 가련한 하인에게 가서 왼쪽 가슴에 2바라쯤 되는 화살을 멋지게 쏘아 그의 심장을 관통시켰다. 이렇게 안전하게 성공할 수 있었던 이유는 아모르가 눈에 보이지도 않고, 자기가 원하는 곳이라면 어디든지 드나들 수 있으며 또 아무도 그의 행동에 대해 보상을 요구하지 않기 때문이었다.

저자인 내가 말하는데, 공격 신호가 내려졌을 때 우리의 하인은 자신의 자유 의지를 사로잡은 여인의 아름다움에 빠져서 제정신을 잃은 상태였기에 나팔 소리를 알아차리지 못했다. 하지만 돈키호테는 나팔 소리를 듣자마자 로시난테가 허락하는 최고 속력으로 상대방을 향하여 돌진했다. 그의 착한 종자 산초가 이를 보고 큰 소리로 외쳤다.

"하느님께서 당신을 인도해주시기를, 편력기사들의 정수이자 꽃이시여! 하느님께서 당신에게 승리를 안겨주시기를! 당신은 정당하시니까요."

토실로스는 자신을 향해 달려오는 돈키호테를 보았지만, 자신의 자리에서 한 걸음도 움직이지 않았고, 대신 큰 소리로 결투장의 책임자를 불렀다. 책임자가 원하는 게 무언지 보러 오자, 그에게 말했다.

"나리, 이 결투는 제가 저 아가씨와 결혼을 하느냐 마느냐 때문에 하는 것이지요?"

"그렇소." 그가 대답했다.

"그렇다면 저는 제 양심의 가책이 두렵습니다." 하인이 말했다. "만일 이 싸움을 계속한다면 양심에 더 큰 짐이 될 겁니다. 그래서 제가 싸움에서 졌음을 인정하며, 즉시 저 아가씨와 결혼하고 싶다고 말씀드립니다."

---

*스페인어로 아모르(Amor)는 '사랑'이란 뜻으로, 여기에서는 사랑의 신 큐피드를 지칭한다.

결투장의 책임자는 토실로스의 말에 놀라기도 하였고, 또 그 사건의 계략을 알고 있는 사람들 중 하나인지라 뭐라고 답해야 할지 몰랐다. 돈키호테는 자신의 적이 공격하지 않는 것을 보자 달리던 것을 멈추고 그 자리에 섰다. 결투가 더 이상 진행되지 않는 이유를 알지 못했던 공작은 결투장 책임자가 전한 토실로스의 말을 듣고는 어처구니없어하면서 불같이 화를 냈다.

그러는 동안, 토실로스는 도냐 로드리게스가 있는 곳으로 가서 큰 소리로 말했다.

"부인, 저는 따님과 결혼하고 싶습니다. 저는 죽음의 위험 없이 평화롭게 이룰 수 있는 것을 소송이나 결투로 이루고 싶지는 않습니다."

용맹스러운 돈키호테가 이 말을 듣고서 말했다.

"일이 이렇게 되었다면 나는 내가 한 약속에서 해방되고 자유로워진 것이군. 결혼을 축하하오. 그리고 우리의 하느님께서 주신 것이니, 성 베드로께서 축복을 내려주시기를."

공작은 성의 광장으로 내려가 토실로스에게 다가가서 말했다.

"기사여, 자네가 졌다고 한 것이 사실인가? 겁 많은 양심의 부추김에 못 이겨 이 아가씨와 결혼하고 싶단 말인가?"

"그렇습니다, 나리." 토실로스가 대답했다.

"아주 잘했네, 친구." 이때 산초 판사가 말했다. "'생쥐에게 줄 것을 고양이에게 주면, 걱정할 필요가 없다'*는 말도 있잖나."

토실로스는 투구를 풀면서 자신을 빨리 도와달라고 애원했다. 그렇게 좁고 답답한 것을 쓰고서 오랫동안 갇혀 있자니 숨이 점점 막히는 것 같았다. 급히 투구를 벗기자 하인의 얼굴이 명백하게 드러났다. 도냐 로드리게스와

---

*자신에게 더 이득이 되는 것을 선택하라는 의미의 속담.

그녀의 딸이 그 모습을 보고 소리쳤다.

"이건 사기예요, 속임수입니다! 제 주인이신 공작님의 하인 토실로스를 진짜 남편의 자리에 놓다니요! 망나니짓이라고 말하지는 않아도, 이런 교활한 짓은 하느님과 국왕 폐하의 심판을 받아야 합니다!"

"불안해하지 마오, 여인들이여." 돈키호테가 말했다. "이건 교활한 짓도 망나니짓도 아니오. 설령 그렇다 해도, 공작님이 한 것이 아니라 나를 괴롭히는 사악한 마법사들이 한 짓이오. 그들이 내가 이 승리의 영광을 차지하는 것을 시기하여 그대 남편의 얼굴을 공작의 하인이라고 그대가 말하는 얼굴로 바꾸어놓은 것이오. 내 충고를 받아들이시오. 내 적들의 교활한 소행이라 할지라도 그와 결혼하시오. 그러면 의심할 여지없이 그대가 남편으로 삼기를 원했던 사람과 똑같은 사람일 것이오."

이 말을 듣고 공작은 치밀었던 분노 대신 웃음을 터뜨릴 뻔했다. 그가 말했다.

"돈키호테 님에게 일어난 일들은 너무나 기이한 것이라서 이 사람이 내 하인이 아니라고 믿을 뻔했소. 그러나 우리가 이런 계략과 술책을 한번 써봅시다. 결혼식을 보름 정도 연기하고 우리가 의심하는 이 사람을 감금해두는 겁니다. 그동안 자신의 원래 모습으로 돌아올 수도 있으니까요. 마법사들이 돈키호테 님에게 품고 있는 원한이 그렇게 오래가지는 않을 것 아니겠소. 이런 속임수와 변형을 사용하는 것은 그들에게는 별일도 아닐 테니 말입니다."

"아이고, 나리!" 산초가 말했다. "이 악당들은 제 주인님에 관한 일이라면 뭐든 이것을 저것으로 바꾸어버리기 일쑵니다요. 지난번 '거울의 기사'라고 불리는 기사를 무찔렀을 때도 마법사들이 그를 우리 고향 사람이며 절친한 친구인 학사 산손 카라스코의 모습으로 바꾸어버렸답니다. 그리고 제 주인

마님이신 둘시네아 델 토보소를 촌스러운 시골 아낙으로 만들어버렸지요. 그래서 제 생각으로는 이 하인도 평생 동안 하인으로 살다가 죽을 것 같습니다."

이에 로드리게스의 딸이 말했다.

"제게 남편이 되겠다고 청혼한 사람이 누구라도 상관없어요. 저는 그분에게 감사드립니다. 기사에게 농락당한 여인이 되는 것보다는, 어느 하인의 합법적인 아내가 되기를 저는 더 원합니다. 하기야 저를 조롱한 사람은 기사도 아니지요."

결론적으로 이 모든 이야기와 사건은 토실로스를 그의 변형이 언제 멈추게 되는지를 볼 때까지 감금하는 것으로 일단락되었다. 모두가 돈키호테의 승리를 환호했으나, 더 많은 사람들은 그토록 기대했던 결투자들이 산산조각 나버리는 것을 보지 못한 것에 침통하고 우울해했다. 그것은 모욕을 받은 측이 용서해서 아니면 법의 판결로 용서를 받았기 때문에, 기다리던 교수형 받을 사람이 나오지 않게 되었을 때 어린애들이 화를 내는 것과 같았다. 사람들은 떠나갔으며, 공작과 돈키호테는 성으로 돌아와서 토실로스를 감금했다. 도냐 로드리게스와 그녀의 딸은 이런저런 방법으로 그 사건이 결혼으로 귀착되었다는 것에 대단히 만족했고 토실로스도 그에 못지않게 기대를 하고 있었다.

제57장

돈키호테가 공작에게 어떻게 작별을 고했는지,
그리고 공작부인의 하녀인 재치 있고 약삭빠른
알티시도라와 돈키호테 사이에 일어난 일에 대하여

돈키호테는 이제 그 성에서 누렸던 그토록 나태하고 한가로운 생활에서 빠져나오는 것이 좋겠다는 생각을 했다. 공작 부처가 편력기사에게 베풀어준 끝없는 환대와 즐거움 사이에서 안일하게 틀어박혀 지낸 것은 자신이 저지른 큰 잘못이라고 여겼고, 그래서 그런 나태함과 은둔 생활에 대해 하늘에 그대로 보고를 함으로써 양해를 구해야겠다고 생각했다. 그리하여 어느 날 돈키호테는 공작 부처에게 떠나기 위한 허락을 구했다. 두 사람은 돈키호테가 자신들을 버려두고 떠나는 것에 매우 고통스럽다는 표정을 보이면서도 허락해주었다. 공작부인은 산초 판사에게 그의 아내가 쓴 편지들을 전해주었고, 그는 그것을 보고 울면서 말했다.

"제가 섬의 총독이 되었다는 소식에 제 마누라 테레사 판사가 품은 그 큰 희망이 지금 다시 우리 주인이신 돈키호테 님의 처참한 모험으로 돌아오게 되리라고 누가 생각이나 했겠습니까? 그렇지만 제 마누라 테레사가 공작부인께 도토리를 보내드리면서, 품격과 자존심을 갖고 보답한 것을 알게 되니 기분은 좋습니다. 만일 그것을 보내지 않았다면 저는 슬퍼했을 것이고 마누

라는 은혜를 모르는 여자가 되었겠지요. 제게 위안이 되는 것은 이 선물에 뇌물이라는 이름을 붙일 수가 없다는 것입니다. 왜냐하면 제 마누라가 도토리를 보낼 당시 저는 총독 자리에 있었기 때문이지요. 비록 어린애 같은 짓이라도 은혜를 입은 사람이 감사를 표하는 것은 도리에 맞는 일입니다. 사실 저는 맨몸으로 총독이 되었다가 맨몸으로 나왔습니다. 그래서 확고한 양심을 걸고 말할 수 있답니다. '나는 벌거숭이로 태어났고 지금도 벌거숭이다. 나는 잃은 것도 얻은 것도 없다.' 이건 사소한 일이 아닙니다."

이것이 산초가 떠나는 날 일어난 일이었다. 돈키호테는 떠나면서, 그 전날 밤 공작 부처에게 작별 인사를 했으며, 아침에는 성의 광장에 무장을 하고 나타났다. 성의 모든 주민들이 회랑에서 그를 바라보았다. 공작 부처도 마찬가지로 그를 보기 위해 나왔다. 산초는 자신의 식량 자루와 여행가방과 준비물을 가지고 잿빛 당나귀 위에 타고 있었는데 아주 기분이 좋았다. 그 이유는 전에 트리팔디 역할을 했던 공작의 집사가 여행 중에 필요한 것들을 사도록 200에스쿠도나 든 주머니를 그에게 주었기 때문이다. 돈키호테는 이 사실을 아직 모르고 있었다.

앞에서 말했듯이 모든 사람들이 그를 바라보고 있을 때, 다른 노시녀들과 공작부인의 하녀들 사이에서 재치 있고 약삭빠른 알티시도라가 별안간 목청을 높여 구슬픈 소리로 말했다.

들으시라, 나쁜 기사여,
고삐를 잠시 멈추고
그대의 버릇없는 짐승
옆구리에 박차를 가하지 마오.

이봐요, 위선자 양반,
그대가 피해 달아나는 것은
무서운 뱀이 아니라
아직 양이 되기에도 어린 새끼 양이라네.

무서운 괴물이여, 그대가 농락한 것은,
디아나가 산에서 보았던
비너스가 숲 속에서 보았던
가장 아름다운 처녀.

잔인한 비레노*여, 달아나는 아이네이아스여,
바라바**가 그대를 따라가니, 거기서 다들 모이시지요.

그대, 냉혹하게 앗아 가네!
그대 손톱 갈고리에 걸어서
소박한 여인의 마음을,
사랑에 빠진, 연약한 여인의 마음을.

잠잘 때 쓰는 모자 세 개도,
다리에 하는 양말끈***들도 가져갔지,
파로 섬에서 나온 대리석과 견줄 만큼

---

*《광란의 오를란도》에 나오는 인물로 연인 올림피아를 무인도에 버리고 떠났다.
**예수 대신 유대 총독 빌라도에 의해 사면된 죄수.
***오늘날 여성들이 스타킹에 다는 '가터벨트'와 유사한 것이다.

매끄럽고, 희고, 검은 양말끈들을.

그대는 2천 개의 한숨을 가져갔지,
그것이 불꽃이라면
2천 개의 트로이를 불살라버렸을 텐데,
2천 개의 트로이가 있었더라면.

잔인한 비레노여, 달아나는 아이네이아스여,
바라바가 그대를 따라가니, 거기서 다들 모이시지요.

그대의 종자 산초의
마음이 그토록 단단하고
완고하여서, 그대의 둘시네아는
마법에서 벗어나지 못하리.

그대의 잘못 때문에
슬픈 그녀는 고통을 겪네.
우리 마을에서는 죄 많은 사람 대신
때로는 올바른 사람이 값을 치르지.

그대의 아주 훌륭한 모험들도
불행한 것으로 돌아오고
그대의 즐거움도 몽상이 되어버리고
그대의 굳은 의지는 망각이 되어버리기를.

잔인한 비레노여, 달아나는 아이네이아스여,
바라바가 그대를 따라가니, 거기서 다들 모이시지요.

세비야에서 마르체나까지
그라나다에서 로하까지
런던에서 잉글랜드까지
그대는 위선자로 알려지리라.

만일 그대가 카드놀이를 한다면
왕 게임이나 백점 내기 혹은 첫 번째 놀이를 한다면
왕의 패가 도망가고,
에이스나 일곱 패도 그대는 보지 못하리라.*

만일 그대 발에 티눈을 뽑으면
상처들에서 피가 솟아 흐르고,
만일 어금니를 뽑는다면
이뿌리는 남아 있기를.

잔인한 비레노여, 달아나는 아이네이아스여,
바라바가 그대를 따라가니, 거기서 다들 모이시지요.

이렇게 실의에 찬 알티시도라가 불평하는 동안 돈키호테는 아무 말도 없

---

*셋 다 당시 유행하던 카드 게임으로 왕-에이스-일곱 패 순으로 점수가 높다.

이 그녀를 바라만 보고 있다가, 산초에게 고개를 돌리면서 말했다.

"산초야, 네 조상님들의 구원을 위해서라도 내게 진실을 말해주기를 바란다. 말해봐라, 이 사랑에 빠진 아가씨가 말하는 모자 세 개와 양말끈들을 혹시라도 네가 가져왔느냐?"

이에 산초가 대답했다.

"잠자리에서 쓰는 모자 세 개는 가져왔습니다. 그러나 양말끈들은 우베다의 언덕입니다요."

공작부인은 알티시도라의 대담함에 놀랐다. 알티시도라가 대담하고 익살맞고 뻔뻔스럽다고는 생각했었지만, 감히 이 정도로 대담할 줄은 생각지 못했던 것이다. 그리고 이 장난에 대해서는 사전에 통보를 받지 못했기 때문에 공작부인은 더욱 놀랐다. 공작은 좀 더 재미있게 하고 싶어서 이렇게 말했다.

"기사님, 제 성에서 기사님께 해드린 훌륭한 환대를 받으시고서, 제 시녀가 잠자리에서 쓰는 모자를 세 개나 가져갔고, 더구나 시녀의 양말끈까지 가져갔다니, 기사님의 명성에 걸맞지 않는 나쁜 심성과 거동의 흔적입니다. 양말끈을 돌려주시지요. 만일 그러지 않으면 내가 그대에게 목숨을 건 결투를 신청하겠소이다. 그대와 결투를 했던 내 하인 토실로스에게 그랬듯이 사악한 마법사들이 내 얼굴을 바꾸어놓고 되돌려놓지 않더라도 나는 두려워하지 않을 것입니다."

"수없이 은혜를 입은 가장 고귀한 분에게 제가 칼을 뽑는 것을 하느님께서 원하지 않으실 겁니다." 돈키호테가 대답했다. "모자는 돌려드리지요. 산초가 그것을 가지고 있으니까요. 그러나 양말끈은 불가합니다. 저도 산초도 그것을 받은 적이 없으니까요. 만일 나리의 시녀가 은밀하게 물건을 숨겨두는 곳을 찾아보신다면 반드시 찾게 되실 겁니다. 공작님, 저는 결코 도둑이 된 적이 없으며, 만일 하느님께서 저를 버리시지 않는다면, 제가 살아 있는 동안에 도둑이 될 생각은 없습니다. 이 아가씨는 (자기 말로는) 사랑에 빠졌다고 하는데, 그것은 제 책임이 아닙니다. 그러니 저는 그녀에게나 공작님께 용서를 구할 이유가 없습니다. 저에 대하여 좀 더 좋은 생각을 가져주시기를 간청드리며, 제가 길을 떠나도록 다시 한 번 허락해주시기 바랍니다."

"하느님께서 자비로이 허락하실 겁니다, 돈키호테 님." 공작부인이 말했다. "우리가 항상 기사님의 무훈에 대하여 좋은 소식들을 듣게 해주시기 바랍니다. 그리고 무사히 가시기를 빕니다. 기사님이 더 머물러 계실수록 기사님을 바라보는 아가씨들 마음에 불꽃이 더 거세게 일 테지요. 앞으로 그 아이가 눈으로나 말로써 흐트러진 행동을 하는 일이 없도록 제가 그 아이를 벌하도록 하겠습니다."

"더도 말고 한 번만 제 말을 들어주세요, 아, 용맹스러운 돈키호테 님!" 그때 알티시도라가 말했다. "양말끈을 훔쳤다고 한 일에 대해서는 용서를 빕니다. 하느님과 제 영혼에 맹세코 제가 그것을 차고 있었어요. 노새 위에 앉아서 노새를 찾는 실수를 한 겁니다."

"제가 뭐랬습니까?" 산초가 말했다. "도둑질을 숨기기에 저는 너무 선한 사람이라고요! 제가 도둑질을 하려고 했다면, 총독직에 있을 때가 더할 나위 없는 기회였겠지요."

돈키호테는 머리를 숙여 공작 부처와 주변의 모든 사람들에게 인사를 했다. 산초는 잿빛 당나귀를 타고 주인을 따랐고, 돈키호테는 로시난테의 고삐를 돌리면서 사라고사로 가는 길을 향해 성을 떠났다.

제58장

이래저래 돈키호테에게 쉴 틈을 주지 않고
수많은 모험들이 어떻게 그리 자주 일어나는지에 대하여

돈키호테가 알티시도라의 사랑의 속삭임으로부터 자유로이 벗어나 확 트인 들판에 들어섰을 때, 그는 자신의 영역에 들어섰다고 느꼈으며, 다시금 기사도의 임무를 계속 수행하기 위한 원기를 되찾는 것 같았다. 그는 산초에게 말했다.

"산초야, 자유란 하늘이 인간에게 내려주신 가장 고귀한 선물들 중 하나이다. 땅속에 묻혀 있는 보물도 바닷속에 숨겨져 있는 보물도 자유와 비교할 수는 없지. 자유와 명예를 위해서는 목숨을 걸 수 있거나 목숨을 걸어야만 한다. 반대로 포로 생활이란 인간에게 닥쳐올 수 있는 가장 큰 불행이니, 산초야, 내가 이런 말을 하는 것은, 우리가 떠나온 성에서 누렸던 환대와 풍요함을 너도 잘 보았기 때문이다. 나는 그 맛있는 음식들과 눈같이 차가운 음료들을 누리는 가운데서도 배고픔의 고통에 처해 있는 것 같았단다. 그것은 내 것처럼 즐길 수 있는 자유로움을 누리지 못했기 때문이야. 우리가 받은 은혜와 호의에 보답해야 한다는 의무감은 우리 정신을 자유롭지 못하게 하는 속박이었기 때문이다. 하늘 이외의 다른 누구에게도 감사해야 할 의무감 없이 하늘이 주시는 빵 한 조각을 받는 사람은 얼마나 행복한가!"

"그건 그렇다 치고요," 산초가 말했다. "주인님이 말씀하신 것처럼, 공작님의 집사가 준 작은 주머니에 담긴 금화 200에스쿠도에 대해 저희가 감사 인사를 하지 않는 것은 옳지 않습니다. 저는 그 돈을 고약이나 기운을 돋우어주는 약처럼 필요할 때 쓰려고 품안에 지니고 있습지요. 항상 우리를 반겨주는 성들을 만나는 건 아닐 거니까요. 아마 우리에게 몽둥이찜질을 퍼부을 주막들도 만나게 되겠죠."

이런저런 말들을 하면서 편력기사와 종자가 길을 가고 있었는데, 1레구아도 채 가지 않았을 때 두 사람은 시골 농부 같은 차림의 남자 열두 명가량이 초원의 초록색 풀 위에 망토를 펴놓고 그 위에서 점심을 먹고 있는 것을 보았다. 그들 바로 옆에 하얀색 침대보 같은 것으로 싼 물건들이 여러 개 보였는데, 어떤 것은 세워져 있고 어떤 것은 뉘인 채 여기저기 흩어져 있었다. 돈키호테가 그들에게 다가가 먼저 공손하게 인사하고서, 천으로 감싼 저 물건이 무엇이냐고 물었다. 그들 중 한 사람이 대답했다.

"나리, 이 천 속에는 나무로 만든 조각상들이 있는데 마을에서 우리가 공연할 인형극에 사용할 겁니다. 광택이 없어지지 않도록 그것들을 싸서 가지고 다니지요. 그리고 부서지지 않도록 어깨에 메고 다닙니다."

"괜찮다면 그것들을 좀 보고 싶소이다." 돈키호테가 말했다. "그렇게 조심해서 가져가는 인형들이라면 틀림없이 훌륭한 것들일 테니까."

"물론이지요!" 또 다른 사람이 말했다. "얼마나 훌륭한지는 여기 든 비용만 봐도 아실 겁니다. 50두카도 이상 나가지 않는 인형은 진짜 하나도 없답니다. 이게 사실이라는 걸 확인하시려면, 조금 기다려보세요. 눈으로 직접 보시면 알 겁니다."

그러고는 점심을 먹다 말고 자리에서 일어나 첫 번째 인형을 덮었던 천을 풀었다. 그것은 말을 타고 있는 성 호르헤*의 조각상이었는데, 발아래에는 뱀이 칭칭 감겨 있고 입에는 잔혹하게 창이 꽂혀 있는, 흔히 세상에 알려진 모습으로 만들어져 있으며, 시쳇말로 조각상 전체가 황금색으로 번쩍거렸다. 이것을 본 돈키호테가 말했다.

"이 기사는 하느님의 군사가 가진 가장 훌륭한 편력기사들 중 한 분이네. 돈 호르헤 님이라고 불리며 또한 처녀들의 수호자이시지. 다른 것을 봅시다."

그 남자가 다른 인형에 씌워진 천을 벗겼다. 그러자 말을 탄 성 마르틴처럼 보이는 성상이 나타났다. 가난한 사람과 망토를 나누어 쓰고 있는 그 모습을 보자마자 돈키호테가 말했다.

"이 기사 역시 그리스도교의 모험가들 중 하나로, 용맹하기보다는 관대한 분이지. 산초야, 너도 보면 알겠지만, 그분이 가난한 사람과 망토를 나누어 쓰고 있는데, 절반이나 그에게 내주고 있구나. 틀림없이 겨울철이었을 것이다. 만일 겨울이 아니었다면, 자비로운 분이었으니, 망토를 전부 가난한 사람에게 주었을 거야."

"그러진 않았을 것 같은데요." 산초가 말했다. "분명 '주고받는 데에도 총명함이 필요하다'는 속담을 따랐을 겁니다."

돈키호테는 웃으면서 또 다른 천을 벗기도록 청했다. 천 아래로 말을 탄 에스파냐의 수호성인이 나타났다. 피투성이가 된 칼을 들고 무어인들을 무찌르면서 머리통을 짓밟고 있었다. 이 조각상을 보고 돈키호테가 말했다.

"이분이야말로 진정한 기사이시지. 그리스도의 사도들 중 한 분으로 성

---

*용을 죽여 그리스도교를 전파했다고, 알려진 초기 기독교 순교자 14성인 가운데 한 사람인 성 게오르기우스(성 조지)의 스페인식 이름이다.

디에고 마타모로* 님이라고 불리는데 이 세상에서 가장 용맹한 성자들과 기사들 중 한 분이었고, 지금은 하늘나라에서 그러시다네."

그러고 나서 다른 천을 벗겼다. 말 아래로 떨어지는 성 파블로**를 감추고 있는 듯이 보였는데, 그분의 개종을 보여주는 제단의 조각물을 묘사할 때 흔히 그랬듯이 주변의 상황을 함께 곁들여 만들었다. 너무나도 생생한 그 모습을 보니, 그리스도가 그에게 말을 하고 파블로가 대답하는 것 같았다.

"이분은," 돈키호테가 말했다. "그 시대 우리 주 하느님 교회의 가장 큰 적이었다가, 이날 이후로는 우리 교회에 다시없을 최고의 수호자가 되셨지. 살아서는 편력기사셨고 죽어서는 걸어 다니는 성자가 되셨으며, 우리 주님 포도밭의 지칠 줄 모르는 부지런한 일꾼이셨네. 그리고 이교도들의 박사로서 그분에게 천국은 학교이며 그분을 가르치신 교수와 스승은 바로 예수 그리스도이셨네."

더 이상 조각상이 나오지 않자, 돈키호테는 다시 천을 덮으라고 하고서 그것들을 가져가던 사람들에게 말했다.

"형제들이여, 여러분이 보여주신 것들을 내가 모두 본 것은 아주 좋은 징조라고 생각하오. 왜냐하면 이 성자들과 기사들은 지금 내가 수행하고 있는 것을 과거에 수행하셨던 분들이기 때문이오. 모두 무(武)를 수행하는 일이지만 한 가지 차이가 있다면, 그분들은 성인이라서 하느님을 위해 싸웠고 나는 죄 많은 인간으로서 인간들을 위해 싸우고 있다는 것이오. 그분들은 두 팔의 힘으로 천국을 정복했는데, 왜냐하면 천국이 폭력으로 고통 받기***

---

* '무어인을 죽이는 산티아고'라는 뜻으로, 예수의 열두 사도 중 하나인 야고보 성인을 말한다.
** 성 바울로의 스페인식 이름. 그리스도교를 박해하러 다마스쿠스로 가는 길에 하느님의 계시를 보고서 놀라 말에서 땅으로 떨어졌고, 그 후 개종했다.
*** 〈마태복음〉 11장 12절에 나오는 구절.

때문이었소. 나는 지금까지 순전히 내 노력의 힘으로 무엇을 정복했는지 알지 못하겠소. 만일 나의 둘시네아 델 토보소 공주님이 지금 겪고 있는 고통으로부터 빠져나온다면 점차 내 운도 좋아지고 내 판단력도 좋아져서 나도 지금보다 훨씬 더 좋은 길을 걷게 될 것이오."

"하느님께서는 이것을 들으시고, 악마의 귀는 멀기를 바랍니다.'* 산초가 말했다.

사람들은 돈키호테가 하려는 말의 절반도 이해하지 못했지만, 그의 말과 말하는 모습에는 적잖이 놀랐다. 점심 식사를 마친 그들은 돈키호테와 작별하고 인형을 지고서 자신들의 길을 계속 갔다.

산초는 자기 주인의 박식함에 다시 한 번 놀라며 마치 자기 주인을 처음 보는 양 바라보았다. 이 세상의 이야기나 사건들을 손바닥 들여다보듯이 환히 알고 있는 듯했고, 주인의 기억에 들어 있지 않은 것은 하나도 없는 것처럼 보였던 것이다. 산초가 말했다.

"사실 말이지요, 주인님, 오늘 우리에게 일어난 일을 모험이라 부를 수 있다면, 오늘 모험은 우리가 편력하면서 겪은 일들 중 가장 순하고 흐뭇한 것 같습니다. 몽둥이찜질도, 경악할 일도 없었고, 칼에 손을 대지도 않은 데다 땅바닥에 내동댕이쳐지지도 않았고, 배고픔도 없이 끝났으니 말입니다. 제 눈으로 직접 그런 것들을 보게 하시다니 하느님의 축복이십니다."

"너는 말도 잘하는구나, 산초야." 돈키호테가 말했다. "그러나 이 모든 기회들이 똑같지 않고 똑같은 운명으로 끝나지는 않는다는 것을 알아야 해. 사람들은 보통 징조라고 부르곤 하는데, 이것은 어떤 자연적 이치에 근거를 두는 것은 아니다. 분별 있는 사람들은 이것을 그냥 좋은 일이라고 생각

---

*일이 잘되기를 빌 때 하는 말.

하고 말지. 하지만 징조를 믿는 사람은 아침에 일어나서 집을 나서는데 시복 받은 성 프란시스코 교단의 사제를 우연히 마주치면 마치 그리핀*을 만나기라도 한 것처럼 발걸음을 돌려 집으로 와버리고, 또 멘도사 가문의 사람은** 식탁에서 소금을 쏟으면 그의 마음에 우울한 기분이 금방 퍼지고 만단다. 앞에서 언급한 것처럼, 마치 자연에 별로 중요하지 않은 작은 일을 가지고 다가올 불행의 징조를 알려주는 사명이라도 있는 것처럼 말이다. 분별 있는 그리스도교도는 하늘이 행하기를 원하는 사소한 일들에 관심을 둘 필요가 없다. 스키피오***가 아프리카에 도착해 육지로 뛰어오르다가 넘어졌을 때, 그의 병사들은 이를 보고서 나쁜 징조로 여겼지만 스키피오는 땅바닥에 엎드려 포옹하며 말했지. '아프리카여, 그대는 내 손에서 빠져나갈 수가 없구나, 왜냐하면 내가 너를 두 팔로 꽉 붙들고 있으니까.' 그러니 산초야, 이런 성상들을 만났다는 것은 나에게 가장 행복한 사건이었구나."

"저도 그렇게 믿습니다요." 산초가 대답했다. "그런데 주인님, 에스파냐 사람들이 전쟁을 할 때 산 디에고 마타모로의 이름을 부르면서 '산티아고, 에스파냐를 닫아라!'라고 하는데,**** 왜 그러는지 이유를 좀 말씀해주시면 좋겠습니다요. 에스파냐의 문이 열려 있기라도 해서 닫을 필요가 있다는 건가요? 아니면 무슨 의식을 치르는 겁니까?"

"그건 아주 간단하다, 산초야." 돈키호테가 대답했다. "붉은색 십자가를 지닌 이 위대한 기사님은 하느님이 에스파냐의 수호성인이며 후원자로 보내신 분이다. 특히 에스파냐 사람들이 무어인들과 격렬한 싸움을 하던 시기

---

*사자의 몸에 독수리 머리와 날개를 가지고 황금을 지키는 괴물.
**멘도사 가문의 사람들은 미신을 믿는 것으로 유명했다.
***자마 전투에서 카르타고의 한니발을 물리치고 승리한 로마의 장군.
****원래는 '산티아고, 에스파냐여, 공격하라'라는 말인데, 산초가 잘못 이해해 말한 것이다.

에 말이야. 그래서 무어인들과 싸운 모든 전투에서 그분의 이름을 불렀던 것이지. 에스파냐 사람들은 이슬람교도 군대를 무찌르고 짓밟고 파괴하고 죽이면서 전투를 할 때 여러 번 그분을 직접 눈으로 보았다. 이런 사실에 대해서는 에스파냐의 실제 역사 이야기 속에서 기술되고 있는 수많은 사례들을 너에게 알려줄 수도 있다."

산초가 대화 주제를 바꾸어 주인에게 말했다.

"주인님, 저도 공작부인의 시녀인 알티시도라의 자유분방함에 놀랐습니다. 아마 '아모르'라고 부르는 사랑의 신이 솜씨 좋게 그 처녀에게 화살을 관통시켜 상처를 입혔겠지요. 사람들 말이, 아모르는 눈곱이 끼어서 그런지 눈이 보이지 않는 어린애로서, 다시 말해 앞을 보지 못하는데, 만일 심장을 과녁으로 삼는다면 아무리 작더라도 자신의 화살로 적중시켜서 관통해버린다고 합니다. 사람들 말에 의하면, 처녀들의 수줍음과 신중함이 사랑의 신이 쏘는 화살을 부러뜨리거나 화살촉을 무디게 한다는데, 알티시도라의 경우는 화살이 부러지기보다 더 예리해진 것 같습니다."

"산초야, 이건 알아야 한다." 돈키호테가 말했다. "사랑은 존경심 같은 것은 쳐다보지도 않고 이성의 한계도 지키지 않는다. 이런 점에서 사랑은 죽음과 동일한 조건을 갖고 있지. 그래서 아모르는 국왕이 계시는 높은 성채나 목동들이 사는 비천한 오두막이나 모두 습격한다. 그리고 한 인간의 영혼을 완전히 점령하면, 제일 먼저 하는 일이 두려움과 수줍음을 없애는 것이란다. 그래서 알티시도라도 두려움이나 수줍음 없이 자신의 소망을 밝힌 것인데, 이것은 내 가슴에 동정심보다 오히려 혼란을 불러일으켰구나."

"잔인하십니다요!" 산초가 말했다. "이렇게 인정이 없으신 분은 생전 듣도 보도 못했습니다요! 저라면 여인의 사랑한다 말 한마디에 두 손을 들고 복종했을 겁니다. 염병할! 무슨 심장이 대리석으로 되어 있는지, 마음이 청동 같고, 영혼은 꼭 회반죽 같으십니다! 한데 저는 이 처녀가 나리의 무엇을 보고 두 손을 들고 항복했는지 알 수가 없네요. 어디가 잘생겼으며, 무슨 풍채가 있으며, 무슨 고상함이나, 얼굴을 가졌기에 반했을까요. 이런 것들이 하나하나씩으로나 아니면 모두 합쳐져서 그 아가씨를 사랑에 빠지게 했단 말인가요. 정말이지 저는 멈춰 서서 머리끝부터 발끝까지 나리를 수없이 바라보았지만, 제 눈에는 사랑에 빠지기보단 까무라칠 만한 일이 더 많던데요. 사랑에 빠지는 데 가장 중요한 첫 번째 요소는 아름다움이라고 들었습니다. 주인님은 아무리 봐도 그런 것을 가지고 있지 않은데 가엾은 여인이 무얼 보고 주인님께 반해버렸는지 도대체 모르겠단 말이지요."

"산초야, 이걸 알아야 한다." 돈키호테가 대답했다. "아름다움에는 두 가지가 있다. 하나는 영혼의 아름다움이고 또 하나는 육체의 아름다움이지. 영혼의 아름다움은 지성과 정결함, 훌륭한 행동, 관대함, 좋은 예절을 보여주고 또 드러내는데, 이 모든 요소들은 못생긴 남자들도 가지고 있으며, 또 한 가질 수 있는 것이다. 보통은 육체의 아름다움이 아니라 이런 영혼의 아름다움에 시선을 돌릴 때, 격렬하고 바람직한 사랑이 싹트는 것이지. 산초야, 내가 잘생기지 않았다는 것은 잘 안다. 하지만 그렇다고 보기 흉할 만큼 못생기지 않았다는 것도 알고 있다. 앞서 말했듯이 영혼의 아름다움만 갖고 있다면, 선한 사람은 괴물만 아니라면 사랑받기엔 충분한 것이야."

이런 이야기를 하면서 큰길을 벗어나 숲 속으로 들어가고 있을 때, 별안간 한쪽 나무에서 다른 나무로 펼쳐져 있는 초록색 그물 사이에 돈키호테가 갇혀버렸다. 그것이 무엇인지 상상할 수도 없는 돈키호테가 말했다.

"산초야, 내가 보기에는 이 그물이 지금까지의 모험들 중 가장 새로운 모험이 될 것 같구나. 알티시도라를 차갑게 대한 것에 대한 복수로, 나를 괴롭히는 마법사들이 나를 그물에 걸리게 하여 우리가 가는 길을 방해하는 것이 틀림없다. 이 그물망이 녹색 실로 만들어져 있으니, 다이아몬드같이 단단하거나 아니면 질투심 많은 대장장이 신이 비너스와 마르스*를 잡았던 그 그물보다 더 단단할지라도, 나는 그것을 마치 바다풀이나 목화실로 만든 것처럼 찢어버리고 말 것이다."

그러고는 앞으로 나아가면서 그물을 모두 찢어버리려고 할 때에, 불현듯 그들 앞에 두 명의 아름다운 목동 아가씨가 나무들 사이에서 모습을 드러냈다. 목동 아가씨 같은 옷차림이었으나, 모피 조끼와 짧은 치마는 고급 금실로 수가 놓인 것으로, 말하자면 금실과 비단으로 된 최고급 치마를 입고 있었다. 등 뒤로 풀어 넘긴 금발 머리카락은 태양의 빛과 아름다움을 견줄 만했는데, 여기에 초록색 월계수와 붉은색 색비름으로 엮어 만든 두 개의 화관을 쓰고 있었다. 겉으로 보기에는 열다섯 살에서 열여덟 살은 넘지 않아 보였다.

이 여인들을 보고서 산초는 놀랐고 돈키호테는 넋을 잃고 감탄했다. 이 두 여인들을 보기 위해 태양도 움직이던 궤도에 멈추었으니, 네 사람 모두 이상야릇한 침묵 속에 빠졌다. 마침내 처음으로 말문을 연 사람은 두 아가씨들 중 하나였다. 그녀가 돈키호테에게 말했다.

"기사님, 발걸음을 멈추시고 그물을 찢지 마세요. 그것은 기사님을 해치기 위해 쳐놓은 것이 아니라 우리가 심심풀이로 여가를 즐기기 위해 쳐놓은 것입니다. 무엇 때문에 그물을 쳐놓았으며 우리가 누구인지 궁금해하실 줄 알기에 미리 간단하게 말씀드리지요. 여기에서 2레구아 정도 떨어진 한 마을에 지체 높은 분들과 시골귀족들, 부유한 사람들이 많이 사는데, 여러 친

---

*자신의 아내인 비너스와 마르스가 밀회를 즐기는 것을 안 혜파이토스가 그 현장을 잡아 망신을 주려고 만든 그물.

구들과 친척들이 논의하기를, 아이들과 부인들, 이웃들, 친구들, 친척들과 함께 이곳으로 휴가를 보내러 오기로 했답니다. 이곳이 이 부근 마을에서 가장 쾌적한 곳 중 하나거든요. 무엇보다 이곳을 새로운 목가적 아르카디아*로 만들기 위해 처녀들은 목동 아가씨로, 총각들은 목동의 복장을 하게 한 것이랍니다. 우리는 목가시 두 편을 준비해 가져왔는데, 하나는 유명한 시인 가르실라소의 목가시이고, 또 다른 하나는 카몽이스**가 자신의 모국어인 포르투갈어로 쓴 아주 훌륭한 목가시랍니다. 이 시들은 아직 공연하지 않았어요.*** 어제가 우리가 도착한 첫날이었기 때문이지요. 우리는 이 나뭇가지들 사이에 '야영 천막'이라고 하는 천막을 몇 개 쳤는데, 모든 초원을 비옥하게 해주는 물이 풍부한 시냇가 가장자리에 쳤답니다. 그리고 어제저녁 여기 나무들 사이에 그물도 쳐놓았는데, 시끄러운 소리로 몰이를 하여 멍청한 참새들을 걸려들게 하기 위한 것이었어요. 나리, 만일 괜찮으시다면, 우리의 손님으로 모시어 관대하고 정중하게 대접해드리겠습니다. 왜냐하면 이곳에는 지금 당장 슬픔이나 근심이 들어오지 않을 거니까요."

여인이 입을 다물고 더 이상 말이 없자 돈키호테가 대답했다.

"정녕 아름다운 아가씨, 내가 그대의 아름다움을 보고서 얼이 빠진 것은, 물속에서 목욕하는 디아나를 우연히 보고서 놀란 악테온이 정신을 잃은 것과도 비할 수 없을 것입니다. 그대들이 보낼 즐거운 여가 시간을 찬양하며, 그대들의 초대와 환대에 감사하오. 그리고 만일 내가 아가씨들을 섬길 수 있다면, 명령하시는 모든 것을 확실히 받들 것입니다. 내 직분은 다름이 아

---

*그리스 펠로폰네소스 반도에 있는 지역 이름으로, 양과 염소를 기르며 천혜의 자연 그대로의 삶을 살았다고 전해진다.
**포르투갈의 궁정시인으로, 서사시 《오스 루지아다스》를 남겼다.
***16세기 목가시들은 목동들 사이 대화 형식으로 되어 있어서 간단한 연극으로도 공연을 하였다.

닌 모든 사람들에게 선행을 베풀고 감사 인사를 받는 것이지요. 특히 그대들처럼 고귀하신 아가씨들을 모신답니다. 이 그물은 작은 공간을 차지할 뿐이지만 만일 둥근 지구 전체를 덮는다 해도 나는 그것을 찢지 않고 지나가기 위해서 새로운 세계를 찾았을 겁니다. 그리고 저의 이런 과장된 표현을 믿지 않는다면, 적어도 돈키호테 데 라만차가 그대들에게 약속하는 것이라는 것을 아시기 바랍니다. 여러분들의 귀에 이런 이름이 낯설지는 않으실 겁니다."

"아니, 어떻게 이런 일이!" 그때 또 다른 목동 아가씨가 말했다. "우리에게 이렇게 커다란 행운이 생기다니! 우리 앞에 계시는 분을 봐? 그분의 무훈을 담은 책이 출판되어 돌아다니고, 나도 읽은 적이 있는 그 책 속의 이야기가 우리를 속이고 거짓말을 하는 것이 아니라면, 바로 이분이 세상에서 가장 용맹하고, 누구보다 깊이 사랑에 빠져 있고, 가장 정중한 분이라는 거야. 그분과 같이 온 착한 남자가 바로 그분의 종자 산초 판사라는 데에 내기를 걸어도 좋아. 이 사람의 재치는 이 세상 누구와도 견줄 수가 없을 거야."

"그건 사실입죠." 산초가 말했다. "제가 바로 아가씨가 말하는 재치 있는 종자랍니다. 그리고 이분이 제 주인이시며, 바로 책에서 언급하고 이야기했던 돈키호테 데 라만차 님이십니다요."

"어머나!" 다른 목동 아가씨가 말했다. "얘, 우리가 이분에게 머물러달라고 부탁을 해보자. 우리 부모님과 오빠들이 엄청나게 좋아할 거야. 그분의 용기와 종자의 재치에 대해 네가 나한테 말한 것과 똑같이 말하는 것을 들었거든. 특히 그분은 알려진 것보다 훨씬 더 확고하고 충실한 연인이라고 하는구나. 그분의 귀부인은 둘시네아 델 토보소라고 하는데, 에스파냐 땅 전체에서 그녀에게 아름다움의 종려나무 잎을 바친다고들 해."

"그렇게 하는 건 당연하지요." 돈키호테가 말했다. "그대의 비길 데 없는 아름다움이 그것을 약간 주저하게 하지만 말입니다. 아가씨들, 나를 붙잡아 두려고 애쓰지 마십시오. 내 직업의 중요한 본분이 어느 곳에서도 나를 쉬 도록 내버려두지 않으니 말이오."

이때 네 사람이 있는 장소에 두 명의 목동 아가씨 중 한 명의 동생이 도착했는데, 그도 마찬가지로 두 아가씨들처럼 고급스러운 예복 차림의 목동 옷을 입고 있었다. 아가씨들은 자신들과 함께 있는 분이 바로 용맹스러운 돈키호테 데 라만차 님이시고, 또 다른 분은 그의 종자 산초라고 동생에게 말해주었다. 그도 그 이야기책을 읽었기 때문에 이미 돈키호테에 대해서 알고 있었다. 늠름한 목동은 돈키호테에게 인사를 하고 자신과 함께 천막으로 가기를 청했고 돈키호테는 이 요청을 받아들일 수밖에 없었다. 바로 이때 새 몰이가 시작되어 다양한 작은 새들이 그물에 가득 찼다. 그물의 색깔에 속아서 위험으로부터 도망을 치려다가 모두 그 속으로 떨어진 것이었다. 서른 명 이상의 사람들이 그 자리에 모여들었는데, 남녀 모두가 늠름한 목동 복장을 하고 있었다. 그들은 누가 돈키호테이고 누가 그의 종자인지를 금방 알아차렸다. 이미 이야기책을 통해 돈키호테에 대해 알고 있었으므로 그들은 적지 않은 기쁨으로 두 사람을 맞이했다. 천막에 도착하자 맛있고, 풍족하고, 청결한 식탁이 차려져 있었다. 그들은 돈키호테에게 식탁에서 제일 좋은 자리를 주면서 그를 예우했다. 모두가 돈키호테를 바라보며 감탄했다. 마침내 식탁보를 치우자 돈키호테는 아주 편안한 목소리로 말했다.

"인간이 저지르는 가장 큰 죄악에 대해 말하기를, 어떤 자들은 교만함이라고 하지만 나는 배은망덕함이라고 말합니다. 세상 사람들이 흔히 말하는 것을 보아도 '지옥에는 배은망덕한 자들이 가득 차 있다'고 합니다. 이 죄악을, 나는 가능한 한, 이성을 갖게 된 순간부터는 피하려고 노력했습니다. 만일 나에게 베풀어준 좋은 행동을 다른 행동으로 내가 갚을 수 없다면, 그런 행동을 하고자 하는 소망으로라도 그것을 대신하지요. 그리고 이것이 충분하지 않을 때는 그것을 알립니다. 왜냐하면 자신이 받은 선행을 말하고 공표하는 사람은, 할 수만 있다면 다른 행동으로 그것을 갚을 수 있기 때문입니다. 그리고 대부분 선행의 수혜자들은 그것을 베푸는 사람보다 아래에 있지요. 그래서 하느님께서는 모든 사람들의 위에 계시는 겁니다. 왜냐하면 하느님은 모든 사람들에게 베풀어주시는 분이고, 하느님의 선물과 인간의 선물은 그 차이가 무한하여 동일하게 비교할 수 없기 때문이지요. 어떤 면에서는 이런 인간의 옹색함과 빈약함을 감사하는 마음으로 보충한다고 할 수 있습니다. 그래서 나도 여기에서 내게 베풀어준 은혜에 감사하지만 똑같은 양으로 보답할 수 없으며, 나의 보잘것없는 능력의 한도 내에서 내가 할 수 있는 것과 내가 수확할 수 있는 것을 드리겠습니다. 그래서 말씀드리는데 사라고사로 향하는 큰길의 중간에서 이틀 동안 꼬박, 내 마음의 유일한 아가씨이자 세상에 비길 데 없는 둘시네아 델 토보소를 제외하고는, 여기에 있는 목동 아가씨로 위장한 이 아가씨들이 세상에서 가장 아름답고 가장 예의 바른 분들이라고 말할 겁니다. 내 말에 귀를 기울이는 남녀 모든 이들에게 평안이 함께하기를 바랍니다."

그의 말을 매우 주의 깊게 듣고 있던 산초가 큰 소리로 말했다.

"이 세상에 감히 이런 제 주인님을 미치광이라고 말하고 맹세하는 사람이 있겠습니까? 여러분, 목동 여러분, 말 좀 해보세요. 아무리 분별 있고 학식이 있을지라도, 제 주인님처럼 말할 수 있는 마을 신부가 있을까요? 아무리 용맹으로 명성이 드높아도, 제 주인님이 여기에서 제시한 바를 할 수 있는 편력기사가 있을까요?"

돈키호테는 산초를 돌아보면서, 벌겋게 화난 얼굴로 말했다.

"오, 산초야, 네가 바보에다가 바보스러움을 한 번 더 뒤집어쓰고 사악하고 교활함까지 더해졌다는 것을 모르는 사람이 세상천지에 어디 있을까? 누가 너더러 내 일에 참견하라고 하더냐? 그리고 내가 사려 깊은 사람인지 멍청한지 조사하라고 누가 시켰느냐? 입 다물고 내 말에 대꾸하지 마라. 만일 로시난테에게 안장을 얹지 않았다면 안장이나 얹어라. 이제 내 제의를 실천하러 가자꾸나. 내 말이 타당하니, 내 말을 반박하려는 자는 누구라도 이미 패배한 것으로 여겨도 좋다."

돈키호테는 크게 분노하고 화가 난 모습으로 의자에서 일어났다. 주변에 있던 사람들은 놀라면서 돈키호테를 미친 사람으로 봐야 할지 제정신을 가진 사람으로 봐야 할지 알 수가 없었다. 결국 그들은 돈키호테에게 그런 제의를 실행치 말라고 설득했고, 그의 감사하는 마음을 잘 알게 되었으니 용감한 의도를 새삼 보여줄 필요는 없다고 했다. 그 이야기책에서 돈키호테에 대해 언급한 것들로 이미 충분하다는 것이었다. 그럼에도 돈키호테는 자신의 의도를 실천하기 위해 길을 떠났다. 로시난테에 올라 방패를 팔에 고정시키고 창을 잡고서 초록빛 초원에서 그다지 멀지 않은 큰길의 한가운데에 섰다. 산초는 자신의 잿빛 나귀를 타고 그의 뒤를 따랐다. 그와 함께 시골의 양 떼를 돌보는 모든 사람들이 전대미문의 용맹스러운 돈키호테의 제안이 언제 멈출지를 보고 싶어서 따라갔다.

그리하여 돈키호테는 길 한가운데에 서서, 앞서 말했던 것과 비슷한 말로 대기를 울렸다.

"오, 그대들이여, 앞으로 이틀 동안 이 길을 지나가거나 혹은 지나가려는 통행인과 보행자, 기사, 종자, 걸어서나 말을 타고 가는 사람들이여! 편력기사 돈키호테 데 라만차는 내 영혼이신 둘시네아 델 토보소 공주님을 제외하고는, 이 초원과 숲 속에 사는 요정들에게 숨겨져 있는 아름다움과 정중함이 이 세상의 모든 아름다움과 정중함을 능가한다는 사실을 알리기 위해 이

자리에 서 있소이다. 그러니 이에 반대하는 생각을 가진 자는 나오시오. 내가 여기에서 그대를 기다리고 있소."

두 번씩이나 같은 말을 되풀이하였지만 이 말을 두 번 다 들은 모험가는 없었다. 그러나 일이 더 잘되려고 했는지 운명은 그곳에서 얼마 안 가서 말을 탄 한 무리의 남자들을 길가에 나타나도록 했다. 그들 중 많은 사람들이 손에 창을 들었는데, 무리를 지어서 왁자지껄하며 아주 빠르게 길을 가고 있었다. 돈키호테와 함께 있던 사람들은 그 사람들을 보자마자 등을 돌리고서 길에서 멀찌감치 떨어졌다. 만일 그대로 기다렸다가는 그들에게 어떤 위험이 닥치게 될지 알았기 때문이다. 오직 돈키호테만이 대담하게 그대로 있었고, 산초 판사는 로시난테의 엉덩이를 방패로 삼았다.

창을 든 무리가 도착했고 그들 중 가장 앞에서 오고 있던 한 사람이 큰 소리로 돈키호테에게 말을 하기 시작했다.

"길에서 비켜라, 이 망할 놈아! 이 황소들에 산산조각 나려고 그러느냐!"

"뭐라고, 이 망나니 같은 자야!" 돈키호테가 대답했다. "하라마 강가*에서 자란 가장 용맹한 황소일지라도, 내게 황소는 별것 아니다! 이 악당들아, 내가 여기에서 주장한 것이 사실이라고 즉시 고백해라. 만일 그렇지 않다면, 나와 한판 붙어야 할 것이다."

황소몰이꾼은 대답할 겨를이 없었으며 돈키호테도 길을 비키려 해도 비킬 시간이 없었다. 그리하여 사나운 황소의 무리와 길들여진 유순한 소들이 수많은 소몰이꾼과 다음 날 투우가 열리는 마을로 이 소들을 데려가는 사람들과 함께, 돈키호테와 산초 판사, 로시난테와 잿빛 당나귀 위를 지나가게 되었다. 모두가 땅바닥에 떨어져서 구르기 시작했다. 산초는 만신창이가 되

---

*마드리드 남쪽에 위치한 강으로 시민들의 휴식지로 알려져 있다.

었고 돈키호테는 공포에 질렸으며, 잿빛 당나귀는 얻어맞고, 로시난테도 그다지 상태가 좋지 않았다. 마침내 모두가 땅에서 일어났다. 돈키호테는 여기에서 부딪히고 저기서 넘어지면서도 큰 소리로 외치며 아주 재빠르게 소떼를 따라 뛰기 시작했다.

"멈춰라, 기다려라! 이 망나니, 악당아! 기사가 홀로 너희들을 기다리마. '도망치는 적에게 은으로 만든 다리를 만들어주라'*는 그런 생각은 갖고 있지도 않고 그럴 여건도 아니다."

그러나 황급히 달려가던 사람들은 멈추지 않았고, 그의 위협에는 옛날의 구름만큼도 신경 쓰지 않았다. 지친 돈키호테가 멈춰 섰고, 복수심보다 화를 더 주체 못 하고 길에 주저앉아 산초와 로시난테와 잿빛 당나귀가 도착할 때까지 기다렸다. 그들이 도착하자 주인과 종자는 다시 말에 올라 거짓의, 아니 엉터리 아르카디아에 작별 인사도 하지 않고서 기쁨보다는 수치심을 지닌 채 그들의 길을 계속갔다.

---

*도망가는 것을 도와준다는 속담.

제59장

여기에서는 돈키호테에게 일어난 모험으로
간주할 수 있는 기이한 사건에 대하여 이야기한다

황소의 무례함으로부터 벗어난 돈키호테와 산초는 먼지와 피로에 지친 몸을 상쾌한 나무 숲 사이에서 발견한 맑고 깨끗한 샘물에서 위안 받았다. 샘물가에서 잿빛 당나귀와 로시난테의 재갈과 고삐를 풀어주고, 해쓱해진 주인과 종자는 자리에 앉았다. 산초는 음식이 들어 있는 자신의 식량 자루로 다가가 그 속에서 그가 보통 식량이라고 부르는 것을 꺼냈다. 그는 입을 헹구었고, 돈키호테는 세수를 했다. 이렇게 한숨을 돌리자 두 사람은 기진맥진했던 정신에 원기를 되찾았다. 돈키호테는 극도로 괴로워하며 음식을 먹지 않았고, 산초도 매우 조심스러워하며 앞에 놓인 음식들에 감히 손을 대지 못했다. 그는 주인이 먼저 먹기를 기다리고 있었지만 주인은 생각에 빠져서 입에 빵을 가져가는 것도 잊어버리고 있었기에 자신도 입을 열지 못했던 것이다. 그러다가 모든 예절을 내동댕이치고서, 산초는 자기 앞에 놓인 빵과 치즈를 배 속에 채워 넣기 시작했다.

"먹어라, 나의 벗 산초야." 돈키호테가 말했다. "생명을 지탱해야지. 그게 너에게는 더 중요하니까. 그리고 나는 내 불행과 고민의 손에 죽게 내버려두어라. 산초야, 나는 죽어가면서 살기 위해 태어났고, 너는 먹으면서 죽기 위해 태어났다. 내 말이 사실이라는 걸 확인하려면, 내 이야기가 책으로 인쇄되었고, 내가 기사로서 명성을 떨쳤으며, 행동에서는 정중하고, 귀족들에게는 존경을 받고, 아가씨들에게서는 구애를 받는다는 것을 곰곰이 생각해보아라. 드디어 나의 용맹스러운 무훈의 대가로 박수갈채와 승리의 왕관을 기대했건만, 오늘 아침 나는 불결하고 천박한 짐승들의 발에 짓밟히고, 걷어차이고, 짓뭉개지고 말았구나. 그리고 그 결과 이가 빠지고, 어금니는 무뎌지고, 손은 마비되고, 식욕은 완전히 없어졌다."

"그러시다면," 산초가 허겁지겁 음식을 계속 씹으며 말했다. "주인님은 '마르타는 죽더라도 배불리 먹고 죽는다'는 속담에 찬성하지 않으시겠네요. 적어도 저는 제 스스로 죽을 생각은 없습니다. 오히려 필요한 자리에 닿을 때까지 이빨로 가죽을 당기는 구두 수선공처럼 할 생각입니다. 그러니까 하늘이 정해주는 종말에 도달할 때까지 계속 먹으면서 제 삶을 끌고 갈 거라 이 말이지요. 그리고 주인님처럼 절망에 빠져서 죽으려고 하는 광기보다 더 큰 광기는 없다는 것을 아셔야 합니다. 그러니 저를 믿으시고, 식사를 하신 다음에 이 초원의 초록 침대 위에서 눈을 좀 붙이세요. 그리고 나서 잠에서 깨어나면 마음이 좀 가벼워지실 겁니다."

돈키호테는 산초의 말이 바보스럽기보다는 철학자 같다고 느껴서 그의 말대로 하였다. 그리고 그에게 말했다.

"아, 산초야! 네가 나를 위해 지금 내가 말하는 것을 실행해준다면, 난 좀 더 기운이 나고 또 내 고통도 조금은 줄어들 것 같구나. 너의 충고에 따라 내가 잠을 자는 동안, 너는 여기에서 조금 멀리 떨어진 곳으로 가 로시난테의 고삐로 너의 맨살을 300대든 400대든 때리라는 것이다. 둘시네아가 마법에서 풀려나기 위해서 네가 맞아야 할 3천몇 대 중에서 얼마간이라도 맞아야

하지 않겠느냐. 너의 무관심과 게으름 때문에 저 불쌍한 공주님이 계속 마법에 걸려 있다는 것이 적잖이 유감이다."

"그 문제에 대해서는 저도 할 말이 많지만요," 산초가 말했다. "지금 당장은 우리 둘 다 잠을 자두지요. 그러고 나면 하느님께서 말씀이 있으실 겁니다. 주인님께서도 알아주셔야 할 것은 사람이 냉정하게 자기 몸에 매질을하는 건 아주 못할 짓이라는 겁니다. 더구나 영양을 잘 보충하지도 못하고먹는 것도 부실한 몸에 매질을 한다는 것은 말할 것도 없지요. 우리 둘시네아 공주님께서 인내심을 가지시기를 빕니다. 기다리시면, 언젠가는 매질로인해 몸에 구멍이 체처럼 뚫린 저를 보시게 될 겁니다. 죽을 때까지는 모두가 살아 있지요. 다시 말해서 저는 아직까지 살아 있다는 겁니다, 제가 약속한 것을 실행하고 싶은 마음과 함께요."

돈키호테는 그에게 감사를 하고서 음식을 조금 먹었고, 산초는 배불리 먹었다. 그러고 나서 두 사람은 잠이 들었다. 지속적인 동반자이고 친구인 로시난테와 잿빛 당나귀가 풍성한 풀로 가득 찬 초원에서 마음대로 풀을 뜯어먹을 수 있게 내버려두고 말이다. 얼마 후 그들은 잠에서 깨어 다시 말을 타고 길을 계속 갔다. 거기서 1레구아 떨어진 곳에 있는 주막집에 도착할 때까지 서둘렀다. 내가 주막집이라 한 까닭은, 돈키호테가 모든 주막집들을 성이라 불렀던 습관을 따르지 않고 그곳을 주막집이라 불렀기 때문이다.

그들은 주막집에 도착해서 주인에게 방이 있는지를 물었고, 주인은 사라고사에서나 찾아볼 수 있을 편안하고 융숭하게 대접해주는 방이 있다고 대답했다. 그들은 말에서 내렸으며, 산초는 주인이 자신에게 열쇠를 준 방에다가 자신의 식량들을 갖다 놓았다. 그러고는 로시난테와 나귀를 마구간으로 끌고 가서 그들에게 건초를 주고, 문가 의자에 앉아 있던 돈키호테가 자신에게 시킬 일이 있는지 보러 나갔다. 그는 자기 주인이 주막집을 성으로 보지 않은 것에 대해 하늘에 개인적으로 감사를 드렸다.

저녁 시간이 되자 그들은 자신의 방으로 갔고, 산초는 주막 주인에게 저녁으로 무엇을 준비해줄 것인지 물었다. 주인은 구미에 당기는 것은 모두 제공해주겠다고 대답했다. 원하는 것을 말하기만 하면, 하늘을 나는 새건 땅 위를 걷는 새건, 바닷속 생선들까지도 준비되어 있다는 것이었다.

"그렇게까지는 필요 없고," 산초가 대답했다. "닭 두 마리 정도만 구워주면 충분할 겁니다. 우리 주인님은 신경이 날카로워서 많이 드시지 않고, 나도 지나치게 많이 먹지는 않아요."

주막집 주인은 솔개가 닭들을 다 잡아먹어서 닭이 없다고 대답했다.

"그러시다면 주인장, 연한 병아리 한 마리만 구워주시오." 산초가 말했다.

"병아리요? 어쩐다!" 주인이 대답했다. "사실 어제 50마리 넘게 시내에 팔려고 보내버렸는데. 병아리 말고는 뭐든 원하는 대로 주문하세요."

"그렇다면 송아지고기나 새끼 양고기는 있지요?" 산초가 말했다.

"지금 당장은 없어요." 주인이 대답했다. "다 떨어져서 다음 주에나 여분이 있을 겁니다."

"기가 찰 노릇이네!" 산초가 대답했다. "보자 하니, 없는 것들을 다 계산해보면 남는 것은 소금에 절인 돼지고기와 달걀밖에 없단 소리네."

"이거야 참!" 주막 주인이 대답했다. "이 손님, 농담도 잘하시네! 제가 닭도 없고 병아리도 없다고 말씀드렸잖습니까. 그런데 달걀을 원하신다고요? 다른 맛있는 음식을 생각해보세요. 진귀한 것들은 주문하지 마시고요."

"아이고, 내 팔자야. 이제 결정을 내립시다." 산초가 말했다. "그래, 결국 가지고 있는 게 뭐요. 더 이상 변명은 늘어놓지 맙시다, 주인장."

주막집 주인이 말했다.

"정말로 제가 가지고 있는 것은 암송아지 발로 보이는 소 발톱 두 개 혹은 소 발톱처럼 보이는 암송아지 발 두 개인데, 이집트콩, 양파, 소금에 절인 돼지고기와 함께 요리한 것이지요. 지금 바로 '먹어줘요, 먹어줘요!' 하고 말하고 있답니다."

"그럼 그건 내 거니까," 산초가 말했다. "돈은 더 쳐드릴 테니 아무도 그 음식에 손대지 못하게 하시오. 더 좋은 음식이 있을 것 같지는 않고, 또 발이든 발톱이든 다른 것은 없어 보이니 말이오."

"아무도 손대지 않을 겁니다." 주막 주인이 말했다. "여기 있는 다른 손님들은 지체 높으신 분들이라서 요리사들과 식료품 담당 하인을 대동하고서 음식을 가지고 다니니까요."

"지체 높기로 말하자면," 산초가 말했다. "우리 주인님보다 더 높은 분은 없어요. 다만 우리 주인님의 직업이 음식과 마실 것을 가지고 다니지 못하게 해서 그렇지요. 그래서 우리는 저기 초원 한가운데 누워서 도토리와 비파 열매를 실컷 먹는다오."

이것이 산초가 주막집 주인과 나눈 대화였는데, 산초는 더 이상 대화를 진행시키고 싶지 않아서, 그의 주인이 무슨 직업을 가졌고 무슨 일을 하느냐는 주막집 주인의 질문에 대답을 하지 않았다.

저녁 먹을 시간이 되어 돈키호테는 자신의 방으로 왔고, 주막집 주인이 요리가 담긴 냄비를 들고 왔다. 저녁을 먹기 위해 자리에 앉자, 돈키호테가 묵고 있던 방과 오직 얇은 칸막이로만 나뉘어 있던 바로 옆방에서 말소리가 들려왔다.

"돈 헤로니모 님, 제발, 저녁을 가져오는 동안에 《돈키호테 데 라만차》이야기 2편*의 다른 장을 읽어봅시다."

---

*세르반테스가 1615년 2편을 발표하기 1년 전에 나온 위작을 말한다. 《돈키호테》1편이 성공하자

자신의 이름을 듣자마자 돈키호테는 일어나서 귀를 대고 대화를 주의 깊게 들었다. 이미 언급한 돈 헤로니모라는 사람이 대답하는 소리가 들렸다.

"돈 후안 님, 이런 엉터리 얘기를 무엇 때문에 읽자고 하는 거요? 만일 《돈키호테 데 라만차》 1편을 읽은 사람이라면 여기 2편을 읽고 즐거워한다는 것은 불가능하지 않소?"

"그렇다고는 하나," 돈 후안이 말했다. "그래도 읽어보는 게 좋겠지요. 아무리 나쁜 책이라도 좋은 점은 있기 마련이니까요. 제가 2편에서 가장 불쾌했던 것은 돈키호테의 둘시네아 델 토보소 공주님에 대한 사랑이 이미 식어버렸다고 기술하고 있다는 점입니다."

이 말을 들은 돈키호테는 분노와 실망으로 목소리가 격앙되어 말했다.

"돈키호테 데 라만차가 둘시네아 델 토보소를 잊어버렸다거나 잊을 수 있다고 말하는 자가 누구든 간에, 그 말이 사실과는 매우 거리가 멀다는 것을 내 힘으로 알려주리라. 세상에 비길 데 없는 둘시네아 델 토보소는 잊힐 수가 없으며 돈키호테의 머릿속에는 망각이라는 것이 들어갈 여지도 없다. 그의 문장(紋章)은 변치 않는 마음이며, 그의 직분은 어떤 무력도 쓰지 않고 부드럽게 그녀를 보호하는 일이다."

"우리 말에 대꾸하는 사람은 누구시오?" 다른 방에서 대답이 들려왔다.

"누구겠습니까?" 산초가 대꾸했다. "바로 돈키호테 데 라만차 님이시지요. 그분은 자신이 말한 것과 앞으로 말하게 될 모든 것을 훌륭하게 실행하실 분입니다. 돈을 잘 갚는 사람은 담보를 신경 쓰지 않는 법 아니겠습니까?"

아베야네다라는 이름의 작가가 1614년 위작을 출간한 것인데, 세르반테스가 이 59장을 집필할 무렵 그 사실을 알고 불쾌한 심경을 피력하기 시작한다.

산초가 말을 마치자마자 방으로 기사처럼 보이는 두 사람이 들어왔다. 그들 중 한 사람이 돈키호테의 목을 두 팔로 감싸면서 말했다.

"기사님을 뵈오니 그 이름을 거짓이라 할 수 없고, 그 이름을 들으니 기사님의 존재를 드높이지 않을 수가 없군요. 의심할 여지없이 기사님, 여기 기사님께 전해드리는 이 책의 저자가 한 것처럼 기사님의 명성을 강탈하고 기사님의 무훈을 없애버리려는 자들에도 불구하고, 기사님께서는 편력기사도의 길잡이시고 샛별이신, 진정한 돈키호테 데 라만차 님이십니다."

그러면서 동료가 가져온 책 한 권을 손에 쥐여주자, 돈키호테는 그것을 받아서 아무 말도 없이 책장을 넘기기 시작했다. 그리고 얼마 되지 않아 고개를 돌려서 그에게 말했다.

"내가 잠시 읽어본 바에 의하면, 이 작가가 비난받아야 할 점이 세 가지 발견되었소. 첫 번째는 책 서문에서 내가 읽었던 몇 가지 말들이며, 두 번째는 아마도 관사를 쓰지 않는 것으로 보아 아라곤* 말로 썼다는 것이고, 세 번째는, 바로 이것이 작가가 무지하다는 것을 가장 잘 확인해주는데, 이야기책의 가장 중요한 대목에서 실수를 하고 사실에서 빗나가고 있다는 것이오. 이 책에서는 내 종자인 산초 판사의 아내를 마리 구티에레스라고 부르는데, 그게 아니라 테레사 판사지요.** 이렇게 중요한 부분에서 실수를 하는 사람은 이야기의 나머지 모든 부분에서도 실수를 할 것이라 걱정이 되는군."

이에 산초가 말했다.

---

*스페인 동북부에 있는 지방. 1035년에 독립하여 사라고사에 수도를 세운 왕국이었으나 1516년에 스페인에 편입되었다.
**세르반테스 역시 1편 7장에서 테레사를 마리 구티에레스로 부른 바 있다. 하지만 세르반테스가 그 외의 여러 이름들 후아나 구티에레스나 마리 구티에레스, 테레사 판사, 테레사 카스카호와 더불어 다양하게 부른 반면, 위작은 하나의 이름으로만 되어 있다.

"이 이야기꾼 말솜씨 한번 좋네요! 확실히 우리 집안 일들을 잘 알고 있는 사람인 게 분명한 것이, 집에서는 내 마누라 테레사 판사를 '마리 구티에레스'라 부르거든요. 주인님, 다시 한 번 그 책을 보시고 제가 거기에 있는지 좀 봐주세요. 혹시 제 이름이 바뀌지 않았는지도 봐주시고요."

"이보시오, 친구," 돈 헤로니모가 말했다. "말하는 것을 들으니 당신이 바로 돈키호테 님의 종자 산초 판사가 틀림없는 것 같은데."

"예, 바로 접니다." 산초가 대답했다. "저는 그것이 자랑스럽습니다."

"그런데," 그 기사가 말했다. "분명히 이 새로운 작가는 당신의 인품에서 나타나는 정직성은 이야기하지 않아요. 먹보에다 멍청하고, 재치도 없는 사람으로만 그리고 있으니. 당신 주인의 이야기 1편에서 묘사된 산초와는 아주 다른 모습이지요."

"하느님께서 그자를 용서하기를." 산초가 말했다. "차라리 절 기억하지 말고 그냥 있던 자리에 있게 내버려두었으면 좋겠네요. 악기는 다룰 줄 아는 사람에게 다루게 해야 하고, 성 베드로는 로마에 계시는 게 좋지요."

두 기사는 돈키호테에게 그들과 함께 저녁을 들기 위해 자신들의 방으로 가자고 청했다. 그들은 이 주막집에는 자신들에게 어울리는 음식이 없다는 것을 잘 알고 있었다. 언제나 예의 바른 돈키호테는 그들의 요청을 받아들여서 그들과 함께 저녁을 먹었다. 산초는 냄비 요리를 독차지한 채 식탁 머리에 앉았고, 주막집 주인이 그와 함께 앉았는데 소의 다리와 발톱을 산초 못지않게 좋아했다.

저녁 식사 시간에 주고받은 대화 속에서 돈 후안은 돈키호테에게 둘시네아 델 토보소 공주님에 대한 새로운 소식이 있느냐고 물었다. 즉 그녀가 결혼을 했는지, 임신이나 출산을 했는지, 지조를 지키고 자신의 정절과 순결을 지키면서 돈키호테 님의 사랑하는 마음을 기억하고 있는지 물었다. 이에 돈키호테가 대답했다.

"둘시네아는 정결하며, 내 마음은 그 어느 때보다 더 확고하오. 직접 만나는 일은 예나 다름없이 소원한데, 지금 아름다운 그녀가 천박한 시골 아낙으로 바뀌어버렸기 때문이오."

그러고 나서 그들에게 둘시네아 공주님이 마법에 걸린 것과 몬테시노스 동굴에서 일어났던 일을 상세하게 말해주었다. 현자 메를린이 둘시네아에게 걸린 마법을 풀기 위해서는 산초에게 매질을 해야 한다고 말했다는 사실도 들려주었다.

두 기사는 돈키호테가 그에게 일어난 기이한 사건들에 대해 말하는 것을 듣고서 매우 즐거워했으며, 돈키호테의 이치에 닿지 않는 말뿐만 아니라 그 것을 말하는 우아한 화술에 대해서도 놀랐다. 어떤 때는 분별력 있는 사람으로 생각되고 또 어떤 때는 바보로 보였기에, 돈키호테를 분별과 광기 사이 어디에 두어야 할지 마음을 정하지 못했다.

저녁 식사를 마친 산초는 술에 취한 주막집 주인을 남겨두고서 자기 주인이 있는 방으로 들어가면서 말했다.

"나리님들, 나리들이 가지고 있는 이 이야기책의 작가가 우리들이 사이좋게 지내기를 바란다면 제 손에 장을 지지겠습니다. 나리들 말씀이 저를 먹보라고 불렀다고 하셨는데, 제발 술주정뱅이라고는 부르지 말았으면 좋겠네요."

"그렇게도 불렀다네." 돈 헤로니모가 말했다. "그러나 어떤 식으로 얘기했는지는 기억이 안 나는군. 여기 있는 착한 산초의 용모를 보니, 그 말들이 차마 입에 담을 수 없는 것들이며, 더구나 거짓말이라는 것을 알겠소."

"나리들, 저를 믿어주시기 바랍니다." 산초가 말했다. "그 이야기책에 나오는 산초와 돈키호테는 시데 아메테 베넹헬리가 지은 이야기책에 나오는

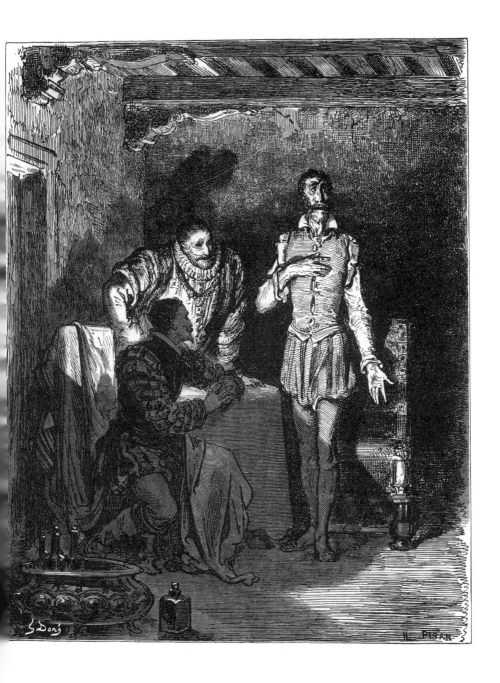

사람들과는 아마 다른 인물들일 겁니다. 우리들은, 그러니까 제 주인님은 용맹하고 사려 깊고 사랑에 빠지셨으며, 저는 그저 재치 있긴 하지만 먹보도 아니고 주정뱅이도 아닙니다."

"나도 그렇다고 믿네." 돈 후안이 말했다. "가능하다면, 위대한 돈키호테 님의 일들에 대해서는 원작자인 시데 아메테가 아니라면 아무도 감히 기술하지 못하도록 금지할 필요가 있겠군. 알렉산드로스 대왕이 아펠레스 외에는 아무도 감히 자신의 초상화를 그리지 못하도록 명령한 것처럼 말이오."

"누구든 원하는 사람은 내 초상화를 그려도 좋습니다." 돈키호테가 말했다. "그러나 나쁘게 그려서는 안 될 일이지요. 모욕과 괴롭힘을 당하다 보면, 인내가 땅에 떨어지는 법이 아닙니까."

"돈키호테 님에게는 어떤 모욕도 할 수 없을 겁니다." 돈 후안이 말했다. "누구든 값을 치르게 될 것이니까요. 물론 돈키호테 님이 인내의 방패로 모욕을 억제하지 못한다면 말입니다. 제가 보기에 돈키호테 님의 인내심은 실로 강한 것 같거든요."

이런저런 대화를 나누면서 저녁 시간의 대부분이 흘러갔다. 돈 후안은 돈키호테가 그 이야기책을 평가하는 것을 보고 싶어 더 읽기를 청했지만 그를 설득하지는 못했다. 돈키호테는 조금 읽어보니 모든 것이 완전히 얼빠진 이야기임을 확신할 수 있겠다면서, 혹시라도 자신의 손에 그 책이 있다는 것이 그 작가에게 알려지면 자신이 그 책을 읽었다고 생각해 기뻐할 텐데 자신은 그것을 원하지 않는다고 말했다. 왜냐하면 추잡하고 얼빠진 이야기들에 대해서는 생각을 멀리 둘 필요가 있으며, 눈으로 보는 것은 더욱 그러하기 때문이었다. 그들은 돈키호테에게 어디로 여행할 것인지를 물었고, 돈키호테는 사라고사로 갈 것이라면서 그곳에서 매년 열리는 기마 창 시합에 참가할 거라고 대답했다. 돈 후안이 돈키호테에게, 그 새로운 이야기책에서도 돈키호테인지 누구인지가 사라고사에서 말을 타고서 창으로 동그란 반지 모양의 고리를 꿰뚫는 경기에 참가했다고 기술하는 대목이 있음을 말해주었다. 그런데 창의성도 부족하고 문장도 초라하며, 표현도 매우 옹색하여 어리석은 소리만 잔뜩 펼쳐놓았다는 것이었다.*

"그런 똑같은 사건이 있었다면." 돈키호테가 말했다. "나는 사라고사에 발을 딛지 않을 것이오. 그래서 그 이야기의 새로운 작가가 거짓말을 했다는 걸 세상에 알리겠소. 그리하면 내가 그 작가가 언급한 그 돈키호테가 아니라는 것을 사람들이 알아차릴 수 있을 것 아니겠소."

"아주 잘 생각하셨습니다." 돈 헤로니모가 말했다. "그리고 바르셀로나에서 또 다른 기마 창 시합이 열리는데, 그곳에서 돈키호테 님이 용맹을 보여주실 수 있을 겁니다."

"나도 그렇게 할 생각이오." 돈키호테가 말했다. "그리고 여러분이 허락하신다면, 나는 이미 침상에 들 시간이 되었음을 말씀드리오. 부디 여러분의 중요한 친구들과 섬기는 자들을 헤아리실 때 이 몸도 함께 생각해주시기 바라오."

"이놈도 끼워주세요." 산초가 말했다. "아마 무엇이든 간에 도움이 될 겁니다."

이것으로 작별을 고하고서 돈키호테와 산초는 자신들의 방으로 물러갔다. 돈 후안과 돈 헤로니모는 돈키호테의 분별력과 광기가 혼합되어 있는 것을 보고서 놀랐다. 그리고 이 사람들이 진짜 돈키호테와 산초이며, 그 아라곤 작가가 기술한 사람들은 진짜가 아니라고 믿게 되었다.

돈키호테는 아침 일찍 일어나서 다른 방의 칸막이벽을 두드리며 투숙객

---

*앞서 말한 《돈키호테》 2편 위작에 실제로 등장하는 내용이다.

들에게 작별 인사를 했다. 산초는 주막집 주인에게 충분히 돈을 지불하고, 주막집에 모든 음식이 준비되어 있다고 자랑하지 말거나, 아니면 음식을 더 많이 준비하라고 충고했다.

제 60 장

바르셀로나로 가는 길에
돈키호테에게 생긴 일에 대하여

아침은 상쾌했다. 그리고 돈키호테가 주막집을 나선 그날 한낮도 그럴 기미가 보였다. 돈키호테는 사라고사를 거치지 않고 바르셀로나로 곧장 가는 길을 알아보았는데, 그를 격렬히 비난했다고들 하는 그 새로운 이야기꾼이 거짓말쟁이임을 폭로하고 싶은 소망이 그토록 컸던 것이다.

엿새 이상 적어둘 만한 가치가 있는 일이 하나도 일어나지 않다가 마침내 길을 벗어나 가고 있던 중에 떡갈나무인지 코르크나무인지, 다른 일에 관해서는 종종 정확성을 보이던 시데 아메테가 이번만큼은 그다지 정확히 밝히지 않았는데, 하여간 빽빽한 숲 속에서 밤을 맞이하게 되었다.

주인과 종자는 각각 타고 있던 짐승에서 내려 나무에 기대 몸을 쉬었는데 그날 간식을 배불리 먹었던 산초는 꿈나라 문턱까지 우당탕 뛰어 들어갔지만 배고픔보다는 상상의 나래를 펼치느라 잠을 설치던 돈키호테는 생각 속에서 수백 곳의 장소를 오가느라 눈을 붙일 수가 없었다. 몬테시노스의 동굴에 있는 것 같기도 했고, 시골 아낙으로 변한 둘시네아가 펄쩍 뛰어 나귀에 올라타는 모습을 본 것 같기도 했다. 왜냐하면 그의 귓가에는 둘시네아를 마법에서 구해내기 위해 해야만 하는, 그리고 갖춰야만 하는 조건과 성실성에 대해 이야기하는 현자 메를린의 말이 울려 퍼졌기 때문이다. 자신의 종자 산초가 그 일에 게으르고 별 애정도 없는 것을 보며 돈키호테는 절망에 빠졌다. 그가 보기에는 매질을 겨우 다섯 대 했을 뿐이고, 아직 터무니없이 부족한 매질의 수에 비하면 이는 너무나 말도 안 되게 적은 수치였기 때문이다. 이 사실에 마음이 괴롭고 분노가 치민 그는 이렇게 일장연설을 하기 시작했다.

"알렉산드로스 대왕이 '자르는 것이나 푸는 것이나 그게 그것이다'라고 말하며 고르디우스의 매듭을 잘라버렸으나 그로 인해 아시아 전체의 군주가 되는 일이 방해를 받지 않았으니, 둘시네아의 마법을 푸는 일에 있어서도 어쨌거나 그 조건이 산초가 3천 번하고도 몇 차례 더 매질을 당하는 것이라면 그 매질을 산초 자신이 하든 다른 사람이 하든 무슨 문제가 있겠는가. 내가 산초에게 매질을 한다면 산초가 고통을 받기는 할 터이지만 그 이상도 이하의 일도 일어날 수가 없을 것이니. 어쨌거나 본질은 그 매질이 어디에서 오든 간에 산초가 매질을 당하기만 하면 되는 게 아닌가?"

이런 생각으로 그는 산초에게 다가가, 먼저 로시난테의 채찍을 집어 들고 매질을 할 수 있게 잘 다듬은 다음 산초의 바지를 지탱하고 있는 (일설에 의하면 앞부분에만 매듭을 묶어두었다고 하는) 허리끈을 풀기 시작했다. 하지만 돈키호테가 다가가자마자 산초는 잠에서 깨어 정신을 차리고 말했다.

"이게 뭐야? 누가 내 허리끈을 푸는 거야?"

"나다." 돈키호테가 대답했다. "너의 부족한 것을 채우고 내 일을 바로잡으려는 것이니, 산초야, 네게 매질을 해서 네가 지고 있는 빚을 일부나마 덜어주어야겠다. 둘시네아는 시들어가고 있는데 네놈은 이 일을 등한시하고 있지 않느냐. 나는 기다리기만 하다가 죽겠구나. 그러니 네가 알아서 허리끈을 풀도록 해라. 이 한적한 곳에서 적어도 2천 대 정도는 매질을 해야겠다."

"그건 안 되지요." 산초가 말했다. "주인님은 좀 조용히 하셔야겠어요. 안 그러면 하느님께 맹세코 귀머거리라도 우리 소릴 듣게 생겼습니다요. 말씀드리지만, 제가 의무로 지고 있는 그 매질은 강제로가 아니라 제 의지에 따라 해야 하는 겁니다. 그리고 저는 지금 저를 매질할 마음이 없고요. 그러니 지금은 제 마음이 내킬 때 스스로 매질을 하겠노라 주인님께 약속드리는 것만으로도 충분할 겁니다."

"네놈의 그럴듯한 말만 믿고 있을 수는 없다, 산초." 돈키호테가 말했다. "네 마음은 단단하기 이를 데 없고, 네가 촌놈이기는 해도 속살은 부드럽기 이를 데 없으니 말이야."

그러고는 산초의 허리끈을 풀기 위해 고군분투하였으니, 이 모습을 본 산초 판사는 벌떡 일어서서 잽싸게 주인을 덮쳐 필사적으로 껴안고, 다리를 걸어 넘어뜨려 바닥에 널브러지게 했다. 그렇게 하늘을 보게 한 다음 오른쪽 무릎을 돈키호테의 가슴팍에 얹고 두 손으로 상대방의 손을 꼭 잡아 뒤척거릴 수도 숨을 쉴 수도 없게 만들었다. 그러자 돈키호테가 말했다.

"이런 배신자가 있나? 네 주인이자 주군에 대항하여 그 명을 거역하는 것이냐? 네게 빵을 주는 이에게 감히 대적하려 하느냐?"

"저는 국왕을 폐하자는 것도 아니고 세우자는 것도 아닙니다요." 산초가 대답했다. "다만 제 자신을 도울 뿐이지요. 저의 주인은 저니까요. 주인님께서 가만히 계시겠다고, 지금 매질을 하지 않겠다고 약속하시면 자유롭게 풀어드리겠습니다. 그러지 않으신다면,

　　그대는 여기에서 죽으리, 배반자,

도냐 산차*의 적이여."

돈키호테는 그렇게 하리라 약속했고, 또한 목숨을 걸고 산초의 털끝 하나 건드리지 않겠다고 맹세했다. 그리고 원하는 때에 스스로 매질하는 것을 전적으로 그의 뜻과 자유 의지에 맡기겠노라 다짐했다.

산초는 일어나 그 자리를 한참이나 벗어났다. 그러는 중에 나무 아래를 지나치다가 무언가 그의 머리를 건드리는 것이 있어 손을 뻗었더니, 양말과 신발을 신은 사람의 발이 만져졌다. 산초는 겁에 질려 다른 나무로 다가갔는데 거기에서도 똑같은 일이 벌어졌다. 산초는 큰 소리로 돈키호테를 부르며 자기를 좀 봐달라고 했고, 돈키호테는 산초의 요청대로 달려와 무슨 일이냐고, 무엇을 두려워하느냐고 물었다. 산초가 나무들이 모두 사람의 발과 다리로 가득 차 있다고 말하자, 그것들을 만져본 돈키호테는 무슨 일인지를 알아차리고 산초에게 말했다.

"두려워할 것 없다. 네가 만진 발과 다리들은 분명 이 나무들에서 교수형 당한 무법자들이나 강도들의 것일 테니까. 그자들을 붙잡으면 스물이면 스물, 서른이면 서른씩 법을 집행하여 목을 매달곤 하는데, 그곳이 바로 여기다. 그걸로 봐서 우리는 바르셀로나에 가까이 온 것이 틀림없구나."

돈키호테의 추측은 모두 옳았다.

다시 출발할 때 눈을 들어 보니 그 나무들에 걸린 것이 다름 아닌 강도들의 시체라는 것을 알 수 있었다. 그렇게 날이 밝았는데도 죽은 자들이 이들을 깜짝 놀라게 했다면, 마흔 명 이상의 살아 있는 강도들이 안겨준 두려움

---

*당시 유행하던 로만세를 인용하면서, 자기 이름을 '산초' 대신 '산차'라는 여성형으로 바꾸어 썼다.

은 어떠했겠는가. 강도들은 느닷없이 이들을 둘러싸고서, 카탈란 말*로 자신들의 대장이 올 때까지 꼼짝 말고 그 자리에 있으라고 말했다.

돈키호테는 그 자리에 가만히 서 있었다. 말에는 재갈도 채우지 않은 상태였고 창도 나무에 기대어놓은, 다시 말해 방어 태세가 전혀 되어 있지 않은 상태였으므로 적당한 때가 오기를 기다리면서 팔짱을 끼고 고개를 숙이고 있는 것이 더 낫겠다고 생각했던 것이다.

강도들은 이들에게 다가와 로시난테를 이 잡듯 뒤지고, 여행용 포대와 짐보퉁이에 가지고 온 것들 중 어느 것 하나 그대로 두지 않았다. 산초로서는, 몸에 착 달라붙게 해둔 복대 속에 공작이 준 에스쿠도와 고향에서 가져온 것들이 있었으니 그나마 다행이었는데, 바로 그 순간 그들의 대장이 도착하지 않았다면 그자들이 그를 털 뽑듯 하여 산초가 겉가죽과 살 사이에 숨겨둔 것들까지 들여다보려 했을 것이었다. 대장이라는 자는 서른넷쯤 되어 보였고 건장하고 보통보다 큰 키에 무거운 눈빛을 지닌 까무잡잡한 사내였다. 힘센 말을 타고 철망으로 만든 갑옷을 입고 있었으며 (이 지방에서는 나팔 총이라고 부르는) 작은 권총 네 자루를 옆구리에 차고 있었다. 그는 자신의 종자들이 (그런 일을 하고 다니는 자들을 그렇게 불렀는데) 산초 판사를 털려고 하는 것을 보고 그러지 말라 명령했고, 이들이 그 말에 복종했으므로 산초의 복대는 무사할 수 있었다. 대장은, 창은 나무에 기대어놓고 방패는 바닥에 놓은 채 무장을 하고서 생각에 잠긴, 슬픔 그 자체가 만들어낼 수 있는 가장 슬프고 외로운 모습을 한 돈키호테를 보고 적잖이 놀랐다. 그가 돈키호테에게 다가가 이렇게 말했다.

---

*카탈루냐의 중심 도시가 바르셀로나로, 여기에서는 스페인의 표준어인 카스티야어 외에 지역어인 '카탈란어'를 사용한다.

"그렇게 슬퍼하지 마시오, 선한 이여. 그대들은 잔인한 오시리스* 무리의 손에 떨어진 것이 아니라 잔혹함보다는 동정심이 더 많은 로케 기나르트**의 손에 있습니다."

"나의 슬픔은 당신의 손에 떨어진 데서 오는 것이 아니오." 돈키호테가 대답했다. "오, 이 땅에 그 명성을 가두어둘 경계가 없는 용감한 로케여! 내가 슬픈 것은, 이토록 부주의하게 말에 재갈도 물리지 않은 채 그대의 병사들에게 잡혔기 때문이오! 내가 맹세한 편력기사의 법에 따르면 잠시도 경계를 늦추지 말고, 어느 때라도 나 자신이 보초가 되었어야 하거늘. 오, 위대한 로케여, 그대에게 알려두건대, 만일 내가 말에 탄 채 창과 방패를 들고 그대들과 맞닥뜨렸다면 나를 꺾기는 결코 쉽지 않았을 것이오. 왜냐하면 내가 바로 그 위업과 무훈으로 세상을 가득 채우고 있는 돈키호테 데 라만차이기 때문이오."

로케 기나르트는 금세 돈키호테의 병이 용기보다는 광기에 가깝다는 사실을 눈치챘다. 그의 이름을 몇 차례 들어본 일은 있었으나 실제로 그의 행동에 관한 이야기를 사실로 받아들인 적은 결코 없었고, 인간의 마음속을 그와 유사한 일들이 지배한다는 것도 납득할 수 없었다. 하지만 그를 만나 멀리서 듣기만 했던 것을 가까이서 볼 수 있게 된 것이 극도로 기뻤기에 로케는 이렇게 말했다.

"용감한 기사여, 너무 억울해하지도 마시고 지금의 처지를 불운이라 여기지도 마십시오. 이 과오 속에서 그대의 비틀린 운명이 곧게 펴질 수도 있으니 말이오. 하늘은 인간이 한 번도 상상해본 일이 없고 본 적도 없는 이상한

---

*이방인들을 잡아 제단에 희생 제물로 바쳤던 이집트의 왕 부시리스를 죽음의 신 오시리스와 혼동하고 있는 듯하다.
**역사상 실재했던 카탈란 지방의 유명한 도적으로, 본명은 '로카 기나르다'이다.

우여곡절을 통해 넘어진 자를 일으키고 가난한 자를 부자로 만들지요."

돈키호테가 막 감사의 말을 하려고 하는 순간 등 뒤에서 한 무리의 말발굽 소리가 들렸다. 그러나 실제로는 말 한 마리였으니 그 말 위에는 스무 살 남짓 되어 보이는, 금은으로 수놓은 초록색 비단 옷에 황금 장식을 달고, 통 넓은 반바지, 머리로 뒤집어쓰는 외투와 깃털을 꽂은 자그마한 모자 그리고 초칠을 한 꼭 맞는 장화와 박차, 황금빛 단검을 갖추고 손에는 작은 엽총을 들고 허리춤에는 작은 권총 두 자루를 찬 청년이 있었다. 소리를 들은 로케가 고개를 돌려 이 아름다운 모습의 청년을 보았고 그는 로케에게 가까이 다가가 이렇게 말했다.

"그대를 찾아왔습니다, 오, 용감한 로케여! 그대에게서 방도를 찾지 못한다면 적어도 제 불운의 위안이라도 찾으러 왔습니다. 놀라지 않으시도록, 왜냐하면 그대가 저를 알지 못한다는 것을 알고 있으므로, 제가 누구인지 말씀드리도록 하겠습니다. 저는 클라우디아 헤로니마로서 당신의 둘도 없는 친구인 시몬 포르테의 딸입니다. 아버지의 개인적인 원수인 크라우켈 토레야스는 당신의 적이기도 하며 당신의 반대파 일당 중 한 사람이지요. 당신도 아시다시피 그에게는 돈 비센테 토레야스라 부르는, 아니 적어도 두 시간 전까지 그렇게 불렸던 아들이 하나 있었습니다. 제 불행에 대해 간단히 말씀드리자면, 바로 그자가 제 불행의 원인이 된 자입니다. 그자는 저를 보고 꼬드겼고, 저는 그의 말에 귀를 기울이다가 그만 아버지 모르게 사랑에 빠지고 말았습니다. 아무리 집 안에 틀어박혀 있는 정숙한 여자라 해도 충동적인 욕망을 실현시키고 효과를 볼 시간도 남지 않는 여자는 없으니까요. 마침내 그는 저의 남편이 되겠노라 약속했고 저도 그의 여인이 되기로 약속했습니다. 그 이상으로 진전된 일은 없었지만요. 그런데 어제 그가 제게 한 약속을 잊고 다른 여자와 결혼한다는 것을, 그리고 오늘 아침 혼인식을 올리게 된다는 것을 알게 되었습니다. 이 새로운 소식은 제 판단력을 뒤흔들었고 인내심이 바닥나게 하였습니다. 게다가 그 자리에 제 아버님이 계시지 않았던 관계로 저는 지금 보시는 것과 같은 복장을 하고 서둘러 말을 달려 이곳에서 1레구아 떨어진 돈 비센테가 있는 곳으로 갔습니다. 그에게 어떤 불평을 늘어놓거나 그의 변명을 들을 사이도 없이 저는 그에게 이 엽총을 발사했고 그에 더하여 이 두 권총으로도 쏘았습니다. 제 생각으로는 분명 두 발 이상이 그의 몸을 관통했고, 그렇게 해서 저의 명예에게 그의 피를 뒤집어쓴 채 뛰쳐나올 문을 열어준 것이지요. 저는 그곳에, 그의 하인들 사이에 그를 두고 왔습니다. 하인들은 감히 그를 보호하러 나서지도 못하더군요. 당신을 찾으러 온 것은 저를 프랑스로 데려가주십사 부탁하기 위해서입니다. 그곳에는 친척들이 몇 분 살고 계시니까요. 그리고 또 한 가지, 제 아버지를 돌봐주십시오. 돈 비센테 쪽의 많은 사람들이 아버지에게 터무니없는 복수를 하지 못하도록 말입니다."

로케는 그 당당한 태도와 용감함, 멋진 체격과 아름다운 외모의 클라우디아에게 일어난 일에 감탄하며 이렇게 말했다.

"아가씨, 먼저 그대의 원수가 죽었는지 보러 갑시다. 그 연후에 그대에게 무엇이 중요한 일인지 생각해보도록 하지요."

클라우디아의 말과 로케 기나르트의 대답을 유심히 듣던 돈키호테가 말했다.

"이 아가씨를 보호하는 일에 아무도 나설 필요 없소이다. 이 일은 내가 맡도록 하지요. 내 말과 무기를 주시오. 그리고 여기에서 나를 기다리시오. 내가 그 기사를 찾아, 살아 있든 죽어 있든 이토록 아름다운 아가씨에게 했던 약속을 지키도록 하고야 말겠소이다."

"그 말씀은 전혀 의심할 필요가 없지요." 산초가 말했다. "우리 주인님은 중매쟁이 수완이 아주 뛰어나시거든요. 안 그래도 며칠 전에 어떤 아가씨와 약속을 지키기를 거부한 청년 하나를 결혼시키신걸요. 우리 주인님을 쫓고 있는 그 마법사들이 그 청년의 모습을 하인의 모습으로 바꿔놓지만 않았던들 그 시녀는 이미 처녀가 아니었을 겁니다.”

주인과 종자 사이에 주고받는 말들보다는 아름다운 클라우디아에게 일어난 일에 더 골몰했던 로케는 이들의 말은 흘려듣고 자신의 종자들에게 산초의 나귀를 뒤져 뺏은 것들을 모두 산초에게 돌려줄 것을 명하였다. 그리고 그날 밤 그들이 묵고 있던 곳에서 모두 철수하도록 하고, 자신은 클라우디아와 함께 전속력으로 죽었는지 부상당했는지 알 수 없는 돈 비센테를 찾아 떠났다. 클라우디아가 돈 비센테를 만났던 그 자리에 두 사람이 도착했을 때는 방금 전 흘렸던 핏자국밖에 없었는데, 온 사방을 휘둘러보다가 비탈길 위편으로 사람들이 약간 모여 있는 것을 발견했다. 그러고는 하인들이 치료를 하기 위해서인지 묻으려는 것인지 아무튼 데리고 가는 그 사람이, 살아 있는지 죽어 있는지 알 수 없는 돈 비센테라는 것을 알아차렸으며, 사실이 그러했다. 둘은 서둘러 이들에게로 다가갔다. 워낙 거드럭거리며 천천히 가고 있던 터라 이들을 따라잡는 것은 쉬웠다. 하인들의 팔에 의지한 돈 비센테는 피곤하고 약해진 목소리로 자신을 거기에서 죽게 내버려두라고 간청하고 있었으니 고통이 너무나 극심하여 더 이상을 앞으로 나아갈 수가 없었던 것이다.

클라우디아와 로케는 말에서 뛰어내려 그에게로 다가갔다. 하인들은 로케의 존재를 두려워했고, 클라우디아는 돈 비센테의 모습을 보자 마음이 흔들려 눈물이 앞을 가린 채, 하지만 냉혹한 모습으로 그의 앞에 서서 그의 손을 잡고 이렇게 말했다.

“우리가 약속한 대로 이 손을 내게 주었더라면 그대가 결코 이런 지경이 되지는 않았을 것을."

상처 입은 기사는 감았던 눈을 뜨고 클라우디아를 알아보고서 이렇게 말했다.

"아름다운 아가씨, 잘못 알았소. 나를 죽게 한 것이 그대라는 것을 잘 알겠소. 하지만 내가 품은 소망으로 인해 내가 받아야 할, 혹은 갚아야 할 벌은 결코 아니라오. 그 소망으로도 어떤 행동으로도 나는 당신의 마음을 상하게 하고 싶지도 않았고 그럴 줄도 모른다오."

"그러면," 클라우디아가 말했다. "오늘 아침 그 부유한 발바스트로의 딸 레오노라와 혼인식을 한다는 것이 사실이 아니란 말인가요?"

"물론 사실이 아니오." 돈 비센테가 대답했다. "나의 불운이 당신을 질투에 눈멀게 하여 내 목숨을 앗아 가게 만든 그 소문을 그대에게 전해주었구려. 내 생명을 그대 손에, 그대 두 팔에 맡기니 나는 오히려 운이 좋다고 생각하오. 그러니 그 사실을 확신하기 위해서라도 내 손을 꼭 잡고 원한다면 나를 그대의 남편으로 받아주시오. 당신이 나로부터 받았다고 생각하는 그 굴욕에 대해 내가 이보다 더 큰 위안을 줄 수는 없으니 말이오."

클라우디아가 그의 손을 잡자 그녀의 심장이 죄어와 돈 비센테의 피범벅이 된 가슴 위로 쓰러져 기절해버렸고, 돈 비센테 역시 의식을 잃고 위중한 지경에 이르게 되었다. 로케는 너무나 당혹하여 어찌할 바를 몰랐다. 하인들이 물을 가져와 이들의 얼굴에 뿌렸다. 클라우디아는 기절에서 깨어났으나 돈 비센테는 의식을 회복하지 못했으니 그의 목숨이 다한 까닭이었다. 이를 본 클라우디아는 자신의 정다운 남편이 더 이상 살아 있지 않다는 사실을 깨닫고는 한숨으로 공기를 가르고 탄식으로 하늘을 상하게 하면서, 자신의 머리를 헝클어뜨려 바람에 머리칼을 맡기고 자기 손으로 얼굴을 더럽히며 탄식하는 가슴이 보일 수 있는 고통과 감정을 모두 드러내보였다.

"오 잔인하고 경솔한 여인이여, 어찌 그리 쉽게 그토록 악한 생각을 실행에 옮겼는지, 오, 질투의 성난 힘이여! 너를 그 가슴에 반가이 맞아주던 이를 어떤 절망적인 종말로 이끌었는지! 오, 내 남편, 내 사랑스러운 사람이라는 불운한 운명 때문에 신혼의 침대에서 묘지로 옮겨 가게 되다니!"

클라우디아의 탄식이 그러하고 또 그렇게 구슬펐으므로 어떤 경우에도 좀처럼 눈물을 뿌리지 않던 로케의 눈에서도 눈물이 흘렀다. 하인들도 눈물을 흘렸고 클라우디아는 걸음을 내디딜 때마다 혼절해버려 그 주변 지역이 모두 슬픔의 들판, 불행의 장소인 것만 같았다. 마침내 로케 기나르트가 돈 비센테의 하인들에게 그의 시신을 가까이에 있는 그의 아버지가 있는 곳으로 옮겨 매장할 수 있도록 하라고 명했다. 클라우디아는 로케 기나르트에게 아주머니뻘 되는 이가 수도원장으로 있는 한 수도원에 들어가 더 훌륭하고, 더 영원한 남편과 더불어 생을 마치고 싶다고 말했다. 로케는 그녀의 선한 의도를 칭송하며 그녀가 원하는 곳까지 함께 가줄 것이고 그녀의 아버지를 돈 비센테의 친척들로부터, 그리고 만일 모욕을 주려는 자가 있을 경우 온 세상 사람들로부터 지켜주겠노라고 제안했다. 클라우디아는 함께 가주는 것을 전혀 원하지 않았고, 할 수 있는 한 가장 좋은 이유를 들어 그의 호의에 감사 인사를 하고는 울면서 작별을 고했다. 돈 비센테의 하인들은 주인의 시신을 옮겼으며 로케도 자신의 부하들에게 돌아왔으니 클라우디아 헤로니마의 사랑 이야기는 이렇게 끝을 맺게 되었다. 하지만 질투의 꺾을 수 없는 잔혹한 힘이 이 기가 막힌 이야기의 줄거리를 엮어낸 것이고 보면 더 이상 무얼 문제 삼는단 말인가.

로케 기나르트는 명령을 내린 그 장소에 부하들이 있는 것과, 그들 사이에 로시난테에 올라탄 돈키호테가 자신의 부하들에게 육신뿐만 아니라 영혼에도 그토록 위험한 삶의 방식을 포기하라고 설교를 하고 있는 것을 보았

다. 하지만 그의 부하들은 대부분 가스코뉴 출신으로 촌사람들인 데다가 방탕한 자들이었던 관계로 돈키호테의 설교가 귀에 들어오지 않았다. 로케는 그 자리에 이르자 산초 판사에게 부하들이 빼앗은 보석과 귀중품들을 돌려주었는지 물었다. 산초는 그렇다고 답하면서 하지만 잠잘 때 쓰는 모자 세 장이 부족한데 그 값어치로 말하면 도시 세 개 값은 될 것이라고 했다.

"무슨 말인가, 이 사람아?" 그곳에 있던 자들 중 하나가 말했다. "그 모자들은 내가 가지고 있는데 3레알 값어치도 나가지 않는 것이야."

"그건 그렇네만." 돈키호테가 말했다, "내 종자는 그것들을 내게 주신 분, 바로 그분이 주신 것이기에 자신이 말한 만큼의 가치가 있다고 보는 것이네."

로케 기나르트는 그것들을 즉시 돌려주라고 명령하고 또 부하들에게 줄을 서라고 명했다. 그러고는 마지막으로 분배를 한 이후에 훔쳤던 모든 옷과 보석 그리고 돈을 앞으로 가져오라고 한 다음 잠깐 그것들을 헤아려보고 나눌 수 없는 것들은 돈으로 어림짐작한 다음 아주 적법하고도 신중하게 그것을 부하들 모두에게 나누어주었는데 한 점도 더 나감 없이 분배의 정의를 어기지 않았다. 모두들 만족하고 또 흡족하게 제 몫을 받은 후 로케가 돈키호테에게 말했다.

"이런 일을 빈틈없이 하지 않는다면 이들과 함께 살 수 없지요."

이 말에 산초가 대답했다.

"여기에서 제가 본 것에 따르면, 정의란 참 좋은 것이라서 도둑들 사이에서도 사용할 필요가 있는 것이군요."

이 말을 듣고 부하 하나가 화승총의 개머리판을 휘둘렀는데, 만일 로케 기나르트가 멈추라고 소리치지 않았더라면 의심의 여지없이 산초의 머리가 박살났을 것이다. 겁에 질린 산초는 그런 자들 사이에 있는 동안은 절대

입을 열지 않기로 결심했다.

이때 길 너머에서 오는 사람들을 살피고 일어나는 일을 상사에게 알리기 위해 길에 보초를 서고 있던 부하 중 하나가 와서는 이렇게 말했다.

"대장, 여기에서 멀지 않은 곳에 바르셀로나로 가는 길을 따라 엄청난 무리의 사람들이 오고 있습니다."

그 말에 로케가 대답했다.

"우리를 찾는 사람들인지 우리가 찾는 사람들인지 가보았느냐?"

"우리가 찾는 이들이죠." 부하가 대답했다.

"그러면 모두들 나가거라." 로케가 대답했다. "한 놈도 도망치지 못하게 하고 모두 이리로 끌고 와."

모두들 그 명령에 따라 나가고 돈키호테, 산초 그리고 로케만이 그 자리에 남아 부하들이 데려오는 이들을 보려고 기다렸다. 그러는 사이 로케가 돈키호테에게 말했다.

"돈키호테 님에게는 우리 생활 방식이 새롭게 보이실 것입니다. 새로운 모험에 새로운 일들, 그리고 모두 위험한 일들이지요. 그렇게 보이는 것도 당연합니다. 사실 우리가 살아가는 방식보다 더 불안하고 더 섬뜩한 것은 없으니까요. 제가 이런 길에 들어서게 된 것은 가장 평온한 마음을 흔들어 놓는 힘을 가진, 무엇인지 모를 복수의 일념이었습니다. 저는 천성이 다정다감하고 선량한 사람입니다. 하지만 말씀드린 것처럼 제게 행해진 모욕에 대해 복수하고 싶은 마음이 그 모든 선량함을 땅에 내던져버리게 만들었고, 제가 사리를 잘 판단하고 알고 있음에도 불구하고 이런 상태로 계속 머물게 하였습니다. 그래서 심연은 또 다른 심연을 부르고 죄가 또 다른 죄를 부르듯이 복수가 꼬리에 꼬리를 물어 이제 저의 복수뿐만이 아니라 다른 이들의 복수까지도 떠맡고 있지요. 하지만 하느님께서는 제가 혼돈의 미로 한가운데에 있을지라도 안전한 항구로 나가고 싶다는 희망을 잃지 않게 해주셨습니다."

로케가 이토록 정연하게 논리를 펴는 것을 듣고 돈키호테는 감탄했다. 왜냐하면 그는 훔치고 죽이고 빼앗는 그런 유사한 직업을 가진 자들 사이에는 이렇게 언변이 좋은 사람이 있을 수 없다고 생각했던 것이다. 돈키호테는 로케에게 이렇게 답했다.

"로케 님, 건강의 시작은 병을 아는 것, 그리고 병자가 의사가 그에게 처방하는 약을 먹고자 하는 것에 있소이다. 그대는 지금 병들었고 그 병고에 대해 알고 있으니 우리의 의사가 되시는 하늘이, 아니 더 정확히는 하느님이 그대를 낫게 해줄 약을 처방해주실 것이오. 그 약은 단번에 병을 낫게 하지 않고 조금씩 치유해가지요. 게다가 신중한 죄인들은 어리석은 죄인들보다는 잘못을 바로잡는 길에 더 가까이 있소이다. 그대는 조리 있는 말로 그대의 신중함을 보여주었으니 용기를 내어 그대 양심의 병이 나아지기를 기다리는 수밖에 없소. 그리고 그대가 그 길을 줄이고 구원의 길에 더 쉽게 들어서기를 바란다면 나와 함께 가십시다. 내가 그대에게 편력기사가 되는 법을 알려주리다. 너무나 많은 노고와 불운이 따르는 일인 만큼, 그 불운을 속죄하기 위한 고행으로 삼는다면 그대는 눈 깜짝할 사이에 천국으로 들어가게 될 것이오."

돈키호테의 충고에 로케는 웃으며 화제를 돌려 클라우디아 헤로니마의 비극적인 일을 이야기했고 이에 산초는 극도로 슬퍼하였는데, 젊은 여인의 아름다움과 자유분방함 그리고 의기가 나빠 보이지 않았던 까닭이었다.

이때 포로를 잡으러 갔던 부하들이 말 탄 기사 두 명과 걸어서 온 순례자 둘, 그리고 여자들이 탄 마차 하나와 그 여인들을 모시는, 걷거나 혹은 말을 탄 하인 여섯 그리고 기사들을 따르는 나귀를 탄 두 젊은이를 데려왔다. 부하들은 이들을 중간에서 잡았고 잡힌 자들이나 잡은 자들이나 할 것 없이 모두 조용히 위대한 로케 님이 입을 열기만을 기다리고 있었다. 로케는 기사들에게 누구이며 어디로 가는지 돈은 얼마나 가지고 있는지를 물었다. 그러자 이들 중 하나가 대답했다.

"나리, 우리는 에스파냐 보병대의 대위들이고 나폴리에 동료들이 있소. 시칠리아로 가라는 명령을 받고 바르셀로나에 있다는 갤리선 네 척을 타고 움직일 거요. 200 내지 300에스쿠도를 가지고 있고 그 정도면 부자라고 생각하고 만족하오. 병사들의 빡빡한 일상에 이보다 더한 부는 허용되지 않으니 말이오."

로케는 순례자들에게도 대위들에게 물었던 것과 똑같은 것을 물었고, 로마로 가기 위해 배를 타러 가고 있으며 두 사람이 60레알을 가지고 있다는 대답을 들었다. 로케는 또 마차에 누가 타고 있으며 어디로 가는지, 돈은 얼마나 가지고 있는지 알고 싶어 했고 말에 탄 이들 중 하나가 대답했다.

"나폴리 재판소장의 부인이신 도냐 기오마르 데 기뇨네스 부인이 어린 따님과 함께 타셨고 이 두 분을 모시는 시녀와 노시녀가 함께 마차를 타고 가는 이들입니다. 우리 여섯 하인이 부인을 모시고 있고 가진 돈은 600에스쿠도입니다."

"자, 그렇다면," 로케 기나르트가 말했다. "여기 우리가 900에스쿠도 60레알을 가지고 있는 셈이다. 내 병사들이 일흔 명가량 될 터이니 각자에게 얼마씩 돌아가는지 계산해보아라. 나는 셈에 어두우니 말이다."

이렇게 말하는 것을 들은 도적들은 목소리를 높여 환호했다.

"로케 기나르트 만세! 만수무강하소서! 대장의 파멸을 꾀하는 도둑놈*들

---

*산적들은 자신들을 추적하는 종교 경찰들을 역설적으로 도둑놈이라고 부르고 있다.

에게는 안된 일이지만!"

자신들의 재산이 몰수당하는 것을 보면서 대위들은 몹시 괴로워하는 기색이었고, 부인은 슬퍼했으며 순례자들 역시 전혀 즐거워하지 않았다. 로케는 이렇게 한동안 이들을 경악하게 했지만 그 슬픔이 더 오래가게 하고 싶지는 않았다. 왜냐하면 화승총이 발사되어 날아갈 만큼의 먼 거리에서도 그 슬픔이 느껴졌기 때문이었다. 그는 대위들을 향해 이렇게 말했다.

"그대, 대위님들, 제게 친절을 베푸셔서 60에스쿠도를 빌려주시기 바랍니다. 그리고 부인께서 저를 따르는 이 무리를 만족시키기 위해 80에스쿠도를 빌려주십시오. 왜냐하면 수도원장은 노래를 불러 점심 끼니를 마련한다고 하니까요.* 그러시면 제가 여러분들에게 드리는 통행권을 가지고 아무런 장애 없이 길을 가실 수 있을 것입니다. 만일 제가 이 부근에 뿌려놓은 제 무리의 다른 녀석들과 마주친다 하더라도 녀석들이 여러분들에게 해를 입히는 일은 없을 것입니다. 병사와 여인네들을 욕보이는 것은, 특히 신분이 높으신 분들의 경우에는 제가 원하는 바가 아니니까요."

그의 논리가 무한히 훌륭한 것이므로 대위들은 로케의 호의와 자신들의 돈을 남겨준 그 관대함에 감사했다. 도냐 기오마르 데 기뇨네스는 마차에서 뛰어내려 로케의 손과 발에 입을 맞추고 싶어 했지만 그는 절대 이를 수락하지 않고 오히려 그 전에 부인에게 자신의 악한 직업이 요구하는 의무를 다하기 위해 부인에게 강요할 수밖에 없었던 수치에 대해 용서를 빌었다. 부인은 하인을 시켜 자신에게 할당된 80에스쿠도를 전해주도록 명했고 대위들도 이미 60에스쿠도를 지불했다. 순례자들 역시 하찮은 것이지만 모두 내놓으려고 하자 로케는 이들에게 가만히 있으라고 하면서 자기 부하들을

---

*각자 제 일을 해서 밥벌이를 한다는 의미의 속담.

향해 이렇게 말했다.

"이 돈으로 한 사람당 2에스쿠도씩 돌아가고도 20에스쿠도가 남으니, 10에스쿠도는 이 순례자들에게 주고 나머지 10에스쿠도는 이 착한 종자 산초에게 주도록 하자. 왜냐하면 이분이 이 선한 일에 대해 잘 말해주실 수 있을 것이기 때문이다."

그러고는 늘 갖추고 다니는 필기도구를 가져오게 한 후 무리의 우두머리들에게 보여줄 통행권을 써서 나누어주고는 작별을 고하며 이들을 자유로이 떠나게 했고, 이들은 그의 기품과 뛰어난 배려 그리고 이상스러운 거동에 탄복하며 그를 잘 알려진 도둑이라기보다 차라리 알렉산드로스 대왕으로 여기고 떠나갔다. 이에 부하들 중 하나가 자신들의 가스코뉴 말과 카탈루냐 말로 이렇게 말했다.

"우리 대장은 도둑보다는 차라리 신부가 되어야 할 사람이야. 앞으로 또 이렇게 후한 인심을 쓰려거든 본인 재산으로 하고, 우리 것을 건드리지는 마셨으면 좋겠군."

이 운도 없는 사내가 이 말을 낮은 목소리로 한 것이 아니었으므로 로케도 이 말을 들었다. 로케는 검을 뽑아 들고는 그의 머리를 거의 두 조각 내버리면서 이렇게 말했다.

"감히 입을 함부로 놀리는 자에게 내가 벌을 내리는 방식은 이러하다."

모두가 공포에 떨며 감히 그에게 아무 말도 하지 못했다. 그에 대한 부하들의 복종심은 그러한 것이었다.

로케는 한쪽 편으로 멀찌감치 떨어져 나와 바르셀로나에 있는 친구에게 편지를 쓰면서, 지금 자기는 사람들이 이야기를 많이 하는 바로 그 편력기사 돈키호테 데 라만차와 함께 있으며 그가 세상에서 가장 재치 있고 박식한 사람이라고 했다. 또 그날로부터 나흘, 그러니까 세례자 요한의 축일이

면 완전 무장을 하고 로시난테를 타고서 나귀에 탄 그의 종자 산초와 함께 바르셀로나 해변 한가운데 도달하게 될 것이니, 니아로스의 친구들에게 이 사실을 알려 그와 즐거운 시간을 가지라고 하였다. 또 자신의 적인 카델스 무리가 이 즐거움을 알지 못했으면 좋겠지만, 그러나 이는 불가능할 것인데 돈키호테의 광기와 분별, 그리고 그의 종자 산초 판사의 익살이 세상 모두에게 즐거움을 주지 않을 수는 없는 일이라고 썼다. 이러한 편지를 자신의 부하들 중 하나에게 들려 보냈고, 그 부하는 도적의 옷에서 농부의 옷으로 갈아입은 후 바르셀로나로 가서 편지를 받을 이에게 전달하였다.

제 61 장

바르셀로나로 들어갈 때 돈키호테에게 일어난 일들과 더불어 적절하기보다는 진실한 것에 가까운 일들에 대하여

돈키호테는 사흘 밤낮을 로케와 함께 지냈지만 300년을 함께한다 해도 그의 삶의 방식에서 놀라고 감탄할 일이 결코 부족하지 않을 것 같았다. 여기에서 아침을 맞이하고 저기서 점심을 먹고 어떤 때는 누구에게 쫓기는지도 모른 채 도망을 치다가 또 어떤 때는 누구인지도 모를 이를 기다리고, 서서 잠을 자는가 하면 자다가 깨어나 이곳에서 저곳으로 이동하기도 했다. 첩자를 보내고, 보초의 이야기를 듣고, 화승총 심지를 불었다*. 하기야 모두가 나팔총을 들고 다니므로 화승총을 들고 다니는 이는 적었지만 말이다. 로케는 부하들에게서 멀리 떨어져 그들이 알지 못하는 장소에서 밤을 보내곤 했다. 바르셀로나의 부왕**이 그의 목에 걸어둔 지명수배가 하도 많아서 불안하고 겁에 질린 상태였고, 그래서 아무도 믿지 못하고 부하라 해도 자기를 죽이거나 사법당국에 넘기지 않을까 두려워했기 때문이었다. 참으로 비참

---

*화승총을 쏠 때 화약을 묻힌 심지가 꺼지지 않도록 입으로 바람을 불었다.
**당시에는 국왕이 거주하는 카스티야 왕국 외에는 부왕을 임명하여 통치하게 하였다.

하고 구차한 삶이었다.

결국 로케와 돈키호테 그리고 산초는 다른 여섯 명의 부하들과 더불어 사람들의 발길이 거의 닿지 않는 지름길과 오솔길을 따라 떠나게 되었다. 세례자 요한의 축일 전날 밤 바르셀로나의 해변에 도착했고 로케는 돈키호테와 산초를 포옹한 후, 산초에게는 약속하고 주지 않았던 10에스쿠도를 준 다음, 서로 수천 개의 약속을 하고서 그들을 두고 떠났다.

로케가 돌아가고 돈키호테는 있는 그대로 말을 탄 채 날이 밝기를 기다렸고, 얼마 지나지 않아 귀를 즐겁게 하는 대신 풀잎들과 꽃들을 즐겁게 하는 새하얀 여명이 동쪽에서 떠오르기 시작했다. 바로 그 순간 수많은 나무피리 소리와 작은 북소리와 방울 소리들 그리고 "비켜요, 비켜, 물러서시오, 물러서" 하는 시내에서 들려오는 것 같은, 축제에 참가한 사람들이 떠드는 소리가 귀를 즐겁게 해주었다. 여명이 햇살에 길을 내주었으니 태양은 둥근 방패보다 더 큰 얼굴로 수평선 저 아래 깊은 곳에서부터 천천히 올라오고 있었다.

돈키호테와 산초는 사방을 둘러보았다. 그들은 그때 처음으로 바다를 보았는데, 라만차에서 보았던 루이데라의 연못보다 훨씬 넓고 또 기다랗게 보였다. 해변에 있는 갤리선들은 배를 덮어두었던 천막을 걷으니 삼각 깃발들과 작은 깃발들이 가득하여 바람에 날리고 물에 입을 맞추며 물살을 가르고 나아갔는데 그 안에서는 나팔 소리, 트럼펫 소리와 나무피리 소리가 울려 사방팔방 부드럽고도 전투적인 분위기가 감돌았다. 배들이 움직여 평온한 물 위에서 작은 전투라도 벌이는 형상을 만들기 시작하자 이에 대응하는 듯 거의 같은 방식으로 수없이 많은 기사들이 아름다운 말을 타고 눈부신 제복을 입고 바르셀로나에서 쏟아져 나왔다. 갤리선의 병사들이 수없이 많은 포를 쏘아대자 도시의 성곽과 요새에 있던 병사들이 이에 응수하였고, 거대한

대포가 천둥 같은 소리를 내며 바람을 가르자 갤리선의 갑판에서는 대포들이 이에 응답했다. 즐거운 바다, 명랑한 땅, 간혹 대포 연기로만 흐려질 뿐인 맑은 공기가 모든 사람들을 돌연 즐거운 기분에 휩싸이게 하는 듯 보였다. 산초는 바다 위를 움직이는 저 엄청난 덩어리들이 어찌 저리 많은 발을 가지고 있는지 신기하기만 하였다. 그때 돈키호테가 멍하니 멈춰 서 있는 그곳으로 제복을 차려입은 이들이 전쟁의 외침 소리와 환호성과 함께 달려왔고, 로케로부터 전갈을 받은 바 있는 그들 중 하나가 큰 소리로 돈키호테에게 말했다.

"편력기사의 거울이요, 등불이시며 북극성이 되시는 이여, 오랫동안 은인 자중해온 이곳, 우리 도시에 잘 오셨습니다. 다시 말하지만 잘 오셨습니다. 최근 우리에게 보인 거짓 이야기 속의 가짜, 꾸며낸 그 위작 속의 기사가 아니라 기사도 이야기의 꽃이라 할 수 있는 시테 아메테 베넹헬리가 우리에게 묘사한 진짜, 적자이시고 사실 그대로이신 용감하신 돈키호테 데 라만차 님."

이에 돈키호테는 한마디도 답하지 않았고 또 기사들도 그의 답을 기다리지 않았다. 대신 그들을 따르는 다른 많은 이들과 더불어 돌고 또 돌면서 돈키호테 주변을 나선형으로 휘감았는데, 돈키호테는 산초를 향해 이렇게 말했다.

"이자들은 우리를 잘 알고 있는 것이 분명하구나. 우리 이야기를 읽었을 뿐만 아니라, 최근 인쇄되어 나온 그 아라곤 사람의 이야기도 읽은 것이 확실해."

그때 방금 돈키호테에게 말을 걸었던 기사가 다가와서 말했다.

"돈키호테 님, 우리와 함께 가시지요. 우리는 모두 귀하의 종일뿐더러 로케 기나르트의 친한 친구들이랍니다."

이에 돈키호테가 답했다.

"예절이 예절을 낳는 것이라면 기사님, 귀하의 예절은 위대하신 로케가 갖춘 예의범절의 여식이거나 아주 가까운 인척일 것입니다. 원하시는 곳으로 나를 인도하십시오. 귀하의 뜻 이외의 것은 저의 뜻이 되지 않을 것이며 그대를 위한 일에 그 뜻을 원하시는 것이라면 더더욱 그러하오."

기사는 이보다 결코 덜 친절하지 않은 말로 응수했고, 모두가 돈키호테를 가운데 두고 에워싼 채 나무피리 소리와 작은 북소리에 맞춰 도시로 향했다. 도시로 들어서려는 무렵 모든 사악한 일들을 명하는 악마와 또 그 악마보다 훨씬 더 사악한 사내 녀석들 중 장난을 좋아하고 대담한 개구쟁이 둘이 모든 사람들을 헤치고 들어와 한 녀석은 잿빛 당나귀의 꼬리를 들추고 또 한 녀석은 로시난테의 꼬리를 들추고는 가시금작화를 한 묶음씩 쑤셔 넣었다. 뭔가 새로운 박차가 채워졌다고 느낀 이 가엾은 짐승들은 엉덩이를 죄었고 느낌이 더욱 불쾌해지자 펄쩍 뛰어오르며 날뛰는 바람에 주인들을 땅으로 내동댕이치는 일이 벌어졌다. 무안하기도 하고 치욕스럽기도 했던 돈키호테는 자신의 비쩍 마른 말의 엉덩이에서 그것들을 빼내었고 산초도 제 잿빛 나귀에게 그렇게 하였다. 돈키호테를 이끌어 가던 기사들은 어린 녀석들의 불손함을 벌하고 싶었지만 불가능했던 것이 소년들은 이미 이들을 따르던 수많은 사람들 사이로 사라진 후였기 때문이다.

돈키호테와 산초는 다시 말에 올랐고 좀 전과 같은 장엄한 음악과 더불어 그들을 안내한 이의 집에 도착했는데 마치 부유한 기사의 집처럼 웅대하고 훌륭하였으니 시데 아메테가 원하는 대로 그렇게, 우리는 이제 이곳에 돈키호테를 머물게 할 것이다.

748

제62장

마법에 걸린 두상의 모험에 대하여, 그리고 말하지 않고 넘어갈 수는 없는 다른 사소한 것들에 대하여 이야기한다

돈키호테를 초대한 이의 이름은 돈 안토니오 모레노, 부유하고 조심성 많은 기사이며 정직하고 부드러운 방식으로 즐기는 것을 좋아하는 인물이었으므로, 돈키호테가 자기 집에 있게 된 것을 보고는 그에게 해를 입히지 않은 선에서 광기가 드러나게 하는 방법을 궁리하였다. 아픔을 준다면 그것은 농담이 아니고, 제삼자에게 손해가 된다면 쓸모 있는 심심풀이가 될 수 없기 때문이었다. 그가 제일 먼저 한 일은 돈키호테가 갑옷을 벗게 하고 그 꽉 끼는 누런 옷 차림으로(이것에 관해서는 이미 여러 번 묘사하고 그려낸 바 있는) 도시의 가장 번화한 거리를 향해 나 있는 발코니에 나가게 하는 것이었다. 그렇게 사람들과 아이들이 모두 그 모습을 볼 수 있도록 하였으니 이들은 마치 원숭이라도 되는 양 돈키호테를 바라보았다. 돈키호테 앞으로 다시 제복을 입은 자들이 달려갔는데, 때마침 축일이었던 그날을 축하하기 위해서가 아니라 오로지 돈키호테를 위해 그 제복을 입은 것 같았다. 이에 산초는 더없이 흡족해하였으니, 그가 보기에는 어찌 그런지 알 수 없으나 아무튼 또 다른 카마초의 혼인식이나 또 다른 돈 디에고 데 미란다의 저택이나 또 다른 공작의 성에 와 있는 것 같은 기분이 들었기 때문이었다.

그날은 돈 안토니오와 그의 친구 여럿이 함께 식사를 했는데 모두들 돈키호테를 찬양하고 편력기사로 대접해주었으므로 돈키호테는 득의양양 거드름을 피우며 너무 흡족하다 못해 한껏 들뜨게 되었다. 산초의 익살 또한 엄청나서 그 댁의 모든 하인들뿐만 아니라 그의 말을 듣는 사람 모두가 그의 입에서 나오는 말만 기다리는 형국이었다. 식탁에 앉아 있던 돈 안토니오가 산초에게 말했다.

"이곳에 떠도는 소문에 따르면, 착한 산초여, 그대는 망하르 블랑코*와 고기단자를 너무 좋아하는 나머지 먹다가 남기라도 하면 다음 날을 위해 품속에 간직해둔다고들 하더이다."

"아닙니다, 나리, 그렇지 않습니다." 산초가 대답했다. "저는 허겁지겁 먹기보다는 점잖게 먹는 편이라서요. 지금 앞에 계신 돈키호테 님께서도 잘 아십니다만 우리는 도토리 한 줌, 호두 한 줌으로 여드렛날을 버티곤 했답니다. 물론 제게 송아지 한 마리라도 받는 일이 생긴다면야 고삐를 잡고 달릴 테지만요. 차분히 말씀드리지만 저는 제게 주시는 것을 먹고 시기가 맞으면 그 시기를 잘 이용합니다. 제가 엄청 많이, 점잖지 못하게 먹어댄다고 말하는 자는 그가 누구든지 틀린 말을 하는 거라고 생각하세요.** 제가 이 자리에 계신 분들의 고결하신 수염을 바라보지 않았더라면 아마 이렇게 점잖게 말을 하지는 않았을 것입니다."

"산초가 아주 소량을 점잖게 먹는다는 사실은," 돈키호테가 말했다. "동판에 새겨서 다음 세기에 영원히 기억되도록 해도 될 만큼 분명합니다. 물

---

*우유, 설탕, 쌀가루 등을 넣은 스페인식 디저트.
**위작에서 산초가 먹을 것을 밝히고 지저분하다고 한 것을 염두에 둔 말이다.

론 배가 고플 때면 워낙 급히 먹는 데다 걸신이라도 들린 듯이 씹어대기 때문에 대식가처럼 보이기는 하지만 말이지요. 하나 점잖은 것에 관해서라면 그것만은 확실합니다. 산초는 총독이던 시절 고고하게 먹는 법을 배웠는데, 너무나 고고해서 포도와 석류 알까지 포크로 먹을 지경이었다오."

"아니!" 돈 안토니오가 말했다. "산초가 총독이었다고요?"

"그랬지요." 산초가 대답했다. "바라타리아라는 섬이었는데, 열흘 동안 순조로이 그 섬을 다스렸습죠. 당시 저는 평온함을 잃었고 세상 모든 총독의 직위가 참으로 별것 없다는 것을 배웠습니다. 그 섬에서 도망쳐 나오다가 구덩이에 떨어지기도 했지요. 거의 다 죽은 줄 알았다가 정말 기적적으로 살아 나왔다니까요."

돈키호테는 산초가 총독이었던 시절에 일어난 일들을 상세히 이야기해 주었고 듣는 이들은 매우 즐거워했다.

식사를 마치자 돈 안토니오는 돈키호테의 손을 잡고 어느 외떨어진 방으로 들어갔는데, 방에 장식물이라고는 벽옥으로 만든 것으로 보이는 탁자 하나가 전부였다. 다리 하나로 지탱되는 그 탁자 위에는 청동으로 만든 듯한 로마 황제의 두상, 그러니까 가슴 윗부분까지의 흉상이 놓여 있었다. 돈 안토니오는 돈키호테와 함께 그 방을 둘러보고 탁자 주위를 여러 번 돌더니 이렇게 말했다.

"돈키호테 님, 이제 아무도 우리 이야기를 듣는 이가 없고 방문도 닫혀 있으니 제가 아주 신기한 모험, 아니 더 정확히는 상상할 수 있는 한 가장 새로운 일에 대해 말씀드리고자 합니다. 귀하께서 제 말을 비밀의 가장 깊숙한 방에 간직하신다는 조건하에서 말입니다."

"내 맹세하겠습니다." 돈키호테가 대답했다. "그리고 더욱 확고하게 안전을 지키기 위해 그 위에 돌을 하나 더 올려놓도록 하겠소. 그대 돈 안토니오께서 ─돈키호테는 이미 그의 이름을 알고 있었다─들을 수 있는 귀는 있으나 말할 혀는 가지고 있지 않은 이와 이야기를 나누고 있다는 것을 아시도록 하리다. 그러니 귀공께서는 확신을 가지고 가슴속에 담아둔 것을 나에게 옮기시고, 그것을 침묵의 심연으로 던져 넣으셨다고 간주하셔도 좋습니다."

"그 약속을 믿고," 돈 안토니오가 대답했다. "돈키호테 님께서 지금 보고 듣는 것에 감탄하시도록, 그리고 저는 모두를 믿을 수는 없는 일이기에 제 비밀을 전할 이가 없어 겪었던 고통을 조금이나마 덜어보도록 하고 싶습니다."

돈키호테는 이렇게 과한 예방조치를 하는 그 끝이 어디일지 기대하면서 긴장하고 있었다. 이때 돈 안토니오가 그의 손을 잡고는 청동 두상과 탁자 그리고 그 탁자를 지탱하는 벽옥으로 만든 다리까지 쓰다듬게 한 다음 이렇게 말했다.

"이 두상으로 말할 것 같으면, 돈키호테 님, 이 세상 가장 위대한 마법사이자 마술사였던 사람 중 하나가 만든 것이랍니다. 폴란드 태생이었다고 알고 있는데, 여러 불가사의한 일로 사람들 입에 오르내리는 그 유명한 에스코티요의 제자였다지요. 그분이 이곳 우리 집에 머무신 적이 있는데, 그때 제가 1천 에스쿠도를 지불하고 이 두상을 만들게 하였습니다. 이 두상은 그 귀에 대고 질문하는 모든 것에 답을 해주는 능력을 갖고 있습니다. 방향을 살펴 마법의 기호 같은 점성술 기호들을 그리고는, 천체를 관찰하고 지구의 방위를 살피고 하여 마침내 이것을 만들어낸 것이지요. 내일이면 그 능력을 보실 수 있을 겁니다. 금요일은 이 두상이 입을 다무는 날인데 오늘이 바로 금요일이니 내일까지 기다려야 하겠지요. 이제 돈키호테 님께서는 질문하고 싶은 것을 미리 준비하시면 됩니다. 제 경험으로 보건대, 답변과 관련해서는 진실만을 말하니까요."

돈키호테는 그 두상의 특성과 능력에 감탄했고, 돈 안토니오의 말을 믿기에는 아직 뭔가 부족한 듯하였지만 얼마 있지 않아 직접 경험해볼 것이었으므로 그런 엄청난 비밀을 그에게 털어놓아주어 고맙다는 말 외에 다른 말은 하고 싶지 않았다. 그 방을 나오자 돈 안토니오는 자물쇠로 방문을 잠그고는 함께 다른 기사들이 있는 방으로 갔다. 산초는 그들에게 자기 주인에게 일어났던 숱한 일들과 모험을 들려주고 있었다.

이들은 그날 오후 돈키호테를 데리고 산책을 나갔는데, 갑옷 대신 일상복에다가 그 날씨에는 얼음이라도 땀을 줄줄 흘리게 만들 법한 황갈색 양모로 만든 모자 달린 외투를 입게 했다. 하인들에게는 산초를 즐겁게 해주어서 집 밖으로 나오지 못하도록 하라고 명령했다. 돈키호테는 로시난테를 타는 대신 걸음걸이가 곧은, 근사하게 치장한 큰 노새를 타고 갔다. 이들은 돈키호테에게 외투를 입히면서 그가 보지 못하는 사이 외투 등짝에 양피지 조각을 꿰매놓았는데 그 위에는 큼지막한 글씨로 '이 사람이 돈키호테 데 라만차'라고 써두었다. 산책을 시작할 무렵 이미 그 글자들은 지나는 사람들의 시선을 불러 모았고 사람들은 '이 사람이 돈키호테 데 라만차'라고 쓴 것을 소리 내어 읽었다. 돈키호테는 그를 바라보는 사람들마다 자기 이름을 말하고 자신을 알아보는 것을 보고는 놀라서 옆에 있던 돈 안토니오에게 말했다.

"편력기사도가 그 안에 품고 있는 특권이라는 것이 참으로 엄청나군요. 어느 세상 끝에서라도 이를 신봉하는 자를 알아보고 유명하게 만드니 말입니다. 그렇지 않다면, 보시오, 돈 안토니오, 어찌 나를 한 번도 본 적 없는 이 도시의 어린아이들까지 나를 이렇게 알아본단 말이오."

"그렇습니다, 돈키호테 님." 돈 안토니오가 대답했다. "타오르는 불길을 숨기고 가둬둘 수 없듯이 미덕도 알려지지 않을 수 없는 것인가 봅니다. 게다가 무기를 사용하여 도달한 미덕은 다른 모든 미덕들을 능가하여 그 위에 더욱 빛나는 듯합니다."

그러다가 돈키호테가 박수갈채 속에 길을 가는 중에 등 뒤에 붙은 글자를 읽은 한 카스티야 사람이 목소리를 높여 이렇게 말하는 일이 벌어졌다.

"빌어먹을 돈키호테 데 라만차라니! 등에 몽둥이찜질을 수없이 당하고도 어찌 죽지 않고 여기까지 왔단 말인가? 당신은 미치광이야. 차라리 혼자 그 광기의 문 안에서 그런다면 그나마 다행일 것을, 당신은 당신과 만나고 이야기하는 모든 이를 미치광이, 우둔한 천치로 만들어버리는 능력까지 가지고 있으니. 여기 이렇게 당신과 함께 가는 이분들을 좀 보라고. 멍청한 친구 같으니, 어서 집으로 돌아가 자기 재산과 처자식이나 돌보시지. 뇌를 갉아 먹고 제대로 된 이성을 앗아 가는 이런 멍청한 짓은 그만두라고."

"이보시오." 돈 안토니오가 말했다. "당신 갈 길이나 가시게나. 청하지 않은 사람에게 충고를 늘어놓지 말고. 돈키호테 데 라만차 님은 아주 멀쩡하시고, 이분을 따르는 우리 역시 우둔한 자들은 아니니 말일세. 미덕이란 어느 곳에서건 존중받아야 하는 법, 재수 없으니 꺼지시게. 부르지 않는 곳에 끼어들지 말고."

"맹세코, 그대의 말씀이 맞소이다." 카스티야 사람이 대답했다. "이런 양반에게 충고를 하는 건 공연히 가시덤불이나 박차는 꼴이지. 그렇지만 이런 모든 것들에도 불구하고 이 멍청이가 모든 방면에 지니고 있다고들 말하는 그 뛰어난 자질을 편력기사도라는 하수구로 헛되이 빠져나가게 하는 것은 정말로 안타까운 일이거든. 그리고 방금 그 재수 없다는 말은 나뿐만 아니라 내 자손대대로 하신 말씀일 테니 오늘 이후로는 내가 므두셀라*보다 더 오래 산다고 해도, 누가 내게 청한다 해도 절대 충고 같은 것은 하지 않으리다."

이렇게 충고를 한 자는 멀어졌고 산책은 계속되었으나, 어린아이들이나 그 글자를 읽은 모든 이들의 소동이 너무 커지는 것을 본 돈 안토니오는 마치 다른 것을 털어주는 척하면서 그 글을 떼어낼 수밖에 없었다.

밤이 되어 집으로 돌아왔을 때 숙녀들의 밤 무도회가 열리고 있었다. 돈 안토니오의 부인은 고귀한 집안 사람으로 쾌활하고 아름다우며 신중한 여인이었는데, 초대 손님을 공경하고 한 번도 본 일이 없는 광기를 즐기러 오라고 자신의 다른 친구들을 초대했다. 친구들이 몇 명 오자 성대한 만찬을 들고 나서 거의 밤 10시가 되어서야 밤 무도회가 시작되었다. 귀부인들 중에는 악동 기질이 다분한 장난기 많은 부인이 둘 있었는데, 정숙한 부인들이기는 했으나 불쾌하지 않은 정도로 흥겨운 장난을 벌이는 데는 다소 무례한 면이 있는 여인들이었다. 이 부인들이 돈키호테가 춤을 추도록 어찌나 강요를 해댔는지 그의 몸뿐만 아니라 영혼까지도 녹초가 되게 만들었다. 길쭉하고 축 늘어진 데다 비쩍 말라 누리끼리한 얼굴에 꼭 끼이는 옷을 입은, 맥이 빠진 그리고 무엇보다도 가뿐한 맛이라고는 전혀 없는 돈키호테의 외모는 참 볼만했다. 이 정숙한 척하는 젊은 부인들은 남몰래 돈키호테에게 아양을 떨었고 또 돈키호테도 눈에 띄지 않게 이 여인들을 경멸하였지만, 점점 더 무리하게 아양을 떨어대자 그가 목소리를 높여 이렇게 말했다.

"푸히테, 파르테스 아드베르사에!** 나를 평온하게 내버려두라, 사악한 생각들아! 부인들께서는 저리로 가서 부인들의 소망을 이루도록 하시오. 내 소망의 여왕이신, 이 세상에 비길 데 없는 둘시네아 델 토보소 공주님께

---

*구약성경에 나오는 인물로, 성경의 등장인물 중 최고령인 969년을 살았다고 한다.
**라틴어로, 악귀를 쫓는 읊는 주문에 해당한다.

서는 그분에 대한 내 소망 이외의 다른 것에 내가 굴복하고 정복당하는 것을 용인하지 않으십니다."

이렇게 말하고는 너무 과했던 춤에 녹초가 되어 그만 무도회장 한가운데에 주저앉고 말았다. 돈 안토니오는 그를 끌어안아 침소로 데려가도록 했는데 돈키호테를 제일 먼저 붙들어주러 간 이는 산초였다. 그가 말했다.

"주인님, 하필 이런 때 춤을 추시다니요! 모든 용사들이 춤꾼들이고 모든 편력기사들이 무용수라고 생각하신 겁니까? 그렇게 생각하셨다면 착각이라고 말씀드리렵니다. 공중제비를 넘느니 차라리 거인을 하나 죽여 넘어뜨리는 사람도 있으니까요. 만약 발장단을 맞추시는 거였다면 제가 주인님의 부족한 점을 채워드릴 수도 있었을 텐데 말이죠. 제가 사파테오* 추는 데는 또 기가 막히거든요. 하지만 무도회 춤이라면 저도 젬병입니다요."

이런저런 이야기들로 산초는 무도회에 있던 사람들을 웃게 만들고, 주인과 함께 침소로 가서는 춤을 추느라 식어버린 주인의 몸이 땀을 흘리도록 옷으로 덮어주었다.

다음 날 돈 안토니오는 마법의 두상을 실험해볼 적기라고 생각하여 돈키호테, 산초 그리고 두 명의 친구와 또 무도회에서 돈키호테를 녹초가 되게 만들었던, 돈 안토니오의 부인과 함께 머물렀던 두 명의 귀부인과 함께 두상이 있는 방에 들어갔다. 돈 안토니오는 두상의 특성에 대해 이야기해주고 비밀을 지켜달라고 부탁하고는 그날이 마법의 두상이 가진 능력을 시험해보는 첫날이라고 말했다. 돈 안토니오의 두 친구를 제외하면 다른 누구도 그 검은 내막을 알지 못했다. 만일 돈 안토니오가 미리 친구들에게 사실을 밝히지 않았더라면 그들도 역시 다른 사람들과 마찬가지로 감탄해 마지않

---

*주로 시골에서 추는, 발로 장단을 맞추는 스페인식 탭댄스.

앉을 터인데, 다른 가능성이 전혀 없었던 것이 그 두상은 그토록 잘 구상되고 잘 제작되었던 까닭이다.

두상의 귀에 제일 먼저 가까이 간 사람은 돈 안토니오 자신이었다. 그는 다소곳한 목소리로, 하지만 모두가 알아듣지 못하지는 않을 정도로 이렇게 말했다.

"그대 안에 있는 능력으로 내게 말해다오, 두상이여. 내가 지금 무슨 생각을 하고 있는가?"

그러자 두상은 입술도 움직이지 않고 모두가 알아들을 수 있는 명료하고 분명한 목소리로 이렇게 설명했다.

"나는 생각은 판단하지 않소."

이 말을 들은 모두는 어안이 벙벙해졌다. 방 안 전체를 둘러봐도, 탁자 주변 어디에도 대답을 할 수 있는 사람이 없었기 때문이었다.

"지금 우리가 모두 몇이 여기 있는가?" 돈 안토니오가 다시 물었다.

그러자 아까와 똑같은 방식에 똑같은 어조로 대답이 들렸다.

"그대와 그대의 아내, 그리고 그대의 두 친구와 아내의 두 친구, 거기에다가 그 유명한 돈키호테 데 라만차라고 하는 기사와 산초 판사라는 이름을 가진 그의 종자가 있소."

이번에는 정말로 다시 감탄하지 않을 수 없었고 모두가 너무 놀라 머리털이 쭈뼛 서게 되었다! 돈 안토니오는 두상에게서 물러서며 이렇게 말했다.

"이것으로 나는 그대를 내게 판 자가 나를 속인 것이 아니라는 것을 충분히 알게 되었네. 현명한 두상이여, 말하는 두상이여, 대답하는 두상이여, 기이한 두상이여! 다른 분도 오셔서 알고 싶은 것을 물으시오."

대개 여인들은 서둘러 움직이고 또 알고 싶은 것이 많았으므로, 처음 나선 이는 돈 안토니오 부인의 두 친구들 중 하나였다. 그 부인이 물었다.

"말해다오, 두상이여, 내가 더 아름다워지려면 어떻게 해야 하느냐?"

그러자 대답이 돌아왔다.

"정숙해지도록 하라."

"더 이상 묻지 않겠어요." 질문한 여인이 말했다.

이번에는 그 여인의 친구가 나섰다.

"두상이여, 내 남편이 나를 많이 좋아하는지 알고 싶구나."

그러자 대답했다.

"그대에게 어떻게 하는지를 보아라. 그러면 짐작할 수 있을 테니."

부인은 두상에게서 물러서며 말했다.

"그런 답변을 들을 요량이라면 물을 필요도 없네. 사실 하는 일을 보면 그 일을 하는 자가 가지고 있는 의중이 보이기 마련 아닌가."

다음으로는 돈 안토니오의 두 친구 중 하나가 다가가 물었다.

"내가 누구냐?"

그러자 대답했다.

"그것은 그대가 알고 있다."

"그걸 묻는 게 아니야." 기사가 말했다. "그대가 날 알고 있는지 묻는 거지."

"알고 있다." 두상이 대답했다. "그대는 돈 페드로 노리스이지."

"나는 더 알고 싶은 게 없네. 이걸로 충분해. 오! 정말이지 모든 걸 알고 있는 두상일세."

그러면서 두상에게서 물러서자 다른 친구가 가까이 와 이렇게 물었다.

"말해주게, 두상이여, 내 큰아들이 어떤 소망을 가지고 있는가?"

"이미 말했네." 대답이었다. "나는 소망을 판단하지는 않아. 하지만 그럼에도 불구하고 그대에게 할 수 있는 말은, 그대의 아들이 가진 소망은 그대를 파묻어버리고 싶어 한다는 것이지."

"그거야 그렇지." 기사가 말했다. "이건 뭐 눈으로 보는 것을 손가락으로 가리키는 격이로군."

그러고는 더 묻지 않았다. 그러자 돈 안토니오의 부인이 다가와 말했다.

"두상이여, 뭘 물어야 할지 모르겠구나. 내가 알고 싶은 것은 오로지 이 착한 남편을 내가 오래도록 누릴 수 있는가 하는 것이야."

그러자 대답이 들려왔다.

"그럴 것이다. 그대 남편의 건강과 절제된 생활 방식이 장수할 것을 약속하니 말이다. 많은 이들이 무절제로 인해 명을 단축하곤 하지."

다음으로는 돈키호테가 다가갔다.

"말해주시게, 대답하는 자여. 내가 몬테시노스의 동굴에서 겪었다고 하는 일이 사실인가 아니면 꿈인가? 내 종자 산초의 매질은 확실히 마무리되겠는가? 또 그것이 둘시네아의 마법을 푸는 일에 효과가 있겠는가?"

"동굴에서의 일에 관해서는," 두상이 대답했다. "말할 것이 많으니, 둘 다라고 할 수밖에. 산초의 매질은 설렁설렁 해나가게 될 것이고, 둘시네아가 마법에서 풀려나는 것은 때가 되면 일어날 일이야."

"더 이상은 알고 싶지 않소." 돈키호테가 말했다. "둘시네아가 마법이 풀린 것을 보게 된다면 나는 내가 우연히 소망하게 된 모든 행운이 한꺼번에 쏟아져온다고 생각하게 될 테니까."

마지막으로 질문에 나선 이는 산초였는데 그의 질문은 이러하였다.

"혹시나, 두상이여, 내가 또 다른 총독직을 맡게 되겠는가? 종자의 곤궁함에서 벗어나게 될까? 내 처자식을 다시 보게 될까?"

이에 대답이 돌아왔다.

"그대의 집에서 총독이 된다. 그리고 집에 돌아가면 처자식을 보게 될 것

이며, 또 섬기기를 그만두면 종자의 직에서도 벗어날 터이다."

"세상에 훌륭하셔라!" 산초 판사가 말했다. "그런 말이라면 나도 하겠소. 위대한 예언가 페로그루요*도 그 이상은 말씀 못 하셨을 것이네."

"짐승 같은 놈, 산초야." 돈키호테가 말했다. "무슨 대답을 바랐단 말이냐? 이 두상이 네가 물은 것에 상응하는 답을 내놓은 것으로 충분치가 않더냐?"

"충분합니다." 산초가 대답했다. "하지만 저는 더 분명하게 좀 더 잘 설명해주길 바랐습니다요."

이렇게 해서 질문과 대답이 끝났지만, 이미 사정을 알고 있는 돈 안토니오의 두 친구를 제외한 다른 모두의 감탄은 끝이 없었다. 이에 대해 시데 아메테 베넹헬리는 그 두상에 어떤 주술적인 것이나 기이한 신비가 숨겨져 있다고 믿음으로써 세상 사람들이 의혹을 갖게 되지 않도록 분명히 밝혀두고자 하였으니, 설명하기를 돈 안토니오 모레노가 한 동판 찍는 자가 만든 어떤 두상을 마드리드에서 보고는 이를 본떠서, 한편으로는 자기가 즐길 요량으로 또 한편으로는 무지한 자들을 놀라게 할 심산으로 자기 집에 하나 만들어두었던 것인데 그 원리는 이러하였다. 탁자의 판은 목재로 된 것인데 벽옥처럼 보이도록 칠을 하고 옻칠도 하였고 탁자를 지탱하는 다리도 역시 목재인데 무게를 견딜 수 있도록 독수리 네 개의 발톱을 달아놓았다. 로마 황제의 모습을 한 원형 부조처럼 보이는 두상은 청동 색깔로 칠해놓은 것으로 속은 비어 있었다. 탁자 상판 역시 그러했는데 그 위를 너무나 잘 맞춰놓은 까닭에 접합의 흔적이 전혀 보이지 않았다. 상판에 이어진 다리 역시 속은 비어 있어서 두상의 목구멍과 가슴으로 이어졌고, 이 모두가 두상이 있

---

*명백한 진실만을 말해주는 금언가이자 예언자.

는 곳 아래 다른 방으로 이어져 있었다. 그렇게 탁자의 다리와 상판, 두상의 목과 가슴으로 이어진 구멍에는 꼭 들어맞는 양철관이 넣어져 있어서 누구의 눈에도 띄지 않았다. 위의 방과 연결된 아래쪽 방에는 대답을 할 자가 바로 그 관에 입을 대고 자리 잡고 있어서 마치 입으로 부는 화살처럼 목소리가 위에서 아래로 또 아래에서 위로 명확하고 분명하게 전달되었다. 이런 식으로 해서 속임수가 전혀 드러나지 않을 수 있었던 것이다. 돈 안토니오의 조카인 총명하고 신중한 학생 하나가 대답을 하고 있었는데 그는 전날 돈 안토니오로부터 그날 두상이 있는 방으로 들어갈 이들이 누구인지 이미 전달받은 상태였으므로 첫 번째 질문에 대해서는 신속하고도 정확하게 대답하는 일이 용이했고 또 나머지 질문들에 대해서는 짐작으로 또 신중한 사람인 만큼 신중하게 답변할 수 있었던 것이다. 그리고 시데 아메테가 덧붙여 이야기하기를 이 놀라운 기기는 열흘이나 열이틀 더 지속되었지만, 묻는 말마다 척척 대답을 하는 마법의 두상이 돈 안토니오의 집에 있다는 말이 온 도시에 퍼지게 되자, 돈 안토니오는 늘 깨어 있는 우리 신앙의 파수꾼들 귀에 이 소식이 들어가지 않을까 하는 두려움에 미리 자진하여 종교재판관 양반들에게 이 사실을 고하였다. 이들은 돈 안토니오에게 두상을 분해해버리고 더 이상 사용하지 말라고 명령한바, 무지한 속인들이 세간에 웅성거림을 만들지 못하도록 하려는 것이었다. 하지만 돈키호테와 산초 판사의 생각에는 두상이 마법의 물건인 것이 분명했고 산초보다는 오히려 돈키호테가 더 만족해했다.

도시의 기사들은 돈 안토니오를 즐겁게 해주고 또 돈키호테를 환대함과 더불어 미움함을 드러내는 계기가 되도록 그때부터 엿새간 말을 타고 달리며 창으로 고리를 맞추는 놀이를 하도록 명했으나, 앞으로 이야기할 그런 이유 때문에 이루어지지 못했다. 돈키호테는 평범하게 걸어서 도시를 산책하고 싶어 했는데 말을 타고 나가면 아이들이 따라올 것이 두려웠다. 이렇게 해서 그는 산초, 그리고 돈 안토니오가 내준 하인 둘과 함께 산책에 나서게 되었다.

그런데 우연히 거리를 걷다가 눈을 들어보니 문 앞에 커다란 글자로 '책 인쇄하는 곳'이라고 쓰여 있는 것을 보게 되었다. 그때까지 한 번도 인쇄소를 본 일이 없을 뿐만 아니라 어떠한 곳인지 보고 싶은 마음도 있었던지라 돈키호테는 몹시 흡족해했다. 동행들과 더불어 안으로 들어가니 한편에서는 찍어내고 다른 한편에서는 교정을 하고 여기에서는 식자 작업을 하고 저기에서는 조판 교정을 하는 것이 보이는 등, 마침내 대규모 인쇄소가 보여주는 모든 기계를 보게 되었다. 돈키호테는 한 부서에 도달하여 그곳에서 하는 일이 무엇인지를 물었다. 일하던 직공들이 대답하자 돈키호테는 감탄하며 앞으로 나아갔다. 다시 직공 하나에게 다가가 무슨 일을 하고 있느냐고 묻자 그가 대답했다.

"여기 있는 이분이," 하고 말하면서 체격이 좋고 훤칠한 데다 태도가 진중한 사람을 가리켰다. "이탈리아 책 하나를 우리 카스티야 말로 번역하셨습니다. 그래서 제가 그것을 인쇄에 넘기려고 식자를 하는 중입니다."

"책 제목이 무엇입니까?" 돈키호테가 물었다.

그 질문에 번역자가 대답했다.

"이 책은 이탈리아 말로는 《레 바가텔레》라고 합니다."

"그렇다면 '레 바가텔레'를 우리 카스티야 말로 번역하면 무슨 뜻이 됩니까?" 돈키호테가 물었다.

"레 바가텔레는," 번역자가 말했다. "카스티야 말로 '장난감'이라고 하지요. 제목은 소박하지만 그 안에 아주 훌륭하고도 중요한 것들이 담겨 있습니다."

"나도 이탈리아어를 좀 압니다." 돈키호테가 말했다. "그래서 아리오스토의 구절을 얼마쯤 노래할 수 있다는 것을 자랑으로 삼고 있지요. 그러니 내게 한번 말씀해보시구려. 선생의 재능을 시험하려고 그러는 것은 아니고 그저 호기심에 묻는 것이오만, 그대의 책에 '피냐타'라는 말이 나옵니까?"

"예, 여러 번 나오지요." 저자가 대답했다.

"그러면 선생은 그것을 카스티야어로 어떻게 번역하셨소?" 돈키호테가 물었다.

"냄비요리 외에 달리 뭐라 옮겨야 하겠습니까?" 저자가 대답했다.

"맙소사!" 돈키호테가 말했다. "그대의 이탈리아어 실력은 아주 앞선 것이구려. 분명 이탈리아 말로 '피아체'라고 되어 있는 것은 카스티야어로 '기쁨'이라 하셨을 것이고, '피우'라고 되어 있는 것은 '더욱더'라고 하셨을 테고, 또 '수'라는 말은 '위'로, '기우'는 '아래'라고 하셨을 거라는 데 크게 내기를 걸어도 좋소."

"확실히 그렇지요." 번역자가 말했다. "그게 딱 상응하는 말들이니까요."

"감히 맹세하오만," 돈키호테가 말했다. "선생은 이 세상에서 그다지 이름을 날리지 못하셨을 것이오. 만발한 재능도 칭송할 만한 일에도 칭찬하는 것을 싫어하는 이 세상에서는 말이오. 세상에서 소실되는 재능들이 어찌나 많은지요! 재능은 구석에 처박히고! 미덕은 업신여김을 받고! 하지만 그럼에도 내가 보기엔 말이오, 하나의 말을 다른 말로 옮긴다는 것은 언어의 여왕이라고 할 수 있는 그리스어나 라틴어가 아닌 이상, 플랑드르의 태피스트리를 뒤집어보는 것과 다를 바 없다는 게 나의 생각이오. 형체가 보이기는 하지만 실밥 때문에 흐릿해져버리고 겉면의 매끄러움과 결이 보이지 않는다는 말이지요. 게다가 쉬운 말을 옮기는 것은 한 종이에서 다른 종이로 옮겨 적거나 베껴 적는 일이 그런 것처럼 어떠한 재능도 문장력도 요구하지 않는 일이라오. 뭐 그렇다고 그대의 이 번역 일이 칭찬할 만한 것이 아니라고 말하려는 것은 아니오. 왜냐하면 인간은 다른 더 비천하고 얻어낼 이익이 적은 일에도 종사할 수 있으니 말입니다. 이런 이야기의 예외가 되는 두 번역자가 있는데 하나는 《목동 피도》를 번역한 크리스토발 데 피게로아 박사이고 또 하나는 《아민타》를 번역한 돈 후안 데 하우리기*라오. 이 작품들을 보면 즐겁게도 무엇이 번역서이고 무엇이 원작인지 의심하게 되지요. 하지만 말씀해보시오, 이 책은 그대가 비용을 대고 인쇄하는 것이오? 아니면 어떤 책장수에게 권리를 이미 파셨소?"

"내 돈으로 인쇄하는 것입니다." 번역자가 대답했다. "2천 부를 찍는 초판 인쇄로 적어도 1천 두카도는 벌 것으로 생각하고 있지요. 그러려면 한 권당 6레알에 눈 깜짝할 새 팔아야 합니다만."

"선생은 계산에 능하시구려!" 돈키호테가 말했다. "그런데 인쇄업자들이 거짓으로 회계를 하는 것과 여기저기에서 요령을 부리는 것에 대해서는 모르시는 것 같소이다. 내 장담하건대, 책을 2천 권이나 지고 간다면 몸이 얼마나 녹초가 되어버리는지 놀라실 거요. 게다가 그 책이 그저 그렇게 재미 하나 없다면 훨씬 더할 것이고요."

"그러니 뭐란 말입니까?" 번역자가 말했다. "내게 인세로 고작 한 권당 3마라베디 주고 마는, 그러고도 내게 큰 은혜라도 베푸는 양 생각하는 책장수에게 권리를 다 넘겨주라는 말입니까? 나는 세상의 명성을 얻고자 이 책을 출판하는 것이 아닙니다. 이미 내 작품들로 인해 좀 알려지기도 했고요. 나는 수익을 원합니다. 수익이 없다면 명성은 한 푼의 값어치도 없습니다."

---

*시인이자 화가로 세르반테스와 친분이 가까웠는데, 그의 초상화를 그려준 것으로 유명하다. 세르반테스는 이 사실을 자신의 《모범소설》 서문에서 언급하고 있다.

"하느님이 그대에게 행운을 내리시기를." 돈키호테가 대답했다.

그러고는 앞으로 나아가 다른 부서로 향했는데, 그곳에서 《영혼의 빛》이라는 제목의 책 교정을 보고 있는 것을 보고 돈키호테가 말했다.

"이런 책들은, 이런 종류의 책들이 많기는 하지만, 꼭 출판되어야 할 것들이지요. 왜냐하면 오늘날 죄를 지은 자들이 너무나 많고 그렇게 수많은 분별력 잃은 자들을 위해서는 셀 수도 없이 많은 빛이 필요하기 때문이오."

다시 앞으로 나아가 또 다른 책을 교정하고 있는 것을 보았는데 그 제목을 물었더니 토르데시야스 사람*이 지은 《재치 있는 시골 귀족 돈키호테 데 라만차 2편》이라 부른다고 대답했다.

"이 책에 대한 소식은 이미 들었소." 돈키호테가 말했다. "그리고 사실, 내 양심에 두고 말하건대 나는 무례하기 이를 데 없는 이 책이 이미 불살라져 먼지가 되어버렸다고 생각하고 있었소. 하지만 모든 돼지들에게 성 마르틴 축일이 닥치는 것처럼** 그 책에도 축일이 닥치리니, 꾸며낸 이야기가 진실에 가까울수록 혹은 진실과 유사할수록 더 좋은 것이 되고 즐거운 것이 되며, 또 진실한 이야기는 진실할수록 더 좋은 이야기가 되는 것이기 때문이오."

이렇게 말하고는 다소간 노기를 띤 채 인쇄소를 나갔다. 바로 그날 돈 안토니오는 해변에 정박한 갤리선에 그를 데려가라고 명령했는데, 이에 대해 산초가 매우 즐거워한 것이 일생 한 번도 갤리선을 본 적이 없었던 까닭이었다. 돈 안토니오는 갤리선 네 척의 제독에게 자신의 손님인, 그 유명한 돈키호테 데 라만차를 그날 오후 갤리선에 모시고 갈 것이라고 알려두었는데

---

*위작을 쓴 아베야네다의 고향이 토르데시야스로 알려져 있다. 그럼에도 앞에서 세르반테스는 아베야네다를 아라곤 사람이라고 불렀다.
**11월 11일인 성 마르틴 축제 때 돼지 도살이 행해진다.

돈키호테에 대해서는 제독뿐만 아니라 도시의 주민 모두가 이미 소식을 듣고 있던 참이었다. 갤리선에서 일어난 일들에 대해서는 이어지는 장에서 다루기로 한다.

제63장

갤리선 방문에서 산초 판사에게 닥쳐온 곤경과
또 아름다운 모리스코 여인의 새로운 모험에 대하여

돈키호테는 마법의 두상이 준 대답에 대해 너무나 많은 생각을 하면서도 그 어느 것도 거짓으로 생각지 않았다. 그의 모든 생각은 둘시네아가 마법에서 풀려날 것이라는 그 약속에만 멈추어 있었다. 그 생각을 하고 또 하고 약속이 이루어지는 것을 속히 보리라 믿으며 혼자서 즐거워했던 것이다. 한편 산초는 총독이 되는 것에는 싫증이 났지만 이미 말한 대로 다시 한 번 명령을 내리고 복종을 받고자 하는 욕망이 있었으니, 아무리 장난이라고 해도 남을 지배한다는 것은 이토록 불행을 가져오는 것이었다.

드디어 그날 오후 초대를 한 돈 안토니오 모레노와 그의 두 친구는 돈키호테 그리고 산초와 함께 갤리선으로 갔다. 반가운 이가 온다는 통보를 받은 제독은 그 유명하다는 돈키호테와 산초 두 사람을 볼 요량이었고, 이들이 해변에 도착하자마자 갤리선들은 모두 배의 덮개를 걷고 나무피리를 울려댔다. 그러고는 고급 가구덮개 천과 진홍빛 비로드 쿠션으로 싸인 소형 배를 물에 던지고는, 돈키호테가 그 배에 발을 올리자 기함에서는 중앙갑판에 있던 대포를 발사했고 다른 갤리선들도 마찬가지로 그렇게 했다. 돈키호테가 오른쪽 계단으로 올라가자 주요 인사가 갤리선에 들어올 때 하듯이 모든 무리가 "우, 우, 우" 하고 세 번 말하며 인사를 했다. 제독은, 앞으로는 이렇게 부르도록 하겠다, 돈키호테에게 손을 내밀었는데 그는 발렌시아의 귀족 기사였다. 그가 돈키호테를 얼싸안으며 말했다.

"돈키호테 데 라만차 님을 보았으니 내 인생 최고의 날 중 하나라 여겨 이날을 흰 돌로 표시해두렵니다. 이날이 편력기사도의 모든 가치를 담고 있다는 것을 우리에게 보여주는 표식으로 말입니다."

돈키호테도 이에 못지않은 예의 바른 말로 대답하였는바, 자신을 귀한 사람으로 대접해주는 것에 대해 무척 즐거워하였다. 그런 다음 모두 선미로 들어갔는데 정돈이 아주 잘되어 있었다. 이들이 주요 인사나 관리들이 앉는 자리에 앉자 복도에서 노 젓는 죄수들의 감독이 지나가면서 호루라기를 불어 선원들 모두 옷을 벗으라는 신호를 보냈고 이들은 즉각 그대로 했다. 그토록 많은 사람이 벌거벗은 것을 본 산초는 어안이 벙벙한 데다 그토록 재빠르게 천막을 치는 것을 보고 더더욱 그러하였는데, 그에게는 마치 악마들이 그곳을 돌아다니며 일을 하는 것처럼 보였다. 하지만 이 모든 일들은 앞으로 이야기하려는 것에 비하면 이미 다 구워진 빵과 같았다. 산초는 노 젓는 죄수들 옆 해가리개 천막을 묶는 뱃머리 기둥의 오른편에 앉아 있었는데, 이미 어찌해야 할지를 전해 들은 죄수가 산초를 잡고 두 팔로 번쩍 들었고 죄수들이 모두 일어나서 오른편 무리부터 시작해 이 자리에서 저 자리로 죄수들의 팔 위로 너무나 빨리 산초를 돌아가게 만들자, 가여운 산초는 아무것도 보이지 않는 지경이 되었고, 의심의 여지없이 바로 그 악마들이 자기를 데려간다고 생각하게 되었다. 그렇게 다시 왼쪽 무리에게로 돌아와 선미로 되돌아올 때까지 돌림이 계속되었다. 가엾은 산초는 기진맥진해서 숨을 헐떡이고 식은땀을 흘리면서 자기에게 무슨 일이 일어났는지 상상조차 하지 못했다.

산초가 날개도 없이 이렇게 날아다니는 것을 본 돈키호테는 제독에게 저것이 갤리선에 처음 들어온 이들에게 늘 하는 의식인지 물었다. 만일 그렇다고 한다면 갤리선에서 자신의 직분을 행사할 생각이 없는 그로서는 그런 일을 당하고 싶지 않다고 했다. 그리고 누군가 자신을 그렇게 돌리려고 잡으러 온다면 그자에게서 난폭하게 영혼을 빼내버리겠노라 하느님께 맹세하면서 벌떡 일어나 칼을 꼭 쥐었다.

바로 이때 천막이 내려지고 돛을 고정시키는 장대가 엄청나게 큰 소리를 내면서 위에서 아래로 떨어졌다. 산초는 하늘의 문설주가 뽑혀 나가 자기 머리 위로 쏟아진다고 생각했고 두려움에 떨면서 머리를 두 다리 사이로 숙였다. 돈키호테는 그렇게 하지는 않았지만 역시 하얗게 질린 얼굴로 부들부들 떨며 어깨를 움츠렸다. 죄수들이 돛을 내릴 때와 똑같은 속도로, 엄청난 소리를 내며 천막을 올리자 두 사람은 모두 목소리도 없고 숨도 못 쉬는 양 입을 다물고 있었다. 죄수들의 감독이 갤리선의 닻을 올리라는 신호를 보내면서 가죽 채찍을 들고 갑판 한가운데로 뛰어올라 죄수들의 등짝에 채찍질을 시작하자 배는 조금씩 바다를 향해 나아가기 시작했다. 산초는 그토록 많은 색색가지 발이 한꺼번에 움직이는 것을 보고—그가 발이라고 생각한 것은 바로 노였는데—혼자 이렇게 생각했다.

'정말 마법에 걸린 건 우리 주인님이 말씀하시는 것들이 아니라 이것들이네. 이 불행한 자들이 무슨 짓을 저질렀기에 저렇게 채찍질을 해대는 것인가? 그리고 어떻게 저기 휘파람을 불며 돌아다니는 남자 하나가 이렇게 많은 사람들에게 감히 채찍질을 해댈 수 있다는 말인가? 이게 바로 지옥이란 거지, 아니 적어도 연옥일 거야.'

산초가 이곳에서 일어나는 일에 그토록 집중하는 것을 본 돈키호테가 이렇게 말했다.

"아, 나의 벗, 산초야, 네가 자진해서 웃통을 벗고 이 사람들 사이에 자리를 잡고 앉기만 한다면 얼마나 금세, 얼마나 쉽게 둘시네아의 마법이 풀리겠느냐! 이렇게 많은 이들이 비참함과 고통을 함께하니 너는 고통을 거의 느끼지도 못할 것이다. 게다가 현인 메를린이 이 매질 수를 세고 계실 터이니 저토록 제대로 된 손으로 맞는 것이라면, 마침내 맞게 될 그 수에 열을 곱해주실 수도 있을 것이다."

제독은 매질이 다 무엇이며 둘시네아를 마법에서 풀려나게 하는 것은 또 무엇이냐고 묻고 싶었지만 그때 한 선원이 와서 이렇게 말했다.

"해 지는 쪽 해안에 노 젓는 선박 하나가 있다는 신호를 몬주익*에서 보내왔습니다."

이 말을 들은 제독은 갑판에서 벌떡 일어나 말했다.

"얘들아, 놓쳐서는 안 된다! 망루에서 우리에게 보내는 신호는 알제 해적들의 쌍돛대범선이 분명하다."

곧 다른 세 척의 갤리선이 자신들에게 내리는 명령을 듣기 위해 기함으로 다가왔다. 제독은 두 척의 배에게 바다로 나가도록 명하고 그와 나머지 한 척은 해안을 지키겠노라고 했다. 그렇게 해야 그 배가 도망치지 못할 것이기 때문이었다. 죄수들이 노를 움켜쥐고 너무나 사납게 배를 밀어댔기 때문에 갤리선은 거의 날아가는 듯했다. 작전을 위해 바다로 나간 두 척의 배는 2밀라쯤 거리에서 적의 배를 발견했는데 이 배는 보기에 열네 개나 열다섯 개의 노 젓는 좌석이 달린 듯했고 사실이 그러하였다. 그 배는 갤리선을 발견하자 자신들의 빠른 속력을 이용하여 도망칠 의도와 희망으로 달아나려

---

*바르셀로나 남부에 있는 산으로, 해상 침입을 경계하는 망루가 있었다.

했지만 실패로 끝났다. 왜냐하면 갤리선 기함은 바다를 항해하는 모든 배들 중 가장 날랜 배였던 것이다. 기함이 곧 쌍돛대범선을 따라잡자 범선에 타고 있는 자들도 도망칠 수 없으리라는 사실을 분명하게 알았다. 무슬림 배의 선장은 우리 갤리선을 다스리는 대장의 화를 돋우지 않도록 노를 내려놓으라고 하며 항복하려 했다. 하지만 운명이라는 것은 그를 다른 방향으로 이끌었다. 무슬림 배에 탄 자들이 너무 가까이 다가온 기함으로부터 항복하라고 외치는 소리를 듣자 두 터키인, 다시 말해 나머지 열두 명과 함께 쌍돛대범선에 타고 있는 두 명의 술 취한 터키인들이 소총을 발사하여 우리 배 통로에 있던 두 명의 병사에게 죽음을 안겨주었던 것이다. 이를 본 제독은 적의 배에 탄 자는 모두 목숨을 부지하지 못하게 하리라 맹세하고 격노하여 덮치니 상대는 노 밑으로 빠져 도망을 쳤고, 갤리선은 그대로 통과해버렸다. 적의 배에 탄 자들은 이제 패했다고 생각했다가 갤리선이 방향을 바꾸고 있는 동안에 다시 돛 전체로 바람을 안고 노를 저어 도망치려 하였다. 하지만 그 부지런함도 그들에게 이득이 되지 못했고 그 대범함 역시 오히려 해가 되었으니, 반 밀라도 채 못 가 기함에게 따라잡혔고 기함이 그 배 위로 노를 얹어놓고 모두를 산 채로 잡아들였기 때문이었다.

이때 다른 나머지 두 척의 갤리선이 도착했고 도합 네 척이 포로들을 데리고 해변에 도착했다. 헤아릴 수 없는 사람들이 그들이 가져오는 것을 보려고 기다리고 있었다. 제독은 육지 근처에 닻을 내리고 나서야 바르셀로나의 부왕이 해변에서 기다리고 있다는 사실을 알게 되었다. 그는 부왕을 모셔 오도록 작은 배를 내릴 것을 명한 후 적의 배에서 잡은 선장과 거의 서른여섯 명에 달하는 선원들, 특히 늠름한 소총수들인 터키인들을 교수형에 처할 수 있도록 돛을 고정시킨 장대를 내리라고 명했다. 제독은 누가 쌍돛대범선의 선장인지 물었고 포로들 중 하나가 카스티야 말로 대답했다(후에 보니 종교를 버린 에스파냐 사람인 것 같았다).

"이 젊은이입니다, 나리. 여기 보시는 이가 우리 선장입니다."

그러고는 인간의 상상이 그려낼 수 있는 가장 아름답고 늠름한 청년 하나를 가리켰다. 나이는 스무 살이 채 안 되어 보였다. 제독이 그에게 물었다.

"말해보아라, 잘못 알아먹은 개야, 도망치는 것이 불가능하다는 것을 알았을 터인데 누가 너를 움직여 내 병사들을 죽이게 했느냐? 그것이 기함에게 갖춰야 할 경의의 표시더냐? 무모함은 용기가 아님을 모른단 말이냐. 희망에 의구심이 생길 때 인간이 대담해지기는 해도 무모해서는 안 되는 법이다."

선장은 대답하고자 했으나 제독은 때마침 갤리선으로 들어오고 있는 부왕을 맞으러 가야 했기 때문에 대답을 들을 수 없었다. 부왕과 함께 그의 신하 몇 명과 마을 사람들도 몇이 들어왔다.

"사냥에서 얻은 게 많으시군, 제독!" 부왕이 말했다.

"그리고 아주 멋졌습니다." 제독이 대답했다. "부왕께서는 이제 이 장대에 매달릴 볼만한 광경을 구경하시게 될 겁니다."

"어째서 그렇지?" 부왕이 물었다.

"왜냐하면," 제독이 대답했다. "이 갤리선에 타고 있던 가장 우수한 병사 두 명이 모든 법과 상식 그리고 전쟁의 관례를 벗어나 죽임을 당한 까닭입니다. 따라서 저는 제가 포로로 잡은 모두를, 특히 쌍돛대범선의 선장인 이 청년을 교수형에 처할 것을 맹세하였습니다."

그러고는 이미 두 손이 묶이고 목에 줄이 걸린 채 죽음을 기다리고 있는 젊은이를 가리켰다.

부왕은 그를 바라보았다. 그가 너무나 아름답고 늠름한 데다가 또 너무나 겸손하게 보인 까닭에 바로 그 순간 부왕은 그의 아름다움이 추천장이 되어 그의 죽음을 면해주고 싶은 소망을 갖게 되었다. 그래서 이렇게 물었다.

"말해보게, 선장. 그대는 태생이 터키인인가, 무어인인가? 아니면 배교자*인가?"

이 말에 청년 역시 카스티야 말로 답하였다.

"저는 터키인도 아니고 무어인도 아니며 배교자도 아닙니다."

"그렇다면 자네는 무엇인가?" 부왕이 다시 물었다.

"저는 그리스도교도 여인입니다." 그 청년이 대답하였다.

"여인이고 또 그리스도교도인데 그런 옷차림에 그런 행보를? 도저히 믿을 수 없는 놀라운 일이군."

"잠시 미뤄주십시오." 젊은이가 말했다. "오, 여러분들! 저를 죽음에 이르게 할 처형을 멈춰주십시오. 제가 여러분들께 제가 살아온 이야기를 들려드리는 동안만 복수를 미루신다고 해서 여러분들이 잃을 것은 아무것도 없을 것입니다."

누가 이런 이야기에도 꿈쩍하지 않을 만큼 단단한 심장을 가지고 있겠는가? 아니 적어도 이 슬프고 괴로워 보이는 젊은이가 하고 싶어 하는 이야기를 듣지 않으려 하겠는가? 제독은 그에게 원하는 것을 말해보라고 하면서 그러나 이미 다 알고 있는 그의 죄가 용서에 이를 것은 바라지 말라고 말했다. 허락이 떨어지자 젊은이는 말을 시작했다.

"저는 최근 들어 불행이 빗줄기처럼 쏟아지는, 신중하다기보다 불행한 나라의 모리스코 부모에게서 잉태되어 태어났습니다. 불행이 급류처럼 쏟아지는 가운데 저는 제가 그리스도교도라는 것을—사실이 그렇습니다, 꾸며내거나 겉으로만 그런 것이 아니라 진실한 가톨릭 신자입니다—말하지도

---

*그리스도교를 버리고 회교도로 개종한 사람을 일컫는다.

못한 채 두 숙부의 손에 끌려 베르베리아로 가게 되었습니다. 하지만 우리를 처참하게 추방하는 일을 맡은 이들에게 그 사실을 말해봐야 아무 소용없는 일, 저의 숙부들조차도 믿으려고 하지 않았으니 그저 제가 태어난 땅에 머물고자 하여 지어낸 거짓말이라고 여긴 까닭이었습니다. 그렇게 제가 원해서가 아니라 억지로 끌려간 것이지요. 제 어머니는 그리스도교도이고 아버지 또한 분별력 있는, 더도 덜도 아닌 그리스도교도이십니다. 젖을 빨 때부터 가톨릭 신앙을 취했고 좋은 품행으로 자라났으며 말이나 품행에 모리스코라는 표시는 하나도 없었습니다. 이러한 미덕이 자라남에 따라 그에 발맞추어(저는 미덕이라고 믿고 있습니다만), 제게 아름다움이라 할 만한 것이 있었다면, 그 아름다움도 더불어 자라났고, 제가 정숙하여 나돌아 다니지 않았음에도, 우리의 거처 바로 근처에 역시 거처를 둔 한 기사분의 장남 돈 가스파르 그레고리오라는 젊은 기사가 저를 보게 된 것입니다. 어떻게 저를 보게 되었는지, 우리가 어떻게 이야기를 나누게 되었는지, 어떻게 제게 마음을 빼앗기고, 저 역시 그분에게 마음을 빼앗기게 되었는지 말씀드리자면 이야기가 너무 길어질 것입니다. 게다가 저의 혀와 목 사이에 저를 이토록 겁박하는 단단한 밧줄이 당겨질 것을 두려워하는 지금은 더더욱 그렇습니다. 그러니 그저 어떻게 돈 그레고리오가 제가 추방당하는 길에 함께 가고 싶어 했는지만 말씀드리겠습니다. 그분은 다른 곳에서 출발한 다른 모리스코들과 섞이셨습니다. 무어인의 말을 잘 알고 있었기 때문이지요. 그리고 여정에서 저를 데리고 가던 숙부들과 친구가 되기까지 하였는데, 신중하고 매사에 준비가 철저한 제 아버지는 처음 추방 명령이 내려졌다는 사실을 듣고서 살던 곳을 떠나 우리를 반겨줄 타국의 땅을 찾아가셨습니다. 저만 알고 있는 곳에 많은 진주와 값어치가 나가는 보석들, 크루사도 금화와 도블론 금화를 숨겨두시고 말이지요. 그러면서 저에게는 아버지가 돌아오기 전에 먼저 추방된다 하더라도 절대 그곳에는 손을 대지 말라고 명하셨습니다. 저는 그 말을 따랐고 이미 말씀드린 대로 저의 숙부들, 다른 친척, 친지들과 더불어 베르베리아로 건너가게 되었습니다. 그곳에서 우리가 자리를 잡은 곳은 알제였는데 정말로 지옥 같은 곳이었습니다. 그곳의 왕이 제 아름다움과 제게는 일부 행운이기도 하지만 저의 부유함에 대한 소문을 듣고는, 저를 왕 앞에 불러 에스파냐의 어디에서 왔는지, 또 어떤 보물들을 얼마나 가져왔는지 물었습니다. 저는 고향을 말하였고 보석과 돈은 그 땅에 묻어두고 왔노라고, 하지만 제가 직접 그들과 함께 돌아간다면 그 장소는 쉽게 찾을 수 있노라고 말하였습니다. 제가 이렇게 말한 이유는 그가 탐욕이 아니라 저의 아름다움에 눈이 멀게 될까 두려웠기 때문이었습니다. 이런 대화를 나누고 있는 중에 사람들이 들어와 왕에게 저와 함께 온 이들 중 상상할 수 있는 가장 늠름하고 잘생긴 청년이 왔다고 알렸습니다. 저는 곧 그들이 말하는 이가 돈 그레고리오라는 것을 알았습니다. 그분의 미모는 칭찬할 수 있는 가장 큰 아름다움마저도 뒤로하는 것이었기 때문입니다. 저는 돈 그레고리오가 처한 위험을 생각하고 당황하였습니다. 왜냐하면 그 야만스러운 터키인들 사이에서는 아무리 아름다운 여자라 하더라도 그보다는 잘생긴 청년이나 소년이 더 높은 가치와 평가를 받기 때문이었습니다. 그러자 왕은 자신이 그를 직접 볼 수 있도록 그곳으로 데려오라 명하였고 제게 그 말이 사실이냐고 물었습니다. 그래서 저는 마치 하늘이 준비시키신 것처럼, 그가 아름다운 것은 사실이지만 남자가 아니고 사실은 저와 같은 여인이며 제가 가서 그 여인의 타고난 모습에 맞는 옷을 입혀주어 본래의 아름다움을 완전하게 보일 수 있도록, 그리고 왕 앞에 덜 부끄러운 모습으로 나타날 수 있도록 돕게 해달라고 간청했습니다. 왕은 저에게 가서 애쓰라 하면서, 숨겨진 보물을 가지러 에스파냐로 돌아가는 방법에 대해서는 다음 날 이야기하자고 하였습니다. 돈 그레고리오와 이야기를 나눈 저는 남자로 보이게 될 경우 처하게 될 위험에 대해 알려주고, 무어 여인의 복장을 입힌 다음 바로 그날 오후 왕을 알현하러 데리고 갔습니다. 왕은 돈 그레고리오를 보고는 넋을 잃어, 터키의 술탄에게 보이기 위해 데리고 있어야겠다는 계획을 세웠습니다. 그리고 자신의 아내들 사이에서 겪게 될 위험을 피하게 하려고, 그리고 또 자기 자신도 위험한 인물인 고로, 무어인 귀족들 중 하나의 집으로 보내 그곳에서 지내며 돌봄을 받으라고 명하였습니다. 그리고는 그리로 데려가버리고 말았습니다. 그때 우리 두 사람의 마음이란—제가 그분을 사랑하는 것은 부인할 수 없었으므로—서로 몹시 사랑하면서도 헤어지는 분들의 생각에 맡겨두도록 하겠습니다. 그런 다음 왕은 제게 이 쌍돛대범선으로 에스파냐에 다녀오라는 궁리를 마련해주고 여러분의 병사들을 죽인 바로 저 터키인 둘이 저와 함께 가도록 했습니다. 또한 여기 이 에스파냐 사람 배교자도—먼저 말을 한 이를 가리키며—저와 함께 왔는데 그에 관한 한은, 그가 사실은 그리스도교도이며 베르베리아로 돌아가는 것보다 에스파냐에 머물기를 더 소망한다는 것을 제가 잘 알고 있습니다. 나머지 쌍돛대범선의 선원들은 무어인이나 터키인들로 그저 노를 젓는 자들일 뿐입니다. 저 탐욕스럽고 무례한 두 터키인은 저와 저 배교자를 에스파냐의 첫 도착지에서 준비해온 그리스도교도 옷을 입혀 육지로 올려 보내라는 명령을 지키지 않고 이 해안을 휩쓸어 가능한 한 뭐라도 수확을 얻고 싶어 했던 것입니다. 우리를 먼저 육지로 올려 보내면, 혹시라도 우리 둘에게 무슨 사고라도 생기게 되어 우리가 바다에 쌍돛대범선이 있다는 사실을 밝히게 될까 봐, 또 이 해안가에 갤리선이 있다면 자신들이 사로잡힐까 두려웠던 것이지요. 어젯밤 우리는 이 해변을 발견하였고, 여기 갤리선 네 척이 있다는 것은 알지 못한 채 발각이 되어 지금 보신 바와 같은 일이 일어난 것입니다. 결국 돈 그레고리오는 여인네들 사이에 여인의 옷을 입고 남아 명백한 파멸의 위험에 처해 있고 저는 이렇게 두 손이 묶인 채로 이 지쳐버린 목숨을 잃을 것을 기다리고, 아니 두려워하고 있는 것입니다. 여러분, 이것이, 진실한 만큼 불행한 제 슬픈 이야기의 결말입니다. 간청하옵기는 그리스도교도로 죽게 해주십사 하는 것입니다. 말씀드렸던 것처럼 제 동족들의 그 모든 잘못에 저는 어떠한 관련도 없습니다."

그러고는 입을 다문 채 감은 두 눈에서 뜨거운 눈물을 흘렸고 그 자리에 있던 많은 이들 역시 그러하였다. 다정하고 동정심이 많은 부왕은 한마디 말도 없이 그녀에게로 다가가 자기 손으로 아름다운 무어 여인에게 걸려 있던 밧줄을 벗겨주었다.

이 그리스도교도인 모리스코 여인이 그의 순례 이야기를 하는 동안 부왕이 갤리선에 들어올 때 함께 들어왔던 한 늙은 순례자가 그녀에게 시선을 고정하고 있었다. 그러다 모리스코 여인이 이야기를 끝내자마자 노인은 여인의 발 앞에 무릎을 꿇고 그 발을 끌어안고는 울음과 한숨으로 중간중간 끊어지는 말로 이렇게 말했다.

"오, 아나 펠릭스, 불운한 내 딸아! 나는 네 아비 리코테이다. 내 영혼, 너 없이는 살 수 없어 너를 찾으러 돌아왔다."

이 말에 산초는 눈을 뜨고 머리를 들었는데(자신에게 일어났던 불행한 일을 생각하며 고개를 숙이고 있었던 것이다), 그 순례자가 그가 총독직을 그만두고 나오던 날 마주쳤던 바로 그 리코테임을 알아보았다. 또 이미 풀려난 두 손으로 아버지를 얼싸안고 함께 눈물을 흘리고 있는 그 처녀가 그의 딸임을 확인했다. 그때 순례자가 제독과 부왕에게 말했다.

"나리님들, 이 아이는 자기 이름보다 여러 일을 겪어 불행해진 제 딸입니다. 아나 펠릭스라고 부르고 성은 리코테, 자신의 아름다움으로뿐만 아니라 저의 부유함으로 인해 유명했지요. 저는 우리가 머물 수 있는, 우리를 받아주는 이국의 나라를 찾아 떠났었습니다. 그리고 마침내 독일에서 그런 곳을 찾아내고는 이렇게 순례자의 복장을 하고 다른 독일 사람들과 동행하여 내 딸을 찾고 또 숨겨둔 많은 재산들을 찾아가려고 이렇게 돌아오게 되었습니다. 그런데 딸을 찾을 수가 없었습니다. 보물은 찾아 지금 제가 수중에 가지고 있지만 말이지요. 그리고 이제 여러분이 보신 것처럼 이상스럽게 사람들이 에워싸고 있는 곳이라 와보았다가 저를 가장 부유하게 하는 보물, 바로 제 딸을 발견하게 된 것입니다. 만일 우리의 잘못이 적다는 점, 제 여식의 눈물과 저의 눈물에 나리님들의 정의가 더해진다면, 그래서 자비의 문을 열 수 있다면, 그 자비를 저희에게 베풀어주시기 간청합니다. 저희는 결코 나리님들에게 해를 끼칠 생각이 없었고 또 추방을 당한 바로 그 저희 동족과는 결코 서로 합의를 한 적도 없었습니다."

그때 산초가 말했다.

"리코테는 제가 잘 압니다. 저자가 자기 딸 아나 펠릭스에 대해 하는 말은 모두 사실이라는 것도 말이지요. 뭐 오고 가고 하는 그 자잘한 것들이며 의도가 좋았네 나빴네 하는 것들에 대해서는 끼어들고 싶지 않지만 말입니다."

그 자리에 있던 모든 이들이 이 이상한 일에 놀랐다. 제독이 말했다.

"그대들의 눈물 한 방울 한 방울이 내 맹세를 지킬 수 없게 만드는구려. 아름다운 아나 펠릭스여, 하늘이 그대에게 준 목숨을 모두 살도록 하라. 그리고 잘못의 죄는 그 잘못을 저지른 자들이 치르도록 하라."

그러고는 자신의 병사 둘을 죽인 터키인 둘을 막대에 매달아 교수형에 처할 것을 명했다. 하지만 부왕은 그들을 처형하지 말 것을 간절히 청했는데, 이는 둘의 소행이 용기라기보다는 광기에 가까운 것이었기 때문이다. 제독은 부왕이 원하는 대로 했으니, 피가 식고 나면 복수란 제대로 잘 이루어지지 않는 까닭이었다. 그러고는 돈 가스파로 그레고리오를 지금 처한 위험에서 꺼내 올 궁리를 하였는데, 리코테가 그 일을 위해 진주와 보석으로 가지고 있던 2천 두카도를 내놓기로 했다. 모두들 여러 방법을 내놓았으나 어느 것도 에스파냐 사람 배교자가 내놓은 것만 못하였으니 그는 그리스도교도들이 노를 젓는, 노 젓는 자리가 여섯 개 달린 작은 배를 타고 알제로 돌아가겠다고 자청했다. 왜냐하면 그는 어디서, 어떻게, 언제 배를 정박할 수 있는지, 정박해야 하는지 알고 있으며 게다가 돈 가스파르가 묵고 있는 집 역시 모르지 않았기 때문이다. 제독과 부왕은 그 배교자를 믿어야 할지 머뭇거렸고, 노를 저어야 하는 그리스도교도들 역시 그를 믿지 못하였으나 아나 펠릭스가 그를 보증했고, 그녀의 아버지 리코테는 만일 그리스도교도들이 무슨 일이라도 겪게 되면 구출해내는 몸값을 지불하겠노라 말했다.

그 생각을 다시 확인한 후 부왕은 배에서 내려갔고 돈 안토니오 모레노는 모리스코 여인과 그 아버지를 자신이 데려가기로 했다. 이는 부왕이 할 수 있는 한 이들을 잘 대접해달라고 위임하였기 때문이었다. 부왕 자신도 그들을 대접하기 위해서라면 자신의 집에 있는 것은 무엇이든지 제공하겠노라 말했는데 아나 펠릭스의 아름다움이 그의 가슴에 심어준 자비심과 동정심이 그토록 큰 것이었다.

제64장

지금까지 돈키호테에게 일어났던 모든 일들 중
가장 큰 슬픔을 준 모험에 대하여

안토니오 모레노의 부인은 아나 펠릭스를 자신의 집으로 맞이한 것에 크게
만족했다고 이야기는 말한다. 그녀의 아름다움과 사리분별을 크게 마음에
들어 하였는데, 모리스코 여인이 어느 하나 모자람 없이 두 가지 모두를 더
할 나위 없이 갖추었던 까닭이었다. 도시의 모든 사람들이 마치 종을 쳐서
불러 모은 것처럼 이 여인을 보러 왔다.

돈키호테는 돈 안토니오에게 돈 그레고리오를 구출해내려고 택한 의견
이 별로 좋지 않다면서, 적합하기보다는 위험이 더 많으니 차라리 자기에게
무기와 말을 주고 베르베리아로 보내주는 것이 더 나을 것이며, 그리하면
돈 가이페로스가 자신의 부인 멜리센드라에게 한 대로 그 모든 무어인 군중
을 헤치고 그를 구해낼 것이라고 말했다.

"주인님, 알아두실 것이," 이 말을 들은 산초가 말했다. "돈 가이페로스는
육지에서 부인을 구했고 또 육지로 해서 프랑스로 데리고 갔습니다. 하지만
여기에서는 돈 그레고리오를 우리가 구출한다고 해도 어디로 해서 에스파
냐로 데려온답니까, 바다 한가운데인데 말입니다."

"죽음만 아니라면 모든 일에는 방편이 있는 법," 돈키호테가 대답했다. "그러니 배가 해안에 도착하면, 세상 모두가 말린다고 해도 우리가 그 배에 오르면 될 일이다."

"주인님께서는 참으로 그럴듯하게 또 쉽게 말씀하십니다요." 산초가 말했다. "하지만 말하는 것과 그 일을 행동으로 옮기는 것은 엄청난 차이가 있단 말이지요. 그리고 저는 배교자 편입니다. 선하고 심덕이 좋은 사람처럼 보였으니까요."

돈 안토니오는 배교자의 일이 잘 되지 않을 경우에 대비해 위대하신 돈키호테가 베르베리아로 떠나는 원정을 꾸려보겠노라 말했다.

그로부터 이틀 후 배교자는 용기백배한 노 젓는 죄수로 무장해, 측면에 노가 여섯 개 달린 날쌘 배에 타고 출발했고, 또 그로부터 또 이틀 후 제독은 레반테를 향해 출발했다. 제독은 부왕에게 돈 그레고리의 구출과 관련하여, 그리고 아나 펠릭스에 관하여 일어나게 될 일에 대해 소식을 알려달라고 청했고, 부왕은 청한 대로 하겠노라 약속했다.

그리고 어느 날 아침, 돈키호테는 완전무장을 갖춘 채 해변을 산책하고 있었으니, 그가 늘 말하듯이 전투가 휴식이며 무기가 곧 장신구였으므로 단 한순간도 벗지 않았던 까닭이다. 그때 머리끝부터 발끝까지 하얀색으로 무장한 기사 하나가 그를 향해 오고 있었는데, 방패에는 빛나는 하얀 달이 그려져 있었다. 그는 목소리가 들릴 정도의 거리까지 다가와서는 큰 소리로 자신의 의견을 돈키호테에게 피력했다.

"고귀하신 기사여, 어찌 칭송하여도 마땅치 않을 돈키호테 데 라만차여, 나는 '하얀 달의 기사'로 나의 전대미문의 위업에 대해서는 그대도 기억을 불러올 수 있을 것이다. 나는 그대로 하여금 나의 귀부인이, 누가 되었든 간에, 둘시네아 델 토보소와는 비교할 수 없을 만큼 더 아름답다는 사실을 알게 하려고, 그리고 그 사실을 고백하게 하려고 그대와 싸워 그대 팔의 힘을 시험해보려고 한다. 만일 그대가 그 사실을 명백히 고백하면 그대에게서 죽음을 면하고 내가 지금 하려는 일도 수고를 덜 수 있을 것이지만, 만일 그대가 싸우겠다고 하여 내가 그대를 무찌르게 되었을 때는, 내가 바라는 대로 그대는 무기를 버리고 모험의 길을 포기하고서 일 년 동안 그대의 거처로 물러나 틀어박혀 있어야 할 것이다. 그곳에서 절대 칼에 손을 대지 않고 조용히 평화 속에서 이로운 평온을 누리기를 바라니, 그것이 그대의 재산을 불리고 영혼을 구원하는 길이 될 것이다. 그리고 만일 그대가 나를 이기게 된다면 내 머리를 그대의 판단에 맡기고 나의 갑옷과 말이 그대의 소유가 될 것이며 내 무공의 명성도 그대의 것이 될 것이다. 그대에게 더 나은 것이 무엇인지 살펴보고, 그리고 대답하라. 이 일을 처리할 수 있는 기한은 오늘 하루 종일이 전부이니."

돈키호테는 하얀 달의 기사가 보여준 오만함과 그에게 도전을 청하는 이유에 깜짝 놀라 어안이 벙벙해졌으나, 곧 평온하고도 엄숙한 태도로 이렇게 대답했다.

"하얀 달의 기사여, 그대의 무공에 대해 아직 나는 들은 바 없고, 분명 그대가 고귀하신 둘시네아 님을 한 번도 본 적이 없으리라 확신할 수 있는 것이, 만일 그리했다면 이런 요구를 할 리가 없소. 왜냐하면 그대의 두 눈이 그대로 하여금 그분의 아름다움과 비교할 만한 아름다움이 있어본 적도 없으며 있을 수도 없다는 사실을 밝혀주었을 것이기 때문이오. 나는 그대가 거짓말을 하고 있다기보다 그대가 자신이 제안하는 바에 관하여 잘 알지 못한다고 말하리다. 그대가 말한 조건대로라면 그대의 도전을 받아들이겠소. 그것도 그대가 정해 온 그 날짜가 지나지 않도록 즉시 말이오. 다만 한 가지, 그대 무훈의 명성을 내게로 바치겠다는 조건은 제외하고 싶소. 그대의 무훈이 무엇인지 어떠한 것인지 알지 못하기 때문이오. 나는 있는 그대로의 내 것으로 족하오. 그러니 원하는 편으로 자리를 잡으시오. 나도 그렇게 하리다. 하느님께서 축복을 내리는 자, 성 베드로께서도 함께 축복하시기를."

도시에서 사람들이 하얀 달의 기사를 보고 이를 부왕에게 알렸고 또 돈키호테와 이야기를 나누고 있다는 이야기도 전했다. 부왕은 분명 돈 안토니오 모레노나 도시의 어느 기사가 꾸민 새로운 장난일 거라고 생각하여 돈 안토니오와 다른 많은 기사들을 대동하고 함께 해변으로 나갔다. 그때 돈키호테는 로시난테의 고삐를 돌려 필요한 만큼 자리를 잡는 중이었다.

부왕은 이 둘이 서로 맞서기 위해 뒤로 돌아서려는 기미를 보이자, 그 한가운데로 들어가 이 즉흥적인 결투를 벌이도록 한 원인이 무엇인지를 물었다. 하얀 달의 기사는 아름다움의 문제에서 연유했다고 대답하고, 돈키호테에게 했던 말을 간략하게 전하면서 쌍방이 서로 이 결투의 조건으로 받아들인 바에 대해서도 덧붙여 말했다. 부왕은 돈 안토니오에게로 가서 하얀 달의 기사에 대해 알고 있는지, 혹은 돈키호테에게 무슨 장난을 하고 있는 것인지 물었다. 돈 안토니오는 누구인지 전혀 알지 못하며 장난인지 진짜 결투인지도 알지 못하노라 대답했다. 이 대답에 부왕은 이러한 결투를 계속하도록 그대로 두어야 할지 말아야 할지 몰라 당황했다. 하지만 장난이 아니면 무엇이겠냐는 생각에 이렇게 말하며 자리에서 물러났다.

"기사들이여, 여기 고백하거나 죽거나 하는 것밖에 방도가 없고, 또 돈키호테 님께서 그렇게 고집하고 그대 하얀 달의 기사께서 더욱 그렇게 고집한다면, 하느님의 손에 맡기고 시작들 하시오."

하얀 달의 기사는 예의범절을 갖추어 신중한 자세로 허가를 내려준 부왕에게 감사를 표했고, 돈키호테 역시 그리하였는바 결투를 시작할 때마다 늘 습관으로 했던 것처럼 진심을 다하여 하늘과 둘시네아에게 자신을 돌보아달라고 부탁하면서 조금 더 자리를 잡기 위해 뒤로 돌아섰는데, 상대도 그리하는 것을 보았던 까닭이었다. 그러고는 결투의 시작을 알리는 트럼펫이나 다른 전투 도구의 신호를 울리지도 않고 동일한 장소에서 둘은 각자의 말고삐를 돌렸다. 하얀 달의 기사의 말이 조금 더 날렵했던지라, 돈키호테가 간신히 3분의 2 정도를 달려왔을 때 그는 이미 돈키호테가 있는 곳에 도착했다. 그러고는 그곳에서 아주 강력한 힘으로 그와 맞부딪히니, 창이 닿지도 않았는데(그는 의도적인 것처럼 일부러 창을 높이 쳐들고 있었다) 로시난테와 돈키호테는 땅바닥으로 위험하게 나뒹굴게 되었다. 하얀 달의 기사는 돈키호테를 위에서 내려다보며 투구 가리개에 창을 대고 말했다.

"그대가 졌소, 기사여. 그러니 우리 결투의 조건대로 고백하지 않으면 그대는 죽은 목숨이오."

녹초가 된 데다 넋을 잃은 돈키호테는 투구 가리개를 열지도 않고 무덤속에서인 양 힘없고 병약한 목소리로 말했다.

"둘시네아 델 토보소 님이 세상에서 가장 아름다운 여인이며, 나는 지상에서 가장 불행한 기사올시다. 나의 쇠약함으로 이 진실을 속이는 것은 옳지 않소. 기사여, 창을 쥐시오. 그리고 내 목숨을 거두시오. 그대는 이미 내명예를 앗아 갔으니."

"나는 그렇게 하지는 않을 것이오." 하얀 달의 기사가 말했다. "둘시네아 델 토보소 님의 아름다움에 대한 명성은 완전무결하게 남게 될 것이오. 다만 위대한 기사 돈키호테가 우리가 결투에 들어가기에 앞서 합의한 대로 일년 동안 혹은 내가 명령하는 기간까지 그대의 고향집에 칩거해 있기만 한다면 나는 족하오."

부왕과 돈 안토니오 그리고 그 자리에 있던 다른 많은 기사들이 이 말을 들었고, 또한 돈키호테가 둘시네아에게 피해를 입히는 것을 요구하지만 않는다면 다른 모든 것은 그 기사의 말대로 정확하고 진실하게 지키겠노라 이야기하는 것 역시 들었다.

이렇게 고백하자 하얀 달의 기사는 고삐를 돌려 머리를 숙이며 부왕에게 경의를 표하더니 도시 쪽으로 말을 달려 사라져버렸다.

부왕은 돈 안토니오에게 그의 뒤를 쫓으라고 명하고 무슨 수를 써서라도 그의 정체를 알아내라고 했다. 사람들이 돈키호테를 일으켜보니 얼굴이 핏기를 잃고 진땀을 흘리고 있었다. 로시난테는 엄청난 타격을 입어 한동안 움직이지 못했고, 산초는 너무나 슬프고 괴로운 나머지 무슨 말을 해야 할지 무엇을 해야 할지 알 수가 없었다. 그 모든 일들이 마치 꿈속에서 일어난 것 같았고, 모든 기교가 마법인 것만 같았다. 그는 맥이 빠진 채 이제 일 년 동안 무기를 잡을 수 없게 된 주인을 바라보며, 그의 무훈의 영광의 빛이 어두워지고 그의 새로운 약속의 희망이 바람에 연기가 날아가듯 그렇게 무너져 내리는 것을 상상했다. 로시난테의 수족이 불구가 된 것은 아닌지 두려웠고 주인의 뼈가 빠진 것은 아닌지 염려했는데, 만일 광기가 빠졌다면 운이 나쁜 것은 아닐 것이라 생각했다. 결국 사람들은 부왕이 가져오도록 명한 들것 의자에 돈키호테를 태워 도시로 데려갔고, 부왕 역시 돈키호테를 저토록 참혹한 상태에 빠뜨린 하얀 달의 기사가 과연 누구인지 알게 될 것이라는 희망을 품고 도시로 돌아왔다.

제 65 장

여기에서는 하얀 달의 기사가 누구인지에 대하여,
그리고 돈 그레고리오의 구출과
다른 일들에 대하여 이야기한다

돈 안토니오 모레노는 하얀 달의 기사를 뒤쫓았고, 많은 아이들 역시 그를
쫓아 마침내 도시 안의 한 주막집으로 들어간 그를 에워쌌다. 돈 안토니오
도 그가 누구인지 알고자 하는 소망으로 그 주막으로 들어갔다. 한 종자가
기사를 맞이하여 갑옷을 벗는 것을 도우러 나왔고, 기사가 아래층의 방으로
들어가자 돈 안토니오도 따라 들어갔는데, 그가 누구인지 알게 될 때까지
가만히 앉아 빵이 구워지기를 기다릴 수가 없었던 것이다. 돈 안토니오가
자신을 내버려두지 않는 것을 보고 하얀 달의 기사가 말했다.

"어째서 오셨는지 잘 알고 있습니다. 제가 누구인지 알고자 하신다는 것
도요. 그리고 무엇 하러 부정하겠습니까만, 제 하인이 저의 갑옷을 벗기는
즉시 한 점 모자람 없이 그 사건에 관한 진실을 말씀드리도록 하겠습니다.
저는 학사 산손 카라스코라 부른다는 것을 먼저 귀하게 알려드립니다. 돈키
호테 데 라만차와 같은 고향 사람으로 그의 광기와 미욱함이 그를 아는 우
리 모두를 가슴 아프게 했습니다. 그리고 저는 가장 많이 가슴 아파한 사람
들 중 하나입니다. 그는 건강을 위해 휴식을 취해야 하고, 그의 고향, 그의

집에 머물러야 한다고 생각하여 그를 그렇게 만들 궁리를 했습니다. 그렇게 해서 저는 거울의 기사라는 이름으로 편력기사의 길을 나선 지 석 달이 되었을 때, 패배한 자는 이긴 자의 뜻에 따른다는 것을 조건으로 그와 결투를 하여 그에게 아무런 상처도 입히지 않고 그를 무찌르고자 했지요. 제가 그렇게 요구하려 했던 것은, 이미 그가 패배자가 되리라 확신하고 있었기 때문입니다. 그래서 그가 자신의 고향으로 돌아가서 일 년 동안 밖으로 나가지 않도록 하는 조건을 걸었지요. 그 일 년이라는 기간 동안 치유될 수 있을 테니까요. 하지만 운명이 그를 다른 길로 이끌어 그가 저를 이겼고 저를 말에서 떨어뜨리는 바람에 저의 생각은 결실을 볼 수 없었습니다. 돈키호테는 자신의 길을 계속해 가게 되었고 저는 그 위험천만한 낙마로 인해 무안하고 또 만신창이가 되어 집으로 돌아갔었습니다. 하지만 오늘 보신 것처럼, 이로 인해 그를 다시 찾아 패배시켜야겠다는 저의 소망이 사라진 것은 아니었습니다. 그는 편력기사도의 명령을 지키는 데 너무나 철저하므로 분명 제가 내건 조건들을 말 한마디까지 지켜낼 것입니다. 이것이 전부이며 다른 말씀은 더 드릴 것이 없습니다. 청컨대 저의 정체를 밝히지 말아주십시오. 그리고 돈키호테에게 제가 누구인지도 말하지 말아주십시오. 그래야 저의 선한 생각이 결실을 맺고 기사도의 어리석음으로 분별력을 잃어버린 한 선한 사람이 그것을 되찾을 수 있을 테니 말입니다."

"오, 기사님." 돈 안토니오가 말했다. "그 안에 있는 가장 우스꽝스러운 광기를 제정신으로 돌려놓고 싶어 함으로써 온 세상 사람들에게 그대가 끼치는 손해를 하느님께서 용서하시기를! 돈키호테 님의 신중함이 불러올 이득이 그분의 헛소리가 가져오는 즐거움에 미치지 못한다는 것을 정녕 모르십니까? 하지만 저는 학사님의 모든 노력이 이토록 완전히 미치광이가 된 한 남자를 제정신으로 되돌리기에는 충분치 않다고 생각합니다. 그리고 자비심이라곤 없는 말일지도 모르지만 돈키호테 님이 절대 치유되지 않았으면 합니다. 그가 건강을 되찾게 된다면 우리는 그의 재기 발랄함뿐만 아니라 그의 종자 산초 판사의 재치마저 잃게 될 테니, 그 종자의 우스갯소리는 여하한 것이라도 우울함을 즐거움으로 만들어줄 수 있는 것이기 때문입니다. 이 모든 것에도 불구하고 하여간 저는 입을 다물고 그에게 아무 말도 하지 않겠습니다. 카라스코 님이 행하신 노력이 결실을 볼 수 없으리라 의심한 저의 생각이 실제로 그러한지 두고 보렵니다."

카라스코는 실제로 이번 일이 다 잘되어가고 있으므로 좋은 결말을 맺게 될 것을 기대한다고 답했다. 돈 안토니오가 더 부탁할 것이 있으면 돕겠노라 자청한 이후 그와 작별을 고하자 학사는 노새에 갑옷을 묶고는 결투에 들었을 때 탔던 말에 올라 그날 바로 도시를 떠나 자기 땅으로 돌아갔으며 이 위대한 이야기에 적어둘 만한 일은 하나도 일어나지 않았다.

돈 안토니오는 부왕에게 카라스코의 이야기를 모두 들려주었고, 부왕은 이에 대해 그다지 기꺼워하지 않았는데, 돈키호테가 칩거에 들어가게 된다면 그의 광기에 대한 소식을 듣는 그 모든 이들의 즐거움을 잃게 될 것이기 때문이었다.

돈키호테는 우울하고 슬픈 모습으로 깊은 생각에 잠긴 채 분노에 차서 엿새를 침상에 머물렀고 자기가 패배하게 된 그 불운한 사건을 생각하고 또 생각했다. 산초가 그를 위로하며 이런저런 이야기를 하고 있었다.

"주인님, 머리를 드시고 가능한 한 기분을 즐겁게 가지세요. 그리고 하늘에 감사하세요. 땅에 떨어지셨는데도 갈비뼈 하나 부러진 곳이 없지를 않습니까? 게다가 주는 대로 받는 법이라는 것도, 말뚝이 있는 곳에 항상 절인 돼지고기가 있는 것은 아니라는 것도 알고 계시니, 이런 병에서 치유되는 데 의사가 필요한 것은 아니니 의사는 엿이나 먹으라 하시고 저희는 집으로

돌아가 알지 못하는 땅, 지방으로 모험을 찾아다니는 일을 이제 그만둡시다요. 잘 생각해보시면 주인님이 큰 타격을 입으시기는 했으되 여기에서 제일 잃은 것이 많은 자는 바로 저입니다. 총독직을 그만두면서 총독이 되고 싶다는 소망 역시 함께 버렸습니다마는 백작이 되고 싶은 마음은 버리지 않았는데, 이제 주인님이 기사도의 실행을 그만두시게 되어 왕이 될 길이 없고보면 그 일도 절대 이루어질 수 없으니 저의 희망이 연기가 되어버리는 게 아니겠습니까요."

"입을 다물거라, 산초. 나의 후퇴와 칩거가 일 년을 넘지 않으리니 그 이후에는 다시 나의 영예로운 기사도로 돌아올 것이며 왕국을 하나 얻게 되면 그중 너에게 줄 백작령 하나 부족할 리 없다."

"하느님께서는 이것을 들으시고," 산초가 말했다. "악마의 귀는 멀기를 바랍니다. 선한 희망이 미천한 소유보다 낫다는 말을 언제나 들어왔습죠."

이런 이야기들을 나누고 있을 때 돈 안토니오가 몹시 흡족해하는 모습으로 들어왔다.

"좋은 소식입니다, 돈키호테 님! 돈 그레고리오와 그를 구하러 갔던 배교자가 지금 해변에 와 있습니다. 제가 지금 해변이라고 했습니까? 벌써 부왕님 댁에 와서 곧 이리로 올 것입니다."

돈키호테도 어느 정도는 기뻐하며 말했다.

"사실을 말씀드리자면, 모든 것이 거꾸로 일어났다면 기뻤을 거라고 말하려던 참이었습니다. 그랬다면 내가 베르베리아로 건너가야 했을 것이고 그곳에서 내 두 팔의 힘으로 돈 그레고리오뿐만 아니라 그곳 베르베리아에 있는 많은 그리스도교도 포로들에게 자유를 줄 수 있을 테니까 말이오. 그런데 대체 비참한 이 몸이 지금 무슨 말을 하고 있는 것입니까? 나는 패배자가 아닙니까? 말에서 떨어진 자 아니겠습니까? 일 년 동안 무기를 들 수 없는 자가 바로 나 아닙니까? 그러니 무슨 약속을 드릴 수 있겠습니까. 칼 대신 실패를 잡는 것이 더 나을 내가 무엇을 기뻐할 수 있겠습니까."

"그런 말씀일랑 그만두세요, 주인님." 산초가 말했다. "'닭의 혀에 종기가 나도 살아만 있으라' 하고, '오늘은 네가, 내일은 내가'라고도 하지 않습니까? 이런 결투와 싸움을 너무 심각하게 받아들이지 마세요. 왜냐하면 오늘 쓰러지는 자가 자리보전하기를 원하는 것이 아니라면, 다시 말해 새로운 싸움을 위해 원기를 회복하지 않고 그저 널브러져 있기만 하는 것이 아니라면, 오늘의 패배자가 내일은 일어설 수 있는 것이니까요. 그러니 주인님, 일어나서서 돈 그레고리오를 맞이하세요. 벌써 웅성거리는 사람들이 집으로 들이닥친 것 같습니다."

그리고 실제로 그러하였다. 돈 그레고리오와 배교자는 부왕에게 자신들이 오고 간 길에 대해 알린 후에, 돈 그레고리오가 아나 펠릭스를 보고자 소망하여 돈 안토니오의 집으로 온 것이었다. 돈 그레고리오는 알제에서 구출될 때는 여인의 복장을 하고 있었지만 배로 오는 중에 그와 함께 탈출해 온 포로의 옷으로 바꿔 입은 상태였다. 그러나 어떠한 복장으로 온다 하더라도 탐이 나는, 섬김을 받을 만하고 또 존경을 받을 만한 사람으로 보였던 것이 그만큼 뛰어나게 아름다웠던 것이다. 나이마저 열일곱, 열여덟 정도로 꽃다웠다. 리코테와 그의 딸이 그를 맞이하러 나갔는데, 아버지는 눈물을 흘리고 딸은 아무 말도 않고 있었다. 서로를 부둥켜안지는 않으나 사랑이 넘치는 곳에는 본래 지나친 자유분방함이 보이지 않는 법이다. 돈 그레고리오와 아니 펠릭스 두 사람이 함께 있어 보여주는 그 아름다움은 그곳에 있는 모든 이들을 특히 감동시켰다. 그곳에서 두 연인을 대신하여 말을 나누는 것은 바로 침묵이었으며 두 눈은 서로의 기쁘고 정직한 생각을 확인하는 혀가 되었다.

배교자가 돈 그레고리오를 구출하기 위해 했던 일과 방식에 대해 이야기하였고, 돈 그레고리오는 함께 머물렀던 여인들 사이에서 보고 겪은 위험과 고난에 관해 장황한 설명이 아니라 간략한 몇 마디 말로 이야기하여 그 자신의 사리분별이 그의 나이보다 훨씬 앞선 것임을 보여주었다. 마침내 리코테가 배교자뿐만 아니라 노 젓는 수고를 한 이들에게 비용을 넉넉히 지불하여 흡족하게 했다. 배교자는 교회와 화해하고 다시 교회의 일원이 됨으로써 고행과 회개를 통하여 타락한 자의 자리를 떠나 깨끗하고 견실한 교인이 되었다.

그로부터 이틀 후 부왕은 돈 안토니오와 더불어 아나 펠릭스와 그의 아버지를 에스파냐에 머물 수 있도록 하기 위해 어떤 방법이 있을까 논의하였는데, 그들이 보기에 그토록 독실한 그리스도교도인 딸과 또 그토록 선한 사람이 분명한 그 아버지가 에스파냐에 머물게 된다고 하여 어떤 불이익도 없을 것 같았기 때문이었다. 돈 안토니오는 자청하여 궁정에 들어가 이를 협상해보겠노라 말했는데, 다른 일 때문에 부득이 가야 할 일이 있기도 했던 터였다. 그는 궁정이라는 곳에서는 청탁과 뇌물을 통해 어려운 일들도 결국 이루어질 수 있다는 사실을 이야기했다.

"아닙니다." 그 대화를 듣던 리코테가 말했다. "호의나 뇌물에는 기대할 것이 없습니다. 왜냐하면 국왕 폐하께서 우리를 추방하는 업무를 위임하신 살라사르 백작, 그 위대하신 돈 베르나르디노 데 벨라스코께는 애원도 약속도 뇌물도 눈물도 통하질 않기 때문입니다. 물론 그분이 정의에 자비심을 더하는 것도 사실이지만, 우리나라의 모든 것이 더럽고 썩어 있다고 보시기에 이를 완화시키는 연고를 쓰느니 한 번에 태워버릴 벌겋게 달아오른 숯불을 사용하는 분이기도 합니다. 그러니 신중하고도 총명하시며 근면하시고 또 두려움을 느끼게 하는 그 태도로 그분의 강인한 어깨 위에 이 엄청난 과업의 무게를 제대로 지탱하고 계시지요. 우리가 교묘한 재주와 재치로, 책략으로, 간청으로 혹은 속임수로 그분이 가진 아르고스의 눈을 가릴 수가 없었던 것은, 이제 우리 민족이 가져온 공포에서 벗어나 깨끗해진 에스파냐에 뿌리처럼 숨어 있다가 시간이 지나면 싹을 틔워 해로운 열매를 맺을지도 모를 우리 종족 중 누구도 이 땅에 남거나 숨어 있지 못하도록 늘 경계를 늦추지 않으시는 까닭입니다. 위대하신 펠리페 3세의 영웅적인 결정과 그 일을 맡아 이렇게 행하시는 돈 베르나르디노 데 벨라스코의 전대미문의 신중함과 사려 깊음이라니!"

"그래도 일단 그곳에 가면 차근차근 가능한 한 부지런히 움직여보겠습니다. 하늘의 뜻대로 이루어지겠지요." 돈 안토니오가 말했다. "돈 그레고리오는 저와 함께 가서 그의 부모님들이 아들이 사라져버려 느끼시는 슬픔을 달래드리십시다. 아나 펠릭스는 저희 집에서 제 안사람과 함께 머물거나 혹은 수도원에 머물도록 하고, 부왕께서는 선한 리코테 님이 당신의 저택에 머물면서 제가 하고 오는 일이 어떻게 결말이 날 것인지 지켜보기를 원하실 것으로 생각됩니다만."

부왕은 제안한 모든 것에 동의했지만 돈 그레고리오는 무슨 일이 일어났는지 듣고서, 자신은 무슨 일이 있어도 도냐 아나 펠릭스를 두고 갈 수 없고 그렇게 하고 싶지도 않다고 말했다. 그러나 부모님을 뵙고 싶은 마음이 있는 데다가 그녀를 보러 다시 돌아올 계획에 대해 알려주자, 제안받은 바에 동의했다. 그리하여 아나 펠릭스는 돈 안토니오의 부인과 함께 머물고, 리코테는 부왕의 집에 머물게 되었다.

돈 안토니오가 길을 떠날 날이 오고 그로부터 이틀 후 돈키호테와 산초가 출발할 날이 되었는데, 이렇게 미뤄지게 된 것은 낙마로 인해 더 서둘러 길을 떠날 수가 없었던 까닭이었다. 돈 그레고리오가 아나 펠릭스와 작별하는 순간 눈물과 한숨, 혼절과 흐느낌이 끝나지 않았다. 리코테는 돈 그레고리오에게 원한다면 1천 에스쿠도를 주겠노라 했지만 그는 한 푼도 받지 않고 돈 안토니오가 빌려준 단돈 5에스쿠도만 가져가면서 수도에서 꼭 갚겠노라 약속했다. 이렇게 두 사람이 출발하고 그 후 돈키호테와 산초가 앞에서 말한 대로 출발했다. 돈키호테는 무장을 하지 않은 행인의 복장이었고 산초가 나귀에 갑옷을 실은 채 걸어갔다.

제66장

이것을 읽는 자가 보게 될 일, 그리고
이것을 읽는 소리를 들은 자가 듣게 될 일에 대하여

바르셀로나를 떠나면서 돈키호테는 자신이 낙마한 자리를 다시 바라보고
말했다.

"여기가 트로이였구나! 내가 이루었던 영광을 여기에서 거둬 간 것은 나
의 비겁함이 아니라 나의 불운이었으니, 이곳에서 운명의 여신은 내게 등을
돌리고 또 돌렸지. 여기에서 나의 무공은 빛을 잃었고 마침내 나의 행운이
쓰러져 다시는 일어날 수 없게 되었도다!"

이 말을 들은 산초가 말했다.

"주인님, 잘나갈 때 기뻐하는 것처럼 불행할 때 고통을 이겨내는 것이 용
기 있는 마음을 가진 자가 할 일이랍니다. 그리고 이것은 제가 판단해보건
대, 제가 총독이었을 때 즐거웠다고 한다면 지금은 걸어 다니는 종자이지만
슬프지는 않네요. 왜냐하면 저기 저 행운의 여신이라고 하는 이는 술에 취
했고 변덕스러운 데다가 무엇보다도 눈이 먼 여인이라고 말들 하는 것을 들
었기 때문이죠. 그러니 자기가 하는 일을 보지 못하고 누구를 낙마시키는지
도 알지 못하며 누구를 찬양하는지도 모를 겁니다."

"대단히 철학적이로구나, 산초야." 돈키호테가 대답했다. "아주 분별 있게 말하는구나. 누가 너를 가르쳤는지 모르겠다. 내가 너에게 할 수 있는 말이라고는 이 세상에 운명의 여신이라는 것은 없으며 좋은 일이건 나쁜 일이건 우연히 일어나는 것도 없다는 것이다. 모든 것은 하늘의 특별한 섭리로 인한 것이지. 그래서 말들 하기를 각자는 자신의 운명을 만드는 자들이라고 하는 것이다. 나는 나의 운명을 만들었고, 하지만 필요한 만큼 충분히 신중하지 못하였으니, 결국 나의 자만은 실패하여 모욕을 받게 되었다. 병약한 로시난테가 하얀 달의 기사가 탄 말의 강한 힘과 덩치를 버틸 수 없다는 것을 생각했어야만 했어. 결국 나는 무모한 짓을 저질렀고, 내가 할 수 있는 바를 했지만 낙마당하고 만 것이다. 내 명예를 빼앗겼지만 내가 한 말을 지키는 미덕마저 잃지는 않았고 그럴 수도 없느니라. 내가 대담하고 용감한 편력기사였을 때 나는 내가 행하는 일과 나의 두 손으로 내 무훈의 신임을 얻었었지. 그리고 지금 내가 두 발로 걷는 속된 종자*가 되어버렸지만 내가 한 약속을 지켜 내 말의 신용은 잃고 싶지 않다. 그러니, 걸어라, 나의 벗 산초야, 내 땅에서 일 년 동안 견습사제 기간을 보내면서 그 감금의 세월 동안 내가 한 번도 잊은 적이 없었던 무훈을 세우기 위한 새로운 미덕을 키워보자꾸나."

"주인님." 산초가 대답했다. "이렇게 두 발로 걷는 것은 스스로를 움직여 먼 길을 떠나도록 마음을 끌 만큼 그다지 즐거운 일은 아니네요. 이 갑옷을 교수형 당한 어떤 녀석 대신 아무 나무에나 걸어놓읍시다. 그리고 제가 나귀의 등을 차지하고 두 발을 땅에서 들어 올리게 되면 주인님이 청하시는 대로 미리 재놓으신 길을 가지요. 걸어서 그 먼 길을 간다는 것은 정말로 불

---

*속된 기사를 혼동하여 잘못 적은 것으로 보인다.

가능한 일입니다요."

"말 잘했다, 산초야." 돈키호테가 대답했다. "내 갑옷을 전승 기념비처럼 걸어놓자꾸나. 그리고 그 발치나 그 주위 나무들에다가 롤단의 전승 기념비 갑옷에 쓰여 있는 것처럼 그렇게 새겨 넣는 것이지.

롤단과 겨룰 수 없는 자는
누구도 이것을
움직이지 마라."

"정말 귀한 말씀이십니다." 산초가 대답했다. "우리가 앞으로 가는 길에 로시난테가 반드시 필요한 것이 아니라면 그 녀석도 매달아놓는 것이 좋겠지요."

"그러나 녀석도 갑옷도," 돈키호테가 말했다. "교수형을 시키고 싶지는 않구나. '성실히 섬겼더니 형편없는 보상을 주었다'는 소리를 들어서야 되겠느냐!"

"주인님, 말씀 잘하셨습니다." 산초가 말했다. "분별 있는 사람들의 생각에 따르면 나귀의 잘못을 안장에게로 돌려서는 안 된다지요. 이번 일의 잘못은 주인님께 있으니, 주인님 스스로를 벌하세요. 주인님의 분노를 이미 다 떨어진 피투성이 갑옷이나 온순하기 이를 데 없는 로시난테나 말랑한 제 발에게 걸을 수 있는 거리 이상을 걸으라고 하시며 터뜨리지는 마시고요."

이런 이야기 저런 대화를 나누는 중에 그날이 다 가버렸고 또 그의 길을 방해하는 아무런 일도 일어나지 않은 채 나흘이 더 흘러갔다. 닷새째 되는 날, 어느 곳으로 들어서다가 한 주막집 문 앞에 많은 사람들이 모여 있는 것을 발견했는데, 마침 축일을 맞아 그곳에서 즐기고 있었던 것이다. 돈키호

테가 무리에게 다가가자 한 농부가 목소리를 높여 이렇게 말했다.

"저기 오시는 저 두 분, 어느 편도 아니신 저 두 분 중 한 분이 우리 내기에서 해야 할 바를 말씀해주실 것이야."

"당연히 그렇게 해드리지." 돈키호테가 대답했다. "그 내기라는 것을 내가 분명히 알아듣기만 한다면 엄정하게 말해주겠소."

"그러니까 어찌 된 일이냐면," 농부가 말했다. "나리, 이 동네 한 이웃이 무게가 11아로바가 나가는 뚱뚱한 자인데 무게가 5아로바밖에 나가지 않는 또 다른 이웃에게 달리기 시합을 청한 것입니다. 그런데 조건이라는 것이 같은 무게로 백 걸음을 달려야 한다는 것이지요. 그래서 시합을 제안한 자에게 어떻게 무게를 같게 한다는 말이냐 물었더니, 함께 시합을 하게 될 그 5아로바밖에 나가지 않는 자에게 6아로바짜리 쇳덩이를 등에 지고 달리게 하면 뚱뚱한 자의 11아로바와 똑같이 무게가 11아로바가 되지 않느냐고 하는 것입니다."

"그럴 순 없지." 돈키호테가 답을 하기도 전에 산초 판사가 끼어들었다. "세상 사람들이 다 알다시피 나는 얼마 전 총독의 직분과 판사의 직을 그만두었으니 이런 궁금증들을 조사하거나 논쟁거리에 의견을 내놓는 것이 나의 직무라 할 수 있소."

"애써서 대답하거라." 돈키호테가 말했다. "나의 벗 산초야, 나는 지금 판단력이 흐트러지고 혼란해서, 고양이에게 빵 조각을 줄 상태가 아니니 말이다.*"

이렇게 허락을 받자 산초는 입을 벌린 채 그의 판단을 기다리며 그의 주위에 둘러서 있는 농부들을 향해 말했다.

---

*아무런 일도 할 수 없는 상태를 말하는 속담.

"형제들이여, 뚱뚱한 자가 요구하는 것은 전혀 근거도 없고 정의의 근처에도 가지 못하는 것이오. 사람들이 하는 말이 사실이라면, 도전을 받은 자가 무기를 고를 수 있는 법인데 도전을 한 자가 무기를 골라 상대편이 승자가 되는 것을 방해하거나 막는 것은 옳은 일이 아니외다. 그러니 내 생각에는, 그 먼저 도전한 뚱뚱한 자가 제 살을 쳐내고 깎아내고 가려내고 다듬고 꾸며서 제 몸 여기저기에서 6아로바를 덜어내어 보기에도 좋고 괜찮게 만드는 게 좋겠소. 그렇게 해서 자기 무게가 5아로바가 되면 상대편 5아로바 나가는 자와 무게가 같아지고 적수가 될 수 있으니, 그러면 똑같은 조건으로 뛰게 되는 게 아니겠소."

"이럴 수가!" 산초의 판결을 들은 농부가 말했다. "이분은 마치 성자처럼 말씀하시고 교회법 신부처럼 판결을 내려주시네그려! 하지만 그 뚱뚱한 녀석은 6아로바는커녕 제 살에서 1온스도 덜어내지 않으려고 할 것이 분명해."

"차라리 달리지 않는 편이 낫겠어." 다른 농부가 말했다. "그러면 빼빼 마른 이가 무거운 걸 메고 녹초가 되는 일도 없을 것이고, 뚱뚱한 이가 살을 덜어내야 할 일도 없을 게 아닌가. 내기의 절반은 포도주를 사자고, 그리고 이분들을 근사한 술집으로 모셔 가세. '비가 오면 우비를 씌우라'* 하지 않는가."

"여러분, 그대들의 제안은 고맙지만," 돈키호테가 대답했다. "나는 한시도 지체할 수가 없소이다. 슬픈 생각과 슬픈 일들 때문에 예의 없이 보일 수는 있겠으나 갈 길을 빨리 재촉해야 하오."

그러면서 로시난테에 박차를 가하여 앞으로 나아갔다. 뒤에 남은 이들은

---

*일의 책임이 자신에게 있다는 의미. 즉 자신이 사겠다는 말이다.

그의 이상한 모습이나 그 하인으로 판단되는 산초의 사리분별을 보고 감탄해 마지않았고, 또 다른 농부 하나는 이렇게 말했다.

"하인이 저토록 분별력이 있으니, 그 주인은 어떻겠나! 살라망카로 가서 공부를 한다면 금세 수도에서 재판관이 될 거라는 데 내기를 걸겠네. 공부하고 또 해도 배경과 운이 없으면 모든 게 장난에 불과하지. 사람이 가장 생각을 덜하고 있는 그 순간 손에 판관의 지팡이를 들거나 머리에 주교의 두건을 쓰게 되는 법이니까."

그날 밤 주인과 종자는 벌판 한가운데 노천에서 밤을 보냈다. 다음 날 길을 가는데 목에는 여행용 자루를 메고 손에는 짤막한 창인지 쇠꼬챙이인지 알 수 없는 것을 들고 그들을 향해 걸어오는 한 남자가 보였다. 그 모습이 영락없이 소식을 전하는 파발꾼의 형상이었는데, 그가 돈키호테에게 가까워지자 발걸음을 빨리하며 거의 달릴 듯이 그 앞으로 와서는 오른쪽 무릎 근육을 얼싸안았으니 그 위까지는 가 닿지 않기 때문이었다. 그는 뛸 듯이 기뻐하며 이렇게 말했다.

"오, 돈키호테 데 라만차 님 아니십니까! 나리께서 우리 공작님의 성으로 돌아오고 있다는 사실을 알게 되신다면 우리 주인님 마음이 얼마나 큰 기쁨으로 가득 차겠습니까. 공작님께서는 여전히 공작부인 마님과 함께 성에 머물고 계십니다."

"친구여, 나는 그대를 알지 못하오." 돈키호테가 대답했다. "그대가 말해주지 않는다면 그대가 누구인지 모르겠소."

"저는요, 돈키호테 님." 파발꾼이 말했다. "우리 주인이신 공작님의 수행하인 토실로스입니다. 도냐 로드리게스의 딸과 결혼하는 것 때문에 기사님과 싸우고 싶어 하지 않았던 바로 그놈입니다."

"이것 참!" 돈키호테가 말했다. "그 결투의 명예를 내게서 빼앗아 가려고 나의 적 마법사들이 하인으로 변하게 만들어버린 이가 바로 그대란 말인가? 어찌 이런 일이."

"그런 말씀 마십시오, 나리." 파발꾼이 말하였다. "마법 따위는 없었습니다. 얼굴도 변한 게 없고요. 저는 토실로스의 얼굴 그대로 결투장에 들어가 하인 토실로스인 채로 거기서 나왔습니다. 그 처녀가 하도 마음에 들어서 싸우지 않고 결혼할 생각을 한 것이었지요. 하지만 제 생각과는 정반대의 일이 일어났습니다. 기사님이 성을 떠나자마자 우리 주인이신 공작님은 결투에 들어가기 전에 제가 하기로 되어 있던 그 일을 제가 어겼다면서 매질을 100대나 안기셨습니다. 그리고 그 결과 처녀는 수녀가 되었고 도냐 로드리게스는 바르셀로나로 돌아갔습니다. 저는 지금 우리 주인님이 바르셀로나의 부왕께 보내는 서한을 하나 들고 전해드리러 가는 중이고요. 나리께서 한잔하고 싶으시다면 좀 미지근해지기는 했어도 여기 호리병박 속에 아직 변하지 않은 값비싼 술을 가득 채워가지고 있고, 또 얼마나 될지는 모르지만 트론촌 치즈 조각도 있으니, 한잔하고 싶은 마음이 잠들어 있다 해도 이녀석이 금방 깨워줄 것입니다."

"준다는데 마다 않지." 산초가 말했다. "있는 걸 모두 다 내놔보게. 그리고 술 좀 따라보게나, 토실로스 이 사람아, 세상에 마법사가 아무리 많다 한들 무슨 상관이야."

"결국," 돈키호테가 말했다. "산초 너는 천하제일의 먹보요 제일가는 무지한 자로다. 이 파발꾼이 마법에 걸린 자이고, 이 토실로스라는 자가 가짜라는 것을 납득하지 못하느냐. 너는 그자와 남아 충분히 즐기거라. 나는 먼저 천천히 앞서가면서 네가 오기를 기다리마."

하인이 웃으면서 호리병박을 비우고 자루에 들어 있는 치즈를 꺼내고 또 빵 조각도 꺼내어놓았다. 그와 산초는 초록의 풀밭 위에 다정하게 앉아 자루에 남은 모든 것들을 재빨리 처리하여 바닥내고는, 치즈 냄새가 난다 하여 편지의 종이를 핥기까지 했다. 토실로스가 산초에게 말했다.

"산초 이 친구야, 당신 주인은 미치광이가 틀림없소."

"빚을 지다니?"* 산초가 대답했다. "주인님은 아무에게도 빚진 게 없다네, 빚은 모두 갚는 분이시니까. 그분이 가진 빚이라고는 광기뿐이야. 내가 잘 알지. 그래서 내가 그분께도 그걸 잘 말씀드리지만, 그래봐야 무슨 소용이 있겠나? 그런데 지금은 완전히 더 미쳐버리셨네. 하얀 달의 기사에게 패배하였기 때문이지."

토실로스는 무슨 일이 일어났는지 이야기해달라고 애원했지만 산초는 주인을 기다리게 하는 것은 예의에 어긋나는 일이라면서 다른 날 다시 만나게 되면 그럴 기회가 있으리라 답했다. 그러고는 자리에서 일어나 겉옷과 턱수염에서 빵가루를 털어내고는 나귀의 고삐를 잡고 "안녕히"라고 말한 후 토실로스를 남겨놓은 채 주인에게로 갔으니, 그 주인은 어느 나무 그늘에서 그를 기다리고 있었다.

---

*'빚을 지다(deber)'라는 동사가 '~임에 틀림없다(deber de)'라는 관용구로도 쓰이는 것을 이용한 산초의 말장난.

제 67 장

돈키호테가 약속한 대로 일 년 동안 목동이 되어 들판에서 생활하기로 결심한 것과 진짜 재미있고 훌륭한 사건들에 대하여

패배하기 전에 수많은 상념들이 돈키호테를 힘들게 했다면, 패배한 후에는 훨씬 더 그를 괴롭게 했다. 이미 말했듯이 그는 나무 그늘 아래에 있었는데, 거기서 꿀에 파리가 몰려드는 것처럼 수많은 상념들이 떠올라 그를 콕콕 쪼아댔다. 그중 하나는 둘시네아를 마법에서 풀려나게 하는 것이었고, 또 다른 하나는 억지로 하게 될 은둔 생활이었다. 산초가 도착해서는 하인 토실로스의 관대한 성격을 칭찬했다.

"오, 산초야," 돈키호테가 말했다. "너는 아직도 그자가 진짜 하인이라고 생각하는 것이냐? 둘시네아가 시골 아낙으로 변해버리고, 거울의 기사가 학사 카라스코로 변해버린 것을 벌써 잊어버린 것 같구나. 모두 나를 쫓아다니는 마법사들의 짓들이지. 그런데 말해봐라, 하느님께서 알티시도라를 어떻게 했는지 네가 말하는 그 토실로스에게 물어는 보았느냐? 내가 사라져버려서 그녀가 눈물을 흘리는지, 아니면 내가 있음으로써 괴로웠던 사랑의 상념들을 벌써 망각의 손에 맡겨버렸는지 말이다."

"아니요." 산초가 대답했다. "그런 바보 같은 것을 물어볼 틈은 없었지요.

맙소사, 주인님, 지금 주인님께서 다른 사람의 마음을, 그것도 사랑하는 마음을 캐묻고 하실 그런 처지입니까?"

"봐라, 산초야," 돈키호테가 말했다. "사랑 때문에 한 행동과 감사 때문에 하는 행동에는 큰 차이가 있다. 기사가 사랑에 무정한 마음을 가질 수는 있으나 엄격하게 말해, 은혜를 모르는 자가 되어서는 안 된다. 보아하니 알티시도라가 나를 많이 좋아했던 모양이다. 너도 알다시피 내게 잘 때 쓰는 모자를 세 개나 주었고, 내가 떠날 때 눈물을 흘렸으며, 나를 비방하고 욕을 하고 불평했지. 부끄러움을 무릅쓰고, 이런 것들을 공개적으로 한 것은 나를 사랑했다는 증거가 아니겠느냐. 사랑하는 연인들의 분노는 흔히 저주나 욕으로 끝나는 법이거든. 나는 그녀에게 줄 희망도 없었고, 그녀에게 줄 보물도 없었다. 내 희망은 모두 둘시네아에게 바쳤고, 편력기사의 보물이란 요정과 같아서 손으로 만지면 사라져버리는 것이지. 그저 내가 그녀에게 줄 수 있는 것은 그녀에 대해 내가 갖고 있는 추억들뿐이다. 그것도 내가 둘시네아에게 갖고 있는 추억들에 손상을 주지 않는 선에서 말이야. 그런데 너는 결국은 늑대 밥이 되어버릴 몸뚱어리에 매질하는 것을 회피하면서 둘시네아 공주님을 모욕하고 있는 것이냐. 그 몸뚱이를 저 가련한 여인을 구제하기 위해서가 아니라 구더기들에게 주기 위해 보존하고 있단 말이냐."

"주인님," 산초가 대답했다. "솔직히 말씀드리자면, 제가 엉덩이에 매질을 하는 것과 마법에 걸려 있는 사람을 마법에서 풀려나게 하는 것이 무슨 상관이 있는지 납득할 수가 없습니다요. 이건 마치 '머리가 아프면 무릎에 연고를 발라라' 하는 격 아닙니까. 제가 감히 맹세하지만, 적어도 주인님이 읽으신 편력기사도에 관한 이야기들 어디에서도 매질을 해서 마법에서 풀려났다는 것은 보지 못했습니다. 하지만 어쨌든 제 마음이 내키고 제가 매를 맞기에 적절한 시간이 되었을 때 매를 맞도록 할 겁니다."

"부디 그렇게 되길 바란다." 돈키호테가 대답했다. "내 아가씨를 돕는 일이 네게도 의무가 된다는 걸 깨닫도록 하늘에서 은총을 내려주시기를. 너는 내 사람이니 그분은 너의 아가씨이기도 한 것이다."

이런 대화를 하면서 두 사람은 길을 계속 갔는데, 그러다 황소들에게 짓밟혔던 장소에 도착했다. 돈키호테는 그 장소를 알아보고 산초에게 말했다.

"여기가 우리들이 용감한 목동 아가씨들과 늠름한 목동들을 만났던 바로 그 초원이구나. 이 초원에서 그들은 목가적인 아르카디아를 모방하고 재현하기를 원했지. 그야말로 새롭고 사려 깊은 생각이었다. 오, 산초야, 만일 네게도 괜찮아 보인다면, 그들을 모방해서 내가 은둔 생활을 할 동안만이라도 우리가 목동이 되었으면 좋겠구나. 나는 양을 몇 마리 사고 목동이 되는 데 필요한 나머지 물건들을 사마. 그리고 나 자신을 '목동 키호티스'라고 부르고 너는 '목동 판시노'라고 부르면서, 산과 숲 속과 초원을 거닐며 여기에서 노래 부르고 저기서 애가를 부르며 샘이나 맑은 시냇물이나 수량이 넘치는 강물의 수정같이 맑은 물을 마시는 거지. 떡갈나무는 아주 달콤한 열매들을 풍족하게 내놓을 것이며, 단단한 코르크나무는 의자가 되어주고, 수양버들은 그림자를, 장미는 향기를, 넓은 초원은 수천 가지 색으로 배열된 양탄자를 펼쳐주니, 맑고 깨끗한 공기를 호흡하고, 어두운 밤에도 달과 별빛이 비추고, 노래는 즐거움을, 눈물은 기쁨을, 아폴론은 시구를, 사랑은 경구를 주어, 이 모든 것들과 함께 우리들은 현재뿐만 아니라 다가올 미래에도 불멸의 존재로 유명해질 것이야."

"맙소사." 산초가 말했다. "그런 생활이라면 제게 꼭 맞습니다요. 학사 산손 카라스코와 이발사 니콜라스 선생도 아직 그러한 것을 본 적이 없을 겁니다. 이분들도 분명 우리와 함께 목동이 되어 생활하고 싶어 하실 테지요. 그리고 신부님도 명랑하고 재밌는 분이시니 그분이 가축우리에 들어갈 마

음을 갖기를* 하느님도 원하실 겁니다."

"말 한번 잘했다." 돈키호테가 말했다. "만일 산손 카라스코 학사가 목동 조합에 들어온다면, 틀림없이 들어오겠지만, '목동 산손니노'라고 부르든가 아니면 '목동 카라스콘'이라고 부를 수 있을 거야. 이발사 니콜라스는 옛날 보스칸**을 '네모로소'라고 불렀듯이 '니쿨로소'라고 부를 것이다. 신부에게 는 무슨 이름을 붙여야 할지 모르겠군. 꼭 이름에서 따와야 하는 게 아니라 면, '목동 쿠리암브로'***가 어떨까. 우리의 연인이 될 목동 아가씨들은 가장 좋은 이름을 골라 가질 수 있을 것이야. 나의 아가씨의 이름은 공주의 이름 에도 목동 아가씨의 이름에도 적합하니까 더 좋은 다른 이름을 찾느라 피곤 해질 필요가 없지. 산초, 너도 네가 원하는 대로 네 연인에게 이름을 붙여주 려무나."

"저는," 산초가 대답했다. "'테레소나'라는 이름 말고 다른 이름은 붙이지 않을 생각입니다. 뚱뚱한 몸집으로 보아도 그렇고 테레사라고 하는 원래 이 름에도 잘 맞으니까요. 그리고 그녀를 칭송하는 시를 써서 제 순수한 소망 을 밝힐 겁니다. 저는 다른 사람 집으로 좋은 밀 빵을 찾아다니지 않으니까 요. 신부님은 훌륭한 모범을 보이셔야 하니 목동 아가씨는 갖지 않는 것이 좋겠고, 학사가 목동 아가씨를 갖고 싶다면 그의 영혼이 허락하는 대로 하 라고 하지요."

"이 얼마나 훌륭하냐!" 돈키호테가 말했다. "얼마나 인생이 멋지겠느냐, 산초야! 추룸벨라**** 소리가 우리 귀에 얼마나 근사하게 들려오려는지, 사모

---

*무리에 합류한다는 의미.
**16세기 스페인의 유명 시인으로, 친구인 시인 가르실라소 데 라 베가의 목가시에 등장하는 주인 공 '네모로스'가 그를 가리킨다고 추정되고 있다.
***스페인어의 신부(cura)를 이용한 이름.
****스페인의 전통 피리 악기.

라의 가죽피리는 얼마나 멋질지. 탬버린과 소나하, 삼현금 소리는 또 어떻고. 이렇게 다양한 음악들 가운데 알보게 소리가 들린다면 얼마나 좋겠느냐. 목동들의 악기들이 모두 모이는구나."

"알보게는 뭡니까?" 산초가 물었다. "제 평생에 그런 악기는 듣지도 보지도 못했는데요."

"알보게라는 것은," 돈키호테가 대답했다. "놋쇠로 만든 촛대같이 얇은 판으로, 그 빈 공간으로 소리를 만들어내는데, 그 소리가 균형 잡히지도 않고 유쾌하지도 않지만 듣기에 나쁘지 않고, 가죽피리나 탬버린 같은 목가적 분위기와 잘 어울리지. 알보게라는 이름은 모리스코 말인데, 우리 카스티야 말에서 '알(al)'로 시작되는 모든 단어들이 모리스코 말에서 온 것이다. 예를 들자면, 알모아사(철제 말빗), 알모르사르(점심을 먹다), 알폼브라(양탄자), 알구아실(경찰), 알우세마(라벤더), 알마센(창고), 알칸시아(저금통) 그리고 그 비슷한 것들이 조금 더 있을 거야. 그리고 모리스코 말에서 온, '이(i)'로 끝나는 우리말은 세 개뿐인데, 예를 들면 보르세기(장화), 사키사미(다락방), 마라베디가 있으며, 알엘리(비단향꽃무)와 알파키(법학자)는 '알'로 시작하고 '이'로 끝나는 단어로, 이것들은 아라비아인들에 의해 알려졌지. '알보게'라는 말을 들으니 그런 기억들이 떠올라 내친김에 이런 이야기를 하게 되었구나. 그런데 이번 일을 완벽하게 하는 데에는, 너도 알고 있겠지만, 내가 어느 정도 시인이라는 점, 산손 카라스코 학사도 대단한 시인이라는 점이 큰 도움이 될 것이다. 신부에 대해서는 아무 말도 하지 않으마. 그러나 그분도 시인다운 면모를 가지고 있다고 내기를 해도 좋다. 이발사 니콜라스도 역시 그런 면모를 가지고 있지. 이발사들은 모두, 아니 거의 다 기타를 치고 시를 지으니 그건 의심할 여지가 없을 것이다. 나는 연인의 부재를 한탄할 테니, 너는 확고한 사랑에 칭송하거라. 목동 카라스콘은 실연을 애통해하고, 신부

쿠리암브로는 자신이 가장 좋아하는 것을 노래하고, 이런 식으로 일이 돌아가면 더 이상 바랄 것이 없을 게야."

이에 산초가 대답했다.

"주인님, 제가 워낙 운이 없는 놈이라 그런 목동 일을 하게 될 날이 오지 않는 건 아닐까 두렵네요. 아, 제가 목동이 되는 날이 오면 숟가락들을 얼마나 반짝반짝하게 만들지요! 맛있는 빵과 크림, 아름다운 화관과 목동의 자질구레한 물건들, 사려 깊다는 명성은 아니라도 재치 있다는 명성은 차지할 겁니다. 제 딸 산치카가 목동들의 오두막으로 음식을 가져올 거고요. 하지만 조심해야지요! 우리 딸이 반반하니, 온순한 목동들보다는 사악한 목동들이 더 많은데, 양털을 구하러 갔다가 자기가 깎이고 돌아와서는 안 될 일이니까요. 사랑과 좋지 못한 욕구들은 들판에서건 도시에서건, 목동들의 오두막이건 왕궁이건 흔히 돌아다니는 것이라서, 근원을 없애야 죄도 저지르지 않는 법이지요. 눈으로 보지 않으면 마음이 아프지 않은 법이고, 훌륭한 사람들의 충고보다는 가시덤불을 뛰어 도망가는 편이 낫습니다."

"산초야," 돈키호테가 말했다. "속담은 집어치워라. 네가 말하는 속담 중 하나만 들어도 네 생각을 알아차리기에 충분하다. 속담을 그렇게 함부로 주워대지 말라고 이미 수차례 충고를 했건만, 이건 사막에서 설교하는 기분이구나. 아비가 야단을 쳐도 별 볼일 없다 이 말이지."

"제가 보기로는," 산초가 대답했다. "주인님께서 하시는 말씀이 꼭 기름솥이 가마솥에게 '저리 비켜라, 이 검댕아' 하는 것 같습니다. 제게 속담을 말하지 말라고 꾸짖으시면서 주인님께서는 둘씩 갈라서 엮어내시네요."

"이봐라, 산초야," 돈키호테가 대답했다. "나는 속담을 알맞게 가져와서 손가락에 낀 반지처럼 말하는데, 너는 속담을 머리카락채로 가져와서는 질질 끌고 다니질 않느냐. 게다가 제대로 된 방향으로 끌고 가지도 않으니. 만일 내 기억이 틀리지 않다면, 내가 다시 한 번 말해두지만, 속담이란 우리 옛 성현들의 경험과 사색에서 나온 짧은 경구다. 그러니 알맞게 쓰지 않는 속담은 경구라기보다 오히려 엉터리 말이지. 그러나 이 얘기는 이제 그만하자꾸나. 벌써 밤이 오니 큰길에서 어느 정도 벗어난 곳으로 가 그곳에서 이 밤을 새우자. 내일 일어날 일은 하느님께서 아실 것이야."

두 사람은 길에서 벗어나, 산초의 뜻과는 달리, 느지막이 아주 빈약한 저녁을 들었다. 산초에게는, 공작의 성이나 돈 디에고 데 미란다의 집, 부자 카마초의 결혼식과 돈 안토니오 모레노의 집 같은 곳에서 풍족하게 지내기도 했으나 대개는 산과 숲 속에서 보내야 했던 편력기사도의 궁핍함을 새삼 실감하게 하는 저녁이었다. 그러나 항상 낮일 수도 없고 항상 밤일 수도 없는 법. 그리하여 산초는 잠을 자면서 저녁을 보냈으며, 그의 주인은 뜬눈으로 지새웠다.

제 68 장

돈키호테에게 일어났던 돼지의 모험에 대하여

달은 하늘에 떠 있었지만 한쪽 부분이 가려진 좀 어두운 밤이었다. 달의 여신 디아나가 지구 반대편으로 산보를 나갔는지 산은 어둡고 계곡들은 컴컴했다. 돈키호테는 자연의 법칙에 따라 첫잠을 잤지만 두 번째 잠은 이루지 못했다. 두 번째 잠이라는 것을 결코 자본 적이 없는 산초와는 정반대였는데, 왜냐하면 산초는 한번 잠들면 저녁부터 아침까지 계속 자기 때문이다. 이는 산초의 훌륭한 신체 조건과 걱정을 하지 않는 면모를 보여주었다. 걱정이 많아 밤을 새우던 돈키호테는 산초를 깨워 말했다.

"산초야, 나는 네 태평한 성격이 놀랍기만 하구나. 너는 대리석이나 청동으로 만들어져서, 마음속에 어떤 동요나 슬픔이 들어갈 여지가 없는 것 같다. 네가 자는 동안에 나는 밤을 지새우고, 네가 노래하는 동안에 나는 눈물을 흘리고, 네가 배가 불러 늘어져 게으름을 피울 때 나는 음식을 넘기지 못하고 기절을 하지. 착한 종자들은, 설령 그것이 잘 보이기 위한 행동일지라도, 자기 주인들의 고통을 함께 나누며 주인의 슬픔을 함께 느낀다고 하건만. 산초야, 이 밤의 고요함과 우리를 감싸고 있는 이 고독이 꿈속에서라도 불침번을 서라고 우리를 부르고 있구나. 제발 부탁이니 일어나거라. 그리고 여기에서 좀 떨어진 곳으로 가서, 둘시네아 공주님을 마법에서 풀려나도록 하는 데 쓸 전도금이라 생각하고 감사하는 마음으로 용기를 내서 300대나 400대 매질을 해보거라. 이것은 너에게 간청하는 것이며, 지난번처럼 싸움을 하려는 생각은 전혀 없다. 네 팔이 매우 강하다는 것을 잘 알고 있으니 말이다. 네가 매질을 하고 나면, 남아 있는 밤은 노래를 하면서 보내자꾸나. 나는 둘시네아가 곁에 없음을 노래하고, 너는 네 강인함을 노래하는 거지. 지금부터 우리 고향에서 시작하게 될 목동 생활의 연습을 시작하는 거야."

"주인님," 산초가 대답했다. "저는 자다 말고 일어나서 자기 몸에 매질을 하는 수도사가 아닙니다요. 그리고 매질의 극심한 고통에서 갑자기 음악의 즐거움으로 빠져들 수 있는 사람은 더더욱 아닌 것 같고요. 주인님, 저를 잠자게 내버려두시고, 매질하는 일 따위로 성가시게 하지 말아주세요. 그러지 않으면 제 몸뚱이는 물론이고 제 옷의 털끝 하나도 건드리지 않는다고 맹세하셔야 할 겁니다."

"아, 이 목석같은 영혼아! 아, 이 인정도 없는 종자야! 아, 그동안 먹여준 빵도, 너에게 베풀었고 베풀어주려고 하는 은혜도 다 부질없더란 말이냐! 내 덕분에 총독이 되었고, 내 덕분에 백작이나 이와 비슷한 작위를 얻게 될 소망을 갖게 되었는데, 그리고 아무리 늦는다 해도 금년이 가기 전에 그 소원이 이루어질 텐데. 어둠이 지나면 광명이 온다 했거늘."

"저는 무슨 말인지 모르겠네요." 산초가 대답했다. "제가 알고 있는 것은, 잠을 자는 동안에는 두려움도 희망도 갖지 않으며, 고생도 없고 영광도 없다는 겁니다. 잠이라는 것을 발명한 사람에게 행운이 있으시기를. 모든 인간의 근심을 덮어주는 망토이며, 배고픔을 덜어주는 음식, 갈증을 쫓아주는 물이자 추위를 따뜻하게 해주는 불이며, 흥분을 가라앉혀주는 냉정함이며,

마지막으로 무엇이든지 살 수 있는 돈이지요. 목동과 국왕을 같게 만들어주고, 어리석은 사람을 사려 깊은 사람과 똑같게 만드는 저울이고 추라고 할 수 있습니다. 제가 들은 바로는 잠에는 딱 하나 결점이 있는데 그것은 죽음과 닮았다는 것이지요. 잠자는 사람과 죽은 사람 사이에 별 차이가 없으니까요."

"산초야," 돈키호테가 말했다. "지금까지 네가 이토록 품위 있게 말하는 것을 결코 들어본 적이 없구나. 이제 보니, 네가 가끔씩 말하곤 하는 '누구에게서 태어났느냐보다는 누구와 풀을 먹고 있느냐가 중요하다'라는 속담이 진실임을 알겠다."

"아이고, 이런." 산초가 대답했다. "우리 주인님 좀 보시게! 지금 속담을 줄줄 엮어내는 건 제가 아닙니다. 주인님 입에서 제 두 배는 되는 속담이 뚝뚝 떨어집니다. 제가 하는 속담들과 주인님이 하시는 것들 사이에 차이가 있다면, 주인님의 속담은 제때에 맞추어 나오고 제 것은 엉뚱한 데서 튀어나온다는 거지요. 어쨌든 사실 다 속담일 뿐이잖습니까."

이러고 있을 때에 적막을 깨는 울림과 함께 무서운 소음이 들리기 시작했는데, 그 소리가 계곡 전체에 울려 퍼지고 있었다. 돈키호테는 벌떡 일어나서 손으로 칼을 빼들었고, 산초는 양쪽으로 갑옷 꾸러미와 안장을 내려놓고는 잿빛 당나귀 밑에 쭈그리고 앉았는데, 어찌나 벌벌 떨었던지 돈키호테가 당황할 지경이었다. 소음은 시시각각으로 커졌고 두려움에 떨고 있는 두 사람에게로 가까이 다가왔다. 아니 적어도 한 사람에게는 그러하였으니, 또 다른 한 사람의 용기에 관하여는 이미 잘 알려져 있는 까닭이다.

그것은 600마리가 넘는 돼지들을 사람들이 시장에 팔기 위해서 몰고 가는 소리였는데, 시간도 늦은 데다 돼지들이 꿀꿀거리고 으르렁거리는 소리가 너무나 큰 나머지 돈키호테와 산초의 귀를 멀게 만들어서 그것이 무엇인

지 알아차리지도 못했다. 길게 줄지은 돼지 무리가 꿀꿀거리는 소리를 내면서 다가오더니 돈키호테의 권위와 산초의 권위 따윈 무시하고서 산초가 즉석에서 만들어놓은 참호를 부숴버린 것은 물론이고 돈키호테뿐만 아니라 로시난테까지 함께 쓰러뜨리면서, 두 사람 위로 지나가버렸다. 꿀꿀거리는 소리를 내면서 순식간에 닥쳐온 그 지저분한 동물들은 사방을 난장판을 만들었고, 안장과 갑옷, 잿빛 당나귀와 로시난테, 산초와 돈키호테는 땅바닥에 나뒹굴게 되었다.

산초가 있는 힘을 다해 일어서서, 저기 있는 사람들 중 여섯 명 정도와 무례한 돼지들을 죽여버리겠다고 말하며 주인에게 칼을 달라고 했다. 그제야 그것들이 돼지였다는 것을 안 것이었다. 돈키호테가 말했다.

"그냥 내버려둬라. 이 모욕은 내 죄에 대한 대가이며, 썩은 고기를 먹는 동물에게 물어뜯기고, 말벌들에 쏘이고, 돼지들에게 짓밟힌 것은 패배한 편력기사에게 하늘이 내린 정당한 처벌이다."

"패배한 기사의 종자들을 모기들이 물어대고," 산초가 대답했다. "벼룩들이 물어뜯고, 배고픔이 덮치는 것 역시 하늘의 처벌이겠네요. 만일 저희 종자들이 자신이 모시는 기사의 아들이라거나 아주 가까운 친척이라면, 그 형벌이 4대까지 닿는다 해도 별말 않겠습니다. 그런데 판사 집안이 키호테 집안과 대체 무슨 상관이 있습니까? 좋습니다. 다시 한 번 마음을 가라앉히고, 아직 남아 있는 밤에 잠이나 조금 자도록 하지요. 하느님께서 날을 밝게 해주시면 우리의 형편도 나아질 겁니다."

"그래 산초야, 잠이나 자두어라." 돈키호테가 대답했다. "너는 잠자기 위해 태어났고, 나는 밤을 지새우기 위해 태어났구나. 지금부터 날이 밝을 때까지 남은 시간에 나는 내 상념의 고삐를 벗겨 사랑의 연가 속에 풀어놓도록 하겠다. 어제저녁 네가 모르는 사이에 내가 머릿속으로 시를 하나 지어놓았지."

"시를 짓게 하는 동기라는 게," 산초가 대답했다. "그리 대단한 것은 아닐 겁니다. 주인님께서는 원하시는 대로 시나 지으시지요. 저는 할 수 있는 만큼 잠이나 자도록 하겠습니다."

그러고 나서 자기가 원하는 만큼 땅을 차지하고는 몸을 웅크리더니 그를 괴롭힐 보증금도, 빚도, 그 어떤 고통도 없는 꿈나라로 가버렸다. 돈키호테는 너도밤나무인지 코르크나무인지에 기대어(시데 아메테 베넹헬리는 무슨 나무인지 상세히 쓰지 않고 있다) 자신의 한숨에 장단을 맞추며 이렇게 노래했다.

사랑이여, 그대가 나에게 주는
끔찍하고 지독한 불행을 생각하면
나의 크나큰 불행을 끝낼 생각으로
나는 죽음을 향해 달려가고 싶네.

그러나 내 고통의 바닷속에서
항구 같은 건널목에 이르렀을 때
나는 얼마나 큰 기쁨을 느끼는지,
삶이 용기를 찾으니 건너가지 않으리라.

이렇게 삶이 나를 죽이고
죽음이 다시 생명을 주는구나.
나와 함께 죽음과 삶을 오가는
오, 들어보지 못한 운명이여!

노래의 구절마다 수많은 한숨과 적지 않은 눈물이 함께하였으니, 패배의 아픔과 둘시네아의 부재가 돈키호테의 가슴에 커다란 고통을 주었기 때문이다.

이때 날이 밝아서 산초의 눈에 햇살이 비쳤다. 산초는 일어나서 기지개를 켜고 나른한 팔다리를 흔들면서 쭉 뻗어보았다. 그러고는 돼지들이 망쳐놓은 자신의 식량을 보고 그 짐승들에게 저주의 말을 퍼부었고 더한 말까지 쏟아냈다. 마침내 두 사람은 다시 자신들의 길에 올랐다. 오후가 저물어갈 무렵 말을 탄 열 명 남짓한 남자들과 그 곁을 걷고 있는 네다섯 명의 사람들이 그들을 향해 다가오는 것이 보였다. 돈키호테의 심장이 요동을 쳤으며 산초는 공포로 떨었다. 그들을 향해 오는 사람들은 창과 방패를 들고 있었기에 무슨 전쟁이라도 할 기세처럼 보였던 것이다. 돈키호테는 산초를 바라보면서 말했다.

"산초야, 내가 무기를 쓸 수 있고 맹세가 내 팔을 묶어두지만 않았더라면, 우리에게 다가오는 무리들을 손쉽게 처리할 텐데 말이다. 하지만 우리가 우려하는 것과는 다른 일이 될 수도 있겠구나."

이때 말을 탄 사람들이 도착했는데, 창을 세우고는 아무 말을 하지 않고서 돈키호테를 둘러쌌다. 그러더니 창을 돈키호테의 등과 가슴에 들이대면서 죽일 듯이 위협을 했다. 걸어서 오던 사람들 중에 하나가 입에 손가락을 대면서 조용히 하라는 신호를 한 후 로시난테의 재갈을 잡고서 그를 길 밖으로 끄집어냈다. 그러자 걸어서 오던 나머지 사람들은 산초와 잿빛 당나귀를 앞에서 붙잡았고, 모두가 신기할 정도로 침묵을 지키면서 돈키호테를 데리고 가는 사람의 발걸음을 쫓아갔다. 돈키호테는 두세 번이나 자신을 어디로 데려가는지 아니면 뭘 원하는 건지 묻고 싶었지만, 입술을 움직이려 할 때마다 창끝 쇠붙이가 그 입술을 막았다. 산초에게도 똑같은 일이 벌어졌다. 그가 말을 할 기미를 보이자 걸어서 온 사람 중 하나가 몽둥이 끝으로 그를 찔러댔고, 마치 그 짐승이 말을 하기라도 했다는 듯 잿빛 나귀에게도 같은 짓을 했다. 밤이 되어 그들이 걸음을 재촉하자 사로잡힌 두 사람의 두려움은 더욱 커졌고 이따금씩 이렇게 말하는 것을 들을 때에는 더욱 그랬다.

"걸어라, 이 트로글로디타*들아!"

"조용히 해, 이 미개인들아!"

"대가를 치러라, 이 식인종들아!"

"불평하지 마, 이 스키티아** 놈들아! 눈도 뜨지 마라! 이 살인마 폴리페모***, 이 식인 사자야!"

그리고 이와 비슷한 이름들로 불쌍한 주인과 종자의 귀를 고통스럽게 하였다. 산초는 혼자서 중얼거렸다. "우리더러 산비둘기라고? 이발사에 걸레라고? 우리가 암캐 새끼인 줄 아나, 시타, 시타 하면서 부르네?**** 죄다 마음에 안 드는걸. 잘 쌓아놓은 곡식에 나쁜 바람이 부는 거잖아. 개새끼에 몽둥이찜질이라고 불운은 혼자 오지 않는다는데, 이 불행한 모험이 제발, 이 정도로 멈추어주기를!"

돈키호테는 그들에게 퍼붓는 비난들로 가득 찬 이름들이 무엇이든 어떠한 말에도 개의치 않고, 아무 말 없이 가고 있었다. 그는 그런 욕설들로부터는 어떤 행운도 기대할 수 없고 두려운 불운만이 있을 뿐이라고 결론을 내

---

*에티오피아에 살았다고 하는 무시무시한 야만인 부족으로 말을 하지 못하고 박쥐 소리를 내었으며 동굴에서 살았다고 한다.

**흑해와 카스피해 북동 지방에 사는 유목인들로 잔인하기로 이름이 높았다.

***《오디세이아》에서 율리시스의 동료들을 잡아먹은 외눈박이 괴물.

****산초가 '트로글로디타'를 '토르톨라(산비둘기)'로, '바르바로(미개인)'을 '바르베로(이발사)'로, '안트로포파고(식인종)'를 '에스트로파호(걸레)'로, '시타스(스키티아인)'을 '시타(강아지나 개를 부를 때 쓰는 말)'로 잘못 듣고 동문서답하고 있다.

렸다. 거의 밤 1시가 다 되어 그들은 어떤 성에 도착했는데, 바로 얼마 전까지 묵었던 공작의 성이었다.

"하느님 맙소사!" 그 성을 알아보자마자 돈키호테가 말했다. "이게 무슨 일인가? 아니, 이 집에서는 모든 일에 예의를 지키고 정중한데, 그러나 패배한 사람에게는 행운이 불행으로 바뀌고, 불행은 더 큰 불행이 되다니."

모두가 성의 안뜰로 들어갔다. 안뜰이 잘 정리되고 정돈되어 있는 것을 보고서 두 사람의 놀라움은 더욱 커졌으며, 두려움도 배가 되었다. 다음 장에서 보게 될 것처럼 말이다.

제 69 장

이 위대한 이야기 전체에서 돈키호테에게 일어난 가장 기이하고 새로운 사건에 대하여

말을 탄 사람들이 말에서 내려, 걸어온 사람들과 함께 산초와 돈키호테를 번쩍 들어 안고서 부산하게 안뜰로 들어갔다. 안뜰 주위로는 받침대에 꽂힌 100여 개의 횃불이 불타고 있었고, 안뜰의 회랑을 따라서 500개 이상의 등이 켜져 있었다. 그래서 어둡게 보이던 한밤중인데도 대낮만큼이나 빛이 부족하지 않았다. 안뜰 한가운데에는 지면에서 2바라 높이에 분묘가 세워져 있었는데, 검은색 비로드로 만든 아주 커다란 덮개로 완전히 덮여 있었다. 분묘 둘레의 계단에는 100개가 넘는 은촛대에서 하얀 양초가 타고 있었다. 분묘 위에는 아주 아름다운 처녀의 죽은 시신이 보였는데, 그 아름다움으로 인해 마치 죽음의 여신처럼 보였다. 금실로 수놓은 베개 위에 놓인 머리에는 여러 가지 향기로운 꽃으로 엮은 화관을 썼고, 가슴 위에 십자 모양으로 포갠 두 손 사이에 승리를 상징하는 노란색 종려나무 가지가 놓여 있었다.

안뜰 한쪽으로 단상이 만들어져 있었고, 그곳에 놓인 두 개의 의자에 두 사람이 앉아 있었다. 머리에는 왕관을 쓰고 손에는 왕을 상징하는 지팡이를 들고 있었으니 진짜든 가짜든 간에 왕*이라는 표식이었다. 단상 바로 옆으로는 오르내릴 수 있는 계단이 있었고 거기에 또 다른 의자가 두 개 있었는데, 그 의자에 붙잡아 온 돈키호테와 산초를 앉혔다. 이 모든 일들이 침묵 속에서 이루어졌고 두 사람에게도 침묵하라는 신호가 전해졌다. 그러나 그런 신호를 보내지 않았더라도 입을 다물었을 것이니, 그들이 보고 있는 것들이 너무 놀라워 혀가 굳어버렸기 때문이었다.

이때 많은 사람들을 거느리고서 두 명의 지체 높은 사람이 단상으로 올라왔다. 돈키호테는 그들이 집주인인 공작과 공작부인이라는 것을 금세 알아차렸다. 공작 부처는 왕처럼 보이는 두 사람 옆에 놓인 두 개의 아주 화려한 의자에 앉았다. 이것을 보고서 놀라지 않을 사람이 누가 있겠는가? 더구나 분묘 위에 놓여 있던 죽은 시신이 아름다운 알티시도라라는 것을 안 돈키호테의 놀라움은 어떠했겠는가.

공작과 공작부인이 단상 위에 오르자 돈키호테와 산초는 자리에서 일어나서 그들에게 머리 숙여 인사를 했다. 그러자 공작 부처도 얼마간 머리를 숙이면서 마찬가지로 인사를 했다.

이때 옆에 있던 공작 부처의 하인 한 명이 나와서는 산초에게로 다가가 검정색 리넨 천으로 짠 옷을 걸쳐주었다. 옷에는 온통 불꽃 무늬가 그려져 있었다. 그런 다음 산초가 쓰고 있던 고깔모자를 벗기고 종교재판소에서 처벌받은 죄수들에게 씌우는 것 같은 종이로 만든 삼각모자**를 씌어주었다. 그는 산초의 귀에 대고 입술을 놀리지 말라고 말했다. 그러지 않으면 재갈을 물리든가 목숨을 빼앗겠다는 것이었다. 산초가 자기 모습을 위에서 아래로 훑어보니, 마치 불에 타고 있는 것 같았다. 하지만 실제로 태우는 것이

---

*여기에서는 염라대왕을 말한다.
**당시 스페인에서는 종교재판에 회부된 사람들에게 악마가 그려진 종이로 만든 삼각모자를 씌워 죄수 표시를 했다.

아니라서 조금도 신경 쓰지 않았다. 삼각모자를 벗어서 악마가 그려져 있는 것을 본 산초는 다시 모자를 쓰고는 혼자 중얼거렸다.

"불꽃이 나를 태우지 않고 악마들이 나를 데려가지 않으니 그래도 다행이네."

돈키호테 역시 산초를 바라보았는데, 두려움 때문에 제정신이 아니었음에도 산초의 모습을 보고서 웃지 않을 수 없었다. 이때 분묘 밑에서 부드럽고 듣기 좋은 플루트 소리가 울리기 시작했다. 그 장소에서는 침묵이 침묵을 지키고 있었기 때문에, 어떤 사람의 목소리에도 방해받지 않은 그 음악 소리는 부드럽고 사랑스럽게 들렸다. 시체가 베고 있는 베개 바로 옆에서 로마풍의 옷을 입은 미소년 한 명이 갑자기 불쑥 나타났다. 소년은 자신이 연주하는 하프 소리에 맞추어 아주 부드럽고 맑은 목소리로 2절의 시를 노래했다.

> 돈키호테의 무정함 때문에 숨이 끊어진
> 알티시도라가 다시 되살아나는 동안에,
> 마법에 걸린 궁정에서
> 귀부인들이 남루한 치마를 입고 있는 동안에,
> 주인마님이 노시녀들에게
> 양모로 기운 옷을 입으라고 하는 동안에,
> 나는 그녀의 아름다움과 불행을 노래하리라,
> 트라키아의 가수*보다 더 흥겹게.

---

*트라키아 출신의 시인 오르페우스를 말한다. 하프 소리로 초목과 동물, 바위를 매혹시켰으며, 이러한 재능에 기대어 부인 에우리디케를 구하기 위해 죽은 자들의 세계로 내려갔다.

내 생애에 내가 맡은 일이 유일하게
이것뿐인지, 아직도 나는 모르겠네,
그러나 죽어서 싸늘하게 된 내 입속의 혀로
당신을 위해 노래하리라.
내 영혼이 내 육신의 감옥을 빠져나와
스틱스 강*으로 인도되니,
나 당신을 계속 칭송하면서 가리라,
그 노래로 망각의 강을 멈추게 하리라.

"그만하라." 이때 왕처럼 보이는 두 사람 중 하나가 말했다. "그만하라, 신성한 가수여. 세상에 비할 데 없는 알티시도라의 우아함과 죽음을 지금 우리에게 알리는 것은 결코 끝이 있을 수 없는 일이다. 무지한 세상 사람들이 생각하는 것처럼 그녀는 죽지 않았다. 사람들의 혀에 그녀의 명성이 살아 있고, 그녀에게 잃어버린 빛을 다시 되찾게 해줄 수 있도록 여기 있는 산초 판사가 형벌을 받게 되면 다시 살아날 것이니, 오, 디테의 음산한 동굴에서 나와 함께하는 판관 라다만토**여! 불가해한 운명이 이 처녀가 다시 살아날 것을 결정했고 그 길과 관련된 모든 것을 그대가 알고 있으니, 즉시 말하고 선언하시오. 그녀의 부활로 우리가 얻게 될 행복이 더 이상 지체되지 않도록."

라다만토의 동료이자 재판관인 미노스가 이 말을 하자마자, 라다만토가

---

*아케론, 코키토스, 플레게톤, 레테와 함께 망자가 건너야 하는 저승에 있는 다섯 개의 강 중 하나나로 증오의 강이다.
**미노스, 아이아코스와 함께 지옥의 문을 지키는 파수꾼들 중 하나. 영혼의 운명을 결정하는 심판관들이기도 하다.

벌떡 일어나서 말했다.

"자, 이 댁의 하인들이여! 그 지위가 높건 낮건, 아이건 어른이건 간에, 줄지어 나오너라. 그리고 산초의 얼굴을 스물네 번 때리고, 팔과 등을 열두 번 꼬집고 바늘로 여섯 번 찔러라! 이 의식에 알티시도라의 구원이 달려 있도다!"

산초가 그 말을 듣고는 침묵을 깨면서 말했다.

"제기랄, 내가 무슨 무어인도 아니고 내 얼굴에 자국을 내고 마음대로 주무르게 놔둘 것 같으냐! 내 신세야, 이 처녀의 부활과 내 얼굴을 멋대로 주무르는 게 무슨 상관이 있다는 거야! 늙은 할머니는 나물이라면 초록 잎이든 마른 잎이든 가리질 않는다더니……* 둘시네아를 마법에 걸어놓고는 마법에서 풀답시고 매질한 걸로 모자라서, 이제는 하느님이 주신 병으로 죽은 여인을 부활시키겠다고 내게 뺨을 스물네 대 때리고, 바늘로 찔러 내 몸에 구멍을 내고, 내 팔을 꼬집어서 멍이 들게 하겠다고! 그런 장난은 못된 원수에게나 하라지! 나도 산전수전 다 겪은 늙은 개라서, 누가 오라고 유혹해도 가지 않아!"

"죽어라!" 큰 소리로 라다만토가 말했다. "고분고분해라, 이 호랑이야, 겸손해라, 이 오만한 넴브로트**야, 조용히 참고 기다려라. 불가능한 것을 요구하는 것이 아니다. 그리고 이 일의 쉽고 어려움을 따지는 것은 네 몫이 아니다. 너의 턱을 만지작거리도록 내버려둘 것이며, 바늘에 찔려 벌집이 될 것이며, 꼬집힘으로 신음할 것이다. 자, 내가 말하노니, 하인들이여, 나의 명령을 수행하라. 만일 그렇게 하지 않는다면, 선한 사람의 양심을 걸고, 너희

---

*한번 습관을 들이면 고치기가 어렵다는 의미의 속담.
**오만과 잔인함의 전형인 아시리아의 황제.

가 죽게 될 것이다."

이때 안뜰로 여섯 명의 노시녀들이 줄을 지어서 들어왔다. 네 명은 안경을 썼고, 여섯 모두가 오른손을 위로 올리고 있었는데, 요즈음 유행하는 것처럼 손을 좀 더 길게 보이게 하려고 손목을 옷 밖으로 손가락 네 마디만큼 내밀었다. 산초가 그것을 보자마자 투우 소처럼 포효하면서 말했다.

"온 세상 사람이 나를 만져도 좋지만 노시녀들이 내 몸에 손을 대는 것은 절대 안 돼! 바로 이 성에서 우리 주인님을 할퀸 것같이 내 얼굴을 할퀴어도 좋아. 뾰족한 단검 끝으로 내 몸을 찌르고 불에 달군 부젓가락으로 내 팔을 고문해도 좋다고. 인내하고 견디면서, 당신들을 모실 테니. 하지만 악마가 나를 데려간다 해도 노시녀들이 내 몸을 만지는 것은 절대 안 돼."

돈키호테가 침묵을 깨면서 산초에게 말했다.

"참아라, 산초야. 이분들에게 즐거움을 드려야지. 너에게 그러한 미덕을 주신 하늘에 감사할 일이다. 그런 고난으로 마법에 걸린 사람을 풀려나게 하고 죽은 사람들을 되살리게 되다니 말이다."

이때 이미 노시녀들이 산초 가까이에 있었으니, 산초는 설득을 당한 듯 좀 더 부드러워진 태도로 의자에 앉아 첫 번째 노시녀에게 얼굴과 수염을 내밀었다. 노시녀가 턱에 제대로 자국을 남기고서는 큰절을 했다.

"예의 좀 덜 차리고, 화장도 좀 덜 하시구려, 노시녀님!" 산초가 말했다. "하느님 맙소사, 손에서 식초 냄새가 나네!*"

마침내 모든 노시녀가 산초에게 손자국을 남겼으며 그 외 이 집의 많은 사람들이 그를 꼬집었다. 그러나 산초가 가장 참기 어려웠던 것은 바늘로 찌르는 것이었다. 그리하여 보기에도 불쾌한 표정으로 의자에서 일어나서

---

*당시 여인들은 식초를 기초 화장품으로 사용했다.

바로 그 옆에 있던 불붙은 횃불을 하나 손에 쥐고서 노시녀들과 몰인정한 모든 사람들을 뒤쫓으면서 말했다.

"꺼져라, 이 지옥의 하인들아. 내가 청동으로 만들어졌더냐! 그렇게 엄청난 고통을 느끼지 못하게?"

이때 한동안 위로 향해 반듯이 누워 있어서 아마 피곤했을 알티시도라가 한쪽으로 몸을 돌렸는데, 주변 사람들이 그것을 보고서 거의 모두가 동시에 소리쳤다.

"알티시도라가 살아났다! 알티시도라가 살아 있다!"

라다만토는 산초에게 노여움을 버리라고 말했다. 왜냐하면 이들이 바라던 것이 이루어졌기 때문이다.

돈키호테는 알티시도라가 꿈틀거리는 것을 보고서 산초에게 달려가 무릎을 꿇고 말했다.

"나의 종자가 아니라 나의 분신 같은 자여, 이제는 둘시네아의 마법을 풀기 위해 반드시 맞아야 할 매질을 해야 할 때가 되었구나. 지금이 말하자면 그대의 용기가 무르익은 때이니, 그대에게 기대하는 선행을 효과적으로 수행할 때란 말이다."

이에 산초가 대답했다.

"제가 보기에 이건 속임수 중의 속임수예요. 아무리 봐도 케이크 위에 꿀은 아닙니다요. 꼬집히고 얻어맞고 바늘로 찔리고 나서 이제는 매질을 당하라는데 뭐가 좋단 겁니까. 차라리 큰 돌을 하나 집어서 제 목에다 매달고는 우물에 던져버리세요. 다른 사람 병 고치자고 결혼식의 암소*가 되느니 그게 낫겠습니다. 저를 좀 내버려두세요. 만일 그러지 않으면, 나중에 어떻게

---

*사람들을 즐겁게 하기 위해 결혼식에서 두들기며 달리게 하는 암소.

되든지 모두 내던져버리고, 모두 쫓아내버리고 말 겁니다."

이때 벌써 알티시도라는 분묘 위에 앉아 있었다. 그리고 이와 동시에 피리 소리가 울렸고, 이에 플루트가 뒤따랐으며 사람들의 고함 소리가 울려 퍼졌다.

"알티시도라 만세! 알티시도라 만세!"

공작 부처와 미노스 왕과 라다만토 왕이 자리에서 일어났다. 그리고 돈키호테와 산초를 데리고 모두가 함께 알티시도라를 맞으러 가서 그녀를 분묘에서 내려오게 하였다. 그녀는 기절한 척하면서 공작 부처와 두 왕에게 몸을 기대고는 그 사이로 돈키호테를 바라보면서 말했다.

"무정한 기사님, 하느님께서 당신을 용서하시기를 바랍니다. 저는 당신의 비정함 때문에 저승에 다녀왔습니다. 제가 느끼기엔 천 년 이상은 된 것 같군요. 그리고 이 세상에서 가장 인정 많은 종자이신, 오, 당신이여! 제가 목숨을 얻게 된 것에 감사를 드립니다. 정다운 산초, 제가 드리는 이 속옷 여섯 벌을 오늘부터 가지세요. 그리고 다른 여섯 벌도 당신 것으로 하세요. 모두가 말짱하지는 않지만 최소한 깨끗하답니다."

이에 산초는 그녀의 손에 입맞춤을 하였고, 손에 삼각모자를 들고 땅에 무릎을 꿇었다. 공작은 그 삼각모자를 거두고 산초의 고깔모자를 다시 돌려주며, 그에게 자신의 옷을 입혀주고 불꽃이 그려진 옷을 벗기라고 명령했다. 산초는 공작에게 불꽃 옷과 삼각모자를 그대로 입게 해달라고 간청했다. 이 전대미문의 사건을 기억하고 그 증거로써 자기 고향에 가져가고 싶었기 때문이다. 공작부인은 그렇게 하라고 대답했고, 산초는 공작부인이 자기에게 얼마나 큰 우정을 가지고 있는지 다시금 깨달았다. 공작은 안뜰을 치우고 모두 자신의 거처로 돌아가도록 명령했으며, 돈키호테와 산초도 그들이 이미 알고 있었던 거처로 모셔 가도록 했다.

제70장

69장에 이어서, 이 이야기를 분명히 하기 위해
꼭 필요한 일들에 대하여

산초는 그날 밤 돈키호테와 같은 방에서 바퀴가 달린 낮은 침대에서 잠을 잤다. 그로서는 가능하면 피하고 싶었던 일이었는데, 자신의 주인이 질문하고 대답을 듣겠다며 잠을 자도록 내버려두지 않을 것이라는 것을 잘 알았기 때문이다. 사실 그는 말을 많이 할 처지도 아니었다. 지난 수난의 고통이 아직 남아 있어서 혀를 자유롭게 놀릴 수가 없었으니, 산초에게는 그 훌륭한 방에서 함께 지내는 것보다 혼자 오두막에서 자는 것이 더 편할 것 같았다. 하지만 그의 두려움은 바로 사실이 되었고, 그의 의구심이 현실이 되어버려서 그의 주인이 침상에 들자마자 말을 걸었다.

"산초야, 오늘 저녁 일에 대해 너는 어떻게 생각하느냐? 사랑에 매정한 마음의 힘이 위대하고 강력하구나. 네 눈으로 직접 알티시도라가 죽은 것을 보지 않았느냐. 화살도 아니고, 칼도 아니고, 또 다른 무기도 아니고, 치명적인 독약도 아닌, 내가 항상 그녀에게 보여준 매정함과 냉혹함 때문에 죽었던 것이다."

"그 여자야 원하는 만큼, 그리고 원하는 대로 운 좋게 죽으라고 하지요."

산초가 대답했다. "그리고 저는 집에 있도록 내버려두세요. 제 평생에 그 여자를 사랑한 적도 경멸한 적도 없으니까요. 이미 말씀드렸지만, 사려 깊다기보다는 변덕스러운 아가씨 알티시도라의 건강이 어떻게 산초 판사의 수난과 관련이 있는 건지 저는 당최 알지도 못하겠고 생각해볼 수도 없습니다. 이제는 이 세상에 마법사도, 마법도 있다는 걸 분명히 알겠습니다. 저도 그들로부터 풀려나는 법을 모르니까, 하느님께서 저를 그들로부터 자유롭게 해주시옵소서. 어쨌든 제가 이 창문 아래로 뛰어내리길 바라는 게 아니시라면, 주인님께서는 저를 좀 자게 해주시고 더 이상 질문 같은 건 하지 말아주시길 간청합니다."

"자거라, 자, 이놈아." 돈키호테가 말했다. "바늘로 찔리고 꼬집히고 조롱을 당해도 잠을 잘 여유가 있다면 말이다."

"어떤 고통도 뺨을 때리는 모욕에는 못 미치지요." 산초가 대답했다. "어찌할 바를 모르는 노시녀들이 제게 한 모욕보다 더한 모욕은 없을 겁니다. 제발 잠 좀 잡시다요, 주인님. 잠이란 눈을 뜨고 있을 때 느끼는 고통을 덜어주는 것이니까요."

"그리해라." 돈키호테가 말했다. "하느님께서 너와 함께하시길 빌어주마."

두 사람은 잠이 들었다. 이 틈에 이 위대한 이야기의 작가인 시데 아메테는 무엇이 공작 부처에게 앞에서 언급한 장난을 계획하도록 마음을 움직였는지에 대해 기록을 하고 설명을 하고 싶었으므로 이렇게 썼다. 거울의 기사인 산손 카라스코 학사는 자신이 돈키호테에게 패배하고 쓰러져서 그로 인해 모든 계획이 물거품이 된 것을 잊지 않고, 지난번보다 더 좋은 성과를 기대하면서 다시 한 번 기회를 노리고 있었다. 그리하여 산초의 아내인 테레사 판사에게 편지와 선물을 가져갔던 시동으로부터 돈키호테가 어디에 있는지를 알아내고는 새로이 무기와 말을 구해서 방패의 문장으로 하얀 달을 그려 넣었다. 이 모든 것을 수컷 말에 실어서 자신의 옛 하인인 토메 세시알이 아닌 다른 농부가 끌고 가게 했는데, 그 이유는 산초와 돈키호테가 눈치채지 못하도록 하기 위해서였다.

그리하여 학사는 공작의 성에 도착했고, 공작은 그에게 돈키호테가 사라고사의 기마 창 시합에 나가기 위해서 택한 길과 방향을 알려주었다. 또한 둘시네아를 마법에서 풀어주기 위해 산초의 엉덩이를 희생해야 하는 장난을 꾸민 것과, 끝으로 산초가 자신의 주인에게 둘시네아가 마법에 걸려서 시골 아낙으로 모습이 바뀌었다고 믿도록 만든 장난에 대해서도 알려주었다. 그리고 자신의 처인 공작부인이 둘시네아가 진짜로 마법에 걸려 있었기 때문에, 속임수를 당한 사람은 다름 아닌 산초 자신이라는 것을 어떻게 산초에게 믿게 하였는지에 대해서도 알려주었다. 학사는 이런 얘기를 듣고서 적지 않게 웃고 놀랐다. 또한 그는 산초의 재치와 순진함을 생각했고, 돈키호테의 광기가 극에 달했다고 여겼다.

공작은 학사에게 만일 돈키호테를 찾아서 그를 이기게 되거나 혹 지더라도, 꼭 다시 이곳으로 돌아와서 결과에 대해 알려줄 것을 요청했다. 학사는 그렇게 할 것을 약속하고서 돈키호테를 찾아 떠났다. 하지만 그를 사라고사에서 찾지 못하고, 길을 좀 더 가서 앞에서 언급한 일이 벌어졌던 것이다.

학사는 공작의 성으로 돌아와서 공작에게 결투의 조건을 포함해 모든 것을 말해주었다. 그리고 돈키호테는 훌륭한 편력기사이므로 자신의 고향에서 일 년 동안 은둔해 있기로 한 약속을 지키기 위해 이미 돌아가고 있는 중이라고 말하며, 그 기간 동안 그의 광기가 나을 거라고 했다. 그리고 이것이 바로 자신이 그런 변장을 하게 만든 이유였으니, 돈키호테처럼 박식한 시골 귀족이 미치광이가 된 것은 아주 애석한 일이었기 때문이었다. 이로써 공작에게 작별 인사를 하고, 자기 뒤를 따라올 돈키호테를 마을에서 기다리기 위해 학사는 마을로 돌아갔다.

공작은 여기에서 돈키호테에게 그런 장난을 할 기회를 잡았다. 산초와 돈키호테에 관한 일이라면 모든 것을 너무나 재미있어했으므로, 성에서 멀든 가깝든 간에 모든 길에, 돈키호테가 돌아올 수 있다고 생각되는 모든 길목에, 자신의 수많은 하인들을 배치하고 말을 타거나 걸어서 찾아다니게 하였으며, 만일 그를 발견하면 강제로든 자진해서든 성으로 데려오라고 했다. 그들은 돈키호테를 발견해서 공작에게 알렸다. 공작은 이미 해야 할 모든 것을 준비해놓아서 돈키호테가 도착한다는 소식을 접하자마자 햇불과 안뜰의 등불을 모두 켜도록 명령했고, 이미 언급한 모든 장치들을 갖추고 알티시도라를 분묘 위에 눕히도록 했다. 얼마나 실감나게 잘 실행을 했는지 그들의 장난과 진실 사이에 차이가 거의 없었다.

시데 아메테가 덧붙여 말하길, 그가 보기에는 장난을 치는 사람이나 우롱을 당하는 사람이나 다들 미치광이이며, 두 바보를 우롱하기 위해 너무나 열중한 공작 부처도 바보들과 손가락 두 개 정도 차이밖에 없어 보인다고 했다.

두 바보 중 하나는 느긋하게 잠을 자고 있었고, 또 다른 하나는 이런저런 생각에 잠겨 밤을 새우고 있었다. 날이 밝았고 일어나야 한다는 생각이 들었다. 싸움에 이기건 패하건, 한가롭게 이불 속에 있는 것은 결코 돈키호테에게 즐거움을 주지 않았다.

(돈키호테에게는 죽었다 살아난 것으로 보이는) 알티시도라는 자신의 주인 내외의 기분을 맞추어주려고, 묘에서 쓰고 있던 화관을 그대로 쓰고 금실로 꽃무늬가 수놓인 하얀색 엷은 비단으로 만든 짧은 도포를 입고서, 머리는 등 뒤로 늘어뜨린 채 아주 고운 흑단으로 만든 지팡이에 몸을 의지하고 돈키호테의 방으로 들어갔다. 그 모습을 보자 돈키호테는 정신이 혼미하

고 당황하여 몸을 움츠리고서 침대의 얇은 이불과 시트로 거의 온몸을 가리느라 그녀에게 무슨 예절도 차리지도 못했으며 목소리마저 변해버렸다. 알티시도라는 그의 침대 머리맡에 앉았다. 그리고 크게 한숨을 한 번 쉰 다음, 가냘프고 힘없는 목소리로 말했다.

"지체 높은 여인들과 분별 있는 처녀들이 자신의 체면을 버리고 모든 불편함을 두려워하지 않고, 자신의 마음속에 감추고 있는 비밀을 사람들 앞에 털어놓는다는 것은, 그녀들이 아주 미묘한 상황에 처해 있다는 것을 말해줍니다. 돈키호테 데 라만차 님, 저는 곤궁에 빠져, 패배하고, 사랑에 빠진 그런 여자들 중 하나입니다. 그럼에도 고통을 참고 있는 정숙한 여인이지요. 그 고통이 너무나 커서, 제 침묵으로 인해 제 영혼이 폭발해버렸고 결국 목숨을 잃었던 겁니다. 이틀 전에 당신이 제게 보여주신 가혹함으로,

오, 내 사랑의 하소연에 대리석보다 더 단단하고 무정한 기사님이여!*

저는 죽어 있었으며, 적어도 저를 본 사람들은 그렇게 판단하였지요. 그리고 사랑의 여신이 저를 동정하시어 이 착한 종자님의 수난 속에서 저의 구제책을 내려주지 않았더라면, 저는 거기 저승에 머물러 있었을 겁니다."

"사랑의 여신께서 그 구제책을 내 당나귀에게서 찾으셨더라면 좋았을 것을. 그랬다면 내가 감사를 드렸을 텐데." 산초가 말했다. "그러나 아가씨, 말씀 좀 해보시오. 하늘이 당신께 우리 주인님보다 더 부드러운 연인을 마련해주시면 좋으련만. 그런데 저승에서 무엇을 보았나요? 지옥에는 무엇이 있던가요? 절망하여 죽은 사람은, 강제로라도 그곳에서 지내야만 했을 터

---

*가르실라소 데 라 베가의 〈애가 I〉에 나오는 구절.

이니 묻는 겁니다."

"사실을 말씀드리자면," 알티시도라가 말했다. "제가 완전히 죽지는 않았었나 봅니다. 왜냐하면 저는 지옥에는 들어가지 않았으니까요. 만일 그곳에 들어갔더라면, 어떤 방식으로도 나올 수가 없었을 테지요. 그 문 앞까지 갔던 것은 사실입니다. 거기에서 열두 명 남짓한 악마들이 공놀이를 하고 있었거든요. 모두가 바지와 조끼를 입고서, 플랑드르풍의 레이스 장식이 달린 넓은 칼라를 달고, 커프스를 이용하는 것과 똑같은 접은 깃들을 하고서, 손을 더 길게 보이기 위해 손가락 네 개 만큼이나 팔이 밖으로 드러나 보이게 한 옷차림을 했는데, 손에는 불타는 주걱을 들고 있었어요. 제가 가장 놀란 것은 공 대신에 자만과 허영으로 가득 찬 책을 사용하고 있었던 겁니다. 신비롭고 새로운 모습이었지요. 그러나 제가 놀란 것은 이것만이 아니에요. 경기하는 사람들의 속성이 이기면 기뻐하고 지면 슬퍼하는 법인데, 거기에서는 경기 중에 모두가 화를 내고, 모두가 으르렁거리고, 모두가 저주하고 있었었다는 겁니다."

"그건 놀랄 일이 아니지요." 산초가 대답했다. "악마란 놈들은 경기를 하든 하지 않든, 이기든 지든 결코 만족을 못 하는 족속이니까요."

"아마 그럴 겁니다." 알티시도라가 대답했다. "그리고 제가 또 놀란 일이 있었는데, 그러니까 말하자면 한번 쳐올린 공이 발아래로 내려오지 않았다는 거예요. 그래서 두 번 다시 공을 받아칠 수 없었으니, 결국은 새 책들과 오래된 책들이 한꺼번에 나타난 것이지요. 아주 경이로운 광경이었어요. 그 책들 중 하나는 새롭고 번쩍거리는 데다가 제본도 잘되어 있었는데, 악마들은 그 책을 두들겨 책 내용물을 끄집어낸 다음 책을 한 장 한 장 뿌려버렸답니다. 한 악마가 다른 악마에게 말하기를 '이봐, 그게 무슨 책이야' 하자, 악마가 대답하기를 《돈키호테 데 라만차 2편》인데, 그 책의 원작자 시데 아메

테가 쓴 것이 아니라 토르데시야스 출신이라고 하는 아라곤 작가가 쓴 것이야'라고 했지요. 그러자 다른 악마가 '그건 거기서 없애버려, 그리고 더는 내 눈에 보이지 않게 지옥의 심연으로 집어넣어버려'라고 대꾸하더군요. '그렇게 나쁜 건가?' 또 다른 악마가 물었습니다. 그러자 첫 번째 악마가 말하기를, '내가 일부러 더 나쁜 것을 쓰려고 해도 못 쓸 정도야'라고 하는 것이었어요. 그들은 다른 책들을 치면서 놀이를 계속했는데, 제가 그토록 열렬하게 사랑하는 돈키호테 님의 이름을 부르는 것을 듣고서 이 환영을 제 머릿속에 남겨두려고 애를 썼답니다."

"틀림없이 그건 환영이었을 겁니다." 돈키호테가 말했다. "이 세상에 또 다른 나는 없으니까요. 그런데 그 이야기책은 이미 여기에서도 손에서 손으로 옮겨 다니지만 누구의 손에도 머물지 않으니, 모든 사람들이 그 책을 발로 차버리고 있는 것과 같습니다. 내가 지상의 빛 속이 아니라, 유령처럼 심연의 어둠 속으로 다닌다고 하는 것을 들어도 나는 당황하지 않습니다. 왜냐하면 나는 그 이야기책에 나오는 그 사람이 아니기 때문이지요. 만일 그 책이 훌륭하고, 충실하고, 진짜라면, 수세기 동안 생명을 갖겠지요. 그러나 가짜라면, 태어나서 무덤까지 가는 길이 그다지 길지는 않을 겁니다."

알티시도라가 돈키호테에게 하소연을 계속하려고 할 때 돈키호테가 말했다.

"아가씨, 이미 수차례 말했지만, 당신이 내게 마음을 주셨다는 것에 나는 마음이 아픕니다. 왜냐하면 내 마음은 당신에게 보상을 하기보다는 감사할 수 있을 뿐이기 때문입니다. 나는 둘시네아 델 토보소의 것이 되기 위해 태어났으며, 다른 여인이 내 영혼에서 그분이 차지하고 있는 자리를 차지한다는 것은 생각할 수도 없습니다. 이것으로 당신이 정숙함의 범주 안으로 물러서는 데 충분한 깨우침이 될 겁니다. 아무도 불가능한 것을 강요할 수는 없으니까요."

이 말을 듣고서 알티시도라는 화가 나 안색이 바뀌었다.

"이런 말라비틀어진 대구 같은 인간, 절굿공이, 대추야자씨 같은 놈, 한번 마음을 정하면 벽창호보다 더 고집불통이고 무정한 인간아, 확 덤벼서 눈알을 빼버리고 말 테다! 패배하고 몽둥이찜을 당한 인간아, 하, 내가 당신 때문에 죽었다고 생각하는 거야? 오늘 밤 본 것들은 전부 거짓으로 꾸민 거야. 낙타같이 생긴 네놈 때문에 죽기는커녕 손톱의 때만큼도 괴로워할 그런 여자가 아니란 말이야, 나는."

"그건 정말 그래요." 산초가 말했다. "사랑하는 연인들이 그래서 죽는다는 것은 웃을 일이지요. 말은 그렇게 할 수 있지만, 실제로 그런 일이 어떻게, 참 나, 유다나 믿으라지요.*"

이런 대화를 하고 있을 때, 앞 장에서 이미 두 편의 시를 노래했던 시인이자 가수이자 음악가가 들어와서 돈키호테에게 큰절을 하면서 말했다.

"기사님, 저를 기사님의 수하에서 모시는 사람들 목록에 넣어주시기를 간청합니다. 저는 오래전부터 기사님의 명성과 무훈으로 인하여 기사님을 흠모해왔습니다."

돈키호테가 그에게 대답했다.

"그대가 누구인지를 내게 말해주오. 내가 그대의 신분에 상응하는 예의를 갖추어야 하니까."

그 젊은이는 자신이 음악가이며 지난밤에 찬가를 부른 사람이라고 했다.

"분명," 돈키호테가 대답했다. "최고의 목소리를 가지고 있지만, 그대가 부른 것은 내 보기에 그다지 적절하지 않았네. 가르실라소의 시구가 이 아

---

*극도로 절망에 빠진 사람이나 믿을 일이라는 의미.

가씨의 죽음과 무슨 관련이 있다는 건가?"

"나리께서 놀라실 일이 아니랍니다." 음악가가 대답했다. "저희 세대에는 무지한 시인들 가운데 각자 자신이 원하는 대로 시를 쓰고, 자신의 의도에 맞든 아니든 간에 자신이 원하는 시를 훔치는 게 유행이지요. 시에서 허락되는 문법상 파격에 연연하지 않고서 시를 쓰고 노래를 부르는 것이 더 이상 바보짓이 아니랍니다."

돈키호테는 대꾸를 하고 싶었지만, 그때 자신을 보기 위해 방으로 들어온 공작과 공작부인 때문에 그러지 못했다. 그들 사이에 상당히 오랫동안 다정한 대화가 오갔는데, 그 대화들 사이사이 산초는 수많은 우스운 이야기와 짓궂은 이야기를 하여 공작 부처는 다시 한 번 놀랐으며, 또한 그의 순박함과 예리함에 감탄했다. 돈키호테는 그들에게 그날로 떠날 수 있게 허락해줄 것을 간청했다. 자기처럼 패배한 기사들은 궁전보다는 돼지우리에서 지내는 것이 더 합당하다는 이유에서였다. 공작 부처는 아주 기꺼이 허락했고, 공작부인은 돈키호테에게 알티시도라가 마음에 드는지를 물어보았다. 그가 대답했다.

"부인, 이 아가씨의 모든 불행이 나태함으로부터 나온다는 것을 부인께서도 아셔야 합니다. 그것을 치유하는 방법은 정직하게 지속적으로 일에 종사하는 거지요. 그녀도 바로 여기에서 제게 말하기를 지옥에서도 레이스 장식이 유행한다고 하더군요. 아마 레이스를 뜰 줄 알 테니, 그것을 손에서 놓지 않게 해야 합니다. 뜨개바늘로 레이스를 뜨는 데 몰두하면 그녀의 머릿속에서 더는 사랑하는 사람의 모습이나 형상이 만들어지지 않을 겁니다. 이건 사실이며, 제 생각이자 충고입니다."

"제 생각도 그렇습니다." 산초가 끼어들었다. "제 평생에 레이스 뜨는 여인이 사랑 때문에 죽었다는 얘기는 들어보지 못했거든요. 일에 몰두한 아가씨는 자신의 사랑에 생각을 집중하기보다는 일을 끝낼 생각을 더 많이 하지요. 제 경우를 말씀드리자면 제가 땅을 파는 동안 마누라 생각은 하지도 않습니다. 속눈썹보다도 더 사랑하는 제 마누라 테레사 판사를 말입니다."

"산초, 말 잘했어요." 공작부인이 말했다. "그러면 나는 앞으로 나의 하녀 알티시도라가 재봉 일에 전념하도록 해야겠군요. 재봉 일에 있어서는 최고인 아이니까."

"마님, 그런 대책을 쓰실 것까지는 없습니다." 알티시도라가 대답했다. "이런 아둔한 악당이 제게 베푼 잔인한 배려들은 다른 방법을 쓰지 않고서도 제 기억에서 지워질 거니까요. 제 눈으로 그 슬프기는커녕 추하고 구역질 나는 얼굴을 보지 않기 위해 제가 이 자리에서 물러갈 수 있도록 허락해 주시기를 마님께 청합니다."

"그건 내가 보기에 사람들이 다음과 같이 말하는 것과 같구나." 공작이 말했다.

비난을 퍼붓는 사람이 있으니
용서의 날이 가까이 왔도다.

알티시도라는 손수건으로 눈물을 닦는 시늉을 하고서 자신의 주인인 공작 부처에게 인사를 하고 방을 빠져나갔다.

"이봐요, 불쌍한 아가씨." 산초가 말했다. "그게, 말하자면 운이 나빴던 거예요. 에스파르토*의 영혼을 가지고 참나무의 심장을 가진 사람과 상대를 했으니 말이오. 만일 나와 상대했더라면, 다른 수탉은 분명히 당신을 찬양

---

*밧줄 등을 만드는 데 쓰이는 스페인의 야생풀.

해주었을 텐데!"

대화를 마친 돈키호테는 옷을 입고 공작 부처와 식사를 하고서 그날 오후
에 길을 떠났다.

제71장

자신의 종자 산초 판사와 함께 고향으로 돌아가는 길에
돈키호테에게 일어난 일에 대하여

패배하여 해쓱해진 돈키호테가 한편으로는 깊은 시름에 잠겨서 또 한편으로는 아주 즐거운 마음으로 길을 가고 있었다. 그의 슬픔은 패배에서 기인한 것이며, 즐거운 마음은 사랑에 빠진 아가씨가 정말 죽었던 건지에 대해 다소 의심쩍은 면은 있지만 어쨌든 알티시도라의 부활에서 보여주었듯이 저주를 풀어내는 산초의 능력을 생각하면서 나왔다. 산초는 전혀 즐겁지 않았는데, 알티시도라가 자신에게 속옷을 주겠다는 약속을 지키지 않아 그를 슬프게 만들었기 때문이다. 그래서 그는 이 일로 생각이 오락가락하다가 자신의 주인에게 말했다.

"주인님, 진실로 저는 이 세상에 존재하는 의사들 중에서 가장 불운한 의사인가 봅니다. 이 세상에는 치료하던 환자를 죽이고도 치료비를 청구하는 의사들이 있고, 또 어떤 의사는 약 처방전에 서명을 할 뿐 그 약을 자기가 조제하는 것도 아니고 약사가 하지요. 이런 농간을 보세요. 그런데 저는 다른 사람의 건강 때문에 제가 피를 흘리고, 뺨을 맞고, 꼬집히고, 바늘로 찔리고, 몽둥이질까지 당했는데도 제게 돈 한 푼 주지 않네요. 그래서 만일 누가 저에게 다른 환자를 데려온다면, 저는 그를 고쳐주기 전에 먼저 제게 돈을 지불하게 만들겠다고 하느님께 맹세합니다. 수도원장도 찬양을 해 먹고 사는데, 하늘이 제가 다른 사람에게 공짜로 상담이나 해주도록 제게 능력을 주었다고는 믿고 싶지 않거든요."

"산초, 네 말이 옳다." 돈키호테가 대답했다. "알티시도라가 네게 약속했던 속옷을 주지 않은 것은 아주 잘못한 일이구나. 너의 능력이란 것도 하느님의 은총으로 그냥 얻은 것으로, 네가 돈을 들여서 무슨 연구를 한 것은 아니고 연구라기보다는 몸으로 수난을 당한 것이지만 말이다. 나로서는 만일 네가 둘시네아를 마법에서 풀어주기 위해 매를 맞고서 대가를 받고 싶다고 했다면, 벌써 아주 후하게 돈을 지불했을 것이야. 그러나 돈을 지불하는 게 치료에 도움이 되는지는 모르겠구나. 더구나 나는 보상금이 치료를 방해하는 것을 원하지 않아. 아무튼 그걸 시험해봐서 손해 볼 건 없다고 생각한다. 이봐라, 산초 이 보상금에 눈먼 친구야, 즉시 매질을 해라. 그리고 네가 내 돈을 가지고 있으니, 네 손으로 직접 현금으로 지불하거라."

이런 제의에 산초는 한 뼘만큼이나 눈을 크게 뜨고 귀를 열고서, 기꺼이 매를 맞겠다고 마음속으로 결심을 하고 주인에게 말했다.

"좋습니다. 주인님. 제게도 이익이니까 주인님이 원하시는 일에 즐거움을 드릴 준비가 되어 있습니다. 제 자식들과 마누라에 대한 사랑 때문에 이 일에 관심이 생기네요. 주인님, 매질 한 대마다 제게 얼마를 주실 건지 말씀해 보세요."

"산초야, 만일 내가 돈을 지불한다면," 돈키호테가 대답했다. "이 치료법의 질과 그 훌륭한 가치를 따져볼 때 베네치아의 보물과 포토시의 광산을 다 주어도 부족할 것 같구나. 자 받아라, 네가 가지고 있는 내 돈을 꺼내서 매질 한 대마다 값을 매겨보아라."

"매질이 3천3백 대 정도인데요." 산초가 말했다. "그중 다섯 대는 이미 맞았고, 그 나머지가 남았습니다요. 이 다섯 대를 그냥 포함시켜서 3천3백 대라고 치고, 매 한 대에 1레알의 4분의 1로 매기면, 사람들이 전부 그러라고 해도 절대 그보다 적게 받지는 않겠습니다만, 합계가 3천3백 레알의 4분의 1이 되지요. 3천 레알의 2분의 1이 1천5백 레알이고, 그 절반이 7백50레알입니다. 그리고 3백레알의 2분의 1이면 1백50레알이고, 그 절반이 75레알이니까, 이것을 7백50레알에 합하면 모두 8백25레알이 됩니다. 이 돈을 제가 지니고 있는 주인님의 돈에서 제하도록 하겠습니다. 그러면 매는 실컷 맞겠지만, 저는 부자가 되어 흡족하게 집에 들어갈 겁니다. 하지만 반바지를 적시지 않고서는……* 더 이상은 말하지 않겠습니다."

"이런, 축복받은 산초야, 사랑스러운 산초야!" 돈키호테가 대답했다. "둘시네아와 나는 하늘이 우리에게 생명을 베풀어주는 기한 내내 너를 돌보아주면서 한없이 감사할 것이다! 만일 그녀가 잃어버렸던 본래의 모습으로 돌아간다면, 그녀의 불행은 행복으로 바뀌고, 나의 패배는 최고의 행복한 승리로 바뀔 것이야. 그런데, 산초야, 매질은 언제 시작하려고 하느냐? 네가 매질을 빨리 시작하면 1백 레알을 추가로 더 주마."

"언제라니요?" 산초가 대답했다. "어김없이 오늘 밤에 해야지요. 하늘을 바라보면서 들판에서 맞을 수 있도록 주인님께서 준비를 해주세요. 그러면 제가 엉덩이를 내보이겠습니다."

돈키호테가 이 세상에서 가장 초조한 마음으로 기다리던 밤이 왔다. 아폴론의 바퀴가 부서져버렸는지 하루가 평소보다 훨씬 더 길어진 게 아닌가 생각될 정도였다. 욕망을 주체할 수 없어 시간 계산을 하지 못하는 연인들에

---

*생략된 부분은 '송어를 잡을 수는 없다'로 수고를 들이지 않고 얻어지는 것은 없다는 뜻이다.

게 그런 것처럼 말이다. 마침내 두 사람은 큰길에서 조금 벗어난 곳에 있는 기분 좋은 나무들 사이로 들어갔다. 그곳에서 로시난테와 잿빛 당나귀의 안장과 마구를 내려놓고, 초록빛 풀밭 위에 누워 산초의 비축물로 저녁을 먹었다. 산초는 잿빛 당나귀의 고삐와 끈으로 단단하고 탄력 있는 매를 만들어서 주인으로부터 스무 걸음 정도 떨어진 너도밤나무 사이로 물러갔다. 돈키호테는 산초가 대담하고 용기 있게 걸어가는 것을 보고서 말했다.

"나의 벗 산초야, 몸이 갈가리 찢겨지지 않도록 조심해라. 몇 대를 때리고 나면 다음 매질까지 잠시 시간을 두어야 해. 너무 서두르지는 말고, 매질하는 중간중간에 한숨 돌려라. 그러니까 너무 심하게 때리지 말라는 얘기다. 그러다간 원하는 숫자가 되기도 전에 목숨을 잃게 될 테니까. 네가 매질을 덜하거나 더하는 일이 생기지 않도록, 내가 좀 떨어져서 여기 있는 내 묵주로 숫자를 세도록 하마. 네 착한 마음에 대한 보답으로 하늘의 가호가 있기를 빈다."

"돈을 잘 갚는 사람에게 담보물 걱정은 없는 법이지요." 산초가 대답했다. "제가 죽지 않을 정도로만 아프게 매질할 생각입니다. 그것이 바로 이 기적의 본질인 것 같으니까요."

이에 산초는 즉시 윗옷을 벗고서 끈을 낚아채어 매질을 시작했다. 돈키호테도 매질을 세기 시작했다. 여섯인가 여덟 대까지 때렸을 때 산초는 이 장난이 힘들고 매값도 너무 싸다는 생각이 들었다. 그래서 잠시 멈추고 주인에게 매질 한 대에 4분의 1레알이 아니라 2분의 1레알을 지불할 가치가 있으니 이 계약은 잘못된 것이고, 그래서 따를 수 없다고 말했다.

"나의 벗 산초야, 계속해라. 정신을 놓지 말고." 돈키호테가 말했다. "값은 두 배로 쳐주마."

"그러시다면," 산초가 말했다. "하느님의 손에 맡기고 매질을 퍼붓겠습니다요."

그러나 이 교활한 자는 자신의 등에 매질하는 것을 그만두고 나무에다가 매질을 하였다. 그러면서 때때로 한숨을 쉬었는데 이 때문에 마치 매질 한 대 한 대가 그의 영혼을 뽑아내는 것처럼 보였다. 마음이 여린 돈키호테는 산초가 저러다 죽으면 어쩌나 싶었고, 자신의 소망을 이루지 못할까 두려워져 이렇게 말했다.

"산초야, 너를 위해서라도 이번 매질은 이 정도로 해두기로 하자. 내가 보기에는 이 처방이 너무 가혹한 것 같으니 시간을 두고 하는 게 좋겠다. 사모라도 한 시간 만에 함락시키지 못하지 않았더냐.* 만일 내가 잘못 세지 않았다면 이미 천 대 이상 매질을 했구나. 지금으로는 충분하다. 좀 속되게 말하자면, 당나귀가 짐을 진다 해도 너무 과한 짐은 얹지 못하는 법이다."

"아닙니다, 아닙니다, 주인님." 산초가 대답했다. "'돈 다 받더니 팔 부러졌다 한다'는 소린 듣고 싶지 않습니다. 조금 더 물러서세요. 다시 천 대를 더 때릴 테니 절 내버려두세요. 이렇게 두 번만 하면 주어진 양을 다 완수할 겁니다. 매질이 넘칠 수도 있겠네요."

"네가 그토록 착한 마음씨를 보인다면," 돈키호테가 말했다. "하늘이 너를 도울 것이다. 매질을 하거라. 나는 물러나 있으마."

산초는 다시 자신의 임무로 돌아가 아주 대담하게 이를 수행하였는데, 이에 수많은 나무껍질이 벗겨져 나갔다. 그토록 혹독하게 매질을 했던 것이다. 한번은 너도밤나무에 지독한 매질을 하면서 목소리를 높여 말했다.

"삼손도 여기에서 죽겠네! 그리고 그와 함께 온 모든 사람들도!"**

---

*'로마는 하루아침에 이루어지지 않았다'와 비슷한 속담으로, 11세기에 산초 2세가 스페인 북부의 도시 사모라를 함락시키기 위해 여러 날 동안 포위하고 기다린 실화에서 나온 표현이다.
**구약성경 〈율법서〉 16장에 나오는 구절.

돈키호테는 즉시 산초의 비통한 목소리와 가혹한 매질 소리가 나는 곳으로 달려가 산초가 채찍으로 쓰고 있던 구부러진 고삐를 붙들고서 말했다.

"나의 벗 산초야, 내 기쁨을 위해 네 목숨을 잃게 하는 것을 운명은 허락하지 않을 것이다. 너도 먹여 살려야 할 처자식이 있는 몸, 둘시네아에겐 좀 더 좋은 기회를 기다리라고 하고, 나 자신은 이제 희망이 가까이 있다는 것으로 다독이도록 하마. 이 일을 모두가 기뻐하면서 마칠 수 있도록 네가 다시 기운을 회복했으면 좋겠구나."

"주인님, 그러시다면 원하는 대로 하지요." 산초가 대답했다. "제 등에 망토 좀 덮어주세요. 땀이 나서 감기에 걸리고 싶지 않습니다요. 신참내기 고행자들은 이런 위험이 있네요."

돈키호테는 그렇게 했다. 자신은 속옷 차림으로 산초에게 망토를 덮어주었고, 산초는 아침 해가 깨울 때까지 잠을 잤다. 그러고 나서 그들은 다시 길을 나섰는데, 거기에서 3레구아 떨어진 어느 마을에서 일단 여행길을 멈추고 한 주막집에서 말을 내렸다. 이제 돈키호테는 주막집을 깊숙한 포도주 창고가 있고, 탑들과 성문 격자, 개폐교 다리를 가진 성이 아니라 그냥 단순한 주막집으로 인식했다. 앞으로 보게 되겠지만, 결투에서 패배한 후 돈키호테는 모든 사물들을 좀 더 이성적으로 바라보곤 했다. 그들은 아래층 방에 묵었는데, 호화로운 가죽 장식 태피스트리 대신 당시 마을에서 유행하던 대로 낡은 천 그림들이 걸려 있었다. 그것들 중 하나에는 무모한 손님*이 메넬라오스에게서 헬레네를 강탈해 가는 그림이 아주 형편없는 솜씨로 그려져 있었고, 또 다른 하나에는 디도와 아이네이아스의 이야기가 그

---

*트로이의 왕자 파리스를 말한다. 그는 메넬라오스의 집에서 환대를 받고 아름다운 부인 헬레네를 강탈했다.

려져 있는데, 높은 탑 위에서 디도가 바다에서 소형 선박인지 범선인지를 타고 도망가는 아이네이아스에게 반쯤 접은 침대보로 손짓하고 있는 그림이었다. 이 두 그림 이야기에서 헬레네는 끌려가면서도 그다지 불쾌하지 않은 모습이었으니 교활하게 몰래 웃고 있었기 때문이다. 그러나 아름다운 디도는 눈에서 호두만 한 눈물을 쏟아내고 있었다. 이것을 보고 돈키호테가 말했다.

"두 여인이 이 시대에 태어나지 않은 것은 정말로 불행한 일이다. 내가 그녀들의 시대에 태어나지 않은 것 역시 무엇보다 불행한 일이지. 내가 이 여인들을 만났더라면 트로이도 불에 타지 않았을 것이고 카르타고도 파괴되지 않았을 터인데. 내가 파리스를 죽이는 것만으로도 그 많은 불행을 피할 수 있었을 것 아니냐."

"제가 장담하는데요." 산초가 말했다. "얼마 안 있으면, 우리들의 무훈 이야기를 그려놓지 않은 식당이나 주점이나 주막집이나 이발소가 없을 겁니다. 하지만 이 그림들을 그린 사람보다는 훨씬 나은 화가가 우리 이야기를 그려야 할 텐데요."

"산초야, 네 말이 옳다." 돈키호테가 말했다. "이 화가는 우베다에서 살던 화가로 오르바네하라는 사람인데, 그에게 무엇을 그리냐고 물으면 '되는대로 그리지요'라고 대답했다는구나. 혹시라도 수탉을 그리면, 그림 밑에다가 '이것은 수탉이다'라고 썼는데 그 이유는 사람들이 암여우로 생각할까 해서였지. 산초야, 내 생각에는 화가나 작가나 모두 똑같은 것 같은데, 요즈음 나왔다는 새로운 돈키호테 이야기책도 그런 식으로 출판된 것 같구나. 되는대로 그림을 그리거나 되는대로 이야기를 쓰는 거지. 아니면 마울레온이라고 부르는 지난날 수도에서 활동하던 시인 같은 자들이지. 그자는 누구든 질문을 하면 즉각 대답을 했는데, 한번은 어떤 사람이 라틴어로 '데움 데 데

오'*가 무슨 뜻이냐고 묻자, 대답하기를 '데 돈데 디에레'**라고 했다지. 이런 얘기는 놔두기로 하고, 자 산초야, 오늘 밤에도 또다시 매를 맞을 생각인지 그리고 천장 밑에서 맞을지 하늘이 뚫린 곳에서 맞을지 말해보아라."

"맙소사, 주인님." 산초가 대답했다. "제가 매를 맞을 생각이라면 들에서 맞거나 집에서 맞거나 매한가지입니다. 그러나 어쨌든 나무 숲 사이에서 맞고 싶네요. 나무들이 저와 함께하며 제 일에 많은 도움을 줄 것 같으니까요."

"나의 벗 산초야, 그럴 필요 없다." 돈키호테가 대답했다. "네가 기운을 되찾을 수 있도록 우리 고향에 갈 때까지 기다리는 게 좋겠구나. 아무리 늦어도 내일모레쯤이면 도착할 테니 말이다."

산초는 주인이 원하는 대로 하라고 대답했다. 하지만 자신은 그 일을 피가 뜨겁고 물레방아가 돌아가기 시작할 때 빨리 해치우고 싶다면서, 일이 늦어지게 되면 왕왕 위험이 뒤따르는 법이라고 했다. 또 '망치로 두들기면서, 하느님께 기도한다'고도 하고 '두 개를 주겠다는 말보다 한 개라도 주는 것'이 훨씬 낫고 '하늘을 나는 독수리보다 손안의 참새가 낫기' 때문이라고 했다.

"산초야, 속담은 이제 그만두어라, 제발." 돈키호테가 말했다. "다시 옛날로 돌아간 것만 같구나. 내 너에게 수없이 말했듯이, 말은 꾸밈없이 쉽게 하고, 복잡하게 하지 말아야 한다. 그런 빵 한 개가 백 개의 값어치를 하는 것이야."

"이게 무슨 불운인지 저도 모르겠네요." 산초가 대답했다. "저는 속담 없

---

*사도신경에 나오는 '하느님 가운데 하느님'라는 뜻의 라틴어.
**'일이 되어가는 대로, 운명에 맡기라.'

이는 말을 하지 못하고, 제게 타당하지 않아 보이는 속담이 없는데요. 아무튼 가능하면 제가 고쳐보겠습니다."

  이것으로 그때 산초의 말이 끝났다.

제72장

돈키호테와 산초가
어떻게 그들의 고향에 도착했는지에 대하여

그날은 온종일 밤을 기다리면서 돈키호테와 산초는 그 주막집에 머물고 있었는데, 한 사람은 들판에서 매를 맞는 자신의 고행을 끝내기 위해서고, 또 다른 사람은 자신의 소망이 걸려 있는 매질의 끝을 보기 위해서였다. 이때 서너 명의 하인을 거느리고 말을 탄 한 나그네가 주막집에 당도했다. 하인들 중 하나가 주인으로 보이는 사람에게 말했다.

"돈 알바로 타르페 주인님, 여기에서 오늘 낮잠을 주무실 수 있겠습니다. 주막집이 깨끗하고 시원해 보입니다."

이 말을 들은 돈키호테가 산초에게 말했다.

"봐라, 산초야, 내가 내 이야기책의 2편을 훑어보았을 때 그 책 어디선가에서 돈 알바로 타르페*라는 이름을 본 것 같구나."

"그럴 수도 있지요." 산초가 대답했다. "저 사람이 말에서 내린 후에 물어보세요."

---

*위작 《돈키호테 2편》에 등장하는 기사.

기사가 말에서 내렸고, 주막집 여주인은 돈키호테의 방 정면에 있는 아래층 방을 주었는데, 돈키호테의 방에 걸려 있는 것처럼 다른 그림으로 태피스트리가 장식되어 있었다. 방금 도착한 기사는 여름옷을 입고서 널찍하고 시원한 주막집 문 앞으로 나왔다. 그곳을 산책하고 있던 돈키호테에게 그가 물었다.

"귀공은 어디로 가시는 길입니까?"

그러자 돈키호테가 대답했다.

"여기에서 가까운 마을인데, 제 고향이올시다. 그런데 귀공은 어디로 가십니까?"

"저는 그라나다로 가는데 그곳이 바로 제 고향입니다." 기사가 대답했다.

"좋은 고향이군요!" 돈키호테가 대꾸했다. "그러나 귀공, 실례지만, 그대의 성함을 제게 말씀해주시겠습니까. 제 생각에는 제 마음대로 부르는 것보다 성함을 아는 것이 나을 것 같습니다만."

"제 이름은 돈 알바로 타르페입니다." 나그네가 대답했다.

이에 돈키호테가 대꾸했다.

"의심할 여지없이 제 생각에는 귀공이 바로 어느 새로운 작가에 의해 최근에 인쇄되어 세상에 나온 돈키호테 데 라만차 이야기 2편에서 나오는 돈 알바로 타르페 그분이 틀림없는 것 같군요."

"그게 바로 접니다." 기사가 대답했다. "그 이야기책의 주인공인 돈키호테라고 하는 사람이 저의 가장 절친한 친구랍니다. 그리고 제가 그분을 고향에서 끌어낸 사람이지요. 아니 적어도 그분이 사라고사에서 벌어지는 창 시합에 참가하도록 마음을 움직였답니다. 저도 그곳에 갔고 실제로 그분과 깊은 우정을 맺었지요. 그분이 지나치게 무모해서 몽둥이로 등짝을 두들겨 맞으려 할 때 제가 그를 구해주었답니다."*

"그런데, 돈 알바로 선생, 말씀해보십시오. 내가 귀공이 말한 그 돈키호테란 사람과 좀 닮지 않았습니까?"

"그건 아닌데요. 전혀 아닙니다." 나그네가 대답했다.

"그런데 그 돈키호테라는 사람이," 우리의 기사가 말했다. "산초 판사라고 부르는 종자를 함께 데리고 다녔지요?"

"예, 데리고 다녔지요." 돈 알바로가 대답했다. "그자가 매우 익살스럽다는 소문이 자자하지만, 저는 결코 그자가 재미있는 말을 하는 걸 들어본 적이 없습니다."

"저도 동감입니다요." 이때 산초가 말했다. "재치 있는 말은 아무나 하는 게 아니지요. 귀공이 말하는 그 산초라는 사람은 틀림없이 아주 교활하고, 냉정한 도둑놈일 겁니다. 진짜 산초 판사는 바로 여기 있는 저올시다. 저는 쏟아지는 비보다도 익살이 더 많은데, 못 믿으시겠다면 귀공이 직접 경험을 해보시지요. 한 일 년간 제 뒤를 따라다녀보시면 제가 한 걸음을 내디딜 때마다 재치 있는 말들이 수도 없이 나오는 걸 보게 되실 겁니다. 많은 경우 저는 제가 무슨 말을 하는지도 모르는 채로 제 말을 듣고 있는 사람들을 웃게 만들지요. 그리고 진짜 돈키호테 데 라만차는 유명하고, 용맹하고, 사려 깊고, 사랑에 빠졌으며, 사람들의 모욕을 치유해주고, 고아들을 보살펴주고, 미망인들을 보호하고, 처녀들을 자살하게 만드시며 이 세상에 비길 데 없는 둘시네아 델 토보소 공주님을 유일하게 모시지요. 그분이 바로 여기에 계시는 이분이시며 바로 제 주인이십니다. 무슨 다른 돈키호테와 또 다른 산초 판사 운운하는 것은 속임수나 조롱이며 꿈에서나 있는 일이겠지요."

---

*위작 《돈키호테 2편》 8장에서 돈키호테가 경찰에게 붙잡혀 가던 도둑놈을 풀어주려다가 체포되는데, 이때 돈 알바로가 돈키호테를 구출해준다.

"이거야 참, 이젠 나도 그렇게 생각하오!" 돈 알바로가 대답했다. "내가 수없이 말하는 것을 들었던 다른 산초 판사보다 지금 그대가 말한 네 마디 말 속에 훨씬 더 많은 재치가 들어 있으니! 다른 산초 판사는 말을 잘하기보다는 식충이이며, 재치 있기보다는 우둔하지요. 제 생각으로는 선량한 돈키호테 님을 괴롭히던 마법사들이 사악한 돈키호테와 함께 저를 괴롭히려고 했던 것이 틀림없습니다. 그러나 어떻게 말해야 할지 모르겠습니다만, 제가 그 사람을 치료하도록 톨레도에 있는 눈시오 정신병원*에 집어넣었다고 감히 맹세합니다. 그런데 지금 여기에 제가 알던 돈키호테와는 아주 다른 돈키호테가 갑자기 나타나신 겁니다."

"제가 착한 사람인지는 모르겠습니다만," 돈키호테가 말했다. "나쁜 사람은 아니라고 말씀드릴 수 있습니다. 그 증거로는, 돈 알바로 타르페 선생, 귀공이 이 점을 알아주기 바라오. 내 평생 결코 사라고사에는 가본 적이 없다오. 이전에 그 귀공의 친구 돈키호테가 그 도시의 창 시합에 갔다는 것을 알고서, 세상 사람들 면전에 그것이 거짓임을 알리기 위해 사라고사에 들어가지 않았던 거지요. 그래서 곧장 바르셀로나로 갔습니다. 예절이 담긴 곳이고, 외국인들의 숙박지이며, 가난한 사람들의 병원이고, 용맹한 사람들의 고향이며, 모욕당한 사람들의 복수 장소이며,** 굳건한 우정이 즐겁게 오가는 곳이지요. 또 그 위치로 보나 아름다움으로 보나 독특한 곳입니다. 비록 그 도시에서 저에게 일어난 일들이 아주 유쾌한 것은 아니었고 커다란 고통이었지만, 그 도시를 본 것만으로도 그런 고통 없이 추억만을 지니고 있습니다. 끝으로, 돈 알바로 타르페 선생, 제 이름을 사칭하고 제 생각을

---

*1480년 교황 식스토 4세의 대사인 프란시스코 오르티스가 세운 정신병원으로 위작에서는 돈키호테를 이 정신병원에 집어넣고서 이야기가 종결된다. 이에 세르반테스는 크게 분노를 표시했다.
**바로셀로나는 14세기 그리스 원정에서 카탈루냐 사람들이 당한 모욕을 복수한 곳이다.

갖고서 명예를 얻으려고 한 그 불운한 자가 아니라, 바로 제가 명성이 말해 주고 있는 그 돈키호테 데 라만차올시다. 저는 귀공에게, 기사로서 해야 할 의무로 부탁합니다만, 귀공이 지금까지 평생 동안 저를 본 적이 없었으며, 이야기 2편에 인쇄된 돈키호테가 제가 아니라는 것과 제 종자 산초 판사도 귀공이 알고 있던 그 산초 판사가 아니라는 것을 이 마을 시장 앞에서 선언을 해주셨으면 합니다."

"기꺼이 그렇게 하겠습니다." 돈 알바로가 대답했다. "이름은 같지만 행동이 다른 두 사람의 돈키호테와 두 사람의 산초를 동시에 보게 된 것에 정말 놀랐습니다. 제가 보았으나 보지 못했고, 제게 일어났던 일은 실제 일어난 것이 아니라고 다시 한 번 말씀드리고, 또 확인하는 바입니다."

"의심할 여지가 없지요." 산초가 말했다. "나리도 둘시네아 델 토보소 공주님처럼 마법에 걸린 것이 틀림없습니다. 나리도 마법에서 풀려나오는 데에, 제가 둘시네아 공주님을 위해 하는 것처럼 그렇게 매질을 3천몇 대 맞는 것으로 해결되면 좋으련만 말입니다. 그러면 제가 아무런 대가 없이 그것을 해드릴 수 있을 텐데요."

"그 매질이란 게 무엇인지 모르겠군." 돈 알바로가 말했다.

그러자 산초는 얘기를 하자면 길다면서 그러나 혹시 같은 길을 가게 된다면 들려주겠노라 대답했다.

마침 점심을 먹을 시간이 되어, 돈키호테와 돈 알바로는 함께 식사를 했다. 이때 우연히 마을의 시장이 서기를 대동하고 주막집에 들어왔다. 그 서기 앞에서 돈키호테는 시장에게 탄원서를 올렸고, 시장의 권한에 부합하여, 그 자리에 있던 저 기사 돈 알바로 타르페가 시장의 면전에서 그 자리에 있던 돈키호테 데 라만차를 자신은 알지 못한다는 것을 선언해줄 것과 토르데시야스 출신의 아베야네다라는 작자가 쓴 《돈키호테 데 라만차 2편》이라고

이름이 붙은 이야기에 나오는 그 기사가 자신이 아니라는 것을 선언해주도록 부탁했다. 결국 시장은 법적으로 처리했고, 그 선언은 필요한 모든 법적 요소들을 갖춰 완전하게 이루어졌다. 마치 두 명의 돈키호테와 두 명의 산초가 그들의 행동이나 말에서 명확한 차이가 없기에 이런 선언이 그들에게 아주 중요한 것인 양 돈키호테와 산초는 이 선언으로 매우 기뻐했다. 돈키호테와 돈 알바로 사이에 수많은 인사와 제안이 이루어졌으며, 그러는 가운데 위대한 라만차의 기사는 사려 깊은 모습을 보여주었다. 돈 알바로 타르페는 자신의 실수를 깨닫고, 자신이 마법에 걸려 있는 게 틀림없다고 생각했는데, 왜냐하면 이렇게 다른 두 명의 돈키호테를 자신의 손으로 직접 만져보았기 때문이다.

오후가 되었고 그들은 그 마을을 떠나갔다. 그리고 반 레구아 정도 가자 길이 두 갈래로 나뉘었는데, 하나는 돈키호테의 고향으로 가는 길이고, 다른 하나는 돈 알바로가 가야 할 길이었다. 이 짧은 시간에 돈키호테는 돈 알바로에게 자신의 불운한 패배에 대해, 둘시네아가 걸린 마법과 그것을 푸는 방법에 대해 말해주었다. 이 모든 것을 들으며 돈 알바로는 다시 한 번 놀랐다. 돈 알바로는 돈키호테와 산초를 포옹한 후에 자신의 길을 계속 갔고, 돈키호테는 자신의 길을 갔다. 그날 저녁은 산초가 매질을 수행할 수 있도록 나무들 사이에서 보냈다. 산초는 자신의 등보다는 너도밤나무의 나무껍질을 희생시켜 지난날 저녁과 동일하게 매질을 했다. 자신의 등짝을 너무나 소중히 여긴 나머지 그 매질로는 등짝에 앉은 파리 한 마리조차 잡을 수 없었을 것이다.

속고 있는 돈키호테는 단 한 번의 매질을 계산하는 것도 놓치지 않았으며, 지난밤의 매질과 합하니 모두 3천29대가 된 것을 알았다. 이 희생을 보기 위해 태양도 아침 일찍 일어난 것 같았다. 햇살과 더불어 두 사람은 다시 길을 계속 갔는데, 두 사람은 돈 알바로의 잘못된 생각에 대해 이야기를 나누면서, 법정에서 정식으로 그가 선언을 하도록 합의한 것이 얼마나 잘한 것인지에 대해서도 이야기를 나누었다.

그날 낮과 밤 동안에는 산초가 자신의 매질을 다 마쳤다는 것 말고는 딱히 얘기할 만한 일이 생기지 않은 채 길을 갔다. 돈키호테는 아주 만족했고 가는 길에 혹시 마법에서 풀려난 자신의 둘시네아 공주님과 우연히 마주치게 되지 않을까 기대했다. 메를린의 약속이 거짓일 리 없다고 확신했지만 돈키호테는 길에서 둘시네아 델 토보소인지 분간하기 어려운 어떤 여인과도 마주치지 못했다.

이런 생각과 소망을 품은 채 그들은 언덕 위로 올라갔고 그곳에서 그들의 고향을 보았다. 그 광경을 보자 산초는 무릎을 꿇고 말했다.

"그리운 고향아, 눈을 떠라. 그리고 당신의 아들, 당신의 산초 판사가 부자가 되지 못했으나 매질은 엄청나게 당하고 돌아온 것을 보아라. 그리고 두 팔을 벌려 역시 당신의 아들 돈키호테를 맞아라. 다른 사람의 팔에 수난을 당했지만, 자기 자신에게는 승리를 하여 돌아왔도다. 그분이 해주신 말씀에 따르면, 자기 자신에게 승리한 것이야말로 인간이 바랄 수 있는 가장 큰 승리라네. 많은 매질을 당하고도 당당했기에 나는 돈을 벌어왔네."

"그런 바보 같은 소리는 하지 마라." 돈키호테가 말했다. "떳떳하게 우리 고향으로 들어가자. 거기에서 우리들의 구상을 펼쳐놓고, 목동 생활에서 우리가 시행하려는 계획의 실현 가능성을 알아보도록 하자."

이러고서 그들은 언덕을 내려가 자신들의 마을로 들어갔다.

제 73 장

돈키호테가 고향에 들어갈 때 보게 된 징조와
이 위대한 이야기를 장식하여 유명하게 만들어주는
또 다른 사건들에 대하여

원작자 시데 아메테가 기술하는 바에 따르면 돈키호테가 고향 마을에 들어갈 때 마을의 탈곡장에서 두 소년이 싸우고 있는 것을 보았다. 한 아이가 다른 아이에게 말했다.

"고집부리지 마, 페리키요. 너는 평생 그걸 못 볼 거야."

이 말을 듣고 돈키호테가 산초에게 말했다.

"산초야, 너도 저 소년이 '너는 평생 그걸 못 볼 거야'라고 한 말을 들었느냐?"

"그런데요." 산초가 대답했다. "한데 애가 그렇게 말한 것이 무슨 상관인가요?"

"무슨 상관이냐고?" 돈키호테가 말했다. "내 생각에는, 저 소년의 말에 갖다 붙이면 내가 더 이상 둘시네아를 볼 수 없다는 것 같구나."

산초가 대답을 하려고 할 때 수많은 사냥개와 수렵꾼에게 쫓기던 토끼 한 마리가 들판을 가로질러 도망쳐 와 잿빛 당나귀 발밑에 숨는 것을 보았고, 그 바람에 산초는 대답을 하지 못했다. 산초는 맨손으로 토끼를 잡아 돈키호테에게 보여주었는데, 돈키호테는 다음과 같이 혼잣말을 하고 있었다.

"나쁜 징조야! 나쁜 징조! 토끼가 도망치고 사냥개가 뒤쫓으니. 둘시네아는 나타나지 않겠구나!"

"주인님 이상하십니다." 산초가 말했다. "이 토끼가 둘시네아 델 토보소이고 토끼를 쫓는 이 사냥개들은 둘시네아를 시골 아낙으로 변형시킨 사악한 마법사들이라고 해봅시다. 아가씨가 도망을 치는데 제가 아가씨를 붙잡아서 주인님 손에 넘겨드리고, 주인님은 이렇게 두 팔에 안고서 쓰다듬으시는데, 이게 무슨 나쁜 징조인가요? 여기에서 무슨 불길한 징조를 찾을 수가 있단 말씀입니까?"

싸움을 하던 두 소년이 토끼를 보기 위해 다가오자, 산초는 그중 한 명에게 무엇 때문에 싸움을 했냐고 물어보았다. '너는 평생 그걸 못 볼 거야'라고 말했던 소년이 대답하기를, 자기가 다른 소년으로부터 귀뚜라미 새장을 빼앗았는데, 그것을 평생 돌려주지 않을 생각이라고 했다. 산초는 호주머니에서 동전 네 닢을 꺼내, 귀뚜라미 새장 값으로 소년에게 주었다. 그리고 돈키호테 손에 새장을 쥐여주면서 말했다.

"주인님, 이제 불길한 조짐들이 산산조각 났습니다. 제가 좀 우둔하지만, 제 생각에 따르면, 그 불길한 조짐들은 지나간 구름보다도 더 우리의 일과는 아무 상관이 없습니다. 그리고 만일 제 기억이 맞는다면, 이러한 쓸데없는 짓에 신경을 쓰는 것은 사려 깊지 못하고, 그리스도교도답지 않다고 우리 마을 신부님이 말씀하시는 것을 들었거든요. 또 주인님께서도 옛날에 제게 말씀하시기를 조짐들에 신경을 쓰는 그리스도교도들은 바보라고 하셨잖습니까. 그러니 이 일에는 신경 쓰지 마시고, 어서 마을로 들어가세요."

수렵꾼들이 와서 자신들의 토끼를 요구하자 돈키호테는 그것을 주어버렸다. 앞으로 더 나아가자 마을 입구의 작은 풀밭에서 기도하고 있는 신부와 학사 카라스코와 마주쳤다. 여기에서 알아두어야 할 것은 산초 판사가 나귀 덮개로 쓰기 위해, 알티시도라가 제정신을 차리던 날 저녁에 공작의 성에서 자신에게 입혀주었던 불꽃이 그려진 리넨 도포를 나귀 등 위 전리품 꾸러미 위에다 펼쳐놓았다는 것이다. 그리고 당나귀 머리에는 고깔모자를 씌웠는데, 이 모습은 이 세상에서 결코 볼 수 없는 당나귀의 가장 새로운 변형이고 치장이었다.

신부와 학사가 두 사람을 금방 알아보고는 두 팔을 벌리며 그들에게 다가 왔다. 돈키호테는 말에서 내려 힘차게 그들을 포옹했다. 이 장면을 놓치지 않은 약삭빠른 어린아이들이 멀리서 당나귀의 고깔모자를 발견하고 이것을 보러 몰려들었다. 아이들이 말했다.

"애들아, 이리 와서 밍고보다 더 미남인 산초 판사의 나귀 좀 봐라. 그리고 처음 떠나던 날보다 오늘 더 여윈 돈키호테의 말 좀 봐."

마침내 어린아이들에 둘러싸인 채, 신부와 학사와 더불어 그들은 마을로 들어가 돈키호테의 집으로 갔다. 문가에서 가정부와 조카를 발견했는데 이들에게는 이미 그들이 온다는 소식이 전해진 상태였다. 마찬가지로 산초의 아내 테레사 판사에게도 소식이 전해졌으므로 딸 산치카의 손을 붙잡고 머리도 빗지 않은 채 몸을 절반도 가리지 않고 남편을 보러 왔다. 남편이 총독이 되었을 거라고 생각했던 그녀는 그다지 옷치장을 잘하지 않은 남편을 보자 말했다.

"여보, 어떻게 그런 모습으로 오는 거예요? 걸어서 지쳐빠진 모습으로 오니 내 눈에는 총독처럼 보이는 게 아니라 별 볼일 없는 행색으로 보이는데요?"

"조용히 해, 테레사." 산초가 대답했다. "말뚝 있는 곳에 꼭 절인 돼지고기가 있는 법은 아니라잖아. 자, 우리 집으로 가세. 거기서 당신이 놀랄 만한 일들을 들려줄 테니. 돈도 벌어 왔다고. 중요한 것은 다른 사람에게 해를 입히지 않고, 내 노력으로 번 것이라는 사실이야."

"돈을 벌어 왔다고요, 우리 착한 남편?" 테레사가 말했다. "여기에서 벌었건 저기서 벌었건 상관없어요. 세상에 없는 새로운 일을 하지는 않았을 테니까."

산치카는 아버지를 껴안으면서, 오월의 단비처럼 아버지를 기다렸던 자신에게는 뭘 가져왔느냐고 물었다. 산초는 딸에게 잿빛 당나귀를 몰게 하고서, 자신은 딸의 허리끈 한쪽을 쥐고 또 부인의 손을 잡고 집으로 갔다. 돈키호테는 자신의 집에, 조카딸과 가정부의 수중에 남게 되었는데 신부와 학사가 함께 있었다.

돈키호테는 조건이나 시간에 개의치 않고 바로 그 자리에서 학사와 신부와 따로 남아, 짧은 얘기로 그들에게 자신의 패배와 일 년 동안 고향을 떠나지 못하고 남아 있어야만 하는 의무에 대해 말해주었다. 그는 편력기사도의 엄격함과 규정을 지켜야 할 의무가 있는 편력기사로서 문자 그대로 단 한 가지도 지나치지 않고 그 의무를 지킬 생각이었다. 또한 기사로서 편력기사도의 규정을 정확하게 지켜야 하는 것이라고 생각했다. 그는 일 년 동안 목동이 되어서 들판에서 고독한 시간을 보낼 생각이었는데, 그곳에서 목가적이고 정결한 생활에 정진하면서 자기 마음대로 사랑의 생각에 잠길 수 있을 것이었다. 그래서 돈키호테는 그들에게 간청하기를 만일 해야 할 일이 많지 않고 더 중요한 업무에 방해가 안 된다면, 자신의 동반자가 되어주기를 청했다. 돈키호테는 그들에게 목동이라는 이름에 걸맞게 양과 가축들을 충분하게 살 것이며, 이미 가장 중요한 일들은 준비가 되었다고 알려주었다. 그들에게 꼭 들어맞는 이름을 이미 만들어놓았기 때문이었다. 신부는 돈키호테에게 그것을 말해달라고 했다. 돈키호테는 자기 자신은 '목동 키호티스'

라고 부를 것이며, 학사는 '목동 카라스콘'으로, 신부는 '목동 쿠리암브로'로, 산초 판사는 '목동 판시노'로 불리게 될 거라고 대답했다.

돈키호테의 새로운 광기를 보고 모두가 놀랐다. 그러나 그가 기사도를 쫓아서 또다시 고향을 떠나서는 안 되기 때문에, 일 년 동안 광기가 치료되기를 기대하면서 돈키호테의 새로운 계획에 동의를 해주었다. 그리고 자기들도 그의 실행에 동반자가 되어주겠다고 하면서 그의 광기를 분별 있는 것으로 승인해주었다.

"세상 사람들이 잘 알고 있듯이," 산손 카라스코가 말했다. "제가 제법 유명한 시인이니, 우리가 걸어야 할 인적이 없는 샛길을 다니면서 시간을 보내기 위해 시종일관 목가시나 궁정시를 만들 것이며, 아무튼 제게 가장 어울리는 시를 지을 겁니다. 가장 필요한 것은, 여러분 각자가 자신들의 시에서 기리고자 생각하는 목동 아가씨의 이름을 고르는 일입니다. 그리고 사랑하는 목동들의 풍습과 습관에 따라서 아무리 단단한 나무일지라도 목동 아가씨의 이름을 표시하고 새기지 않은 나무가 없도록 하는 겁니다."

"그건 딱 들어맞는 말이오." 돈키호테가 대답했다. "나는 거짓 목동 아가씨의 이름을 따로 찾을 필요가 없소이다. 세상에 비길 데 없는 둘시네아 델 토보소가 있으니 말입니다. 그녀는 이 지방의 자랑이자 이 초원의 장식이고, 아름다움의 근원이요 우아함의 정수이지요. 마지막으로, 그 어떤 과장법을 사용한 칭송이라 할지라도 그 칭송이 아주 잘 어울리는 사람, 그 위에 있으신 분이라오."

"그건 사실이네." 신부가 말했다. "그러나 우리는 거기서 온순한 목동 아가씨를 찾을 것이네. 만일 우리의 마음에 들지 않으면, 우리가 맞추어야지."

이에 산손 카라스코가 끼어들었다.

"그래도 부족할 때에는 시중에 인쇄되어 돌아다니는 이름들을 붙일 겁니다. 세상에 나도는 이름으로는, 필리다스, 아마릴리스, 디아나스, 플레리다스, 갈라테아스, 벨리사르다스가 있지요. 광장에서 그것들을 팔고 있으니, 우리가 살 수 있고 또 우리의 것으로 만들 수 있습니다. 만일 제 귀부인이 다시 말해서 제 목동 아가씨가 '아나'라는 이름이라면, 저는 '아나르다'라는 이름으로 기릴 것이며, 프란시스카라면 '프란세니아'라고, '루시아'라면 '루신다'라고 부를 겁니다. 모두 이런 식으로 할 것이니, 만일 산초 판사가 여기에 함께한다면, 자기 부인 테레사 판사를 '테레사이나'라고 부를 수 있을 겁니다."

돈키호테는 이름을 이렇게 짓는 것을 보고 웃었고, 신부는 돈키호테의 순수하고 명예로운 결심을 한없이 칭찬하였으며, 자신은 어쩔 수 없는 교회 일 말고는 언제나 돈키호테와 함께하겠다고 다시 한 번 확인했다. 이로써 그들은 돈키호테와 작별을 하고 가능한 한 자신을 돌보면서 건강을 잘 챙기라고 부탁하고 충고했다.

운명은 그의 조카딸과 가정부가 세 사람의 대화를 듣도록 허락했는데, 사람들이 떠나자마자 두 사람은 돈키호테가 있는 방으로 들어갔다. 조카딸이 말했다.

"이게 무슨 일인가요, 삼촌? 지금 우리들은 삼촌이 집으로 다시 돌아와서 조용히 성실하게 집에서 지내실 것으로 생각하고 있었는데, '이리 와, 목동아, 가라, 목동아' 하면서 새로운 미로에 다시 들어가려고 하세요? 사실을 말하자면 보리피리를 만들기에는 이미 보릿대가 너무 딱딱하잖아요.*"

이때 가정부가 끼어들었다.

"주인님이 들판에서 여름날 낮잠을 주무시고, 겨울의 밤이슬과 늑대의 울

---

*이미 너무 늙었다는 의미의 속담.

음소리를 견뎌낼 수 있다고요? 절대 못 하실걸요. 이런 건 기저귀 찰 때부터 그런 일에 익숙해진 건장한 남자들이 하는 일이에요. 엎친 데 덮친 격이라고, 목동보다는 차라리 편력기사가 낫겠네요. 주인님, 제발 말 좀 들으세요. 빵과 포도주를 지겹도록 배불리 먹고서 하는 소리가 아니라, 제 나이 오십에 밥도 굶어봐서 하는 말입니다. 제발 집에 있으시면서 집안도 돌보시고, 종종 고해성사도 하시고, 가난한 사람들도 도와주시고 하세요. 그리고도 일이 잘 안 되시면, 그때 제 영혼을 벌하시구랴."

"조용히 해라, 여인들아." 돈키호테가 대답했다. "내가 해야 할 일은 내가 잘 알고 있다. 나를 침대로 데려가다오. 몸이 좀 좋지 않은 것 같구나. 지금 내가 편력기사가 되든 떠도는 목동이 되든, 곧 보게 되겠지만, 너희들이 필요로 하는 곳에는 언제나 내가 나타날 것이다."

착한 여인들은(의심할 여지없이 가정부와 조카딸은 착했다) 그를 침대로 데려갔고, 그곳에서 먹을 것을 주고 가능한 한 즐겁게 해주었다.

제 74 장

돈키호테가 어떻게 병이 났는지, 그리고 그가 한 유언과 죽음에 대하여

인간 만사 영원하지 않고, 시작부터 마지막 순간에 도달할 때까지 항상 내리막을 걸으니 특히 인간의 생애가 그러한데, 돈키호테의 생애도 쇠퇴의 과정을 멈추게 할 하늘의 특권을 갖지 않았으므로 그가 생각지도 않았을 때에 인생의 끝을 맞게 되었다. 결투의 패배로 생긴 우울함 때문인지 혹은 하늘의 처분 때문인지, 돈키호테는 엿새 동안이나 침대에 누워서 열병을 앓았다. 그동안 신부, 학사, 이발사 그리고 친구들이 여러 차례 방문을 했으며, 그의 종자 산초 판사는 돈키호테의 머리맡을 떠나지 않았다.

이들은 돈키호테가 패배한 것에 대한 슬픔과 둘시네아가 마법에서 풀려나서 자유로워지기를 바라는 소원이 이루어지지 않은 고통이 그를 그런 상태로 만들었다고 믿고, 가능한 한 모든 방법으로 그를 기쁘게 해주려고 애썼다. 학사는 돈키호테에게 목동의 일을 하기 위해 원기를 찾고 일어나라고 말하며, 이를 위해서 산나사로*가 수없이 썼던 목가시를 이미 하나 써놓았

---

*16세기 이탈리아 작가로, 목가시와 목가소설로 유명하다. 당시 스페인에서 그의 소설《아르카디

다고 했다. 또 가축을 지키는 유명한 개 두 마리도 자신의 돈으로 이미 사놓았는데 한 마리는 바르시노라고 부르고 다른 하나는 부트론이라고 불렀으며, 킨타나르*의 어느 목축업자에게서 샀다는 이야기도 했다. 그럼에도 불구하고 돈키호테는 슬픔을 떨치지 못했다.

　그의 친구들은 의사를 불러서 맥박을 짚어보았는데, 의사가 그다지 안심하지 못했다. 그가 말하기를, 육체의 건강이 위험에 처했으므로 아무튼 영혼의 건강을 잘 돌보라고 했다. 돈키호테는 조용한 마음으로 의사의 말을 들었지만, 그의 가정부와 조카딸 그리고 그의 종자는 그렇지 않았다. 그들은 마치 앞에 있는 돈키호테가 이미 죽은 것처럼 가냘프게 흐느끼기 시작했다. 우울증과 슬픈 마음이 그의 생명을 앗아 가고 있는 것이라고 의사는 진단했다. 돈키호테는 좀 자고 싶으니 자신을 혼자 있게 해달라고 간청했고, 그들이 그렇게 해주자 말 그대로 깨지 않고 여섯 시간을 넘게 잤다. 가정부와 조카딸은 돈키호테가 끝내 잠든 상태에서 깨어나지 않는 것은 아닌가 생각했으나, 여섯 시간이 지난 후 잠에서 깨어난 돈키호테는 큰 목소리로 말했다.

　"전능하신 하느님의 축복이 있으시기를! 저에게 이토록 자비를 베풀어주시다니! 당신의 자비는 한도가 없으시고, 인간의 죄악이 하느님의 자비를 줄이거나 막지는 못할 것입니다."

　조카딸은 삼촌의 말을 주의 깊게 들었는데, 그가 보통 때 하던 말보다 훨씬 더 논리정연하게 들렸고, 적어도 병상에 있으면서 했던 말보다 훨씬 조리가 있었다. 조카딸이 물었다.

아)가 큰 인기를 얻고 있었다.
*마드리드 남쪽에 위치한 교통의 주요 요지.

"삼촌, 지금 무슨 말씀을 하신 거예요? 뭐가 새로운 일인가요? 이게 무슨 하느님의 자비이며, 인간의 죄악은 무엇이에요?"

"하느님의 자비란," 돈키호테가 대답했다. "조카야, 이 순간에 하느님이 내게 베풀어주신 것이란다. 내가 말했듯이 내 죄악이 그 하느님의 자비를 막지 못하였구나. 나는 증오할 만한 기사도 책들을 고통스럽게 계속 탐독한 탓에 내 이성을 뒤덮었던 무지의 어두운 그림자에서 벗어나, 자유롭고 맑은 이성을 지니게 되었다. 이제 나는 기사도 책들이 엉터리이고 허풍이라는 것을 알게 되었고, 이런 깨우침이 너무 늦게 당도한 것이 가슴 아플 뿐이란다. 이제 영혼의 빛이 될 다른 책들을 읽으면서 그것을 보상할 수 있는 시간이 내게 허락되지 않는구나. 조카야, 나는 이제 죽어가고 있음을 알고 있다. 미친 사람이라는 이름을 남길 만큼 내 생애가 불운하지는 않았다는 것을 알리고 싶구나. 지난날에는 그랬었지만, 죽음을 앞둔 지금은 이 사실을 인정하고 싶지 않다. 조카야, 내 착한 친구들, 신부님, 학사 산손 카라스코와 이발사 니콜라스 선생을 불러다오. 고해성사를 하고 유언을 하고 싶구나."

마침 그 세 사람이 들어와서 조카딸은 수고를 할 필요가 없어졌다. 돈키호테가 그들을 보자마자 말했다.

"선한 친구들이여, 나를 축하해주시구려. 이제 나는 돈키호테 데 라만차가 아니라 이전 나의 품행으로 인해 '선한 자'로 불렸던 그 알론소 키하노*랍니다. 나는 이제 아마디스 데 가울라의 적이며, 그의 가문의 모든 일족들과 원수이지요. 이제는 편력기사도의 세속적인 모든 이야기들이 증오스럽습니다. 이제야 나는 내 우둔함을 알게 되었고 그런 책들을 읽은 까닭에 내가

---

*돈키호테의 본명으로 본래 '선한 자 알론소 키하노'로 불렸다. 그러나 위작에서는 마르틴 키하다(Martin Quijada)라고 불렸다.

빠지게 된 위험에 대해 알게 되었습니다. 이제 하느님의 자비로 말미암아 나 스스로가 자성하여 그런 책들에 구역질을 느끼게 되었습니다."

세 사람은 돈키호테의 말을 듣고서 틀림없이 어떤 새로운 광기가 온 것으로 믿었다. 이에 산손이 말했다.

"돈키호테 님, 둘시네아 공주님이 마법에서 풀려났다는 소식을 들은 지금 그렇게 하시다니요. 우리는 마치 대공들처럼 인생을 노래하면서 지내기 위해 목동이 되려는데, 기사님은 이제 은둔자가 되시겠다는 겁니까? 제발 조용히 하세요, 정신 차리시고 헛된 소리는 그만두십시오."

"지금까지의 모든 것들," 돈키호테가 대답했다. "내게 해를 끼친 그 모든 것들은 하늘의 도움으로 나에게 유익한 것으로 되어야만 하오. 여러분, 내가 아주 빠르게 죽어가고 있는 것을 느낍니다. 그러니 장난은 이제 그만하시고 내가 고해를 드릴 신부님과 유언장을 만들 공증인을 불러주세요. 이런 시점에 영혼을 가진 사람을 조롱해서는 안 됩니다. 신부님이 제 고해를 들어주시는 동안 공증인을 찾아와주십시오."

사람들은 돈키호테의 조리 있는 말에 놀라 서로의 얼굴을 쳐다보았다. 비록 의심은 들었지만 돈키호테를 믿기로 했다. 그가 죽어가고 있다고 추정하는 증거들 중 하나가, 이렇게 쉽게 미친 사람이 제정신으로 돌아왔다는 것이었으니, 그가 앞서 기술한 조리 있는 말에다가 또 다른 아주 훌륭하고 그리스도교도다우며 매우 논리정연한 말을 덧붙이는 것을 보고 사람들은 의구심을 완전히 씻고 돈키호테가 제정신이라고 믿게 되었다.

신부는 사람들을 내보내고 돈키호테와 단둘이 남았으며 그의 고해를 들었다. 학사는 공증인을 찾으러 갔는데, 거기에서 바로 그와 산초 판사가 함께 돌아왔다. 산초는 학사에게서 자기 주인이 어떤 상태인지를 이미 들어 알고 있었기에, 눈물을 흘리는 가정부와 조카딸을 보자 자신도 울상을 짓더니 눈물을 흘리기 시작했다. 고해성사를 끝내고 나오면서 신부가 말했다.

"진실로 선한 알론소 키하노는 죽어가고 있으며 또 제정신으로 돌아왔습니다. 그분이 유언을 하도록 우리 모두 들어갑시다."

이 말은 가정부와 조카딸, 그의 종자 산초 판사의 눈물로 가득 찬 눈에 큰 충격을 주어서, 그들의 눈에서 눈물이 터져 나오게 했고 가슴에서는 수천의 깊은 한숨이 터져 나오게 했다. 사실 여러 번 말한 적이 있지만, 돈키호테가 오직 선한 알론소 키하노였던 동안에나 돈키호테 데 라만차였을 동안에나, 항상 온순한 성격이었던 데다 모두에게 다정하게 대해주었으므로 집안의 모든 사람들에게 사랑을 받았을 뿐만 아니라 그를 아는 모든 사람들로부터 사랑을 받았던 것이다.

공증인이 다른 사람들과 함께 들어왔다. 유언장의 머리말을 쓰고, 돈키호테의 영혼을 가다듬은 다음에, 그리스도교도로 요구되는 모든 사정과 형식들을 갖추고서 유언서 작성에 들어갔다. 돈키호테가 말했다.

"유언, 하나. 내가 광기에 빠졌던 시절 종자로 삼았던 산초 판사가 지니고 있는 얼마간의 돈에 관해서는, 그와 나 사이에 주고받을 계산이 있기 때문에, 그에게 책임을 추궁하지 말고, 그에게 얼마간의 돈을 청구하지 않기를 바라는 게 나의 뜻이오. 내가 그에게 지불할 돈을 갚은 다음에도 돈이 남는다면, 얼마 되지는 않겠지만 전부 그에게 주기 바라오. 그에게는 아주 유용할 것이니. 내가 미쳐 있었을 때 그에게 섬의 총독직을 준다고 했던 것처럼, 지금 내가 제정신을 차렸으니 만일 할 수만 있다면 그에게 왕국이라도 하나 주고 싶다오. 산초의 순박한 심성과 그의 충성 어린 행동은 그럴 만한 가치가 있지."

그러고 나서 산초에게 고개를 돌리고 말했다.

"벗이여, 이 세상에 편력기사라는 것이 존재했었고 지금도 존재한다고 믿고 내가 저질렀던 실수에 자네까지 빠지게 하면서 자네를 나처럼 미친 사람으로 보이게 했던 것을 용서하게."

"아아!" 산초가 울먹이면서 대답했다. "주인님, 제발 죽지 마시고 제 충고를 들으시고 오래 사세요! 이 세상에서 인간이 저지르는 가장 큰 광기는, 아무도 그를 죽이지 않고 우울함 말고는 아무것도 그를 위협하지 않는데, 자기 자신을 그대로 죽게 내버려두는 겁니다. 저 좀 보세요. 게으름을 피우지 마시고 침대에서 벌떡 일어나세요. 그리고 우리가 말한 대로 목동 옷을 입고서 들판으로 가십시다. 아마 어느 덤불 숲 뒤에서 마법에서 풀려나신 둘시네아 공주님을 찾을 겁니다. 반드시 보시게 될 겁니다. 만일 결투에서 패배한 것에 대한 괴로움으로 돌아가신다면, 제가 로시난테의 뱃대끈을 잘못 조였기 때문에 주인님을 넘어지게 한 것이라고 말씀하시면서 제 탓으로 돌리세요. 기사도 책에서 한쪽 기사들이 다른 기사들을 물리치고, 오늘 패배한 기사가 내일 승리자가 되는 것을 수없이 보지 않으셨습니까."

"그렇습니다." 산손이 말했다. "착한 산초 판사가 이번 일에 대해서는 진실을 말하는군요."

"자, 우리 천천히 갑시다." 돈키호테가 말했다. "어제의 둥지에 오늘의 새가 있을 순 없는 법. 나는 미치광이였지만 이제는 제정신으로 돌아왔어요. 한때 나는 돈키호테 데 라만차였지만, 지금은 이미 말했듯이 선한 알론소 키하노랍니다. 나의 후회와 진실이 여러분이 지난날 나에 대해 가졌던 존경심을 돌려줄 수 있기를 바랍니다. 그러니 공증인 양반 계속하십시다.

유언, 하나. 내 모든 재산은 내가 시행한 유언들을 이행하는 데 필요한 것을 제일 먼저 공제한 후, 여기에 있는 나의 조카딸 안토니아 키하나에게 일괄하여 위탁한다. 그리고 제일 먼저 해주어야 할 배상은 내 가정부가 나를 모셨던 기간 동안의 봉급이니, 여기에 20두카도를 옷값으로 더 지불하라.

나의 유언 집행인으로 여기에 계시는 신부님과 학사 산손 카라스코 님을 위촉한다.

유언, 하나. 만일 내 조카 안토니아 키하나가 결혼하기 원한다면, 남자가 기사도 책이 무엇인지를 아는지 모르는지 우선적으로 조사한 다음에 결혼하도록 하는 것이 나의 뜻이다. 그 남자가 기사도 책을 안다고 판명되는 경우, 그럼에도 내 조카가 그와 결혼하기를 원한다면, 결혼을 하되 내가 그 애에게 위탁한 모든 재산을 잃게 된다. 나의 유언 집행인들은 그 재산을 그들의 뜻에 따라서 자선 사업에 기부할 수 있다.

유언, 하나. 위에서 언급한 나의 유언 집행인들에게 부탁하기를 만일 운 좋게도 《돈키호테 데 라만차의 무훈 2편》이라는 제목으로 시중에 나도는 이야기를 썼다고 말하는 작가를 만난다면, 그 이야기책에 그토록 황당한 엉터리 이야기를 쓰도록 내가 생각도 없이 그에게 동기를 부여한 것에 대하여, 유언 집행인들이 할 수 있는 한 간절하게, 내 이름으로 그에게 용서를 구해주기 바란다. 왜냐하면 그 작가가 이야기를 쓰도록 동기를 제공했다는 사실에 미안한 마음을 품고서 내가 이 세상을 떠나기 때문이다."

이것으로 돈키호테는 유언을 마쳤다. 그리고 기절하여 침대에서 오랫동안 누워 있었다. 모두가 소동을 벌였고 그를 치료하기 위해 다가갔다. 이 유언장을 만들고 나서 살아 있던 사흘 동안에 그는 자주 혼절을 했다. 집안은 온통 난리였으나, 그럼에도 조카딸은 식사를 했고 가정부는 건배를 들었으며 산초는 즐거워했다. 무언가 유산을 상속받는다는 것은 죽은 사람이 남겨주는 당연한 고통의 기억을 상속자의 머리에서 지워버리거나 완화시켜주는가 보다.

모든 종부성사를 받고 여러 가지 그럴듯한 이유를 대가며 기사도 책에 대해 혐오의 말을 퍼붓고 나서, 마침내 돈키호테에게 마지막 순간이 다가왔

다. 공증인이 그 자리에 있었는데, 그는 말하기를 어떤 기사도 책에서도 편력기사가 돈키호테처럼 자신의 침상에서 이토록 평온하고 그리스도교도답게 죽는 것을 읽어본 적이 없다고 했다. 돈키호테는 그곳에 있던 사람들의 동정과 눈물 속에서 그의 영혼을 바쳤다. 다시 말해서 숨을 거두었다.

신부가 이를 보고서, 공증인에게 간청을 하여 보통 돈키호테 데 라만차로 불렸던 선한 알론소 키하노가 이 세상을 떠나서 자연사한 것으로 증언해달라고 했다. 그리고 그런 증언은 시데 아메테 베넹헬리가 아닌 어느 다른 작가가 거짓으로 그를 다시 부활시켜, 돈키호테의 무훈에 관한 이야기를 끊임없이 쓰게 되는 기회를 없애버리기 위한 것이었다.

라만차의 재치 있는 시골귀족은 이렇게 종말을 맞이했는데, 시데 아메테 베넹헬리는 그의 고향 마을을 정확하게 표시하기를 원하지 않았다. 그 이유는 호메로스의 고향으로 그리스의 일곱 도시가 경쟁을 한 것처럼, 라만차의 모든 마을과 고장들이 돈키호테를 자기 고향 사람으로 삼아 자부하기 위하여 서로서로 논쟁하도록 하기 위해서였다.

여기에 산초, 조카딸 그리고 가정부의 통곡과 돈키호테 무덤의 새로운 묘비명은 남기지 않기로 한다. 그러나 산손 카라스코는 비석에 이런 글을 남겼다.

용맹이 극에 달했던
강인한 시골귀족이 여기 잠들도다.
그대의 목숨 위에 죽음이 드리워도
죽음이 승리하지 못했다고
알리고 있네.

세상 사람들을 두려워하지 않는
그는 세상의 허수아비이고
도깨비였네. 그의 행운을
증명해준 그런 시기에
미쳐서 살고 제정신이 들어 죽었노라.

신중하고 또 신중한 시데 아메테 베넹헬리는 자신의 펜에게 말했다. "여기 이 선반의 철사 줄에 매달려 있어라. 내 깃털 펜이 잘 깎인 것인지 잘못 깎인 것인지 알 수 없으나 만일 허영심이 강하고 사악한 이야기꾼이 너를 모독하기 위해 다시 꺼내지 않는다면, 그곳에서 긴 세기 동안 살아갈 것이다. 그러나 그들이 네게 다가가기 전에 네가 할 수 있는 가장 훌륭한 방법으로 그들에게 경고하고 말할 수 있으니,

비겁한 사람들아, 조심해라, 조심해!
어느 누구도 내게 손을 대지 못해,
왜냐하면 이 일은, 국왕께서 오직
나에게만 허락하신 거니까.

돈키호테는 오직 나를 위해 태어났고, 나는 그를 위해 태어났다. 그는 행동할 줄 알았으며, 나는 그것을 이야기로 쓸 줄 알았다. 오직 우리 두 사람만이 하나가 될 수 있다. 어리석고 못생긴 타조의 깃털로 나의 용맹스러운 무훈들을 감히 썼고 혹은 쓰려고 하는 토르데시야스 출신의 가짜 작가의 고통과 실망에도 불구하고 말이다. 이 일은 그런 사람의 어깨가 짊어질 수 없으며, 병든 재능을 지닌 사람이 할 수 있는 일이 아니다. 혹시라도 그자를

만나게 되면, 돈키호테의 지치고 이미 썩어버린 뼈들을 무덤 속에서 쉬도록 내버려두라고 경고하고, 또한 죽음의 권리를 어기면서 그를 무덤에서 나오게 하여 옛 카스티야 지방*으로 데려갈 생각은 하지 말라고 경고하라. 그는 지금 무덤 속에서 세 번째 책을 준비하기 위해 새로운 여행을 하는 것은 불가능한 채로 몸을 길게 뻗고 쉬고 있다. 수많은 편력기사들이 행한 여행들을 비웃기 위해서는, 그가 행한 두 번의 여행**이면 충분하다. 그의 소식을 듣고서 사람들은 매우 즐거워하였는데, 이는 국내뿐만 아니라 해외 왕국에서도 그러했다. 이것으로 당신을 사랑하지 않는 사람에게 충고를 잘 해주면서 당신의 그리스도교의 신앙을 이행하게 될 것이다. 그리고 나는 그가 원했던 대로 쓴 글들의 결실을 완전히 맛본 첫 번째 사람이 된 것에 만족하고 자랑스러울 것이다. 왜냐하면 기사도 책의 거짓되고 엉터리 같은 이야기들을 사람들이 혐오하게 만드는 것이 나의 단 하나의 소망이었기 때문이다. 나의 진정한 돈키호테 이야기 덕분에 그런 기사도 책들은 이미 쓰러지기 시작했으며 의심할 여지없이 완전히 무너져버릴 것이다." 안녕히.

---

*돈키호테 위작을 쓴 아베야네다가 스페인 북부 옛 카스티야 지방인 토르데시야스 출신인데, 이를 빗대어서 그가 다른 위작을 다시 쓸까 염려하는 마음을 표현한 것이다. 2편 위작의 마지막에 돈키호테가 이곳에서 새로운 모험을 시작한 것으로 되어 있다.
**《돈키호테》 1편, 2편을 말한다. 두 번이라 언급함으로써 다른 작품들이 끼어들 여지를 두지 않고 있다.

작품 해설

1. 《돈키호테》 2편 400주년

2015년, 금년은 《돈키호테》 2편이 나온 지 400주년이 되는 해이다. 그리고 내년은 작가 미겔 데 세르반테스가 타계한 지 400주년이 되는 역사적인 해가 된다. 한 작가의 작품이 400년이라는 긴 시간을 뛰어넘고, 국경과 국경을 넘어서 오늘날 전 세계 인류의 최고 소설로 읽히고 있음을 생각하면 언제나 경이로운 마음이 든다.

《돈키호테》 2편은 총 74장으로 1편보다 분량도 훨씬 많고 1편과 내용과 성격도 많이 다르다. 무엇보다 돈키호테와 산초 판사의 행동과 인식이 크게 바뀐 것을 감지할 수 있는데, 두 사람의 대화에 한마디 한마디가 놓치기 아까운 삶의 깊은 지혜와 유머가 담겨 있음을 책을 읽는 독자라면 누구나 어렵지 않게 알 수 있다. 일흔을 바라보는 나이에 출간한 2편에서 세르반테스는 완벽한 언어의 마술사로서 아름다운 문장을 선보임과 동시에 심리학자처럼 인간의 마음을 정확히 꿰뚫는다. 또한 천부적인 문학적 재능으로 '자연스럽고 간결한 언어'를 사용했던 그가 이 두 편의 《돈키호테》에서는 무려 22,939개의 상이한 어휘를 사용하고 있는데, 오늘날 교양 있는 사람들이 5천 개에서 7천 개 정도의 어휘를 사용하는 것과 비교할 때 놀라운 일이 아닐 수 없다. 젊은 시절 이탈리아에서 체류하는 동안 당시 르네상스 소설의 문체와 기교를 완벽하게 정통한 세르반테스는 또한 속담과 민중의 언어에도 능통하여 다양한 방식으로 독자들을 즐겁게 해줄 줄 안다. 그러면서도 귀족 사회와 교회에 대한 날카로운 조소와 풍자를 잃지 않는다. 1편 출간 후 10년이란 시간이 흘러 완성된 2편에서는 이러한 작가로서의 장점에 인생의 지혜가 더해져 더욱 빛을 발하고 있다.

《돈키호테》 2편은 1편이 나오고 10년 뒤인 1615년 마드리드의 후안 데 라 쿠에스타 출판사에서 처음 인쇄되었고, 그 후 1617년 《돈키호테》 1편과 2편이 하나로 묶여서 바르셀로나의 후안 바우티스타 소리타 출판사에서 출간되었다. 널리 인류의 사랑을 받아온 책인 만큼 그 출간의 역사만 해도 책 한 권 분량에 달하는데, 이번 판본에서는 스페인 왕립한림원이 400주년을 맞아 출간한 기념판본을 번역 대본으로 삼았다.

2. 세르반테스와 돈키호테, 그리고 17세기 스페인 왕국

미겔 데 세르반테스(1547~1616)는 어린 시절 떠돌이 외과의사인 아버지를 따라 자주 이주를 다니느라 정규 교육을 전혀 받지 못했다. 17세기의 외과의사는 오늘날과 달리 이발사와 겸직을 할 정도의 하류 직군으로 치료의 유일한 방법이 사혈뿐인 비천한 직업에 속했다. 22세가 되었을 때 세르반테스는 추기경의 시종으로 로마로 가는데, 당시 르네상스의 본거지이며 인본주의 정신이 넘치는 이탈리아를 자유롭게 여행하면서 다양한 경험과 문화적 체험을 하여 훗날 《돈키호테》를 쓰는 데 토대가 되는 자양분을 마련했다. 1570년 초 현지에서 스페인 보병대에 입대하여, 1571년 가톨릭 연합함대와 오스만 터키 함대 사이에 벌어진 '레판토 해전'에 참전하였다. 전투 중 세 발의 탄환을 맞아 왼팔이 평생 불구가 되는 큰 부상을 입었다. 이때 얻은 '레판토의 외팔이'라는 별명을 세르반테스는 명예롭게 생각했다. 전역하여 고향으로 돌아오는 귀국길에는 불행하게도 당시 지중해에 횡행하던 해적들에게 붙잡혀 5년 동안 갖은 고생을 겪는다. 조국으로 돌아온 전쟁 영웅 세르반테스는 가난과 불운으로 감옥을 서너 차례 다녀오는 등 불운한 삶을 살았다. 여러 작품들을 출판하여 이름을 얻기는 했지만 결코 글을 써서 생계를 유지하지는 못했다. 그래서 호구지책으로 온갖 일을 했고, 심지어 닭 장사까지도 했다고 전해진다. 그러나 결코 자신의 문학적 꿈과 희망을 포기하지 않았으니, 온갖 시련에도 굴하지 않는 불굴의 정신은 그의 소설《돈키호테》전체에 스며들어 있다. 작가는 자신의 얘기를 쓴다는 말처럼, 칠전팔기의 정신으로 쓰러졌다가 다시 일어서는 기사 돈키호테의 모습이야말로 꿈과 희망을 잃지 않는 세르반테스 자신의 자화상이라고 하겠다.

《돈키호테》1, 2편이 발간된 17세기 초는 스페인 제국의 정치적 패권이 상실되어 쇠퇴기가 시작되는 시점이다. '해가 지지 않는 제국'을 다스렸던 절대 군주 펠리페 2세가 사망할 때(1598)까지 스페인은 세계 최강국의 위치를 고수했다. 하지만 그의 아들 펠리페 3세가 왕위에 오르면서 그동안 잠재해 있던 내부 분열이 표출되기 시작했다. 몇몇 시인들은 제국의 몰락을 침통한 어조로 우려하고 있는 반면에 더 많은 사람들은 경박한 삶의 쾌락에 도취되거나 혹은 아름다운 소설적 환상의 세계에 은둔하기를 원하면서 현실로부터 도피를 꿈꾸었다. 1605년경 스페인 문학계의 상황을 보면 당시 펠리페 3세가 수도를 잠시 마드리드에서 바야돌리드로 천도했던 시기이다. 선대왕인 펠리페 2세 국왕이 권위적이고 금욕적인 인물로서 국사에만 전념한 것과 달리, 펠리페 3세는 아버지와는 극단적으로 반대의 성향을 보였다.

국내 정치는 레르마 공작을 총리로 임명하여 전권을 맡기고 자신은 수도 바야돌리드에서 매일같이 파티에 파묻혀 지냈다. 레르마 공작은 국왕을 위해 사냥과 가면무도회 등 갖가지 파티를 고안해냈고, 막대한 비용을 지출했다. 간단한 오후 티파티를 위해 150여 가지의 음식이 준비되었다고 하니 그 사치를 짐작하게 한다. 이렇게 환락이 넘쳐나는 바야돌리드에 당시 쟁쟁한 작가, 예술가들이 모여드는데, 그중에는 로페 데 베가, 케베도, 공고라, 보스칸, 이탈리아 만투아 백작의 외교사절로 스페인에 와 있던 화가 루벤스, 그리고 미겔 데 세르반테스가 있었다. 그러나 세르반테스는 이런 예술가들과 결코 어울리지 못했다. 바야돌리드에 궁정이 자리 잡았던 1601년에서 1606년까지 세르반테스는《돈키호테》1편을 출간하고 작가로서 큰 성공을 거두었지만 결코 다른 문인들과 교류하거나 정계에 발을 들여놓지 못했다.

3.《돈키호테》2편 줄거리

《돈키호테》2편은 신부, 학사, 이발사, 그리고 조카딸과 가정부 모두가 돈키호테의 세 번째 출정을 막기 위해 전전긍긍하는 장면에서 시작한다. 신부와 이발사는 돈키호테의 광기가 어느 정도 나았는지 확인하러 돈키호테를 찾아오지만 실망을 하고 만다(1장). 한편 학사 산손 카라스코는 산초에게《돈키호테》라는 책이 세상에 나와서 사람들에게 인기를 끌고 있다는 사실을 알려준다(2장). 그리고《돈키호테》1편에서 독자들이 궁금해하는 오류들을 언급하면서 산초가 당나귀를 도둑맞았다가 되찾은 이야기나, 1편에 삽입된 짧은 이야기들에 대해 해명을 한다. 그러나 세 번째 출정은 이미 기정사실화되어 있기에 학사 산손 카라스코는 돈키호테의 광기를 치유하기 위해 오히려 세 번째 출정을 하도록 만든다. 산손은 돈키호테에게 사라고사로 가서 기마 창 시합에 나가 이름을 떨치면 모든 기사들 사이에 으뜸

가는 명성을 얻는다고 말하며 출정을 부추긴다. 한편 산초는 부인과 자신이 총독으로 출세하게 될 이야기로 옥신각신하고(5장), 돈키호테 역시 자신의 광기를 걱정하는 조카딸과 가정부에게 기사도의 고귀함에 대해 장광설을 펼친다(6장). 결국 돈키호테는 산초와 은밀히 준비를 한 후, 학사 산손의 배웅을 받으면서 둘시네아를 찾아 위대한 도시 엘 토보소를 향해 떠나간다(7장). 산초 판사는 꾀를 내어 엘 토보소 마을 어귀에서 만난 시골 아낙을 둘시네아라고 믿게끔 주인을 속이고, 돈키호테는 이 모든 것이 자신을 시기하는 마법사의 농간이라고 생각한다(10장). 한편, '숲의 기사'로 가장하고 돈키호테 앞에 나타난 학사 산손 카라스코는 돈키호테에게 결투를 신청하면서 자신이 이기면 돈키호테가 고향으로 돌아가서 2년 동안 칩거하도록 조건을 걸었으나 결투 결과 돈키호테에게 패하여 그의 계획은 실패로 돌아간다(12~14장). 이에 계속 모험을 떠난 돈키호테는 국왕 폐하에게 진사되는 사자를 실은 수레를 발견하고서 사자에게 결투를 요청하여 자신의 용맹을 자랑하고 우스꽝스러운 승리를 거둔다(17장). 그런 후 길에서 만난 '녹색의 기사' 돈 디에고의 집에서 며칠간 편안한 시간을 보내면서 시학에 대한 찬사를 늘어놓는다. 다시 길을 나선 돈키호테는 우연히 농부 카마초의 결혼식에 참석을 하는데, 가난한 바실리오가 어려서부터 사랑하던 아름다운 키테리아를 가난 때문에 돈 많은 부자 카마초에게 빼앗길 뻔하다가 결혼식장에서 기가 막힌 꾀를 써서 다시 되찾는 이야기가 펼쳐진다(20~21장). 이어지는 라만차 지방에 실제로 존재하는 몬테시노스 동굴의 모험에서는, 불과 한 시간 정도 캄캄한 동굴에 내려갔다 올라오지만 자신은 그 속에서 사흘 밤낮을 지내면서 마법에 걸린 몬테시노스를 만나 그의 안내로 둘시네아를 보았다고 얘기한다. 이를 꼭 믿어달라는 돈키호테에게 산초는 주인의 광기를 탓할 뿐이다(22~23장). 이어서 나귀의 울음소리에 얽힌 모험과 마에세 페드로의 인형극과 점쟁이 원숭이 이야기(25~27장), 그리고 마법에 걸린 배의 모험(29장)이 일어난다.

이후 돈키호테와 산초는 매사냥을 하고 있던 공작부인을 만나서 2편의 중심 무대가 되는 공작의 성으로 초대되어 가게 된다(30장). 이미 《돈키호테》 1편을 읽은 공작 부처는 돈키호테의 광기를 알고서 자신의 성에서 돈키호테를 골려주려고 계획을 세우고, 공작 부처에 의해 철저하게 준비된 각본에 따라서 두 사람은 노시녀들과 하인들에게 조롱을 당하며 수많은 흥미진진한 일화를 만들어낸다. 공작 부처가 친 장난 가운데 백미는 산초가 스스로에게 3천3백 대의 매질을 하면 둘시네아가 마법에서 풀려나게 된다는 것으로(35장), 처음에 산초는 거절하지만 공작이 이를 이행하지 않으면 총독이 될 수 없다고 하자 결국에는 수락한다(40장). 이에 산초는 바라타리아 섬의 총독으로 임명되어 섬으로 파견되는데 열흘 동안 매우 분별 있는 총독으로서 여러 가지 송사를 슬기롭게 해결한다. 하지만 음식을 마음대로 양껏 먹지 못하고 자유를 속박당하자 총독 자리를 내던지고 나온다(45~53장). 2편에서 산초 판사의 역할은 1편보다 단연 돋보이고 때때로 주인을 능가하는 모습이 자주 보이는데, 특히 바라타리아 섬의 총독이 되어서 분별력 있는 명판결을 내릴 때가 그렇다. 산초 자신도 아주 청렴한 통치자로서 자부심을 보인다. 한편 돈키호테는 공작 부처의 노시녀 로드리게스와 얽힌 이야기에서 그녀의 딸의 명예를 위해 결투를 벌인다(56장). 공작 부처는 이 같은 온갖 장난으로 돈키호테와 산초를 골려먹으면서 즐거워한다. 하지만 돈키호테는 다시 편력기사로 돌아가고 싶은 마음으로 자신의 자유를 되찾아 길을 떠난다(58장).

사라고사를 향해 길을 떠난 돈키호테와 산초는 주막집에서 아베야네다가 쓴 위작 《돈키호테 2편》의 출판 소식을 옆방 손님으로부터 우연히 전해

듣는다. 이에 돈키호테는 매우 불쾌함을 드러내며(59장), 위작의 거짓을 폭로하기 위해 원래 계획한 사라고사로 가지 않고 바르셀로나로 향한다. 엿새 이상 길을 가다가 두 사람은 산중에서 실존 인물인 유명한 산적 로케 기나르트를 만나지만 수난보다는 오히려 환대를 받는다. 마침내 돈키호테는 세례자 요한의 축일에 바르셀로나에 도착한다(61장). 그곳에서 기사 안토니오 모레노의 접대를 받으며 그의 저택에 투숙하는데, 공작 부처와 비슷하게 그도 진실만을 말한다는 '마법의 두상'으로 돈키호테를 조롱하고 장난을 친다(62장). 한편 돈키호테는 바르셀로나의 해변에서 '하얀 달의 기사'로 위장한 학사 산손 카라스코를 만난다. 그는 위장을 한 채 다시 나타나서 돈키호테에게 결투를 요청하는데, 이번에는 산손이 승리한다(64장). 산손 카라스코는 돈키호테가 편력기사의 모험을 일 년간 포기하고 고향으로 돌아갈 것을 결투 조건으로 걸었다. 이에 상심한 돈키호테는 귀향해서 목동이 되고자 생각한다(67장). 집으로 돌아오는 길에 돈키호테와 산초는 다시 공작 부처의 성을 지나게 된다. 그들은 돈키호테를 사모하던 하녀 알티시도라가 자살로 죽은 것처럼 위장하여 장례식을 거행하는데, 산초는 알티시도라를 되살려내는 짓궂은 장난에 휘말려 한 번 더 놀림을 당한다(69~70장). 이처럼 돈키호테의 환상을 현실로 끌어들여 정교한 장난을 치는 인물들을 두고 작가는 "장난을 치는 사람이나 우롱을 당하는 사람이나 다들 미치광이이며, 두 바보를 우롱하기 위해 너무나 열중한 공작 부처도 바보들과 손가락 두 개 정도 차이밖에 없어 보인다"라고 말함으로써 2편의 중요한 의의를 넌지시 시사한다. 이후 공작 부처와 작별한 돈키호테와 산초는 주막집에서 위작《돈키호테 2편》에 나오는 기사 돈 알바로 타르페를 만나 위작에 대한 상세한 이야기를 듣고(72장), 마침내 고향으로 돌아온다. 하지만 마법에 걸린 둘시네아를 구해내지도 못하고, '하얀 달의 기사'와의 결투에서도 패배한 돈키호테는 슬픔과 우울함이 날로 더해가다 급기야 병석에 눕고 만다(73장). 마침내 이성을 되찾은 돈키호테는 모든 사람들을 모아놓고 유언장을 만들고 기사도 책에 대해 수많은 말로써 혐오를 나타내고 착한 알론소 키하노, 그리스도교도로서 돈키호테는 눈을 감는다(74장).

4. 《돈키호테》 1편과 2편의 차이점

2편에서 돈키호테는 이른바 사색의 광기를 더해가면서 시야를 점점 더 넓혀가는 한편 행동에 있어서는 더 인간적인 모습으로 바뀐다. 1편과 2편 중에서 어느 것이 더 훌륭하다고 말할 수는 없으나, 그럼에도 대다수의 비평가들은 여러 가지 면에서 2편의 우월성을 언급한다. 이는 세르반테스의 성숙한 사상과 보다 깊은 삶의 지혜와 성찰이 돋보이기 때문일 것이다.

1편과 2편의 가장 큰 차이점은 돈키호테의 현실을 보는 시각일 것이다. 《돈키호테》 1편에서 돈키호테는 현실을 환상적인 시각으로 보며 초지일관하게 말하고 행동한다. 그에게 있어서 풍차는 거인들이며, 양 떼들은 군대이고, 주막집은 성(城)이다. 그러나 2편에서는 몇몇 사건을 제외하면 돈키호테는 사실을 사실 그대로 보고 있다. 즉 주막을 주막으로, 사자를 사자로, 공작의 성을 성으로, 자신과 산초를 짓밟은 황소와 돼지 떼를 있는 그대로 보았다. 오히려 이제는 반대로 작품 속의 다른 등장인물들이 돈키호테의 상상력 속에 현실을 본떠 넣기 위해 현실을 왜곡한다. 대표적으로 공작 부처의 성에서 일어난 모든 모험들은 돈키호테와 산초에게 장난을 치기 위해 공작 부처에 의해서 치밀하게 준비된 거짓 연극이었다. 바르셀로나에서 기사 안토니오 모레노가 꾸며낸 마법의 두상이라든가, 돈키호테의 광기를 치유하려는 의도로 두 차례나 결투를 신청한 학사 산손 카라스코의 변신도 역시 가짜 연극이었다. 돈키호테가 사자들과 결투를 하고자 할 때 그는 그것들이 사자라는 것을 아주 잘 알고 있었다. 그럼에도 결투를 한 것은 그의 광기 때문이 아니라, 지나치고 터무니없는 용기에 따른 것이었다. 이처럼 2편에서는 1편에서와는 다른 종류의 광기를 보여주는데, 사실 돈키호테는 2편에서 1편에서 볼 수 없던 경의와 존경을 받는다. 이제 그는 유명한 인물이고 1편의 이야기를 읽은 사람들이 그를 찬양하고 존경한다. 공작 부처까지도 그를 상대로 장난을 쳤음에도 그에게 경의를 표하며 최대의 관용을 가지고 대한다.

1편에서 풍차에 얽힌 모험이라든가 양 떼와의 모험, 특히 주막집에서의 소란스러운 광경 같은 대단히 풍부한 상상력과 생동감은 2편에서도 부족하지 않지만 그 맥이 다르다. 세르반테스는 자신이 창조한 인물들의 인간적 가치와 문학적 가치에 훨씬 더 많은 확실성을 획득했고, 이와 동시에 그들의 심리적 복잡성을 점진적으로 파고든다. 줄거리 전개 구조는 더 심사숙고된 것이고 소설은 단호하고 지속적인 리듬으로 앞을 향해 나아간다. 2편 30장 이후부터는 돈키호테와 산초 판사의 움직임이 번갈아 기술되는데 이는 마치 오늘날의 영화에서 카메라가 여러 공간을 오가며 비추는 것처럼 독자의 흥미를 고취시키고 있다. 이러한 모습은 1편에서 두 사람의 모험과는 전혀 상관없는 독립된 이야기들을 삽입소설 형식으로 끼워 넣어 독자들의 비난을 받자, 세르반테스가 삽입소설 대신에 작품의 단조로움을 피하고자 치밀하게 구상하여 돈키호테와 산초의 행동을 마치 두 개의 이야기가 전개되는 것처럼 의도적으로 배치한 것이라 할 수 있다.

또한 2편에서는 삽입소설이 상당히 줄어들었을 뿐 아니라 소개되는 형식도 전체 줄거리와 상당히 긴밀해진 것을 알 수 있는데, 2편 44장에서 세르반테스는 1편에 삽입소설들을 쓴 까닭에 대해, 두 주인공들만의 모험을 국한해서 다룰 때 소설의 다양성이 부족해지고 독자가 지겨워할까 두려워서 그랬다고 해명한다. 그러나 돈키호테의 무훈에 관심을 두는 독자는 삽입소설에 관심을 주지 않거나 오히려 그 이야기들을 지루해한다는 것을 알고 2편에서는 다른 방식을 채택했다는 것이다. 2편에서 이런 일화들을 완전히 없애버리지는 않았으나 대부분을 중심 줄거리와 연관시켜 쓰고 있다. 먼저 흥미진진한 카마초의 결혼 이야기(20~21장)가 그렇고, 산초의 이웃이던 모리스코인 리코테와 그의 딸 아나 펠릭스와 사랑에 빠진 가스파르 그레고리오와의 사랑 이야기(63~65장), 배신한 애인을 찾아가 총으로 죽인 클라우디아 헤로니마 여인의 이야기(60장)와 도냐 로드리게스 이야기(48, 52, 56장)도 중심 이야기와 얽혀 있음을 알 수 있다. 이처럼 작품 완성도 면에서도 진일보한 모습을 보여준다.

5. 아베야네다의 위작 《돈키호테》

세르반테스의 《돈키호테》 2편이 출간되기 일 년 전인 1614년에 타라고나에서 위작 《돈키호테 2편》이 나타났다. 알론소 페르난데스 데 아베야네다라는 가명의 이 작가는 바야돌리드 지방의 토르데시야스 태생으로 알려져 있지만 그 가명 아래 숨은 사람이 누구인지는 오늘날까지도 알 수 없고, 다만 당시 세르반테스와 경쟁자 관계였던 로페 데 베가, 루이스 데 알라르콘, 기엔 데 가스트로, 티르소 데 몰리나 등을 추측할 수 있을 뿐이다. 위작의 내용을 간단히 소개하면 다음과 같다.

일단의 기사들이 돈키호테의 마을에 도착하는데, 이들은 기마 창 시합에 참가하기 위해 사라고사로 가는 길이었다. 그들 중의 한 사람인 돈 알바로 타르페가 돈키호테의 집에 묵으면서 이 소식을 말하자 돈키호테도 역시 산초를 데리고 창 시합에 참가하기 위해 고향을 떠나는데, 이때 돈키호테는 둘시네아에 대한 사랑이 식어 여인을 저버렸기 때문에 '무정한 기사'라고 불린다. 돈키호테는 시합에서 상을 타고 고향으로 돌아온다. 그리고 알칼라 데 에나레스와 마드리드에서 믿기 어려운 모험들을 겪고, 산초는 마드리드에서 어느 후작을 섬기면서 머물게 된다. 그러다 결국에는 돈 알바로 타르페가 돈키호테를 톨레도의 정신병원에 감금시키는 것으로 끝난다.

　이 위작에서 주인공 돈키호테는 우울증에 걸린 미치광이로 나오며, 산초는 저속하고 비열한 시골 촌뜨기로 나온다. 위작에서는 세르반테스의 원작에 나오는 것처럼 진지한 문학적 가치나 인간미는 찾아볼 수 없다. 이 위작으로 많은 정신적 고통을 겪은 세르반테스는 자신의 《돈키호테》 2편 곳곳에서 매우 불쾌한 심기를 드러내고 있는데, 우선 〈독자에게 바치는 서문〉에서 다음과 같이 매우 점잖은 어조로 가짜 돈키호테 작가를 꾸짖고 있다.

　독자께서는 제가 그 작가에게 당나귀 같은 자, 멍청하고 무례한 자라고 하기를 바라시겠지만, 저는 그럴 생각이 들지 않습니다. 그의 죄는 벌을 받을 것이고, 자기가 무엇을 하는지는 스스로 알게 되겠지요. 〔중략〕 독자께서는 제가 매우 조심을 하고 있다고 말할 것 같은데, 이는 고통스러운 사람에게는 더 큰 고통을 주어서는 안 된다는 것을 제가 알고 있기에 겸손함의 한도 안에서 많은 자제를 하고 있기 때문입니다. 그 작자는 엄청나게 큰 고통을 느끼고 있는 것이 분명한데, 왜냐하면 그가 마치 무슨 반역이나 불경죄를 저지른 것처럼, 자신의 이름을 숨기고 고향을 숨기면서 열린 세상에 용감하게 나서지 못하고 있기 때문입니다.

　또한 작품의 말미에서 원작자로 내세운 시데 아메테 베넹헬리의 입을 빌려 다시 한 번 위작에 대해 다음과 같이 경고를 하고 있다.

돈키호테는 오직 나를 위해 태어났고, 나는 그를 위해 태어났다. 그는 행동할 줄 알았으며, 나는 그것을 이야기로 쓸 줄 알았다. 오직 우리 두 사람만이 하나가 될 수 있다. 어리석고 못생긴 타조의 깃털로 나의 용맹스러운 무훈들을 감히 썼고 혹은 쓰려고 하는 토르데시야스 출신의 가짜 작가의 고통과 실망에도 불구하고 말이다. 이 일은 그런 사람의 어깨가 짊어질 수 없으며, 병든 재능을 지닌 사람이 할 수 있는 일이 아니다. 혹시라도 그자를 만나게 되면, 돈키호테의 지치고 이미 썩어버린 뼈들을 무덤 속에서 쉬도록 내버려두라고 경고하고, 또한 죽음의 권리를 어기면서 그를 무덤에서 나오게 하여 옛 카스티야 지방으로 데려갈 생각은 하지 말라고 경고하라. 그는 지금 무덤 속에서 세 번째 책을 준비하기 위해 새로운 여행을 하는 것은 불가능한 채로 몸을 길게 뻗고 쉬고 있다. 수많은 편력기사들이 행한 여행들을 비웃기 위해서는, 그가 행한 두 번의 여행이면 충분하다.

세르반테스는 마지막까지 《돈키호테》를 쓴 이유를 기사도 책을 종식시키기 위한 것이라고 말하며, 또다시 《돈키호테》의 속편은 나오지 않을 것이라고 다짐을 하고 이듬해에 세상을 떠났다. 그러나 2편의 마지막 장면에서 돈키호테의 유언이 그러했던 것처럼 그 해석은 무한으로 열려 있다.

6. 유럽 최초의 대화체 소설

스페인 왕립한림원 회원이며, 돈키호테 연구가로 잘 알려진 프란시스코 리코(Francisco Rico) 교수가 1998년 출간한 《돈키호테》 개정판과 CD롬이 이번 《돈키호테》 2편 번역 작업을 하는 데 아주 큰 도움이 되었다. 이 CD롬을 통해 확인해본 결과 《돈키호테》 1, 2편을 통틀어 가장 많이 나오는 동사는 '말했다(dijo)'와 '대답했다(respondió)'로, 각각 1800번, 1060번 등장하고 있으며, 이 외에 '대꾸했다(replicó)'도 211번 등장한다. 또한《돈키호테》에는 659명의 인물들이 등장하는데, 남자가 607명이고 여자가 52명이며, 그중에서 150명의 남자와 50명의 여자는 실제로 대화하고 행동한다.《돈키호테》출간으로 유럽에서는 산문 문학이 본격적으로 등장하기 시작했는데, 특히《돈키호테》는 유럽 최초의 대화체 소설로서 그 중요성이 인정된다.

이 같은 대화 형식은 세르반테스가 만들어낸 위대한 문학적 고안이다. 산초라는 인물은 단순히 주인을 선동하거나 주인에게 반항하는 것이 아니라, 작품의 정수를 이루는 개개인의 시각을 창출해냄으로써 돈키호테와 함께 작품의 중요한 역할을 하고 있다. 세르반테스는 논리적으로 문제를 해결하려는 것이 아니라 여러 과정의 복잡한 대화를 통해 인간의 다양한 면면을 비추어보고자 했다. 바로 여기에 산초를 탄생시킨 근본적인 필요성이 있다. 한 사물에 관해 돈키호테와 산초는 각각의 관점을 표출할 수 있는 조망주의를 창출하며 친구처럼 대화를 나눈다. 작품의 주요 인물인 돈키호테와 산초 판사는 서로 보완적이며, 인간의 두 가지 측면을 상징하고 있다. 즉 돈키호테는 인간의 이상주의를, 산초 판사는 인간의 현실주의를 상징하는데, 이들은 우리 인간의 마음속에 공존하는 이상주의와 현실주의의 화신으로 간주되며, 두 인물이 하나로 합쳐져서 바로 우리 인간을 상징화하는 것이다.《돈키호테》1, 2편을 통틀어서 '산초'라는 이름은 2143번, '돈키호테'라는 이름은 2143번 나오는데, 그 등장 횟수가 똑같은 점 역시 흥미롭다. 세르반테스는《돈키호테》의 줄거리를 전개해나가기 위해서, 다시 말하면 각자 자신의 관점을 표현할 수 있는 조망주의를 창출해내기 위해서 대화를 나눌 수 있는 종자 산초를 만들어냈으며, 이는 2편에서 더욱 완벽에 달하고 있다. 돈키호테와 산초의 대화는 매우 대등하게 표현되었을 뿐 아니라 심오한 인생

철학을 담고 있어서 독자들은 두 사람의 대화에 깊이 빠져들게 된다.

그리고 2편에서 새로이 등장한 중요한 인물이 바로 학사 산손 카라스코 인데, 그는 신부와 이발사와 더불어 돈키호테의 광기와 모험에 대해 걱정하며, '숲의 기사' '거울의 기사' '하얀 달의 기사' 등으로 변장을 하고서 두 차례의 결투 끝에 돈키호테를 집으로 돌아오게 하는 인물이다. 2편 초반에서 산손 카라스코의 입을 통해 《돈키호테》1편이 발간되었으며 돈키호테가 사람들의 입에 회자되고 있음을 전해주는데, 이렇게 돈키호테가 실제 인물이 되어 독자로 나오는 작중 인물들과 대화를 나누는 것도 매우 색다르고 새로운 기법이다.

7. 맺음말

《돈키호테》는 17세기 출간되자마자 폭발적인 성공을 거두었다. 당시 《돈키호테》는 유행하던 기사소설의 해독을 뿌리 뽑고 종식시키기 위한 목적의, 그저 웃음을 주는 희극적 이야기를 표방했다. 종교재판소도 검열관도 《돈키호테》의 희극적인 모습 뒤에 숨겨진 귀족 사회와 교회에 대한 풍자와 조소를 눈치채지 못했다. 천재 작가 세르반테스의 문학적 승리였다.

18세기 들어 독자들과 비평가들은 이 작품을 훌륭한 고전 작품으로 간주했고, 언어의 모범적 본보기로 간주했다. 그리하여 세르반테스의 생애가 연구되고 《돈키호테》는 매우 아름다운 삽화와 함께 호화판으로 출간되었다. 스페인 국민들은 이 소설에 대해 자부심을 조금씩 느끼기 시작했으며, 수많은 외국의 비평가들은 이 소설이 인간 창의력이 이룰 수 있는 최고의 경지에 달해 있다고 평가했다.

1869년 타계한 프랑스 비평가 생트뵈브는 이 작품을 "인류의 성경"이라고 불렀으며, 워싱턴 어빙은 "성경과 견줄 수 있는 작품"이라고 했고, 러시아의 대문호 도스토옙스키는 "《돈키호테》보다 더 심오하고 힘 있는 작품을 만난 적이 없다"고 했으며, 영국의 대시인 T. S. 엘리엇은 "《돈키호테》를 모르면 서양사를 이해할 수 없다"고 했다. 윌리엄 포크너 역시 "매년 성경처럼 《돈키호테》를 읽는다"라고 말하고, 밀란 쿤데라는 "돈키호테보다 더 살아 있는 캐릭터는 없다"는 말로 《돈키호테》에 대한 애정을 드러냈다. 세계문학사에서 《돈키호테》의 영향력은 가히 짐작하기 어려울 정도이다.

돈키호테는 자유와 정의를 지키는 기사이다. 불의를 간과하지 않고, 약자를 괴롭히는 악인들과 싸우고, 자신의 정신적 지주인 둘시네아를 위해 지고지순한 사랑을 하는 이상적인 인간이다. 거대한 풍차와 싸우는 돈키호테는 단순한 광인이 아니다. 그의 눈에 풍차는 약한 자를 괴롭히고 사회를 혼란하게 만드는 악당이므로, 첫눈에 보아 싸워 이길 수 없는 거인일지라도 정의로운 기사 돈키호테는 자기 몸을 돌보지 않고 약자를 위해 달려 나간다. 돈키호테는 "자유와 명예를 지키기 위해서라면 목숨을 걸어야 한다"고 그의 종자 산초 판사에게 충고하고, 또한 "사람은 누구나 자신의 노력으로 자기 혈통을 만드는 법"이라고 말하며, 혈통이 혈통을 만들고 세습되던 왕정 국가를 부정한다. 자신의 능력대로 공정하게 인정받을 수 있는 유토피아를 꿈꾼 세르반테스의 근대 사상을 엿볼 수 있는 대목이다.

위대한 천재 작가 세르반테스가 아니라면 돈키호테는 탄생하지 못했을 것이다. 400년 동안 전 세계 사람들에게 사랑과 찬사를 받는 돈키호테와 산초 판사, 그들은 희망을 잃지 않고 내일을 향한 희망과 꿈을 꾸는 우리 인간의 불굴의 정신이며 참모습이다.

2015년 4월
박철

역자 후기

《돈키호테》2편을 오랫동안 기다려주신 독자들에게 진심으로 감사드린다. 2004년, 국내에서는 최초로 《돈키호테》1편을 스페인어에서 완역 출간한 지 어언 10년이 흘렀다. 당시 2편의 작업은 언제 마칠 것이냐는 질문에, 세르반테스가 1605년 1편을 출간하고 10년 만에 2편을 출간했으니 나도 그 정도 시간과 공을 들여야 하지 않겠느냐 한 말이 현실이 되어버렸는데, 죄송하고 송구한 마음 한편으로, 그간 독자들로부터 직접, 혹은 출판사를 통해 전해져왔던 "아무리 늦어지더라도 기다린다"는 말에 보답하게 되어 기쁜 마음이 더 크다.

2편의 완역은 지난 10년간 한시도 나의 뇌리를 떠나지 않았던 숙제였다. 2006년부터 모교 총장으로 8년간 소임을 다하느라 어쩔 수 없이 지체되었다고는 하나 그것보다는 2편 자체가 지닌 무게감이 그 긴 세월을, 혹은 좀더 내가 성숙해질 시간을 필요로 하지 않았나 생각해본다. 세르반테스는 우스꽝스럽고 기이한 모험을 위주로 하던 1편과는 달리, 2편에서는 확연히 사색적이고 삶을 살아가는 데 도움이 되는 지혜를 보여주고 있는데, 그래서인지 2편 작업을 하는 내내, 나는 10년 전보다 그와 그의 분신인 《돈키호테》에 대하여 훨씬 더 큰 사랑과 존경심을 가지게 되었다. 70세를 바라보는 나이에 탄생시킨 2편을 읽어나가다 보면 세르반테스가 인생에 대한 성찰과 안목이 최고의 경지에 이르렀다는 것을 느낄 수 있다. 저 대단한 1편 그 이상을 보여줄 수 있을까 생각되지만 그렇지가 않다. 더 많은 것을 더 즐겁게 보여준다. 산초 판사의 거침없는 입담과 돈키호테로 인해서 대책 없이 끌려들어가는 인물들을 통해 보여주는 해학이 그렇고, 세기의 짝꿍 돈키호테와 산초가 엎치락뒤치락하는 모습도 그렇다. 2편에서 돈키호테는 점차 과대망상에서 벗어나 현실주의자가 되어가고, 산초는 주인의 예전 모습을 닮아가면서 매일매일 주인에게 훈계를 하는 모습이 너무도 재미있다. 실제로 2편에서는 돈키호테가 산초에게 완력으로 제압당하는 장면도 등장하니 기대하시길. 2편 작업을 다 마치고 역자가 출판사 담당자에게 전한 첫 마디도 바로 "2편 참 재밌네"라는 말이었다. 900페이지에 달하는 분량이나, 1편도 다 못 읽었는데 2편까지……, 하고 주저하는 독자들이라면 걱정 말고 그냥 이 재미난 세계로 어서 들어오라 하고 싶다. 세르반테스가 원작자라고 내세운 가상의 작가 시데 아메테를 비롯해 《돈키호테》 1편과 2편의 주요 인물들, 2편 집필 당시(정확히는 59장을 집필할 때) 세상을 떠돌던 가짜 《돈키호테》 2편의 작가와 등장인물까지 모조리 끌어들여 죽기 직전에 한바탕 크게 놀고 간 세르반테스의 놀이마당에 어서 참여하라 하고 싶다. 2편 앞머리의 〈레모스 백작님께 바치는 헌사〉에서 세르반테스는 《돈키호테》 출간 소식을 들은 중국 황제가 직접 사신을 보내왔다고 말하고 있는데, 그 사실 여부를 떠나 자부심을 가질 만한 작품임에는 틀림없다.

10년 동안의 지난한 작업이 마무리되었다는 소식에, 역자와 오랜 동안 세르반테스 연구자로서 각별한 우정을 나누어온 스페인 왕립한림원 원장 다리오 비야누에바(Darío Villanueva) 박사가 축하와 함께 귀중한 추천사를 보내주었다. 스페인 세르반테스문화원 원장을 맡고 계시는 원로 학자 빅토르 가르시아 데 라 콘차(Víctor García de la Concha) 박사 역시 축하의 글을 보내주었다. 이렇게 현존하는 최고의 석학 두 분의 귀중한 글을 책머리에 싣게 되어 더욱 감개무량하다. 올해는 한국 땅에 돈키호테가 처음으로 소개된 지 100년이 되는 해이다. 두 석학의 바람대로 이제는 우리말로 된《돈키호테》가 우리의 대지를 자유롭게 편력하기를, 그 모험에 나의 미천한 노력이 도움이 되기를 바란다. 더불어 우리 독자들의 이해를 돕고 읽는 재미를 배가시키기 위해 19세기 프랑스의 유명한 삽화가 귀스타브 도레가 그린《돈키호테》2편의 삽화 80여 점을 덧붙였다. 세르반테스의 독특한 상상력을 정확한 묘사와 극적인 구도로 멋지게 형상화한 도레의 그림 역시 독자들에게 적지 않은 즐거움을 줄 것으로 기대한다.

끝으로《돈키호테》2편 출간 작업을 맡아주신 시공사 편집부 여러분들에게 감사드린다. 그리고 이 책이 나오기까지 도와준 성초림, 김수진, 윤용욱, 김현철 교수와 한국외국어대학교 스페인어과 대학원생들에게도 감사드린다. 또한 꾸준하게 격려와 관심을 보여주신 스페인 왕립한림원 동료들에게도 감사하며, 사랑하는 나의 가족들과 출간의 기쁨을 함께 나누고자 한다. 무차스 그라시아스!

2015년 4월
한국 세르반테스연구소에서
박철

미겔 데 세르반테스 사아베드라 연보

1547년

9월 29일경 스페인 마드리드 근교의 작은 대학가 마을 알칼라 데 에나레스에서, 순회 이발사 겸 외과의사인 아버지 로드리고 데 세르반테스와 어머니 레오노르 데 코르티나스 사이의 일곱 자녀 중 넷째로 태어남. 10월 9일 산타마리아 라 마요르 성당에서 세례를 받음. 어린 시절에 대해서는 알려진 바가 거의 없으며, 생활고로 인해 가족이 여러 도시를 이주해 다녔음.

1568년

마드리드에 정착. 에라스무스 사상의 추종자인 후안 로페스 데 오요스가 교장으로 있던 마드리드의 한 인문학교에 다닌 것으로 추정. 이사벨 데 발로아 왕비 서거 후 학교에서 마련한 추모 작품집에 세르반테스의 첫 시가 실림. 그라나다에서 모리스코 폭동 발발.

1569년

견문을 넓히고 일자리를 구하고자, 국왕 카를로스 5세 장례식에 참석한 아쿠아비바 추기경을 따라 이탈리아로 건너감. 몇 개월 동안 추기경 밑에서 일한 후 이탈리아의 스페인 보병대에 입대.

1570년

군인으로서 로마, 나폴리, 밀라노, 피렌체 등 이탈리아 각지를 돌아다니며 르네상스 말기의 이탈리아 문화에 많은 영향을 받음.

1571년

교황청, 베네치아 공화국, 스페인 연합함대가 그리스의 서쪽 해안 파트라스 만에 위치한 나우팍토스('레판토'의 그리스어 지명)에서 10월 7일 터키 함대를 격퇴한 유명한 '레판토 해전'에 참가. 이 전투에서 가슴에 세 군데의 상처를 입고 왼팔이 불구가 되어 '레판토의 외팔이'라는 명예로운 별명을 얻음.

1572년

4월, 부상에서 회복되자 다시 군인으로서 여러 전투에 참전.

1575년

귀국을 결심하고 나폴리 항구를 출발하지만 엿새 만에 마르세유 해안에서 해적들에게 붙잡혀 알제로 끌려감. 해적들이 요구한 몸값이 너무 높아 풀려나지 못하고 처참한 포로 생활 시작. 5년 동안 계속된 이때의 경험이 《돈키호테》 1편에 생생하게 그려짐.

1576년

첫 번째 탈출을 시도하나 실패하고, 이후 세 번의 탈출을 더 감행하지만 모두 실패함.

1580년

네 번째 탈출 시도 실패로 목숨이 위기에 처하자 삼위일체 수도회의 신부들이 몸값을 치러주어 마드리드로 귀환.

1581년

국왕의 특사로 아프리카 오랑에서 특별임무 수행. 스페인·포르투갈 왕국 합병. 펠리페 2세와 궁정을 따라 새로 병합된 포르투갈 리스본으로 가 잠시 거주.

1583년

아나 프랑카 데 로하스라는 유부녀와 사랑에 빠짐. 아나 프랑카와의 사이에서 유일한 혈육인 이사벨이 태어남.

1584년

톨레도의 에스키비아스 여행 중 부유한 소지주의 딸인 19세의 카탈리나 데 팔라시오스를 알게 되어 결혼하지만 관계가 원만치 않아 별거.

1585년
첫 소설 《라 갈라테아》 출간. 이즈음 여러 편의 극작품을 집필하지만 《알제에서의 대우》와
《라 누만시아》 두 권만 전해짐. 아버지 로드리고 데 세르반테스 타계.

1587년
세비야에 거주하면서 무적함대에 밀 보급을 위한 담당관으로 일하기 시작.

1588년
무적함대의 식량 조달인으로 안달루시아 지방을 널리 돌아다님. 2월 밀보리 구입 건으로
교회와 싸워 파문됨. 무적함대가 도버 해협에서 영국 해군에 패배하자 재기를 독려하는 시
를 발표.

1590년
5월 21일 국왕에게 신대륙에 공석 중인 관직을 청원하지만 거절당함.

1592년
밀 보급 건과 관련된 이유로 안달루시아 지방의 감옥에 투옥.

1593년
세비야 인근에서 세금징수원으로 근무. 어머니 레오노르 타계.

1597년
세금 징수와 관련된 회계 문제로 세비야 감옥에 3개월간 투옥.

1598년
국왕 펠리페 2세 타계. 국왕의 죽음에 바치는 소네트 집필.

1602년
이유는 알려지지 않았지만 세비야에서 다시 투옥.

1604년
세비야에서 주로 생활하면서 《돈키호테》 1편 탈고. 그 외 중편소설과 극작품 및 막간극을
집필한 것으로 추정. 연말, 바야돌리드로 이주.

1605년
2월 마드리드에서 《돈키호테》 1편이 출간되어 크게 성공. 같은 해 6판까지 출간되지만 작품의 판권을 출판사에 양도했기 때문에 경제적 이득을 얻지 못함.

1609년
후원자 레모스 백작이 나폴리 부왕으로 임명됨. 그와 함께 이탈리아로 가기를 희망했으나 인선에서 탈락된 후 마드리드에서 '성체' 교단에 입회. 펠리페 3세 모리스코 추방령 발표.

1613년
알칼라 데 에나레스에 거주. 열두 편의 중편소설이 수록된 《모범소설》 출판. '테르세라' 교단에서 신부 수업.

1614년
시집 《파르나소스로의 여행》 출간. 알론소 페르난데스 데 아베야네다라는 작가가 쓴 가짜 《돈키호테 2편》이 나타남.

1615년
《돈키호테》 2편과 《여덟 편의 연극과 여덟 편의 막간극들》 출간.

1616년
4월 2일 당뇨병으로 쓰러져 4월 23일 운명. 같은 날 셰익스피어 타계.

1617년
유작 《페르실레스와 시히스문다의 고난들》 출간.

옮긴이 박철

스페인 왕립한림원 종신회원으로서 한림원 학술지 《불리틴》 편집위원을 맡고 있다. 한국외국어대학교 스페인어과를 졸업하고, 동대학원을 거쳐 스페인 마드리드 콤플루텐세 국립대학교에서 문학박사 학위를 받았다. 1985년 모교에 부임한 후 아시아권의 대표적인 세르반테스 연구학자로 활동하였으며, 미국 하버드 대학교 로망스어학부 방문교수를 지냈다. 한국 외국어교육학회 회장, 한국 스페인어문학회 회장을 역임하면서 2004년 11월 서울에서 제11차 세계 세르반테스학회를 개최하였다. 2006년부터 2014년까지 한국외국어대학교 제8대, 제9대 총장을 지냈으며, 2014년 11월 한국 세르반테스 연구소 초대 이사장으로 선임되었다. 스페인 정부 문화훈장 기사장, 카를로스 3세 대십자훈장, 이사벨 여왕 대십자훈장을 수훈하였고, 루마니아 최고교육훈장, 헝가리 문화훈장, 폴란드 문화훈장 등을 수훈하였다. 저서로는 《한국 최초 방문 서구인: 세스페데스》, 《스페인 문학사》, 《돈키호테를 꿈꿔라》, 《노벨 문학상과 한국문학》, 《독학스페인어 첫걸음》 등이 있으며, 역서로는 세르반테스의 《개들이 본 세상》, 《모범소설》, 《이혼 재판관》, 그 외에 《스페인 역사》, 《한국천주교 전래의 기원》 등이 있다.

돈키호테 2

초판 1쇄 발행일 2015년 5월 20일
초판 9쇄 발행일 2023년 10월 31일

지은이 미겔 데 세르반테스
옮긴이 박철

발행인 윤호권
사업총괄 정유한

편집 정은미 **디자인** 박지은 **마케팅** 윤아림
발행처 ㈜시공사 **주소** 서울시 성동구 상원1길 22, 7-8층(우편번호 04779)
대표전화 02-3486-6877 **팩스(주문)** 02-585-1755
홈페이지 www.sigongsa.com / www.sigongjunior.com

ISBN 978-89-527-7355-5 04870
ISBN 978-89-527-7353-1 (세트)

*시공사는 시공간을 넘는 무한한 콘텐츠 세상을 만듭니다.
*시공사는 더 나은 내일을 함께 만들 여러분의 소중한 의견을 기다립니다.
*잘못 만들어진 책은 구입하신 곳에서 바꾸어 드립니다.